融媒体版

孤往山人评注

西游記

原著〔明〕华阳洞天主人
原评〔明〕李卓吾
评注 孤往山人

上海辞书出版社

图书在版编目(CIP)数据

孤往山人评注西游记：融媒体版 / (明)华阳洞天主人原著；(明)李卓吾原评；孤往山人评注. —上海：上海辞书出版社，2024
ISBN 978-7-5326-6187-9

Ⅰ.①孤… Ⅱ.①华… ②李… ③孤… Ⅲ.①《西游记》评论 Ⅳ.①I207.414

中国国家版本馆 CIP 数据核字(2024)第 024983 号

GUWANGSHANREN PINGZHU XIYOUJI (RONGMEITI BAN)

孤往山人评注西游记(融媒体版)

[明]华阳洞天主人 原著 [明]李卓吾 原评 孤往山人 评注

责任编辑 孙 毕 蒋丽纳
助理编辑 初 伊 唐叶卉 王 灿
封面插画 戴敦邦
装帧设计 杨钟玮
责任印制 曹洪玲

出版发行 上海世纪出版集团
上海辞书出版社®(www.cishu.com.cn)
地　　址 上海市闵行区号景路 159 弄 B 座(邮政编码：201101)
印　　刷 上海晨熙印刷有限公司
开　　本 720 毫米×1000 毫米 1/16
印　　张 54.25
字　　数 970 000
版　　次 2024 年 4 月第 1 版 2024 年 4 月第 1 次印刷
书　　号 ISBN 978-7-5326-6187-9/I·570
定　　价 148.00 元

总目录

菩提只向心觅，何劳向外求玄

——六祖《坛经》

《西游记》自问世以来，因其诙谐、浅白的语言获得了普罗大众的喜爱，得到了广泛的传播，渐渐深入中国人的骨髓，成为大众语言、文化、思想的一部分。成书后的近500年来，众多学者对其解读层出不穷。前人点评它，大多从文学和社会意义两个角度进行评论，有人赞叹其文法高超，有人强调其对社会和政治的批判，也有人用炼丹术、经络学、阴谋论进行错误解读。即便有人正确点出它的修心本意，但仍然缺乏从文本内容、前后逻辑和哲学理论出发的印证，导致大众对原书的理解停留在简单的师徒蒙难、打妖怪的机械罗列层面，而作者的真实意图被长期湮没。本书的批注从文本内容出发，通过对前后逻辑关系的梳理以及判词的解读，与哲学和宗教理论相互印证，最终挖掘出作者的理论体系和结构设计思路，并对借题发挥式的阴谋论等错误的解读进行反驳。

前人评注观点大略

《西游记》问世以后，随即出现了明、清、民国等历代评本和名家评判，著名的有《李卓吾先生批评西游记》，憺漪子、笑苍子《西游证道书》，悟一子《西游真诠》，悟元子《西游原旨》，张书绅《新说西游记》，鲁迅、胡适的评论等等。这里仅拣选有代表性的几家评述加以评论，而略过炼丹学说、经脉学说、八卦卦象解说等明显牵强附会的评本和观点。

《李卓吾先生批评西游记》正确指出了《西游记》"修心"和"释厄"的内涵。如"读《西游记》者，不知作者宗旨，定作戏论。余为一一拈出，庶几不埋没了作者之意。即如第一回，有无限妙处，若得其意，胜如罄翻一大藏了也。篇中云'释厄传'，见此书读之可释厄也。若读了《西游》，厄仍不释，却不辜负了《西游记》么？何以言'释厄'？只是能解脱便是。"评本中也多处指出"修心"这一深层涵义，但对于大多数妖魔的隐喻均未点出。在本书中，我们将此评注本的评语全部收录，并冠以"卓吾评"以示区分。另外的目的，将在书后的《〈西游记〉作者考证》中详述。

清代道士悟元子（刘一明）的《西游原旨》正确点出了三教归一的解读方法："《西游》贯通三教一家之理，在释则为《金刚》《法华》，在儒则为《河》《洛》《周易》，在道则为《参同》《悟真》。故以西天取经，发《金刚》《法华》之秘；以九九归真，阐《参同》《悟真》之幽；以唐僧师徒，演《河》《洛》《周易》之义。"其又指出一些阅读窍门，如："《西游》每宗公案，或一二回，或三四回，或五六回，多寡不等。其立言主意，皆在分案冠首已明明题说出了。""《西游》每回妙义，全在提纲二句上。""《西游》每宗公案，收束处皆有二句总结，乃全案之骨子。其中无数妙义，皆在此二句上着落，不可轻易放过。"虽然该书点明了正确的读法，但对《西游记》部分内容的解释失于准确。例如，其认为："《西游》有着紧合尖处，莫如芭蕉洞、通天河、朱紫国三案。芭蕉洞，言火候次序，至矣尽矣；通天河，辨药物斤两，至矣尽矣；朱紫国，写招摄作用，至矣尽矣。学者若于此处参入，则金丹大道可得其大半矣。"将三案归于炼丹术，实属不妥。

清代张书绅的《新说西游记》主要基于文法和儒家理论进行注解："此书不妙在谈天说地，怪异惊人，正妙在循规蹈矩，不背朱注，将一部《大学》，全然借一释字脱化出来，再令人意想不到，真正奇绝。""大学之道，在明明德，何以却写出许多的妖怪？盖人为气禀所拘，人欲所蔽，则有时而昏，是为不明其德者一翻。于是忠之德不明，则为臣之道有亏；孝之德不明，则子之道有未尽。以至酒色财气，七情六欲，争名夺利，不仁不义，便作出许多的奇形，变出无数的怪状。所以写出各种的妖魔，正是形容各样的毛病。"其评可取处甚多，如其指出："《西游》凡言菩萨如来处，多指心言。故求菩萨正是行有不得，则反求诸已，正是《西游》的妙处。圣叹不知其中之文义，反笑为《西游》的短处，多见其不知量也。""《西游》凡如许的妙论，始终不外一个心字，是一部《西游》，即是一部《心经》。人生学业不成，皆因物欲多故。外边的魔障，即是内里的私欲，故云：'心生，种种魔生也。'若一直写去，未免腐而无味。看他形容饮食之人，则写出一蝎子精；言非礼之视，则画出一多目怪。写得奇异，状得更奇异。"这些评语都正确点出了魔由心生的深层意义，对于多目怪的解读是正确的，但对于大多数妖魔的解读是错误的。例如，女儿国的蝎子精实为情思心魔，张书绅《新说西游记》却评为"极写饮食之人，口腹之害"。

鲁迅先生在《中国小说的历史的变迁》中讲到："至于说到这书的宗旨，则有人说是劝学；有人说是谈禅；有人说是讲道；议论很纷纷。但据我看来，实不过出于作者之游戏，只因为他受了三教同源的影响，所以释迦、老君、观音、真性、元神之类，无所不有，使无论什么教徒，皆可随宜附会而已。"他对所有评注都进行了否定，又在《中国小说史略·明之神魔小说(中)》中重复了类似观点："然作者虽儒生，此书则实出于游戏，亦非语道，故全书仅偶见五行生克之常谈，尤未学佛，故末回至有荒唐无稽之经目，特缘混同之教，流行来久，故其著作，乃亦释迦与老君同流，真性与元神杂出，使三教之徒，皆得随宜附会而已。"

胡适对《西游记》的历史和人物进行了全面考证，但从真实历史和地理角度去理解小说中的情节，未免失于迂腐。实际上，《西游记》中的地名，如西番哈咇国、乌斯藏、乌鸡国、凤仙郡、玉华州等等，都是谐音，用于暗示作者意图，与真实地理情况无关。他沿袭鲁迅的观点，对前人评述进行了更彻底的否定，如"这几百年来读《西游记》的人都太聪明了，都不肯领略那极浅极明白的滑稽意味和玩世精神，都要妄想透过纸背去寻那'微言大义'，遂把一部《西游记》罩上了儒释道三教的袍子"，建议"把那些什么悟一子和什么元悟子(编者按：应为'悟元子')等等的'真诠''原旨'一概删去，还它以本来面目"。他的结论是"这部《西游记》至多不过是一部很有趣味的滑稽小说，神话小说""不过是一点爱骂人的玩世主义""他并不隐藏，我们也不用深求"。

胡适对《西游记》结尾不满意，便试图重写。他模仿佛祖割肉饲鹰的故事，设计了唐僧割肉供养西天路上打死的众多妖魔之冤魂的情节。例如，黑风山的狼精、蛇精都是被打死的无辜冤魂，皆在供养之列。这说明，几百年来，没有人能意识到黑风山的狼精、蛇精实际是观音院杀人放火恶僧的人魔映射，悟空作为唐僧的心性(而不是一只神奇的猴子)，消除的只是贪欲和杀害的恶念而已。

近几十年，对《西游记》的研究和考证偶见于学术刊物，其他解读多充斥于网络。有的正确指出了八戒代表的是人的情感和欲望，以及部分妖魔的寓意，但更多的是娱乐性质的阴谋论和对社会人生的体悟，且未见权威评本出版，在此不一一赘述。

向内寻求的主旨

公元前500年左右，人类的思想迎来一次炫丽的绽放，在中国出现了老子和孔子，印度出现了佛陀，欧洲出现了苏格拉底。此后约500年的东汉时期，佛教开始在中国传播，与道教和儒教并称为三大教，其思想既影响和刻画了社会治理，也塑造了中国人的心智，逐渐深入到文化和艺术的各个方面。东汉后约500年的隋唐时期，三教都空前繁盛，特别是佛教，代表人物有著名翻译家和取经人玄奘和禅宗大师惠能。到了公元1500年左右，"融合三教"被明确提出来，《西游记》就是在这样的时代背景下被创作的。该书以玄奘法师赴天竺取经的故事为蓝本，并不意图反映真实历史事件，而是以一系列虚构的神话故事为线索，通过象征和暗喻的手法，探讨了心性的本源和哲学的发端，勾画了修行的心路历程，形成一部貌似历史但又不是历史、貌似地理风土人情志但又不囿于真实的地理风情、貌似童话寓言但又多采用戏剧和小说的手法、貌似魔怪小说但又不是单纯的魔怪小说的独特文体。通过对本书的解读，我们将会发现，它实际是一部探讨人类心性的哲学巨著，一次中国哲学思想的荟萃，一部修心的大作，一部能解脱人类痛苦的心理学经典，是用人魔映射进行心理分析的鼻祖。

出生于贞观十二年的六祖惠能大师，在吸收儒家和道家理论的基础上，对佛教进行了系统性阐释，形成具有中国特色的禅宗。他的道场曹溪能在《西游记》中与佛祖讲经的鹫岭相提并论，可见作者对禅宗的推崇。禅宗最著名的主张就是自己的心性就是佛，离开自性无别佛。这种主张与《心经》《金刚经》《道德经》，甚至与《论语》都有共同特点，即修炼自己的心性和无神论，或者说人内心那颗圆明的心就是神，哲学思辨达到通达无碍的境界就是佛。在《西游记》中，我们看到的三教九流等各种学说，遇到的各种教派和传说中的神仙，都是在灵性层面突破时空的交流。所谓的神通，如孙悟空的七十二变和筋斗云，也不过是借神话体现心性的多变和心念的迅速；形形色色的妖魔，无非是种种不善之心的抽离和在灵性层面的映射。从这个意义上说，世上根本没有超出人能力范围的神仙。然而，心性又是宇宙间最伟大的奇迹，大能包含宇宙，小能入于毫厘，千变万化，善能成佛，恶能成魔。从这个意义上讲，人人又都充满神通。这是《西游记》想要传达的最重要的思想。

《西游记》成书至今的约 500 年，是人类历史非常特殊的 500 年。在这 500 年里，科学和技术得到了爆炸式的发展，从刀耕火种跃迁到机器智能。人类已经达到了魔幻小说里设想的飞行速度、通讯速度，具备了移山倒海的能力，然而遗憾的是，人类的心智并没有因此而更加超脱。人类仍没有摆脱战争、疾病、各种争斗的困扰，甚至由于技术的进步，战争和互相伤害的能力反而提高了。同时，随着技术和科学的进步，人类的物质生活质量和寿命都有显著提高，但贪欲导致的各种心理痛苦并没有得到有效改善。在这种情况下，有必要回归本心，从哲学的角度对人性进行审视。这是重新注解本书的现实意义。

三教同修，不入法相

《西游记》主张以佛教为主的三教同修，吸收并借鉴一切学说的精华，如《周易》

和五行学说。即便是文中明显否定的炼丹学说，也借用其术语阐述作者的思想。

如来在《金刚经》里讲了一个很好的比喻，大意是说船是用来渡河的，过了河以后就应该把船丢下。这里的船用来比喻修行的方法，引申为一切规律、法则，它们可能在一定的时间、空间范围内成立，人要善于使用它们，但没必要执着甚至沉溺于这些教条，把它们变成束缚自己的条条框框，从而离真理越来越远。

《西游记》就表达了这样的思想。在该书第二回《悟彻菩提真妙理　断魔归本合元神》里，祖师向悟空阐述了术、流、动、静等各种流派的学习内容与方法，这其中就有儒释道三教。悟空在斜月三星洞的学习生活是“说一会道，讲一会禅，三家配合本如然”。这说明祖师并不排斥这些门派，甚至很精通，能教授，这些都是方法和路径。但同时祖师又指出，学习这些门派的花架子不得长生，暗示真正的道是超脱于流派的，不能执着任何一端，这就是“无法相”的道理。后面在车迟国，悟空战胜三个妖道后，对国王说：“望你把三教归一，也敬僧，也敬道，也养育人才，我保你江山永固。”同样反映了作者三教合一，不入法相的思想。

中国自古有尊重别人信仰的传统。唐僧在一路上见佛拜佛，进观拜道，别人信仰什么他就跟着尊重，这也是不入法相的表现。在隐雾山一节，悟空骂道：“这个大胆的毛团！你能有多少的年纪，敢称‘南山’二字？李老君乃开天辟地之祖，尚坐于太清之右；佛如来是治世之尊，还坐于大鹏之下；孔圣人是儒教之尊，亦仅呼为夫子。你这个孽畜，敢称甚么南山大王，数百年之放荡！”这说明了作者对所有开悟的人的尊崇，而不囿于某个教派。

儒释道作为三大哲学派别，自然在书中有所侧重。悟空找到斜月三星洞，得益于一个孝子的指引；灵山山脚下有一个道观，穿过道观可以上灵山；唐僧在脱离隐雾山中象征隐遁的迷雾后，又由一个孝子引导走上济世的大道。这些铺陈都反映了“儒是道入门，道是佛入门，儒、佛又相通于入世济人”的思想。

性、意、情、志的分解与统一

从来没有一部小说能像《西游记》这样通过较多的隐喻来呈现人的心理状态。作者往往把自己真正的意图隐藏在判词里。在第七回《八卦炉中逃大圣　五行山下定心猿》中有一首诗：“猿猴道体假人心，心即猿猴意思深。大圣齐天非假论，官封弼马岂知音？马猿合作心和意，紧缚牢拴莫外寻。万相归真从一理，如来同契住双林。”这首诗点出猴子指代人心，即心性；马指代心意(取自成语“心猿意马”，把该成语的互文结构拆成并列结构，有幽默的意味)。让猴子管马，即修行的心性需要约束自己的意念。在此基础之上，又将人的感情和欲望分离出来，以八戒代表；将人的心志分离出来，以沙僧代表。

这样分工以后，又把人、心性、心意、心情、心志的配合比作五行学说的水、金、火、木、土。借炼丹术语，悟空和八戒又分别被称为金公（本指铅）、木母（本指汞），沙僧又被称作黄婆（或刀圭，二土，取调和之意）。

在第六十五回《妖邪假设小雷音　四众皆遭大厄难》中作者提到"留情亏木母，定志感黄婆"，就是暗示八戒（木母）代表人的情，沙僧（黄婆）指代人的心志。第六十一回《猪八戒助力败魔王　孙行者三调芭蕉扇》中的"黄婆矢志扶元老，木母留情扫荡妖"也做了同样的暗示。

在第二十二回《八戒大战流沙河　木叉奉法收悟净》中三徒聚齐之后有一首赞诗："五行匹配合天真，认得从前旧主人。炼已立基为妙用，辨明邪正见原因。金来归性还同类，木去求情共复沦。二土全功成寂寞，调和水火没纤尘。"此诗说明了五位本来一体，分开讲述既是写作上的方便，也有修行理论上的涵义。在有心理苦厄或矛盾斗争时，可以明确是哪个方面出了问题，才好对症下药。此处还可以看到沙僧的作用是调节水（唐僧，或人身）火（白龙马，或意念），同样也调节性情，起到润滑剂的作用，让五位融合为一体。所以沙僧的作用主要为牵马（心志指引方向）和看守行李（守护衣钵）。

在第二十三回《三藏不忘本　四圣试禅心》中有句诗："木母金公原自合，黄婆赤子本无差。"也即是说，在人的本性或得道的状态中，性、情和志本没有区别，都归于一颗赤子之心，但由于人容易受到眼耳鼻舌身意等六贼的干扰，性和情容易出现矛盾，心性容易狂妄、暴躁，心意容易放纵不羁，情感容易受到欲望的牵引，心志容易缺失迷乱。正如第五十六回《神狂诛草寇　道昧放心猿》中所描写，"孙大圣有不睦之心，八戒、沙僧亦有嫉妒之意，师徒都面是背非"，就反映了这种矛盾。

在第四十回《婴儿戏化禅心乱　猿马刀归木母空》中有一首诗："道德高隆魔障高，禅机本静静生妖。心君正直行中道，木母痴顽躐外趫。意马不言怀爱欲，黄婆无语自忧焦。客邪得志空欢喜，毕竟还从正处消。"此诗也反映了人在遇到困难和矛盾时性、情、意、志离散的心理状态。修行的过程，就是将人的这些方面统一、融合起来归于赤子之心的过程。

孙悟空的寓意

《西游记》是一部讲心的书，唐僧西行就是修行的心路历程，而其中的孙悟空就是心（或称心性、人性、本性、自性）的化身。开篇就讲花果山上的一块石头，内育仙胞，似卵样大，勾画出了心的形象。文中多处暗示孙悟空是一颗心。除了“猿猴道体假人心，心即猿猴意思深”以外，在《五庄观》一节，悟空道：“我老孙千夜不眠，也不晓得困倦。”意指心跳不停。在灭法国，有一首诗赞悟空：“上面无绳扯，下头没棍撑，一般同父母，他便骨头轻。”谜底便是心。

在五行山唐僧收悟空一节，作者借悟空的话描写心性：“我老孙，颇有降龙伏虎的手段，翻江搅海的神通，见貌辨色，聆音察理，大之则量于宇宙，小之则摄于毫毛！变化无端，隐显莫测。”文中又提到“这大圣用心力轮铁棒”，实指金箍棒代表心力。

孙悟空的七十二般变化，其实是指心性的变化。《坛经》中说：“一念思量，名为变化。思量恶事，化为地狱；思量善事，化为天堂；毒害，化为龙蛇；慈悲，化为菩萨；智慧，化为上界；愚痴，化为下方。自性变化甚多，迷人不能省觉，念念起恶，常行恶道。”

孙悟空一个筋斗十万八千里，取经之路也是十万八千里，正如《坛经》所讲：“世尊在舍卫城中说西方引化经文，分明去此不远。若论相说里数，有十万八千，即身中十恶八邪便是说远。说远为其下根，说近为其上智。先除十恶，即行十万；后除八邪，乃过八千。念念见性，常行平直，到如弹指，便睹弥陀。”

孙悟空在菩提祖师处学得七十二变和筋斗云，是指人的心性可以达到无所不能的境界，通天彻地，晓天文地理；变化多端，任意驰骋。猴王出世后有一首赞诗：“历代人人皆属此，称王称圣任纵横。”人生天地间，当顶天立地，自由自在，随心所欲。不拜凡夫，不羡帝王，故称齐天大圣。

这颗心本来就是所有人都拥有的，只是越通达的人，越能体会到这种心性；越有资本的人，越能表现出来。它的外形至柔，本质极刚。李白有这样的心，“天子呼来不上船，自称臣是酒中仙”“安能摧眉折腰事权贵，使我不得开心颜”。苏轼有这样的心，自认为可以与玉皇大帝聊天，狂傲不羁。孔子有这样的心，故敢说“随心所欲”。这样的心性至大极刚，雷打不坏，剑不能伤，火不能烧。猴子闹天宫时有诗赞曰：“圆陀陀，光灼灼，亘古常存人怎学？入火不能焚，入水何曾溺？光明一颗摩尼珠，剑戟刀枪伤不着。也能善，也能恶，眼前善恶凭他作。善时成佛与成仙，恶处披毛并带角。无穷变化闹天宫，雷将神兵不可捉。”

心性并非没有弱点，比如容易狂傲和蒙蔽，以及滋生种种不善。《金刚经》里的须菩提发出了终极之问：如何“降伏其心”？佛祖的回答是用对众生的慈悲降伏，用离相获得解脱。《西游记》就是在践行这个过程。这是理解这部书需要把握的要旨和总纲。

作为写作手法的人魔映射

唐太宗说："以铜为镜，可以正衣冠；以史为镜，可以知兴替；以人为镜，可以明得失。"我们往往能在别人身上，找到对应自己本性的特质。这种把自己的品质分离出来对比观察的方法也可以用在困难或障碍上。我们往往在自己厌恶的人身上，也能发现自己的影子。别人在给我们制造障碍或引起困扰时，如果我们深究痛苦的根源，往往发现是我们自己的某种心性在作怪，所以真正的魔障在我们内心。

《坛经》说："真如自性是真佛，邪见三毒是魔王。邪迷之时魔在舍，正见之时佛在堂。"人心对宇宙的理解，不是事物甲对事物乙的理解，而是自身对自身的理解。你看风景时，心即是风景；凝望深渊时，就成了深渊；心里有魔障时，挡住去路的就是魔障；心里有佛时，脚下就成了灵山。

唐僧初出长安，在法门寺借宿，众僧谈及取经的困难时，唐僧说："心生，种种魔生；心灭，种种魔灭。"这既是作者对修行的理解，也是整部书的写作手法，即不但把心性映射到他人身上，还映射到神魔身上，从而发现自己的神性和魔性。

在最后一回有一首诗："一体真如转落尘，合和四相复修身。五行论色空还寂，百怪虚名总莫论。"西游路上的百怪都是修行过程中内心的障碍，作者为了刻画这些邪恶不良的心性，才称它们为妖魔，起了种种名字，但往往通过暗示指向代表身、性、意、情、志的五个人。

悟空的心魔最多，一般通过名称、行为、本领来暗示。如黑风山的黑熊精，悟空在观音院僧人面前显摆袈裟，黑熊精偷得袈裟后要开佛衣会，说明黑熊正是悟空的分别心、炫耀心和物欲心之心魔。文中唐僧问："我闻得古人云，熊与猩猩相类，都是兽类，他却怎么成精？"行者笑道："老孙是兽类，现做了齐天大圣，与他何异？"后文观音菩萨对悟空说道："那怪物有许多神通，却也不亚于你。"这些迹象都暗示黑熊乃悟空心魔。

在五庄观，镇元大仙其实就是"真猿大仙"，外号"与世同君"，其实就是"齐天大圣"。另外，镇元大仙只拜天地，诸天神仙不是好友就是晚辈，也映射悟空。他所拥有的人参果对应悟空看守的蟠桃园，整节表达的是悟空因狂傲的心性不能忍受侮辱，从而导致功果尽失。

后文的黄袍怪、金角大王、老鼋、独角兕大王、如意真仙、牛魔王、赛太岁、金圣娘娘、六耳猕猴、狮象鹏三兄弟、上官郡侯、九灵元圣等都是悟空的心魔。他们或者在能力上，或者在名字谐音上，或者在某个特点上，能找到悟空的影子。

唐僧心魔有黄风怪、乌鸡青狮、红孩儿、灵感大王、蝎子精、黄眉大王、百眼魔君多目怪、老鼠精、辟寒辟暑辟尘三大王、玉兔、寇员外等。唐僧偷懒，便成了偷油的灵山老鼠；唐僧贪恋功德，便成了寇员外，如此等等。

八戒主要从做过倒插门女婿、木母和食肠宽大的角度映射，包括九尾狐、牛魔王、九头怪、杏仙、红鳞大蟒等。映射白马的有银角大王，映射沙僧的有狐阿七大王和衡阳鼍龙。有时唐僧或悟空也被映射为国王、王后、王子和公主。由于五位一体，因此所有的映射其实都归于唐僧。这些都是解密作者真实意图的钥匙。

基于此，愿与读者一起，开启对人类伟大心性的探索。

孤往山人于 2021 年 10 月

目录

第一回　灵根育孕源流出　心性修持大道生

【本书讲人类的心性，也是世间最奇妙的灵根。要想知道去处，先要知道来处。宇宙从无到有的产生和演进不啻为一大奇迹，而比这个奇迹更值得赞叹的是人心对宇宙的理解。这是所有哲学的源头。本回题旨是源流。以天地生成讲宇宙的源头，以滋养生命之水的源头喻生命的源头，猴王出世喻心性的源头，猴王寻道喻人心探索生命意义的源头。心性源于大道，通过修行回归大道。这是题目的涵义】

诗曰：

混沌未分天地乱，茫茫渺渺无人见。
自从盘古破鸿濛，开辟从兹清浊辨。
覆载群生仰至仁，发明万物皆成善。
欲知造化会元功，须看《西游释厄传》。

【卓吾评："释厄"二字，着眼。不能释厄，不如不读《西游》】

【天地从混沌鸿蒙中演化而来，覆载群生，发明万物。这其中造化最伟大的发明乃是人的心性，它无所不包，甚至能探究自身的本源。本书讲心性的奇迹和磨难】

【《西游记》不是一部游记，而是一部解释人性和解脱痛苦的书。它的别名——《西游释厄传》，可能更为贴切。本书把每一个人都有的贪婪、嫉妒、狂妄、暴躁、虚荣等种种不善之心都细细展示给你看，在狂放不羁的神魔想象中，在家长里短的叙事和插科打诨的语言里，让你领悟种种痛苦产生的根源，从而看空它，摆脱它，继而领略心性之伟大以及它所拥有的无尽神通】

盖闻天地之数，有十二万九千六百岁为一元。将一元分为十二会，乃子、丑、寅、卯、辰、巳、午、未、申、酉、戌、亥之十二支也，每会该一万八百岁。且就一日而论，子时得阳气，而丑则鸡鸣；寅不通光，而卯则日出；辰时食后，而巳则挨排；日午天中，而未则西蹉；申时晡而日落酉；戌黄昏而人定亥。【宇宙在更大时间尺度上的循环往复，与一日的循环是类似的，后文还有"一粒沙含大千界，一个身心万法同"。这种时空推演只有人的心性能完成。这是人以有限的时空存在理解宇宙的原因，也是天地生人无所不备的基础】譬于大数，若到戌会之终，则天地昏曚而万物否矣。再去五千四百岁，交亥会之初，则当黑暗，而两间【天地之间】人物俱无矣，故曰混沌。又五千四百岁，亥会将终，贞下起元，近子之会，而复逐渐开明。邵康节曰："冬至子之半，天心无改移。一阳初动处，万物未生时。"【卓吾评：说得明白】【邵雍的禅诗，将心性的状态与时空的状态融通，以昼夜和四季的循环往复理解宇宙万物和心性的流动和变化，以此穿过时空表相，探求心性和宇宙的本源状态。《西游记》开篇从宇宙起源讲起的用意也在于此】到此，天始有根。再五千四百岁，正当子会，轻清上腾，有日，有月，有星，有辰。日、月、星、辰，谓之四象。故曰，天开于子。又经五千四百岁，子会将终，近丑之会，而逐渐坚实。《易》曰："大哉乾元！至哉坤元！万物资生，乃顺承天。"【卓吾评：从"大"道理说起，是会白嚼舌者】【天地万物顺承天道】至此，地始凝结。再五千四百岁，正当丑会，重浊下凝，有水，有火，有山，有石，有土。水、火、山、石、土，谓之五形。故曰，地辟于丑。又经五千四百岁，丑会终而寅会之初，发生万物。历曰："天气下降，地气上升；天地交合，群物皆生。"至此，天清地爽，阴阳交合。再五千四百岁，正当寅会，生人，生兽，生禽，正谓天地人，三才定位。故曰，人生于寅。【万物是天地阴阳作用自然所生，并无其他因素，人性也是如此，是天道循环的必然，所以人性的本源合乎天道】

【宇宙的演进，是一个由无到有，由混沌虚空至实体形相的自然过程，所以要认识各种"有"和"形相"的本质，需要回到"无"和"虚空"的本源。从各种形相领悟虚空的本质，再从虚空观察各种形相的产生。这是心性独有的能力，大道的奥妙皆在于此】

感盘古开辟，三皇治世，五帝定伦，世界之间，遂分为四大部洲：曰东胜神洲，曰西牛贺洲，曰南赡部洲，曰北俱芦洲。这部书单表东胜神洲。海外有一国土，名曰傲来国。国近大海，海中有一座名山，唤为花果山。此山乃十洲之祖脉，三岛之来龙[①]，自开清浊而立，鸿濛判后而成。真个好山！有词赋为证。赋曰：

势镇汪洋，威宁瑶海。势镇汪洋，潮涌银山鱼入穴；威宁瑶海，波翻雪浪蜃离渊。水火方隅高积土，东海之处耸崇巅。丹崖怪石，削壁奇峰。丹崖上，彩凤双鸣；削壁前，麒麟独卧。峰头时听锦鸡鸣，石窟每观龙出入。林中有寿鹿仙狐，树上有灵禽玄鹤。瑶草奇花不谢，青松翠柏长春。仙桃常结果，修竹每留云。一条涧壑藤萝密，四面原堤草色新。正是：百川会处擎天柱，万劫无移大地根。【卓吾评：凡《西游》诗赋，只要好听，原只为说而设。若以文理求之，则腐矣】

那座山，正当顶上，有一块仙石。其石有三丈六尺五寸高，有二丈四尺围圆。三丈六尺五寸高，按周天三百六十五度；二丈四尺围圆，按政历二十四气。上有九

① 来龙：旧时堪舆家以山势为龙，称其起伏绵亘的姿态为龙脉。来龙，指龙脉的来源。

窍八孔，按九宫八卦。四面更无树木遮阴，左右倒有芝兰相衬。盖自开辟以来，每受天真地秀，日精月华，感之既久，遂有灵通之意。【卓吾评：此说心之始也，勿认说猴】内育仙胞，一日迸裂，产一石卵，似圆球样大。因见风，化作一个石猴，五官俱备，四肢皆全。便就学爬学走，拜了四方。目运两道金光，射冲斗府。惊动高天上圣大慈仁者玉皇大天尊玄穹高上帝，【暗引成语"石破天惊"，心性的发端是惊天动地的大事】驾座金阙云宫灵霄宝殿，聚集仙卿，见有金光焰焰，即命千里眼、顺风耳开南天门观看。二将果奉旨出门外，看的真，听的明。须臾回报道："臣奉旨观听金光之处，乃东胜神洲海东傲来小国之界，有一座花果山，山上有一仙石，石产一卵，见风化一石猴，在那里拜四方，眼运金光，射冲斗府。如今服饵水食，金光将潜息矣。"【卓吾评：着眼】【本书以此猴比喻人的心性。金光显心性之伟大，水食为尘世之沾染。道家认为婴儿是有神性的状态；禅宗认为自心是佛，只是人受蒙蔽而不省。所谓修行的过程，就是让心性扫除蒙蔽回归神性的过程】玉帝垂赐恩慈曰："下方之物，乃天地精华所生，不足为异。"【石能成猴，亘古未闻，何以不足为异？盖言心性成于自然，合乎大道，集天地之灵气，处尘世之纷扰，故不足为异】

【《中庸》印证：天命之谓性】

那猴在山中，却会行走跳跃，【终日跳跃，故以猴喻心】食草木，饮涧泉，采山花，觅树果；与狼虫为伴，虎豹为群，獐鹿为友，猕猿为亲；夜宿石崖之下，朝游峰洞之中。真是"山中无甲子，寒尽不知年"。一朝天气炎热，与群猴避暑，都在松阴之下顽（通"玩"）耍。你看他一个个：

跳树攀枝，采花觅果；抛弹子，邷么儿（wǎ mó er，抛接石子的游戏）；跑沙窝，砌宝塔；赶蜻蜓，扑虮蜡（即蚂蚱）；参老天，拜菩萨；扯葛藤，编草帓；捉虱子，咬又掐；理毛衣，剔指甲；挨的挨，擦的擦；推的推，压的压；扯的扯，拉的拉。青松林下任他顽，绿水涧边随洗濯。【卓吾评：画出老猴】

一群猴子耍了一会，却去那山涧中洗澡。见那股涧水奔流，真个似滚瓜涌溅。古云："禽有禽言，兽有兽语。"众猴都道："这股水不知是那里的水。我们今日赶闲无事，顺涧边往上溜头寻看源流，耍子去耶！"【水源象征生命之源，能追本溯源，提出终极之问者，非人之心性不可为，莫被猴的比喻骗了去】喊一声，都拖男挈女，呼弟呼兄，一齐跑来。顺涧爬山，直至源流之处，乃是一股瀑布飞泉。但见那：

一派白虹起，千寻雪浪飞。
海风吹不断，江月照还依。
冷气分青嶂，余流润翠微。

潺湲名瀑布，真似挂帘帷。

众猴拍手称扬道："好水！好水！原来此处远通山脚之下，直接大海之波。"【以大海喻大道，百川入海即众生之心性归于大道，不增不减，不垢不净】

【《坛经》印证：百川众流却入大海，合为一体。众生本性般若之智亦复如是】

【《道德经》印证：譬道之在天下，犹川谷之于江海】

又道："那一个有本事的，钻进去寻个源头，出来不伤身体者，我等即拜他为王。"连呼了三声，忽见丛杂中跳出一个石猴，应声高叫道："我进去！我进去！"【卓吾评：着眼。今世上那一个有本事钻进去讨出个源头来？可叹，可叹】好猴也！是他：

今日芳名显，时来大运通。

有缘居此地，天遣入仙宫。

你看他瞑目蹲身，将身一纵，径跳入瀑布泉中。忽睁睛抬头观看，那里边却无水无波，明明朗朗的一架桥梁。他住了身，定了神，仔细再看，原来是座铁板桥。桥下之水，冲贯于石窍之间，倒挂流出去，遮闭了桥门。【后文称桥下通东海龙宫，这里讲瀑布是桥下之水被石窍激荡成帘幕，上文讲瀑布流入大海。这里以水的不同状态比喻心性的不同状态，心性源于大道，归于大道，其间只是状态的变化，暗示其不生不灭的本质】却又欠身上桥头，再走再看，却似有人家住处一般，真个好所在！但见那：

翠藓堆蓝，白云浮玉，光摇片片烟霞。虚窗静室，滑凳板生花。乳窟龙珠倚挂，萦回满地奇葩。锅灶傍崖存火迹，樽罍(zūn léi，盛酒器)靠案见肴渣。石座石床真可爱，石盆石碗更堪夸。又见那一竿两竿修竹，三点五点梅花。几树青松常带雨，浑然像个人家。【心性之洞府，正是人之身体，无所不备；心性之灵动，也即大道在石窍间的一处激荡】

看罢多时，跳过桥中间，左右观看，只见正当中有一石碣。碣上有一行楷书大字，镌着"花果山福地，水帘洞洞天"。【卓吾评：人人俱有此"洞天""福地"，惜不曾看见耳】石猴喜不自胜，急抽身往外便走，复瞑目蹲身，跳出水外，打了两个呵呵道："大造化！大造化！"众猴把他围住，问道："里面怎么样？水有多深？"石猴道："没水！没水！原来是一座铁板桥。桥那边是一座天造地设的家当。"【卓吾评：那个没有个"家当"？只是不能受用】众猴道："怎见得是个家当？"石猴笑道："这股水乃是桥下冲贯石窍，倒挂下来遮闭门户的。桥边有花有树，乃是一座石房。房内有石窝、石灶、石碗、石盆、石床、石凳。中间一块石碣上，镌着'花果山福地，水帘洞洞天'。真个是我们安身之处。里面且是宽阔，容得千百口老小。

我们都进去住，也省得受老天之气。【卓吾评："省得受老天之气"，如此说话，谁说得出？】这里边：

刮风有处躲，下雨好存身。霜雪全无惧，雷声永不闻。烟霞常照耀，祥瑞每蒸薰。松竹年年秀，奇花日日新。"

众猴听得，个个欢喜，都道："你还先走，带我们进去，进去！"石猴却又瞑目蹲身，往里一跳，叫道："都随我进来！进来！"那些猴有胆大的，都跳进去了；胆小的，一个个伸头缩颈，抓耳挠腮，大声叫喊，缠一会，也都进去了。跳过桥头，一个个抢盆夺碗，占灶争床，搬过来，移过去，正是猴性顽劣，再无一个宁时，只搬得力倦神疲方止。【卓吾评：着眼】【自己折腾自己的生活状态】石猿端坐上面道："列位呵，'人而无信，不知其可。'【卓吾评：老猴也会读《论语》？】你们才说有本事进得来，出得去，不伤身体者，就拜他为王。我如今进来又出去，出去又进来，寻了这一个洞天与列位安眠稳睡，各享成家之福，何不拜我为王？"众猴听说，即拱伏无违。一个个序齿排班，朝上礼拜，都称"千岁大王"。自此，石猴高登王位，将"石"字儿隐了，遂称美猴王。【卓吾评：着眼】【以心为王，便不再瞎折腾】有诗为证。诗曰：

三阳交泰产群生，仙石胞含日月精。

【就像所有生命都是天地生成，人的心性也是自然而来】

借卵化猴完大道，假他名姓配丹成。

【配丹，即修心。运用拟人手法，给心性起个名字，借石卵化猴直至成佛的事迹，讲修心的方法】

内观不识因无相，外合明知作有形。

【观照内心，心性无形，不易识别和描述，所以从身体中抽离出来，比喻成一个大家熟知的、有形的东西】

历代人人皆属此，称王称圣任纵横。

【卓吾评：此物原是内王外圣的，故有"美猴王"、"齐天大圣"之号。着眼着眼】【何以人人都称王称圣？人人都有心性，每个人的心性都是天地精华所生出的奇迹，是造物之极致，自由挥洒，无所不能，故能称王称圣。也正是在这个意义上，所有人都是平等的】

【本书不是某只猴子的故事，也不是某个人的故事，更不是关于石头能变猴子的神话，而是把全人类的心性用拟人手法提炼出来描述的故事。不可低估作者之情怀】

美猴王领一群猿猴、猕猴、马猴等，分派了君臣佐使，朝游花果山，暮宿水帘洞，合契同情，不入飞鸟之丛，不从走兽之类，独自为王，不胜欢乐。是以：

春采百花为饮食，
夏寻诸果作生涯。
秋收芋栗延时节，
冬觅黄精度岁华。

【天地生人，无所不备。心性本就是快乐和自由的，这是起点】

美猴王享乐天真，何期有三五百载。一日，与群猴喜宴之间，忽然忧恼，堕下泪来。众猴慌忙罗拜道："大王何为烦恼？"猴王道："我虽在欢喜之时，却有一点儿远虑，故此烦恼。"众猴又笑道："大王好不知足！我等日日欢会，在仙山福地，古洞神州，不伏（通"服"）麒麟辖，不伏凤凰管，又不伏人间王位所拘束，自由自在，乃无量之福，为何远虑而忧也？"猴王道："今日虽不归人王法律，不惧禽兽威严，将来年老血衰，暗中有阎王老子管着，一旦身亡，可不枉生世界之中，不得久注天人之内？"众猴闻此言，一个个掩面悲啼，俱以无常为虑。【肉体有生就有灭，死亡是人生终极之虑。心性之问，也是人类哲学的发端，自然发生，引导人从源头上找寻那个不生不灭的东西。据后文推算，猴王出世的年代正是公元前500年左右人类哲学大爆发的年代，可见猴王的道心开发代表全人类的道心开发】

只见那班部中，忽跳出一个通背猿猴，厉声高叫道："大王若是这般远虑，真所谓道心开发也！如今五虫[①]之内，惟有三等名色，不伏阎王老子所管。"猴王道："你知那三等人？"猿猴道："乃是佛与仙与神圣三者，躲过轮回，不生不灭，与天地山川齐寿。"猴王道："此三者居于何所？"猿猴道："他只在阎浮世界之中，古洞仙山之内。"猴王闻之，满心欢喜，道："我明日就辞汝等下山，云游海角，远涉天涯，务必访此三者，学一个不老长生，常躲过阎君之难。"噫！这句话，顿教跳出轮回网，致使齐天大圣成。众猴鼓掌称扬，都道："善哉！善哉！我等明日越岭登山，广寻些果品，大设筵宴送大王也。"

次日，众猴果去采仙桃，摘异果，刨山药，劚黄精，芝兰香蕙，瑶草奇花，般般件件，整整齐齐，摆开石凳石桌，排列仙酒仙肴。但见那：

金丸珠弹，红绽黄肥。金丸珠弹腊樱桃，色真甘美；红绽黄肥熟梅子，味果香酸。鲜龙眼，肉甜皮薄；火荔枝，核小囊红。林檎碧实连枝献，枇杷缃苞带叶擎。兔头梨子鸡心枣，消渴除烦更解醒。香桃烂杏，美甘甘似玉液琼浆；脆李杨梅，酸荫荫

---

① 五虫：古人把动物分为五类，即羽虫（禽类）、毛虫（兽类）、甲虫（昆虫类）、鳞虫（鱼类）、倮虫（人类）。

如脂酸膏酪。红囊黑子熟西瓜，四瓣黄皮大柿子。石榴裂破，丹砂粒现火晶珠；芋栗剖开，坚硬肉团金玛瑙。胡桃银杏可传茶，椰子葡萄能做酒。榛松榧柰满盘盛，藕蔗柑橙盈案摆。熟煨山药，烂煮黄精，捣碎茯苓并薏苡，石锅微火漫炊羹。人间纵有珍馐味，怎比山猴乐更宁？

群猴尊美猴王上坐，各依齿肩排于下边，一个个轮流上前，奉酒，奉花，奉果，痛饮了一日。次日，美猴王早起，教："小的们，替我折些枯松，编作筏子，取个竹竿作篙，收拾些果品之类，我将去也。"果独自登筏，尽力撑开，飘飘荡荡，径向大海波中，【卓吾评：如此勇决，自然跳出生死。可羡，可法】趁天风，来渡南赡部洲地界。这一去，正是那：

天产仙猴道行隆，离山驾筏趁天风。
飘洋过海寻仙道，立志潜心建大功。
有分有缘休俗愿，无忧无虑会元龙。
料想必遇知音者，说破源流万法通。

【时间的源流，生命的源流，到底还是心性的源流，找到和说破这个源流，也就找到了大道，心性就可以千变万化，通达无碍了】

也是他运至时来，自登木筏之后，连日东南风紧，将他送到西北岸前，乃是南赡部洲地界。持篙试水，偶得浅水，弃了筏子，跳上岸来，只见海边上有人捕鱼、打雁、挖蛤、淘盐。他走近前，弄个把戏，妆个吓唬，吓得那些人丢筐弃网，四散奔跑。将那跑不动的拿住一个，剥了他衣裳，也学人穿在身上，摇摇摆摆，穿州过府，在市廛中，学人礼，学人话。朝餐夜宿，一心里访问佛仙神圣之道，觅个长生不老之方。见世人都是为名为利之徒，更无一个为身命者。【卓吾评：真，真】【凡事需自问：为名利还是为身命？】正是那：

争名夺利几时休？早起迟眠不自由！
骑着驴骡思骏马，官居宰相望王侯。
只愁衣食耽劳碌，何怕阎君就取勾？
继子荫孙图富贵，更无一个肯回头！

【卓吾评：世人可惜，世人可叹，不及那猴王多矣】

猴王参访仙道，无缘得遇。在于南赡部洲，串长城，游小县，不觉八九年余。忽行至西洋大海，他想着海外必有神仙。独自个依前作筏，又飘过西海，直至西牛贺洲地界。登岸遍访多时，忽见一座高山秀丽，林麓幽深。他也不怕狼虫，不惧虎豹，登山顶上观看。果是好山：

千峰排戟，万仞开屏。日映岚光轻锁翠，雨收黛色冷含青。瘦藤缠老树，古渡界幽程。奇花瑞草，修竹乔松。修竹乔松，万载常青欺福地；奇花瑞草，四时不谢赛蓬瀛。幽鸟啼声近，源泉响溜清。重重谷壑芝兰绕，处处巉崖苔藓生。起伏峦头龙脉好，必有高人隐姓名。

正观看间，忽闻得林深之处，有人言语，急忙趋步，穿入林中，侧耳而听，原来是歌唱之声。歌曰：

“观棋柯烂，伐木丁丁，云边谷口徐行，卖薪沽酒，狂笑自陶情。苍径秋高，对月枕松根，一觉天明。认旧林，登崖过岭，持斧断枯藤。收来成一担，行歌市上，易米三升。更无些子争竞，时价平平，不会机谋巧算，没荣辱，恬淡延生。相逢处，非仙即道，静坐讲《黄庭》。”【卓吾评：好快活】【此曲堪比《心经》】

美猴王听得此言，满心欢喜道：“神仙原来藏在这里！”急忙跳入里面，仔细再看，乃是一个樵子，在那里举斧砍柴。但看他打扮非常：头上戴箬笠，乃是新笋初脱之箨。身上穿布衣，乃是木绵捻就之纱。腰间系环绦，乃是老蚕口吐之丝。足下踏草履，乃是枯莎搓就之爽。手执衠钢斧，担挽火麻绳。扳松劈枯树，争似此樵能！

猴王近前叫道：“老神仙！弟子起手。”那樵汉慌忙丢了斧，转身答礼道：“不当人！不当人！我拙汉衣食不全，怎敢当‘神仙’二字？”猴王道：“你不是神仙，如何说出神仙的话来？”樵夫道：“我说甚么神仙话？”猴王道：“我才来至林边，只听的你说：‘相逢处非仙即道，静坐讲《黄庭》。’《黄庭》乃道德真言，非神仙而何？”樵夫笑道：“实不瞒你说，这个词名做《满庭芳》，乃一神仙教我的。那神仙与我舍下相邻。【孝子与神仙为邻，儒释道义理相近之意】他见我家事劳苦，日常烦恼，教我遇烦恼时，即把这词儿念念。一则散心，二则解困。我才有些不足处思虑，故此念念。不期被你听了。”猴王道：“你家既与神仙相邻，何不从他修行？学得个不老之方？却不是好？”樵夫道：“我一生命苦，自幼蒙父母养育至八九岁，才知人事，不幸父丧，母亲居孀。再无兄弟姊妹，只我一人，没奈何，早晚侍奉。如今母老，一发不敢抛离。却又田园荒芜，衣食不足，只得斫两束柴薪，挑向市廛之间，货几文钱，籴几升米，自炊自造，安排些茶饭，供养老母，所以不能修行。”【与惠能大师出家前经历相似，也反映作者孝道重于出家的理念】

【《坛经》印证：惠能严父，本贯范阳，左降流于岭南，作新州百姓。此身不幸，父又早亡，老母孤遗，移来南海，艰辛贫乏，于市卖柴】

猴王道：“据你说起来，乃是一个行孝的君子，向后必有好处。但望你指与我那神仙住处，却好拜访去也。”樵夫道：“不远，不远。此山叫做灵台方寸山。【卓吾评：

灵台方寸，心也】山中有座斜月三星洞。【卓吾评：斜月像一勾，三星像三点，也是心。言学仙不必在远，只在此心】那洞中有一个神仙，称名须菩提祖师。【卓吾评：一部《西游》，此是宗旨】【须菩提为如来弟子，在《金刚经》中问如来如何降伏其心，但下文多处均称菩提祖师，且下文可见并不是须菩提】那祖师出去的徒弟，也不计其数，见今还有三四十人从他修行。你顺那条小路儿，向南行七八里远近，即是他家了。"猴王用手扯住樵夫道："老兄，你便同我去去。若还得了好处，决不忘你指引之恩。"【卓吾评：痴猴】【自己的心要自己找，别人只能指路，不能带路】樵夫道："你这汉子，甚不通变。我方才这般与你说了，你还不省？假若我与你去了，却不误了我的生意？老母何人奉养？我要斫柴，你自去，自去。"

猴王听说，只得相辞。出深林，找上路径，过一山坡，约有七八里远，果然望见一座洞府。挺身观看，真好去处！但见：

烟霞散彩，日月摇光。千株老柏，万节修篁。千株老柏，带雨半空青冉冉；万节修篁，含烟一壑色苍苍。门外奇花布锦，桥边瑶草喷香。石崖突兀青苔润，悬壁高张翠藓长。时闻仙鹤唳，每见凤凰翔。仙鹤唳时，声振九皋霄汉远；凤凰翔起，翎毛五色彩云光。玄猿白鹿随隐见，金狮玉象任行藏。细观灵福地，真个赛天堂！【卓吾评：此是什么去处？人须自想】【上文讲每个人都有这样的福地洞天，这里形容每个人心中都有无尽风光和宝藏】

又见那洞门紧闭，静悄悄杳无人迹。忽回头，见崖头立一石牌，约有三丈余高、八尺余阔，上有一行十个大字，乃是"灵台方寸山，斜月三星洞"。美猴王十分欢喜道："此间人果是朴实。果有此山此洞。"看彀多时，不敢敲门。且去跳上松枝梢头，摘松子吃了顽耍。

少顷间，只听得呀的一声，洞门开处，里面走出一个仙童，真个丰姿英伟，像貌清奇，比寻常俗子不同。【卓吾评：此童子是什么？人自思之】但见他：

鬆髻双丝绾，宽袍两袖风。【这是道家打扮】
貌和身自别，心与相俱空。【这是佛家用语】
物外长年客，山中永寿童。【这是生来就有的童心】
一尘全不染，甲子任翻腾。【未受沾染的真心】

【心山心洞中迎出来的童子就是自己的童心，或真心、赤子之心，它可能有儒释道的表相，但非儒非释非道。它一尘不染，永不磨灭，并且能引导人找到自己心中的菩提，或智慧】

那童子出得门来，高叫道："甚么人在此搔扰？"猴王扑的跳下树来，上前躬身道："仙童，我是个访道学仙之弟子，更不敢在此搔扰。"仙童笑道："你是个访道的么？"猴王道："是。"童子道："我家师父，正才下榻，登坛讲道。还未说出原由，就教我出来开门。说：'外面有个修行的来了，可去接待接待。'想必就是你了？"猴王笑道："是我，是我。"【卓吾评：好担当】童子道："你跟我进来。"

这猴王整衣端肃，随童子径入洞天深处观看：一层层深阁琼楼，一进进珠宫贝阙，说不尽那静室幽居，直至瑶台之下。见那菩提祖师端坐在台上，两边有三十个小仙侍立台下。果然是：

大觉金仙没垢姿，【大觉金仙是道家的法号】西方妙相祖菩提；【祖菩提是佛家的称呼】不生不灭三三行，【不生不灭出自佛经，三三行即"阿耨多罗三藐三菩提"，均为佛家讲智慧和圆满的状态】全气全神万万慈。【精、气、神都是道家常用的词汇】空寂自然随变化，【佛经说空寂，道经说自然】真如本性任为之；【佛经说真如本性，道经说无为无不为】与天同寿庄严体，历劫明心大法师。【卓吾评：着眼】【历来有人追问这个祖师是谁，就好像研究贾宝玉到底影射哪位亲王、皇帝或富商之子，都是把素材混同于艺术形象，做无用功。祖师象征人类道心发端时代所有伟大的心性和文明，这个形象取材于很多人，除了《金刚经》中的须菩提，还有《坛经》中五祖弘忍的影子，但又不是任何具体的人物。作者用词之所以在佛道之间反复跳跃，既取不入法相之意，也故意把祖师形象变模糊，以突出寓意。艺术形象承载的思想比费尽心思的影射所能表达的思想更丰富，也更精彩】

美猴王一见，倒身下拜，磕头不计其数，口中只道："师父！师父！我弟子志心朝礼！志心朝礼！"祖师道："你是那方人氏？且说个乡贯姓名明白，再拜。"猴王道："弟子乃东胜神洲傲来国花果山水帘洞人氏。"祖师喝令："赶出去！他本是个撒诈捣虚之徒，那里修甚么道果！"猴王慌忙磕头不住道："弟子是老实之言，决无虚诈。"祖师道："你既老实，怎么说东胜神洲？那去处到我这里，隔两重大海，一座南赡部洲，如何就得到此？"猴王叩头道："弟子飘洋过海，登界游方，有十数个年头，方才访到此处。"祖师道："既是逐渐行来的也罢。你姓甚么？"猴王又道："我无性。人若骂我，我也不恼；若打我，我也不嗔，只是陪个礼儿就罢了。一生无性。"【不执着于我的感觉，也不执着于别人对我的态度，即无我相、无人相，正是《金刚经》中佛祖倡导的状态】祖师道："不是这个性。你父母原来姓甚么？"【卓吾评：好提醒】猴王道："我也无父母。"【卓吾评：着眼。"无父母"，就是自家做祖了】【这里表面是在讨论"姓氏"，实际在讨论"心性"。禅语中的"主人"或"父母"是指自己的真心，问"父母"如同问是否找到真心，卓吾评"自家作祖"即是自心无所不备，需向内寻求之意】祖师道："既无父母，想是树上生的？"猴王道："我虽不是树上生，却是石里长的。我只记得花果山上有一块仙石，其年石破，我便生也。"祖师闻言，暗喜道："这等说，却是天地生成的。你起来走走我看。"猴王纵身跳起，拐呀拐的走了两遍。祖师笑道："你身躯虽是鄙陋，却像个食松果的猢狲。【类似五祖弘忍起初对六祖惠能的评价：獦獠】我与你就身上取个姓氏，意思教你姓'猢'。'猢'字去了个兽傍，乃是个古月。古者，老也；月者，阴也。老阴不能化育，教你姓'狲'倒好。'狲'字去了兽傍，乃是个'子系'。【"孙"字的繁体拆开便是"子系"】子者，儿男也；系者，婴细也。正合婴儿之本论。【《道德经》认为婴儿的状态是修行的理想状态，也符合《心经》里"无智、无得、无挂碍、无恐怖"的状态，下文多处以婴儿象征道心、赤子之心或功果】教你姓'孙'罢。"【卓吾评：大道理。只是如今姓胡的怎么处？】猴王听说，满心欢喜，朝上叩头道："好！好！好！今日方知姓也。万望师父慈悲！既然有姓，再乞赐个名字，却好呼唤。"祖师道："我门中有十二个字，分派起名到你乃第十辈之小徒矣。"猴王道："那十二个字？"祖师道："乃广、大、智、慧、真、如、性、海、颖、悟、圆、觉十二字。排到你，正当'悟'字。与你起个法名叫做'孙悟空'好么？"猴王笑道："好！好！好！自今就叫做孙悟空也！"正是：鸿蒙初辟原无姓，打破顽空须悟空。【心性本来就从最初的"无"和"空"中来，故应回到源头来认识它】

【《坛经》印证：祖言："汝是岭南人，又是獦獠，若为堪作佛？"惠能曰："人虽有南北，佛性本无南北。獦獠身与和尚不同，佛性有何差别？"】

毕竟不知向后修些甚么道果，且听下回分解。

【卓吾评：读《西游记》者，不知作者宗旨，定作戏论。余为一一拈出，庶几不埋没了作者之意。即如第一回，有无限妙处，若得其意，胜如罄翻一大藏了也。篇中云"释厄传"，见此书读之，可释厄也。若读了《西游》，厄仍不释，却不辜负了《西游记》么？何以言"释厄"？只是能解脱便是。又曰"高登王位，将'石'字儿隐了"。盖猴言心之动也，石言心之刚也。心不刚，斩世缘不断，不可以入道。入道之初，用得刚字着，故显个"石"字。心终刚，入道味不深，不可以得道。得道之后，用"刚"字不着，故隐了"石"字。大有微意，何可埋没？又"不入飞鸟之丛，不从走兽之类"，见得人不为圣贤，即为禽兽。今既登王入圣，便不为禽兽了，所以"不入飞鸟之丛，不从走兽之类"也。人何可不为圣贤，而甘为禽兽乎？又曰"子者，儿男也；系者，婴细也。正合婴儿之本论。"即是《庄子》"为婴儿"，《孟子》"不失赤子之心"之意。若如"佛与仙与神圣三者，躲过轮回"，又曰"世人都是为名为利之徒，更无一个为身命者"，已是明白说了也，余不必多为注脚，读者须自知之】

第二回　悟彻菩提真妙理　断魔归本合元神

【地理上是西牛贺洲，拆的字却是汉字；菩提祖师是佛家的称呼，讲的理论却包含道家；门派起名都用佛家字眼，引导人却是个孝子；三教九流都教，却说这些都不得长久。本回作者借悟空悟道，阐释了大道不拘泥于流派和形式的道理。心性是全人类的心性，没有国家、地域、文化、派系之分；门派理论都是人类心性开发的路径，不是目的。悟空所学的七十二变和筋斗云，实是讲人心性之多变和通达，这是心性本来就有的功能，不是学来的，不是神力注入的，也不是灵丹妙药的功力。六祖惠能说"菩提只向心觅，何劳向外求玄"，所以，灵台方寸山斜月三星洞的菩提祖师，其实是心山心洞的自己心中的智慧。悟空求道的过程，其实是惠能语的舞台剧式的展示】

话表美猴王得了姓名，怡然踊跃；对菩提前作礼启谢。那祖师即命大众引孙悟空出二门外，教他洒扫应对，进退周旋之节。众仙奉行而出。悟空到门外，又拜了大众师兄，就于廊庑之间，安排寝处。次早，与众师兄学言语礼貌、讲经论道，习字焚香，每日如此。闲时即扫地锄园，养花修树，寻柴燃火，挑水运浆。凡所用之物，无一不备。【生活即是修行】在洞中不觉倏六七年。一日，祖师登坛高坐，唤集诸仙，开讲大道。真个是：

天花乱坠，地涌金莲。妙演三乘教，精微万法全。慢摇麈尾喷珠玉，响振雷霆动九天。说一会道，讲一会禅，三家配合本如然。【那时节儒释道都学的神仙洞府哪里去找？无处可寻。这里讲人类道心开发之初，受所有精华思想的滋养，而这些思想也不是凭空产生的，而是早就暗含在人类心性中。真理不是谁家的专利，各家学说各有妙用，且本源都是相通的，学习者当不入法相，即不囿于门类派别】开明一字皈诚理，指引无生了性玄。【所有的道理，都归结到奇妙的心性上，引导人找到不生不灭的自性】

【《金刚经》印证：无有定法名阿耨多罗三藐三菩提，亦无有定法如来可说。何以故？如来所说法，皆不可取、不可说、非法、非非法。所以者何？一切贤圣皆以无为法而有差别】

孙悟空在旁闻听，喜得他抓耳挠腮，眉花眼笑。忍不住手之舞之，足之蹈之。

忽被祖师看见，叫孙悟空道："你在班中，怎么颠狂跃舞，不听我讲？"悟空道："弟子诚心听讲，听到老师父妙音处，喜不自胜，故不觉作此踊跃之状。望师父恕罪！"祖师道："你既识妙音，我且问你，你到洞中多少时了？"悟空道："弟子本来懵懂，不知多少时节。【懵懂不知时节，无所挂碍，正合婴儿之论】只记得灶下无火，常去山后打柴，见一山好桃树，我在那里吃了七次饱桃矣。"祖师道："那山唤名烂桃山。你既吃七次，想是七年了。你今要从我学些甚么道？"悟空道："但凭尊祖教诲，只是有些道气儿，弟子便就学了。"

祖师道："'道'字门中有三百六十傍门，傍门皆有正果。不知你学那一门哩？"悟空道："凭尊师意思。弟子倾心听从。"祖师道："我教你个'术'字门中之道，如何？"悟空道："'术'门之道怎么说？"祖师道："'术'字门中，乃是些请仙扶鸾，问卜揲蓍①，能知趋吉避凶之理。"悟空道："似这般可得长生么？"【卓吾评：着眼】【学艺当有此问，做事亦当有此问】祖师道："不能！不能！"悟空道："不学！不学！"

祖师又道："教你'流'字门中之道，如何？"悟空又问："'流'字门中，是甚义理？"祖师道："'流'字门中，乃是儒家、释家、道家、阴阳家、墨家、医家，或看经，或念佛，并朝真降圣之类。"【此处强调看经、念佛、朝真降圣等形式上的东西】悟空道："似这般可得长生么？"祖师道："若要长生，也似'壁里安柱'。"悟空道："师父，我是个老实人，不晓得打市语。怎么谓之'壁里安柱'？"祖师道："人家盖房，欲图坚固，将墙壁之间，立一顶柱，有日大厦将颓，他必朽矣。"【三教九流都是人类智慧的结晶，但大道不拘泥于流派和形式，用仪式和教规巩固教义，如同壁里安柱，同生同朽】悟空道："据此说，也不长久。不学！不学！"

祖师道："教你'静'字门中之道，如何？"悟空道："'静'字门中，是甚正果？"祖师道："此是休粮守谷，清静无为，参禅打坐，戒语持斋，或睡功，或立功，并入定坐关之类。"【还是形式上的东西】悟空道："这般也能长生么？"祖师道："也似'窑头土坯'。"悟空笑道："师父果有些滴答。一行说我不会打市语。怎么谓之'窑头土坯'？"祖师道："就如那窑头上，造成砖瓦之坯，虽已成形，尚未经水火煅炼，一朝大雨滂沱，他必滥矣。"【卓吾评：道家只在水火既济，才能得手】悟空道："也不长远。不学！不学！"

祖师道："教你'动'字门中之道，如何？"悟空道："'动'门之道，却又怎样？"祖师道："此是有为有作，采阴补阳，攀弓踏弩（瑜伽动作），摩脐过气（控制经脉运行），用方

---

① 揲蓍：shé shī，数蓍草。古代问卜的一种方式。

炮制(制作补药),烧茅打鼎(用金属炼丹),进红铅(用经血做药),炼秋石(从童子尿中提取丹药),并服妇乳(饮人奶进补)之类。”【越说越下道,大多是骗人的本事和职业技能,但也符合人类心性开发之初,文明和糟粕混杂的事实】悟空道:“似这等也得长生么?”祖师道:“此欲长生,亦如‘水中捞月’。”悟空道:“师父又来了!怎么叫做‘水中捞月’?”祖师道:“月在长空,水中有影,虽然看见,只是无捞摸处,到底只成空耳。”悟空道:“也不学!不学!”

祖师闻言,咄的一声,跳下高台,手持戒尺,指定悟空道:“你这猢狲,这般不学,那般不学,却待怎么?”走上前,将悟空头上打了三下,倒背着手,走入里面,将中门关了,撇下大众而去。【卓吾评:又打市语】唬得那一班听讲的,人人惊惧,皆怨悟空道:“你这泼猴,十分无状!师父传你道法,如何不学,却与师父顶嘴?这番冲撞了他,不知几时才出来啊!”此时俱甚抱怨他,又鄙贱嫌恶他。悟空一些儿也不恼,只是满脸赔笑。【卓吾评:老猴聪明】【正所谓不入我相、人相】原来那猴王,已打破盘中之谜,暗暗在心,所以不与众人争竞,只是忍耐无言。祖师打他三下者,教他三更时分存心,倒背着手,走入里面,将中门关上者,教他从后门进步,秘处传他道也。【卓吾评:师父到底打市语】【此处取材《坛经》记载六祖惠能学道之经历。悟空的经历,有向六祖惠能致敬的涵义】

当日悟空与众等,喜喜欢欢,在三星仙洞之前,盼望天色,急不能到晚。及黄昏时,却与众就寝,假合眼,定息存神。山中又没支更(打更)传箭①,不知时分,只自家将鼻孔中出入之气调定。约到子时前后,轻轻的起来,穿了衣服,偷开前门,躲离大众,走出外,抬头观看。正是那:

月明清露冷,八极迥无尘。
深树幽禽宿,源头水溜汾。
飞萤光散影,过雁字排云。
正直三更候,应该访道真。

你看他从旧路径至后门外,只见那门儿半开半掩。悟空喜道:“老师父果然注意与我传道,故此开着门也。”即曳步近前,侧身进得门里,只走到祖师寝榻之下。见祖师蜷跼身躯,朝里睡着了。悟空不敢惊动,即跪在榻前。那祖师不多时觉来,舒开两足,口中自吟道:“难!难!难!道最玄,莫把金丹作等闲。【此处虽借用道家和炼丹术语,但下文可见,全是思维方法。所以所谓“金丹”,是指真理或得道的

① 传箭:报时。古用铜壶滴漏计时,看水平面箭上的刻度,即知时刻。

心性，并非丹药】不遇至人传妙诀，空言口困舌头干！”

悟空应声叫道：“师父，弟子在此跪候多时。”祖师闻得声音是悟空，即起披衣，盘坐喝道：“这猢狲！你不在前边去睡，却来我这后边作甚？”【卓吾评：又打市语】悟空道：“师父昨日坛前对众相允，教弟子三更时候，从后门里传我道理，故此大胆径拜老爷榻下。”祖师听说，十分欢喜，暗自寻思道：“这厮果然是个天地生成的！不然，何就打破我盘中之暗谜也？”悟空道：“此间更无六耳，止只弟子一人，望师父大舍慈悲，传与我长生之道罢，永不忘恩！”祖师道：“你今有缘，我亦喜说。既识得盘中暗谜，你近前来，仔细听之，当传与你长生之妙道也。”悟空叩头谢了，洗耳用心，跪于榻下。【卓吾评：着眼】祖师云：

显密圆通真妙诀，惜修性命无他说。【悟道的秘诀，就是把心性修炼到通达无碍的境界，除此别无他说】都来总是精气神，谨固牢藏休漏泄。【不要让欲望、臆想无端消耗精气神】休漏泄，体中藏，汝受吾传道自昌。【心性本来完备，说破后自然就能发挥神通】口诀记来多有益，屏除邪欲得清凉。【自性本来清净，不思邪欲，不着执念，心里便得明彻】得清凉，光皎洁，好向丹台赏明月。【本体清净，便能观照圆明的心性】月藏玉兔日藏乌，自有龟蛇相盘结。【万事万物都有阴阳两面，阴中有阳，阳中有阴，如同善恶相辅相成，圆明的心性不执着于一端】相盘结，性命坚，却能火里种金莲。【不要陷在矛盾取舍之中，于一切境界中心念不离自性】攒簇五行颠倒用，功完随作佛和仙。【在尘世各种形相和对立的观念中通达无碍，即是仙佛的境界】【此口诀以道家用语讲禅宗理论，后文比丘国也有类似体例】

此时说破根源，悟空心灵福至，切切记了口诀，对祖师拜谢深恩，即出后门观看。但见东方天色微舒白，西路金光大显明。依旧路，转到前门，轻轻的推开进去，坐在原寝之处，故将床铺摇响道：“天光了！天光了！起耶！”那大众还正睡哩，不知悟空已得了好事。当日起来打混，暗暗维持，子前午后，自己调息。

【《坛经》印证：次日，祖潜至碓坊，见能腰石舂米，语曰：“求道之人为法忘躯，当如是乎！”乃问曰：“米熟也未？”惠能曰：“米熟久矣！犹欠筛在。”祖以杖击碓三下而去。惠能即会祖意，三鼓入室，祖以袈裟遮围，不令人见，为说《金刚经》，至“应无所住而生其心”，惠能言下大悟一切万法不离自性。遂启祖言：“何期自性本自清净！何期自性本不生灭！何期自性本自具足！何期自性本无动摇！何期自性能生万法！”祖知悟本性，谓惠能曰：“不识本心，学法无益。若识自本心，见自本性，即名丈夫、天人师、佛。”】

却早过了三年，祖师复登宝座，与众说法。谈的是公案比语，论的是外像包皮。

忽问："悟空何在？"悟空近前跪下："弟子有。"祖师道："你这一向修些什么道来？"悟空道："弟子近来法性颇通，根源亦渐坚固矣。"祖师道："你既通法性，会得根源，已注神体，却只是防备着'三灾利害'。"悟空听说，沉吟良久道："师父之言谬矣。【"沉吟良久"，敢言师谬，是为良徒】我常闻道高德隆，与天同寿，水火既济，百病不生，却怎么有个'三灾利害'？"【卓吾评：着眼】祖师道："此乃非常之道：夺天地之造化，侵日月之玄机；丹成之后，鬼神难容。【鬼神难容，比喻人心险恶】虽驻颜益寿，但到了五百年后，天降雷灾打你，须要见性明心，预先躲避。躲得过，寿与天齐，躲不过，就此绝命。再五百年后，天降火灾烧你。这火不是天火，亦不是凡火，唤做'阴火'。自本身涌泉穴下烧起，直透泥垣宫，五脏成灰，四肢皆朽，把千年苦行，俱为虚幻。再五百年，又降风灾吹你。这风不是东南西北风，不是和薰金朔风，亦不是花柳松竹风，唤做'赑风'①。自囟门中吹入六腑，过丹田，穿九窍，骨肉消疏，其身自解。所以都要躲过。"【卓吾评：说得极明白，人还不知，何也？】【"三灾"原意为佛教末世劫难中的水、火、风之灾，此处的雷、火、风糅合了医学和佛学的说法，引申为由于自身的狂妄、暴躁、愚痴而产生的尘世阻碍和身心痛苦，下文大闹天宫和车迟国的雷、火云洞和火焰山的火、黄风岭和芭蕉扇的风也体现了这些含义。躲避的办法即心性的灵动，也即整本书中用悟空的千变万化所强调的道理】悟空闻说，毛骨悚然，叩头礼拜道："万望师父垂悯，传与躲避三灾之法，到底不敢忘恩。"祖师道："此亦无难，只是你比他人不同，故传不得。"悟空道："我也头圆顶天，足方履地，一般有九窍四肢，五脏六腑，何以比人不同？"祖师道："你虽然像人，却比人少腮。"原来那猴子孤拐面（上部凸出下部尖削的脸），凹脸尖嘴。悟空伸手一摸，笑道："师父没成算！我虽少腮，却比人多这个素袋，亦可准折过也。"【卓吾评：趣】祖师说："也罢，你要学那一般？有一般天罡数，该三十六般变化，有一般地煞数，该七十二般变化。"悟空道："弟子愿多里捞摸，学一个地煞变化罢。"祖师道："既如此，上前来，传与你口诀。"遂附耳低言，不知说了些甚么妙法。这猴王也是一窍通时百窍通，当时习了口诀，自修自炼，将七十二般变化，都学成了。【此处以七十二般变化躲避"三灾利害"，比喻用随机应变、和光同尘应对人心和世道险恶】

忽一日，祖师与众门人在三星洞前戏玩晚景。祖师道："悟空，事成了未曾？"悟空道："多蒙师父海恩，弟子功果完备，已能霞举飞升也。"祖师道："你试飞举我看。"悟空弄本事，将身一耸，打了个连扯跟头，跳离地有五六丈，踏云霞去勾有顿饭功

① 赑风：bì fēng，佛教所称大三灾之一的风灾名。

夫，返复不上三里远近，落在面前，叉手道："师父，这就是飞举腾云了。"祖师笑道："这个算不得腾云，只算得爬云而已。自古道：'神仙朝游北海暮苍梧。'似你这半日，去不上三里，即爬云也还算不得哩！"悟空道："怎么为'朝游北海暮苍梧'？"祖师道："凡腾云之辈，早辰起自北海，游过东海、西海、南海、复转苍梧，苍梧者却是北海零陵之语话也。将四海之外，一日都游遍，方算得腾云。"悟空道："这个却难！却难！"祖师道："世上无难事，只怕有心人。"【卓吾评：着眼】悟空闻得此言，叩头礼拜，启道："师父，'为人须为彻'，索性舍个大慈悲，将此腾云之法，一发传与我罢，决不敢忘恩。"祖师道："凡诸仙腾云，皆跌足而起，你却不是这般。我才见你去，连扯方才跳上。我今只就你这个势，传你个'筋斗云'罢。"悟空又礼拜恳求，祖师却又传个口诀道："这朵云，捻着诀，念动真言，攒紧了拳，将身一抖，跳将起来，一筋斗就有十万八千里路哩！"大众听说，一个个嘻嘻笑道："悟空造化！若会这个法儿，与人家当铺兵，送文书，递报单，不管那里都寻了饭吃！"【卓吾评：众人见识，定是如此】师徒们天昏各归洞府。这一夜，悟空即运神炼法，会了筋斗云。逐日家无拘无束，自在逍遥，此亦长生之美。【七十二变即心性之变化多端，筋斗云即心念之通达无碍，实是人人都会的神通，只需高人说破而已】

一日，春归夏至，大众都在松树下会讲多时。大众道："悟空，你是那世修来的缘法？前日老师父附耳低言，传与你的躲三灾变化之法，可都会么？"悟空笑道："不瞒诸兄长说，一则是师父传授，二来也是我昼夜殷勤，那几般儿都会了。"大众道："趁此良时，你试演演，让我等看看。"悟空闻说，抖搜（犹抖擞）精神，卖弄手段道："众师兄请出个题目。要我变化甚么？"大众道："就变颗（同"棵"）松树罢。"悟空捻着诀，念动咒语，摇身一变，就变做一棵松树。【卓吾评：难道松树不是猴？】真个是：

郁郁含烟贯四时，凌云直上秀贞姿。
全无一点妖猴像，尽是经霜耐雪枝。

大众见了，鼓掌呵呵大笑。都道："好猴儿！好猴儿！"不觉的嚷闹，惊动了祖师。祖师急拽杖出门来问道："是何人在此喧哗？"大众闻呼，慌忙检束，整衣向前。悟空也现了本相，杂在丛中道："启上尊师，我等在此会讲，更无外姓喧哗。"祖师怒喝道："你等大呼小叫，全不像个修行的体段！修行的人，口开神气散，舌动是非生。如何在此嚷笑？"【卓吾评：着眼】大众道："不敢瞒师父，适才孙悟空演变化耍子。教他变棵松树，果然是棵松树，弟子们俱称扬喝采，故高声惊冒尊师，望乞恕罪。"祖师道："你等起去。"叫："悟空，过来！我问你弄甚么精神，变甚么松树？这个工夫，可好在人前卖弄？假如你见别人有，不要求他？别人见你有，必然求你。你若畏祸，却要传他；若不传他，必然加害，你之性命又不可保。”【卓吾评：老成之语】【不低估人性之恶，遇事先求避祸自保，神仙也不例外】悟空叩头道：“只望师父恕罪！”祖师道：“我也不罪你，但只是你去罢。”悟空闻此言，满眼堕泪道：“师父教我往那里去？”【“那”同“哪”。往哪里去？问的是归处】祖师道：“你从那里来，便从那里去就是了。”【卓吾评：着眼】【从哪里来便从哪里去，答的是起点。理论已通，需要心去实践】悟空顿然醒悟道：“我自东胜神洲傲来国花果山水帘洞来的。”祖师道：“你快回去，全你性命，若在此间，断然不可！”【《坛经》印证：汝须速去，恐人害汝】悟空领罪，“上告尊师，我也离家有二十年矣，虽是回顾旧日儿孙，但念师父厚恩未报，不敢去。”祖师道：“那里甚么恩义？你只是不惹祸不牵带我就罢了！”【卓吾评：可以为师矣】悟空见没奈何，只得拜辞，与众相别。祖师道：“你这去，定生不良。凭你怎么惹祸行凶，却不许说是我的徒弟。你说出半个字来，我就知之，把你这猢狲剥皮锉骨，将神魂贬在九幽之处，教你万劫不得翻身！”悟空道：“决不敢提起师父一字，只说是我自家会的便罢。”【卓吾评：如今弟子都是如此】【六祖于《金刚经》解悟自性本具佛性，不需外求，故悟空在祖师处亦无所得。按情节理解，“师父”是真，“自家会的”是假；寓意上，“师父”是假，“自家会的”是真。悟空学道的过程是以舞台剧式的夸张动作和道具设置诠释“菩提只向心觅”，若这个菩提祖师具体为佛祖或道祖，则向心里觅得的是佛法或道法，俱是入了法相，即执着于某一种法】

【《金刚经》印证：如来在燃灯佛所，于法实无所得】

【《坛经》印证：若自悟者，不假外求；若一向执，谓须他善知识方得解脱者，无有是处。何以故？自心内有知识自悟】

悟空谢了，即抽身，捻着诀，丢个连扯，纵起筋斗云，径回东胜。那里消一个时辰，早看见花果山水帘洞。美猴王自知快乐，暗暗的自称道：【卓吾评：着眼】

“去时凡骨凡胎重，得道身轻体亦轻。
举世无人肯立志，立志修玄玄自明。
当时过海波难进，今日回来甚易行。
别语叮咛还在耳，何期顷刻见东溟。”

悟空按下云头，直至花果山。找路而走，忽听得鹤唳猿啼，鹤唳声冲霄汉外，猿啼悲切甚伤情。即开口叫道：“孩儿们，我来了也！”那崖下石坎边，花草中，树木里，若大若小之猴，跳出千千万万，把个美猴王围在当中，叩头叫道：“大王，你好宽心！怎么一去许久？把我们俱闪在这里，望你诚如饥渴！近来被一妖魔在此欺虐，强要占我们水帘洞府，是我等舍死忘生，与他争斗。这些时，被那厮抢了我们家火（器具)，捉了许多子侄，教我们昼夜无眠，看守家业。幸得大王来了！大王若再年载不来，我等连山洞尽属他人矣！”悟空闻说，心中大怒道：“是甚么妖魔，辄敢无状！你且细细说来，待我寻他报仇。”众猴叩头：“告上大王，那厮自称混世魔王，【比喻道心缺失，身体就被魔心侵占，变成混世魔王】住居在直北下。”悟空道：“此间到他那里，有多少路程?”众猴道：“他来时云，去时雾，或风或雨，或雷或电，我等不知有多少路。”悟空道：“既如此，你们休怕，且自顽耍，等我寻他去来！”

好猴王，将身一纵，跳起去，一路筋斗，直至北下观看，见一座高山，真是十分险峻。好山：

笔峰挺立，曲涧深沉。笔峰挺立透空霄，曲涧深沉通地户。两崖花木争奇，几处松篁斗翠。左边龙，熟熟驯驯；右边虎，平平伏伏。每见铁牛耕，常有金钱种。幽禽睍睆(xiàn huǎn，声音清和婉转)声，丹凤朝阳立。石磷磷，波净净，古怪跷蹊真恶狞。世上名山无数多，花开花谢繁还众。争如此景永长存，八节四时浑不动。诚为三界坎源山，滋养五行水脏洞！【没有道心的身体就是个臭皮囊，故曰“水脏洞”】

美猴王正默看景致，只听得有人言语。径自下山寻觅，原来那陡崖之前，乃是那水脏洞。洞门外有几个小妖跳舞，见了悟空就走。悟空道：“休走！借你口中言，传我心内事。我乃正南方花果山水帘洞洞主。你家甚么混世鸟魔，屡次欺我儿孙，我特寻来，要与他见个上下！”

那小妖听说，疾忙跑入洞里，报道：“大王！祸事了！”魔王道：“有甚祸事?”小妖道：“洞外有猴头称为花果山水帘洞洞主。他说你屡次欺他儿孙，特来寻你，见个上下哩。”魔王笑道：“我常闻得那些猴精说他有个大王，出家修行去，想是今番来了。你们见他怎生打扮，有甚器械?”小妖道：“他也没甚么器械，光着个头，穿一领红色衣，勒一条黄丝绦，足下踏一对乌靴，不僧不俗，又不像道士神仙，赤手空拳，在门外叫哩。”【不僧、不道、不儒，猴子炼的是无相功】魔王闻说：“取我批挂兵器来！”那小妖即时取出。那魔王穿了甲胄，绰刀在手，与众妖出得门来，即高声叫道：“那个是水帘洞洞主?”悟空急睁睛观看，只见那魔王：

头戴乌金盔，映日光明；身挂皂罗袍，迎风飘荡。下穿着黑铁甲，紧勒皮条；足踏着花褶靴，雄如上将。腰广十围，身高三丈，手执一口刀，锋刃多明亮。称为混世魔，磊落凶模样。

猴王喝道：“这泼魔这般眼大，看不见老孙！”魔王见了，笑道：“你身不满四尺，年不过三旬，手内又无兵器，怎么大胆猖狂，要寻我见甚么上下?”悟空骂道：“你这泼魔，原来没眼！你量我小，要大却也不难。你量我无兵器，我两只手彀(gòu，够)

着天边月哩！你不要怕，只吃老孙一拳！”纵一纵，跳上去，劈脸就打。那魔王伸手架住道：“你这般矬矮，我这般高长，你要使拳，我要使刀，使刀就杀了你，也吃人笑，待我放下刀，与你使路拳看。”悟空道：“说得是。好汉子！走来！”那魔王丢开架子便打，这悟空钻进去相撞相迎。他两个拳捶脚踢，一冲一撞。原来长拳空大，短簇坚牢。那魔王被悟空掏短肋，撞丫裆，几下筋节，把他打重了。他闪过，拿起那板大的钢刀，望悟空劈头就砍。悟空急撤身，他砍了一个空。悟空见他凶猛，即使身外身法，拔一把毫毛，丢在口中嚼碎，望空中喷去，叫一声“变！”，即变做三二百个小猴，周围攒簇。

原来人得仙体，出神变化，无方不知。这猴王自从了道之后，身上有八万四千毛羽，根根能变，应物随心。【佛经讲心性能生万法，一念生八万四千智慧】那些小猴，眼乖会跳，刀来砍不着，枪去不能伤。你看他前踊后跃，钻上去，把个魔王围绕，抱的抱，扯的扯，钻裆的钻裆，扳脚的扳脚，踢打挦毛，抠眼睛，捻鼻子，抬鼓弄，直打做一个攒盘（包围殴打。攒，音 zǎn）。这悟空才去夺得他的刀来，分开小猴，照顶门一下，砍为两段。【卓吾评：不灭此魔，终不成道】【水脏洞的混世魔王代表凡人俗虑，也是悟空的心魔，故一刀两断】领众杀进洞中，将那大小妖精，尽皆剿灭。却把毫毛一抖，收上身来。又见那收不上身者，却是那魔王在水帘洞中擒去的小猴，悟空道：“汝等何为到此？”约有三五十个，都含泪道：“我等因大王修仙去后，这两年被他争吵，把我们都摄将来，那不是我们洞中的家火？石盆、石碗都被这厮拿来也。”悟空道：“既是我们的家火，你们都搬出外去。”随即洞里放起火来，把那水脏洞烧得枯干，尽归了一体。对众道：“汝等跟我回去。”众猴道：“大王，我们来时，只听得耳边风响，虚飘飘到于此地，更不识路径，今怎得回乡？”悟空道：“这是他弄的个术法儿，有何难也！我如今一窍通，百窍通，我也会弄。你们都合了眼，休怕！”

【《坛经》印证：善知识！我此法门，从一般若生八万四千智慧。何以故？为世人有八万四千尘劳，若无尘劳，智慧常现，不离自性】

好猴王，念声咒语，驾阵狂风，云头落下。叫：“孩儿们，睁眼。”众猴脚躧（xǐ，踩）实地，认得是家乡，【卓吾评：着眼】个个欢喜，都奔洞门旧路。那在洞众猴，都一齐簇拥同入，分班齿序，礼拜猴王。安排酒果，接风贺喜，启问降魔救子之事。悟空备细言了一遍，众猴称扬不尽道：“大王去到那方，不意学得这般手段！”悟空又道：“我当年别汝等，随波逐流，飘过东洋大海，径至南赡部洲，学成人像，着此衣，穿此履，摆摆摇摇，云游八九年余，更不曾有道；【卓吾评：原来南赡部洲无道】又渡西洋大海，到西牛贺洲地界，访问多时，幸遇一老祖，传了我与天同寿的真功果，不死长生的大法门。”众猴称贺。都道：“万劫难逢也!”悟空又笑道：“小的们，又喜我这一门皆有姓氏。”众猴道：“大王姓甚?”悟空道：“我今姓孙，法名悟空。”众猴闻说，鼓掌欣然道：“大王是老孙，我们都是二孙、三孙、细孙、小孙、一家孙、一国孙、一窝孙矣!”【卓吾评：趣】都来奉承老孙，大盆小碗的，椰子酒、葡萄酒、仙花、仙果，真个是合家欢乐！咦！贯通一姓身归本，只待荣迁仙箓名。毕竟不知怎生结果，居此界终始如何，且听下回分解。

【卓吾评：样样不学，只学长生，猴且如此，而况人乎！

世人岂惟不学长生，且学短生矣。何也？酒、色、财、气，俱短生之术也。世人有能离此四者，谁乎?

《西游记》极多寓言，读者切勿草草放过。如此回中：“水火既济，百病不生。”“世上无难事，只怕有心人。”“口开神气散，舌动是非生。”“你从那里来，便从那里去。”俱是性命微言也。

篇中讥刺南赡部洲人极毒，鞭策南赡部洲人亦极慈。曰：“着此衣，穿此履，摆摆摇摇，更不曾有道。”见得南赡部洲人，只会着衣，穿履，摇摆而已，并未尝有一个为道者也。

混世魔王处亦有意。盖道高一尺，魔高一丈，理势然也。若成道之后，不灭得魔道，非其道也。所以于小猴归处露二语曰：“脚躧实地，认得是家乡。”此灭魔成道之真光景也。读者察之。

老师父数句市语，遂为今日方士骗人秘诀】

第三回　四海千山皆拱伏　九幽十类尽除名

【继将心性用猴的形象表述之后，本回继续概念上的细化和完善，以金箍棒的来历和地府消死籍讲心性的力量。前文以大海比喻大道，本回海中测深的铁棒便是测量修行深浅的标志，后文讲“这大圣用心力轮铁棒”，可见铁棒实为心力。金箍棒的重量和变化象征心力之强且随心所欲，是人人修炼后都能达到的状态，无需向龙宫索取；合于大道的心性就像水在雨、河、瀑、海之间的形态变化，本就不生不灭，无需在地府消死籍。本回用戏剧式的手法把抽象的“心力”和“不生不灭”等心性的性质表达出来，让不懂哲学和宗教理论的人也能准确把握这两个概念，同时借龙王和地府向天庭告状引出招安情节】

却说美猴王荣归故里，自剿了混世魔王，夺了一口大刀，逐日躁（通“操”）演武艺，教小猴砍竹为标，削木为刀，治旗幡，打哨子，一进一退，安营下寨，顽耍多时。忽然静坐处，思想道：“我等在此，恐作耍成真，或惊动人王，或有禽王、兽王认此犯头，说我们躁兵造反，兴师来相杀，汝等都是竹竿木刀，如何对敌？须得锋利剑戟方可。如今奈何？”众猴闻说，个个惊恐道：“大王所见甚长，只是无处可取。”正说间，转上四个老猴，两个是赤尻马猴，两个是通背猿猴，走在面前道：“大王，若要治锋利器械，甚是容易。”悟空道：“怎见容易？”四猴道：“我们这山，向东去，有二百里水面，那厢乃傲来国界。那国界中有一王位，满城中军民无数，必有金银铜铁等匠作。大王若去那里，或买或造些兵器，教演我等，守护山场，诚所谓保泰长久之机也。”悟空闻说，满心欢喜道：“汝等在此顽耍，待我去来。”

好猴王，急纵筋斗云，霎时间过了二百里水面。果见那厢有座城池，六街三市，万户千门，来来往往，人都在光天化日之下。悟空心中想道：“这里定有现成的兵器，我待下去买他几件，还不如使个神通觅他几件倒好。”他就捻起诀来，念动咒语，向巽（xùn，东南方）地上吸一口气，呼的吹将去，便是一阵狂风，飞沙走石，好惊人也：

炮云起处荡乾坤，黑雾阴霾大地昏。
江海波翻鱼蟹怕，山林树折虎狼奔。
诸般买卖无商旅，各样生涯不见人。
殿上君王归内院，阶前文武转衙门。

千秋宝座都吹倒，五凤高楼幌动根。

风起处，惊散了那傲来国君王，三市六街，都慌得关门闭户，无人敢走。悟空才按下云头。径闯入朝门里。直寻到兵器馆、武库中，打开门扇，看时，那里面无数器械：刀、枪、剑、戟、斧、钺、毛、镰、鞭、钯、挝（zhuā，一种兵器）、简、弓、弩、叉、矛，件件俱备。一见甚喜道："我一人能拿几何？还使个分身法搬将去罢。"好猴王，即拔一把毫毛，入口嚼烂，喷将出去，念动咒语，叫声："变！"变做千百个小猴，都乱搬乱抢；有力的拿五七件，力小的拿三二件，尽数搬个罄净。径踏云头，弄个摄法，唤转狂风，带领小猴，俱回本处。

却说那花果山大小猴儿，正在那洞门外顽要，忽听得风声响处，见半空中，丫丫叉叉，无边无岸的猴精，唬得都乱跑乱躲。少时，美猴王按落云头，收了云雾，将身一抖：收了毫毛，将兵器都乱堆在山前，叫道："小的们！都来领兵器！"众猴看时，只见悟空独立在平阳之地，俱跑来叩头问故。悟空将前使狂风，搬兵器，一应事说了一遍。众猴称谢毕，都去抢刀夺剑，挝斧争枪，扯弓扳弩，吆吆喝喝，耍了一日。

次日，依旧排营。悟空会聚群猴，计有四万七千余口。早惊动满山怪兽，都是些狼、虫、虎、豹、麖（jīng，古书中一种鹿）、麂（jǐ，一种小型鹿）、獐、豝（bā，大猪）、狐、狸、獾、貉、狮、象、狻猊、猩猩、熊、鹿、野豕、山牛、羚羊、青兕、狡儿、神獒……各样妖王，共有七十二洞，都来参拜猴王为尊。每年献贡，四时点卯。也有随班操演的，也有随节征粮的，齐齐整整，把一座花果山造得似铁桶金城，各路妖王，又有进金鼓，进彩旗，进盔甲的，纷纷攘攘，日逐家习舞兴师。

美猴王正喜间，忽对众说道："汝等弓弩熟谙，兵器精通，奈我这口刀着实榔槺（láng kang，器物用起来不灵便），不遂我意，奈何？"四老猴上前启奏道："大王乃是仙圣，凡兵是不堪用；但不知大王水里可能去得？"悟空道："我自闻道之后，有七十二般地煞变化之功；筋斗云有莫大的神通；善能隐身遁身，起法摄法；上天有路，入地有门；步日月无影，入金石无碍；水不能溺，火不能焚。那些儿去不得？"【心性无形无碍，无所不至，水火概莫能伤】四猴道："大王既有此神通，我们这铁板桥下，水通东海龙宫。大王若肯下去，寻着老龙王，问他要件甚么兵器，却不趁心？"悟空闻言甚喜道："等我去来。"

好猴王，跳至桥头，使一个闭水法，捻着诀，扑的钻入波中，分开水路，径入东洋海底。正行间，忽见一个巡海的夜叉，挡住问道："那推水来的，是何神圣？说个明白，好通报迎接。"悟空道："吾乃花果山天生圣人孙悟空，是你老龙王的紧邻，为何不识？"那夜叉听说，急转水晶宫传报道："大王，外面有个花果山天生圣人孙悟空，口称是大王紧邻，将到宫也。”东海龙王敖广即忙起身，与龙子、龙孙、虾兵、蟹将出宫迎道：“上仙请进，请进。”直至宫里相见，上坐献茶毕，问道：“上仙几时得道，授何仙术？”悟空道：“我自生身之后，出家修行，得一个无生无灭之体。近因教演儿孙，守护山洞，奈何没件兵器，久闻贤邻享乐瑶宫贝阙，必有多余神器，特来告求一件。”龙王见说，不好推辞，即着鳜都司取出一把大捍刀奉上。悟空道：“老孙不会使刀，乞另赐一件。”龙王又着鲌太尉，领鳝力士，抬出一捍九股叉来。悟空跳下来，接在手中，使了一路，放下道：“轻！轻！轻！又不趁手！再乞另赐一件。”龙王笑道：“上仙，你不曾看。这叉有三千六百斤重哩！”悟空道：“不趁手！不趁手！”龙王心中恐惧，又着编提督、鲤总兵抬出一柄画杆方天戟，那戟有七千二百斤重。悟空见了，跑近前接在手中，丢几个架子，撒两个解数，插在中间道：“也还轻！轻！轻！”老龙王一发害怕道：“上仙，我宫中只有这根戟重，再没甚么兵器了。”悟空笑道：“古人云：‘愁海龙王没宝哩！’你再去寻寻看。若有可意的，一一奉价。”【卓吾评：好】龙王道：“委的再无。”

正说处，后面闪过龙婆、龙女道：“大王，观看此圣，决非小可。我们这海藏中，那一块天河定底的神珍铁，这几日霞光艳艳，瑞气腾腾，敢莫是该出现，遇此圣也？”龙王道：“那是大禹治水之时，定江海浅深的一个定子。是一块神铁，能中何用？”龙婆道：“莫管他用不用，且送与他，凭他怎么改造，送出宫门便了。”老龙王依言，尽向悟空说了。悟空道：“拿出来我看。”龙王摇手道：“扛不动！抬不动！须上仙亲去看看。”悟空道：“在何处？你引我去。”龙王果引导至海藏中间，忽见金光万道。龙王指定道：“那放光的便是。”悟空撩衣上前，摸了一把，乃是一根铁柱子，约有斗来粗，二丈有余长。他尽力两手挝（zhuā，抓）过道：“忒粗忒长些！再短细些方可用。”说毕，那宝贝就短了几尺，细了一围。【卓吾评：也奇】悟空又颠一颠道：“再细些更好！”那宝贝真个又细了几分。悟空十分欢喜，拿出海藏看时，原来两头是两个金箍，中间乃一段乌铁；紧挨箍有镌成的一行字，唤做“如意金箍棒，重一万三千五百斤”。心中暗喜道：“想必这宝贝如人意！”一边走，一边心思口念，手颠着道：“再短细些更妙！”拿出外面，只有二丈长短，碗口粗细。

你看他弄神通，丢开解数，打转水晶宫里。唬得老龙王胆战心惊，小龙子魂飞魄散；龟鳖鼋（yuán，大型鳖科动物）鼍（tuó，扬子鳄）皆缩颈，鱼虾鳌蟹尽藏头。悟空将宝贝执在手中，坐在水晶宫殿上。对龙王笑道：“多谢贤邻厚意。”龙王道：“不敢，不敢。”悟空道：“这块铁虽然好用，还有一说。”龙王道：“上仙还有甚说？”悟空道：“当时若无此铁，倒也罢了；如今手中既拿着他，身上无衣服相趁（相称；相配），奈何？你这里若有披挂，索性送我一副，一总奉谢。”龙王道：“这个却是没有。”悟空道：“‘一客不犯二主。’若没有，我也定不出此门。”【卓吾评：此法如今反流传矣】龙王道：“烦上仙再转一海，或者有之。”悟空又道：“‘走三家不如坐一家。’千万告求一副。”龙王道：“委的没有；如有即当奉承。”悟空道：“真个没有，就和你试试此铁！”龙王慌了道：“上仙，切莫动手！切莫动手！待我看舍弟处可有，当送一副。”悟空道：“令弟何在？”龙王道：“舍弟乃南海龙王敖钦、北海龙王敖顺、西海龙王敖闰是也。”悟空道：“我老孙不去！不去！俗语谓‘赊三不敌见二’，只望你随高就低的送一副便了。”【卓吾评：有见识】老龙道：“不须上仙去。我这里有一面铁鼓，一口金钟，凡有紧急事，擂得鼓响，撞得钟鸣，舍弟们就顷刻而至。”悟空道：“既是如此，快些去擂鼓撞钟！”真个那鼍将便去撞钟，鳖帅即来擂鼓。

少时，钟鼓响处，果然惊动那三海龙王，须臾来到，一齐在外面会着，敖钦道：“大哥，有甚紧事，擂鼓撞钟？”老龙道：“贤弟！不好说！有一个花果山甚么天生圣人，早间来认我做邻居，后来要求一件兵器，献钢叉嫌小，奉画戟嫌轻。将一块天河定底神珍铁，自己拿出，丢了些解数。如今坐在宫中，又要索甚么披挂。我处无有，故响钟鸣鼓，请贤弟来。你们可有甚么披挂，送他一副，打发出门去罢了。”敖钦闻言，大怒道：“我兄弟们，点起兵，拿他不是！”老龙道：“莫说拿！莫说拿！那块铁，挽着些儿就死，磕着些儿就亡，挨挨儿皮破，擦擦儿筋伤！”西海龙王敖闰说：“二哥不可与他动手；且只凑副披挂与他，打发他出了门，启表奏上上天，天自诛也。”北海龙王敖顺道：“说的是。我这里有一双藕丝步云履哩。”西海龙王敖闰道：“我带了一副锁子黄金甲哩。”南海龙王敖钦道：“我有一顶凤翅紫金冠哩。”老龙大喜，引入水晶宫相见了，以此奉上。悟空将金冠、金甲、云履都穿戴停当，使动如意棒，一路打出去，对众龙道：“聒噪！聒噪！”四海龙王甚是不平，一边商议进表上奏不题。

你看这猴王，分开水道，径回铁板桥头，撺将上去，只见四个老猴，领着众猴，都在桥边等待。忽然见悟空跳出波外，身上更无一点水湿，金灿灿的，走上桥来。唬得众猴一齐跪下道：“大王，好华彩耶！好华彩耶！”悟空满面春风，高登宝座，将铁棒竖在当中。那些猴不知好歹，都来拿那宝贝，却便似蜻蜓撼铁树，分毫也不能禁动。一个个咬指伸舌道：“爷爷呀！这般重，亏你怎的拿来也！”悟空近前，舒开手，一把挝起，对众笑道：“物各有主。这宝贝镇于海藏中，也不知几千百年，可可的今岁放光。龙王只认做是块黑铁，又唤做天河镇底神珍。那厮每都扛抬不动，请我亲去拿之。那时此宝有二丈多长，斗来粗细；被我挝他一把，意思嫌大，他就小了许多；再教小些，他又小了许多；再教小些，他又小了许多；急对天光看处，上有一行字，乃‘如意金箍棒，一万三千五百斤’。你都站开，等我再叫他变一变看。”他将那宝贝颠在手中，叫：“小！小！小！”即时就小做一个绣花针儿相似，可以塞在耳朵里面藏下。【卓吾评：此棒也有些猴气】众猴骇然，叫道：“大王！还拿出来耍耍！”猴王真个去耳朵里拿出，托放掌上叫：“大！大！大！”即又大做斗来粗细，二丈长短。他弄到欢喜处，跳上桥，走出洞外，将宝贝攥在手中，使一个法天像地的神通，把腰一躬，叫声“长！”他就长的高万丈，头如泰山，腰如峻岭，眼如闪电，口似血盆，牙如剑戟；【卓吾评：只是口太小了】手中那棒，上抵三十三天，下至十八层地狱，把些虎豹狼虫，满山群怪，七十二洞妖王，都唬得磕头拜礼，战兢兢魄散魂飞。霎时收了法像，将宝贝还变做个绣花针儿，藏在耳内，复归洞府。慌得那各洞妖王，都来参贺。

此时遂大开旗鼓，响振铜锣。广设珍馐百味，满斟椰液萄浆，与众饮宴多时。却又依前教演。猴王将那四个老猴封为健将；将两个赤尻马猴唤做马、流二元帅；两个通背猿猴唤做崩、芭二将军。将那安营下寨，赏罚诸事，都付与四健将维持。他放下心，日逐腾云驾雾，遨游四海，行乐千山。施武艺，遍访英豪；弄神通，广交贤友。此时又会了个七弟兄，乃牛魔王、蛟魔王、鹏魔王、狮驼王、猕猴王、禺狨王，连自家美猴王七个。【此时之心性，是自由无碍之心性，也是亲近七情六欲之心性。这正是以六魔王为兄为友的寓意】日逐讲文论武，走斝（jiǎ，酒器）传觞，弦歌吹舞，朝去暮回，无般儿不乐。把那个万里之遥，只当庭闱之路，所谓点头径过三千里，扭腰八百有余程。

一日，在本洞分付四健将安排筵宴，请六王赴饮，杀牛宰马，祭天享地，着众怪跳舞欢歌，俱吃得酩酊大醉。送六王出去，却又赏劳大小头目，倚在铁板桥边松阴之下，霎时间睡着。四健将领众围护，不敢高声。只见那美猴王睡里见两人拿一张批文，上有“孙悟空”三字，走近身，不容分说，套上绳，就把美猴王的魂灵儿索了去，踉踉跄跄，直带到一座城边。猴王渐觉酒醒，忽抬头观看，那城上有一铁牌，牌上有三个大字，乃“幽冥界”。美猴王顿然醒悟道：“幽冥界乃阎王所居，何为到此？”那两人道：“你今阳寿该终，我两人领批，勾你来也。”猴王听说，道：“我老孙超出三界之外，不在五行之中，已不伏他管辖，怎么朦胧，又敢来勾我？”那两个勾死人只管扯扯拉拉，定要拖他进去。那猴王恼起性来，耳朵中掣出宝贝，幌一幌，碗来粗细；略举手，把两个勾死人打为肉酱。自解其索，丢开手，轮（挥动。后作“抡”）着棒，打入城中。唬得那牛头鬼东躲西藏，马面鬼南奔北跑，众鬼卒奔上森罗殿，报着：“大王！祸事！祸事！外面有一个毛脸雷公，打将来了！”

慌得那十代冥王急整衣来看；见他相貌凶恶，即排下班次，应声高叫道：“上仙留名！上仙留名！"猴王道："你既不认得我，怎么差人来勾我？"十王道："不敢！不敢！想是差人差了。"【卓吾评：阎王也怕恶人】猴王道："我本是花果山水帘洞天生圣人孙悟空。你等是甚么官位？"十王躬身道："我等是阴间天子十代冥王[①]。"悟空道："快报名来，免打！"十王道："我等是秦广王、初江王、宋帝王、仵官王、阎罗王、平等王、泰山王、都市王、卞城王、转轮王。"悟空道："汝等既登王位，乃灵显感应之类，为何不知好歹？我老孙修仙了道，与天齐寿，超升三界之外，跳出五行之中，为何着人拘我？"十王道："上仙息怒。普天下同名同姓者多，或是那勾死人错走了也？"悟空道："胡说！胡说！常言道：'官差吏差，来人不差。'你快取生死簿子来我看！"十王闻言，即请上殿查看。

悟空执着如意棒，径登森罗殿上，正中间南面坐下。十王即命掌案的判官取出文簿来查。那判官不敢怠慢，便到司房里，捧出五六簿文书并十类簿子，逐一查看。裸虫、毛虫、羽虫、昆虫、鳞介之属，俱无他名。又看到猴属之类，原来这猴似人相，不入人名；似裸虫，不居国界；似走兽，不伏麒麟管；似飞禽，不受凤凰辖。【猴子当然是走兽，此处暗示悟空不是猴子，而是人之"魂"，即人的心性】另有个簿子，悟空亲自检阅，直到那"魂"字一千三百五十号上，方注着"孙悟空"名字，"乃天产石猴，该寿三百四十二岁，善终"。悟空道："我也不记寿数几何，且只消了名字便罢！取笔过来！"【卓吾评：爽利，的是妙人】那判官慌忙捧笔，饱掭浓墨。悟空拿过簿子，把猴属之类，但有名者，一概勾之。捽下簿子道："了帐！了帐（亦作"了账"。还清欠账或完结）！今番不伏你管了！"【唯愿人人都作是语，地狱成空，正是地藏王菩萨之心愿】一路棒，打出幽冥界。那十王不敢相近，都去翠云宫，同拜地藏王菩萨，商量启表，奏闻上天，不在话下。

这猴王打出城中，忽然绊着一个草疙瘩，跌了个躘踵（lóng zhòng，踉跄欲跌的样子），猛的醒来，乃是南柯一梦。才觉伸腰，只闻得四健将与众猴高叫道："大王，吃了多少酒，睡这一夜，还不醒来？"悟空道："睡还小可，我梦见两个人，来此勾我，把我带到幽冥界城门之外，却才醒悟，是我显神通，直嚷到森罗殿，与那十王争吵，将我们的生死簿子看了，但有我等名号，俱是我勾了，都不伏那厮所辖也。"众猴磕头礼谢。自此，山猴都有不老者，以阴司无名故也。美猴王言毕前事，四健将报知各洞妖王，都来贺喜。不几日，六个义兄弟，又来拜贺；一闻销名之故，又个个欢喜，每日聚乐不提。

---

① 十代冥王：即十殿阎王。迷信中冥界主管地狱的十个阎王。

却表启那个高天上圣大慈仁者玉皇大天尊玄穹高上帝，一日，驾坐金阙云宫灵霄宝殿，聚集文武仙卿早朝之际，忽有邱弘济真人启奏道："万岁，通明殿外，有东海龙王敖广进表，听天尊宣诏。"玉皇传旨，着宣来。敖广宣至灵霄殿下，礼拜毕。旁有引奏仙童，接上表文。玉皇从头看过。表曰：

"水元下界东胜神洲东海小龙臣敖广启奏大天圣主玄穹高上帝君：近因花果山生、水帘洞住妖仙孙悟空者，欺虐小龙，强坐水宅，索兵器，施法施威；要披挂，骋凶骋势。惊伤水族，唬走龟鼍。南海龙战战兢兢；西海龙凄凄惨惨；北海龙缩首归降；臣敖广舒身下拜。献神珍之铁棒，凤翅之金冠，与那锁子甲、步云履，以礼送出。他仍弄武艺，显神通，但云'聒噪！聒噪！'果然无敌，甚为难制，臣今启奏，伏望圣裁。恳乞天兵，收此妖孽，庶使海岳清宁，下元(道教称水中为下元。亦指水府)安泰。奉奏。"

圣帝览毕，传旨："着龙神回海，朕即遣将擒拿。"老龙王顿首谢去。下面又有葛仙翁天师启奏道："万岁，有冥司秦广王赍奉(jī fèng，携带)幽冥教主地藏王菩萨表文进上。"旁有传言玉女，接上表文，玉皇亦从头看过。表曰：

"幽冥境界，乃地之阴司。天有神而地有鬼，阴阳转轮；禽有生而兽有死，反复雌雄。生生化化，孕女成男，此自然之数，不能易也。今有花果山水帘洞天产妖猴孙悟空，逞强行凶，不服拘唤。弄神通，打绝九幽鬼使；恃势力，惊伤十代慈王。大闹森罗，强销名号。致使猴属之类无拘，猕猴之畜多寿；寂灭轮回，各无生死。贫僧具表，冒渎天威。伏乞调遣神兵，收降此妖，整理阴阳，永安地府。谨奏。"

玉皇览毕，传旨："着冥君回归地府，朕即遣将擒拿。"秦广王亦顿首谢去。

大天尊宣众文武仙卿，问曰："这妖猴是几年生育，何代出生，却就这般有道？"一言未已，班中闪出千里眼、顺风耳道："这猴乃三百年前天产石猴。当时不以为然，不知这几年在何方修炼成仙，降龙伏虎，强销死籍也。"玉帝道："那路神将下界收伏？"言未已，班中闪出太白长庚星，俯首启奏道："上圣三界中，凡有九窍者，皆可修仙。【卓吾评：着眼】奈此猴乃天地育成之体，日月孕就之身，他也顶天履地，服露餐霞；今既修成仙道，有降龙伏虎之能，与人何以异哉？臣启陛下，可念生化之慈恩，降一道招安圣旨，把他宣来上界，授他一个大小官职，与他籍名在箓，拘束此间，若受天命，后再升赏；若违天命，就此擒拿。一则不动众劳师，二则收仙有道也。"玉帝闻言甚喜，道："依卿所奏。"即着文曲星官修诏，着太白金星招安。

金星领了旨，出南天门外，按下祥云，直至花果山水帘洞。对众小猴道："我乃天差天使，有圣旨在此，请你大王上界，快快报知！"洞外小猴，一层层传至洞天深处，道：“大王，外面有一老人，背着一角文书，言是上天差来的天使，有圣旨请你也。”美猴王听得大喜，道：“我这两日，正思量要上天走走，却就有天使来请。”叫：“快请进来！”猴王急整衣冠，门外迎接。金星径入当中，面南立定道：“我是西方太白金星，奉玉帝招安圣旨，下界请你上天，拜受仙箓。”悟空笑道：“多感老星降临。”教：“小的们！安排筵宴款待。”金星道：“圣旨在身，不敢久留；就请大王同往，待荣迁之后，再从容叙也。”悟空道：“承光顾，空退！空退！”即唤四健将，分付：“谨慎教演儿孙，待我上天去看看路，却好带你们上去同居住也。”四健将领诺。这猴王与金星纵起云头，升在空霄之上，正是那：高迁上品天仙位，名列云班宝箓中。毕竟不知授个甚么官爵，且听下回分解。

【卓吾评：篇中云“凡有九窍者，皆可修仙”。今人且把自家身上检检看，谁人没有九窍，何凡人多而仙人少也？所云一窍不通者，非耶？

坐在龙王家里要兵器，要披挂，不肯出门，极有主张。但此是妖仙秘法，何今日世上，此法流行，盛至此耶？妖矣！妖矣！

把生死簿子一笔勾消，此等举动，真是天生圣人，不可及也。彼自以为天生圣人，非妄也。

常言“鬼怕恶人”。今看十王之怕行者，信然！信然！奈何世上反有怕鬼之人乎？若怕鬼之人，定非人也，亦鬼耳】

第四回　官封弼马心何足　名注齐天意未宁

【本回讲弼马温和齐天大圣的来历。取成语心猿意马，让心性之猿看守心意之马，不使心意或意念放荡，是修行的正途；心性之伟大，可与天齐，故称齐天大圣；齐天大圣府设安静、宁神二司，提示心性需看守心神，不致狂乱，与弼马温职责一致。貌似通篇玩笑，却皆非戏言。至此，心性、心力、心意各有指代，作者完成概念上的铺垫，作为整本书心性修炼的概念基础】

那太白金星与美猴王，同出了洞天深处，一齐驾云而起。原来悟空筋斗云比众不同，十分快疾，把个金星撇在脑后，先至南天门外。正欲收云前进，被增长天王领着庞、刘、苟、毕、邓、辛、张、陶，一路大力天丁，枪刀剑戟，挡住天门，不肯放进。猴王道："这个金星老儿，乃奸诈之徒！既请老孙，如何教人动刀动枪，阻塞门路？"正嚷间，金星倏到。悟空就觌(dí，见)面发狠道："你这老儿，怎么哄我？被你说奉玉帝招安旨意来请，却怎么教这些人阻住天门，不放老孙进去？"金星笑道："大王息怒。你自来未曾到此天堂，却又无名，众天丁又与你素不相识，他怎肯放你擅入？等如今见了天尊，授了仙箓，注了官名，向后随你出入，谁复挡也？"悟空道："这等说，也罢，我不进去了。"金星又用手扯住道："你还同我进去。"

将近天门，金星高叫道："那天门天将，大小吏兵，放开路者。此乃下界仙人，我奉玉帝圣旨，宣他来也。"这增长天王与众天丁俱才敛兵退避。猴王始信其言。同金星缓步入里观看。真个是：

初登上界，乍入天堂。金光万道滚红霓，瑞气千条喷紫雾。只见那南天门，碧沉沉，琉璃造就；明幌幌，宝玉妆成。两边摆数十员镇天元帅，一员员顶梁靠柱，持铣拥旄；四下列十数个金甲神人，一个个执戟悬鞭，持刀仗剑。外厢犹可，入内惊人：里壁厢有几根大柱，柱上缠绕着金鳞耀日赤须龙；又有几座长桥，桥上盘旋着彩羽凌空丹顶凤。明霞幌幌映天光，碧雾蒙蒙遮斗口。这天上有三十三座天宫，乃遣云宫、毗沙宫、五明宫、太阳宫、花药宫……一宫宫脊吞金稳兽；又有七十二重宝殿，乃朝会殿、凌虚殿、宝光殿、天王殿、灵官殿……一殿殿柱列玉麒麟。寿星台上，有千千年不卸的名花；炼药炉边，有万万载常青的瑞草。又至那朝圣楼前，绛纱衣，星辰灿烂；芙蓉冠，金壁辉煌(同"金碧辉煌")。玉簪珠履，紫绶金章。金钟撞动，三曹神表进丹墀；天鼓鸣时，万圣朝王参玉帝。又至那灵霄宝殿，金钉攒玉户，彩凤舞朱门。复道回廊，处处玲珑剔透；三檐四簇，层层龙凤翱翔。上面有个紫巍巍，明幌幌，圆丢丢，亮灼灼，大金葫芦顶；下面有天妃悬掌扇，玉女捧仙巾。恶狠狠，掌朝的天将；气昂昂，护驾的仙卿。正中间，琉璃盘内，放许多重重叠叠太乙丹；玛瑙瓶中，插几枝弯弯曲曲珊瑚树。正是天宫异物般般有，世上如他件件无。金阙银銮并紫府，琪花瑶草暨琼葩。朝王玉兔坛边过，参圣金乌着底飞。猴王有分来天境，不堕人间点污泥。

太白金星领着美猴王，到于灵霄殿外。不等宣诏，直至御前，朝上礼拜。悟空挺身在旁，且不朝礼，但侧耳以听金星启奏。金星奏道："臣领圣旨，已宣妖仙到了。"玉帝垂帘问曰："那个是妖仙？"悟空却才躬身答应道："老孙便是！"【卓吾评：猴孙不知礼体固矣，如今又有一等君子猢狲，就在礼体内作耍】仙卿们都大惊失色道："这个野猴！怎么不拜伏参见，辄敢这等答应道：'老孙便是！'却该死了！该死了！"玉帝传旨道："那孙悟空乃下界妖仙，初得人身，不知朝礼，且姑恕罪。"众仙卿叫声"谢恩！"猴王却才朝上唱个大喏。玉帝宣文选武选仙卿，看那处少甚官职，着孙悟空去除授。旁边转过武曲星君，启奏道："天宫里各宫各殿，各方各处，都不少官，只是御马监缺个正堂管事。"玉帝传旨道："就除他做个'弼马温'罢。"【喻心猿需守住意马】众臣叫谢恩，他也只朝上唱个大喏。玉帝又差木德星官送他去御马监到任。【卓吾评：老孙该造个同卿第矣】

当时猴王欢欢喜喜，与木德星官径去到任。事毕，木德星官回宫。他在监里，会聚了监丞、监副、典簿、力士，大小官员人等，查明本监事务，止有天马千匹。乃是：

骅骝(huá liú)骐骥，騄駬(lù ěr)纤离；龙媒紫燕，挟翼骕骦(sù shuāng)；駃騠(jué tí)银騑(jiě)，騕褭(niǎo yǎo)飞黄；騊駼(táo tú)翻羽，赤兔超光；逾辉弥景，腾雾胜黄；追风绝地，飞翮(hé)奔霄；逸飘赤电，铜爵浮云；骢珑虎蝲，绝尘紫鳞；四极大宛，八骏九逸，千里绝群。(以上两字一组，均为古书上出现过的良马名)此等良马，一个个：嘶风逐电精神壮，踏雾登云气力长。

这猴王查看了文簿，点明了马数。本监中典簿管征备草料；力士官管刷洗马匹、扎草、饮水、煮料；监丞、监副辅佐催办；弼马昼夜不睡，滋养马匹。日间舞弄犹可，夜间看管殷勤，但是马睡的，赶起来吃草；走的捉将来靠槽。【卓吾评：老孙却不尸位素餐】那些天马见了他，泯耳攒蹄，倒养得肉肥膘满。不觉的半月有余，一朝闲暇，众监官都安排酒席，一则与他接风，二则与他贺喜。

正在欢饮之间，猴王忽停杯问曰："我这'弼马温'是个甚么官衔？"众曰："官名就是此了。"又问："此官是个几品？"众道："没有品从。"猴王道："没品，想是大之极也。"【卓吾评：妙】众道："不大，不大，只唤做'未入流'。"猴王道："怎么叫做'未入流'？"众道："末等。这样官儿，最低最小，只可与他看马。似堂尊到任之后，这等殷勤，喂得马肥，只落得道声'好'字，如稍有些尫羸（wāng léi，瘦弱），还要见责；再十分伤损，还要罚赎问罪。"猴王闻此，不觉心头火起，咬牙大怒道："这般藐视老孙！老孙在那花果山，称王称祖，怎么哄我来替他养马？养马者，乃后生小辈，下贱之役，岂是待我的？不做他！不做他！我将去也！"【卓吾评：大官便做，小官便不做，此猴尚有拣择，在行】忽剌的一声，把公案推倒，耳中取出宝贝，幌一幌，碗来粗细，一路解数，直打出御马监，径至南天门。众天丁知他受了仙箓，乃是个弼马温，不敢阻当，让他打出天门去了。

须臾，按落云头，回至花果山上。只见那四健将与各洞妖王，在那里操演兵卒。这猴王厉声高叫道："小的们！老孙来了！"一群猴都来叩头，迎接进洞天深处，请猴王高登宝位，一壁厢办酒接风都道："恭喜大王，上界去十数年，想必得意荣归也？"猴王道："我才半月有余，那里有十数年？"众猴道："大王，你在天上，不觉时辰。天上一日，就是下界一年哩。请问大王，官居何职？"猴王摇手道："不好说！不好说！活活的羞杀人！那玉帝不会用人，他见老孙这般模样，封我做个甚么'弼马温'，原来是与他养马，未入流品之类。我初到任时不知，只在御马监中顽耍。及今日问我同寮（同"僚"），始知是这等卑贱。老孙心中大恼，推倒席面，不受官衔，因此走下来了。"【卓吾评：玉帝也不会用人，奈何】众猴道："来得好！来得好！大王在这福地洞天之处为王，多少尊重快乐，怎么肯去与他做马夫？"教："小的们！快办酒来，与大王释闷。"

正饮酒欢会间，有人来报道："大王，门外有两个独角鬼王，要见大王。"猴王道："教他进来。"那鬼王整衣跑入洞中，倒身下拜。美猴王问他："你见我何干？"鬼王道："久闻大王招贤，无由得见；今见大王授了天箓，得意荣归，特献赭黄袍一件，与大王称庆。肯不弃鄙贱，收纳小人，亦得效犬马之劳。"【卓吾评：鬼王亦势利】猴王大喜，将赭黄袍穿起，众等欣然排班朝拜，即将鬼王封为前部总督先锋。鬼王谢恩毕，复启道："大王在天许久，所授何职？"猴王道："玉帝轻贤，封我做个甚么'弼马温'！"鬼王听言，又奏道："大王有此神通，如何与他养马？就做个'齐天大圣'，有何不可？"【卓吾评：鬼王太阿谀】【虽是鬼主意，但心性齐天，确无不当】猴王闻说，欢喜不胜，连道几个"好！好！好！"教四健将："就替我快置个旌旗，旗上写'齐天大圣'四大字，立竿张挂。自此以后，只称我为齐天大圣，不许再称大王。亦可传与各洞妖王，一体知悉。"【卓吾评：爽快！要做便自家做了，何必在他人喉下取气】此不在话下。

【《道德经》印证：道大，天大，地大，人亦大。域中有四大，而人居其一焉】

却说那玉帝次日设朝，只见张天师引御马监监丞、监副在丹墀下拜奏道："万岁，新任弼马温孙悟空，因嫌官小，昨日反下天宫去了。"正说间，又见南天门外增长天王领众天丁，亦奏道："弼马温不知何故，走出天门去了。"玉帝闻言，即传旨："着两路神元，各归本职，朕遣天兵，擒拿此怪。"班部中闪上托塔李天王与哪吒三太子，越班奏上道："万岁，微臣不才，请旨降此妖怪。"玉帝大喜，即封托塔天王李靖为降魔大元帅，哪吒三太子为三坛海会大神，即刻兴师下界。

李天王与哪吒叩头谢辞，径至本宫，点起三军，帅众头目，着巨灵神为先锋，鱼肚将掠后，药叉将催兵。一霎时出南天门外，径来到花果山。选平阳处安了营寨，传令教巨灵神挑战。巨灵神得令，结束整齐，轮着宣花斧，到了水帘洞外。只见那洞门外，许多妖魔，都是些狼虫虎豹之类，丫丫叉叉，轮枪舞剑，在那里跳斗咆哮。这巨灵神喝道："那业畜！快早去报与弼马温知道，吾乃上天大将，奉玉帝旨意，到此收伏；教他早早出来受降，免致汝等皆伤残也。"那些怪，奔奔波波，传报洞中道："祸事了！祸事了！"猴王问："有甚祸事？"众妖道："门外有一员天将，口称大圣官衔，道：奉玉帝圣旨，来此收伏；教早早出去受降，免伤我等性命。"猴王听说，教："取我披挂来！"就戴上紫金冠，贯上黄金甲，登上步云鞋，手执如意金箍棒，领众出门，摆开阵势。这巨灵神睁睛观看，真好猴王：

身穿金甲亮堂堂，头戴金冠光映映。
手举金箍棒一根，足踏云鞋皆相称。
一双怪眼似明星，两耳过肩查又硬。
挺挺身才变化多，声音响喨如钟磬。
尖嘴咨(zī，龇。露出牙齿)牙弼马温，心高要做齐天圣。

巨灵神厉声高叫道："那泼猴！你认得我么？"大圣听言，急问道："你是那路毛神，老孙不曾会你，你快报名来。"巨灵神道："我把你那欺心的猢狲！你是认不得我！我乃高上神灵托塔李天王部下先锋，巨灵天将！今奉玉帝圣旨，到此收降你。你快卸了装束，归顺天恩，免得这满山诸畜遭诛；若道半个'不'字，教你顷刻化为齑粉[1]！"猴王

---

① 齑粉：jī fěn，齑、粉均呈碎末状，因比喻粉碎的东西。

听说，心中大怒道："泼毛神，休夸大口，少弄长舌！我本待一棒打死你，恐无人去报信；且留你性命，快早回天，对玉皇说：他甚不用贤！老孙有无穷的本事，为何教我替他养马？你看我这旌旗上字号。若依此字号升官，【卓吾评：连"依此字号升官"也是多的】我就不动刀兵，自然的天地清泰；如若不依，时间就打上灵霄宝殿，教他龙床定坐不成！"这巨灵神闻此言，急睁睛迎风观看，果见门外竖一高竿，竿上有旌旗一面，上写着"齐天大圣"四大字。巨灵神冷笑三声道："这泼猴，这等不知人事，辄敢无状，你就要做齐天大圣！好好的吃吾一斧！"劈头就砍将去。那猴王正是会家不忙，将金箍棒应手相迎。这一场好杀：

棒名如意，斧号宣花。他两个乍相逢，不知深浅；斧和棒，左右交加。一个暗藏神妙，一个大口称夸。使动法，喷云暧雾；展开手，播土扬沙。天将神通就有道，猴王变化实无涯。棒举却如龙戏水，斧来犹似凤穿花。巨灵名望传天下，原来本事不如他；大圣轻轻轮铁棒，着头一下满身麻。

巨灵神抵敌他不住，被猴王劈头一棒，慌忙将斧架隔，呵嚓的一声，把个斧柄打做两截，急撤身败阵逃生。猴王笑道："脓包！脓包！我已饶了你，你快去报信！快去报信！"【卓吾评：值得卖弄】

巨灵神回至营门，径见托塔天王，忙哈哈下跪道："弼马温果是神通广大！末将战他不得，败阵回来请罪。"李天王发怒道："这厮锉吾锐气，推出斩之！"旁边闪出哪吒太子，拜告："父王息怒，且恕巨灵之罪，待孩儿出师一遭，便知深浅。"天王听谏，且教回营待罪管事。

这哪吒太子，甲胄齐整，跳出营盘，撞至水帘洞外。那孙悟空正来收兵，见哪吒来的勇猛。好太子：

总角才遮囟，披毛未盖肩。
神奇多敏悟，骨秀更清妍。
诚为天上麒麟子，果是烟霞彩凤仙。
龙种自然非俗相，妙龄端不类尘凡。
身带六般神器械，飞腾变化广无边。
今受玉皇金口诏，敕封海会号三坛。

悟空迎近前来问曰："你是谁家小哥？闯近吾门，有何事干？"哪吒喝道："泼妖猴！岂不认得我？我乃托塔天王三太子哪吒是也。今奉玉帝钦差，至此捉你。"悟空笑道："小太子，你的奶牙尚未退，胎毛尚未干，怎敢说这般大话？【卓吾评：如今偏是奶牙未退、胎毛未干的会大话】我且留你的性命，不打你。你只看我旌旗上是甚么字号，拜上玉帝：是这般官衔，再也不须动众，我自皈依；若是不遂我心，定要打上灵霄宝殿。"哪吒抬头看处，乃"齐天大圣"四字。哪吒道："这妖猴能有多大神通，就敢称此名号！不要怕！吃吾一剑！"悟空道："我只站下不动，任你砍几剑罢。"【卓吾评：猴】那哪吒奋怒，大喝一声，叫："变！"即变做三头六臂，恶狠狠，手持着六般兵器，乃是斩妖剑、砍妖刀、缚妖索、降妖杵、绣球儿、火轮儿，丫丫叉叉，扑面打来。悟空见了，心惊道："这小哥倒也会弄些手段！莫无礼，看我神通！"好大圣，喝声"变！"也变做三头六臂；把金箍棒幌一幌，也变作三条；六只手拿着三条棒架住。这场斗，真个是地动山摇，好杀也：

六臂哪吒太子，天生美石猴王，相逢真对手，正遇本源流。那一个蒙差来下界，这一个欺心闹斗牛。斩妖宝剑锋芒快，砍妖刀狠鬼神愁；缚妖索子如飞蟒，降妖大杵似狼头；火轮掣电烘烘艳，往往来来滚绣球。大圣三条如意棒，前遮后挡运机谋。苦争数合无高下，太子心中不肯休。把那六件兵器都教变，百千万亿照头丢。猴王不惧呵呵笑，铁棒翻腾自运筹。以一化千千化万，满空乱舞赛飞虬。唬得各洞妖王都闭户，遍山鬼怪尽藏头。神兵怒气云惨惨，金箍铁棒响飕飕。那壁厢，天丁呐喊人人怕；这壁厢，猴怪摇旗个个忧。发狠两家齐斗勇，不知那个刚强那个柔。

三太子与悟空各骋神威，斗了个三十回合。那太子六般兵，变做千千万万；孙悟空金箍棒，变作万万千千。半空中似雨点流星，不分胜负。原来那悟空手疾眼快，正在那混乱之时，他拔下一根毫毛，叫声："变！"就变做他的本相，手挺着棒，演着哪吒；他的真身，却一纵，赶至哪吒脑后，着左膊上一棒打来。【卓吾评：猴】哪吒正使法间，听得棒头风响，急躲闪时，不能措手，被他着了一下，负痛逃走；收了法，把六件兵器，依旧归身，败阵而回。【斜月三星洞何曾教过武艺？可见本书所有缠斗，都是心理缠斗，正念与邪念的缠斗，反映人性的挣扎和抉择。所谓天兵败阵，即是邪念胜过正念，或世俗正统观念】

那阵上李天王早已看见，急欲提兵助战。不觉太子倏至面前，战兢兢报道："父王！弼马温真个有本事！孩儿这般法力，也战他不过，已被他打伤膊也。"天王大惊失色道："这厮恁的神通，如何取胜？"太子道："他洞门外竖一竿旗，上写'齐天大圣'四字，亲口夸称，教玉帝就封他做齐天大圣，万事俱休；若还不是此号，定要打上灵霄宝殿哩！"天王道："既然如此，且不要与他相持，且去上界，将此言回奏，再多遣天兵，围捉这厮，未为迟也。"【卓吾评：还是天王有主张】太子负痛，不能复战，故同天王回天启奏不题（旧章回小说用语，犹言按下不表）。

你看那猴王得胜归山，那七十二洞妖王与那六弟兄，俱来贺喜。在洞天福地，饮乐无比。他却对六弟兄说:“小弟既称齐天大圣,你们亦可以大圣称之。”【卓吾评:公道平等】内有牛魔王忽然高声叫道:“贤弟言之有理,我即称做个平天大圣。”蛟魔王道:“我称做覆海大圣。”鹏魔王道:“我称混天大圣。”狮驼王道:“我称移山大圣。”猕猴王道:“我称通风大圣。”禺狨王道:“我称驱神大圣。”此时七大圣自作自为,自称自号,耍乐一日,各散讫。【卓吾评:何圣之多也?极像讲道学先生,人人以圣自居,却不令人笑杀】

却说那李天王与三太子领着众将,直至灵霄殿。启奏道:“臣等奉圣旨出师下界,收伏妖仙孙悟空,不期他神通广大,不能取胜,仍望万岁添兵剿除。”玉帝道:“谅一妖猴,有多少本事,还要添兵?”太子又近前奏道:“望万岁赦臣死罪!那妖猴使一条铁棒,先败了巨灵神,又打伤臣臂膊。洞门外立一竿旗,上书‘齐天大圣’四字,道是封他这官职,即便休兵来投;若不是此官,还要打上灵霄宝殿也。”玉帝闻言,惊讶道:“这妖猴何敢这般狂妄!着众将即刻诛之。”正说间,班部中又闪出太白金星,奏道:“那妖猴只知出言,不知大小。欲加兵与他争斗,想一时不能收伏,反又劳师。不若万岁大舍恩慈,还降招安旨意,就教他做个齐天大圣。只是加他个空衔,有官无禄便了。”【卓吾评:好计较】玉帝道:“怎么唤做‘有官无禄’?”金星道:“名是齐天大圣,只不与他事管,不与他俸禄,且养在天壤之间,收他的邪心,使不生狂妄,庶乾坤安靖,海宇得清宁也。”【卓吾评:世上那个不为虚名所使?】玉帝闻言道:“依卿所奏。”即命降了诏书,仍着金星领去。

金星复出南天门,直至花果山水帘洞外观看。这番比前不同,威风凛凛,杀气森森,各样妖精,无般不有。一个个都执剑拈枪,拿刀弄杖的,在那里咆哮跳跃。一见金星,皆上前动手。金星道:“那众头目来!累你去报你大圣知之。吾乃上帝遣来天使,有圣旨在此请他。”众妖即跑入报道:“外面有一老者,他说是上界天使,有旨意请你。”悟空道:“来得好!来得好!想是前番来的那太白金星。那次请我上界,虽是官爵不堪,却也天上走了一次,认得那天门内外之路。今番又来,定有好意。”教众头目大开旗鼓,摆队迎接。大圣即带引群猴,顶冠贯甲,甲上罩了赭黄袍,足踏云履,急出洞门,躬身施礼,高叫道:“老星请进,恕我失迎之罪。”【卓吾评:此猴又知礼体矣】

金星趋步向前,径入洞内,面南立着道:“今告大圣,前者因大圣嫌恶官小,躲离御马监,当有本监中大小官员奏了玉帝。玉帝传旨道:‘凡授官者,皆由卑而尊,为何嫌小?’即有李天王领哪吒下界取战。不知大圣神通,故遭败北,回天奏道:‘大圣立一竿旗,要做“齐天大圣”。’众武将还要支吾,是老汉力为大圣冒罪奏闻,免兴师旅，请大王授箓。玉帝准奏，因此来请。”悟空笑道：“前番动劳，今又蒙爱，多谢！多谢！但不知上天可与我‘齐天大圣’之官衔也？”金星道：“老汉以此衔奏准，方敢领旨而来；如有不遂，只坐罪老汉便是。”

悟空大喜，恳留饮宴不肯，遂与金星纵着祥云，到南天门外。那些天丁天将，都拱手相迎。径入灵霄殿下。金星拜奏道：“臣奉诏宣弼马温孙悟空已到。”玉帝道：“那孙悟空过来。今宣你做个‘齐天大圣’，官品极矣，但切不可胡为。”这猴亦止朝上唱个喏，道声“谢恩”。玉帝即命工干官张、鲁二班，在蟠桃园右首，起一座齐天大圣府，府内设个二司：一名安静司，一名宁神司。【卓吾评：“安静”“宁神”，四字可味】【“安心神”即“守意马”，修行的目标是一致的。弼马温即齐天圣，两个官名一个讲责任，一个讲地位。】【《大学》印证：知止而后有定，定而后能静，静而后能安，安而后能虑，虑而后能得】司俱有仙吏，左右扶持。又差五斗星君送悟空去到任，【五斗星君，一说是道教敬奉的五位尊神，又一说是指金木水火土五星，此处有双关意味，意在暗示“五斗米”的微薄俸禄，重在调侃】外赐御酒二瓶，金花十朵，着他安心定志，再勿胡为。那猴王信受奉行，即日与五斗星君到府，打开酒瓶，同众尽饮。送星官回转本宫，他才遂心满意，喜地欢天，在于天宫快乐，无挂无碍。正是：仙名永注长生箓，不堕轮回万古传。毕竟不知向后如何，且听下回分解。

【卓吾评：定要做齐天大圣，到底名根不断，所以还受人束缚，受人驱使。毕竟并此四字抹杀，方得自由自在。

齐天大圣府内设安静、宁神两司，极有深意。若能安静、宁神，便是齐天大圣；若不能安静、宁神，还是个猴王。读者大须着眼】

第五回　乱蟠桃大圣偷丹　反天宫诸神捉怪

【自由且无所不能的心性，若放纵欲望，被虚荣、贪婪、狂妄等种种不善之心占据，则不能安心神、守意马，不成功果。本回用数千年才成熟的蟠桃比喻功果难成，看守蟠桃即是守护功果，偷吃蟠桃即是毁坏功果】

话表齐天大圣到底是个妖猴，更不知官衔品从，也不较俸禄高低，但只注名便了。那齐天府下二司仙吏，早晚伏侍，只知日食三餐，夜眠一榻，无事牵萦，自由自在。闲时节会友游宫，交朋结义。见三清，称个“老”字；逢四帝，道个“陛下”。与那九曜星、五方将、二十八宿、四大天王、十二元辰、五方五老、普天星相、河汉群神，俱只以弟兄相待，彼此称呼。今日东游，明朝西荡，云去云来，行踪不定。【卓吾评：何等快活】【自由之心性，可与所有神仙、古人交游，平等对话。苏东坡言，“吾上可陪玉皇大帝，下可以陪卑田院乞儿”，盖言心性之通达无碍，可以不受世俗位阶和时空的约束】

一日，玉帝早朝，班部中闪出许旌阳真人，<u>頫囟</u>(fǔ xìn，低头)启奏道：“今有齐天大圣，无事闲游，结交天上众星宿，不论高低，俱称朋友。恐后闲中生事，不若与他一件事管，庶免别生事端。”玉帝闻言，即时宣诏。那猴王欣欣然而至，道：“陛下，诏老孙有何升赏？”玉帝道：“朕见你身闲无事，与你件执事。你且权管那蟠桃园，早晚好生在意。”大圣欢喜谢恩，朝上唱喏而退。【卓吾评：着他管蟠桃园，分明使猫管鱼，和尚守妇人也】

他等不得穷忙，即入蟠桃园内查勘。本园中有个土地拦住，问道：“大圣何往？”大圣道：“吾奉玉帝点差，代管蟠桃园，今来查勘也。”那土地连忙施礼，即呼那一班锄树力士、运水力士、修桃力士、打扫力士都来见大圣磕头，引他进去。但见那：

夭夭灼灼，颗颗株株。夭夭灼灼花盈树，颗颗株株果压枝。果压枝头垂锦弹，花盈树上簇胭脂。时开时结千年熟，无夏无冬万载迟。先熟的，<u>酡</u>(tuó，饮酒脸红貌)颜醉脸；还生的，带蒂青皮。凝烟肌带绿，映日显丹姿。树下奇葩并异卉，四时不谢色齐齐。左右楼台并馆舍，盈空常见罩云霓。不是玄都凡俗种，瑶池王母自栽培。

大圣看玩多时，问土地道：“此树有多少株数？”土地道：“有三千六百株：前面一千二百株，花微果小，三千年一熟，人吃了成仙了道，体健身轻。中间一千二百株，层花甘实，六千年一熟，人吃了霞举飞升，长生不老。后面一千二百株，紫纹缃核，九千年一熟，人吃了与天地齐寿，日月同庚。”大圣闻言，欢喜无任，当日查明了株数，点看了亭阁，回府。自此后，三五日一次赏玩，也不交友，也不他游。【后文唐僧在比丘国有言，修行是认识自己心性的过程，“服饵长寿，实乃虚词”，即靠吃东西成仙都是骗人的鬼话。此处以蟠桃比喻功果，千年难成，比喻正果之难修。让猴子看桃，不是引诱犯错，而是暗喻功果之于人，正如桃之于猴，极易失，所以需尽心守护，与“守意马”、“安心神”同义】

一日，见那老树枝头，桃熟大半，他心里要吃个尝新。奈何本园土地、力士并齐天府仙吏紧随不便。忽设一计道：“汝等且出门外伺候，让我在这亭上少憩片时。”那众仙果退。只见那猴王脱了冠服，爬上大树，拣那熟透的大桃，摘了许多，就在树枝上自在受用。【卓吾评：这是本色】吃了一饱，却才跳下树来，簪冠着服，唤众等仪从回府。迟三二日，又去设法偷桃，尽他享用。【每个人都在心中看护自己的蟠桃园。每次放纵欲望，功果就少一些】

一朝，王母娘娘设宴，大开宝阁，瑶池中做“蟠桃胜会”，即着那红衣仙女、素衣仙女、青衣仙女、皂衣（黑衣）仙女、紫衣仙女、黄衣仙女、绿衣仙女，各顶花篮，去蟠桃园摘桃建会。七衣仙女直至园门首，只见蟠桃园土地、力士同齐天府二司仙吏，都在那里把门。仙女近前道：“我等奉王母懿旨，到此摘桃设宴。”土地道：“仙娥且住。今岁不比往年了，玉帝点差齐天大圣在此督理，须是报大圣得知，方敢开园。”仙女道：“大圣何在？”土地道：“大圣在园内，因困倦，自家在亭子上睡哩。”仙女道：“既如此，寻他去来，不可延误。”土地即与同进。寻至花亭不见，只有衣冠在亭，不知何往。【只有衣冠在，心神不守舍】四下里都没寻处。原来大圣耍了一会，吃了几个桃子，变做二寸长的个人儿，在那大树梢头浓叶之下睡着了。【卓吾评：猴】七衣仙女道：“我等奉旨前来，寻不见大圣，怎敢空回？”旁有仙吏道：“仙娥既奉旨来，不必迟疑。我大圣闲游惯了，想是出园会友去了。汝等且去摘桃，我们替你回话便是。”那仙女依言，入树林之下摘桃。先在前树摘了二篮，又在中树摘了三篮；到后树上摘取，只见那树上花果稀疏，止（同“只”）有几个毛蒂青皮的。原来熟的都是猴王吃了。七仙女张望东西，只见南枝上止有一个半红半白的桃子。青衣女用手扯下枝来，红衣女摘了，却将枝子望上一放。原来那大圣变化了，正睡在此枝，被他惊醒。大圣即现本相，耳朵内掣出金箍棒，幌一幌，碗来粗细，咄的一声道：“你是那方怪物，敢大胆偷摘我桃！”慌得那七仙女一齐跪下道：“大圣息怒。我等不是妖怪，乃王母娘娘差来的七衣仙女，摘取仙桃，大开宝阁，做‘蟠桃胜会’。适至此间，先见了本园土地等神，寻大圣不见。我等恐迟了王母懿旨，是以等不得大圣，故先在此摘桃，万望恕罪。”大圣闻言，回嗔作喜道：“仙娥请起。王母开阁设宴，请的是谁？”仙女道：“上会自有旧规。请的是西天佛老、菩萨、圣僧、罗汉，南方南极观音，东方崇恩圣帝，十洲三岛仙翁，北方北极玄灵，中央黄极黄角大仙，这个是五方五老。还有五斗星君，上八洞三清、四帝、太乙天仙等众，中八洞玉皇、九垒、海岳神仙，下八洞幽冥教主、注世地仙。各宫各殿大小尊神，俱一齐赴蟠桃嘉会。”【蟠桃会即正果会，不成正果不被邀请】大圣笑道：“可请我么？”【卓吾评：猴头贪嘴】仙女说：“不曾听得说。”大圣道：“我乃齐天大圣，就请我老孙做个席尊，有何不可？”仙女道：“此是上会旧规，今会不知如何。”大圣道：“此言也是，难怪汝等。你且立下，待老孙先去打听个消息，看可请老孙不请。”

好大圣，捻着诀，念声咒语，对众仙女道：“住！住！住！”这原来是个定身法，把那七衣仙女一个个睖睖睁睁，白着眼，都站在桃树之下。大圣纵朵祥云，跳出园内，径奔瑶池路上而去。正行时，只见那壁厢：

一天瑞霭光摇曳，五色祥云飞不绝。
白鹤声鸣振九皋，紫芝色秀分千叶。
中间现出一尊仙，相貌昂然丰采别。
神舞虹霓幌汉霄，腰悬宝箓无生灭。
名称赤脚大罗仙，特赴蟠桃添寿节。

那赤脚大仙觌面（dí miàn，迎面）撞见大圣，大圣低头定计，赚哄真仙，他要暗去赴会，却问：“老道何往？”大仙道：“蒙王母见招，去赴蟠桃嘉会。”大圣道：“老道不知。玉帝因老孙筋斗云疾，着老孙五路邀请列位，先至通明殿下演礼，后方去赴宴。”大仙是个光明正大之人，就以他的诳语作真。道：“常年就在瑶池演礼谢恩，如何先去通明殿演礼，方去瑶池赴会？”无奈，只得拨转祥云，径往通明殿去了。

大圣驾着云，念声咒语，摇身一变，就变做赤脚大仙模样，前奔瑶池。不多时，直至宝阁，按住云头，轻轻移步，走入里面。只见那里：

琼香缭绕，瑞霭缤纷，瑶台铺彩结，宝阁散氤氲。凤翥鸾翔形缥缈，金花玉萼影浮沉。上排着九凤丹霞扆，八宝紫霓墩。五彩描金桌，千花碧玉盆。桌上有龙肝和凤髓，熊掌与猩唇。珍馐百味般般美，异果嘉肴色色新。

那里铺设得齐齐整整，却还未有仙来。这大圣点看不尽，忽闻得一阵酒香扑鼻。忽转头，见右壁厢长廊之下，有几个造酒的仙官，盘糟的力士，领几个运水的道人，烧火的童子，在那里洗缸刷瓮，已造成了玉液琼浆，香醪佳酿。大圣止不住口角流涎，【卓吾评：猴】就要去吃，奈何那些人都在这里。他就弄个神通，把毫毛拔下几根，丢入口中嚼碎，喷将出去，念声咒语，叫："变！"【卓吾评：猴】即变做几个瞌睡虫，奔在众人脸上。你看那伙人，手软头低，闭眉合眼，丢了执事，都去盹睡。大圣却拿了些百味珍馐，佳肴异品，走入长廊里面，就着缸，挨着瓮，放开量，痛饮一番。吃够了多时，酕醄醉了。自揣自摸道："不好！不好！再过会，请的客来，却不怪我？一时拿住，怎生是好？不如早回府中睡去也。"

好大圣：摇摇摆摆，仗着酒，任情乱撞，一会把路差了：不是齐天府，却是兜率天宫。一见了，顿然醒悟道："兜率宫是三十三天之上，乃离恨天太上老君之处，如何错到此间？也罢！也罢！一向要来望此老，不曾得来，今趁此残步（途中顺路），就望他一望也好。"即整衣撞进去，那里不见老君，四无人迹。原来那老君与燃灯古佛在三层高阁朱陵丹台上讲道，众仙童、仙将、仙官、仙吏，都侍立左右听讲。这大圣直至丹房里面，寻访不遇，但见丹灶之旁，炉中有火。炉左右安放着五个葫芦，葫芦里都是炼就的金丹。大圣喜道："此物乃仙家之至宝，老孙自了道以来，识破了内外相同之理，也要炼些金丹济人，不期到家无暇；今日有缘，却又撞着此物，趁老子不在，等我吃他几丸尝新。"他就把那葫芦都倾出来，就都吃了，如吃炒豆相似。【卓吾评：此猴可恶，又可喜也】【内外相同之理，心性与宇宙相同相通，修内即是修外，炼丹即是修心。所谓偷吃仙丹，即是在放荡的心意驱使下毁坏功果，与偷吃蟠桃同义】

一时间丹满酒醒，又自己揣度道："不好！不好！这场祸，比天还大；若惊动玉帝，性命难存。走！走！走！不如下界为王去也！"他就跑出兜率宫，不行旧路，从西天门，使个隐身法逃去。即按云头，回至花果山界。但见那旌旗闪灼，戈戟光辉，原来是四健将与七十二洞妖王，在那里演习武艺。大圣高叫道："小的们！我来也！"众怪丢了器械，跪倒道："大圣好宽心！丢下我等许久，不来相顾！"大圣道："没多时！没多时！"且说且行，径入洞天深处。四健将打扫安歇叩头礼拜毕。俱道："大圣在天这百十年，实受何职？"大圣笑道："我记得才半年光景，怎么就说百十年话？"健将道："在天一日，即在下方一年也。"大圣道："且喜这番玉帝相爱，果封做'齐天大圣'，起一座齐天府，又设安静、宁神二司，司设仙吏侍卫。向后见我无事，着我代管蟠桃园。近因王母娘娘设'蟠桃大会'，未曾请我，是我不待他请，先赴瑶池，把他那仙品、仙酒，都是我偷吃了。走出瑶池，踉踉蹡蹡①误入老君宫阙，又把

① 踉踉蹡蹡：liàng liàng qiàng qiàng，走路不稳的样子。

他五个葫芦金丹也偷吃了。但恐玉帝见罪，方才走出天门来也。”

众怪闻言大喜。即安排酒果接风，将椰酒满斟一石碗奉上，大圣喝了一口，即龇牙咧嘴道：“不好吃！不好吃！”崩、芭二将道：“大圣在天宫，吃了仙酒、仙肴，是以椰酒不甚美口。常言道：‘美不美，乡中水。’”大圣道：“你们就是‘亲不亲，故乡人’。我今早在瑶池中受用时，见那长廊之下，有许多瓶罐，都是那玉液琼浆。你们都不曾尝着。待我再去偷他几瓶回来，你们各饮半杯，一个个也长生不老。”众猴欢喜不胜。大圣即出洞门，又翻一筋斗，使个隐身法，径至蟠桃会上。进瑶池宫阙，只见那几个造酒、盘糟、运水、烧火的，还鼾睡未醒。他将大的从左右胁下挟了两个，两手提了两个，即拨转云头回来，会众猴在于洞中，就做个“仙酒会”，各饮了几杯，快乐不题。

却说那七衣仙女自受了大圣的定身法术，一周天方能解脱。各提花篮，回奏王母，说道：“齐天大圣使法术困住我等，故此来迟。”王母问道：“你等摘了多少蟠桃？”仙女道：“只有两篮小桃，三篮中桃。至后面，大桃半个也无，想都是大圣偷吃了。及正寻间，不期大圣走将出来，行凶拷打，又问设宴请谁。我等把上会事说了一遍，他就定住我等，不知去向。直到如今，才得醒解回来。”

王母闻言，即去见玉帝，备陈前事。说不了，又见那造酒的一班人，同仙官等来奏：“不知甚么人，搅乱了‘蟠桃大会’，偷吃了玉液琼浆，其八珍百味，亦俱偷吃了。”又有四个大天师来奏上：“太上道祖来了。”玉帝即同王母出迎。老君朝礼毕，道：“老道宫中，炼了些‘九转金丹’，伺候陛下做‘丹元大会’，不期被贼偷去，特启陛下知之。”玉帝见奏悚惧。少时，又有齐天府仙吏叩头道：“孙大圣不守执事，自昨日出游，至今未转，更不知去向。”【卓吾评：从前作过事，今日一齐来】玉帝又添疑思。只见那赤脚大仙又頫囟上奏道：“臣蒙王母诏昨日赴会，偶遇齐天大圣，对臣言万岁有旨，着他邀臣等先赴通明殿演礼，方去赴会。臣依他言语，即返至通明殿外，不见万岁龙车凤辇，又急来此俟候。”玉帝越发大惊道：“这厮假传旨意，赚哄贤卿，快着纠察灵官缉访这厮踪迹！”

灵官领旨，即出殿遍访尽得其详细。回奏道：“搅乱天宫者，乃齐天大圣也。”又将前事尽诉一番。玉帝大恼。【卓吾评：玉帝还恼，如道力何（如……何：奈……何，拿……怎么样）？】即差四大天王，协同李天王并哪吒太子，点二十八宿、九曜星官、十二元辰、五方揭谛、四值功曹、东西星斗、南北二神、五岳四渎、普天星相，共十万天兵，布一十八架天罗地网下界，去花果山围困，定捉获那厮处治。众神即时兴师，离了天宫。这一去，但见那：

黄风滚滚遮天暗，紫雾腾腾罩地昏。只为妖猴欺上帝，致令众圣降凡尘。四大天王，五方揭谛：四大天王权总制，五方揭谛调多兵。李托塔中军掌号，恶哪吒前部先锋。罗睺星为头检点，计都星随后峥嵘。太阴星精神抖擞，太阳星照耀分明。五行星偏能豪杰，九曜星最喜相争。元辰星子午卯酉，一个个都是大力天丁。五瘟五岳东西摆，六丁六甲左右行。四渎龙神分上下，二十八宿密层层。角亢氐房为总领，奎娄胃昴惯翻腾。斗牛女虚危室壁，心尾箕星个个能，井鬼柳星张翼轸，轮枪舞剑显威灵。停云降雾临凡世，花果山前扎下营。

诗曰：

天产猴王变化多，偷丹偷酒乐山窝。
只因搅乱蟠桃会，十万天兵布网罗。

当时李天王传了令，着众天兵扎了营，把那花果山围得水泄不通。上下布了十八架天罗地网，先差九曜恶星出战。九曜即提兵径至洞外，只见那洞外大小群猴跳跃顽耍。星官厉声高叫道："那小妖！你那大圣在那里？我等乃上界差调的天神，到此降你这造反的大圣。教他快快来归降；若道半个'不'字，教汝等一概遭诛！"那小妖慌忙传入道："大圣，祸事了！祸事了！外面有九个凶神，口称上界来的天神，收降大圣。"

那大圣正与七十二洞妖王，并四健将分饮仙酒，一闻此报，公然不理道："今朝有酒今朝醉，莫管门前是与非！"【卓吾评：好度量】说不了，一起小妖又跳来道："那九个凶神，恶言泼语，在门前骂战哩！"大圣笑道："莫睬他。'诗酒且图今日乐，功名休问几时成。'"说犹未了，又一起小妖来报："爷爷！那九个凶神已把门打破了，杀进来也！"大圣怒道："这泼毛神，老大无礼！本待不与他计较，如何上门来欺我？"即命独角鬼王，领帅七十二洞妖王出阵："老孙领四健将随后。"那鬼王疾帅妖兵，出门迎敌，却被九曜恶星一齐掩杀，抵住在铁板桥头，莫能得出。

正嚷间，大圣到了。叫一声："开路！"掣开铁棒，幌一幌，碗来粗细，丈二长短，丢开架子，打将出来。九曜星那个敢抵，一时打退。那九曜星立住阵势道："你这不知死活的弼马温！你犯了十恶之罪，先偷桃，后偷酒，搅乱了蟠桃大会，又窃了老君仙丹，又将御酒偷来此处享乐。你罪上加罪，岂不知之？"大圣笑道："这几桩事，实有！实有！但如今你怎么？"九曜星道："吾奉玉帝金旨，帅众到此收降你，快早皈依！免教这些生灵纳命。不然，就躧平了此山，掀翻了此洞也！"大圣大怒道："量你这些毛神，有何法力，敢出浪言，不要走，请吃老孙一棒！"这九曜星一齐踊跃。那美猴王不惧分毫，轮起金箍棒，左遮右挡，把那九曜星战得筋疲力软，一个个倒拖器械，败阵而走，急入中军帐下，对托塔天王道："那猴王果十分骁勇！我等战他不过，败阵来了。"李天王即调四大天王与二十八宿，一路出师来斗。大圣也公然不惧，调出独角鬼王、七十二洞妖王与四个健将，就于洞门外列成阵势。【六魔王兄弟只在享乐时出现，征战时俱无，可见是欲望心魔，不能助力】你看这场混战，好惊人也：

寒风飒飒，怪雾阴阴。那壁厢旌旗飞彩，这壁厢戈戟生辉。滚滚盔明，层层甲亮。滚滚盔明映太阳，如撞天的银磬；层层甲亮砌岩崖，似压地的冰山。大捍刀，飞云掣电，楮白枪，度雾穿云。方天戟，虎眼鞭，麻林摆列；青铜剑，四明铲，密树排阵。弯弓硬弩雕翎箭，短棍蛇矛挟了魂。大圣一条如意棒，翻来覆去战天神。杀得那空中无鸟过，山内虎狼奔。扬砂走石乾坤黑，播土飞尘宇宙昏。只听兵兵扑扑惊天地，煞煞威威振鬼神。

这一场自辰时布阵，混杀到日落西山。那独角鬼王与七十二洞妖怪，尽被众天神捉拿去了，止走了四健将与那群猴，深藏在水帘洞底。这大圣一条棒，抵住了四大天神与李托塔、哪吒太子，俱在半空中，杀彀(gòu，够)多时，大圣见天色将晚，即拔毫毛一把，丢在口中，嚼碎了，喷将出去，叫声"变！"就变了千百个大圣，都使的是金箍棒，打退了哪吒太子，战败了五个天王。

大圣得胜，收了毫毛，急转身回洞，早又见铁板桥头，四个健将，领众叩迎那大圣，哽哽咽咽大哭三声，又唏唏哈哈大笑三声。【卓吾评：怪猴】大圣道："汝等见了我，又哭又笑，何也？"四健将道："今早帅众将与天王交战，把七十二洞妖王与独角鬼王，尽被众神捉了，我等逃生，故此该哭。这见大圣得胜回来，未曾伤损，故此该笑。"【卓吾评：贼猴】大圣道："胜负乃兵家之常。古人云：'杀人一万，自损三千。'况捉了去的头目乃是虎、豹、狼虫、獾獐、狐狢(hé，一种昼伏夜出的野兽)之类，我同类者未伤一个，何须烦恼？他虽被我使个分身法杀退，他还要安营在我山脚下。我等且紧紧防守，饱餐一顿，安心睡觉，养养精神。天明看我使个大神通，拿这些天将，与众报仇。"四将与众猴将椰酒吃了几碗，安心睡觉不题。

那四大天王收兵罢战，众各报功：有拿住虎豹的，有拿住狮象的，有拿住狼虫狐狢的，更不曾捉着一个猴精。【猴精用作比喻心性，故难以捉拿】当时果又安辕营，下大寨，赏劳了得功之将，吩咐了天罗地网之兵，各各(个个，每一个)提铃喝号，围困了花果山，专待明早大战。各人得令，一处处谨守。此正是：妖猴作乱惊天地，布网张罗昼夜看。毕竟天晓后如何处治，且听下回分解。

【卓吾评：尝见一士子，两个公人到家，便合家失惊大怪，这猴王十万天兵，只当耍子】

第六回　观音赴会问原因　小圣施威降大圣

【本回观音从镜像的思路出发，举荐二郎神对抗孙悟空。二郎神与悟空一样为天地所生，心高性傲，故可为悟空克星。最重要的不同是，二郎神也有六兄弟，却性情相合，以二郎神为长，暗喻能统帅欲望的心性；孙悟空与六魔王为弟兄，悟空为末，暗指悟空不能控制六欲。六魔王只在享乐时出现，于性命无所补益，危机时就隐匿了，预示悟空被二郎神所败】

且不言天神围绕，大圣安歇。话表南海普陀落伽山大慈大悲救苦救难灵感观世音菩萨，自王母娘娘请赴蟠桃大会，与大徒弟惠岸行者，同登宝阁瑶池，见那里荒荒凉凉，席面残乱；虽有几位天仙，俱不就座，都在那里乱纷纷讲论。菩萨与众仙相见毕，众仙备言前事。菩萨道："既无盛会，又不传杯，汝等可跟贫僧去见玉帝。"【卓吾评：原来上界神佛都不戒酒】众仙怡然随往。至通明殿前，早有四大天师、赤脚大仙等众，俱在此迎着菩萨，即道玉帝烦恼，调遣天兵，擒怪未回等因。菩萨道："我要见见玉帝，烦为转奏。"天师邱弘济，即入灵霄宝殿，启知宣入。时有太上老君在上，王母娘娘在后。

菩萨引众同入里面，与玉帝礼毕，又与老君、王母相见，各坐下。便问："蟠桃盛会如何？"玉帝道："每年请会，喜喜欢欢，今年被妖猴作乱，甚是虚邀也。"菩萨道："妖猴是何出处？"玉帝道："妖猴乃东胜神洲傲来国花果山石卵化生的。当时生出，即目运金光，射冲斗府。始不介意，继而成精，降龙伏虎，自削死籍。当有龙王、阎王启奏。朕欲擒拿，是长庚星启奏道：'三界之间，凡有九窍者，可以成仙。'朕即施教育贤，宣他上界，封为御马监弼马温官。【卓吾评：着眼。只难为六窍皆通者耳】【"六窍皆通"即"一窍不通"】那厮嫌恶官小，反了天宫。即差李天王与哪吒太子收降，又降诏抚安，宣至上界，就封他做个'齐天大圣'，只是有官无禄。他因没事干管理，东游西荡。朕又恐别生事端，着他代管蟠桃园。他又不遵法律，将老树大桃，尽行偷吃。及至设会，他乃无禄人员，不曾请他；【卓吾评：原不该有许多名色分别，还是玉皇不是】他就设计赚哄赤脚大仙，却自变他相貌入会，将仙肴仙酒尽偷吃了，又偷老君仙丹，又偷御酒若干，去与本山众猴享乐。朕心为此烦恼，故调十万天兵，天罗地网收伏。这一日不见回报，不知胜负如何。"

菩萨闻言，即命惠岸行者道："你可快下天宫，到花果山，打探军情如何。如遇相敌，可就相助一功，务必的实(dí shí，真实；确实)回话。"惠岸行者整整衣裙，执一条铁棍，架云离阙，径至山前。见那天罗地网，密密层层，各营门提铃喝号，将那山围绕的水泄不通。惠岸立住，叫："把营门的天丁，烦你传报。我乃李天王二太子木叉，南海观音大徒弟惠岸，特来打探军情。"那营里五岳神兵，即传入辕门之内。早有虚日鼠、昴日鸡、星日马、房日兔，将言传到中军帐下。李天王发下令旗，教开天罗地网，放他进来。此时东方才亮。惠岸随旗进入，见四大天王与李天王下拜。拜讫，李天王道："孩儿，你自那厢来者？"惠岸道："愚男(对父自称)随菩萨赴蟠桃会，菩萨见胜会荒凉，瑶池寂寞，引众仙并愚男去见玉帝。玉帝备言父王等下界收伏妖猴，一日不见回报，胜负未知，菩萨因命愚男到此打听虚实。"李天王道："昨日到此安营下寨，着九曜星挑战；被这厮大弄神通，九曜星俱败走而回。后我等亲自提兵，那厮也排开阵势。我等十万天兵，与他混战至晚，他使个分身法战退。及收兵查勘时，止捉得些狼虫虎豹之类，不曾捉得他半个妖猴。今日还未出战。"

说不了，只见辕门外有人来报道："那大圣引一群猴精，在外面叫战。"四大天王与李天王并太子正议出兵。木叉道："父王，愚男蒙菩萨吩咐，下来打探消息，就说若遇战时，可助一功。今不才愿往，看他怎么个大圣！"天王道："孩儿，你随菩萨修行这几年，想必也有些神通，切须在意。"

好太子，双手轮着铁棍，束一束绣衣，跳出辕门，高叫："那个是齐天大圣？"大圣挺如意棒，应声道："老孙便是。你是甚人，辄敢问我？"木叉道："吾乃李天王第二太子木叉，今在观音菩萨宝座前为徒弟护教，法名惠岸是也。"大圣道："你不在南海修行，却来此见我做甚？"木叉道："我蒙师父差来打探军情，见你这般猖獗，特来擒你！"大圣道："你敢说那等大话！且休走！吃老孙这一棒！"木叉全然不惧，使铁棒劈手相迎。他两个立那半山中，辕门外，这场好斗：

棍虽对棍铁各异，兵纵交兵人不同。一个是太乙散仙呼大圣，一个是观音徒弟正元龙。浑铁棍乃千锤打，六丁六甲运神功；如意棒是天河定，镇海神珍法力洪。两个相逢真对手，往来解数实无穷。这个的阴手棍，万千凶，绕腰贯索疾如风；那个的夹枪棒，不放空，左遮右挡怎相容？那阵上旌旗闪闪，这阵上鼍鼓(用鼍皮蒙的鼓。鼍，音 tuó)冬冬。万员天将团团绕，一洞妖猴簇簇丛。怪雾愁云漫地府，狼烟煞气射天宫。昨朝混战还犹可，今日争持更又凶。堪羡猴王真本事，木叉复败又逃生。

这大圣与惠岸战经五六十合，惠岸臂膊酸麻，不能迎敌，虚幌一幌，败阵而走。大圣也收了猴兵，安扎在洞门之外。只见天王营门外，大小天兵，接住了太子，让开大路，径入辕门，对四天王、李托塔、哪吒，气哈哈的，喘息未定："好大圣！好大圣！着实神通广大！孩儿战不过，又败阵而来也！"李天王见了心惊，即命写表求助，便差大力鬼王与木叉太子上天启奏。

二人当时不敢停留，闯出天罗地网，驾起瑞霭祥云。须臾，径至通明殿下，见了四大天师，引至灵霄宝殿，呈上表章。惠岸又见菩萨施礼。菩萨道："你打探的如何？"惠岸道："始领命到花果山，叫开天罗地网门，见了父亲，道师父差命之意。父王道：'昨日与那猴王战了一场，止捉得他虎豹狮象之类，更未捉他一个猴精。'正讲间，他又索战，是弟子使铁棍与他战经五六十合，不能取胜，败走回营。父亲因此差大力鬼王同弟子上界求助。"菩萨低头思忖。【心性的克星是自己的镜像】

却说玉帝拆开表章，见有求助之言，笑道："叵耐(pǒ nài，不可容忍；可恨)这个猴精，能有多大手段，就敢敌过十万天兵！李天王又来求助，却将那路神兵助之？"言未毕，观音合掌启奏："陛下宽心，贫僧举一神，可擒这猴。"玉帝道："所举者何神？"菩萨道："乃陛下令甥显圣二郎真君，【天神与凡人的后代，天地所生】现居灌洲灌江口，享受下方香火。他昔日曾力诛六怪，又有梅山兄弟与帐前一千二百草头神，神通广大。奈他只是听调不听宣，【听调不听宣，也是一个狂神，故可为悟空的对头】陛下可降一道调兵旨意，着他助力，便可擒也。"玉帝闻言，即传调兵的旨意，就差大力鬼王赍调。

那鬼王领了旨，即驾起云，径至灌江口。不消半个时辰，直至真君之庙。早有把门的鬼判，传报至里道："外有天使，捧旨而至。"二郎即与众兄弟，出门迎接旨意，焚香开读旨意。上云："花果山妖猴齐天大圣作乱。因在宫偷桃、偷酒、偷丹，搅乱蟠桃大会，现着十万天兵，一十八架天罗地网，围山收伏，未曾得胜，今特调贤甥同义兄弟即赴花果山助力剿除。成功之后，高升重赏。"真君大喜道："天使请回，吾当就去拔刀相助也。"鬼王回奏不题。

这真君即唤梅山六兄弟——乃康、张、姚、李四太尉，郭申、直健二将军，聚集殿前道："适才玉帝调遣我等往花果山收降妖猴，同去去来。"众兄弟俱忻然愿往。即点本部神兵，驾鹰牵犬，搭弩张弓，纵狂风，霎时过了东洋大海，径至花果山。见那天罗地网，密密层层，不能前进，因叫道："把天罗地网的神将听着：吾乃二郎显圣真君，蒙玉帝调来，擒拿妖猴者，快开营门放行。"一时，各神一层层传入。四大天王与李天王俱出辕门迎接。相见毕，问及胜败之事，天王将上项事备陈一遍。真君笑道："小圣来此，必须与他斗个变化。列公将天罗地网，不要幔了顶上，只四围紧密，让我赌斗。若我输与他，不必列公相助，我自有兄弟扶持；若赢了他，也不必列公绑缚，我自有兄弟动手。只请托塔天王与我使个照妖镜，住立空中。恐他一时败阵，逃窜他方，切须与我照耀明白，勿走了他。”天王各居四维，众天兵各挨排列阵去讫。

这真君领着四太尉、二将军，连本身七兄弟，出营挑战；分付众将，紧守营盘，收全了鹰犬。众草头神得令。真君只到那水帘洞外，见那一群猴，齐齐整整，排作个蟠龙阵势；中军里，立一竿旗，上书“齐天大圣”四字。真君道：“那泼猴，怎么称得起齐天之职？”梅山六弟道：“且休赞叹，叫战去来。”那营口小猴见了真君，急走去报知。那猴王即掣金箍棒，整黄金甲，登步云履，按一按紫金冠，腾出营门，急睁眼观看，那真君的相貌，果是清奇，打扮得又秀气。真个是：

仪容清秀貌堂堂，两耳垂肩目有光。
头戴三山飞凤帽，身穿一领淡鹅黄。
缕金靴衬盘龙袜，玉带团花八宝妆。
腰挎弹弓新月样，手执三尖两刃枪。
斧劈桃山曾救母，弹打棕罗双凤凰。
力诛八怪声名远，义结梅山七圣行。
心高不认天家眷，性傲归神住灌江。
【心高性傲，正与悟空相当】
赤城昭惠英灵圣，显化无边号二郎。

大圣见了，笑嘻嘻的，将金箍棒掣起，高叫道：“你是何方小将，辄敢大胆到此挑战？”真君喝道：“你这厮有眼无珠，认不得我么！吾乃玉帝外甥，敕封昭惠灵显王二郎是也。今蒙上命，到此擒你这造反天宫的弼马温猢狲，你还不知死活！”大圣道：“我记得当年玉帝妹子思凡下界，配合杨君，生一男子，【同是天地所生，惺惺相惜】曾使斧劈桃山的，是你么？我待要骂你几声，曾奈无甚冤仇，待要打你一棒，可惜了你的性命。【卓吾评：猴】你这郎君小辈，可急急回去，唤你四大天王出来。”真君闻言，心中大怒道：“泼猴！休得无礼！吃吾一刀！”大圣侧身躲过，疾举金箍棒，劈手相还。他两个这场好杀：

昭惠二郎神，齐天孙大圣，这个心高欺敌美猴王，那个面生压伏真梁栋。两个乍相逢，各人皆赌兴。从来未识浅和深，今日方知轻与重。铁棒赛飞龙，神锋如舞凤，左挡右攻，前迎后映。这阵上梅山六弟助威风，那阵上马流四将传军令。摇旗擂鼓各齐心，呐喊筛锣都助兴。两个钢刀有见机，一来一往无丝缝。金箍棒是海中珍，变化飞腾能取胜；若还身慢命该休，但要差池为蹭蹬(cèng dèng，倒霉)。

真君与大圣斗经三百余合，不知胜负。那真君抖擞神威，摇身一变，变得身高万丈，两只手，举着三尖两刃神锋，好便似华山顶上之峰，青脸獠牙，朱红头发，恶狠狠，望大圣着头就砍。这大圣也使神通，变得与二郎身躯一样，嘴脸一般，【卓吾评：猴】举一条如意金箍棒，却就如昆仑顶上的擎天之柱，抵住二郎神：唬得那马、流元帅，战兢兢，摇不得旌旗；崩、芭二将，虚怯怯，使不得刀剑。【卓吾评：形容】这阵上，康、张、姚、李、郭申、直健，传号令，撒放草头神，向他那水帘洞外，纵着鹰犬，搭弩张弓，一齐掩杀。可怜冲散妖猴四健将，捉拿灵怪二三千！那些猴，抛戈弃甲，撇剑抛枪；跑的跑，喊的喊；上山的上山，归洞的归洞：好似夜猫惊宿鸟，飞洒满天星。众兄弟得胜不题。

却说真君与大圣变做法天象地（效法天地）的规模，正斗时，大圣忽见本营中妖猴惊散，自觉心慌，收了法象，掣棒抽身就走。真君见他败走，大步赶上道："那里走？趁早归降，饶你性命！"大圣不恋战，只情跑起。将近洞口，正撞着康、张、姚、李四太尉，郭申、直健二将军，一齐帅众挡住道："泼猴！那里走！"大圣慌了手脚，就把金箍棒捏做个绣花针，藏在耳内，摇身一变，变作个麻雀儿，飞在树稍头钉住。【卓吾评：幻笔】那六兄弟，慌慌张张，前后寻觅不见，一齐吆喝道："走了这猴精也！走了这猴精也！"

正嚷间，真君到了，问："兄弟们，赶到那厢不见了？"众神道："才在这里围住，就不见了。"二郎圆睁凤眼观看，见大圣变了麻雀儿，钉在树上，就收了法象，撇了神锋，卸下弹弓，摇身一变，变作个雀鹰儿，抖开翅，飞将去扑打。大圣见了，嗖的一翅飞起，去变作一只大鹚老，冲天而去。二郎见了，急抖翎毛，摇身一变，变作一只大海鹤，钻上云霄来嗛（xián，啄）。大圣又将身按下，入涧中，变作一个鱼儿，淬入水内。二郎赶至涧边，不见踪迹。心中暗想道："这猢狲必然下水去也，定变作鱼虾之类。等我再变变拿他。"果一变变作个鱼鹰儿，飘荡在下溜头波面上。等待片时，那大圣变鱼儿，顺水正游，忽见一只飞禽，似青鹞，毛片不青；似鹭鸶，顶上无缨；似老鹳，腿又不红："想是二郎变化了等我哩！……"【卓吾评：老思飞涌】急转头，打个花就走。二郎看见道："打花的鱼儿，似鲤鱼，尾巴不红；似鳜鱼，花鳞不见；似黑鱼，头上无星；似鲂鱼，腮上无针。他怎么见了我就回去了？必然是那猴变的。"赶上来，刷的啄一嘴。那大圣就撺出水中，一变，变作一条水蛇，游近岸，钻入草中，二郎因嗛他不着。他见水响中，见一条蛇撺出去，认得是大圣，急转身，又变了一只朱绣顶的灰鹤，伸着一个长嘴，与一把尖头铁钳子相似，径来吃这水蛇。水蛇跳一跳，又变做一只花鸨，【卓吾评：老猴做了老鸨，粉头定是老猪做了】木木樗樗[①]的，立在蓼

① 木木樗樗：mù mù chū chū，形容呆呆的样子。

汀之上。二郎见他变得低贱，——花鸨乃鸟中至贱至淫之物，不拘鸾、凤、鹰、鸦都与交群——故此不去拢傍(lǒng páng，接近)，即现原身，走将去，取过弹弓拽满，一弹子把他打个蹦踵。

那大圣趁着机会，滚下山崖，伏在那里又变，变一座土地庙儿：大张着口，似个庙门；牙齿变做门扇，舌头变做菩萨，眼睛变做窗棂。只有尾巴不好收拾，竖在后面，变做一根旗竿。【卓吾评：匪夷所思】真君赶到崖下，不见打倒的鸨鸟，只有一间小庙，急睁凤眼，仔细看之，见旗竿立在后面，笑道："是这猢狲了！他今又在那里哄我。我也曾见庙宇，更不曾见一个旗竿竖在后面的。断是这畜生弄喧(弄玄虚，耍花招)！他若哄我进去，他便一口咬住。我怎肯进去？等我掣拳先捣窗棂，后踢门扇！"大圣听得，心惊道："好狠！好狠！门扇是我牙齿，窗棂是我眼睛；若打了牙，捣了眼，却怎么是好？"扑的一个虎跳，又冒在空中不见。

真君前前后后乱赶，只见四太尉、二将军，一齐拥至道："兄长，拿住大圣了么？"真君笑道："那猴儿才自变座庙宇哄我。我正要捣他窗棂，踢他门扇，他就纵一纵，又渺无踪迹。可怪！可怪！"众皆愕然，四望更无形影。真君道："兄弟们在此看守巡逻，等我上去寻他。"即纵身驾云，起在半空。见那李天王高擎照妖镜，与哪吒住立云端，真君道："天王，曾见那猴王么？"天王道："不曾上来。我这里照着他哩。"真君把那赌变化，弄神通，拿群猴一事说毕，却道："他变庙宇，正打处，就走了。"李天王闻言，又把照妖镜四方一照，呵呵的笑道："真君，快去！快去！那猴使了个隐身法，走出营围，往你那灌江口去也。"二郎听说，即取神锋，回灌江口来赶。

却说那大圣已至灌江口，摇身一变，变作二郎爷爷的模样，【卓吾评：猴】【暗示悟空与二郎互为镜像】按下云头，径入庙里。鬼判不能相认，一个个磕头迎接。他坐中间，点查香火：见李虎拜还的三牲，张龙许下的保福，赵甲求子的文书，钱丙告病的良愿。正看处，有人报："又一个爷爷来了。"众鬼判急急观看，无不惊心。真君却道："有个甚么齐天大圣，才来这里否？"众鬼判道："不曾见甚么大圣，只有一个爷爷在里面查点哩。"真君撞进门，大圣见了，现出本相道："郎君不消嚷，庙宇已姓孙了。"【卓吾评：猴】这真君即举三尖两刃神锋，劈脸就砍。那猴王使个身法，让过神锋，掣出那绣花针儿，幌一幌，碗来粗细，赶到前，对面相还。两个嚷嚷闹闹，打出庙门，半雾半云，且行且战，复打到花果山，慌得那四大天王等众，提防愈紧。这康、张太尉等迎着真君，合心努力，把那美猴王围绕不题。

话表大力鬼王既调了真君与六兄弟提兵擒魔去后，却上界回奏。玉帝与观音菩萨、王母并众仙卿，正在灵霄殿讲话，道："既是二郎已去赴战，这一日还不见回报。”观音合掌道：“贫僧请陛下同道祖出南天门外，亲去看看虚实如何？”玉帝道：“言之有理。”即摆驾，同道祖、观音、王母与众仙卿至南天门。早有些天丁、力士接着，开门遥观，只见众天丁布罗网，围住四面；李天王与哪吒，擎照妖镜，立在空中；真君把大圣围绕中间，纷纷赌斗（争斗）呢。菩萨开口对老君说：“贫僧所举二郎神如何？——果有神通，已把那大圣围困，只是未得擒拿。我如今助他一功，决拿住他也。”老君道：“菩萨将甚兵器？怎么助他？”菩萨道：“我将那净瓶杨柳抛下去，打那猴头；即不能打死，也打个一跌，教二郎小圣，好去拿他。”老君道：“你这瓶是个磁器，准打着他便好；如打不着他的头，或撞着他的铁棒，却不打碎了？你且莫动手，等我老君助他一功。”菩萨道：“你有甚么兵器？”老君道：“有，有，有。”捋起衣袖，左膊上，取下一个圈子，说道：“这件兵器，乃锟钢抟炼的，被我将还丹点成，养就一身灵气，善能变化，水火不侵，又能套诸物；一名‘金钢琢’，又名‘金钢套’。当年过函关，化胡为佛，甚是亏他。早晚最可防身。等我丢下去打他一下。”

话毕，自天门上往下一掼，滴流流，径落花果山营盘里，可可的着猴王头上一下。猴王只顾苦战七圣，却不知天上坠下这兵器，打中了天灵，立不稳脚，跌了一跤，爬将起来就跑；被二郎爷爷的细犬赶上，照腿肚子上一口，又扯了一跌。他睡倒在地，骂道：“这个亡人！你不去妨家长，却来咬老孙！”【卓吾评：趣】急翻身爬不起来，被七圣一拥按住，即将绳索捆绑，使勾刀穿了琵琶骨，再不能变化。

那老君收了金钢琢，请玉帝同观音、王母、众仙等，俱回灵霄殿。这下面四大天王与李天王诸神，俱收兵拔寨，近前向小圣贺喜，都道：“此小圣之功也！”小圣道：“此乃天尊洪福，众神威权，我何功之有？”康、张、姚、李道：“兄长不必多叙，且押这厮去上界见玉帝，请旨发落去也。”真君道：“贤弟，汝等未受天箓，不得面见玉帝。教天甲神兵押着，我同天王等上界回旨。你们帅众在此搜山，搜净之后，仍回灌口。待我请了赏，讨了功，回来同乐。”四太尉、二将军，依言领诺。这真君与众即驾云头，唱凯歌，得胜朝天。不多时，到通明殿外。天师启奏道：“四大天王等众已捉了妖猴齐天大圣了。来此听宣。”玉帝传旨，即命大力鬼王与天丁等众，押至斩妖台，将这厮碎剁其尸。咦！正是：欺诳今遭刑宪苦，英雄气概等时休。毕竟不知那猴王性命如何，且听下回分解。

【卓吾评：千变万化，到大士手内即住，亦有微意。盖菩萨只是“自在”两字，由他千怪万怪，到底跳不出“自在”圈子。此作者之意也。世上只有“自在”好，千怪万怪无益也，徒自作丑态耳】

第七回　八卦炉中逃大圣　五行山下定心猿

【由于政治上的考虑，本书不便直接贬抑儒家理论和皇权统治，但从官阶任命和暗引《大学》的“定静安虑”来看，作者以玉帝影射皇权，或以儒家学说为主的社会治理力量代表儒家，老子代表道家，佛祖代表佛家，三家轮番上阵，对人类心性进行疏导和规制。儒家疏导不成则道家锻造，再不成则佛家磨练。三家的用意是一致的，只不过在心性发展的不同阶段有不同作用，正体现前文所讲“三家配合本如然”。作者以孙悟空的经历隐喻心性在人世间的抉择和承受。伟大与苦难如影随形，本回铺陈集中体现了作者对心性的赞叹与慈悲】

富贵功名，前缘分定，为人切莫欺心。正大光明，忠良善果弥深。些些狂妄天加谴，眼前不遇待时临。问东君①因甚，如今祸害相侵。只为心高图罔极，不分上下乱规箴。

话表齐天大圣被众天兵押去斩妖台下，绑在降妖柱上，刀砍斧剁，枪刺剑刳(kū，劈砍)，莫想伤及其身。南斗星奋令火部众神，放火煨烧，亦不能烧着。又着雷部众神，以雷屑钉打，越发不能伤损一毫。那大力鬼王与众启奏道：“万岁，这大圣不知是何处学得这护身之法，臣等用刀砍斧剁，雷打火烧，一毫不能伤损，却如之何？”玉帝闻言道：“这厮这等，这等……如何处治？”太上老君即奏道：“那猴吃了蟠桃，饮了御酒，又盗了仙丹，——我那五壶丹，有生有熟，被他都吃在肚里，运用三昧火，煅成一块，所以浑做金钢之躯，急不能伤。不若与老道领去，放在八卦炉中，以文武火煅炼。炼出我的丹来，他身自为灰烬矣。”【庄子形容得道的人“形如槁木，心如死灰”；苏轼也曾引用，形容自己的心“死灰吹不起”。此处字面意思是行刑，实则比喻让心性在锻造中悟道，不受欲望的引诱和臆想的困扰，达到“死灰”的状态】玉帝闻言，即教六丁、六甲，将他解下，付与老君。老君领旨去讫。一壁厢(一边；一旁)宣二郎显圣，赏赐金花百朵，御酒百瓶，还丹百粒，异宝明珠，锦绣等件，教与义兄弟分享。真君谢恩，回灌江口不题。

那老君到兜率宫，将大圣解去绳索，放了穿琵琶骨之器，推入八卦炉中，命看炉

---

① 东君：东家。对主人的尊称。此处指代自己的心。

的道人，架火的童子，将火扇起煅炼。原来那炉是乾、坎、艮、震、巽、离、坤、兑八卦。他即将身钻在“巽(xùn，卦名)宫”位下。【卓吾评：猴】巽乃风也，有风则无火。只是风搅得烟来，把一双眼熰(chǎo，熏)红了，弄做个老害病眼，故唤作“火眼金睛”。

真个光阴迅速，不觉七七四十九日，老君的火候俱全。忽一日，开炉取丹，【心性即是金丹】那大圣双手侮(通“捂”)着眼，正自揉搓流涕，只听得炉头声响。猛睁眼看见光明，他就忍不住，将身一纵，跳出丹炉，唿喇一声，蹬倒八卦炉，往外就走。慌得那架火、看炉，与丁甲一班人来扯，被他一个个都放倒，好似癫痫的白额虎，风狂(同“疯狂”)的独角龙。老君赶上抓一把，被他一捽，捽了个倒栽葱，脱身走了。【弱者道之用，老君擅长示弱】即去耳中掣出如意棒，迎风幌一幌，碗来粗细，依然拿在手中，不分好歹，却又大乱天宫，打得那九曜星闭门闭户，四天王无影无形。【卓吾评：形容】好猴精！有诗为证。诗曰：

混元体正合先天，万劫千番只自然。

渺渺无为浑太乙，如如(佛教语，指永恒存在的真如)不动号初玄。

【心性是天地所生，自然演化，不能靠形状和行为来描述它，是天地间最玄妙的东西】

炉中久炼非铅汞，物外长生是本仙。

变化无穷还变化，三皈五戒总休言。

【那炉中锻炼的不是铅汞，也不是丹药，而是一颗永不磨灭的心性。它捉摸不定，有无穷化身，不容易受任何形相和戒律的束缚】

又诗：

一点灵光彻太虚，那条拄杖亦如之：

或长或短随人用，横竖横排任卷舒。

【心性的灵光是宇宙中最伟大的奇迹，心性之力量无所不至，随人所用，任意挥洒】

又诗：

猿猴道体假人心，心即猿猴意思深。

大圣齐天非假论，官封弼马岂知音？

【把人的心性比作猿猴，读者需体会其中的意味。心性齐天并不是玩笑话，让其守住意马也有深意】

马猿合作心和意，紧缚牢拴莫外寻。

万相归真从一理，如来同契住双林(本指释迦牟尼涅槃处。此为得道)。

【卓吾评：和盘托出】【心性是自由的，但意念不能放荡；心性本来完备，没必要向外寻求大道。修心就是认识到世界万相都是内心的反映、需要透过这些形相和意念发现自己的真如本性的过程。这是所有修行的终极道理，归于大道的法门】

这一番，猴王不分上下，使铁棒东打西敌，更无一神可挡。只打到通明殿里，灵霄殿外。幸有佑圣真君的佐使王灵官执殿。他见大圣纵横，掣金鞭近前挡住道："泼猴何往！有吾在此，切莫猖狂！"这大圣不由分说，举棒就打。那灵官鞭起相迎。两个在灵霄殿前厮浑一处。好杀：

赤胆忠良名誉大，欺天诳上声名坏。一低一好幸相持，豪杰英雄同赌赛。铁棒凶，金鞭快，正直无私怎忍耐？这个是太乙雷声应化尊，那个是齐天大圣猿猴怪。金鞭铁棒两家能，都是神宫仙器械。今日在灵霄宝殿弄威风，各展雄才真可爱。一个欺心要夺斗牛宫，一个竭力匡扶玄圣界。苦争不让显神通，鞭棒往来无胜败。

他两个斗在一处，胜败未分，早有佑圣真君，又差将佐发文到雷府，调三十六员雷将齐来，把大圣围在垓心，各骋凶恶鏖战。那大圣全无一毫惧色，使一条如意棒，左遮右挡，后架前迎。一时，见那众雷将的刀枪剑戟、鞭简挝锤、钺斧金瓜、旄镰月铲，来的甚紧，他即摇身一变，变做三头六臂；把如意棒幌一幌，变作三条；六只手使开三条棒，好便似纺车儿一般，滴流流，在那垓心里飞舞。众雷神莫能相近。真个是：

圆陀陀，光灼灼，亘古常存人怎学？入火不能焚，入水何曾溺？光明一颗摩尼珠，剑戟刀枪伤不着。也能善，也能恶，眼前善恶凭他作。善时成佛与成仙，恶处披毛并带角。无穷变化闹天宫，雷将神兵不可捉。【心性像一颗闪亮的宝珠，它天然存在，神通广大，水火刀枪都不能伤；善能成佛，恶能成魔，都是自己的选择，没有别人能操控】

当时众神把大圣攒在一处，却不能近身，乱嚷乱斗，早惊动玉帝。遂传旨着游奕灵官同翊圣真君上西方请佛老降伏。

那二圣得了旨，径到灵山胜境，雷音宝刹之前，对四金刚、八菩萨礼毕，即烦转达。众神随至宝莲台下启知，如来召请。二圣礼佛三匝，侍立台下。如来问："玉帝何事，烦二圣下临？"二圣即启道："向时花果山产一猴，在那里弄神通，聚众猴搅乱世界。玉帝降招安旨，封为'弼马温'，他嫌官小反去。当遣李天王、哪吒太子擒拿未获，复招安他，封做'齐天大圣'，先有官无禄。着他代管蟠桃园，他即偷桃；又走至瑶池，偷肴，偷酒，搅乱大会；仗酒又暗入兜率宫，偷老君仙丹，反出天宫。玉帝复遣十万天兵，亦不能收伏。后观世音举二郎真君同他义兄弟追杀，他变化多端，亏老君抛金钢琢打重，二郎方得拿住。解赴御前，即命斩之。刀砍斧剁，火烧雷打，俱不能伤，老君奏准领去，以火煅炼。四十九日开鼎，他却又跳出八卦炉，打退天丁，径入通明殿里，灵霄殿外；被佑圣真君的佐使王灵官挡住苦战，又调三十六员雷将，把他困在垓心，终不能相近。事在紧急，因此，玉帝特请如来救驾。”如来闻说，即对众菩萨道：“汝等在此稳坐法庭，休得乱了禅位，待我炼魔救驾去来。”

如来即唤阿傩、迦叶二尊者相随，离了雷音，径至灵霄门外。忽听得喊声振耳，乃三十六员雷将围困着大圣哩。佛祖传法旨：“教雷将停息干戈，放开营所，叫那大圣出来，等我问他有何法力。”众将果退。大圣也收了法象，现出原身近前，怒气昂昂，厉声高叫道：“你是那方善士？敢来止住刀兵问我？”如来笑道：“我是西方极乐世界释迦牟尼尊者，南无阿弥陀佛。今闻你猖狂村野，屡反天宫，不知是何方生长，何年得道，为何这等暴横？”大圣道：“我本：

天地生成灵混仙，花果山中一老猿。
水帘洞里为家业，拜友寻师悟太玄。
炼就长生多少法，学来变化广无边。
因在凡间嫌地窄，立心端要住瑶天。
灵霄宝殿非他久，历代人王有分传。
强者为尊该让我，英雄只此敢争先。”

【卓吾评：说得是】

佛祖听言，呵呵冷笑道：“你那厮乃是个猴子成精，焉敢欺心，要夺玉皇上帝尊位？他自幼修持，苦历过一千七百五十劫。每劫该十二万九千六百年。你算，他该多少年数，方能享受此无极大道？【以玉帝之位喻政权，也是天道秩序的体现。大道无为，故应顺其自然】你那个初世为人的畜生，如何出此大言！【卓吾评：只为“初世为人”，所以敢“出此大言”】不当人子！不当人子！折了你的寿算！趁早皈依，切莫胡说！但恐遭了毒手，性命顷刻而休，可惜了你的本来面目！”大圣道：“他虽年久修长，也不应久占在此。常言道：‘皇帝轮流做，明年到我家。’只教他搬出去，将天宫让与我，便罢了。若还不让，定要搅攘，永不清平！”佛祖道：“你除了生长变化之法，再有何能，敢占天宫胜境？”大圣道：“我的手段多哩！我有七十二般变化，万劫不老长生。会驾筋斗云，一纵十万八千里。如何坐不得天位？”佛祖道：“我与你打个赌赛：你若有本事，一筋斗打出我这右手掌中，算你赢，再不用动刀兵苦争战，就请玉帝到西方居住，把天宫让你；若不能打出手掌，你还下界为妖，再修几劫，却来争吵。”

那大圣闻言，暗笑道：“这如来十分好呆！我老孙一筋斗去十万八千里。他那手掌，方圆不满一尺，如何跳不出去？”急发声道：“既如此说，你可做得主张？”佛祖道：“做得！做得！”伸开右手，却似个荷叶大小。那大圣收了如意棒，抖擞神威，将身一纵，站在佛祖手心里，却道声：“我出去也！”你看他一路云光，无影无形去了。佛祖慧眼观看，见那猴王风车子一般相似不住，只管前进。大圣行时，忽见有五根肉红柱子，撑着一股青气。他道：“此间乃尽头路了。这番回去，如来作证，灵霄殿定是我坐也。”又思量说：“且住！等我留下些记号，方好与如来说话。”拔下一根毫毛，吹口仙气，叫：“变！”变作一管浓墨双毫笔，在那中间柱子上写一行大字云：“齐天大圣，到此一游。”【卓吾评：趣甚，妙甚。何物文人，思笔双幻乃尔】写毕，收了毫毛。又不庄尊，却在第一根柱子根下撒了一泡猴尿。翻转筋斗云，径回本处，站在如来掌内道：“我已去，今来了。你教玉帝让天宫与我。”

如来骂道：“我把你这个尿精猴子！你正好不曾离了我掌哩！”大圣道：“你是不知。我去到天尽头，见五根肉红柱，撑着一股青气，我留个记在那里，你敢和我同去看么？”如来道：“不消去，你只自低头看看。”那大圣睁圆火眼金睛，低头看时，原来佛祖右手中指写着“齐天大圣，到此一游。”大指丫里，还有些猴尿臊气。大圣吃了一惊，道：“有这等事！有这等事！我将此字写在撑天柱子上，如何却在他手指上？莫非有个未卜先知的法术？我决不信！不信！等我再去来！”

好大圣，急纵身又要跳出，被佛祖翻掌一扑，把这猴王推出西天门外，将五指化作金、木、水、火、土五座联山，唤名“五行山”，轻轻的把他压住。【《金刚经》中须菩提问如何“降伏其心”，故如来善于降心】众雷神与阿傩、迦叶，一个个合掌称扬道：“善哉！善哉！

当年卵化学为人，立志修行果道真。
万劫无移居胜境，一朝有变散精神。
欺天罔上思高位，凌圣偷丹乱大伦。
恶贯满盈今有报，不知何日得翻身。”

如来佛祖殄灭了妖猴，即唤阿傩、迦叶同转西方极乐世界。时有天蓬、天佑急出灵霄宝殿道：“请如来少待，我主大驾来也。”佛祖闻言，回首瞻仰。须臾，果见八景鸾舆，九光宝盖；声奏玄歌妙乐，咏哦无量神章；散宝花，喷真香，直至佛前谢曰：“多蒙大法收殄妖邪。望如来少停一日，请诸仙做一会筵奉谢。”如来不敢违悖，即合掌谢道：“老僧承大天尊宣命来此，有何法力？还是天尊与众神洪福，敢劳致谢？”玉帝传旨，即着雷部众神，分头请三清、四御、五老、六司、七元、八极、九曜、十都、千真万圣，来此赴会，同谢佛恩。又命四大天师、九天仙女，大开玉京金阙、太玄宝宫、洞阳玉馆，请如来高坐七宝灵台。调设各班座位，安排龙肝凤髓，玉液蟠桃。

不一时，那玉清元始天尊、上清灵宝天尊、太清道德天尊、五炁真君、五斗星君、三官四圣、九曜真君、左辅、右弼、天王、哪吒、元虚一应灵通，对对旌旗，双双幡盖，都捧着明珠异宝，寿果奇花，向佛前拜献曰："感如来无量法力，收伏妖猴。蒙大天尊设宴，呼唤我等皆来陈谢。请如来将此会立一名，如何？"如来领众神之托曰："今欲立名，可作个'安天大会'。"各仙老异口同声，俱道："好个'安天大会'！好个'安天大会'！"言讫，各坐座位，走斝传觞，簪花鼓瑟，果好会也。有诗为证。诗曰：

宴设蟠桃猴搅乱，安天大会胜蟠桃。
龙旗鸾辂祥光蔼，宝节幢幡瑞气飘。
仙乐玄歌音韵美，凤箫玉管响声高。
琼香缭绕群仙集，宇宙清平贺圣朝。

众皆畅然喜会，只见王母娘娘引一班仙子、仙娥、美姬、毛女飘飘荡荡舞向佛前，施礼曰："前被妖猴搅乱蟠桃嘉会，请众仙众佛，俱未成功。今蒙如来大法链锁顽猴，喜庆'安天大会'，无物可谢，今是我净手亲摘大株蟠桃数枚奉献。"【大桃犹在，可见猴子毁掉的是自己的功果，不是别人的功果】真个是：

半红半绿喷甘香，艳丽仙根万载长。
堪笑武陵源上种，争如天府更奇强！
紫纹娇嫩寰中少，缃核清甜世莫双。
延寿延年能易体，有缘食者自非常。

佛祖合掌向王母谢讫。王母又着仙姬、仙子唱的唱，舞的舞。满会群仙，又皆赏赞。正是：

缥缈天香满座，缤纷仙蕊仙花。
玉京金阙大荣华，异品奇珍无价。
对对与天齐寿，双双万劫增加。
桑田沧海任更差，他自无惊无讶。

王母正着仙姬仙子歌舞，觥筹交错，不多时，忽又闻得：

一阵异香来鼻嗅，惊动满堂星与宿。
天仙佛祖把杯停，各各抬头迎目候。
霄汉中间现老人，手捧灵芝飞蔼绣。
葫芦藏蓄万年丹，宝箓名书千纪寿。

洞里乾坤任自由，壶中日月随成就。
遨游四海乐清闲，散淡十洲容辐辏。
曾赴蟠桃醉几遭，醒时明月还依旧。
长头大耳短身躯，南极之方称老寿。

寿星又到。见玉帝礼毕，又见如来，申谢道："始闻那妖猴被老君引至兜率宫煅炼，以为必致平安，不期他又反出。幸如来善伏此怪，设宴奉谢，故此闻风而来。更无他物可献，特具紫芝瑶草，碧藕金丹奉上。"诗曰：

碧藕金丹奉释迦，如来万寿若恒沙。
清平永乐三乘锦，康泰长生九品花。
无相门中真法王，色空天上是仙家。
乾坤大地皆称祖，丈六金身福寿赊。

如来欣然领谢。寿星得座，依然走斝传觞。只见赤脚大仙又至。向玉帝前颊囟礼毕，又对佛祖谢道："深感法力，降伏妖猴。无物可以表敬，特具交梨二颗，火枣数枚奉献。"诗曰：

大仙赤脚枣梨香，敬献弥陀寿算长。
七宝莲台山样稳，千金花座锦般妆。
寿同天地言非谬，福比洪波话岂狂。
福寿如期真个是，清闲极乐那西方。

如来又称谢了，叫阿傩、迦叶，将各所献之物，一一收起，方向玉帝前谢宴。众各酩酊，只见个巡视灵官来报道："那大圣伸出头来了。"佛祖道："不妨，不妨。"袖中只取出一张帖子，上有六个金字："唵、嘛、呢、叭、咪、吽。"递与阿傩，叫贴在那山顶上。这尊者即领帖子，拿出天门，到那五行山顶上，紧紧的贴在一块四方石上。那座山即生根合缝，可运用呼吸之气，手儿爬出，可以摇挣摇挣。阿傩回报道："已将帖子贴了。"

如来即辞了玉帝众神，与二尊者出天门之外，又发一个慈悲心，念动真言咒语，将五行山召一尊土地神衹，会同五方揭谛，居住此山监押。但他饥时，与他铁丸子吃；渴时，与他熔化的铜汁饮。【可见那压住的不是肉身，而是金刚铸就的心性】待他灾愆满日，自有人救他。正是：

妖猴大胆反天宫，却被如来伏手降。
渴饮溶铜捱岁月，饥餐铁弹度时光。
天灾苦困遭磨折，人事凄凉喜命长。

若得英雄重展挣，他年奉佛上西方。

又诗曰：

伏逞豪强大势兴，降龙伏虎弄乖能。
偷桃偷酒游天府，受箓承恩在玉京。
恶贯满盈身受困，善根不绝气还升。
果然脱得如来手，且待唐朝出圣僧。

毕竟不知向后何年何月，方满灾殃，且听下回分解。

【卓吾评：齐天筋斗，只在如来掌上见，出不得如来手也。如来非他，此心之常便是；妖猴非他，此心之变便是。饶他千怪万变，到底不离本来面目。常固常，变亦常耳。万千变态何益？何益？人可不自省乎？

又批：妖猴刀砍斧剁，雷打火烧，一毫不能伤损，亦有微意矣。见此性不坏，故《记》中亦已明言之矣。《记》曰："光明一颗摩尼珠，剑戟刀枪伤不着。也能善，也能恶，眼前善恶凭他作。善时成佛与成仙，恶处披毛并带角。"盖不啻详哉其言之，只要读者着眼耳】

第八回　我佛造经传极乐　观音奉旨上长安

【观音东来，依次设计了沙僧、八戒、白龙、悟空的归顺，最后找到唐僧，五人都曾获罪于天。这种将唐僧一人分解成五人的设置，目的是对心理进行细致的探索。唐僧是修行人的肉身，悟空是人的心性，白龙(马)是意念，八戒是人的情感和欲望，沙僧是心志。讲述这些人的罪过，其实是分别讲性、意、情、志的原罪。或者说，五人背负人性在不同方面的弱点。这些弱点，来源于尘世的沾染，就像压在悟空身上的五行山，蒙蔽了真性。也正是这些弱点，导致后文的种种磨难。人修行的过程，就是辨识和摒弃这些弱点的过程】

试问禅关，参求无数，往往到头虚老。磨砖作镜，积雪为粮，迷了几多年少？【磨砖做镜子、积雪做粮食，都是无用功。这里指方法不对，是浪费时间】毛吞大海，芥纳须弥，金色头陀微笑。【毛和芥，都是极小的东西；大海和须弥山，都是极大的东西。这里指以小见大或顿悟，暗引禅宗初祖迦叶得道时佛祖拈花、迦叶微笑的典故】悟时超十地三乘，凝滞了四生六道。【十地三乘指不同的修行阶段，四生指胎生、卵生等生物形态，六道指地狱、人间等灵魂形态。禅宗讲究顿悟，一悟则超越所有的中间阶段和形态，直至佛位】谁听得绝想崖前，无阴树下，杜宇一声春晓？【顿悟刹那如杜鹃一声啼叫即见春天，豁然开朗】曹溪路险，鹫岭云深，此处故人音杳。【此处感叹愿修正法的人少。将六祖惠能的道场曹溪与如来的居处鹫岭相提并论，可见对惠能的推崇，也暗示六祖禅宗是佛家真传】千丈冰崖，五叶莲开，古殿帘垂香袅。【“五叶”出自《坛经》记载达摩的一句偈语“一花开五叶，结果自然成”，此处以“五叶莲开”喻悟道】那时节，识破源流，便见龙王三宝。【源流指本心或本性，惠能主张见性即至佛地】【卓吾评：此内颇有信息】

【此词本意是描写悟道的过程，作者借在此处表达对悟空在五行山下羁押的感叹，以及对人类心性脱离苦难得以救赎的希冀和祝愿。本词串起了从如来到迦叶(公元前五世纪)、达摩(公元六世纪)到六祖传承的历程，其间一千多年的混乱和沉寂，也影射从悟空悟道到两界山解脱的过程】

这一篇词，名《苏武慢》。【苏武牧羊的悲凉正可烘托五行山千丈冰崖的氛围】话表我佛如来，辞别了玉帝，回至雷音宝刹，但见那三千诸佛、五百阿罗、八大金刚、无边菩萨，一个个都执着幢幡宝盖，异宝仙花，摆列在灵山仙境、娑罗双林之下接迎。如来驾住祥云，对众道："我以甚深般若，遍观三界。根本性原，毕竟寂灭。同虚空相，一无所有。殄伏乖猴，是事莫识。名生死始，法相如是。"【此处作者借佛经句，暗示心性本来处于寂灭圆满的虚空状态，无生无灭，没有形态，无可系缚，无可压制，五行山和压住的猴子这些具体的形相也并不存在，只有受到蒙蔽和执着于相的心性会背负那座山，世人看出生灭和承受束缚，都是心中之相的羁绊，这也是整部书意图破除的东西】说罢，放舍利之光，满空有白虹四十二道，南北通连。大众见了，皈身礼拜。少顷间，聚庆云彩雾，登上品莲台，端然坐下。那三千诸佛、五百罗汉、八金刚、四菩萨合掌近前礼毕，问曰："闹天宫搅乱蟠桃者，谁也？"如来道："那厮乃花果山产的一妖猴，罪恶滔天，不可名状。概天神将，俱莫能降伏，虽二郎捉获，老君用火锻炼，亦莫能伤损。我去时，正在雷将中间，扬威耀武，卖弄精神，被我止住兵戈，问他来历。他言有神通，会变化，又驾筋斗云，一去十万八千里。我与他打了个赌赛，他出不得我手，却将他一把抓住，指化五行山，封压他在那里。玉帝大开金阙瑶宫，请我坐了首席，立'安天大会'谢我，却方辞驾而回。"【卓吾评：说出】【如来两段话，前者暗讲义理，后者明讲表面故事。后文真假美猴王也有类似安排。这种结构，与作者在故事中穿插判词讲义理是一致的】

大众听言喜悦，极口称扬。谢罢，各分班而退，各执乃事，共乐天真。果然是：

瑞霭漫天竺，虹光拥世尊。西方称第一，无相法王门！常见玄猿献果，麋鹿衔花；青鸾舞，彩凤鸣；灵龟捧寿，仙鹤噙芝。安享净土祇园，受用龙宫法界。日日开花，时时果熟，习静归真，参禅果正。不灭不生，不增不减。烟霞缥缈随来往，寒暑无侵不记年。

诗曰：

去来自在任优游，也无恐怖也无愁。
极乐场中俱坦荡，大千之处没春秋。

佛祖居于灵山大雷音宝刹之间，一日，唤聚诸佛、阿罗、揭谛、菩萨、金刚、比丘僧尼等众，曰："自伏乖猿，安天之后，我处不知年月，料凡间有半千年矣。今值孟秋望日，【卓吾评：既说"不知年月"，缘何又说"孟秋望日"？】我有一宝盆，盆中具设百样奇花，千般异果等物，与汝等享此'盂兰盆会'，如何？"概众一个个合掌，礼佛三匝领会。如来却将宝盆中花果品物，着阿傩捧走，着迦叶布散。大众感激，各献诗伸谢。

福诗曰：

福星光耀世尊前，福纳弥深远更绵。
福德无疆同地久，福缘有庆与天连。
福田广种年年盛，福海洪深岁岁坚。
福满乾坤多福荫，福增无量永周全。

禄诗曰：

禄重如山彩凤鸣，禄随时泰祝长庚。
禄添万斛身康健，禄享千钟世太平。
禄俸齐天还永固，禄名似海更澄清。
禄思远继多瞻仰，禄爵无边万国荣。

寿诗曰：

寿星献彩对如来，寿域光华自此开。
寿果满盘生瑞霭，寿花新采插莲台。
寿诗清雅多奇妙，寿曲调音按美才。
寿命延长同日月，寿如山海更悠哉。

众菩萨献毕，因请如来明示根本，指解源流。那如来微开善口，敷演大法，宣扬正果，讲的是三乘妙典，五蕴楞严①。但见那天龙围绕，花雨缤纷。正是：禅心朗照千江月，真性清涵万里天。如来讲罢，对众言曰："我观四大部洲，众生善恶，各方不一：东胜神洲者，敬天礼地，心爽气平；北俱芦洲者，虽好杀生，只因糊口，性拙情疏，无多作践；我西牛贺洲者，不贪不杀，养气潜灵，虽无上真，人人固寿；但那南赡部洲者，贪淫乐祸，多杀多争，正所谓口舌凶场，是非恶海。【卓吾评：真，真】我今有三藏真经，可以劝人为善。"【卓吾评：那怕你万藏真经】

诸菩萨闻言，合掌皈依，向佛前问曰："如来有哪三藏真经？"如来曰："我有《法》一藏，谈天；《论》一藏，说地；《经》一藏，度鬼；三藏共计三十五部，该一万五千一百四十四卷，乃是修真之径，正善之门。我待要送上东土，叵耐（可恨。叵，音 pǒ）那方众生愚蠢，毁谤真言，不识我法门之要旨，怠慢了瑜迦之正宗。【卓吾评：真，真】怎么得一个有法力的，去东土寻一个善信，教他苦历千山，询经万水，到我处求取真经，永传东土，劝化众生，却乃是个山大的福缘，海深的善庆。谁肯去走一遭来？"【卓吾评：如来忒也装腔，然不装腔不得，只为东土愚顽故耳】当有观音菩萨，行近莲台，礼佛三匝道："弟子不才，愿上东土寻一个取经人来也。"诸众抬头观看，那菩萨：

① 五蕴楞严：佛经《楞严经》里提到"色蕴、受蕴、想蕴、行蕴、识蕴"五蕴理论。

理圆四德(佛教语,指大乘涅槃四功德),智满金身。缨络垂珠翠,香环结宝明,乌云巧叠盘龙髻,绣带轻飘彩凤翎。碧玉纽,素罗袍,祥光笼罩;锦绒裙,金落索,瑞气遮迎。眉如小月,眼似双星。玉面天生喜,朱唇一点红。净瓶甘露年年盛,斜插垂杨岁岁青。解八难,度群生,大慈悯:故镇太山,居南海,救苦寻声,万称万应,千圣千灵。兰心欣紫竹,蕙性爱香藤。他是落伽山上慈悲主,潮音洞里活观音。

如来见了,心中大喜,道:"别个是也去不得,须是观音尊者,神通广大,方可去得。"菩萨道:"弟子此去东土,有甚言语吩咐?"如来道:"这一去。要踏看路道,不许在霄汉中行,须是要半云半雾;目过山水,谨记程途远近之数,叮咛那取经人。但恐善信难行,我与你五件宝贝。"即命阿傩、迦叶,取出锦襕袈裟一领,九环锡杖一根,对菩萨言曰:"这袈裟、锡杖,可与那取经人亲用。若肯坚心来此,穿我的袈裟,免堕轮回;持我的锡杖,不遭毒害。"

这菩萨皈依拜领,如来又取出三个箍儿,递与菩萨道:"此宝唤做'紧箍儿',虽是一样三个,但只是用各不同。我有'金紧禁'的咒语三篇。假若路上撞见神通广大的妖魔。你须是劝他学好,跟那取经人做个徒弟。他若不伏使唤,可将此箍儿与他戴在头上,自然见肉生根。各依所用的咒语念一念,眼胀头痛,脑门皆裂,管教他入我门来。"

那菩萨闻言,踊跃作礼而退,即唤惠岸行者随行。那惠岸使一条浑铁棍,重有千斤,只在菩萨左右作一个降魔的大力士。菩萨遂将锦襕袈裟作一个包裹,令他背了。菩萨将金箍藏了,执了锡杖,径下灵山。这一去,有分教:佛子还来归本愿,金蝉长老裹栴檀①。

那菩萨到山脚下,有玉真观金顶大仙,在观门首接住,请菩萨献茶。【灵山脚下有道观,取不入法相、大道相通、道是佛入门之意】菩萨不敢久停,对大仙曰:"今领如来法旨,上东土寻取经人去。"大仙道:"取经人几时方到?"菩萨道:"未定,约莫二三年间,或可至此。"遂辞了大仙,半云半雾,约记程途。有诗为证。诗曰:

万里相寻自不言,却云谁得意难全?
求人忽若浑如此,是我平生岂偶然?
传道有方成妄语,说明无信也虚传。
愿倾肝胆寻相识,料想前头必有缘。

【观音飞跃万水千山之际,作者的思绪也跨越千年,感慨真知难兴,知音难觅。

---

① 栴檀:zhān tán,梵文"栴檀那"(candana)的省称。即檀香。

这是作者唯一一次现身说法，自比传道人，推心置腹，呼唤知音，希望后世有人看懂此书】

师徒二人正走间，忽然见弱水三千，乃是流沙河界。菩萨道："徒弟呀，此处却是难行。取经人浊骨凡胎，如何得渡？"惠岸道："师父，你看河有多远？"那菩萨停立云步看时，只见：

东连沙碛，西抵诸番；南达乌戈，北通鞑靼。径过有八百里遥，上下有千万里远。水流一似地翻身，浪滚却如山耸背。洋洋浩浩，漠漠茫茫，十里遥闻万丈洪。仙槎难到此，莲叶莫能浮。衰草斜阳流曲浦，黄云影日暗长堤。那里得客商来往？何曾有渔叟依栖？平沙无雁落，远岸有猿啼。只是红蓼①花蘩知景色，白蘋②香细任依依。

菩萨正然点看，只见那河中，泼剌一声响喨，水波里跳出一个妖魔来，十分丑恶。他生得：

青不青，黑不黑，晦气色脸；长不长，短不短，赤脚筋躯。眼光闪烁，好似灶底双灯；口角丫叉，就如屠家火钵。獠牙撑剑刃，红发乱蓬松。一声叱咤如雷吼，两脚奔波似滚风。

那怪物手执一根宝杖，走上岸就捉菩萨，却被惠岸掣浑铁棒挡住，喝声："休走！"那怪物就持宝杖来迎。两个在流沙河边。这一场恶杀，真个惊人：

木叉浑铁棒，护法显神通；怪物降妖杖，努力逞英雄。双条银蟒河边舞，一对神僧岸上冲。那一个威镇流沙施本事，这一个力保观音建大功。那一个翻波跃浪，这一个吐雾喷风。翻波跃浪乾坤暗，吐雾喷风日月昏。那个降妖杖，好便似出山的白虎；这个浑铁棒，却就如卧道的黄龙。那个使将来，寻蛇拨草；这个丢开去，扑鹞分松。只杀得昏漠漠，星辰灿烂；雾腾腾，天地朦胧。那个久居弱水惟他狠，这个初出灵山第一功。

他两个来来往往，战上数十合，不分胜负。那怪物架住了铁棒道："你是哪里和尚，敢来与我抵敌？"木叉道："我是托塔天王二太子木叉惠岸行者，今保我师父往东土寻取经人去。你是何怪，敢大胆阻路？"那怪方才醒悟道："我记得你跟南海观音在紫竹林中修行，你为何来此？"木叉道："那岸上不是我师父？"怪物闻言，连声喏喏，收了宝杖，让木叉揪了去，见观音纳头下拜。告道："菩萨，恕我之罪，待我诉告。

① 红蓼：hóng liǎo，蓼的一种。多生水边，花呈淡红色。
② 白蘋：bái pín，亦作"白苹"。水中浮草。

我不是妖邪，我是灵霄殿下侍銮舆的卷帘大将。只因在蟠桃会上，失手打碎了玻璃盏，【打碎玻璃盏能有多大罪过？这里借玻璃盏的晶莹剔透比喻真心。题眼在于“失手”，沙僧象征心志，志易失】玉帝把我打了八百，贬下界来，变得这般模样。又教七日一次，将飞剑来穿我胸胁百余下方回，故此这般苦恼。【卓吾评：今人飞剑，岂止七日一次。可怜，可怜】没奈何，饥寒难忍，三二日间，出波涛寻一个行人食用。不期今日无知，冲撞了大慈菩萨。”菩萨道：“你在天有罪，既贬下来，今又这等伤生，正所谓罪上加罪。我今领了佛旨，上东土寻取经人。你何不入我门来，皈依善果，跟那取经人做个徒弟，上西天拜佛求经？我教飞剑不来穿你。那时节功成免罪，复你本职，心下如何？”那怪道：“我愿皈正果。”又向前道：“菩萨，我在此间吃人无数，向来有几次取经人来，都被我吃了。凡吃的人头，抛落流沙，竟沉水底，这个水，鹅毛也不能浮。惟有九个取经人的骷髅，浮在水面，再不能沉。【志比鹅毛还轻】我以为异物，将索儿穿在一处，闲时拿来顽耍，这去，但恐取经人不得到此，却不是反误了我的前程也？”菩萨曰：“岂有不到之理？你可将骷髅儿挂在头项下，【让沙僧背负取经之志】等候取经人，自有用处。”怪物道：“既然如此，愿领教诲。”菩萨方与他摩顶受戒，指沙为姓，就姓了沙，起个法名，叫做个沙悟净。当时入了沙门，送菩萨过了河，他洗心涤虑，再不伤生，专等取经人。

菩萨与他别了，同木叉径奔东土。行了多时，又见一座高山，山上有恶气遮漫，不能步上。正欲驾云过山，不觉狂风起处，又闪上一个妖魔。他生得又甚凶险。但见他：

卷脏莲蓬吊搭嘴，耳如蒲扇显金睛。
獠牙锋利如钢锉，长嘴张开似火盆。
金盔紧系腮边带，勒甲丝绦蟒退鳞。
手执钉钯龙探爪，腰挎弯弓月半轮。
纠纠威风欺太岁，昂昂志气压天神。

他撞上来，不分好歹，望菩萨举钉钯就筑，被木叉行者挡住，大喝一声道：“那泼怪，休得无礼！看棒！”妖魔道：“这和尚不知死活！看钯！”两个在山底下，一冲一撞，赌斗输赢。真个好杀：

妖魔凶猛，惠岸威能。铁棒分心捣，钉钯劈面迎。播土扬尘天地暗，飞砂走石鬼神惊。九齿钯，光耀耀，双环响喨；一条棒，黑悠悠，两手飞腾。这个是天王太子，那个是元帅精灵。一个在普陀为护法，一个在山洞作妖精。这场相遇争高下，不知那个亏输那个赢。

他两个正杀到好处，观世音在半空中，抛下莲花，隔开钯杖。怪物见了心惊，便问："你是哪里和尚，敢弄甚么'眼前花儿'哄我？"木叉道："我把你这个肉眼凡胎的泼物！我是南海菩萨的徒弟。这是我师父抛来的莲花，你也不认得哩！"那怪道："南海菩萨，可是扫三灾救八难的观世音么？"木叉道："不是他是谁？"怪物撇了钉钯，纳头下礼道："老兄，菩萨在哪里？累烦你引见一引见。"木叉仰面指道："那不是？"怪物朝上磕头，厉声高叫道："菩萨，恕罪！恕罪！"

观音按下云头，前来问道："你是那里成精的野豕，何方作怪的老彘，敢在此间挡我？"那怪道："我不是野豕，亦不是老彘，我本是天河里天蓬元帅。只因带酒戏弄嫦娥，玉帝把我打了二千锤，贬下尘凡。【以嫦娥的圣洁比喻真心，带酒戏弄嫦娥，取其"戏"字，八戒喻情和欲，失于戏】一灵真性（指灵魂），径来夺舍投胎，不期错了道路，投在个母猪胎里，变得这般模样。是我咬杀母猪，打死群彘，在此处占了山场，吃人度日。不期撞着菩萨，万望拔救，拔救。"菩萨道："此山叫做甚么山？"怪物道："叫做福陵山。山中有一洞，叫做云栈洞。洞里原有个卵二姐。【疑为"卯二姐"之误，类似后文"寅将军"】他见我有些武艺，招我做了家长，又唤做'倒踏门'。【用"倒踏门"比喻心无定位，放弃身命，以欲为家】不上一年，他死了，将一洞的家当尽归我受用。在此日久年深，没有个赡身的勾当，只是依本等吃人度日。万望菩萨恕罪。"菩萨道："古人云：'若要有前程，莫做没前程。'【卓吾评：着眼】你既上界违法，今又不改凶心，伤生造孽，却不是二罪俱罚？"那怪道："前程！前程！若依你，教我喝风！常言道：'依着官法打杀，依着佛法饿杀。'去也！去也！还不如捉个行人，肥腻腻的吃他家娘！管甚么二罪，三罪，千罪，万罪！"【卓吾评：今人见识，个个如此】菩萨道："'人有善愿，天必从之'。汝若肯皈依正果，自有养身之处。世有五谷，尽能济饥，为何吃人度日？"

怪物闻言，似梦方觉。向菩萨施礼道："我欲从正，奈何'获罪于天，无所祷也'！"菩萨道："我领了佛旨，上东土寻取经人。你可跟他做个徒弟，往西天走一遭来，将功折罪，管教你脱离灾瘴①。"那怪满口道："愿随！愿随！"菩萨才与他摩顶受戒，指身为姓，就姓了猪，替他起个法名，就叫做"猪悟能"。遂此领命归真，持斋把素，断绝了五荤三厌②，专候那取经人。

菩萨却与木叉，辞了悟能，半兴云雾前来。正走处，只见空中有一条玉龙叫唤。

---

① 灾瘴：旧指南方山林湿热之气造成的病患。借指疾病、磨难等灾祸。
② 三厌：原意是道教谓三种不忍食的动物，即雁、狗、乌鱼。这里泛指所有肉食。

菩萨近前问曰："你是何龙，在此受罪？"那龙道："我是西海龙王敖闰之子。因纵火烧了殿上明珠，我父王表奏天庭，告了忤逆。玉帝把我吊在空中。打了三百，不日遭诛。望菩萨搭救，搭救。"【所谓"纵火烧了殿上明珠"，人身是殿，真心是明珠。白龙马象征心意，失在放纵，取"纵"字】观音闻言，即与木叉撞上南天门里。早有丘、张二天师接着，问道："何往？"菩萨道："贫僧要见玉帝一面。"二天师即忙上奏。玉帝遂下殿迎接。菩萨上前礼毕道："贫僧领佛旨上东土寻取经人，路遇孽龙悬吊，特来启奏，饶他性命，赐与贫僧，教他与取经人做个脚力。"玉帝闻言，即传旨赦宥，差天将解放，送与菩萨。菩萨谢恩而出。这小龙叩头谢活命之恩，听从菩萨使唤。菩萨把他送在深涧之中，只等取经人来，变做白马，上西方立功。小龙领命潜身不题。

菩萨带引木叉行者过了此山，又奔东土。行不多时，忽见金光万道，瑞气千条。木叉道："师父，那放光之处，乃是五行山了，见有如来的'压帖'在那里。"菩萨道："此却是那搅乱蟠桃会大闹天宫的齐天大圣，今乃压在此也。"木叉道："正是，正是。"师徒俱上山来，观看帖子，乃是"唵、嘛、呢、叭、咪、吽"六字真言。菩萨看罢，叹惜不已，作诗一首，诗曰：

堪叹妖猴不奉公，当年狂妄逞英雄。
欺心搅乱蟠桃会，大胆私行兜率宫。
十万军中无敌手，九重天上有威风。
自遭我佛如来困，何日舒伸再显功！

师徒们正说话处，早惊动了那大圣。大圣在山根下，高叫道："是那个在山上吟诗，揭我的短哩？"菩萨闻言，径下山来寻看。只见那石崖之下，有土地、山神、监押大圣的天将，都来拜接了菩萨，引至那大圣面前。看时，他原来压于石匣之中，口能言，身不能动。【卓吾评：至人不压在石匣之中，也只是口能言，身不能动。何也？】菩萨道："姓孙的，你认得我么？"大圣睁开火眼金睛，点着头儿高叫道："我怎么不认得你。你好的是那南海普陀落伽山救苦救难大慈大悲南无观世音菩萨。【拍马屁也算皈依】承看顾！承看顾！我在此度日如年，更无一个相知的来看我一看。你从哪里来也？"菩萨道："我奉佛旨，上东土寻取经人去，从此经过，特留残步看你。"大圣道："如来哄了我，把我压在此山，五百余年了，不能展挣，万望菩萨方便一二，救我老孙一救！"菩萨道："你这厮罪业弥深，救你出来，恐你又生祸害，反为不美。"大圣道："我已知悔了，但愿大慈悲指条门路，情愿修行。"这才是：

人心生一念，天地尽皆知。
善恶若无报，乾坤必有私。

那菩萨闻得此言，满心欢喜，对大圣道："圣经云：'出其言善。则千里之外应之；出其言不善，则千里之外违之。'你既有此心，待我到了东土大唐国寻一个取经的人来，教他救你。你可跟他做个徒弟，秉教伽持，入我佛门，再修正果，如何？"大圣声声道："愿去！愿去！"菩萨道："既有善果，我与你起个法名。"大圣道："我已有名了，叫做孙悟空。"菩萨又喜道："我前面也有二人归降，正是'悟'字排行。你今也是'悟'字，却与他相合，甚好，甚好。这等也不消叮嘱，我去也。"那大圣见性明心归佛教，这菩萨留情在意访神僧。

他与木叉离了此处，一直东来，不一日就到了长安大唐国。敛雾收云，师徒们变作两个疥癞（皮肤病名。头癣）游僧，入长安城里，竟不觉天晚。行至大市街旁，见一座土地庙祠，二人径进，唬得那土地心慌，鬼兵胆战。知是菩萨，叩头接入。那土地又急跑报与城隍、社令及满长安城各庙神祇，都来参见，告道："菩萨，恕众神接迟之罪。"菩萨道："汝等切不可走漏一毫消息。我奉佛旨，特来此处寻访取经人。借你庙宇，权住几日，待访着真僧即回。"众神各归本处，把个土地赶到城隍庙里暂住，他师徒们隐遁真形。毕竟不知寻出那个取经人来，且听下回分解。

【卓吾评：老孙是名悟空，老猪是名悟能，老沙是名悟净，如此提醒叫唤，不止三番四覆。空者何在？能者何在？净者何在？毕竟求一个悟的，真如龟之毛，兔之角也。可胜浩叹！可胜浩叹！

如来曰："南赡部洲，正所谓口舌凶场，是非恶海。"逼真佛语也。然此犹从未取经之前言之，今大藏真经，俨然在也，何反从凶场中多起干戈，恶海内猛翻波浪，何耶？真可为之痛哭流涕者矣】

附录　陈光蕊赴任逢灾　江流僧复仇报本

【结束了前八回神魔暨心灵层面的铺陈，本回跌落凡间。伟大的人性在人世间碰撞，有光宗耀祖的梦想，有金榜题名的光荣，有洞房花烛的快乐，有杀戮陷害的磨难，有善恶，有亲情，有大义，有因果。唐僧出身的故事虽取材于戏文，情节多荒诞离奇，但它反映的人性却真实无谬。它浓缩了人世间所有的悲欢离合、喜怒哀乐，以及众生所希冀的因果循环、善恶报应。上穷碧落下黄泉，阅遍浮华，始能坚心修行，寻求解脱和智慧的大道。释迦牟尼如是，唐僧亦如是】

话表陕西大国长安城，乃历代帝王建都之地。自周、秦、汉以来，三州花似锦，八水绕城流，真个是名胜之邦。彼时是大唐太宗皇帝登基，改元贞观，已登极十三年，岁在己巳，天下太平，八方进贡，四海称臣。忽一日，太宗登位，聚集文武众官，朝拜礼毕，有魏徵丞相出班奏道："方今天下太平，八方宁静，应依古法，开立选场，招取贤士，擢用人材，以资化理。"太宗道："贤卿所奏有理。"就传招贤文榜，颁布天下：各府州县，不拘军民人等，但有读书儒流，文义明畅，三场精通者，前赴长安应试。

此榜行至海州地方，有一人姓陈名萼，表字光蕊，见了此榜，即时回家，对母张氏道："朝廷颁下黄榜，诏开南省，考取贤才，孩儿意欲前去应试。倘得一官半职，显亲扬名，封妻荫子，光耀门闾，乃儿之志也。特此禀告母亲前去。"张氏道："我儿读书人，'幼而学，壮而行'，正该如此。但去赴举，路上须要小心，得了官，早早回来。"光蕊便吩咐家僮收拾行李，即拜辞母亲，趱(zǎn，赶)程前进。到了长安，正值大开选场，光蕊就进场。考毕中选，及廷试三策，唐王御笔亲赐状元，跨马游街三日。

不期游到丞相殷开山门首，有丞相所生一女，名唤温娇，又名满堂娇，未曾婚配，正高结彩楼，抛打绣球卜婿。适值陈光蕊在楼下经过，小姐一见光蕊人材出众，知是新科状元，心内十分欢喜，就将绣球抛下，恰打着光蕊的乌纱帽。猛听得一派笙箫细乐，十数个婢妾走下楼来，把光蕊马头挽住，迎状元入相府成婚。那丞相和夫人，即时出堂，唤宾人赞礼，将小姐配与光蕊。拜了天地，夫妻交拜毕，又拜了岳丈、岳母。丞相吩咐安排酒席，欢饮一宵。二人同携素手，共入兰房。

次日五更三点，太宗驾坐金銮宝殿，文武众臣趋朝。太宗问道："新科状元陈光蕊应授何官？”魏徵丞相奏道：“臣查所属州郡，有江州缺官。乞我主授他此职。”太宗就命为江州州主，即令收拾起身，勿误限期。光蕊谢恩出朝，回到相府，与妻商议，拜辞岳丈、岳母，同妻前赴江州之任。

离了长安登途，正是暮春天气，和风吹柳绿，细雨点花红。光蕊便道回家，同妻交拜母亲张氏。张氏道：“恭喜我儿，且又娶亲回来。”光蕊道：“孩儿叨赖母亲福庇，忝中状元，钦赐游街，经过丞相殷府门前，遇抛打绣球适中，蒙丞相即将小姐招孩儿为婿。朝廷除孩儿为江州州主，今来接取母亲，同去赴任。”张氏大喜，收拾行程。在路数日，前至万花店刘小二家安下。张氏身体忽然染病，与光蕊道：“我身上不安，且在店中调养两日再去。”光蕊遵命。至次日早晨，见店门前有一人提着个金色鲤鱼叫卖，光蕊即将一贯钱买了，欲待烹与母亲吃，只见鲤鱼闪闪睒(zhǎn，眨)眼，光蕊惊异道：“闻说鱼蛇睒眼，必不是等闲之物！”遂问渔人道：“这鱼那里打来的？”渔人道：“离府十五里洪江内打来的。”光蕊就把鱼送在洪江里去放了生。回店对母亲道知此事，张氏道：“放生好事，我心甚喜。”光蕊道：“此店已住三日了，钦限紧急，孩儿意欲明日起身，不知母亲身体好否？”张氏道：“我身子不快，此时路上炎热，恐添疾病。你可这里赁间房屋，与我暂住。付些盘缠在此，你两口儿先上任去，候秋凉却来接我。”光蕊与妻商议，就租了屋宇，付了盘缠与母亲，同妻拜辞前去。

途路艰苦，晓行夜宿，不觉已到洪江渡口。只见稍水刘洪、李彪二人，撑船到岸迎接。也是光蕊前生合当有此灾难，撞着这冤家。光蕊令家僮将行李搬上船去，夫妻正齐齐上船，那刘洪睁眼看见殷小姐面如满月，眼似秋波，樱桃小口，绿柳蛮腰，真个有沉鱼落雁之容，闭月羞花之貌，陡起狼心，遂与李彪设计，将船撑至没人烟处，候至夜静三更，先将家僮杀死，次将光蕊打死，把尸首都推在水里去了。小姐见他打死了丈夫，也便将身赴水。刘洪一把抱住道：“你若从我，万事皆休！若不从时，一刀两断！”那小姐寻思无计，只得权时应承，顺了刘洪。那贼把船渡到南岸，将船付与李彪自管，他就穿了光蕊衣冠，带了官凭，同小姐往江州上任去了。

却说刘洪杀死的家僮尸首，顺水流去，惟有陈光蕊的尸首，沉在水底不动。有洪江口巡海夜叉见了，星飞报入龙宫，正值龙王升殿，夜叉报道：“今洪江口不知甚人把一个读书士子打死，将尸撇在水底。”龙王叫将尸抬来，放在面前，仔细一看道：“此人正是救我的恩人，如何被人谋死？常言道，‘恩将恩报’。我今日须索救他性命，以报日前之恩。”即写下牒文一道，差夜叉径往洪州城隍土地处投下，要取秀才魂魄来，救他的性命。城隍、土地遂唤小鬼把陈光蕊的魂魄交付与夜叉去。夜叉带了魂魄到水晶宫，禀见了龙王。

龙王问道："你这秀才，姓甚名谁？何方人氏？因甚到此，被人打死？"光蕊施礼道："小生陈萼，表字光蕊，系海州弘农县人。忝中新科状元，叨授江州州主，同妻赴任，行至江边上船，不料稍子刘洪，贪谋我妻，将我打死抛尸，乞大王救我一救！"龙王闻言道："原来如此，先生，你前者所放金色鲤鱼即我也，你是救我的恩人，你今有难，我岂有不救你之理？"就把光蕊尸身安置一壁，口内含一颗定颜珠，休教损坏了，日后好还魂报仇。又道："汝今真魂，权且在我水府中做个都领。"光蕊叩头拜谢，龙王设宴相待不题。

却说殷小姐痛恨刘贼，恨不食肉寝皮，只因身怀有孕，未知男女，万不得已，权且勉强相从。转盼之间，不觉已到江州。吏书门皂，俱来迎接。所属官员，公堂设宴相叙。刘洪道："学生到此，全赖诸公大力匡持。"属官答道："堂尊大魁高才，自然视民如子，讼简刑清。我等合属有赖，何必过谦？"公宴已罢，众人各散。

光阴迅速。一日，刘洪公事远出，小姐在衙思念婆婆、丈夫，在花亭上感叹，忽然身体困倦，腹内疼痛，晕闷在地，不觉生下一子。耳边有人嘱曰："满堂娇，听吾叮嘱。吾乃南极星君，奉观音菩萨法旨，特送此子与你，异日声名远大，非比等闲。刘贼若回，必害此子，汝可用心保护。汝夫已得龙王相救，日后夫妻相会，子母团圆，雪冤报仇有日也。谨记吾言，快醒快醒！"言讫而去。小姐醒来，句句记得，将子抱定，无计可施。忽然刘洪回来，一见此子，便要淹杀，小姐道："今日天色已晚，容待明日抛去江中。"幸喜次早刘洪忽有紧急公事远出，小姐暗思："此子若待贼人回来，性命休矣！不如及早抛弃江中，听其生死。倘或皇天见怜，有人救得，收养此子，他日还得相逢。"但恐难以识认，即咬破手指，写下血书一纸，将父母姓名、跟脚原由，备细开载；又将此子左脚上一个小指，用口咬下，以为记验；取贴身汗衫一件，包裹此子，乘空抱出衙门。幸喜官衙离江不远，小姐到了江边，大哭一场。正欲抛弃，忽见江岸岸侧飘起一片木板，小姐即朝天拜祷，将此子安在板上，用带缚住，血书系在胸前，推放江中，听其所之。小姐含泪回衙不题。

却说此子在木板上，顺水流去，一直流到金山寺脚下停住。那金山寺长老叫做法明和尚，修真悟道，已得无生妙诀。正当打坐参禅，忽闻得小儿啼哭之声，一时心动，急到江边观看，只见涯边一片木板上，睡着一个婴儿，长老慌忙救起。见了怀中血书，方知来历，取个乳名，叫做江流，托人抚养，血书紧紧收藏。光阴似箭，日月如梭，不觉江流年长一十八岁。长老就叫他削发修行，取法名为玄奘，摩顶受戒，坚心修道。

一日，暮春天气，众人同在松阴之下，讲经参禅，谈说奥妙。那酒肉和尚恰被玄奘难倒，和尚大怒骂道："你这业畜，姓名也不知，父母也不识，还在此捣甚么鬼！"玄奘被他骂出这般言语，入寺跪告师父，眼泪双流道："人生于天地之间，禀阴阳而资五行，尽由父生母养，岂有为人在世而无父母者乎？"再三哀告，求问父母姓名。长老道："你真个要寻父母，可随我到方丈里来。"玄奘就跟到方丈，长老到重梁之上，取下一个小匣儿，打开来取出血书一纸，汗衫一件，付与玄奘。玄奘将血书拆开读之，才备细晓得父母姓名，并冤仇事迹。

玄奘读罢，不觉哭倒在地道："父母之仇，不能报复，何以为人？十八年来，不识生身父母，至今日方知有母亲。此身若非师父捞救抚养，安有今日？容弟子去寻见母亲，然后头顶香盆，重建殿宇，报答师父之深恩也！"师父道："你要去寻母，可带这血书与汗衫前去，只做化缘，径往江州私衙，才得你母亲相见。"

玄奘领了师父言语，就做化缘的和尚，径至江州。适值刘洪有事出外，也是天教他母子相会，玄奘就直至私衙门口抄化。那殷小姐原来夜间得了一梦，梦见月缺再圆，暗想道："我婆婆不知音信，我丈夫被这贼谋杀，我的儿子抛在江中，倘若有人收养，算来有十八岁矣，或今日天教相会，亦未可知。"正沉吟间，忽听私衙前有人念经，连叫"抄化"，小姐又乘便出来问道："你是何处来的？"玄奘答道："贫僧乃是金山寺法明长老的徒弟。"小姐道："你既是金山寺长老的徒弟……"叫进衙来，将斋饭与玄奘吃。仔细看他举止言谈，好似与丈夫一般。小姐将从婢打发开去，问道："你这小师父，还是自幼出家的？还是中年出家的？姓甚名谁？可有父母否？"玄奘答道："我也不是自幼出家，我也不是中年出家，我说起来，冤有天来大，仇有海样深！我父被人谋死，我母却被贼人占了。我师父法明长老教我在江州衙内寻取母亲。"小姐问道："你母姓甚？"玄奘道："我母姓殷名唤温娇，我父姓陈名光蕊，我小名叫做江流，法名取为玄奘。"小姐道："温娇就是我。但你今有何凭据？"玄奘听说是他母亲，双膝跪下，哀哀大哭："我娘若不信，见有血书汗衫为证！"温娇取过一看，果然是真，母子相抱而哭，就叫："我儿快去！"玄奘道："十八年不识生身父母，今朝才见母亲，教孩儿如何割舍？"小姐道："我儿，你火速抽身前去！刘贼若回，他必害你性命！我明日假装一病，只说先年曾许舍百双僧鞋，来你寺中还愿。那时节，我有话与你说。"玄奘依言拜别。

却说小姐自见儿子之后，心内一忧一喜，忽一日推病，茶饭不吃，卧于床上。刘洪归衙，问其原故，小姐道："我幼时曾许下一愿，许舍僧鞋一百双。昨五日之前，梦见个和尚，手执利刃，要索僧鞋，便觉身子不快。"刘洪道："这些小事，何不早说？"随升堂吩咐王左衙、李右衙：江州城内百姓，每家要办僧鞋一双，限五日内完纳。百姓俱依派完纳讫。小姐对刘洪道:“僧鞋做完,这里有甚么寺院,好去还愿?”刘洪道:“这江州有个金山寺、焦山寺,听你在那个寺里去。”小姐道:“久闻金山寺好个寺院,我就往金山寺去。”刘洪即唤王、李二衙办下船只。小姐带了心腹人,同上了船,稍水将船撑开,就投金山寺去。

却说玄奘回寺,见法明长老,把前项说了一遍,长老甚喜。次日,只见一个丫鬟先到,说夫人来寺还愿,众僧都出寺迎接。小姐径进寺门,参了菩萨,大设斋衬,唤丫鬟将僧鞋暑袜,托于盘内。来到法堂,小姐复拈心香礼拜,就教法明长老分俵(分施,分给)与众僧去讫。玄奘见众僧散了,法堂上更无一人,他却近前跪下。小姐叫他脱了鞋袜看时,那左脚上果然少了一个小指头。当时两个又抱住而哭,拜谢长老养育之恩。法明道:“汝今母子相会,恐奸贼知之,可速速抽身回去,庶免其祸。”小姐道:“我儿,我与你一只香环,你径到洪州西北地方,约有一千五百里之程,那里有个万花店,当时留下婆婆张氏在那里,是你父亲生身之母。我再写一封书与你,径到唐王皇城之内,金殿左边,殷开山丞相家,是你母生身之父母。你将我的书递与外公,叫外公奏上唐王,统领人马,擒杀此贼,与父报仇,那时才救得老娘的身子出来。我今不敢久停,诚恐贼汉怪我归迟。”便出寺登舟而去。

玄奘哭回寺中,告过师父,即时拜别,径往洪州。来到万花店,问那店主刘小二道:“昔年江州陈客官有一母亲住在你店中,如今好么?”刘小二道:“他原在我店中,后来昏了眼,三四年并无店租还我,如今在南门头一个破瓦窑里,每日上街叫化度日。那客官一去许久,到如今杳无信息,不知为何。”玄奘听罢,即时问到南门头破瓦窑,寻着婆婆。婆婆道:“你声音好似我儿陈光蕊。”玄奘道:“我不是陈光蕊,我是陈光蕊的儿子。温娇小姐是我的娘。”婆婆道:“你爹娘怎么不来?”玄奘道:“我爹爹被强盗打死了,我娘被强盗霸占为妻。”婆婆道:“你怎么晓得来寻我?”玄奘道:“是我娘着我来寻婆婆。我娘有书在此,又有香环一只。”那婆婆接了书并香环,放声痛哭道:“我儿为功名到此,我只道他背义忘恩,那知他被人谋死!且喜得皇天怜念,不绝我儿之后,今日还有孙子来寻我。”玄奘问:“婆婆的眼,如何都昏了?”婆婆道:“我因思量你父亲,终日悬望,不见他来,因此上哭得两眼都昏了。”玄奘便跪倒向天祷告道:“念玄奘一十八岁,父母之仇不能报复。今日领母命来寻婆婆,天若怜鉴弟子诚意,保我婆婆双眼复明!”祝罢,就将舌尖与婆婆舔眼。须臾之间,双眼舔开,仍复如初。婆婆觑了小和尚道:“你果是我的孙子!恰和我儿子光蕊形容无二!”婆婆又喜又悲。玄奘就领婆婆出了窑门,还到刘小二店内,将些房钱赁屋一间与婆婆栖身,又将盘缠与婆婆道:“我此去只月余就回。”

随即辞了婆婆，径往京城。寻到皇城东街殷丞相府上，与门上人道："小僧是亲戚，来探相公。"门上人禀知丞相，丞相道："我与和尚并无亲眷。"夫人道："我昨夜梦见我女儿满堂娇来家，莫不是女婿有书信回来也?"丞相便教请小和尚来到厅上。小和尚见了丞相与夫人，哭拜在地，就怀中取出一封书来，递与丞相。丞相拆开，从头读罢，放声痛哭。夫人问道："相公，有何事故?"丞相道："这和尚是我与你的外甥。女婿陈光蕊被贼谋死，满堂娇被贼强占为妻。"夫人听罢，亦痛哭不止。丞相道："夫人休得烦恼，来朝奏知主上，亲自统兵，定要与女婿报仇。"

次日，丞相入朝，启奏唐王曰："今有臣婿状元陈光蕊，带领家小江州赴任，被稍水刘洪打死，占女为妻，假冒臣婿，为官多年，事属异变。乞陛下立发人马，剿除贼寇。"唐王见奏大怒，就发御林军六万，着殷丞相督兵前去。丞相领旨出朝，即往教场内点了兵，径往江州进发。晓行夜宿，星落鸟飞，不觉已到江州。殷丞相兵马，俱在北岸下了营寨。星夜令金牌下户唤到江州同知、州判二人，丞相对他说知此事，叫他提兵相助，一同过江而去。天尚未明，就把刘洪衙门围了。刘洪正在梦中，听得火炮一响，金鼓齐鸣，众兵杀进私衙，刘洪措手不及，早被擒住。丞相传下军令，将刘洪一干人犯，绑赴法场，令众军俱在城外安营去了。

丞相直入衙内正厅坐下，请小姐出来相见。小姐欲待要出，羞见父亲，就要自缢。玄奘闻知，急急将母解救，双膝跪下，对母道："儿与外公，统兵至此，与父报仇。今日贼已擒捉，母亲何故反要寻死? 母亲若死，孩儿岂能存乎?"丞相亦进衙劝解。小姐道："吾闻'妇人从一而终'。痛夫已被贼人所杀，岂可<u>觍颜</u>（犹厚颜。觍，音 tiǎn）从贼? 止因遗腹在身，只得忍耻偷生。今幸儿已长大，又见老父提兵报仇，为女儿者，有何面目相见！ 惟有一死以报丈夫耳!"丞相道："此非我儿以盛衰改节，皆因出乎不得已，何得为耻!"父子相抱而哭，玄奘亦哀哀不止。丞相拭泪道："你二人且休烦恼，我今已擒捉仇贼，且去发落去来。"即起身到法场，恰好江州同知亦差哨兵拿获水贼李彪解到。丞相大喜，就令军牢押过刘洪、李彪，每人痛打一百大棍，取了供状，招了先年不合谋死陈光蕊情由，先将李彪钉在木驴上，推去市曹，剐了千刀，枭首示众讫；把刘洪拿至洪江渡口，先年打死陈光蕊处。丞相与小姐、玄奘，三人亲到江边，望空祭奠，活剜取刘洪心肝，祭了光蕊，烧了祭文一道。

三人望江痛哭，早已惊动水府。有巡海夜叉，将祭文呈与龙王。龙王看罢，就差鳖元帅去请光蕊来到，道："先生，恭喜！ 恭喜！ 今有先生夫人，公子同岳丈俱在江边祭你。我今送你还魂去也。再有如意珠一颗，走盘珠二颗，绞绡十端，明珠玉带一条，奉送。你今日便可夫妻子母相会也。"光蕊再三拜谢。龙王就令夜叉将光蕊身尸送出江口还魂，夜叉领命而去。

却说殷小姐哭奠丈夫一番，又欲将身赴水而死，慌得玄奘拚命扯住。正在仓皇之际，忽见水面上一个死尸浮来，靠近江岸之旁。小姐忙向前认看，认得是丈夫的尸首，一发嚎啕大哭不已。众人俱来观看，只见光蕊舒拳伸脚，身子渐渐展动，忽地爬将起来坐下。众人不胜惊骇。光蕊睁开眼，早见殷小姐与丈人殷丞相同着小和尚俱在身边啼哭。光蕊道："你们为何在此？"小姐道："因汝被贼人打死，后来妾身生下此子，幸遇金山寺长老抚养长大，寻我相会。我教他去寻外公，父亲得知，奏闻朝廷，统兵到此，拿住贼人。适才生取心肝，望空祭奠我夫，不知我夫怎生又得还魂。"光蕊道："皆因我与你昔年在万花店时，买放了那尾金色鲤鱼，谁知那鲤鱼就是此处龙王。后来逆贼把我推在水中，全亏得他救我。方才又赐我还魂，送我宝物，俱在身上。更不想你生下这儿子，又得岳丈为我报仇。真是苦尽甘来，莫大之喜！"

众官闻知，都来贺喜。丞相就令安排酒席，答谢所属官员，即日军马回程。来到万花店，那丞相传令安营。光蕊便同玄奘到刘家店寻婆婆。那婆婆当夜得了一梦，梦见枯木开花，屋后喜鹊频频喧噪，想道："莫不是我孙儿来也？"说犹未了，只见店门外，光蕊父子齐到。小和尚指道："这不是俺婆婆？"光蕊见了老母，连忙拜倒。母子抱头痛哭一场，把上项事说了一遍。算还了小二店钱，起程回到京城。进了相府，光蕊同小姐与婆婆、玄奘都来见了夫人。夫人不胜之喜，吩咐家僮，大排筵宴庆贺。丞相道："今日此宴可取名为'团圆会'。"真正合家欢乐。

次日早朝，唐王登殿，殷丞相出班，将前后事情备细启奏，并荐光蕊才可大用。唐王准奏，即命升陈萼为学士之职，随朝理政。玄奘立意安禅，送在洪福寺内修行。后来殷小姐毕竟（到底；终归）从容自尽，玄奘自到金山寺中报答法明长老。不知后来事体若何，且听下回分解。

第九回　袁守诚妙算无私曲　老龙王拙计犯天条

【如来讲南瞻部洲，“贪淫乐祸，多杀多争，口舌凶场，是非恶海。”本回从渔翁和樵子的口舌之争讲起，到龙王与算士的赌赛，看出所有的灾难都起于心性，所有的痛苦都归于心性】

诗曰：

都城大国实堪观，八水周流绕四山。
多少帝王兴此处，古来天下说长安。

此单表陕西大国长安城，乃历代帝王建都之地。自周、秦、汉以来，三州花似锦，八水绕城流。三十六条花柳巷，七十二座管弦楼。华夷图上看，天下最为头，真是个奇胜之方。今却是大唐太宗文皇帝登基，改元龙集贞观。此时已登极十三年，岁在己巳。且不说他驾前有安邦定国的英豪，与那创业争疆的杰士。却说长安城外泾河岸边，有两个贤人：一个是渔翁，名唤张稍；一个是樵子，名唤李定。他两个是不登科的进士，能识字的山人。一日，在长安城里，卖了肩上柴，货了篮中鲤，同入酒馆之中，吃了半酣，各携一瓶，顺泾河岸边，徐步而回。

张稍道：“李兄，我想那争名的，因名丧体；夺利的，为利亡身；受爵的，抱虎而眠；承恩的，袖蛇而走。【卓吾评：人人晓此，人人不晓此】算起来，还不如我们水秀山青，逍遥自在；甘淡薄，随缘而过。”

李定道：“张兄说得有理。但只是你那水秀，不如我的山青。”【各自逍遥自在，何必非要比个高下？争竞心即是取祸之由】

张稍道：“你山青不如我的水秀。有一《蝶恋花》词为证，词曰：

烟波万里扁舟小，静依孤篷，西施声音绕。涤虑洗心名利少，闲攀蓼穗蒹葭草。数点沙鸥堪乐道，柳岸芦湾，妻子同欢笑。一觉安眠风浪俏，无荣无辱无烦恼。”

李定道：“你的水秀，不如我的山青。也有个《蝶恋花》词为证，词曰：

云林一段松花满，默听莺啼，巧舌如调管。红瘦绿肥春正暖，倏然夏至光阴转。又值秋来容易换，黄花香，堪供玩。迅速严冬如指捻，逍遥四季无人管。”

渔翁道：“你山青不如我水秀，受用些好物。有一《鹧鸪天》为证：

仙乡云水足生涯，摆橹横舟便是家。活剖鲜鳞烹绿鳖，旋蒸紫蟹煮红虾。青芦笋，水荇芽，菱角鸡头更可夸。娇藕老莲芹叶嫩，慈菇茭白鸟英花。”

樵夫道：“你水秀不如我山青，受用些好物。亦有一《鹧鸪天》为证：

崔巍峻岭接天涯，草舍茅庵是我家。腌腊鸡鹅强蟹鳖，獐豝（bā，大猪）兔鹿胜鱼虾。香椿叶，黄楝芽，竹笋山茶更可夸。紫李红桃梅杏熟，甜梨酸枣木樨花。”

渔翁道：“你山青真个不如我的水秀。又有《天仙子》一首：

一叶小舟随所寓，万迭烟波无恐惧。垂钩撒网捉鲜鳞，没酱腻，偏有味，老妻稚子团圆会。鱼多又货长安市，换得香醪吃个醉。蓑衣当被卧秋江，鼾鼾睡，无忧虑，不恋人间荣与贵。”

樵子道：“你水秀还不如我的山青。也有《天仙子》一首：

茆舍数椽山下盖，松竹梅兰真可爱。穿林越岭觅干柴，没人怪，从我卖，或少或多凭世界。将钱沽酒随心快，瓦钵磁瓯殊自在。酕醄醉了卧松阴，无挂碍，无利害，不管人间兴与败。”【卓吾评：快活，快活，真快活】

渔翁道：“李兄，你山中不如我水上生意快活。有一《西江月》为证：

红蓼花繁映月，黄芦叶乱摇风。碧天清远楚江空，牵搅一潭星动。入网大鱼作队，吞钩小鳜成丛。得来烹煮味偏浓，笑傲江湖打哄。”

樵夫道：“张兄，你水上还不如我山中的生意快活。亦有《西江月》为证：

败叶枯藤满路，破梢老竹盈山。女萝干葛乱牵攀，折取收绳杀担。虫蛀空心榆柳，风吹断头松楠。采来堆积备冬寒，换酒换钱从俺。”

渔翁道：“你山中虽可比过，还不如我水秀的幽雅。有一《临江仙》为证：

潮落旋移孤艇去，夜深罢棹歌来。蓑衣残月甚幽哉，宿鸥惊不起，天际彩云开。困卧芦洲无个事，三竿日上还捱。随心尽意自安排，朝臣寒待漏，争（通“怎”，怎么）似我宽怀？”

樵夫道：“你水秀的幽雅，还不如我山青更幽雅。亦有《临江仙》可证：

苍径秋高拽斧去，晚凉抬担回来。野花插鬓更奇哉，拨云寻路出，待月叫门开。稚子山妻欣笑接，草床木枕敧捱。蒸梨炊黍旋铺排，瓮中新酿熟，真个壮幽怀！”

渔翁道：“这都是我两个生意，赡身的勾当，你却没有我闲时节的好处。有诗为证，诗曰：【卓吾评：快活】

闲看天边白鹤飞，停舟溪畔掩苍扉。
倚篷教子搓钓线，罢棹同妻晒网围。
性定果然知浪静，身安自是觉风微。
绿蓑青笠随时着，胜挂朝中紫绶衣。”

樵夫道："你那闲时又不如我的闲时好也，亦有诗为证。诗曰：

闲观缥缈白云飞，独坐茅庵掩竹扉。
无事训儿开卷读，有时对客把棋围。
喜来策杖歌芳径，兴到携琴上翠微。
草履麻绦粗布被，心宽强似着罗衣。"

张稍道："李定，我两个'真是微吟可相狎(xiāng xiá，彼此亲昵、接近)，不须檀板共金樽'。但散道词章，不为稀罕；且各联几句，看我们渔樵攀话何如？"李定道："张兄言之最妙，请兄先吟。"

"舟停绿水烟波内，家住深山旷野中。偏爱溪桥春水涨，最怜岩岫晓云蒙。龙门鲜鲤时烹煮，虫蛀干柴日燎烘。钓网多般堪赡老，担绳二事可容终。小舟仰卧观飞雁，草径斜攲(yī，通"倚"，靠着)听唳鸿。口舌场中无我分，是非海内少吾踪。【未见得】溪边挂晒缯如锦，石上重磨斧似锋。秋月晖晖常独钓，春山寂寂没人逢。鱼多换酒同妻饮，柴剩沽壶共子丛。自唱自斟随放荡，长歌长叹任颠风。呼兄唤弟邀船伙，挈友携朋聚野翁。行令猜拳频递盏，拆牌道字(一种文字游戏。把一个字拆开，使成一句话)漫传钟。烹虾煮蟹朝朝乐，炒鸭爊(āo，把食物放在微火上煨熟)鸡日日丰。愚妇煎茶情散诞(逍遥自在)，山妻造饭意从容。晓来举杖淘轻浪，日出担柴过大衢。雨后披蓑擒活鲤，风前弄斧伐枯松。潜踪避世妆痴蠢，隐姓埋名作哑聋。"【卓吾评：快活】

张稍道："李兄，我才僭先起句，今到我兄，也先起一联，小弟亦当续之。"

"风月佯狂山野汉，江湖寄傲老余丁。清闲有分随潇洒，口舌无闻喜太平。月夜身眠茅屋稳，天昏体盖箬蓑轻。忘情结识松梅友，乐意相交鸥鹭盟。名利心头无算计，干戈耳畔不闻声。随时一酌香醪酒，度日三餐野菜羹。两束柴薪为活计，一竿钓线是营生。闲呼稚子磨钢斧，静唤憨儿补旧缯。春到爱观杨柳绿，时融喜看荻芦青。夏天避暑修新竹，六月乘凉摘嫩菱。霜降鸡肥常日宰，重阳蟹壮及时烹。冬来日上还沉睡，数九天高自不蒸。八节山中随放性，四时湖里任陶情。采薪自有仙家兴，垂钓全无世俗形。门外野花香艳艳，船头绿水浪平平。身安不说三公位，性定强如十里城。十里城高防阃令(kǔn lìng，军令；将令)，三公位显听宣声。乐山乐水真是罕，谢天谢地谢神明。"【卓吾评：都敷衍得好】

他二人既各道词章，又相联诗句，行到那分路去处，躬身作别。张稍道："李兄呵，途中保重！上山仔细看虎。假若有些凶险，正是'明日街头少故人'！"【逞口舌之快，取祸之由】李定闻言，大怒道："你这厮惫懒！好朋友也替得生死，你怎么咒我？我若遇虎遭害，你必遇浪翻江！"【隐士不修心，仍为俗人；才高起争竞，终是祸害】张稍道："我永世也不得翻江。"李定道："'天有不测风云，人有暂时祸福。'你怎么就保得无事？"张稍道："李兄，你虽这等说，你还没捉摸；不若我的生意有捉摸，定不遭此等事。"李定道："你那水面上营生，极凶极险，隐隐暗暗，有甚么捉摸？"张稍道："你是不晓得。这长安城里，西门街上，有一个卖卦的先生。我每日送他一尾金色鲤，他就与我袖传一课。依方位，百下百着。今日我又去买卦，他教我在泾河湾头东边下网，西岸抛钓，定获满载鱼虾而归。明日上城来，卖钱沽酒，再与老兄相叙。"二人从此叙别。

这正是"路上说话，草里有人"。原来这泾河水府有一个巡水的夜叉，听见了"百下百着"之言，急转水晶宫，慌忙报与龙王道："祸事了！祸事了！"【卓吾评：如此转湾，也奇】龙王问："有甚祸事？"夜叉道："臣巡水去到河边，只听得两个渔樵攀话。相别时，言语甚是利害。那渔翁说：长安城里西门街上，有个卖卦先生，算得最准。他每日送他鲤鱼一尾，他就袖传一课，教他百下百着。若依此等算准，却不将水族尽情打了？何以壮观水府，何以跃浪翻波辅助大王威力？"龙王甚怒，急提了剑，就要上长安城，诛灭这卖卦的。旁边闪过龙子、龙孙、虾臣、蟹士、鲥军师、鳜少卿、鲤太宰，一齐启奏道："大王且息怒。常言道：'过耳之言，不可听信。'大王此去，必有云从，必有雨助，恐惊了长安黎庶，上天见责。大王隐显莫测，变化无方，【还是心性的神通】但只变一秀士，到长安城内，访问一番。果有此辈，容加诛灭不迟；若无此辈，可不是妄害他人也？"龙王依奏，遂弃宝剑，也不兴云雨，出岸上，摇身一变，变作一个白衣秀士，真个：

丰姿英伟，耸壑昂霄。步履端祥，循规蹈矩。语言遵孔孟，礼貌体周文。身穿玉色罗襕服，头戴逍遥一字巾。【龙王变秀士，一真一假。言称孔孟，内藏祸心，又暗讽道学先生，所以只恐龙王是假，秀士是真，一假一真。真真假假，却又无所谓真假，都是心性在无穷变化中，展示各种不良意念而已。唐僧出身和唐王还魂的故事在宋朝和元朝的戏文中已有雏形，作者借过来，也加入自己的一些暗喻】

上路来拽开云步，径到长安城西门大街上。只见一簇人，挤挤杂杂，闹闹哄哄，内有高谈阔论的道："属龙的本命，属虎的相冲。寅辰巳亥，虽称合局，但只怕的是日犯岁君。"龙王闻言，情知是那卖卜之处，走上前，分开众人，望里观看，只见：

四壁珠玑，满堂绮绣。宝鸭香无断，磁瓶水恁清。两边罗列王维画，座上高悬鬼谷形。端溪砚，金烟墨，相衬着霜毫大笔；火珠林，郭璞数，谨对了台政新经。六爻熟谙，八卦精通。能知天地理，善晓鬼神情。一槃子午安排定，满腹星辰布列清。

真个那未来事，过去事，观如月镜；几家兴，几家败，鉴若神明。知凶定吉，断死言生。开谈风雨迅，下笔鬼神惊。招牌有字书名姓，神课先生袁守诚。

此人是谁？原来是当朝钦天监台正先生袁天罡的叔父，袁守诚是也。那先生果然相貌稀奇，仪容秀丽，名扬大国，术冠长安。龙王入门来，与先生相见。礼毕，请龙王上坐，童子献茶。先生问曰："公来问何事？"龙王曰："请卜天上阴晴事如何。"先生即袖传一课，断曰："云迷山顶，雾罩林梢。若占雨泽，准在明朝。"龙王曰："明日甚时下雨？雨有多少尺寸？"先生道："明日辰时布云，巳时发雷，午时下雨，未时雨足，共得水三尺三寸零四十八点。"龙王笑曰："此言不可作戏。如是明日有雨，依你断的时辰数目，我送课金五十两奉谢。若无雨，或不按时辰数目，我与你实说，定要打坏你的门面，扯碎你的招牌，即时赶出长安，不许在此惑众！"先生欣然而答："这个一定任你。请了，请了。明朝雨后来会。"

龙王辞别，出长安，回水府。大小水神接着，问曰："大王访那卖卦的如何？"龙王道："有，有，有！但是一个掉嘴口讨春（算命，打卦）的先生。【卓吾评：如今卖卜的，那一个不是讨春的么？】我问他几时下雨，他就说明日下雨；问他甚么时辰，甚么雨数，他就说辰时布云，巳时发雷，午时下雨，未时雨足，得水三尺三寸零四十八点，我与他打了个赌赛：若果如他言，送他谢金五十两；如略差些，就打破他门面，赶他起身，不许在长安惑众。"众水族笑曰："大王是八河都总管，司雨大龙神，有雨无雨，惟大王知之，他怎敢这等胡言？那卖卦的定是输了！定是输了！"

此时龙子、龙孙与那鱼卿、蟹士正欢笑谈此事未毕，只听得半空中叫："泾河龙王接旨。"众抬头上看，是一个金衣力士，手擎玉帝敕旨，径投水府而来。慌得龙王整衣端肃，焚香接了旨。金衣力士回空而去。龙王谢恩，拆封看时，上写着：

"敕命八河总，驱雷掣电行；
明朝施雨泽，普济长安城。"

旨意上时辰数目，与那先生判断者毫发不差，唬得那龙王魂飞魄散。少顷苏醒，对众水族曰："尘世上有此灵人！真个是能通天彻地，却不输与他呵！"鲥军师奏云："大王放心。要赢他有何难处？臣有小计，管教灭那厮的口嘴。"龙王问计，军师道："行雨差了时辰，少些点数，就是那厮断卦不准，怕不赢他？那时摔碎招牌，赶他跑路，果何难也？"【卓吾评：此等想头，从何而来？可笑，可笑】龙王依他所奏，果不担忧。

至次日，点札风伯、雷公、云童、电母，直至长安城九霄空上。他挨到那巳时方布云，午时发雷，未时落雨，申时雨止，却只得三尺零四十点：改了他一个时辰，克了他三寸八点。雨后发放众将班师。他又按落云头，还变作白衣秀士，到那西门里大街上，撞入袁守诚卦铺，不容分说，就把他招牌、笔、砚等一齐摔碎。【卓吾评：老龙也管闲事，寻闲气，惹闲祸。今人都是如此】那先生坐在椅上，公然不动。这龙王又轮起门板便打，骂道："这妄言祸福的妖人，擅惑众心的泼汉！你卦又不灵，言又狂谬！说今日下雨的时辰点数俱不相对，你还危然高坐，趁早去，饶你死罪！"守诚犹公然不惧分毫，仰面朝天冷笑道："我不怕！我不怕！我无死罪，只怕你倒有个死罪哩！别人好瞒，只是难瞒我也。我认得你，你不是秀士，乃是泾河龙王。你违了玉帝敕旨，改了时辰，克了点数，犯了天条。你在那'剐龙台'上，恐难免一刀，你还在此骂我？"

龙王见说，心惊胆战，毛骨悚然，急丢了门板，整衣伏礼，向先生跪下道："先生休怪。前言戏之耳，岂知弄假成真，果然违犯天条，奈何？望先生救我一救！不然，我死也不放你。"守诚曰："我救你不得，只是指条生路与你投生便了。"龙曰："愿求指教。"先生曰："你明日午时三刻，该赴人曹官魏徵处听斩。你果要性命，须当急急去告当今唐太宗皇帝方好。那魏徵是唐王驾下的丞相，若是讨他个人情，方保无事。"龙王闻言，拜辞含泪而去。不觉红日西沉，太阴星上，但见：

烟凝山紫归鸦倦，远路行人投旅店。渡头新雁宿眭沙，银河现。催更筹，孤村灯火光无焰。风袅炉烟清道院，蝴蝶梦中人不见。月移花影上栏杆，星光乱。漏声换，不觉深沉夜已半。

这泾河龙王也不回水府，只在空中，等到子时前后，收了云头，敛了雾角，径来皇宫门首。此时唐王正梦出宫门之外，步月花阴，忽然龙王变作人相，上前跪拜。口叫"陛下，救我！救我！"太宗云："你是何人？朕当救你。"龙王云："陛下是真龙，臣是业龙。臣因犯了天条，该陛下贤臣人曹官魏徵处斩，故来拜求，望陛下救我一救！"太宗曰："既是魏徵处斩，朕可以救你。你放心前去。"龙王欢喜，叩谢而去。

却说那太宗梦醒后，念念在心。早已至五鼓三点，太宗设朝，聚集两班文武官员。但见那：

烟笼凤阙，香蔼龙楼。光摇丹扆动，云拂翠华流。君臣相契同尧舜，礼乐威严近汉周。侍臣灯，宫女扇，双双映彩；孔雀屏，麒麟殿，处处光浮。山呼万岁，华祝千秋。静鞭三下响，衣冠拜冕旒。宫花灿烂天香袭，堤柳轻柔御乐讴。珍珠帘，翡翠帘，金钩高控；龙凤扇，山河扇，宝辇停留。文官英秀，武将抖擞。御道分高下，丹墀列品流。金章紫绶乘三象，地久天长万万秋。

众官朝贺已毕，各各分班。唐王闪凤目龙睛，一一从头观看，只见那文官内是房玄龄、杜如晦、徐世勣、许敬宗、王珪等，武官内是马三宝、段志贤、殷开山、程咬金、刘洪纪、胡敬德、秦叔宝等，一个个威仪端肃，却不见魏徵丞相。唐王召徐世勣上殿道："朕夜间得一怪梦：梦见一人迎面拜谒，口称是泾河龙王，犯了天条，该人曹官魏徵处斩，拜告寡人救他，朕已许诺。今日班前独不见魏徵，何也？"世勣对曰："此梦告准，须臾魏徵来朝，陛下不要放他出门。过此一日，可救梦中之龙。"唐王大喜，即传旨，着当驾官宣魏徵入朝。

却说魏徵丞相在府，夜观乾象，正爇（ruò，点燃）宝香，只闻得九霄鹤唳，却是天差仙使，捧玉帝金旨一道，着他午时三刻，梦斩泾河老龙。这丞相谢了天恩，斋戒沐浴，在府中试慧剑，运元神，故此不曾入朝。一见当驾官赍旨来宣，惶惧无任，又不敢违迟君命，只得急急整衣束带，同旨入朝，在御前叩头请罪。唐王出旨道："赦卿无罪。"那时诸臣尚未退朝，至此，却命卷帘散朝。独留魏徵，宣上金銮，召入便殿，先议论安邦之策，定国之谋。将近巳末午初时候，却命宫人取过大棋来，"朕与贤卿对弈一局。"众嫔妃随取棋枰，铺设御案。魏徵谢了恩，即与唐王对弈。

毕竟不知胜负如何，且听下回分解。

【卓吾评：种种想头，出人意表，大手笔也。

一味扯淡，又成一回矣。说家荒唐，大率如此。然此亦具见才思，拘儒俗笔，正不能有此。

渔樵之争，只争山水，不比世人名利之争。所云其争也君子，非乎？】

第十回　二将军宫门镇鬼　唐太宗地府还魂

【上节从渔夫樵子的口舌之争到龙王算士的是非之辩，看出心性之狂妄，心意之放纵，心情之狎戏，心志之缺失，俱是不修心之祸，正是如来所讲“口舌凶场，是非恶海”。以什么样的场景描述众生的心灵状态呢？本回唐太宗神游地府，看到的地狱景象，不是别处，正是人间煎熬的心灵】

却说太宗与魏徵在便殿对弈，一递一着，摆开阵势。正合《烂柯经》云：博弈之道，贵乎严谨。高者在腹，下者在边，中者在角，此棋家之常法。法曰：“宁输一子，不失一先。击左则视右，攻后则瞻前。有先而后，有后而先。两生勿断，皆活勿连。阔不可太疏，密不可太促。与其恋子以求生，不若弃之而取胜；与其无事而独行，不若固之而自补。彼众我寡，先谋其生；我众彼寡，务张其势。善胜者不争，善阵者不战；善战者不败，善败者不乱。夫棋始以正合，终以奇胜。凡敌无事而自补者，有侵绝之意；弃小而不救者，有图大之心。随手而下者，无谋之人；不思而应者，取败之道。《诗》云：‘惴惴小心，如临于谷。’此之谓也。”【卓吾评：世界如棋局，做人如下棋，不独言弈已也】诗曰：

棋盘为地子为天，色按阴阳造化全。
下到玄微通变处，笑夸当日烂柯仙。

君臣两个对弈此棋，正下到午时三刻，一盘残局未终，魏徵忽然踏伏在案边，鼾鼾盹睡。太宗笑曰：“贤卿真是匡扶社稷之心劳，创立江山之力倦，所以不觉盹睡。”太宗任他睡着，更不呼唤。不多时，魏徵醒来，俯伏在地道：“臣该万死！臣该万死！却才晕困，不知所为，望陛下赦臣慢君之罪。”太宗道：“卿有何慢罪？且起来，拂退残棋，与卿从新更着。”魏徵谢了恩，却才拈子在手，只听得朝门外大呼小叫。原来是秦叔宝、徐茂功等，将着一个血淋的龙头，掷在帝前，启奏道：“陛下，海浅河枯曾有见，这般异事却无闻。”太宗与魏徵起身道：“此物何来？”叔宝、茂功道：“千步廊南，十字街头，云端里落下这颗龙头，微臣不敢不奏。”唐王惊问魏徵：“此是何说？”魏徵转身叩头道：“是臣才一梦斩的。”唐王闻言，大惊道：“贤卿盹睡之时，又不曾见动身动手，又无刀剑，如何却斩此龙？”魏徵奏道：“主公，臣的身在君前，梦离陛下。身在君前对残局，合眼朦胧；梦离陛下乘瑞云，出神抖擞。那条龙，在剐龙台上，被天兵将绑缚其中。是臣道：‘你犯天条，合当死罪。我奉天命，斩汝残生。’龙闻哀苦，臣抖精神。龙闻哀苦，伏爪收鳞甘受死；臣抖精神，撩衣进步举霜锋。扢扠一声刀过处，龙头因此落虚空。”

太宗闻言，心中悲喜不一。喜者：夸奖魏徵好臣，朝中有此豪杰，愁甚江山不稳？悲者：谓梦中曾许救龙，不期竟致遭诛。只得强打精神，传旨着叔宝将龙头悬挂市曹，晓谕长安黎庶，一壁厢赏了魏徵，众官散讫。

当晚回宫，心中只是忧闷，想那梦中之龙，哭啼啼哀告求生，岂知无常，难免此患。思念多时，渐觉神魂倦怠，身体不安。当夜二更时分，只听得宫门外有号泣之声，太宗愈加惊恐。正朦胧睡间，又见那泾河龙王，手提着一颗血淋淋的首级，高叫："唐太宗！还我命来！还我命来！你昨夜满口许诺救我，怎么天明时反宣人曹官来斩我？你出来，你出来！我与你到阎君处折辨折辨！"他扯住太宗，再三嚷闹不放，太宗箝口难言，只挣得汗流遍体。正在那难分难解之时，只见正南上香云缭绕，彩雾飘飘，有一个女真人上前，将杨柳枝用手一摆，那没头的龙，悲悲啼啼，径往西北而去。原来这是观音菩萨，领佛旨上东土寻取经人，此住长安城都土地庙里，夜闻鬼泣神号，特来喝退业龙，救脱皇帝。那龙径到阴司地狱具告不题。

却说太宗苏醒回来，只叫"有鬼！有鬼！"慌得那三宫皇后，六院嫔妃，与近侍太监，战兢兢，一夜无眠。不觉五更三点，那满朝文武多官，都在朝门外候朝。等到天明，犹不见临朝，唬得一个个惊惧踌躇。及日上三竿，方有旨意出来道："朕心不快，众官免朝。"不觉倏五七日，众官忧惶，都正要撞门见驾问安，只见太后有旨，召医官入宫用药，众人在朝门等候讨信。少时，医官出来，众问何疾。医官道："皇上脉气不正，虚而又数，狂言见鬼；又诊得十动一代，五脏无气，恐不讳只在七日之内矣。"众官闻言大惊失色。正怆惶间，又听得太后有旨宣徐茂功、护国公、尉迟公见驾。三公奉旨，急入到分宫楼下。拜毕，太宗正色强言道："贤卿，寡人十九岁领兵，南征北伐，东挡西除，苦历数载，更不曾见半点邪祟，今日之下，却反见鬼！"尉迟公道："创立江山，杀人无数，何怕鬼乎？"太宗道："卿是不信。朕这寝宫门外，入夜就抛砖弄瓦，鬼魅呼号，着然（着实；实在）难处。白日犹可，昏夜难禁。"叔宝道："陛下宽心，今晚臣与敬德把守宫门，看有甚么鬼祟。"太宗准奏，茂功谢恩而出。当日天晚，各取披挂，他两个介胄整齐，执金瓜钺斧，在宫门外把守。好将军！你看他怎生打扮：

头戴金盔光烁烁，身披铠甲龙鳞。护心宝镜幌祥云，狮蛮收紧扣，绣带彩霞新。这一个凤眼朝天星斗怕，那一个环睛映电月光浮。他本是英雄豪杰旧勋臣，只落得千年称户尉，万古作门神。

二将军侍立门旁，一夜天晓，更不曾见一点邪祟。是夜，太宗在宫，安寝无事，晓来宣二将军，重重赏劳道："朕自得疾，数日不能得睡，今夜仗二将军威势甚安。卿且请出安息安息，待晚间再一护卫。"二将谢恩而出。遂此二三夜把守俱安，只是御膳减损，病转觉重。太宗又不忍二将辛苦，又宣叔宝、敬德与杜、房诸公入宫，吩咐道："这两日朕虽得安，却只难为秦、胡二将军彻夜辛苦。朕欲召巧手丹青，传二将军真容，贴于门上，免得劳他，如何？"众臣即依旨，选两个会写真的，着胡、秦二公依前披挂，照样画了，贴在门上，夜间也即无事。

如此二三日，又听得后宰门，乒乒乓乓，砖瓦乱响，晓来急宣众臣曰："连日前门幸喜无事，今夜后门又响，却不又惊杀寡人也！"茂功进前奏道："前门不安，是敬德、叔宝护卫；后门不安，该着魏徵护卫。"太宗准奏，又宣魏徵今夜把守后门。徵领旨，当夜结束整齐，提着那诛龙的宝剑，侍立在后宰门前，真个的好英雄也！他怎生打扮：

熟绢青巾抹额，锦袍玉带垂腰，兜风氅袖采霜飘，压赛垒荼神貌。脚踏乌靴坐折，手持利刃凶骁。圆睁两眼四边瞧，那个邪神敢到？

一夜通明，也无鬼魅。虽是前后门无事，只是身体渐重。一日，太后又传旨，召众臣商议殡殓后事。太宗又宣徐茂功，吩咐国家大事，叮嘱仿刘蜀主托孤之意。言毕，沐浴更衣，待时而已。旁闪魏徵，手扯龙衣，奏道："陛下宽心，臣有一事，管保陛下长生。"太宗道："病势已入膏肓，命将危矣，如何保得？"徵云："臣有书一封，进与陛下，捎去到冥司，付酆都判官崔珏。"太宗道："崔珏是谁？"徵云："崔珏乃是太上先皇帝驾前之臣，先受兹州令，后升礼部侍郎。在日与臣八拜为交，相知甚厚。他如今已死，现在阴司做掌生死文簿的酆都判官，梦中常与臣相会。【卓吾评：魏丞相会说鬼话】此去若将此书付与他，他念微臣薄分，必然放陛下回来，管教魂魄还阳世，定取龙颜转帝都。"【正直的心性可通天彻地】太宗闻言，接在手中，笼入袖里，遂瞑目而亡。那三宫六院、皇后嫔妃、侍长储君及两班文武，俱举哀戴孝，又在白虎殿上，停着梓宫不题。

却说太宗渺渺茫茫，魂灵径出五凤楼前，只见那御林军马，请大驾出朝采猎。太宗欣然从之，缥渺而去。行多时，人马俱无。独自个散步荒郊草野之间。正惊惶难寻道路，只见那一边，有一人高声大叫道："大唐皇帝，往这里来！往这里来！"太宗闻言，抬头观看，只见那人：

头顶乌纱，腰围犀角。头顶乌纱飘软带，腰围犀角显金厢。手擎牙笏凝祥霭，身着罗袍隐瑞光。脚踏一双粉底靴，登云促雾；怀揣一本生死簿，注定存亡。鬓发蓬松飘耳上，胡须飞舞绕腮旁。昔日曾为唐国相，如今掌案侍阎王。

太宗行到那边，只见他跪拜路旁，口称“陛下，赦臣失悮(wù，同“误”)远迎之罪！”太宗问曰：“你是何人？因甚事前来接拜？”那人道：“微臣半月前，在森罗殿上，见泾河鬼龙告陛下许救反诛之故，第一殿秦广大王即差鬼使催请陛下，要三曹对案。臣已知之，故来此间候接，不期今日来迟，望乞恕罪，恕罪。”太宗道：“你姓甚名谁？是何官职？”那人道：“微臣存日，在阳曹侍先君驾前，为兹州令，后拜礼部侍郎，姓崔名珏。今在阴司，得受酆都掌案判官。”太宗大喜，近前来御手忙搀道：“先生远劳。朕驾前魏徵有书一封，正寄与先生，却好相遇。”判官谢恩，问书在何处。太宗即向袖中取出递与崔珏。崔珏拜接了，拆封而看。其书曰：“辱爱弟魏徵，顿首书拜大都案契兄崔老先生台下：【卓吾评：幻甚】忆昔交游，音容如在。倏尔数载，不闻清教。常只是遇节令设蔬品奉祭，未卜享否？又承不弃，梦中临示，始知我兄长大人高迁。奈何阴阳两隔，天各一方，不能面觌。今因我太宗文皇帝倏然而故，料是对案三曹，必然得与兄长相会。万祈俯念生日交情，方便一二，放我陛下回阳，殊为爱也。容再修谢。不尽。”【卓吾评：荒唐极矣！可发一笑】

那判官看了书，满心欢喜道：“魏人曹前日梦斩老龙一事，臣已早知，甚是夸奖不尽。又蒙他早晚看顾臣的子孙，今日既有书来，陛下宽心，微臣管送陛下还阳，重登玉阙。”【卓吾评：原来阴司亦说分上】太宗称谢了。

二人正说间，只见那边有一对青衣童子，执幢幡宝盖，高叫道：“阎王有请，有请。”太宗遂与崔判官并二童子举步前进。忽见一座城，城门上挂着一面大牌，上写着“幽冥地府鬼门关”七个大金字。那青衣将幢幡摇动，引太宗径入城中，顺街而走。

只见那街旁边有先主李渊，先兄建成，故弟元吉，上前道：“世民来了！世民来了！”那建成、元吉就来揪打索命。太宗躲闪不及，被他扯住。【卓吾评：此等点缀，妙不可言】幸有崔判官唤一青面獠牙鬼使，喝退了建成、元吉，太宗方得脱身而去。行不数里，见一座碧瓦楼台，真个壮丽。但见：

飘飘万迭彩霞堆，隐隐千条红雾现。
耿耿檐飞怪兽头，辉辉瓦迭鸳鸯片。
门钻几路赤金钉，槛设一横白玉段。
窗牖近光放晓烟，帘栊幌亮穿红电。
楼台高耸接青霄，廊庑平排连宝院。
兽鼎香云袭御衣，绛纱灯火明宫扇。

左边猛烈摆牛头，右下峥嵘罗马面。
接亡送鬼转金牌，引魄招魂垂素练。
唤作阴司总会门，下方阎老森罗殿。

太宗正在外面观看，只见那壁厢环珮叮当，仙香奇异，外有两对提烛，后面却是十代阎王降阶而至。是那十代阎君：秦广王、初江王、宋帝王、仵官王、阎罗王、平等王、泰山王、都市王、卞城王、转轮王。

十王出在森罗宝殿，控背躬身，迎迓太宗。太宗谦下，不敢前行。十王道："陛下是阳间人王，我等是阴间鬼王，分所当然，何须过让？"太宗道："朕得罪麾下，岂敢论阴阳人鬼之道？"逊之不已。太宗前行，径入森罗殿上，与十王礼毕，分宾主坐定。

约有片时，秦广王拱手而进言曰："泾河鬼龙告陛下许救而反杀之，何也？"太宗道："朕曾夜梦老龙求救，实是允他无事，不期他犯罪当刑，该我那人曹官魏徵处斩。朕宣魏徵在殿着棋，不知他一梦而斩。这是那人曹官出没神机，又是那龙王犯罪当死，岂是朕之过也？"十王闻言，伏礼道："自那龙未生之前，南斗星死簿上已注定该遭杀于人曹之手，我等早已知之。但只是他在此折辩，定要陛下来此三曹对案，是我等将他送入轮藏，转生去了。今又有劳陛下降临，望乞恕我催促之罪。"言毕，命掌生死簿判官："急取簿子来，看陛下阳寿天禄该有几何？"崔判官急转司房，将天下万国国王天禄总簿，先逐一检阅，只见南赡部洲大唐太宗皇帝注定贞观一十三年。崔判官吃了一惊，急取浓墨大笔，将"一"字上添了两画，却将簿子呈上。【卓吾评：判官作弊，如何定罪？】十王从头看时，见太宗名下注定三十三年，阎王惊问："陛下登基多少年了？"太宗道："朕即位，今一十三年了。"阎王道："陛下宽心勿虑，还有二十年阳寿。此一来已是对案明白，请返本还阳。"【地府疏于管理，生死簿可涂可改。修炼心性可涂，积德行善可改。虽是玩笑，却非妄语】

太宗闻言，躬身称谢。十阎王差崔判官、朱太尉二人，送太宗还魂。太宗出森罗殿，又起手问十王道："朕宫中老少安否如何？"十王道："俱安，但恐御妹，寿似不永。"太宗又再拜启谢："朕回阳世，无物可酬谢，惟答瓜果而已。"十王喜曰："我处颇有东瓜西瓜，只少南瓜。"太宗道："朕回去即送来，即送来。"【卓吾评：如此十个南瓜便可作一场预修矣。一笑】从此遂相揖而别。

那太尉执一首引魂幡，在前引路，崔判官随后保着太宗，径出幽司。太宗举目而看，不是旧路，问判官曰："此路差矣？"判官道："不差。阴司里是这般，有去路，无来路。如今送陛下自'转轮藏'出身，一则请陛下游观地府，一则教陛下转托超生。"太宗只得随他两个，引路前来。

径行数里，忽见一座高山，阴云垂地，黑雾迷空。太宗道：“崔先生，那厢是甚么山？”判官道：“乃幽冥背阴山。”太宗悚惧道：“朕如何去得？”判官道：“陛下宽心，有臣等引领。”太宗战战兢兢，相随二人，上得山岩，抬头观看，只见：

形多凸凹，势更崎岖。峻如蜀岭，高似庐岩。非阳世之名山，实阴司之险地。荆棘丛丛藏鬼怪，石崖磷磷隐邪魔。耳畔不闻兽鸟噪，眼前惟见鬼妖行。阴风飒飒，黑雾漫漫。阴风飒飒，是神兵口内哨来烟；黑雾漫漫，是鬼祟暗中喷出气。一望高低无景色，相看左右尽猖亡。那里山也有，峰也有，岭也有，洞也有，涧也有；只是山不生草，峰不插天，岭不行客，洞不纳云，涧不流水。岸前皆魍魉，岭下尽神魔。洞中收野鬼，涧底隐邪魂。山前山后，牛头马面乱喧呼；半掩半藏，饿鬼穷魂时对泣。催命的判官，急急忙忙传信票；追魂的太尉，吆吆喝喝趱(zǎn，赶)公文。急脚子旋风滚滚，勾司人黑雾纷纷。【卓吾评：谁知阳间人，尚作千年料】

太宗全靠着那判官保护，过了阴山。前进，又历了许多衙门，一处处俱是悲声振耳，恶怪惊心。太宗又道：“此是何处？”判官道：“此是阴山背后‘一十八层地狱’。”太宗道：“是那十八层？”判官道：“你听我说：

吊筋狱、幽枉狱、火坑狱，寂寂寥寥，烦烦恼恼，尽皆是生前作下千般业，死后通来受罪名。酆都狱、拔舌狱、剥皮狱，哭哭啼啼，凄凄惨惨，只因不忠不孝伤天理，佛口蛇心堕此门。磨捱狱、碓捣狱、车崩狱，皮开肉绽，抹嘴咨牙，乃是瞒心昧己不公道，巧语花言暗损人。寒冰狱、脱壳狱、抽肠狱，垢面蓬头，愁眉皱眼，都是大斗小秤欺痴蠢，致使灾屯累自身。油锅狱、黑暗狱、刀山狱，战战兢兢，悲悲切切，皆因强暴欺良善，藏头缩颈苦伶仃。血池狱、阿鼻狱、秤杆狱，脱皮露骨，折臂断筋，也只为谋财害命，宰畜屠生，堕落千年难解释，沉沦永世下翻身。一个个紧缚牢栓，绳缠索绑，差些赤发鬼、黑脸鬼，长枪短剑；牛头鬼、马面鬼，铁简铜锤。只打得皱眉苦面血淋淋，叫地叫天无救应。正是：人生却莫把心欺，神鬼昭彰放过谁？善恶到头终有报，只争来早与来迟。”【卓吾评：人人看看，胜翻三藏十二部也】

太宗听说，心中惊惨。进前又走不多时，见一伙鬼卒，各执幢幡，路旁跪下道：“桥梁使者来接。”判官喝令起去，上前引着太宗，从金桥而过。太宗又见那一边有一座银桥，桥上行几个忠孝贤良之辈，公平正大之人，亦有幢幡接引；那壁厢又有一桥，寒风滚滚，血浪滔滔，号泣之声不绝。太宗问道：“那座桥是何名色？”判官道：“陛下，那叫做奈河桥。若到阳间，切须传记。那桥下都是些：

奔流浩浩之水，险峻窄窄之路。俨如匹练搭长江，却似火坑浮上界。阴气逼人寒透骨，腥风扑鼻味钻心。波翻浪滚，往来并没渡人船；赤脚蓬头，出入尽皆作业鬼。桥长数里，阔只三戯(zhā，伸开拇指与食指间的距离)，高有百尺，深却千重。上无扶手栏杆，下有抢人恶怪。枷杻缠身，打上奈河险路。你看那桥边神将甚凶顽，河内孽魂真苦恼，桠杈树上，挂的是青红黄紫色丝衣；【卓吾评：误人】壁斗崖前，蹲的是毁骂公婆淫泼妇。铜蛇铁狗任争餐，永堕奈河无出路。"【卓吾评：形容奈何桥，只是没奈何耳】诗曰：

时闻鬼哭与神号，血水浑波万丈高。
无数牛头并马面，狰狞把守奈河桥。

正说间，那几个桥梁使者，早已回去了。太宗心又惊惶，点头暗叹，默默悲伤，相随着判官、太尉，早过了奈河恶水，血盆苦界。前又到枉死城，只听哄哄人嚷，分明说"李世民来了！李世民来了！"太宗听叫，心惊胆战。见一伙拖腰折臂、有足无头的鬼魅，【卓吾评：好点缀】上前拦住，都叫道："还我命来！还我命来！"慌得那太宗藏藏躲躲，只叫"崔先生救我！崔先生救我！"判官道："陛下，那些人都是那六十四处烟尘，七十二处草寇，众王子、众头目的鬼魂；尽是枉死的冤业，无收无管，不得超生，又无钱钞盘缠，都是孤寒饿鬼。陛下得些钱钞与他，我才救得哩。"太宗道："寡人空身到此，却那里得有钱钞？"判官道："陛下，阳间有一人，金银若干，在我这阴司里寄放。陛下可出名立一约，小判可作保，且借他一库，给散这些饿鬼，方得过去。"【卓吾评：阴间亦有处借债，穷人不愁矣。或曰：穷人阳间尚无借处，况阴司乎？大笑】太宗问曰："此人是谁？"判官道："他是河南开封府人氏，姓相名良，他有十三库金银在此。陛下若借用过他的，到阳间还他便了。"太宗甚喜，情愿出名借用。遂立了文书与判官，借他金银一库，着太尉尽行给散。判官复吩咐道："这些金银，汝等可均分用度，放你大唐爷爷过去，他的阳寿还早哩。我领了十王钧语，送他还魂，教他到阳间做一个'水陆大会'，度汝等超生，再休生事。"众鬼闻言，得了金银，俱唯唯而退。判官令太尉摇动引魂幡，领太宗出离了枉死城中，奔上平阳大路，飘飘荡荡而去。毕竟不知从那条路出身，且听下回分解。

【卓吾评：说虽荒唐，然说地狱处，亦能唤醒愚人，有大功德也。只是愚人虽唤不醒耳，可奈何？可奈何？

只是崔判官作弊，不曾与太宗说得。这叫做"出了灯油钱，却在黑里坐"。如何？如何？】

第十一回　还受生唐王遵善果　度孤魂萧瑀正空门

【地府还魂，无非一梦。本回借金殿儒佛之争，强调佛学的教化和抚慰作用，显示了三教同修的倾向】

诗曰：

百岁光阴似水流，一生事业等浮沤。
昨朝面上桃花色，今日头边雪片浮。
白蚁阵残方是幻，子规声切早回头。
古来阴骘(zhì，阴德)能延寿，善不求怜天自周。

却说唐太宗随着崔判官、朱太尉，自脱了冤家债主，前进多时，却来到“六道轮回”之所，又见那腾云的身披霞帔，受箓的腰挂金鱼，僧尼道俗，走兽飞禽，魑魅魍魉，滔滔都奔走那轮回之下，各进其道。唐王问曰：“此意何如？”判官道：“陛下明心见性，是必记了，传与阳间人知。这唤做‘六道轮回’：行善的，升化仙道；尽忠的，超生贵道；行孝的，再生福道；公平的，还生人道；积德的，转生富道；恶毒的，沉沦鬼道。”唐王听说，点头叹曰：“善哉，真善哉！作善果无灾！善心常切切，善道大开开。莫教兴恶念，是必少刁乖。休言不报应，神鬼有安排。”判官送唐王直至那“超生贵道门”，拜呼唐王道：“陛下呵，此间乃出头之处，小判告回，着朱太尉再送一程。”唐王谢道：“有劳先生远踄。”判官道：“陛下到阳间，千万做个‘水陆大会’，超度那无主的冤魂，切勿忘了。若是阴司里无报怨之声，阳世间方得享太平之庆。凡百不善之处，俱可一一改过，普谕世人为善，管教你后代绵长，江山永固。”唐王一一准奏，辞了崔判官，随着朱太尉，同入门来。那太尉见门里有一匹海骝马，鞍鞴齐备，急请唐王上马，太尉左右扶持。

马行如箭，早到了渭水河边，只见那水面上有一对金色鲤鱼在河里翻波跳斗。唐王见了心喜，兜马贪看不舍，太尉道：“陛下，趱动些，趁早赶时辰进城去也。”那唐王只管贪看，不肯前行，被太尉撮着脚，高呼道：“还不走，等甚！”扑的一声，望那渭河推下马去，却就脱了阴司，径回阳世。

却说那唐朝驾下有徐茂功、秦叔宝、胡敬德、段志贤、马三宝、程咬金、高士廉、李世勣、房玄龄、杜如晦、萧瑀、傅奕、张道源、张士衡、王珪等两班文武，俱保着那东宫太子与皇后、嫔妃、宫娥、侍长，都在那白虎殿上举哀。一壁厢议传哀诏，要晓谕天下，欲扶太子登基。时有魏徵在旁道："列位且住，不可！不可！假若惊动州县，恐生不测。且再按候一日，我主必还魂也。"下边闪上许敬宗道："魏丞相言之甚谬。自古云：'泼水难收，人逝不返。'你怎么还说这等虚言，惑乱人心，是何道理！"魏徵道："不瞒许先生说，下官自幼得授仙术，推算最明，管取陛下不死。"

正讲处，只听得棺中连声大叫道："渰杀（yǎn shā，淹死。渰，通"淹"）我耶！渰杀我耶！"唬得个文官武将心慌，皇后嫔妃胆战。一个个：

面如秋后黄桑叶，腰似春前嫩柳条。储君脚软，难扶丧杖尽哀仪；侍长魂飞，怎戴梁冠遵孝礼？嫔妃打跌，彩女攲斜。嫔妃打跌，却如狂风吹倒败芙蓉；彩女攲斜，好似骤雨冲歪娇菡萏（hàn dàn，即荷花）。众臣悚惧，骨软筋麻。战战兢兢，痴痴痖痖（同"哑"）。把一座白虎殿却像断梁桥，闹丧台就如倒塌寺。

此时众宫人走得精光，那个敢近灵扶柩。多亏了正直的徐茂功，理烈的魏丞相，有胆量的秦琼，忒猛撞的敬德，上前来扶着棺材，叫道："陛下有甚么放不下心处，说与我等，不要弄鬼，惊骇了眷族。"魏徵道："不是弄鬼，此乃陛下还魂也。快取器械来！"打开棺盖，果见太宗坐在里面，还叫："渰死我了！是谁救捞？"茂功等上前扶起道："陛下苏醒莫怕，臣等都在此护驾哩。"唐王方才开眼道："朕适才好苦，躲过阴司恶鬼难，又遭水面丧身灾。"众臣道："陛下宽心勿惧，有甚水灾来？"唐王道："朕骑着马，正行至渭水河边，见双头鱼戏，被朱太尉欺心，将朕推下马来，跌落河中，几乎渰死。"魏徵道："陛下鬼气尚未解。"急着太医院进安神定魄汤药，又安排粥膳。连服一二次，方才反本还原，知得人事。一计唐王死去，已三昼夜，复回阳间为君。诗曰：

万古江山几变更，历来数代败和成。
周秦汉晋多奇事，谁似唐王死复生？

当日天色已晚，众臣请王归寝，各各散讫。次早，脱却孝衣，换了彩服，一个个红袍乌帽，一个个紫绶金章，在那朝门外等候宣召。

却说太宗自服了安神定魄之剂，连进了数次粥汤，被众臣扶入寝室，一夜稳睡，保养精神，直至天明方起，抖擞威仪，你看他怎生打扮：

戴一顶冲天冠，穿一领赭黄袍。系一条蓝田碧玉带，踏一对创业无忧履。貌堂堂，赛过当朝；威烈烈，重兴今日。好一个清平有道的大唐王，起死回生的李陛下！

唐王上金銮宝殿，聚集两班文武，山呼已毕，依品分班。只听得传旨道："有事出班来奏，无事退朝。"那东厢闪过徐茂功、魏徵、王珪、杜如晦、房玄龄、袁天罡、李淳风、许敬宗等；西厢闪过殷开山、刘洪基、马三宝、段志贤、程咬金、秦叔宝、胡敬德、薛仁贵等；一齐上前，在白玉阶前，俯伏启奏道："陛下前朝一梦，如何许久方觉？"太宗道："日前接得魏徵书，朕觉神魂出殿，只见羽林军请朕出猎。正行时，人马无踪，又见那先君父王与先兄弟争嚷。正难解处，见一人乌帽皂袍，乃是判官崔珏，喝退先兄弟，朕将魏徵书传递与他。正看时，又见青衣者，执幢幡，引朕入内，到森罗殿上，与十代阎王叙坐。他说那泾河龙诬告我许救转杀之事，是朕将前言陈具一遍。他说已三曹对过案了，急命取生死文簿，检看我的阳寿。时有崔判官传上簿子，阎王看了道，寡人有三十三年天禄，才过得一十三年，还该我二十年阳寿，即着朱太尉、崔判官送朕回来。朕与十王作别，允了送他瓜果谢恩。自出了森罗殿，见那阴司里，不忠不孝，非礼非义，作践五谷，明欺暗骗，大斗小秤，奸盗诈伪，淫邪欺罔之徒，受那些磨烧舂锉之苦，煎熬吊剥之刑，有千千万万，看之不足。【卓吾评：着眼】又过着枉死城中，有无数的冤魂。尽都是六十四处烟尘的叛贼，七十二处草寇的魂灵，挡住了朕之来路。幸亏崔判官作保，借得河南相老儿的金银一库，买转鬼魂，方得前行。崔判官教朕回阳世，千万作一场'水陆大会'，超度那无主的孤魂，将此言叮咛分别。出了那六道轮回之下，有朱太尉请朕上马。飞也相似，行到渭水河边，我看见那水面上有双头鱼戏。正欢喜处，他将我撮着脚，推下水中，朕方得还魂也。"众臣闻此言，无不称贺，遂此编行传报，天下各府县官员，上表称庆不题。

却说太宗又传旨赦天下罪人，又查狱中重犯。时有审官将刑部绞斩罪人，查有四百余名呈上。太宗放赦回家，拜辞父母兄弟，托产与亲戚子侄，明年今日赴曹，仍领应得之罪。众犯谢恩而退。又出恤孤榜文，又查宫中老幼彩女共有三千人，出旨配军。自此，内外俱善。有诗为证，诗曰：

大国唐王恩德洪，道过尧舜万民丰。
死囚四百皆离狱，怨女三千放出宫。
天下多官称上寿，朝中众宰贺元龙。
善心一念天应佑，福荫应传十七宗。

太宗既放宫女、出死囚已毕，又出御制榜文，遍传天下。榜曰：

"乾坤浩大，日月照鉴分明；宇宙宽洪，天地不容奸党。使心用术，果报只在今生；善布浅求，获福休言后世。千般巧计，不如本分为人；万种强徒，怎似随缘节俭。心行慈善，何须努力看经？意欲损人，空读如来一藏！"【卓吾评：名言】【此榜文应用了"果报、本分、随缘、节俭、慈善、如来"等源自三教经典的词汇，说明在文化中已经贯通，也没有必要加以区分】

自此时，盖天下无一人不行善者。一壁厢又出招贤榜，招人进瓜果到阴司里去；一壁厢将宝藏库金银一库，差鄂国公胡敬德上河南开封府，访相良还债。榜张数日，有一赴命进瓜果的贤者，本是均州人，姓刘名全，家有万贯之资。只因妻李翠莲在门首拔金钗斋僧，刘全骂了他几句，说他不遵妇道，擅出闺门。李氏忍气不过，自缢而死。撇下一双儿女年幼，昼夜悲啼。刘全又不忍见，无奈，遂舍了性命，弃了家缘，撇了儿女，情愿以死进瓜，将皇榜揭了，来见唐王。王传旨意，教他去金亭馆里，头顶一对南瓜，袖带黄钱，口噙药物。【卓吾评：此等想头甚奇】

那刘全果服毒而死，一点魂灵，顶着瓜果，早到鬼门关上。把门的鬼使喝道："你是甚人，敢来此处？"刘全道："我奉大唐太宗皇帝钦差，特进瓜果与十代阎王受用的。"那鬼使欣然接引。刘全径至森罗宝殿，见了阎王，将瓜果进上道："奉唐王旨意，远进瓜果，以谢十王宽宥之恩。"阎王大喜道："好一个有信有德的太宗皇帝！"遂此收了瓜果。便问那进瓜的人姓名，那方人氏。刘全道："小人是均州城民籍，姓刘名全。因妻李氏缢死，撇下儿女无人看管，小人情愿舍家弃子，捐躯报国，特与我王进贡瓜果，谢众大王厚恩。"十王闻言，即命查勘刘全妻李氏。

那鬼使速取来在森罗殿下，与刘全夫妻相会。诉罢前言，回谢十王恩宥。那阎王却检生死簿子看时，他夫妻们都有登仙之寿，急差鬼使送回。鬼使启上道："李翠莲归阴日久，尸首无存，魂将何附？"阎王道："唐御妹李玉英，今该促死；你可借他尸首，教他还魂去也。"那鬼使领命，即将刘全夫妻二人还魂。带定出了阴司，那阴风绕绕，径到了长安大国，将刘全的魂灵，推入金亭馆里；将翠莲的灵魂，带进皇宫内院。只见那玉英宫主，正在花阴下，徐步绿苔而行，被鬼使扑个满怀，推倒在地，活捉了他魂，却将翠莲的魂灵，推入玉英身内。鬼使回转阴司不题。

却说宫院中的大小侍婢，见玉英跌死，急走金銮殿，报与三宫皇后道："宫主娘娘跌死也！"皇后大惊，随报太宗。太宗闻言点头叹曰："此事信有之也。朕曾问十代阎君：'老幼安乎？'他道：'俱安，但恐御妹寿促。'果中其言。"合宫人都来悲切，尽到花阴下看时，只见那宫主微微有气。唐王道："莫哭！莫哭！休惊了他。"遂上前将御手扶起头来，叫道："御妹苏醒苏醒。"

那宫主忽的翻身，叫："丈夫慢行，等我一等！"太宗道："御妹，是我等在此。"宫主抬头睁眼观看道："你是谁人，敢来扯我？"太宗道："是你皇兄、皇嫂。"宫主道："我那里得个甚么皇兄、皇嫂！我娘家姓李，我的乳名唤做李翠莲，我丈夫姓刘名全，两口儿都是均州人氏。因为我三个月前，拔金钗在门首斋僧，我丈夫怪我擅出内门，不遵妇道，骂了我几句，是我气塞胸堂，将白绫带悬梁缢死，撇下一双儿女，昼夜悲啼。今因我丈夫被唐王钦差，赴阴司进瓜果，阎王怜悯，放我夫妻回来。他在前走，因我来迟，赶不上他，我绊了一跌。你等无礼！不知姓名，怎敢扯我！”太宗闻言，与众宫人道：“想是御妹跌昏了，胡说哩。”传旨教太医院进汤药，将玉英扶入宫中。

唐王当殿，忽有当驾官奏道：“万岁，今有进瓜果人刘全还魂，在朝门外等旨。”唐王大惊，急传旨将刘全召进，俯伏丹墀。太宗问道：“进瓜果之事何如？”刘全道：“臣顶瓜果，径至鬼门关，引上森罗殿，见了那十代阎君，将瓜果奉上，备言我王殷勤致谢之意。阎君甚喜，多多拜上我王道：‘真是个有信有德的太宗皇帝’！”唐王道：“你在阴司见些甚么来？”刘全道：“臣不曾远行，没见甚的，只闻得阎王问臣乡贯、姓名。臣将弃家舍子、因妻缢死、愿来进瓜之事，说了一遍，他急差鬼使，引过我妻，就在森罗殿下相会。一壁厢又检看死生文簿，说我夫妻都有登仙之寿，便差鬼使送回。臣在前走，我妻后行，幸得还魂。但不知妻投何所。”唐王惊问道：“那阎王可曾说你妻甚么？”刘全道：“阎王不曾说甚么，只听得鬼使说，‘李翠莲归阴日久，尸首无存。’阎王道：‘唐御妹李玉英今该促死，教翠莲即借玉英尸还魂去罢。’臣不知‘唐御妹’是甚地方，家居何处，我还未曾得去找寻哩。”唐王闻奏，满心欢喜，当对多官道：“朕别阎君，曾问宫中之事。他言老幼俱安，但恐御妹寿促。却才御妹玉英，花阴下跌死，朕急扶看，须臾苏醒，口叫‘丈夫慢行，等我一等！’朕只道是他跌昏了胡言。又问他详细，他说的话，与刘全一般。”

魏徵奏道：“御妹偶尔寿促，少苏醒即说此言，此是刘全妻借尸还魂之事。此事也有，可请宫主出来，看他有甚话说。”唐王道：“朕才命太医院去进药，不知何如。”便教妃嫔入宫去请。那宫主在里面乱嚷道：“我吃甚么药？这里那是我家！我家是清凉瓦屋，不像这个害黄病（黄疸病。指皇宫是黄色）的房子，花狸狐哨的门扇！放我出去！放我出去！”

正嚷处，只见四五个女官，两三个太监，扶着他，直至殿上。唐王道：“你可认得你丈夫么？”玉英道：“说那里话，我两个从小儿的结发夫妻，与他生男育女，怎的不认得？”唐王叫内官搀他下去。那宫主下了宝殿，直至白玉阶前，见了刘全，一把扯住道：“丈夫，你往那里去，就不等我一等！我跌了一跤，被那些没道理的人围住我嚷，这是怎的说！”那刘全听他说的话是妻之言，观其人非妻之面，不敢相认。唐王道：“这正是山崩地裂有人见，捉生替死却难逢！”

好一个有道的君王，即将御妹的妆奁①、衣物、首饰，尽赏赐了刘全，就如陪嫁

---

① 妆奁：zhuāng lián，女子梳妆用的镜匣。

一般，又赐与他永免差徭的御旨，着他带领御妹回去。他夫妻两个，便在阶前谢了恩，欢欢喜喜还乡。有诗为证：

人生人死是前缘，短短长长各有年。
刘全进瓜回阳世，借尸还魂李翠莲。

他两个辞了君王，径来均州城里，见旧家业儿女俱好，两口儿宣扬善果不题。

却说那尉迟公将金银一库，上河南开封府访看相良，原来卖水为活，同妻张氏在门首贩卖乌盆瓦器营生，但赚得些钱儿，只以盘缠为足，其多少斋僧布施，买金银纸锭，记库焚烧，故有此善果臻身。阳世间是一条好善的穷汉，那世里却是个积玉堆金的长者。尉迟公将金银送上他门，唬得那相公、相婆魂飞魄散；又兼有本府官员，茅舍外车马骈集，那老两口子如痴如哑，跪在地下，只是磕头礼拜。尉迟公道："老人家请起。我虽是个钦差官，却赍着我王的金银送来还你。"他战兢兢的答道："小的没有甚么金银放债，如何敢受这不明之财？"尉迟公道："我也访得你是个穷汉，只是你斋僧布施，尽其所用，就买办金银纸锭，烧记阴司，阴司里有你积下的钱钞。是我太宗皇帝死去三日，还魂复生，曾在那阴司里借了你一库金银，今此照数送还与你。你可一一收下，等我好去回旨。"那相良两口儿只是朝天礼拜，那里敢受，道："小的若受了这些金银，就死得快了。虽然是烧纸记库，此乃冥冥之事；况万岁爷爷那世里借了金银，有何凭据？我决不敢受。"尉迟公道："陛下说，借你的东西，有崔判官作保可证，你收下罢。"相良道："就死也是不敢受的。"

尉迟公见他苦苦推辞，只得具本差人启奏。太宗见了本，知相良不受金银，道："此诚为善良长者！"即传旨教胡敬德将金银与他修理寺院，起盖生祠，请僧作善，就当还他一般。旨意到日，敬德望阙谢恩，宣旨众皆知之。遂将金银买到城里军民无碍的地基一段，周围有五十亩宽阔，在上兴工，起盖寺院，名"敕建相国寺"。左有相公相婆的生祠，镌碑刻石，上写着"尉迟公监造"，即今大相国寺是也。

工完回奏，太宗甚喜。却又聚集多官，出榜招僧，修建"水陆大会"，超度冥府孤魂。榜行天下，着各处官员推选有道的高僧，上长安做会。那消个月之期，天下多僧俱到。唐王传旨，着太史丞傅奕选举高僧，修建佛事。傅奕闻旨，即上疏止浮图，以言无佛。【卓吾评：傅奕大是秀才气】表曰：

"西域之法，无君臣父子，以三途[①]六道[②]，蒙诱愚蠢，追既往之罪，窥将来之福，

① 三途：佛教语。即火途(地狱道)、血途(畜生道)、刀途(饿鬼道)。
② 六道：佛教语。谓众生轮回的六去处：天道、人道、阿修罗道、畜生道、饿鬼道和地狱道。

口诵梵言，以图偷免。且生死寿夭，本诸自然；刑德威福，系之人主。今闻俗徒矫托，皆云由佛。自五帝三王，未有佛法；君明臣忠，年祚长久。至汉明帝始立胡神，然惟西域桑门（僧侣。“沙门”的异译），自传其教。实乃夷犯中国，不足为信。”

太宗闻言，遂将此表掷付群臣议之。时有宰相萧瑀，出班頫囟（fǔ xìn，低头）奏曰：“佛法兴自屡朝，弘善遏恶，冥助国家，理无废弃。佛，圣人也。非圣者无法，请置严刑。”傅奕与萧瑀论辨，言：“礼本于事亲事君，而佛背亲出家，以匹夫抗天子，以继体悖所亲；萧瑀不生于空桑①，乃遵无父之教，正所谓非孝者无亲。”【卓吾评：傅奕，傅奕，凭你会说，只是免地狱不得】萧瑀但合掌曰：“地狱之设，正为是人。”太宗召太仆卿张道源、中书令张士衡，问：“佛事营福，其应何如？”二臣对曰：“佛在清净仁恕，果正佛空。周武帝以三教分次：大慧禅师有赞幽远，历众供养而无不显；五祖投胎，达摩现象。自古以来，皆云三教至尊而不可毁，不可废。伏乞陛下圣鉴明裁。”【借朝堂辩论，确立三教同修的政治取向，也是本书作者的哲学取向。此处还点出达摩及五祖，可见对禅宗传承的认可，也可推断六祖出世必然是作者认为的大事件，可为两界山伏笔】太宗甚喜道：“卿之言合理。再有所陈者，罪之。”遂着魏徵与萧瑀、张道源，邀请诸佛，选举一名有大德行者作坛主，设建道场，众皆顿首谢恩而退。自此时出了法律：但有毁僧谤佛者，断其臂。

次日，三位朝臣，聚众僧，在那山川坛里，逐一从头查选，内中选得一名有德行的高僧。你道他是谁人？

灵通本讳号金蝉，只为无心听佛讲，转托尘凡苦受磨，降生世俗遭罗网。投胎落地就逢凶，未出之前临恶党。父是海州陈状元，外公总管当朝长。出身命犯落江星，顺水随波逐浪泱。海岛金山有大缘，迁安和尚将他养。年方十八认亲娘，特赴京都求外长。总管开山调大军，洪州剿寇诛凶党。状元光蕊脱天罗，子父相逢堪贺奖。复谒当今受主恩，凌烟阁上贤名响。恩官不受愿为僧，洪福沙门将道访。小字江流古佛儿，法名唤做陈玄奘。【唐僧小名“江流”，也是后文设置其五行属“水”的原因之一。后文在通天河的陈澄、陈清，是影射此名】

当日对众举出玄奘法师。这个人自幼为僧，出娘胎，就持斋受戒。他外公见是当朝一路总管殷开山，他父亲陈光蕊，中状元，官拜文渊殿大学士。一心不爱荣华，只喜修持寂灭。查得他根源又好，德行又高；千经万典，无所不通；佛号仙音，无般

① 空桑：本指空心桑树。《吕氏春秋·本味》：“有侁氏女子采桑得婴儿于空桑之中，献之其君，其君令烰人养之。”此指非父母所生，来历不明者。

不会。当时三位引至御前，扬尘舞蹈，拜罢奏曰："臣瑀等蒙圣旨，选得高僧一名陈玄奘。"太宗闻其名，沉思良久道："可是学士陈光蕊之儿玄奘否？"江流儿叩头曰："臣正是。"太宗喜道："果然举之不错，诚为有德行有禅心的和尚。朕赐你左僧纲、右僧纲，天下大阐都僧纲（僧官名）之职。"玄奘顿首谢恩，受了大阐官爵。又赐五彩织金袈裟一件，毗卢帽一顶。教他用心再拜明僧，排次（依次排列；编排）阇黎[①]班首，书办旨意，前赴化生寺，择定吉日良时，开演经法。

玄奘再拜领旨而出，遂到化生寺里，聚集多僧，打造禅榻，装修功德，整理音乐。选得大小明僧共计一千二百名，分派上中下三堂。诸所佛前，物件皆齐，头头有次。选到本年九月初三日，黄道良辰，开启做七七四十九日"水陆大会"。即具表申奏，太宗及文武国戚皇亲，俱至期赴会，拈香（撮香焚烧以敬神佛）听讲。毕竟不知圣意如何，且听下回分解。

【卓吾评：此回最为奇幻。刘全、李翠莲、相公、相婆，俱从笔端幻出，殊为骇异。而贯串傅奕、萧瑀事，尤为妙合。常笑傅奕执着道理，以秀才见识，欲判断天下事理，不大愚痴乎？善乎萧公地狱之言，可为片言折狱也】

---

① 阇黎：shé lí，梵语"阿阇梨"的省称，意谓高僧。亦泛指僧。

第十二回　玄奘秉诚建大会　观音显象化金蝉

【本回观音启发唐僧发大乘心，通过取经践行佛法。佛教的大小乘之说，有人以经文区分；有人以修己、渡人区分；有人以口念、心行区分。六祖惠能认为，见闻转诵是小乘，依法修行是大乘。此论最为恰当，避免了对经文的区分，以及其他矛盾，如唐僧在双叉岭已经念普遍被认为是大乘经文的《金刚经》。《西游记》对三种说法都有采纳，如本回字面意思是以经文区分大小乘，但本书整体情节设置却反映惠能的观点，在此之上，又有修己和渡人的结构区分（以隐雾山为界）。综合来看，《坛经》的思想最为本书推崇，以“心行”作为观音所讲大乘的含义最为贴切】

诗曰：

龙集贞观正十三，王宣大众把经谈。
道场开演无量法，云雾光乘大愿龛。
御敕垂恩修上刹，金蝉脱壳化西涵。
普施善果超沉没，秉教宣扬前后三。

【“前后三”即“阿耨多罗三藐三菩提”，佛家得道的状态】

贞观十三年，岁次己巳，九月甲戌，初三日，癸卯良辰。陈玄奘大阐法师，聚集一千二百名高僧，都在长安城化生寺开演诸品妙经。那皇帝早朝已毕，帅文武多官，乘凤辇龙车，出离金銮宝殿，径上寺来拈香。怎见那銮驾？真个是：

一天瑞气，万道祥光。仁风轻淡荡，化日丽非常。千官环佩分前后，五卫旌旗列两旁。执金瓜，擎斧钺，双双对对；绛纱烛，御炉香，霭霭堂堂。龙飞凤舞，鹗荐鹰扬。圣明天子正，忠义大臣良。介福千年过舜禹，升平万代赛尧汤。又见那曲柄伞，滚龙袍，辉光相射；玉连环，彩凤扇，瑞霭飘扬。珠冠玉带，紫绶金章。护驾军千队，扶舆将两行。这皇帝沐浴虔诚尊敬佛，皈依善果喜拈香。

唐王大驾，早到寺前，吩咐住了音乐响器，下了车辇，引着多官。拜佛拈香。三匝已毕，抬头观看，果然好座道场，但见：

幢幡飘舞，宝盖飞辉。幢幡飘舞，凝空道道彩霞摇；宝盖飞辉，映日翩翩红电彻。世尊金象貌臻臻，罗汉玉容威烈烈。瓶插仙花，炉焚檀降。瓶插仙花，锦树辉辉漫宝刹；炉焚檀降，香云霭霭透清霄。时新果品砌朱盘，奇样糖酥堆彩案。高僧罗列诵真经，愿拔孤魂离苦难。

太宗文武俱各拈香，拜了佛祖金身，参了罗汉。又见那大阐都纲陈玄奘法师引众僧罗拜唐王。礼毕，分班各安禅位，法师献上济孤榜文与太宗看，榜曰：

"至德渺茫，禅宗寂灭。清净灵通，周流三界。千变万化，统摄阴阳。体用真常，无穷极矣。观彼孤魂，深宜哀愍。此奉太宗圣命：选集诸僧，参禅讲法。大开方便门庭，广运慈悲舟楫，普济苦海群生，脱免沉疴六趣（犹六道）。引归真路，普玩鸿蒙；动止无为，混成纯素。仗此良因，邀赏清都绛阙；乘吾胜会，脱离地狱凡笼。早登极乐任逍遥，来往西方随自在。"诗曰：

一炉永寿香，几卷超生箓。
无边妙法宣，无际天恩沐。
冤孽尽消除，孤魂皆出狱。
愿保我邦家，清平万咸福。

太宗看了满心欢喜，对众僧道："汝等秉立丹衷，切休怠慢佛事。待后功成完备，各各福有所归，朕当重赏，决不空劳。"那一千二百僧，一齐顿首称谢。当日三斋已毕，唐王驾回。待七日正会，复请拈香。时天色将晚，各官俱退。怎见得好晚？你看那：

万里长空淡落辉，归鸦数点下栖迟。
满城灯火人烟静，正是禅僧入定时。

一宿晚景题过。次早，法师又升坐，聚众诵经不题。

却说南海普陀山观世音菩萨，自领了如来佛旨，在长安城访察取经的善人，日久未逢真实有德行者。忽闻得太宗宣扬善果，选举高僧，开建大会，又见得法师坛主，乃是江流儿和尚，正是极乐中降来的佛子，又是他原引送投胎的长老，菩萨十分欢喜，就将佛赐的宝贝，捧上长街，与木叉货卖。你道他是何宝贝？有一件锦襕异宝袈裟、九环锡杖，还有那金紧禁三个箍儿，密密藏收，以俟后用。只将袈裟、锡杖出卖。长安城里，有那选不中的愚僧，倒有几贯村钞，见菩萨变化个疥癞形容，身穿破衲，赤脚光头，将袈裟捧定，艳艳生光，他上前问道："那癞和尚，你的袈裟要卖多少价钱？"菩萨道："袈裟价值五千两，锡杖价值二千两。"那愚僧笑道："这两个癞和尚是疯子！是傻子！这两件粗物，就卖得七千两银子？只是除非穿上身长生不老，就得成佛作祖，也值不得这许多！拿了去！卖不成！"那菩萨更不争吵，与木叉往前又走。行彀多时，来到东华门前，正撞着宰相萧瑀散朝而回，众头踏喝开街道。那菩萨公然不避，当街上拿着袈裟，径迎着宰相。宰相勒马观看，见袈裟艳艳生光，着手下人问那卖袈裟的要价几何。菩萨道:“袈裟要五千两,锡杖要二千两。”萧瑀道:“有何好处,值这般高价?”菩萨道:“袈裟有好处,有不好处;有要钱处,有不要钱处。”萧瑀道:“何为好?何为不好?”菩萨道:“着了我袈裟,不入沉沦,不堕地狱,不遭恶毒之难,不遇虎狼之穴,便是好处;若贪淫乐祸的愚僧,不斋不戒的和尚,毁经谤佛的凡夫,难见我袈裟之面,这便是不好处。”又问道:“何为要钱,不要钱?”菩萨道:“不遵佛法,不敬三宝,强买袈裟、锡杖,定要卖他七千两,这便是要钱;若敬重三宝,见善随喜,皈依我佛,承受得起,我将袈裟、锡杖,情愿送他,与我结个善缘,这便是不要钱。”萧瑀闻言,倍添春色,知他是个好人。即便下马,与菩萨以礼相见。口称:“大法长老,恕我萧瑀之罪。我大唐皇帝十分好善,满朝的文武,无不奉行。即今起建‘水陆大会’,这袈裟正好与大都阐陈玄奘法师穿用。我和你入朝见驾去来。”

菩萨欣然从之,拽转步,径进东华门里。黄门官转奏,蒙旨宣至宝殿。见萧瑀引着两个疥癞僧人,立于阶下,唐王问曰:“萧瑀来奏何事?”萧瑀俯伏阶前道:“臣出了东华门前,偶遇二僧,乃卖袈裟与锡杖者。臣思法师玄奘可着此服,故领僧人启见。”太宗大喜,便问那袈裟价值几何。菩萨与木叉侍立阶下,更不行礼,因问袈裟之价,答道:“袈裟五千两,锡杖二千两。”太宗道:“那袈裟有何好处,就值许多?”菩萨道:

“这袈裟,龙披一缕,免大鹏吞噬之灾;鹤挂一丝,得超凡入圣之妙。但坐处,有万神朝礼;凡举动,有七佛随身。这袈裟是冰蚕造练抽丝,巧匠翻腾为线。仙娥织就,神女机成。方方簇幅绣花缝,片片相帮堆锦簆。玲珑散碎斗妆花,色亮飘光喷宝艳。穿上满身红雾绕,脱来一段彩云飞。三天门外透玄光,五岳山前生宝气。重重嵌就西番莲,灼灼悬珠星斗象。四角上有夜明珠,攒顶间一颗祖母绿。虽无全照原本体,也有生光八宝攒。这袈裟,闲时折迭,遇圣才穿。闲时折迭,千层包裹透虹霓;遇圣才穿,惊动诸天神鬼怕。上边有如意珠、摩尼珠、辟尘珠、定风珠;又有那红玛瑙、紫珊瑚、夜明珠、舍利子。偷月沁白,与日争红。条条仙气盈空,朵朵祥光捧圣。条条仙气盈空,照彻了天关;朵朵祥光捧圣,影遍了世界。照山川,惊虎豹;影海岛,动鱼龙。沿边两道销金锁,叩领连环白玉琮。诗曰:

三宝巍巍道可尊,四生六道尽评论。
明心解养人天法,见性能传智慧灯。
护体庄严金世界,身心清净玉壶冰。
自从佛制袈裟后,万劫谁能敢断僧?”

唐王在那宝殿上闻言，十分欢喜，又问："那和尚，九环杖有甚好处？"菩萨道："我这锡杖，是那：

铜镶铁造九连环，九节仙藤永驻颜。
入手厌看青骨瘦，下山轻带白云还。
摩诃五祖游天阙，罗卜寻娘破地关。
不染红尘些子秽，喜伴神僧上玉山。"

唐王闻言，即命展开袈裟，从头细看，果然是件好物，道："大法长老，实不瞒你，朕今大开善教，广种福田，见在那化生寺聚集多僧，敷演经法。内中有一个大有德行者，法名玄奘。朕买你这两件宝物，赐他受用。你端的要价几何？"菩萨闻言，与木叉合掌皈依，道声佛号，躬身上启道："既有德行，贫僧情愿送他，决不要钱。"说罢，抽身便走。唐王急着萧瑀扯住，欠身立于殿上，问曰："你原说袈裟五千两，锡杖二千两，你见朕要买，就不要钱，敢是说朕心倚恃君位，强要你的物件？更无此理。朕照你原价奉偿，却不可推避。"菩萨起手道："贫僧有愿在前，原说果有敬重三宝，见善随喜，皈依我佛，不要钱，愿送与他。今见陛下明德止善，【《大学》印证：大学之道，在明明德，在亲民，在止于至善。此处观音引《大学》，有三教相通之意】敬我佛门，况又高僧有德有行，宣扬大法，理当奉上，决不要钱。贫僧愿留下此物告回。"唐王见他这等勤恳，甚喜。随命光禄寺大排素宴酬谢。菩萨又坚辞不受，畅然而去。依旧望都土地庙中，隐避不题。

却说太宗设午朝，着魏徵赍(jī，持；送)旨，宣玄奘入朝。那法师正聚众登坛，讽经诵偈，一闻有旨，随下坛整衣，与魏徵同往见驾。太宗道："求证善事，有劳法师，无物酬谢。早间萧瑀迎着二僧，愿送锦襕异宝袈裟一件，九环锡杖一条。今特召法师领去受用。"玄奘叩头谢恩。太宗道："法师如不弃，可穿上与朕看看。"长老遂将袈裟抖开，披在身上，手持锡杖，侍立阶前。君臣个个欣然。诚为如来佛子，你看他：

凛凛威颜多雅秀，佛衣可体如裁就。
辉光艳艳满乾坤，结彩纷纷凝宇宙。
朗朗明珠上下排，层层金线穿前后。
兜罗四面锦沿边，万样稀奇铺绮绣。
八宝妆花缚钮丝，金环束领攀绒扣。
佛天大小列高低，星象尊卑分左右。
玄奘法师大有缘，现前此物堪承受。

浑如极乐活罗汉，赛过西方真觉秀。
锡杖叮当斗九环，毗卢帽映多丰厚。
诚为佛子不虚传，胜似菩提无诈谬。

当时文武阶前喝采，太宗喜之不胜。即着法师穿了袈裟，持了宝杖，又赐两队仪从，着多官送出朝门，教他上大街行道，往寺里去，就如中状元夸官的一般。这位玄奘再拜谢恩，在那大街上，烈烈轰轰，摇摇摆摆。你看那长安城里，行商坐贾、公子王孙、墨客文人、大男小女，无不争看夸奖，俱道："好个法师！真是个活罗汉下降，活菩萨临凡。"玄奘直至寺里，僧人下榻来迎。一见他披此袈裟，执此锡杖，都道是地藏王来了，各各归依，侍于左右。玄奘上殿，炷香礼佛，又对众感述圣恩已毕，各归禅座。又不觉红轮西坠，正是那：

日落烟迷草树，帝都钟鼓初鸣。叮叮三响断人行，前后御前寂静。上刹辉煌灯火，孤村冷落无声。禅僧入定理残经，正好炼魔养性。

光阴拈指，却当七日正会。玄奘又具表，请唐王拈香。此时善声遍满天下。太宗即排驾，率文武多官，后妃国戚，早赴寺里。那一城人，无论大小尊卑，俱诣寺听讲。当有菩萨与木叉道："今日是水陆正会，以一七继七七，可矣了。我和你杂在众人丛中，一则看他那会何如，二则看金蝉子可有福穿我的宝贝，三则也听他讲的是那一门经法。"两人随投寺里。正是有缘得遇旧相识，般若还归本道场。入到寺里观看，真个是天朝大国，果胜裟婆；赛过祇园（印度佛教圣地之一。祇，音 qí）舍卫，也不亚上刹招提（寺名）。那一派仙音响喨，佛号喧哗。这菩萨直至多宝台边，果然是明智金蝉之相。诗曰：

万象澄明绝点埃，大典玄奘坐高台。
超生孤魂暗中到，听法高流市上来。
施物应机心路远，出生随意藏门开。
对看讲出无量法，老幼人人放喜怀。

又诗曰：

因游法界讲堂中，逢见相知不俗同。
尽说目前千万事，又谈尘劫许多功。
法云容曳舒群岳，教网张罗满太空。
检点人生归善念，纷纷天雨落花红。

那法师在台上，念一会《受生度亡经》，谈一会《安邦天宝篆》，又宣一会《劝修功卷》。这菩萨近前来，拍着宝台，厉声高叫道："那和尚，你只会谈小乘教法，可会谈大乘教法么?”玄奘闻言,心中大喜,翻身跳下台来,对菩萨起手道:“老师父,弟子失瞻,多罪。见前的盖众僧人,都讲的是小乘教法,却不知大乘教法如何。”菩萨道:“你这小乘教法,度不得亡者超升,只可浑俗和光而已。我有大乘佛法三藏,能超亡者升天,能度难人脱苦,能修无量寿身,能作无来无去。”

正讲处,有那司香巡堂官急奏唐王道:“法师正讲谈妙法,被两个疥癞游僧,扯下来乱说胡话。”王令擒来,只见许多人将二僧推拥进后法堂。见了太宗,那僧人手也不起,拜也不拜,仰面道:“陛下问我何事?”唐王却认得他,道:“你是前日送袈裟的和尚?”菩萨道:“正是。”太宗道:“你既来此处听讲,只该吃些斋便了,为何与我法师乱讲,扰乱经堂,误我佛事?”菩萨道:“你那法师讲的是小乘教法,度不得亡者升天。我有大乘佛法三藏,可以度亡脱苦,寿身无坏。”太宗正色喜问道:“你那大乘佛法,在于何处?”菩萨道:“在大西天天竺国大雷音寺我佛如来处,能解百冤之结,能消无妄之灾。”太宗道:“你可记得么?”菩萨道:“我记得。”太宗大喜道:“教法师引去,请上台开讲。”

那菩萨带了木叉,飞上高台,遂踏祥云,直至九霄,现出救苦原身,托了净瓶杨柳。左边是木叉惠岸,执着棍,抖擞精神。喜的个唐王朝天礼拜,众文武跪地焚香,满寺中僧尼道俗,士人工贾,无一人不拜祷道:“好菩萨!好菩萨!”有调为证,但见那:

瑞霭散缤纷,祥光护法身。九霄华汉里,现出女真人。那菩萨,头上戴一顶金叶纽,翠花铺,放金光,生锐气的垂珠缨络;身上穿一领淡淡色,浅浅妆,盘金龙,飞彩凤的结素蓝袍;胸前挂一面对月明,舞清风,杂宝珠,攒翠玉的砌香环珮;腰间系一条冰蚕丝,织金边,登彩云,促瑶海的锦绣绒裙;面前又领一个飞东洋,游普世,感恩行孝,黄毛红嘴白鹦哥;手内托着一个施恩济世的宝瓶,瓶内插着一枝洒青霄,撒大恶,扫开残雾垂杨柳。玉环穿绣扣,金莲足下深。三天许出入,这才是救苦救难观世音。

喜的个唐太宗,忘了江山;爱的那文武官,失却朝礼;盖众多人,都念“南无观世音菩萨”。太宗即传旨:教巧手丹青,描下菩萨真象。旨意一声,选出个图神写圣远见高明的吴道子,此人即后图功臣于凌烟阁者。当时展开妙笔,图写真形。那菩萨祥云渐远,霎时间不见了金光。只见那半空中,滴溜溜落下一张简帖,上有几句颂子,写得明白。颂曰:

“礼上大唐君,西方有妙文。程途十万八千里,大乘进殷勤。此经回上国,能超鬼出群。若有肯去者,求正果金身。”

太宗见了颂子，即命众僧："且收胜会，待我差人取得'大乘经'来，再秉丹诚，重修善果。"众官无不遵依。当时在寺中问曰："谁肯领朕旨意，上西天拜佛求经？"问不了，旁边闪过法师，帝前施礼道："贫僧不才，愿效犬马之劳，与陛下求取真经，祈保我王江山永固。"唐王大喜，上前将御手扶起道："法师果能尽此忠贤，不怕程途遥远，跋涉山川，朕情愿与你拜为兄弟。"玄奘顿首谢恩。唐王果是十分贤德，就去那寺里佛前，与玄奘拜了四拜，口称"御弟圣僧"。【后文悟空与镇元大仙结拜兄弟，暗示心性与自己的镜像合为一体。此处也有此意，即唐僧之心性，也是国王之心性，唐僧在途中救赎的自己的心，也是众生的心，以及众生之代表——国王的心。后文多处以国王喻唐僧，亦有此意，也是众生平等理念的体现】玄奘感谢不尽道："陛下，贫僧有何德何能，敢蒙天恩眷顾如此？我这一去，定要捐躯努力，直至西天。如不到西天，不得真经，即死也不敢回国，永堕沉沦地狱。"随在佛前拈香，以此为誓。唐王甚喜，即命回銮，待选良利日辰，发牒出行，遂此驾回各散。

玄奘亦回洪福寺里。那本寺多僧与几个徒弟，早闻取经之事，都来相见，因问："发誓愿上西天，实否？"玄奘道："是实。"他徒弟道："师父呵，尝闻人言，西天路远，更多虎豹妖魔。只怕有去无回，难保身命。"玄奘道："我已发了弘誓大愿，不取真经，永堕沉沦地狱。大抵是受王恩宠，不得不尽忠以报国耳。我此去真是渺渺茫茫，吉凶难定。"又道："徒弟们，我去之后，或三二年，或五七年，但看那山门里松枝头向东，我即回来；不然，断不回矣。"众徒将此言切切而记。

次早，太宗设朝，聚集文武，写了取经文牒，用了通行宝印。有钦天监奏曰："今日是人专吉星，堪宜出行远路。"唐王大喜。又见黄门官奏道："御弟法师朝门外候旨。"随即宣上宝殿道："御弟，今日是出行吉日。这是通关文牒。朕又有一个紫金钵盂，送你途中化斋而用。再选两个长行的从者，又银駔(zǎng，华丽地装饰)的马一匹，送为远行脚力。你可就此行程。"玄奘大喜，即便谢了恩，领了物事，更无留滞之意。唐王排驾，与多官同送至关外，只见那洪福寺僧与诸徒将玄奘的冬夏衣服，俱送在关外相等。唐王见了，先教收拾行囊马匹俱备，然后着官人执壶酌酒。太宗举爵，又问曰："御弟雅号甚称？"玄奘道："贫僧出家人，未敢称号。"太宗道："当时菩萨说，西天有经三藏。御弟可指经取号，号作'三藏'何如？"玄奘又谢恩，接了御酒道："陛下，酒乃僧家头一戒，贫僧自为人，不会饮酒。"太宗道："今日之行，比他事不同。此乃素酒，只饮此一杯，以尽朕奉饯之意。"三藏不敢不受。接了酒，方待要饮，只见太宗低头，将御指拾一撮尘土，弹入酒中。【卓吾评：捻指想头亦奇】三藏不解其意，太宗笑道："御弟呵，这一去，到西天，几时可回？"三藏道："只在三年，径回上国。”太宗道：“日久年深，山遥路远，御弟可进此酒：宁恋本乡一捻土，莫爱他乡万两金。”三藏方悟捻土之意，复谢恩饮尽，辞谢出关而去。唐王驾回。毕竟不知此去何如，且听下回分解。

【卓吾评：菩萨自在，佛祖如来，已将自性本来面目招由。只此已了，缘何又要取经？大有微意。盖性教不可偏废，天人断当相凑。有性不学，也不济事。所以取经者，见当从经论入也；不从经论入者，此性光终不显露。此孔夫子所以亦从“学”字说起】

【《坛经》印证：世尊在舍卫城中说西方引化经文，分明去此不远。若论相说里数，有十万八千，即身中十恶八邪便是说远。今劝善知识，先除十恶，即行十万；后除八邪，乃过八千。念念见性，常行平直，到如弹指，便睹弥陀】

【《坛经》印证：法无四乘，人心自有等差。见闻转诵是小乘；悟法解义是中乘；依法修行是大乘；万法尽通，万法俱备，一切不染，离诸法相，一无所得，名最上乘】

第十三回　陷虎穴金星解厄　双叉岭伯钦留僧

【本回为初出长安第一场苦难。从本回起，至收沙僧一节，是师徒五人聚齐的过程，作者有独特的结构安排。前文讲悟空、白龙马、八戒、沙僧分别代表唐僧的性、意、情、志。作者在剥离某个禀性独立成人之前，往往安排一个情节，反映此禀性的重要性。如沙僧为志，则前有黄风岭，为失志之难；八戒为欲（或情），则前有黑风山，为贪欲之难；白龙马为意，则有鹰愁涧纵意失马之难。本回双叉岭唐僧能保命，赖本性元明；太保能生存，凭本性勇猛。以此点出心性的重要，为两界山收悟空铺垫】

诗曰：

大有唐王降敕封，钦差玄奘问禅宗。
坚心磨琢寻龙穴，着意修持上鹫峰。
边界远游多少国，云山前度万千重。
自今别驾投西去，秉教迦持悟大空。

却说三藏自贞观十三年九月望前三日，蒙唐王与多官送出长安关外。一二日马不停蹄，早至法门寺。本寺住持上房长老，带领众僧有五百余人，两边罗列，接至里面，相见献茶。茶罢进斋。斋后不觉天晚。正是那：

影动星河近，月明无点尘。
雁声鸣远汉，砧韵响西邻。
归鸟栖枯树，禅僧讲梵音。
蒲团一榻上，坐到夜将分。

众僧们灯下议论佛门定旨，上西天取经的原由。有的说水远山高，有的说路多虎豹，有的说峻岭陡崖难度，有的说毒魔恶怪难降。三藏钳口不言，但以手指自心，点头几度。众僧们莫解其意，合掌请问道："法师指心点头者，何也？"三藏答曰："心生，种种魔生；心灭，种种魔灭。【卓吾评：宗旨】我弟子曾在化生寺对佛设下洪誓大愿，不由我不尽此心。这一去，定要到西天，见佛求经，使我门法轮回转，愿圣主皇图永固。"众僧闻得此言，人人称羡，个个宣扬，都叫一声"忠心赤胆大阐法师"，夸赞不尽，请师入榻安寐。

【在面对人生的障碍或困扰时，如果我们深究痛苦的根源，往往是自己的某种心性在作怪，所以真正的魔障在我们内心。本回点出后文总旨：心生，种种魔生；心灭，种种魔灭。这既是唐僧对人生和困难的理解，也构成本书特有的写作手法，把唐僧师徒的种种心性抽离出来，映射为所面对的人和神魔，从而审视其人性和魔性】

【《坛经》印证：佛向性中作，莫向身外求。自性迷即是众生，自性觉即是佛。慈悲即是观音，喜舍名为势至，能净即释迦，平直即弥陀。人我是须弥，贪欲是海水，烦恼是波浪，毒害是恶龙，虚妄是鬼神，尘劳是鱼鳖，贪瞋是地狱，愚痴是畜生。善知识！常行十善，天堂便至；除人我，须弥倒；去贪欲，海水竭；烦恼无，波浪灭；毒害除，鱼龙绝。自心地上觉性如来放大光明，外照六门清净，能破六欲诸天。自性内照，三毒即除，地狱等罪，一时销灭。内外明彻，不异西方。不作此修，如何到彼？】

早又是竹敲残月落，鸡唱晓云生。那众僧起来，收拾茶水早斋。玄奘遂穿了袈裟，上正殿，佛前礼拜，道："弟子陈玄奘，前往西天取经，但肉眼愚迷，不识活佛真形。今愿立誓：路中逢庙烧香，遇佛拜佛，遇塔扫塔。但愿我佛慈悲，早现丈六金身，赐真经，留传东土。"祝罢，回方丈进斋。斋毕，那二从者整顿了鞍马，促趱行程。三藏出了山门，辞别众僧。众僧不忍分别，直送有十里之遥，噙泪而返。三藏遂直西前进。正是那季秋天气。但见：

数村木落芦花碎，几树枫杨红叶坠。路途烟雨故人稀，黄菊丽，山骨细，水寒荷破人憔悴。白蘋红蓼霜天雪，落霞孤鹜长空坠。依稀黯淡野云飞，玄鸟去，宾鸿至，嘹嘹呖呖声宵碎。

师徒们行了数日，到了巩州城。早有巩州合属官吏人等，迎接入城中。安歇一夜，次早出城前去。一路饥餐渴饮，夜住晓行。两三日，又至河州卫。此乃是大唐的山河边界。早有镇边的总兵与本处僧道，闻得是钦差御弟法师上西方见佛，无不恭敬，接至里面供给了，着僧纲请往福原寺安歇。本寺僧人，一一参见，安排晚斋。斋毕，吩咐二从者饱喂马匹，天不明就行。及鸡方鸣，随唤从者，却又惊动寺僧，整治茶汤斋供。斋罢，出离边界。

这长老心忙，太起早了。原来此时秋深时节，鸡鸣得早，只好有四更天气。一行三人，连马四口，迎着清霜，看着明月，行有数十里远近，见一山岭，只得拨草寻路，说不尽崎岖难走，又恐怕错了路径。正疑思之间，忽然失足，三人连马都跌落坑坎之中。三藏心慌，从者胆战。却才悚惧，又闻得里面哮吼高呼，叫："拿将来！拿将来!"只见狂风滚滚,拥出五六十个妖邪,将三藏、从者揪了上去。这法师战战兢兢的,偷眼观看,上面坐的那魔王,十分凶恶。真个是:

雄威身凛凛,猛气貌堂堂。
电目飞光艳,雷声振四方。
锯牙舒口外,凿齿露腮旁。
锦绣围身体,文斑裹脊梁。
钢须稀见肉,钩爪利如霜。
东海黄公惧,南山白额王。

唬得个三藏魂飞魄散,二从者骨软筋麻。魔王喝令绑了,众妖一齐将三人用绳索绑缚。正要安排吞食,只听得外面喧哗,有人来报:"熊山君与特处士二位来也。"三藏闻言,抬头观看,前走的是一条黑汉。你道他是怎生模样:

雄豪多胆量,轻健夯身躯。
涉水惟凶力,跑林逞怒威。
向来符吉梦,今独露英姿。
绿树能攀折,知寒善谕时。
准灵惟显处,故此号山君。

又见那后边来的是一条胖汉。你道怎生模样:

嵯峨双角冠,端肃耸肩背。
性服青衣稳,蹄步多迟滞。
宗名父作牯,原号母称牸。
能为田者功,因名特处士。

这两个摇摇摆摆走入里面,慌得那魔王奔出迎接。熊山君道:"寅将军,一向得意,可贺!可贺!"特处士道:"寅将军丰姿胜常,真可喜!真可喜!"魔王道:"二公连日如何?"山君道:"惟守素耳。"处士道:"惟随时耳。"【卓吾评:若能守素随时,非畜类矣】三个叙罢,各坐谈笑。

只见那从者绑得痛切悲啼,【心性蒙蔽,被恐惧吞噬心灵】那黑汉道:"此三者何来?"魔王道:"自送上门来者。"处士笑云:"可能待客否?"魔王道:"奉承!奉承!"山君道:"不可尽用,食其二,留其一可也。"魔王领诺,即呼左右,将二从者剖腹剜心,剁碎其尸,将首级与心肝奉献二客,将四肢自食,其余骨肉尽分给各妖。只听得啯啅(guō zhào,象声词。啮物之声)之声,真似虎啖羊羔,霎时食尽。把一个长老,几乎唬死。这才是初出长安第一场苦难。【所谓妖魔吃人,仅从字面表述看,在本书中虚实难辨。如本回随从被魔所吃，貌似写实，主要为下文收悟空铺路。但从“心生魔生”以及后文隐喻手法看，魔实为邪恶心念，所谓吃唐僧肉或与唐僧结婚，也只不过是被魔吞噬心灵或与魔结为一体之意。真真假假，读者自辨。一方面作者要顺应读者接受事物的习惯，完成字面意思，并使意思连贯；另一方面，在字面意思的维度之上，作者也在完成隐喻的意思。这两层结构并行不悖，所以读者在哪个层面上理解都是对的】

正怆慌之间，渐渐的东方发白，那二怪至天晓方散，俱道：“今日厚扰，容日竭诚奉酬。”方一拥而退。不一时，红日高升。三藏昏昏沉沉，也辨不得东西南北，正在那不得命处，忽然见一老叟，手持拄杖而来。走上前，用手一拂，绳索皆断。对面吹了一口气，三藏方苏，跪拜于地道：“多谢老公公！搭救贫僧性命！”老叟答礼道：“你起来。你可曾疏失了甚么东西？”三藏道：“贫僧的从人，已是被怪食了，只不知行李、马匹在于何处？”老叟用杖指定道：“那厢不是一匹马，两个包袱？”三藏回头看时，果是他的物件，并不曾失落，心才略放下些，问老叟曰：“老公公，此处是甚所在？公公何由在此？”老叟道：“此是双叉岭，乃虎狼巢穴处。你为何堕此？”三藏道：“贫僧鸡鸣时，出河州卫界，不料起得早了，冒霜拨露，忽失落此地。见一魔王，凶顽太甚，将贫僧与二从者绑了。又见一条黑汉，称是熊山君；一条胖汉，称是特处士；走进来，称那魔王是寅将军。他三个把我二从者吃了，天光才散。不想我是那里有这大缘大分，感得老公公来此救我？”老叟道：“处士者是个野牛精，山君者是个熊罴精，寅将军者是个老虎精。左右妖邪，尽都是山精树鬼，怪兽苍狼。只因你的本性元明，所以吃不得你。你跟我来，引你上路。”【《六韬》载：文王将往渭水边打猎，行前占卜，卜辞曰：“田于渭阳，将大得焉，非龙非彲，非虎非罴，兆得公侯。天遣汝师以之佐昌。”后果见姜太公坐渭水边垂钓。此处暗引此典，预示下文唐僧将得到得力助手】三藏不胜感激，将包袱捎在马上，牵着缰绳，相随老叟径出了坑坎之中，走上大路。却将马拴在道旁草头上，转身拜谢那公公，那公公遂化作一阵清风，跨一只朱顶白鹤，腾空而去。只见风飘飘遗下一张简帖，书上四句颂子，颂子云：

“吾乃西天太白星，特来搭救汝生灵。
前行自有神徒助，莫为艰难报怨经。”

三藏看了，对天礼拜道：“多谢金星，度脱此难。”拜毕，牵了马匹，独自个孤孤凄凄，往前苦进。这岭上，真个是：

寒飒飒雨林风，响潺潺涧下水。香馥馥野花开，密丛丛乱石磊。闹嚷嚷鹿与猿，一队队獐和麂。喧杂杂鸟声多，静悄悄人事靡。那长老，战兢兢心不宁；这马儿，力怯怯蹄难举。

三藏舍身拚（pīn，豁出去。后作“拼”）命，上了那峻岭之间。行经半日，更不见个人烟村舍。一则腹中饥了，二则路又不平。正在危急之际，只见前面有两只猛虎咆哮，后边有几条长蛇盘绕。左有毒虫，右有怪兽。三藏孤身无策，只得放下身心，听天所命。【卓吾评：着眼。人能常持如此，则近道矣】又无奈那马腰软蹄弯，便屎俱下，伏倒在地，打又打不起，牵又牵不动。苦得个法师衬身无地，真个有万分凄楚，已自分必死，莫可奈何。却说他虽有灾迍，却有救应。正在那不得命处，忽然见毒虫奔走，妖兽飞逃；猛虎潜踪，长蛇隐迹。三藏抬头看时，只见一人，手执钢叉，腰悬弓箭，自那山坡前转出，果然是一条好汉。你看他：

头上戴一顶艾叶花斑豹皮帽，身上穿一领羊绒织锦叵罗衣，腰间束一条狮蛮带，脚下躧（xǐ，踩，踏）一对麂皮靴。环眼圆睛如吊客，圈须乱扰似河奎。悬一囊毒药弓矢，拿一杆点钢大叉。雷声震破山虫胆，勇猛惊残野雉魂。

三藏见他来得渐近，跪在路旁，合掌高叫道：“大王救命！大王救命！”那条汉到跟前，放下钢叉，用手搀起道：“长老休怕。我不是歹人，我是这山中的猎户，姓刘名伯钦，绰号镇山太保。我才自来，要寻两只山虫食用，不期遇着你，多有冲撞。”三藏道：“贫僧是大唐驾下钦差往西天拜佛求经的和尚。适间来到此处，遇著些狼虎蛇虫，四边围绕，不能前进。忽见太保来，众兽皆走，救了贫僧性命，多谢！多谢！”伯钦道：“我在这里住人，专倚打些狼虎为生，捉些蛇虫过活，故此众兽怕我走了。【羸弱无明的心性，为众兽所食；刚强正直的心性，为众兽所惧】你既是唐朝来的，与我都是乡里。此间还是大唐的地界，我也是唐朝的百姓，我和你同食皇王的水土，诚然是一国之人。你休怕，跟我来，到我舍下歇马，明朝我送你上路。”【卓吾评：如今一家分为吴越，况伯钦与三藏，乃肯认为一国，所见远矣】三藏闻言，满心欢喜，谢了伯钦，牵马随行。

过了山坡，又听得呼呼风响。伯钦道：“长老休走，坐在此间。风响处，是个山猫来了，等我拿他家去管待你。”三藏见说，又胆战心惊，不敢举步。那太保执了钢叉，拽开步，迎将上去。只见一只斑斓虎，对面撞见，他看见伯钦，急回头就走。这太保霹雳一声，咄道：“那业畜！那里走！”那虎见赶得急，转身轮爪扑来。这太保三股叉举手迎敌，唬得个三藏软瘫在草地。这和尚自出娘肚皮，那曾见这样凶险的勾当？太保与那虎在那山坡下，人虎相持，果是一场好斗。但见：

怒气纷纷，狂风滚滚。怒气纷纷，太保冲冠多膂力（lǚ lì，体力）；狂风滚滚，斑彪逞势喷红尘。那一个张牙舞爪，这一个转步回身。三股叉擎天幌日，千花尾扰雾飞云。这一个当胸乱刺，那一个劈面来吞。闪过的再生人道，撞着的定见阎君。只听得那斑彪哮吼，太保声哏（hěn，犹狠）。斑彪哮吼，振裂山川惊鸟兽；太保声哏，喝开天府现星辰。那一个金睛怒出，这一个壮胆生嗔。可爱镇山刘太保，堪夸据地兽之君。人虎贪生争胜负，些儿有慢丧三魂。

他两个斗了有一个时辰，只见那虎爪慢腰松，被太保举叉平胸刺倒，可怜呵，钢叉尖穿透心肝，霎时间血流满地。揪着耳朵，拖上路来，好男子！气不连喘，面不改色，对三藏道："造化！造化！这只山猫，彀长老食用几日。"三藏夸赞不尽，道："太保真山神也！"【本性元明，可以为圣；勇猛正直，可以为神】伯钦道："有何本事，敢劳过奖？这个是长老的洪福。去来！赶早儿剥了皮，煮些肉，管待你也。"他一只手执着叉，一只手拖着虎，在前引路。三藏牵着马，随后而行，迤逶（yí wēi，犹逶迤。曲折行进貌）行过山坡，忽见一座山庄。那门前真个是：

参天古树，漫路荒藤。万壑风尘冷，千崖气象奇。一径野花香袭体，数竿幽竹绿依依。草门楼，篱笆院，堪描堪画；石板桥，白土壁，真乐真稀。秋容萧索，爽气孤高。道旁黄叶落，岭上白云飘。疏林内山禽聒聒，庄门外细犬嘹嘹。

伯钦到了门首，将死虎掷下，叫："小的们何在？"只见走出三四个家僮，都是怪形恶相之类，上前拖拖拉拉，把只虎扛将进去。伯钦吩咐教："赶早剥了皮，安排将来待客。"复回头迎接三藏进内。彼此相见，三藏又拜谢伯钦厚恩怜悯救命，伯钦道："同乡之人，何劳致谢。"坐定茶罢，有一老妪，领着一个媳妇，对三藏进礼。伯钦道："此是家母、山妻。"三藏道："请令堂上坐，贫僧奉拜。"老妪道："长老远客，各请自珍，不劳拜罢。"伯钦道："母亲呵，他是唐王驾下，差往西天见佛求经者。适间在岭头上遇着孩儿，孩儿念一国之人，请他来家歇马，明日送他上路。"老妪闻言，十分欢喜道："好！好！好！就是请他，不得这般，恰好明日你父亲周忌，就浼长老做些好事，念卷经文，到后日送他去罢。"这刘伯钦，虽是一个杀虎手，镇山的太保，他却有些孝顺之心，闻得母言，就要安排香纸，留住三藏。【本书多处称赞孝子，可见作者对家庭观念的重视，并不鼓励人出家】

说话间，不觉的天色将晚。小的们排开桌凳，拿几盘烂熟虎肉，热腾腾的放在上面。伯钦请三藏权用，再另办饭。三藏合掌当胸道："善哉！贫僧不瞒太保说，自出娘胎，就做和尚，更不晓得吃荤。"伯钦闻得此说，沉吟了半晌道："长老，寒家历代以来，不晓得吃素。【卓吾评：是个人家】就是有些竹笋，采些木耳，寻些干菜，做些豆腐，也都是獐鹿虎豹的油煎，却无甚素处。有两眼锅灶，也都是油腻透了，这等奈何？反是我请长老的不是。"三藏道："太保不必多心，请自受用。我贫僧就是三五日不吃饭，也可忍饿，只是不敢破了斋戒。”伯钦道：“倘或饿死，却如之何？”三藏道：“感得太保天恩，搭救出虎狼丛里，就是饿死，也强如喂虎。”伯钦的母亲闻说，叫道：“孩儿不要与长老闲讲，我自有素物，可以管待。”伯钦道：“素物何来？”母亲道：“你莫管我，我自有素的。”叫媳妇将小锅取下，着火烧了油腻，刷了又刷，洗了又洗，却仍安在灶上。先烧半锅滚水，别用；却又将些山地榆叶子，着水煎作茶汤；然后将些黄粱粟米，煮起饭来；又把些干菜煮熟，盛了两碗，拿出来铺在桌上。老母对着三藏道：“长老请斋，这是老身与儿妇，亲自动手整理的些极洁极净的茶饭。”三藏下来谢了，方才上坐。那伯钦另设一处，铺排些没盐没酱的老虎肉、香獐肉、蟒蛇肉、狐狸肉、兔肉，点剁鹿肉干巴，满盘满碗的，陪着三藏吃斋。方坐下，心欲举箸，只见三藏合掌诵经，唬得个伯钦不敢动著，急起身立在旁边。三藏念不数句，却教“请斋”。伯钦道：“你是个念短头经的和尚？”三藏道：“此非是经，乃是一卷揭斋之咒。”伯钦道：“你们出家人，偏有许多计较，吃饭便也念诵念诵。”

【《坛经》印证：猎人常令守网，每见生命尽放之，每至饭时，以菜寄煮肉锅；或问，则对曰：“但吃肉边菜。”】

吃了斋饭，收了盘碗，渐渐天晚，伯钦引着三藏出中宅，到后边走走。穿过夹道，有一座草亭。推开门，入到里面，只见那四壁上挂几张强弓硬弩，插几壶箭；过梁上搭两块血腥的虎皮；墙根头插着许多枪刀叉棒；正中间设两张坐器。伯钦请三藏坐坐。三藏见这般凶险腌脏，不敢久坐，遂出了草亭。又往后再行，是一座大园子，却看不尽那丛丛菊蕊堆黄，树树枫杨挂赤。又见呼的一声，跑出十来只肥鹿，一大阵黄獐，见了人，呢呢痴痴（形容温驯自在的样子），更不恐惧。三藏道：“这獐鹿想是太保养家了的？”伯钦道：“似你那长安城中人家，有钱的集财宝，有庄的集聚稻粮，似我们这打猎的，只得聚养些野兽，备天阴耳。”他两个说话闲行，不觉黄昏，复转前宅安歇。

次早，那合家老小都起来，就整素斋，管待长老，请开启念经。这长老净了手，同太保家堂前拈了香，拜了家堂。三藏方敲响木鱼，先念了净口业的真言，又念了净身心的神咒，然后开《度亡经》一卷。诵毕，伯钦又请写荐亡疏一道，再开念《金刚经》《观音经》，一一朗音高诵。诵毕，吃了午斋，又念《法华经》《弥陀经》。各诵几卷，又念一卷《孔雀经》，及谈苾蒭（bì chú，草名，用以比喻比丘）洗业的故事。早又天晚。献过了种种香火，化了众神纸马，烧了荐亡文疏，佛事已毕，又各安寝。

却说那伯钦的父亲之灵，超荐得脱沉沦，鬼魂儿早来到东家宅内，托一梦与合宅长幼道：“我在阴司里苦难难脱，日久不得超生。今幸得圣僧，念了经卷，消了我的罪业，阎王差人送我上中华富地长者人家托生去了。你们可好生谢送长老，不要怠慢，不要怠慢。我去也。”这才是：万法庄严端有意，荐亡离苦出沉沦。那合家儿梦醒，又早太阳东上。伯钦的娘子道：“太保，我今夜梦见公公来家，说他在阴司苦难难脱，日久不得超生。今幸得圣僧念了经卷，消了他的罪业，阎王差人送他上中华富地长者人家托生去，教我们好生谢那长老，不得怠慢。他说罢，径出门，徉徜去了。我们叫他不应，留他不住，醒来却是一梦。”伯钦道：“我也是那等一梦，与你一般。我们起去对母亲说去。”他两口子正欲去说，只见老母叫道：“伯钦孩儿，你来，我与你说话。”二人至前，老母坐在床上道：“儿呵，我今夜得了个喜梦，梦见你父亲来家，说多亏了长老超度，已消了罪业，上中华富地长者家去托生。”夫妻们俱呵呵大笑道：“我与媳妇皆有此梦，正来告禀，不期母亲呼唤，也是此梦。”遂叫一家大小起来，安排谢意，替他收拾马匹，都至前拜谢道：“多谢长老超荐我亡父脱难超生，报答不尽！”三藏道：“贫僧有何能处，敢劳致谢！”【贞观十三年，双叉岭上有灵魂因唐僧颂《金刚经》托生富贵人家，同日两界山前悟空重生，或为向禅宗大师惠能致敬。惠能出生于官员家庭，后败落，砍柴为生。现一般认为惠能出生于贞观十二年，疑为考虑虚岁与否导致的计年差别】

伯钦把三口儿的梦话，对三藏陈诉一遍，三藏也喜。早供给了素斋，又具白银一两为谢。三藏分文不受。一家儿又恳恳拜央，三藏毕竟分文未受，但道：“是你肯发慈悲送我一程，足感至爱。”伯钦与母妻无奈，急做了些粗面烧饼干粮，叫伯钦远送。三藏欢喜收纳。太保领了母命，又唤两三个家僮，各带捕猎的器械，同上大路。看不尽那山中野景，岭上风光。

行经半日，只见对面处，有一座大山，真个是高接青霄，崔巍险峻。三藏不一时，到了边前。那太保登此山如行平地。正走到半山之中，伯钦回身，立于路下道：“长老，你自前进，我却告回。”三藏闻言，滚鞍下马道：“千万敢劳太保再送一程！”伯钦道：“长老不知，此山唤做两界山。东半边属我大唐所管，西半边乃是鞑靼的地界。那厢狼虎，不伏我降，我却也不能过界，故此告回。你自去罢。”三藏心惊，轮开手，牵衣执袂，滴泪难分。正在那叮咛拜别之际，只听得山脚下叫喊如雷道：“我师父来也！我师父来也！”唬得个三藏痴呆，伯钦打挣（犹挣扎，用力支撑）。毕竟不知是甚人叫喊，且听下回分解。

【卓吾评：“心生，种种魔生；心灭，种种魔灭。”一部《西游记》，只是如此，别无些子剩却矣。

刘太保是个爽直之人，比那等吃素而欺心者，天地悬隔】

第十四回　心猿归正　六贼无踪

【本回唐僧收悟空，开始把身和心分开表述，并实现身与心的对话。修行的过程就是发现自己种种不善之心并将其降伏救赎的过程，人成佛其实就是心成佛】

诗曰：

佛即心兮心即佛，心佛从来皆要物。
若知无物又无心，便是真如法身佛。
法身佛，没模样，一颗圆光涵万象。
无体之体即真体，无相之相即实相。
非色非空非不空，不来不向不回向。
无异无同无有无，难舍难取难听望。
内外灵光到处同，一佛国在一沙中。
一粒沙含大千界，一个身心万法同。
知之须会无心诀，不染不滞为净业。
善恶千端无所为，便是南无释迦叶。

【佛是一种心性，不是肉身。心不执着于外物也不执着于自己的意识，即是佛的境界。与大道相合的心性没有实体，没有形状，但无所不包。它是最真实的存在，却不能用类比或感官来描述。既然一粒沙能包含大千世界所有的法则，一个人的身心也蕴含宇宙所有的奥妙。不必向外寻求，也不要让臆想污染和凝滞自己的内心，甚至不执着于善和恶的观念，就是佛的境界】

【《坛经》印证：菩提自性，本来清净。但用此心，直了成佛】

【《坛经》印证：不思善，不思恶，正与么时，那个是明上座本来面目？】

【《坛经》印证：善知识！不悟，即佛是众生；一念悟时，众生是佛。故知万法尽在自心，何不从自心中顿见真如本性？《菩萨戒经》云：我本元自性清净，若识自心见性，皆成佛道。《净名经》云：即时豁然，还得本心】

【《坛经》印证：世人性本清净，万法从自性生。思量一切恶事，即生恶行；思量一切善事，即生善行。如是诸法，在自性中，如天常清，日月常明，为浮云盖覆，上明下暗，忽遇风吹云散，上下俱明，万象皆现。世人性常浮游，如彼天云。善知识！智如日，慧如月，智慧常明，于外着境，被妄念浮云盖覆自性，不得明朗。若遇善知识，闻真正法，自除迷妄，内外明彻，于自性中，万法皆现。见性之人亦复如是。此名清净法身佛】

却说那刘伯钦与唐三藏惊惊慌慌，又闻得叫声："师父来也。"众家僮道："这叫的必是那山脚下石匣中老猿。"太保道："是他！是他！"三藏问："是甚么老猿？"太保道："这山旧名五行山，因我大唐王征西定国，改名两界山。先年间曾闻得老人家说：'王莽篡汉之时，天降此山，下压着一个神猴，不怕寒暑，不吃饮食，自有土神监押，教他饥餐铁丸，渴饮铜汁。自昔到今，冻饿不死。'这叫必定是他。长老莫怕，我们下山去看来。"三藏只得依从，牵马下山。行不数里，只见那石匣之间，果有一猴，露着头，伸着手，乱招手道："师父，你怎么此时才来？来得好！来得好！救我出来，我保你上西天去也！"这长老近前细看，你道他是怎生模样：

尖嘴缩腮，金睛火眼。头上堆苔藓，耳中生薜萝。鬓边少发多青草，颔下无须有绿莎。眉间土，鼻凹泥，十分狼狈；指头粗，手掌厚，尘垢余多。还喜得眼睛转动，喉舌声和。语言虽利便，身体莫能挪。正是五百年前孙大圣，今朝难满脱天罗。

刘太保诚然胆大，走上前来，与他拔去了鬓边草，颔下莎，问道："你有甚么说话？"那猴道："我没话说，教那个师父上来，我问他一问。"三藏道："你问我甚么？"那猴道："你可是东土大王差往西天取经去的么？"三藏道："我正是，你问怎么？"那猴道："我是五百年前大闹天宫的齐天大圣，只因犯了诳上之罪，被佛祖压于此处。前者有个观音菩萨，领佛旨意，上东土寻取经人。我教他救我一救，他劝我再莫行凶，归依佛法，尽殷勤保护取经人，往西方拜佛，功成后自有好处。故此昼夜提心，晨昏吊胆，只等师父来救我脱身。我愿保你取经，与你做个徒弟。"

三藏闻言，满心欢喜道："你虽有此善心，又蒙菩萨教诲，愿入沙门，只是我又没斧凿，如何救得你出？"那猴道："不用斧凿，你但肯救我，我自出来也。"三藏道："我自救你，你怎得出来？"

那猴道："这山顶上有我佛如来的金字压帖。你只上出去将帖儿揭起，我就出来了。"三藏依言，遂回头央浼（yāng měi，请托；央求）刘伯钦道："太保啊，我与你上出走一遭。"伯钦道："不知真假何如！"那猴高叫道："是真！决不敢虚谬！"伯钦只得呼唤家僮，牵了马匹。他却扶着三藏，复上高山，攀藤附葛，只行到那极巅之处，果然见金光万道，瑞气千条，有块四方大石，石上贴着一封皮，却是"唵嘛呢叭咪吽"六个金字。三藏近前跪下，朝石头，看着金字，拜了几拜，望西祷祝道："弟子陈玄奘，特奉旨意求经，果有徒弟之分，揭得金字，救出神猴，同证灵山；若无徒弟之分，此辈是个凶顽怪物，哄赚弟子，不成吉庆，便揭不得起。”祝罢，又拜。拜毕，上前将六个金字轻轻揭下。只闻得一阵香风，劈手把压帖儿刮在空中，叫道：“吾乃监押大圣者。今日他的难满，吾等回见如来，缴此封皮去也。”吓得个三藏与伯钦一行人，望空礼拜。

径下高山，又至石匣边，对那猴道：“揭了压帖矣，你出来么。”那猴欢喜，叫道：“师父，你请走开些，我好出来，莫惊了你。”伯钦听说，领着三藏，一行人回东即走。走了五七里远近，又听得那猴高叫道：“再走！再走！”三藏又行了许远，下了山，只闻得一声响喨，真个是地裂山崩。众人尽皆悚惧，只见那猴早到了三藏的马前，赤淋淋跪下，道声“师父，我出来也！”对三藏拜了四拜，急起身，与伯钦唱个大喏道：“有劳大哥送我师父，又承大哥替我脸上薅草。”

谢毕，就去收拾行李，扣背马匹。那马见了他，腰软蹄矬，战兢兢的立站不住。盖因那猴原是弼马温，在天上看养龙马的，有些法则，故此凡马见他害怕。

三藏见他意思，实有好心，真个像沙门中的人物，便叫：“徒弟啊，你姓甚么？”猴王道：“我姓孙。”三藏道：“我与你起个法名，却好呼唤。”猴王道：“不劳师父盛意，我原有个法名，叫做孙悟空。”三藏欢喜道：“也正合我们的宗派。你这个模样，就像那小头陀一般，我再与你起个混名，称为行者，好么？”悟空道：“好！好！好！”自此时又称为孙行者。

那伯钦见孙行者一心收拾要行，却转身对三藏唱个喏道：“长老，你幸此间收得个好徒，甚喜甚喜，此人果然去得。我却告回。”三藏躬身作礼相谢道：“多有拖步，感激不胜。回府多多致意令堂老夫人，令荆夫人，贫僧在府多扰，容回时踵谢。”伯钦回礼，遂此两下分别。【类似斜月三星洞，唐僧也由一个孝子指引，找到自己的心性。此处也有儒释相通，儒是释入门之意】

却说那孙行者请三藏上马，他在前边，背着行李，赤条条，拐步而行。不多时，过了两界山，忽然见一只猛虎，咆哮剪尾而来，三藏在马上惊心。行者在路旁欢喜道：“师父莫怕他，他是送衣服与我的。”放下行李，耳朵里拔出一个针儿，迎着风，幌一幌，原来是个碗来粗细一条铁棒。他拿在手中，笑道：“这宝贝，五百余年不曾用着他，今日拿出来挣件衣服儿穿穿。”你看他拽开步，迎着猛虎，道声“业畜！那里去！”那只虎蹲着身，伏在尘埃，动也不敢动动。却被他照头一棒，就打的脑浆迸万点桃红，牙齿喷几点玉块，唬得那陈玄奘滚鞍落马，咬指道声：“天哪！天哪！刘太保前日打的斑斓虎，还与他斗了半日；今日孙悟空不用争持，把这虎一棒打得稀烂，正是‘强中更有强中手’！”

行者拖将虎来道："师父略坐一坐，等我脱下他的衣服来，穿了走路。"【卓吾评：此所谓猴质虎皮】三藏道："他那里有甚衣服？"行者道："师父莫管我，我自有处置。"好猴王，把毫毛拔下一根，吹口仙气，叫："变！"变作一把牛耳尖刀，从那虎腹上挑开皮，往下一剥，剥下个囫囵皮来，剁去了爪甲，割下头来，割个四四方方一块虎皮，提起来，量了一量道："阔了些儿，一幅可作两幅。"拿过刀来，又裁为两幅。收起一幅，把一幅围在腰间，路旁揪了一条葛藤，紧紧束定，遮了下体道："师父，且去！且去！到了人家，借些针线，再缝不迟。"他把条铁棒，捻一捻，依旧像个针儿，收在耳里，背着行李，请师父上马。

两个前进，长老在马上问道："悟空，你才打虎的铁棒，如何不见？"行者笑道："师父，你不晓得。我这棍，本是东洋大海龙宫里得来的，唤做'天河镇底神珍铁'，又唤做'如意金箍棒'。当年大反天宫，甚是亏他。随身变化，要大就大，要小就小。刚才变做一个绣花针儿模样，收在耳内矣。但用时，方可取出。"三藏闻言暗喜。又问道："方才那只虎见了你，怎么就不动动，让自在打他，何说？"悟空道："不瞒师父说，莫道是只虎，就是一条龙，见了我也不敢无礼。我老孙，颇有降龙伏虎的手段，翻江搅海的神通；见貌辨色，聆音察理；大之则量于宇宙，小之则摄于毫毛；变化无端，隐显莫测。【心性本如此】剥这个虎皮，何为稀罕？见到那疑难处，看展本事么！"三藏闻得此言，愈加放怀无虑，策马前行。师徒两个走着路，说着话，不觉得太阳星坠。但见：

焰焰斜辉返照，天涯海角归云。千出鸟雀噪声频，觅宿投林成阵。野兽双双对对，回窝族族群群。一钩新月破黄昏，万点明星光晕。

行者道："师父走动些，天色晚了。那壁厢树木森森，想必是人家庄院，我们赶早投宿去来。"三藏果策马而行，径奔人家，到了庄院前下马。行者撇了行李，走上前，叫声："开门！开门！"那里面有一老者，扶筇（qióng，杖）而出，唿喇的开了门，看见行者这般恶相，腰系着一块虎皮，好似个雷公模样，唬得脚软身麻，口出谵语道："鬼来了！鬼来了！"三藏近前搀住叫道："老施主，休怕。他是我贫僧的徒弟，不是鬼怪。"老者抬头，见了三藏的面貌清奇，方才立定，问道："你是那寺里来的和尚，带这恶人上我门来？"

三藏道："我贫僧是唐朝来的，往西天拜佛求经，适路过此间，天晚，特造檀府借宿一宵，明早不犯天光就行。万望方便一二。"老者道："你虽是个唐人，那个恶的却非唐人。"悟空厉声高呼道："你这个老儿全没眼色！唐人是我师父，我是他徒弟！我也不是甚'糖人蜜人'，我是齐天大圣。你们这里人家，也有认得我的，我也曾见你来。”那老者道：“你在那里见我？”悟空道：“你小时不曾在我面前扒柴？不曾在我脸上挑菜？”老者道：“这厮胡说！你在那里住？我在那里住？我来你面前扒柴挑菜！”悟空道：“我儿子便胡说！你是认不得我了，我本是这两界山石匣中的大圣。你再认认看。”老者方才省悟道：“你倒有些像他，但你是怎么得出来的？”悟空将菩萨劝善，令我等待唐僧揭贴脱身之事，对那老者细说了一遍。老者却才下拜，将唐僧请到里面，即唤老妻与儿女都来相见，具言前事，个个欣喜。又命看茶。茶罢，问悟空道：“大圣啊，你也有年纪了？”悟空道：“你今年几岁了？”老者道：“我痴长一百三十岁了。”行者道：“还是我重子重孙哩！我那生身的年纪，我不记得是几时，但只在这山脚下，已五百余年了。”老者道：“是有，是有。我曾记得祖公公说，此山乃从天降下，就压了一个神猴。只到如今，你才脱体。我那小时见你，是你头上有草，脸上有泥，还不怕你；如今脸上无了泥，头上无了草，却像瘦了些，腰间又苫（shàn，覆盖，遮蔽）了一块大虎皮，与鬼怪能差多少？”

一家儿听得这般话说，都呵呵大笑。这老儿颇贤，即今安排斋饭。饭后，悟空道：“你家姓甚？”老者道：“舍下姓陈。”三藏闻言，即下来起手道：“老施主，与贫僧是华宗（对同族或同姓者的美称）。”行者道：“师父，你是唐姓，怎的和他是华宗？”三藏道：“我俗家也姓陈，乃是唐朝海州弘农郡聚贤庄人氏。我的法名叫做陈玄奘。只因我大唐太宗皇帝赐我做御弟三藏，指唐为姓，故名唐僧也。”那老者见说同姓，又十分欢喜。行者道：“老陈，左右打搅你家。我有五百多年不洗澡了，你可去烧些汤来，与我师徒们洗浴洗浴，一发临行谢你。”那老儿即令烧汤拿盆，掌上灯火。师徒浴罢，坐在灯前，行者道：“老陈，还有一事累你，有针线借我用用。”那老儿道：“有，有，有。”即教妈妈取针线来，递与行者。行者又有眼色，见师父洗浴，脱下一件白布短小直裰①未穿，他即扯过来披在身上，却将那虎皮脱下，联接一处，打一个马面样的折子，围在腰间，勒了藤条，走到师父面前道：“老孙今日这等打扮，比昨日如何？”三藏道：“好！好！好！这等样，才像个行者。”三藏道：“徒弟，你不嫌残旧，那件直裰儿，你就穿了罢。”悟空唱个喏道：“承赐！承赐！”他又去寻些草料喂了马。此时各各事毕，师徒与那老儿，亦各归寝。

次早，悟空起来，请师父走路。三藏着衣，教行者收拾铺盖行李。正欲告辞，只见那老儿，早具脸汤，又具斋饭。斋罢，方才起身。三藏上马，行者引路，不觉饥餐渴饮，夜宿晓行，又值初冬时候。但见那：

① 直裰：古代斜领大袖的家居常服称直裰。裰，duō。

霜凋红叶千林瘦，岭上几株松柏秀。未开梅蕊散香幽，暖短昼，小春候，菊残荷尽山茶茂。寒桥古树争枝斗，曲涧涓涓泉水溜。淡云欲雪满天浮，朔风骤，牵衣袖，向晚寒威人怎受？

师徒们正走多时，忽见路旁唿哨一声，闯出六个人来，各执长枪短剑，利刃强弓，大咤一声道："那和尚！那里走！赶早留下马匹，放下行李，饶你性命过去！"唬得那三藏魂飞魄散，跌下马来，不能言语。行者用手扶起道："师父放心，没些儿事，这都是送衣服送盘缠与我们的。"三藏道："悟空，你想有些耳闭？他说教我们留马匹、行李，你倒问他要甚么衣服、盘缠？"行者道："你管守着衣服、行李、马匹，待老孙与他争持一场，看是何如。"三藏道："好手不敌双拳，双拳不如四手。他那里六条大汉，你这般小小的一个人儿，怎么敢与他争持？"

行者的胆量原大，那容分说，走上前来，叉手当胸，对那六个人施礼道："列位有甚么缘故，阻我贫僧的去路？"那人道："我等是剪径（拦路抢劫）的大王，行好心的山主。大名久播，你量不知，早早的留下东西，放你过去；若道半个不字，教你碎尸粉骨！"行者道："我也是祖传的大王，积年的山主，却不曾闻得列位有甚大名。"那人道："你是不知，我说与你听：一个唤做眼看喜，一个唤做耳听怒，一个唤做鼻嗅爱，一个唤作舌尝思，一个唤作意见欲，一个唤作身本忧。"悟空笑道："原来是六个毛贼！你却不认得我这出家人是你的主人公，你倒来挡路。【卓吾评：着眼】【五百年后，六个魔王换成了六个毛贼，六个哥哥的小弟成了六个毛贼的主人公。盖言心性经过磨练，已经认识到要做自己情感和欲望的主人】把那打劫的珍宝拿出来，我与你作七分儿均分，饶了你罢！"那贼闻言，喜的喜，怒的怒，爱的爱，思的思，欲的欲，忧的忧，一齐上前乱嚷道："这和尚无礼！你的东西全然没有，转来和我等要分东西！"【卓吾评：着眼】他轮枪舞剑，一拥前来，照行者劈头乱砍，乒乒乓乓，砍有七八十下。悟空停立中间，只当不知。那贼道："好和尚！真个的头硬！"行者笑道："将就看得过罢了！你们也打得手困了，却该老孙取出个针儿来耍耍。"那贼道："这和尚是一个行针灸的郎中变的。我们又无病症，说甚么动针的话！"

行者伸手去耳朵里拔出一根绣花针儿，迎风一幌，却是一条铁棒，足有碗来粗细，拿在手中道："不要走！也让老孙打一棍儿试试手！"唬得这六个贼四散逃走，被他拽开步，团团赶上，一个个尽皆打死。【卓吾评：世人心都要杀六贼者，只是没手段】剥了他的衣服，夺了他的盘缠，笑吟吟走将来道："师父请行，那贼已被老孙剿了。"

三藏道："你十分撞祸！他虽是剪径的强徒，就是拿到官司，也不该死罪；你纵有手段，只可退他去便了，怎么就都打死？这却是无故伤人的性命，如何做得和尚？出家人'扫地恐伤蝼蚁命，爱惜飞蛾纱罩灯'。你怎么不分皂白，一顿打死？全无一点慈悲好善之心！早还是山野中无人查考；若到城市，倘有人一时冲撞了你，你也行凶，执着棍子，乱打伤人，我可做得白客(清白无罪的人)，怎能脱身？"悟空道："师父，我若不打死他，他却要打死你哩。"三藏道："我这出家人，宁死决不敢行凶。我就死，也只是一身，你却杀了他六人，如何理说？此事若告到官，就是你老子做官，也说不过去。"行者道："不瞒师父说，我老孙五百年前，据花果山称王为怪的时节，也不知打死多少人。假似你说这般到官，倒也得些状告是。"三藏道："只因你没收没管，暴横人间，欺天诳上，才受这五百年前之难。今既入了沙门，若是还像当时行凶，一味伤生，去不得西天，做不得和尚！忒恶！忒恶！"

原来这猴子一生受不得人气，他见三藏只管绪绪叨叨，按不住心头火发道："你既是这等，说我做不得和尚，上不得西天，不必恁(rèn，这么，如此)般绪聒(xù guō，犹絮叨)恶我，我回去便了！"那三藏却不曾答应，他就使一个性子，将身一纵，说一声"老孙去也！"三藏急抬头，早已不见，只闻得呼的一声，回东而去。撇得那长老孤孤零零，点头自叹，悲怨不已，道："这厮！这等不受教诲！我但说他几句，他怎么就无形无影的，径回去了？罢！罢！罢！也是我命里不该招徒弟，进人口！如今欲寻他无处寻，欲叫他叫不应，去来！去来！"正是舍身拚命归西去，莫倚旁人自主张。

那长老只得收拾行李，捎在马上，也不骑马，一只手拄着锡杖，一只手揪着缰绳，凄凄凉凉，往西前进。行不多时，只见山路前面，有一个年高的老母，捧一件绵衣，绵衣上有一顶花帽。三藏见他来得至近，慌忙牵马，立于右侧让行。那老母问道："你是那里来的长老，孤孤凄凄独行于此？"三藏道："弟子乃东土大唐奉圣旨往西天拜活佛求真经者。"老母道："西方佛乃大雷音寺天竺国界，此去有十万八千里路。你这等单人独马，又无个伴侣，又无个徒弟，你如何去得！"三藏道："弟子日前收得一个徒弟，他性泼凶顽，是我说了他几句，他不受教，遂渺然而去也。"老母道："我有这一领绵布直裰，一顶嵌金花帽，原是我儿子用的。他只做了三日和尚，不幸命短身亡。我才去他寺里，哭了一场，辞了他师父，将这两件衣帽拿来，做个忆念。长老啊，你既有徒弟，我把这衣帽送了你罢。"三藏道："承老母盛赐，但只是我徒弟已走了，不敢领受。"老母道："他那厢去了？"三藏道："我听得呼的一声，他回东去了。"老母道："东边不远，就是我家，想必往我家去了。我那里还有一篇咒儿，唤做'定心真言'，又名'紧箍儿咒'。你可暗暗的念熟，牢记心头，再莫泄漏一人知道。我去赶上他，教他还来跟你，你却将此衣帽与他穿戴。他若不服你使唤，你就默念此咒，他再不敢行凶，也再不敢去了。”三藏闻言，低头拜谢。那老母化一道金光，回东而去。三藏情知是观音菩萨授此真言，急忙撮土焚香，望东恳恳礼拜。拜罢，收了衣帽，藏在包袱中间，却坐于路旁，诵习那“定心真言”。来回念了几遍，念得烂熟，牢记心胸不题。【须菩提在《金刚经》中问佛如何降伏其心，答案是灭度众生、无所住心，想必定心真言也源于此】

却说那悟空别了师父，一筋斗云，径转东洋大海。按住云头，分开水道，径至水晶宫前。早惊动龙王出来迎接，接至宫里坐下。礼毕，龙王道：“近闻得大圣难满，失贺！想必是重整仙山，复归古洞矣。”悟空道：“我也有此心性，【心性向东还是向西，这是个问题】只是又做了和尚了。”龙王道：“做甚和尚？”行者道：“我亏了南海菩萨劝善，教我正果，随东土唐僧，上西方拜佛，皈依沙门，又唤为行者了。”

龙王道：“这等真是可贺！可贺！这才叫做改邪归正，惩创善心。【卓吾评：着眼】既如此，怎么不西去，复东回何也？”行者笑道：“那是唐僧不识人性。有几个毛贼剪径，是我将他打死，唐僧就绪绪叨叨，说了我若干的不是，你想老孙，可是受得闷气的？是我撇了他，欲回本山，故此先来望你一望，求钟茶吃。”龙王道：“承降！承降！”当时龙子、龙孙即捧香茶来献。

茶毕，行者回头一看，见后壁上挂著一幅“圯桥进履”①的画儿。行者道：“这是甚么景致？”龙王道：“大圣在先，此事在后，故你不认得。这叫做‘圯桥三进履’。”行者道：“怎的是‘三进履’？”龙王道：“此仙乃是黄石公，此子乃是汉世张良。石公坐在圯桥上，忽然失履于桥下，遂唤张良取来。此子即忙取来，跪献于前。如此三度，张良略无一毫倨傲怠慢之心，石公遂爱他勤谨，夜授天书，着他扶汉。后果然运筹帷幄之中，决胜千里之外。太平后，弃职归山，从赤松子游，悟成仙道。大圣，你若不保唐僧，不尽勤劳，不受教诲，到底是个妖仙，休想得成正果。”悟空闻言，沉吟半晌不语。龙王道：“大圣自当裁处，不可图自在，误了前程。”【卓吾评：着眼】悟空道：“莫多话，老孙还去保他便了。”龙王欣喜道：“既如此，不敢久留，请大圣早发慈悲，莫要疏久了你师父。”行者见他催促请行，急耸身，出离海藏，驾着云，别了龙王。

正走，却遇着南海菩萨。【心向慈悲，菩萨便至】菩萨道：“孙悟空，你怎么不受教诲，不保唐僧，来此处何干？”慌得个行者在云端里施礼道：“向蒙菩萨善言，果有唐朝僧到，揭了压帖，救了我命，跟他做了徒弟。他却怪我凶顽，我才闪了他一闪，如今就去保他也。”菩萨道：“赶早去，莫错过了念头。”【卓吾评：着眼】【心性莫错过

① 圯桥进履：指秦末一老父于圯上授予张良《太公兵法》前让张良给他穿鞋的典故。圯，yí。

向善的念头，也别错过唐僧念《紧箍儿咒》让你头痛】言毕各回。

这行者，须臾间看见唐僧在路旁闷坐。他上前道："师父！怎么不走路？还在此做甚？"三藏抬头道："你往那里去来？教我行又不敢行，动又不敢动，只管在此等你。"行者道："我往东洋大海老龙王家讨茶吃吃。"三藏道："徒弟啊，出家人不要说谎。你离了我，没多一个时辰，就说到龙王家吃茶？"行者笑道："不瞒师父说，我会驾筋斗云，一个筋斗有十万八千里路，故此得即去即来。"三藏道："我略略的言语重了些儿，你就怪我，使个性子丢了我去。像你这有本事的，讨得茶吃；像我这去不得的，只管在此忍饿，你也过意不去呀！"行者道："师父，你若饿了，我便去与你化些斋吃。"三藏道："不用化斋。我那包袱里，还有些干粮，是刘太保母亲送的，你去拿钵盂寻些水来，等我吃些儿走路罢。"行者去解开包袱，在那包裹中间见有几个粗面烧饼，拿出来递与师父。又见那光艳艳的一领绵布直裰，一顶嵌金花帽，行者道："这衣帽是东土带来的？"三藏就顺口儿答应道："是我小时穿戴的。这帽子若戴了，不用教经，就会念经；这衣服若穿了，不用演礼，就会行礼。"【唐僧也会说谎】行者道："好师父，把与我穿戴了罢。"三藏道："只怕长短不一，你若穿得，就穿了罢。"行者遂脱下旧白布直裰，将绵布直裰穿上，也就是比量着身体裁的一般，【合璧】把帽儿戴上。三藏见他戴上帽子，就不吃干粮，却默默的念那紧箍咒一遍。行者叫道："头痛！头痛！"那师父不住的又念了几遍，把个行者痛得打滚，抓破了嵌金的花帽。

三藏又恐怕扯断金箍，住了口不念。不念时，他就不痛了。伸手去头上摸摸，似一条金线儿模样，紧紧的勒在上面，取不下，揪不断，已此生了根了。他就耳里取出针儿来，插入箍里，往外乱捎。三藏又恐怕他捎断了，口中又念起来，他依旧生痛，痛得竖蜻蜓，翻筋斗，耳红面赤，眼胀身麻。那师父见他这等，又不忍不舍，复住了口，他的头又不痛了。行者道："我这头，原来是师父咒我的。"三藏道："我念得是《紧箍经》，何曾咒你？"行者道："你再念念看。"三藏真个又念，行者真个又痛，只教："莫念！莫念！念动我就痛了！这是怎么说？"三藏道："你今番可听我教诲了？"行者道："听教了！""你再可无礼了？"行者道："不敢了！"他口里虽然答应，心上还怀不善，把那针儿幌一幌，碗来粗细，望唐僧就欲下手，慌得长老口中又念了两三遍，这猴子跌倒在地，丢了铁棒，不能举手，只叫："师父！我晓得了！再莫念！再莫念！"三藏道："你怎么欺心，就敢打我？"行者道："我不曾敢打，我问师父，你这法儿是谁教你的？"三藏道："是适间一个老母传授我的。"行者大怒道："不消讲了！这个老母，坐定是那个观世音！他怎么那等害我！等我上南海打他去！"三藏道："此法既是他授与我，他必然先晓得了。你若寻他，他念起来，你却不是死了？"行者见说得有理，真个不敢动身，只得回心，跪下哀告道："师父！这是他奈何我的法儿，教我随你西去。我也不去惹他，你也莫当常言，只管念诵。我愿保你，再无退悔之意了。"【卓吾评：着眼】三藏道："既如此，伏侍我上马去也。"那行者才死心塌地，抖擞精神，束一束绵布直裰，扣背马匹，收拾行李，奔西而进。毕竟这一去，后面又有甚话说，且听下回分解。

【卓吾评：请问今世人，还是打死六贼的，还是六贼打死的？

又批："心猿归正，六贼无踪"。八个字已分明说出，人亦容易明白。但篇中尚多隐语，人当着眼。不然，何异痴人说梦，却不辜负了作者苦心？今特一一拈出，读者须自领略："是你的主人公"，"你的东西全然没有，转来和我等要分东西"，"我若不打死他，他就要打死你"，"莫倚傍人自主张"，"东边不远，就是我家，想必往我家去了"，"这才叫做改邪归正"，"不可图自在，误了前程"，"赶早去，莫错过了念头"，"再无退悔之意了"。此等言语，岂是寻常可略不加之意乎？着眼，着眼，方不枉读了《西游记》也】

【《金刚经》印证：时长老须菩提，在大众中，即从座起，偏袒右肩，右膝着地，合掌恭敬，而白佛言："希有世尊！如来善护念诸菩萨，善付嘱诸菩萨。世尊！善男子、善女人，发阿耨多罗三藐三菩提心，应云何住？云何降伏其心？"】

第十五回　蛇盘山诸神暗佑　鹰愁涧意马收缰

【两界山到蛇盘山，收心猿意马。在西番哈呲国，发生四番合璧，即身与心性的合璧，身与心意的合璧，金箍与心性的合璧，鞍辔与白龙马的合璧。如来送金箍，菩萨送鞍辔，喻借佛法降心安意。一路上，悟空多求救于各路神仙，并不是心性的力量在减弱，而是比喻每一个困难都有破解的法门，善于借力是心生万法的表现】

却说行者伏侍唐僧西进，行经数日，正是那腊月寒天，朔风凛凛，滑冻凌凌；去的是些悬崖峭壁崎岖路，迭岭层峦险峻山。三藏在马上，遥闻唿喇喇水声聒耳，回头叫："悟空，是那里水响？"行者道："我记得此处叫做蛇盘山鹰愁涧，想必是涧里水响。"说不了，马到涧边，三藏勒缰观看，但见：

涓涓寒脉穿云过，湛湛清波映日红。
声摇夜雨闻幽谷，彩发朝霞眩太空。
千仞浪飞喷碎玉，一泓水响吼清风。
流归万顷烟波去，鸥鹭相忘没钓逢。

师徒两个正然看处，只见那涧当中响一声，钻出一条龙来，推波掀浪，撺出崖山，就抢长老。慌得个行者丢了行李，把师父抱下马来，回头便走。那条龙就赶不上，把他的白马连鞍辔一口吞下肚去，依然伏水潜踪。行者把师父送在那高阜（高的土山。阜，音 fù）上坐了，却来牵马挑担，止存得一担行李，不见了马匹。他将行李担送到师父面前道："师父，那孽龙也不见踪影，只是惊走我的马了。"三藏道："徒弟啊，却怎生寻得马着么？"行者道："放心，放心，等我去看来。"

他打个唿哨，跳在空中，火眼金睛，用手搭凉篷，四下里观看，更不见马的踪迹。按落云头，报道："师父，我们的马断乎是那龙吃了，四下里再看不见。"三藏道："徒弟呀，那厮能有多大口，却将那匹大马连鞍辔都吃了？想是惊张溜缰，走在那山凹之中。你再仔细看看。"行者道："你也不知我的本事。我这双眼，白日里常看一千里路的吉凶。像那千里之内，蜻蜓儿展翅，我也看见，何期那匹大马，我就不见？"三藏道："既是他吃了，我如何前进！可怜啊！这万水千山，怎生走得！"说着话，泪如雨落。行者见他哭将起来，他那里忍得住暴燥，发声喊道："师父莫要这等脓包形么！你坐着！坐着！等老孙去寻着那厮，教他还我马匹便了。"三藏却才扯住道：

"徒弟啊，你那里去寻他？只怕他暗地里撺将出来，却不又连我都害了？那时节人马两亡，怎生是好！"行者闻得这话，越加嗔怒，就叫喊如雷道："你忒不济！不济！又要马骑，又不放我去，似这般看着行李，坐到老罢！"

哏哏的吆喝，正难息怒，只听得空中有人言语，叫道："孙大圣莫恼，唐御弟休哭。我等是观音菩萨差来的一路神祇，特来暗中保取经者。"那长老闻言，慌忙礼拜。行者道："你等是那几个？可报名来，我好点卯①。"众神道："我等是六丁六甲、五方揭谛、四值功曹、一十八位护教伽蓝，各各轮流值日听候。"【人生宇宙间，自有天地时空众神佑护，当生信心，免除无谓挂碍恐怖】

行者道："今日先从谁起？"众揭谛道："丁甲、功曹、伽蓝轮次。我五方揭谛，惟金头揭谛昼夜不离左右。"行者道："既如此，不当值者且退，留下六丁神将与日值功曹和众揭谛保守着我师父。等老孙寻那涧中的孽龙，教他还我马来。"众神遵令。三藏才放下心，坐在石崖之上，吩咐行者仔细，行者道："只管宽心。"好猴王，束一束绵布直裰，撩起虎皮裙子，揝着金箍铁棒，抖擞精神，径临涧壑，半云半雾的，在那水面上，高叫道："泼泥鳅，还我马来！还我马来！"

却说那龙吃了三藏的白马，伏在那涧底中间，潜灵养性。只听得有人叫骂索马，他按不住心中火发，急纵身跃浪翻波，跳将上来道："是那个敢在这里海口伤吾？"行者见了他，大咤一声"休走！还我马来！"轮着棍，劈头就打。那条龙张牙舞爪来抓。他两个在涧边前这一场赌斗，果是骁雄，但见那：

龙舒利爪，猴举金箍。那个须垂白玉线，这个眼幌赤金灯。那个须下明珠喷彩雾，这个手中铁棒舞狂风。那个是迷爷娘的业子，这个是欺天将的妖精。他两个都因有难遭磨折，今要成功各显能。

来来往往，战罢多时，盘旋良久，那条龙力软筋麻，不能抵敌，打一个转身，又撺于水内，深潜涧底，再不出头，被猴王骂詈不绝，他也只推耳聋。

行者没及奈何，只得回见三藏道："师父，这个怪被老孙骂将出来，他怎我赌斗多时，怯战而走，只躲在水中间，再不出来了。"三藏道："不知端的可是他吃了我马？"行者道："你看你说的话！不是他吃了，他还肯出来招声，与老孙犯对？"三藏道："你前日打虎时，曾说有降龙伏虎的手段，今日如何便不能降他？"原来那猴子吃不得人急他，见三藏抢白了他这一句，他就发起神威道："不要说！不要说！等我与他再见个上下！"

① 点卯：官衙官员查点到班人数。因在卯时进行，故称。亦泛指点名。

这猴王拽开步，跳到涧边，使出那翻江搅海的神通，把一条鹰愁陡涧彻底澄清的水，搅得似那九曲黄河泛涨的波。那孽龙在于深涧中，坐卧不宁，心中思想道："这才是福无双降，祸不单行。我才脱了天条死难，不上一年，在此随缘度日，又撞着这般个泼魔，他来害我！"你看他越思越恼，受不得屈气，咬着牙，跳将出去，骂道："你是那里来的泼魔，这等欺我！"行者道："你莫管我那里不那里，你只还了马，我就饶你性命！"那龙道："你的马是我吞下肚去，如何吐得出来！不还你，便待怎的！"行者道"不还马时看棍！只打杀你，偿了我马的性命便罢！"他两个又在那山崖下苦斗。斗不数合，小龙委实难搪（táng，抵御，抵挡），将身一幌，变作一条水蛇儿，钻入草科（草窠，草丛）中去了。

猴王拿着棍，赶上前来，拨草寻蛇，那里得些影响？急得他三尸神咋（zhà，借作"炸"。爆裂），七窍烟生，念了一声"唵"字咒语，即唤出当坊土地、本处山神，一齐来跪下道："山神土地来见。"行者道："伸过孤拐（脚腕两旁突起的部分）来，各打五棍见面，与老孙散散心！"二神叩头哀告道："望大圣方便，容小神诉告。"行者道："你说甚么？"二神道："大圣一向久困，小神不知几时出来，所以不曾接得，万望恕罪。"行者道："既如此，我且不打你。我问你：鹰愁涧里，是那方来的怪龙？他怎么抢了我师父的白马吃了？"二神道："大圣自来不曾有师父，原来是个不伏天不伏地混元上真，如何得有甚么师父的马来？"行者道："你等是也不知。我只为那诳上的勾当，整受了这五百年的苦难。今蒙观音菩萨劝善，着唐朝驾下真僧救出我来，教我跟他做徒弟，往西天去拜佛求经。因路过此处，失了我师父的白马。"二神道："原来是如此。这涧中自来无邪，只是深陡宽阔，水光彻底澄清，鸦鹊不敢飞过；因水清照见自己的形影，便认做同群之鸟，往往身掷于水内：故名'鹰愁陡涧'。【纵意落身之处】只是向年间，观音菩萨因为寻访取经人去，救了一条玉龙，送他在此，教他等候那取经人，不许为非作歹，他只是饥了时，上岸来扑些鸟鹊吃，或是捉些獐鹿食用。不知他怎么无知，今日冲撞了大圣？"行者道："先一次，他还与老孙侮手（交手，过手。指搏斗），盘旋了几合；后一次，是老孙叫骂，他再不出，因此使了一个翻江搅海的法儿，搅混了他涧水，他就撺将上来，还要争持。不知老孙的棍重，他遮架不住，就变做一条水蛇，钻在草里。我赶来寻他，却无踪迹。"

土地道："大圣不知，这条涧千万个孔窍相通，故此这波澜深远。想是此间也有一孔，他钻将下去。也不须大圣发怒，在此找寻，要擒此物，只消请将观世音来，自然伏了。"

行者见说，唤山神土地同来见了三藏，具言前事。三藏道："若要去请菩萨，几时才得回来？我贫僧饥寒怎忍？”说不了，只听得暗空中有金头揭谛叫道：“大圣，你不须动身，小神去请菩萨来也。”行者大喜，道声“有累，有累！快行，快行！”那揭谛急纵云头，径上南海。行者吩咐山神、土地守护师父，日值功曹去寻斋供，他又去涧边巡绕不题。

却说金头揭谛一驾云，早到了南海。按祥光，直至落伽山紫竹林中，托那金甲诸天与木叉惠岸转达，得见菩萨。菩萨道：“汝来何干？”揭谛道：“唐僧在蛇盘山鹰愁陡涧失了马，急得孙大圣进退两难。及问本处土神，说是菩萨送在那里的孽龙吞了，那大圣着小神来告请菩萨降这孽龙，还他马匹。”菩萨闻言道：“这厮本是西海敖闰之子。他为纵火烧了殿上明珠，他父告他忤逆，天庭上犯了死罪，是我亲见玉帝，讨他下来，教他与唐僧做个脚力。他怎么反吃了唐僧的马？这等说，等我去来。”那菩萨降莲台，径离仙洞，与揭谛驾着祥光，过了南海而来。有诗为证，诗曰：

佛说蜜多三藏经，菩萨扬善满长城。
摩诃妙语通天地，般若真言救鬼灵。
致使金蝉重脱壳，故令玄奘再修行。
只因路阻鹰愁涧，龙子归真化马形。

那菩萨与揭谛，不多时到了蛇盘山。却在那半空里留住祥云，低头观看。只见孙行者正在涧边叫骂。菩萨着揭谛唤他来。那揭谛按落云头，不经由三藏，直至涧边，对行者道：“菩萨来也。”行者闻得，急纵云跳到空中，对他大叫道：“你这个七佛之师，慈悲的教主！你怎么生方法儿害我！”菩萨道：“我把你这个大胆的马流，村愚的赤尻！我倒再三尽意，度得个取经人来，叮咛教他救你性命，你怎么不来谢我活命之恩，反来与我嚷闹？”行者道：“你弄得我好哩！你既放我出来，让我逍遥自在耍子便了，你前日在海上迎着我，伤了我几句，教我来尽心竭力，伏侍唐僧便罢了；你怎么送他一顶花帽，哄我戴在头上受苦？把这个箍子长在老孙头上，又教他念一卷甚么‘紧箍儿咒’，着那老和尚念了又念，教我这头上疼了又疼，这不是你害我也？”菩萨笑道：“你这猴子！你不遵教令，不受正果，若不如此拘系你，你又诳上欺天，知甚好歹！再似从前撞出祸来，有谁收管？须是得这个魔头，你才肯入我瑜伽[1]之门路哩！”【降伏其心，正善之门】

行者道：“这桩事，作做（当作，算作）是我的魔头罢；你怎么又把那有罪的孽龙，送在此处成精，教他吃了我师父的马匹？此又是纵放歹人为恶，太不善也！”菩萨

① 瑜伽：佛教修行时，身与口协，口与意符，意与身会，三业相应，称瑜伽。

道："那条龙，是我亲奏玉帝，讨他在此，专为求经人做个脚力。你想那东土来的凡马，怎历得这万水千山？怎到得那灵山佛地？须是得这个龙马，方才去得。"行者道："像他这般惧怕老孙，潜躲不出，如之奈何？"菩萨叫揭谛道："你去涧边叫一声：'敖闰龙王玉龙三太子，你出来，有南海菩萨在此。'他就出来了。"那揭谛果去涧边叫了两遍。那小龙翻波跳浪，跳出水来，变作一个人象，踏了云头，到空中对菩萨礼拜道："向蒙菩萨解脱活命之恩，在此久等，更不闻取经人的音信。"菩萨指着行者道："这不是取经人的大徒弟？"小龙见了道："菩萨，这是我的对头。【心性需拴牢意念，故是对头】我昨日腹中饥馁，果然吃了他的马匹。他倚着有些力量，将我斗得力怯而回，又骂得我闭门不敢出来，他更不曾提着一个'取经'的字样。"行者道："你又不曾问我姓甚名谁，我怎么就说？"小龙道："我不曾问你是那里来的泼魔？你嚷道：'管甚么那里不那里，只还我马来！'何曾说出半个'唐'字！"菩萨道："那猴头，专倚自强，那肯称赞别人？【卓吾评：着眼】【菩萨暗示要善于借力，每一个困难都有破解的法门，不必硬干】今番前去，还有归顺的哩。若问时，先提起'取经'的字来，却也不用劳心，自然拱伏。"行者欢喜领教。菩萨上前，把那小龙的项下明珠摘了，将杨柳枝蘸出甘露，往他身上拂了一拂，吹口仙气，喝声叫："变！"那龙即变做他原来的马匹毛片，又将言语吩咐道："你须用心了还业障，【卓吾评：着眼】功成后，超越凡龙，还你个金身正果。"那小龙口衔着横骨，心心领诺。菩萨教悟空领他去见三藏，"我回海上去也。"行者扯住菩萨不放道："我不去了！我不去了！西方路这等崎岖，保这个凡僧，几时得到？似这等多磨多折，老孙的性命也难全，如何成得甚么功果！我不去了！我不去了！"菩萨道："你当年未成人道，且肯尽心修悟；你今日脱了天灾，怎么倒生懒惰？我门中以寂灭成真，须是要信心正果。假若到了那伤身苦磨之处，我许你叫天天应，叫地地灵。十分再到那难脱之际，我也亲来救你。【叫天天应，叫地地灵，呼菩萨而菩萨至，人人心力皆如此，当有信心】你过来，我再赠你一般本事。"菩萨将杨柳叶儿摘下三个，放在行者的脑后，喝声"变"！即变做三根救命的毫毛，教他："若到那无济无主的时节，可以随机应变，救得你急苦之灾。"行者闻了这许多好言，才谢了大慈大悲的菩萨。那菩萨香风绕绕，彩雾飘飘，径转普陀而去。

这行者才按落云头，揪着那龙马的顶鬃，来见三藏道："师父，马有了也。"三藏一见大喜道："徒弟，这马怎么比前反肥盛了些？在何处寻着的？"行者道："师父，你还做梦哩！却才是金头揭谛请了菩萨来，把那涧里龙化作我们的白马。其毛片相同，只是少了鞍辔，着老孙揪将来也。"三藏大惊道："菩萨何在？待我去拜谢他。"行者道："菩萨此时已到南海，不耐烦矣。"

三藏就撮土焚香，望南礼拜。拜罢，起身即与行者收拾前进。行者喝退了山神、土地，吩咐了揭谛、功曹，却请师父上马。三藏道："那无鞍辔的马，怎生骑得？且待寻船渡过涧去，再作区处。"行者道："这个师父好不知时务！这个旷野山中，船从何来？这匹马，他在此久住，必知水势，就骑着他做个船儿过去罢。"三藏无奈，只得依言，跨了刬马(chǎn mǎ，无鞍辔之马)。行者挑着行囊，到了涧边。

只见那上流头，有一个渔翁，撑着一个枯木的筏子，顺流而下。行者见了，用手招呼道："那老渔，你来，你来。我是东土取经去的，我师父到此难过，你来渡他一渡。"渔翁闻言，即忙撑拢。行者请师父下了马，扶持左右。三藏上了筏子，揪上马匹，安了行李。那老渔撑开筏子，如风似箭，不觉的过了鹰愁陡涧，上了西岸。三藏教行者解开包袱，取出大唐的几文钱钞，送与老渔。老渔把筏子一篙撑开道："不要钱，不要钱。"向中流渺渺茫茫而去。【卓吾评：如今做官的倒要钱】

三藏甚不过意，只管合掌称谢。行者道："师父休致意了。你不认得他？他是此涧里的水神。不曾来接得我老孙，老孙还要打他哩。只如今免打就彀了他的，怎敢要钱！"那师父也似信不信，只得又跨着刬马，随着行者，径投大路，奔西而去。这正是：广大真如登彼岸，诚心了性上灵山。同师前进，不觉的红日沉西，天光渐晚。但见：

淡云撩乱，山月昏蒙。满天霜色生寒，四面风声透体。孤鸟去时苍渚阔，落霞明处远山低。疏林千树吼，空岭独猿啼。长途不见行人迹，万里归舟入夜时。

三藏在马上遥观，忽见路旁一座庄院。三藏道："悟空，前面人家，可以借宿，明早再行。"行者抬头看见道："师父，不是人家庄院。"三藏道："如何不是？"行者道："人家庄院，却没飞鱼稳兽之脊，这断是个庙宇庵院。"

师徒们说着话，早已到了门首。三藏下了马，只见那门上有三个大字，乃"里社祠"，遂入门里。那里边有一个老者：顶挂着数珠儿，合掌来迎，叫声"师父请坐"。三藏慌忙答礼，上殿去参拜了圣像。那老者即呼童子献茶。茶罢，三藏问老者道："此庙何为'里社'？"老者道："敝处乃西番哈咇国界【四番合璧】。这庙后有一庄人家，共发虔心，立此庙宇。里者，乃一乡里地；社者，乃一社上神。每遇春耕、夏耘、秋收、冬藏之日，各办三牲花果，来此祭社，以保四时清吉，五谷丰登，六畜茂盛故也。"三藏闻言，点头夸赞："正是'离家三里远，别是一乡风'。我那里人家，更无此善。"老者却问："师父仙乡是何处？"三藏道："贫僧是东土大唐国，奉旨意上西天拜佛求经的。路过宝坊，天色将晚，特投圣祠，告宿一宵，天光即行。"那老者十分欢喜，道了几声"失迎"，又叫童子办饭。三藏吃毕，谢了。行者的眼乖，见他房檐下，有一条搭衣的绳子，走将去，一把扯断，将马脚系住。那老者笑道："这马是那里偷来的？"行者怒道："你那老头子，说话不知高低！我们是拜佛的圣僧，又会偷马？"老儿笑道："不是偷的，如何没有鞍辔缰绳，却来扯断我晒衣的索子？"三藏陪礼道："这个顽皮，只是性燥。你要拴马，好生问老人家讨条绳子，如何就扯断他的衣索？老先(老先生)，休怪，休怪。我这马，实不瞒你说，不是偷的：昨日东来，至鹰愁陡涧，原有骑的一匹白马，鞍辔俱全。不期那涧里有条孽龙，在彼成精，他把我的马连鞍辔一口吞之。幸亏我徒弟有些本事，又感得观音菩萨来涧边擒住那龙，教他就变做我原骑的白马，毛片俱同，驮我上西天拜佛。今此过涧，未经一日，却到了老先的圣祠，还不曾置得鞍辔哩。"那老者道："师父休怪，我老汉作笑耍子，谁知你高徒认真。我小时也有几个村钱，也好骑匹骏马，只因累岁迍邅(zhūn zhān，处境不利)，遭丧失火，到此没了下梢(将来；以后)，故充为庙祝，侍奉香火，幸亏这后庄施主家募化度日。我那里倒还有一副鞍辔，是我平日心爱之物，就是这等贫穷，也不曾舍得卖了。才听老师父之言，菩萨尚且救护神龙，教他化马驮你，我老汉却不能少有周济，明日将那鞍辔取来，愿送老师父，扣背(谓装好鞍辔)前去，乞为笑纳。"三藏闻言，称谢不尽。早又见童子拿出晚斋。斋罢，掌上灯，安了铺，各各寝歇。

至次早，行者起来道："师父，那庙祝老儿，昨晚许我们鞍辔，问他要，不要饶他。"说未了，只见那老儿，果擎着一副鞍辔、衬屉缰笼之类，凡马上一切用的，无不全备，放在廊下道："师父，鞍辔奉上。"三藏见了，欢喜领受，教行者拿了，背上马看，可相称否。行者走上前，一件件的取起看了，果然是些好物。有诗为证，诗曰：

雕鞍彩晃柬银星，宝凳光飞金线明。
衬屉几层绒苫迭，牵疆三股紫丝绳。
辔头皮札团花粲，云扇描金舞兽形。
环嚼叩成磨炼铁，两垂蘸水结毛缨。

行者心中暗喜，将鞍辔背在马上，就似量着做的一般。【合璧】三藏拜谢那老，那老慌忙搀起道："惶恐！惶恐！何劳致谢？"那老者也不再留，请三藏上马。那长老出得门来，攀鞍上马，行者担着行李。那老儿复袖中取出一条鞭儿来，却是皮丁儿寸札的香藤柄子，虎筋丝穿结的梢儿，在路旁拱手奉上道："圣僧，我还有一条挽手儿，一发送了你罢。"那三藏在马上接了道："多承布施！多承布施！"

正打问讯，却早不见了那老儿，及回看那里社祠，是一片光地。只听得半空中有人言语道："圣僧，多简慢你。我是落伽山山神、土地，蒙菩萨差送鞍辔与汝等的。汝等可努力西行，却莫一时怠慢。"慌得个三藏滚鞍下马，望空礼拜道："弟子肉眼凡胎，不识尊神尊面，望乞恕罪。烦转达菩萨，深蒙恩佑。”你看他只管朝天磕头，也不计其数，路旁边活活的笑倒个孙大圣，孜孜的喜坏个美猴王，上前来扯住唐僧道：“师父，你起来罢。他已去得远了，听不见你祷祝，看不见你磕头。只管拜怎的？”长老道：“徒弟呀，我这等磕头，你也就不拜他一拜，且立在旁边，只管哂笑（shěn xiào，嘲笑），是何道理？”行者道：“你那里知道，像他这个藏头露尾的，本该打他一顿，只为看菩萨面上，饶他打尽彀了，他还敢受我老孙之拜？老孙自小儿做好汉，不晓得拜人，就是见了玉皇大帝、太上老君，我也只是唱个喏便罢了。”三藏道：“不当人子！莫说这空头话！快起来，莫误了走路。”那师父才起来收拾投西而去。

此去行有两个月太平之路，相遇的都是些虏虏、回回，狼虫虎豹。光阴迅速，又值早春时候，但见山林锦翠色，草木发青芽；梅英落尽，柳眼初开。师徒们行玩春光，又见太阳西坠。三藏勒马遥观，山凹里，有楼台影影，殿阁沉沉。三藏道：“悟空，你看那里是甚么去处？”行者抬头看了道：“不是殿宇，定是寺院。我们赶起些，那里借宿去。”三藏欣然从之，放开龙马，径奔前来。毕竟不知此去是甚么去处，且听下回分解。

【卓吾评：篇中云“那猴头，专倚自强，那肯称赞他人”，这是学者第一个魔头，读者亦能着眼否？

心猿归正，意马收缰，此事便有七八分了。着眼，着眼】

第十六回　观音院僧谋宝贝　黑风山怪窃袈裟

【双叉岭上是心性羸弱之难，收象征心性的悟空；鹰愁涧是放纵心意之难，得象征心意的白龙马；本回观音禅院和黑风山是贪欲心之难，为下文收代表欲望的八戒铺垫】

却说他师徒两个，策马前来，直至山门首观看，果然是一座寺院。但见那：

层层殿阁，叠叠廊房。三山门外，巍巍万道彩云遮；五福堂前，艳艳千条红雾绕。两路松篁，一林桧柏：两路松篁，无年无纪自清幽；一林桧柏，有色有颜随傲丽。又见那钟鼓楼高，浮屠塔峻。安禅僧定性，啼树鸟音闲。寂寞无尘真寂寞，清虚有道果清虚。

诗曰：

上刹祇园隐翠窝，招提胜景赛娑婆。
果然净土人间少，天下名山僧占多。

长老下了马，行者歇了担，正欲进门，只见那门里走出一众僧来。你看他怎生模样：

头戴左笄帽，身穿无垢衣。
铜环双坠耳，绢带束腰围。
草履行来稳，木鱼手内提。
口中常作念，般若总皈依。

三藏见了，侍立门旁，道个问讯，那和尚连忙答礼，笑道："失瞻。"问："是那里来的？请入方丈献茶。"三藏道："我弟子乃东土钦差，上雷音寺拜佛求经。至此处天色将晚，欲借上刹一宵。"那和尚道："请进里坐，请进里坐。"三藏方唤行者牵马进来。那和尚忽见行者相貌，有些害怕，便问："那牵马的是个甚么东西？"三藏道："悄言！悄言！他的性急，若听见你说是甚么东西，他就恼了。他是我的徒弟。"那和尚打了个寒噤，咬着指头道："这般一个丑头怪脑的，好招他做徒弟？"三藏道："你看不出来哩，丑自丑，甚是有用。"

那和尚只得同三藏与行者进了山门。山门里，又见那正殿上书四个大字，是"观音禅院"。三藏又大喜道："弟子屡感菩萨圣恩，未及叩谢；今遇禅院，就如见菩萨一般，甚好拜谢。”那和尚闻言，即命道人开了殿门，请三藏朝拜。那行者拴了马，丢了行李，同三藏上殿。三藏展背舒身，铺胸纳地，望金象叩头。那和尚便去打鼓，行者就去撞钟。三藏俯伏台前，倾心祷祝。祝拜已毕，那和尚住了鼓，行者还只管撞钟不歇，或紧或慢，撞了许久。那道人道：“拜已毕了，还撞钟怎么？”行者方丢了钟杵，笑道：“你那里晓得，我这是‘做一日和尚撞一日钟的’。”

此时却惊动那寺里大小僧人、上下房长老，听得钟声乱响，一齐拥出道：“那个野人在这里乱敲钟鼓？”行者跳将出来，“咄”的一声道：“是你孙外公撞了耍子的！”那些和尚一见了，唬得跌跌滚滚，都爬在地下道：“雷公爷爷！”行者道：“雷公是我的重孙儿哩！起来起来，不要怕，我们是东土大唐来的老爷。”众僧方才礼拜，见了三藏，都才放心不怕。内有本寺院主请道：“老爷们到后方丈中奉茶。”遂而解缰牵马，抬了行李，转过正殿，径入后房，序了坐次。

那院主献了茶，又安排斋供。天光尚早，三藏称谢未毕，只见那后面有两个小童，搀着一个老僧出来。看他怎生打扮：

头上戴一顶毗卢方帽，猫睛石的宝顶光辉；身上穿一领锦绒偏衫，翡翠毛的金边晃亮。一对僧鞋攒八宝，一根拄杖嵌云星。【富贵和尚】满面皱痕，好似骊山老母；一双昏眼，却如东海龙君。口不关风因齿落，腰驼背屈为筋挛。

众僧道：“师祖来了。”三藏躬身施礼迎接道：“老院主，弟子拜揖。”那老僧还了礼，又各叙坐。老僧道：“适间小的们说东土唐朝来的老爷，我才出来奉见。”三藏道：“轻造宝山，不知好歹，恕罪！恕罪！”老僧道：“不敢！不敢！”因问：“老爷，东土到此，有多少路程？”三藏道：“出长安边界，有五千余里；过两界山，收了一个小徒，一路来，行过西番哈咇国，经两个月，又有五六千里，才到了贵处。”老僧道：“也有万里之遥了。我弟子虚度一生，山门也不曾出去，诚所谓‘坐井观天’，樗朽之辈。”三藏又问：“老院主高寿几何？”老僧道：“痴长二百七十岁了。”行者听见道：“这还是我万代孙儿哩？”三藏瞅了他一眼道：“谨言！莫要不识高低，冲撞人。”那和尚便问：“老爷，你有多少年纪了？”行者道：“不敢说。”那老僧也只当一句疯话，便不介意，也不再问，只叫献茶。有一个小幸童（贴身童仆），拿出一个羊脂玉的盘儿，有三个法蓝镶金的茶钟；又一童，提一把白铜壶儿，斟了三杯香茶。真个是色欺榴蕊艳，味胜桂花香。三藏见了，夸爱不尽道：“好物件！好物件！真是美食美器！”【眼见心爱，生贪欲之心。这边金蝉长老把玩精致的茶具，夸爱不尽，与下文金池长老抚摸袈裟，赞不绝口，同出一辙。故金池（翅）对金蝉，实为镜像】那老僧道：“污眼！污眼！老爷乃天朝上国，广览奇珍，似这般器具，何足过奖？老爷自上邦来，可有甚么宝贝，借与弟子一观?”三藏道:“可怜!我那东土,无甚宝贝,就有时,路程遥远,也不能带得。”

行者在旁道:“师父,我前日在包袱里,曾见那领袈裟,不是件宝贝?拿与他看看如何?”众僧听说袈裟,一个个冷笑。行者道:“你笑怎的?”院主道:“老爷才说袈裟是件宝贝,言实可笑。若说袈裟,似我等辈者,不止二三十件;若论我师祖,在此处做了二百五六十年和尚,足有七八百件!”叫:“拿出来看看。”那老和尚,也是他一时卖弄,便叫道人开库房,头陀抬柜子,就抬出十二柜,放在天井中,开了锁,两边设下衣架,四围牵了绳子,将袈裟一件件抖开挂起,请三藏观看。果然是满堂绮绣,四壁绫罗!【袈裟展,与后文佛衣会相对】

行者一一观之,都是些穿花纳锦,刺绣销金之物。笑道:“好,好,好,收起收起!把我们的也取出来看看。”三藏把行者扯住,悄悄的道:“徒弟,莫要与人斗富。你我是单身在外,只恐有错。”行者道:“看看袈裟,有何差错?”三藏道:“你不曾理会得,古人有云:‘珍奇玩好之物,不可使见贪婪奸伪之人。’倘若一经人目,必动其心;既动其心,必生其计。汝是个畏祸的,索之而必应其求可也;不然,则殒身灭命,皆起于此,事不小矣。”【不低估人性之恶,遇事先求避祸自保,唐僧也不例外】行者道:“放心,放心,都在老孙身上!”你看他不由分说,急急的走了去,把个包袱解开,早有霞光迸迸,尚有两层油纸裹定,去了纸,取出袈裟!抖开时,红光满室,彩气盈庭。众僧见了,无一个不心欢口赞。真个好袈裟!上头有:

千般巧妙明珠坠,万样稀奇佛宝攒。
上下龙须铺彩绮,兜罗四面锦沿边。
体挂魍魉从此灭,身披魑魅入黄泉。
托化天仙亲手制,不是真僧不敢穿。

那老和尚见了这般宝贝,果然动了奸心,【卓吾评:戒之在得】走上前对三藏跪下,眼中垂泪道:“我弟子真是没缘!”三藏搀起道:“老院师有何话说?”他道:“老爷这件宝贝,方才展开,天色晚了,奈何眼目昏花,不能看得明白,岂不是无缘!”三藏教:“掌上灯来,让你再看。”那老僧道:“爷爷的宝贝,已是光亮,再点了灯,一发晃眼,莫想看得仔细。”【卓吾评:三藏尚多一领袈裟】【最好不要拥有能引起别人贪欲的东西】行者道:“你要怎的看才好?”老僧道:“老爷若是宽恩放心,教弟子拿到后房,细细的看一夜,明早送还老爷西去,不知尊意何如?”三藏听说,吃了一惊,埋怨行者道:“都是你!都是你!”行者笑道:“怕他怎的?等我包起来,教他拿了去看。但有疏虞,尽是老孙管整。”那三藏阻当不住,他把袈裟递与老僧道:“凭你看去,只是明早照旧还我，不得损污些须。”老僧喜喜欢欢，着幸童将袈裟拿进去，却吩咐众僧，将前面禅堂扫净，取两张藤床，安设铺盖，请二位老爷安歇；一壁厢又教安排明早斋送行，遂而各散。师徒们关了禅堂，睡下不题。

却说那和尚把袈裟骗到手，拿在后房灯下，对袈裟号啕痛哭，【卓吾评：曲尽世上老贪之态】慌得那本寺僧，不敢先睡。小幸童也不知为何，却去报与众僧道：“公公哭到二更时候，还不歇声。”有两个徒孙，是他心爱之人，上前问道：“师公，你哭怎的？”老僧道：“我哭无缘，看不得唐僧宝贝！”小和尚道：“公公年纪高大，发过了。他的袈裟，放在你面前，你只消解开看便罢了，何须痛哭？”老僧道：“看的不长久。我今年二百七十岁，空挣了几百件袈裟，怎么得有他这一件？怎么得做个唐僧？”【卓吾评：既是二百七十岁，纵得此袈裟能得几年受享？独不曰“六十不制衣”乎？可为世情发一大笑】小和尚道：“师公差了。唐僧乃是离乡背井的一个行脚僧。你这等年高，享用也彀了，倒要像他做行脚僧，何也？”老僧道：“我虽是坐家自在，乐乎晚景，却不得他这袈裟穿穿。若教我穿得一日儿，就死也闭眼，也是我来阳世间为僧一场！”【爱物件超过爱身命，可叹】众僧道：“好没正经！你要穿他的，有何难处？我们明日留他住一日，你就穿他一日，留他住十日，你就穿他十日便罢了。何苦这般痛哭？”老僧道：“纵然留他住了半载，也只穿得半载，到底也不得气长。他要去时只得与他去，怎生留得长远？”【何物不是暂时保管？何必非要占有？】

正说话处，有一个小和尚，名唤广智，出头道：“公公，要得长远也容易。”老僧闻言，就欢喜起来道：“我儿，你有甚么高见？”广智道：“那唐僧两个是走路的人，辛苦之甚，如今已睡着了。我们想几个有力量的，拿了枪刀，打开禅堂，将他杀了，把尸首埋在后园，只我一家知道，却又谋了他的白马、行囊，却把那袈裟留下，以为传家之宝，岂非子孙长久之计耶？”【贪婪心生杀害心】老和尚见说，满心欢喜，却才揩了眼泪道：“好！好！好！此计绝妙！”即便收拾枪刀。内中又有一个小和尚，名唤广谋，就是那广智的师弟，【妄谋、妄智】上前来道：“此计不妙。若要杀他，须要看看动静。那个白脸的似易，那个毛脸的似难。万一杀他不得，却不反招己祸？我有一个不动刀枪之法，不知你尊意如何？”老僧道：“我儿，你有何法？”广谋道：“依小孙之见，如今唤聚东山大小房头，每人要干柴一束，舍了那三间禅堂，放起火来，教他欲走无门，连马一火焚之。【卓吾评：三间禅堂，换了一领袈裟，所得便宜处，失便宜也】就是山前山后人家看见，只说是他自不小心，走了火，将我禅堂都烧了。那两个和尚，却不都烧死？又好掩人耳目。袈裟岂不是我们传家之宝？”【广智是虎狼之心，广谋是蛇蝎之意】那些和尚闻言，无不欢喜，都道：“强！强！强！此计更妙！更妙！”遂教各房头搬柴来。唉！这一计，正是弄得个高寿老僧该尽命，观音禅院化为尘！【观音禅院竟无慈悲心肠，烧了也罢】原来他那寺里，有七八十个房头，大小有二百余众。当夜一拥搬柴，把个禅堂前前后后四面围绕不通，安排放火不题。

却说三藏师徒，安歇已定。那行者却是个灵猴，虽然睡下，只是存神炼气，朦胧着醒眼。忽听得外面不住的人走，查查（zhā zhā，象声词）的柴响风生，他心疑惑道：“此时夜静，如何有人行得脚步之声？莫敢是贼盗，谋害我们的？”他就一骨鲁跳起，欲要开门出看，又恐惊醒师父。你看他弄个精神，摇身一变，变做一个蜜蜂儿，真个是：

口甜尾毒，腰细身轻。穿花度柳飞如箭，粘絮寻香似落星。小小微躯能负重，嚣嚣薄翅会乘风。却自椽棱下，钻出看分明。

只见那众僧们，搬柴运草，已围住禅堂放火哩。行者暗笑道：“果依我师父之言，他要害我们性命，谋我的袈裟，故起这等毒心。我待要拿棍打他啊，可怜又不禁打，一顿棍都打死了，师父又怪我行凶。罢，罢，罢！与他个‘顺手牵羊，将计就计’，教他住不成罢！”

好行者，一筋斗跳上南天门里，唬得个庞、刘、苟、毕躬身，马、赵、温、关控背，俱道：“不好了！不好了！那闹天宫的主子又来了！”【卓吾评：点缀】行者摇着手道：“列位免礼，休惊，我来寻广目天王的。”说不了，却遇天王早到，迎着行者道：“久阔，久阔。前闻得观音菩萨来见玉帝，借了四值功曹、六丁六甲并揭谛等，保护唐僧往西天取经去，说你与他做了徒弟，今日怎么得闲到此？”行者道：“且休叙阔。唐僧路遇歹人，放火烧他，事在万分紧急，特来寻你借‘辟火罩儿’，救他一救。快些拿来使使，即刻返上。”天王道：“你差了，既是歹人放火，只该借水救他，如何要辟火罩？”行者道：“你那里晓得就里。借水救之，却烧不起来，倒相应了他；只是借此罩，护住了唐僧无伤，其余管他，尽他烧去，快些，快些！此时恐已无及，莫误了我下边干事！”【卓吾评：趣】那天王笑道：“这猴子还是这等起不善之心，只顾了自家，就不管别人。”【卓吾评：着眼】行者道：“快着，快着，莫要调嘴，害了大事！”那天王不敢不借，遂将罩儿递与行者。

行者拿了，按着云头，径到禅堂房脊上，罩住了唐僧与白马、行李，他却去那后面老和尚住的方丈房上头坐，着意保护那袈裟。看那些人放起火来，他转捻诀念咒，望巽地上吸一口气吹将去，一阵风起，把那火转刮得烘烘乱着。好火！好火！但见：

黑烟漠漠，红焰腾腾：黑烟漠漠，长空不见一天星；红焰腾腾，大地有光千里赤。起初时，灼灼金蛇；次后来，威威血马。南方三炁逞英雄，回禄大神施法力。燥干柴烧烈火性，说甚么燧人钻木；熟油门前飘彩焰，赛过了老祖开炉。正是那无情火发，【卓吾评：着眼】怎禁这有意行凶，不去弭灾，反行助虐。风随火势，焰飞有千丈余高；火趁风威，灰迸上九霄云外。乒乒乓乓，好便似残年爆竹；泼泼喇喇，却就如军中炮声。烧得那当场佛象莫能逃，东院伽蓝无处躲。胜如赤壁夜鏖兵，赛过阿房宫内火！

这正是星星之火，能烧万顷之田。【卓吾评：着眼】须臾间，风狂火盛，把一座观音院，处处通红。你看那众和尚，搬箱抬笼，抢桌端锅，满院里叫苦连天。【形容欲火焚身不能自拔】孙行者护住了后边方丈，辟火罩罩住了前面禅堂，其余前后火光大发，真个是照天红焰辉煌，透壁金光照耀！

不期火起之时，惊动了一山兽怪。【卓吾评：这一转，亦有生发】这观音院正南二十里远近，有座黑风山，山中有一个黑风洞，洞中有一个妖精，正在睡醒翻身。只见那窗门透亮，只道是天明。起来看时，却是正北下的火光晃亮，妖精大惊道："呀！这必是观音院里失了火！这些和尚好不小心！我看时与他救一救来。"好妖精，纵起云头，即至烟火之下，果然冲天之火，前面殿宇皆空，两廊烟火方灼。他大拽步，撞将进去，正呼唤叫取水来，只见那后房无火，房脊上有一人放风。他却情知如此，急入里面看时，见那方丈中间有些霞光彩气，台案上有一个青毡包袱。他解开一看，见是一领锦襕袈裟，乃佛门之异宝。正是财动人心，【题眼，心生魔生】他也不救火，他也不叫水，【与悟空无异】拿着那袈裟，趁哄打劫，拽回云步，径转东山而去。【卓吾评：这件袈裟僧偷怪窃，唐僧为他多了若干事，真是着了袈裟事更多也】

那场火只烧到五更天明，方才灭息。你看那众僧们，赤赤精精，啼啼哭哭，都去那灰内寻铜铁，拨腐炭，扑金银。有的在墙筐里，苫搭窝棚；有的赤壁根头，支锅造饭；叫冤叫屈，乱嚷乱闹不题。

却说行者取了辟火罩，一筋斗送上南天门，交与广目天王道："谢借！谢借！"天王收了道："大圣至诚了。我正愁你不还我的宝贝，无处寻讨，且喜就送来也。"行者道："老孙可是那当面骗物之人？这叫做'好借好还，再借不难。'"天王道："许久不面，请到宫少坐一时，何如？"行者道："老孙比在前'烂板凳，高谈阔论'不同了；如今保唐僧，不得身闲。容叙！容叙！"急辞别坠云，又见那太阳星上。径来到禅堂前，摇身一变，变做个蜜蜂儿，飞将进去，现了本象，看时那师父还沉睡哩。

行者叫道："师父，天亮了，起来罢。"三藏才醒觉，翻身道："正是。"穿了衣服，开门出来，忽抬头只见些倒壁红墙，不见了楼台殿宇，大惊道："呀！怎么这殿宇俱无？

都是红墙，何也？”行者道：“你还做梦哩！今夜走了火的。”三藏道：“我怎不知？”行者道：“是老孙护了禅堂，见师父浓睡，不曾惊动。”三藏道：“你有本事护了禅堂，如何就不救别房之火？”行者笑道：“好教师父得知。果然依你昨日之言，他爱上我们的袈裟，算计要烧杀我们。若不是老孙知觉，到如今皆成灰骨矣！”三藏闻言，害怕道：“是他们放的火么？”行者道：“不是他是谁？”三藏道：“莫不是怠慢了你，你干的这个勾当？”行者道：“老孙是这等惫懒之人，干这等不良之事？实实是他家放的。老孙见他心毒，果是不曾与他救火，只是与他略略助些风的。”三藏道：“天那！天那！火起时，只该助水，怎转助风？”行者道：“你可知古人云：‘人没伤虎心，虎没伤人意。’他不弄火，我怎肯弄风？”【卓吾评：着眼】三藏道：“袈裟何在？敢莫是烧坏了也？”行者道：“没事！没事！烧不坏！那放袈裟的方丈无火。”三藏恨道：“我不管你！但是有些儿伤损，我只把那话儿念动念动，你就是死了！”行者慌了道：“师父，莫念！莫念！管寻还你袈裟就是了。等我去拿来走路。”三藏就牵着马，行者挑了担，出了禅堂，径往后方丈去。

却说那些和尚，正悲切间，忽的看见他师徒牵马挑担而来，唬得一个个魂飞魄散道：“冤魂索命来了！”【卓吾评：妙】行者喝道：“甚么冤魂索命？快还我袈裟来！”众僧一齐跪倒叩头道：“爷爷呀！冤有冤家，债有债主。要索命不干我们事，都是广谋与老和尚定计害你的，莫问我们讨命。”行者“咄”的一声道：“我把你这些该死的畜生！那个问你讨甚么命！只拿袈裟来还我走路！”其间有两个胆量大的和尚道：“老爷，你们在禅堂里已烧死了，如今又来讨袈裟，端的还是人是鬼？”行者笑道：“这伙孽畜！那里有甚么火来？你去前面看看禅堂，再来说话！”众僧们爬起来往前观看，那禅堂外面的门窗槅扇，更不曾燎灼了半分。众人悚惧，才认得三藏是位神僧，行者是尊护法。一齐上前叩头道：“我等有眼无珠，不识真人下界！你的袈裟在后面方丈中老师祖处哩！”三藏行过了三五层败壁破墙，嗟叹不已。只见方丈果然无火，众僧抢入里面，叫道：“公公！唐僧乃是神人，未曾烧死，如今反害了自己家当！【卓吾评：天理】趁早拿出袈裟，还他去也。”

原来这老和尚寻不见袈裟，又烧了本寺的房屋，正在万分烦恼焦燥之处，一闻此言，怎敢答应？因寻思无计，进退无方，拽开步，躬着腰，往那墙上着实撞了一头，可怜只撞得脑破血流魂魄散，咽喉气断染红沙！有诗为证，诗曰：

堪叹老衲性愚蒙，枉作人间一寿翁。
欲得袈裟传远世，岂知佛宝不凡同！
但将容易为长久，定是萧条取败功。

广智广谋成甚用？损人利己一场空！

【卓吾评：说出】

慌得个众僧哭道："师公已撞杀了，又不见袈裟，怎生是好？"行者道："想是汝等盗藏起也！都出来！开具花名手本，等老孙逐一查点！"那上下房的院主，将本寺和尚、头陀、幸童、道人尽行开具手本二张，大小人等，共计二百三十名。行者请师父高坐，他却一一从头唱名搜检，都要解放衣襟，分明点过，更无袈裟。又将那各房头搬抢出去的箱笼物件，从头细细寻遍，那里得有踪迹？

三藏心中烦恼，懊恨行者不尽，却坐在上面念动那咒。行者扑的跌倒在地，抱着头，十分难禁，只教"莫念！莫念！管寻还了袈裟！"那众僧见了，一个个战兢兢的，上前跪下劝解，三藏才合口不念。行者一骨鲁跳起来，耳朵里掣出铁棒，要打那些和尚，被三藏喝住道："这猴头！你头痛还不怕，还要无礼？休动手！且莫伤人！再与我审问一问！"众僧们磕头礼拜，哀告三藏道："老爷饶命！我等委实的不曾看见。这都是那老死鬼的不是。他昨晚看着你的袈裟，只哭到更深时候，看也不曾敢看，思量要图长久，做个传家之宝，设计定策，要烧杀老爷。自火起之候，狂风大作，各人只顾救火，搬抢物件，更不知袈裟去向。"行者大怒，走进方丈屋里，把那触死鬼尸首抬出，选剥了细看，浑身更无那件宝贝，就把个方丈掘地三尺，也无踪影。

行者忖量半晌，问道："你这里可有甚么妖怪成精么？"院主道："老爷不问，莫想得知。我这里正东南有座黑风山，黑风洞内有一个黑大王。我这老死鬼常与他讲道，他便是个妖精。别无甚物。"行者道："那山离此有多远近？"院主道："只有二十里，那望见山头的就是。"行者笑道："师父放心，不须讲了，一定是那黑怪偷去无疑。"三藏道："他那厢离此有二十里，如何就断得是他？"行者道："你不曾见夜间那火，光腾万里，亮透三天，且休说二十里，就是二百里也照见了！坐定是他见火光焜耀，趁着机会，暗暗的来到这里，看见我们袈裟是件宝贝，必然趁哄掳去也。等老孙去寻他一寻。"三藏道："你去了时，我却何倚？"行者道："这个放心，暗中自有神灵保护，明中等我叫那些和尚伏侍。"即唤众和尚过来道："汝等着几个去埋那老鬼，着几个伏侍我师父，看守我白马！"众僧领诺。行者又道："汝等莫顺口儿答应，等我去了，你就不来奉承。看师父的，要怡颜悦色；养白马的，要水草调匀。假有一毫儿差了，照依这个样棍，与你们看看！"他掣出棍子，照那火烧的砖墙扑的一下，把那墙打得粉碎，又震倒了有七八层墙。众僧见了，个个骨软身麻，跪着磕头滴泪道："爷爷宽心前去，我等竭力虔心，供奉老爷，决不敢一毫怠慢！"好行者，急纵筋斗云，径上黑风山，寻找这袈裟。正是那：

金蝉求正出京畿，仗锡投西涉翠微。
虎豹狼虫行处有，工商士客见时稀。
路逢异国愚僧妒，全仗齐天大圣威。
火发风生禅院废，黑熊夜盗锦襕衣。

毕竟此去不知袈裟有无，吉凶如何，且听下回分解。

【卓吾评：饶他广智、广谋，直弄得家破人亡，亦一省之乎？

好个广智、广谋，袈裟又不曾得，家当烧了，老和尚死了。何益？何益？人人如此，可怜！可怜！善乎篇中之言曰："广智广谋成甚用，损人利己一场空"，可谓老婆心急矣。

篇中又有隐语，亦一一拈出："只顾了自家，就不管别人"，"那无情火发"，"星星之火，能烧万顷之田"，"他不弄火，我怎肯弄风"，都是醒世名言，不要寻常看过】

【《坛经》印证：若欲修行，在家亦得，不由在寺。在家能行，如东方人心善；在寺不修，如西方人心恶。但心清净，即是自性西方】

第十七回　孙行者大闹黑风山　观世音收伏熊罴怪

【本回黑熊精开佛衣会，请狼、蛇观展，实为悟空在观音禅院给恶僧众炫耀袈裟的映射，黑熊精代表悟空的分别心、贪欲心，狼、蛇则代表僧众的杀害心。这种把人的某种心性分离出来映射到神魔层面的写法构成本书最大的特色，也是非凡的铺陈。一旦通过抽离的镜像观察和认识心性，就离意识到痛苦的虚空本质不远了】

话说孙行者一筋斗跳将起去，唬得那观音院大小和尚并头陀、幸童、道人等一个个朝天礼拜道："爷爷呀！原来是腾云驾雾的神圣下界！怪道火不能伤！恨我那个不识人的老剥皮，使心用心，今日反害了自己！"【卓吾评：着眼】三藏道："列位请起，不须恨了。这去寻着袈裟，万事皆休；但恐找寻不着，我那徒弟性子有些不好，汝等性命不知如何，恐一人不能脱也。"众僧闻得此言，一个个提心吊胆，告天许愿，只要寻得袈裟，各全性命不题。

却说孙大圣到空中，把腰儿扭了一扭，早来到黑风山上。住了云头，仔细看，果然是座好山。况正值春光时节，但见：

万壑争流，千崖竞秀。鸟啼人不见，花落树犹香。雨过天连青壁润，风来松卷翠屏张。山草发，野花开，悬崖峭嶂；薜萝生，佳木丽，峻岭平岗。不遇幽人，那寻樵子？涧边双鹤饮，石上野猿狂。矗矗堆螺排黛色，巍巍拥翠弄岚光。

那行者正观山景，忽听得芳草坡前有人言语。他却轻步潜踪，闪在那石崖之下，偷睛观看。原来是三个妖魔，席地而坐：上首的是一条黑汉，左首下是一个道人，右首下是一个白衣秀士。都在那里高谈阔论。讲的是立鼎安炉，抟砂炼汞，白雪黄芽，旁门外道（同"旁门左道"）。【注意此处作者认为"立鼎安炉，抟砂炼汞，白雪黄芽"都是"旁门外道"，故不可用炼丹术解读本书】正说中间，那黑汉笑道："后日是我母难之日，二公可光顾光顾？"白衣秀士道："年年与大王上寿，今年岂有不来之理？"黑汉道："我夜来得了一件宝贝，名唤锦襕佛衣，诚然是件玩好之物。我明日就以他为寿，大开筵宴，邀请各山道官，庆贺佛衣，就称为'佛衣会'如何？"【熊精向蛇精和狼精炫耀佛衣，正是悟空向僧众炫耀袈裟的镜像】道人笑道："妙！妙！妙！我明日先来拜寿，后日再来赴宴。"

行者闻得佛衣之言，定以为是他宝贝，他就忍不住怒气，跳出石崖，双手举起金箍棒，高叫道："我把你这伙贼怪！你偷了我的袈裟，要做甚么'佛衣会'！趁早儿将来还我！"喝一声"休走！"轮起棒，照头一下，慌得那黑汉化风而逃，道人驾云而走；只把个白衣秀士一棒打死。【卓吾评：天下只有白衣秀士没用了】拖将过来看处，却是一条白花蛇怪。【卓吾评：我道秀士中，竟蛇多龙少】【先灭蛇蝎之心】索性提起来，捽做五七断，径入深山，找寻那个黑汉。转过尖峰，抹过峻岭，又见那壁陡崖前，耸出一座洞府，但见那：

烟霞渺渺，松柏森森。烟霞渺渺采盈门，松柏森森青绕户。桥踏枯槎木，峰巅绕薜萝。鸟衔红蕊来云壑，鹿践芳丛上石台。那门前时催花发，风送花香。临堤绿柳转黄鹂，傍岸夭桃翻粉蝶。虽然旷野不堪夸，却赛蓬莱山下景。

行者到于门首，又见那两扇石门，关得甚紧。门上有一横石板，明书六个大字，乃"黑风山黑风洞"。即便轮棒，叫声："开门！"那里面有把门的小妖，开了门出来，问道："你是何人，敢来击吾仙洞？"行者骂道："你个作死的孽畜！甚么个去处，敢称仙洞！'仙'字是你称的？快进去报与你那黑汉，教他快送老爷的袈裟出来，饶你一窝性命！"小妖急急跑到里面，报道："大王！'佛衣会'做不成了！门外有一个毛脸雷公嘴的和尚，来讨袈裟哩！"那黑汉被行者在芳草坡前赶将来，却才关了门，坐还未稳。又听得那话，心中暗想道："这厮不知是那里来的，这般无礼，他敢嚷上我的门来！"教："取披挂！"随结束了，绰一杆黑缨枪，走出门来。这行者闪在门外，执着铁棒，睁睛观看，只见那怪果生得凶险：

碗子铁盔火漆光，乌金铠甲亮辉煌。
皂罗袍罩风兜袖，黑绿丝绦亸(duǒ，下垂)穗长。
手执黑缨枪一杆，足踏乌皮靴一双。
眼幌金睛如掣电，正是山中黑风王。

【黑即无明，指欲望对心性的蒙蔽，不透光亮】

行者暗笑道："这厮真个如烧窑的一般，筑煤的无二！想必是在此处刷炭为生，怎么这等一身乌黑？"那怪厉声高叫道："你是个甚么和尚，敢在我这里大胆？"行者执铁棒，撞至面前，大咤一声道："不要闲讲！快还你老外公的袈裟来！"那怪道："你是那寺里和尚？你的袈裟在那里失落了，敢来我这里索取？"行者道："我的袈裟，在直北观音院后方丈里放着。只因那院里失了火，你这厮，趁哄掳掠，盗了来，要做'佛衣会'庆寿，怎敢抵赖？快快还我，饶你性命！若牙迸半个'不'字，我推倒了黑风山，躧平了黑风洞，把你这一洞妖邪，都碾为齑粉！"

那怪闻言，呵呵冷笑道："你这个泼物！原来昨夜那火就是你放的！【欲望之火始自袈裟展，说是悟空放火也不为过】你在那方丈屋上，行凶招风，是我把一件袈裟拿来了，你待怎么！你是那里来的？姓甚名谁？有多大手段，敢那等海口浪言！”行者道：“是你也认不得你老外公哩！你老外公乃大唐上国驾前御弟三藏法师之徒弟，姓孙，名悟空行者。若问老孙的手段，说出来教你魂飞魄散，死在眼前！”那怪道：“我不曾会你，有甚么手段，说来我听。”行者笑道：“我儿子，你站稳着，仔细听了！我：

自小神通手段高，随风变化逞英豪。
养性修真熬日月，跳出轮回把命逃。
一点诚心曾访道，灵台山上采药苗。
那山有个老仙长，寿年十万八千高。
老孙拜他为师父，指我长生路一条。
他说身内有丹药，外边采取枉徒劳。
得传大品天仙诀，若无根本实难熬。
回光内照宁心坐，身中日月坎离交。
万事不思全寡欲，六根清净体坚牢。
返老还童容易得，超凡入圣路非遥。
三年无漏成仙体，不同俗辈受煎熬。
十洲三岛还游戏，海角天涯转一遭。
活该三百多余岁，不得飞升上九霄。
下海降龙真宝贝，才有金箍棒一条。
花果山前为帅首，水帘洞里聚群妖。
玉皇大帝传宣诏，封我齐天极品高。
几番大闹灵霄殿，数次曾偷王母桃。
天兵十万来降我，层层密密布枪刀。
战退天王归上界，哪吒负痛领兵逃。
显圣真君能变化，老孙硬赌跌平交。
道祖观音同玉帝，南天门上看降妖。
却被老君助一阵，二郎擒我到天曹。
将身绑在降妖柱，即命神兵把首枭。
刀砍锤敲不得坏，又教雷打火来烧。
老孙其实有手段，全然不怕半分毫。

送在老君炉里炼，六丁神火慢煎熬。
日满开炉我跳出，手持铁棒绕天跑。
纵横到处无遮挡，三十三天闹一遭。
我佛如来施法力，五行山压老孙腰。
整整压该五百载，幸逢三藏出唐朝。
吾今皈正西方去，转上雷音见玉毫。
你去乾坤四海问一问，我是历代驰名第一妖！”

【卓吾评：值得卖弄】

那怪闻言笑道：“你原来是那闹天宫的弼马温么？”【说了这么多，别人都没听到；别人听到的，是你避讳不说的】行者最恼的是人叫他弼马温；听见这一声，心中大怒。骂道：“你这贼怪！偷了袈裟不还，倒伤老爷！不要走！看棍！”那黑汉侧身躲过，绰长枪，劈手来迎。两家这场好杀：

如意棒，黑缨枪，二人洞口逞刚强。分心劈脸刺，着臂照头伤。这个横丢阴棍手，那个直拈急三枪。白虎爬山来探爪，黄龙卧道转身忙。喷彩雾，吐毫光，两个妖仙不可量：一个是修正齐天圣，一个是成精黑大王。这场山里相争处，只为袈裟各不良。

那怪与行者斗了十数回合，不分胜负。【所谓悟空与魔争斗，即是本心与邪心的争斗，在莎士比亚处即反复低吟“to be or not to be”，在本书中即是“斗了十数回合，不分胜负”】渐渐红日当午，那黑汉举枪架住铁棒道：“孙行者，我两个且收兵，等我进了膳来，再与你赌斗。”行者道：“你这个孽畜，教做汉子？好汉子，半日儿就要吃饭？似老孙在山根下，整压了五百余年，也未曾尝些汤水，那里便饿哩？莫推故，休走！还我袈裟来，方让你去吃饭！”那怪虚幌一枪，撤身入洞，关了石门，收回小怪，且安排筵宴，书写请帖，邀请各山魔王庆会不题。

却说行者攻门不开，也只得回观音院。那本寺僧人已葬埋了那老和尚，都在方丈里伏侍唐僧。早斋已毕，又摆上午斋。正那里添汤换水，只见行者从空降下，众僧礼拜，接入方丈，见了三藏。三藏道：“悟空，你来了，袈裟如何？”行者道：“已有了根由。早是不曾冤了这些和尚，原来是那黑风山妖怪偷了。老孙去暗暗的寻他，只见他与一个白衣秀士，一个老道人，坐在那芳草坡前讲话。也是个不打自招的怪物，他忽然说出道：后日是他母难之日，邀请诸邪来做生日，夜来得了一件锦襕佛衣，要以此为寿，作一大宴，唤做‘庆赏佛衣会’。是老孙抢到面前，打了一棍，那黑汉化风而走，道人也不见了，只把个白衣秀士打死，乃是一条白花蛇成精。我又急急赶到他洞口，叫他出来与他赌斗。他已承认了，是他拿回。战彀这半日，不分胜负。那怪回洞，却要吃饭，关了石门，惧战不出。老孙却来回看师父，先报此信，已是有了袈裟的下落，不怕他不还我。”

众僧闻言，合掌的合掌，磕头的磕头，都念声“南无阿弥陀佛！今日寻着下落，我等方有了性命矣！”行者道：“你且休喜欢畅快，我还未曾到手，师父还未曾出门哩。只等有了袈裟，打发得我师父好好的出门，才是你们的安乐处；若稍有些须不虞，老孙可是好惹的主子！可曾有好茶饭与我师父吃？可曾有好草料喂马？”众僧俱满口答应道：“有！有！有！更不曾一毫怠慢了老爷。”三藏道：“自你去了这半日，我已吃过了三次茶汤，两餐斋供了。他俱不曾敢慢我。但只是你还尽心竭力去寻取袈裟回来。”行者道：“莫忙！既有下落，管情拿住这厮，还你原物。放心，放心！”

正说处，那上房院主，又整治素供，请孙老爷吃斋。行者却吃了些须，复驾祥云，又去找寻。正行间，只见一个小怪，左胁下夹着一个花梨木匣儿，从大路而来。行者度他匣内必有甚么柬札，举起棒，劈头一下，可怜不禁打，就打得似个肉饼一般；却拖在路旁，揭开匣儿观看，果然是一封请帖。帖上写着：

“侍生熊罴顿首拜，启上大阐金池老上人丹房：屡承佳惠，感激渊深。夜观回禄之难，有失救护，谅仙机必无他害。生偶得佛衣一件，欲作雅会，谨具花酌，奉扳清赏。至期，千乞仙驾过临一叙。是荷。先二日具。”【卓吾评：幻笔如此，奇矣，奇矣】

行者见了，呵呵大笑道：“那个老剥皮，死得他一毫儿也不亏！他原来与妖精结党！怪道他也活了二百七十岁。想是那个妖精，传他些甚么服气的小法儿，故有此寿。老孙还记得他的模样，等我就变做那和尚，【卓吾评：猴】往他洞里走走，看我那袈裟放在何处。假若得手，即便拿回，却也省力。”

好大圣，念动咒语，迎着风一变，果然就像那老和尚一般，藏了铁棒，拽开步，径来洞口，叫声“开门”。那小妖开了门，见是这般模样，急转身报道：“大王，金池长老来了。”那怪大惊道：“刚才差了小的去下简帖请他，这时候还未到那里哩，如何他就来得这等迅速？想是小的不曾撞着他，断是孙行者呼他来讨袈裟的。管事的，可把佛衣藏了，莫教他看见。”

行者进了前门，但见那天井中，松篁交翠，桃李争妍，丛丛花发，簇簇兰香，却也是个洞天之处。又见那二门上有一联对子，写着：“静隐深山无俗虑，幽居仙洞乐天真。”【卓吾评：幻笔，妙甚】

行者暗道:“这厮也是个脱垢离尘,知命的怪物。”入门里,往前又进,到于三层门里,都是些画栋雕梁,明窗彩户。只见那黑汉子,穿的是黑绿纻(zhù,苎麻)丝袢袄,罩一领鸦青花绫披风,戴一顶乌角软巾,穿一双麂皮皂靴;见行者进来,整顿衣巾,降阶迎接道:“金池老友,连日欠亲。请坐,请坐。”行者以礼相见。见毕而坐,坐定而茶。茶罢,妖精欠身道:“适有小简奉启,后日一叙,何老友今日就下顾也?”行者道:“正来进拜,不期路遇华翰(对他人来信的美称),见有佛衣雅会,故此急急奔来,愿求见见。”那怪笑道:“老友差矣。这袈裟本是唐僧的,他在你处住札,你岂不曾看见,反来就我看看?”行者道:“贫僧借来,因夜晚还不曾展看,不期被大王取来,又被火烧了荒山,失落了家私。那唐僧的徒弟,又有些骁勇,乱忙中,四下里都寻觅不见。原来是大王的洪福收来,故特来一见。”

正讲处,只见有一个巡山的小妖,来报道:“大王!祸事了!下请书的小校,被孙行者打死在大路旁边,他绰着经儿(顺着线索),变化做金池长老,来骗佛衣也!”那怪闻言,暗道:“我说那长老怎么今日就来,又来得迅速,果然是他!”急纵身,拿过枪来,就刺行者。行者耳朵里急掣出棍子,现了本相,架住枪尖,就在他那中厅里跳出,自天井中,斗到前门外,唬得那洞里群魔都丧胆,家间老幼尽无魂。这场在山头好赌斗,比前番更是不同。好杀:

那猴王胆大充和尚,这黑汉心灵隐佛衣。语去言来机会巧,随机应变不差池。袈裟欲见无由见,宝贝玄微真妙微。小怪寻山言祸事,老妖发怒显神威。翻身打出黑风洞,枪棒争持辨是非。棒架长枪声响喨,枪迎铁棒放光辉。悟空变化人间少,妖怪神通世上稀。【暗示悟空本领与心魔旗鼓相当】这个要把佛衣来庆寿,那个不得袈裟肯善归?这番苦战难分手,就是活佛临凡也解不得围。

他两个从洞口打上山头,自山头杀在云外,吐雾喷风,飞砂走石,只斗到红日沉西,不分胜败。那怪道:“姓孙的,你且住了手。今日天晚,不好相持。你去,你去!待明早来,与你定个死活。”行者叫道:“儿子莫走!要战便像个战的,不可以天晚相推。”看他没头没脸的,只情使棍子打来,这黑汉又化阵清风,转回本洞,紧闭石门不出。

行者却无计策奈何,只得也回观音院里。按落云头,道声“师父”。那三藏眼儿巴巴的,正望他哩。忽见到了面前,甚喜;又见他手里没有袈裟,又惧;问道:“怎么这番还不曾有袈裟来?”行者袖中取出个简帖儿来,递与三藏道:“师父,那怪物与这死的老剥皮,原是朋友。他着一个小妖送此帖来,还请他去赴‘佛衣会’。是老孙就把那小妖打死,变做那老和尚,进他洞去,骗了一钟茶吃,欲问他讨袈裟看看,他不肯拿出。正坐间，忽被一个甚么巡山的，走了风信，他就与我打将起来。只斗到这早晚，不分上下。他见天晚，闪回洞去，紧闭石门。老孙无奈，也暂回来。”三藏道：“你手段比他何如?”行者道：“我也硬不多儿，只战个手平。”【互为镜像，故旗鼓相当】三藏才看了简帖，又递与那院主道：“你师父敢莫也是妖精么?”那院主慌忙跪下道：“老爷，我师父是人；只因那黑大王修成人道，常来寺里与我师父讲经，他传了我师父些养神服气之术，故以朋友相称。”行者道：“这伙和尚没甚妖气，他一个个头圆顶天，足方履地，但比老孙肥胖长大些儿，非妖精也。你看那帖儿上写着‘侍生熊罴’，此物必定是个黑熊成精。”三藏道：“我闻得古人云：‘熊与猩猩相类。’【你猴子跟那熊精是一类人，作者暗示熊精即猴子的心魔】都是兽类，他却怎么成精?”行者笑道：“老孙是兽类，见做了齐天大圣，与他何异?【无异，我猴子跟那熊精就是一个人】大抵世间之物，凡有九窍者，皆可以修行成仙。”三藏又道：“你才说他本事与你手平，你却怎生得胜，取我袈裟回来?”行者道：“莫管，莫管，我有处治。”

正商议间，众僧摆上晚斋，请他师徒们吃了。三藏教掌灯，仍去前面禅堂安歇。众僧都挨墙倚壁，苫搭窝棚，各各睡下，只把个后方丈让与那上下院主安身。此时夜静，但见：

银河现影，玉宇无尘。满天星灿烂，一水浪收痕。万籁声宁，千山鸟绝。溪边渔火息，塔上佛灯昏。昨夜阇黎钟鼓响，今宵一遍哭声闻。

是夜在禅堂歇宿。那三藏想着袈裟，那里得稳睡?忽翻身见窗外透白，急起叫道：“悟空，天明了，快寻袈裟去。”行者一骨鲁跳将起来，早见众僧侍立，供奉汤水，行者道：“你等用心伏侍我师父，老孙去也。”三藏下床，扯住道：“你往那里去?”行者道：“我想这桩事都是观音菩萨没理，【卓吾评：妙人】他有这个禅院在此，受了这里人家香火，又容那妖精邻住。我去南海寻他，与他讲一讲，教他亲来问妖精讨袈裟还我。”三藏道：“你这去，几时回来?”行者道：“时少只在饭罢，时多只在晌午，就成功了。那些和尚，可好伏侍，老孙去也。”

说声去，早已无踪。须臾间，到了南海，停云观看。但见那：

汪洋海远，水势连天。祥光笼宇宙，瑞气照山川。千层雪浪吼青霄，万迭烟波滔白昼。水飞四野，浪滚周遭。水飞四野振轰雷，浪滚周遭鸣霹雳。休言水势，且看中间。五色朦胧宝迭山，红黄紫皂绿和蓝。才见观音真胜境，试看南海落伽山。好去处！山峰高耸，顶透虚空。中间有千样奇花，百般瑞草。风摇宝树，日映金莲。观音殿瓦盖琉璃，潮音洞门铺玳瑁。绿杨影里语鹦哥，紫竹林中啼孔雀。罗纹石上，护法威严；玛瑙滩前，木叉雄壮。

这行者观不尽那异景非常，径直按云头，到竹林之下。早有诸天迎接道：“菩萨前者对众言大圣归善，甚是宣扬。今保唐僧，如何得暇到此？”行者道：“因保唐僧，路逢一事，特见菩萨，烦为通报。”诸天遂来洞口报知。菩萨唤入，行者遵法而行，至宝莲台下拜了。菩萨问曰：“你来何干？”行者道：“我师父路遇你的禅院，你受了人间香火，容一个黑熊精在那里邻住，着他偷了我师父袈裟，屡次取讨不与，今特来问你要的。”菩萨道：“这猴子说话，这等无状！既是熊精偷了你的袈裟，你怎来问我取讨？都是你这个孽猴大胆，将宝贝卖弄，拿与小人看见，你却又行凶，唤风发火，烧了我的留云下院，反来我处放刁！”【困住你的，是你的卖弄心，与别人无关】行者见菩萨说出这话，知他晓得过去未来之事，慌忙礼拜道：“菩萨，乞恕弟子之罪，果是这般这等。但恨那怪物不肯与我袈裟，师父又要念那话儿咒语，老孙忍不得头疼，故此来拜烦菩萨。望菩萨慈悲之心，助我去拿那妖精，取衣西进也。”菩萨道：“那怪物有许多神通，却也不亚于你。【实就是你】也罢，我看唐僧面上，和你去走一遭。”行者闻言，谢恩再拜。即请菩萨出门，遂同驾祥云，早到黑风山。坠落云头，依路找洞。

正行处，只见那山坡前，走出一个道人，手拿着一个玻璃盘儿，盘内安着两粒仙丹，往前正走，被行者撞个满怀，掣出棒，就照头一下，打得脑里浆流出，腔中血迸撺。菩萨大惊道：“你这个猴子，还是这等放泼！他又不曾偷你袈裟，又不与你相识，又无甚冤仇，你怎么就将他打死？”行者道：“菩萨，你认他不得。他是那黑熊精的朋友。他昨日和一个白衣秀士，都在芳草坡前坐讲。后日是黑精的生日，请他们来庆‘佛衣会’。今日他先来拜寿，明日来庆‘佛衣会’，所以我认得。定是今日替那妖去上寿。”菩萨说：“既是这等说来，也罢。”行者才去把那道人提起来看，却是一只苍狼。【若单看此节，不看上文，则狼、蛇无作恶，不该打死。只有在心灵层面，把黑风山佛衣会作为观音院袈裟展的镜像，把黑熊作为悟空的贪婪心、卖弄心的映射，才看出蛇、狼代表观音禅院僧人的蛇蝎之心、虎狼之意，故该打死。实为除恶念，而非乱杀生。这种表现手法类似舞台剧，将不容易表述的心理过程用具有象征意义的道具和夸张的动作表达出来，本书的人魔映射和性情志的分离均出于这种目的】旁边那个盘儿底下却有字，刻道：“凌虚子制”。

行者见了，笑道：“造化！造化！老孙也是便益，菩萨也是省力。这怪叫做不打自招，那怪教他今日了劣（了结。指死亡）。”菩萨说道：“悟空，这教怎么说？”行者道：“菩萨，我悟空有一句话儿，叫做‘将计就计’，不知菩萨可肯依我？”菩萨道：“你说。”行者说道：“菩萨，你看这盘儿中是两粒仙丹，便是我们与那妖魔的贽见（见面礼。

贽，音 zhì）；这盘儿后面刻的四个字，说‘凌虚子制’，便是我们与那妖魔的勾头（拘票）。菩萨若要依得我时，我好替你作个计较（计策；打算；主张），也就不须动得干戈，也不须劳得征战，妖魔眼下遭瘟，佛衣眼下出现；菩萨要不依我时，菩萨往西，我悟空往东，佛衣只当相送，唐三藏只当落空。”菩萨笑道：“这猴熟嘴！”行者道：“不敢，倒是一个计较。”菩萨说：“你这计较怎说？”行者道：“这盘上刻那‘凌虚子制’，想这道人就叫做凌虚子。菩萨，你要依我时，可就变做这个道人，我把这丹吃了一粒，变上一粒，略大些儿。菩萨你就捧了这个盘儿两颗仙丹，去与那妖上寿，把这丸大些的让与那妖。待那妖一口吞之，老孙便于中取事，他若不肯献出佛衣，老孙将他肚肠，就也织将一件出来。”

菩萨没法，只得也点点头儿。行者笑道：“如何？”尔时菩萨乃以广大慈悲，无边法力，亿万化身，以心会意，以意会身，恍惚之间，变作凌虚仙子：

鹤氅仙风飒，飘飖欲步虚。
苍颜松柏老，秀色古今无。
去去还无住，如如自有殊。
总来归一法，只是隔邪躯。

行者看道：“妙啊！妙啊！还是妖精菩萨，还是菩萨妖精？”菩萨笑道：“悟空，菩萨、妖精，总是一念；【好人有恶念，即是妖精；恶人有善念，即是菩萨。是自己的念头让自己成佛成圣，而不是袈裟，也不是仙丹这些外物】若论本来，皆属无有。”【卓吾评：说出】【心性本来清净，宝物俗物只是一念，何苦为一念搭上性命】行者心下顿悟，转身却就变做一粒仙丹：【心性才是真正的仙丹】

走盘无不定，圆明未有方。
三三勾漏合，六六少翁商①。
瓦铄黄金焰，牟尼白昼光。
外边铅与汞，未许易论量。

行者变了那颗丹，终是略大些儿。菩萨认定，拿了那个玻璃盘儿，径到妖洞门口，看时，果然是：

崖深岫险，云生岭上；柏苍松翠，风飒林间。崖深岫险，果是妖邪出没人烟少；柏苍松翠，也可仙真修隐道情多。山有涧，涧有泉，潺潺流水咽鸣琴，便堪洗耳；崖

---

① 三三勾漏合，六六少翁商：“三三”是乾卦，形状为☰；“六六”是坤卦，形状为☷。“勾漏”和“少翁”是古代著名炼丹士，“合”“商”是判断、调整之意。整句是互文结构，意为仙丹的火候恰到好处。暗指心性是造物的精妙作品。

有鹿，林有鹤，幽幽仙籁动间岑，亦可赏心。这是妖仙有分降菩提，弘誓无边垂恻隐。

菩萨看了，心中暗喜道："这孽畜占了这座山洞，却是也有些道分。"因此心中已是有个慈悲。

走到洞口，只见守洞小妖，都有些认得道："凌虚仙长来了。"一边传报，一边接引。那妖早已迎出二门道："凌虚，有劳仙驾珍顾，蓬荜有辉。"菩萨道："小道敬献一粒仙丹，敢称千寿。"他二人拜毕，方才坐定，又叙起他昨日之事。菩萨不答，连忙拿丹盘道："大王，且见小道鄙意。"觑定一粒大的，推与那妖道："愿大王千寿！"那妖亦推一粒，递与菩萨道："愿与凌虚子同之。"让毕，那妖才待要咽，那药顺口儿一直滚下。现了本相，理起四平，那妖滚倒在地。【卓吾评：可笑！这猴子到是老熊心上人】【所谓悟空钻到妖怪肚子里，乃是心性钻透心机之喻】菩萨现相，问妖取了佛衣，行者早已从鼻孔中出去。菩萨又怕那妖无礼，却把一个箍儿，丢在那妖头上。那妖起来，提枪要刺，行者、菩萨早已起在空中，菩萨将真言念起。那怪依旧头疼，丢了枪，满地乱滚。半空里笑倒个美猴王，平地下滚坏个黑熊怪。

菩萨道："孽畜！你如今可皈依么？"那怪满口道："心愿皈依，只望饶命！"行者道："恐耽搁了工夫。"意欲就打，菩萨急止住道："休伤他命。我有用他处哩。"行者道："这样怪物，不打死他，反留他在何处用哩？"菩萨道："我那落伽山后，无人看管，我要带他去做个守山大神。"【菩萨收伏的也不是真人真兽，而是邪心恶念】行者笑道："诚然是个救苦慈尊，一灵不损。若是老孙有这样咒语，就念上他娘千遍！这回儿就有许多黑熊，都教他了帐！"【卓吾评：贼猴，你就忘了那话儿咒了么？】

却说那怪苏醒多时，公道难禁疼痛，只得跪在地下哀告道："但饶性命，愿皈正果！"菩萨方坠落祥光，又与他摩顶受戒，教他执了长枪，跟随左右。那黑熊才一片野心今日定，无穷顽性此时收。【卓吾评：着眼】菩萨吩咐道："悟空，你回去罢。好生伏侍唐僧是，休懈惰生事。"行者道："深感菩萨远来，弟子还当回送回送。"菩萨道："免送。"行者才捧着袈裟，叩头而别。菩萨亦带了熊罴，径回大海。有诗为证，诗曰：

祥光霭霭凝金象，万道缤纷实可夸。
普济世人垂悯恤，遍观法界现金莲。
今来多为传经意，此去原无落点瑕。
降怪成真归大海，空门复得锦袈裟。

毕竟不知向后事情如何，且听下回分解。

【卓吾评：只为一领袈裟，生出多少事来。古宿云“着了袈裟事更多”，谅哉！

黑熊偷了袈裟作“佛衣大会”，这叫做“亲传衣钵”，该与孙行者是同衣了。一笑，一笑】

【世间根本没有神话意义上的妖魔和神仙，有的只是或伟大、或邪恶、或欢乐、或痛苦的心性，在挣扎与选择中，每个人又都充满神通】

【《坛经》印证：若不思万法，性本如空，一念思量，名为变化。思量恶事，化为地狱；思量善事，化为天堂；毒害，化为龙蛇；慈悲，化为菩萨；智慧，化为上界；愚痴，化为下方。自性变化甚多，迷人不能省觉，念念起恶，常行恶道，迴一念善，智慧即生，此名自性化身佛】

第十八回　观音院唐僧脱难　高老庄行者降魔

【前文唐僧说："心生，种种魔生；心灭，种种魔灭。"黑熊精的生灭，反映了贪欲心在师徒心中的生灭。但情感和欲望却一直伴随人左右，善则与心性相合，成为辅助；恶则与心性相抵，成为拖累。本回把人的情感和欲望抽离出来，引入八戒】

行者辞了菩萨，按落云头，将袈裟挂在香枏（nán，同"楠"）树上，掣出棒来，打入黑风洞里。那洞里那得一个小妖？原来是他见菩萨出现，降得那老怪就地打滚，急急都散走了。行者一发行凶，将他那几层门上，都积了干柴，前前后后，一齐发火，把个黑风洞烧做个"红风洞"，却拿了袈裟，驾祥光，转回直北。

话说那三藏望行者急忙不来，心甚疑惑；不知是请菩萨不至，不知是行者托故而逃。正在那胡猜乱想之中，只见半空中彩雾灿灿，行者忽坠阶前，叫道："师父，袈裟来了。"三藏大喜，众僧亦无不欢悦道："好了！好了！我等性命，今日方才得全了。"三藏接了袈裟道："悟空，你早间去时，原约到饭罢晌午，如何此时日西方回？"行者将那请菩萨施变化降妖的事情，备陈了一遍。三藏闻言，遂设香案，朝南礼拜罢，道："徒弟啊，既然有了佛衣，可快收拾包裹去也。"行者道："莫忙，莫忙。今日将晚，不是走路的时候，且待明日早行。"众僧们一齐跪下道："孙老爷说得是：一则天晚，二来我等有些愿心儿，今幸平安，有了宝贝，待我还了愿，请老爷散了福，明早再送西行。"行者道："正是，正是。"你看那些和尚，都倾囊倒底，把那火里抢出的余资，各出所有，整顿了些斋供，烧了些平安无事的纸，念了几卷消灾解厄的经。当晚事毕。

次早方刷扮了马匹，包裹了行囊出门。众僧远送方回。行者引路而去，正是那春融时节。但见那：

草衬玉骢蹄迹软，柳摇金线露华新。
桃杏满林争艳丽，薜萝绕径放精神。
沙堤日暖鸳鸯睡，山涧花香蛱蝶驯。
这般秋去冬残春过半，不知何年行满得真文。

师徒们行了五七日荒路，忽一日天色将晚，远远的望见一村人家。三藏道："悟空，你看那壁厢有座山庄相近，我们去告宿一宵，明日再行何如？"行者道："且等老

孙去看看吉凶,再作区处。”那师父挽住丝缰,这行者定睛观看,真个是:

竹篱密密,茅屋重重。参天野树迎门,曲水溪桥映户。道旁杨柳绿依依,园内花开香馥馥。此时那夕照沉西,处处山林喧鸟雀;晚烟出爨(cuàn,灶),条条道径转牛羊。又见那食饱鸡豚眠屋角,醉酣邻叟唱歌来。

行者看罢道:“师父请行,定是一村好人家,正可借宿。”那长老催动白马,早到街衢之口。又见一个少年,头裹绵布,身穿蓝袄,持伞背包,敛裩扎裤,脚踏着一双三耳草鞋,雄纠纠的,出街忙步。行者顺手一把扯住道:“那里去?我问你一个信儿:此间是甚么地方?”那个人只管苦挣,口里嚷道:“我庄上没人?只是我好问信!”行者陪着笑道:“施主莫恼,‘与人方便,自己方便。’你就与我说说地名何害?我也可解得你的烦恼。”那人挣不脱手,气得乱跳道:“蹭蹬(倒霉)!蹭蹬!家长的屈气受不了,又撞着这个光头,受他的清气!”行者道:“你有本事,劈开我的手,你便就去了也罢。”那人左扭右扭,那里扭得动,却似一把铁钤拑住一般,气得他丢了包袱,撇了伞,两只手,雨点似来抓行者。行者把一只手扶着行李,一只手抵住那人,凭他怎么支吾,只是不能抓着。行者愈加不放,急得爆燥如雷。三藏道:“悟空,那里不有人来了?你再问那人就是,只管扯住他怎的?放他去罢。”行者笑道:“师父不知。若是问了别人没趣,须是问他,才有买卖。”那人被行者扯住不过,只得说出道:“此处乃是乌斯藏国界之地,唤做高老庄。一庄人家有大半姓高,故此唤做高老庄。你放了我去罢。”行者又道:“你这样行装,不是个走近路的。你实与我说你要往那里去,端的所干何事,我才放你。”

这人无奈,只得以实情告诉道:“我是高太公的家人,名叫高才。我那太公有一个女儿,年方二十岁,更不曾配人,三年前被一个妖精占了。那妖整做了这三年女婿。我太公不悦,说道:‘女儿招了妖精,不是长法:一则败坏家门,二则没个亲家来往。’一向要退这妖精。那妖精那里肯退,转把女儿关在他后宅,将有半年,再不放出与家内人相见。我太公与了我几两银子,教我寻访法师,拿那妖怪。我这些时不曾住脚,前前后后,请了有三四个人,都是不济的和尚,脓包的道士,降不得那妖精。【道行差的和尚、道士降不得情感和欲望之心魔】刚才骂了我一场,说我不会干事,又与了我五钱银子做盘缠,教我再去请好法师降他。不期撞着你这个纥刺星(hé cì xīng,犹魔星)扯住,误了我走路,故此里外受气,我无奈,才与你叫喊。不想你又有些拿法(拳术中的一种擒人手法),我挣不过你,所以说此实情。你放我走罢。”行者道:“你的造化,我有营生,这才是凑四合六的勾当。你也不须远行,莫要化费了银子。我们不是那不济的和尚,脓包的道士,其实有些手段,惯会拿妖。这正是‘一来照顾郎中，二来又医得眼好。’烦你回去上覆你那家主，说我们是东土驾下差来的御弟圣僧，往西天拜佛求经者，善能降妖缚怪。”高才道：“你莫误了我。我是一肚子气的人，你若哄了我，没甚手段，拿不住那妖精，却不又带累我来受气？”行者道：“管教不误了你。你引我到你家门首去来。”那人也无计奈何，真个提着包袱，拿了伞，转步回身，领他师徒到于门首道：“二位长老，你且在马台上略坐坐，等我进去报主人知道。”行者才放了手，落担牵马，师徒们坐立门旁等候。

那高才入了大门，径往中堂上走，可可的撞见高太公。太公骂道：“你那个蛮皮畜生，怎么不去寻人，又回来做甚？”高才放下包伞道：“上告主人公得知，小人才行出街口，忽撞见两个和尚：一个骑马，一个挑担。他扯住我不放，问我那里去。我再三不曾与他说及，他缠得没奈何，不得脱手，遂将主人公的事情，一一说与他知。他却十分欢喜，要与我们拿那妖怪哩。”高老道：“是那里来的？”高才道：“他说是东土驾下差来的御弟圣僧，前往西天拜佛求经的。”太公道：“既是远来的和尚，怕不真有些手段。他如今在那里？”高才道：“现在门外等候。”

那太公即忙换了衣服，与高才出来迎接，叫声“长老”。三藏听见，急转身，早已到了面前。那老者戴一顶乌绫巾，穿一领葱白蜀锦衣，踏一双糙米皮的犊子靴，系一条黑绿绦子，出来笑语相迎，便叫：“二位长老，作揖了。”三藏还了礼，行者站着不动。那老者见他相貌凶丑，便就不敢与他作揖。行者道：“怎么不唱老孙喏？”那老儿有几分害怕，叫高才道：“你这小厮却不弄杀我也？家里现有一个丑头怪脑的女婿打发不开，怎么又引这个雷公来害我？”行者道：“老高，你空长了许大年纪，还不省事！若专以相貌取人，干净错了。我老孙丑自丑，却有些本事。替你家擒得妖精，捉得鬼魅，拿住你那女婿，还了你女儿，便是好事，何必谆谆以相貌为言！”太公见说，战兢兢的，只得强打精神，叫声“请进”。这行者见请，才牵了白马，教高才挑着行李，与三藏进去。他也不管好歹，就把马拴在敞厅柱上，扯过一张退光漆交椅，叫三藏坐下。他又扯过一张椅子，坐在旁边。那高老道：“这个小长老，倒也家怀（谓不见外，不客套）。”行者道：“你若肯留我住得半年，还家怀哩。”

坐定，高老问道：“适间小价（仆人；对己仆的谦称）说，二位长老是东土来的？”三藏道：“便是。贫僧奉朝命往西天拜佛求经，因过宝庄，特借一宿，明日早行。”高老道：“二位原是借宿的，怎么说会拿怪？”行者道：“因是借宿，顺便拿几个妖怪儿要耍的。动问府上有多少妖怪？”高老道：“天哪！还吃得有多少哩！只这一个妖怪女婿，已彀他磨慌了！”行者道：“你把那妖怪的始末，有多大手段，从头儿说说我听，我好替你拿他。”高老道：“我们这庄上，自古至今，也不晓得有甚么鬼祟魍魉，邪魔作耗。只是老拙不幸，不曾有子，止生三个女儿：大的唤名香兰，第二的名玉兰，第三的名翠兰。那两个从小儿配与本庄人家，止有小的个，要招个女婿，指望他与我同家过活，做个养老女婿，撑门抵户，做活当差。不期三年前，有一个汉子，模样儿倒也精致，他说是福陵山上人家，姓猪，上无父母，下无兄弟，愿与人家做个女婿。我老拙见是这般一个无羁无绊的人，就招了他。一进门时，倒也勤谨：耕田耙地，不用牛具；收割田禾，不用刀杖。昏去明来，其实也好；只是一件，有些会变嘴脸。”行者道：“怎么变么？”高老道：“初来时，是一条黑胖汉，后来就变做一个长嘴大耳朵的呆子，脑后又有一溜鬃毛，身体粗糙怕人，头脸就像个猪的模样。食肠却又甚大：一顿要吃三五斗米饭；早间点心，也得百十个烧饼才彀。喜得还吃斋素；若再吃荤酒，便是老拙这些家业田产之类，不上半年，就吃个罄净！”三藏道：“只因他做得，所以吃得。”高老道：“吃还是件小事，他如今又会弄风，云来雾去，走石飞砂，唬得我一家并左邻右舍，俱不得安生。又把那翠兰小女关在后宅子里，一发半年也不曾见面，更不知死活如何。因此知他是个妖怪，要请个法师与他去退，去退。”行者道：“这个何难？老儿你管放心，今夜管情与你拿住，教他写了退亲文书，还你女儿如何？”高老大喜道：“我为招了他不打紧，坏了我多少清名，疏了我多少亲眷。但得拿住他，要甚么文书？就烦与我除了根罢。”行者道：“容易，容易！入夜之时，就见好歹。”

老儿十分欢喜，才教展抹桌椅，摆列斋供。斋罢，将晚，老儿问道：“要甚兵器？要多少人随？趁早好备。”行者道：“兵器我自有。”老儿道：“二位只是那根锡杖，锡杖怎么打得妖精？”行者随于耳内取出一个绣花针来，捻在手中，迎风幌了一幌，就是碗来粗细的一根金箍铁棒，对着高老道：“你看这条棍子，比你家兵器如何？可打得这怪否？”高老又道：“既有兵器，可要人跟？”行者道：“我不用人，只是要几个年高有德的老儿，陪我师父清坐闲叙，我好撇他而去。等我把那妖精拿来，对众取供，替你除了根罢。”那老儿即唤家僮，请了几个亲故朋友。一时都到，相见已毕，行者道：“师父，你放心稳坐，老孙去也。”

你看他撒着铁棒，扯着高老道：“你引我去后宅子里，妖精的住处看看。”高老遂引他到后宅门首。行者道：“你去取钥匙来。”高老道：“你且看看，若是用得钥匙，却不请你了。”行者笑道：“你那老儿，年纪虽大，却不识耍。我把这话儿哄你一哄，你就当真。”走上前，摸了一摸，原来是铜汁灌的锁子。狠得他将金箍棒一捣，捣开门扇，里面却黑洞洞的。行者道：“老高，你去叫你女儿一声，看他可在里面。”那老儿硬着胆叫道：“三姐姐！”那女儿认得是他父亲的声音，才少气无力的应了一声道：

“爹爹，我在这里哩。”行者闪金睛，向黑影里仔细看时，你道他怎生模样？但见那：

云鬓乱堆无掠，玉容未洗尘淄。一片兰心依旧，十分娇态倾颓。樱唇全无气血，腰肢屈屈偎偎。愁蹙蹙，蛾眉淡；瘦怯怯，语声低。

他走来看见高老，一把扯住，抱头大哭。行者道：“且莫哭！且莫哭！我问你，妖怪往那里去了？”女子道：“不知往那里走。这些时，天明就去，入夜方来。云云雾雾，往回不知何所。因是晓得父亲要祛退他，他也常常防备，故此昏来朝去。”行者道：“不消说了。老儿，你带令爱往前边宅里，慢慢的叙阔，让老孙在此等他。他若不来，你却莫怪；他若来了，定与你剪草除根。”那老高欢欢喜喜的，把女儿带将前去。

行者却弄神通，摇身一变，变得就如那女子一般，独自个坐在房里等那妖精。不多时，一阵风来，真个是走石飞砂。好风：

起初时微微荡荡，向后来渺渺茫茫。
微微荡荡乾坤大，渺渺茫茫无阻碍。
凋花折柳胜摁麻，倒树摧林如拔菜。
翻江搅海鬼神愁，裂石崩山天地怪。
衔花麋鹿失来踪，摘果猿猴迷在外。
七层铁塔侵佛头，八面幢幡伤宝盖。
金梁玉柱起根摇，房上瓦飞如燕块。
举棹梢公许愿心，开船忙把猪羊赛。
当坊土地弃祠堂，四海龙王朝上拜。
海边撞损夜叉船，长城刮倒半边塞。

那阵狂风过处，只见半空里来了一个妖精，果然生得丑陋：黑脸短毛，长喙大耳；穿一领青不青、蓝不蓝的梭布直裰，系一条花布手巾。行者暗笑道：“原来是这个买卖！”好行者，却不迎他，也不问他，且睡在床上推病，口里哼哼啧啧(jī jī，象声词)的不绝。那怪不识真假，走进房，一把搂住，就要亲嘴。行者暗笑道：“真个要来弄老孙哩！”即使个拿法，托着那怪的长嘴，叫做个小跌。漫头一料，扑的掼下床来。那怪爬起来，扶着床边道：“姐姐，你怎么今日有些怪我？想是我来得迟了？”行者道：“不怪！不怪！”那妖道：“既不怪我，怎么就丢我这一跌？”行者道：“你怎么就这等样小家子，就搂我亲嘴？我因今日有些不自在，若每常好时，便起来开门等你了。你可脱了衣服睡是。”那怪不解其意，真个就去脱衣。行者跳起来，坐在净桶上。那怪依旧复来床上摸一把，摸不着人，叫道：“姐姐，你往那里去了？请脱衣服睡罢。”

行者道："你先睡，等我出个恭来。"那怪果先解衣上床。

行者忽然叹口气，道声"造化低了！"那怪道："你恼怎的？造化怎么得低的？我得到了你家，虽是吃了些茶饭，却也不曾白吃你的：我也曾替你家扫地通沟，搬砖运瓦，筑土打墙，耕田耙地，种麦插秧，创家立业。如今你身上穿的锦，戴的金，四时有花果享用，八节有蔬菜烹煎，你还有那些儿不趁心处，这般短叹长吁，说甚么造化低了？"行者道："不是这等说。今日我的父母，隔着墙，丢砖料瓦的，甚是打我骂我哩。"那怪道："他打骂你怎的？"行者道："他说我和你做了夫妻，你是他门下一个女婿，全没些儿礼体。这样个丑嘴脸的人，又会不得姨夫，又见不得亲戚，又不知你云来雾去的，端的是那里人家，姓甚名谁，败坏他清德，玷辱他门风，故此这般打骂，所以烦恼。"那怪道："我虽是有些儿丑陋，若要俊，却也不难。我一来时，曾与他讲过，他愿意方才招我，今日怎么又说起这话！我家住在福陵山云栈洞。我以相貌为姓，故姓猪，官名叫做猪刚鬣。他若再来问你，你就以此话与他说便了。"

行者暗喜道："那怪却也老实，不用动刑，就供得这等明白。既有了地方、姓名，不管怎的也拿住他。"行者道："他要请法师来拿你哩。"那怪笑道："睡着！睡着！莫睬他！我有天罡数的变化，九齿的钉钯，怕甚么法师、和尚、道士？就是你老子有虔心，请下九天荡魔祖师下界，我也曾与他做过相识，他也不敢怎的我。"行者道："他说请一个五百年前大闹天宫姓孙的齐天大圣，要来拿你哩。"那怪闻得这个名头，就有三分害怕道："既是这等说，我去了罢，两口子做不成了。"行者道："你怎的就去？"那怪道："你不知道，那闹天宫的弼马温，有些本事，只恐我弄他不过，低了名头，不像模样。"他套上衣服，开了门，往外就走，被行者一把扯住，将自己脸上抹了一抹，现出原身。喝道："好妖怪，那里走！你抬头看看我是那个？"那怪转过眼来，看见行者咨牙俫嘴(龇牙咧嘴)，火眼金睛，磕头毛脸，就是个活雷公相似，慌得他手麻脚软，划刺的一声，挣破了衣服，化狂风脱身而去。行者急上前，掣铁棒，望风打了一下。那怪化万道火光，径转本山而去。行者驾云，随后赶来，叫声："那里走！你若上天，我就赶到斗牛宫！你若入地，我就追至枉死狱！"咦！毕竟不知这一去赶至何方，有何胜败，且听下回分解。

【卓吾评：真是一对好夫妻，毕竟老婆强似老公。大抵今日天下就有老猪做老公，还有老孙来做老婆降伏他。如何好不怕老婆！如何好不怕老婆！

行者装女儿处，尚少描画，若能设身做出夫妻模样，更当令人绝倒】

第十九回　云栈洞悟空收八戒　浮屠山玄奘受心经

【本回八戒自述经历：生性鲁钝，为惑障；获罪遭贬，为业障；贪图口欲，为报障；不闻正法，为见障。从此修行，除去四障。所谓“乌斯藏”，即“无四障”也】

却说那怪的火光前走，这大圣的彩霞随跟。正行处，忽见一座高山，那怪把红光结聚，现了本相，撞入洞里，取出一柄九齿钉钯来战。行者喝一声道：“泼怪！你是那里来的邪魔？怎么知道我老孙的名号？你有甚么本事，实实供来，饶你性命！”那怪道：“是你也不知我的手段！上前来站稳着，我说与你听：我

自小生来心性拙，贪闲爱懒无休歇。
不曾养性与修真，混沌迷心熬日月。
忽然闲里遇真仙，就把寒温坐下说。
劝我回心莫堕凡，伤生造下无边孽。
有朝大限命终时，八难三途悔不喋。
听言意转要修行，闻语心回求妙诀。
有缘立地拜为师，指示天关并地阙。
得传九转大还丹，工夫昼夜无时辍。
上至顶门泥丸宫，下至脚板涌泉穴。
周流肾水入华池，丹田补得温温热。
婴儿姹女配阴阳，铅汞相投分日月。
离龙坎虎用调和，灵龟吸尽金乌血。
三花聚顶得归根，五气朝元通透彻。
功圆行满却飞升，天仙对对来迎接。
朗然足下彩云生，身轻体健朝金阙。
玉皇设宴会群仙，各分品级排班列。
敕封元帅管天河，总督水兵称宪节。
只因王母会蟠桃，开宴瑶池邀众客。
那时酒醉意昏沉，东倒西歪乱撒泼。
逞雄撞入广寒宫，风流仙子来相接。

见他容貌挟人魂，旧日凡心难得灭。
全无上下失尊卑，扯住嫦娥要陪歇。
再三再四不依从，东躲西藏心不悦。
色胆如天叫似雷，险些震倒天关阙。
纠察灵官奏玉皇，那日吾当命运拙。
广寒围困不通风，进退无门难得脱。
却被诸神拿住我，酒在心头还不怯。
押赴灵霄见玉皇，依律问成该处决。
多亏太白李金星，出班俯囟亲言说。
改刑重责二千锤，肉绽皮开骨将折。
放生遭贬出天关，福陵山下图家业。
我因有罪错投胎，俗名唤做猪刚鬣。”

行者闻言道：“你这厮原来是天蓬水神下界，怪道知我老孙名号。”那怪道声：“哏！你这诳上的弼马温，当年撞那祸时，不知带累我等多少，今日又来此欺人！不要无礼，吃我一钯！”行者怎肯容情，举起棒，当头就打。他两个在那半山之中黑夜里赌斗。好杀：

行者金睛似闪电，妖魔环眼似银花。这一个口喷彩雾，那一个气吐红霞。气吐红霞昏处亮，口喷彩雾夜光华。金箍棒，九齿钯，两个英雄实可夸：一个是大圣临凡世，一个是元帅降天涯。那个因失威仪成怪物，这个幸逃苦难拜僧家。钯去好似龙伸爪，棒迎浑若凤穿花。那个道：“你破人亲事如杀父！”这个道：“你强奸幼女正该拿！”闲言语，乱喧哗，往往来来棒架钯。看看战到天将晓，那妖精两膊觉酸麻。

他两个自二更时分，直斗到东方发白。那怪不能迎敌，败阵而逃，依然又化狂风，径回洞里，把门紧闭，再不出头。行者在这洞门外看有一座石碣，上书“云栈洞”三字；见那怪不出，天又大明，心却思量：“恐师父等候，且回去见他一见，再来捉此怪不迟。”随踏云点一点，早到高老庄。

却说三藏与那诸老谈今论古，一夜无眠。正想行者不来，只见天井里，忽然站下行者。行者收藏铁棒，整衣上厅，叫道：“师父，我来了。”慌得那诸老一齐下拜。谢道：“多劳！多劳！”三藏问道：“悟空，你去这一夜，拿得妖精在那里？”行者道：“师父，那妖不是凡间的邪祟，也不是山间的怪兽。他本是天蓬元帅临凡，只因错投了胎，嘴脸像一个野猪模样，其实性灵尚存。他说以相为姓，唤名猪刚鬣。是老孙从后宅里掣棒就打，他化一阵狂风走了。被老孙着风一棒，他就化道火光，径转他那本山洞里，取出一柄九齿钉钯，与老孙战了一夜。适才天色将明，他怯战而走，把洞门紧闭不出。老孙还要打开那门，与他见个好歹，恐师父在此疑虑盼望，故先来回个信息。”

说罢，那老高上前跪下道：“长老，没及奈何，你虽赶得去了，他等你去后复来，却怎区处？索性累你与我拿住，除了根，才无后患。我老夫不敢怠慢，自有重谢：将这家财田地，凭众亲友写立文书，与长老平分。只是要剪草除根，莫教坏了我高门清德。”行者笑道：“你这老儿不知分限。那怪也曾对我说，他虽是食肠大，吃了你家些茶饭，他与你干了许多好事。这几年挣了许多家资，皆是他之力量。他不曾白吃了你东西，问你祛他怎的。据他说，他是一个天神下界，替你把家做活，又未曾害了你家女儿。想这等一个女婿，也门当户对，不怎么坏了家声，辱了行止，当真的留他也罢。”老高道：“长老，虽是不伤风化，但名声不甚好听。动不动着人就说：‘高家招了一个妖怪女婿！’这句话儿教人怎当？”三藏道：“悟空，你既是与他做了一场，一发与他做个竭绝（解决，了断），才见始终。”行者道：“我才试他一试耍子，此去一定拿来与你们看，且莫忧愁。”叫：“老高，你还好生管待我师父，我去也。”

说声去，就无形无影的，跳到他那山上，来到洞口，一顿铁棍，把两扇门打得粉碎。口里骂道：“那馕糠（nǎng kāng，骂人的话。（如畜生般）吃糠）的夯货，快出来与老孙打么！”那怪正喘嘘嘘的，睡在洞里，听见打得门响，又听见骂馕糠的夯货，他却恼怒难禁，只得拖着钯，抖擞精神，跑将出来，厉声骂道：“你这个弼马温，着实惫懒（无赖）！与你有甚相干，你把我大门打破？你且去看看律条，打进大门而入，该个杂犯死罪哩！”行者笑道：“这个呆子！我就打了大门，还有个辨处。像你强占人家女子，又没个三媒六证，又无些茶红酒礼，该问个真犯斩罪哩！”那怪道：“且休闲讲，看老猪这钯！”行者使棒支住道：“你这钯可是与高老家做园工筑地种菜的？有何好处怕你！”那怪道：“你错认了！这钯岂是凡间之物？你且听我道来：

此是锻炼神冰铁，磨琢成工光皎洁。
老君自己动钤锤，荧惑（火神名）亲身添炭屑。
五方五帝用心机，六丁六甲费周折。
造成九齿玉垂牙，铸就双环金坠叶。
身妆六曜排五星，体按四时依八节。
短长上下定乾坤，左右阴阳分日月。
六爻神将按天条，八卦星辰依斗列。
名为上宝逊金钯，进与玉皇镇丹阙。

因我修成大罗仙，为吾养就长生客。
敕封元帅号天蓬，钦赐钉钯为御节。
举起烈焰并毫光，落下猛风飘瑞雪。
天曹神将尽皆惊，地府阎罗心胆怯。
人间那有这般兵，世上更无此等铁。
随身变化可心怀，任意翻腾依口诀。
相携数载未曾离，伴我几年无日别。
日食三餐并不丢，夜眠一宿浑无撇。
也曾佩去赴蟠桃，也曾带他朝帝阙。
皆因仗酒却行凶，只为倚强便撒泼。
上天贬我降凡尘，下世尽我作罪孽。
石洞心邪曾吃人，高庄情喜婚姻结。
这钯下海掀翻龙鼍窝，上山抓碎虎狼穴。
诸般兵刃且休题，惟有吾当钯最切。
相持取胜有何难，赌斗求功不用说。
何怕你铜头铁脑一身钢，钯到魂消神气泄！”

行者闻言，收了铁棒道：“呆子不要说嘴！老孙把这头伸在那里，你且筑一下儿，看可能魂消气泄？”那怪真个举起钯，着气力筑将来。扑的一下，钻起钯的火光焰焰，更不曾筑动一些儿头皮。唬得他手麻脚软，道声“好头！好头！”行者道：“你是也不知。老孙因为闹天宫，偷了仙丹，盗了蟠桃，窃了御酒，被小圣二郎擒住，押在斗牛宫前，众天神把老孙斧剁锤敲，刀砍剑刺，火烧雷打，也不曾损动分毫。又被那太上老君拿了我去，放在八卦炉中，将神火锻炼，炼做个火眼金睛，铜头铁臂。不信，你再筑几下，看看疼与不疼？”那怪道：“你这猴子，我记得你闹天宫时，家住在东胜神洲傲来国花果山水帘洞里，到如今久不闻名，你怎么来到这里上门子欺我？莫敢是我丈人去那里请你来的？”行者道：“你丈人不曾去请我。因是老孙改邪归正，弃道从僧，保护一个东土大唐驾下御弟，叫做三藏法师，往西天拜佛求经，路过高庄借宿，那高老儿因话说起，就请我救他女儿，拿你这馕糠的夯货！”

那怪一闻此言，丢了钉钯，唱个大喏道：“那取经人在那里？累烦你引见引见。”行者道：“你要见他怎的？”那怪道：“我本是观世音菩萨劝善，受了他的戒行，这里持斋把素，教我跟随那取经人往西天拜佛求经，将功折罪，还得正果。教我等他，这几年不闻消息。今日既是你与他做了徒弟，何不早说取经之事，只倚凶强，上门打我?”行者道:“你莫诡诈欺心软我,欲为脱身之计。果然是要保护唐僧,略无虚假,你可朝天发誓,我才带你去见我师父。”那怪扑的跪下,望空似捣碓的一般,只管磕头道:“阿弥陀佛,南无佛,我若不是真心实意,还教我犯了天条,劈尸万段!”行者见他赌咒发愿,道:“既然如此,你点把火来烧了你这住处,我方带你去。”那怪真个搬些芦苇荆棘,点着一把火,将那云栈洞烧得像个破瓦窑。对行者道:“我今已无挂碍了,你却引我去罢。”【卓吾评:着眼】【悲壮】行者道:“你把钉钯与我拿着。”那怪就把钯递与行者。行者又拔了一根毫毛,吹口仙气,叫“变!”即变做一条三股麻绳,走过来,把手背绑剪了。那怪真个倒背着手,凭他怎么绑缚。却又揪着耳朵,拉着他,叫:“快走!快走!”那怪道:“轻着些儿!你的手重,揪得我耳根子疼。”行者道:“轻不成,顾你不得!常言道:‘善猪恶拿。’【卓吾评:趣】只等见了我师父,果有真心,方才放你。”他两个半云半雾的,径转高家庄来。有诗为证:

金性刚强能克木,心猿降得木龙归。
金从木顺皆为一,木恋金仁总发挥。
一主一宾无间隔,三交三合有玄微。
性情并喜贞元聚,同证西方话不违。

【在把人的身、性、意、情、志分成五个人描述之外,本书多处还用五行学说和炼丹术语指代五人,如悟空五行属金,为性;八戒属木,为情;两者对应炼丹术的铅和汞。这样讲述是为了描述各人的特点和配合关系,而不是暗示炼丹手法。此处诗的涵义是,性情本为一体,产生分歧时心性要能克制情感欲望,使两者相合,才是修行的正途】

顷刻间,到了庄前。行者揪着他的钯,揪着他的耳道:“你看那厅堂上端坐的是谁?乃吾师也。”那高氏诸亲友与老高,忽见行者把那怪背绑揪耳而来,一个个欣然迎到天井中,道声“长老!长老!他正是我家的女婿!”那怪走上前,双膝跪下,背着手对三藏叩头,高叫道:“师父,弟子失迎,早知是师父住在我丈人家,我就来拜接,怎么又受到许多波折?”三藏道:“悟空,你怎么降得他来拜我?”行者才放了手,拿钉钯柄儿打着,喝道:“呆子!你说么!”那怪把菩萨劝善事情,细陈了一遍。

三藏大喜。便叫:“高太公,取个香案用用。”老高即忙抬出香案。三藏净了手焚香,望南礼拜道:“多蒙菩萨圣恩!”那几个老儿也一齐添香礼拜。拜罢,三藏上厅高坐,教:“悟空放了他绳。”行者才把身抖了一抖,收上身来,其缚自解。那怪从新礼拜三藏,愿随西去。又与行者拜了,以先进者为兄,遂称行者为师兄。三藏道:“既从吾善果,要做徒弟,我与你起个法名,早晚好呼唤。”他道:“师父,我是菩萨已与我摩顶受戒，起了法名，叫做猪悟能也。”三藏笑道：“好！好！你师兄叫做悟空，你叫做悟能，其实是我法门中的宗派。”悟能道：“师父，我受了菩萨戒行，断了五荤三厌[①]，在我丈人家持斋把素，更不曾动荤。【卓吾评：难道高老女儿是素的？】今日见了师父，我开了斋罢。”三藏道：“不可！不可！你既是不吃五荤三厌，我再与你起个别名，唤为八戒。”那呆子欢欢喜喜道：“谨遵师命。”因此又叫做猪八戒。

高老见这等去邪归正，更十分喜悦。遂命家僮安排筵宴，酬谢唐僧。八戒上前扯住老高道：“爷，请我拙荆出来拜见公公、伯伯，如何？”【卓吾评：趣】行者笑道：“贤弟，你既入了沙门，做了和尚，从今后，再莫题起那‘拙荆’的话说。世间只有个火居道士（有妻室的道士），那里有个火居的和尚？【卓吾评：火居和尚遍地皆是】我们且来叙了坐次，吃顿斋饭，赶早儿往西天走路。”高老儿摆了桌席，请三藏上坐。行者与八戒，坐于左右两旁。诸亲下坐。高老把素酒开樽，满斟一杯，奠了天地，然后奉与三藏。三藏道：“不瞒太公说，贫僧是胎里素，自幼儿不吃荤。”老高道：“因知老师清素，不曾敢动荤。此酒也是素的，请一杯不妨。”三藏道：“也不敢用酒，酒是我僧家第一戒者。”悟能慌了道：“师父，我自持斋，却不曾断酒。”悟空道：“老孙虽量窄，吃不上坛把，却也不曾断酒。”三藏道：“既如此，你兄弟们吃些素酒也罢，只是不许醉饮误事。”遂而他两个接了头钟。各人俱照旧坐下，摆下素斋。说不尽那杯盘之盛，品物之丰。

师徒们宴罢，老高将一红漆丹盘，拿出二百两散碎金银，奉三位长老为途中之费；又将三领绵布偏衫，为上盖（外衣；罩衫）之衣。三藏道：“我们是行脚僧，遇庄化饭，逢处求斋，怎敢受金银财帛？”行者近前，轮开手，抓了一把，叫：“高才，昨日累你引我师父，今日招了一个徒弟，无物谢你，把这些碎金碎银，权作带领钱，拿了去买草鞋穿。以后但有妖精，多作成我几个，还有谢你处哩。”高才接了，叩头谢赏。老高又道：“师父们既不受金银，望将这粗衣笑纳，聊表寸心。”三藏又道：“我出家人，若受了一丝之贿，千劫难修。只是把席上吃不了的饼果，带些去做干粮足矣。”八戒在旁边道：“师父、师兄，你们不要便罢，我与他家做了这几年女婿，就是挂脚粮也该三石哩。丈人啊，我的直裰，昨晚被师兄扯破了，与我一件青锦袈裟，鞋子绽了，与我一双好新鞋子。”高老闻言，不敢不与，随买一双新鞋，将一领偏衫，换下旧时衣物。

那八戒摇摇摆摆，对高老唱个喏道：“上覆丈母、大姨、二姨并姨夫、姑舅诸亲：

---

① 三厌：原意是道教中三种不忍食的动物，即雁、狗、乌鱼。这里代指所有肉食。

我今日去做和尚了,不及面辞,休怪。丈人啊,你还好生看待我浑家(妻子),只怕我们取不成经时,好来还俗,照旧与你做女婿过活。”【八戒一直有平常心,知退路】行者喝道:“夯货,却莫胡说!”八戒道:“哥呵,不是胡说,只恐一时间有些儿差池,却不是和尚误了做,老婆误了娶,两下里都耽搁了?”三藏道:“少题闲话,我们赶早儿去来。”遂此收拾了一担行李,八戒担着;备了白马,三藏骑着;行者肩担铁棒,前面引路。一行三众,辞别高老及众亲友,投西而去。有诗为证,诗曰:

满地烟霞树色高,唐朝佛子苦劳劳。
饥餐一钵千家饭,寒着千针一衲袍。
意马胸头休放荡,心猿乖劣莫教嚎。
情和性定诸缘合,月满金华是伐毛。

【心意不放荡、心性莫乖劣、性情和顺,即是圆满的状态。伐毛,即剔除芜杂无用之物;月满金华,比喻心性的圆明状态】

三众进西路途,有个月平稳。行过了乌斯藏界,【无四障】猛抬头见一座高山。三藏停鞭勒马道:“悟空、悟能,前面山高,须索仔细,仔细。”八戒道:“没事。这山唤做浮屠山,【浮屠即梵语佛陀】山中有一个乌巢禅师,【乌巢者,无巢,即无住。《金刚经》所说“应无所住,而生其心”,即心不执着于相】在此修行,老猪也曾会他。”三藏道:“他有些甚么勾当?”八戒道:“他倒也有些道行。他曾劝我跟他修行,我不曾去罢了。”师徒们说着话,不多时,到了山上。好山!但见那:

山南有青松碧桧,山北有绿柳红桃。闹聒聒,山禽对语;舞翩翩,仙鹤齐飞。香馥馥,诸花千样色;青冉冉,杂草万般奇。涧下有滔滔绿水,崖前有朵朵祥云。真个是景致非常幽雅处,寂然不见往来人。

那师父在马上遥观,见香桧树前,有一柴草窝。左边有麋鹿衔花,右边有山猴献果。树梢头,有青鸾彩凤齐鸣,玄鹤锦鸡咸集。八戒指道:“那不是乌巢禅师!”三藏纵马加鞭,直至树下。

却说那禅师见他三众前来,即便离了巢穴,跳下树来。三藏下马奉拜,那禅师用手搀道:“圣僧请起,失迎,失迎。”八戒道:“老禅师,作揖了。”禅师惊问道:“你是福陵山猪刚鬣,怎么有此大缘,得与圣僧同行?”八戒道:“前年蒙观音菩萨劝善,愿随他做个徒弟。”【前年,即两年前,正是观音与金顶大仙说两三年即到之时】禅师大喜道:“好,好,好!”又指定行者,问道:“此位是谁?”行者笑道:“这老禅怎么认得他,倒不认得我?”禅师道:“因少识耳。”三藏道:“他是我的大徒弟孙悟空。”禅师陪笑道:“欠礼,欠礼。”

【《坛经》印证：若悟无生顿法，见西方只在刹那；不悟，念佛求生，路遥如何得达？】

三藏再拜，请问西天大雷音寺还在那里。禅师道："远哩！远哩！只是路多虎豹，难行。"三藏殷勤致意，再问："路途果有多远？"禅师道："路途虽远，终须有到之日，却只是魔瘴（同"魔障"。修身的障碍）难消。【卓吾评：着眼】我有《多心经》一卷，凡五十四句，共计二百七十字。若遇魔瘴之处，但念此经，自无伤害。"三藏拜伏于地恳求，那禅师遂口诵传之。经云：

"《摩诃般若波罗蜜多心经》：观自在菩萨，行深般若波罗蜜多时，照见五蕴皆空，度一切苦厄。舍利子，色不异空，空不异色；色即是空，空即是色。受想行识，亦复如是。舍利子，是诸法空相，不生不灭，不垢不净，不增不减。是故空中无色，无受想行识，无眼耳鼻舌身意，无色声香味触法，无眼界，乃至无意识界，无无明，亦无无明尽。乃至无老死，亦无老死尽。无苦寂灭道，无智亦无得。以无所得故，菩提萨埵。依般若波罗蜜多故，心无挂碍；无挂碍故，无有恐怖；远离颠倒梦想，究竟涅槃。三世诸佛，依般若波罗蜜多故，得阿耨多罗三藐三菩提。故知般若波罗蜜多，是大神咒，是大明咒，是无上咒，是无等等咒，能除一切苦，真实不虚。故说般若波罗蜜多咒，即说咒曰："揭谛！揭谛！波罗揭谛！波罗僧揭谛！菩提萨婆诃！"

【运用广大智慧脱离苦厄心法：思索万事万物本质的智者，运用广大智慧进入离苦境界时，意识到万事万物都是心境起伏所产生的波澜，本质上都归于虚空。在这种境界里可以超脱一切痛苦和困顿。这些心境的波动，无外乎形态、感受、臆想、行为、判断而已，心可以产生它们，也可以消灭它们，认识到这些波澜可以随意在有无中相互转换，就明白了它虚空的本质。为了脱离这些虚幻的表相带来的痛苦和困顿，心不要执着于任何经验认识，所以也无需否定任何经验认识，不去污染也不用刻意洗净，不要在心中聚集越来越多的东西，也不要刻意摒弃。保持自己空灵的心态，不局限于任何具体的形象和意识，不沉溺于任何感官的感觉，不要划定心境的时空范围和界限，不聚焦于苦难，也不刻意寻求解脱，没有高超的机巧和知识。正是因为这样，所有人都可以修习这个心法。用这个心法修行，心就不会受到幻觉的牵扯。因为没有挂碍牵扯，也就不会产生让自己痛苦的恐怖。远离这些错觉臆想，达到清净无为的境界。所有得到大智慧的觉悟者都是依照此法修习成功的。这个方法具有广大神通，也是最高的智慧，能除一切苦，绝不是妄言。希望大家多念诵、多修习这个心法，并鼓励别人也一起诵持。大家都渡过心中的苦难之海，到达智慧的彼岸】

此时唐朝法师本有根源，耳闻一遍《多心经》，即能记忆，至今传世。此乃修真之总经，作佛之会门也。

【《坛经》印证：善知识！摩诃般若波罗蜜是梵语，此言大智慧到彼岸。此须心行，不在口念。口念心不行，如幻如化，如露如电；口念心行，则心口相应。本性是佛，离性无别佛。何名摩诃？摩诃是大。心量广大，犹如虚空，无有边畔，亦无方圆大小，亦非青黄赤白，亦无上下长短，亦无瞋无喜，无是无非，无善无恶，无有头尾。诸佛刹土，尽同虚空。世人妙性本空，无有一法可得，自性真空亦复如是。善知识！世界虚空，能含万物色像：日月星宿，山河大地，泉源溪涧，草木丛林，恶人善人，恶法善法，天堂地狱，一切大海，须弥诸山，总在空中。世人性空亦复如是。善知识！自性能含万法是大，万法在诸人性中。若见一切人恶之与善，尽皆不取不舍，亦不染着，心如虚空，名之为大，故曰摩诃。善知识！心量广大，遍周法界，用即了了分明，应用便知一切。一切即一，一即一切，去来自由，心体无滞，即是般若。何名波罗蜜？此是西国语，唐言到彼岸，解义离生灭。着境生灭起，如水有波浪，即名为此岸；离境无生灭，如水常通流，即名为彼岸；故号波罗蜜。善知识！摩诃般若波罗蜜，最尊最上最第一，无住无往亦无来，三世诸佛从中出。当用大智慧，打破五蕴烦恼尘劳。如此修行，定成佛道】

那禅师传了经文，踏云光，要上乌巢而去；被三藏又扯住奉告，定要问个西去的路程端的。【真经已传，悟得到，此处便是灵山；悟不到，则灵山还远】那禅师笑云："道路不难行，试听我吩咐：千山千水深，多瘴多魔处。若遇接天崖，放心休恐怖。行来摩耳岩，侧着脚踪步。仔细黑松林，妖狐多截路。精灵满国城，魔主盈山住。老虎坐琴堂，苍狼为主簿。狮象尽称王，虎豹皆作御。野猪挑担子，水怪前头遇。多年老石猴，那里怀嗔怒。你问那相识，他知西去路。"【前面的磨难都是内心的幻象，让心性指引前行吧】

行者闻言，冷笑道："我们去，不必问他，问我便了。"【卓吾评：着眼】【问心即可】三藏还不解其意。那禅师化作金光，径上乌巢而去。长老往上拜谢，行者心中大怒，举铁棒望上乱捣，只见莲花生万朵，祥雾护千层。行者纵有搅海翻江力，莫想挽着乌巢一缕藤。【心性的波澜，搅不动无为无住的智者】三藏见了，扯住行者道："悟空，这样一个菩萨，你捣他窝巢怎的？"行者道："他骂了我兄弟两个一场去了。"三藏道："他讲的西天路径，何尝骂你？"行者道："你那里晓得？他说'野猪挑担子'，是骂的八戒；'多年老石猴'，是骂的老孙。你怎么解得此意？"八戒道："师兄息怒。这禅师也晓得过去未来之事，但看他'水怪前头遇'这句话，不知验否，饶他去罢。"

行者见莲花祥雾，近那巢边。只得请师父上马，下山往西而去。那一去：管教清福人间少，致使灾魔山里多。毕竟不知前程端的如何，且听下回分解。

【卓吾评：游戏之中，暗传密谛。学者着意《心经》，方不枉读《西游》一记，孤负了作者婆心。不然宝山空手，亦付之无可奈何而已。凡读书，俱要如此。岂特《西游》一记已也？】

【《心经》里的"五蕴皆空"，除了原文中的"色即是空，空即是色"，还包含"受即是空，空即是受""想即是空，空即是想""行即是空，空即是行""识即是空，空即是识"。下文一直到狮驼国，都是按照这些义理展开：五人聚齐的过程强调"色"的虚幻，宝象国强调"受"，乌鸡国强调"想"，车迟国强调"行"，西梁国强调"想"支配的"行"，祭赛国强调对立的"识"，朱紫国强调易混淆之"识"，直到狮驼国的恐怖心，完成《心经》的诠释。下文离开国界时，我们还会提示这种结构安排】

第二十回　黄风岭唐僧有难　半山中八戒争先

【取经途中各难写作的一大特点，往往由师徒对话或借宿过程中的小波折，点出主旨。所以，逢妖之前的引子，无一处虚笔，都是点睛之言。本回黄风岭之难的主题是彰显心志的重要性，为下文收沙僧伏笔。在本回的引子里，先由师徒对话引出恋家的话题，再在借宿过程中暗示东去还是西去的方向之辨，进行西去心志的比较，都在强调心志的重要性】

偈曰：【卓吾评：说出】

法本从心生，还是从心灭。
生灭尽由谁，请君自辨别。
既然皆己心，何用别人说？
只须下苦功，扭出铁中血。
绒绳着鼻穿，挽定虚空结。
拴在无为树，不使他颠劣。
莫认贼为子，心法都忘绝。
休教他瞒我，一拳先打彻。
现心亦无心，现法法也辍。
人牛不见时，碧天光皎洁。
秋月一般圆，彼此难分别。

【一切意念都是从心里产生，还是需要自己从心里打破。意念都是自己的心性在作为，别人干预不了。一定要努力修习，看破它虚空的本质。要以无为的态度对待自己的意念，不要放纵意念，也不要受感官的影响，蒙蔽自己的心性。达到心法俱无、清净无为的境界时，心性就像秋月一样灵透光润】

【《金刚经》印证：一切有为法，如梦幻泡影，如露亦如电，应作如是观】

这一篇偈子，乃是玄奘法师悟彻了《多心经》，打开了门户，那长老常念常存，一点灵光自透。【《西游记》的章回安排，往往在一个大的故事情节结束之后，在下一回的开头用判词总结上文，所以下一个故事的开头章节，也是上一个故事的收尾。这种钩链式的结构，除了说书留悬念的考虑，也保证抄书或印刷时不至于章节错

乱。读者在理解这些收束判词时，应注意是上文主旨，而不是下文主旨】

且说他三众，在路餐风宿水，带月披星，早又至夏景炎天。但见那：

花尽蝶无情叙，树高蝉有声喧。野蚕成茧火榴妍，沼内新荷出现。

那日正行时，忽然天晚，又见山路旁边，有一村舍。三藏道："悟空，你看那'日落西山藏火镜，月升东海现冰轮'。幸而道旁有一人家，我们且借宿一宵，明日再走。"八戒道："说得是，我老猪也有些饿了，且到人家化些斋吃，有力气，好挑行李。"行者道："这个恋家鬼！【"恋家鬼"即是迷失心志之魔】你离了家几日，就生报怨！"八戒道："哥啊，似不得你这喝风呵烟的人。我从跟了师父这几日，长忍半肚饥，你可晓得？"三藏闻之道："悟能，你若是在家心重呵，不是个出家的了，你还回去罢。"【卓吾评：着眼】那呆子慌得跪下道："师父，你莫听师兄之言。他有些赃埋（犹诬陷）人。我不曾报怨甚的，他就说我报怨。我是个直肠的痴汉，我说道肚内饥了，好寻个人家化斋，他就骂我是恋家鬼。师父啊，我受了菩萨的戒行，又承师父怜悯，情愿要伏侍师父往西天去，誓无退悔，这叫做'恨苦修行'，怎的说不是出家的话！"三藏道："既是如此，你且起来。"【此处以师徒关于恋家与否的对话暗示本回讲心志】那呆子纵身跳起，口里絮絮叨叨的，挑着担子，只得死心塌地，跟着前来。

早到了路旁人家门首。三藏下马，行者接了缰绳，八戒歇了行李，都伫立绿荫之下。三藏拄着九环锡杖，按按藤缠篾织斗篷，先奔门前，只见一老者，斜倚竹床之上，口里嘤嘤的念佛。三藏不敢高言，慢慢的叫一声："施主，问讯了。"那老者一骨鲁跳将起来，忙敛衣襟，出门还礼道："长老，失迎。你自那方来的？到我寒门何故？"三藏道："贫僧是东土大唐和尚，奉圣旨上雷音寺拜佛求经。适至宝方天晚，意投檀府告借一宵，万祈方便方便。"那老儿摆手摇头道："去不得，西天难取经。要取经，往东天去罢。"【东边有个浮屠山】三藏口中不语，意下沉吟："菩萨指道西去，怎么此老说往东行？东边那得有经？"【心志无明】腼腆难言，半晌不答。

却说行者索性凶顽，忍不住，上前高叫道："那老儿，你这们大年纪，全不晓事。我出家人远来借宿，就把这厌钝（yàn dùn，扫兴；不顺遂）的话虎唬我。十分你家窄狭，没处睡时，我们在树底下，好道也坐一夜，不打搅你。"那老者扯住三藏道："师父，你倒不言语，你那个徒弟，那般拐子脸、别颏腮、雷公嘴、红眼睛的一个痨病魔鬼，怎么反冲撞我这年老之人！"行者笑道："你这个老儿，忒也没眼色！似那俊刮些儿的，叫做中看不中吃。想我老孙虽小，颇结实，皮裹一团筋哩。"那老者道："你想必有些手段。"行者道："不敢夸言，也将就看得过。"老者道："你家居何处？因甚事削发为僧？"行者道："老孙祖贯东胜神洲海东傲来国花果山水帘洞居住。自小儿学做妖怪，称名悟空。凭本事，挣了一个齐天大圣。只因不受天禄，大反天宫，惹了一场灾愆。如今脱难消灾，转拜沙门，前求正果，保我这唐朝驾下的师父，上西天拜佛走遭，怕甚么山高路险，水阔波狂！我老孙也捉得怪，降得魔。伏虎擒龙，踢天弄井，都晓得些儿。倘若府上有甚么丢砖打瓦，锅叫门开，老孙便能安镇。”【对比师徒三人之志，八戒有些恋家，唐僧心志无明，只有悟空豪情万丈。可见情与身当听从心性的指引】

那老儿听得这篇言语，哈哈笑道：“原来是个撞头化缘的熟嘴儿和尚。”行者道：“你儿子便是熟嘴！我这些时，只因跟我师父走路辛苦，还懒说话哩。”那老儿道：“若是你不辛苦，不懒说话，好道活活的聒杀我！你既有这样手段，西方也还去得，去得。你一行几众？请至茅舍里安宿。”三藏道：“多蒙老施主不叱之恩，我一行三众。”老者道：“那一众在那里？”行者指着道：“这老儿眼花，那绿荫下站的不是？”老儿果然眼花，忽抬头细看，一见八戒这般嘴脸，就唬得一步一跌，往屋里乱跑，只叫：“关门！关门！妖怪来了！”行者赶上扯住道：“老儿莫怕，他不是妖怪，是我师弟。”老者战兢兢的道：“好！好！好！一个丑似一个的和尚！”八戒上前道：“老官儿，你若以相貌取人，干净差了。我们丑自丑，却都有用。”【本书各处反复暗示，性和情不是人，但于人不可或缺】那老者正在门前与三个和尚相讲，只见那庄南边有两个少年人，带着一个老妈妈，三四个小男女，敛衣赤脚，插秧而回。他看见一匹白马，一担行李，都在他家门首喧哗，不知是甚来历，都一拥上前问道：“做甚么的？”八戒调过头来，把耳朵摆了几摆，长嘴伸了一伸，吓得那些人东倒西歪，乱跄乱跌。慌得那三藏满口招呼道：“莫怕！莫怕！我们不是歹人，我们是取经的和尚。”那老儿才出了门，搀着妈妈道：“婆婆起来，少要惊恐。这师父，是唐朝来的，只是他徒弟脸嘴丑些，却也面恶人善。带男女们家去。”那妈妈才扯着老儿，二少年领着儿女进去。

三藏却坐在他们楼里竹床之上，埋怨道：“徒弟呀，你两个相貌既丑，言语又粗，把这一家儿吓得七损八伤，都替我身造罪哩！”八戒道：“不瞒师父说，老猪自从跟了你，这些时俊了许多哩。若像往常在高老庄走时，把嘴朝前一掬，把耳两头一摆，常吓杀二三十人哩。”行者笑道：“呆子不要乱说，把那丑也收拾起些。”三藏道：“你看悟空说的话！相貌是生成的，你教他怎么收拾？”行者道：“把那个耙子嘴，揣在怀里，莫拿出来；把那蒲扇耳，贴在后面，不要摇动，这就是收拾了。”那八戒真个把嘴揣了，把耳贴了，拱着头，立于左右。行者将行李拿入门里，将白马拴在桩上。

只见那老儿才引个少年，拿一个板盘儿，托三杯清茶来献。茶罢，又吩咐办斋。

那少年又拿一张有窟窿无漆水的旧桌，端两条破头折脚的凳子，放在天井中，请三众凉处坐下。三藏方问道："老施主，高姓？"老者道："在下姓王。""有几位令嗣？"道："有两个小儿，三个小孙。"三藏道："恭喜，恭喜。"又问："年寿几何？"道："痴长六十一岁。"行者道："好！好！好！花甲重逢矣。"三藏复问道："老施主，始初说西天经难取者，何也？"老者道："经非难取，只是道中艰涩难行。我们这向西去，只有三十里远近，有一座山，叫做八百里黄风岭，那山中多有妖怪。故言难取者，此也。若论此位小长老，说有许多手段，却也去得。"行者道："不妨！不妨！有了老孙与我这师弟，任他是甚么妖怪，不敢惹我。"

正说处，又见儿子拿将饭来，摆在桌上，道声"请斋。"三藏就合掌讽起斋经，八戒早已吞了一碗。长老的几句经还未了，那呆子又吃彀三碗。行者道："这个馕糠！好道撞着饿鬼了！"那老王倒也知趣，见他吃得快，道："这个长老，想着实饿了，快添饭来。"那呆子真个食肠大，看他不抬头，一连就吃有十数碗。三藏、行者俱各吃不上两碗。呆子不住，便还吃哩。老王道："仓卒无肴，不敢苦劝，请再进一箸。"三藏、行者俱道："彀了。"八戒道："老儿滴答甚么，谁和你发课，说甚么五爻六爻！有饭只管添将来就是。"呆子一顿，把他一家子饭都吃得罄尽，还只说才得半饱。【八戒代表情感和欲望，也只好兼任唐僧的食肠，承担饥饿感，也提供力气背负行囊。所以不是八戒不堪，分工使然】却才收了家火，在那门楼下，安排了竹床板铺睡下。

次日天晓，行者去背马，八戒去整担，老王又教妈妈整治些点心汤水管待，三众方致谢告行。老者道："此去倘路间有甚不虞，是必还来茅舍。"【再探心志】行者道："老儿，莫说哈话(hǎ huà，傻话)。我们出家人，不走回头路。"遂此策马挑担西行。

噫！这一去，果无好路朝西域，定有邪魔降大灾。三众前来，不上半日，果逢一座高山，说起来，十分险峻。三藏马到临崖，斜挑宝镫观看，果然那：

高的是山，峻的是岭；陡的是崖，深的是壑；响的是泉，鲜的是花。那山高不高，顶上接青霄；这涧深不深，底中见地府。山前面，有骨都都白云，屹嶝嶝怪石，说不尽千丈万丈挟魂崖。崖后有弯弯曲曲藏龙洞，洞中有叮叮当当滴水岩。又见些丫丫叉叉带角鹿，泥泥痴痴看人獐；盘盘曲曲红鳞蟒，耍耍顽顽白面猿。至晚巴山寻穴虎，带晓翻波出水龙，登的洞门唿喇喇响。草里飞禽，扑轳轳起；林中走兽，掬律律行。猛然一阵狼虫过，吓得人心趷蹬蹬惊。正是那当倒洞当当倒洞，洞当当倒洞当山。【似有心跳之声】青岱染成千丈玉，碧纱笼罩万堆烟。【此番景物描写，实写唐僧所见所想，无非《心经》中色受想行识五蕴。可见"五蕴皆空"好背，难于心行】

那师父缓促银骢，孙大圣停云慢步，猪悟能磨担徐行。正看那山，忽闻得一阵旋风大作，三藏在马上心惊道："悟空，风起了！"行者道："风却怕他怎的！此乃天家四时之气，有何惧哉！"三藏道："此风甚恶，比那天风不同。"行者道："怎见得不比天风？"三藏道："你看这风：【动摇心志之风，心志不坚则迷】

巍巍荡荡飒飘飘，渺渺茫茫出碧霄。
过岭只闻千树吼，入林但见万竿摇。
岸边摆柳连根动，园内吹花带叶飘。
收网渔舟皆紧缆，落篷客艇尽抛锚。
途半征夫迷失路，山中樵子担难挑。
仙果林间猴子散，奇花丛内鹿儿逃。
崖前桧柏颗颗倒，涧下松篁叶叶凋。
播土扬尘沙迸迸，翻江搅海浪涛涛。"

八戒上前，一把扯住行者道："师兄，十分风大！我们且躲一躲儿干净。"行者笑道："兄弟不济！风大时就躲，倘或亲面撞见妖精，怎的是好？"八戒道："哥啊，你不曾闻得'避色如避仇，避风如避箭'哩！我们躲一躲，也不亏人。"行者道："且莫言语，等我把这风抓一把来闻一闻看。"八戒笑道："师兄又扯空头谎了，风又好抓得过来闻？就是抓得来，使也钻了去了。"行者道："兄弟，你不知道老孙有个抓风之法。"好大圣，让过风头，把那风尾抓过来闻了一闻，有些腥气，道："果然不是好风！这风的味道不是虎风，定是怪风。断乎有些蹊跷。"

说不了，只见那山坡下，剪尾跑蹄，跳出一只斑斓猛虎，慌得那三藏坐不稳雕鞍，翻根头跌下白马，斜倚在路旁，真个是魂飞魄散。八戒丢了行李，掣钉钯，不让行者走上前，大喝一声道："孽畜！那里走！"赶将去，劈头就筑。那只虎直挺挺站将起来，把那前左爪轮起，抠住自家的胸膛，往下一抓，唿剌的一声，把个皮剥将下来，站立道旁。你看他怎生恶相！咦，那模样：

血津津的赤剥身躯，红媸媸的弯环腿足。火焰焰的两鬓蓬松，硬搠搠的双眉直竖。白森森的四个钢牙，光耀耀的一双金眼。气昂昂的努力大哮，雄纠纠的厉声高喊。

喊道："慢来！慢来！吾党不是别人，乃是黄风大王部下的前路先锋。今奉大王严命，在山巡逻，要拿几个凡夫去做案酒。你是那里来的和尚，敢擅动兵器伤我？"八戒骂道："我把你这个孽畜！你是认不得我！我等不是那过路的凡夫，乃东土大唐御弟三藏之弟子，奉旨上西方拜佛求经者。你早早的远避他方，让开大路，休惊了我师父，饶你性命；若似前猖獗，钯举处，却不留情！"那妖精那容分说，急近步，丢一个架子，望八戒劈脸来抓。这八戒忙闪过，轮钯就筑。那怪手内无兵器，下头就走，八戒随后赶来。那怪到了山坡下乱石丛中，取出两口赤铜刀，急轮起转身来迎。两个在这坡前，一往一来，一冲一撞的赌斗。那里行者搀起唐僧道："师父，你莫害怕，且坐住，等老孙去助助八戒，打倒那怪好走。"三藏才坐将起来，战兢兢的，口里念着《多心经》不题。【若读懂经文内生实信，何必战兢兢；若身体与心性相通，何有恐怖？】

那行者掣了铁棒，喝声叫"拿了！"此时八戒抖擞精神，那怪败下阵去。行者道："莫饶他！务要赶上！"他两个轮钉钯，举铁棒，赶下山来。那怪慌了手脚，使个"金蝉脱壳计"，打个滚，现了原身，依然是一只猛虎。行者与八戒那里肯舍，赶着那虎，定要除根。那怪见他赶得至近，却又抠着胸膛，剥下皮来，苫盖在那卧虎石上，脱真身，化一阵狂风，径回路口。路口上那师父正念《多心经》，被他一把拿住，驾长风摄将去了。可怜那三藏啊！江流注定多磨折，寂灭门中功行难。【被妖怪摄去，魔侵身之谓。可见心法易懂，难在修习、功行】

那怪把唐僧擒来洞口，按住狂风，对把门的道："你去报大王说，前路虎先锋拿了一个和尚，在门外听令。"那洞主传令，教："拿进来。"那虎先锋，腰插着两口赤铜刀，双手捧着唐僧，上前跪下道："大王，小将不才，蒙钧令差往山上巡逻，忽遇一个和尚，他是东土大唐驾下御弟三藏法师，上西方拜佛求经，被我擒来奉上，聊具一馔。"那洞主闻得此言，吃了一惊道："我闻得前后有人传说：三藏法师乃大唐奉旨意取经的神僧；他手下有一个徒弟，名唤孙行者，神通广大，智力高强。你怎么能彀捉得他来？"先锋道："他有两个徒弟：先来的，使一柄九齿钉钯，他生得嘴长耳大；又一个，使一根金箍铁棒，他生得火眼金睛。正赶着小将争持，被小将使一个'金蝉脱壳'之计，撤身得空，把这和尚拿来，奉献大王，聊表一餐之敬。"洞主道："且莫吃他着。"先锋道："大王，见食不食，呼为劣蹶（liè jué，顽固的傻瓜）。"洞主道："你不晓得，吃了他不打紧，只恐怕他那两个徒弟上门吵闹，未为稳便。且把他绑在后园定风桩上，【少志则人轻，需防风吹去，故绑在定风桩上】待三五日，他两个不来搅扰，那时节，一则图他身子干净，二来不动口舌，却不任我们心意？或煮或蒸，或煎或炒，慢慢的自在受用不迟。"先锋大喜道："大王深谋远虑，说得有理。"教："小的们，拿了去。"

旁边拥上七八个绑缚手，将唐僧拿去，好便似鹰拿燕雀，索绑绳缠。这的是苦命江流思行者，遇难神僧想悟能，道声："徒弟啊！不知你在那山擒怪，何处降妖，我却被魔头拿来，遭此毒害，几时再得相见？好苦啊！你们若早些儿来，还救得我命；若十分迟了，断然不能保矣！"一边嗟叹，一边泪落如雨。

却说那行者、八戒，赶那虎下山坡，只见那虎跑倒了，塌伏在崖前。行者举棒，尽力一打，转震得自己手疼。八戒复筑了一钯，亦将钯齿迸起，原来是一张虎皮，盖着一块卧虎石。行者大惊道："不好了！不好了！中了他计也！"八戒道："中他甚计？"行者道："这个叫做'金蝉脱壳计'：他将虎皮苫在此，他却走了。我们且回去看看师父，莫遭毒手。"两个急急转来，早已不见了三藏。行者大叫如雷道："怎的好！师父已被他擒去了。"八戒即便牵着马，眼中滴泪道："天哪！天哪！却往那里找寻！"行者抬着头跳道："莫哭！莫哭！一哭就挫了锐气。横竖想只在此山，我们寻寻去来。"

他两个果奔入山中，穿岗越岭，行彀多时，只见那石崖之下，耸出一座洞府。两人定步观瞻，果然凶险，但见那：

叠嶂尖峰，回峦古道。青松翠竹依依，绿柳碧梧冉冉。崖前有怪石双双，林内有幽禽对对。涧水远流冲石壁，山泉细滴漫沙堤。野云片片，瑶草芊芊。妖狐狡兔乱撺梭，角鹿香獐齐斗勇。劈崖斜挂万年藤，深壑半悬千岁柏。奕奕巍巍欺华岳，落花啼鸟赛天台。

行者道："贤弟，你可将行李歇在藏风山凹之间，撒放马匹，不要出头。等老孙去他门首，与他赌斗，必须拿住妖精，方才救得师父。"八戒道："不消吩咐，请快去。"行者整一整直裰，束一束虎裙，掣了棒，撞至那门前，只见那门上有六个大字，乃"黄风岭黄风洞"，却便丁字脚站定，执着棒，高叫道："妖怪！趁早儿送我师父出来，省得掀翻了你窝巢，躧平了你住处！"

那小怪闻言，一个个害怕，战兢兢的，跑入里面报道："大王！祸事了！"那黄风怪正坐间，问："有何事？"小妖道："洞门外来了一个雷公嘴毛脸的和尚，手持着一根许大粗的铁棒，要他师父哩！"那洞主惊张，即唤虎先锋道："我教你去巡山，只该拿些山牛、野彘、肥鹿、胡羊，怎么拿那唐僧来，却惹他那徒弟来此闹吵，怎生区处？"先锋道："大王放心稳便，高枕勿忧。小将不才，愿带领五十个小妖校出去，把那甚么孙行者拿来凑吃。"洞主道："我这里除了大小头目，还有五七百名小校，凭你选择，领多少去。只要拿住那行者，我们才自自在在吃那和尚一块肉，情愿与你拜为兄弟；但恐拿他不得，反伤了你，那时休得埋怨我也。"

虎怪道："放心！放心！等我去来。"果然点起五十名精壮小妖，擂鼓摇旗，缠两口赤铜刀，腾出门来，厉声高叫道："你是那里来的个猴和尚！敢在此间大呼小叫的做甚？"行者骂道："你这个剥皮的畜生！你弄甚么脱壳法儿，把我师父摄了，倒转问我做甚！趁早好好送我师父出来，还饶你这个性命！"虎怪道："你师父是我拿了，要与我大王做顿下饭。你识起倒，回去罢！不然，拿住你一齐凑吃，却不是'买一个又饶一个'?"行者闻言，心中大怒，扢迸迸，钢牙错啮；滴流流，火眼睁圆；掣铁棒喝道："你多大欺心，敢说这等大话！休走！看棍！"那先锋急持刀按住。这一场果然不善，他两个各显威能。好杀：

那怪是个真鹅卵，悟空是个鹅卵石。
赤铜刀架美猴王，浑如垒卵来击石。
乌鹊怎与凤凰争？鹁鸽敢和鹰鹞敌？
那怪喷风灰满山，悟空吐雾云迷日。
来往不禁三五回，先锋腰软全无力。
转身败了要逃生，却被悟空抵死逼。

那虎怪撑持不住，回头就走。他原来在那洞主面前说了嘴，不敢回洞，径往山坡上逃生。行者那里肯放，执着棒，只情赶来，呼呼吼吼，喊声不绝，却赶到那藏风山凹之间。正抬头，见八戒在那里放马。八戒忽听见呼呼声喊，回头观看，乃是行者赶败的虎怪，就丢了马，举起钯，刺斜着头一筑。可怜那先锋，脱身要跳黄丝网，岂知又遇罩鱼人。却被八戒一钯，筑得九个窟窿鲜血冒，一头脑髓尽流干。有诗为证，诗曰：

三五年前归正宗，持斋把素悟真空。
诚心要保唐三藏，初秉沙门立此功。

【本回题目有"八戒争先"之语，故猪先锋对虎先锋，虎怪实为八戒的镜像心魔，打死虎怪实为断绝思家之念，呼应上文"恋家鬼"之语，以明八戒修行的心志】

那呆子一脚躧住他的脊背，两手轮钯又筑。行者见了，大喜道："兄弟，正是这等！他领了几十个小妖，敢与老孙赌斗，被我打败了，他转不往洞跑，却跑来这里寻死。亏你接着；不然，又走了。"八戒道："弄风摄师父去的可是他?"行者道："正是，正是。"八戒道："你可曾问他师父的下落么?"行者道："这怪把师父拿在洞里，要与他甚么鸟大王做下饭。是老孙恼了，就与他斗将这里来，却着你送了性命。兄弟啊，这个功劳算你的，你可还守着马与行李，等我把这死怪拖了去，再到那洞口索战。须是拿得那老妖，方才救得师父。"八戒道："哥哥说得有理。你去，你去，若是打败了这老妖，还赶将这里来，等老猪截住杀他。"好行者，一只手提着铁棒，一只手拖着死虎，径至他洞口。正是：法师有难逢妖怪，情【八戒】性【行者】相和伏乱魔。

毕竟不知此去可降得妖怪，救得唐僧，且听下回分解。

第二十一回　护法设庄留大圣　须弥灵吉定风魔

【风动还是心动，是《坛经》著名公案。唐僧见到山景惊恐，听到别人的话就疑惑，这些惊恐和疑惑都不是客观的，而是自己心里的波澜，正是《心经》里主张看空的。本回下大力气写风，实为暗示心受外界影响不得安宁，导致心志动摇。悟空被风吹眼迷，比喻心性迷失，也是上文唐僧心志不明的展示】

却说那五十个败残的小妖，拿着些破旗、破鼓，撞入洞里，报道："大王，虎先锋战不过那毛脸和尚，被他赶下东山坡去了。"老妖闻说，十分烦恼，正低头不语，默思计策，又有把前门的小妖道："大王，虎先锋被那毛脸和尚打杀了，拖在门口骂战哩。"那老妖闻言，愈加烦恼道："这厮却也无知！我倒不曾吃他师父，他转打杀我家先锋，可恨！可恨！"叫："取披挂来。我也只闻得讲甚么孙行者，等我出去，看是个甚么九头八尾的和尚，拿他进来，与我虎先锋对命。"众小妖急急抬出披挂。老妖结束齐整，绰一杆三股钢叉，帅群妖跳出本洞。那大圣停立门外，见那怪走将出来，着实骁勇。看他怎生打扮，但见：

金盔晃日，金甲凝光。盔上缨飘山雉尾，罗袍罩甲淡鹅黄。勒甲绦盘龙耀彩，护心镜绕眼辉煌。鹿皮靴，槐花染色；锦围裙，柳叶绒妆。手持三股钢叉利，不亚当年显圣郎。

那老妖出得门来，厉声高叫道："那个是孙行者？"这行者脚躧着虎怪的皮囊，手执着如意的铁棒，答道："你孙外公在此，送出我师父来！"那怪仔细观看，见行者身躯鄙猥，面容羸瘦，不满四尺，笑道："可怜！可怜！我只道是怎么样扳翻不倒的好汉，原来是这般一个骷髅的病鬼！"行者笑道："你这个儿子，忒没眼色！你外公虽是小小的，你若肯照头打一叉柄，就长三尺。"那怪道："你硬着头，吃吾一柄。"大圣公然不惧。那怪果打一下来，他把腰躬一躬，足长了三尺，有一丈长短，慌得那妖把钢叉按住，喝道："孙行者，你怎么把这护身的变化法儿，拿来我门前使唤！莫弄虚头！走上来，我与你见见手段！"行者笑道："儿子啊！常言道：'留情不举手，举手不留情。'你外公手儿重重的，只怕你捱不起这一棒！"那怪那容分说，拈转钢叉，望行者当胸就刺。这大圣正是会家不忙，忙家不会，理开铁棒，使一个"乌龙掠地势"，拨开钢叉，又照头便打。他二人在那黄风洞口，这一场好杀：

妖王发怒，大圣施威。妖王发怒，要拿行者抵先锋；大圣施威，欲捉精灵救长老。叉来棒架，棒去叉迎。一个是镇山都总帅，一个是护法美猴王。初时还在尘埃战，后来各起在中央。点钢叉，尖明锐利；如意棒，身黑箍黄。戳着的魂归冥府，打着的定见阎王。全凭着手疾眼快，必须要力壮身强。两家舍死忘生战，不知那个平安那个伤！

那老妖与大圣斗经三十回合，不分胜败。这行者要见功绩，使一个"身外身"的手段：把毫毛揪下一把，用口嚼得粉碎，望上一喷，叫声"变！"变有百十个行者，都是一样打扮，各执一根铁棒，把那怪围在空中。那怪害怕，也使一般本事：急回头，望着巽地(xùn dì，东南方位)上把口张了三张，嘑(hū，象声词)的一口气，吹将出去，忽然间，一阵黄风，从空刮起。好风！真个利害：

冷冷飕飕天地变，无影无形黄沙旋。穿林折岭倒松梅，播土扬尘崩岭坫。黄河浪泼彻底浑，湘江水涌翻波转。碧天振动斗牛宫，争些刮倒森罗殿。五百罗汉闹喧天，八大金刚齐嚷乱。文殊走了青毛狮，普贤白象难寻见。真武龟蛇失了群，梓橦骡子飘其韂①。行商喊叫告苍天，梢公拜许诸般愿。烟波性命浪中流，名利残生随水办。仙山洞府黑攸攸，海岛蓬莱昏暗暗。老君难顾炼丹炉，寿星收了龙须扇。王母正去赴蟠桃，一风吹断裙腰钏。二郎迷失灌州城，哪吒难取匣中剑。天王不见手心塔，鲁班吊了金头钻。雷音宝阙倒三层，赵州石桥崩两断。一轮红日荡无光，满天星斗皆昏乱。南山鸟往北山飞，东湖水向西湖漫。雌雄拆对不相呼，子母分离难叫唤。龙王遍海找夜叉，雷公到处寻闪电。十代阎王觅判官，地府牛头追马面。这风吹到普陀山，卷起观音经一卷。白莲花卸海边飞，吹倒菩萨十二院。盘古至今曾见风，不似这风来不善。嗗喇喇，乾坤险不炸崩开，万里江山都是颤！

【《坛经》印证：时有风吹幡动，一僧曰"风动"，一僧曰"幡动"，议论不已。惠能进曰："不是风动，不是幡动，仁者心动。"】

那妖怪使出这阵狂风，就把孙大圣毫毛变的小行者刮得在那半空中，却似纺车儿一般乱转，莫想轮得棒，如何拢得身？慌得行者将毫毛一抖，收上身来，独自个举着铁棒，上前来打，又被那怪劈脸喷了一口黄风，把两只火眼金睛，刮得紧紧闭合，莫能睁开；因此难使铁棒，遂败下阵来。那妖收风回洞不题。

却说猪八戒见那黄风大作，天地无光，牵着马，守着担，伏在山凹之间，也不敢睁眼，不敢抬头，口里不住的念佛许愿；又不知行者胜负何如，师父死活何如。正在

① 韂：chàn，垫在马鞍子下，垂于马背两旁以挡泥土的马具。

那疑思之时，却早风定天晴。忽抬头往那洞门前看处，却也不见兵戈，不闻锣鼓。呆子又不敢上他门，又没人看守马匹、行李，果是进退两难，怆惶不已。忧虑间，只听得孙大圣从西边吆喝而来，他才欠身迎着道："哥哥，好大风啊！你从那里走来？"行者摆手道："利害！利害！我老孙自为人，不曾见这大风。那老妖使一柄三股钢叉，来与老孙交战；战到有三十余合，是老孙使一个身外身的本事，把他围打，他甚着急，故弄出这阵风来，果是凶恶，刮得我站立不住，收了本事，冒风而逃。哏，好风！哏，好风！老孙也会呼风，也会唤雨，不曾似这个妖精的风恶！"八戒道："师兄，那妖精的武艺如何？"行者道："也看得过，叉法儿倒也齐整，与老孙也战个手平。却只是风恶了，难得赢他。"八戒道："似这般怎生救得师父？"行者道："救师父且等再处，不知这里可有眼科先生，且教他把我眼医治医治。"八戒道："你眼怎的来？"行者道："我被那怪一口风喷将来，吹得我眼珠酸痛，这会子冷泪常流。"八戒道："哥啊，这半山中，天色又晚，且莫说要甚么眼科，连宿处也没有了！"行者道："要宿处不难。我料着那妖精还不敢伤我师父，我们且找上大路，寻个人家住下，过此一宵，明日天光，再来降妖罢。"八戒道："正是，正是。"

他却牵了马，挑了担，出山凹，行上路口。此时渐渐黄昏，只听得那路南山坡下，有犬吠之声。二人停身观看，乃是一家庄院，影影的有灯火光明。他两个也不管有路无路，漫草而行，直至那家门首，但见：

紫芝翳翳，白石苍苍。紫芝翳翳多青草，白石苍苍半绿苔。数点小萤光灼灼，一林野树密排排。香兰馥郁，嫩竹新栽。清泉流曲涧，古柏倚深崖。地僻更无游客到，门前惟有野花开。

他两个不敢擅入，只得叫一声："开门，开门！"那里有一老者，带几个年幼的农夫，叉钯扫帚齐来，问道："甚么人？甚么人？"行者躬身道："我们是东土大唐圣僧的徒弟，因往西方拜佛求经，路过此山，被黄风大王拿了我师父去了，我们还未曾救得。天色已晚，特来府上告借一宵，万望方便方便。"那老者答礼道："失迎，失迎。此间乃云多人少之处，却才闻得叫门，恐怕是妖狐老虎及山中强盗等类，故此小介愚顽，多有冲撞，不知是二位长老。请进，请进。"

他兄弟们牵马挑担而入，径至里边，拴马歇担，与庄老拜见叙坐。又有苍头（指奴仆）献茶，茶罢捧出几碗胡麻饭。饭毕，命设铺就寝，行者道："不睡还可，敢问善人，贵地可有卖眼药的？"老者道："是那位长老害眼？"行者道："不瞒你老人家说，我们出家人，自来无病，从不晓得害眼。"老人道："既不害眼，如何讨药？"行者道："我们今日在黄风洞口救我师父，不期被那怪将一口风喷来，吹得我眼珠酸痛。今有些眼泪汪汪，故此要寻眼药。"那老者道："善哉！善哉！你这个长老，小小的年纪，怎么说谎？那黄风大圣，风最利害。他那风，比不得甚么春秋风、松竹风、与那东西南北风。"八戒道："想必是夹脑风、羊耳风、大麻风、偏正头风？"长者道："不是，不是。他叫做'三昧神风'。"行者道："怎见得？"老者道："那风，能吹天地暗，善刮鬼神愁，裂石崩崖恶，吹人命即休。你们若遇着他那风吹了呵，还想得活哩！只除是神仙，方可得无事。"行者道："果然！果然！我们虽不是神仙，神仙还是我的晚辈，【称神仙为晚辈，为五庄观伏笔】这条命急切难休，却只是吹得我眼珠酸痛！"那老者道："既如此说，也是个有来头的人。我这敝处，却无卖眼药的。老汉也有些迎风冷泪，曾遇异人，传了一方，名唤'三花九子膏'，能治一切风眼。"行者闻言，低头唱喏道："愿求些儿，点试点试。"

那老者应承，即走进去，取出一个玛瑙石的小罐儿来，拔开塞口，用玉簪儿蘸出少许与行者点上，教他不得睁开，宁心睡觉，明早就好。点毕，收了石罐，径领小介们退于里面。八戒解包袱，展开铺盖，请行者安置。行者闭着眼乱摸，【喻心性无明不辨方向】八戒笑道："先生，你的明杖儿呢？"【卓吾评：顽皮】行者道："你这个馕糟的呆子！你照顾我做瞎子哩！"那呆子哑哑的暗笑而睡。行者坐在铺上，转运神功，直到有三更后，方才睡下。

不觉又是五更将晓，行者抹抹脸，睁开眼道："果然好药！比常更有百分光明！"却转头后边望望，呀！那里得甚房舍窗门，但只见些老槐高柳，兄弟们都睡在那绿莎茵上。那八戒醒来道："哥哥，你嚷怎的？"行者道："你睁开眼看看。"呆子忽抬头，见没了人家，慌得一毂辘爬将起来道："我的马哩？"行者道："树上拴的不是？""行李呢？"行者道："你头边放的不是？"八戒道："这家子惫懒也。他搬了，怎么就不叫我们一声？【卓吾评：趣】通得老猪知道，也好与你送些茶果。想是躲门户的，恐怕里长晓得，却就连夜搬了。噫！我们也忒睡得死！怎么他家拆房子，响也不听见响响？"行者吸吸的笑道："呆子，不要乱嚷，你看那树上是个甚么纸帖儿。"八戒走上前，用手揭了，原来上面四句颂子云：

"庄居非是俗人居，护法伽蓝点化庐。
妙药与君医眼痛，尽心降怪莫踌躇。"

行者道："这伙强神，自换了龙马，一向不曾点他，他倒又来弄虚头！"八戒道："哥哥莫扯架子，他怎么伏你点札（点名调遣）？"【点扎神仙，为平顶山、号山伏笔】行者道："兄弟，你还不知哩。这护教伽蓝、六丁六甲、五方揭谛、四值功曹，奉菩萨的法旨，暗保我师父者。自那日报了名，只为这一向有了你，再不曾用他们，故不曾点札罢了。"八戒道:"哥哥,他既奉法旨暗保师父,所以不能现身明显,故此点化仙庄。你莫怪他,昨日也亏他与你点眼,又亏他管了我们一顿斋饭,亦可谓尽心矣。你莫怪他,我们且去救师父来。"行者道:"兄弟说得是。此处到那黄风洞口不远。你且莫动身,只在林子里看马守担,等老孙去洞里打听打听,看师父下落如何,再与他争战。"八戒道:"正是这等,讨一个死活的实信。假若师父死了,各人好寻头干事;若是未死,我们好竭力尽心。"行者道:"莫乱谈,我去也!"

他将身一纵,径到他门首,门尚关着睡觉。行者不叫门,且不惊动妖怪,捻着诀,念个咒语,摇身一变,变做一个花脚蚊虫,真个小巧!【卓吾评:猴】有诗为证,诗曰:

扰扰微形利喙,嘤嘤声细如雷。
兰房纱帐善通随,正爱炎天暖气。
只怕熏烟扑扇,偏怜灯火光辉。
轻轻小小忒钻疾,飞入妖精洞里。

只见那把门的小妖,正打鼾睡,行者往他脸上叮了一口,那小妖翻身醒了,道:"我爷哑!好大蚊子!一口就叮了一个大疙疸!"忽睁眼道:"天亮了。"又听得支的一声,二门开了。行者嘤嘤的飞将进去,只见那老妖吩咐各门上谨慎,一壁厢收拾兵器:"只怕昨日那阵风不曾刮死孙行者,他今日必定还来,来时定教他一命休矣。"

行者听说,又飞过那厅堂,径来后面。但见层门,关得甚紧,行者漫门缝儿钻将进去,原来是个大空园子,那壁厢定风桩上绳缠索绑着唐僧哩。那师父纷纷泪落,心心只念着悟空、悟能,不知都在何处。行者停翅,叮在他光头上,叫声"师父"。那长老认得他的声音道:"悟空啊,想杀我也!你在那里叫我哩?"行者道:"师父,我在你头上哩。你莫要心焦,少得烦恼。我们务必拿住妖精,方才救得你的性命。"唐僧道:"徒弟啊,几时才拿得妖精么?"行者道:"拿你的那虎怪,已被八戒打死了,只是老妖的风势利害。料着只在今日,管取拿他。你放心莫哭,我去哑。"

说声去,嘤嘤的飞到前面。只见那老妖坐在上面,正点札各路头目。又见那洞前有一个小妖,把个令字旗磨一磨,撞上厅来报道:"大王,小的巡山,才出门,见一个长嘴大耳朵的和尚坐在林里;若不是我跑得快些,几乎被他捉住。却不见昨日那个毛脸和尚。"老妖道:"孙行者不在,想必是风吹死也,再不便去那里求救兵去了!"众妖道:"大王,若果吹杀了他,是我们的造化,只恐吹不死他,他去请些神兵来,却怎生是好?"老妖道:"怕他怎的,怕那甚么神兵!若还定得我的风势,只除了灵吉菩萨来是,其余何足惧也!"

行者在屋梁上，只听得他这一句言语，不胜欢喜，即抽身飞出，现本相来至林中，叫声“兄弟！”八戒道：“哥，你往那里去来？刚才一个打令字旗的妖精，被我赶了去也。”行者笑道：“亏你！亏你！老孙变做蚊虫儿，进他洞去探看师父，原来师父被他绑在定风桩上哭哩。是老孙吩咐，教他莫哭，又飞在屋梁上听了一听。只见那拿令字旗的，喘嘘嘘的，走进去报道：只是被你赶他，却不见我。老妖乱猜乱说，说老孙是风吹杀了，又说是请神兵去了。他却自家供出一个人来，甚妙！甚妙！”八戒道：“他供的是谁？”行者道：“他说怕甚么神兵，那个能定他的风势！只除是灵吉菩萨来是。但不知灵吉住在何处？”

正商议处，只见大路旁走出一个老公公来。你看他怎生模样：

身健不扶拐杖，冰髯雪鬓蓬蓬。金花耀眼意朦胧，瘦骨衰筋强硬。屈背低头缓步，庞眉赤脸如童。看他容貌是人称，却似寿星出洞。

八戒望见大喜道：“师兄，常言道：‘要知山下路，须问去来人。’你上前问他一声，何如？”真个大圣藏了铁棒，放下衣襟，上前叫道：“老公公，问讯了。”那老者半答不答的，还了个礼道：“你是那里和尚？这旷野处，有何事干？”行者道：“我们是取经的圣僧，昨日在此失了师父，特来动问公公一声，灵吉菩萨在那里住？”老者道：“灵吉在直南上，从此处到那里，还有二千里路。有一山，呼名小须弥山。山中有个道场，乃是菩萨讲经禅院。汝等是取他的经去了？”行者道：“不是取他的经，我有一事烦他，不知从那条路去。”老者用手向南指道：“这条羊肠路就是了。”哄得那孙大圣回头看路，那公公化作清风，寂然不见，只见路旁边下一张简帖，上有四句颂子云：

“上覆齐天大圣听，老人乃是李长庚。
须弥山有飞龙杖，灵吉当年受佛兵。”

行者执了帖儿，转身下路。八戒道：“哥啊，我们连日造化低了。这两日忏日里见鬼！那个化风去的老儿是谁？”行者把帖儿递与八戒，念了一遍道：“李长庚是那个？”行者道：“是西方太白金星的名号。”八戒慌得望空下拜道：“恩人！恩人！老猪若不亏金星奏准玉帝呵，性命也不知化作甚的了！”行者道：“兄弟，你却也知感恩。但莫要出头，只藏在这树林深处，仔细看守行李、马匹，等老孙寻须弥山，请菩萨去耶。”八戒道：“晓得！晓得！你只管快快前去！老猪学得个乌龟法，得缩头时且缩头。”

孙大圣跳在空中，纵筋斗云，径往直南上去，果然速快。他点头径过三千里，扭腰八百有余程。须臾，见一座高山，半中间有祥云出现，瑞霭纷纷，山凹里果有一座禅院，只听得钟磬悠扬，又见那香烟缥缈。

大圣直至门前，见一道人，项挂数珠，口中念佛。行者道：“道人作揖。”那道人躬身答礼道：“那里来的老爷？”行者道：“这可是灵吉菩萨的讲经处么？”道人道：“此间正是，有何话说？”行者道：“累烦你老人家与我传答传答：我是东土大唐驾下御弟三藏法师的徒弟，齐天大圣孙悟空行者。今有一事，要见菩萨。”道人笑道：“老爷字多话多，我不能全记。”行者道：“你只说是唐僧徒弟孙悟空来了。”道人依言，上讲堂传报。那菩萨即穿袈裟，添香迎接。

这大圣才举步入门，往里观看，只见那：

满堂锦绣，一屋威严。【卓吾评：好个“一屋威严”】众门人齐诵《法华经》，老班首轻敲金铸磬。【六祖解《法华经》宗旨为“于相离相，于空离空”“内外不迷”“开佛知见”】佛前供养，尽是仙果仙花；案上安排，皆是素肴素品。辉煌宝烛，条条金焰射虹霓；馥郁真香，道道玉烟飞彩雾。正是那讲罢心闲方入定，白云片片绕松梢。静收慧剑魔头绝，般若波罗善会高。

那菩萨整衣出迓，行者登堂，坐了客位，随命看茶。行者道：“茶不劳赐，但我师父在黄风山有难，特请菩萨施大法力降怪救师。”菩萨道：“我受了如来法令，在此镇押黄风怪。如来赐了我一颗‘定风丹’，一柄‘飞龙宝杖’。当时被我拿住，饶了他的性命，放他去隐性归山，不许伤生造孽，不知他今日欲害令师，有违教令，我之罪也。”那菩萨欲留行者，治斋相叙，行者恳辞，随取了飞龙杖，与大圣一齐驾云。不多时，至黄风山上。菩萨道：“大圣，这妖怪有些怕我，我只在云端里住定，你下去与他索战，诱他出来，我好施法力。”

行者依言，按落云头，不容分说，掣铁棒把他洞门打破，叫道：“妖怪，还我师父来也！”慌得那把门小妖，急忙传报。那怪道：“这泼猴着实无礼！再不伏善，反打破我门！【卓吾评：着眼】【“打破我门”即“看破门道”】这一出去，使阵神风，定要吹死！”仍前披挂，手绰钢叉，又走出门来，见了行者，更不打话，拈叉当胸就刺。大圣侧身躲过，举棒对面相还。战不数合，那怪吊回头，望巽地上才待要张口呼风，只见那半空里，灵吉菩萨将飞龙宝杖丢将下来，不知念了些甚么咒语，却是一条八爪金龙，拨喇的轮开两爪，一把抓住妖精，提着头，两三捽，捽在山石崖边，现了本相，却是一个黄毛貂鼠。行者赶上，举棒就打，被菩萨拦住道：“大圣，莫伤他命，我还要带他去见如来。”对行者道：“他本是灵山脚下的得道老鼠；因为偷了琉璃盏内的清油，灯火昏暗，恐怕金刚拿他，故此走了，却在此处成精作怪。【卓吾评：老鼠亦得道乎？得道尚偷油乎？得偷油之道也。如此，得道者多矣】如来照见了他，不该死罪，故着我辖押，但他伤生造孽，拿上灵山；今又冲撞大圣，陷害唐僧，我拿他去见如来，明正其罪，才算这场功绩哩。”行者闻言，却谢了菩萨。菩萨西归不题。【以偷油黄鼠映射无志金蝉，都是灵山得道，带罪修行。偷油即偷懒。黄毛貂鼠，音“黄毛吊树”，即金蝉】

却说猪八戒在那林内，正思量行者，只听得山坡下叫声：“悟能兄弟，牵马挑担来耶。”那呆子认得是行者声音，急收拾跑出林外，见了行者道：“哥哥，怎的干事来？”行者道：“请灵吉菩萨，使一条飞龙杖，拿住妖精，原来是个黄毛貂鼠成精，被他带去灵山见如来去了。我和你洞里去救师父。”那呆子才欢欢喜喜。

二人撞入里面，把那一窝狡兔、妖狐、香獐、角鹿，一顿钉钯铁棒，尽情打死，却往后园拜救师父。师父出得门来，问道：“你两人怎生捉得妖精？如何方救得我？”行者将那请灵吉降妖的事情，陈了一遍，师父谢之不尽。他兄弟们把洞中素物，安排些茶饭吃了，方才出门，找大路向西而去。

毕竟不知向后如何，且听下回分解。

【卓吾评：“灵吉”二字最可思，大抵凶恶悔吝（灾祸），都从痴愚不醒得来，人苦不自知耳。知则有何悔吝哉？非深于《易》者不能知此。

黄毛老鼠，我心之偷者是。问何以有风？曰：偷则风矣，风则偷矣。

黄风是病，灵吉是药，都在本身寻取。勿认作实事，令作者笑人也】

第二十二回　八戒大战流沙河　木叉奉法收悟净

【上文讲无志则心迷，本回将心志分离出来引入沙僧。后文第六十五回有语：留情亏木母，定志感黄婆。刀圭和黄婆都是借炼丹术语，比喻沙僧在性和情之间以及身与意之间的调和作用，故沙僧指代人的心志】

话说唐僧师徒三众，脱难前来，不一日，行过了八百黄风岭，进西却是一脉平阳之地。光阴迅速，历夏经秋，见了些寒蝉鸣败柳，大火（星宿名。即心宿）向西流。

正行处，只见一道大水狂澜，浑波涌浪。三藏在马上忙呼道："徒弟，你看那前边水势宽阔，怎不见船只行走，我们从那里过去？"八戒见了道："果是狂澜，无舟可渡。"那行者跳在空中，【观此书也需起在空中看】用手搭凉篷而看。他也心惊道："师父啊，真个是难，真个是难！这条河若论老孙去呵，只消把腰儿扭一扭，就过去了；若师父，诚千分难渡，万载难行。"三藏道："我这里一望无边，端的有多少宽阔？"行者道："径过有八百里远近。"八戒道："哥哥怎的定得个远近之数？"行者道："不瞒贤弟说，老孙这双眼，白日里常看得千里路上的吉凶。却才在空中看出：此河上下不知多远，但只见这径过足有八百里。"长老忧嗟烦恼，兜回马，忽见岸上有一通石碑。三众齐来看时，见上有三个篆字，乃"流沙河"，腹上有小小的四行真字云：

"八百流沙界，三千弱水深。
鹅毛飘不起，芦花定底沉。"

师徒们正看碑文，只听得那浪涌如山，波翻若岭，河当中滑辣的钻出一个妖精，十分凶丑：

一头红焰发蓬松，两只圆睛亮似灯。
不黑不青蓝靛脸，如雷如鼓老龙声。
身披一领鹅黄氅①，腰束双攒露白藤。
项下骷髅悬九个，手持宝杖甚峥嵘。

那怪一个旋风，奔上岸来，径抢唐僧，慌得行者把师父抱住，急登高岸，回身走脱。那八戒放下担子，掣出铁钯，望妖精便筑。那怪使宝杖架住。他两个在流沙河

---

① 氅：chǎng，泛指鸟羽制成的外衣。

岸，各逞英雄。这一场好斗：

九齿钯，降妖杖，二人相敌河岸上。这个是总督大天蓬，那个是谪下卷帘将。昔年曾会在灵霄，今日争持赌猛壮。这一个钯去探爪龙，那一个杖架磨牙象。伸开大四平，钻入迎风戗。这个没头没脸抓，那个无乱无空放。一个是久占流沙界吃人精，一个是秉教迦持修行将。

他两个来来往往，战经二十回合，不分胜负。那大圣护了唐僧，牵着马，守定行李，见八戒与那怪交战，就恨得咬牙切齿，擦掌磨拳，忍不住要去打他，掣出棒来道："师父，你坐着，莫怕。等老孙和他耍耍儿来。"那师父苦留不住。他打个唿哨，跳到前边。原来那怪与八戒正战到好处，难解难分，被行者轮起铁棒，望那怪着头一下，那怪急转身，慌忙躲过，径钻入流沙河里。气得个八戒乱跳道："哥啊！谁着你来的！那怪渐渐手慢，难架我钯，再不上三五合，我就擒住他了！他见你凶险，败阵而逃，怎生是好！"行者笑道："兄弟，实不瞒你说，自从降了黄风怪，下山来，这个把月不曾耍棍，我见你和他战的甜美，我就忍不住脚痒，故就跳将来耍耍的。那知那怪不识耍，就走了。"

他两个搀着手，说说笑笑，转回见了唐僧。唐僧道："可曾捉得妖怪?"行者道："那妖怪不奈战，败回钻入水去也。"三藏道："徒弟，这怪久住于此，他知道浅深；似这般无边的弱水，又没了舟楫，须是得个知水性的，引领引领才好哩。"行者道："正是这等说。常言道：'近朱者赤，近墨者黑。'那怪在此，断知水性。我们如今拿住他，且不要打杀，只教他送师父过河，再做理会。"八戒道："哥哥不必迟疑，让你先去拿他，等老猪看守师父。"行者笑道："贤弟呀，这桩儿我不敢说嘴。水里勾当，老孙不大十分熟。若是空走，还要捻诀，又念念'避水咒'，方才走得。不然，就要变化做甚么鱼虾蟹鳖之类，我才去得。若论赌手段，凭你在高山云里，干甚么蹊跷异样事儿，老孙都会，只是水里的买卖，有些儿榔杭(láng kāng，笨重；不灵便)。"八戒道："老猪当年总督天河，掌管了八万水兵大众，倒学得知些水性，却只怕那水里有甚么眷族老小，七窝八代的都来，我就弄他不过，一时不被他捞去耶?"行者道："你若到他水中与他交战，却不要恋战，许败不许胜，把他引将出来，等老孙下手助你。"八戒道："言得是，我去耶。"说声去，就剥了青锦直裰，脱了鞋，双手舞钯，分开水路，使出那当年的旧手段，跃浪翻波，撞将进去，径至水底之下，往前正走。

却说那怪败了阵回，方才喘定，又听得有人推得水响，忽起身观看，原来是八戒执了钯推水。那怪举杖当面高呼道："那和尚那里走！仔细看打！"八戒使钯架住道："你是个甚么妖精，敢在此间挡路?"那妖道："你是也不认得我。我不是那妖魔鬼怪，也不是少姓无名。”八戒道：“你既不是邪妖鬼怪，却怎生在此伤生？你端的甚么姓名，实实说来，我饶你性命。”那怪道：“我：

自小生来神气壮，乾坤万里曾游荡。
英雄天下显威名，豪杰人家做模样。
万国九州任我行，五湖四海从吾撞。
皆因学道荡天涯，只为寻师游地旷。
常年衣钵谨随身，每日心神不可放。【卓吾评：着眼】
沿地云游数十遭，到处闲行百余趟。
因此才得遇真人，引开大道金光亮。
先将婴儿姹女收，后把木母金公放。
明堂肾水入华池，重楼肝火投心脏①。
三千功满拜天颜，志心朝礼明华向。
玉皇大帝便加升，亲口封为卷帘将。
南天门里我为尊，灵霄殿前吾称上。
腰间悬挂虎头牌，手中执定降妖杖。
头顶金盔晃日光，身披铠甲明霞亮。
往来护驾我当先，出入随朝予在上。
只因王母降蟠桃，设宴瑶池邀众将。
失手打破玉玻璃，天神个个魂飞丧。
玉皇即便怒生嗔，却令掌朝左辅相：
卸冠脱甲摘官衔，将身推在杀场上。
多亏赤脚大天仙，越班启奏将吾放。
饶死回生不典刑，遭贬流沙东岸上。
饱时困卧此河中，饿去翻波寻食饷。
樵子逢吾命不存，渔翁见我身皆丧。
来来往往吃人多，翻翻覆覆伤生瘴。
你敢行凶到我门，今日肚皮有所望。
莫言粗糙不堪尝，拿住消停剁鲊酱！”

① 先将婴儿姹女收，后把木母金公放。明堂肾水入华池，重楼肝火投心脏：在炼丹术中，“婴儿”和“金公”均指铅，“姹女”和“木母”均指汞。“明堂”为两眉之间入内一寸的位置，“重楼”为喉咙。上下两句意为调节体内金木水火达到均衡和自如的状态。

八戒闻言大怒，骂道："你这泼物，全没一些儿眼色！我老猪还掐出水沫儿来哩，你怎敢说我粗糙，要剁鲊酱！看起来，你把我认做个老走硝哩。休得无礼！吃你祖宗这一钯！"那怪见钯来，使一个"凤点头"躲过。两个在水中打出水面，各人踏浪登波。这一场赌斗，比前不同，你看那：

卷帘将，天蓬帅，各显神通真可爱。那个降妖宝杖着头轮，这个九齿钉钯随手快。跃浪振山川，推波昏世界。凶如太岁撞幢幡，恶似丧门掀宝盖。这一个赤心凛凛保唐僧，那一个犯罪滔滔为水怪。钯抓一下九条痕，杖打之时魂魄败。努力喜相持，用心要赌赛。算来只为取经人，怒气冲天不忍耐。搅得那鯾鲌鲤鳜退鲜鳞，龟鳖鼋鼍伤嫩盖；红虾紫蟹命皆亡，水府诸神朝上拜。只听得波翻浪滚似雷轰，日月无光天地怪。二人整斗有两个时辰，不分胜败。这才是铜盆逢铁帚，玉磬对金钟。

却说那大圣保着唐僧，立于左右，眼巴巴的望着他两个在水上争持，只是他不好动手。只见那八戒虚幌一钯，佯输诈败，转回头往东岸上走。那怪随后赶来，将近到了岸边，这行者忍耐不住，撇了师父，掣铁棒，跳到河边，望妖精劈头就打。那怪物不敢相迎，飕的又钻入河内。八戒嚷道："你这弼马温，真是个急猴子！你再缓缓些儿，等我哄他到了高处，你却阻住河边，教他不能回首呵，却不拿住他也！他这进去，几时又肯出来？"行者笑道："呆子，莫嚷！莫嚷！我们且回去见师父去来。"

八戒却同行者到高岸上，见了三藏。三藏欠身道："徒弟辛苦呀。"八戒道："且不说辛苦，只是降了妖精，送得你过河，方是万全之策。"三藏道："你才与妖精交战何如？"八戒道："那妖的手段，与老猪是个对手。正战处，使一个诈败，他才赶到岸上。见师兄举着棍子，他就跑了。"三藏道："如此怎生奈何？"行者道："师父放心，且莫焦恼。如今天色又晚，且坐在这崖次之下，待老孙去化些斋饭来，你吃了睡去，待明日再处。"八戒道："说得是，你快去快来。"

行者急纵云跳起去，正到直北下人家化了一钵素斋，回献师父。师父见他来得甚快，便叫："悟空，我们去化斋的人家，求问他一个过河之策，不强似与这怪争持？"行者笑道："这家子远得很哩！相去有五七千里之路。他那里得知水性？问他何益？"八戒道："哥哥又来扯谎了。五七千里路，你怎么这等去来得快？"行者道："你那里晓得，老孙的筋斗云，一纵有十万八千里。像这五七千路，只消把头点上两点，把腰躬上一躬，就是个往回，有何难哉！"八戒道："哥啊，既是这般容易，你把师父背着，只消点点头，躬躬腰，跳过去罢了；何必苦苦的与他厮战？"【烦恼即是菩提，有多少烦恼就有多少智慧，故烦恼需面对，不可绕过】行者道："你不会驾云？你把师父驮过去不是？"八戒道："师父的骨肉凡胎，重似泰山，我这驾云的，怎称得起？须是你的筋斗方可。”行者道：“我的筋斗，好道也是驾云，只是去的有远近些儿。你是驮不动，我却如何驮得动？自古道：‘遣泰山轻如芥子，携凡夫难脱红尘。’【卓吾评：着眼】像这泼魔毒怪，使摄法，弄风头，却是扯扯拉拉，就地而行，不能带得空中而去；像那样法儿，老孙也会使会弄；还有那隐身法、缩地法，老孙件件皆知。但只是师父要穷历异邦，不能彀超脱苦海，所以寸步难行也。我和你只做得个拥护，保得他身在命在，替不得这些苦恼，也取不得经来；就是有能先去见了佛，那佛也不肯把经传与你我。正叫做‘若将容易得，便作等闲看’。”【卓吾评：着眼】【在字面上，三徒一马是会腾云驾雾的天神；象征意义上，四人其实是人的性、情、志、意。所谓驾云是指意念层面的驰骋。这里就出现字面和象征两个维度之间的逻辑矛盾。为了解决唐僧能不能驾云这个矛盾才出现上面的对话。反过来也可以看出，所谓妖怪把唐僧掳走，实际也是精神层面的掳走，字面表述只是戏剧化的演绎】那呆子闻言，喏喏听受。遂吃了些无菜的素食，师徒们歇在流沙河东崖次之下。

次早，三藏道：“悟空，今日怎生区处？”行者道：“没甚区处，还须八戒下水。”八戒道：“哥哥，你要图干净，只作成我下水。”行者道：“贤弟，这番我再不急性了，只让你引他上来，我拦住河沿，不让他回去，务要将他擒了。”

好八戒，抹抹脸，抖擞精神，双手拿钯到河沿，分开水路，依然又下至窝巢。那怪方才睡醒，忽听推得水响，急回头睁睛看看，见八戒执钯下至，他跳出来，当头阻住，喝道：“慢来！慢来！看杖！”八戒举钯架住道：“你是个甚么‘哭丧杖’，断叫你祖宗看杖！”那怪道：“你这厮甚不晓得哩！我这：

宝杖原来名誉大，本是月里梭罗派。
吴刚伐下一枝来，鲁班制造工夫盖。
里边一条金趁心，外边万道珠丝玠。
名称宝杖善降妖，永镇灵霄能伏怪。
只因官拜大将军，玉皇赐我随身带。
或长或短任吾心，要细要粗凭意态。
也曾护驾宴蟠桃，也曾随朝居上界。
值殿曾经众圣参，卷帘曾见诸仙拜。
养成灵性一神兵，不是人间凡器械。
自从遭贬下天门，任意纵横游海外。
不当大胆自称夸，天下枪刀难比赛。
看你那个锈钉钯，只好锄田与筑菜！”

八戒笑道："我把你少打的泼物！且莫管甚么筑菜，只怕荡了一下儿，教你没处贴膏药，九个眼子一齐流血！纵然不死，也是个到老的破伤风！"那怪丢开架子，在那水底下，与八戒依然打出水面。这一番斗，比前果更不同，你看他：

宝杖轮，钉钯筑，言语不通非眷属。只因木母克刀圭，【借炼丹术语，木母指八戒，刀圭指沙僧。木母克刀圭，指木克土，或"情"对"志"有妨碍】致令两下相战触。没输赢，无反复，翻波淘浪不和睦。这个怒气怎含容，那个伤心难忍辱。钯来杖架逞英雄，水滚流沙能恶毒。气昂昂，劳碌碌，多因三藏朝西域。钉钯老大凶，宝杖十分熟。这个揪住要往岸上拖，那个抓来就将水里沃。声如霹雳动鱼龙，云暗天昏神鬼伏。

这一场，来来往往，斗经三十回合，不见强弱。八戒又使个佯输计，拖了钯走。那怪随后又赶来，拥波捉浪，赶至崖边。八戒骂道："我把你这个泼怪！你上来！这高处，脚踏实地好打！"那妖骂道："你这厮哄我上去，又教那帮手来哩。你下来，还在水里相斗。"原来那妖乖了，再不肯上岸，只在河沿与八戒闹吵。

却说行者见他不肯上岸，急得他心焦性爆，恨不得一把捉来。行者道："师父！你自坐下，等我与他个'饿鹰雕食'。"就纵筋斗，跳在半空，刷的落下来，要抓那妖。那妖正与八戒嚷闹，忽听得风响，急回头，见是行者落下云来，却又收了那杖，一头淬下水，隐迹潜踪，渺然不见。行者伫立岸上，对八戒说："兄弟呀，这妖也弄得滑了。他再不肯上岸，如之奈何？"八戒道："难！难！难！战不胜他，就把吃奶的气力也使尽了，只绷得个手平。"行者道："且见师父去。"

二人又到高岸，见了唐僧，备言难捉。那长老满眼下泪道："似此艰难，怎生得渡！"行者道："师父莫要烦恼。这怪深潜水底，其实难行。八戒，你只在此保守师父，再莫与他厮斗，等老孙往南海走走去来。"八戒道："哥呵，你去南海何干？"行者道："这取经的勾当，原是观音菩萨；及脱解我等，也是观音菩萨；今日路阻流沙河，不能前进，不得他，怎生处治？等我去请他，还强如和这妖精相斗。"八戒道："也是，也是。师兄，你去时，千万与我上覆一声：向日多承指教。"【卓吾评：趣】三藏道："悟空，若是去请菩萨，却也不必迟疑，快去快来。"

行者即纵筋斗云，径上南海。咦！那消半个时辰，早望见普陀山境。须臾间坠下筋斗，到紫竹林外，又只见那二十四路诸天，上前迎着道："大圣何来？"行者道："我师有难，特来谒见菩萨。"诸天道："请坐，容报。"那轮日的诸天，径至潮音洞口报道："孙悟空有事朝见。"菩萨正与捧珠龙女在宝莲池畔扶栏看花，闻报，即转云岩，开门唤入。

大圣端肃皈依参拜。菩萨问曰:“你怎么不保唐僧?为甚事又来见我?”行者启上道:“菩萨,我师父前在高老庄,又收了一个徒弟,唤名猪八戒,多蒙菩萨又赐法讳悟能。才行过黄风岭,今至八百里流沙河,乃是弱水三千,师父已是难渡;河中又有个妖怪,武艺高强,甚亏了悟能与他水面上大战三次,只是不能取胜,被他拦阻,不能渡河。因此,特告菩萨,望垂怜悯,济渡他一济渡。”菩萨道:“你这猴子,又逞自满,不肯说出保唐僧的话来么?”行者道:“我们只是要拿住他,教他送我师父渡河。水里事,我又弄不得精细,只是悟能寻着他窝巢,与他打话。想是不曾说出取经的勾当。”菩萨道:“那流沙河的妖怪,乃是卷帘大将临凡,也是我劝化的善信,教他保护取经之辈。你若肯说出是东土取经人呵,他决不与你争持,断然归顺矣。”行者道:“那怪如今怯战,不肯上崖,只在水里潜踪,如何得他归顺?我师如何得渡弱水?”

菩萨即唤惠岸,袖中取出一个红葫芦儿,吩咐道:“你可将此葫芦,同孙悟空到流沙河水面上,只叫‘悟净’,他就出来了。先要引他归依了唐僧;然后把他那九个骷髅穿在一处,按九宫布列,却把这葫芦安在当中,就是法船一只,能渡唐僧过流沙河界。”惠岸闻言,谨遵师命,当时与大圣捧葫芦出了潮音洞,奉法旨辞了紫竹林。有诗为证,诗曰:

五行匹配合天真,【至此五人聚齐,正如五行相配】认得从前旧主人。【本为一体,分开讲各有指代】炼已立基为妙用,辨明邪正见原因。【分开讲述的目的是找到问题的原因以确定修炼的方向】金【行者】来归性【指代心性】还同类,木【八戒】去求情【指代情感】共复沦。二土【刀圭,指沙僧,心志】全功成寂寞,调和水【唐僧,身】火【白龙马,心意】没纤尘。【心志的作用是调和身与意,性和情。此处混合应用五行和炼丹术语,悟空又称金公(铅),八戒又称木母(汞),沙僧又称黄婆、刀圭。皆是在比喻意义上使用这些名称,并非暗示炼丹配方】

【五行学说认为金代表敛聚,木代表生长,水代表浸润,火代表破灭,土代表融合。具体相生关系是:木生火,火生土,土生金,金生水,水生木;相克关系是:木克土,土克水,水克火、火克金、金克木。本书借此学说表达性、情、志、意、人之间的关系,如水生木,即人容易产生欲望;木生火,即欲望导致意念的放纵。在人物职能作用上也体现了这一学说,如水克火,所以唐僧骑马克制其放纵;土有调和功能,所以沙僧有凝聚团队的作用。在一些情节安排上也应用了这个理论,如金克木,对应行者收服八戒;木克土,对应八戒打败沙僧。在结构上也体现这一学说,如火云洞之后则是黑水河,火焰山之后则是碧波谭,均取以水克火之意。作者在开篇以来一直提醒读者不入法相，读者可以在比喻的意义上理解五行与五人的对应关系，而不必把这种对应严格化或教条化，进行生搬硬套的推演，毕竟“一切有为法，如梦幻泡影，如露亦如电，应作如是观”】

他两个，不多时，按落云头，早来到流沙河岸。猪八戒认得是木叉行者，引师父上前迎接。那木叉与三藏礼毕，又与八戒相见。八戒道：“向蒙尊者指示，得见菩萨，我老猪果遵法教，今喜拜了沙门。这一向在途中奔碌，未及致谢，恕罪，恕罪。”行者道：“且莫叙阔，我们叫唤那厮去来。”三藏道：“叫谁？”行者道：“老孙见菩萨，备陈前事。菩萨说：这流沙河的妖怪，乃是卷帘大将临凡；因为在天有罪，堕落此河，忘形作怪。他曾被菩萨劝化，愿归师父往西天去的。但是我们不曾说出取经的事情，故此苦苦争斗。菩萨今差木叉，将此葫芦，要与这厮结作法船，渡你过去哩。”三藏闻言，顶礼不尽，对木叉作礼道：“万望尊者作速一行。”

那木叉捧定葫芦，半云半雾，径到了流沙河水面上，厉声高叫道：“悟净！悟净！取经人在此久矣，你怎么还不归顺！”

却说那怪惧怕猴王，回于水底，正在窝中歇息，只听得叫他法名，情知是观音菩萨；又闻得说“取经人在此”，他也不惧斧钺，急翻波伸出头来，又认得是木叉行者。你看他笑盈盈，上前作礼道：“尊者失迎，菩萨今在何处？”木叉道：“我师未来，先差我来吩咐你早跟唐僧做个徒弟。叫把你项下挂的骷髅与这个葫芦，按九宫结做一只法船，渡他过此弱水。”悟净道：“取经人却在那里？”木叉用手指道：“那东岸上坐的不是？”悟净看见了八戒道：“他不知是那里来的个泼物，与我整斗了这两日，何曾言着一个取经的字儿？”又看见行者，道：“这个主子，是他的帮手，好不利害！我不去了。”木叉道：“那是猪八戒，这是孙行者，俱是唐僧的徒弟，俱是菩萨劝化的，怕他怎的？我且和你见唐僧去。”

那悟净才收了宝杖，整一整黄锦直裰，跳上岸来，对唐僧双膝跪下道：“师父，弟子有眼无珠，不认得师父的尊容，多有冲撞，万望恕罪。”八戒道：“你这脓包，怎的早不皈依，只管要与我打？是何说话！”行者笑道：“兄弟，你莫怪他，还是我们不曾说出取经的事样与姓名耳。”长老道：“你果肯诚心皈依吾教么？”悟净道：“弟子向蒙菩萨教化，指河为姓，与我起了法名，唤做沙悟净，岂有不从师父之理！”三藏道：“既如此，”叫：“悟空，取戒刀来，与他落了发。”大圣依言，即将戒刀与他剃了头。又来拜了三藏，拜了行者与八戒，分了大小。三藏见他行礼，真像个和尚家风，故又叫他做沙和尚。

木叉道：“既秉了迦持，不必叙烦，早与作法船去来。”那悟净不敢怠慢，即将颈项下挂的骷髅取下，用索子结作九宫，把菩萨的葫芦安在当中，请师父下岸。那长老遂登法船，坐于上面，果然稳似轻舟。左有八戒扶持，右有悟净捧托；孙行者在后面牵了龙马，半云半雾相跟；头直上又有木叉拥护；那师父才飘然稳渡流沙河界，浪静风平过弱河。真个也如飞似箭，不多时，身登彼岸，得脱洪波；又不拖泥带水，幸喜脚干手燥，清净无为，师徒们脚踏实地。【卓吾评：着眼】那木叉按祥云，收了葫芦。又只见那骷髅一时解化作九股阴风，寂然不见。【九世心志，成于十世】三藏拜谢了木叉，顶礼了菩萨。正是：木叉径回东洋海，三藏上马却投西。毕竟不知几时才得正果求经，且听下回分解。

【卓吾评：若要净，也须沙清金见。即一姓名中，都有微旨。《西游》一记，可草草读耶？】

【从两界山至此五人聚齐。如果落实到《心经》里的“五蕴皆空”，这一组故事反映的是“色即是空，空即是色”，强调人对形相感知的虚幻性，当然也包含五人形相的虚幻。虽然下面的情节在每一个国家境内都突出五蕴中的一个主题，但“色即是空”这个主旨贯穿全书】

第二十三回　三藏不忘本　四圣试禅心

【本回以“务本”开启五人聚齐后的第一难。不受飞来之财，不做非分之想，忠于职守，即是务本。由于八戒代表情感和欲望，所以本难苦难由八戒引起，由八戒承受。从本难贪婪或邪迷心之难开始（或者说从观音院已经开始），至狮驼国恐怖心之难达到高潮，历数人性中种种不善之心，收束于比丘国救赎众心，这一大部分侧重个人修行，主要理论基础为《心经》。浮屠山授《心经》之前义理多引《坛经》，隐雾山之后多引《金刚经》】

诗曰：

奉法西来道路赊，秋风淅淅（xī xī，风雨声）落霜花。乖猿【心性】牢锁绳休解，劣马【心意】勤兜鞭莫加。木母【八戒，情感】金公【行者，心性】原自合，【儒家认为“率性之谓道”（遵循天性就是道），又讲喜怒哀乐等情感表露合于法度就达到了道的要求，所以得道的情感和心性是一致的】黄婆【沙僧】赤子【赤子之心，即得道之心】本无差。【老子以“赤子”比喻得道的状态，孟子推崇“赤子之心”，所以在得道状态下，性情志都是一致的】咬开铁弹真消息，般若波罗到彼家。

这回书，盖言取经之道，不离乎一身务本之道也。【本回题旨】

【《论语》印证：君子务本，本立而道生】

却说他师徒四众，了悟真如，顿开尘锁，自跳出性海流沙，浑无挂碍，径投大路西来。历遍了青山绿水，看不尽野草闲花。真个也光阴迅速，又值九秋，但见了些：

枫叶满山红，黄花耐晚风。
老蝉吟渐懒，愁蟋思无穷。
荷破青纨扇，橙香金弹丛。
可怜数行雁，点点远排空。

正走处，不觉天晚。三藏道：“徒弟，如今天色又晚，却往那里安歇？”行者道：“师父说话差了，出家人餐风宿水，卧月眠霜，随处是家。又问那里安歇，何也？”猪八戒道：“哥啊，你只知道你走路轻省，那里管别人累坠？自过了流沙河，这一向爬山过岭，身挑着重担；老大难挨也！须是寻个人家，一则化些茶饭，二则养养精神，才是个道理。”【本书多以这样的师徒对话反映唐僧所感所想。唐僧之所欲，必以代表“情”的八戒表现发挥出来。所以唐僧前期亲近八戒，后期亲近悟空，是修为提高的表现】行者道：“呆子，你这般言语，似有报怨之心。还像在高老庄，倚懒不求福的自在，恐不能也。既是秉正沙门，须是要吃辛受苦，才做得徒弟哩。”【务本】八戒道：“哥哥，你看这担行李多重？”行者道：“兄弟，自从有了你与沙僧，我又不曾挑着，那知多重？”八戒道：“哥啊，你看看数儿么：四片黄藤蔑，长短八条绳。又要防阴雨，毡包三四层。匾担还愁滑，两头钉上钉。铜镶铁打九环杖，篾丝藤缠大斗篷。似这般许多行李，难为老猪一个逐日家担着走，偏你跟师父做徒弟，拿我做长工！”【八戒挑担，取用衣钵压住欲望之意；沙僧牵马，取心志指引心意。若反过来，让八戒牵马，即让欲望牵引心意，一般则会有灾难】行者笑道：“呆子，你和谁说哩？”八戒道：“哥哥，与你说哩。”行者道：“错和我说了。老孙只管师父好歹，你与沙僧，专管行李马匹。【务本】但若怠慢了些儿，孤拐上先是一顿粗棍！”八戒道：“哥啊，不要说打，打就是以力欺人。我晓得你的尊性高傲，你是定不肯挑；但师父骑的马，那般高大肥盛，只驮着老和尚一个，教他带几件儿，也是弟兄之情。”

行者道：“你说他是马哩！他不是凡马，本是西海龙王敖闰之子，唤名龙马三太子。只因纵火烧了殿上明珠，被他父亲告了忤逆，身犯天条，多亏观音菩萨救了他的性命；他在那鹰愁陡涧，久等师父，又幸得菩萨亲临，却将他退鳞去角，摘了项下珠，才变做这匹马，愿驮师父往西天拜佛。这个都是各人的功果，【务本】你莫攀他。”那沙僧闻言道：“哥哥，真个是龙么？”行者道：“是龙。”八戒道：“哥啊，我闻得古人云：‘龙能喷云嗳（ǎi，吐）雾，播土扬沙。有巴山捎岭（爬山越岭）的手段，有翻江搅海的神通。’怎么他今日这等慢慢而走？”行者道：“你要他快走，我教他快走个儿你看。”

好大圣，把金箍棒揝一揝，万道彩云生。那马看见拿棒，恐怕打来，慌得四只蹄疾如飞电，飕的跑将去了。那师父手软勒不住，尽他劣性，奔上山崖，才大达辿（chān，缓步）步走。师父喘息始定，抬头远见一簇松阴，内有几间房舍，着实轩昂。但见：

门垂翠柏，宅近青山。几株松冉冉，数茎竹斑斑。篱边野菊凝霜艳，桥畔幽兰映水丹。粉泥墙壁，砖砌围圜。高堂多壮丽，大厦甚清安。牛羊不见无鸡犬，想是秋收农事闲。【不见牛羊鸡犬，可见菩萨的铺陈有漏洞】

那师父正按辔徐观，又见悟空兄弟方到。悟净道：“师父不曾跌下马来么？”长老骂道：“悟空这泼猴，他把马儿惊了，早是我还骑得住哩！”行者陪笑道：“师父莫骂我，都是猪八戒说马行迟，故此着他快些。”那呆子因赶马，走急了些儿，喘气嘘嘘，口里唧唧哝哝的闹道："罢了！罢了！见自肚别腰松，担子沉重，挑不上来，又弄我奔奔波波的赶马！"长老道："徒弟啊，你且看那壁厢，有一座庄院，我们却好借宿去也。"行者闻言，急抬头举目而看，果见那半空中庆云笼罩，瑞霭遮盈。情知定是佛仙点化，【用心觉察周边的环境，总有线索可查，所以吉凶自在心间】他却不敢泄漏天机，只道："好！好！好！我们借宿去来。"

长老连忙下马。见一座门楼，乃是垂莲象鼻，画栋雕梁。沙僧歇了担子。八戒牵了马匹道："这个人家，是过当的富实之家。"行者就要进去，三藏道："不可，你我出家人，各自避些嫌疑，切莫擅入。且自等他有人出来，以礼求宿，方可。"八戒拴了马，斜倚墙根之下，三藏坐在石鼓上，行者、沙僧坐在台基边。久无人出，行者性急，跳起身入门里看处：原来有向南的三间大厅，帘栊高控。屏门上，挂一轴寿山福海的横披画；两边金漆柱上，贴着一幅大红纸的春联，上写着：

"丝飘弱柳平桥晚，雪点香梅小院春。"【卓吾评：幻笔】

正中间，设一张退光黑漆的香几，几上放一个古铜兽炉。上有六张交椅，两山头（山墙）挂着四季吊屏。

行者正然偷看处，忽听得后门内有脚步之声，走出一个半老不老的妇人来，娇声问道："是甚么人，擅入我寡妇之门？"慌得个大圣喏喏连声道："小僧是东土大唐来的，奉旨向西方拜佛求经。一行四众，路过宝方，天色已晚，特奔老菩萨檀府，告借一宵。"那妇人笑语相迎道："长老，那三位在那里？请来。"行者高声叫道："师父，请进来耶。"三藏才与八戒、沙僧牵马挑担而入。只见那妇人出厅迎接。八戒饧眼偷看，你道他怎生打扮：

穿一件织金官绿纻丝袄，上罩着浅红比甲；系一条结彩鹅黄锦绣裙，下映着高底花鞋。时样䯼髻皂纱漫，相衬着二色盘龙发；宫样牙梳朱翠晃，斜簪着两股赤金钗。云鬓半苍飞凤翅，耳环双坠宝珠排。脂粉不施犹自美，风流还似少年才。

那妇人见了他三众，更加欣喜，【不忌惮三人相貌者，不是妖精便是神仙】以礼邀入厅房。一一相见礼毕，请各叙坐看茶。那屏风后，忽有一个丫髻垂丝的女童，托着黄金盘、白玉盏，香茶喷暖气，异果散幽香。那人绰彩袖，春笋纤长；擎玉盏，传茶上奉。对他们一一拜了。茶毕，又吩咐办斋。三藏启手道："老菩萨，高姓？贵地是甚地名？"妇人道："此间乃西牛贺洲之地。小妇人娘家姓贾，夫家姓莫。【娘家是假，夫家已殁】幼年不幸，公姑早亡，与丈夫守承祖业。有家资万贯，良田千顷。夫妻们命里无子，止生了三个女孩儿，前年大不幸，又丧了丈夫，小妇居孀，今岁服满。空遗下田产家业，再无个眷族亲人，只是我娘女们承领。欲嫁他人，又难舍家业。

适承长老下降，想是师徒四众。小妇娘女四人，意欲坐山招夫，四位恰好，不知尊意肯否如何。”三藏闻言，推聋妆哑，瞑目宁心，寂然不答。

那妇人道：“舍下有水田三百余顷，旱田三百余顷，山场果木三百余顷；黄水牛有一千余只，骡马成群，猪羊无数。东南西北，庄堡草场，共有六七十处；家下有八九年用不着的米谷，十来年穿不着的绫罗；一生有使不着的金银；胜强似那锦帐藏春，说甚么金钗两行。你师徒们若肯回心转意，招赘在寒家，自自在在，享用荣华，却不强如往西劳碌？”那三藏也只是如痴如蠢，默默无言。

那妇人道：“我是丁亥年三月初三日酉时生。【卓吾评：极假极真】故夫比我年大三岁，我今年四十五岁。大女儿名真真，今年二十岁；次女名爱爱，今年十八岁；三小女名怜怜，今年十六岁；俱不曾许配人家。虽是小妇人丑陋，却幸小女俱有几分颜色，女工针指，无所不会。因是先夫无子，即把他们当儿子看养，小时也曾教他读些儒书，也都晓得些吟诗作对。虽然居住山庄，也不是那十分粗俗之类，料想也配得过列位长老，若肯放开怀抱，长发留头，与舍下做个家长，穿绫着锦，胜强如那瓦钵缁衣，雪鞋云笠！”

三藏坐在上面，好便似雷惊的孩子，雨淋的虾蟆；只是呆呆挣挣，翻白眼儿打仰。那八戒闻得这般富贵，这般美色，他却心痒难挠；坐在那椅子上，一似针戳屁股，左扭右扭的，忍耐不住。走上前，扯了师父一把道：“师父！这娘子告诵你话，你怎么佯佯不睬？好道也做个理会是。”那师父猛抬头，咄的一声，喝退了八戒道：“你这个孽畜！我们是个出家人，岂以富贵动心，美色留意，成得个甚么道理！”那妇人笑道：“可怜！可怜！出家人有何好处？”三藏道：“女菩萨，你在家人，却有何好处？”那妇人道：“长老请坐，等我把在家人的好处说与你听。怎见得？有诗为证，诗曰：

春裁方胜着新罗，夏换轻纱赏绿荷；
秋有新蒭(chú，收割)香糯酒，冬来暖阁醉颜酡。
四时受用般般有，八节珍馐件件多；
衬锦铺绫花烛夜，强如行脚礼弥陀。”

三藏道：“女菩萨，你在家人享荣华，受富贵，有可穿，有可吃，儿女团圆，果然是好。但不知我出家的人，也有一段好处。怎见得？有诗为证，诗曰：

出家立志本非常，推倒从前恩爱堂。
外物不生闲口舌，身中自有好阴阳。
功完行满朝金阙，见性明心返故乡。
胜似在家贪血食，老来坠落臭皮囊。”

那妇人闻言，大怒道："这泼和尚无礼！我若不看你东土远来，就该叱出。我倒是个真心实意，要把家缘招赘汝等，你倒反将言语伤我。你就是受了戒，发了愿，永不还俗，好道你手下人，我家也招得一个。你怎么这般执法？"

三藏见他发怒，只得者者谦谦（和和气气、唯唯诺诺的样子），叫道："悟空，你在这里罢。"行者道："我从小儿不晓得干那般事，教八戒在这里罢。"八戒道："哥啊，不要栽人么。大家从长计较。"三藏道："你两个不肯，便教悟净在这里罢。"沙僧道："你看师父说的话。弟子蒙菩萨劝化，受了戒行，等候师父；自蒙师父收了我，又承教诲；跟着师父还不上两月，更不曾进得半分功果，怎敢图此富贵！宁死也要往西天去，决不干此欺心之事。"那妇人见他们推辞不肯，急抽身转进屏风，扑的把腰门关上。师徒们撇在外面，茶饭全无，再没人出。

八戒心中焦燥，埋怨唐僧道："师父忒不会干事，把话通说杀了。你好道还活着些脚儿，只含糊答应，哄他些斋饭吃了，今晚落得一宵快活；明日肯与不肯，在乎你我了。似这般关门不出，我们这清灰冷灶，一夜怎过！"

悟净道："二哥，你在他家做个女婿罢。"八戒道："兄弟，不要栽人。从长计较。"行者道："计较甚的？你要肯，便就教师父与那妇人做个亲家，你就做个倒踏门的女婿。他家这等有财有宝，一定倒陪妆奁，整治个会亲的筵席。我们也落些受用。你在此间还俗，却不是两全其美？"八戒道："话便也是这等说，却只是我脱俗又还俗，停妻再娶妻了。"沙僧道："二哥原来是有嫂子的？"行者道："你还不知他哩，他本是乌斯藏高老儿庄高太公的女婿。因被老孙降了，他也曾受菩萨戒行，没及奈何，被我捉他来做个和尚，所以弃了前妻，投师父往西拜佛。他想是离别的久了，又想起那个勾当。却才听见这个勾当，断然又有此心。呆子，你与这家子做了女婿罢，只是多拜老孙几拜，我不检举你就罢了。"那呆子道："胡说！胡说！大家都有此心，独拿老猪出丑。常言道：'和尚是色中饿鬼。'那个不要如此？都这们扭扭捏捏的拿班儿，把好事都弄得裂了。这如今茶水不得见面，灯火也无人管，虽熬了这一夜，但那匹马明日又要驮人，又要走路，再若饿上这一夜，只好剥皮罢了。你们坐着，等老猪去放放马来。"那呆子虎急急的，解了缰绳，拉出马去。【卓吾评：画】【意马由欲望牵引】行者道："沙僧，你且陪师父坐这里，等老孙跟他去，看他往那里放马。"三藏道："悟空，你看便去看他，但只不可只管嘲他了。"行者道："我晓得。"这大圣走出厅房，摇身一变，变作个红蜻蜓儿，飞出前门，赶上八戒。

那呆子拉着马，有草处且不教吃草，嗒嗒嗤嗤的，赶着马，转到后门首去，只见那妇人，带了三个女子，在后门外闲立着，看菊花儿耍子。他娘女们看见八戒来时，三个女儿闪将进去，那妇人伫立门首道："小长老那里去？"这呆子丢了缰绳，上前唱个喏，道声："娘！我来放马的。"【卓吾评：数声"娘"，叫得甚是亲热】那妇人道："你师父忒弄精细，在我家招了女婿，却不强似做挂搭僧，往西跄(qiàng，急走)路？"八戒笑道："他们是奉了唐王的旨意，不敢有违君命，不肯干这件事。刚才都在前厅上栽我，我又有些奈上祝下的，只恐娘嫌我嘴长耳大。"那妇人道："我也不嫌，只是家下无个家长，招一个倒也罢了；但恐小女儿有些儿嫌丑。"八戒道："娘，你上覆令爱，不要这等拣汉。想我那唐僧，人才虽俊，其实不中用。我丑自丑，有几句口号儿。"妇人道："你怎的说么？"八戒道："我虽然人物丑，勤紧有些功。若言千顷地，不用使牛耕。只消一顿钯，布种及时生。没雨能求雨，无风会唤风。房舍若嫌矮，起上二三层。地下不扫扫一扫，阴沟不通通一通。家长里短诸般事，踢天弄井我皆能。"【标准男家长】那妇人道："既然干得家事，你再去与你师父商量商量看，不尴尬，便招你罢。"八戒道："不用商量！他又不是我的生身父母，干与不干，都在于我。"【卓吾评：画】妇人道："也罢，也罢，等我与小女说。"看他闪进去，扑的掩上后门。八戒也不放马，将马拉向前来。

怎知孙大圣已一一尽知，他转翅飞来，现了本相，先见唐僧道："师父，悟能牵马来了。"长老道："马若不牵，恐怕撒欢走了。"【卓吾评：趣】行者笑将起来，把那妇人与八戒说的勾当，从头说了一遍，三藏也似信不信的。

少时间，见呆子拉将马来拴下，长老道："你马放了？"八戒道："无甚好草，没处放马。"行者道："没处放马，可有处牵马么？"【卓吾评：趣】呆子闻得此言，情知走了消息，也就垂头扭颈，努嘴皱眉，半晌不言。

又听得呀的一声，腰门开了，有两对红灯，一副提壶，香云霭霭，环珮叮叮，那妇人带着三个女儿，走将出来，叫真真、爱爱、怜怜，拜见那取经的人物。那女子排立厅中，朝上礼拜。果然也生得标致，但见他：

一个个蛾眉横翠，粉面生春。妖娆倾国色，窈窕动人心。花钿显现多娇态，绣带飘飖迥绝尘。半含笑处樱桃绽，缓步行时兰麝喷。满头珠翠，颤巍巍无数宝钗簪；遍体幽香，娇滴滴有花金缕细。说甚么楚娃美貌，西子娇容？真个是九天仙女从天降，月里嫦娥出广寒！

那三藏合掌低头，孙大圣佯佯不睬，这沙僧转背回身。你看那猪八戒，眼不转睛，淫心紊乱，色胆纵横，扭捏出悄语，低声道："有劳仙子下降。娘，请姐姐们去耶。"那三个女子，转入屏风，将一对纱灯留下。

妇人道："四位长老，可肯留心，着那个配我小女么？"悟净道："我们已商议了，着那个姓猪的招赘门下。"八戒道："兄弟，不要栽我，还从长计较。"行者道："还计较甚么？你已是在后门首说合的停停当当，'娘'都叫了，又有甚么计较？师父做个男亲家，这婆儿做个女亲家，等老孙做个保亲，沙僧做个媒人。也不必看通书，今朝是个天恩上吉日，你来拜了师父，进去做了女婿罢。"八戒道："弄不成！弄不成！那里好干这个勾当！"行者道："呆子，不要者嚣（掩饰；隐瞒），你那口里'娘'也不知叫了多少，又是甚么弄不成？快快的应成，带携我们吃些喜酒，也是好处。"他一只手揪着八戒，一只手扯住妇人道："亲家母，带你女婿进去。"那呆子脚儿趄趄（jū jū，欲进又退的样子）的要往那里走，那妇人即唤童子："展抹桌椅，铺排晚斋，管待三位亲家。我领姑夫房里去也。"一壁厢又吩咐庖丁排筵设宴，明晨会亲，那几个童子，又领命讫。他三众吃了斋，急急铺铺，都在客座里安歇不题。

却说那八戒跟着丈母，行入里面，一层层也不知多少房舍，磕磕撞撞，尽都是门槛绊脚。呆子道："娘，慢些儿走，我这里边路生，你带我带儿。"那妇人道："这都是仓房、库房、碾房各房，还不曾到那厨房边哩。"八戒道："好大人家！"磕磕撞撞，转弯抹角，又走了半会，才是内堂房屋。那妇人道："女婿，你师兄说今朝是天恩上吉日，就教你招进来了；却只是仓卒间，不曾请得个阴阳，拜堂撒帐，你可朝上拜八拜儿罢。"八戒道："娘，娘说得是。你请上坐，等我也拜几拜，就当拜堂，就当谢亲，两当一儿，却不省事？"他丈母笑道："也罢，也罢，果然是个省事干家的女婿。我坐着，你拜么。"

咦！满堂中银烛辉煌，这呆子朝上礼拜，拜毕，道："娘，你把那个姐姐配我哩？"他丈母道："止是这些儿疑难：我要把大女儿配你，恐二女怪；要把二女配你，恐三女怪；欲将三女配你，又恐大女怪；所以终疑未定。"八戒道："娘，既怕相争，都与我罢，省得闹闹吵吵，乱了家法。"【卓吾评：此处却不呆】他丈母道："岂有此理！你一人就占我三个女儿不成！"八戒道："你看娘说的话。那个没有三房四妾？就再多几个，你女婿也笑纳了。我幼年间，也曾学得个熬战之法，管情一个个伏侍得他欢喜。"【卓吾评：丑甚】那妇人道："不好！不好！我这里有一方手帕，你顶在头上，遮了脸，撞个天婚，教我女儿从你跟前走过，你伸开手扯到那个就把那个配了你罢。"【卓吾评：此想亦好】呆子依言，接了手帕，顶在头上。有诗为证，诗曰：【卓吾评：说出】

痴愚不识本原由，色剑伤身暗自休。
从来信有周公礼，今日新郎顶盖头。

那呆子顶裹停当，道："娘，请姐姐们出来么。"他丈母叫："真真、爱爱、怜怜，都来撞天婚，配与你女婿。"只听得环珮响哓，兰麝馨香，似有仙子来往，那呆子真个伸手去捞人。两边乱扑，左也撞不着，右也撞不着。来来往往，不知有多少女子行动，只是莫想捞着一个。东扑抱着柱科（柱身），西扑摸着板壁，两头跑晕了，立站不稳，只是打跌。前来蹬着门扇，后去汤着砖墙。磕磕撞撞，跌得嘴肿头青，坐在地下，喘气呼呼的道："娘啊，你女儿这等乖滑得紧，捞不着一个，奈何！奈何！"

那妇人与他揭了盖头道："女婿，不是我女儿乖滑，他们大家谦让，不肯招你。"八戒道："娘啊，既是他们不肯招我啊，你招了我罢。"那妇人道："好女婿呀！这等没大没小的，连丈母也都要了！我这三个女儿，心性最巧。他一人结了一个珍珠篏锦汗衫儿。你若穿得那个的，就教那个招你罢。"八戒道："好！好！好！把三件儿都拿来我穿了看。若都穿得，就教都招了罢。"那妇人转进房里，止取出一件来，递与八戒。那呆子脱下青锦布直裰，取过衫儿，就穿在身上；还未曾系上带子，扑的一蹻（jué，意同"跤"），跌倒在地。原来是几条绳紧紧绷住。那呆子疼痛难禁，这些人早已不见了。

却说三藏、行者、沙僧一觉睡醒，不觉的东方发白。忽睁睛抬头观看。那里得那大厦高堂，也不是雕梁画栋，一个个都睡在松柏林中。慌得那长老忙呼行者，沙僧道："哥哥，罢了！罢了！我们遇着鬼了！"孙大圣心中明白，微微的笑道："怎么说？"长老道："你看我们睡在那里耶！"行者道："这松林下落得快活，但不知那呆子在那里受罪哩。"长老道："那个受罪？"行者笑道："昨日这家子娘女们，不知是那里菩萨，在此显化我等，想是半夜里去了，只苦了猪八戒受罪。"三藏闻言，合掌顶礼，又只见那后边古柏树上，飘飘荡荡的，挂着一张简帖儿。沙僧急去取来与师父看时，却是八句颂子云：

黎山老母不思凡，南海菩萨请下山。
普贤文殊皆是客，化成美女在林间。
圣僧有德还无俗，八戒无禅更有凡。
从此静心须改过，若生怠慢路途难！

那长老、行者、沙僧正然唱念此颂，只听得林深处高声叫道："师父啊，绷杀我了！救我一救！下次再不敢了！"三藏道："悟空，那叫唤的可是悟能么？"沙僧道："正是。"行者道："兄弟，莫睬他，我们去罢。"三藏道："那呆子虽是心性愚顽，却只是一味懞直，倒也有些膂力，挑得行李；还看当日菩萨之念，救他随我们去罢，料他以后再不敢了。"那沙和尚却卷起铺盖，收拾了担子；孙大圣解缰牵马，引唐僧入林寻看。咦！这正是：从正修持须谨慎，扫除爱欲自归真。毕竟不知那呆子凶吉如何，且听下回分解。

【卓吾评：今人那一个不被真真、爱爱、怜怜弄坏了，不要独笑老猪也。人但笑老猪三个女儿娶不成，反被他绷了一夜，不知若娶成了，其绷不知又当何如。人试思之，世上有一个不在绷里者否？

又批：描画八戒贪色处，妙绝。只三个“不要栽我，还从长计较”，便画出无限不可画处】

第二十四回　万寿山大仙留故友　五庄观行者窃人参

【本回五庄观偷吃人参果，题旨是高傲和侮慢心之难。“五庄”谐音“无状”，暗讽三徒行为丑恶不检点。悟空对当年大闹天宫虽有悔过，但高傲的心性还在，在遭遇别人侮辱时，还是会忍耐不住，让自己功果尽失。本难设置了心高性傲、法力无边的镇元仙和千年难成的人参果，用以影射当年的悟空和蟠桃，所不同的是，这次猴子需要借佛法复活功果】

却说那三人穿林入里，只见那呆子绷在树上，声声叫喊，痛苦难禁。行者上前笑道：“好女婿呀！这早晚还不起来谢亲，又不到师父处报喜，还在这里卖解儿[①]要子哩！咄！你娘呢？你老婆呢？好个绷巴吊拷[②]的女婿呀！”那呆子见他来抢白着羞，咬着牙，忍着疼，不敢叫喊。沙僧见了老大不忍，放下行李，上前解了绳索救下。呆子对他们只是磕头礼拜，其实羞耻难当，有《西江月》为证：

色乃伤身之剑，贪之必定遭殃。佳人二八好容妆，更比夜叉凶壮。只有一个原本，再无微利添囊。好将资本谨收藏，坚守休教放荡。

那八戒撮土焚香，望空礼拜。行者道：“你可认得那些菩萨么？”八戒道：“我已此晕倒昏迷，眼花缭乱，那认得是谁？”行者把那简帖儿递与八戒。八戒见了是颂子，更加惭愧。沙僧笑道：“二哥有这般好处哩，感得四位菩萨来与你做亲！”八戒道：“兄弟再莫题起，不当人子了！从今后，再也不敢妄为。就是累折骨头，也只是摩肩压担，随师父西域去也。”三藏道：“既如此说才是。”

行者遂领师父上了大路。在路餐风宿水，行罢多时，忽见有高山挡路。三藏勒马停鞭道：“徒弟，前面一山，必须仔细，恐有妖魔作耗，侵害吾党。”行者道：“马前但有我等三人，怕甚妖魔？”因此，长老安心前进。只见那座山，真是好山：

高山峻极，大势峥嵘。根接昆仑脉，顶摩霄汉中。白鹤每来栖桧柏，玄猿时复挂藤萝。日映晴林，叠叠千条红雾绕；风生阴壑，飘飘万道彩云飞。幽鸟乱啼青竹里，锦鸡齐斗野花间。只见那千年峰、五福峰、芙蓉峰，巍巍凛凛放毫光；万岁石、虎

---

① 卖解儿：指表演马技。亦泛指表演武艺、杂技，借以谋生。
② 绷巴吊拷：剥去衣裳，用绳捆绑，吊打拷问。

牙石、三尖石，突突磷磷生瑞气。崖前草秀，岭上梅香。荆棘密森森，芝兰清淡淡。深林鹰凤聚千禽，古洞麒麟辖万兽。涧水有情，曲曲弯弯多绕顾；峰峦不断，重重叠叠自周回。又见那绿的槐，斑的竹，青的松，依依千载斗秾华；白的李、红的桃，翠的柳，灼灼三春争艳丽。龙吟虎啸，鹤舞猿啼。麋鹿从花出，青鸾对日鸣。乃是仙山真福地，蓬莱阆苑只如然。又见些花开花谢山头景，云去云来岭上峰。

三藏在马上欢喜道："徒弟，我一向西来，经历许多山水，都是那嵯峨险峻之处，更不似此山好景，果然的幽趣非常。若是相近雷音不远路，我们好整肃端严见世尊。"行者笑道："早哩！早哩！正好不得到哩！"沙僧道："师兄，我们到雷音有多少远？"行者道："十万八千里，十停中还不曾走了一停哩。"八戒道："哥啊，要走几年才得到？"行者道："这些路，若论二位贤弟，便十来日也可到；若论我走，一日也好走五十遭，还见日色；若论师父走，莫想！莫想！"唐僧道："悟空，你说得几时方可到？"行者道："你自小时走到老，老了再小，老小千番也还难；只要你见性志诚，念念回首处，即是灵山。"【卓吾评：着眼】【悟则即到，不悟则不到】沙僧道："师兄，此间虽不是雷音，观此景致，必有个好人居止。"行者道："此言却当。这里决无邪祟，一定是个圣僧仙辈之乡，我们游玩慢行。"不题。

却说这座山名唤万寿山；山中有一座观，名唤五庄观；观里有一尊仙，道号镇元子，【镇元者，真猿也】混名与世同君。【与世同，与天齐。与世同君者，齐天大圣也】那观里出一般异宝，乃是混沌初分，鸿蒙始判，天地未开之际，产成这颗灵根。【同第一回，此灵根暗指心性】盖天下四大部洲，惟西牛贺洲五庄观出此，唤名"草还丹"，又名"人参果"。【与世同君守人参果影射齐天大圣守蟠桃园，均比喻功果难得，人当尽心守护】三千年一开花，三千年一结果，再三千年才得熟，短头一万年方得吃。似这万年，只结得三十个果子。果子的模样，就如三朝未满的小孩相似，四肢俱全，五官咸备。【道家以婴儿喻正果】人若有缘，得那果子闻了一闻，就活三百六十岁；吃一个，就活四万七千年。

当日镇元大仙得元始天尊的简帖，邀他到上清天上弥罗宫中听讲"混元道果"。【混元道果，暗示"昏猿盗果"】大仙门下出的散仙，也不计其数，见如今还有四十八个徒弟，都是得道的全真（指出家的道士）。当日带领四十六个上界去听讲，留下两个绝小的看家：一个唤做清风，一个唤做明月。【清风、明月虽是常用词，但此处暗引苏轼《赤壁赋》，"惟江上之清风，与山间之明月，耳得之而为声，目遇之而成色"，暗示悟空的暴怒，源自于"耳"和"目"对"声"和"色"的过激反应，这是不能"悟空"的表现】清风只有一千三百二十岁，明月才交一千二百岁。【可以把清风、明月理解成悟空听觉和视觉的具象化或“耳”“目”这两个器官的魔性的一面，这样一来，一个人的所闻所见就成为“耳魔”和“眼魔”对真心的滋扰。既然是两个器官之魔，故与肉身的年龄相仿】镇元子吩咐二童道：“不可违了大天尊的简帖，要往弥罗宫听讲，你两个在家仔细。不日有一个故人从此经过，却莫怠慢了他，可将我人参果打两个与他吃，权表旧日之情。”二童道：“师父的故人是谁？望说与弟子，好接待。”大仙道：“他是东土大唐驾下的圣僧，道号三藏，今往西天拜佛求经的和尚。”二童笑道：“孔子云：‘道不同，不相为谋。’我等是太乙玄门，怎么与那和尚做甚相识！”大仙道：“你那里得知。那和尚乃金蝉子转生，西方圣老如来佛第二个徒弟。五百年前，我与他在‘兰盆会’上相识，他曾亲手传茶，佛子敬我，故此是为故人也。”二仙童闻言，谨遵师命。

那大仙临行，又叮咛嘱咐道：“我那果子有数，只许与他两个，不得多费。”清风道：“开园时，大众共吃了两个，还有二十八个在树，不敢多费。”大仙道：“唐三藏虽是故人，须要防备他手下人罗唣(luó zào，骚扰；吵闹)，不可惊动他知。”二童领命讫，那大仙承众徒弟飞升，径朝天界。

却说唐僧四众在山游玩，忽抬头见那松篁一簇，楼阁数层。唐僧道：“悟空，你看那里是甚么去处？”行者看了道：“那所在，不是观宇，定是寺院。我们走动些，到那厢方知端的。”不一时，来于门首观看，见那：

松坡冷淡，竹径清幽。往来白鹤送浮云，上下猿猴时献果。那门前池宽树影长，石裂苔花破。宫殿森罗紫极高，楼台缥缈丹霞堕。真个是福地灵区，蓬莱云洞。清虚人事少，寂静道心生。青鸟每传王母信，紫鸾常寄老君经。看不尽那巍巍道德之风，果然漠漠神仙之宅。

三藏离鞍下马。又见那山门左边有一通碑，碑上有十个大字，乃是“万寿山福地，五庄观洞天”。【与“花果山福地，水帘洞洞天”相对】长老道：“徒弟，真个是一座观宇。”沙僧道：“师父，观此景鲜明，观里必有好人居住。我们进去看看，若行满东回，此间也是一景。”行者道：“说得好。”遂都一齐进去，又见那二门上有一对春联：长生不老神仙府，与天同寿道人家。【如此高傲者，非齐天大圣莫属】行者笑道：“这道士说大话唬人。我老孙五百年前大闹天宫时，在那太上老君门首，也不曾见有此话说。”八戒道：“且莫管他，进去，进去！或者这道士有些德行，未可知也。”

及至二层门里，只见那里面急急忙忙，走出两个小童儿来。看他怎生打扮：

骨清神爽容颜丽，顶结丫髻短发鬅(péng，头发蓬松而向上拱起)。

道服自然襟绕雾，羽衣偏是袖飘风。
环绦紧束龙头结，芒履轻缠蚕口绒。
丰采异常非俗辈，正是那清风明月二仙童。

那童子控背躬身，出来迎接道："老师父，失迎，请坐。"长老欢喜，遂与二童子上了正殿观看。原来是向南的五间大殿，都是上明下暗的雕花格子。那仙童推开格子，请唐僧入殿，只见那壁中间挂着五彩装成的"天地"二大字，设一张朱红雕漆的香几，几上有一副黄金炉瓶，炉边有方便整香。

唐僧上前，以左手拈香注炉，三匝礼拜。拜毕，回头道："仙童，你五庄观真是西方仙界，何不供养三清、四帝、罗天诸宰，只将'天地'二字侍奉香火？"【悟空为天地所生，故傲慢心魔只拜天地】童子笑道："不瞒老师说，这两个字，上头的，礼上还当；下边的，还受不得我们的香火。是家师父谄佞（chǎn nìng，奉承）出来的。"三藏道："何为谄佞？"童子道："三清是家师的朋友，四帝是家师的故人，九曜是家师的晚辈，元辰是家师的下宾。"【称神仙为晚辈者，正是悟空，见黄风岭一节】那行者闻言，就笑得打跌，【把自己的作为放到别人身上时，才觉得可笑】八戒道："哥啊，你笑怎的？"行者道："只讲老孙会捣鬼，原来这道童会捆风（喻扯谎）！"三藏道："令师何在？"童子道："家师元始天尊降简请到上清天弥罗宫听讲'混元道果'去了，不在家。"行者闻言，忍不住喝了一声道："这个臊道童！人也不认得，你在那个面前捣鬼，扯甚么空心架子！那弥罗宫有谁是太乙天仙？请你这泼牛蹄子去讲甚么！"三藏见他发怒，恐怕那童子回言，斗起祸来。便道："悟空，且休争竞。我们既进来就出去，显得没了方情（犹交情，情谊）。常言道：'鹭鸶不吃鹭鸶肉。'他师既是不在，搅扰他做甚？你去山门前放马，沙僧看守行李，教八戒解包袱，取些米粮，借他锅灶，做顿饭吃，待临行，送他几文柴钱便罢了。各依执事，让我在此歇息歇息，饭毕就行。"他三人果各依执事而去。

那明月、清风，暗自夸称不尽道："好和尚！真个是西方爱圣临凡，真元不昧。师父命我们接待唐僧，将人参果与他吃，以表故旧之情，又教防着他手下人罗唣。果然那三个嘴脸凶顽，性情粗糙。幸得就把他们调开了；若在边前，却不与他人参果见面。"清风道："兄弟，还不知那和尚可是师父的故人，问他一问看，莫要错了。"二童子又上前道："启问老师可是大唐往西天取经的唐三藏？"长老回礼道："贫僧就是，仙童为何知我贱名？"童子道："我师临行，曾吩咐教弟子远接。不期车驾来促，有失迎迓。老师请坐，待弟子办茶来奉。"三藏道："不敢。"那明月急转本房，取一杯香茶，献与长老。茶毕，清风道："兄弟，不可违了师命，我和你去取果子来。"

二童别了三藏，同到房中，一个拿了金击子，一个拿了丹盘，又多将丝帕垫着盘底，径到人参园内。那清风爬上树去，使金击子敲果；明月在树下，以丹盘等接。须臾，敲下两个果来，接在盘中，径至前殿奉献道："唐师父，我五庄观土僻山荒，无物可奉，土仪素果二枚，权为解渴。"那长老见了，战战兢兢，远离三尺道："善哉！善哉！今岁倒也年丰时稔，怎么这观里作荒吃人？这个是三朝未满的孩童，如何与我解渴？"【卓吾评：形容】清风暗道："这和尚在那口舌场中，是非海里，弄得眼肉胎凡，不识我仙家异宝。"明月上前道："老师，此物叫做'人参果'，吃一个儿不妨。"三藏道："胡说！胡说！他那父母怀胎，不知受了多少苦楚，方生下。未及三日，怎么就把他拿来当果子？"清风道："实是树上结的。"长老道："乱谈！乱谈！树上又会结出人来？拿过去，不当人子！"

那两个童儿，见千推万阻不吃，只得拿着盘子，转回本房。那果子却也跷蹊，久放不得；若放多时，即僵了，不中吃。二人到于房中，一家一个，坐在床边上，只情吃起。

噫！原来有这般事哩！他那道房，与那厨房紧紧的间壁。这边悄悄的言语，那边即便听见。八戒正在厨房里做饭，先前听见说取金击子，拿丹盘，他已在心；又听见他说，唐僧不认得是人参果，即拿在房里自吃，口里忍不住流涎道："怎得一个儿尝新！"自家身子又狼犺（láng kàng，笨拙；笨重），不能彀得动，只等行者来，与他计较。他在那锅门前，更无心烧火，不时的伸头探脑，出来观看。不多时，见行者牵将马来，拴在槐树上，径往后走，那呆子用手乱招道："这里来！这里来！"行者转身到于厨房门首道："呆子，你嚷甚的？想是饭不彀吃，且让老和尚吃饱，我们前边大人家，再化吃去罢。"八戒道："你进来，不是饭少。这观里有一件宝贝，你可晓得？"行者道："甚么宝贝？"八戒笑道："说与你，你不曾见；拿与你，你不认得。"行者道："这呆子笑话我老孙。老孙五百年前，因访仙道时，也曾云游在海角天涯，那般儿不曾见？"八戒道："哥啊，人参果你曾见么？"行者惊道："这个真不曾见。但只常闻得人说，人参果乃是草还丹，人吃了极能延寿。如今那里有得？"八戒道："他这里有。那童子拿两个与师父吃，那老和尚不认得，道是三朝未满的孩儿，不曾敢吃。那童子老大惫懒，师父既不吃，便该让我们，他就瞒着我们，才自在这隔壁房里，一家一个，啯啅啯啅的吃了出去，就急得我口里水泱。怎么得一个儿尝新？我想你有些溜撒（行动迅速），去他那园子里偷几个来尝尝，如何？"行者道："这个容易，老孙去，手到擒来。"急抽身，往前就走，八戒一把扯住道："哥啊，我听得他在这房里说，要拿甚么金击子去打哩。须是干得停当，不可走露风声。"行者道："我晓得，我晓得。"

那大圣使一个隐身法，闪进道房看时，原来那两个道童，吃了果子，上殿与唐僧说话，不在房里。行者四下里观看，看有甚么金击子，但只见窗棂上挂着一条赤金：有二尺长短，有指头粗细；底下是一个蒜疙疸的头子；上边有眼，系着一根绿绒绳儿。他道："想必就是此物叫做金击子。"他却取下来，出了道房，径入后边去，推开两扇门，抬头观看，呀！却是一座花园！但见：

朱栏宝槛，曲砌峰山。奇花与丽日争妍，翠竹共青天斗碧。流杯亭外，一弯绿柳似拖烟；赏月台前，数簇乔松如泼靛。红拂拂，锦巢榴；绿依依，绣墩草。青茸茸，碧砂兰；攸荡荡，临溪水。丹桂映金井梧桐，锦槐傍朱栏玉砌。有或红或白千叶桃，有或香或黄九秋菊。荼蘼(tú mí，植物名)架，映着牡丹亭；木槿台，相连芍药圃。看不尽傲霜君子竹，欺雪大夫松。更有那鹤庄鹿宅，方沼圆池；泉流碎玉，地萼堆金；朔风触绽梅花白，春来点破海棠红。诚所谓人间第一仙景，西方魁首花丛。

那行者观看不尽，又见一层门，推开看处，却是一座菜园：

布种四时蔬菜，菠芹莙荙(jūn dá，叶用甜菜)姜苔。笋薯瓜瓠(hù，即瓠瓜)茭白，葱蒜芫荽韭薤(xiè，指这种植物的鳞茎，又叫藠头)。窝蕖童蒿苦荬(mǎi，即苣荬菜)，葫芦茄子须栽。蔓菁萝卜芋头埋，红苋青菘紫芥。

行者笑道："他也是个自种自吃的道士。"走过菜园，又见一层门。推开看处，呀！只见那正中间有根大树，真个是青枝馥郁，绿叶阴森，那叶儿却似芭蕉模样，直上去有千尺余高，根下有七八丈围圆。那行者倚在树下往上一看，只见向南的枝上，露出一个人参果，真个像孩儿一般。原来尾间上是个扢蒂，看他丁在枝头，手脚乱动，点头幌脑，风过处似乎有声。行者欢喜不尽，暗自夸称道："好东西呀！果然罕见！果然罕见！"他倚着树，飕的一声，撺将上去。

那猴子原来第一会爬树偷果子。他把金击子敲了一下，那果子扑的落将下来。他也随跳下来跟寻，寂然不见，四下里草中找寻，更无踪影。行者道："跷蹊！跷蹊！想是有脚的会走；就走也跳不出墙去。我知道了，想是花园中土地不许老孙偷他果子，他收了去也。"他就捻着诀，念一口"唵"字咒，拘得那花园土地前来，对行者施礼道："大圣，呼唤小神，有何吩咐？"行者道："你不知老孙是盖天下有名的贼头。我当年偷蟠桃、盗御酒、窃灵丹，也不曾有人敢与我分用；怎么今日偷他一个果子，你就抽了我的头分去了！这果子是树上结的，空中过鸟也该有分，老孙就吃他一个，有何大害？怎么刚打下来，你就捞了去？"

土地道："大圣，错怪了小神也。这宝贝乃是地仙之物，小神是个鬼仙，怎么敢拿去？就是闻也无福闻闻。"行者道："你既不曾拿去，如何打下来就不见了？"土地道："大圣只知这宝贝延寿，更不知他的出处哩。"行者道："有甚出处？"土地道："这宝贝三千年一开花，三千年一结果，再三千年方得成熟。短头一万年，只结得三十个。有缘的，闻一闻，就活三百六十岁；吃一个，就活四万七千年。却是只与五行相畏。"【五行学说认为世界是由金木水火土五种物质构成，而佛家认为世界诸多色相对人造成蒙蔽，故功果与五行相畏】行者道："怎么与五行相畏？"土地道："这果子遇金而落，遇木而枯，遇水而化，遇火而焦，遇土而入。敲时必用金器，方得下来。打下来，却将盘儿用丝帕衬垫方可；若受些木器，就枯了，就吃也不得延寿。吃他须用磁器，清水化开食用，遇火即焦而无用。遇土而入者，大圣方才打落地上，他即钻下土去了。这个土有四万七千年，就是钢钻钻他也钻不动些须，比生铁也还硬三四分。人若吃了，所以长生。大圣不信时，可把这地下打打儿看。"行者即掣金箍棒筑了一下，响一声，迸起棒来，土上更无痕迹。行者道："果然！果然！我这棍，打石头如粉碎，撞生铁也有痕，怎么这一下打不伤些儿？这等说，我却错怪了你了，你回去罢。"那土地即回本庙去讫。

大圣却有算计：爬上树，一只手使击子，一只手将锦布直裰的襟儿扯起来，做个兜子等住，他却串枝分叶，敲了三个果，兜在襟中。跳下树，一直前来，径到厨房里去。那八戒笑道："哥哥，可有么？"行者道："这不是？老孙的手到擒来。这个果子，也莫背了沙僧，可叫他一声。"八戒即招手叫道："悟净，你来。"那沙僧撇下行李，跑进厨房道："哥哥，叫我怎的？"行者放开衣兜道："兄弟，你看这个是甚的东西？"沙僧见了道："是人参果。"行者道："好啊！你倒认得，你曾在那里吃过的？"沙僧道："小弟虽不曾吃，但旧时做卷帘大将，扶侍鸾舆赴蟠桃宴，尝见海外诸仙将此果与王母上寿。见便曾见，却未曾吃。哥哥，可与我些儿尝尝？"行者道："不消讲，兄弟们一家一个。"

他三人将三个果各各受用。那八戒食肠大，口又大，一则是听见童子吃时，便觉馋虫拱动，却才见了果子，拿过来，张开口，毂辘的囫囵吞咽下肚，却白着眼胡赖，向行者、沙僧道："你两个吃的是甚么？"沙僧道："人参果。"八戒道："甚么味道？"行者道："悟净，不要睬他！你倒先吃了，又来问谁？"八戒道："哥哥，吃的忙了些，不像你们细嚼细咽，尝出些滋味。我也不知有核无核，就吞下去了。哥啊，为人为彻；已经调动我这馋虫，再去弄个儿来，老猪细细的吃吃。"行者道："兄弟，你好不知止足！这个东西，比不得那米食面食，撞着尽饱。像这一万年只结得三十个，我们吃他这一个，也是大有缘法，不等小可。罢罢罢！彀了！"他欠起身来，把一个金击子，瞒窗眼儿，丢进他道房里，竟不睬他。

那呆子只管絮絮叨叨的唧哝，不期那两个道童复进房来取茶去献，只听得八戒还嚷甚么"人参果吃得不快活，再得一个儿吃吃才好。"【卓吾评：一伙顽皮，趣甚，妙甚】清风听见心疑道："明月，你听那长嘴和尚讲人参果还要个吃吃。师父别时叮咛，教防他手下人罗唣，莫敢是他偷了我们宝贝么？"明月回头道："哥耶，不好了！不好了！金击子如何落在地下？我们去园里看看来！"他两个急急忙忙的走去，只见花园开了。清风道："这门是我关的，如何开了？"又急转过花园，只见菜园门也开了。忙入人参园里，倚在树下，望上查数；颠倒来往，只得二十二个。明月道："你可会算帐？"清风道："我会，你说将来。"明月道："果子原是三十个。师父开园，分吃了两个，还有二十八个；适才打两个与唐僧吃，还有二十六个；如今止剩得二十二个，却不少了四个？不消讲，不消讲，定是那伙恶人偷了，我们只骂唐僧去来。"

两个出了园门，径来殿上，指着唐僧，秃前秃后，秽语污言，不绝口的乱骂；贼头鼠脑，臭短臊长，没好气的胡嚷。唐僧听不过道："仙童啊，你闹的是甚么？消停些儿；有话慢说不妨，不要胡说散道的。"清风说："你的耳聋？我是蛮话，你不省得？你偷吃了人参果，怎么不容我说。"唐僧道："人参果怎么模样？"明月道："才拿来与你吃，你说像孩童的不是？"唐僧道："阿弥陀佛！那东西一见，我就心惊胆战，还敢偷他吃哩！就是害了馋痞，也不敢干这贼事。不要错怪了人。"清风道："你虽不曾吃，还有手下人要偷吃的哩。"三藏道："这等也说得是，你且莫嚷，等我问他们看。果若是偷了，教他赔你。"明月道："赔呀！就有钱那里去买？"三藏道："纵有钱没处买呵，常言道：'仁义值千金。'教他陪你个礼，便罢了。也还不知是他不是他哩。"明月道："怎的不是他？他那里分不均，还在那里嚷哩。"三藏叫声："徒弟，且都来。"沙僧听见道："不好了！决撒(jué sā，败露；戳穿)了！老师父叫我们，小道童胡厮骂，不是旧话儿走了风，却是甚的？"行者道："活羞杀人！这个不过是饮食之类。若说出来，就是我们偷嘴了，只是莫认。"八戒道："正是，正是，昧了罢。"他三人只得出了厨房，走上殿去。咦！毕竟不知怎么与他抵赖，且听下回分解。

【卓吾评：一班趣人作伴，老和尚也不寂寞。何物文人，幻笔乃尔】

第二十五回　镇元仙赶捉取经僧　孙行者大闹五庄观

【本回心性高傲的悟空在道童侮辱下推倒人参果树，后被镇元大仙反复追回。在隐喻层面，镇元大仙作为悟空的镜像，他对救活人参果的坚持，反映了悟空对功果的珍惜以及对冲动行为的悔过，与大闹天宫时的态度已然不同。心高性傲，是执着于我相的一种表现，听到别人骂就暴怒，也是入了人相，故《金刚经》中说，“一切法无我，得成于忍”】

却说他兄弟三众，到了殿上，对师父道：“饭将熟了，叫我们怎的？”三藏道：“徒弟，不是问饭。他这观里，有甚么人参果，似孩子一般的东西，你们是那一个偷他的吃了？”八戒道：“我老实，不晓得，不曾见。”【卓吾评：趣】清风道：“笑的就是他！笑的就是他！”行者喝道：“我老孙生的是这个笑容儿，莫成为你不见了甚么果子，就不容我笑？”三藏道：“徒弟息怒，我们是出家人，休打诳语，莫吃昧心食，果然吃了他的，陪他个礼罢，何苦这般抵赖？”行者见师父说得有理，他就实说道：“师父，不干我事，是八戒隔壁听见那两个道童吃甚么人参果，他想一个儿尝新，着老孙去打了三个，我兄弟各人吃了一个。如今吃也吃了，待要怎么？”明月道：“偷了我四个，这和尚还说不是贼哩！”八戒道：“阿弥陀佛！既是偷了四个，怎么只拿出三个来分，预先就打起一个偏手(私自做手脚占便宜)？”那呆子倒转胡嚷。

二仙童问得是实，越加毁骂。就恨得个大圣钢牙咬响，火眼睁圆，把条金箍棒揝了又揝，忍了又忍道：“这童子这样可恶，只说当面打人也罢，受他些气儿，等我送他一个绝后计，教他大家都吃不成！”【心性高傲，耳听即怒，受不得侮辱】好行者，把脑后的毫毛拔了一根，吹口仙气，叫“变！”变做个假行者，跟定唐僧，陪着悟能、悟净，忍受着道童嚷骂；他的真身出一个神，纵云头，跳将起去，径到人参园里，掣金箍棒往树上乒乓一下，又使个推山移岭的神力，把树一推推倒。可怜叶落丫(yā，草木的分枝)开根出土，道人断绝草还丹！【人不忍耐，功果尽失】那大圣推倒树，却在枝儿上寻果子，那里得有半个？原来这宝贝遇金而落，他的棒两头却是金裹之物，况铁又是五金之类，所以敲着就振下来，既下来，又遇土而入，因此上边再没一个果子。他道：“好！好！好！大家散火！”他收了铁棒，径往前来，把毫毛一抖，收上身来。那些人肉眼凡胎，看不明白。

却说那仙童骂彀多时，清风道："明月，这些和尚也受得气哩，我们就像骂鸡一般，骂了这半会，他通没个招声，想必他不曾偷吃。倘或树高叶密，数得不明，不要诳骂了他！我和你再去查查。"明月道："也说得是。"他两个果又到园中，只见那树倒桠开，果无叶落。唬得清风脚软跌根头，明月腰酥打骸垢（dǎ hái gòu，战栗貌）。那两个魂飞魄散，有诗为证。诗曰：

三藏西临万寿山，悟空断送草还丹。
桠开叶落仙根露，明月清风心胆寒。

他两个倒在尘埃，语言颠倒，只叫："怎的好！怎的好！害了我五庄观里的丹头，断绝我仙家的苗裔！师父来家，我两个怎的回话？"明月道："师兄莫嚷，我们且整了衣冠，莫要惊张了这几个和尚。这个没有别人，定是那个毛脸雷公嘴的那厮，他来出神弄法，坏了我们的宝贝。若是与他分说，那厮毕竟抵赖，定要与他相争，争起来，就要交手相打，你想我们两个，怎么敌得过他四个？且不如去哄他一哄，只说果子不少，我们错数了，转与他陪个不是。他们的饭已熟了，等他吃饭时，再贴他些儿小菜。他一家拿着一个碗，你却站在门左，我却站在门右，扑的把门关倒，把锁锁住，将这几层门都锁了，不要放他。待师父来家，凭他怎的处置。他又是师父的故人，饶了他，也是师父的人情；不饶他，我们也拿住个贼在，庶几可以免我等之罪。"清风闻言道："有理！有理！"

他两个强打精神，勉生欢喜，从后园中径来殿上，对唐僧控背躬身道："师父，适间言语粗俗，多有冲撞，莫怪，莫怪。"三藏问道："怎么说？"清风道："果子不少，只因树高叶密，不曾看得明白。才然又去查查，还是原数。"那八戒就趁脚儿跷（谓顺着别人的话乘机而言）道："你这个童儿，年幼不知事体，就来乱骂，白口咀咒，枉赖了我们也！不当人子！"【卓吾评：见机而作，不呆，不呆】行者心上明白，口里不言，心中暗想道："是谎，是谎！果子已是了帐，怎的说这般话？想必有起死回生之法。"三藏道："既如此，盛将饭来，我们吃了去罢。"

那八戒便去盛饭，沙僧安放桌椅。二童忙取小菜，却是些酱瓜、酱茄、糟萝卜、醋豆角、腌窝蕖、绰芥菜，共排了七八碟儿，与师徒们吃饭；又提一壶好茶，两个茶钟，伺候左右。那师徒四众，却才拿起碗来，这童儿一边一个，扑的把门关上，插上一把两镄（chuáng，锁簧）铜锁。八戒笑道："这童子差了。你这里风俗不好，却怎的关了门里吃饭？"明月道："正是，正是，好歹吃了饭儿开门。"清风骂道："我把你这个害馋劳、偷嘴的秃贼！你偷吃了我的仙果，已该一个擅食田园瓜果之罪，却又把我的仙树推倒，坏了我五庄观里仙根，你还要说嘴哩！若能彀到得西方参佛面，只除是转背(转身。喻时间的短促)摇车(摇篮)再托生!”三藏闻言,丢下饭碗,把个石头放在心上。那童子将那前山门、二山门,通都上了锁。却又来正殿门首,恶语恶言,贼前贼后,只骂到天色将晚,才去吃饭。饭毕,归房去了。

唐僧埋怨行者道:“你这个猴头,番番撞祸!你偷吃了他的果子,就受他些气儿,让他骂几句便也罢了;怎么又推倒他的树!若论这般情由,告起状来,就是你老子做官,也说不通。”行者道:“师父莫闹。那童儿都睡去了,只等他睡着了,我们连夜起身。”沙僧道:“哥啊,几层门都上了锁,闭得甚紧,如何走么?”行者笑道:“莫管!莫管!老孙自有法儿。”八戒道:“愁你没有法儿哩!你一变,变甚么虫蛭儿,瞒格子眼里就飞将出去,只苦了我们不会变的,便在此顶缸(比喻代人受过或承担责任)受罪哩!”唐僧道:“他若干出这个勾当,不同你我出去啊,我就念起旧话经儿,他却怎生消受!”八戒闻言,又愁又笑道:“师父,你说的那里话?我只听得佛教中有卷《楞严经》《法华经》《孔雀经》《观音经》《金刚经》,不曾听见个甚那‘旧话儿经’啊。”行者道:“兄弟,你不知道,我顶上戴的这个箍儿,是观音菩萨赐与我师父的。师父哄我戴了,就如生根的一般,莫想拿得下来,叫做《紧箍儿咒》,又叫做《紧箍儿经》。他说‘旧话儿经’,即此是也。但若念动,我就头疼,故有这个法儿难我。师父你莫念,我决不负你,管情大家一齐出去。”

说话之间,都已天昏,不觉东方月上。行者道:“此时万籁无声,冰轮明显,正好走了去罢。”八戒道:“哥啊,不要捣鬼,门俱锁闭,往那里走?”行者道:“你看手段!”好行者,把金箍棒捻在手中,使一个“解锁法”,往门上一指,只听得突蹡的一声响,几层门双鐄俱落,唿喇的开了门扇。八戒笑道:“好本事!就是叫小炉儿匠使掭(tiàn)子,便也不像这等爽利!”【卓吾评:趣】行者道:“这个门儿,有甚稀罕!就是南天门,指一指也开了。”却请师父出了门,上了马,八戒挑着担,沙僧拢着马,径投西路而去。行者道:“你们且慢行,等老孙去照顾那两个童儿睡一个月。”三藏道:“徒弟,不可伤他性命;不然,又一个得财伤人的罪了。”行者道:“我晓得。”

行者复进去,来到那童儿睡的房门外。他腰里有带的瞌睡虫儿,原来在东天门与增长天王猜枚耍子赢的。【卓吾评:幻笔】他摸出两个来,瞒窗眼儿弹将进去,径奔到那童子脸上,鼾鼾沉睡,再莫想得醒。他才拽开云步,赶上唐僧,顺大路一直西奔。

这一夜马不停蹄,只行到天晓,三藏道:“这个猴头弄杀我也!你因为嘴,带累我一夜无眠!”行者道:“不要只管埋怨。天色明了,你且在这路旁边树林中将就歇歇,养养精神再走。”那长老只得下马,倚松根权作禅床坐下,沙僧歇了担子打盹,八戒枕着石睡觉。孙大圣偏有心肠,你看他跳树扳枝顽耍。四众歇息不题。

却说那大仙自元始宫散会，领众小仙出离兜率，径下瑶天，坠祥云，早来到万寿山五庄观门首。看时，只见观门大开，地上干净，大仙道："清风、明月，却也中用。常时节，日高三丈，腰也不伸；今日我们不在，他倒肯起早，开门扫地。"众小仙俱悦。行至殿上，香火全无，人踪俱寂，那里有明月、清风！众仙道："他两个想是因我们不在，拐了东西走了。"大仙道："岂有此理！修仙的人，敢有这般坏心的事！想是昨晚忘却关门，就去睡了，今早还未醒哩。"众仙到他房门首看处，真个关着房门，鼾鼾沉睡。这外边打门乱叫，那里叫得醒来？众仙撬开门板，着手扯下床来，也只是不醒。大仙笑道："好仙童啊！成仙的人，神满再不思睡，却怎么这般困倦？莫不是有人做弄了他也？快取水来。"一童急取水半盏递与大仙。大仙念动咒语，噀一口水，喷在脸上，随即解了睡魔。

二人方醒，忽睁睛，抹抹脸，抬头观看，认得是仙师与世同君和仙兄等众，慌得那清风顿首，明月叩头，道："师父啊！你的故人，原是'东来的和尚——一伙强盗'，十分凶狠!"大仙笑道："莫惊恐，慢慢的说来。"清风道："师父啊，当日别后不久，果有个东土唐僧，一行有四个和尚，连马五口。弟子不敢违了师命，问及来因，将人参果取了两个奉上。那长老俗眼愚心，不识我们仙家的宝贝。他说是三朝未满的孩童，再三不吃，是弟子各吃了一个。不期他那手下有三个徒弟，有一个姓孙的，名悟空行者，先偷四个果子吃了。是弟子们向伊理说，实实的言语了几句，他却不容，暗自里弄了个出神的手段，苦啊!"二童子说到此处，止不住腮边泪落。众仙道："那和尚打你来?"明月道："不曾打，只是把我们人参树打倒了。"大仙闻言，更不恼怒，道："莫哭！莫哭！你不知那姓孙的，也是个太乙散仙，也曾大闹天宫，神通广大。既然打倒了宝树，你可认得那些和尚?"清风道："都认得。"大仙道："既认得，都跟我来。众徒弟们，都收拾下刑具，等我回来打他。"

众仙领命。大仙与明月、清风纵起祥光，来赶三藏。顷刻间就有千里之遥。大仙在云端里向西观看，不见唐僧；及转头向东看时，倒多赶了九百余里。【卓吾评：妙】原来那长老一夜马不停蹄，只行了一百二十里路，大仙的云头一纵，赶过了九百余里。仙童道："师父，那路旁树下坐的是唐僧。"大仙道："我已见了。你两个回去安排下绳索，等我自家拿他。"清风先回不题。

那大仙按落云头，摇身一变，变作个行脚全真。你道他怎生模样：

穿一领百衲袍，系一条吕公绦。手摇麈尾（zhǔ wěi，驱虫、掸尘的工具），渔鼓轻敲。三耳草鞋登脚下，九阳巾子把头包。飘飘风满袖，口唱《月儿高》。

径直来到树下，对唐僧高叫道："长老，贫道起手了。"那长老忙忙答礼道："失瞻！失瞻！”大仙问：“长老是那方来的？为何在途中打坐？”三藏道：“贫僧乃东土大唐差往西天取经者。路过此间，权为一歇。”大仙佯讶道：“长老东来，可曾在荒山经过？”长老道：“不知仙宫是何宝山？”大仙道：“万寿山五庄观，便是贫道栖止处。”行者闻言，他心中有物的人，忙答道：“不曾！不曾！我们是打上路来的。”【卓吾评：乖猴】那大仙指定笑道：“我把你这个泼猴！你瞒谁哩？你倒在我观里，把我人参果树打倒，你连夜走在此间，还不招认，遮饰甚么？不要走！趁早去还我树来！”

那行者闻言，心中恼怒，掣铁棒不容分说，望大仙劈头就打。大仙侧身躲过，踏祥光，径到空中。行者也腾云，急赶上去。大仙在半空现了本相，你看他怎生打扮：

头戴紫金冠，无忧鹤氅穿。履鞋登足下，丝带束腰间。体如童子貌，面似美人颜。三须飘颔下，鸦翎（yā líng，喻指黑发）叠鬓边。相迎行者无兵器，止将玉麈①手中拈。

那行者没高没低的，棍子乱打。大仙把玉麈左遮右挡，奈了他两三回合，使一个袖里乾坤的手段，在云端里把袍袖迎风轻轻的一展，刷地前来，把四僧连马一袖子笼住。【不是镇元法术高，而是真猿放不下】八戒道：“不好了！我们都装在褡裢（即褡膊，一种长方形的布袋）里了！”行者道：“呆子，不是褡裢，我们被他笼在衣袖中哩。”八戒道：“这个不打紧，等我一顿钉钯，筑他个窟窿，脱将下去，只说他不小心，笼不牢，吊的了罢。”那呆子使钯乱筑，那里筑得动；手捻着虽然是个软的，筑起来就比铁还硬。

那大仙转祥云，径落五庄观坐下，叫徒弟拿绳来。众小仙一一伺候。你看他从袖子里，却像撮傀儡一般，把唐僧拿出，缚在正殿檐柱上；又拿出他三个，每一根柱上，绑了一个；将马也拿出拴在庭下，与他些草料，行李抛在廊下；又道：“徒弟，这和尚是出家人，不可用刀枪，不可加铁钺，且与我取出皮鞭来，打他一顿，与我人参果出气！”众仙即忙取出一条鞭，不是甚么牛皮、羊皮、麂皮、犊皮的，原来是龙皮做的七星鞭，着水浸在那里。令一个有力量的小仙，把鞭执定道：“师父，先打那个？”大仙道：“唐三藏做大不尊，先打他。”

行者闻言，心中暗道：“我那老和尚不禁打；假若一顿鞭打坏了啊，却不是我造的业？”他忍不住，开言道：“先生差了。偷果子是我，吃果子是我，推倒树也是我，怎么不先打我，打他做甚？”大仙笑道：“这泼猴倒言语膂烈。这等便先打他。”小仙问：“打多少？”大仙道：“照依果数，打三十鞭。”那小仙轮鞭就打。行者恐仙家法大，睁

① 玉麈：yù zhǔ，玉柄麈尾，用来驱虫、掸尘的用具。

圆眼瞅定，看他打那里。原来打腿，行者就把腰扭一扭，叫声"变！"变作两条熟铁腿，看他怎么打。那小仙一下一下的，打了三十，天早向午了。大仙又吩咐道："还该打三藏训教不严，纵放顽徒撒泼。"那仙又轮鞭来打，行者道："先生又差了。偷果子时，我师父不知，他在殿上与你二童讲话，是我兄弟们做的勾当。纵是有教训不严之罪，我为弟子的，也当替打，再打我罢。"大仙笑道："这泼猴，虽是狡猾奸顽，却倒也有些孝意。既这等，还打他罢。"小仙又打了三十。行者低头看看，两只腿似明镜一般，通打亮了，更不知些疼痒。此时天色将晚，大仙道："且把鞭子浸在水里，待明朝再拷打他。"小仙且收鞭去浸，各各归房。晚斋已毕，尽皆安寝不题。

那长老泪眼双垂，怨他三个徒弟道："你等闯出祸来，却带累我在此受罪，这是怎的起？"行者道："且休报怨，打便先打我，你又不曾吃打，倒转嗟呀怎的？"唐僧道："虽然不曾打，却也绑得身上疼哩。"沙僧道："师父，还有陪绑的在这里哩。"行者道："都莫要嚷，再停会儿走路。"八戒道："哥哥又弄虚头了。这里麻绳喷水，紧紧的绑着，还比关在殿上被你使解锁法搠开门走哩！"行者道："不是夸口说，那怕他三股的麻绳喷上了水，就是碗粗的棕缆，也只好当秋风！"正话处，早已万籁无声，正是天街人静。好行者，把身子小一小，脱下索来道："师父去哑！"沙僧慌了道："哥哥，也救我们一救！"行者道："悄言！悄言！"他却解了三藏，放下八戒、沙僧，整束了偏衫，扣背了马匹，廊下拿了行李，一齐出了观门。又教八戒："你去把那崖边柳树伐四颗来。"八戒道："要他怎的？"行者道："有用处，快快取来！"

那呆子有些夯力，走了去，一嘴一颗，就拱了四颗，一抱抱来。行者将枝梢折了，教兄弟二人复进去，将原绳照旧绑在柱上。那大圣念动咒语，咬破舌尖，将血喷在树上，叫"变！"一根变作长老，一根变作自身，那两根变作沙僧、八戒；都变得容貌一般，相貌皆同，问他也就说话，叫名也就答应。他两个却才放开步，赶上师父。这一夜依旧马不停蹄，躲离了五庄观。

只走到天明，那长老在马上摇桩打盹，行者见了，叫道："师父不济！出家人怎的这般辛苦？我老孙千夜不眠，也不晓得困倦。【心跳自然不能停】且下马来，莫教走路的人，看见笑你，权在山坡下藏风聚气处，歇歇再走。"

不说他师徒在路暂住。且说那大仙，天明起来，吃了早斋，出在殿上。教拿鞭来："今日却该打唐三藏了。"那小仙轮着鞭，望唐僧道："打你哩。"那柳树也应道："打么。"乒乓打了三十。轮过鞭来，对八戒道："打你哩。"那柳树也应道："打么。"及打沙僧，也应道"打么。"及打到行者，那行者在路，偶然打个寒噤道："不好了！"三藏问道："怎么说？"行者道："我将四颗柳树变作我师徒四众，我只说他昨日打了我两顿，今日想不打了。却又打我的化身，所以我真身打嚓，收了法罢。”那行者慌忙念咒收法。

你看那些道童害怕，丢了皮鞭，报道：“师父啊，为头打的是大唐和尚，这一会打的都是柳树之根！”大仙闻言，呵呵冷笑，夸不尽道：“孙行者，真是一个好猴王！曾闻他大闹天宫，布地网天罗，拿他不住，果有此理。你走了便也罢，却怎么绑些柳树在此，冒名顶替？决莫饶他，赶去来！”那大仙说声赶，纵起云头，往西一望，只见那和尚挑包策马，正然走路。大仙低下云头，叫声：“孙行者！往那里走！还我人参树来！”八戒听见道：“罢了！对头又来了！”行者道：“师父，且把善字儿包起，让我们使些儿凶恶，一发结果了他，脱身去罢。”唐僧闻言，战战兢兢，未曾答应，沙僧掣宝杖，八戒举钉钯，大圣使铁棒，一齐上前，把大仙围住在空中，乱打乱筑。这场恶斗，有诗为证，诗曰：

悟空不识镇元仙，与世同君妙更玄。

【悟空看不出对方就是“真猿”，“与世同君”这个名字有深意】

三件神兵施猛烈，一根麈尾自飘然。

左遮右挡随来往，后架前迎任转旋。

夜去朝来难脱体，淹留何日到西天！

他兄弟三众，各举神兵，一齐攻打，那大仙只把蝇帚儿演架。那里有半个时辰，他将袍袖一展，依然将四僧一马并行李，一袖笼去。返云头，又到观里。众仙接着，仙师坐于殿上。却又在袖儿里一个个搬出，将唐僧绑在阶下矮槐树上，八戒、沙僧各绑在两边树上。将行者捆倒，行者道：“想是调问哩。”不一时，捆绑停当，教把长头布取十四来。行者笑道：“八戒！这先生有意思，拿出布来与我们做中袖哩！减省些儿，做个一口中[①]罢了。”【卓吾评：趣】那小仙将家机布搬将出来。大仙道：“把唐三藏、猪八戒、沙和尚都使布裹了！”众仙一齐上前裹了。行者笑道：“好！好！好！夹活儿就大殓[②]了！”须臾，缠裹已毕，又教拿出漆来。众仙即忙取了些自收自晒的生熟漆，把他三个布裹的漆了，浑身俱裹漆，上留着头脸在外。八戒道：“先生，上头倒不打紧，只是下面还留孔儿，我们好出恭。”【卓吾评：顽皮】那大仙又教把大锅抬出来。行者笑道：“八戒，造化！抬出锅来，想是煮饭我们吃哩。”八戒道：“也罢了，让我们吃些饭儿，做个饱死的鬼也好看。”众仙果抬出一口大锅支在阶下。大仙

---

① 一口中：即“一口钟”。一种无袖不开衩的长外衣，即斗篷。

② 大殓：dà liàn。丧礼之一。将已装裹的尸体放入棺材。

叫架起干柴，发起烈火，教："把清油舀上一锅，烧得滚了，将孙行者下油锅扎(用同"炸")他一扎，与我人参树报仇！"

行者闻言，暗喜道："正可老孙之意。这一向不曾洗澡，有些儿皮肤燥痒，好歹荡荡，足感盛情。"顷刻间，那油锅将滚。大圣却又留心，恐他仙法难参，油锅里难做手脚，急回头四顾，只见那台下东边是一座日规台，西边是一个石狮子。行者将身一纵，滚到西边，咬破舌尖，把石狮子喷了一口，叫声"变！"变作他本身模样，也这般捆作一团；他却出了元神，起在云端里，低头看着道士。【卓吾评：猴】只见那小仙报道："师父，油锅滚透了。"大仙教"把孙行者抬下去！"四个仙童抬不动；八个来，也抬不动；又加四个，也抬不动。众仙道："这猴子恋土难移，小自小，倒也结实。"却教二十个小仙，扛将起来，往锅里一掼，烹的响了一声，溅起些滚油点子，把那小道士们脸上烫了几个燎浆大泡！只听得烧火的小童喊道："锅漏了！锅漏了！"说不了，油漏得罄尽，锅底打破，原来是一个石狮子放在里面。大仙大怒道："这个泼猴，着然无礼！教他当面做了手脚！你走了便罢，怎么又捣了我的灶？这泼猴枉自也拿他不住，就拿住他，也似抟砂弄汞，捉影捕风。罢！罢！罢！饶他去罢。且将唐三藏解下，另换新锅，把他扎一扎，与人参树报报仇罢。"那小仙真个动手，拆解布漆。

行者在半空里听得明白，他想着："师父不济，他若到了油锅里，一滚就死，二滚就焦，到三五滚，他就弄做个稀烂的和尚了！我还去救他一救。"好大圣，按落云头，上前叉手道"莫要拆坏了布漆，我来下油锅了。"那大仙惊骂道："你这猢狲！怎么弄手段捣了我的灶？"行者笑道："你遇着我就该倒灶，干我甚事？【卓吾评：着眼】我才自也要领你些油汤油水之爱，但只是大小便急了，若在锅里开风，恐怕污了你的熟油，不好调菜吃；如今大小便通干净了，才好下锅。【卓吾评：猴】不要扎我师父，还来扎我。"那大仙闻言，呵呵冷笑，走出殿来，一把扯住。毕竟不知有何话说，端的怎么脱身，且听下回分解。

【卓吾评：游戏处是仙人扇，下针处是仙人面。请问读者，还是看面，还是看扇？】

【《金刚经》印证：如我昔为歌利王割截身体，我于尔时，无我相、无人相、无众生相、无寿者相。何以故？我于往昔节节支解时，若有我相、人相、众生相、寿者相，应生瞋恨。须菩提！又念过去于五百世作忍辱仙人，于尔所世，无我相、无人相、无众生相、无寿者相】

【《坛经》印证：心平何劳持戒？行直何用修禅？让则尊卑和睦，忍则众恶无喧】

第二十六回　孙悟空三岛求方　观世音甘泉活树

【本回开头用判词点出本难主旨：忍耐戒怒，三思而行。功果之失源自暴怒，暴怒源自不能忍辱，不能忍辱源于自恃甚高，正是只拜天地、以神仙为晚辈的心性。心性若不能达到无我无人的境界，则徒增烦恼，不成正果。本回悟空四海求方，点出功果非药方可救，用福禄寿也只能拖延人生时日，真正能复活功果的是慈悲的心性，这也是忍辱戒怒的秘诀】

诗曰：

处世须存心上刃，【心上刃，谜底为忍】
修身切记寸边而。【寸边而，谜底为耐】
常言刃字为生意，但要三思戒怒欺。
上士无争传亘古，圣人怀德继当时。
刚强更有刚强辈，究竟终成空与非。

却说那镇元大仙用手搀着行者道："我也知道你的本事，我也闻得你的英名，只是你今番越理欺心，纵有腾那，脱不得我手。我就和你讲到西天，见了你那佛祖，也少不得还我人参果树。你莫弄神通！"行者笑道："你这先生，好小家子样！若要树活，有甚疑难！早说这话，可不省了一场争竞？"大仙道："不争竞，我肯善自饶你？"行者道："你解了我师父，我还你一颗活树如何？"大仙道："你若有此神通，医得树活，我与你八拜为交，结为兄弟。"行者道："不打紧，放了他们，老孙管教还你活树。"大仙谅他走不脱，即命解放了三藏、八戒、沙僧。沙僧道："师父啊，不知师兄捣得是甚么鬼哩。"八戒道："甚么鬼！这叫做'当面人情鬼'！树死了，又可医得活？他弄个光皮散儿好看，者着求医治树，单单了脱身走路，还顾得你和我哩！"三藏道："他决不敢撒了我们，我们问他那里求医去。"遂叫道："悟空，你怎么哄了仙长，解放我等？"行者道："老孙是真言实语，怎么哄他？"三藏道："你往何处去求方？"行者道："古人云：'方从海上来。'我今要上东洋大海，遍游三岛十洲，访问仙翁圣老，求一个起死回生之法，管教医得他树活。"三藏道："此去几时可回？"行者道："只消三日。"三藏道："既如此，就依你说，与你三日之限。三日里来便罢；若三日之外不来，我就念那话儿经了。"行者道："遵命，遵命。"你看他急整虎皮裙，出门来对大仙道："先生放心，我就去就来。你却要好生伏侍我师父，逐日家三茶六饭，不可欠缺。若少了些儿，老孙回来和你算帐，先捣塌你的锅底。衣服禯了，与他浆洗浆洗。脸儿黄了些儿，我不要；若瘦了些儿，不出门。”那大仙道：“你去，你去，定不教他忍饿。”

好猴王，急纵筋斗云，别了五庄观，径上东洋大海。在半空中，快如掣电，疾如流星，早到蓬莱仙境。按云头，仔细观看，真个好去处！有诗为证，诗曰：

大地仙乡列圣曹，蓬莱分合镇波涛。
瑶台影蘸天心冷，巨阙光浮海面高。
五色烟霞含玉籁，九霄星月射金鳌。
西池王母常来此，奉祝三仙几次桃。

那行者看不尽仙景，径入蓬莱。正然走处，见白云洞外，松阴之下，有三个老儿围棋：观局者是寿星，对局者是福星、禄星。行者上前叫道：“老弟们，作揖了。”

那三星见了，拂退棋枰，回礼道：“大圣何来？”行者道：“特来寻你们耍子。”寿星道：“我闻大圣弃道从释，脱性命保护唐僧往西天取经，遂日奔波山路，那些儿得闲，却来耍子？”行者道：“实不瞒列位说，老孙因往西方，行在半路，有些儿阻滞，特来小事欲干，不知肯否？”福星道：“是甚地方？是何阻滞？乞为明示，吾好裁处。”行者道：“因路过万寿山五庄观有阻。”三老惊讶道：“五庄观是镇元大仙的仙宫。你莫不是把他人参果偷吃了？”行者笑道：“偷吃了能值甚么？”三老道：“你这猴子，不知好歹。那果子闻一闻，活三百六十岁；吃一个，活四万七千年，叫做‘万寿草还丹’。我们的道，不及他多矣！他得之甚易，就可与天齐寿；我们还要养精、炼气、存神，调和龙虎，捉坎填离，不知费多少工夫。你怎么说他的能值甚紧？天下只有此种灵根！”行者道：“灵根！灵根！我已弄了他个断根哩！”三老惊道：“怎的断根？”行者道：“我们前日在他观里，那大仙不在家，只有两个小童，接待了我师父，却将两个人参果奉与我师。我师不认得，只说是三朝未满的孩童，再三不吃。那童子就拿去吃了，不曾让得我们。是老孙就去偷了他三个，我三兄弟吃了。那童子不知高低，贼前贼后的骂个不住。是老孙恼了，把他树打了一棍，推倒在地，树上果子全无，桠开叶落，根出枝伤，已枯死了。不想那童子关住我们，又被老孙扭开锁走了。次日清晨，那先生回家赶来，问答间，语言不和，遂与他赌斗；被他闪一闪，把袍袖展开，一袖子都笼去了。绳缠索绑，拷问鞭敲，就打了一日。是夜又逃了，他又赶上，依旧笼去。他身无寸铁，只是把个麈尾遮架，我兄弟这等三般兵器，莫想打得着他。这一番仍旧摆布，将布裹漆了我师父与两师弟，却将我下油锅。我又做了个脱身本事走了，把他锅都打破。他见拿我不住，尽有几分醋我。是我又与他好讲，教他放了我师父、师弟，我与他医树管活，两家才得安宁。我想着‘方从海上来’，故此特游仙境，访三位老弟，有甚医树的方儿，传我一个，急救唐僧脱苦。”

三星闻言，心中也闷道：“你这猴儿，全不识人。那镇元子乃地仙之祖，我等乃神仙之宗；你虽得了天仙，还是太乙散数，未入真流，你怎么脱得他手？若是大圣打杀了走兽飞禽，蜾虫鳞长，只用我黍米之丹，可以救活。那人参果乃仙木之根，如何医治？没方，没方。”那行者见说无方，却就眉峰双锁，额蹙千痕。福星道：“大圣，此处无方，他处或有，怎么就生烦恼？”行者道：“无方别访，果然容易，就是游遍海角天涯，转透三十六天亦是小可；只是我那唐长老法严量窄，止与了我三日期限。三日以外不到，他就要念那《紧箍儿咒》哩。”三星笑道：“好！好！好！若不是这个法儿拘束你，你又钻天了。”寿星道：“大圣放心，不须烦恼。那大仙虽称上辈，却也与我等有识。一则久别，不曾拜望；二来是大圣的人情。如今我三人同去望他一望，就与你道达此情，教那唐和尚莫念‘紧箍儿咒’，休说三日五日，只等你求得方来，我们才别。”【福禄寿只能拖延人生时日，救不得功果】行者道：“感激！感激！就请三位老弟行行，我去也。”大圣辞别三星不题。

却说这三星驾起祥光，即往五庄观而来。那观中合众人等，忽听得长天鹤唳，原来是三老光临。但见那：

盈空蔼蔼祥光簇，霄汉纷纷香馥郁。彩雾千条护羽衣，轻云一朵擎仙足。青鸾飞，丹凤翻(sù，鸟飞)，袖引香风满地扑。拄杖悬龙喜笑生，皓髯垂玉胸前拂。童颜欢悦更无忧，壮体雄威多有福。执星筹，添海屋，腰挂葫芦并宝箓。万纪千旬福寿长，十洲三岛随缘宿。常来世上送千祥，每向人间增百福。概乾坤，荣福禄，福寿无疆今喜得。三老乘祥谒大仙，福堂和气皆无极。

那仙童看见，即忙报道：“师父，海上三星来了。”镇元子正与唐僧师弟闲叙，闻报，即降阶奉迎。那八戒见了寿星，近前扯住，笑道：“你这肉头老儿，许久不见，还是这般脱洒，帽儿也不带个来。”遂把自家一个僧帽，扑的套在他头上，扑着手呵呵大笑道：“好！好！好！真是‘加冠进禄’也！”【卓吾评：顽皮】那寿星将帽子掼了骂道：“你这个夯货，老大不知高低！”八戒道：“我不是夯货，你等真是奴才！”【非真神仙不敢写此句】福星道：“你倒是个夯货，反敢骂人是奴才！”八戒又笑道：“既不是人家奴才，好道叫做‘添寿’、‘添福’、‘添禄’？”【卓吾评：趣】

那三藏喝退了八戒，急整衣拜了三星。那三星以晚辈之礼见了大仙，方才叙坐。坐定，禄星道：“我们一向久阔尊颜，有失恭敬，今因孙大圣搅扰仙山，特来相见。”大仙道：“孙行者到蓬莱去的？”寿星道：“是，因为伤了大仙的丹树，他来我处求方医治。我辈无方，他又到别处求访，但恐违了圣僧三日之限，要念《紧箍儿咒》。我辈一来奉拜，二来讨个宽限。”三藏闻言，连声应道：“不敢念，不敢念。”

正说处，八戒又跑进来，扯住福星，要讨果子吃。他去袖里乱摸，腰里乱吞，不住的揭他衣服搜检。【卓吾评：趣】三藏笑道：“那八戒是甚么规矩！”八戒道：“不是没规矩，此叫做‘番番是福’。”三藏又叱令出去，那呆子蹅（wǎ，慢步；挪蹭）出门，瞅着福星，眼不转睛的发狠，福星道：“夯货！我那里恼了你来，你这等恨我？”八戒道：“不是恨你，这叫做‘回头望福’。”那呆子出得门来，只见一个小童，拿了四把茶匙，方去寻钟取果看茶；被他一把夺过，跑上殿，拿着小磬儿，用手乱敲乱打，两头玩耍。【卓吾评：顽皮】大仙道：“这个和尚，越发不尊重了！”八戒笑道：“不是不尊重，这叫做‘四时吉庆’。”【这是个谐音梗和尚】

且不说八戒打诨乱缠，却表行者纵祥云离了蓬莱，又早到方丈仙山。这山真好去处，有诗为证，诗曰：

方丈巍峨别是天，太元宫府会神仙。
紫台光照三清路，花木香浮五色烟。
金凤自多槃蕊阙，玉膏谁逼灌芝田？
碧桃紫李新成熟，又换仙人信万年。

那行者按落云头，无心玩景。正走处，只闻得香风馥馥，玄鹤声鸣，那壁厢有个神仙，但见：

盈空万道霞光现，彩雾飘飖光不断。
丹凤衔花也更鲜，青鸾飞舞声娇艳。
福如东海寿如山，貌似小童身体健。
壶隐洞天不老丹，腰悬与日长生篆。
人间数次降祯祥，世上几番消厄愿。
武帝曾宣加寿龄，瑶池每赴蟠桃宴。
教化众僧脱俗缘，指开大道明如电。
也曾跨海祝千秋，常去灵山参佛面。
圣号东华大帝君，烟霞第一神仙眷。

孙行者觌面相迎，叫声：“帝君，起手了。”那帝君慌忙回礼道：“大圣，失迎。请荒居奉茶。”遂与行者搀手而入。果然是贝阙仙宫，看不尽瑶池琼阁。方坐待茶，只见翠屏后转出一个童儿。他怎生打扮：

身穿道服飘霞烁，腰束丝绦光错落。头戴纶巾布斗星，足登芒履游仙岳。炼元真，脱本壳，功行成时遂意乐。识破原流精气神，主人认得无虚错。逃名今喜寿无疆，甲子周天管不着。转回廊，登宝阁，天上蟠桃三度摸。缥缈香云出翠屏，小仙乃是东方朔。

行者见了，笑道："这个小贼在这里哩！帝君处没有桃子你偷吃！"东方朔朝上进礼，答道："老贼，你来这里怎的？我师父没有仙丹你偷吃。"帝君叫道："曼倩休乱言，看茶来也。"曼倩原是东方朔的道名。他急入里取茶二杯。饮讫，行者道："老孙此来，有一事奉干，未知允否？"帝君道："何事？自当领教。"行者道："近因保唐僧西行，路过万寿山五庄观，因他那小童无状，【"无状"即行为失检。此处提示谐音，不是小童"无状"，而是三徒"无状"，故称"五庄"观】是我一时发怒，把他人参果树推倒，因此阻滞，唐僧不得脱身，特来尊处求赐一方医治，万望慨然。"帝君道："你这猴子，不管一二，到处里闯祸。那五庄观镇元子，圣号与世同君，乃地仙之祖。你怎么就冲撞出他？他那人参果树，乃草还丹。你偷吃了，尚说有罪；却又连树推倒，他肯干休？"行者道："正是呢，我们走脱了，被他赶上，把我们就当汗巾儿一般，一袖子都笼了去，所以阁气(斗气；惹气)。没奈何，许他求方医治，故此拜求。"帝君道："我有一粒'九转太乙还丹'，但能治世间生灵，却不能医树。树乃水土之灵，天滋地润。若是凡间的果木，医治还可；这万寿山乃先天福地，五庄观乃贺洲洞天，人参果又是天开地辟之灵根，【没有丹药、神水能救心性】如何可治？无方！无方！"

行者道："既然无方，老孙告别。"帝君仍欲留奉玉液一杯，行者道："急救事紧，不敢久滞。"遂驾云复至瀛洲海岛。也好去处，有诗为证，诗曰：

珠树玲珑照紫烟，瀛洲宫阙接诸天。
青山绿水琪花艳，玉液锟鋘(kūn wú，古利剑名。亦泛指宝剑)铁石坚。
五色碧鸡啼海日，千年丹凤吸朱烟。
世人罔究壶中景，象外春光亿万年。

那大圣至瀛洲，只见那丹崖珠树之下，有几个皓发皤髯之辈，童颜鹤鬓之仙，在那里着棋饮酒，谈笑讴歌。真个是：

祥云光满，瑞霭香浮。彩鸾鸣洞口，玄鹤舞山头。碧藕水桃为按酒，交梨火枣寿千秋。一个个丹诏无闻，仙符有籍；逍遥随浪荡，散淡任清幽。周天甲子难拘管，大地乾坤只自由。献果玄猿，对对参随多美爱；衔花白鹿，双双拱伏甚绸缪。

那些老儿正然饮酒享乐，这行者厉声高叫道："带我耍耍儿便怎的！"众仙见了，急忙趋步相迎。有诗为证，诗曰：

人参果树灵根折，大圣访仙求妙诀。

缭绕丹霞出宝林，瀛洲九老来相接。

行者认得是九老，笑道："老兄弟们自在哩！"九老道："大圣当年若存正，不闹天宫，比我们还自在哩。如今好了，闻你归真向西拜佛，如何得暇至此？"行者将那医树求方之事，具陈了一遍。九老也大惊道："你也忒惹祸！惹祸！我等实是无方。"行者道："既是无方，我且奉别。"九老又留他饮琼浆，食碧藕。行者定不肯坐，止立饮了他一杯浆，吃了一块藕，急急离了瀛洲，径转东洋大海。

早望见落伽山不远，遂落下云头，直到普陀岩上，见观音菩萨在紫竹林中与诸天大神、木叉、龙女，讲经说法。有诗为证，诗曰：

海主城高瑞气浓，更观奇异事无穷。
须知隐约千般外，尽出希微一品中。
四圣授时成正果，六凡听后脱樊笼。
少林别有真滋味，花果馨香满树红。

那菩萨早已看见行者来到，即命守山大神去迎。那大神出林来，叫声："孙悟空，那里去？"行者抬头喝道："你这个熊罴！我是你叫的悟空？【卓吾评：好点缀】当初不是老孙饶了你，你已此做了黑风山的尸鬼矣。今日跟了菩萨，受了善果，居此仙山，常听法教，你叫不得我一声老爷？"那黑熊真个得了正果，在菩萨处镇守普陀，称为大神，是也亏了行者。他只得陪笑道："大圣，古人云：'君子不念旧恶。'只管题他怎的！菩萨着我来迎你哩。"

这行者就端肃尊诚，与大神到了紫竹林里，参拜菩萨。菩萨道："悟空，唐僧行到何处也？"行者道："行到西牛贺洲万寿山了。"菩萨道："那万寿山有座五庄观，镇元大仙你曾会他么？"行者顿首道："因是在五庄观，弟子不识镇元大仙，毁伤了他的人参果树，冲撞了他，他就困滞了我师父，不得前进。"那菩萨情知，怪道："你这泼猴，不知好歹！他那人参果树，乃天开地辟的灵根。镇元子乃地仙之祖，我也让他三分，你怎么就打伤他树！"行者再拜道："弟子实是不知。那一日，他不在家，只有两个仙童，候待我等。是猪悟能晓得他有果子，要一个尝新，弟子委偷了他三个，兄弟们分吃了。那童子知觉，骂我等无已（无止境；无了时），是弟子发怒，遂将他树推倒。他次日回来赶上，将我等一袖子笼去，绳绑鞭抽，拷打了一日。我等当夜走脱，又被他赶上，依然笼了。三番两次，其实难逃，已允了与他医树。却才自海上求方，遍游三岛，众神仙都没有本事。弟子因此志心朝礼，特拜告菩萨。伏望慈悯，俯赐一方，以救唐僧早早西去。"菩萨道："你怎么不早来见我，却往岛上去寻找？"【早发慈悲，莫走旁门】

行者闻得此言，心中暗喜道："造化了！造化了！菩萨一定有方也！"他又上前恳求。菩萨道："我这净瓶底的'甘露水'，善治得仙树灵苗。"【慈悲之水可医怒心毁坏之功果】行者道："可曾经验过么？"菩萨道："经验过的。"行者问："有何经验？"菩萨道："当年太上老君曾与我赌胜：他把我的杨柳枝拔了去，放在炼丹炉里，炙得焦干，送来还我。是我拿了插在瓶中，一昼夜，复得青枝绿叶，与旧相同。"行者笑道："真造化了！真造化了！烘焦了的尚能医活，况此推倒的，有何难哉！"菩萨吩咐大众："看守林中，我去去来。"遂手托净瓶，白鹦哥前边巧啭，孙大圣随后相从。有诗为证，诗曰：

玉毫金象世难论，正是慈悲救苦尊。
过去劫逢无垢佛，至今成得有为身。
几生欲海澄清浪，一片心田绝点尘。
甘露久经真妙法，管教宝树永长春。

【慈悲才是真妙法，可保功果长存】

却说那观里大仙与三老正然清话，忽见孙大圣按落云头，叫道："菩萨来了，快接，快接！"慌得那三星与镇元子共三藏师徒，一齐迎出宝殿。菩萨才住了祥云，先与镇元子陪了话，后与三星作礼。礼毕上坐。那阶前，行者引唐僧、八戒、沙僧都拜了。那观中诸仙，也来拜见。行者道："大仙不必迟疑，趁早儿陈设香案，请菩萨替你治那甚么果树去。"大仙躬身谢菩萨道："小可的勾当，怎么敢劳菩萨下降？"菩萨道："唐僧乃我之弟子，孙悟空冲撞了先生，理当赔偿宝树。"三老道："既如此，不须谦讲了。请菩萨都到园中去看看。"

那大仙即命设具香案，打扫后园，请菩萨先行，三老随后。三藏师徒与本观众仙，都到园内观看时，那棵树倒在地下，土开根现，叶落枝枯。菩萨叫："悟空，伸手来。"那行者将左手伸开。菩萨将杨柳枝，蘸出瓶中甘露，把行者手心里画了一道起死回生的符字，教他放在树根之下，但看水出为度。那行者捏着拳头，往那树根底下揣着；须臾，有清泉一汪。菩萨道："那个水不许犯五行之器，须用玉瓢舀出，扶起树来，从头浇下，自然根皮相合，叶长芽生，枝青果出。"行者道："小道士们，快取玉瓢来。"镇元子道："贫道荒山，没有玉瓢，只有玉茶盏、玉酒杯，可用得么？"菩萨道："但是玉器，可舀得水的便罢，取将来看。"大仙即命小童子取出有二三十个茶盏，四五十个酒盏，却将那根下清泉舀出。行者、八戒、沙僧，扛起树来，扶得周正，拥上土，将玉器内甘泉，一瓯瓯捧与菩萨。菩萨将杨柳枝细细洒上，口中又念着经咒。不多时，洒净那舀出之水，只见那树果然依旧青枝绿叶浓郁阴森，上有二十三个人参果。

清风、明月二童子道："前日不见了果子时，颠倒只数得二十二个，今日回生，怎么又多了一个？"行者道："'日久见人心'。前日老孙只偷了三个，那一个落下地来，土地说这宝遇土而入，八戒只嚷我打了偏手，故走了风信，只缠到如今，才见明白。"菩萨道："我方才不用五行之器者，知道此物与五行相畏故耳。"那大仙十分欢喜，急令取金击子来，把果子敲下十个，请菩萨与三老复回宝殿，一则谢劳，二来做个"人参果会"。众小仙遂调开桌椅，铺设丹盘，请菩萨坐了上面正席，三老左席，唐僧右席，镇元子前席相陪，各食了一个。有诗为证，诗曰：

万寿山中古洞天，人参一熟九千年。
灵根现出芽枝损，甘露滋生果叶全。
三老喜逢皆旧契，四僧幸遇是前缘。
自今会服人参果，尽是长生不老仙。

【有正果的才得吃一个，而不是吃了才得正果。故人参果跟蟠桃一样，象征得正果的心性，不是成正果的灵药】

此时菩萨与三老各吃了一个，唐僧始知是仙家宝贝，也吃了一个。悟空三人亦各吃一个，镇元子陪了一个，本观仙众分吃了一个。行者才谢了菩萨回上普陀岩，送三星径转蓬莱岛。镇元子却又安排蔬酒，与行者结为兄弟。【兄弟同心，实为一人】这才是不打不成相识，两家合了一家。师徒四众，喜喜欢欢，天晚歇了。那长老才是：有缘吃得草还丹，长寿苦捱妖怪难。毕竟到明日如何作别，且听下回分解。

【卓吾评：吕祖云："真精送与粉骷髅，却向人间买秋石。"凭他草还丹、人参果，不如自家的真精妙也。珍重，珍重】

第二十七回　尸魔三戏唐三藏　圣僧恨逐美猴王

【白虎岭上三打白骨精不是一个完整的故事，它只是一个引子，讲唐僧恨逐美猴王的原因，与后文碗子山波月洞遇黄袍怪、宝象国救公主一起组成一个完整故事。主题是蒙蔽和信任缺失导致的离散。本回唐僧由于肉眼凡胎，不识邪正，又被悟空羞辱，怒逐美猴王。白虎岭的白虎，实指唐僧，题中所谓尸魔，实为师心着魔的暗示】

却说三藏师徒，次日天明，收拾前进。那镇元子与行者结为兄弟，两人情投意合，决不肯放；又安排管待，一连住了五六日。那长老自服了草还丹，真似脱胎换骨，神爽体健。他取经心重，那里肯淹留，无已，遂行。

师徒别了上路，早见一座高山。三藏道："徒弟，前面有山险峻，恐马不能前，大家须仔细仔细。"行者道："师父放心，我等自然理会。"好猴王，他在那马前，横担着棒，剖开山路，上了高崖，看不尽：

峰岩重叠，涧壑湾环。虎狼成阵走，麂鹿作群行。无数獐豝（bā，大猪）钻簇簇，满山狐兔聚丛丛。千尺大蟒，万丈长蛇；大蟒喷愁雾，长蛇吐怪风。道旁荆棘牵漫，岭上松柟秀丽。薜萝满目，芳草连天。影落沧溟北，云开斗柄南。万古常含元气老，千峰巍列日光寒。【这是眼耳鼻舌身意感受到的世界，也是唐僧于外界影响下的心境。可见离《心经》的境界甚远】

那长老马上心惊，孙大圣布施手段，舞着铁棒，哮吼一声，唬得那狼虫颠窜，虎豹奔逃。【对比师徒二人的表现，作者是在强调身与心的区别，突出心性对人的作用。西天取经其实只有一人，光辉的一面已经让悟空表现了，所以唐僧似乎懦弱不堪】师徒们入此山，正行到嵯峨之处，三藏道："悟空，我这一日，肚中饥了，你去那里化些斋吃？"行者陪笑道："师父好不聪明。这等半山之中，前不巴村，后不着店，有钱也没买处，教往那里寻斋？"三藏心中不快，口里骂道："你这猴子！想你在两界山，被如来压在石匣之内，口能言，足不能行，也亏我救你性命，摩顶受戒，做了我的徒弟。怎么不肯努力，常怀懒惰之心！"行者道："弟子亦颇殷勤，何尝懒惰？"三藏道："你既殷勤，何不化斋我吃？我肚饥怎行？况此地山岚瘴气，怎么得上雷音？"行者道："师父休怪，少要言语。我知你尊性高傲，十分违慢了你，便要念那话儿咒。

你下马稳坐，等我寻那里有人家处化斋去。”

行者将身一纵，跳上云端里，手搭凉篷，睁眼观看。可怜西方路甚是寂寞，更无庄堡人家；正是多逢树木，少见人烟去处。看多时，只见正南上有一座高山。那山向阳处，有一片鲜红的点子。行者按下云头道：“师父，有吃的了。”那长老问甚东西，行者道：“这里没人家化饭，那南山有一片红的，想必是熟透了的山桃，我去摘几个来你充饥。”三藏喜道：“出家人若有桃子吃，就为上分了，快去！”行者取了钵盂，纵起祥光，你看他筋斗幌幌，冷气飕飕，须臾间，奔南山摘桃不题。

却说常言有云：“山高必有怪，岭峻却生精。”果然这山上有一个妖精。孙大圣去时，惊动那怪。他在云端里，踏着阴风，看见长老坐在地下，就不胜欢喜道：“造化！造化！几年家人都讲东土的唐和尚取大乘，他本是金蝉子化身，十世修行的原体。有人吃他一块肉，长寿长生。真个今日到了。”那妖精上前就要拿他，只见长老左右手下有两员大将护持，不敢拢身。他说两员大将是谁？说是八戒、沙僧。八戒、沙僧虽没甚么大本事，然八戒是天蓬元帅，沙僧是卷帘大将。他的威气尚不曾泄，故不敢拢身。妖精说：“等我且戏他戏，看怎么说。”

好妖精，停下阴风，在那山凹里，摇身一变，变做个月貌花容的女儿，说不尽那眉清目秀，齿白唇红，左手提着一个青砂罐儿，右手提着一个绿磁瓶儿，从西向东，径奔唐僧：

圣僧歇马在山岩，忽见裙钗女近前。
翠袖轻摇笼玉笋，湘裙斜拽显金莲。
汗流粉面花含露，尘拂蛾眉柳带烟。
仔细定睛观看处，看看行至到身边。

三藏见了，叫：“八戒，沙僧，悟空才说这里旷野无人，你看那里不走出一个人来了？”八戒道：“师父，你与沙僧坐着，等老猪去看看来。”那呆子放下钉钯，整整直裰，摆摆摇摇，充作个斯文气象，一直的觌面相迎。真个是远看未实，近看分明，那女子生得：

冰肌藏玉骨，衫领露酥胸。柳眉积翠黛，杏眼闪银星。月样容仪俏，天然性格清。体似燕藏柳，声如莺啭林。半放海棠笼晓日，才开芍药弄春晴。【卓吾评：妙】

那八戒见他生得俊俏，呆子就动了凡心，忍不住胡言乱语，叫道：“女菩萨，往那里去？手里提着是甚么东西？”分明是个妖怪，他却不能认得。那女子连声答应道：“长老，我这青罐里是香米饭，绿瓶里是炒面筋。特来此处无他故，因还誓愿要斋僧。”

八戒闻言，满心欢喜。急抽身，就跑了个猪颠风，报与三藏道："师父！'吉人自有天报！'师父饿了，教师兄去化斋，那猴子不知那里摘桃儿耍子去了。桃子吃多了，也有些嘈人，又有些下坠。你看那不是个斋僧的来了？"【八戒代表唐僧的情感欲望，大多数的不堪均让八戒表演】唐僧不信道："你这个夯货胡缠！我们走了这向，好人也不曾遇着一个，斋僧的从何而来！"八戒道："师父，这不到了？"

三藏一见，连忙跳起身来，合掌当胸道："女菩萨，你府上在何处住？是甚人家？有甚愿心，来此斋僧？"分明是个妖精，那长老也不认得。那妖精见唐僧问他来历，他立地就起个虚情，花言巧语来赚哄道："师父，此山叫做蛇回兽怕的白虎岭，正西下面是我家。我父母在堂，看经好善，广斋方上远近僧人，只因无子，求福作福；生了奴奴，欲扳门第，配嫁他人，又恐老来无倚，只得将奴招了一个女婿，养老送终。"三藏闻言道："女菩萨，你语言差了。圣经云：'父母在，不远游，游必有方。'你既有父母在堂，又与你招了女婿，有愿心，教你男子还，便也罢，怎么自家在山行走？又没个侍儿随从。这个是不遵妇道了。"【卓吾评：老和尚管闲事】那女子笑吟吟，忙陪俏语道："师父，我丈夫在山北凹里，带几个客子锄田。这是奴奴煮的午饭，送与那些人吃的。只为五黄六月，无人使唤，父母又年老，所以亲身来送。忽遇三位远来，却思父母好善，故将此饭斋僧。如不弃嫌，愿表芹献(礼品菲薄的谦词)。"三藏道："善哉！善哉！我有徒弟摘果子去了，就来，我不敢吃。假如我和尚吃了你饭，你丈夫晓得，骂你，却不罪坐贫僧也？"那女子见唐僧不肯吃，却又满面春生道："师父啊，我父母斋僧，还是小可；我丈夫更是个善人，一生好的是修桥补路，爱老怜贫。但听见说这饭送与师父吃了，他与我夫妻情上，比寻常更是不同。"三藏也只是不吃，旁边却恼坏了八戒。那呆子努着嘴，口里埋怨道："天下和尚也无数，不曾像我这个老和尚罢软！现成的饭，三分儿，倒不吃，只等那猴子来，做四分才吃！"他不容分说，一嘴把个罐子拱倒，就要动口。

只见那行者自南山顶上，摘了几个桃子，托着钵盂，一筋斗，点将回来，睁火眼金睛观看，认得那女子是个妖精，放下钵盂，掣铁棒，当头就打。唬得个长老用手扯住道："悟空！你走将来打谁？"行者道："师父，你面前这个女子，莫当做个好人。他是个妖精，要来骗你哩。"三藏道："你这猴头，当时倒也有些眼力，今日如何乱道！这女菩萨有此善心，将这饭要斋我等，你怎么说他是个妖精？"行者笑道："师父，你那里认得！老孙在水帘洞里做妖魔时，若想人肉吃，便是这等：或变金银，或变庄台，或变醉人，或变女色。有那等痴心的，爱上我，我就迷他到洞里，尽意随心，或蒸或煮受用。吃不了，还要晒干了防天阴哩！师父，我若来迟，你定入他套子，遭他毒手!”那唐僧那里肯信,只说是个好人。行者道:“师父,我知道你了,你见他那等容貌,必然动了凡心。若果有此意,叫八戒伐几棵树来,沙僧寻些草来,我做木匠,就在这里搭个窝铺,你与他圆房成事,我们大家散了,却不是件事业?何必又跋涉,取甚经去!”那长老原是个软善的人,那里吃得他这句言语,羞得个光头彻耳通红。【一切争执的起因,那最触人痛处的引火点,往往都淹没在一个冠冕堂皇的借口之下,反而少有提及。三打白骨精导致唐僧动怒的原因不是杀生,而是悟空的话让唐僧感到羞惭】

三藏正在此羞惭,行者又发起性来,掣铁棒,望妖精劈脸一下。那怪物有些手段,使个“解尸法”,见行者棍子来时,他却抖擞精神,预先走了,把一个假尸首打死在地下。唬得个长老战战兢兢,口中作念道:“这猴着然无礼!屡劝不从,无故伤人性命!”行者道:“师父莫怪,你且来看看这罐子里是甚东西。”沙僧搀着长老,近前看时,那里是甚香米饭,却是一罐子拖尾巴的长蛆;也不是面筋,却是几个青蛙、癞虾蟆,满地乱跳。长老才有三分儿信了,怎禁猪八戒气不忿,在旁漏八分儿唆嘴道:“师父,说起这个女子,他是此间农妇,因为送饭下田,路遇我等,却怎么栽他是个妖怪?哥哥的棍重,走将来试手打他一下,不期就打杀了;怕你念甚么《紧箍儿咒》,故意的使个障眼法儿,变做这等样东西,演幌你眼,使不念咒哩。”

三藏自此一言,就是晦气到了:果然信那呆子撺唆,手中捻诀,口里念咒,行者就叫:“头疼!头疼!莫念!莫念!有话便说。”唐僧道:“有甚话说!出家人时时常要方便,念念不离善心,扫地恐伤蝼蚁命,爱惜飞蛾纱罩灯。你怎么步步行凶,打死这个无故平人,取将经来何用?你回去罢!”【慈悲为怀是借口,掩盖前番羞愧是真】行者道:“师父,你教我回那里去?”唐僧道:“我不要你做徒弟。”行者道:“你不要我做徒弟,只怕你西天路去不成。”唐僧道:“我命在天,该那个妖精蒸了吃,就是煮了,也算不过。终不然,你救得我的大限?你快回去!”行者道:“师父,我回去便也罢了,只是不曾报得你的恩哩。”唐僧道:“我与你有甚恩?”那大圣闻言,连忙跪下叩头道:“老孙因大闹天宫,致下了伤身之难,被我佛压在两界山,幸观音菩萨与我受了戒行,幸师父救脱吾身;若不与你同上西天,显得我‘知恩不报非君子,万古千秋作骂名’。”原来这唐僧是个慈悯的圣僧,他见行者哀告,却也回心转意道:“既如此说,且饶你这一次,【既然是借口,就有挽回的余地】再休无礼。如若仍前作恶,这咒语颠倒就念二十遍!”行者道:“三十遍也由你,只是我不打人了。”却才伏侍唐僧上马,又将摘来桃子奉上。唐僧在马上也吃了几个,权且充饥。

却说那妖精,脱命升空。原来行者那一棒不曾打杀妖精,妖精出神去了。他在那云端里，咬牙切齿，暗恨行者道：“几年只闻得讲他手段，今日果然话不虚传。那唐僧已此不认得我，将要吃饭。若低头闻一闻儿，我就一把捞住，却不是我的人了？不期被他走来，弄破我这勾当，又几乎被他打了一棒。若饶了这个和尚，诚然是劳而无功也，我还下去戏他一戏。”

好妖精，按落阴云，在那前山坡下，摇身一变，变作个老妇人，年满八旬，手拄着一根弯头竹杖，一步一声的哭着走来。八戒见了，大惊道：“师父！不好了！那妈妈儿来寻人了！”唐僧道：“寻甚人？”八戒道：“师兄打杀的，定是他女儿。这个定是他娘寻将来了。”行者道：“兄弟莫要胡说！那女子十八岁，这老妇有八十岁，怎么六十多岁还生产？断乎是个假的，等老孙去看来。”【卓吾评：聪明】【所谓火眼金睛，是心明而非眼亮】好行者，拽开步，走近前观看，那怪物：

假变一婆婆，两鬓如冰雪。走路慢腾腾，行步虚怯怯。弱体瘦伶仃，脸如枯菜叶。颧骨望上翘，嘴唇往下别。老年不比少年时，满脸都是荷叶摺。

行者认得他是妖精，更不理论，举棒照头便打。那怪见棍子起时，依然抖擞，又出化了元神，脱真儿去了，把个假尸首又打死在山路之下。

唐僧一见，惊下马来，睡在路旁，更无二话，只是把《紧箍儿咒》颠倒足足念了二十遍。可怜把个行者头，勒得似个亚腰儿葫芦，十分疼痛难忍，滚将来哀告道：“师父莫念了！有甚话说了罢！”唐僧道：“有甚话说！出家人耳听善言，不堕地狱。我这般劝化你，你怎么只是行凶？把平人打死一个，又打死一个，此是何说？”行者道：“他是妖精。”唐僧道：“这个猴子胡说！就有这许多妖怪！你是个无心向善之辈，有意作恶之人，你去罢！”行者道：“师父又教我去，回去便也回去了，只是一件不相应。”唐僧道：“你有甚么不相应处？”八戒道：“师父，他要和你分行李哩。跟着你做了这几年和尚，不成空着手回去？你把那包袱里的甚么旧偏衫，破帽子，分两件与他罢。”

行者闻言，气得暴跳道：“我把你这个尖嘴的夯货！老孙一向秉教沙门，更无一毫嫉妒之意，贪恋之心，怎么要分甚么行李？”唐僧道：“你既不嫉妒贪恋，如何不去？”行者道：“实不瞒师父说，老孙五百年前，居花果山水帘洞大展英雄之际，收降七十二洞邪魔，手下有四万七千群怪，头戴的是紫金冠，身穿的是赭黄袍，【为后文影射悟空的黄袍怪伏笔】腰系的是蓝田带，足踏的是步云履，手执的是如意金箍棒，着实也曾为人。自从涅槃罪度，削发秉正沙门，跟你做了徒弟，把这个‘金箍儿’勒在我头上，若回去，却也难见故乡人。师父果若不要我，把那个《松箍儿咒》念一念，退下这个箍子，交付与你，套在别人头上，我就快活相应了，也是跟你一场。莫不成这些人意儿也没有了？”唐僧大惊道：“悟空，我当时只是菩萨暗受一卷儿《紧箍儿咒》，却没有甚么《松箍儿咒》。”行者道：“若无《松箍儿咒》，你还带我去走走罢。”长老又没奈何道：“你且起来，我再饶你这一次，却不可再行凶了。”行者道：“再不敢了，再不敢了。”又伏侍师父上马，剖路前进。【唐僧这次终于可以冠冕堂皇的批评悟空了，这回争执挽回了唐僧的面子，所以悟空求饶是奏效的】

却说那妖精，原来行者第二棍也不曾打杀他。那怪物在半空中，夸奖不尽道：“好个猴王，着然有眼！我那般变了去，他也还认得我。这些和尚，他去得快，若过此山，西下四十里，就不伏我所管了。若是被别处妖魔捞了去，好道就笑破他人口，使碎自家心，我还下去戏他一戏。”好妖怪，按耸阴风，在山坡下摇身一变，变成一个老公公，真个是：

白发如彭祖，苍髯赛寿星。
耳中鸣玉磬，眼里幌金星。
手拄龙头拐，身穿鹤氅轻。
数珠掐在手，口诵南无经。

唐僧在马上见了，心中欢喜道：“阿弥陀佛！西方真是福地！那公公路也走不上来，逼法的还念经哩。”八戒道：“师父，你且莫要夸奖，那个是祸的根哩。”唐僧道：“怎么是祸根？”八戒道：“行者打杀他的女儿，又打杀他的婆子，这个正是他的老儿寻将来了。我们若撞在他的怀里呵，师父，你便偿命，该个死罪；把老猪为从，问个充军；沙僧喝令，问个摆站；那行者使个遁法走了，却不苦了我们三个顶缸？”行者听见道：“这个呆根，这等胡说，可不唬了师父？等老孙再去看看。”

他把棍藏在身边，走上前，迎着怪物，叫声：“老官儿，往那里去？怎么又走路，又念经？”那妖精错认了定盘星①，把孙大圣也当做个等闲的，遂答道：“长老啊，我老汉祖居此地，一生好善斋僧，看经念佛。命里无儿，止生得一个小女，招了个女婿，今早送饭下田，想是遭逢虎口。老妻先来找寻，也不见回去，全然不知下落，老汉特来寻看。果然是伤残他命，也没奈何，将他骸骨收拾回去，安葬茔中。”行者笑道：“我是个做吓唬的祖宗，你怎么袖子里笼了个鬼儿来哄我？你瞒了诸人，瞒不过我！我认得你是个妖精！”那妖精唬得顿口无言。行者掣出棒来，自忖道：“若要不打他，显得他倒弄个风儿；若要打他，又怕师父念那话儿咒语。”又思量道：“不打杀他，他一时间抄空儿把师父捞了去，却不又费心劳力去救他？还打的是！就一棍子打杀他，师父念起那咒，常言道：‘虎毒不吃儿。’凭着我巧言花语，嘴伶舌便，哄他一

① 定盘星：原指戥子或秤杆上的第一星儿（重量为零）。此处比喻关键的人。

哄，好道也罢了。”

好大圣，念动咒语，叫当坊土地、本处山神道：“这妖精三番来戏弄我师父，这一番却要打杀他。你与我在半空中作证，不许走了。”众神听令，谁敢不从？都在云端里照应。那大圣棍起处，打倒妖魔，才断绝了灵光。

那唐僧在马上，又唬得战战兢兢，口不能言。八戒在旁边又笑道：“好行者！风发了！只行了半日路，倒打死三个人！”唐僧正要念咒，行者急到马前，叫道：“师父，莫念！莫念！你且来看看他的模样。”却是一堆粉骷髅在那里。唐僧大惊道：“悟空，这个人才死了，怎么就化作一堆骷髅？”行者道：“他是个潜灵作怪的僵尸，在此迷人败本；被我打杀，他就现了本相。他那脊梁上有一行字，叫做‘白骨夫人’。”【谁会把名字刻在脊梁上？作者另有所指】唐僧闻说，倒也信了；怎禁那八戒旁边唆嘴道：“师父，他的手重棍凶，把人打死，只怕你念那话儿，故意变化这个模样，掩你的眼目哩！”唐僧果然耳软，又信了他，随复念起。【悟空和八戒的争执反映了唐僧内心性和情的争斗，当人被“情”引导时，即生蒙蔽】行者禁不得疼痛，跪于路旁，只叫：“莫念！莫念！有话快说了罢！”唐僧道：“猴头！还有甚说话！出家人行善，如春园之草，不见其长，日有所增；行恶之人，如磨刀之石，不见其损，日有所亏。【卓吾评：至言】你在这荒郊野外，一连打死三人，还是无人检举，没有对头；倘到城市之中，人烟凑集之所，你拿了那哭丧棒，一时不知好歹，乱打起人来，撞出大祸，教我怎的脱身？你回去罢！”行者道：“师父错怪了我也。这厮分明是个妖魔，他实有心害你。我倒打死他，替你除了害，你却不认得，反信了那呆子谗言冷语，屡次逐我。常言道：‘事不过三。’我若不去，真是个下流无耻之徒。我去，我去！去便去了，只是你手下无人。”【师徒之争，一个为名，一个为实；一个发狠，一个斗气；一个甘愿受别人挑唆不想分辨真相，一个恨别人挑唆却无从分辩。师徒、夫妻、朋友，以至两国相争，莫不如是】

唐僧发怒道：“这泼猴越发无礼！看起来，只你是人，那悟能、悟净就不是人？”那大圣一闻得说他两个是人，止不住伤情凄惨，对唐僧道声：“苦啊！你那时节，出了长安，有刘伯钦送你上路；到两界山，救我出来，投拜你为师，我曾穿古洞，入深林，擒魔捉怪，收八戒，得沙僧，吃尽千辛万苦。今日昧着惺惺使糊涂，只教我回去：这才是‘鸟尽弓藏，兔死狗烹’！罢罢罢！但只是多了那《紧箍儿咒》。”唐僧道：“我再不念了。”行者道：“这个难说。若到那毒魔苦难处不得脱身，八戒、沙僧救不得你，那时节，想起我来，忍不住又念诵起来，就是十万里路，我的头也是疼的；假如再来见你，不如不作此意。”

唐僧见他言言语语，越添恼怒，滚鞍下马来，叫沙僧包袱内取出纸笔，即于涧下取水，石上磨墨，写了一纸贬书，递与行者道："猴头！执此为照，再不要你做徒弟了！如再与你相见，我就堕了阿鼻地狱！"【至此，唐僧对悟空的不信任终于爆发，用什么来形容一个受到蒙蔽的肉眼凡胎，又有雷霆之怒呢？后文在宝象国大殿上黄袍怪把唐僧变成了一只白额老虎。白虎岭上谁是虎？不是妖精是唐僧】

行者连忙接了贬书道："师父，不消发誓，老孙去罢。"他将书折了，留在袖中，却又软款（温柔；殷勤。犹软语相求）唐僧道："师父，我也是跟你一场，又蒙菩萨指教；今日半途而废，不曾成得功果，你请坐，受我一拜，我也去得放心。"唐僧转回身不睬，口里唧唧哝哝的道："我是个好和尚，不受你歹人的礼！"大圣见他不睬，又使个身外法，把脑后毫毛拔了三根，吹口仙气，叫"变！"即变了三个行者，连本身四个，四面围住师父下拜。那长老左右躲不脱，好道也受了一拜。

大圣跳起来，把身一抖，收上毫毛，却又吩咐沙僧道："贤弟，你是个好人，却只要留心防着八戒詀言詀语①，【不要听从情感和欲望的挑唆】途中更要仔细。倘一时有妖精拿住师父，你就说老孙是他大徒弟。西方毛怪，闻我的手段，不敢伤我师父。"唐僧道："我是个好和尚，不题你这歹人的名字，你回去罢。"那大圣见长老三番两复，不肯转意回心，没奈何才去。你看他：

噙泪叩头辞长老，含悲留意嘱沙僧。
一头拭迸坡前草，两脚蹬翻地上藤。
上天下地如轮转，跨海飞山第一能。
顷刻之间不见影，霎时疾返旧途程。

你看他忍气别了师父，纵筋斗云，径回花果山水帘洞去了。独自个凄凄惨惨，忽闻得水声聒耳。大圣在那半空里看时，原来是东洋大海潮发的声响。一见了，又想起唐僧，止不住腮边泪坠，停云住步，良久方去。毕竟不知此去反复何如，且听下回分解。

【卓吾评：谁家没有个"白骨夫人"，安得行者一棒打杀？

世上以功为罪，以德为仇，比比而是，不但行者一个受屈，三藏一人糊涂已也。可为三叹】

【白虎岭的冲突，归因于唐僧受情感和欲望的挑唆和蒙蔽。这种身心离散，使其面目全非。那"白骨夫人"，正是"白虎附人"的谐音也】

---

① 詀言詀语：diān yán diān yǔ，花言巧语，胡说八道。

第二十八回　花果山群妖聚义　黑松林三藏逢魔

【本回悟空回归花果山，怀揣不被信任的失落，杀生泄愤，露出凶顽本色。这个身穿黄袍的凶顽猴王映射回来，便是唐僧误闯碗子山波月洞遇到的凶神黄袍怪。百花羞和黄袍怪的夫妻纠葛，实为唐僧和悟空师徒关系的镜像，前者都是肉眼凡胎、易受蒙蔽、爱慕名声虚荣，后者都是天神下界、一片赤诚却又本性凶顽。黄袍怪和百花羞走向离散的过程，正是白虎岭上唐僧师徒离散的翻版。两出悲剧都指向一个共同的问题：人如何在心性和情感欲望之间抉择才能守护自己的庄严宝相?】

却说那大圣虽被唐僧逐赶，然犹思念，感叹不已，早望见东洋大海，道："我不走此路者，已五百年矣!"只见那海水：

烟波荡荡，巨浪悠悠：烟波荡荡接天河，巨浪悠悠通地脉(指地下水)。潮来汹涌，水浸湾环：潮来汹涌，犹如霹雳吼三春；水浸湾环，却似狂风吹九夏。乘龙福老，往来必定皱眉行；跨鹤仙童，反复果然忧虑过。近岸无村社，傍水少渔舟。浪卷千年雪，风生六月秋。野禽凭出没，沙鸟任沉浮。眼前无钓客，耳畔只闻鸥。海底游鱼乐，天边过雁愁。

那行者将身一纵，跳过了东洋大海，早至花果山。按落云头，睁睛观看，那山上花草俱无，烟霞尽绝；峰岩倒塌，林树焦枯。你道怎么这等？只因他闹了天宫，拿上界去。此山被显圣二郎神，率领那梅山七弟兄，放火烧坏了。这大圣倍加凄惨。有一篇败山颓景的古风为证，古风云：

回顾仙山两泪垂，对山凄惨更伤悲。
当时只道山无损，今日方知地有亏。
可恨二郎将我灭，堪嗔小圣把人欺。
行凶掘你先灵墓，无干破尔祖坟基。
满天霞雾皆消荡，遍地风云尽散稀。
东岭不闻斑虎啸，西山那见白猿啼?
北溪狐兔无踪迹，南谷獐䝐(bā，大猪)没影遗。
青石烧成千块土，碧砂化作一堆泥。
洞外乔松皆倚倒，崖前翠柏尽稀少。

椿杉槐桧栗檀焦，桃杏李梅梨枣了。
柘绝桑无怎养蚕？柳稀竹少难栖鸟。
峰头巧石化为尘，涧底泉干都是草。
崖前土黑没芝兰，路畔泥红藤薜攀。
往日飞禽飞那处？当时走兽走何山？
豹嫌蟒恶倾颓所，鹤避蛇回败坏间。
想是日前行恶念，致令时下受艰难。

那大圣正当悲切，只听得那芳草坡前、蔓荆凹里响一声，跳出七八个小猴，一拥上前，围住叩头，高叫道："大圣爷爷！今日来家了？"美猴王道："你们因何不耍不顽，一个个都潜踪隐迹？我来多时了，不见你们形影，何也？"群猴听说，一个个垂泪告道："自大圣擒拿上界，我们被猎人之苦，着实难捱！怎禁他硬弩强弓，黄鹰劣犬，网扣枪钩，故此各惜性命，不敢出头顽耍；只是深潜洞府，远避窝巢。饥去坡前偷草食，渴来涧下吸清泉。却才听得大圣爷爷声音，特来接见，伏望扶持。"那大圣闻得此言，愈加凄惨，便问："你们还有多少在此山上？"群猴道："老者，小者，只有千把。"大圣道："我当时共有四万七千群猴，如今都往那里去了？"群猴道："自从爷爷去后，这山被二郎菩萨点上火，烧杀了大半。我们蹲在井里，钻在涧内，藏于铁板桥下，得了性命。及至火灭烟消，出来时，又没花果养赡，难以存活，别处又去了一半。我们这一半，捱苦的住在山中，这两年，又被些打猎的抢了一半去也。"行者道："他抢你去何干？"群猴道："说起这猎户可恨！他把我们中箭着枪的，中毒打死的，拿了去剥皮剔骨，酱煮醋蒸，油煎盐炒，当做下饭食用。或有那遭网的，遇扣的，夹活儿拿去了，教他跳圈做戏，翻筋斗，竖蜻蜓，当街上筛锣擂鼓，无所不为的顽耍。"大圣闻此言，更十分恼怒道："洞中有甚么人执事？"群妖道："还有马、流二元帅，崩、芭二将军管着哩。"大圣道："你们去报他知道，说我来了。"那些小妖，撞入门里报道："大圣爷爷来家了。"那马、流、崩、芭闻报，忙出门叩头，迎接进洞。

大圣坐在中间，群怪罗拜于前，启道："大圣爷爷，近闻得你得了性命，保唐僧往西天取经，如何不走西方，却回本山？"大圣道："小的们，你不知道，那唐三藏不识贤愚：我为他一路上捉怪擒魔，使尽了平生的手段，几番家打杀妖精；他说我行凶作恶，不要我做徒弟，把我逐赶回来，写立贬书为照，永不听用了。"众猴鼓掌大笑道："造化！造化！做甚么和尚，且家来，带携我们耍子几年罢！"叫："快安排椰子酒来，与爷爷接风。"大圣道："且莫饮酒，我问你那打猎的人，几时来我山上一度？"马、流道："大圣，不论甚么时度，他逐日家在这里缠扰。"大圣道："他怎么今日不来？"马、流道："看待来耶。"大圣吩咐："小的们，都出去把那山上烧酥了的碎石头与我搬将起来堆着。或二三十个一堆，或五六十个一堆，堆着我有用处。"那些小猴都是一窝蜂，一个个跳天搠地，乱搬了许多堆集。大圣看了，教："小的们，都往洞内藏躲，让老孙作法。"

那大圣上了山巅看处，只见那南半边，冬冬鼓响，当当锣鸣，闪上有千余人马，都架着鹰犬，持着刀枪。猴王仔细看那些人，来得凶险。好男子，真个骁勇！但见：

狐皮苫肩顶，锦绮裹腰胸。
袋插狼牙箭，胯挂宝雕弓。
人似搜山虎，马如跳涧龙。
成群引着犬，满膀架其鹰。
荆筐抬火炮，带定海东青。
粘竿百十担，兔叉有千根。
牛头拦路网，阎王扣子绳。
一齐乱吆喝，散撒满天星。

大圣见那些人布上他的山来，心中大怒。手里捻诀，口内念念有词，往那巽地上吸了一口气，呼的吹将去，便是一阵狂风。好风！但见：

扬尘播土，倒树摧林。海浪如山耸，浑波万叠侵。乾坤昏荡荡，日月暗沉沉。一阵摇松如虎啸，忽然入竹似龙吟。万窍怒号天噫气，飞砂走石乱伤人。

大圣作起这大风，将那碎石，乘风乱飞乱舞，可怜把那些千余人马，一个个：

石打乌头粉碎，沙飞海马俱伤。人参官桂岭前忙，血染朱砂地上。附子难归故里，槟榔怎得还乡？尸骸轻粉卧山场，红娘子家中盼望。【卓吾评：药名可厌】【乌头、海马、人参、官桂、朱砂、附子、槟榔、轻粉、红娘子等都是中药名，作者用双关提示读者看到故事背后的寓意】

有诗为证：

人亡马死怎归家？野鬼孤魂乱似麻。
可怜抖擞英雄辈，不辨贤愚血染沙。

大圣按落云头，鼓掌大笑道："造化！造化！自从归顺唐僧，做了和尚，他每每劝我话道：'千日行善，善犹不足；一日行恶，恶自有余。'真有此话！我跟着他，打杀几个妖精，他就怪我行凶，今日来家，却结果了这许多猎户。"叫："小的们，出来！"那群猴，狂风过去，听得大圣呼唤，一个个跳将出来。大圣道："你们去南山下，把那打死的猎户衣服，剥得来家洗净血迹，穿了遮寒；把死人的尸首，都推在那万丈深潭里；把死倒的马，拖将来，剥了皮，做靴穿，将肉腌着，慢慢的食用；把那些弓箭枪刀，与你们操演武艺；将那杂色旗号，收来我用。”群猴一个个领诺。

那大圣把旗拆洗，总斗做一面杂彩花旗，上写着“重修花果山，复整水帘，洞齐天大圣”十四字，竖起杆子，将旗挂于洞外，逐日招魔聚兽，积草屯粮，不题“和尚”二字。他的人情又大，手段又高，便去四海龙王，借些甘霖仙水，把山洗青了。前栽榆柳，后种松柟，桃李枣梅，无所不备，逍遥自在，乐业安居不题。

却说唐僧听信狡性（谓猜疑的心性），纵放心猿。攀鞍上马，八戒前边开路，沙僧挑着行李西行。过了白虎岭，忽见一带林丘，真个是藤攀葛绕，柏翠松青。三藏叫道：“徒弟呀，山路崎岖，甚是难走，却又松林丛簇，树木森罗，切须仔细，恐有妖邪妖兽。”你看那呆子，抖擻精神，叫沙僧带着马，他使钉钯开路，领唐僧径入松林之内。正行处，那长老兜住马道：“八戒，我这一日其实饥了，那里寻些斋饭我吃？”八戒道：“师父请下马，在此等老猪去寻。”长老下了马，沙僧歇了担，取出钵盂，递与八戒。八戒道：“我去也。”长老问：“那里去？”八戒道：“莫管，我这一去，钻冰取火寻斋至，压雪求油化饭来。”

你看他出了松林，往西行经十余里，更不曾撞着一个人家，真是有狼虎无人烟的去处。那呆子走得辛苦，心内沉吟道：“当年行者在日，老和尚要的就有；今日轮到我的身上，诚所谓‘当家才知柴米价，养子方晓父娘恩’。公道没去化处。”他又走得瞌睡上来，思道：“我若就回去，对老和尚说没处化斋，他也不信我走了这许多路。须是再多幌个时辰，才好去回话。也罢，也罢，且往这草科里睡睡。”【视责任为儿戏。读者需注意贬退悟空之后八戒的表现，也即心性缺失后人的感情用事，后文用小儿玩耍影射八戒】呆子就把头拱在草里睡下，当时也只说朦胧朦胧就起来，岂知走路辛苦的人，丢倒头，只管齁齁睡起。

且不言八戒在此睡觉，却说长老在那林间，耳热眼跳，身心不安。急回叫沙僧道：“悟能去化斋，怎么这早晚还不回？”沙僧道：“师父，你还不晓得哩，他见这西方上人家斋僧的多，他肚子又大，他管你？只等他吃饱了才来哩。”三藏道：“正是呀，倘或他在那里贪着吃斋，我们那里会他？天色晚了，此间不是个住处，须要寻个下处方好哩。”沙僧道：“不打紧，师父，你且坐在这里，等我去寻他来。”三藏道：“正是，正是。有斋没斋罢了，只是寻下处要紧。”沙僧绰了宝杖，径出松林来找八戒。

长老却独坐林中，十分闷倦。只得强打精神，跳将起来，把行李攒在一处，将马拴在树上，取下戴的斗笠，插定了锡杖，整一整缁衣，徐步幽林，权为散闷。那长老看遍了野草山花，听不得归巢鸟噪。原来那林子内都是些草深路小的去处，只因他情思紊乱，却走错了。他一来也是要散散闷，二来也是要寻八戒、沙僧；不期他两个走的是直西路，长老转了一会，却走向南边去了。

出得松林，忽抬头，见那壁厢金光闪烁，彩气腾腾，仔细看处，原来是一座宝塔，金顶放光。这是那西落的日色，映着那金顶放亮。他道："我弟子却没缘法哩！自离东土，发愿逢庙烧香，见佛拜佛，遇塔扫塔。那放光的不是一座黄金宝塔？怎么就不曾走那条路？塔下必有寺院，院内必有僧家，且等我走走。这行李、白马，料此处无人行走，却也无事。那里若有方便处，待徒弟们来，一同借歇。"

噫！长老一时晦气到了。你看他拽开步，径至塔边，但见那：

石崖高万丈，山大接青霄。根连地厚，峰插天高。两边杂树数千颗(同"棵")，前后藤缠百余里。花映草梢风有影，水流云窦月无根。倒木横担深涧，枯藤结挂光峰。石桥下，流滚滚清泉；台座上，长明明白粉。远观一似三岛天堂，近看有如蓬莱胜境。香松紫竹绕山溪，鸦鹊猿猴穿峻岭。洞门外，有一来一往的走兽成行；树林里，有或出或入的飞禽作队。青青香草秀，艳艳野花开。这所在分明是恶境，那长老晦气撞将来。

那长老举步进前，才来到塔门之下，只见一个斑竹帘儿，挂在里面。他破步入门，揭起来，往里就进，猛抬头，见那石床上，侧睡着一个妖魔。你道他怎生模样：

青靛脸，白獠牙，一张大口呀呀。两边乱蓬蓬的鬓毛，却都是些胭脂染色；三四紫巍巍的髭髯(zī rán，胡须)，恍疑是那荔枝排芽。鹦嘴般的鼻儿拱拱，曙星样的眼儿巴巴。两个拳头，和尚钵盂模样；一双蓝脚，悬崖榾柮(gǔ duò，疙瘩)杈槎①。斜披着淡黄袍帐，赛过那织锦袈裟。拿的一口刀，精光耀映；眠的一块石，细润无瑕。他也曾小妖排蚁阵，他也曾老怪坐蜂衙，你看他威风凛凛，大家吆喝，叫一声爷。【正是悟空在花果山的架式】他也曾月作三人壶酌酒，他也曾风生两腋盏倾茶，你看他神通浩浩，霎着下眼，游遍天涯。【转眼游遍天涯，筋斗云也。此为半人半兽的悟空，正是悟空心魔】荒林喧鸟雀，深莽宿龙蛇。仙子种田生白玉，道人伏火养丹砂。小小洞门，虽到不得那阿鼻地狱；楞楞妖怪，却就是一个牛头夜叉。

那长老看见他这般模样，唬得打了一个倒退，遍体酥麻，两腿酸软，即忙的抽身便走。刚刚转了一个身，那妖魔，他的灵性着实是强大，撑开着一双金睛鬼眼，【"金睛鬼眼"对应"火眼金睛"】叫声："小的们，你看门外是甚么人！"一个小妖就伸头望门外一看，看见是个光头的长老，连忙跑将进去，报道："大王，外面是个和尚哩，团

① 杈槎：yā chá，纷错歧出貌。此处描写妖怪的脚掌、脚趾。

头大面，两耳垂肩；嫩刮刮的一身肉，细娇娇的一张皮：且是好个和尚！”那妖闻言，呵声笑道：“这叫做个‘蛇头上苍蝇——自来的衣食。’你众小的们，疾忙赶上去，与我拿将来，我这里重重有赏！”

那些小妖，就是一窝蜂，齐齐拥上。三藏见了，虽则是一心忙似箭，两脚走如飞；终是心惊胆颤，腿软脚麻。况且是山路崎岖，林深日暮，步儿那里移得动？被那些小妖，平抬将去，正是：

龙游浅水遭虾戏，虎落平原被犬欺。
纵然好事多磨障，谁像唐僧西向时？

你看那众小妖，抬得长老，放在那竹帘儿外，欢欢喜喜，报声道：“大王，拿得和尚进来了。”那老妖，他也偷眼瞧一瞧，只见三藏头直上，貌堂堂，果然好一个和尚。他便心中想道：“这等好和尚，必是上方人物，不当小可的；若不做个威风，他怎肯服降哩？”陡然间，就狐假虎威，红须倒竖，血发朝天，眼睛迸裂。大喝一声道：“带那和尚进来！”众妖们，大家响响的答应了一声“是！”就把三藏望里面只是一推。这是“既在矮檐下，怎敢不低头！”三藏只得双手合着，与他见个礼。

那妖道：“你是那里和尚？从那里来？到那里去？快快说明！”三藏道：“我本是唐朝僧人，奉大唐皇帝敕命，前往西方访求经偈，经过贵山，特来塔下谒圣，不期惊动威严，望乞恕罪。待往西方取得经回东土，永注高名也。”那妖闻言，呵呵大笑道：“我说是上邦人物，果然是你。正要吃你哩，却来的甚好！甚好！不然，却不错放过了？你该是我口里的食，自然要撞将来，就放也放不去，就走也走不脱！”叫小妖：“把那和尚拿去绑了！”果然那些小妖一拥上前，把个长老绳缠索绑，缚在那定魂桩上。【心散则魂离，故需定魂桩，与黄风岭定风桩相异】

老妖持刀又问道：“和尚，你一行有几个？终不然一人敢上西天？”三藏见他持刀，又老实说道：“大王，我有两个徒弟，叫做猪八戒、沙和尚，都出松林化斋去了。还有一担行李，一匹白马，都在松林里放着哩。”老妖道：“又造化了！两个徒弟，连你三个，连马四个，彀吃一顿了！”小妖道：“我们去捉他来。”老妖道：“不要出去，把前门关了。他两个化斋来，一定寻师父吃；寻不着，一定寻着我门上。常言道：‘上门的买卖——好做。’且等慢慢的捉他。”众小妖把前门闭了。

且不言三藏逢灾。却说那沙僧出林找八戒，直有十余里远近，不曾见个庄村。他却站在高埠上正然观看，只听得草中有人言语，急使杖拨开深草看时，原来是呆子在里面说梦话哩。被沙僧揪着耳朵，方叫醒了，道：“好呆子啊！师父教你化斋，许你在此睡觉的？”那呆子冒冒失失的醒来道：“兄弟，有甚时候了？”沙僧道：“快起来！师父说有斋没斋也罢，教你我那里寻下住处去哩。”呆子懵懵懂懂的，托着钵盂，拑着钉钯，与沙僧径直回来，到林中看时，不见了师父。沙僧埋怨道：“都是你这呆子化斋不来，必有妖精拿师父也。”八戒笑道：“兄弟，莫要胡说。那林子里是个清雅的去处，决然没有妖精。想是老和尚坐不住，往那里观风去了。我们寻他去来。”二人只得牵马挑担，收拾了斗篷、锡杖，出松林寻找师父。

这一回，也是唐僧不该死。他两个寻一会不见，忽见那正南下有金光闪灼。八戒道：“兄弟啊，有福的只是有福。你看师父往他家去了。那放光的是座宝塔，谁敢怠慢？一定要安排斋饭，留他在那里受用。我们还不走动些，也赶上去吃些斋儿。”沙僧道：“哥啊，定不得吉凶哩。我们且去看来。”

二人雄纠纠的到了门前，呀！闭着门哩。只见那门上横安了一块白玉石板，上镌着六个大字：“碗子山波月洞”。【方寸之碗，三星伴月，还是心山心洞】沙僧道：“哥啊，这不是甚么寺院，是一座妖精洞府也。我师父在这里，也见不得哩。”八戒道：“兄弟莫怕，你且拴下马匹，守着行李，待我问他的信看。”

那呆子举着钯，上前高叫：“开门！开门！”那洞内有把门的小妖开了门，忽见他两个的模样，急抽身跑入里面报道：“大王！买卖来了！”老妖道：“那里买卖？”小妖道：“洞门外有一个长嘴大耳的和尚，与一个晦气色的和尚，来叫门了！”老妖大喜道：“是猪八戒与沙僧寻将来也！噫，他也会寻哩！怎么就寻到我这门上？既然嘴脸凶顽，却莫要怠慢了他。”叫：“取披挂来！”小妖抬来，就结束了，绰刀在手，径出门来。

却说那八戒、沙僧在门前正等，只见妖魔来得凶险。你道他怎生打扮：

青脸红须赤发飘，黄金铠甲亮光饶。
裹肚衬腰磲石带，攀胸勒甲步云绦。
闲立山前风吼吼，闷游海外浪滔滔。
一双蓝靛焦筋手，执定追魂取命刀。
要知此物名和姓，声扬二字唤黄袍。

那黄袍老怪出得门来，【悟空在花果山穿黄袍】便问：“你是那方和尚，在我门首吆喝？”八戒道：“我儿子，你不认得？我是你老爷！我是大唐差往西天去的！我师父是那御弟三藏。若在你家里，趁早送出来，省了我钉钯筑进去！”那怪笑道：“是，是，是有一个唐僧在我家。我也不曾怠慢他，安排些人肉包儿与他吃哩。你们也进去吃一个儿，何如？”这呆子认真就要进去，沙僧一把扯住道：“哥啊，他哄你哩，你几时又吃人肉哩？”呆子却才省悟，掣钉钯，望妖怪劈脸就筑。那怪物侧身躲过，使钢刀急架相迎。两个都显神通，纵云头，跳在空中厮杀。沙僧撇了行李白马，举宝杖，急急帮攻。此时两个狠和尚，一个泼妖魔，在云端里，这一场好杀，正是那：

杖起刀迎，钯来刀架。一员魔将施威，两个神僧显化。九齿钯真个英雄，降妖杖诚然凶咤。没前后左右齐来，那黄袍公然不怕。你看他蘸钢刀晃亮如银，其实的那神通也为广大。只杀得满空中，雾绕云迷；半山里，崖崩岭咋。一个为声名，怎肯干休？一个为师父，断然不怕。

他三个在半空中，往往来来，战经数十回合，不分胜负。各因性命要紧，其实难解难分。

毕竟不知怎救出唐僧，且听下回分解。

【卓吾评：心猿一放，就有许多磨折，可不慎之！真正只有“敬”字打不破也】

第二十九回　脱难江流来国土　承恩八戒转山林

【黄袍怪是天上奎星下凡，续前缘与百花羞结为夫妻；孙悟空是齐天大圣下凡，续前缘与唐僧合为师徒。唐僧肉眼凡胎不识妖魔赶走悟空，百花羞肉眼凡胎不解真情逼走奎星。本回以百花羞对黄袍怪的不信任来影射唐僧对孙悟空的不信任，皆因蒙蔽无明以致离散】

诗曰：

妄想不复强灭，真如何必希求？
本原自性佛前修，迷悟岂居前后？
悟即刹那成正，迷而万劫沉流。
若能一念合真修，灭尽恒沙罪垢。

【卓吾评：说出】

【修行的本质在于不受妄想的蒙蔽，悟到自己的真如本性。一念悟到则走向正途，悟不到则沉迷于幻想和痛苦之中】

【《坛经》印证：菩提般若之智，世人本自有之，只缘心迷，不能自悟，须假大善知识示导见性！当知愚人智人，佛性本无差别，只缘迷悟不同，所以有愚有智】

却说那八戒、沙僧与怪斗经个三十回合，不分胜负。你道怎么不分胜负？若论赌手段，莫说两个和尚，就是二十个，也敌不过那妖精。只为唐僧命不该死，暗中有那护法神祇保着他；空中又有那六丁六甲、五方揭谛、四值功曹、一十八位护教伽蓝，助着八戒、沙僧。

且不言他三人战斗。却说那长老在洞里悲啼，思量他那徒弟，眼中流泪道："悟能啊，不知你在那个村中逢了善友，贪着斋供！悟净啊，你又不知在那里寻他，可能得会？岂知我遇妖魔，在此受难！几时得会你们，脱了大难，早赴灵山！"正当悲啼烦恼，忽见那洞里走出一个妇人来，扶着定魂桩叫道："那长老，你从何来？为何被他缚在此处？"长老闻言，泪眼偷看那妇人约有三十年纪。遂道："女菩萨，不消问了，我已是该死的，走进你家门来也。要吃就吃了罢，又问怎的？"那妇人道："我不是吃人的。我家离此西下，有三百余里。那里有座城，叫做宝象国。我是那国王的第三个公主，乳名叫做百花羞。【卓吾评：好名字】只因十三年前，八月十五日夜，玩月中间，被这妖魔一阵狂风摄将来，与他做了十三年夫妻。在此生儿育女，杳无音信回朝，思量我那父母，不能相见。你从何来，被他拿住？”唐僧道：“贫僧乃是差往西天取经者。不期闲步，误撞在此。如今要拿住我两个徒弟，一齐蒸吃哩。”那公主陪笑道：“长老宽心，你既是取经的，我救得你。那宝象国是你西方去的大路，你与我捎一封书儿去，拜上我那父母，我就教他饶了你罢。”三藏点头道：“女菩萨，若还救得贫僧命，愿做捎书寄信人。”

那公主急转后面，即修了一纸家书，封固停当；到桩前解放了唐僧，将书付与。【白虎岭上唐三藏写一纸贬退书，波月洞里百花羞写一封绝情书】唐僧得解脱，捧书在手道：“女菩萨，多谢你活命之恩。贫僧这一去，过贵地，定送国王处。只恐日久年深，你父母不肯相认，奈何？切莫怪我贫僧打了诳语。”公主道：“不妨，我父王无子，止生我三个姊妹，若见此书，必有相看之意。”

三藏紧紧袖了家书，谢了公主，就往外走，被公主扯住道：“前门里你出不去！那些大小妖精，都在门外摇旗呐喊，擂鼓筛锣，助着大王，与你徒弟厮杀哩。你往后门里去罢，若是大王拿住，还审问审问；只恐小妖儿捉了，不分好歹，挟生儿伤了你的性命。等我去他面前，说个方便。若是大王放了你啊，待你徒弟讨个示下，寻着你一同好走。”三藏闻言，磕了头，谨依吩咐，辞别公主，躲离后门之外，不敢自行，将身藏在荆棘丛中。

却说公主娘娘，心生巧计，急往前来，出门外，分开了大小群妖；只听得叮叮当当，兵刃乱响。原来是八戒、沙僧与那怪在半空里厮杀哩。这公主厉声高叫道：“黄袍郎！”那妖王听得公主叫唤，即丢了八戒、沙僧，按落云头，揪了钢刀，搀着公主道：“浑家，有甚话说？”【卓吾评：妖魔到底是妇人所制。是妖魔狠，还是妇人狠？】公主道：“郎君啊，我才时睡在罗帏之内，梦魂中，忽见个金甲神人。”妖魔道：“那个金甲神？上我门怎的？”公主道：“是我幼时，在宫里对神暗许下一桩心愿：若得招个贤郎驸马，上名山，拜仙府，斋僧布施。自从配了你，夫妻们欢会，到今不曾题起。那金甲神人来讨誓愿，喝我醒来，却是南柯一梦。因此，急整容来郎君处诉知，不期那桩上绑着一个僧人，万望郎君慈悯，看我薄意，饶了那个和尚罢，只当与我斋僧还愿，不知郎君肯否？”【卓吾评：老婆替和尚讨分上，可疑，可疑】那怪道：“浑家，你却多心呐！甚么打紧之事。我要吃人，那里不捞几个吃吃？这个把和尚，到得那里，放他去罢。”【何其爽快！黄袍怪对百花羞一片真心，百花羞对黄袍怪却是假意。黄袍怪应百花羞之请放弃吃唐僧肉得长生不老的机会，百花羞已写信请人降妖】公主道：“郎君，放他从后门里去罢。”妖魔道：“奈烦哩，放他去便罢，又管他甚么后门前门哩。”他遂绰了钢刀，高叫道：“那猪八戒，你过来。我不是怕你，不与你战，看着我浑家的分上，饶了你师父也。趁早去后门首，寻着他，往西方去罢。若再来犯我境界，断乎不饶！”

那八戒与沙僧闻得此言，就如鬼门关上放回来的一般。即忙牵马挑担，鼠窜而行。转过那波月洞后门之外，叫声“师父！”那长老认得声音，就在那荆棘中答应。沙僧就剖开草径，搀着师父，慌忙的上马。这里：

狠毒险遭青面鬼，殷勤幸有百花羞。

鳌鱼脱却金钩钓，摆尾摇头逐浪游。

八戒当头领路，沙僧后随，出了那松林，上了大路。你看他两个哜哜嘈嘈，埋埋怨怨，三藏只是解和。遇晚先投宿，鸡鸣早看天，一程一程，长亭短亭，不觉的就走了二百九十九里。猛抬头，只见一座好城，就是宝象国。真好个处所也：

云渺渺，路迢迢。地虽千里外，景物一般饶。瑞霭祥烟笼罩，清风明月招摇。嵂嵂崒崒(lǜ lǜ zú zú，高耸貌)的远山，大开图画；潺潺湲湲①的流水，碎溅琼瑶。可耕的连阡带陌，足食的密蕙新苗。渔钓的几家三涧曲，樵采的一担两峰椒。廓的廓，城的城，金汤巩固；家的家，户的户，只斗逍遥。九重的高阁如殿宇，万丈的层台似锦标。也有那太极殿、华盖殿、烧香殿、观文殿、宣政殿、延英殿，一殿殿的玉陛金阶，摆列着文冠武弁；也有那大明宫、昭阳宫、长乐宫、华清宫、建章宫、未央宫，一宫宫的钟鼓管籥(yuè，古管乐器)，撒抹了闺怨春愁。也有禁苑的，露花匀嫩脸；也有御沟的，风柳舞纤腰。通衢上，也有个顶冠束带的，盛仪容，乘五马；幽僻中，也有个持弓挟矢的，拨云雾，贯双雕。花柳的巷，管弦的楼，春风不让洛阳桥。取经的长老，回首大唐肝胆裂；伴师的徒弟，息肩小驿梦魂消。

看不尽宝象国的景致。师徒三众，收拾行李、马匹，安歇馆驿中。唐僧步行至朝门外，对阁门大使道：“有唐朝僧人，特来面驾，倒换文牒，乞为转奏转奏。”那黄门奏事官，连忙走至白玉阶前奏道：“万岁，唐朝有个高僧，欲求见驾，倒换文牒。”那国王闻知是唐朝大国，且又说是个方上圣僧，心中甚喜，即时准奏。叫：“宣他进来。”把三藏宣至金阶，舞蹈山呼礼毕。两边文武多官，无不叹道：“上邦人物，礼乐雍容如此！”那国王道：“长老，你到我国中何事？”三藏道：“小僧是唐朝释子，承我天子敕旨，前往西方取经。原领有文牒，到陛下上国，理合倒换。故此不识进退，惊动龙颜。”国王道：“既有唐天子文牒，取上来看看。”三藏双手捧上去，展开放在御案上。

① 潺潺湲湲：chán chán yuán yuán，水流声；水流貌。

牒云：

"南赡部洲大唐国奉天承运唐天子牒行：切惟朕以凉德，嗣续丕基，事神治民，临深履薄，朝夕是惴。前者，失救泾河老龙，获谴于我皇皇后帝，三魂七魄，倏忽阴司，已作无常之客。因有阳寿未绝，感冥君放送回生，广陈善会，修建度亡道场。感蒙救苦观世音菩萨，金身出现，指示西方有佛有经，可度幽亡，超脱孤魂。特着法师玄奘，远历千山，询求经偈。倘到西邦诸国，不灭善缘，照牒放行。须至牒者。大唐贞观一十三年，秋吉日，御前文牒。"(上有宝印九颗)

国王见了，取本国玉宝，用了花押，递与三藏。三藏谢了恩，收了文牒。又奏道："贫僧一来倒换文牒，二来与陛下寄有家书。"国王大喜道："有甚书?"三藏道："陛下第三位公主娘娘，被碗子山波月洞黄袍妖摄将去，贫僧偶尔相遇，故寄书来也。"国王闻言，满眼垂泪道："自十三年前，不见了公主，两班文武官，也不知贬退了多少；宫内宫外，大小婢子、太监，也不知打死了多少。只说是走出皇宫，迷失路径，无处找寻；满城中百姓人家，也盘诘了无数，更无下落。怎知道是妖怪摄了去！今日乍听得这句话，故此伤情流泪。"三藏袖中取出书来献上。国王接了，见有"平安"二字，一发手软，拆不开书。传旨宣翰林院大学士上殿读书。学士随即上殿。殿前有文武多官，殿后有后妃宫女，俱侧耳听书。学士拆开朗诵。上写着："不孝女百花羞顿首百拜大德父王万岁龙凤殿前暨三宫母后昭阳宫下，及举朝文武贤卿台次：拙女幸托坤宫，感激劬劳(qú láo，劳累；劳苦)万种，不能竭力怡颜，尽心奉孝。乃于十三年前，八月十五日，良夜佳辰，蒙父王恩旨，着各宫排宴，赏玩月华，共乐清霄盛会。正欢娱之间，不觉一阵香风，闪出个金睛蓝面青发魔王，将女擒住，驾祥光，直带至半野山中无人处，难分难辨，被妖倚强，霸占为妻。是以无奈捱了一十三年，产下两个妖儿，尽是妖魔之种。论此真是败坏人伦，有伤风化，不当传书玷辱；但恐女死之后，不显分明。正含怨思忆父母，不期唐朝圣僧，亦被魔王擒住。是女滴泪修书，大胆放脱，特托寄此片楮，以表寸心。伏望父王垂悯，遣上将早至碗子山波月洞捉获黄袍怪，救女回朝，深为恩念。草草欠恭，面听不一。逆女百花羞再顿首顿首。"

那学士读罢家书，国王大哭，三宫滴泪，文武伤情，前前后后，无不哀念。【此信将十三年之真情并前世之约尽付之东流矣。十三年者，失散年也】

国王哭之许久，便问两班文武："那个敢兴兵领将，与寡人捉获妖魔，救我百花公主?"连问数声，更无一人敢答，真是木雕成的武将，泥塑就的文官。【卓吾评：那一国不如此】那国王心生烦恼，泪若涌泉。只见那多官齐俯伏奏道："陛下且休烦恼，公主已失，至今一十三载无音。偶遇唐朝圣僧，寄书来此，未知的否。况臣等俱是凡人凡马，习学兵书武略，止可布阵安营，保国家无侵陵之患。那妖精乃云来雾去之辈，不得与他觌面相见，何以征救？想东土取经者，乃上邦圣僧。这和尚‘道高龙虎伏，德重鬼神钦’，必有降妖之术。自古道：‘来说是非者，就是是非人。’可就请这长老降妖邪，救公主，庶为万全之策。”那国王闻言，急回头便请三藏道：“长老若有手段，放法力，捉了妖魔，救我孩儿回朝，也不须上西方拜佛，长发留头，朕与你结为兄弟，同坐龙床，共享富贵如何？”三藏慌忙启上道：“贫僧粗知念佛，其实不会降妖。”国王道：“你既不会降妖，怎么敢上西天拜佛？”那长老瞒不过，说出两个徒弟来了，奏道：“陛下，贫僧一人，实难到此。贫僧有两个徒弟，善能逢山开路，遇水叠桥，保贫僧到此。”国王怪道：“你这和尚大没理，既有徒弟，怎么不与他一同进来见朕？若到朝中，虽无中意赏赐，必有随分斋供。”三藏道：“贫僧那徒弟丑陋，不敢擅自入朝，但恐惊伤了陛下的龙体。”国王笑道：“你看你这和尚说话，终不然朕当怕他？”三藏道：“不敢说。我那大徒弟姓猪，法名悟能八戒，他生得长嘴獠牙，刚鬃扇耳，身粗肚大，行路生风。第二个徒弟姓沙，法名悟净和尚，他生得身长丈二，臂阔三停，脸如蓝靛，口似血盆，眼光闪灼，牙齿排钉。他都是这等个模样，所以不敢擅领入朝。”国王道：“你既这等样说了一遍，寡人怕他怎的？宣进来。”随即着金牌至馆驿相请。

那呆子听见来请，对沙僧道：“兄弟，你还不教下书哩，这才见了下书的好处。想是师父下了书，国王道：捎书人不可怠慢，一定整治筵宴待他。他的食肠不济，有你我之心，举出名来，故此着金牌来请。大家吃一顿，明日好行。”沙僧道：“哥啊，知道是甚缘故，我们且去来。”遂将行李、马匹俱交付驿丞，各带随身兵器，随金牌入朝。早行到白玉阶前，左右立下，朝上唱个喏，再也不动。那文武多官，无人不怕，都说道：“这两个和尚，貌丑也罢，只是粗俗太甚！怎么见我王更不下拜，喏毕平身，挺然而立，可怪可怪！”八戒听见道：“列位，莫要议论，我们是这般。乍看果有些丑，只是看下些时来，却也耐看。”

那国王见他丑陋，已是心惊；及听得那呆子说出话来，越发胆颤，就坐不稳，跌下龙床，幸有近侍官员扶起。慌得个唐僧跪在殿前，不住的叩头道：“陛下，贫僧该万死万死！我说徒弟丑陋，不敢朝见，恐伤龙体，果然惊了驾也。”那国王战兢兢走近前，搀起道：“长老，还亏你先说过了；若未说，猛然见他，寡人一定唬杀了也！”国王定性多时，便问：“猪长老、沙长老，是那一位善于降妖？”那呆子不知好歹，答道：“老猪会降。”国王道：“怎么家降？”八戒道：“我乃是天蓬元帅，只因罪犯天条，堕落下世，幸今皈正为僧。自从东土来此，第一会降妖的是我。”国王道：“既是天将临凡，必然善能变化。”八戒道：“不敢，不敢，也将就晓得几个变化儿。”国王道：“你试变一个我看看。”八戒道：“请出题目，照依样子好变。”国王道：“变一个大的罢。”那八戒他也有三十六般变化，就在阶前卖弄手段，却便捻诀念咒，喝一声叫“长！”把腰一躬，就长了有八九丈长，却似个开路神一般。【视降妖为儿戏】吓得那两班文武，战战兢兢；一国君臣，呆呆挣挣。时有镇殿将军问道：“长老，似这等变得身高，必定长到甚么去处，才有止极？”那呆子又说出呆话来道：“看风。东风犹可，西风也将就；若是南风起，把青天也拱个大窟窿！”那国王大惊道：“收了神通罢，晓得是这般变化了。”八戒把身一矬(cuó，向下降)，依然现了本相，侍立阶前。

国王又问道：“长老此去，有何兵器与他交战？”八戒腰里掣出钯来道：“老猪使的是钉钯。”国王笑道：“可败坏门面！我这里有的是鞭简瓜锤，刀枪钺斧，剑戟矛镰，随你选称手的拿一件去。那钯算做甚么兵器？”八戒道：“陛下不知，我这钯，虽然粗夯，实是自幼随身之器。曾在天河水府为帅，辖押八万水兵，全仗此钯之力。今临凡世，保护吾师，逢山筑破虎狼窝，遇水掀翻龙蜃穴，皆是此钯。”国王闻得此言，十分欢喜心信。即命九嫔妃子：“将朕亲用的御酒，整瓶取来，权与长老送行。”遂满斟一爵，奉与八戒道：“长老，这杯酒聊引奉劳之意。待捉得妖魔，救回小女，自有大宴相酬，千金重谢。”

那呆子接杯在手，人物虽是粗鲁，行事倒有斯文，对三藏唱个大喏道：“师父，这酒本该从你饮起；但君王赐我，不敢违背，让老猪先吃了，助助兴头，好捉妖怪。”那呆子一饮而干，才斟一爵，递与师父。三藏道：“我不饮酒，你兄弟们吃罢。”沙僧近前接了。八戒就足下生云，直上空里，国王见了道：“猪长老又会腾云！”呆子去了，沙僧将酒亦一饮而干，道：“师父！那黄袍怪拿住你时，我两个与他交战，只战个手平。今二哥独去，恐战不过他。”三藏道：“正是，徒弟啊，你可去与他帮帮功。”沙僧闻言，也纵云跳将起去。那国王慌了，扯住唐僧道：“长老，你且陪寡人坐坐，也莫腾云去了。”唐僧道：“可怜可怜！我半步儿也去不得！”此时二人在殿上叙话不题。

却说那沙僧赶上八戒道：“哥哥，我来了。”八戒道：“兄弟，你来怎的？”沙僧道：“师父叫我来帮帮功的。”八戒大喜道：“说得是，来得好。我两个努力齐心，去捉那怪物；虽不怎的，也在此国扬扬姓名。”你看他：

叆叇(ài dài，云盛貌)祥光辞国界，氤氲(yīn yūn，云气弥漫貌)瑞气出京城。

领王旨意来山洞，努力齐心捉怪灵。

他两个不多时，到了洞口，按落云头。八戒掣钯，往那波月洞的门上，尽力气一筑，把他那石门筑了斗来大小的个窟窿。吓得那把门的小妖开门，看见是他两个，急跑进去报道:"大王,不好了!那长嘴大耳的和尚,与那晦气脸的和尚,又来把门都打破了!"那怪惊道:"这个还是猪八戒、沙和尚二人。我饶了他师父,怎么又敢复来打我的门!"小妖道:"想是忘了甚么物件,来取的。"老怪咄的一声道:"胡缠!忘了物件,就敢打上门来?必有缘故!"急整束了披挂,绰了钢刀,走出来问道:"那和尚,我既饶了你师父,你怎么又敢来打上我门?"八戒道:"你这泼怪干得好事儿!"老魔道:"甚么事?"八戒道:"你把宝象国三公主骗来洞内,倚强霸占为妻,住了一十三载,也该还他了。我奉国王旨意,特来擒你。你快快进去,自家把绳子绑缚出来,还免得老猪动手!"

那老怪闻言,十分发怒。你看他屹迸迸,咬响钢牙;滴溜溜,睁圆环眼;雄纠纠,举起刀来;赤淋淋,拦头便砍。八戒侧身躲过,使钉钯劈面迎来;随后又有沙僧举宝杖赶上前齐打。这一场在山头上赌斗,比前不同,真个是:

言差语错招人恼,意毒情伤怒气生。这魔王大钢刀,着头便砍;那八戒九齿钯,对面来迎。沙悟净丢开宝杖,那魔王抵架神兵。一猛怪,二神僧,来来往往甚消停。这个说:"你骗国理该死罪!"那个说:"你罗闲事报不平!"这个说:"你强婚公主伤国体!"那个说:"不干你事莫闲争!"算来只为捎书故,致使僧魔两不宁。

他们在那山坡前,战经八九个回合,八戒渐渐不济将来,钉钯难举,气力不加。你道如何这等战他不过?当时初相战斗,有那护法诸神,为唐僧在洞,暗助八戒、沙僧,故仅得个手平;此时诸神都在宝象国护定唐僧,所以二人难敌。【卓吾评:好照应】那呆子道:"沙僧,你且上前来与他斗着,让老猪出恭来。"【卓吾评:趣】【视打仗为儿戏】他就顾不得沙僧,一溜往那蒿草薜萝、荆棘葛藤里,不分好歹,一顿钻进,那管刮破头皮,搠伤嘴脸,一毂辘睡倒,再也不敢出来。但留半边耳朵,听着梆声。

那怪见八戒走了,就奔沙僧。沙僧措手不及,被怪一把抓住,捉进洞去,小妖将沙僧四马攒蹄捆住。毕竟不知端的性命如何,且听下回分解。

【卓吾评:一个百花羞,便彀断送此魔矣。八戒、沙僧何必又多此闲事。

那怪尚不是魔王,这百花羞真是个大魔王。人若不信,请瞑目思之,方知我不作诳语也】

第三十回　邪魔侵正法　意马忆心猿

【此难以夫妻猜忌以致离散比喻师徒(身心)猜忌以致离散。产生猜忌的原因，是因为人受情感、欲望、妄想等的蒙蔽。要想破除蒙蔽，还需心性回归，空有情、志无益】

却说那怪把沙僧捆住，也不来杀他，也不曾打他，骂也不曾骂他一句。绰起钢刀，心中暗想道："唐僧乃上邦人物，必知礼义；终不然我饶了他性命，又着他徒弟拿我不成？噫！这多是我浑家有甚么书信到他那国里，走了风汛(风声；消息)！等我去问他一问。"那怪陡起凶性，要杀公主。

却说那公主不知，梳妆方毕，移步前来。只见那怪怒目攒眉，咬牙切齿。那公主还陪笑脸迎道："郎君有何事这等烦恼？"那怪咄的一声骂道："你这狗心贱妇，全没人伦！我当初带你到此，更无半点儿说话。你穿的锦，戴的金，缺少东西我去寻，【这是悟空对唐僧话的翻版】四时受用，每日情深。你怎么只想你父母，更无一点夫妇心？"【卓吾评：说尽妇人情态】那公主闻说，吓得跪倒在地，道："郎君啊，你怎么今日说起这分离的话？"那怪道："不知是我分离，是你分离哩！我把那唐僧拿来，算计要他受用，你怎么不先告过我，就放了他？原来是你暗地里修了书信，教他替你传寄；不然，怎么这两个和尚又来打上我门，教还你回去？这不是你干的事？"公主道："郎君，你差怪我了，我何尝有甚书去？"老怪道："你还强嘴哩！现拿住一个对头在此，却不是证见？"公主道："是谁？"老妖道："是唐僧第二个徒弟沙和尚。"原来人到了死处，谁肯认死，只得与他放赖。公主道："郎君且息怒，我和你去问他一声。果然有书，就打死了，我也甘心；假若无书，却不枉杀了奴奴也？"

那怪闻言，不容分说，轮开一只簸箕大小的蓝靛手，抓住那金枝玉叶的发万根，把公主揪上前，捽在地下，执着钢刀，却来审沙僧；咄的一声道："沙和尚！你两个辄敢擅打上我们门来，可是这女子有书到他那国，国王教你们来的？"沙僧已捆在那里，见妖精凶恶之甚，把公主掼倒在地，持刀要杀。他心中暗想道："分明是他有书去，救了我师父，此是莫大之恩。我若一口说出，他就把公主杀了，此却不是恩将仇报？罢罢罢！想老沙跟我师父一场，也没寸功报效，今日已此被缚，就将此性命与师父报了恩罢。"遂喝道："那妖怪不要无礼！他有甚么书来，你这等枉他，要害他性命！我们来此问你要公主，有个缘故。只因你把我师父捉在洞中，我师父曾看见公主的模样动静。及至宝象国，倒换关文，那皇帝将公主画影图形，前后访问。因将公主的形影，问我师父沿途可曾看见，我师父遂将公主说起，他故知是他儿女，赐了我等御酒，教我们来拿你，要他公主还宫。此情是实，何尝有甚书信？你要杀就杀了我老沙，不可枉害平人，大亏天理！”

那妖见沙僧说得雄壮，遂丢了刀，双手抱起公主道：“是我一时粗卤(通“鲁”)，多有冲撞，莫怪，莫怪。”遂与他挽了青丝，扶上宝髻，软款温柔，怡颜悦色，撮哄着他进去了。又请上坐陪礼，那公主是妇人家水性，见他错敬，遂回心转意道：“郎君啊，你若念夫妇的恩爱，可把那沙僧的绳子略放松些儿。”【卓吾评：妇人见识，大足误事】老妖闻言，即命小的们把沙僧解了绳子，锁在那里。沙僧见解缚锁住，立起来，心中暗喜道：“古人云：‘与人方便，自己方便。’【卓吾评：着眼】我若不方便了他，他怎肯教把我松放松放？”【白虎岭唐僧逐悟空，沙僧没有劝阻，这里讽刺沙僧顺从唐僧，没有担当】

那老妖又教安排酒席，与公主陪礼压惊。吃酒到半酣，老妖忽的又换了一件鲜明的衣服，取了一口宝刀，佩在腰里。转过手，摸着公主道：“浑家，你且在家吃酒，看着两个孩儿，不要放了沙和尚。趁那唐僧在那国里，我也赶早儿去认认亲也。”公主道：“你认甚亲？”老妖道：“认你父王。我是他驸马，他是我丈人，怎么不去认认？”公主道：“你去不得。”老妖道：“怎么去不得？”公主道：“我父王不是马挣力战的江山，他本是祖宗遗留的社稷。自幼儿是太子登基，城门也不曾远出，没有见你这等凶汉。你这嘴脸相貌，生得这等丑陋，【公主以相貌取人，不识奎星真心】若见了他，恐怕吓了他，反为不美，却不如不去认的还好。”老妖道：“既如此说，我变个俊的儿去便罢。”公主道：“你试变来我看看。”

好怪物，他在那酒席间，摇身一变，就变做一个俊俏之人。真个生得：

形容典雅，体段峥嵘。言语多官样，行藏正妙龄。才如子建成诗易，貌似潘安掷果轻。头上戴一顶鹊尾冠，乌云敛伏；身上穿一件玉罗褶，广袖飘迎。足下乌靴花摺，腰间鸾带光明。丰神真是奇男子，耸壑轩昂美俊英。

公主见了，十分欢喜。那妖笑道：“浑家，可是变得好么？”公主道：“变得好！变得好！你这一进朝啊，我父王是亲不灭，一定着文武多官留你饮宴。倘吃酒中间，千千仔细，万万个小心，却莫要现出原嘴脸来，露出马脚，走了风汛(风声；消息)，就不斯文了。”【意乱心迷，害夫害父】老妖道：“不消吩咐，自有道理。”

你看他纵云头，早到了宝象国，按落云光，行至朝门之外，对阁门大使道：“三驸马特来见驾，乞为转奏转奏。”那黄门奏事官来至白玉阶前，奏道：“万岁，有三驸马来见驾，现在朝门外听宣。”那国王正与唐僧叙话。忽听得三驸马，便问多官道：“寡人只有两个驸马，怎么又有个三驸马？”多官道：“三驸马，必定是妖怪来了。”国王道：“可好宣他进来？”那长老心惊道：“陛下，妖精啊，不精者不灵。他能知过去未来，他能腾云驾雾，宣他也进来，不宣他也进来，倒不如宣他进来，还省些口面（口角，争吵）。”

国王准奏，叫宣，把怪宣至金阶。他一般的也舞蹈山呼的行礼。多官见他生得俊丽，也不敢认他是妖精。他都是些肉眼凡胎，却当做好人。那国王见他耸壑昂霄，以为济世之梁栋。便问他：“驸马，你家在那里居住？是何方人氏？几时得我公主配合？怎么今日才来认亲？”那老妖叩头道：“主公，臣是城东碗子山波月庄人家。”国王道：“你那山离此处多远？”老妖道：“不远，只有三百里。”国王道：“三百里路，我公主如何得到那里，与你匹配？”那妖精巧语花言，虚情假意的答道：“主公，微臣自幼儿好习弓马，采猎为生。那十三年前，带领家童数十，放鹰逐犬，忽见一只斑斓猛虎，身驮着一个女子，往山坡下走。是微臣兜弓一箭，射倒猛虎，将女子带上本庄，把温水温汤灌醒，救了他性命。因问他是那里人家，他更不曾题‘公主’二字。早说是万岁的三公主，怎敢欺心，擅自配合？当得进上金殿，大小讨一个官职荣身。只因他说是民家之女，才被微臣留在庄所。女貌郎才，两相情愿，故配合至此多年。【卓吾评：原说得好】当时配合之后，欲将那虎宰了，邀请诸亲，却是公主娘娘教且莫杀。其不杀之故，有几句言词，道得甚好，说道：

托天托地成夫妇，无媒无证配婚姻。
前世赤绳曾系足，今将老虎做媒人。

【卓吾评：笔幻如此，奇矣】

臣因此言，故将虎解了索子，饶了他性命。那虎带着箭伤，跑蹄剪尾而去。不知他得了性命，在那山中修了这几年，炼体成精，专一迷人害人。臣闻得昔年也有几次取经的，都说是大唐来的唐僧；想是这虎害了唐僧，得了他文引，变作那取经的模样，今在朝中哄骗主公。【卓吾评：绝妙妖精】主公啊，那绣墩上坐的，正是那十三年前驮公主的猛虎，不是真正取经之人！”【卓吾评：老妖也是个老虎】

你看那水性的君王，愚迷肉眼，不识妖精，【正是白虎岭唐僧所为】转把他一片虚词，当了真实。道：“贤驸马，你怎的认得这和尚是驮公主的老虎？”那妖道：“主公，臣在山中，吃的是老虎，穿的也是老虎，与他同眠同起，怎么不认得？”国王道：“你既认得，可教他现出本相来看。”怪物道：“借半盏净水，臣就教他现了本相。”国王命官取水，递与驸马。那怪接水在手，纵起身来，走上前，使个“黑眼定身法”。念了咒语，将一口水望唐僧喷去，叫声“变！”那长老的真身，隐在殿上，真个变作一只斑斓猛虎。此时君臣同眼观看，那只虎生得：

白额圆头，花身电目。四只蹄，挺直峥嵘；二十爪，钩弯锋利。锯牙包口，尖耳连眉。狞狰壮若大猫形，猛烈雄如黄犊样。刚须直直插银条，刺舌骍骍（xīng xīng，赤色）喷恶气。果然是只猛斑斓，阵阵威风吹宝殿。【讽白虎岭唐僧之相。所谓宝象国，即守护自己庄严宝象，不被妄想蒙蔽，以致张牙舞爪之意】国王一见，魄散魂飞，唬得那多官尽皆躲避。有几个大胆的武将，领着将军、校尉一拥上前，使各项兵器乱砍。这一番，不是唐僧该有命不死，就是二十个僧人，也打为肉酱。此时幸有丁甲、揭谛、功曹、护教诸神，暗在半空中护佑，所以那些人，兵器皆不能打伤。众臣嚷到天晚，才把那虎活活的捉了，用铁绳锁了，放在铁笼里，收于朝房之内。

那国王却传旨，教光禄寺大排筵宴，谢驸马救拔之恩，不然，险被那和尚害了。当晚众臣朝散，那妖魔进了银安殿。又选十八个宫娥彩女，吹弹歌舞，劝妖魔饮酒作乐。那怪物独坐上席，左右排列的，都是那艳质娇姿。你看他受用。饮酒至二更时分，醉将上来，忍不住胡为，跳起身，大笑一声，现了本相。陡发凶心，伸开簸箕大手，把一个弹琵琶的女子，抓将过来，扢咋的把头咬了一口。【讽悟空在花果山之忘形】吓得那十七个宫娥，没命的前后乱跑乱藏，你看那：

宫娥悚惧，彩女忙惊。宫娥悚惧，一似雨打芙蓉笼夜雨；彩女忙惊，就如风吹芍药舞春风。摔碎琵琶顾命，跌伤琴瑟逃生。出门那分南北，离殿不管西东。磕损玉面，撞破娇容。人人逃命走，各各奔残生。

那些人出去又不敢吆喝，夜深了又不敢惊驾，都躲在那短墙檐下，战战兢兢不题。

却说那怪物坐在上面，自斟自酌。喝一盏，扳过人来，血淋淋的啃上两口。他在里面受用，外面人尽传道：“唐僧是个虎精！”乱传乱嚷，嚷到金亭馆驿。此时驿里无人，止有白马在槽上吃草吃料。他本是西海小龙王，因犯天条，锯角退鳞，变白马，驮唐僧往西方取经。忽闻人讲唐僧是个虎精，他也心中暗想道：“我师父分明是个好人，必然被怪把他变做虎精，害了师父。怎的好！怎的好？大师兄去得久了，八戒、沙僧又无音信！”他只捱到二更时分，万籁无声，却才跳将起来道：“我今若不救唐僧，这功果休矣！休矣！”他忍不住，顿绝缰绳，抖松鞍辔，急纵身，忙显化，依然化作龙。驾起乌云，直上九霄空里观看。有诗为证，诗曰：

三藏西来拜世尊，途中偏有恶妖氛。

今宵化虎灾难脱，白马垂缰救主人。

小龙王在半空里，只见银安殿内，灯烛辉煌，原来那八个满堂红（灯名）上，点着八根蜡烛。低下云头，仔细看处，那妖魔独自个在上面，逼法的饮酒吃人肉哩。小龙笑道："这厮不济！走了马脚，识破风汛，躧匾秤铊（比喻识破秘密。躧：踩。音 xǐ）了。吃人，可是个长进的！却不知我师父下落何如，倒遇着这个泼怪。且等我去戏他一戏，若得手，拿住妖精再救师父不迟。"

好龙王，他就摇身一变，也变做个宫娥。真个身体轻盈，仪容娇媚。忙移步走入里面，对妖魔道声万福："驸马啊，你莫伤我性命，我来替你把盏。"那妖道："斟酒来。"小龙接过壶来，将酒斟在他盏中，酒比钟高出三五分来，更不漫出，这是小龙使的"逼水法"。那怪见了不识，心中喜道："你有这般手段！"小龙道："还斟得有几分高哩。"那怪道："再斟上！再斟上！"他举着壶，只情斟，那酒只情高，就如十三层宝塔一般，尖尖满满，更不漫出些须。那怪物伸过嘴来，吃了一钟；扳着死人，吃了一口。道："会唱么？"小龙道："也略晓得些儿。"依腔韵唱了一个小曲，又奉了一钟。【卓吾评：妙绝，妙绝】那怪道："你会舞么？"小龙道："也略晓得些儿，但只是素手，舞得不好看。"那怪揭起衣服，解下腰间所佩宝剑，掣出鞘来，递与小龙。小龙接了刀，就留心，在那酒席前，上三下四、左五右六，丢开了花刀法。那怪看得眼咤，小龙丢了花字，望妖精劈一刀来。【卓吾评：好龙，好龙】好怪物，侧身躲过，慌了手脚，举起一根满堂红，架住宝刀。那满堂红原是熟铁打造的，连柄有八九十斤。两个出了银安殿，小龙现了本相，却驾起云头，与那妖魔在那半空中相杀。这一场，黑地里好杀！怎见得：

那一个是碗子山生成的怪物，这一个是西洋海罚下的真龙。一个放毫光，如喷白电；一个生锐气，如迸红云。一个好似白牙老象走人间，一个就如金爪狸猫飞下界。一个是擎天玉柱，一个是架海金梁。银龙飞舞，黄鬼翻腾。左右宝刀无怠慢，往来不歇满堂红。

他两个在云端里，战彀八九回合，小龙的手软筋麻，老魔的身强力壮。小龙抵敌不住，飞起刀去，砍那妖怪，妖怪有接刀之法，一只手接了宝刀，一只手抛下满堂红便打，小龙措手不及，被他把后腿上着了一下。急慌慌按落云头，多亏了御水河救了性命。小龙一头钻下水去。那妖魔赶来寻他不见，执了宝刀，拿了满堂红，回上银安殿，照旧吃酒睡觉不题。

却说那小龙潜于水底，半个时辰听不见声息，方才咬着牙，忍着腿疼跳将起去，踏着乌云，径转馆驿。还变作依旧马匹，伏于槽下。可怜浑身是水，腿有伤痕，那时节：

意马心猿都失散，金公木母尽凋零。

黄婆伤损通分别，道义消疏怎得成！

【卓吾评：说出(即“说得很明白”)】

【点题：失散、凋零、分别、消疏】

且不言三藏逢灾，小龙败战。却说那猪八戒，从离了沙僧，一头藏在草科里，拱了一个猪浑塘。这一觉，直睡到半夜时候才醒。醒来时，又不知是甚么去处，摸摸眼，定了神思，侧耳才听，噫！正是那山深无犬吠，野旷少鸡鸣。他见那星移斗转，约莫有三更时分，心中想道：“我要回救沙僧，诚然是‘单丝不线，孤掌难鸣。’罢！罢！罢！我且进城去见了师父，奏准当今，再选些骁勇人马，助着老猪明日来救沙僧罢。”

那呆子急纵云头，径回城里。半霎时，到了馆驿。此时人静月明，两廊下寻不见师父。只见白马睡在那厢，浑身水湿，后腿有盘子大小一点青痕。八戒失惊道：“双晦气了！这亡人又不曾走路，怎么身上有汗，腿有青痕？想是歹人打劫师父，把马打坏了。”那白马认得是八戒，忽然口吐人言，叫声“师兄！”这呆子吓了一跌，扒起来往外要走，被那马探探身，一口咬住皂衣，道：“哥啊，你莫怕我。”八戒战兢兢的道：“兄弟，你怎么今日说起话来了？你但说话，必有大不祥之事。”小龙道：“你知师父有难么！”八戒道：“我不知。”小龙道：“你是不知！你与沙僧在皇帝面前弄了本事，思量拿倒妖魔，请功求赏，不想妖魔本领大，你们手段不济，禁他不过。好道着一个回来，说个信息是，却更不闻音。那妖精变做一个俊俏文人，撞入朝中，与皇帝认了亲眷。把我师父变作一个斑斓猛虎，见被众臣捉住，锁在朝房铁笼里面。我听得这般苦恼，心如刀割。你两日又不在不知，恐一时伤了性命。只得化龙身去救，不期到朝里，又寻不见师父。及到银安殿外，遇见妖精，我又变做个宫娥模样，哄那怪物。那怪叫我舞刀他看，遂尔留心，砍他一刀，早被他闪过，双手举个满堂红，把我战败。我又飞刀砍去，他又把刀接了，捽下满堂红，把我后腿上着了一下；故此钻在御水河，逃得性命。腿上青是他满堂红打的。”八戒闻言道：“真个有这样事？”小龙道：“莫成我哄你了！”八戒道：“怎的好？怎的好！你可挣得动么？”小龙道：“我挣得动便怎的？”八戒道：“你挣得动，便挣下海去罢。把行李等老猪挑去高老庄上，回炉做女婿去呀。”

小龙闻说，一口咬住他直裰子，那里肯放，止不住眼中滴泪道：“师兄啊！你千万休生懒惰！”八戒道：“不懒惰便怎么？沙兄弟已被他拿住，我是战不过他，不趁此散火，还等甚么？”小龙沉吟半晌，又滴泪道：“师兄啊，莫说散火的话，若要救得师父，你只去请个人来。”八戒道：“教我请谁么？”小龙道：“你趁早儿驾云回上花果山，请大师兄孙行者来。他还有降妖的大法力，管教救了师父，也与你我报得这败阵之仇。”八戒道：“兄弟，另请一个儿便罢了，那猴子与我有些不睦。前者在白虎岭上，打杀了那白骨夫人，他怪我撺掇师父念《紧箍儿咒》。我也只当耍子，【视挑唆为儿戏】不想那老和尚当真的念起来，就把他赶逐回去，他不知怎么样的恼我。他也决不肯来。倘或言语上，略不相对，他那哭丧棒又重，假若不知高低，捞上几下，我怎的活得成么？”小龙道：“他决不打你，他是个有仁有义的猴王。你见了他，且莫说师父有难，只说：‘师父想你哩。’把他哄将来，到此处，见这样个情节，他必然不忿，断乎要与那妖精比并，管情拿得那妖精，救得我师父。”八戒道：“也罢，也罢，你倒这等尽心，我若不去，显得我不尽心了。我这一去，果然行者肯来，我就与他一路来了；他若不来，你却也不要望我，我也不来了。”小龙道：“你去你去，管情他来也。”

真个呆子收拾了钉钯，整束了直裰，跳将起去，踏着云，径往东来。这一回，也是唐僧有命，那呆子正遇顺风，撑起两个耳朵，好便似风篷一般，早过了东洋大海，按落云头。不觉的太阳星上，他却入山寻路。

正行之际，忽闻得有人言语。八戒仔细看时，看来是行者在山凹里，聚集群妖。他坐在一块石头崖上，面前有一千二百多猴子，分序排班，口称“万岁！大圣爷爷！”八戒道：“且是好受用，且是好受用！怪道他不肯做和尚，只要来家哩！原来有这些好处，许大的家业，又有这多的小猴伏侍！若是老猪有这一座山场，也不做甚么和尚了。如今既到这里，却怎么好？必定要见他一见是。”那呆子有些怕他，又不敢明明的见他，却往草崖边，溜阿溜的，溜在那一千二三百猴子当中挤着，也跟那些猴子磕头。

不知孙大圣坐得高，眼又乖滑，看得他明白，便问：“那班部中乱拜的是个夷人，是那里来的？拿上来！”说不了，那些小猴一窝蜂把个八戒推将上来，按倒在地。行者道：“你是那里来的夷人？”八戒低着头道：“不敢，承问了。不是夷人，是熟人，熟人。”行者道：“我这大圣部下的群猴，都是一般模样。你这嘴脸生得各样（与众不同的样子），相貌有些雷堆（方言。粗笨，累赘），定是别处来的妖魔。既是别处来的，若要投我部下，先来递个脚色手本，报了名字，我好留你在这随班点扎。若不留你，你敢在这里乱拜！”八戒低着头，拱着嘴道：“不羞，就拿出这副嘴脸来了！我和你兄弟也做了几年，又推认不得，说是甚么夷人！”行者笑道：“抬起头来我看。”那呆子把嘴往上一伸道：“你看么！你认不得我，好歹认得嘴耶！”行者忍不住笑道：“猪八戒。”他听见一声叫，就一毂辘跳将起来道：“正是！正是！我是猪八戒！”他又思量道：

"认得就好说话了。"

行者道:"你不跟唐僧取经去,却来这里怎的?想是你冲撞了师父,师父也贬你回来了?有甚贬书,拿来我看。"八戒道:"不曾冲撞他,他也没甚么贬书,也不曾赶我。"行者道:"既无贬书,又不曾赶你,你来我这里怎的?"八戒道:"师父想你,着我来请你的。"行者道:"他也不请我,他也不想我。他那日对天发誓,亲笔写了贬书,怎么又肯想我,又肯着你远来请我?我断然也是不好去的。"八戒就地扯个谎,忙道:"委实想你!委是想你!"行者道:"他怎的想我来?"八戒道:"师父在马上正行,叫声'徒弟',我不曾听见,沙僧又推耳聋。师父就想起你来,说我们不济,说你还是个聪明伶俐之人,常时声叫声应,问一答十。因这般想你,专专教我来请你的。万望你去走走,一则不孤他仰望之心,二来也不负我远来之意。"行者闻言,跳下崖来,用手搀住八戒道:"贤弟,累你远来,且和我耍耍儿去。"八戒道:"哥啊,这个所在路远,恐师父盼望去迟,我不耍子了。"行者道:"你也是到此一场,看看我的山景何如。"那呆子不敢苦辞,只得随他走走。

二人携手相搀,概众小妖随后,上那花果山极巅之处。好山!自是那大圣回家,这几日,收拾得复旧如新,但见那:

青如削翠,高似摩云。周围有虎踞龙蟠,四面多猿啼鹤唳。朝出云封山顶,暮观日挂林间。流水潺潺鸣玉珮,涧泉滴滴奏瑶琴。山前有崖峰峭壁,山后有花木秾华。上连玉女洗头盆,下接天河分派水。乾坤结秀赛蓬莱,清浊育成真洞府。丹青妙笔画时难,仙子天机描不就。玲珑怪石石玲珑,玲珑结彩岭头峰。日影动千条紫艳,瑞气摇万道红霞。洞天福地人间有,遍山新树与新花。

八戒观之不尽,满心欢喜道:"哥啊,好去处!果然是天下第一名山!"行者道:"贤弟,可过得日子么?"八戒笑道:"你看师兄说的话,宝山乃洞天福地之处,怎么说度日之言也?"

二人谈笑多时,下了山,只见路旁有几个小猴,捧着紫巍巍的葡萄,香喷喷的梨枣,黄森森的枇杷,红艳艳的杨梅,【卓吾评:真好东西】跪在路旁叫道:"大圣爷爷,请进早膳。"行者笑道:"我猪弟食肠大,却不是以果子作膳的。也罢,也罢,莫嫌菲薄,将就吃个儿当点心罢。"八戒道:"我虽食肠大,却也随乡入乡是。拿来,拿来,我也吃几个儿尝新。"

二人吃了果子,渐渐日高。那呆子恐怕误了救唐僧,只管催促道:"哥哥,师父在那里盼望我和你哩。望你和我早早儿去罢。"行者道:"贤弟,请你往水帘洞里去耍耍。"八戒坚辞道:"多感老兄盛意,奈何师父久等,不劳进洞罢。"行者道:"既如此，不敢久留，请就此处奉别。”八戒道：“哥哥，你不去了？”行者道：“我往哪里去？我这里天不收地不管，自由自在，不耍子儿，做甚么和尚？我是不去，你自去罢。但上覆唐僧：既赶退了，再莫想我。”呆子闻言，不敢苦逼，只恐逼发他性子，一时打上两棍。无奈，只得喏喏告辞，找路而去。

行者见他去了，即差两个溜撒的小猴，跟着八戒，听他说些甚么。真个那呆子下了山，不上三四里路，回头指着行者，口里骂道：“这个猴子，不做和尚，倒做妖怪！这个猢狲，我好意来请他，他却不去！你不去便罢！”走几步，又骂几声。那两个小猴，急跑回来报道：“大圣爷爷，那猪八戒不大老实，他走走儿，骂几声。”行者大怒，叫：“拿将来！”那众猴满地飞来赶上，把个八戒，扛翻倒了，抓鬃扯耳，拉尾揪毛，捉将回去。毕竟不知怎么处治，性命死活若何，且听下回分解。

【卓吾评：唐僧化虎，白马变龙，都是文心极灵妙，文笔极奇幻处。做举子业的秀才，如何有此？有此，亦为龙虎矣。

或戏曰：“变老虎，是和尚家衣钵，有甚奇处？”为之绝倒】

第三十一回　猪八戒义激猴王　孙行者智降妖怪

【白虎岭上唐僧贬退悟空，本质上是人选择了顺从情感和欲望，蒙蔽了自己的心性。本回八戒请回行者，兄弟和好，象征理顺性和情的关系，才是修行正途。在魔幻映射层面，奎木狼和仙女相约下凡，仙女投胎成了公主，奎木狼下界为妖。公主失去前世记忆，每每对这段婚姻产生怀疑，这时都需要奎木狼吐露真心，以前世之缘挽回信心。但十三年后，百花羞终于厌倦了山洞的生活，欲回归尘世，终致家破人亡。作者通过这个凄美的神话，来反思夫妻关系、师徒关系，最终映射人与自己心性的关系，劝谕众生，应信任心性，警惕欲念，调和性情】

义结孔怀，法归本性。【要像兄弟一样处理自己的心性和情感的关系】金顺木驯成正果，心猿木母合丹元。共登极乐世界，同来不二法门。【性情相合才是修行之本，离性从情从欲是痛苦困顿之由】经乃修行之总径，佛配自己之元神。【所谓佛，就是自己的元神或心性；所谓经，就是找到自己心性的路径】兄和弟会成三契，妖与魔色应五行。【性和情应齐心协力，应对世上种种色相和欲念的蒙蔽】剪除六门趣，即赴大雷音。【除去对眼、耳、鼻、舌、身、意等感官和欲念的向往和执着，即是佛的境界】【卓吾评：说出】

【《坛经》印证：善根有二，一者常，二者无常，佛性非常非无常，是故不断，名为不二；一者善，二者不善，佛性非善非不善，是名不二；蕴之与界，凡夫见二，智者了达其性无二，无二之性，即是佛性】

却说那呆子被一窝猴子捉住了，扛抬扯拉，把一件直裰子揪破，口里劳劳叨叨的，自家念诵道："罢了！罢了！这一去有个打杀的情了！"不一时，到洞口。那大圣坐在石崖之上，骂道："你这馕糠的夯货！你去便罢了，怎么骂我？"八戒跪在地下道："哥啊，我不曾骂你，若骂你，就嚼了舌头根。我只说哥哥不去，我自去报师父便了，怎敢骂你？"行者道："你怎么瞒得过我？我这左耳往上一扯，晓得三十三天人说话；我这右耳往下一扯，晓得十代阎王与判官算帐。你今走路把我骂，我岂不听见？"八戒道："哥啊，我晓得你贼头鼠脑的，一定又变作个甚么东西儿，跟着我听的。"行者叫："小的们，选大棍来！先打二十个见面孤拐，再打二十个背花，然后等我使铁棒与他送行！"八戒慌得磕头道："哥哥，千万看师父面上，饶了我罢！"行者道："我想那师父好仁义儿哩！"八戒又道："哥哥，不看师父啊，请看海上菩萨之面，饶了我罢！"行者见说起菩萨，却有三分儿转意道："兄弟，既这等说，我且不打你，你却老实说，不要瞒我。那唐僧在那里有难，你却来此哄我？"八戒道："哥哥，没甚难处，实是想你。"行者骂道："这个好打的夯货！你怎么还要者嚣？我老孙身回水帘洞，心逐取经僧。那师父步步有难，处处该灾，你趁早儿告诵我，免打！"八戒闻得此言，叩头上告道："哥啊，分明要瞒着你，请你去的，不期你这等样灵。饶我打，放我起来说罢。"行者道："也罢，起来说。"

众猴撒开手，那呆子跳得起来，两边乱张，行者道："你张甚么？"八戒道："看看那条路儿空阔，好跑。"行者道："你跑到那里？我就让你先走三日，老孙自有本事赶转你来！快早说来，这一恼发我的性子，断不饶你！"八戒道："实不瞒哥哥说，自你回后，我与沙僧保师父前行。只见一座黑松林，师父下马，教我化斋。我因许远，无一个人家，辛苦了，略在草里睡睡。不想沙僧别了师父，又来寻我。你晓得师父没有坐性，他独步林间玩景，出得林，见一座黄金宝塔放光，他只当寺院，不期塔下有个妖精，名唤黄袍，被他拿住。后边我与沙僧回寻，止见白马行囊，不见师父，随寻至洞口，与那怪厮杀。师父在洞，幸亏了一个救星，原是宝象国王第三个公主，被那怪摄来者。他修了一封家书，托师父寄去，遂说方便，解放了师父。到了国中，递了书子，那国王就请师父降妖，取回公主。哥啊，你晓得，那老和尚可会降妖？我二人复去与战。不知那怪神通广大，将沙僧又捉了，我败阵而走，伏在草中。那怪变做个俊俏文人入朝，与国王认亲，把师父变作老虎。又亏了白龙马夜现龙身，去寻师父。师父倒不曾寻见，却遇着那怪在银安殿饮酒。他变一宫娥，与他巡酒舞刀，欲乘机而砍，反被他用满堂红打伤马腿。就是他教我来请师兄的，说道：'师兄是个有仁有义的君子，君子不念旧恶，一定肯来救师父一难。'万望哥哥念'一日为师，终身为父'之情，千万救他一救！"行者道："你这个呆子！我临别之时，曾叮咛又叮咛，说道：'若有妖魔捉住师父，你就说老孙是他大徒弟。'怎么却不说我？"八戒又思量道："请将不如激将，等我激他一激。"【卓吾评：妙】道："哥啊，不说你还好哩，只为说你，他一发无状！"行者道："怎么说？"八戒道："我说：'妖精，你不要无礼，莫害我师父！我还有个大师兄，叫做孙行者。他神通广大，善能降妖。他来时教你死无葬身之地！'那怪闻言，越加忿怒，骂道：'是个甚么孙行者，我可怕他？他若来，我剥了他皮，抽了他筋，啃了他骨，吃了他心！饶他猴子瘦，我也把他剁碎着油烹！'"【卓吾评：妙】行者闻言，就气得抓耳挠腮，暴躁乱跳道："是那个敢这等骂我！"八戒道："哥哥息怒，是那黄袍怪这等骂来，我故学与你听也。"行者道："贤弟，你起来。不是我去不成，既是妖精敢骂我，我就不能不降他，我和你去。老孙五百年前大闹天宫，普天的神将看见我，一个个控背躬身，口口称呼大圣。这妖怪无礼，他敢背前面后骂我！我这去，把他拿住，碎尸万段，以报骂我之仇！报毕，我即回来。”八戒道：“哥哥，正是，你只去拿了妖精，报了你仇，那时来与不来，任从尊命。”

那猴才跳下崖，撞入洞里，脱了妖衣，整一整锦直裰，束一束虎皮裙，执了铁棒，径出门来。慌得那群猴拦住道：“大圣爷爷，你往那里去？带挈我们耍子几年也好。”行者道：“小的们，你说那里话！我保唐僧的这桩事，天上地下，都晓得孙悟空是唐僧的徒弟。他倒不是赶我回来，倒是教我来家看看，送我来家自在耍子。如今只因这件事，你们却都要仔细看守家业，依时插柳栽松，毋得废坠，待我还去保唐僧，取经回东土。功成之后，仍回来与你们共乐天真。”众猴各各领命。

那大圣才和八戒携手驾云，离了洞，过了东洋大海，至西岸，住云光，叫道：“兄弟，你且在此慢行，等我下海去净净身子。”八戒道：“忙忙的走路，且净甚么身子？”行者道：“你那里知道，我自从回来，这几日弄得身上有些妖精气了。师父是个爱干净的，恐怕嫌我。”八戒于此始识得行者是片真心，更无他意。须臾洗毕，复驾云西进，只见那金塔放光，八戒指道：“那不是黄袍怪家？沙僧还在他家里。”行者道：“你在空中，等我下去看看那门前如何，好与妖精见阵。”八戒道：“不要去，妖精不在家。”行者道：“我晓得。”

好猴王，按落祥光，径至洞门外观看，只见有两个小孩子，在那里使弯头棍，打毛球，抢窝耍子哩。【以两妖儿玩耍讽八戒、沙僧之儿戏】一个有十来岁，一个有八九岁了。正戏处，被行者赶上前，也不管他是张家李家的，一把抓着顶搭子，提将过来。那孩子吃了唬，口里夹骂带哭的乱嚷，惊动那波月洞的小妖，急报与公主道：“奶奶，不知甚人把二位公子抢去也！”原来那两个孩子是公主与那怪生的。公主闻言，忙忙走出洞门来，只见行者提着两个孩子，站在那高崖之上，意欲往下掼，慌得那公主厉声高叫道：“那汉子，我与你没甚相干，怎么把我儿子拿去？他老子利害，有些差错，决不与你干休！”行者道：“你不认得我？我是那唐僧的大徒弟孙悟空行者。我有个师弟沙和尚在你洞里，你去放他出来，我把这两个孩儿还你，似这般两个换一个，还是你便宜。”那公主闻言，急往里面，喝退那几个把门的小妖，亲动手，把沙僧解了。沙僧道：“公主，你莫解我，恐你那怪来家，问你要人，带累你受气。”【卓吾评：忠厚】公主道：“长老啊，你是我的恩人，你替我折辩了家书，救了我一命，我也留心放你。不期洞门之外，你有个大师兄孙悟空来了，叫我放你哩。”

噫！那沙僧一闻孙悟空的三个字，好便似醍醐灌顶，甘露滋心，一面天生喜，满腔都是春，也不似闻得个人来，就如拾着一方金玉一般。你看他捽手佛衣，走出门来，对行者施礼道："哥哥，你真是从天而降也！万乞救我一救！"行者笑道："你这个沙尼！师父念《紧箍儿咒》，可肯替我方便一声？都弄嘴施展！要保师父，如何不走西方路，却在这里蹲甚么？"沙僧道："哥哥，不必说了，君子既往不咎。我等是个败军之将，不可语勇，救我救儿罢！"行者道："你上来。"沙僧才纵身跳上石崖。

却说那八戒停立空中，看见沙僧出洞，即按下云头，叫声："沙兄弟，心忍！心忍！"沙僧见身道："二哥，你从那里来？"八戒道："我昨日败阵，夜间进城，会了白马，知师父有难，被黄袍使法，变做个老虎。那白马与我商议，请师兄来的。"行者道："呆子，且休叙阔，把这两个孩子，你两人抱着，先进那宝象城去激那怪来，等我在这里打他。"沙僧道："哥啊，怎么样激他？"行者道："你两个驾起云，站在那金銮殿上，莫分好歹，把那孩子往那白玉阶前一掼。有人问你是甚人，你便说是黄袍妖精的儿子，被我两个拿将来也。那怪听见，管情回来，我却不须进城与他斗了。若在城上厮杀，必要喷云嗳雾，播土扬尘，惊扰那朝廷与多官黎庶，俱不安也。"八戒笑道："哥哥，你但干事，就左我们。"行者道："如何为左你？"八戒道："这两个孩子，被你抓来，已此唬破胆了，这一会声都哭哑，再一会必死无疑。我们拿他往下一掼，掼做个肉糰子，那怪赶上肯放？定要我两个偿命。你却还不是个干净人？连见证也没你，你却不是左我们？"行者道："他若扯你，你两个就与他打将这里来。这里有战场宽阔，我在此等候打他。"沙僧道："正是正是，大哥说得有理。我们去来。"他两个才倚仗威风，将孩子拿去。

行者即跳下石崖，到他塔门之下，那公主道："你这和尚，全无信义！你说放了你师弟，就与我孩儿，怎么你师弟放去，把我孩儿又留，反来我门首做甚？"行者陪笑道："公主休怪，你来的日子已久，带你令郎去认他外公去哩。"【卓吾评：趣】公主道："和尚莫无礼，我那黄袍郎比众不同。你若唬了我的孩儿，与他挪挪惊是。"行者笑道："公主啊，为人生在天地之间，怎么便是得罪？"公主道："我晓得。"行者道："你女流家，晓得甚么？"公主道："我自幼在宫，曾受父母教训。记得古书云：'五刑之属三千，而罪莫大于不孝。'"行者道："你正是个不孝之人。盖'父兮生我，母兮鞠(抚养)我。哀哀父母，生我劬劳(qú láo，劳苦)！'(此四句出自《诗经·蓼莪》)故孝者，百行之原，万善之本，却怎么将身陪伴妖精，更不思念父母？非得不孝之罪如何？"【卓吾评：孙行者着实讲道学】公主闻此正言，半晌家耳红面赤，惭愧无地，忽失口道："长老之言最善，我岂不思念父母？只因这妖精将我摄骗在此，他的法令又谨，我的步履又难，路远山遥，无人可传音信。欲要自尽，又恐父母疑我逃走，事终不明。故没奈何，苟延残喘，诚为天地间一大罪人也！”说罢，泪如泉涌。

行者道：“公主不必伤悲。猪八戒曾告诉我，说你有一封书，曾救了我师父一命，你书上也有思念父母之意。老孙来，管与你拿了妖精，带你回朝见驾，别寻个佳偶，侍奉双亲到老，你意如何？”公主道：“和尚啊，你莫要寻死。昨者你两个师弟，那样好汉，也不曾打得过我黄袍郎。你这般一个筋多骨少的瘦鬼，一似个螃蟹模样，骨头都长在外面，有甚本事，你敢说拿妖魔之话？”行者笑道：“你原来没眼色，认不得人。俗语云：‘尿泡虽大无斤两，秤铊虽小压千斤。’他们相貌，空大无用，走路抗风，穿衣费布，种火心空，顶门腰软，吃食无功。咱老孙小自小，筋节。”那公主道：“你真个有手段么？”行者道：“我的手段，你是也不曾看见，绝会降妖，极能伏怪。”公主道：“你却莫误了我耶。”行者道：“决然误你不得。”公主道：“你既会降妖伏怪，如今却怎样拿他？”行者说：“你且回避回避，莫在我这眼前，倘他来时，不好动手脚，只恐你与他情浓了，舍不得他。”公主道：“我怎的舍不得他？其稽留于此者，不得已耳！”行者道：“你与他做了十三年夫妻，岂无情意？我若见了他，不与他儿戏，一棍便是一棍，一拳便是一拳，须要打倒他，才得你回朝见驾。”那公主果然依行者之言，往僻静处躲避，也是他姻缘该尽，故遇着大圣来临。那猴王把公主藏了，他却摇身一变，就变做公主一般模样，回转洞中，专候那怪。

却说八戒、沙僧，把两个孩子拿到宝象国中，往那白玉阶前摔下，可怜都掼做个肉饼相似，鲜血迸流，骨骸粉碎，【妖死即为魔灭，此两妖儿是八戒和沙僧从白虎岭到宝象国的玩乐儿戏心魔，让八戒和沙僧打杀，以明归正的决心，所以与本书所有魔灭一样，不是滥杀无辜】慌得那满朝多官报道：“不好了！不好了！天上掼下两个人来了！”八戒厉声高叫道：“那孩子是黄袍妖精的儿子，被老猪与沙弟拿将来也！”那怪还在银安殿，宿酒未醒，正睡梦间，听得有人叫他名字，他就翻身，抬头观看，只见那云端里是猪八戒沙和尚二人吆喝。妖怪心中暗想道：“猪八戒便也罢了，沙和尚是我绑在家里，他怎么得出来？我的浑家，怎么肯放他？我的孩儿，怎么得到他手？这怕是猪八戒不得我出去与他交战，故将此计来羁我。我若认了这个泛头，就与他打啊，噫！我却还害酒哩！假若被他筑上一钯，却不灭了这个威风，识破了那个关窍，且等我回家看看，是我的儿子不是我的儿子，再与他说话不迟。”好妖怪，他也不辞王驾，转山林，径去洞中查信息。此时朝中已知他是个妖怪了，原来他夜里吃了一个宫娥，还有十七个脱命去的，五更时，奏了国王，说他如此如此。又因他不辞而去，越发知他是怪，那国王即着多官看守着假老虎不题。

却说那怪径回洞口。行者见他来时，设法哄他，把眼挤了一挤，扑簌簌泪如雨落，儿天儿地的，跌脚捶胸，于此洞里嚎啕痛哭。【卓吾评：猴】那怪一时间那里认得？上前搂住道："浑家，你有何事，这般烦恼？"那大圣编成的鬼话，捏出的虚词，泪汪汪的告道："郎君啊！常言道：'男子无妻财没主，妇女无夫身落空！'你昨日进朝认亲，怎不回来？今早被猪八戒劫了沙和尚，又把我两个孩儿抢去，是我苦告，更不肯饶。他说拿去朝中认认外公，这半日不见孩儿，又不知存亡如何，你又不见来家，教我怎生割舍？故此止不住伤心痛哭。"【卓吾评：猴】那怪闻言，心中大怒道："真个是我的儿子？"行者道："正是，被猪八戒抢去了。"那妖魔气得乱跳道："罢了！罢了！我儿被他掼杀了！已是不可活也！只好拿那和尚来与我儿子偿命报仇罢！浑家，你且莫哭，你如今心里觉道怎么？且医治一医治。"行者道："我不怎的，只是舍不得孩儿，哭得我有些心疼。"【卓吾评：猴】妖魔道："不打紧，你请起来，我这里有件宝贝，只在你那疼上摸一摸儿，就不疼了。却要仔细，休使大指儿弹着，若使大指儿弹着啊，就看出我本相来了。"行者闻言，心中暗笑道："这泼怪，倒也老实，不动刑法，就自家供了。等他拿出宝贝来，我试弹他一弹，看他是个甚么妖怪。"

那怪携着行者，一直行到洞里深远密闭之处。却从口中吐出一件宝贝，有鸡子大小，是一颗舍利子玲珑内丹。【此喻奎星真心，付与假意】行者心中暗喜道："好东西耶！这件物不知打了多少坐工，炼了几年磨难，配了几转雌雄，炼成这颗内丹舍利。今日大有缘法，遇着老孙。"那猴子拿将过来，那里有甚么疼处，特故意摸了一摸，一指头弹将去。那妖慌了，劈手来抢，你思量，那猴子好不溜撒，把那宝贝一口吸在肚里。【真心归位】

那妖魔攥着拳头就打，被行者一手隔住，把脸抹了一抹，现出本相，道声"妖怪！不要无礼！你且认认看我是谁？"【上文妖怪说宝贝一弹就看出本相，这里是悟空现出本相，可见妖怪与悟空为一，宝贝即真心】那妖怪见了，大惊道："呀！浑家，你怎么拿出这一副嘴脸来耶？"【卓吾评：那浑家没有这副嘴脸？】行者骂道："我把你这个泼怪！谁是你浑家？连你祖宗也还不认得哩？"那怪忽然省悟道："我像有些认得你哩。"行者道："我且不打你，你再认认看。"那怪道："我虽见你眼熟，一时间却想不起姓名。你果是谁，从那里来的？你把我浑家估倒在何处，却来我家诈诱我的宝贝？着实无礼！可恶！"行者道："你是也不认得我。我是唐僧的大徒弟，叫做孙悟空行者。我是你五百年前的旧祖宗哩！"那怪道："没有这话！没有这话！我拿住唐僧时，止知他有两个徒弟，叫做猪八戒、沙和尚，何曾见有人说个姓孙的。你不知是那里来的个怪物，到此骗我！"行者道："我不曾同他二人来，是我师父因老孙惯打妖怪，杀伤甚多，他是个慈悲好善之人，将我逐回，故不曾同他一路行走。你是不知你祖宗名姓。”那怪道:“你好不丈夫啊！既受了师父赶逐,却有甚么嘴脸又来见人!”行者道:“你这个泼怪,岂知‘一日为师,终身为父’,‘父子无隔宿之仇’！你伤害我师父,我怎么不来救他？你害他便也罢,却又背前面后骂我,是怎的说?”妖怪道:“我何尝骂你?”行者道:“是猪八戒说的。”那怪道:“你不要信他,那个猪八戒,尖着嘴,有些会学老婆舌头,你怎听他?”【卓吾评:趣】【暗骂八戒在白虎岭上之作为,也指心性不能听从情感欲望的挑唆】行者道:“且不必讲此闲话,只说老孙今日到你家里,你好怠慢了远客。虽无酒馔款待,头却是有的,快快将头伸过来,等老孙打一棍儿当茶!”那怪闻得说打,呵呵大笑道:“孙行者,你差了计较了！你既说要打,不该跟我进来。我这里大小群妖,还有百十,饶你满身是手,也打不出我的门去。”行者道:“不要胡说！莫说百十个,就有几千、几万,只要一个个查明白了好打,棍棍无空,教你断根绝迹!”

那怪闻言,急传号令,把那山前山后群妖,洞里洞外诸怪,一齐点起,各执器械,把那三四层门,密密拦阻不放。行者见了,满心欢喜,双手理棍,喝声叫“变!”变的三头六臂,把金箍棒幌一幌,变做三根金箍棒。你看他六只手,使着三根棒,一路打将去,好便似虎入羊群,鹰来鸡栅,可怜那小怪,汤着的,头如粉碎;刮着的,血似水流！往来纵横,如入无人之境。止剩一个老妖,赶出门来骂道:“你这泼猴,其实惫懒！怎么上门子欺负人家!”行者急回头,用手招呼道:“你来！你来！打倒你,才是功绩!”

那怪物举宝刀,分头便砍,好行者,掣铁棒,觌面相迎。这一场在那山顶上,半云半雾的杀哩:

大圣神通大,妖魔本事高。这个横理生金棒,那个斜举蘸钢刀。悠悠刀起明霞亮,轻轻棒架彩云飘。往来护顶翻多次,反复浑身转数遭。一个随风更面目,一个立地把身摇。那个大睁火眼伸猿膊,这个明幌金睛折虎腰。你来我去交锋战,刀迎棒架不相饶。猴王铁棍依三略,怪物钢刀按六韬。一个惯行手段为魔主,一个广施法力保唐僧。猛烈的猴王添猛烈,英豪的怪物长英豪。死生不顾空中打,都为唐僧拜佛遥。

他两个战有五六十合,不分胜负。行者心中暗喜道:“这个泼怪,他那口刀,倒也抵得住老孙的这根棒。等老孙丢个破绽与他,看他可认得。”

好猴王,双手举棍,使一个“高探马”的势子。那怪不识是计,见有空儿,舞着宝刀,径奔下三路砍,被行者急转个“大中平”,挑开他那口刀,又使个“叶底偷桃势”,望妖精头顶一棍,就打得他无影无踪,急收棍子看处,不见了妖精,行者大惊道:“我儿啊，不禁打，就打得不见了。果是打死，好道也有些脓血，如何没一毫踪影？想是走了。”急纵身跳在云端里看处，四边更无动静。“老孙这双眼睛，不管那里，一抹都见，却怎么走得这等溜撒？我晓得了：那怪说有些儿认得我，想必不是凡间的怪，多是天上来的精。”

那大圣一时忍不住怒发，攥着铁棒，打个筋斗，只跳到南天门上。慌得那庞刘苟毕、张陶邓辛等众，两边躬身控背，不敢拦阻，让他打入天门，直至通明殿下。早有张葛许邱四大天师问道：“大圣何来？”行者道：“因保唐僧至宝象国，有一妖魔，欺骗国女，伤害吾师，老孙与他赌斗。正斗间，不见了这怪。想那怪不是凡间之怪，多是天上之精，特来查勘，那一路走了甚么妖神。”天师闻言，即进灵霄殿上启奏，蒙差查勘九曜星官、十二元辰、东西南北中央五斗、河汉群辰、五岳四渎、普天神圣都在天上，更无一个敢离方位。又查那斗牛宫外，二十八宿，颠倒只有二十七位，内独少了奎星。天师回奏道：“奎木狼下界了。”玉帝道：“多少时不在天了？”天师道：“四卯不到。三日点卯一次，今已十三日了。”玉帝道：“天上十三日，下界已是十三年。”即命本部收他上界。那二十七宿星员，领了旨意，出了天门，各念咒语，惊动奎星。

你道他在那里躲避？他原来是孙大圣大闹天宫时打怕了的神将，闪在那山涧里潜灾，被水气隐住妖云，所以不曾看见他。他听得本部星员念咒，方敢出头，随众上界。被大圣拦住天门要打，幸亏众星劝住，押见玉帝。那怪腰间取出金牌，在殿下叩头纳罪，玉帝道：“奎木狼，上界有无边的胜景，你不受用，却私走一方，何也？”奎宿叩头奏道：“万岁，赦臣死罪。那宝象国王公主，非凡人也。他本是披香殿侍香的玉女，因欲与臣私通，臣恐点污了天宫胜境，他思凡先下界去，托生于皇宫内院，是臣不负前期，变作妖魔，占了名山，摄他到洞府，与他配了一十三年夫妻。一饮一啄，莫非前定，今被孙大圣到此成功。”【可惜公主已是肉眼凡胎，不识奎星真心，也记不起前世之约。暗讽唐僧不信任自己的真心】玉帝闻言，收了金牌，贬他去兜率宫与太上老君烧火，【修行还欠火候】带俸差操，有功复职，无功重加其罪。行者见玉帝如此发放，心中欢喜，朝上唱个大喏，又向众神道：“列位，起动了。”天师笑道：“那个猴子还是这等村俗，替他收了怪神，也倒不谢天恩，却就喏喏而退。”玉帝道：“只得他无事，落得天上清平是幸。”

那大圣按落祥光，径转碗子山波月洞，寻出公主，将那思凡下界收妖的言语正然陈诉，只听得半空中八戒、沙僧厉声高叫道：“师兄，有妖精，留几个儿我们打耶。”行者道：“妖精已尽绝矣。”沙僧道：“既把妖精打绝，无甚罣碍（guà ài，牵扯，障碍），将公主引入朝中去罢。不要睁眼，兄弟们使个缩地法来。”那公主只闻得耳内风响，霎时间径回城里。他三人将公主带上金銮殿上，那公主参拜了父王、母后，会了姊妹，各官俱来拜见。

那公主才启奏道："多亏孙长老法力无边，降了黄袍怪，救奴回国。"那国王问曰："黄袍是个甚怪？"行者道："陛下的驸马，是上界的奎星，令爱乃侍香的玉女，因思凡降落人间，不非小可，都因前世前缘，该有这些姻眷。那怪被老孙上天宫启奏玉帝，玉帝查得他四卯不到，下界十三日，就是十三年了，盖天上一日，下界一年。随差本部星宿，收他上界，贬在兜率宫立功去讫，老孙却救得令爱来也。"那国王谢了行者的恩德，便教："看你师父去来。"

他三人径下宝殿，与众官到朝房里，抬出铁笼，将假虎解了铁索。别人看他是虎，独行者看他是人。原来那师父被妖术魇住，不能行走，心上明白，只是口眼难开。行者笑道："师父啊，你是个好和尚，怎么弄出这般个恶模样来也？你怪我行凶作恶，赶我回去，你要一心向善，怎么一旦弄出个这等嘴脸？"【实讽白虎岭上唐僧之嘴脸】

八戒道："哥啊，救他一救儿罢，不要只管揭挑他了。"行者道："你凡事撺唆，是他个得意的好徒弟，你不救他，又寻老孙怎的？原与你说来，待降了妖精，报了骂我之仇，就回去的。"沙僧近前跪下道："哥啊，古人云，不看僧面看佛面。兄长既是到此，万望救他一救。若是我们能救，也不敢许远的来奉请你也。"行者用手挽起道："我岂有安心不救之理？快取水来。"那八戒飞星去驿中，取了行李马匹，将紫金钵盂取出，盛水半盂，递与行者。

行者接水在手，念动真言，望那虎劈头一口喷上，退了妖术，解了虎气。长老现了原身，定性睁睛，才认得是行者，一把搀住道："悟空！你从那里来也？"沙僧侍立左右，把那请行者降妖精，救公主，解虎气，并回朝上项事，备陈了一遍。三藏谢之不尽道："贤徒，亏了你也！亏了你也！这一去，早诣西方，径回东土，奏唐王，你的功劳第一。"行者笑道："莫说莫说！但不念那话儿，足感爱厚之情也。"国王闻此言，又劝谢了他四众，整治素筵，大开东阁。他师徒受了皇恩，辞王西去，国王又率多官远送。这正是：君【心性】回宝殿【人身、宝相】定江山【功业】，僧去雷音参佛祖。毕竟不知此后又有甚事，几时得到西天，且听下回分解。

【卓吾评：可笑奎星狼，不到天上点卯，反在公主处点卯。或戏曰："世上有那一个不在老婆处点卯的？"为之喷饭满案】

【至此结束宝象国之难。《西游记》中的国名，除了大唐和天竺反映真实的地理情况以外，其他都暗含义理，如上文的"四番合璧"及"无四障"。此处宝象国暗含守护自己的庄严宝相之意，实际上包含四圣试禅心、万寿山、白虎岭、碗子山等情节。四圣一难八戒露出本色嘴脸以致被羞辱；万寿山三徒“无状”，悟空不能忍辱，毁坏功果，也是本色嘴脸；白虎岭上唐僧发虎威以致后来变成老虎的嘴脸；沙僧本来有调和作用，但四圣一难不能劝阻八戒招赘、五庄观不能劝阻偷吃、白虎岭不能劝阻唐僧逐悟空，这都是不能守护自己庄严宝相的表现。所以，在务本、忍辱、信任三个主题之上，国名是一个总旨的概括。如果落实到《心经》里的五蕴皆空，这一组故事反映的是“受即是空，空即是受”，强调人的遭遇和感受的虚幻性】

第三十二回　平顶山功曹传信　莲花洞木母逢灾

【本回起至三十五回讲平顶山之难，师徒因求身闲爱偷懒遇心魔。本回是此难的一个引子，用大段篇幅讲猪八戒如何偷懒。实际上，八戒代表唐僧的情感欲望，八戒的表现是开篇中唐僧希望“身闲”的具象化表演。读者需注意在开头引文中对“身闲”的反复提及，以及对樵夫的描写，题旨展露无疑。《西游记》整体虽是小说的结构，单独的故事却更像是剧本，往往围绕一个主题，用有象征意义的道具设置、主观的风景描写、激烈的缠斗和插科打诨的对话展示心理活动。在义理上，修行讲究心里清净无为，为何身闲是个坏事？本回可见，闲生懒惰，闲生嫉妒，闲生谎言，闲生猜疑，闲生不睦，闲并不生清净】

话说唐僧复得了孙行者，师徒们一心同体，共诣西方。自宝象国救了公主，承君臣送出城西，说不尽沿路饥餐渴饮，夜住晓行。却又值三春景候，那时节：轻风吹柳绿如丝，佳景最堪题。时催鸟语，暖烘花发，遍地芳菲。海棠庭院来双燕，正是赏春时。红尘紫陌，绮罗弦管，斗草传卮。

师徒们正行赏间，又见一山挡路。唐僧道：“徒弟们仔细，前遇山高，恐有虎狼阻挡。”行者道：“师父，出家人莫说在家话。你记得那乌巢和尚的《心经》云‘心无罣碍，无罣碍，方无恐怖，远离颠倒梦想’之言？但只是‘扫除心上垢，洗净耳边尘。【卓吾评：着眼】不受苦中苦，难为人上人。’你莫生忧虑，但有老孙，就是塌下天来，可保无事。怕甚么虎狼！”长老勒回马道：“我当年奉旨出长安，只忆西来拜佛颜。舍利国中金象彩，浮屠塔里玉毫斑。寻穷天下无名水，历遍人间不到山。逐逐烟波重叠叠，几时能彀此身闲？”【身闲之一】行者闻说，笑呵呵道：“师要身闲，【身闲之二】有何难事？若功成之后，万缘都罢，诸法皆空。那时节，自然而然，却不是身闲也？”【卓吾评：着眼】【身闲之三】长老闻言，只得乐以忘忧。【如何才能乐以忘忧？】放辔催银𩧉，兜缰趱玉龙。

师徒们上得山来，十分险峻，真个嵯峨好山：

巍巍峻岭，削削尖峰。湾环深涧下，孤峻陡崖边。湾环深涧下，只听得唿喇喇戏水蟒翻身；孤峻陡崖边，但见那崒嵂嵂出林虎剪尾。往上看，峦头突兀透青霄；回眼观，壑下深沉邻碧落。上高来，似梯似凳；下低行，如堑如坑。真个是古怪巅峰岭，果然是连尖削壁崖。巅峰岭上，采药人寻思怕走；削壁崖前，打柴夫寸步难行。胡羊野马乱撺梭，狡兔山牛如布阵。山高蔽日遮星斗，时逢妖兽与苍狼。草径迷漫难进马，怎得雷音见佛王？【以景写心，从景色描写中看出心中臆想，唐僧心境如此】

长老勒马观山，正在难行之处。只见那绿莎坡上，伫立着一个樵夫。你道他怎生打扮：

头戴一顶老蓝毡笠，身穿一领毛皂衲衣。老蓝毡笠，遮烟盖日果稀奇；毛皂衲衣，乐以忘忧真罕见。【樵夫如何乐以忘忧?】手持钢斧快磨明，刀伐干柴收束紧。【暗示勤于本分，才能乐以忘忧，身忙心闲才是正道】檐头春色，幽然四序融融；身外闲情，常是三星澹澹。【融于自然，心情恬淡】到老只于随分过，有何荣辱暂关山？【“山”疑为“心”之误】【对应上段悟空“万缘都罢，诸法皆空，自然而然，而得身闲”之语。若论题旨，上文悟空已经讲完，此处用樵夫的动作再演绎一遍，下文八戒偷懒从反面表演，此后三回是悟空从正面拯救。这种嵌套结构此后故事还会应用。整部书的结构也是如此】

那樵子正在坡前伐朽柴，忽逢长老自东来。停柯住斧出林外，趋步将身上石崖，对长老厉声高叫道：“那西进的长老！暂停片时。我有一言奉告：此山有一伙毒魔狠怪，专吃你东来西去的人哩。”长老闻言，魂飞魄散，战兢兢坐不稳雕鞍，急回头，忙呼徒弟道：“你听那樵夫报道此山有毒魔狠怪，谁敢去细问他一问？”行者道：“师父放心，等老孙去问他一个端的。”

好行者，拽开步，径上山来，对樵子叫声“大哥”，道个问讯。樵夫答礼道：“长老啊，你们有何缘故来此？”行者道：“不瞒大哥说，我们是东土差来西天取经的，那马上是我的师父，他有些胆小。适蒙见教，说有甚么毒魔狠怪，故此我来奉问一声：那魔是几年之魔，怪是几年之怪？还是个把势，还是个雏儿？烦大哥老实说说，我好着山神土地递解他起身。”樵子闻言，仰天大笑道：“你原来是个风和尚。”行者道：“我不风啊，这是老实话。”樵子道：“你说是老实，便怎敢说把他递解起身？”行者道：“你这等长他那威风，胡言乱语的拦路报信，莫不是与他有亲？不亲必邻，不邻必友。”樵子笑道：“你这个风泼和尚，忒没道理。我倒是好意，特来报与你们，教你们走路时，早晚间防备，你倒转赖在我身上。且莫说我不晓得妖魔出处，就晓得啊，你敢把他怎么的递解？解往何处？”行者道：“若是天魔，解与玉帝；若是土魔，解与土府。西方的归佛，东方的归圣。北方的解与真武，南方的解与火德。是蛟精解与海主，是鬼祟解与阎王，各有地头方向。我老孙到处里人熟，发一张批文，把他连夜解着飞跑。”那樵子止不住呵呵冷笑道：“你这个风泼和尚，想是在方上云游，学了些书符咒水的法术，只可驱邪缚鬼，还不曾撞见这等狠毒的怪哩。”行者道：“怎见他狠毒？”樵子道：“此山径过有六百里远近，名唤平顶山。山中有一洞，名唤莲花洞。【平顶喻平顺之路，莲花喻佛果，所谓平顶山莲花洞之妖，即不经过艰苦修行即得佛果的欲想妄念】洞里有两个魔头，他画影图形，要捉和尚；抄名访姓，要吃唐僧。【唐僧要偷懒要身闲，正对心魔画影图形捉唐僧】你若别处来的还好，但犯了一个‘唐’字儿，莫想去得去得！”行者道：“我们正是唐朝来的。”樵子道：“他正要吃你们哩。”行者道：“造化！造化！但不知他怎的样吃哩？”樵子道：“你要他怎的吃？”行者道：“若是先吃头，还好耍子；若是先吃脚，就难为了。”樵子道：“先吃头怎么说？先吃脚怎么说？”行者道：“你还不曾经着哩。若是先吃头，一口将他咬下，我已死了，凭他怎么煎炒熬煮，我也不知疼痛；若是先吃脚，他啃了孤拐，嚼了腿亭，吃到腰截骨，我还急忙不死，却不是零零碎碎受苦？此所以难为也。”【卓吾评：猴】樵子道：“和尚，他那里有这许多工夫？只是把你拿住，捆在笼里，囫囵蒸吃了。”行者笑道：“这个更好！更好！疼倒不忍疼，只是受些闷气罢了。”【卓吾评：趣】樵子道：“和尚不要调嘴。那妖怪随身有五件宝贝，神通极大极广。就是擎天的玉柱，架海的金梁，若保得唐朝和尚去，也须要发发昏是。”行者道：“发几个昏么？”樵子道：“要发三四个昏是。”行者道：“不打紧，不打紧。我们一年，常发七八百个昏儿，这三四个昏儿易得发，发发儿就过去了。”

好大圣，全然无惧，一心只是要保唐僧，捽脱樵夫，拽步而转，径至山坡马头前道：“师父，没甚大事。有便有个把妖精儿，只是这里人胆小，放他在心上。有我哩，怕他怎的？走路！走路！”长老见说，只得放怀随行。正行处，早不见了那樵夫。长老道：“那报信的樵子如何就不见了？”八戒道：“我们造化低，撞见日里鬼了。”行者道：“想是他钻进林子里寻柴去了。等我看看来。”好大圣，睁开火眼金睛，漫山越岭的望处，却无踪迹。忽抬头往云端里一看，看见是日值功曹，他就纵云赶上，骂了几声毛鬼，道：“你怎么有话不来直说，却那般变化了，演样（迷惑）老孙？”慌得那功曹施礼道：“大圣，报信来迟，勿罪，勿罪。那怪果然神通广大，变化多端。只看你腾那乖巧，运动神机，仔细保你师父；假若怠慢了些儿，西天路莫想去得。”【暗示以忙治闲，以勤治懒，是祛除此心魔的法门】

行者闻言，把功曹叱退，切切在心，按云头，径来山上。只见长老与八戒、沙僧，簇拥前进，他却暗想：“我若把功曹的言语实实告诵师父，师父他不济事，必就哭了；假若不与他实说，梦（同“蒙”）着头，带着他走，常言道：‘乍入芦圩——不知深浅。’倘或被妖魔捞去，却不又要老孙费心？且等我照顾八戒一照顾，先着他出头与那怪打一仗看。若是打得过他，就算他一功；若是没手段，被怪拿去，等老孙再去救他不迟，却好显我本事出名。”正自家计较，以心问心道：“只恐八戒躲懒便不肯出头，师父又有些护短，等老孙羁勒他羁勒（管束）。”

好大圣，你看他弄个虚头，把眼揉了一揉，揉出些泪来，迎着师父，往前径走。八戒看见，连忙叫：“沙和尚，歇下担子，拿出行李来，我两个分了罢！”沙僧道：“二哥，分怎的？”八戒道：“分了罢！你往流沙河还做妖怪，老猪往高老庄上盼盼浑家。把白马卖了，买口棺木，与师父送老，大家散火，还往西天去哩？”长老在马上听见，道：“这个夯货！正走路，怎么又胡说了？”八戒道：“你儿子便胡说！你不看见孙行者那里哭将来了？他是个钻天入地、斧砍火烧、下油锅都不怕的好汉，如今戴了个愁帽，泪汪汪的哭来，必是那山险峻，妖怪凶狠。似我们这样软弱的人儿，怎么去得？”长老道：“你且休胡谈，待我问他一声，看是怎么说话。”问道：“悟空，有甚话当面计较，你怎么自家烦恼？这般样个哭包脸，是唬虎我也！”行者道：“师父啊，刚才那个报信的，是日值功曹。他说妖精凶狠，此处难行，果然的山高路峻，不能前进，改日再去罢。”长老闻言，恐惶悚惧，扯住他虎皮裙子道：“徒弟呀，我们三停路已走了停半，因何说退悔之言？”行者道：“我没个不尽心的，但只恐魔多力弱，行势孤单。‘纵然是块铁，下炉能打得几根钉？’”长老道：“徒弟啊，你也说得是，果然一个人也难。兵书云：‘寡不可敌众。’我这里还有八戒沙僧，都是徒弟，凭你调度使用，或为护将帮手，协力同心，扫清山径，领我过山，却不都还了正果？”那行者这一场扭捏，只斗出长老这几句话来，他揾了泪道：“师父啊，若要过得此山，须是猪八戒依得我两件事儿，才有三分去得；假若不依我言，替不得我手，半分儿也莫想过去。”八戒道：“师兄不去，就散火罢，不要攀我。”长老道：“徒弟，且问你师兄，看他教你做甚么。”呆子真个对行者说道：“哥哥，你教我做甚事？”行者道：“第一件是看师父，第二件是去巡山。”八戒道：“看师父是坐，巡山去是走。终不然教我坐一会又走，走一会又坐，两处怎么顾盼得来？”行者道：“不是教你两件齐干，只是领了一件便罢。”八戒又笑道：“这等也好计较。但不知看师父是怎样，巡山是怎样，你先与我讲讲，等我依个相应些儿的去干罢。”行者道：“看师父啊：师父去出恭，你伺候；师父要走路，你扶持；师父要吃斋，你化斋。若他饿了些儿，你该打；黄了些儿脸皮，你该打；瘦了些儿形骸，你该打。”八戒慌了道：“这个难！难！难！伺候扶持，通不打紧，就是不离身驮着，也还容易；假若教我去乡下化斋，他这西方路上，不识我是取经的和尚，只道是那山里走出来的一个半壮不壮的健猪，伙上许多人，叉钯扫帚，把老猪围倒，拿家去宰了，腌着过年，这个却不就遭瘟了？”行者道：“巡山去罢。”八戒道：“巡山便怎么样儿？”行者道：“就入此山，打听有多少妖怪，是甚么山，是甚么洞，我们好过去。”八戒道：“这个小可，老猪去巡山罢。”那呆子就撒起衣裙，挺着钉钯，雄纠纠，径入深山；气昂昂，奔上大路。

行者在旁，忍不住嘻嘻冷笑。长老骂道：“你这个泼猴！兄弟们全无爱怜之意，常怀嫉妒之心。你做出这样獐智（模样），巧言令色，撮弄他去甚么巡山，却又在这里笑他！”行者道：“不是笑他，我这笑中有味。你看猪八戒这一去，决不巡山，也不敢见妖怪，不知往那里去躲闪半会，捏一个谎来，哄我们也。”长老道：“你怎么就晓得他？”行者道：“我估出他是这等，不信，等我跟他去看看，听他一听，一则帮副他手段降妖，二来看他可有个诚心拜佛。”长老道：“好好好，你却莫去捉弄他。”行者应诺了，径直赶上山坡，摇身一变，变作个蟭蟟（jiāo liáo，一种蝉）虫儿。其实变得轻巧，但见他：

翅薄舞风不用力，腰尖细小如针。穿蒲抹草过花阴，疾似流星还甚。眼睛明映映，声气渺喑喑。昆虫之类惟他小，亭亭款款机深。几番闲日歇幽林，一身浑不见，千眼莫能寻。嘤的一翅飞将去，赶上八戒，钉在他耳朵后面鬃根底下。

那呆子只管走路，怎知道身上有人，行有七八里路，把钉钯撇下，吊转头来，望着唐僧，指手画脚的骂道：“你罢软（软弱无能。罢，音 pí）的老和尚，捉掐（刁钻）的弼马温，面弱的沙和尚！他都在那里自在，撮弄我老猪来跚路！大家取经，都要望成正果，偏是教我来巡甚么山！哈哈哈！晓得有妖怪，躲着些儿走。还不彀一半，却教我去寻他，这等晦气哩！我往那里睡觉去，睡一觉回去，含含糊糊的答应他，只说是巡了山，就了其帐也。”那呆子一时间侥幸，搴（qiān，扛）着钯又走。只见山凹里一弯红草坡，他一头钻得进去，使钉钯扑个地铺，毂辘的睡下，把腰伸了一伸，道声“快活！就是那弼马温，也不得像我这般自在！”【唐僧要身闲，一定要代表情感欲望的八戒来表现】

原来行者在他耳根后，句句儿听着哩，忍不住，飞将起来，又撮弄他一撮弄。【卓吾评：猴】又摇身一变，变作个啄木虫儿，但见：

铁嘴尖尖红溜，翠翎艳艳光明。一双钢爪利如钉，腹馁何妨林静。最爱枯槎朽烂，偏嫌老树伶仃。圜睛决尾性丢灵，辟剥之声堪听。

这虫鹥（yī，鸥）不大不小的，上秤称，只有二三两重，红铜嘴，黑铁脚，刷刺的一翅飞下来。那八戒丢倒头，正睡着了，被他照嘴唇上扢揸的一下。那呆子慌得爬将起来，口里乱嚷道：“有妖怪！有妖怪！把我戳了一枪去了！嘴上好不疼呀！”伸手

摸摸，泱出血来了，他道："蹭蹬啊！我又没甚喜事，怎么嘴上挂了红耶？"【卓吾评：趣】

他看着这血手，口里絮絮叨叨的两边乱看，却不见动静，道："无甚妖怪，怎么戳我一枪么？"忽抬头往上看时，原来是个啄木虫，在半空中飞哩。呆子咬牙骂道："这个亡人！弼马温欺负我罢了，你也来欺负我！我晓得了，他一定不认我是个人，只把我嘴当一段黑朽枯烂的树，内中生了虫，寻虫儿吃的，将我啄了这一下也，等我把嘴揣在怀里睡罢。"那呆子毂辘的依然睡倒，行者又飞来，着耳根后又啄了一下。呆子慌得爬起来道："这个亡人，却打搅得我狠！想必这里是他的窠巢，生蛋布雏，怕我占了，故此这般打搅。罢！罢！罢！不睡他了！"搴着钯，径出红草坡，找路又走。可不喜坏了孙行者，笑倒个美猴王，行者道："这夯货大睁着两个眼，连自家人也认不得！"【卓吾评：猴】好大圣，摇身又一变，还变做个蟭蟟虫，钉在他耳朵后面，不离他身上。那呆子入深山，又行有四五里，只见山凹中有桌面大的四四方方三块青石头。呆子放下钯，对石头唱个大喏。行者暗笑道："这呆子！石头又不是人，又不会说话，又不会还礼的，唱他喏怎的，可不是个瞎帐？"原来那呆子把石头当着唐僧、沙僧、行者三人，朝着他演习哩。他道："我这回去，见了师父，若问有妖怪，就说有妖怪。他问甚么山，我若说是泥捏的，土做的，锡打的，铜铸的，面蒸的，纸糊的，笔画的，他们见说我呆哩，若讲这话，一发说呆了，我只说是石头山。【卓吾评：趣】他问甚么洞，也只说是石头洞。他问甚么门，却说是钉钉的铁叶门。他问里边有多远，只说入内有三层。十分再搜寻，问门上钉子多少，只说老猪心忙记不真。此间编造停当，哄那弼马温去！"【卓吾评：趣】

那呆子捏合了，拖着钯，径回本路，怎知行者在耳朵后，一一听得明白。行者见他回来，即腾两翅预先回去，现原身见了师父。师父道："悟空，你来了，悟能怎不见回？"行者笑道："他在那里编谎哩，就待来也。"长老道："他两个耳朵盖着眼，愚拙之人也，他会编甚么谎？又是你捏合甚么鬼话赖他哩。"行者道："师父，你只是这等护短，这是有对问的话。"把他那钻在草里睡觉，被啄木虫叮醒，朝石头唱喏，编造甚么石头山、石头洞、铁叶门、有妖精的话，预先说了。说毕，不多时，那呆子走将来，又怕忘了那谎，低着头口里温习。【卓吾评：趣】被行者喝了一声道："呆子！念甚么哩？"八戒掀起耳朵来看看道："我到了地头了！"那呆子上前跪倒，长老搀起道："徒弟，辛苦啊。"八戒道："正是。走路的人，爬山的人，第一辛苦了。"长老道："可有妖怪么？"八戒道："有妖怪！有妖怪！一堆妖怪哩！"长老道："怎么打发你来？"八戒说："他叫我做猪祖宗，猪外公，安排些粉汤素食，教我吃了一顿，说道，摆旗鼓送我们过山哩。”行者道：“想是在草里睡着了，说得是梦话？”呆子闻言，就吓得矮了二寸道：“爷爷呀！我睡他怎么晓得？”【卓吾评：趣】行者上前，一把揪住道：“你过来，等我问你。”呆子又慌了，战战兢兢的道：“问便罢了，揪扯怎的？”行者道：“是甚么山？”八戒道：“是石头山。”“甚么洞？”道：“是石头洞。”“甚么门？”道：“是钉钉铁叶门。”“里边有多远？”道：“入内是三层。”行者道：“你不消说了，后半截我记得真。恐师父不信，我替你说了罢。”八戒道：“嘴脸！你又不曾去，你晓得那些儿，要替我说？”行者笑道：“门上钉子有多少，只说老猪心忙记不真。可是么？”那呆子即慌忙跪倒。行者道：“朝着石头唱喏，当做我三人，对他一问一答，可是么？又说，等我编得谎儿停当，哄那弼马温去！可是么？”那呆子连忙只是磕头道：“师兄，我去巡山，你莫成跟我去听的？”行者骂道：“我把你个馕糠的夯货！这般要紧的所在，教你去巡山，你却去睡觉！不是啄木虫叮你醒来，你还在那里睡哩。及叮醒，又编这样大谎，可不误了大事？你快伸过孤拐来，打五棍记心！”八戒慌了道：“那个哭丧棒重，擦一擦儿皮塌，挽一挽儿筋伤，若打五下，就是死了！”行者道：“你怕打，却怎么扯谎？”八戒道：“哥哥呀，只是这一遭儿，以后再不敢了。”行者道：“一遭便打三棍罢。”八戒道：“爷爷呀，半棍儿也禁不得！”呆子没计奈何，扯住师父道：“你替我说个方便儿。”长老道：“悟空说你编谎，我还不信。今果如此，其实该打。但如今过山少人使唤，悟空，你且饶他，待过了山再打罢。”行者道：“古人云：‘顺父母言情，呼为大孝。’师父说不打，我就且饶你。你再去与他巡山，若再说谎误事，我定一下也不饶你！”

那呆子只得爬起来又去。你看他奔上大路，疑心生暗鬼，步步只疑是行者变化了跟住他，故见一物，即疑是行者。走有七八里，见一只老虎，从山坡上跑过，他也不怕，举着钉钯道：“师兄来听说谎的，这遭不编了。”又走处，那山风来得甚猛，呼的一声，把棵枯木刮倒，滚至面前，他又跌脚捶胸的道：“哥啊！这是怎的起！一行说不敢编谎罢了，又变甚么树来打人！”又走向前，只见一个白颈老鸦，当头喳喳的连叫几声，他又道：“哥哥，不羞！不羞！我说不编就不编了，只管又变着老鸦怎的？你来听么？”原来这一番行者却不曾跟他去，他那里却自惊自怪，乱疑乱猜，【大抵烦恼都是自惊自怪，乱疑乱猜】故无往而不疑是行者随他身也。呆子惊疑且不题。

却说那山叫做平顶山，那洞叫做莲花洞。洞里两妖：一唤金角大王，【金公，与行者相对】一唤银角大王。【取银色，与白龙马相对】金角正坐，对银角说：“兄弟，我们多少时不巡山了？”银角道：“有半个月了。”金角道：“兄弟，你今日与我去巡巡。”【上文行者偷懒，让兄弟去巡山，此处金角偷懒，让银角巡山】银角道：“今日巡山怎的？”金角道：“你不知，近闻得东土唐朝差个御弟唐僧往西方拜佛，一行四众，叫做孙行者、猪八戒、沙和尚，连马五口。你看他在那处，与我把他拿来。”银角道：“我们要吃人，那里不捞几个？这和尚到得那里，让他去罢。”金角道：“你不晓得。我当年出天界，尝闻得人言：唐僧乃金蝉长老临凡，十世修行的好人，一点元阳未泄，有人吃他肉，延寿长生哩。”银角道：“若是吃了他肉就可以延寿长生，我们打甚么坐，立甚么功，炼甚么龙与虎，配甚么雌与雄？【暗讽唐僧师徒不努力修行便得道的妄念】只该吃他去了。等我去拿他来。”金角道：“兄弟，你有些性急，且莫忙着。你若走出门，不管好歹，但是和尚就拿将来，假如不是唐僧，却也不当人子？我记得他的模样，曾将他师徒画了一个影，图了一个形，你可拿去。但遇着和尚，以此照验照验。”【所谓画影图形捉师徒，即暗示魔为师徒镜像】又将某人是某名字，一一说了。银角得了图像，知道姓名，即出洞，点起三十名小怪，便来山上巡逻。

却说八戒运拙，正行处，可可的撞见群魔，当面挡住道：“那来的甚么人？”呆子才抬起头来，掀着耳朵，看见是些妖魔，他就慌了，心中暗道：“我若说是取经的和尚，他就捞了去，只是说走路的。”【卓吾评：趣】小妖回报道：“大王，是走路的。”那三十名小怪，中间有认得的，有不认得的，旁边有听着指点说话的，道：“大王，这个和尚，像这图中猪八戒模样。”叫挂起影神图来，八戒看见，大惊道：“怪道这些时没精神哩！原来是他把我的影神传将来也！”小妖用枪挑着，银角用手指道：“这骑白马的是唐僧，这毛脸的是孙行者。”八戒听见道：“城隍，没我便也罢了，猪头三牲，清醮(qīng jiào，道士设坛祈祷)二十四分。”【卓吾评：趣】口里哕叨，只管许愿。那怪又道：“这黑长的是沙和尚，这长嘴大耳的是猪八戒。”呆子听见说他，慌得把个嘴揣在怀里藏了。那怪叫：“和尚，伸出嘴来！”八戒道：“胎里病，伸不出来。”那怪令小妖使钩子钩出来。八戒慌得把个嘴伸出道：“小家形罢了，这不是？你要看便就看，钩怎的？”那怪认得是八戒，掣出宝刀，上前就砍。这呆子举钉钯按住道：“我的儿，休无礼！看钯！”那怪笑道：“这和尚是半路出家的。”八戒道：“好儿子！有些灵性！你怎么就晓得老爷是半路出家的？”那怪道：“你会使这钯，一定是在人家园圃中筑地，把他这钯偷将来也。”八戒道：“我的儿，你那里认得老爷这钯。我不比那筑地之钯，这是：

巨齿铸来如龙爪，渗金妆就似虎形。
若逢对敌寒风洒，但遇相持火焰生。
能替唐僧消障碍，西天路上捉妖精。
轮动烟霞遮日月，使起昏云暗斗星。
筑倒泰山老虎怕，掀翻大海老龙惊。
饶你这妖有手段，一钯九个血窟窿！”

那怪闻言，那里肯让，使七星剑，丢开解数，与八戒一往一来，在山中赌斗，有二十回合，不分胜负。八戒发起狠来，舍死的相迎。那怪见他捽(zuó，揪)耳朵，喷粘涎，舞钉钯，口里吆吆喝喝的，也尽有些悚惧，即回头招呼小怪，一齐动手。若是一个打一个，其实还好。他见那些小妖齐上，慌了手脚，遮架不住，败了阵，回头就跑。原来是道路不平，未曾细看，忽被蓏(luǒ，瓜类植物的果实)萝藤绊了个踉蹡。挣起来正走，又被个小妖，睡倒在地，绊着他脚跟，扑的又跌了个狗吃屎，被一群小妖赶上按住，抓鬃毛，揪耳朵，扯着脚，拉着尾，扛扛抬抬，擒进洞去。咦！正是：一身魔发难消灭，万种灾生不易除。【唐僧求身闲，乃一身魔发；八戒为其欲念，故先被魔擒】毕竟不知猪八戒性命如何，且听下回分解。

【卓吾评：描画孙行者顽处，猪八戒呆处，令人绝倒。化工笔也】

第三十三回　外道迷真性　元神助本心

【世人如何得身闲？无外乎通过追求名声(净瓶)、权力(七星剑)、金钱(幌金绳)、福禄(葫芦)，来达到悠闲(扇)的状态。妖精五宝，实为凡人俗虑】

却说那怪将八戒拿进洞去道："哥哥啊，拿将一个来了。"老魔喜道："拿来我看。"二魔道："这不是？"老魔道："兄弟，错拿了，这个和尚没用。"八戒就绰经说道："大王，没用的和尚，放他出去罢，不当人子！"二魔道："哥哥，不要放他，虽然没用，也是唐僧一起的，叫做猪八戒。把他且浸在后边净水池中，浸退了毛衣，使盐腌着，晒干了，等天阴下酒。"八戒听言道："蹭蹬啊！撞着个贩腌腊的妖怪了！"那小妖把八戒抬进去，抛在水里不题。

却说三藏坐在坡前，耳热眼跳，身体不安，叫声："悟空！怎么悟能这番巡山，去之久而不来？"行者道："师父还不晓得他的心哩。"三藏道："他有甚心？"行者道："师父啊，此山若是有怪，他半步难行，一定虚张声势，跑将回来报我；想是无怪，路途平静，他一直去了。"三藏道："假若真个去了，却在那里相会？此间乃是山野空阔之处，比不得那店市城井之间。"行者道："师父莫虑，且请上马。那呆子有些懒惰，断然走的迟缓。你把马打动些儿，我们定赶上他，一同去罢。"真个唐僧上马，沙僧挑担，行者前面引路上山。

却说那老怪又唤二魔道："兄弟，你既拿了八戒，断乎就有唐僧。再去巡巡山来，切莫放过他去。"二魔道："就行，就行。"

你看他急点起五十名小妖，上山巡逻。正走处，只见祥云缥缈，瑞气盘旋，二魔道："唐僧来了。"众妖道："唐僧在那里？"二魔道："好人头上祥云照顶，恶人头上黑气冲天。那唐僧原是金蝉长老临凡，十世修行的好人，所以有这祥云缥缈。"众怪都不看见，二魔用手指道："那不是？"那三藏就在马上打了一个寒噤，又一指，又打个寒噤。一连指了三指，他就一连打了三个寒噤，心神不宁道："徒弟啊，我怎么打寒噤么？"沙僧道："打寒噤想是伤食病发了。"行者道："胡说，师父是走着这深山峻岭，必然小心虚惊。莫怕！莫怕！等老孙把棒打一路与你压压惊。"好行者，理开棒，在马前丢几个解数，上三下四，左五右六，尽按那六韬三略，使起神通。那长老在马上观之，真个是寰中少有，世上全无。剖开路一直前行，差些儿不唬倒那怪物。他在山顶上看见，魂飞魄丧，忽失声道："几年间闻说孙行者，今日才知话不虚传果是真。"众怪上前道："大王，怎么长他人之志气，灭自己之威风？你夸谁哩？"二魔道："孙行者神通广大，那唐僧吃他不成。"众怪道："大王，你没手段，等我们着几个去报大大王，教他点起本洞大小兵来，摆开阵势，合力齐心，怕他走了那里去！"二魔道："你们不曾见他那条铁棒，有万夫不当之勇，我洞中不过有四五百兵，怎禁得他那一棒？"众妖道："这等说，唐僧吃不成，却不把猪八戒错拿了？如今送还他罢。"二魔道："拿便也不曾错拿，送便也不好轻送。唐僧终是要吃，只是眼下还尚不能。"众妖道："这般说，还过几年么？"二魔道："也不消几年。我看见那唐僧，只可善图，不可恶取。若要倚势拿他，闻也不得一闻，只可以善去感他，赚得他心与我心相合，【正是心魔的运作方式】却就善中取计，可以图之。"众妖道："大王如定计拿他，可用我等？"二魔道："你们都各回本寨，但不许报与大王知道。若是惊动了他，必然走了风汛（风声；消息），败了我计策。我自有个神通变化，可以拿他。"

众妖散去，他独跳下山来，在那道路之旁，摇身一变，变做个年老的道者，真个是怎生打扮？但见他：

星冠晃亮，鹤发蓬松。羽衣围绣带，云履缀黄棕。神清目朗如仙客，体健身轻似寿翁。说甚么清牛道士，也强如素券先生。妆成假象如真象，捏作虚情似实情。

他在那大路旁妆做个跌折腿的道士，脚上血淋津，口里哼哼的，只叫"救人！救人！"

却说这三藏仗着孙大圣与沙僧，欢喜前来，正行处，只听得叫"师父救人！"三藏闻得道："善哉！善哉！这旷野山中，四下里更无村舍，是甚么人叫？想必是虎豹狼虫唬倒的。"这长老兜回俊马，叫道："那有难者是甚人？可出来。"这怪从草科里爬出，对长老马前，乒乓的只情磕头。三藏在马上见他是个道者，却又年纪高大，甚不过意，连忙下马搀道："请起，请起。"那怪道："疼！疼！疼！"丢了手看处，只见他脚上流血，三藏惊问道："先生啊，你从那里来？因甚伤了尊足？"那怪巧语花言，虚情假意道："师父啊，此山西去，有一座清幽观宇，我是那观里的道士。"三藏道："你不在本观中侍奉香火，演习经法，为何在此闲行？"那魔道："因前日山南里施主家，邀道众禳星（ráng xīng，禳除凶星），散福[1]来晚，我师徒二人，一路而行。行至深衢，忽遇着一只斑斓猛虎，将我徒弟衔去，【从者饲虎，正是唐僧双叉岭之经历】贫道战兢兢亡命走，一跤跌在乱石坡上，伤了腿足，不知回路。今日大有天缘，得遇师父，万

① 散福：旧时祭祀后，把祭祀食品分给大家吃。

望师父大发慈悲，救我一命。若得到观中，就是典身卖命，一定重谢深恩。”三藏闻言，认为真实，道：“先生啊，你我都是一命之人，我是僧，你是道，衣冠虽别，修行之理则同。我不救你啊，就不是出家之辈。救便救你，你却走不得路哩。”那怪道：“立也立不起来，怎生走路？”三藏道：“也罢，也罢。我还走得路，将马让与你骑一程，到你上宫，还我马去罢。”那怪道：“师父，感蒙厚情，只是腿胯跌伤，不能骑马。”三藏道：“正是。”叫沙和尚：“你把行李捎在我马上，你驮他一程罢。”沙僧道：“我驮他。”那怪急回头，抹了他一眼道：“师父啊，我被那猛虎唬怕了，见这晦气色脸的师父，愈加惊怕，不敢要他驮。”三藏叫道：“悟空，你驮罢。”行者连声答应道：“我驮我驮！”那妖就认定了行者，顺顺的要他驮，再不言语。沙僧笑道：“这个没眼色的老道！我驮着不好，颠倒要他驮。他若看不见师父时，三尖石上，把筋都掼断了你的哩！”行者驮了，口中笑道：“你这个泼魔，怎么敢来惹我？你也问问老孙是几年的人儿！你这般鬼话儿，只好瞒唐僧，又好来瞒我？我认得你是这山中的怪物，想是要吃我师父哩。我师父又非是等闲之辈，是你吃的！你要吃他，也须是分多一半与老孙是。”那魔闻得行者口中念诵，道：“师父，我是好人家儿孙，做了道士。今日不幸，遇着虎狼之厄，我不是妖怪。”行者道：“你既怕虎狼，怎么不念《北斗经》？”三藏正然上马，闻得此言，骂道：“这个泼猴！‘救人一命，胜造七级浮屠。’你驮他驮儿便罢了，且讲甚么《北斗经》《南斗经》！”行者闻言道：“这厮造化哩！我那师父是个慈悲好善之人，又有些外好里枒槎①。我待不驮你，他就怪我。驮便驮，须要与你讲开：若是大小便，先和我说。若在脊梁上淋下来，臊气不堪，且污了我的衣服，没人浆洗。”那怪道：“我这般一把子年纪，岂不知你的话说？”行者才拉将起来，背在身上，同长老、沙僧，奔大路西行。那山上高低不平之处，行者留心慢走，让唐僧前去。行不上三五里路，师父与沙僧下了山凹之中，行者却望不见，心中埋怨道：“师父偌大年纪，再不晓得事体。这等远路，就是空身子也还嫌手重，恨不得捽了，却又教我驮着这个妖怪！莫说他是妖怪，就是好人，这们年纪，也死得着了，掼杀他罢，驮他怎的？”这大圣正算计要掼，原来那怪就知道了，且会遣山，就使一个移山倒海的法术，就在行者背上捻诀，念动真言，把一座须弥山遣在空中，劈头来压行者。这大圣慌的把头偏一偏，压在左肩背上，笑道：“我的儿，你使甚么重身法来压老孙哩？这个倒也不怕，只是正担好挑，偏担儿难挨。”那魔道：“一座山压他不住！”却又念咒语，把一座峨眉山遣在空中来压。行者又把头偏一偏，压在右肩背上。看他挑着两座大山，飞星来

① 外好里枒槎：对外人好，对自己人苛刻。枒槎，yā chá，本指树枝纵横交叉貌，这里指差。

赶师父！那魔头看见，就吓得浑身是汗，遍体生津道："他却会担山！"又整性情，把真言念动，将一座泰山遣在空中，劈头压住行者。那大圣力软筋麻，遭逢他这泰山下顶之法，只压得三尸神咋，七窍喷红。【泰山乃帝王封禅之地，喻世俗之力量】

好妖魔，使神通压倒行者，却疾驾长风，去赶唐三藏，就于云端里伸下手来，马上挝人。慌得个沙僧丢了行李，掣出降妖棒，当头挡住。那妖魔举一口七星剑，对面来迎。这一场好杀：

七星剑，降妖杖，万映金光如闪亮。这个圜（yuán，同"圆"）眼凶如黑杀神，那个铁脸真是卷帘将。那怪山前大显能，一心要捉唐三藏。这个努力保真僧，一心宁死不肯放。他两个喷云暧雾照天宫，播土扬尘遮斗象。杀得那一轮红日淡无光，大地乾坤昏荡荡。来往相持八九回，不期战败沙和尚。

那魔十分凶猛，使口宝剑，流星的解数滚来，把个沙僧战得软弱难搪，回头要走，早被他逼住宝杖，轮开大手，挝住沙僧，挟在左胁下，将右手去马上拿了三藏，脚尖儿钩着行李，张开口，咬着马鬃，使起摄法，把他们一阵风，都拿到莲花洞里，厉声高叫道："哥哥！这和尚都拿来了！"老魔闻言大喜道："拿来我看。"二魔道："这不是？"老魔道："贤弟呀，又错拿来了也。"二魔道："你说拿唐僧的。"老魔道："是便就是唐僧，只是还不曾拿住那有手段的孙行者。须是拿住他，才好吃唐僧哩。若不曾拿得他，切莫动他的人。那猴王神通广大，变化多般，我们若吃了他师父，他肯甘心？来那门前吵闹，莫想能得安生。"二魔笑道："哥啊，你也忒会抬举人。若依你夸奖他，天上少有，地下全无，自我观之，也只如此，没甚手段。"老魔道："你拿住了？"二魔道："他已被我遣三座大山压在山下，寸步不能举移，所以才把唐僧、沙和尚连马、行李，都摄将来也。"那老魔闻言满心欢喜道："造化！造化！拿住这厮，唐僧才是我们口里的食哩。"叫小妖："快安排酒来，且与你二大王奉一个得功的杯儿。"二魔道："哥哥，且不要吃酒，叫小的们把猪八戒捞上水来吊起。"遂把八戒吊在东廊，沙僧吊在西边，唐僧吊在中间，白马送在槽上，行李收将进去。

老魔笑道："贤弟好手段！两次捉了三个和尚。但孙行者虽是有山压住，也须要作个法，怎么拿他来凑蒸才好哩。"二魔道："兄长请坐。若要拿孙行者，不消我们动身，只教两个小妖，拿两件宝贝，把他装将来罢。"老魔道："拿甚么宝贝去？"二魔道："拿我的紫金红葫芦，【葫芦，喻福禄之陷】你的羊脂玉净瓶。"【瓶，喻名声之陷，前者悟空曾说"好显我本事出名"】老魔将宝贝取出道："差那两个去？"二魔道："差精细鬼、伶俐虫二人去。"吩咐道："你两个拿着这宝贝，径至高山绝顶，将底儿朝天，口儿朝地，叫一声'孙行者'！他若应了，就已装在里面，随即贴上'太上老君急急如律令奉敕’的帖儿，他就一时三刻化为脓了。”二小妖叩头，将宝贝领出去拿行者不题。

却说那大圣被魔使法压住在山根之下，遇苦思三藏，逢灾念圣僧，厉声叫道：“师父啊！想当时你到两界山，揭了压帖，老孙脱了大难，秉教沙门，感菩萨赐与法旨，我和你同住同修，同缘同相，同见同知，【身与心当有此六同】乍想到了此处，遭逢魔障，又被他遣山压了。可怜！可怜！你死该当，只难为沙僧、八戒与那小龙化马一场！这正是树大招风风撼树，人为名高名丧人！”【古今英雄皆有此叹】叹罢，那珠泪如雨。早惊了山神、土地与五方揭谛神众，会金头揭谛道：“这山是谁的？”土地道：“是我们的。”“你山下压的是谁？”土地道：“不知是谁。”揭谛道：“你等原来不知。这压的是五百年前大闹天宫的齐天大圣孙悟空行者，如今皈依正果，跟唐僧做了徒弟。你怎么把山借与妖魔压他？你们是死了。他若有一日脱身出来，他肯饶你！就是从轻，土地也问个摆站，山神也问个充军，我们也领个大不应是。”那山神、土地才怕道：“委实不知不知，只听得那魔头念起遣山咒法，我们就把山移将来了，谁晓得是孙大圣？”揭谛道：“你且休怕，律上有云：‘不知者不坐。’我与你计较，放他出来，不要教他动手打你们。”土地道：“就没理了，既放出来又打？”揭谛道：“你不知，他有一条如意金箍棒，十分利害：打着的就死，挽着的就伤。磕一磕儿筋断，擦一擦儿皮塌哩！”

那土地、山神，心中恐惧，与五方揭谛商议了，却来到三山门外叫道：“大圣！山神、土地、五方揭谛求见。”好行者，他虎瘦雄心还在，自然的气象昂昂，声音朗朗道：“见我怎的？”土地道：“告大圣得知，遣开山，请大圣出来，赦小神不恭之罪。”行者道：“遣开山，不打你。”喝声“起去！”就如官府发放一般。【起泰山正如官府发放】那众神念动真言咒语，把山仍遣归本位，放起行者。行者跳将起来，抖抖土，束束裙，耳后掣出棒来，叫山神土地：“都伸过孤拐来，每人先打两下，与老孙散散闷！”众神大惊道：“刚才大圣已吩咐，恕我等之罪，怎么出来就变了言语要打？”行者道：“好土地！好山神！你倒不怕老孙，却怕妖怪！”土地道：“那魔神通广大，法术高强，念动真言咒语，拘唤我等在他洞里，一日一个轮流当值哩！”行者听见“当值”二字，却也心惊，仰面朝天，高声大叫道：“苍天！苍天！自那混沌初分，天开地辟，花果山生了我，我也曾遍访明师，传授长生秘诀。想我那随风变化，伏虎降龙，大闹天宫，名称大圣，更不曾把山神、土地欺心使唤。今日这个妖魔无状，怎敢把山神、土地唤为奴仆，替他轮流当值？天啊！既生老孙，怎么又生此辈？”【见鹰愁涧一节，能让神仙轮流当值的，只有悟空，此诚为不识自己之心魔也】

那大圣正感叹间，又见山凹里霞光焰焰而来，行者道："山神土地，你既在这洞中当值，那放光的是甚物件？"土地道："那是妖魔的宝贝放光，想是有妖精拿宝贝来降你。"行者道："这个却好耍子儿啊！我且问你，他这洞中有甚人与他相往？"土地道："他爱的是烧丹炼药，喜的是全真道人。"行者道："怪道他变个老道士，把我师父骗去了。既这等，你都且记打，回去罢，等老孙自家拿他。"那众神俱腾空而散。这大圣摇身一变，变做个老真人。你道他怎生打扮：

头挽双髽髻，身穿百衲衣。
手敲渔鼓简，腰系吕公绦。
斜倚大路下，专候小魔妖。
顷刻妖来到，猴王暗放刁。

不多时，那两个小妖到了。行者将金箍棒伸开，那妖不曾防备，绊着脚，扑的一跌。爬起来，才看见行者，口里嚷道："惫懒！惫懒！若不是我大王敬重你这行人，就和比较起来。"行者陪笑道："比较甚么？道人见道人，都是一家人。"那怪道："你怎么睡在这里，绊我一跌？"行者道："小道童见我这老道人，要跌一跌儿做见面钱。"那妖道："我大王见面钱只要几两银子，你怎么跌一跌儿做见面钱？你别是一乡风，决不是我这里道士。"【此妖淳朴伶俐】行者道："我当真不是，我是蓬莱山来的。"那妖道："蓬莱山是海岛神仙境界。"行者道："我不是神仙，谁是神仙？"那妖却回嗔作喜，上前道："老神仙，老神仙！我等肉眼凡胎，不能识认，言语冲撞，莫怪，莫怪。"行者道："我不怪你，常言道：'仙体不踏凡地。'你怎知之？我今日到你山上，要度一个成仙了道的好人。那个肯跟我去？"精细鬼道："师父，我跟你去。"伶俐虫道："师父，我跟你去。"行者明知故问道："你二位从那里来的？"那怪道："自莲花洞来的。""要往那里去？"那怪道："奉我大王教命，拿孙行者去的。"行者道："拿那个？"那怪又道："拿孙行者。"孙行者道："可是跟唐僧取经的那个孙行者么？"那妖道："正是，正是。你也认得他？"行者道："那猴子有些无礼。我认得他，我也有些恼他，我与你同拿他去，就当与你助功。"那怪道："师父，不须你助功，我二大王有些法术，遣了三座大山把他压在山下，寸步难移，教我两个拿宝贝来装他的。"行者道："是甚宝贝？"精细鬼道："我的是红葫芦，他的是玉净瓶。"

行者道："怎么样装他？"小妖道："把这宝贝的底儿朝天，口儿朝地，叫他一声，他若应了，就装在里面，贴上一张'太上老君急急如律令奉敕'的帖子，他就一时三刻化为脓了。"行者见说，心中暗惊道："利害！利害！当时日值功曹报信，说有五件宝贝，这是两件了，不知那三件又是甚么东西？"行者笑道："二位，你把宝贝借我看看。"那小妖那知甚么诀窍，就于袖中取出两件宝贝，双手递与行者。行者见了，心中暗喜道："好东西！好东西！我若把尾子一抉，飕的跳起走了，只当是送老孙。"忽又思道："不好！不好！抢便抢去，只是坏了老孙的名头，这叫做白日抢夺了。"复递与他去道："你还不曾见我的宝贝哩。"那怪道："师父有甚宝贝？也借与我凡人看看压灾。"好行者，伸下手把尾上毫毛拔了一根，捻一捻，叫"变！"即变做一个一尺七寸长的大紫金红葫芦，自腰里拿将出来道："你看我的葫芦么？"

那伶俐虫接在手，看了道："师父，你这葫芦长大，有样范，好看，却只是不中用。"行者道："怎的不中用？"那怪道："我这两件宝贝，每一个可装千人哩。"行者道："你这装人的，何足稀罕？我这葫芦，连天都装在里面哩！"【卓吾评：如此想头，从何而来？可笑，可笑】那怪道："就可以装天？"行者道："当真的装天。"那怪道："只怕是谎。就装与我们看看才信，不然决不信你。"行者道："天若恼着我，一月之间，常装他七八遭；不恼着我，就半年也不装他一次。"伶俐虫道："哥啊，装天的宝贝，与他换了罢。"精细鬼道："他装天的，怎肯与我装人的相换？"伶俐虫道："若不肯啊，贴他这个净瓶也罢。"行者心中暗喜道："葫芦换葫芦，余外贴净瓶，一件换两件，其实甚相应！"即上前扯住那伶俐虫道："装天可换么？"那怪道："但装天就换，不换，我是你的儿子！"行者道："也罢，也罢，我装与你们看看。"

好大圣，低头捻诀，念个咒语，叫那日游神、夜游神、五方揭谛神："即去与我奏上玉帝，说老孙皈依正果，保唐僧去西天取经，路阻高山，师逢苦厄。妖魔那宝，吾欲诱他换之，万千拜上，将天借与老孙装闭半个时辰，以助成功。若道半声不肯，即上灵霄殿，动起刀兵！"那日游神径至南天门里灵霄殿下，启奏玉帝，备言前事，玉帝道："这泼猴头，出言无状，前者观音来说，放了他保护唐僧，朕这里又差五方揭谛、四值功曹，轮流护持，如今又借天装，天可装乎？"才说装不得，那班中闪出哪吒三太子，奏道："万岁，天也装得。"玉帝道："天怎样装？"哪吒道："自混沌初分，以轻清为天，重浊为地。天是一团清气而扶托瑶天宫阙，以理论之，其实难装；但只孙行者保唐僧西去取经，诚所谓泰山之福缘，海深之善庆，今日当助他成功。"玉帝道："卿有何助？"哪吒道："请降旨意，往北天门问真武借皂雕旗在南天门上一展，把那日月星辰闭了。对面不见人，捉白不见黑，哄那怪道，只说装了天，以助行者成功。"玉帝闻言："依卿所奏。"那太子奉旨，前来北天门，见真武备言前事。那祖师随将旗付太子。【有求必应：有求，是修行的法门；必应，是天道与心性的感应】

早有游神急降大圣耳边道："哪吒太子来助功了。"行者仰面观之，只见祥云缭绕，果是有神，却回头对小妖道："装天罢。"小妖道："要装就装，只管'阿绵花屎'怎的?”行者道:“我方才运神念咒来。”那小妖都睁着眼,看他怎么样装天。这行者将一个假葫芦儿抛将上去。你想,这是一根毫毛变的,能有多重? 被那山顶上风吹去,飘飘荡荡,足有半个时辰,方才落下。只见那南天门上,哪吒太子把皂旗拨喇喇展开,把日月星辰俱遮闭了,真是乾坤墨染就,宇宙靛装成。二小妖大惊道:“才说话时,只好向午,却怎么就黄昏了?”行者道:“天既装了,不辨时候,怎不黄昏!”“如何又这等样黑?”行者道:“日月星辰都装在里面,外却无光,怎么不黑!”小妖道:“师父,你在那厢说话哩?”

行者道:“我在你面前不是?”小妖伸手摸着道:“只见说话,更不见面目。师父,此间是甚么去处?”行者又哄他道:“不要动脚,此间乃是渤海岸上,若塌了脚,落下去啊,七八日还不得到底哩!”小妖大惊道:“罢! 罢! 罢! 放了天罢。我们晓得是这样装了。若弄一会子,落下海去,不得归家!”好行者,见他认了真实,又念咒语,惊动太子,把旗卷起,却早见日光正午。小妖笑道:“妙啊! 妙啊! 这样好宝贝,若不换啊,诚为不是养家的儿子!”那精细鬼交了葫芦,伶俐虫拿出净瓶,一齐儿递与行者,行者却将假葫芦儿递与那怪。行者既换了宝贝,却又干事找绝:脐下拔一根毫毛,吹口仙气,变作一个铜钱,叫道:“小童,你拿这个钱去买张纸来。”小妖道:“何用?”行者道:“我与你写个合同文书。你将这两件装人的宝贝换了我一件装天的宝贝,恐人心不平,向后去日久年深,有甚反悔不便,故写此各执为照。”小妖道:“此间又无笔墨,写甚文书? 我与你赌个咒罢。”行者道:“怎么样赌?”小妖道:“我两件装人之宝,贴换你一件装天之宝,若有反悔,一年四季遭瘟。”行者笑道:“我是决不反悔,如有反悔,也照你四季遭瘟。”【此赌甚是不公平】说了誓,将身一纵,把尾子趟了一趟,跳在南天门前,谢了哪吒太子麾旗相助之功。太子回宫缴旨,将旗送还真武不题。这行者伫立霄汉之间,观看那个小妖。毕竟不知怎生区处,且听下回分解。

【卓吾评:说到装天处,令人绝倒。何物文人,奇幻至此! 大抵文人之笔,无所不至,然到装天葫芦亦观止(称赞所见事物好到极点)矣】

第三十四回　魔王巧算困心猿　大圣腾那骗宝贝

【本回二魔请老母亲吃唐僧肉，而二魔又是老君童子，刚下界为妖，何来九尾狐做母亲？所以若仅按字面意思理解未免陷入混乱。《西游记》中的妖魔，均是师徒心魔，心生魔生，魔生于师徒心念之间，与神仙没有关系，时间尺度上也都是虚构的。之所以最终为神仙收服，或为童子、或为坐骑、或为宠物，皆言此神仙善于降伏或压制此恶念而已。本回之老母亲，并非强调妖怪来历，真正意图是强调"木轿中的老母亲"，即"木母"，影射八戒。一个连驾云都懒得做偏要坐轿的妖怪的样子，正是八戒巡山偷懒的神情；一只九条尾巴的狐狸，正好形容俗虑牵扯过多的情感欲望】

却说那两个小妖，将假葫芦拿在手中，争看一会，忽抬头不见了行者。伶俐虫道："哥啊，神仙也会打诳语，他说换了宝贝，度我等成仙，怎么不辞就去了？"精细鬼道："我们相应便宜的多哩，他敢去得成？拿过葫芦来，等我装装天，也试演试演看。"【卓吾评：游戏至此】真个把葫芦往上一抛，扑的就落将下来，慌得个伶俐虫道："怎么不装！不装！莫是孙行者假变神仙，将假葫芦换了我们的真的去耶？"精细鬼道："不要胡说！孙行者是那三座山压住了，怎生得出？拿过来，等我念他那几句咒儿装了看。"这怪也把葫芦儿望空丢起，口中念道："若有半声不肯，就上灵霄殿上，动起刀兵！"念不了，扑的又落将下来。两妖道："不装不装！一定是个假的。"正嚷处，孙大圣在半空里听得明白，看得真实，恐怕他弄得时辰多了，紧要处走了风汛（风声；消息），将身一抖，把那变葫芦的毫毛，收上身来，弄得那两妖四手皆空。精细鬼道："兄弟，拿葫芦来。"伶俐虫道："你拿着的。天呀！怎么不见了？"都去地下乱摸，草里胡寻，吞袖子，揣腰间，那里得有？二妖吓得呆呆挣挣道："怎的好！怎的好！当时大王将宝贝付与我们，教拿孙行者，今行者既不曾拿得，连宝贝都不见了。我们怎敢去回话？这一顿直直的打死了也！怎的好！怎的好！"伶俐虫道："我们走了罢。"精细鬼道："往那里走么？"伶俐虫道："不管那里走罢。若回去说没宝贝，断然是送命了。"精细鬼道："不要走，还回去。二大王平日看你甚好，我推一句儿在你身上。他若肯将就，留得性命，说不过，就打死，还在此间，莫弄得两头不着，去来去来！"那怪商议了，转步回山。

行者在半空中见他回去，又摇身一变，变作苍蝇儿飞下去，跟着小妖。你道他既变了苍蝇，那宝贝却放在何处？如丢在路上，藏在草里，被人看见拿去，却不是劳而无功？他还带在身上。带在身上啊，苍蝇不过豆粒大小，如何容得？原来他那宝贝，与他金箍棒相同，叫做如意佛宝，随身变化，可以大，可以小，故身上亦可容得。【卓吾评：亦洗发】【"洗发"意为开脱辩解，指作者这里交代宝贝变化是为了把故事说圆】他嘤的一声飞下去，跟定那怪，不一时，到了洞里。只见那两个魔头，坐在那里饮酒。小妖朝上跪下，行者就钉在那门柜上，侧耳听着。小妖道："大王。"二老魔即停杯道："你们来了？"小妖道："来了。"又问："拿着孙行者否？"小妖叩头，不敢声言。老魔又问，又不敢应，只是叩头。问之再三，小妖俯伏在地："赦小的万千死罪！赦小的万千死罪！【卓吾评：画】我等执着宝贝，走到半山之中，忽遇着蓬莱山一个神仙。他问我们那里去，我们答道，拿孙行者去。那神仙听见说孙行者，他也恼他，要与我们帮功。【卓吾评：画】是我们不曾叫他帮功，却将拿宝贝装人的情由，与他说了。那神仙也有个葫芦，善能装天。我们也是妄想之心，养家之意：他的装天，我的装人，与他换了罢。原说葫芦换葫芦，伶俐虫又贴他个净瓶。谁想他仙家之物，近不得凡人之手，正试演处，就连人都不见了。万望饶小的们死罪！"

老魔听说，暴躁如雷道："罢了！罢了！这就是孙行者假妆神仙骗哄去了！那猴头神通广大，处处人熟，不知那个毛神放他出来，骗去宝贝！"二魔道："兄长息怒。叵耐那猴头着然无礼，既有手段，便走了也罢，怎么又骗宝贝？我若没本事拿他，永不在西方路上为怪！"老魔道："怎生拿他？"二魔道："我们有五件宝贝，去了两件，还有三件，务要拿住他。"老魔道："还有那三件？"二魔道："还有七星剑与芭蕉扇在我身边，那一条幌金绳，在压龙山压龙洞老母亲那里收着哩。如今差两个小妖去请母亲来吃唐僧肉，就教他带幌金绳来拿孙行者。"老魔道："差那个去？"二魔道："不差这样废物去！"将精细鬼、伶俐虫一声喝起。二人道："造化！造化！打也不曾打，骂也不曾骂，却就饶了。"二魔道："叫那常随的伴当巴山虎、倚海龙来。"二人跪下，二魔吩咐道："你却要小心。"俱应道："小心。""却要仔细。"俱应道："仔细。"又问道："你认得老奶奶家么？"又俱应道："认得。""你既认得，你快早走动，到老奶奶处，多多拜上，说请吃唐僧肉哩。就着带幌金绳来，要拿孙行者。"

二怪领命疾走，怎知那行者在旁，一一听得明白。他展开翅，飞将去，赶上巴山虎，钉在他身上。行经二三里，就要打杀他两个。又思道："打死他，有何难事？但他奶奶身边有那幌金绳，又不知住在何处，等我且问他一问再打。"【卓吾评：猴】好行者，嘤的一声，躲离小妖，让他先行有百十步，却又摇身一变，也变做个小妖儿，戴一顶狐皮帽子，将虎皮裙子倒插上来勒住，赶上道："走路的，等我一等。"那倚海龙回头问道："是那里来的？"行者道："好哥啊，连自家人也认不得？"小妖道："我家没有你。"行者道："怎么没我？你再认认看。"小妖道："面生面生，不曾相会。"行者道："正是，你们不曾会着我，我是外班的。"小妖道："外班长官，是不曾会。你往那里去？"行者道："大王说差你二位请老奶奶来吃唐僧肉，教他就带幌金绳来拿孙行者。恐你二位走得缓，有些贪顽，误了正事，又差我来催你们快去。"小妖见说着海底眼，更不疑惑，把行者果认做一家人，急急忙忙，往前飞跑，一气又跑有八九里。行者道："忒走快了些，我们离家有多少路了？"小怪道："有十五六里了。"行者道："还有多远？"倚海龙用手一指道："乌林子里就是。"行者抬头见一带黑林不远，料得那老怪只在林子里外，却立定步，让那小怪前走，即取出铁棒，走上前，着脚后一刮。可怜忒不禁打，就把两个小妖刮做一团肉饼，却拖着脚，藏在路旁深草科里。即便拔下一根毫毛，吹口仙气，叫"变！"变做个巴山虎，自身却变做个倚海龙，假妆做两个小妖，径往那压龙洞请老奶奶。这叫做七十二变神通大，指物腾那手段高。

三五步，跳到林子里，正找寻处，只见有两扇石门，半开半掩，不敢擅入，只得洋叫一声："开门！开门！"早惊动那把门的一个女怪，将那半扇儿开了，道："你是那里来的？"行者道："我是平顶山莲花洞里差来请老奶奶的。"那女怪道："进去。"到了二层门下，闪着头往里观看，又见那正当中高坐着一个老妈妈儿。你道他怎生模样？但见：

雪鬓蓬松，星光晃亮。脸皮红润皱文多，牙齿稀疏神气壮。貌似菊残霜里色，形如松老雨余颜。头缠白练攒丝帕，耳坠黄金嵌宝环。

孙大圣见了，不敢进去，只在二门外仵着脸，脱脱的哭起来，你道他哭怎的，莫成是怕他？就怕也便不哭，况先哄了他的宝贝，又打杀他的小妖，却为何而哭？他当时曾下九鼎油锅，就煠（zhá，用油炸食物）了七八日也不曾有一点泪儿，只为想起唐僧取经的苦恼，他就泪出痛肠，放眼便哭，心却想道："老孙既显手段，变做小妖，来请这老怪，没有个直直的站了说话之理，一定见他磕头才是。我为人做了一场好汉，止拜了三个人：西天拜佛祖，南海拜观音，两界山师父救了我，我拜了他四拜。【前文讲过心山心洞的菩提祖师代表自心中的智慧，诠释的是"菩提只向心觅"，他不是一个具体的人，所以此处无菩提祖师】为他使碎六叶连肝肺，用尽三毛七孔心。一卷经能值几何？今日却教我去拜此怪。若不跪拜，必定走了风汛。苦啊！算来只为师父受困，故使我受辱于人！"

到此际也没及奈何，撞将进去，朝上跪下道："奶奶磕头。"那怪道："我儿，起来。"行者暗道："好！好！好！叫得结实！"老怪问道："你是那里来的？"行者道："平顶山莲花洞，蒙二位大王有令，差来请奶奶去吃唐僧肉，教带幌金绳，要拿孙行者哩。”老怪大喜道：“好孝顺的儿子！”就去叫抬出轿来。行者道：“我的儿啊！妖精也抬轿！”后壁厢即有两个女怪，抬出一顶香藤轿，放在门外，挂上青绢帏幔。【妖精何须坐轿？木轿中的老母亲，即木母，为八戒心魔，讽八戒巡山偷懒。不必从母子血缘关系理解】老怪起身出洞，坐在轿里，后有几个小女怪，捧着减妆，端着镜架，提着手巾，托着香盒，跟随左右。那老怪道：“你们来怎的？我往自家儿子去处，愁那里没人伏侍，要你们去献勤塌嘴（多嘴）？都回去！关了门看家！”那几个小妖果俱回去，止有两个抬轿的。老怪问道：“那差来的叫做甚么名字？”行者连忙答应道：“他叫做巴山虎，我叫做倚海龙。”老怪道：“你两个前走，与我开路。”行者暗想道：“可是晦气！经倒不曾取得，且来替他做皂隶！”却又不敢抵强，只得向前引路，大四声喝起。

行了五六里远近，他就坐在石崖上，等候那抬轿的到了，行者道：“略歇歇如何？压得肩头疼啊。”小怪那知甚么诀窍，就把轿子歇下。行者在轿后，胸脯上拔下一根毫毛，变做一个大烧饼，抱着啃。【卓吾评：猴】轿夫道：“长官，你吃的是甚么？”行者道：“不好说。这远的路，来请奶奶，没些儿赏赐，肚里饥了，原带来的干粮，等我吃些儿再走。”轿夫道：“把些儿我们吃吃。”行者笑道：“来么，都是一家人，怎么计较？”那小妖不知好歹，围着行者，分其干粮，被行者掣出棒，着头一磨，一个汤着的，打得稀烂；一个擦着的，不死还哼。那老怪听得人哼，轿子里伸出头来看时，被行者跳到轿前，劈头一棍，打了个窟窿，脑浆迸流，鲜血直冒，拖出轿来看处，原是个九尾狐狸。【九尾，喻俗虑牵扯多】行者笑道：“造孽畜！叫甚么老奶奶！你叫老奶奶，就该称老孙做上太祖公公是！”好猴王，把他那幌金绳搜出来，笼在袖里，欢喜道：“那泼魔纵有手段，已此三件儿宝贝姓孙了！”却又拔两根毫毛变做个巴山虎、倚海龙，又拔两根变做两个抬轿的，他却变做老奶奶模样，坐在轿里。【卓吾评：猴】将轿子抬起，径回本路。

不多时，到了莲花洞口，那毫毛变的小妖，俱在前道：“开门！开门！”内有把门的小妖，开了门道：“巴山虎、倚海龙来了？”毫毛道：“来了。”“你们请的奶奶呢？”毫毛用手指道：“那轿内的不是？”小怪道：“你且住，等我进去先报。”报道：“大王，奶奶来耶。”两个魔头闻说，即命排香案来接。行者听得暗喜道：“造化！也轮到我为人了！我先变小妖，去请老怪，磕了他一个头。这番来，我变老怪，是他母亲，定行四拜之礼。虽不怎的，好道也赚他两个头儿！”好大圣，下了轿子，抖抖衣服，把那四根毫毛收在身上。那把门的小妖，把空轿抬入门里，他却随后徐行，那般娇娇啻啻，扭扭捏捏，就像那老怪的行动，径自进去。又只见大小群妖，都来跪接，鼓乐箫韶，一派响喨；博山炉里，霭霭香烟。他到正厅中，南面坐下，两个魔头，双膝跪倒，朝上叩头，叫道："母亲，孩儿拜揖。"行者道："我儿起来。"

却说猪八戒吊在梁上，哈哈的笑了一声。沙僧道："二哥好啊！吊出笑来也！"【卓吾评：趣】【谐音"吊孝"】八戒道："兄弟，我笑中有故。"沙僧道："甚故？"八戒道："我们只怕是奶奶来了，就要蒸吃；原来不是奶奶，是旧话来了。"沙僧道："甚么旧话？"八戒笑道："弼马温来了。"沙僧道："你怎么认得是他？"八戒道："弯倒腰叫我儿起来，那后面就掬起猴尾巴子。我比你吊得高，所以看得明也。"沙僧道："且不要言语，听他说甚么话。"八戒道："正是，正是。"

那孙大圣坐在中间问道："我儿，请我来有何事干？"魔头道："母亲啊，连日儿等少礼，不曾孝顺得。今早愚兄弟拿了东土唐僧，不敢擅吃，请母亲来献献生，好蒸与母亲吃了延寿。"【卓吾评：妙】行者道："我儿，唐僧的肉我倒不吃，听见有个猪八戒的耳朵甚好，可割将下来整治整治我下酒。"那八戒听见慌了道："遭瘟的！你来为割我耳朵的！我喊出来不好听啊！"

噫，只为呆子一句通情话，走了猴王变化的风。那里有几个巡山的小怪，把门的众妖，都撞将进来，报道："大王，祸事了！孙行者打杀奶奶，他妆来耶！"魔头闻此言，那容分说，掣七星宝剑，望行者劈脸砍来。好大圣，将身一幌，只见满洞红光，预先走了。似这般手段，着实好耍子，正是那聚则成形，散则成气。唬得个老魔头魂飞魄散，众群精噬指摇头。老魔道："兄弟，把唐僧与沙僧、八戒、白马、行李都送还那孙行者，闭了是非之门罢。"二魔道："哥哥，你说那里话？我不知费了多少辛勤，施这计策，将那和尚都摄将来。如今似你这等怕惧孙行者的诡谲，就俱送去还他，真所谓畏刀避剑之人，岂大丈夫之所为也？你且请坐勿惧。我闻你说孙行者神通广大，我虽与他相会一场，却不曾与他比试。取披挂来，等我寻他交战三合。假若他三合胜我不过，唐僧还是我们之食；如三合我不能胜他，那时再送唐僧与他未迟。"老魔道："贤弟说得是。"教："取披挂。"众妖抬出披挂，二魔结束齐整，执宝剑出门外叫声："孙行者！你往那里走了？"

此时大圣已在云端里，闻得叫他名字，急回头观看，原来是那二魔。你看他怎生打扮：

头戴凤盔欺腊雪，身披战甲幌镔铁。
腰间带是蟒龙筋，粉皮靴靿梅花摺。
颜如灌口活真君，貌比巨灵无二别。
七星宝剑手中擎，怒气冲霄威烈烈。

二魔高叫道："孙行者！快还我宝贝与我母亲来，我饶你唐僧取经去！"大圣忍不住骂道："这泼怪物，错认了你孙外公！赶早儿送还我师父、师弟、白马、行囊，仍打发我些盘缠，往西走路。若牙缝里道半个'不'字，就自家搓根绳儿去罢，也免得你外公动手。"二魔闻言，急纵云跳在空中，轮宝剑来刺，行者掣铁棒劈手相迎。

他两个在半空中，这场好杀：

棋逢对手，将遇良才。棋逢对手难藏兴，将遇良才可用功。那两员神将相交，好便似南山虎斗，北海龙争。龙争处，鳞甲生辉；虎斗时，爪牙乱落。爪牙乱落撒银钩，鳞甲生辉支铁叶。这一个翻翻覆覆，有千般解数；那一个来来往往，无半点放闲。金箍棒，离顶门只隔三分；七星剑，向心窝惟争一蹶。那个威风逼得斗牛寒，这个怒气胜如雷电险。他两个战了有三十回合，不分胜负。

行者暗喜道："这泼怪倒也架得住老孙的铁棒！我已得了他三件宝贝，却这般苦苦的与他厮杀，可不误了我的工夫？不若拿葫芦或净瓶装他去，多少是好。"又想道："不好！不好！常言道：'物随主便。'倘若我叫他不答应，却又不误了事业？且使幌金绳扣头罢。"

好大圣，一只手使棒，架住他的宝剑；一只手把那绳抛起，刷喇的扣了魔头。原来那魔头有个《紧绳咒》，有个《松绳咒》。若扣住别人，就念《紧绳咒》，莫能得脱；若扣住自家人，就念《松绳咒》，不得伤身。他认得是自家的宝贝，即念《松绳咒》，把绳松动，便脱出来，反望行者抛将去，却早扣住了大圣。大圣正要使"瘦身法"，想要脱身，却被那魔念动《紧绳咒》，紧紧扣住，怎能得脱？褪至颈项之下，原是一个金圈子套住。那怪将绳一扯，扯将下来，照光头上砍了七八宝剑，行者头皮儿也不曾红了一红。那魔道："这猴子，你这等头硬，我不砍你，且带你回去再打。你将我那两件宝贝趁早还我！"行者道："我拿你甚么宝贝，你问我要？"那魔头将身上细细搜检，却将那葫芦、净瓶都搜出来，又把绳子牵着，带至洞里道："兄长，拿将来了。"老魔道："拿了谁来？"二魔道："孙行者。你来看，你来看。"老魔一见，认得是行者，满面欢喜道："是他！是他！把他长长的绳儿拴在柱料上耍子！"真个把行者拴住，两个魔头，却进后面堂里饮酒。

那大圣在柱根下爬蹉，忽惊动八戒。那呆子吊在梁上，哈哈的笑道："哥哥啊，耳朵吃不成了！"行者道："呆子，可吊得自在么？我如今就出去，管情救了你们。"八戒道："不羞！不羞！本身难脱，还想救人，罢罢罢！师徒们都在一处死了，好到阴司里问路！"行者道："不要胡说！你看我出去。"八戒道："我看你怎么出去。"

那大圣口里与八戒说话，眼里却抹着那些妖怪。见他在里边吃酒，有几个小妖拿盘拿盏，执壶酾酒，不住的两头乱跑，关防的略松了些儿。他见面前无人，就弄神通：顺出棒来，吹口仙气，叫"变！"即变做一个纯钢的锉儿，扳过那颈项的圈子，三五锉，锉做两段；扳开锉口，脱将出来，拔了一根毫毛，叫变做一个假身，拴在那里，真身却幌一幌，变做个小妖，立在旁边。八戒又在梁上喊道："不好了！不好了！拴的是假货，吊的是正身！"老魔停杯便问："那猪八戒吆喝的是甚么？"行者已变做小妖，上前道："猪八戒撺道(怂恿)孙行者教变化走了罢，他不肯走，在那里吆喝哩。"二魔道："还说猪八戒老实，原来这等不老实！该打二十多嘴棍！"这行者就去拿条棍来打，八戒道："你打轻些儿，若重了些儿，我又喊起，我认得你！"行者道："老孙变化，也只为你们，你怎么倒走了风息？这一洞里妖精，都认不得，怎的偏你认得？"八戒道："你虽变了头脸，还不曾变得屁股。那屁股上两块红不是？我因此认得是你。"

行者随往后面，演到厨中，锅底上摸了一把，将两臀擦黑，行至前边。八戒看见又笑道："那个猴子去那里混了这一会，弄做个黑屁股来了。"

行者仍站在跟前，要偷他宝贝，真个甚有见识：走上厅，对那怪扯个腿子道："大王，你看那孙行者拴在柱上，左右爬蹉，磨坏那根金绳，得一根粗壮些的绳子换将下来才好。"老魔道："说得是。"即将腰间的狮蛮带解下，递与行者。行者接了带，把假妆的行者拴住，换下那条绳子，一窝儿窝儿笼在袖内，又拔一根毫毛，吹口仙气，变作一根假幌金绳，双手送与那怪。【卓吾评：猴】那怪只因贪酒，那曾细看，就便收下。这个是大圣腾那弄本事，毫毛又换幌金绳。

得了这件宝贝，急转身跳出门外，现了原身高叫："妖怪！"那把门的小妖问道："你是甚人，在此呼喝？"行者道："你快早进去报与你那泼魔，说者行孙来了。"【卓吾评：猴】那小妖如言报告，老魔大惊道："拿住孙行者，又怎么有个者行孙？"二魔道："哥哥，怕他怎的？宝贝都在我手里，等我拿那葫芦出去，把他装将来。"老魔道："兄弟仔细。"二魔拿了葫芦，走出山门，忽看见与孙行者模样一般，只是略矮些儿，问道："你是那里来的"，行者道："我是孙行者的兄弟，闻说你拿了我家兄，却来与你寻事的。"二魔道："是我拿了，锁在洞中。你今既来，必要索战。我也不与你交兵，我且叫你一声，你敢应我么？"行者道："可怕你叫上千声，我就答应你万声！"

那魔执了宝贝，跳在空中，把底儿朝天，口儿朝地，叫声"者行孙。"行者却不敢答应，心中暗想道："若是应了，就装进去哩。"那魔道："你怎么不应我？"行者道："我有些耳闭，不曾听见。你高叫。"那怪物又叫声"者行孙。"行者在底下掐着指头算了一算，道："我真名字叫做孙行者，起的鬼名字叫做者行孙。真名字可以装得，鬼名字好道装不得。"却就忍不住，应了他一声，飕的被他吸进葫芦去，贴上帖儿。【卓吾评：妙】

原来那宝贝，那管甚么名字真假，但绰个应的气儿，就装了去也。大圣到他葫芦里，浑然乌黑，把头往上一顶，那里顶得动，且是塞得甚紧，却才心中焦躁道："当时我在山上，遇着那两个小妖，他曾告诵我说：不拘葫芦净瓶，把人装在里面，只消一时三刻，就化为脓了，敢莫化了我么？"一条心又想着道："没事！化不得！我老孙五百年前大闹天宫，被太上老君放在八卦炉中炼了四十九日，炼成个金子心肝，银子肺腑，铜头铁背，火眼金睛，那里一时三刻就化得我？且跟他进去，看他怎的！"【卓吾评：妙】

二魔拿入里面道："哥哥，拿来了。"老魔道："拿了谁？"二魔道："者行孙，是我装在葫芦里也。"老魔欢喜道："贤弟请坐。不要动，只等摇得响再揭帖儿。"行者听得道："我这般一个身子，怎么便摇得响？只除化成稀汁，才摇得响是。等我撒泡溺罢，他若摇得响时，一定揭帖起盖。我乘空走他娘罢！"又思道，"不好不好！溺虽可响，只是污了这直裰。等他摇时，我但聚些唾津漱口，稀漓呼喇的，哄他揭开，老孙再走罢。"【卓吾评：妙，妙】大圣作了准备，那怪贪酒不摇。大圣作个法，意思只是哄他来摇，忽然叫道："天呀！孤拐都化了！"那魔也不摇。大圣又叫道："娘啊！连腰截骨都化了！"【卓吾评：猴】老魔道："化至腰时，都化尽矣，揭起帖儿看看。"那大圣闻言，就拔了一根毫毛。叫"变！"变作个半截的身子，在葫芦底上，真身却变做个蟭蟟虫儿，钉在那葫芦口边。只见那二魔揭起帖子看时，大圣早已飞出，打个滚，又变做个倚海龙。倚海龙却是原去请老奶奶的那个小妖，他变了，站在旁边。那老魔扳着葫芦口，张了一张，见是个半截身子动耽，他也不认真假，慌忙叫："兄弟，盖上！盖上！还不曾化得了哩！"二魔依旧贴上。大圣在旁暗笑道："不知老孙已在此矣！"

那老魔拿了壶，满满的斟了一杯酒，近前双手递与二魔道："贤弟，我与你递个钟儿。"二魔道："兄长，我们已吃了这半会酒，又递甚钟？"老魔道："你拿住唐僧、八戒、沙僧犹可，又索了孙行者，装了者行孙，如此功劳，该与你多递几钟。"二魔见哥哥恭敬，怎敢不接，但一只手托着葫芦，一只手不敢去接，却把葫芦递与倚海龙，双手去接杯，不知那倚海龙是孙行者变的。你看他端葫芦，殷勤奉侍。二魔接酒吃了，也要回奉一杯，老魔道："不消回酒，我这里陪你一杯罢。"两人只管谦逊。行者顶着葫芦，眼不转睛，看他两个左右传杯，全无计较，他就把个葫芦揌入衣袖，拔根毫毛变个假葫芦，一样无二，捧在手中。那魔递了一会酒，也不看真假，一把接过宝贝，各上席，安然坐下，依然叙饮。孙大圣撒身走过，得了宝贝，心中暗喜道："饶这魔头有手段，毕竟葫芦还姓孙！"毕竟不知向后怎样施为，方得救师灭怪，且听下回分解。

【卓吾评：转转变化，人以为奇矣、幻矣，不知人心之变化实不止此也！人试思之，定当哑然自笑】

第三十五回　外道施威欺正性　心猿获宝伏邪魔

【怎样跳出凡俗之念的罗网？观照这些意念的空虚本质，运用圆明的心性，顺势腾挪变化】

本性圆明道自通，翻身跳出网罗中。修成变化非容易，炼就长生岂俗同？清浊几番随运转，辟开数劫任西东。逍遥万亿年无计，一点神光永注空。

此诗暗合孙大圣的道妙。他自得了那魔真宝，笼在袖中，喜道："泼魔苦苦用心拿我，诚所谓水中捞月；老孙若要擒你，就好似火上弄冰。"藏着葫芦，密密的溜出门外，现了本相，厉声高叫道："精怪开门！"旁有小妖道："你又是甚人，敢来吆喝？"行者道："快报与你那老泼魔，吾乃行者孙来也。"【卓吾评：顽皮】那小妖急入里报道："大王，门外有个甚么行者孙来了。"老魔大惊道："贤弟，不好了！惹动他一窝风了！幌金绳现拴着孙行者，葫芦里现装着者行孙，怎么又有个甚么行者孙？【俗虑是空，拴住的"我"也空，真性已腾挪在外，即是跳出俗虑罗网的法门】想是他几个兄弟都来了。"二魔道："兄长放心，我这葫芦装下一千人哩。我才装了者行孙一个，又怕那甚么行者孙！等我出去看看，一发装来。"老魔道："兄弟仔细。"

你看那二魔拿着个假葫芦，还像前番雄纠纠、气昂昂走出门高呼道："你是那里人氏，敢在此间吆喝？"行者道："你认不得我？家居花果山，祖贯水帘洞。只为闹天宫，多时罢争竞。如今幸脱灾，弃道从僧用。秉教上雷音，求经归觉正。相逢野泼魔，却把神通弄。还我大唐僧，上西参佛圣。两家罢战争，各守平安境。休惹老孙焦，伤残老性命！"那魔道："你且过来，我不与你相打，但我叫你一声，你敢应么？"行者笑道："你叫我，我就应了；我若叫你，你可应么？"【卓吾评：顽皮】那魔道："我叫你，是我有个宝贝葫芦，可以装人；你叫我，却有何物？"行者道："我也有个葫芦儿。"那魔道："既有，拿出来我看。"

行者就于袖中取出葫芦道："泼魔，你看！"幌一幌，复藏在袖中，恐他来抢。那魔见了大惊道："他葫芦是那里来的？怎么就与我的一般？纵是一根藤上结的，也有个大小不同，偏正不一，却怎么一般无二？"他便正色叫道："行者孙，你那葫芦是那里来的？"行者委的不知来历，接过口来就问他一句道："你那葫芦是那里来的？"【卓吾评：顽皮】那魔不知是个见识，只道是句老实言语，就将根本从头说出道："我这葫芦是混沌初分，天开地辟，有一位太上老祖，解化女娲之名，炼石补天，普救阎浮世界；补到乾宫夬(guà，六十四卦之一)地，见一座昆仑山脚下，有一缕仙藤，上结着这个紫金红葫芦，却便是老君留下到如今者。”大圣闻言，就绰了他口气道：“我的葫芦，也是那里来的。”魔头道：“怎见得？”大圣道：“自清浊初开，天不满西北，地不满东南，太上道祖解化女娲，补完天缺，行至昆仑山下，有根仙藤，藤结有两个葫芦。我得一个是雄的，你那个却是雌的。”【卓吾评：顽皮】那怪道：“莫说雌雄，但只装得人的，就是好宝贝。”大圣道：“你也说得是，我就让你先装。”那怪甚喜，急纵身跳将起去，到空中执着葫芦，叫一声“行者孙”。大圣听得，却就不歇气连应了八九声，只是不能装去。

那魔坠将下来，跌脚捶胸道：“天那！只说世情不改变哩！这样个宝贝也怕老公，雌见了雄，就不敢装了！”【卓吾评：宝贝也怕老公，怕老婆便不是宝贝了】行者笑道：“你且收起，轮到老孙该叫你哩。”急纵筋斗，跳起去，将葫芦底儿朝天，口儿朝地，照定妖魔，叫声“银角大王”。那怪不敢闭口，只得应了一声，倏的装在里面，被行者贴上“太上老君急急如律令奉敕”的帖子，心中暗喜道：“我的儿，你今日也来试试新了！”

他就按落云头，拿着葫芦，心心念念，只是要救师父，又往莲花洞口而来。那山上都是些洼踏不平之路，况他又是个圈盘腿，拐呀拐的走着，摇的那葫芦里漷漷索索，响声不绝。你道他怎么便有响声？原来孙大圣是熬炼过的身体，急切化他不得，那怪虽也能腾云驾雾，不过是些法术，大端是凡胎未脱，到于宝贝里就化了。行者还不当他就化了，笑道：“我儿子啊，不知是撒尿耶，不知是漱口哩，这是老孙干过的买卖。不等到七八日，化成稀汁，我也不揭盖来看。忙怎的？有甚要紧？想着我出来的容易，就该千年不看才好！”他拿着葫芦说着话，不觉的到了洞口，把那葫芦摇摇，一发响了，他道：“这个像发课(占卜)的筒子响，倒好发课。等老孙发一课，看师父甚么时才得出门。”【卓吾评：顽皮】你看他手里不住的摇，口里不住的念道：“周易文王、孔子圣人、桃花女(传说中的术士)先生、鬼谷子先生。”那洞里小妖看见道：“大王，祸事了！行者孙把二大王爷爷装在葫芦里发课哩！”那老魔闻得此言，唬得魂飞魄散，骨软筋麻，扑的跌倒在地，放声大哭道：“贤弟呀！我和你私离上界，转托尘凡，指望同享荣华，永为山洞之主。怎知为这和尚伤了你的性命，断吾手足之情！”满洞群妖，一齐痛哭。

猪八戒吊在梁上，听得他一家子齐哭，忍不住叫道：“妖精，你且莫哭，等老猪讲与你听。先来的孙行者，次来的者行孙，后来的行者孙，返复三字，都是我师兄一人。他有七十二变化，腾那进来，盗了宝贝，装了令弟。令弟已是死了，不必这等扛丧，快些儿刷净锅灶，办些香蕈、蘑菇、茶芽、竹笋、豆腐、面筋、木耳、蔬菜，请我师徒们下来，与你令弟念卷《受生经》。"【卓吾评：趣】那老魔闻言，心中大怒道："只说猪八戒老实，原来甚不老实！他倒作笑话儿打觑我！"叫小妖："且休举哀，把猪八戒解下来，蒸得稀烂，等我吃饱了，再去拿孙行者报仇。"

沙僧埋怨八戒道："好么！我说教你莫多话，多话的要先蒸吃哩！"那呆子也尽有几分悚惧。旁一小妖道："大王，猪八戒不好蒸。"八戒道："阿弥陀佛！是那位哥哥积阴德的？果是不好蒸。"【卓吾评：趣】又有一个妖道："将他皮剥了，就好蒸。"八戒慌了道："好蒸！好蒸！皮骨虽然粗糙，汤滚就烂，棬户（棬，音 juàn，同"圈"。家养的猪，暗示肉质较嫩）！棬户！"

正嚷处，只见前门外一个小妖报道："行者孙又骂上门来了！"那老魔又大惊道："这厮轻我无人！"叫："小的们，且把猪八戒照旧吊起，查一查还有几件宝贝。"管家的小妖道："洞中还有三件宝贝哩。"老魔问："是那三件？"管家的道："还有七星剑、芭蕉扇与净瓶。"老魔道："那瓶子不中用。原是叫人，人应了就装得，转把个口诀儿教了那孙行者，倒把自家兄弟装去了。不用他，放在家里，快将剑与扇子拿来。"

那管家的即将两件宝贝献与老魔。老魔将芭蕉扇插在后项衣领，把七星剑提在手中，又点起大小群妖，有三百多名，都教一个个拈枪弄棒，理索轮刀。这老魔却顶盔贯甲，罩一领赤焰焰的丝袍。群妖摆出阵去，要拿孙大圣。那孙大圣早已知二魔化在葫芦里面，却将他紧紧拴扣停当，撒在腰间，手持着金箍棒，准备厮杀。只见那老妖红旗招展，跳出门来。却怎生打扮？头上盔缨光焰焰，腰间带束彩霞鲜。身穿铠甲龙鳞砌，上罩红袍烈火然。圆眼睁开光掣电，钢须飘起乱飞烟。七星宝剑轻提手，芭蕉扇子半遮肩。行似流云离海岳，声如霹雳震山川。威风凛凛欺天将，怒帅群妖出洞前。

那老魔急令小妖摆开阵势，骂道："你这猴子十分无礼！害我兄弟，伤我手足，着然可恨！"行者骂道："你这讨死的怪物！你一个妖精的性命舍不得，似我师父、师弟、连马四个生灵，平白的吊在洞里，我心何忍！情理何甘！快快的送将出来还我，多多贴些盘费，喜喜欢欢打发老孙起身，还饶了你这个老妖的狗命！"那怪那容分说，举宝剑劈头就砍，这大圣使铁棒举手相迎。这一场在洞门外好杀！

咦！金箍棒与七星剑，对撞霞光如闪电。悠悠冷气逼人寒，荡荡昏云遮岭堰。那个皆因手足情，些儿不放善；这个只为取经僧，毫厘不容缓。两家各恨一般仇，二处每怀生怒怨。只杀得天昏地暗鬼神惊，日淡烟浓龙虎战。这个咬牙锉玉钉，那个怒目飞金焰。一来一往逞英雄,不住翻腾棒与剑。

这老魔与大圣战经二十回合,不分胜负,他把那剑梢一指,叫声“小妖齐来!”那三百余精,一齐拥上,把行者围在垓心。好大圣,公然无惧,使一条棒,左冲右撞,后抵前遮。那小妖都有手段,越打越上,一似绵絮缠身,搂腰扯腿,莫肯退后,大圣慌了,即使个身外身法,将左胁下毫毛,拔了一把,嚼碎喷去,喝声叫“变!”一根根都变做行者。你看他长的使棒,短的轮拳,再小的没处下手,抱着孤拐啃筋,把那小妖都打得星落云散,齐声喊道:“大王啊,事不谐矣! 难矣乎哉! 满地盈山皆是孙行者了!”被这身外法把群妖打退,止撇得老魔围困中间,赶得东奔西走,出路无门。

那魔慌了,将左手擎着宝剑,右手伸于项后,取出芭蕉扇子,望东南丙丁火,正对离宫,唿喇的一扇子,扇将下来,只见那就地上,火光焰焰。原来这般宝贝,平白地扇出火来。那怪物着实无情:一连扇了七八扇子,熯天炽地(形容火势极猛。熯,音 hàn),烈火飞腾。好火:

那火不是天上火,不是炉中火,也不是山头火,也不是灶底火,乃是五行中自然取出的一点灵光火。这扇也不是凡间常有之物,也不是人工造就之物,乃是自开辟混沌以来产成的珍宝之物。用此扇,扇此火,煌煌烨烨,就如电掣红绡;灼灼辉辉,却似霞飞绛绮。更无一缕青烟,尽是满山赤焰,只烧得岭上松翻成火树,崖前柏变作灯笼。那窝中走兽贪性命,西撞东奔;这林内飞禽惜羽毛,高飞远举。这场神火飘空燎,只烧得石烂溪干遍地红!

大圣见此恶火,却也心惊胆颤,道声:“不好了! 我本身可处,毫毛不济,一落这火中,岂不真如燎毛之易?”将身一抖,遂将毫毛收上身来,只将一根变作假身子,避火逃灾,他的真身捻着避火诀,纵筋斗跳将起去,脱离了大火之中,径奔他莲花洞里,想着要救师父。急到门前,把云头按落。又见那洞门外有百十个小妖,都破头折脚,肉绽皮开,原来都是他分身法打伤了的,都在这里声声唤唤,忍疼而立。大圣见了,按不住恶性凶顽,轮起铁棒,一路打将进去。可怜把那苦炼人身的功果息,依然是块旧皮毛!

那大圣打绝了小妖,撞入洞里,要解师父,又见那内面有火光焰焰,唬得他手慌脚忙道:“罢了! 罢了! 这火从后门口烧起来,老孙却难救师父也!”正悚惧处,仔细看时,呀! 原来不是火光,却是一道金光。他正了性,往里视之,乃羊脂玉净瓶放光。却自心中欢喜道:“好宝贝耶! 这瓶子曾是那小妖拿在山上放光,老孙得了,不想那怪又复搜去。今日藏在这里,原来也放光。”你看他窃了这瓶子,喜喜欢欢,且不救师父,急抽身往洞外而走。才出门,只见那妖魔提着宝剑,拿着扇子,从南而来。孙大圣回避不及，被那老魔举剑劈头就砍。大圣急纵筋斗云，跳将起去，无影无踪的逃了不题。

却说那怪到得门口，但见尸横满地，就是他手下的群精，慌得仰天长叹，止不住放声大哭道："苦哉！痛哉！"有诗为证。诗曰：

可恨猿乖马劣顽，灵胎转托降尘凡。

【此处猿、马指金角和银角，正是心猿和意马的魔头】

只因错念离天阙，致使忘形落此山。

鸿雁失群情切切，妖兵绝族泪潺潺。

何时孽满开愆(qiān，罪过)锁，返本还原上御关？

那老魔惭惶不已，一步一声，哭入洞内。只见那什物家火俱在，只落得静悄悄，没个人形；悲切切，愈加凄惨。独自个坐在洞中，蹋伏在那石案之上，将宝剑斜倚案边，把扇子插于肩后，昏昏默默睡着了。这正是：人逢喜事精神爽，闷上心来瞌睡多。

话说孙大圣拨转筋斗云，伫立(长时间站着。伫，音 zhù)山前，想着要救师父，把那净瓶儿牢扣腰间，径来洞口打探。见那门开两扇，静悄悄的不闻消耗，随即轻轻移步，潜入里边。只见那魔斜倚石案，呼呼睡着，芭蕉扇褪出肩衣，半盖着脑后，七星剑还斜倚案边。却被他轻轻的走上前，拔了扇子，急回头，呼的一声，跑将出去。原来这扇柄儿刮着那怪的头发，早惊醒他。抬头看时，是孙行者偷了，急慌忙执剑来赶。那大圣早已跳出门前，将扇子撒在腰间，双手轮开铁棒，与那魔抵敌。这一场好杀：

恼坏泼妖王，怒发冲冠志。恨不过挝来囫囵吞，难解心头气。恶口骂猢狲："你老大将人戏。伤我若干生，还来偷宝贝！这场决不容，定见存亡计！"大圣喝妖魔："你好不知趣！徒弟要与老师争，累卵焉能击石碎？"宝剑来，铁棒去，两家更不留仁义。一翻二复赌输赢，三转四回施武艺。盖为取经僧，灵山参佛位，致令金火不相投，【卓吾评：说出】【金为心性，火为意念。金火不相投，即心性向佛，意欲偷懒，导致性、意相悖】五行拨乱伤和气。扬威耀武显神通，走石飞沙弄本事。交锋渐渐日将晡(bū，傍晚)，魔头力怯先回避。

那老魔与大圣战经三四十合，天将晚矣，抵敌不住，败下阵来，径往西南上，投奔压龙洞去不题。

这大圣才按落云头，闯入莲花洞里，解下唐僧与八戒、沙和尚来。他三人脱得灾危，谢了行者，却问："妖魔那里去了？"行者道："二魔已装在葫芦里，想是这会子已化了；大魔才然一阵战败，往西南压龙山去讫。概洞小妖，被老孙分身法打死一半，还有些败残回的，又被老孙杀绝，方才得入此处，解放你们。”唐僧谢之不尽道：“徒弟啊，多亏你受了劳苦！”行者笑道：“诚然劳苦。你们还只是吊着受疼，我老孙再不曾住脚，比急递铺的铺兵还甚，反复里外，奔波无已。【以奔波克身闲之心魔】因是偷了他的宝贝，方能平退妖魔。”猪八戒道：“师兄，你把那葫芦儿拿出来与我们看看。只怕那二魔已化了也。”大圣先将净瓶解下，又将金绳与扇子取出，然后把葫芦儿拿在手道：“莫看莫看！他先曾装了老孙，被老孙漱口，哄得他揭开盖子，老孙方得走了。我等切莫揭盖，只怕他也会弄喧（弄玄虚，耍花招）走了。”师徒们喜喜欢欢，将他那洞中的米面菜蔬寻出，烧刷了锅灶，安排些素斋吃了。饱餐一顿，安寝洞中，一夜无词。早又天晓。

却说那老魔径投压龙山，会聚了大小女怪，备言打杀母亲，装了兄弟，绝灭妖兵，偷骗宝贝之事。众女怪一齐大哭。哀痛多时，道：“你等且休凄惨，我身边还有这口七星剑，欲会汝等女兵，都去压龙山后，会借外家亲戚，断要拿住那孙行者报仇。”说不了，有门外小妖报道：“大王，山后老舅爷率领若干兵卒来也。”老魔闻言，急换了缟素孝服，躬身迎接。原来那老舅爷是他母亲之弟，【木母之弟，沙僧之镜像也】名唤狐阿七大王，【为何排行第七？因以六欲为长也】因闻得哨山的妖兵报道，他姐姐被孙行者打死，假变姐形，盗了外甥宝贝，连日在平顶山拒敌。他却率本洞妖兵二百余名，特来助阵，故此先拢姐家问信。才进门，见老魔挂了孝服，二人大哭。哭久，老魔拜下，备言前事。那阿七大怒，即命老魔换了孝服，提了宝剑，尽点女妖，合同一处，纵风云，径投东北而来。

这大圣却教沙僧整顿早斋，吃了走路。忽听得风声，走出门看，乃是一伙妖兵，自西南上来。行者大惊，急抽身，忙呼八戒道：“兄弟，妖精又请救兵来也。”三藏闻言，惊恐失色道：“徒弟，似此如何？”行者笑道：“放心！放心！把他这宝贝都拿来与我。”大圣将葫芦、净瓶系在腰间，金绳笼于袖内，芭蕉扇插在肩后，双手轮着铁棒，教沙僧保守师父，稳坐洞中，着八戒执钉钯同出洞外迎敌。那怪物摆开阵势，只见当头的是阿七大王。他生的玉面长髯，钢眉刀耳，头戴金炼盔，身穿锁子甲，手执方天戟，高声骂道：“我把你个大胆的泼猴！怎敢这等欺人！偷了宝贝，伤了眷族，杀了妖兵，又敢久占洞府！赶早儿一个个引颈受死，雪我姐家之仇！”行者骂道：“你这伙作死的毛团，不识你孙外公的手段！不要走，领吾一棒！”那怪物侧身躲过，使方天戟劈面相还。两个在山头一来一往，战经三四回合，那怪力软，败阵回走。行者赶来，却被老魔接住。又斗了三合，只见那狐阿七复转来攻。这壁厢八戒见了，急掣九齿钯挡住。一个抵一个，战经多时，不分胜败，那老魔喝了一声，众妖兵一齐围上。

却说那三藏坐在莲花洞里，听得喊声震地，便叫："沙和尚，你出去，看你师兄胜负如何？"沙僧果举降妖杖出来，喝一声，撞将出去，打退群妖。阿七见事势不利，回头就走，被八戒赶上，照背后一钯，就筑得九点鲜红往外冒，可怜一灵真性赴前程。急拖来剥了衣服看处，原来也是个狐狸精。那老魔见伤了他老舅，丢了行者，提宝剑就劈八戒，八戒使钯架住。正赌斗间，沙僧撞近前来，举杖便打，那怪抵敌不住，纵风云往南逃走，八戒、沙僧紧紧赶来。大圣见了，急纵云跳在空中，解下净瓶，罩定老魔，叫声："金角大王！"那怪只道是自家败残的小妖呼叫，就回头应了一声，飕的装将进去，被行者贴上"太上老君急急如律令奉敕"的帖子。只见那七星剑坠落尘埃，也归了行者。八戒迎着道："哥哥，宝剑你得了，精怪何在？"行者笑道："了了(liǎo le，完成了)，已装在我这瓶儿里也。"沙僧听说，与八戒十分欢喜。

当时通扫净诸邪，回至洞里，与三藏报喜道："山已净，妖已无矣，请师父上马走路。"三藏喜不自胜。师徒们吃了早斋，收拾了行李、马匹，奔西找路。正行处，猛见路旁闪出一个瞽者，【"瞽"音"古"，字意为盲人。此取其音，古者，即老子】走上前扯住三藏马，道："和尚那里去？还我宝贝来！"八戒大惊道："罢了！这是老妖来讨宝贝了！"行者仔细观看，原来是太上李老君，慌得近前施礼道："老官儿，那里去？"那老祖急升玉局宝座，九霄空里伫立，叫："孙行者，还我宝贝。"大圣起到空中道："甚么宝贝？"老君道："葫芦是我盛丹的，净瓶是我盛水的，宝剑是我炼魔的，扇子是我扇火的，绳子是我一根勒袍的带。那两个怪：一个是我看金炉的童子，一个是我看银炉的童子，只因他偷了我的宝贝，走下界来，正无觅处，却是你今拿住，得了功绩。"大圣道："你这老官儿，着实无礼，纵放家属为邪，该问个钤束(管束。钤，音qián)不严的罪名。"老君道："不干我事，不可错怪了人。此乃海上菩萨问我借了三次，送他在此，托化妖魔，看你师徒可有真心往西去也。"【魔是自己心里生出来的，还是菩萨派来的，读者自辨】

大圣闻言，心中作念道："这菩萨也老大惫懒！当时解脱老孙，教保唐僧西去取经，我说路途艰涩难行，他曾许我到急难处亲来相救。如今反使精邪掯(kèn，刁难)害，语言不的，该他一世无夫！【玉帝、老君、佛祖、菩萨都是猴子的调侃对象，但又不失恭敬，取不入法相之意】——若不是老官儿亲来，我决不与他。既是你这等说，拿去罢。"那老君收得五件宝贝，揭开葫芦与净瓶盖口，倒出两股仙气，用手一指，仍化为金、银二童子，相随左右。【老君善于降伏心猿意马】只见那霞光万道。咦！缥缈同归兜率院，逍遥直上大罗天。毕竟不知此后又有甚事，孙大圣怎生保护唐僧，几时得到西天，且听下回分解。

【卓吾评："行者孙""孙行者""者行孙"，名色虽多，真体则一，不要吃他名色混了，看不清。噫！今之为名色混者，岂止一人而已哉！没后李老君来取宝贝，亦有微旨，盖空诸所有，乃是究竟。魔固不可有，宝亦不可有；有此宝贝，到底累人，何若并去之为妙也？真是眼中着不得瓦屑，亦着不得金玉之屑。知此者有几人哉？噫】

第三十六回　心猿正处诸缘伏　劈破傍门见月明

【本回夜宿宝林寺是乌鸡国一难的引子，题旨是表相之困。万事万物在内心形成表相，不同的人在不同角度看到同一事物的表相不同，这说明了表相的虚妄。修行的过程，就是识别这些表相，并脱离这些表相的困扰。所谓“成一切相即心，离一切相即佛”。本回有三个场景，第一个场景对比唐僧和悟空分别到宝林寺大殿看到泥塑的反应，点出相的概念；第二个场景对比两人分别去跟宝林寺僧人交涉要求住宿得到的不同反应，点出相的虚妄；第三个场景是师徒四人半夜赏月闲聊，用谜语的方式点出离相的重要】

却说孙行者按落云头，对师父备言菩萨借童子、老君收去宝贝之事。三藏称谢不已，死心塌地，办虔诚，舍命投西。攀鞍上马，【勒紧心意】猪八戒挑着行李，【用担子压住欲望】沙和尚拢着马头，【心志指引方向】孙行者执了铁棒，剖开路，【心性扫除羁绊】径下高山前进。说不尽那水宿风餐，披霜冒露。

师徒们行罢多时，前又一山阻路。三藏在那马上高叫：“徒弟啊，你看那里山势崔巍，须是要仔细提防，恐又有魔障侵身也。”行者道：“师父休要胡思乱想，只要定性存神，自然无事。”【卓吾评：着眼】三藏道：“徒弟呀，西天怎么这等难行？我记得离了长安城，在路上春尽夏来，秋残冬至，有四五个年头，怎么还不能得到？”行者闻言，呵呵笑道：“早哩！早哩！还不曾出大门哩！”八戒道：“哥哥，不要扯谎，人间就有这般大门？”行者道：“兄弟，我们还在堂屋里转哩！”沙僧笑道：“师兄，少说大话吓我，那里就有这般大堂屋，却也没处买这般大过梁啊。”行者道：“兄弟，若依老孙看时，把这青天为屋瓦，日月作窗棂，四山五岳为梁柱，天地犹如一敞厅！”【行者之言，虽是比喻，但也点出即便是天地星辰，在不同人眼中也可以看出不同的表相来，此为形相或色相】八戒听说道：“罢了！罢了！我们只当转些时回去罢。”行者道：“不必乱谈，只管跟着老孙走路。”

【《坛经》印证：未见本性，只到门外，未入门内】

好大圣，横担了铁棒，领定了唐僧，剖开山路，一直前进。那师父在马上遥观，好一座山景，真个是：

山顶嵯峨摩斗柄，树梢仿佛接云霄。青烟堆里，时闻得谷口猿啼；乱翠阴中，每听得松间鹤唳。啸风山魅立溪间，戏弄樵夫；成器狐狸坐崖畔，惊张猎户。好山！看那八面崔巍，四围险峻。古怪乔松盘翠盖，枯摧老树挂藤萝。泉水飞流，寒气透人毛发冷；巅峰屹岴，清风射眼梦魂惊。时听大虫哮吼，每闻山鸟时鸣。麂鹿成群穿荆棘，往来跳跃；獐犯结党寻野食，前后奔跑。伫立草坡，一望并无客旅；行来深凹，四边俱有豺狼。应非佛祖修行处，尽是飞禽走兽场。【飞禽走兽没有善恶，只不过有时在人心中看出仙境来，有时在人心中看出恶意来，此为意相】

那师父战战兢兢，进此深山，心中凄惨，兜住马，叫声："悟空啊！我自从'益智'登山盟，'王不留行'送出城。路上相逢'三棱子'，途中催趱'马兜铃'。寻坡转涧求'荆芥'，迈岭登山拜'茯苓'。'防己'一身如'竹沥'，'茴香'何日拜朝廷？"【卓吾评：药名可厌】【双关诗，益智、王不留行、三棱子、马兜铃、荆芥、茯苓、防己、竹沥、茴香都是药名。同一个名字，可以有不同的涵义，是为名相】孙大圣闻言，呵呵冷笑道："师父不必罣念，少要心焦，且自放心前进，还你个功到自然成也。"师徒们玩着山景，信步行时，早不觉红轮西坠，正是：

十里长亭无客走，九重天上现星辰。
八河船只皆收港，七千州县尽关门。
六宫五府回官宰，四海三江罢钓纶。
两座楼头钟鼓响，一轮明月满乾坤。

【卓吾评：数目可厌】【从十数到一的诗，有万相归一之意。结句明月指代圆明的心性，修行就是透过形形色色的表相看到自性的过程】

【本回书是乌鸡国的引子，上文的景物和对话描写又是这个引子的引子，若论题旨，其实已经讲完了】

那长老在马上遥观，只见那山凹里有楼台叠叠，殿阁重重。三藏道："徒弟，此时天色已晚，幸得那壁厢有楼阁不远，想必是庵观寺院，我们都到那里借宿一宵，明日再行罢。"行者道："师父说得是。不要忙，等我且看好歹如何。"那大圣跳在空中，仔细观看，【作者再次暗示，读此书也当"跳在空中，仔细观看"。若只看局部字面意思，只是家长里短，加几句文辞不甚高明的诗词而已；若能起在空中，结合上下文逻辑，才能看出作者谈"相"的意图。这是"跳在空中"的一层意思。另一层意思，则是"五蕴皆空""色即是空"之空，在"空"中，才能看出"相"的虚妄】果然是座山门，但见：

八字砖墙泥红粉，两边门上钉金钉。叠叠楼台藏岭畔，层层宫阙隐山中。万佛阁对如来殿，朝阳楼应大雄门。七层塔屯云宿雾，三尊佛神现光荣。文殊台对伽蓝舍，弥勒殿靠大慈厅。看山楼外青光舞，步虚阁上紫云生。松关竹院依依绿，方丈禅堂处处清。雅雅幽幽供乐事，川川道道喜回迎。参禅处有禅僧讲，演乐房多乐器鸣。妙高台上昙花坠，说法坛前贝叶生。正是那林遮三宝地，山拥梵王宫。半壁灯烟光闪灼，一行香霭雾朦胧。

孙大圣按下云头，报与三藏道："师父，果然是一座寺院，却好借宿，我们去来。"这长老放开马，一直前来，径到了山门之外。行者道："师父，这一座是甚么寺？"三藏道："我的马蹄才然停住，脚尖还未出镫，就问我是甚么寺，好没分晓！"行者道："你老人家自幼为僧，须曾讲过儒书，方才去演经法；文理皆通，然后受唐王的恩宥。门上有那般大字，如何不认得？"长老骂道："泼猢狲！说话无知！我才面西催马，被那太阳影射，奈何门虽有字，又被尘垢朦胧，所以未曾看见。"【眼中有光、尘，故不识真相，还需心拂去】行者闻言，把腰儿躬一躬，长了二丈余高，用手展去灰尘道："师父，请看。"上有五个大字，乃是"敕建宝林寺"。行者收了法身，道："师父，这寺里谁进去借宿？"三藏道："我进去。你们的嘴脸丑陋，言语粗疏，性刚气傲，倘或冲撞了本处僧人，不容借宿，反为不美。"【正好说反了，可见经验之谈也是心中之相，不可执着】行者道："既如此，请师父进去，不必多言。"

那长老却丢了锡杖，解下斗篷，整衣合掌，径入山门。只见两边红漆栏杆里面，高坐着一对金刚，装塑的威仪恶丑：

一个铁面钢须似活容，一个燥眉圜眼若玲珑。左边的，拳头骨突如生铁；右边的，手掌崚嶒[①]赛赤铜。金甲连环光灿烂，明盔绣带映飘风。西方真个多供佛，石鼎中间香火红。

三藏见了，点头长叹道："我那东土，若有人也将泥胎塑这等大菩萨，烧香供养啊，我弟子也不往西天去矣。"正叹息处，又到了二层山门之内。见有四大天王之相，乃是持国、多闻、增长、广目，按东北西南风调雨顺之意。进了二层门里，又见有乔松四树，一树树翠盖蓬蓬，却如伞状。忽抬头，乃是大雄宝殿。那长老合掌皈依，舒身下拜。拜罢起来，转过佛台，到于后门之下。又见有倒座观音普度南海之相。那壁上都是良工巧匠装塑的那些虾鱼蟹鳖，出头露尾，跳海水波潮耍子。长老又点头三五度，感叹万千声，道："可怜啊！鳞甲众生都拜佛，为人何不肯修行！"【此为唐僧见到泥塑的反应，与下文悟空的反应对照】

正赞叹间，又见三门里走出一个道人。那道人忽见三藏相貌稀奇，丰姿非俗，

① 崚嶒：líng céng，骨节显露貌。多形容人体瘦削。

急趋步上前施礼道："师父那里来的？"三藏道："弟子是东土大唐驾下差来，上西天拜佛求经的，今到宝方，天色将晚，告借一宿。"那道人道："师父莫怪，我做不得主。我是这里扫地撞钟打勤劳的道人，里面还有个管家的老师父哩。待我进去禀他一声。他若留你，我就出来奉请；若不留你，我却不敢羁迟。"三藏道："累及你了。"那道人急到方丈报道："老爷，外面有个人来了。"那僧官即起身，换了衣服，按一按毗卢帽，披上袈裟，急开门迎接。问道人："那里人来？"道人用手指定道："那正殿后边不是一个人？"那三藏光着一个头，穿一领二十五条达摩衣，足下登一双拖泥带水的达公鞋，斜倚在那后门首。【寒酸之相】僧官见了大怒道："道人少打！你岂不知我是僧官，但只有城上来的士夫降香，我方出来迎接。【心中区分人相，便有不同对待】这等个和尚，你怎么多虚少实，报我接他！看他那嘴脸，不是个诚实的，多是云游方上僧，今日天晚，想是要来借宿。我们方丈中，岂容他打搅！教他往前廊下蹲罢了，报我怎么！"抽身转去。

长老闻言，满眼垂泪道："可怜！可怜！这才是人离乡贱！我弟子从小儿出家做了和尚，又不曾拜谶吃荤生歹意，看经怀怒坏禅心；又不曾丢瓦抛砖伤佛殿，阿罗脸上剥真金。噫！可怜啊！不知是那世里触伤天地，教我今生常遇不良人！【卓吾评：着眼】和尚，你不留我们宿便罢了，怎么又说这等惫懒话，教我们在前道廊下去蹲？此话不与行者说还好，若说了，那猴子进来，一顿铁棒，把孤拐都打断你的！"长老道："也罢，也罢。常言道：'人将礼乐为先。'我且进去问他一声，看意下如何。"那师父踏脚迹，跟他进方丈门里，只见那僧官脱了衣服，气呼呼的坐在那里，【烦恼何来？】不知是念经，又不知是与人家写法事，见那桌案上有些纸札堆积。唐僧不敢深入，就立于天井里，躬身高叫道："老院主，弟子问讯了！"那和尚就有些不耐烦他进里边来的意思，半答不答的还了个礼道："你是那里来的？"【卓吾评：形容】三藏道："弟子乃东土大唐驾下差来，上西天拜活佛求经的，经过宝方天晚，求借一宿，明日不犯天光就行了。万望老院主方便方便。"那僧官才欠起身来道："你是那唐三藏么？"三藏道："不敢，弟子便是。"僧官道："你既往西天取经，怎么路也不会走？"三藏道："弟子更不曾走贵处的路。"他道："正西去，只有四五里远近，有一座三十里店，店上有卖饭的人家，方便好宿。我这里不便，不好留你们远来的僧。"三藏合掌道："院主，古人有云：'庵观寺院，都是我方上人的馆驿，见山门就有三升米分。'你怎么不留我，却是何情？"僧官怒声叫道："你这游方的和尚，便是有些油嘴油舌的说话！"三藏道："何为油嘴油舌？"僧官道："古人云：'老虎进了城，家家都闭门。虽然不咬人，日前坏了名。'"三藏道："怎么日前坏了名？"他道："向年有几众行脚僧，于山门口坐下，是我见他寒薄，一个个衣破鞋无，光头赤脚，我叹他那般褴褛，即忙请入方丈，延之上坐。款待了斋饭，又将故衣各借一件与他，就留他住了几日。怎知他贪图自在衣食，更不思量起身，就住了七八个年头。住便也罢，又干出许多不公的事来。”三藏道：“有甚么不公的事？”僧官道：“你听我说：闲时沿墙抛瓦，闷来壁上扳钉。冷天向火折窗棂，夏日拖门拦径。幡布扯为脚带，牙香偷换蔓菁。常将琉璃把油倾，夺碗夺锅赌胜。”【僧官因为唐僧衣着褴褛，就看不起，这就是入了人相；觉得自己身份高贵，这是入了我相；只能接待达官贵人，这是众生相；此和尚便是彼和尚，此时便是彼时，这是寿者相。对比一下后文悟空发威以及救活国王后这些僧人的态度，可见这些相皆为虚妄】

三藏听言，心中暗道：“可怜啊！我弟子可是那等样没脊骨的和尚？”欲待要哭，又恐那寺里的老和尚笑他，但暗暗扯衣揩泪，忍气吞声，急走出去，见了三个徒弟。那行者见师父面上含怒，向前问：“师父，寺里和尚打你来？”唐僧道：“不曾打。”八戒说：“一定打来，不是，怎么还有些哭包声？”那行者道：“骂你来？”唐僧道：“也不曾骂。”行者道：“既不曾打，又不曾骂，你这般苦恼怎么？好道是思乡哩？”唐僧道：“徒弟，他这里不方便。”行者笑道：“这里想是道士？”唐僧怒道：“观里才有道士，寺里只是和尚！”行者道：“你不济事，但是和尚，即与我们一般。常言道：‘既在佛会下，都是有缘人。’你且坐，等我进去看看。”

好行者，按一按顶上金箍，束一束腰间裙子，执着铁棒，径到大雄宝殿上，指着那三尊佛像道：“你本是泥塑金装假像，内里岂无感应？我老孙保领大唐圣僧，往西天拜佛，求取真经，今晚特来此处投宿，趁早与我报名！假若不留我等，就一顿棍打碎金身，教你还现本相泥土！”【此为行者见到泥塑的反应。同样的佛像，唐僧看到的是教化作用，而悟空强调他与自身心理的感应和共鸣，若能感应就是好佛像，若不能感应就是泥土。这里反映了相的概念。相就是心中的各种形象、认识、经验，它们仅在有限的范围内帮助人认识世界和规律，不是绝对的，也不是一成不变的，无法取得所有人的共识，所以本质上是虚妄和错误的】

这大圣正在前边发狠，捣叉子（找岔子，挑衅惹事）乱说，只见一个烧晚香的道人，点了几枝香，来佛前炉里插，被行者咄的一声，唬了一跌。爬起来看见脸，又是一跌。吓得滚滚蹡蹡，跑入方丈里报道：“老爷！外面有个和尚来了！”那僧官道：“你这伙道人都少打！一行说教他往前廊下去蹲，又报甚么！再说打二十！”道人说：“老爷，这个和尚，比那个和尚不同：生得恶躁，没脊骨。”僧官道：“怎的模样？”道人道：“是个圆眼睛，查耳朵，满面毛，雷公嘴。手执一根棍子，咬牙恨恨的，要寻人打哩!”僧官道:“等我出去看。”他即开门,只见行者撞进来了。真个生得丑陋:七高八低孤拐脸,两只黄眼睛,一个磕额头,獠牙往外生,就像属螃蟹的,肉在里面,骨在外面。那老和尚慌得把方丈门关了。行者赶上,扑的打破门扇,道:“赶早将干净房子打扫一千间,老孙睡觉!”僧官躲在房里,对道人说:“怪他生得丑么,原来是说大话,折作的这般嘴脸。【卓吾评:着眼】我这里连方丈、佛殿、钟鼓楼、两廊,共总也不上三百间,他却要一千间睡觉,却打那里来?”道人说:“师父,我也是吓破胆的人了,凭你怎么答应他罢。”那僧官战索索的高叫道:“那借宿的长老,我这小荒山不方便,不敢奉留,往别处去宿罢。”

行者将棍子变得盆来粗细,直壁壁的竖在天井里,道:“和尚,不方便,你就搬出去!”僧官道:“我们从小儿住的寺,师公传与师父,师父传与我辈,我辈要远继儿孙。他不知是那里勾当,冒冒实实的,教我们搬哩。”道人说:“老爷,十分不尴尬,搬出去也罢。——扛子打进门来了!”僧官道:“你莫胡说!我们老少众大四五百名和尚,往那里搬?搬出去,却也没处住。”行者听见道:“和尚,没处搬,便着一个出来打样棍!”老和尚叫:“道人你出去与我打个样棍来。”那道人慌了道:“爷爷呀!那等个大扛子,教我去打样棍!”老和尚道:“‘养军千日,用军一朝。’你怎么不出去?”道人说:“那扛子莫说打来,若倒下来,压也压个肉泥!”老和尚道:“也莫要说压,只道竖在天井里,夜晚间走路,不记得啊,一头也撞个大窟窿!”道人说:“师父,你晓得这般重,却教我出去打甚么样棍?”他自家里面转闹起来。

行者听见道:“是也禁不得。假若就一棍打杀一个,我师父又怪我行凶了。且等我另寻一个甚么打与你看看。”忽抬头,只见方丈门外有一个石狮子,却就举起棍来,乒乓一下打得粉乱麻碎。那和尚在窗眼儿里看见,就吓得骨软筋麻,慌忙往床下拱,道人就往锅门里钻,口中不住叫:“爷爷,棍重,棍重!禁不得!方便,方便!”行者道:“和尚,我不打你。我问你:这寺里有多少和尚?”僧官战索索的道:“前后是二百八十五房头,共有五百个有度牒的和尚。”行者道:“你快去把那五百个和尚都点得齐齐整整,穿了长衣服出去,把我那唐朝的师父接进来,就不打你了。”僧官道:“爷爷,若是不打,便抬也抬进来。”行者道:“趁早去!”僧官叫:“道人,你莫说吓破了胆,就是吓破了心,便也去与我叫这些人来接唐僧老爷爷来。”

那道人没奈何,舍了性命,不敢撞门,从后边狗洞里钻将出去,【卓吾评:形容】径到正殿上,东边打鼓,西边撞钟。钟鼓一齐响处,惊动了两廊大小僧众,上殿问道:“这早还不晚哩,撞钟打鼓做甚?”道人说:“快换衣服,随老师父排班,出山门外迎接唐朝来的老爷。”那众和尚,真个齐齐整整,摆班出门迎接。有的披了袈裟,有的着了偏衫，无的穿着个一口钟直裰。十分穷的，没有长衣服，就把腰裙接起两条披在身上。行者看见道："和尚，你穿的是甚么衣服？"和尚见他丑恶，道："爷爷，不要打，等我说。这是我们城中化的布，此间没有裁缝，是自家做的个'一裹穷'。"

行者闻言暗笑，押着众僧，出山门下跪下。那僧官磕头高叫道："唐老爷，请方丈里坐。"八戒看见道："师父老大不济事，你进去时，泪汪汪，嘴上挂得油瓶。师兄怎么就有此獐智，教他们磕头来接？"三藏道："你这个呆子，好不晓礼！常言道：'鬼也怕恶人哩。'"唐僧见他们磕头礼拜，甚是不过意，上前叫："列位请起。"众僧叩头道："老爷，若和你徒弟说声方便，不动扛子，就跪一个月也罢。"唐僧叫："悟空，莫要打他。"行者道："不曾打，若打，这会已打断了根矣。"那些和尚却才起身，牵马的牵马，挑担的挑担，抬着唐僧，驮着八戒，挽着沙僧，一齐都进山门里去。却到后面方丈中，依叙坐下。

众僧却又礼拜，三藏道："院主请起，再不必行礼，作践贫僧。我和你都是佛门弟子。"僧官道："老爷是上国钦差，小和尚有失迎接。今到荒山，奈何俗眼不识尊仪，与老爷邂逅相逢。动问老爷：一路上是吃素？是吃荤？我们好去办饭。"三藏道："吃素。"僧官道："徒弟，这个爷爷好的吃荤。"行者道："我们也吃素，都是胎里素。"那和尚道："爷爷呀，这等凶汉也吃素！"有一个胆量大的和尚，近前又问："老爷既然吃素，煮多少米的饭方彀吃？"八戒道："小家子和尚！问甚么！一家煮上一石米。"那和尚都慌了，便去刷洗锅灶，各房中安排茶饭。高掌明灯，调开桌椅，管待唐僧。

师徒们都吃罢了晚斋，众僧收拾了家火，三藏称谢道："老院主，打搅宝山了。"僧官道："不敢，不敢。怠慢，怠慢。"三藏道："我师徒却在那里安歇？"僧官道："老爷不要忙，小和尚自有区处。"叫道人："那壁厢有几个人听使令的？"道人说："师父，有。"僧官吩咐道："你们着两个去安排草料，与唐老爷喂马；着几个去前面把那三间禅堂，打扫干净，铺设床帐，快请老爷安歇。"那些道人听命，各各整顿齐备，却来请唐老爷安寝。他师徒们牵马挑担，出方丈，径至禅堂门首看处，只见那里面灯火光明，两梢间铺着四张藤屉床。行者见了，唤那办草料的道人，将草料抬来，放在禅堂里面，拴下白马，教道人都出去。三藏坐在中间，灯下两班儿立五百个和尚，都伺候着，不敢侧离。三藏欠身道："列位请回，贫僧好自在安寝也。"众僧决不敢退。僧官上前，吩咐大众："伏侍老爷安置了再回。"三藏道："即此就是安置了，都就请回。"众人却才敢散去讫。【前倨后恭，都是心中之相在作怪】

唐僧举步出门小解，只见明月当天，叫："徒弟。"行者、八戒，沙僧都出来侍立。

因感这月清光皎洁，玉宇深沉，真是一轮高照，大地分明。对月怀归，口占一首古风长篇。诗云：

"皓魄当空宝镜悬，山河摇影十分全。琼楼玉宇清光满，冰鉴银盘爽气旋。万里此时同皎洁，一年今夜最明鲜。浑如霜饼离沧海，却似冰轮挂碧天。别馆寒窗孤客闷，山村野店老翁眠。乍临汉苑惊秋鬓，才到秦楼促晚奁。庾亮[1]有诗传晋史，袁宏[2]不寐泛江船。光浮杯面寒无力，清映庭中健有仙。处处窗轩吟白雪，家家院宇弄冰弦。今宵静玩来山寺，何日相同返故园？"【唐僧见月思乡，并有前番受辱苦闷之意】

行者闻言，近前答曰："师父啊，你只知月色光华，心怀故里，更不知月中之意，乃先天法象之规绳也。月至三十日，阳魂之金散尽，阴魄之水盈轮，故纯黑而无光，乃曰'晦'。此时与日相交，在晦朔两日之间，感阳光而有孕。至初三日一阳现，初八日二阳生，魄中魂半，其平如绳，故曰'上弦'。至今十五日，三阳备足，是以团圆，故曰'望'。至十六日一阴生，二十二日二阴生，此时魂中魄半，其平如绳，故曰'下弦'。至三十日三阴备足，亦当晦。此乃先天采炼之意。我等若能温养二八，【"温养二八"，原意是在极寒的二月和极热的八月进补养生，引申为在恶劣的境遇中修炼心性，淡然处之】九九成功，那时节，见佛容易，返故田亦易也。【卓吾评：说留】【即"说尽"】诗曰：

前弦之后后弦前，药味平平气象全。
采得归来炉里炼，志心功果即西天。"

【为什么悟空要讲一大段初级天文知识呢？这是悟空的一个比喻或哑谜。苏轼看到月相的变化，联想到"人有悲欢离合"；唐僧看到了月圆，想到了回家。其实月亮并没有变化，变化的是表相，人们给每一种表相都起了名字，表相引起人心情的起伏。这是在委婉安慰唐僧，僧官还是那个僧官，前倨后恭只是表相，这个表相引起了唐僧心情的不安，正确的做法还是要修心，用平常心看待这些表相，不让心随着表相而波动】

那长老听说，一时解悟，明彻真言。满心欢喜，称谢了悟空。沙僧在旁笑道："师兄此言虽当，只说的是弦前属阳，弦后属阴，阴中阳半，得水之金；更不道：水火相搀各有缘，全凭土母配如然。三家同会无争竞，水在长江月在天。"【沙僧强调用

---

① 庾亮：庾亮任武昌太尉时，曾见秋夜气佳景清，登楼赏月，与使吏几人吟咏谈笑。
② 袁宏：东晋文学家、史学家。富有诗才，曾于秋夜泛舟江上，作咏史诗。

心志调和身体和意念，让心性显露】

那长老闻得，亦开茅塞。正是理明一窍通千窍，说破无生即是仙。八戒上前扯住长老道："师父，莫听乱讲，误了睡觉。这月啊：

缺之不久又团圆，似我生来不十全。
吃饭嫌我肚子大，拿碗又说有粘涎。
他都伶俐修来福，我自痴愚积下缘。
我说你取经还满三涂业，摆尾摇头直上天！"

【三途，即佛经中所讲的火途、血途、刀途，泛指众生轮回之苦。"取经还满三途业"指用取经的磨难和功德救赎自己和众生。八戒用一首粗鄙不堪的诗，强调无智无得的状态，我不执着于我，也不介怀别人取笑我。此即无我相、无人相的真谛。强调离相离念，境界又在前两首之上，但唐僧只对前两个表示了赞赏，并未识得八戒的境界】

【《坛经》印证：欲学无上菩提，不得轻于初学。下下人有上上智，上上人有没意智。若轻人，即有无量无边罪】

三藏道："也罢，徒弟们走路辛苦，先去睡下。等我把这卷经来念一念。"行者道："师父差了，你自幼出家，做了和尚，小时的经文，那本不熟？却又领了唐王旨意，上西天见佛，求取'大乘真典'。如今功未完成，佛未得见，经未曾取，你念的是那卷经儿？"三藏道："我自出长安，朝朝跋涉，日日奔波，小时的经文恐怕生了；幸今夜得闲，等我温习温习。"行者道："既这等说，我们先去睡也。"他三人各往一张藤床上睡下。长老掩上禅堂门，高剔银釭，铺开经本，默默看念。正是那：楼头初鼓人烟静，野浦渔舟火灭时。毕竟不知那长老怎么样离寺，且听下回分解。【一个长长的引子讲完了，本回的题旨也说尽了，下面的正题，也只是在魔幻层面再演绎一遍罢了】

【卓吾评：说月处大须着眼。行者、沙僧之语，人易知道；最妙是八戒二语，人容易忽略，特拈出之。八戒之语曰："他都伶俐修来福，我自愚痴积下缘。"直说因果，乃大乘之言，非玄门小小修炼已也。着眼，着眼】

【《金刚经》印证：是诸众生，若心取相，即为着我、人、众生、寿者】

【《坛经》印证：外离一切相，名为无相。能离于相，则法体清净。善知识！于诸境上心不染，曰无念。于自念上，常离诸境，不于境上生心】

【《坛经》印证：成一切相即心，离一切相即佛】

第三十七回　鬼王夜谒唐三藏　悟空神化引婴儿

【上节唐僧显善相，被人欺辱；悟空显恶相，才求宿成功。悟空是唐僧的心性，所以善恶是唐僧的一体两面。本回妖怪强占乌鸡国王位，正是恶念占领唐僧心智在神魔层面的映射。如何回归心性的本来面目？也即如何揭示国王的真假？此时悟空又对应王子（或婴儿、赤子之心），八戒对应皇后（木母），悟空需引导王子揭露真相】

却说三藏坐于宝林寺禅堂中，灯下念一会《梁皇水忏》，看一会《孔雀真经》，【此两经名并不准确（如后文有《梁王忏》《孔雀经》），或为作者杜撰，取其谐音：凉皇水颤，恐却真经，以暗示下文情节，也反映唐僧心意不宁的状态】只坐到三更时候，却才把经本包在囊里。正欲起身去睡，只听得门外扑剌剌一声响喨，淅零零刮阵狂风。那长老恐吹灭了灯，慌忙将偏衫袖子遮住，又见那灯或明或暗，便觉有些心惊胆战。此时又困倦上来，伏在经案上盹睡。虽是合眼朦胧，却还心中明白，耳内嘤嘤听着那窗外阴风飒飒。好风，真个那：

淅淅潇潇，飘飘荡荡。淅淅潇潇飞落叶，飘飘荡荡卷浮云。满天星斗皆昏昧，遍地尘沙尽洒纷。一阵家猛，一阵家纯。纯时松竹敲清韵，猛处江湖波浪浑。刮得那山鸟难栖声哽哽，海鱼不定跳喷喷。东西馆阁门窗脱，前后房廊神鬼瞋。佛殿花瓶吹堕地，琉璃摇落慧灯昏。香炉攲倒香灰迸，烛架歪斜烛焰横。幢幡宝盖都摇拆，钟鼓楼台撼动根。【此景便是唐僧此时的心境】

那长老昏梦中听着风声一时过处，又闻得禅堂外，隐隐的叫一声"师父！"忽抬头梦中观看，门外站着一条汉子，浑身上下，水淋淋的，眼中垂泪，口里不住叫："师父！师父！"三藏欠身道："你莫是魍魉妖魅，神怪邪魔，至夜深时来此戏我？我却不是那贪欲贪嗔之类。【卓吾评：尚】【未必】我本是个光明正大之僧，奉东土大唐旨意，上西天拜佛求经者。我手下有三个徒弟，都是降龙伏虎之英豪，扫怪除魔之壮士。他若见了你，碎尸粉骨，化作微尘。此是我大慈悲之意，方便之心。你趁早儿潜身远遁，莫上我的禅门来。"【卓吾评：此和尚腐甚】那人倚定禅堂道："师父，我不是妖魔鬼怪，亦不是魍魉邪神。"三藏道："你既不是此类，却深夜来此何为？"那人道："师父，你舍眼看我一看。"长老果仔细定睛看处，呀！只见他：

头戴一顶冲天冠，腰束一条碧玉带，身穿一领飞龙舞凤赭黄袍，足踏一双云头绣口无忧履，手执一柄列斗罗星白玉圭。面如东岳长生帝，形似文昌开化君。三藏见了，大惊失色，急躬身厉声高叫道："是那一朝陛下？请坐。"用手忙搀，扑了个空虚，回身坐定。【看衣服是帝王，搀起的是空虚】

再看处，还是那个人。长老便问："陛下，你是那里皇王？何邦帝主？想必是国土不宁，谗臣欺虐，半夜逃生至此。有何话说，说与我听。"这人才泪滴腮边谈旧事，愁攒眉上诉前因，道："师父啊，我家住在正西，离此只有四十里远近。那厢有座城池，便是兴基之处。"三藏道："叫做甚么地名？"那人道："不瞒师父说，便是朕当时创立家邦，改号乌鸡国。"三藏道："陛下这等惊慌，却因甚事至此？"那人道："师父啊，我这里五年前，天年干旱，草子不生，民皆饥死，甚是伤情。"三藏闻言，点头叹道："陛下啊，古人云：'国正天心顺。'想必是你不慈恤万民。既遭荒歉，怎么就躲离城廓？且去开了仓库，赈济黎民，悔过前非，重兴今善，放赦了那枉法冤人。自然天心和合，雨顺风调。"那人道："我国中仓廪空虚，钱粮尽绝，文武两班停俸禄，寡人膳食亦无荤。仿效禹王治水，与万民同受甘苦，沐浴斋戒，昼夜焚香祈祷。如此三年，只干得河枯井涸。正都在危急之处，忽然终南山来了一个全真，能呼风唤雨，点石成金。先见我文武多官，后来见朕，当即请他登坛祈祷，果然有应，只见令牌响处，顷刻间大雨滂沱。寡人只望三尺雨足矣，他说久旱不能润泽，又多下了二寸。朕见他如此尚义，就与他八拜为交，以兄弟称之。"三藏道："此陛下万千之喜也。"那人道："喜自何来？"三藏道："那全真既有这等本事，若要雨时，就教他下雨；若要金时，就教他点金。还有那些不足，却离了城阙来此？"那人道："朕与他同寝食者，只得二年。又遇着阳春天气，红杏夭桃，开花绽蕊，家家士女，处处王孙，俱去游春赏玩。那时节，文武归衙，嫔妃转院。朕与那全真携手缓步，至御花园里，忽行到八角琉璃井边，不知他抛下些甚么物件，井中有万道金光，哄朕到井边看甚么宝贝。他陡起凶心，扑通的把寡人推下井内，将石板盖住井口，拥上泥土，移一株芭蕉栽在上面。可怜我啊，已死去三年，是一个落井伤生的冤屈之鬼也！"

唐僧见说是鬼，唬得筋力酥软，毛骨耸然。【卓吾评：若是怕鬼，不是和尚矣】没奈何，只得将言又问他道："陛下，你说的这话全不在理。既死三年，那文武多官，三宫皇后，遇三朝见驾殿上，怎么就不寻你？"那人道："师父啊，说起他的本事，果然世间罕有！自从害了朕，他当时在花园内摇身一变，就变做朕的模样，更无差别。现今占了我的江山，暗侵了我的国土。他把我两班文武，四百朝官，三宫皇后，六院嫔妃，尽属了他矣。"【魔占国王江山，对应恶占唐僧心智】三藏道："陛下，你忒也懦。”那人道：“何懦？”三藏道：“陛下，那怪倒有些神通，变作你的模样，侵占你的乾坤，文武不能识，后妃不能晓，只有你死的明白。你何不在阴司阎王处具告，把你的屈情伸诉伸诉？”那人道：“他的神通广大，官吏情熟，都城隍常与他会酒，海龙王尽与他有亲，东岳天齐是他的好朋友，十代阎罗是他的异兄弟。因此这般，我也无门投告。”【卓吾评：却原来阴司也是一等人情世界】【有这些本事的，正是悟空，故此妖影射悟空】

三藏道：“陛下，你阴司里既没本事告他，却来我阳世间作甚？”那人道：“师父啊，我这一点冤魂，怎敢上你的门来？山门前有那护法诸天、六丁六甲、五方揭谛、四值功曹、一十八位护教伽蓝，紧随鞍马。却才被夜游神一阵神风，把我送将进来。他说我三年水灾该满，着我来拜谒师父。他说你手下有一个大徒弟，是齐天大圣，极能斩怪降魔。【悟空之心魔，还需悟空降伏】今来志心拜恳，千乞到我国中，拿住妖魔，辨明邪正。朕当结草衔环，报酬师父恩也！”三藏道：“陛下，你此来是请我徒弟与你去除却那妖怪么？”那人道：“正是！正是！”三藏道：“我徒弟干别的事不济，【忒谦虚】但说降妖捉怪，正合他宜。陛下啊，虽是着他拿怪，但恐理上难行。”那人道：“怎么难行？”三藏道：“那怪既神通广大，变得与你相同；满朝文武，一个个言和心顺；三宫妃嫔，一个个意合情投。我徒弟纵有手段，决不敢轻动干戈。倘被多官拿住，说我们欺邦灭国，问一款大逆之罪，困陷城中，却不是画虎刻鹄①也？”那人道：“我朝中还有人哩。”三藏道：“却好！却好！想必是一代亲王侍长，发付何处镇守去了？”那人道：“不是。我本宫有个太子，是我亲生的储君。”【题目中称太子为婴儿，借《道德经》婴儿之论，指代不受污染之本心。要辨明邪正，还需问本心】三藏道：“那太子想必被妖魔贬了？”那人道：“不曾，他只在金銮殿上，五凤楼中，或与学士讲书，或共全真登位。自此三年，禁太子不入皇宫，不能彀与娘娘相见。”【妖魔影射悟空邪性；太子影射悟空正性；娘娘即木母，影射八戒。性情相合，才知真相】三藏道：“此是何故？”那人道：“此是妖怪使下的计策，只恐他母子相见，闲中论出长短，怕走了消息。故此两不会面，他得永住常存也。”三藏道：“你的灾屯，想应天付，却与我相类。当时我父曾被水贼伤生，我母被水贼欺占，经三个月，分娩了我。我在水中逃了性命，幸金山寺恩师救养成人。记得我幼年无父母，此间那太子失双亲，惭惶不已！”【暗示国王和太子乃唐僧与悟空之影像】又问道：“你纵有太子在朝，

① 画虎刻鹄：画虎不成反类狗，刻鹄（hú，天鹅）不成尚类鹜（wù，鸭子）。比喻好事做不成，反变了坏事。

我怎的与他相见?”那人道:“如何不得见?”三藏道:“他被妖魔拘辖,连一个生身之母尚不得见,我一个和尚,欲见何由?”那人道:“他明早出朝来也。”三藏问:“出朝作甚?”那人道:“明日早朝,领三千人马,架鹰犬出城采猎,师父断得与他相见。见时肯将我的言语说与他,他便信了。”三藏道:“他本是肉眼凡胎,被妖魔哄在殿上,那一日不叫他几声父王?他怎肯信我的言语?”那人道:“既恐他不信,我留下一件表记与你罢。”三藏问:“是何物件?”那人把手中执的金厢白玉圭放下道:“此物可以为记。”三藏道:“此物何如?”那人道:“全真自从变作我的模样,只是少变了这件宝贝。他到宫中,说那求雨的全真拐了此圭去了,自此三年,还没此物。我太子若看见,他睹物思人,此仇必报。”三藏道:“也罢,等我留下,着徒弟与你处置。却在那里等么?”那人道:“我也不敢等。我这去,还央求夜游神再使一阵神风,把我送进皇宫内院,托一梦与我那正宫皇后,教他母子们合意,你师徒们同心。”【国王与母子合意,对应唐僧与情性同心】三藏点头应承道:“你去罢。”

那冤魂叩头拜别,举步相送,不知怎么蹶了脚,跌了一个筋斗,把三藏惊醒,却原来是南柯一梦。慌得对着那盏昏灯,连忙叫:“徒弟!徒弟!”八戒醒来道:“甚么‘土地土地’?【本书多处用谐音,有时表幽默,有时为暗喻,有明显处,有不明显处,读者不可不察】当时我做好汉,专一吃人度日,受用腥膻,其实快活,偏你出家,教我们保护你跑路!原说只做和尚,如今拿做奴才,日间挑包袱牵马,夜间提尿瓶务脚(即“焐脚”,偎暖脚部)!这早晚不睡,又叫徒弟作甚?”三藏道:“徒弟,我刚才伏在案上打盹,做了一个怪梦。”行者跳将起来道:“师父,梦从想中来。【日有所思,夜有所梦;日间心智神位被恶相占据,才有夜间国王被魔侵位之梦。整个乌鸡国之难,就是这个梦在魔幻层面的铺陈】你未曾上山,先怕妖怪;又愁雷音路远,不能得到;思念长安,不知何日回程;所以心多梦多。【思念过去,惊疑现在,担忧前程,正所谓过去心不可得,现在心不可得,未来心不可得】似老孙一点真心,专要西方见佛,更无一个梦儿到我。”【无梦心法】三藏道:“徒弟,我这桩梦,不是思乡之梦。才然合眼,见一阵狂风过处,禅房门外有一朝皇帝,自言是乌鸡国王。浑身水湿,满眼泪垂。”这等这等,如此如此,将那梦中话一一的说与行者。行者笑道:“不消说了,他来托梦与你,分明是照顾老孙一场生意。必然是个妖怪在那里篡位谋国,等我与他辨个真假。想那妖魔,棍到处立业成功。”三藏道:“徒弟,他说那怪神通广大哩。”行者道:“怕他甚么广大!早知老孙到,教他即走无方!”三藏道:“我又记得留下一件宝贝做表记。”八戒答道:“师父莫要胡缠,做个梦便罢了,怎么只管当真?”沙僧道:“‘不信直中直,须防仁不仁。’我们打起火,开了门,看看如何便是。”

行者果然开门,一齐看处,只见星月光中,阶檐上真个放着一柄金厢白玉圭。八戒近前拿起道:"哥哥,这是甚么东西?"行者道:"这是国王手中执的宝贝,名唤玉圭。【"遇鬼"的谐音】师父啊,既有此物,想此事是真。明日拿妖,全都在老孙身上,只是要你三桩儿造化低哩。"八戒道:"好,好,好!做个梦罢了,又告诵他。他那些儿不会作弄人哩?就教你三桩儿造化低。"三藏回入里面道:"是那三桩?"行者道:"明日要你顶缸、受气、遭瘟。"【实为前节求宿遭遇】八戒笑道:"一桩儿也是难的,三桩儿却怎么耽得?"唐僧是个聪明的长老,便问:"徒弟啊,此三事如何讲?"行者道:"也不消讲,等我先与你二件物。"

好大圣,拔了一根毫毛,吹口仙气,叫声"变!"变做一个红金漆匣儿,把白玉圭放在内盛着,道:"师父,你将此物捧在手中,到天晓时,穿上锦襕袈裟,去正殿坐着念经,等我去看看他那城池。端的是个妖怪,就打杀他,也在此间立个功绩;假若不是,且休撞祸。"三藏道:"正是!正是!"行者道:"那太子不出城便罢,若真个应梦出城来,我定引他来见你。"三藏道:"见了我如何迎答?"行者道:"来到时,我先报知,你把那匣盖儿扯开些,等我变作二寸长的一个小和尚,钻在匣儿里,你连我捧在手中。那太子进了寺来,必然拜佛,你尽他怎的下拜,只是不睬他。他见你不动身,一定教拿你,你凭他拿下去,打也由他,绑也由他,杀也由他。"三藏道:"呀!他的军令大,真个杀了我,怎么好?"行者道:"没事,有我哩,若到那紧关处,我自然护你。他若问时,你说是东土钦差上西天拜佛取经进宝的和尚。他道:'有甚宝贝?'你却把锦襕袈裟对他说一遍,说道:'此是三等宝贝,还有头一等、第二等的好物哩。'但问处,就说这匣内有一件宝贝,上知五百年,下知五百年,中知五百年,共一千五百年过去未来之事,俱尽晓得。却把老孙放出来,我将那梦中话告诵那太子,他若肯信,就去拿了那妖魔,一则与他父王报仇,二来我们立个名节;他若不信,再将白玉圭拿与他看。只恐他年幼,还不认得哩。"三藏闻言大喜道:"徒弟啊,此计绝妙!但说这宝贝,一个叫做锦襕袈裟,一个叫做白玉圭,你变的宝贝却叫做甚名?"行者道:"就叫做'立帝货'罢。"三藏依言记在心上。师徒们一夜那曾得睡。盼到天明,恨不得点头唤出扶桑日,喷气吹散满天星。

不多时,东方发白。行者又吩咐了八戒、沙僧,教他两个:"不可搅扰僧人,出来乱走。待我成功之后,共汝等同行。"才别了唐僧,打了唿哨,一筋斗跳在空中。睁火眼平西看处,果见有一座城池。你道怎么就看见了?当时说那城池离寺只有四十里,故此凭高就望见了。行者近前仔细看处,又见那怪雾愁云漠漠,妖风怨气纷纷。行者在空中赞叹道:"若是真王登宝座,自有祥光五色云;只因妖怪侵龙位,腾腾黑气锁金门。”行者正然感叹。忽听得炮声响喨，又只见东门开处，闪出一路人马，真个是采猎之军，果然势勇。但见：

晓出禁城东，分围浅草中。彩旗开映日，白马骤迎风。鼍鼓冬冬擂，标枪对对冲。架鹰军猛烈，牵犬将骁雄。火炮连天振，粘竿映日红。人人支弩箭，个个挎雕弓。张网山坡下，铺绳小径中。一声惊霹雳，千骑拥貔熊①。狡兔身难保，乖獐智亦穷。狐狸该命尽，麋鹿丧当终。山雉难飞脱，野鸡怎避凶？他都要捡占山场擒猛兽，摧残林木射飞虫。

那些人出得城来，散步东郊，不多时，有二十里向高田地，又只见中军营里，有小小的一个将军：顶着盔，贯着甲，果肚花，十八札，手执青锋宝剑，坐下黄骠马，腰带满弦弓，真个是隐隐君王象，昂昂帝主容。规模非小辈，行动显真龙。

行者在空暗喜道：“不须说，那个就是皇帝的太子了。等我戏他一戏。”好大圣，按落云头，撞入军中太子马前。摇身一变，变作一个白兔儿，只在太子马前乱跑。太子看见，正合欢心，拈起箭，拽满弓，一箭正中了那兔儿。原来是那大圣故意教他中了，却眼乖手疾，一把接住那箭头，把箭翎花落在前边，丢开脚步跑了。那太子见箭中了玉兔，兜开马，独自争先来赶。不知马行的快，行者如风；马行的迟，行者慢走；只在他面前不远。看他一程一程，将太子哄到宝林寺山门之下，行者现了本身，不见兔儿，只见一枝箭插在门槛上。【卓吾评：这个是门槛精？可骇可笑】径撞进去，见唐僧道：“师父，来了！来了！”却又一变，变做二寸长短的小和尚儿，钻在红匣之内。

却说那太子赶到山门前，不见了白兔，只见门槛上插住一枝雕翎箭。太子大惊失色道：“怪哉！怪哉！分明我箭中了玉兔，玉兔怎么不见，只见箭在此间！想是年多日久，成了精魅也。”拔了箭，抬头看处，山门上有五个大字，写着“敕建宝林寺”。太子道：“我知之矣。向年间曾记得我父王在金銮殿上差官赍些金帛与这和尚修理佛殿佛象，不期今日到此。正是‘因过道院逢僧话，又得浮生半日闲’【引自唐代李涉的《题鹤林寺僧舍》】。我且进去走走。”

那太子跳下马来，正要进去，只见那保驾的官将与三千人马赶上，簇簇拥拥，都入山门里面。慌得那本寺众僧，都来叩头拜接，接入正殿中间，参拜佛象。却才举目观瞻，又欲游廊玩景，忽见正当中坐着一个和尚，太子大怒道：“这个和尚无礼！我今半朝銮驾进山，虽无旨意知会，不当远接，此时军马临门，也该起身，怎么还坐

---

① 貔熊：pí xióng，两种猛兽名。比喻勇猛的将士。

着不动?”教:“拿下来!”说声“拿”字,两边校尉,一齐下手,把唐僧抓将下来,急理绳索便捆。

行者在匣里默默的念咒,教道:“护法诸天、六丁六甲,我今设法降妖,这太子不能知识,将绳要捆我师父,汝等即早护持。若真捆了,汝等都该有罪!”那大圣暗中吩咐,谁敢不遵,却将三藏护持定了:有些人摸也摸不着他光头,好似一壁墙挡住,难拢其身。

那太子道:“你是那方来的,使这般隐身法欺我!”三藏上前施礼道:“贫僧无隐身法,乃是东土唐僧,上雷音寺拜佛求经进宝的和尚。”太子道:“你那东土虽是中原,其穷无比,有甚宝贝,你说来我听。”三藏道:“我身上穿的这袈裟,是第三样宝贝。还有第一等、第二等更好的物哩!”太子道:“你那衣服,半边苫(shàn,遮蔽)身,半边露臂,能值多少物,敢称宝贝!”三藏道:“这袈裟虽不全体,有诗几句。诗曰:

佛衣偏袒不须论,内隐真如脱世尘。
万线千针成正果,【卓吾评:着眼】九珠八宝合元神。
仙娥圣女恭修制,遗赐禅僧静垢身。
见驾不迎犹自可,你的父冤未报枉为人!”

太子闻言,心中大怒道:“这泼和尚胡说!你那半片衣,凭着你口能舌便,夸好夸强。我的父冤从何未报,你说来我听!”

三藏进前一步,合掌问道:“殿下,为人生在天地之间,能有几恩?”太子道:“有四恩。”三藏道:“那四恩?”太子道:“感天地盖载之恩,日月照临之恩,国王水土之恩,父母养育之恩。”三藏笑曰:“殿下言之有失,人只有天地盖载,日月照临,国王水土,那得个父母养育来?”太子怒道:“和尚是那游手游食削发逆君之徒!人不得父母养育,身从何来?”三藏道:“殿下,贫僧不知。但只这红匣内有一件宝贝,叫做‘立帝货’,他上知五百年,中知五百年,下知五百年,共知一千五百年过去未来之事,便知无父母养育之恩,令贫僧在此久等多时矣。”

太子闻说,教:“拿来我看。”三藏扯开匣盖儿,那行者跳将出来,跋(bá,矮人行走貌)呀跋的,两边乱走。太子道:“这星星小人儿,能知甚事?”行者闻言嫌小,却就使个神通,把腰伸一伸,就长了有三尺四五寸。【卓吾评:猴】众军士吃惊道:“若是这般快长,不消几日,就撑破天也!”【卓吾评:趣】行者长到原身,就不长了。太子才问道:“立帝货,这老和尚说你能知未来过去吉凶,你却有龟作卜?有蓍作筮?凭书句断人祸福?”行者道:“我一毫不用,只是全凭三寸舌,万事尽皆知。”太子道:“这厮又是胡说。自古以来,《周易》之书,极其玄妙,断尽天下吉凶,使人知所趋避,故龟所以卜，蓍所以筮。听汝之言，凭据何理，妄言祸福，扇惑人心！”行者道：“殿下且莫忙，等我说与你听。你本是乌鸡国王的太子，你那里五年前，年程荒旱，万民遭苦，你家皇帝共臣子，秉心祈祷。正无点雨之时，终南山来了一个道士，他善呼风唤雨，点石为金。君王忒也爱小，就与他拜为兄弟。这桩事有么？”太子道：“有！有！有！你再说说。”行者道：“后三年不见全真，称孤的却是谁？”太子道：“果是有个全真，父王与他拜为兄弟，食则同食，寝则同寝。三年前在御花园里玩景，被他一阵神风，把父王手中金厢白玉圭，摄回终南山去了。至今父王还思慕他。因不见他，遂无心赏玩，把花园紧闭了，已三年矣。做皇帝的非我父王而何？”

行者闻言，哂笑不绝。太子再问不答，只是哂笑。太子怒道：“这厮当言不言，如何这等哂笑？”行者又道：“还有许多话哩！奈何左右人众，不是说处。”太子见他言语有因，将袍袖一展，教军士且退。那驾上官将，急传令，将三千人马，都出门外住札(驻扎)。此时殿上无人，太子坐在上面，长老立在前边，左手旁立着行者。本寺诸僧皆退，行者才正色上前道：“殿下，化风去的是你生身之父母，见坐位的，是那祈雨之全真。”太子道：“胡说！胡说！我父自全真去后，风调雨顺，国泰民安。照依你说，就不是我父王了。还是我年孺，容得你；若我父王听见你这番话，拿了去，碎尸万段！”把行者咄的喝下来。行者对唐僧道：“何如？我说他不信，果然！果然！如今却拿那宝贝进与他，倒换关文，往西方去罢。”三藏即将红匣子递与行者。行者接过来，将身一抖，那匣儿卒不见了，原是他毫毛变的，被他收上身去。却将白玉圭双手捧上，献与太子。

太子见了道：“好和尚！好和尚！你五年前本是个全真，来骗了我家的宝贝，如今又妆做和尚来进献！”叫：“拿了！”一声传令，把长老唬得慌忙指着行者道：“你这弼马温！专撞空头祸，带累我哩！”行者近前一齐拦住道：“休嚷！莫走了风！我不叫做立帝货，还有真名哩。”太子怒道：“你上来！我问你个真名字，好送法司定罪！”行者道：“我是那长老的大徒弟，名唤悟空孙行者。因与我师父上西天取经，昨宵到此觅宿。我师父夜读经卷，至三更时分得一梦，梦见你父王道，他被那全真欺害，推在御花园八角琉璃井内，全真变作他的模样。满朝官不能知，你年幼亦无分晓，禁你入宫，关了花园，大端怕漏了消息。你父王今夜特来请我降魔，我恐不是妖邪，自空中看了，果然是个妖精。正要动手拿他，不期你出城打猎。你箭中的玉兔，就是老孙。老孙把你引到寺里，见师父，诉此衷肠，句句是实。你既然认得白玉圭，怎么不念鞠养恩情，替亲报仇？”那太子闻言，心中惨慽，暗自伤愁道：“若不信此言语，他却有三分儿真实；若信了，怎奈殿上见是我父王？”这才是进退两难心问口，三思忍耐口问心。

行者见他疑惑不定，又上前道："殿下不必心疑，请殿下驾回本国，问你国母娘娘一声，看他夫妻恩爱之情，比三年前如何。只此一问，便知真假矣。"那太子回心道："正是！且待我问我母亲去来。"他跳起身，笼了玉圭就走。行者扯住道："你这些人马都回，却不走漏消息，我难成功？但要你单人独马进城，不可扬名卖弄，莫入正阳门，须从后宰门进去。到宫中见你母亲，切休高声大气，须是悄语低言。恐那怪神通广大，一时走了消息，你娘儿们性命俱难保也。"太子谨遵教命，出山门吩咐将官："稳在此札营，不得移动。我有一事，待我去了就来一同进城。"看他：指挥号令屯军士，上马如飞即转城。这一去，不知见了娘娘，有何话说，且听下回分解。

【卓吾评：世上既有认贼作子的，定有认妖作父的，所以禅门急急唤人要认"真爷娘"也。吁！爷娘则爷娘矣，缘何又要认"真爷娘"也？此处最宜深思，勿作一句没头话理会过才是，才是】

【《坛经》印证：世人自色身是城，眼耳鼻舌是门。外有五门，内有意门。心是地，性是王，王居心地上。性在王在，性去王无。性在身心存，性去身心坏】

第三十八回　婴儿问母知邪正　金木参玄见假真

【题中婴儿(太子)向母亲(娘娘)求证,正对金公(悟空)与木母(八戒)合作,暗示需性(真心)情(常识)相印证,才能看破邪正、真假之相】

逢君只说受生因,便作如来会上人。【万事万物都从心性上去理解,便是佛的境界。受生,即秉性、心性】一念静观尘世佛,十方同看降威神。【心念清净,在时空中全方位观照,凡人便成为佛】欲知今日真明主,须问当年嫡母身。【要想看到自己的真性,需回归本源】别有世间曾未见,一行一步一花新。【在那种状态中,每次观照都是新的境界】

却说那乌鸡国王太子,自别大圣,不多时回至城中,果然不奔朝门,不敢报传宣诏,径至后宰门首,见几个太监在那里把守。见太子来,不敢阻滞,让他进去了。好太子,夹一夹马,撞入里面,忽至锦香亭下,只见那正宫娘娘坐在锦香亭上,两边有数十个嫔妃掌扇,那娘娘倚雕栏儿流泪哩。你道他流泪怎的?原来他四更时也做了一梦,记得一半,含糊了一半,沉沉思想。

这太子下马,跪于亭下,叫:"母亲!"那娘娘强整欢容,叫声"孩儿,喜呀!喜呀!这二三年在前殿与你父王开讲,不得相见,我甚思量。今日如何得暇来看我一面?诚万千之喜!诚万千之喜!孩儿,你怎么声音悲惨?你父王年纪高迈,有一日龙归碧海,凤返丹霄,你就传了帝位,还有甚么不悦?"太子叩头道:"母亲,我问你:即位登龙是那个?称孤道寡果何人?"娘娘闻言道:"这孩儿发风了!做皇帝的是你父王,你问怎的?"太子叩头道:"万望母亲赦子无罪,敢问;不赦,不敢问。"娘娘道:"子母家有何罪?赦你,赦你,快快说来。"太子道:"母亲,我问你三年前夫妻宫里之事与后三年恩爱同否,如何?"娘娘见说,魂飘魄散,急下亭抱起,紧搂在怀,眼中滴泪道:"孩儿!我与你久不相见,怎么今日来宫问此?"太子发怒道:"母亲有话早说,不说时,且误了大事。"娘娘才喝退左右,泪眼低声道:"这桩事,孩儿不问,我到九泉之下,也不得明白。既问时,听我说:三载之前温又暖,三年之后冷如冰。枕边切切将言问,他说老迈身衰事不兴!"太子闻言,撒手脱身,攀鞍上马。那娘娘一把扯住道:"孩儿,你有甚事,话不终就走?"太子跪在面前道:"母亲,不敢说!今日早期,蒙钦差架鹰逐犬,出城打猎,偶遇东土驾下来的个取经圣僧,有大徒弟乃孙行者,极善降妖。原来我父王死在御花园八角琉璃井内，这全真假变父王，侵了龙位。今夜三更，父王托梦，请他到城捉怪。孩儿不敢尽信，特来问母，母亲才说出这等言语，必然是个妖精。”那娘娘道：“儿啊，外人之言，你怎么就信为实？”太子道：“儿还不敢认实，父王遗下表记与他了。”娘娘问是何物，太子袖中取出那金厢白玉圭，递与娘娘。那娘娘认得是当时国王之宝，止不住泪如泉涌，叫声：“主公！你怎么死去三年，不来见我，却先见圣僧，后来见我？”太子道：“母亲，这话是怎的说？”娘娘道：“儿啊，我四更时分，也做了一梦，梦见你父王水淋淋的，站在我跟前，亲说他死了，鬼魂儿拜请了唐僧降假皇帝，救他前身。记便记得是这等言语，只是一半儿不得分明，正在这里狐疑，怎知今日你又来说这话，又将宝贝拿出。我且收下，你且去请那圣僧急急为之。果然扫荡妖氛，辨明邪正，庶报你父王养育之恩也。”

太子急忙上马，出后宰门，躲离城池，真个是噙泪叩头辞国母，含悲顿首复唐僧。不多时，出了城门，径至宝林寺山门前下马。众军士接着太子，又见红轮将坠。太子传令，不许军士乱动。他又独自个入了山门，整束衣冠，拜请行者。只见那猴王从正殿摇摇摆摆走来，那太子双膝跪下道：“师父，我来了。”行者上前搀住道：“请起，你到城中，可曾问谁么？”太子道：“问母亲来。”将前言尽说了一遍。行者微微笑道：“若是那般冷啊，想是个甚么冰冷的东西变的。不打紧！不打紧！等我老孙与你扫荡。却只是今日晚了，不好行事。你先回去，待明早我来。”太子跪地叩拜道：“师父，我只在此伺候，到明日同师父一路去罢。”行者道：“不好！不好！若是与你一同入城，那怪物生疑，不说是我撞着你，却说是你请老孙，却不惹他反怪你也？”太子道：“我如今进城，他也怪我。”行者道：“怪你怎么？”太子道：“我自早朝蒙差，带领若干人马鹰犬出城，今一日更无一件野物，怎么见驾？若问我个不才之罪，监陷羑里(yǒu lǐ，殷代监狱名。此处泛指监狱)，你明日进城，却将何倚？况那班部中更没个相知人也。”行者道：“这甚打紧！你肯早说时，却不寻下些等你？”

好大圣！你看他就在太子面前，显个手段，将身一纵，跳在云端里，捻着诀，念一声“唵蓝净法界”的真言，拘得那山神、土地在半空中施礼道：“大圣，呼唤小神，有何使令？”行者道：“老孙保护唐僧至此，欲拿邪魔，奈何那太子打猎无物，不敢回朝。问汝等讨个人情，快将獐犯鹿兔，走兽飞禽，各寻些来，打发他回去。”山神、土地闻言，敢不承命？又问各要几何。大圣道：“不拘多少，取些来便罢。”那各神即着本处阴兵，刮一阵聚兽阴风，捉了些野鸡山雉，角鹿肥獐，狐獾狢兔，虎豹狼虫，共有百千余只，献与行者。行者道：“老孙不要，你可把他都捻就了筋，单摆在那四十里路上两旁，教那些人不纵鹰犬，拿回城去，算了汝等之功。”众神依言，散了阴风，摆在左右。行者才按云头，对太子道："殿下请回，路上已有物了，你自收去。"太子见他在半空中弄此神通，如何不信，只得叩头拜别，出山门传了令，教军士们回城。只见那路旁果有无限的野物，军士们不放鹰犬，一个个俱着手擒捉喝采，俱道是千岁殿下的洪福，怎知是老孙的神功？你听凯歌声唱，一拥回城。

这行者保护了三藏，那本寺中的和尚，见他们与太子这样绸缪（情意殷切），怎不恭敬？却又安排斋供，管待了唐僧，依然还歇在禅堂里。将近有一更时分，行者心中有事，急睡不着。他一毂辘爬起来，到唐僧床前叫："师父。"此时长老还未睡哩，他晓得行者会失惊打怪的，推睡不应。行者摸着他的光头，乱摇道："师父怎睡着了？"唐僧怒道："这个顽皮！这早晚还不睡，吆喝甚么？"

行者道："师父，有一桩事儿，和你计较计较。"长老道："甚么事？"行者道："我日间与那太子夸口，说我的手段比山还高，比海还深，拿那妖精如探囊取物一般，伸了手去就拿将转来。却也睡不着，想起来，有些难哩。"唐僧道："你说难，便就不拿了罢。"行者道："拿是还要拿，只是理上不顺。"唐僧道："这猴头乱说！妖精夺了人君位，怎么叫做理上不顺！"行者道："你老人家只知念经拜佛，打坐参禅，那曾见那萧何的律法？常言道：'拿贼拿赃。'那怪物做了三年皇帝，又不曾走了马脚，漏了风声。他与三宫妃后同眠，又和两班文武共乐，我老孙就有本事拿住他，也不好定个罪名。"唐僧道："怎么不好定罪？"行者道："他就是个没嘴的葫芦，也与你滚上几滚。他敢道：'我是乌鸡国王，有甚逆天之事，你来拿我？'将甚执照与他折辩？"唐僧道："凭你怎生裁处？"

行者笑道："老孙的计已成了，只是干碍着你老人家，有些儿护短。"唐僧道："我怎么护短？"行者道："八戒生得夯，你有些儿偏向他。"唐僧道："我怎么向他？"行者道："你若不向他啊，且如今把胆放大些，与沙僧只在这里。待老孙与八戒趁此时先入那乌鸡国城中，寻着御花园，打开琉璃井，把那皇帝尸首捞将上来，包在我们包袱里。明日进城，且不管甚么倒换文牒，见了那怪，掣棍子就打。他但有言语，就将骨榇①与他看，说：'你杀的是这个人！'却教太子上来哭父，皇后出来认夫，文武多官见主，我老孙与兄弟们动手。这才是有对头的官事好打。"唐僧闻言，暗喜道："只怕八戒不肯去。"行者笑道："如何？我说你护短，你怎么就知他不肯去？你只像我叫你时不答应，半个时辰便了！我这去，但凭三寸不烂之舌，莫说是猪八戒，就是'猪九戒'，也有本事教他跟着我走。"唐僧道："也罢，随你去叫他。"

---

① 骨榇：gǔ chèn，死人埋葬后经过腐烂剩下来的骨头。亦借指尸体。

行者离了师父，径到八戒床边，叫："八戒！八戒！"那呆子是走路辛苦的人，丢倒头只情打呼，那里叫得醒？行者揪着耳朵，抓着鬃，把他一拉，拉起来，叫声"八戒。"那呆子还打棱挣(发呆失神貌)。行者又叫一声，呆子道："睡了罢，莫顽！明日要走路哩！"行者道："不是顽，有一桩买卖，我和你做去。"八戒道："甚么买卖？"行者道："你可曾听得那太子说么？"八戒道："我不曾见面，不曾听见说甚么。"行者道："那太子告诵我说，那妖精有件宝贝，万夫不当之勇。我们明日进朝，不免与他争敌。倘那怪执了宝贝，降倒我们，却不反成不美？我想着打人不过，不如先下手。我和你去偷他的来，却不是好？"八戒道："哥哥，你哄我去做贼哩。这个买卖，我也去得，果是晓得实实的帮寸，我也与你讲个明白：偷了宝贝，降了妖精，我却不奈烦甚么小家罕气的分宝贝，我就要了。"行者道："你要作甚？"八戒道："我不如你们乖巧能言，人面前化得出斋来。老猪身子又夯，言语又粗，不能念经，若到那无济无生处，可好换斋吃么！"行者道："老孙只要图名，那里图甚宝贝，就与你罢便了。"那呆子听见说都与他，他就满心欢喜，一毂辘爬将起来，套上衣服，就和行者走路。这正是清酒红人面，黄金动道心。【卓吾评：着眼】两个密密的开了门，躲离三藏，纵祥光，径奔那城。

不多时到了，按落云头，只听得楼头方二鼓矣。行者道："兄弟，二更时分了。"八戒道："正好！正好！人都在头觉里正浓睡也。"二人不奔正阳门，径到后宰门首，只听得梆铃声响。行者道："兄弟，前后门皆紧急，如何得入？"八戒道："那见做贼的从门里走么？隔墙跳过便罢。"行者依言，将身一纵，跳上里罗城墙。八戒也跳上去。二人潜入里面，找着门路，径寻那御花园。正行时，只见有一座三檐白簇的门楼，上有三个亮灼灼的大字，映着那星月光辉，乃是"御花园"。行者近前看了，有几重封皮，公然将锁门锈住了。即命八戒动手，那呆子掣铁钯，尽力一筑，把门筑得粉碎。行者先举步跋(chà，跨)入，忍不住跳将起来，大呼小叫，【卓吾评：猴】唬得八戒上前扯住道："哥呀，害杀我也！那见做贼的乱嚷，似这般吆喝！惊醒了人，把我们拿住，送入官司，就不该死罪，也要解回原籍充军。"行者道："兄弟啊，你却不知我发急为何，你看这：

彩画雕栏狼狈，宝妆亭阁敧歪。莎汀蓼岸尽尘埋，芍药荼蘼(tú mí，植物名)俱败。茉莉玫瑰香暗，牡丹百合空开。芙蓉木槿草垓垓(gāi gāi，多而杂乱貌)，异卉奇葩壅坏。巧石山峰俱倒，池塘水涸鱼衰。青松紫竹似干柴，满路茸茸蒿艾。丹桂碧桃枝损，海榴棠棣根歪。桥头曲径有苍苔，冷落花园境界！"【此诗比喻心性蒙蔽后的身体状态】

八戒道："且叹他做甚？快干我们的买卖去来！"行者虽然感慨，却留心想起唐僧的梦来，说芭蕉树下方是井。正行处，果见一株芭蕉，生得茂盛，比众花木不同，真是：

一种灵苗秀，天生体性空。
枝枝抽片纸，叶叶卷芳丛。
翠缕千条细，丹心一点红。
凄凉愁夜雨，憔悴怯秋风。
长养元丁力，栽培造化工。
缄书成妙用，挥洒有奇功。
凤翎宁得似，鸾尾迥相同。
薄露瀼瀼(ráng ráng，露薄貌)滴，轻烟淡淡笼。
青阴遮户牖，碧影上帘栊。
不许栖鸿雁，何堪系玉骢。
霜天形槁悴，月夜色朦胧。
仅可消炎暑，犹宜避日烘。
愧无桃李色，冷落粉墙东。

行者道："八戒，动手么！宝贝在芭蕉树下埋着哩。"那呆子双手举钯，筑倒了芭蕉，然后用嘴一拱，拱了有三四尺深，见一块石板盖住。呆子欢喜道："哥呀！造化了！果有宝贝，是一片石板盖着哩！不知是坛儿盛着，是柜儿装着哩。"行者道："你掀起来看看。"那呆子果又一嘴，拱开看处，又见有霞光灼灼，白气明明。八戒笑道："造化！造化！宝贝放光哩！"又近前细看时，呀！原来是星月之光，映得那井中水亮。【宝贝、灵苗、星月、霞光均象征真性及光彩】八戒道："哥呀，你但干事，便要留根。"行者道："我怎留根？"八戒道："这是一眼井。你在寺里，早说是井中有宝贝，我却带将两条捆包袱的绳来，怎么作个法儿，把老猪放下去。如今空手，这里面东西，怎么得下去上来耶？"行者道："你下去么？"八戒道："正是要下去，只是没绳索。"行者笑道："你脱了衣服，我与你个手段。"八戒道："有甚么好衣服？解了这直裰子就是了。"

好大圣，把金箍棒拿出来，两头一扯，叫："长！"足有七八丈长。教："八戒，你抱着一头儿，把你放下井去。"八戒道："哥呀，放便放下去，若到水边，就住了罢。"行者道："我晓得。"那呆子抱着铁棒，被行者轻轻提将起来，将他放下去。不多时，放至水边。八戒道："到水了！"行者听见他说，却将棒往下一按。那呆子扑通的一个没头蹲，丢了铁棒，便就负水，口里哺哺的嚷道："这天杀的！我说到水莫放，他却就把我一按！"行者掣上棒来，笑道："兄弟，可有宝贝么？"八戒道："那见甚么宝贝，只是一井水！"行者道："宝贝沉在水底下哩，你下去摸一摸来。"呆子真个深知水性，却就打个猛子，淬将下去，呀！那井底深得紧！他却着实又一淬，忽睁眼见有一座牌楼，上有"水晶宫"三个字。八戒大惊道："罢了！罢了！错走了路了！蹡(qiàng，行步不正貌)下海来也！海内有个水晶宫，井里如何有之？"原来八戒不知此是井龙王的水晶宫。【卓吾评：幻甚】

八戒正叙话处，早有一个巡水的夜叉，开了门，看见他的模样，急抽身进去报道："大王，祸事了！井上落一个长嘴大耳的和尚来了！赤淋淋的，衣服全无，还不死，逼法说话哩。"那井龙王忽闻此言，心中大惊道："这是天蓬元帅来也。昨夜夜游神奉上敕旨，来取乌鸡国王魂灵去拜见唐僧，请齐天大圣降妖。这怕是齐天大圣、天蓬元帅来了，却不可怠慢他，快接他去也。"那龙王整衣冠，领众水族，出门来厉声高叫道："天蓬元帅，请里面坐。"八戒却才欢喜道："原来是个故知。"那呆子不管好歹，径入水晶宫里。其实不知上下，赤淋淋的，就坐在上面。龙王道："元帅，近闻你得了性命，皈依释教，保唐僧西天取经，如何得到此处？"八戒道："正为此说，我师兄孙悟空多多拜上，着我来问你取甚么宝贝哩。"龙王道："可怜，我这里怎么得个宝贝？比不得那江、河、淮、济的龙王，飞腾变化，便有宝贝。我久困于此，日月且不能长见，宝贝果何自而来也？"八戒道："不要推辞，有便拿出来罢。"龙王道："有便有一件宝贝，只是拿不出来。就元帅亲自来看看，何如？"八戒道："妙！妙！妙！须是看看来也。"

那龙王前走，这呆子随后，转过了水晶宫殿，只见廊庑下，横軃(duǒ，躺)着一个六尺长躯。龙王用手指定道："元帅，那厢就是宝贝了。"八戒上前看了，呀！原来是个死皇帝，戴着冲天冠，穿着赭黄袍，踏着无忧履，系着蓝田带，直挺挺睡在那厢。八戒笑道："难！难！难！算不得宝贝！想老猪在山为怪时，时常将此物当饭，且莫说见的多少，吃也吃彀无数，那里叫做甚么宝贝！"龙王道："元帅原来不知，他本是乌鸡国王的尸首。自到井中，我与他定颜珠定住，不曾得坏。你若肯驮他出去，见了齐天大圣，假有起死回生之意啊，莫说宝贝，凭你要甚么东西都有。"八戒道："既这等说，我与你驮出去，只说把多少烧埋钱与我？"龙王道："其实无钱。"八戒道："你好白使人？果然没钱，不驮！"龙王道："不驮，请行。"八戒就走。龙王差两个有力量的夜叉，把尸抬将出去，送到水晶宫门外，丢在那厢，摘了辟水珠，就有水响。

八戒急回头看，不见水晶宫门，一把摸着那皇帝的尸首，慌得他脚软筋麻，撺出水面，扳着井墙，叫道："师兄！伸下棒来，救我一救！"行者道："可有宝贝么？"八戒道："那里有！只是水底下有一个井龙王，教我驮死人，我不曾驮，他就把我送出门来，就不见那水晶宫了，只摸着那个尸首，唬得我手软筋麻，挣搓不动了！哥呀！好歹救我救儿！"行者道："那个就是宝贝，如何不驮上来？"八戒道："知他死了多少时了，我驮他怎的？"行者道："你不驮，我回去耶。"八戒道："你回那里去？"行者道："我回寺中，同师父睡觉去。"【卓吾评：顽皮】八戒道："我就不去了？"行者道："你爬得上来，便带你去，爬不上来便罢。"八戒慌了："怎生爬得动！你想，城墙也难上，这井肚子大，口儿小，壁陡的圈墙，又是几年不曾打水的井，团团都长的是苔痕，好不滑也，教我怎爬？哥哥，不要失了兄弟们和气，等我驮上来罢。"行者道："正是，快快驮上来，我同你回去睡觉。"那呆子又一个猛子，淬将下去，摸着尸首，拽过来背在身上，撺出水面，扶井墙道："哥哥，驮上来了。"那行者睁睛看处，真个的背在身上，却才把金箍棒伸下井底，那呆子着了恼的人，张开口，咬着铁棒，被行者轻轻的提将出来。八戒将尸放下，捞过衣服穿了。

行者看时，那皇帝容颜依旧，似生时未改分毫。行者道："兄弟啊，这人死了三年，怎么还容颜不坏？"八戒道："你不知之，这井龙王对我说，他使了定颜珠定住了，尸首未曾坏得。"行者道："造化！造化！一则是他的冤仇未报，二来该我们成功。兄弟快把他驮了去。"八戒道："驮往那里去？"行者道："驮了去见师父。"八戒口中作念道："怎的起！怎的起！好好睡觉的人，被这猢狲花言巧语，哄我教做甚么买卖，如今却干这等事，教我驮死人！驮着他，腌臜臭水淋将下来，污了衣服，没人与我浆洗。上面有几个补丁，天阴发潮，如何穿么？"行者道："你只管驮了去，到寺里，我与你换衣服。"八戒道："不羞！连你穿的也没有，又替我换！"行者道："这般弄嘴，便不驮罢！"八戒道："不驮！"行者道："便伸过孤拐来，打二十棒！"八戒慌了道："哥哥，那棒子重，若是打上二十，我与这皇帝一般了。"【卓吾评：趣】行者道："怕打时，趁早儿驮着走路！"八戒果然怕打，没好气，把尸首拽将过来，背在身上，拽步出园就走。

好大圣，捻着诀，念声咒语，往巽地上吸一口气，吹将去就是一阵狂风，把八戒撮出皇宫内院，躲离了城池，息了风头，二人落地，徐徐的走将来。那呆子心中暗恼，算计要报恨行者，道："这猴子捉弄我，我到寺里也捉弄捉弄他，撺唆师父，只说他医得活；医不活，教师父念《紧箍儿咒》，把这猴子的脑浆勒出来，方趁我心！"走着路，再再寻思道："不好！不好！若教他医人，却是容易：他去阎王家讨将魂灵儿来，就医活了。只说不许赴阴司，阳世间就能医活，这法儿才好。"

说不了，却到了山门前，径直进去，将尸首丢在那禅堂门前，道："师父，起来看邪。”那唐僧睡不着，正与沙僧讲行者哄了八戒去久不回之事。忽听得他来叫了一声，唐僧连忙起身道：“徒弟，看甚么？”八戒道：“行者的外公，教老猪驮将来了。”行者道：“你这馕糟的呆子！我那里有甚么外公？”八戒道：“哥，不是你外公，却教老猪驮他来怎么？也不知费了多少力了！”那唐僧与沙僧开门看处，那皇帝容颜未改，似活的一般。长老忽然惨凄道：“陛下，你不知那世里冤家，今生遇着他，暗丧其身，抛妻别子，致令文武不知，多官不晓！可怜你妻子昏蒙，谁曾见焚香献茶？”忽失声泪如雨下。【卓吾评：着眼】【唐僧看到父亲的过往，也看到自己真性的影子】

八戒笑道：“师父，他死了可干你事？又不是你家父祖，哭他怎的！”三藏道：“徒弟啊，出家人慈悲为本，方便为门。你怎的这等心硬？”八戒道：“不是心硬，师兄和我说来，他能医得活。若是医不活，我也不驮他来了。”那长老原来是一头水的，被那呆子摇动了，也便就叫：“悟空，若果有手段医活这个皇帝，正是‘救人一命，胜造七级浮屠。’我等也强似灵山拜佛。”行者道：“师父，你怎么信这呆子乱谈！人若死了，或三七五七，尽七七日，受满了阳间罪过，就转生去了，如今已死三年，如何救得！”三藏闻其言道：“也罢了。”八戒苦恨不息，道：“师父，你莫被他瞒了。他有些夹脑风。你只念念那话儿，管他还你一个活人。”真个唐僧就念《紧箍儿咒》，勒得那猴子眼胀头疼。毕竟不知怎生医救，且听下回分解。

【卓吾评：描画行者耍处、八戒笨处，咄咄欲真，传神手也】

第三十九回　一粒金丹天上得　三年故主世间生

【本回悟空求得老子仙丹复活真皇帝，象征复活唐僧的善念。最终菩萨带走恶念，却点出善恶皆是表相，各有因缘。国王的真心是王子，上节他通过母亲的意见辨别了国王的真假，本回悟空（唐僧的真心）也是在八戒（木母）的建议下救活国王、辨别唐僧的真假。八戒代表情感和平常心，他虽然容易受到诱惑，但却接地气，有助于识相和离相】

话说那孙大圣头痛难禁，哀告道："师父，莫念！莫念！等我医罢！"长老问："怎么医？"行者道："只除过阴司，查勘那个阎王家有他魂灵，请将来救他。"八戒道："师父莫信他。他原说不用过阴司，阳世间就能医活，方见手段哩。"那长老信邪风，又念《紧箍儿咒》，慌得行者满口招承道："阳世间医罢！阳世间医罢！"八戒道："莫要住！只管念！只管念！"行者骂道："你这呆孽畜，撺道（怂恿）师父咒我哩！"八戒笑得打跌道："哥耶！哥耶！你只晓得捉弄我，不晓得我也捉弄你捉弄！"行者道："师父，莫念！莫念！待老孙阳世间医罢。"三藏道："阳世间怎么医？"行者道："我如今一筋斗云，撞入南天门里，不进斗牛宫，不入灵霄殿，径到那三十三天之上，离恨天宫兜率院内，见太上老君，把他'九转还魂丹'求得一粒来，管取救活他也。"

三藏闻言，大喜道："就去快来。"行者道："如今有三更时候罢了，投到回来，好天明了。只是这个人睡在这里，冷淡冷淡，不像个模样；须得举哀人看着他哭，便才好哩。"八戒道："不消讲，这猴子一定是要我哭哩。"行者道："怕你不哭！你若不哭，我也医不成！"八戒道："哥哥，你自去，我自哭罢了。"行者道："哭有几样：若干着口喊，谓之嚎；扭搜出些眼泪儿来，谓之啕。又要哭得有眼泪，又要哭得有心肠，才算着嚎啕痛哭哩。"八戒道："我且哭个样子你看看。"他不知那里扯个纸条，拈作一个纸拈儿，往鼻孔里通了两通，打了几个涕喷，你看他眼泪汪汪，粘涎答答的，哭将起来，口里不住的絮絮叨叨，数黄道黑，真个像死了人的一般。哭到那伤情之处，唐长老也泪滴心酸。行者笑道："正是那样哀痛，再不许住声。你这呆子哄得我去了，你就不哭，我还听哩！若是这等哭便罢，若略住住声儿，定打二十个孤拐！"八戒笑道："你去你去！我这一哭动头，有两日哭哩。"沙僧见他数落，便去寻几枝香来烧献，行者笑道："好！好！好！一家儿都有些敬意，老孙才好用功。"【假国王实指唐僧（江

山）心灵（国王）被恶念占领，此番哭祭仪式，是为真性招魂】

好大圣，此时有半夜时分，别了他师徒三众，纵筋斗云，只入南天门里，果然也不谒灵霄宝殿，不上那斗牛天宫，一路云光，径来到三十三天离恨天兜率宫中。才入门，只见那太上老君正坐在那丹房中，与众仙童执芭蕉扇搧火炼丹哩。他见行者来时，即吩咐看丹的童儿："各要仔细，偷丹的贼又来也。"行者作礼笑道："老官儿，这等没搭撒，防备我怎的？我如今不干那样事了。"老君道："你那猴子，五百年前大闹天宫，把我灵丹偷吃无数，着小圣二郎捉拿上界，送在我丹炉炼了四十九日，炭也不知费了多少。你如今幸得脱身，皈依佛果，保唐僧往西天取经，前者在平顶山上降魔，弄刁难，不与我宝贝，今日又来做甚？"行者道："前日事，老孙更没稽迟，将你那五件宝贝当时交还，你反疑心怪我？"老君道："你不走路，潜入吾宫怎的？"行者道："自别后，西过一方，名乌鸡国。那国王被一妖精假妆道士，呼风唤雨，阴害了国王，那妖假变国王相貌，现坐金銮殿上。是我师父夜坐宝林寺看经，那国王鬼魂参拜我师，敦请老孙与他降妖，辨明邪正。正是老孙思无指实，与弟八戒，夜入园中，打破花园，寻着埋藏之所，乃是一眼八角琉璃井内，捞上他的尸首，容颜不改。到寺中见了我师，他发慈悲，着老孙医救，不许去赴阴司里求索灵魂，只教在阳世间救治。我想着无处回生，特来参谒，万望道祖垂怜，把'九转还魂丹'借得一千丸儿，与我老孙搭救他也。"老君道："这猴子胡说！甚么一千丸，二千丸！当饭吃哩！是那里土块捘的，这等容易？咄！快去！没有！"行者笑道："百十丸儿也罢。"老君道："也没有。"行者道："十来丸也罢。"【卓吾评：趣】老君怒道："这泼猴却也缠帐！没有，没有！出去，出去！"行者笑道："真个没有，我问别处去救罢。"老君喝道："去！去！去！"这大圣拽转步，往前就走。

老君忽的寻思道："这猴子惫懒哩，说去就去，只怕溜进来就偷。"【不低估人性之恶，遇事先求避祸自保，道祖也不例外】即命仙童叫回来道："你这猴子，手脚不稳，我把这'还魂丹'送你一丸罢。"【仙丹救死人是玩笑，老子心法救蒙蔽的心性是真。世人尽管去求，老君也是有求必应】行者道："老官儿，既然晓得老孙的手段，快把金丹拿出来，与我四六分分，还是你的造化哩；不然，就送你个'皮笊篱——捞个罄尽'。"那老祖取过葫芦来，倒吊过底子，倾出一粒金丹，递与行者道："止有此了，拿去，拿去！送你这一粒，医活那皇帝，只算你的功果罢。"

【《道德经》印证：宠辱若惊，贵大患若身。何谓宠辱若惊？宠为下，得之若惊，失之若惊，是谓宠辱若惊。何谓贵大患若身？吾所以有大患者，为吾有身，及吾无身，吾有何患？故贵以身为天下，若可寄天下；爱以身为天下，若可托天下】

行者接了道："且休忙，等我尝尝看，只怕是假的，莫被他哄了。"扑的往口里一丢，慌得那老祖上前扯住，一把揪着顶瓜皮，揝着拳头骂道："这泼猴若要咽下去，就直打杀了！"行者笑道："嘴脸！小家子样！那个吃你的哩！能值几个钱？虚多实少的。【卓吾评：调皮】【本书情节铺陈也是虚多实少，请读者自辨】在这里不是？"原来那猴子颏下有嗉袋儿，他把那金丹噙在嗉袋里，被老祖捻着道："去罢！去罢！再休来此缠绕！"这大圣才谢了老祖，出离了兜率天宫。

你看他千条瑞霭离瑶阙，万道祥云降世尘，须臾间，下了南天门，回到东观，早见那太阳星上。按云头，径至宝林寺山门外，只听得八戒还哭哩，忽近前叫声："师父！"三藏喜道："悟空来了，可有丹药？"行者道："有。"八戒道："怎么得没有？他偷也去偷人家些来！"行者笑道："兄弟，你过去罢，用不着你了。你揩揩眼泪，别处哭去。"教："沙和尚，取些水来我用。"沙僧急忙往后面井上，有个方便吊桶，即将半钵盂水递与行者。行者接了水，口中吐出丹来，安在那皇帝唇里，两手扳开牙齿，用一口清水，把金丹冲灌下肚。有半个时辰，只听他肚里呼呼的乱响，只是身体不能转移。行者道："师父，弄我金丹也不能救活，可是揹杀老孙么！"三藏道："岂有不活之理。似这般久死之尸，如何吞得水下？此乃金丹之仙力也。自金丹入腹，却就肠鸣了。肠鸣乃血脉和动，但气绝不能回伸。莫说人在井里浸了三年，就是生铁也上锈了。只是元气尽绝，得个人度他一口气便好。"

那八戒上前就要度气，三藏一把扯住道："使不得！还教悟空来。"那师父甚有主意：原来猪八戒自幼儿伤生作孽吃人，是一口浊气；惟行者从小修持，咬松嚼柏，吃桃果为生，是一口清气。这大圣上前，把个雷公嘴噙着那皇帝口唇，呼的一口气，吹入咽喉，度下重楼，转明堂，径至丹田，从涌泉倒返泥垣宫。呼的一声响喨，那君王气聚神归，便翻身，轮拳曲足，叫了一声："师父！"双膝跪在尘埃道："记得昨夜鬼魂拜谒，怎知道今朝天晓返阳神！"三藏慌忙搀起道："陛下，不干我事，你且谢我徒弟。"行者笑道："师父说那里话？常言道：'家无二主。'你受他一拜儿不亏。"三藏甚不过意，搀起那皇帝来，同入禅堂。又与八戒、行者、沙僧拜见了，方才按座。只见那本寺的僧人，整顿了早斋，却欲来奉献；忽见那个水衣皇帝，个个惊张，人人疑说。孙行者跳出来道："那和尚，不要这等惊疑，这本是乌鸡国王，乃汝之真主也。三年前被怪害了性命，是老孙今夜救活，如今进他城去，要辨明邪正。若有了斋，摆将来，等我们吃了走路。"

众僧即奉献汤水，与他洗了面，换了衣服。把那皇帝赭黄袍脱了，本寺僧官，将两领布直裰，与他穿了；解下蓝田带，将一条黄丝绦子与他系了；褪下无忧履，与他一双旧僧鞋撒了。却才都吃了早斋，扣背马匹。行者问："八戒，你行李有多重？"八戒道："哥哥，这行李日逐挑着，倒也不知有多重。"行者道："你把那一担儿分为两担，将一担儿你挑着，将一担儿与这皇帝挑。我们赶早进城干事。"八戒欢喜道："造化！造化！当时驮他来，不知费了多少力；如今医活了，原来是个替身。"那呆子就弄玄虚，将行李分开，就问寺中取条匾担，轻些的自己挑了，重些的教那皇帝挑着。行者笑道："陛下，着你那般打扮，挑着担子，跟我们走走，可亏你么？"那国王慌忙跪下道："师父，你是我重生父母一般，莫说挑担，情愿执鞭坠镫，伏侍老爷，同行上西天去也。"行者道："不要你去西天。我内中有个缘故，你只挑得四十里进城，待捉了妖精，你还做你的皇帝，我们还取我们的经也。"八戒听言道："这等说，他只挑四十里路，我老猪还是长工！"行者道："兄弟，不要胡说，趁早外边引路。"

真个八戒领那皇帝前行，沙僧伏侍师父上马，行者随后。只见那本寺五百僧人，齐齐整整，吹打着细乐，都送出山门之外。行者笑道："和尚们不必远送，但恐官家有人知觉，泄漏我的事机，反为不美。快回去！快回去！但把那皇帝的衣服冠带，整顿干净，或是今晚明早，送进城来，我讨些封赠（封号）赏赐谢你。"众僧依命各回讫。行者搀开大步，赶上师父，一直前来。正是：

西方有诀好寻真，金木和同却炼神。

【性情相互印证，是识得真性的妙法】

丹母空怀懞懂梦，婴儿长恨杌樗（wù chū，喻不成材料，没有出息）身。

【真性蒙蔽则身体败落，功果难成】

必须井底求明主，还要天堂拜老君。

【必须透过种种色相，找到圆明的本性，用心法加以锻炼】

悟得色空还本性，诚为佛度有缘人。

【看破诸相虚空的本质，即得本心】

师徒们在路上，那消半日，早望见城池相近。三藏道："悟空，前面想是乌鸡国了。"行者道："正是，我们快赶进城干事。"那师徒进得城来，只见街市上人物齐整，风光闹热，早又见凤阁龙楼，十分壮丽。有诗为证。诗曰：

海外宫楼如上邦，人间歌舞若前唐。

花迎宝扇红云绕，日照鲜袍翠雾光。

孔雀屏开香霭出，珍珠帘卷彩旗张。

太平景象真堪贺，静列多官没奏章。

三藏下马道："徒弟啊，我们就此进朝倒换关文，省得又拢那个衙门费事。"行者道："说得有理。我兄弟们都进去，人多才好说话。"唐僧道："都进去，莫要撒村（说粗鲁话），先行了君臣礼，然后再讲。"行者道："行君臣礼，就要下拜哩。"三藏道："正是，要行五拜三叩头的大礼。"行者笑道："师父不济，若是对他行礼，诚为不智。你且让我先走，到里边自有处置。等他若有言语，让我对答。我若拜，你们也拜；我若蹲，你们也蹲。"你看那惹祸的猴王，引至朝门，与阁门大使言道："我等是东土大唐驾下差来，上西天拜佛求经者，今到此倒换关文，烦大人转达，是谓不误善果。"那黄门官即入端门，跪下丹墀，启奏道："朝门外有五众僧人，言是东土唐国钦差上西天拜佛求经，今至此倒换关文，不敢擅入，现在门外听宣。"

那魔王即令传宣。唐僧却同入朝门里面，那回生的国主随行。正行，忍不住腮边堕泪，心中暗道："可怜！我的铜斗儿江山，铁围的社稷，谁知被他阴占了！"行者道："陛下切莫伤感，恐走漏消息。这棍子在我耳朵里跳哩，如今决要见功，管取打杀妖魔，扫荡邪物，这江山不久就还归你也。"那君王不敢违言，只得扯衣揩泪，舍死相从，径来到金銮殿下。又见那两班文武，四百朝官，一个个威严端肃，像貌轩昂。这行者引唐僧站立在白玉阶前，挺身不动。那阶下众官，无不悚惧，道："这和尚十分愚浊！怎么见我王便不下拜，亦不开言呼祝，喏也不唱一个？好大胆无礼！"

说不了，只听得那魔王开口问道："那和尚是那方来的？"行者昂然答道："我是南赡部洲东土大唐国奉钦差前往西域天竺国大雷音寺拜活佛求真经者，今到此方，不敢空度，特来倒换通关文牒。"那魔王闻说，心中作怒道："你东土便怎么？我不在你朝进贡，不与你国相通，你怎么见吾抗礼，不行参拜！"行者笑道："我东土古立天朝，久称上国，汝等乃下土边邦。自古道：'上邦皇帝为父为君，下邦皇帝为臣为子。'你倒未曾接我，且敢争我不拜？"那魔王大怒，教文武官："拿下这野和尚去！"说声叫"拿"，你看那多官一齐踊跃。这行者喝了一声，用手一指，教："莫来！"那一指，就使个定身法，众官俱莫能行动。真个是校尉阶前如木偶，将军殿上似泥人。

那魔王见他定住了文武多官，急纵身跳下龙床，就要来拿。猴王暗喜道："好！正合老孙之意。这一来，就是个生铁铸的头，汤着棍子，也打个窟窿！"正动身，不期旁边转出一个救命星来。你道是谁？原来是乌鸡国王的太子，急上前扯住那魔王的朝衣，跪在面前道："父王息怒。"妖精问："孩儿怎么说？"太子道："启父王得知：三年前闻得人说，有个东土唐朝驾下钦差圣僧往西天拜佛求经，不期今日才来到我邦。父王尊性威烈，若将这和尚拿去斩首，只恐大唐有日得此消息，必生嗔怒。你想那李世民自称王位，一统江山，尚心未足，又兴过海征伐；若知我王害了他御弟圣僧，一定兴兵发马，来与我王争敌。奈何兵少将微，那时悔之晚矣。父王依儿所奏，且把那四个和尚问他个来历分明，先定他一段不参王驾，然后方可问罪。”

这一篇，原来是太子小心，恐怕来伤了唐僧，故意留住妖魔，更不知行者安排着要打。那魔王果信其言，立在龙床前面，大喝一声道：“那和尚是几时离了东土？唐王因甚事着你求经？”行者昂然而答道：“我师父乃唐王御弟，号曰三藏。因唐王驾下有一丞相，姓魏名徵，奉天条梦斩泾河老龙。大唐王梦游阴司地府，复得回生之后，大开水陆道场，普度冤魂孽鬼。因我师父敷演经文，广运慈悲，忽得南海观世音菩萨指教来西。我师父大发弘愿，情忻（xīn，同“欣”）意美，报国尽忠，蒙唐王赐与文牒。那时正是大唐贞观十三年九月望前三日。离了东土，前至两界山，收了我做大徒弟，姓孙，名悟空行者；又到乌斯国界高家庄，收了二徒弟，姓猪，名悟能八戒；流沙河界，又收了三徒弟，姓沙，名悟净和尚；前日在敕建宝林寺，又新收个挑担的行童道人。”魔王闻说，又没法搜检那唐僧，弄巧计盘诘行者，怒目问道：“那和尚，你起初时，一个人离东土，又收了四众，那三僧可让，这一道难容。那行童断然是拐来的。他叫做甚么名字？有度牒是无度牒？拿他上来取供！”唬得那皇帝战战兢兢道：“师父啊！我却怎的供？”孙行者捻他一把道：“你休怕，等我替你供。”

好大圣，趋步上前，对怪物厉声高叫道：“陛下，这老道是一个瘖症（yīn yǎ，不能言）之人，却又有些耳聋。只因他年幼间曾走过西天，认得道路。他的一节儿起落根本，我尽知之，望陛下宽恕，待我替他供罢。”魔王道：“趁早实实的替他供来，免得取罪。”行者道：“供罪行童年且迈，痴聋瘖症家私坏。祖居原是此间人，五载之前遭破败。天无雨，民干坏，君王黎庶都斋戒。焚香沐浴告天公，万里全无云叆叇。百姓饥荒若倒悬，终南忽降全真怪。呼风唤雨显神通，然后暗将他命害。推下花园水井中，阴侵龙位人难解。幸吾来，功果大，起死回生无罣碍（guà ài，牵扯，障碍）。情愿皈依作行童，与僧同去朝西界。假变君王是道人，道人转是真王代。”【卓吾评：妙甚，趣甚】

那魔王在金銮殿上，闻得这一篇言语，唬得他心头撞小鹿，面上起红云。急抽身就要走路，奈何手内无一兵器，转回头，只见一个镇殿将军腰挎一口宝刀，被行者使了定身法，直挺挺如痴如症立在那里，他近前夺了这宝刀，就驾云头望空而去。气得沙和尚爆燥如雷，猪八戒高声喊叫，埋怨行者是一个急猴子：“你就慢说些儿，却不稳住他了？如今他驾云逃走，却往何处追寻？”行者笑道：“兄弟们且莫乱嚷，我等叫那太子下来拜父，嫔后出来拜夫。”却又念个咒语，解了定身法。“教那多官苏醒回来拜君，方知是真实皇帝，教诉前情，才见分晓，我再去寻他。”好大圣，吩咐八戒、沙僧：“好生保护他君臣父子嫔后与我师父！”只听说声“去”，就不见形影。

他原来跳在九霄云里睁眼四望，看那魔王哩。只见那畜果逃了性命，径往东北上走哩。行者赶得将近，喝道："那怪物那里去！老孙来了也！"那魔王急回头，掣出宝刀，高叫道："孙行者，你好惫懒！我来占别人的帝位，与你无干，你怎么来抱不平，泄漏我的机密？"行者呵呵笑道："我把你大胆的泼怪！皇帝又许你做？你既知我是老孙，就该远遁，怎么还刁难我师父，要取甚么供状？适才那供状是也不是？你不要走！好汉吃我老孙这一棒！"那魔侧身躲过，掣宝刀劈面相还。他两个搭上手，这一场好杀，真是：

猴王猛，魔王强，刀迎棒架敢相当。一天云雾迷三界，只为当朝立帝王。

他两个战经数合，那妖魔抵不住猴王，急回头，复从旧路跳入城里，闯在白玉阶前两班文武丛中，摇身一变，即变得与唐三藏一般模样，并搀手立在阶前。【暗示假皇帝即唐僧之心魔，一善一恶，一正一邪，正应唐僧投宿宝林寺时的内心困扰】这大圣赶上，就欲举棒来打，那怪道："徒弟莫打，是我。"急掣棒要打那个唐僧，却又道："徒弟莫打，是我。"一样两个唐僧，实难辨认。"倘若一棒打杀妖怪变的唐僧，这个也成了功果；假若一棒打杀我的真实师父，却怎么好？"只得停手，叫八戒、沙僧问道："果然那一个是怪，那一个是我的师父？你指与我，我好打他。"【卓吾评：幻甚】八戒道："你在半空中相打相嚷，我们瞥瞥眼，就见两个师父，也不知谁真谁假。"行者闻言，捻诀念声咒语，叫那护法诸天、六丁六甲、五方揭谛、四值功曹、一十八位护驾伽蓝、当坊土地、本境山神，道："老孙至此降妖，妖魔变作我师父，气体相同，实难辨认。汝等暗中知会者，请师父上殿，让我擒魔。"原来那妖怪善腾云雾，听得行者言语，急撒手跳上金銮宝殿。【卓吾评：妙甚，妙甚！文人至此，灵异极矣】这行者举起棒，望唐僧就打。可怜若不是唤那几位神来，这一下就是二十个唐僧，也打为肉酱！多亏众神架住铁棒道："大圣，那怪会腾云，先上殿去了。"行者赶上殿，他又跳将下来扯住唐僧，在人丛里又混了一混，依然难认。

行者心中不快，又见那八戒在旁冷笑，行者大怒道："你这夯货怎的？如今有两个师父，你有得叫，有得应，有得伏侍哩。你这般欢喜得紧！"八戒笑道："哥啊，说我呆，你比我又呆哩。师父既不认得，何劳费力？你且忍些头疼，叫我师父念念那话儿，我与沙僧各搀一个听着。若不会念的，必是妖怪，有何难也？"【卓吾评：趣极】【欲辨邪正，婴儿问母，性情印证】行者道："兄弟，亏你也。正是，那话儿只有三人记得，原是我佛如来心苗上所发，传与观世音菩萨，菩萨又传与我师父，便再没人知道。也罢，师父，念念。"真个那唐僧就念起来。那魔王怎么知得，口里胡哼乱哼。八戒道："这哼的却是妖怪了！"他放了手，举钯就筑。那魔王纵身跳起，踏着云头便走。好八戒，喝一声，也驾云头赶上，慌得那沙和尚丢了唐僧，也掣出宝杖来打。唐僧才停了咒语，孙大圣忍着头疼，揝着铁棒，赶在空中。呀！这一场，三个狠和尚，围住一个泼妖魔。那魔王被八戒、沙僧使钉钯、宝杖左右攻住了。行者笑道："我要再去当面打他，他却有些怕我，只恐他又走了。等我老孙跳高些，与他个捣蒜打，结果了他罢。"

这大圣纵祥光起在九霄，正欲下个切手，只见那东北上一朵彩云里面，厉声叫道："孙悟空，且休下手！"行者回头看处，原来文殊菩萨。急收棒，上前施礼道："菩萨那里去？"文殊道："我来替你收这个妖怪的。"【文殊菩萨以智慧见长，故擅伏恶相之妖，破表相之困】行者谢道："累烦了。"那菩萨袖中取出照妖镜，照住了那怪的原身。行者才招呼八戒、沙僧齐来见了菩萨。却将镜子里看处，那魔王生得好不凶恶：

眼似琉璃盏，头若炼砂缸。
浑身三伏靛，四爪九秋霜。
搭拉两个耳，一尾扫帚长。
青毛生锐气，红眼放金光。
匾牙排玉板，圆须挺硬枪。
镜里观真象，原是文殊一个狮猁王。

行者道："菩萨，这是你坐下的一个青毛狮子，却怎么走将来成精，你就不收服他？"菩萨道："悟空，他不曾走，他是佛旨差来的。"行者道："这畜类成精，侵夺帝位，还奉佛旨差来。似老孙保唐僧受苦，就该领几道敕书！"

菩萨道："你不知道。当初这乌鸡国王好善斋僧，佛差我来度他归西，早证金身罗汉。因是不可原身相见，变做一种凡僧，问他化些斋供。被吾几句言语相难，他不识我是个好人，把我一条绳捆了，送在那御水河中，浸了我三日三夜。多亏六甲金身救我归西，奏与如来。如来将此怪令到此处，推他下井，浸他三年，以报吾三日水灾之恨。'一饮一啄，莫非前定。'今得汝等来此，成了功绩。"行者道："你虽报了甚么'一饮一啄'的私仇，但那怪物不知害了多少人也！"菩萨道："也不曾害人，自他到后，这三年间，风调雨顺，国泰民安，何害人之有？"【真假皇帝，没有差异】行者道："固然如此，但只三宫娘娘与他同眠同起，点污了他的身体，坏了多少纲常伦理，还叫做不曾害人？"菩萨道："点污他不得，他是个骟了的狮子。"八戒闻言，走近前，就摸了一把，笑道："这妖精真个是'糟鼻子不吃酒——枉担其名'了。"行者道："既如此，收了去罢。若不是菩萨亲来，决不饶他性命。"

那菩萨却念个咒，喝道："畜生，还不皈正，更待何时！"那魔王才现了原身。菩萨放莲花罩定妖魔，坐在背上，踏祥光辞了行者。咦！径转五台山上去，宝莲座下听谈经。毕竟不知那唐僧师徒怎的出城，且听下回分解。

【卓吾评：读者试思，毕竟金丹在老祖炉内否？恐离恨天兜率宫不在身外也。金丹到手，死者可活，缘何世人活者反要弄死？可恨，可恨】

【菩萨说妖精皇帝在位也是风调雨顺，可见菩萨并不把皇帝的真假放在心上。若以国喻人，以王喻心，善恶也是心中之相，真性无关善恶，也不依托其他任何表相。此所谓"离相而见本心"。"相"对人的蒙蔽，总是通过感官和意念，本质上还是放不下"我"。为摆脱"相"的蒙蔽，要修炼"无我"。所谓乌鸡者，即无己，无我也】

【《金刚经》印证：若菩萨通达无我法者，如来说名真是菩萨】

【《庄子》印证：至人无己，神人无功，圣人无名】

第四十回　婴儿戏化禅心乱　猿马刀归木母空

【《西游记》讲佛法，没有高深的理论推导，它只不过是把凡人俗虑产生的原因及心理的过程细细展示给人看，揭示危害，并基于经典给出解决的方案。火云洞之难起于心绪的波动，红孩儿即唐僧的怒火心魔。本难讨论怒火如何产生，如何欺骗，如何运作，如何降伏】

却说那孙大圣兄弟三人，按下云头，径至朝内。只见那君臣储后，几班儿拜接谢恩。行者将菩萨降魔收怪的那一节，陈诉与他君臣听了，一个个顶礼不尽。正都在贺喜之间，又听得黄门官来奏："主公，外面又有四个和尚来也。"八戒慌了道："哥哥，莫是妖精弄法，假捏文殊菩萨哄了我等，却又变作和尚，来与我们斗智哩。"行者道："岂有此理！"即命宣进来看。众文武传令，着他进来。行者看时，原来是那宝林寺僧人，捧着那冲天冠、碧玉带、赭黄袍、无忧履进得来也。行者大喜道："来得好！来得好！"且教道人过来，摘下包巾，戴上冲天冠；脱了布衣，穿上赭黄袍；解了绦子，系上碧玉带；褪了僧鞋，登上无忧履；【同一个人，穿上粗布衣服就是挑夫，无人关注，穿上黄袍就是皇帝，万众瞩目，"相"对人的欺骗何其深也】教太子拿出白玉圭来，与他执在手里，早请上殿称孤。正是自古道："朝廷不可一日无君。"那皇帝那里肯坐，哭啼啼，跪在阶心道："我已死三年，今蒙师父救我回生，怎么又敢妄自称尊？请那一位师父为君，我情愿领妻子城外为民足矣。"那三藏那里肯受，一心只是要拜佛求经。又请行者，行者笑道："不瞒列位说，老孙若肯要做皇帝，天下万国九州皇帝都做遍了。只是我们做惯了和尚，是这般懒散。若做了皇帝，就要留头长发，黄昏不睡，五鼓不眠；听有边报，心神不安；见有灾荒，忧愁无奈。我们怎么弄得惯？你还做你的皇帝，我还做我的和尚，修功行去也。"【卓吾评：着眼】那国王苦让不过，只得上了宝殿，南面称孤。大赦天下，封赠了宝林寺僧人回去。却才开东阁，筵宴唐僧，一壁厢传旨宣召丹青，写下唐师徒四位喜容，供养在金銮殿上。

那师徒们安了邦国，不肯久停，欲辞王驾投西。那皇帝与三宫妃后、太子诸臣，将镇国的宝贝，金银缎帛，献与师父酬恩。那三藏分毫不受，只是倒换关文，催悟空等背马早行。那国王甚不过意，摆整朝銮驾，请唐僧上坐，着两班文武引导，他与三宫妃后并太子，一家儿捧毂推轮，送出城廓，却才下龙辇，与众相别。国王道："师父啊，到西天经回之日，是必还到寡人界内一顾。”三藏道：“弟子领命。”那皇帝阁泪汪汪，遂与众臣回去了。

那唐僧一行四僧，上了羊肠大路，【走正道的人太少，所以虽是大路，却是羊肠】一心里专拜灵山。正值秋尽冬初时节，但见：

霜凋红叶林林瘦，雨熟黄粱处处盈。

日暖岭梅开晓色，风摇山竹动寒声。

师徒们离了乌鸡国，夜住晓行，将半月有余。忽又见一座高山，真个是摩天碍日。三藏马上心惊，急兜缰忙呼行者。行者道：“师父有何吩咐？”三藏道：“你看前面又有大山峻岭，须要仔细堤防，恐一时又有邪物来侵我也。”行者笑道：“只管走路，莫再多心，老孙自有防护。”那长老只得宽怀，加鞭策马，奔至山岩，果然也十分险峻，但见得：

高不高，顶上接青霄；深不深，涧中如地府。山前常见骨都都白云，扢腾腾黑雾。红梅翠竹，绿柏青松。山后有千万丈挟魂灵台，台后有古古怪怪藏魔洞。洞中有叮叮当当滴水泉，泉下更有弯弯曲曲流水涧。又见那跳天搠地献果猿，丫丫叉叉带角鹿，呢呢痴痴看人獐。至晚巴山寻穴虎，待晓翻波出水龙。登得洞门唿喇的响，惊得飞禽扑鲁的起，看那林中走兽，鞠律律的行。见此一伙禽和兽，吓得人心扢磴磴惊。堂倒洞堂堂倒洞，洞当当倒洞当仙。【凡有心惊处，则有心跳声】青石染成千块玉，碧纱笼罩万堆烟。

【作者文笔也不落于相，句法肆意腾挪，无拘无束，此处有李白《蜀道难》的节奏】

师徒们正当悚惧，又只见那山凹里有一朵红云，直冒到九霄空内，结聚了一团火气。【暗示怒火之妖】行者大惊，走近前把唐僧搊(zǒu，抓，揪)着脚，推下马来。叫：“兄弟们，不要走了，妖怪来矣！”慌得个八戒急掣钉钯，沙僧忙轮宝杖，把唐僧围护在当中。

话分两头。却说红光里，真是个妖精。他数年前闻得人讲，东土唐僧往西天取经，乃是金蝉长老转生，十世修行的好人，有人吃他一块肉，延生长寿，与天地同休。他朝朝在山间等候，不期今日到了。他在那半空里正然观看，只见三个徒弟把唐僧围护在马上，各各准备。这精灵夸赞不尽道：“好和尚！我才看着一个白面胖和尚骑了马，真是那唐朝圣僧，却怎么被三个丑和尚护持住了！一个个伸拳敛袖，各执兵器，似乎要与人打的一般。噫！不知是那个有眼力的，想应认得我了，似此模样，莫想得那唐僧的肉吃。”沉吟半晌，以心问心的自家商量道：“若要倚势而擒，莫能得近；或者以善迷他，却到得手。但哄得他心迷惑，待我在善内生机，断然拿了。且下去戏他一戏。”好妖怪，即散红光，按云头落下，去那山坡里摇身一变，变作七岁顽童，赤条条的身上无衣，将麻绳捆了手足，高吊在那松树梢头，口口声声只叫：“救人！救人！”

却说那孙大圣忽抬头再看处，只见那红云散尽，火气全无，便叫：“师父，请上马走路。”唐僧道：“你说妖怪来了，怎么又敢走路？”行者道：“我才然间见一朵红云从地而起，到空中结做一团火气，断然是妖精。这一会红云散了，想是个过路的妖精，不敢伤人。我们去耶。”八戒笑道：“师兄说话最巧，妖精又有个甚么过路的？”【八戒是实话，妖精乃是心魔，没有过路的。真真假假，强调离相；处处调侃，意在抚慰】行者道：“你那里知道，若是那山那洞的魔王设宴，邀请那诸山各洞之精赴会，却就有东南西北四路的精灵都来赴会，故此他只有心赴会，无意伤人。此乃过路之妖精也。”三藏闻言，也似信不信的，只得攀鞍在马，顺路奔山前进。正行时，只听得叫声：“救人！”长老大惊道：“徒弟呀，这半山中，是那里甚么人叫？”行者上前道：“师父只管走路，莫缠甚么‘人轿’‘骡轿’‘明轿’‘睡轿’。这所在就有轿，也没个人抬你。”【谐音梗】唐僧道：“不是扛抬之‘轿’，乃是叫唤之‘叫’。”行者笑道：“我晓得，莫管闲事，且走路。”

三藏依言，策马又进。行不上一里之遥，又听得叫声：“救人！”长老道：“徒弟，这个叫声，不是鬼魅妖邪；若是鬼魅妖邪，但有出声，无有回声。你听他叫一声，又叫一声，想必是个有难之人。我们可去救他一救。”行者道：“师父，今日且把这慈悲心略收起收起，待过了此山，再发慈悲罢，这去处凶多吉少。你知道那倚草附木之说，是物可以成精。诸般还可，只有一般蟒蛇，但修得年远日深，成了精魅，善能知人小名儿。他若在草科里，或山凹中，叫人一声，人不答应还可；若答应一声，他就把人元神绰去，当夜跟来，断然伤人性命。且走，且走！古人云：‘脱得去，谢神明。’切不可听他。”长老只得依他，又加鞭催马而去。行者心中暗想：“这泼怪不知在那里，只管叫阿叫的。等我老孙送他一个‘卯酉星法’，教他两不见面。”好大圣，叫沙和尚前来：“拢着马，慢慢走着，让老孙解解手。”你看他让唐僧先行几步，却念个咒语，使个移山缩地之法，把金箍棒往后一指，他师徒过此峰头往前走了，却把那怪物撇下。他再拽开步赶上唐僧，一路奔山。只见那三藏又听得那山背后叫声：“救人！”长老道：“徒弟呀，那有难的人，大没缘法，不曾得遇着我们。我们走过他了，你听他在山后叫哩。”八戒道：“在便还在山前，只是如今风转了也。”行者道：“管他甚么转风不转风，且走路。”因此，遂都无言语，恨不得一步跐（chà，踏）过此山，不题话下。

却说那妖精在山坡里，连叫了三四声，更无人到。他心中思量道：“我等唐僧在此，望见他离不上三里，却怎么这半晌还不到？想是抄下路去了。”他抖一抖身躯，脱了绳索，又纵红光，上空再看。不觉孙大圣仰面回观，识得是妖怪，又把唐僧撮着脚推下马来道：“兄弟们，仔细！仔细！那妖精又来也！”慌得那八戒、沙僧各持兵刀，将唐僧又围护在中间。那精灵见了，在半空中称羡不已道：“好和尚！我才见那白面和尚坐在马上，却怎么又被他三人藏了？这一去见面方知。先把那有眼力的弄倒了，方才捉得唐僧。不然啊，徒费心机难获物，枉劳情兴总成空。”却又按下云头，恰似前番变化，高吊在松树山头等候，这番却不上半里之地。

却说那孙大圣抬头再看，只见那红云又散，复请师父上马前行。三藏道：“你说妖精又来，如何又请走路？”行者道：“这还是个过路的妖精，不敢惹我们。”长老又怀怒道：“这个泼猴十分弄我！正当有妖魔处，却说无事；似这般清平之所，却又恐吓我，不时的嚷道有甚妖精。虚多实少，不管轻重，将我㨮(chōu，抓住)着脚，捽下马来，如今却解说甚么过路的妖精。假若跌伤了我，却也过意不去，这等，这等！”行者道：“师父莫怪。若是跌伤了你的手足，却还好医治；若是被妖精捞了去，却何处跟寻？”三藏大怒，【怒火之妖生】哏哏(hěn hěn，狠心貌)的，要念《紧箍儿咒》，却是沙僧苦劝，只得上马又行。还未曾坐得稳，只听又叫：“师父救人啊！”长老抬头看时，原来是个小孩童，赤条条的吊在那树上。兜住缰，便骂行者道：“这泼猴多大惫懒！全无有一些儿善良之意，心心只是要撒泼行凶哩！我那般说叫唤的是个人声，他就千言万语只嚷是妖怪！你看那树上吊的不是个人么？”大圣见师父怪下来了，却又觌面看见模样，一则做不得手脚，二来又怕念《紧箍儿咒》，低着头，再也不敢回言，让唐僧到了树下。那长老将鞭梢指着问道：“你是那家孩儿？因有甚事，吊在此间？说与我，好救你。”噫！分明他是个精灵变化得这等，那师父却是个肉眼凡胎，不能相识。

那妖魔见他下问，越弄虚头，眼中噙泪，叫道：“师父呀，山西去有一条枯松涧，涧那边有一庄村，我是那里人家。我祖公公姓红，只因广积金银，家私巨万，混名唤做红百万。年老归世已久，家产遗与我父。近来人事奢侈，家私渐废，改名唤做红十万。【没见亏了钱就改名的】专一结交四路豪杰，将金银借放，希图利息。怎知那无籍之人设骗了去啊，本利无归。我父发了洪誓，分文不借。那借金银人，身贫无计，结成凶党，明火执杖，白日杀上我门，将我财帛尽情劫掳，把我父亲杀了；见我母亲有些颜色，拐将去做甚么压寨夫人。那时节我母亲舍不得我，把我抱在怀里，哭哀哀，战兢兢，跟随贼寇。不期到此山中，又要杀我，多亏我母亲哀告，免教我刀下身亡，【正是唐僧童年之经历，借妖怪之谎暗示唐僧与此怪心意相通，故此怪乃唐僧之心魔】却将绳子吊我在树上，只教冻饿而死。那些贼将我母亲不知掠往那里去了。我在此已吊三日三夜，更没一个人来行走。不知那世里修积，今生得遇老师父。若肯舍大慈悲，救我一命回家，就典身卖命，也酬谢师恩，致使黄沙盖面，更不敢忘也。”

三藏闻言，认了真实，就教八戒解放绳索，救他下来。那呆子也不识人，便要上前动手，行者在旁，忍不住喝了一声道：“那泼物！有认得你的在这里哩！莫要只管架空捣鬼，说谎哄人！你既家私被劫，父被贼伤，母被人掳，救你去交与谁人？你将何物与我作谢？这谎脱节了耶！”【卓吾评：好盘诘】那怪闻言，心中害怕，就知大圣是个能人，暗将他放在心上。却又战战兢兢，滴泪而言曰：“师父，虽然我父母空亡，家财尽绝，还有些田产未动，亲戚皆存。”行者道：“你有甚么亲戚？”妖怪道：“我外公家在山南，姑娘住居岭北。涧头李四是我姨夫；林内红三是我族伯。还有堂叔、堂兄都住在本庄左右。老师父若肯救我，到了庄上见了诸亲，将老师父拯救之恩，一一对众言说，典卖些田产，重重酬谢也。”八戒听说，扛住行者道：“哥哥，这等一个小孩子家，你只管盘诘他怎的！他说得是，强盗只打劫他些浮财，莫成连房屋田产也劫得去？若与他亲戚们说了，我们纵有广大食肠，也吃不了他十亩田价。救他下来罢。”呆子只是想着吃食，那里管甚么好歹，把戒刀挑断绳索，放下怪来。那怪对唐僧马下，泪汪汪只情磕头。长老心慈，便叫：“孩儿，你上马来，我带你去。”那怪道：“师父啊，我手脚都吊麻了，腰胯疼痛，一则是乡下人家，不惯骑马。”唐僧叫八戒驮着，那妖怪抹了一眼道：“师父，我的皮肤都冻熟了，不敢要这位师父驮。他的嘴长耳大，脑后鬃硬，搠得我慌。”唐僧道：“教沙和尚驮着。”那怪也抹了一眼道：“师父，那些贼来打劫我家时，一个个都搽了花脸，带假胡子，拿刀弄杖的，我被他唬怕了，见这位晦气脸的师父，一发没了魂了，也不敢要他驮。”唐僧教孙行者驮着，行者呵呵笑道：“我驮！我驮！”

那怪物暗自欢喜，顺顺当当的要行者驮他。行者把他扯在路旁边，试了一试，只好有三斤十来两重。行者笑道：“你这个泼怪物，今日该死了！怎么在老孙面前捣鬼？我认得你是个‘那话儿’呵。”妖怪道：“师父，我是好人家儿女，不幸遭此大难，我怎么是个甚么‘那话儿’？”行者道：“你既是好人家儿女，怎么这等骨头轻？”妖怪道：“我骨格儿小。”行者道：“你今年几岁了？”那怪道：“我七岁了。”行者笑道：“一岁长一斤，也该七斤，你怎么不满四斤重么？”那怪道：“我小时失乳。”行者说：“也罢，我驮着你。若要尿尿把把（即“屉屉”，排大便），须和我说。”三藏才与八戒、沙僧前走，行者背着孩儿随后，一行径投西去。【心性本来清净，但欲望和意念招致的魔障却要由心性来背负】有诗为证。诗曰：

道德高隆魔障高，禅机本静静生妖。
心君正直行中道，木母痴顽躧外趫(xǐ wài qiáo，走捷径)。
意马不言怀爱欲，黄婆无语自忧焦。
客邪得志空欢喜，毕竟还从正处消。

【即便是修养高的人也会发火，虽然本心清净，心正行直，但欲望不灭，心念不空，神志就容易焦虑】

孙大圣驮着妖魔，心中埋怨唐僧不知艰苦，“行此险峻山场，空身也难走，却教老孙驮人。这厮莫说他是妖怪，就是好人，他没了父母，不知将他驮与何人？倒不如掼杀他罢。”那怪物却早知觉了，便就使个神通，往四下里吸了四口气，吹在行者背上，便觉重有千斤。行者笑道：“我儿啊，你弄重身法压我老爷哩！”那怪闻言，恐怕大圣伤他，却就解尸出了元神，跳将起去，伫立在九霄空里，这行者背上越重了。猴王发怒，抓过他来，往那路旁边赖石头上滑辣的一掼，将尸骸掼得像个肉饼一般。还恐他又无礼，索性将四肢扯下，丢在路两边，俱粉碎了。那物在空中，明明看着，忍不住心头火起道：“这猴和尚，十分惫懒！就作我是个妖魔，要害你师父，却还不曾见怎么下手哩，你怎么就把我这等伤损！早是我有算计，出神走了，不然是无故伤生也。若不趁此时拿了唐僧，再让一番，越教他停留长智。”好怪物，就在半空里弄了一阵旋风，呼的一声响喨，走石扬沙，诚然凶狠。【卓吾评：这样小小年纪已会弄风了】好风：

淘淘怒卷水云腥，黑气腾腾闭日明。
岭树连根通拔尽，野梅带干悉皆平。
黄沙迷目人难走，怪石伤残路怎平。
滚滚团团平地暗，遍山禽兽发哮声。

刮得那三藏马上难存，八戒不敢仰视，沙僧低头掩面。孙大圣情知是怪物弄风，急纵步来赶时，那怪已骋风头将唐僧摄去了，无踪无影，不知摄向何方，无处跟寻。

一时间风声暂息，日色光明。行者上前观看，只见白龙马战兢兢发喊声嘶，行李担丢在路下，八戒伏于崖下呻吟，沙僧蹲在坡前叫唤。行者喊：“八戒！”那呆子听见是行者的声音，却抬头看时，狂风已静。爬起来，扯住行者道：“哥哥，好大风啊！”沙僧却也上前道：“哥哥，这是一阵旋风。”又问：“师父在那里？”八戒道：“风来得紧，我们都藏头遮眼，各自躲风，师父也伏在马上的。”行者道：“如今却往那里去了？”沙僧道：“是个灯草做的，想被一风卷去也。”【灯草做的，满头是火】行者道：“兄弟们，我等自此就该散了！”八戒道：“正是，趁早散了，各寻头路，多少是好。那西天路无穷无尽，几时能到得？”沙僧闻言，打了一个失惊，浑身麻木道：“师兄，你都说的是那里话！我等因为前生有罪，感蒙观世音菩萨劝化，与我们摩顶受戒，改换法名，皈依佛果，情愿保护唐僧上西方拜佛求经，将功折罪。今日到此，一旦俱休，说出这等各寻头路的话来，可不违了菩萨的善果，坏了自己的德行，惹人耻笑，说我们有始无终也！”【心志还在，六神无主处，当从心志。这就是心志的调节作用】行者道：“兄弟，你说的也是，奈何师父不听人说。我老孙火眼金睛，认得好歹。才然这风，是那树上吊的孩儿弄的。我认得他是个妖精。你们不识，那师父也不识，认作是好人家儿女，教我驮着他走。是老孙算计要摆布他，他就弄个重身法压我。是我把他掼得粉碎，他想是又使解尸之法，弄阵旋风，把我师父摄去也。因此上怪他每每不听我说，故我意懒心灰，说各人散了。既是贤弟有此诚意，教老孙进退两难。八戒，你端的要怎的处？”八戒道：“我才自失口乱说了几句，其实也不该散。哥哥，没及奈何，还信沙弟之言，去寻那妖怪救师父去。”行者却回嗔作喜道：“兄弟们还要来结同心，收拾了行李、马匹，上山找寻怪物，搭救师父去。”

三个人附葛扳藤，寻坡转涧，行经有五七十里，却也没个音信。那山上飞禽走兽全无，老柏乔松常见。孙大圣着实心焦，将身一纵，跳上那巅险峰头，喝一声，叫：“变！”变作三头六臂，似那大闹天宫的本象。将金箍棒幌一幌，变作三根金箍棒，劈哩扑辣的往东打一路，往西打一路，两边不住的乱打。八戒见了道：“沙和尚，不好了，师兄是寻不着师父，恼出气心风来了。”那行者打了一会，打出一伙穷神来，都披一片，挂一片，裈(kūn，有裆的裤子)无裆，裤无口的，【卓吾评：奇甚】跪在山前，叫：“大圣，山神、土地来见。”行者道：“怎么就有许多山神、土地？”众神叩头道：“上告大圣，此山唤做‘六百里钻头号山’，我等是十里一山神，十里一土地，共该三十名山神，三十名土地。昨日已此闻大圣来了，只因一时会不齐，故此接迟，致令大圣发怒。万望恕罪！”

行者道：“我且饶你罪名。我问你：这山上有多少妖精？”众神道：“爷爷呀，只有得一个妖精，把我们头也摩光了，弄得我们少香没纸，血食全无，一个个衣不充身，食不充口，还吃得有多少妖精哩！”行者道：“这妖精在山前住，是山后住？”众神道：“他也不在山前山后。这山中有一条涧，叫做枯松涧。【枯松，一点即着之物】涧边有一座洞，叫做火云洞。那洞里有一个魔王，神通广大，常常的把我们山神、土地拿了去，烧火顶门，黑夜与他提铃喝号。小妖儿又讨甚么常例钱。”行者道：“汝等乃是阴鬼之仙，有何钱钞？”众神道：“正是没钱与他，只得捉几个山獐、野鹿，早晚间打点群精。若是没物相送，就要来拆庙宇，剥衣裳，搅得我等不得安生！万望大圣与我等剿除此怪，拯救山上生灵。”行者道：“你等既受他节制，常在他洞下，可知他是那里妖精，叫做甚么名字？”众神道：“说起他来，或者大圣也知道。他是牛魔王的儿子，【花果山一节提到牛魔王代表欲望之魔，怒火之妖源于欲望】罗刹女养的。他曾在火焰山修行了三百年，炼成‘三昧真火’，却也神通广大。牛魔王使他来镇守号山，乳名叫做红孩儿，【红孩儿，即赤子，刚出生的婴儿，象征唐僧的道心，也是悟空的魔头】号叫做‘圣婴大王’。”

行者闻言，满心欢喜。喝退了土地、山神，却现了本象，跳下峰头，对八戒、沙僧道：“兄弟们放心，再不须思念。师父决不伤生，妖精与老孙有亲。”八戒笑道：“哥哥，莫要说谎。你在东胜神洲，他这里是西牛贺洲，路程遥远，隔着万水千山，海洋也有两道，怎的与你有亲？”行者道：“刚才这伙人都是本境土地、山神，我问他妖怪的原因，他道是牛魔王的儿子，罗刹女养的，名字唤做红孩儿，号圣婴大王。想我老孙五百年前大闹天宫时，遍游天下名山，寻访大地豪杰，那牛魔王曾与老孙结七兄弟。一般五六个魔王，止有老孙生得小巧，故此把牛魔王称为大哥。这妖精是牛魔王的儿子，我与他父亲相识，若论将起来，还是他老叔哩。他怎敢害我师父？我们趁早去来。”沙和尚笑道：“哥啊，常言道：‘三年不上门，当亲也不亲’哩。你与他相别五六百年，又不曾往还杯酒，又没有个节礼相邀，他那里与你认甚么亲耶？”【卓吾评：说的是，说的是。如今世上都是如此】行者道：“你怎么这等量人？常言道：‘一叶浮萍归大海，为人何处不相逢？’纵然他不认亲，好道也不伤我师父。不望他相留酒席，必定也还我个囫囵唐僧。”三兄弟各办虔心，牵着白马，马上驮着行李，找大路一直前进，无分昼夜，行了百十里远近。

忽见一松林，林中有一条曲涧，涧下有碧澄澄的活水飞流。那涧梢头有一座石板桥，通着那厢洞府。【形似水帘洞】行者道：“兄弟，你看那壁厢有石崖磷磷，想必是妖精住处了。我等从众商议，那个管看守行李、马匹，那个肯跟我过去降妖？”八戒道：“哥哥，老猪没甚坐性，我随你去罢。”行者道：“好！好！”教沙僧：“将马匹、行李俱潜在树林深处，小心守护，待我两个上门去寻师父耶。”【心志看守衣钵】那沙僧依命。八戒相随，与行者各持兵器前来。正是：未炼婴儿邪火胜，心猿木母共扶持。【修炼不够的道心容易发怒，还需性情一起拯救】毕竟不知这一去吉凶何如，且听下回分解。

【卓吾评：自古及今，无一人不受此孩儿之害。人试思之，此孩儿毕竟是何物？理会得着，方许他读《西游记》也。

修行了三百年，还是一个孩儿。此子最藏年纪，极好去考童生，省得削须晒额】

第四十一回　心猿遭火败　木母被魔擒

【人为何会发怒？急于区分善恶，纠结于对错好坏，凡事计较求全，受不了挫折委屈，头脑昏冥，便生怒火之魔。情绪的爆发必然打破身体的平衡，一点风吹草动都能让自己受到伤害。这是开篇判词对怒火起因的解释】

善恶一时忘念，荣枯都不关心。晦明隐现任浮沉，随分饥餐渴饮。神静湛然常寂，昏冥便有魔侵。五行蹭蹬破禅林，风动必然寒凛。【卓吾评：说出】

却说那孙大圣引八戒别了沙僧，跳过枯松涧，径来到那怪石崖前，果见有一座洞府，真个也景致非凡。但见：

回銮古道幽还静，风月也听玄鹤弄。
白云透出满川光，流水过桥仙意兴。
猿啸鸟啼花木奇，藤萝石蹬芝兰胜。
苍摇崖壑散烟霞，翠染松篁招彩凤。
远列巅峰似插屏，山朝涧绕真仙洞。
昆仑地脉发来龙，有分有缘方受用。

将近行到门前，见有一座石碣，上镌八个大字，乃是“号山枯松涧火云洞”。那壁厢一群小妖，在那里轮枪舞剑的跳风顽耍。孙大圣厉声高叫道：“那小的们，趁早去报与洞主知道，教他送出我唐僧师父来，免你这一洞精灵的性命！牙迸半个‘不’字，我就掀翻了你的山场，躧平了你的洞府！”那些小妖闻有此言，慌忙急转身各归洞里，关了两扇石门，到里边来报：“大王，祸事了！”

却说那怪自把三藏拿到洞中，选剥了衣服，四马攒蹄，捆在后院里，着小妖打干净水刷洗，要上笼蒸吃哩。急听得报声祸事，且不刷洗，便来前庭上问：“有何祸事？”小妖道：“有个毛脸雷公嘴的和尚，带一个长嘴大耳的和尚，在门前要甚么唐僧师父哩。但若牙迸半个‘不’字，就要掀翻山场，躧平洞府。”魔王微微冷笑道：“这是孙行者与猪八戒。他却也会寻哩！我拿他师父自半山中到此，有百五十里，却怎么就寻上门来？”教：“小的们，把管车的，推出车去！”那一班几个小妖，推出五辆小车儿来，开了前门。八戒望见道：“哥哥，这妖精想是怕我们，推出车子，往那厢搬哩。”行者道：“不是，且看他放在那里。”只见那小妖将车子按金、木、水、火、土安下，着五个看着，五个进去通报。那魔王问："停当了？"答应："停当了。"教："取过枪来。"有那一伙管兵器的小妖，着两个抬出一杆丈八长的火尖枪，递与妖王。妖王轮枪拽步，也无甚么盔甲，只是腰间束一条锦绣战裙，赤着脚走出门前。行者与八戒，抬头观看，但见那怪物：

面如傅粉三分白，唇若涂朱一表才。
鬓挽青云欺靛染，眉分新月似刀裁。
战裙巧绣盘龙凤，形比哪吒更富胎。
双手绰枪威凛冽，祥光护体出门来。
哏声响若春雷吼，暴眼明如掣电乖。
要识此魔真姓氏，名扬千古唤红孩。

【怒火之妖，赤子之心，恶则成魔，善则成正，亘古至今，长存人间】

那红孩儿怪出得门来，高叫道："是甚么人在我这里吆喝！"行者近前笑道："我贤侄，莫弄虚头。你今早在山路旁，高吊在松树梢头，是那般一个瘦怯怯的黄病孩儿，哄了我师父。我倒好意驮着你，你就弄风儿，把我师父摄将来。你如今又弄这个样子，我岂不认得你？趁早送出我师父，不要白了面皮，失了亲情，恐你令尊知道，怪我老孙以长欺幼，不像模样。"【卓吾评：这猴头委是轻薄】那怪闻言，心中大怒，咄的一声喝道："那泼猴头！我与你有甚亲情？你在这里满口胡柴(胡说)，绰甚声经儿！那个是你贤侄？"行者道："哥哥，是你也不晓得。当年我与你令尊做弟兄时，你还不知在那里哩！"那怪道："这猴子一发胡说！你是那里人，我是那里人，怎么得与我父亲做兄弟？"行者道："你是不知，我乃五百年前大闹天宫的齐天大圣孙悟空是也。我当初未闹天宫时，遍游海角天涯，四大部洲无方不到，那时节专慕豪杰。你令尊叫做牛魔王，称为平天大圣，与我老孙结为七弟兄，让他做了大哥；还有个蛟魔王，称为覆海大圣，做了二哥；又有个大鹏魔王，称为混天大圣，做了三哥；又有个狮驼王，称为移山大圣，做了四哥；又有个猕猴王，称为通风大圣，做了五哥；又有个狨王，称为驱神大圣，做了六哥；惟有老孙身小，称为齐天大圣，排行第七。我老弟兄们那时节耍子时，还不曾生你哩！"【卓吾评：何圣人之多也！极像讲致良知者，一入讲堂，便称大圣人矣】

那怪物闻言，那里肯信？举起火尖枪就刺。行者正是那会家不忙，又使了一个身法，闪过枪头，轮起铁棒，骂道："你这小畜生不识高低！看棍！"那妖精也使身法，让过铁棒道："泼猢狲不达时务！看枪！"他两个也不论亲情，一齐变脸，各使神通，跳在云端里好杀：

行者名声大，魔王手段强。一个横举金箍棒，一个直挺火尖枪。吐雾遮三界，喷云照四方。一天杀气凶声吼，日月星辰不见光。语言无逊让，情意两乖张。那一个欺心失礼义，这一个变脸没纲常。棒架威风长，枪来野性狂。一个是混元真大圣，一个是正果善财郎。二人努力争强胜，只为唐僧拜法王。

那妖魔与孙大圣战经二十合，不分胜败。猪八戒在旁边看得明白，妖精虽不败阵，却只是遮拦隔架，全无攻杀之能；行者纵不赢他，棒法精强，来往只在那妖精头上，不离了左右。八戒暗想道："不好啊，行者溜撒，一时间丢个破绽，哄那妖魔钻进来，一铁棒打倒，就没了我的功劳。"你看他抖擞精神，举着九齿钯，在空里望妖精劈头就筑。那怪见了心惊，急拖枪败下阵来。行者喝教八戒："赶上！赶上！"

二人赶到他洞门前，只见妖精一只手举着火尖枪，站在那中间一辆小车儿上，一只手捏着拳头，往自家鼻子上捶了两拳。【所有怒火的发作，都是先自我加强，往自家鼻子上捶了两拳】八戒笑道："这厮放赖不羞！你好道捶破鼻子，淌出些血来，搽红了脸，往那里告我们去耶？"【卓吾评：趣】那妖魔捶了两拳，念个咒语，口里喷出火来，鼻子里浓烟迸出，闸闸眼，火焰齐生。那五辆车子上，火光涌出。连喷了几口，只见那红焰焰大火烧空，把一座火云洞被那烟火迷漫，真个是熯天炽地(hàn tiān chì dì，形容火势极猛)。八戒慌了道："哥哥，不停当！这一钻在火里，莫想得活，把老猪弄做个烧熟的，加上香料，尽他受用哩！快走！快走！"说声走，他也不顾行者，跑过涧去了。这行者神通广大，捏着避火诀，撞入火中，寻那妖怪。那妖怪见行者来，又吐上几口，那火比前更胜。好火：

炎炎烈烈盈空燎，赫赫威威遍地红。却似火轮飞上下，犹如炭屑舞西东。这火不是燧人钻木，又不是老子炮丹，非天火，非野火，乃是妖魔修炼成真三昧火。五辆车儿合五行，五行生化火煎成。肝木能生心火旺，心火致令脾土平。脾土生金金化水，水能生木彻通灵。生生化化皆因火，火遍长空万物荣。妖邪久悟呼三昧，永镇西方第一名。【此处以中医五行学说解释怒火在人体内的运作。怒火是一种意念，生于欲望，威力远超焚烧之火，故称三昧真火。就像自然界中的火既有毁灭作用，也能促成植物的繁荣，怒火也有坚实心性和损耗身体的两面，而且两面循环相生，所以怒火既是"病"，也是"药"。本难的情节隐喻这种关系】

行者被他烟火飞腾，不能寻怪，看不见他洞门前路径，抽身跳出火中。那妖精在门首看得明白，他见行者走了，却才收了火具，帅群妖转于洞内，闭了石门，以为得胜，着小的排宴奏乐，欢笑不题。

却说行者跳过枯松涧，按下云头，只听得八戒与沙僧朗朗的在松间讲话。行者上前喝八戒道："你这呆子，全无人气！你就惧怕妖火，败走逃生，却把老孙丢下。早是我有些南北哩！"八戒笑道："哥啊，你被那妖精说着了，果然不达时务。古人云：'识得时务者，呼为俊杰。'那妖精不与你亲，你强要认亲。既与你赌斗，放出那般无情的火来，又不走，还要与他恋战哩！"行者道："那怪物的手段比我何如？"八戒道："不济。""枪法比我何如？"八戒道："也不济。老猪见他撑持不住，却来助你一钯，不期他不识耍，就败下阵来，没天理，就放火了。"行者道："正是，你不该来。我再与他斗几合，我取巧儿捞他一棒，却不是好？"他两个只管论那妖精的手段，讲那妖精的火毒，沙和尚倚着松根笑得呆了。行者看见道："兄弟，你笑怎么？你好道有甚手段，擒得那妖魔，破得那火阵？这桩事，也是大家有益的事。常言道：'众毛攒球。'你若拿得妖魔，救了师父，也是你的一件大功绩。"沙僧道："我也没甚手段，也不能降妖。我笑你两个都着了忙也。"行者道："我怎么着忙？"沙僧道："那妖精手段不如你，枪法不如你，只是多了些火势，故不能取胜。若依小弟说，以相生相克拿他，有甚难处？"行者闻言，呵呵笑道："兄弟说得有理。果然我们着忙了，忘了这事。若以相生相克之理论之，须是以水克火，却往那里寻些水来泼灭这妖火，可不救了师父？"沙僧道："正是这般，不必迟疑。"行者道："你两个只在此间，莫与他索战，待老孙去东洋大海求借龙兵，将些水来泼息妖火，捉这泼怪！"八戒道："哥哥放心前去，我等理会得。"

好大圣，纵云离此地，顷刻到东洋，却也无心看玩海景，使个逼水法，分开波浪。正行时，见一个巡海夜叉相撞，看见是孙大圣，急回到水晶宫里，报知那老龙王。敖广即率龙子龙孙、虾兵蟹卒一齐出门迎接，请里面坐。坐定礼毕，告茶。行者道："不劳茶，有一事相烦。我因师父唐僧往西天拜佛取经，经过号山枯松涧火云洞，有个红孩儿妖精，号圣婴大王，把我师父拿了去。是老孙寻到洞边，与他交战，他却放出火来。我们禁不得他，想着水能克火，特来问你求些水去，与我下场大雨，泼灭了妖火，救唐僧一难。"那龙王道："大圣差了，若要求取雨水，不该来问我。"行者道："你是四海龙王，主司雨泽，不来问你，却去问谁？"龙王道："我虽司雨，不敢擅专，须得玉帝旨意，吩咐在那地方，要几尺几寸，甚么时辰起住，还要三官举笔，太乙移文，会令了雷公电母、风伯云童。俗语云：'龙无云而不行'哩。"行者道："我也不用着风云雷电，只是要些雨水灭火。"龙王道："大圣不用风云雷电，但我一人也不能助力，着舍弟们同助大圣一功如何？"行者道："令弟何在？"龙王道："南海龙王敖钦，北海龙王敖闰，西海龙王敖顺。"【第三回说敖顺是北海龙王，敖闰是西海龙王；这里及下文衡阳峪一节说敖顺是西海龙王，敖闰成了北海龙王。可见龙王也轮岗，一笑】行者笑道："我若再游过三海，不如上界去求玉帝旨意了。"龙王道："不消大圣去，只我这里撞动铁鼓金钟，他自顷刻而至。"行者闻其言道："老龙王，快撞钟鼓。"须臾间，三海龙王拥至，问："大哥，有何事命弟等？"敖广道："孙大圣在这里借雨，助力降妖。"三弟即引进见毕，行者备言借水之事。众神个个欢从，即点起：

鲨鱼骁勇为前部，鳠(hù，鱼名)痴口大作先锋。
鲤元帅翻波跳浪，鳊(biān，鱼名)提督吐雾喷风。
鲭太尉东方打哨，鲌都司西路催征。
红眼马郎南面舞，黑甲将军北下冲。
鳇(huáng，鱼名)把总中军掌号，五方兵处处英雄。
纵横机巧鼋枢密，妙算玄微龟相公。
有谋有智鼍丞相，多变多能鳖总戎。
横行蟹士轮长剑，直跳虾婆扯硬弓。
鲇外郎查明文簿，点龙兵出离波中。

有诗为证。诗曰：

四海龙王喜助功，齐天大圣请相从。
只因三藏途中难，借水前来灭火红。

那行者领着龙兵，不多时，早到号山枯松涧上。行者道："敖氏昆玉，有烦远涉。此间乃妖魔之处，汝等且停于空中，不要出头露面。让老孙与他赌斗，若赢了他，不须列位捉拿；若输与他，也不用列位助阵。只是他但放火时，可听我呼唤，一齐喷雨。"龙王俱如号令。行者却按云头，入松林里见了八戒、沙僧，叫声："兄弟。"八戒道："哥哥来得快哑！可曾请得龙王来？"行者道："俱来了。你两个切须仔细，只怕雨大，莫湿了行李。待老孙与他打去。"沙僧道："师兄放心前去，我等俱理会得了。"

行者跳过涧，到了门首，叫声："开门！"那些小妖又去报道："孙行者又来了！"红孩仰面笑道："那猴子想是火中不曾烧了他，故此又来。这一来切莫饶他，断然烧个皮焦肉烂才罢！"急纵身，挺着长枪，教："小的们，推出火车子来！"他出门前，对行者道："你又来怎的？"行者道："还我师父来。"那怪道："你这猴头忒不通变，那唐僧与你做得师父，也与我做得按酒(下酒物)，【卓吾评：如今师父连按酒也做不得】你还思量要他哩，莫想！莫想！"行者闻言，十分恼怒，掣金箍棒，劈头就打。那妖精使火尖枪，急架相迎。这一场赌斗，比前不同。好杀：

怒发泼妖魔，恼急猴王将。这一个专救取经僧，那一个要吃唐三藏。【所谓怒火之魔要吃唐僧，实为唐僧被怒火吞噬之谓也；所谓还没吃，即入魔不深，还有救也】心变没亲情，情疏无义让。这个恨不得捉住活剥皮，那个恨不得拿来生蘸酱。真个忒英雄，果然多猛壮。棒来枪架赌输赢，枪去棒迎争下上。举手相轮二十回，两家本事一般样。

那妖王与行者战经二十回合，见得不能取胜，虚幌一枪，急抽身，捏着拳头，又将鼻子捶了两下，却就喷出火来。那门前车子上烟火迸起，口眼中赤焰飞腾。孙大圣回头叫道："龙王何在？"那龙王兄弟帅众水族，望妖精火光里喷下雨来。好雨！真个是：

潇潇洒洒，密密沉沉。潇潇洒洒，如天边坠落星辰；密密沉沉，似海口倒悬浪滚。起初时如拳大小，次后来瓮泼盆倾。满地浇流鸭顶绿，高山洗出佛头青。沟壑水飞千丈玉，涧泉波涨万条银。三叉路口看看满，九曲溪中渐渐平。这个是唐僧有难神龙助，扳倒天河往下倾。

那雨淙淙大小，莫能止息那妖精的火势。原来龙王私雨，只好泼得凡火，妖精的三昧真火，如何泼得？【水能灭火，但不能灭怒火】好一似火上浇油，越泼越灼。大圣道："等我捻着诀，钻入火中！"轮铁棒寻妖要打。那妖见他来到，将一口烟劈脸喷来。行者急回头，熰(chǎo，熏。有方言读 qiū)【卓吾评：音秋】得眼花雀乱，忍不住泪落如雨。原来这大圣不怕火，只怕烟。当年因大闹天宫时，被老君放在八卦炉中，煅过一番。他幸在那巽位安身，不曾烧坏。只是风搅得烟来，把他熰做火眼金睛，故至今只是怕烟。【卓吾评：好点缀】那妖又喷一口，行者当不得，纵云头走了。那妖王却又收了火具，回归洞府。这大圣一身烟火，炮燥难禁，径投于涧水内救火。怎知被冷水一逼，弄得火气攻心，【火气攻心，唯一一次停跳】三魂出舍。可怜气塞胸堂喉舌冷，魂飞魄散丧残生。【卓吾评：好妆点】慌得那四海龙王在半空里收了雨泽，高声大叫："天蓬元帅！卷帘将军！休在林中藏隐，且寻你师兄出来！"

八戒与沙僧听得呼他圣号，急忙解了马、挑着担奔出林来，也不顾泥泞，顺涧边找寻。只见那上溜头翻波滚浪，急流中淌下一个人来。沙僧见了，连衣跳下水中，抱上岸来，却是孙大圣身躯。噫！你看他蜷跼四肢伸不得，浑身上下冷如冰。沙和尚满眼垂泪道："师兄！可惜了你亿万年不老长生客，如今化作个中途短命人！"八戒笑道："兄弟莫哭，这猴子佯推死吓我们哩。你摸他摸，胸前还有一点热气没有？"沙僧道："浑身都冷了，就有一点儿热气，怎的就得回生？"八戒道："他有七十二般变化，就有七十二条性命。你扯着脚，等我摆布他。"真个那沙僧扯着脚，八戒扶着头，把他拽个直，推上脚来，盘膝坐定。八戒将两手搓热，仵住他的七窍，使一个按摩禅法。原来那行者被冷水逼了，气阻丹田，不能出声。却幸得八戒按摸揉擦，须臾间，气透三关，转明堂，冲开孔窍，叫了一声："师父啊！"沙僧道："哥啊，你生为师父，死也还在口里。且苏醒，我们在这里哩。"行者睁开眼道："兄弟们在这里？老孙吃了亏也！"八戒笑道："你才子发昏的，若不是老猪救你啊，已此了帐了。还不谢我哩！"行者却才起身，仰面道："敖氏弟兄何在？"那四海龙王在半空中答应道："小龙在此伺候。"行者道："累你远劳，不曾成得功果，且请回去，改日再谢。"龙王帅水族泱泱而回，不在话下。

沙僧搀着行者，一同到松林之下坐定。少时间，却定神顺气，止不住泪滴腮边，又叫："师父啊！忆昔当年出大唐，岩前救我脱灾殃。三山六水遭魔障，万苦千辛割寸肠。托钵朝餐随厚薄，参禅暮宿或林庄。一心指望成功果，今日安知痛受伤！"沙僧道："哥哥，且休烦恼。我们早安计策，去那里请兵助力，搭救师父耶？"行者道："那里请救么？"沙僧道："当初菩萨吩咐，着我等保护唐僧，他曾许我们叫天天应，叫地地应。那里请救去？"行者道："想老孙大闹天宫时，那些神兵，都禁不得我。这妖精神通不小，须是比老孙手段大些的，才降得他哩。天神不济，地煞不能，若要拿此妖魔，须是去请观音菩萨才好。奈何我皮肉酸麻，腰膝疼痛，驾不起筋斗云，怎生请得？"八戒道："有甚话吩咐，等我去请。"行者笑道："也罢，你是去得。若见了菩萨，切休仰视，只可低头礼拜。等他问时，你却将地名、妖名说与他，再请救师父之事。他若肯来，定取擒了怪物。"八戒闻言，即便驾了云雾，向南而去。

却说那个妖王在洞里欢喜道："小的们，孙行者吃了亏去了。这一阵虽不得他死，好道也发个大昏。咦！只怕他又请救兵来也！快开门，等我去看他请谁。"众妖开了门，妖精就跳在空里观看，只见八戒往南去了。妖精想着南边再无他处，断然是请观音菩萨。急按下云，叫："小的们，把我那皮袋寻出来。多时不用，只恐口绳不牢，与我换上一条，放在二门之下，等我去把八戒赚将回来，装于袋内，蒸得稀烂，犒劳你们。"原来那妖精有一个如意的皮袋，众小妖拿出来，换了口绳，安于洞门内不题。

却说那妖王久居于此，俱是熟游之地。他晓得那条路上南海去近，那条去远。【作者顽皮，云路何有远近之说？盖言欲望找到心魔比找到慈悲更易也】他从那近路上，一驾云头，赶过了八戒，端坐在壁岩之上，变作一个假观世音模样，等候着八戒。那呆子正纵云行处，忽然望见菩萨。他那里识得真假，这才是见象作佛。呆子停云下拜道："菩萨，弟子猪悟能叩头。"妖精道："你不保唐僧去取经，却见我有何事干？"八戒道："弟子因与师父行至中途，遇着号山枯松涧火云洞，有个红孩儿妖精，他把我师父摄了去。是弟子与师兄等寻上他门，与他交战。他原来会放火，头一阵不曾得赢;第二阵请龙王助雨,也不能灭火。师兄被他烧坏了,不能行动,着弟子来请菩萨,万望垂慈,救我师父一难!"妖精道:"那火云洞洞主不是个伤生的,一定是你们冲撞了他也。"八戒道:"我不曾冲撞他,是师兄悟空冲撞他的。他变作一个小孩子,吊在树上试我师父。师父甚有善心,教我解下来,着师兄驮他一程。是师兄掼了他一掼,他就弄风儿把师父摄去了。"妖精道:"你起来,跟我进那洞里见洞主,与你说个人情,你陪一个礼,把你师父讨出来罢。"八戒道:"菩萨呀,若肯还我师父,就磕他一个头也罢。"妖王道:"你跟来。"【观音从来都由心性请来,情感和欲望易受蒙蔽,请不来菩萨】

那呆子不知好歹,就跟着他径回旧路,却不向南洋海,随赴火云门。顷刻到了门首,妖精进去道:"你休疑忌。他是我的故人,你进来。"呆子只得举步入门。众妖一齐呐喊,将八戒捉倒,装于袋内,束紧了口绳,高吊在驮梁之上。妖精现了本象,坐在当中道:"猪八戒,你有甚么手段,就敢保唐僧取经,就敢请菩萨降我?你大睁着两个眼,还不认得我是圣婴大王哩!如今拿你吊得三五日,蒸熟了赏赐小妖,权为案酒!"八戒听言,在里面骂道:"泼怪物,十分无礼!若论你百计千方,骗了我吃,管教你一个个遭肿头天瘟!"呆子骂了又骂,嚷了又嚷,不题。

却说孙大圣与沙僧正坐,只见一阵腥风刮面而过,他就打了一个喷嚏道:"不好,不好!这阵风凶多吉少,想是猪八戒走错路也。"沙僧道:"他错了路,不会问人?"行者道:"想必撞见妖精了。"沙僧道:"撞见妖精,他不会跑回?"行者道:"不停当。你坐在这里看守,等我跑过涧去打听打听。"沙僧道:"师兄腰疼,只恐又着他手,等小弟去罢。"行者道:"你不济事,还让我去。"好行者,咬着牙,忍着疼,捻着铁棒,走过涧,到那火云洞前,叫声:"泼怪!"那把门的小妖,又急入里报:"孙行者又在门首叫哩!"那妖王传令叫拿,那伙小妖,枪刀簇拥,齐声呐喊,即开门,都道:"拿住!拿住!"行者果然疲倦,不敢相迎,将身钻在路旁,念个咒语叫:"变!"即变做一个销金包袱。小妖看见,报道:"大王,孙行者怕了,只见说一声'拿'字,慌得把包袱丢下,走了。"妖王笑道:"那包袱也无甚么值钱之物,左右是和尚的破偏衫、旧帽子,背进来拆洗做补衬。"【会过日子的妖怪,可为善财】一个小妖,果将包袱背进,不知是行者变的。行者道:"好了!这个销金包袱背着了!"那妖精不以为事,丢在门内。

好行者,假中又假,虚里还虚:即拔一根毫毛,吹口仙气,变作个包袱一样,他的真身却又变作一个苍蝇儿,钉在门枢上。只听得八戒在那里哼哩哼的,声音不清,却似一个瘟猪。行者嘤的飞了去寻时,原来他吊在皮袋里也。行者钉在皮袋,又听得他恶言恶语骂道,妖怪长,妖怪短,"你怎么假变作个观音菩萨,哄我回来,吊我在此，还说要吃我！有一日，我师兄大展齐天无量法，满山泼怪登时擒！解开皮袋放我出，筑你千钯方趁心！”行者闻言，暗笑道：“这呆子虽然在这里面受闷气，却还不倒了旗枪。老孙一定要拿了此怪，若不如此，怎生雪恨！”

正欲设法拯救八戒出来，只听那妖王叫道：“六健将何在？”时有六个小妖，是他知己的精灵，封为健将，都有名字：一个叫做云里雾，一个叫做雾里云，一个叫做急如火，一个叫做快如风，一个叫做兴烘掀，一个叫做掀烘兴。【卓吾评：好名字】六健将上前跪下。妖王道：“你们认得老大王家么？”六健将道：“认得。”妖王道：“你与我星夜去请老大王来，说我这里捉唐僧蒸与他吃，寿延千纪。”六怪领命，一个个厮拖厮扯，径出门去了。行者嘤的一声飞下袋来，跟定那六怪，躲离洞中。毕竟不知怎的请来，且听下回分解。

【卓吾评：篇中云：“肝木能生心火旺，心火致令脾土平。脾土生金金化水，水能生木彻通灵。生生化化皆因火，火遍长空万物荣。”从此看来，病亦是火，药亦是火，要知，要知】

【怒火之魔的六个小妖名字，讲述了发怒时的三个特点：“云里雾”“雾里云”是讲头脑昏冥、不辨事理；“急如火”“快如风”是讲心急武断、草率行事；“兴烘掀”“掀烘兴”是讲互相加强、快速蔓延。“兴”和“掀”均有兴起、发动之意，“烘”为衬托加强之意，合起来形容发怒时所有的介怀在心里从小变大，互相加强，一发不可收拾】

第四十二回　大圣殷勤拜南海　观音慈善缚红孩

【牛魔王与红孩儿的父子关系，历来引起诸多错误解读和阴谋论的延展。上节判词和情节已暗示，怒火生于欲望，善于俘获欲望，并与欲望相互加强，这是红孩儿俘获八戒和请牛魔王赴宴的真正含义。本回悟空假冒牛魔王，阻断了这种加强，但最终消解怒火的钥匙还是心性向善，用慈悲降伏怒火，这是悟空请菩萨的含义】

话说那六健将出洞门，径往西南上，依路而走。行者心中暗想道："他要请老大王吃我师父，老大王断是牛魔王。我老孙当年与他相会，真个意合情投，交游甚厚。【卓吾评：好点缀】至如今我归正道，他还是邪魔，【卓吾评：着眼】虽则久别，还记得他模样。且等老孙变作牛魔王，哄他一哄，看是何如？"【卓吾评：猴】好行者，躲离了六个小妖，展开翅，飞向前边，离小妖有十数里远近，摇身一变，变作个牛魔王。拔下几根毫毛，叫："变！"即变作几个小妖，在那山凹里驾鹰牵犬，搭弩张弓，充作打围的样子，等候那六健将。

那一伙厮拖厮扯，正行时，忽然看见牛魔王坐在中间，慌得兴烘掀、掀烘兴扑的跪下道："老大王爷爷在这里也。"【卓吾评：描画】那云里雾、雾里云、急如火、快如风都是肉眼凡胎，那里认得真假，也就一同跪倒磕头道："爷爷！小的们是火云洞圣婴大王处差来，请老大王爷爷去吃唐僧肉，寿延千纪哩。"行者借口答道："孩儿们起来，同我回家去，换了衣服来也。"【卓吾评：猴】小妖叩头道："望爷爷方便，不消回府罢。路程遥远，恐我大王见责，小的们就此请行。"行者笑道："好乖儿女，也罢，也罢。向前开路，我和你去来。"

六怪抖擞精神，向前喝路，大圣随后而来。不多时，早到了本处。快如风、急如火撞进洞里报："大王，老大王爷爷来了。"妖王欢喜道："你们却中用，这等来的快。"即便叫各路头目，摆队伍，开旗鼓，迎接老大王爷爷。满洞群妖遵依旨令，齐齐整整，摆将出去。这行者昂昂烈烈，挺着胸脯，把身子抖了一抖，却将那架鹰犬的毫毛都收回身上，【卓吾评：猴】拽开大步，径走入门里，坐在南面当中。

红孩儿当面跪下，朝上叩头道："父王，孩儿拜揖。"行者道："孩儿免礼。"那妖王四大拜拜毕，立于下手。行者道："我儿，请我来有何事？"【卓吾评：虽得做人父亲，却是变圣为魔了。自尊大者着眼】妖王躬身道："孩儿不才，昨日获得一人，乃东土大唐和尚。常听得人讲，他是一个十世修行之人，有人吃他一块肉，寿似蓬瀛不老仙。愚男不敢自食，特请父王同享唐僧之肉，寿延千纪。”行者闻言，打了个失惊道：“我儿，是那个唐僧？”【卓吾评：好照管】妖王道：“是往西天取经的人也。”行者道：“我儿，可是孙行者师父么？”【卓吾评：猴极矣，妙绝】妖王道：“正是。”行者摆手摇头道：“莫惹他！莫惹他！别的还好惹，孙行者是那样人哩？我贤郎，你不曾会他，那猴子神通广大，变化多端。他曾大闹天宫，玉皇上帝差十万天兵布下天罗地网，也不曾捉得他。【卓吾评：那知是自家卖弄】你怎么敢吃他师父！快早送出去还他，不要惹那猴子。他若打听着你吃了他师父，他也不来和你打，他只把那金箍棒往山腰里搠个窟窿，连山都掬了去。我儿，弄得你何处安身？教我倚靠何人养老？”

妖王道：“父王说那里话，长他人志气，灭孩儿的威风。那孙行者共有兄弟三人，领唐僧在我半山之中，被我使个变化，将他师父摄来。他与那猪八戒当时寻到我的门前，讲甚么攀亲托熟之言，被我怒发冲天，与他交战几合，也只如此，不见甚么高作。那猪八戒刺邪里就来助战，是孩儿吐出三昧真火，把他烧败了一阵。【卓吾评：着眼，三昧真火才烧得他败】慌得他去请四海龙王助雨，又不能灭得我三昧真火。被我烧了一个小发昏，连忙着猪八戒去请南海观音菩萨。是我假变观音，把猪八戒赚来，见吊在如意袋中，也要蒸他与众小的们吃哩。那行者今早又来我的门首吆喝，我传令教拿他，慌得他把包袱都丢下走了。却才去请父王来看看唐僧活像，方可蒸与你吃，延寿长生不老也。”行者笑道：“我贤郎啊，你只知有三昧火赢得他，不知他有七十二般变化哩。”妖王道：“凭他怎么变化，我也认得，谅他决不敢进我门来。”行者道：“我儿，你虽然认得他，他却不变大的，如狼犺大象，恐进不得你门；他若变作小的，你却难认。”【卓吾评：今人不认真爷面孔，岂一红孩儿已哉】妖王道：“凭他变甚小的，我这里每一层门上有四五个小妖把守，他怎生得入！”行者道：“你是不知，他会变苍蝇、蚊子、虼蚤（gè zǎo，跳蚤），或是蜜蜂、蝴蝶并蟭蟟虫等项，又会变我模样，你却那里认得？”【卓吾评：猴甚】妖王道：“勿虑。他就是铁胆铜心，也不敢近我门来也。”

行者道：“既如此说，贤郎甚有手段，实是敌得他过，方来请我吃唐僧的肉。奈何我今日还不吃哩。”妖王道：“如何不吃？”行者道：“我近来年老，你母亲常劝我作些善事。我想无甚作善，且持些斋戒。”【卓吾评：猴，猴！魔亦持斋，不魔不持斋了】妖王道：“不知父王是长斋，是月斋？”行者道：“也不是长斋，也不是月斋，唤做‘雷斋’，每月只该四日。”妖王问：“是那四日？”行者道：“三辛逢初六。今朝是辛酉日，一则当斋，二来酉不会客。【卓吾评：猴】且等明日，我去亲自刷洗蒸他，与儿等同享罢。"那妖王闻言，心中暗想道："我父王平日吃人为生，今活彀有一千余岁，怎么如今又吃起斋来了？想当初作恶多端，这三四日斋戒那里就积得过来？【卓吾评：吃三四日斋，要折平日过恶，今人极多】此言有假，可疑，可疑！"即抽身走出二门之下，叫六健将来问："你们老大王是那里请来的？"小妖道："是半路请来的。"妖王道："我说你们来的快，不曾到家么？"小妖道："是不曾到家。"妖王道："不好了！着了他假也。这不是老大王！"小妖一齐跪下道："大王，自家父亲，也认不得？"【卓吾评：着眼，须知谁是自己父亲】妖王道："观其形容动静都像，只是言语不像，只怕着了他假，吃了人亏。你们都要仔细，会使刀的刀要出鞘，会使枪的枪要磨明，会使棍的使棍，会使绳的使绳。待我再去问他，看他言语如何。若果是老大王，莫说今日不吃，明日不吃，便迟个月何妨？假若言语不对，只听我哏的一声，就一齐下手。"群魔各各领命讫。

这妖王复转身到于里面，对行者当面又拜。行者道："孩儿，家无常礼，不须拜。但有甚话，只管说来。"妖王伏于地下道："愚男一则请来奉献唐僧之肉，二来有句话儿上请。我前日闲行，驾祥光直至九霄空内，忽逢着祖延道龄张先生。"行者道："可是做天师的张道龄么？"妖王道："正是。"行者问曰："有甚话说？"妖王道："他见孩儿生得五官周正，三停平等，他问我是几年、那月、那日、那时出世。儿因年幼，记得不真。【卓吾评：幻极。此儿却也来得】先生子平（指星命之学）精熟，要与我推看五星。今请父王，正欲问此。倘或下次再得会他，好烦他推算。"【卓吾评：真是敌手】行者闻言，坐在上面暗笑道："好妖怪呀！老孙自归佛果，保唐师父，一路上也捉了几个妖精，不似这厮克剥。他问我甚么家长礼短，少米无柴的话说，我也好信口捏脓答他。他如今问我生年月日，我却怎么知道！"【卓吾评：画他心事】好猴王，也十分乖巧，巍巍端坐中间，也无一些儿惧色，面上反喜盈盈的笑道："贤郎请起。我因年老，连日有事不遂心怀，把你生时果偶然忘了。且等到明日回家，问你母亲便知。"【卓吾评：贼猴】妖王道："父王把我八个字时常不离口论说，说我有同天不老之寿，怎么今日一旦忘了！岂有此理！必是假的！"【卓吾评：好狠对手】哏的一声，群妖枪刀簇拥，望行者没头没脸的扎来。这大圣使金箍棒架住了，现出本象，对妖精道："贤郎，你却没理。那里儿子好打爷的？"【卓吾评：好猴】那妖王满面羞惭，不敢回视。行者化金光，走出他的洞府。小妖道："大王，孙行者走了。"妖王道："罢，罢，罢！让他走了罢！我吃他这一场亏也！且关了门，莫与他打话，只来刷洗唐僧蒸吃便罢。"

却说那行者搴着铁棒，呵呵大笑，自涧那边而来。沙僧听见，急出林迎着道：

“哥啊，这半日方回，如何这等哂笑，想救出师父来也？”行者道：“兄弟，虽不曾救得师父，老孙却得个上风来了。”【卓吾评：猴】沙僧道：“甚么上风？”行者道：“原来猪八戒被那怪假变观音，哄将回来，吊于皮袋之内。我欲设法救援，不期他着甚么六健将，去请老大王来吃师父肉。是老孙想着他老大王必是牛魔王，就变了他的模样，充将进去，坐在中间。他叫父王，我就应他；他便叩头，我就直受。着实快活！果然得了上风！”沙僧道：“哥啊，你便图这般小便宜，恐师父性命难保。”行者道：“不须虑，等我去请菩萨来。”沙僧道：“你还腰疼哩。”行者道：“我不疼了。古人云：‘人逢喜事精神爽。’你看着行李、马匹，等我去。”沙僧道：“你置下仇了，恐他害我师父。你须快去快来。”行者道：“我来得快，只消顿饭时，就回来矣。”

好大圣，说话间躲离了沙僧，纵筋斗云径投南海。在那半空里，那消半个时辰，望见普陀山景。须臾，按下云头，直至落伽崖上。端肃正行，只见二十四路诸天迎着道：“大圣，那里去？”行者作礼毕，道：“要见菩萨。”诸天道：“少停，容通报。”时有鬼子母诸天来潮音洞外，报道：“菩萨得知，孙悟空特来参见。”菩萨闻报，即命进去。大圣敛衣皈命，捉定步，径入里边，见菩萨倒身下拜。菩萨道：“悟空，你不领金蝉子西方求经去，却来此何干？”行者道：“上告菩萨，弟子保护唐僧，前行至一方，乃号山枯松涧火云洞，有一个红孩儿妖精，唤作圣婴大王，【卓吾评：谁圣不婴，谁婴不圣？】把我师父摄去。是弟子与猪悟能等寻至门前，与他交战，他放出三昧火来，我等不能取胜，救不出师父。急上东洋大海，请到四海龙王，施雨水，又不能胜火。把弟子都熏坏了，几乎丧了残生。”【卓吾评：着眼，今人谁不被火烧却？可怜，可怜】菩萨道：“既他是三昧火，神通广大，怎么去请龙王，不来请我？”行者道：“本欲来的，只是弟子被烟熏了，不能驾云，却教猪八戒来请菩萨。”菩萨道：“悟能不曾来呀。”行者道：“正是。未曾到得宝山，被那妖精假变做菩萨模样，把猪八戒又赚入洞中，现吊在一个皮袋里，也要蒸吃哩。”

菩萨听说，心中大怒道：“那泼妖敢变我的模样！”【卓吾评：菩萨也大怒，大怒便不是菩萨】【菩萨也有怒火，可见怒火之魔神通广大】恨了一声，将手中宝珠净瓶往海心里扑的一掼，唬得那行者毛骨竦然，即起身侍立下面道：“这菩萨火性不退，【卓吾评：着眼，火性不退，佛性自退矣】好是怪老孙说的话不好，坏了他的德行，就把净瓶掼了。可惜！可惜！早知送了我老孙，却不是一件大人事？”说不了，只见那海当中，翻波跳浪，钻出个瓶来。原来是一个怪物驮着出来。行者仔细看那驮瓶的怪物，怎生模样：

根源出处号帮泥，水底增光独显威。

世隐能知天地性，安藏偏晓鬼神机。
藏身一缩无头尾，展足能行快似飞。
文王画卦曾元卜，常纳庭台伴伏羲。
云龙透出千般俏，号水推波把浪吹。
条条金线穿成甲，点点装成彩玳瑁。
九宫八卦袍披定，散碎铺遮绿灿衣。
生前好勇龙王幸，死后还驮佛祖碑。
要知此物名和姓，兴风作浪恶乌龟。

【卓吾评：藏得妙！偏是恶乌龟要兴风作浪】

那龟驮着净瓶，爬上崖边，对菩萨点头二十四点，权为二十四拜。行者见了，暗笑道："原来是看瓶的。想是不见瓶，就问他要。"菩萨道："悟空，你在下面说甚么？"行者道："没说甚么。"菩萨教："拿上瓶来。"这行者即去拿瓶，唉！莫想拿得他动，好便似蜻蜓撼石柱，怎生摇得半分毫？【怒火伤心，拿不起慈悲之水】行者上前跪下道："菩萨，弟子拿不动。"菩萨道："你这猴头，只会说嘴！瓶儿你也拿不动，怎么去降妖缚怪？"行者道："不瞒菩萨说，平日拿得动，今日拿不动。想是吃了妖精亏，筋力弱了。"菩萨道："常时是个空瓶，如今是净瓶抛下海去，这一时间转过了三江五湖，八海四渎，溪源潭洞之间，共借了一海水在里面。你那里有架海的斤量？此所以拿不动也。"行者合掌道："是弟子不知。"

那菩萨走上前，将右手轻轻的提起净瓶，托在左手掌上。只见那龟点点头，钻下水去了。行者道："原来是个养家看瓶的夯货。"菩萨坐定道："悟空，我这瓶中甘露水浆，比那龙王的私雨不同，能灭那妖精的三昧火。待要与你拿了去，你却拿不动；待要着善财龙女与你同去，你却又不是好心，专一只会骗人。【卓吾评：极文人大半类如此】【不低估人性之恶，遇事先求避祸自保，菩萨也不例外】你见我这龙女貌美，净瓶又是个宝物，你假若骗了去，却那有工夫又来寻你？你须是留些甚么东西作当。"行者道："可怜，菩萨这等多心！我弟子自秉沙门，一向不干那样事了。你教我留些当头，却将何物？我身上这件绵布直裰还是你老人家赐的，这条虎皮裙子能值几个铜钱？这根铁棒早晚却要护身。但只是头上这个箍儿，是个金的，却又被你弄了个方法儿长在我头上，取不下来。你今要当头，情愿将此为当，你念个《松箍儿咒》，将此除去罢。不然，将何物为当？"菩萨道："你好自在啊！我也不要你的衣服、铁棒、金箍，只将你那脑后救命的毫毛，拔一根与我作当罢。"行者道："这毫毛也是你老人家与我的，但恐拔下一根，就拆破群了，又不能救我性命。"菩萨骂道："你这猴子！你便一毛也不拔，教我这善财也难舍。"【卓吾评：着眼，菩萨说趣话】【菩萨暗示，心性要有所放弃，才能降伏怒火】行者笑道："菩萨，你却也多疑。正是不看僧面看佛面，千万救我师父一难罢！"那菩萨：逍遥欣喜下莲台，云步香飘上石崖。只为圣僧遭障害，要降妖怪救回来。

孙大圣十分欢喜，请观音出了潮音仙洞。诸天大神，都列在普陀岩上。菩萨道："悟空过海。"行者躬身道："请菩萨先行。"菩萨道："你先过去。"行者磕头道："弟子不敢在菩萨面前施展。若驾筋斗云啊，掀露身体，恐菩萨怪我不敬。"菩萨闻言，即着善财龙女，去莲花池里劈一瓣莲花，放在石岩下边水上，教行者："你上那莲花瓣儿，我渡你过海。"行者见了道："菩萨，这花瓣儿又轻又薄，如何载得我起！这一躧翻跌下水去，却不湿了虎皮裙？走了硝，天冷怎穿？"菩萨喝道："你且上去看！"行者不敢推辞，舍命往上跳。果然先见轻小，到上面比海船还大三分。行者欢喜道："菩萨，载得我了。"菩萨道："既载得，如何不过去？"行者道："又没了篙桨篷桅，怎生得过？"菩萨道："不用。"只把他一口气吹开吸拢，又着实一口气，吹过南洋苦海，得登彼岸。【怒火实为苦海，还需慈悲渡】行者却脚躧实地，笑道："这菩萨卖弄神通，把老孙这等呼来喝去，全不费力也！"

那菩萨吩咐概众诸天各守仙境，着善财龙女闭了洞门，他却纵祥云，躲离普陀岩，到那边，叫："惠岸何在？"惠岸乃托塔李天王第二个太子，俗名木叉是也，乃菩萨亲传授的徒弟，不离左右，称为护法惠岸行者，即对菩萨合掌伺候。菩萨道："你快上界去，见你父王问他借天罡刀来一用。"惠岸道："师父用着几何？"菩萨道："全副都要。"惠岸领命，即驾云头，径入南天门里。到云楼宫殿，见父王下拜。天王见了，问："儿从何来？"木叉道："师父是孙悟空请来降妖，着儿拜上父王，将天罡刀借了一用。"天王即唤哪吒，将刀取三十六把递与木叉。木叉对哪吒说："兄弟，你回去多拜上母亲，我事紧急，等送刀来再磕头罢。"【卓吾评：好照管】忙忙相别，按落祥光，径至南海，将刀捧与菩萨。菩萨接在手中，抛将去，念个咒语，只见那刀化作一座千叶莲台。菩萨纵身上去，端坐在中间。行者在旁暗笑道："这菩萨省使俭用，那莲花池里有五色宝莲台，舍不得坐将来，却又问别人去借。"菩萨道："悟空，休言语，跟我来也。"却才都驾着云头，离了海上。白鹦哥展翅前飞，孙大圣与惠岸随后。

顷刻间，早见一座山头，行者道："这山就是号山了。从此处到那妖精门首，约摸有四百余里。"菩萨闻言，即命住下祥云，在那山头上念一声"唵"（ǎn）字咒语。只见那山左山右，走出许多神鬼，却乃是本山土地众神，都到菩萨宝莲座下磕头。菩萨道："汝等俱莫惊张，我今来擒此魔王。你与我把这团围打扫干净，要三百里远近地方，不许一个生灵在地。将那窝中小兽，窟内雏虫，都送在巅峰之上安生。”众神遵依而退。须臾间，又来回复。菩萨道：“既然干净，俱各回祠。”遂把净瓶扳倒，唿喇喇倾出水来，就如雷响。真个是：

漫过山头，冲开石壁。漫过山头如海势，冲开石壁似汪洋。黑雾涨天全水气，沧波影日幌寒光。遍崖冲玉浪，满海长金莲。菩萨大展降魔法，袖中取出定身禅。化做落伽仙景界，真如南海一般般。秀蒲挺出昙花嫩，香草舒开贝叶鲜。紫竹几竿鹦鹉歇，青松数簇鹧鸪喧。万迭波涛连四野，只闻风吼水漫天。

孙大圣见了，暗中赞叹道：“果然是一个大慈大悲的菩萨！若老孙有此法力，将瓶儿望山一倒，管甚么禽兽蛇虫哩！”【用慈悲水覆灭怒火】菩萨叫：“悟空，伸手过来。”行者即忙敛袖，将左手伸出。菩萨拔杨柳枝，蘸甘露，把他手心里写一个“迷”字，【卓吾评：既已见妖怪矣，又迷些恁来？】教他：“捏着拳头，快去与那妖精索战，许败不许胜，败将来我这跟前，我自有法力收他。”

行者领命，返云光，径来至洞口。一只手使拳，一只手使棒，高叫道：“妖怪开门！”那些小妖又进去报道：“孙行者又来了！”妖王道：“紧关了门！莫睬他！”行者叫道：“好儿子！把老子赶在门外，还不开门！”【卓吾评：顽猴】小妖又报道：“孙行者骂出那话儿来了！”妖王只教：“莫睬他！”行者叫两次，见不开门，心中大怒，举铁棒，将门一下打了一个窟窿。慌得那小妖跌将进去道：“孙行者打破门了！”妖王见报几次，又听说打破前门，急纵身跳将出去，挺长枪对行者骂道：“这猴子，老大不识起倒！我让你得些便宜，你还不知尽足，又来欺我！打破我门，你该个甚么罪名？”行者道：“我儿，你赶老子出门，你该个甚么罪名？”【卓吾评：猴】

那妖王羞怒，绰长枪劈胸便刺。这行者举铁棒，架隔相还。一番搭上手，斗经四五个回合，行者捏着拳头，拖着棒，败将下来。那妖王立在山前道：“我要刷洗唐僧去哩！”行者道：“好儿子，天看着你哩！你来！”那妖精闻言，愈加嗔怒，喝一声，赶到面前，挺枪又刺。这行者轮棒又战几合，败阵又走。那妖王骂道：“猴子，你在前有二三十合的本事，你怎么如今正斗时就要走了，何也？”行者笑道：“贤郎，老子怕你放火。”【卓吾评：趣甚，妙甚！小说大不可无此】妖精道：“我不放火了，你上来。”行者道：“既不放火，走开些，好汉子莫在家门前打人。”那妖精不知是诈，真个举枪又赶。行者拖了棒，放了拳头。那妖王着了迷乱，只情追赶。前走的如流星过度，后走的如弩箭离弦。

不一时，望见那菩萨了。行者道：“妖精，我怕你了，你饶我罢。你如今赶至南海观音菩萨处，怎么还不回去？”那妖王不信，咬着牙只管赶来。行者将身一幌，藏在那菩萨的神光影里。这妖精见没了行者，走近前，睁圆眼，对菩萨道："你是孙行者请来的救兵么？"菩萨不答应。妖王拈转长枪，喝道："咄！你是孙行者请来的救兵么？"菩萨也不答应。妖精望菩萨劈心刺一枪来。那菩萨化道金光，径走上九霄空内。行者跟定道："菩萨，你好欺伏我罢了！那妖精再三问你，你怎么推聋装哑，不敢做声，被他一枪搠走了，却把那个莲台都丢下耶！"菩萨只教："莫言语，看他再要怎的。"此时行者与木叉俱在空中，并肩同看，只见那妖呵呵冷笑道："泼猴头，错认了我也！他不知把我圣婴当作个甚人！几番家战我不过，又去请个甚么脓包菩萨来。却被我一枪搠得无形无影去了，又把个宝莲台儿丢了。且等我上去坐坐。"好妖精，他也学菩萨，盘手盘脚的坐在当中。行者看见道："好！好！好！莲花台儿好送人了！"菩萨道："悟空，你又说甚么？"行者道："说甚，说甚！莲台送了人了！那妖精坐放臀下，终不得你还要哩？"菩萨道："正要他坐哩。"行者道："他的身躯小巧，比你还坐得稳当。"菩萨叫："莫言语，且看法力。"

他将杨柳枝往下指定，叫一声："退！"只见那莲台花彩俱无，祥光尽散，原来那妖王坐在刀尖之上。【卓吾评：此处又趣，看落局里，妙甚】即命木叉："使降妖杵，把刀柄儿打打去来。"那木叉按下云头，将降魔杵如筑墙一般，筑了有千百余下。那妖精穿通两腿刀尖出，血流成汪皮肉开。好怪物，你看他咬着牙，忍着痛，且丢了长枪，用手将刀乱拔。行者却道："菩萨啊，那怪物不怕痛，还拔刀哩。"菩萨见了，唤上木叉，"且莫伤他生命。"却又把杨柳枝垂下，念声"唵"字咒语，那天罡刀都变做倒须钩儿，狼牙一般，莫能褪得。那妖精却才慌了，扳着刀尖，痛声苦告道："菩萨，我弟子有眼无珠，不识你广大法力。千乞垂慈，饶我性命！再不敢恃恶，愿入法门戒行也。"

菩萨闻言，却与二行者、白鹦哥低下金光，到了妖精面前，问道："你可受吾戒行么？"妖王点头滴泪道："若饶性命，愿受戒行。"菩萨道："你可入我门么？"妖王道："果饶性命，愿入法门。"菩萨道："既如此，我与你摩顶受戒。"就袖中取出一把金剃头刀儿，近前去，把那怪分顶剃了几刀，剃作一个太山压顶，与他留下三个顶搭，挽起三个窝角揪儿。行者在旁笑道："这妖精大晦气，弄得不男不女，不知像个甚么东西！"【卓吾评：不男不女，是个顽童】菩萨道："你今既受我戒，我却也不慢你，称你做善财童子，如何？"那妖点头受持，只望饶命。菩萨却用手一指，叫声："退！"撞的一声，天罡刀都脱落尘埃，那童子身躯不损。【卓吾评：着眼】菩萨叫："惠岸，你将刀送上天宫还你父王，莫来接我，先到普陀岩会众诸天等候。"那木叉领命，送刀上界回海不题。

却说那童子野性不定，见那腿疼处不疼，臀破处不破，头挽了三个揪儿，他走去绰起长枪，望菩萨道："那里有甚真法力降我，原来是个掩样术法儿！不受甚戒！看枪！"望菩萨劈脸刺来。恨得个行者轮铁棒要打，菩萨只叫："莫打，我自有惩治。"却又袖中取出一个金箍儿来道："这宝贝原是我佛如来赐我往东土寻取经人的'金'、'紧'、'禁'三个箍儿。紧箍儿先与你戴了，禁箍儿收了守山大神，这个金箍儿未曾舍得与人。今观此怪无礼，与他罢。"

好菩萨，将箍儿迎风一幌，叫声："变！"即变作五个箍儿，望童子身上抛了去，喝声："着！"一个套在他头顶上，两个套在他左右手上，两个套在他左右脚上。菩萨道："悟空，走开些，等我念念《金箍儿咒》。"行者慌了道："菩萨呀，请你来此降妖，如何却要咒我？"【卓吾评：好点缀】菩萨道："这篇咒，不是《紧箍儿咒》咒你的，是《金箍儿咒》，咒那童子的。"行者却才放心，紧随左右，听得他念咒。菩萨捻着诀，默默的念了几遍，那妖精搓耳揉腮，攒蹄打滚。正是：一句能通遍沙界，广大无边法力深。毕竟不知那童子怎的皈依，且听下回分解。

【卓吾评：篇中云："作恶多端，这三四日斋戒，那里就积得过来！"此处极可提醒佛口蛇心的斋公。又云："你便一毫不拔，教我这善财难舍"，此处极可提醒白手抄化的和尚】

【至此佛祖三个金箍，一个送给了悟空，收狂妄之心，一个给了熊精，收物欲之心，一个给了红孩儿，收怒火之心。这三个魔障，无法打死剪除，只能降伏，而且不时出来作怪。如何降伏其心？办法在《金刚经》里，先用对万事万物的慈悲和成全来平复，后以无相不执着的智慧来解脱】

【《金刚经》印证：诸菩萨摩诃萨，应如是降伏其心。所有一切众生之类，若卵生、若胎生、若湿生、若化生；若有色、若无色；若有想、若无想、若非有想非无想，我皆令入无馀涅槃而灭度之。如是灭度无量无数无边众生，实无众生得灭度者。何以故？须菩提！若菩萨有我相、人相、众生相、寿者相，即非菩萨】

第四十三回　黑河妖孽擒僧去　西洋龙子捉鼍回

【如来说，过去心不可得，现在心不可得，未来心不可得。留恋过去，不满现在，害怕未来，都是受到蒙蔽、没有方向的心性。本回唐僧思乡难息，是心志无明之难，也是执着于我相的表现。黄风岭写心志，突出风之烈，动摇心志；本回写心志，突出水之黑，心志无明】

却说那菩萨念了几遍，却才住口，那妖精就不疼了。又正性起身看处，颈项里与手足上都是金箍，勒得疼痛，便就除那箍儿时，莫想褪得动分毫，这宝贝已此是见肉生根，越抹越痛。行者笑道："我那乖乖，菩萨恐你养不大，与你戴个颈圈镯头哩。"那童子闻此言，又生烦恼，就此绰起枪来，望行者乱刺。行者急闪身，立在菩萨后面，叫："念咒！念咒！"那菩萨将杨柳枝儿，蘸了一点甘露洒将去，叫声"合！"只见他丢了枪，一双手合掌当胸，再也不能开放。至今留了一个"观音扭"，即此意也。那童子开不得手，拿不得枪，方知是法力深微。没奈何，才纳头下拜。菩萨念动真言，把净瓶攲倒，将那一海水，依然收去，更无半点存留。对行者道："悟空，这妖精已是降了，却只是野心不定，等我教他一步一拜，只拜到落伽山，方才收法。你如今快早去洞中，救你师父去来！"行者转身叩头道："有劳菩萨远涉，弟子当送一程。"菩萨道："你不消送，恐怕误了你师父性命。"行者闻言，欢喜叩别。那妖精早归了正果，五十三参，参拜观音。

且不题善菩萨收了童子。却说那沙僧久坐林间，盼望行者不到，将行李捎在马上，一只手执着降妖宝杖，一只手牵着缰绳，出松林向南观看，只见行者欣喜而来。沙僧迎着道："哥哥，你怎么去请菩萨，此时才来？焦杀我也！"行者道："你还做梦哩。老孙已请了菩萨，降了妖怪。"行者却将菩萨的法力备陈了一遍。沙僧十分欢喜道："救师父去也！"他两个才跳过涧去，撞到门前，拴下马匹，举兵器齐打入洞里，剿净了群妖，解下皮袋，放出八戒来。那呆子谢了行者道："哥哥，那妖精在那里？等我去筑他几钯，出出气来！"行者道："且寻师父去。"三人径至后边，只见师父赤条条捆在院中哭哩。【怒火已消】沙僧连忙解绳，行者即取衣服穿上。三人跪在面前道："师父吃苦了。"三藏谢道："贤徒啊，多累你等。怎生降得妖魔也？"行者又将请菩萨、收童子之言，备陈一遍。三藏听得，即忙跪下，朝南礼拜。行者道："不消谢他，转是我们与他作福，收了一个童子。”——如今说童子拜观音，五十三参，参参见佛，即此是也。——教沙僧将洞内宝物收了，且寻米粮，安排斋饭，管待了师父。那长老得性命，全亏孙大圣，取真经只靠美猴精。【得性命亏心性，取真经靠心性】师徒们出洞来，攀鞍上马，找大路笃志投西。

行经一个多月，忽听得水声振耳，三藏大惊道：“徒弟呀，又是那里水声？”行者笑道：“你这老师父忒也多疑，做不得和尚。我们一同四众，偏你听见甚么水声。你把那《多心经》又忘了也？”唐僧道：“《多心经》乃浮屠山乌巢禅师口授，共五十四句，二百七十个字。我当时耳传，至今常念。你知我忘了那句儿？”行者道：“老师父，你忘了‘无眼耳鼻舌身意’。我等出家人，眼不视色，耳不听声，鼻不嗅香，舌不尝味，身不知寒暑，意不存妄想，如此谓之‘祛褪六贼’。你如今为求经念念在意，怕妖魔不肯舍身，要斋吃动舌，喜香甜嗅鼻，闻声音惊耳，睹事物凝眸，招来这六贼纷纷，怎生得西天见佛？”【卓吾评：着眼】【善哉斯言！当以心为师】三藏闻言，默然沉虑道：“徒弟啊，我：

一自当年别圣君，奔波昼夜甚殷勤。
芒鞋踏破山头雾，竹笠冲开岭上云。
夜静猿啼殊可叹，月明鸟噪不堪闻。
何时满足三三行，得取如来妙法文？”

行者听毕，忍不住鼓掌大笑道：“这师父原来只是思乡难息！【思乡怀旧，对过去的留恋，往往并不是因为过去多么美好，而更多的是对现实的不满，以及对未来缺乏信心】若要那三三行满，有何难哉！常言道：‘功到自然成’哩。”【卓吾评：着眼】八戒回头道：“哥啊，若照依这般魔障凶高，就走上一千年也不得成功！”沙僧道：“二哥，你和我一般拙口钝腮，不要惹大哥热擦（发急，恼火）。且只捱肩磨担，终须有日成功也。”【卓吾评：着眼】

【《金刚经》印证：尔所国土中所有众生若干种心，如来悉知。何以故？如来说诸心，皆为非心，是名为心。所以者何？须菩提！过去心不可得，现在心不可得，未来心不可得】

师徒们正话间，脚走不停，马蹄正疾，见前面有一道黑水滔天，马不能进。四众停立岸边，仔细观看。但见那：

层层浓浪，叠叠浑波。层层浓浪翻乌潦，叠叠浑波卷黑油。近观不照人身影，远望难寻树木形。滚滚一池墨，滔滔千里灰。水沫浮来如积炭，浪花飘起似翻煤。牛羊不饮，鸦鹊难飞。牛羊不饮嫌深黑，鸦鹊难飞怕渺弥。只是岸上芦蘋知节令，滩头花草斗青奇。湖泊江河天下有，溪源泽洞世间多。人生皆有相逢处，谁见西方黑水河？

唐僧下马道："徒弟，这水怎么如此浑黑？"【浑黑象征心志无明】八戒道："是那家泼了靛缸了。"沙僧道："不然，是谁家洗笔砚哩。"行者道："你们且休胡猜乱道，且设法保师父过去。"八戒道："这河若是老猪过去不难，或是驾了云头，或是下河负水，不消顿饭时，我就过去了。"沙僧道："若教我老沙，也只消纵云蹿水，顷刻而过。"行者道："我等容易，只是师父难哩。"三藏道："徒弟啊，这河有多少宽么？"八戒道："约摸有十来里宽。"三藏道："你三个计较，着那个驮我过去罢。"行者道："八戒驮得。"八戒道："不好驮。若是驮着腾云，三尺也不能离地，常言道：'背凡人重若丘山。'若是驮着负水，转连我坠下水去了。"

师徒们在河边，正都商议，只见那上溜头有一人，棹下一只小船儿来。唐僧喜道："徒弟，有船来了。叫他渡我们过去。"沙僧厉声高叫道："棹船的，来渡人！来渡人！"船上人道："我不是渡船，如何渡人？"沙僧道："天上人间，方便第一。你虽不是渡船，我们也不是常来打搅你的。我等是东土钦差取经的佛子，你可方便方便，渡我们过去，谢你！"那人闻言，却把船儿棹近岸边，扶着桨道："师父啊，我这船小，你们人多，怎能全渡？"三藏近前看了，那船儿原来是一段木头刻的，中间只有一个舱口，只好坐下两个人。三藏道："怎生是好？"沙僧道："这般啊，两遭儿渡罢。"八戒就使心术，要躲懒讨乖，道："悟净，你与大哥在这边看着行李、马匹，等我保师父先过去，却再来渡马。教大哥跳过去罢。"行者点头道："你说的是。"

那呆子扶着唐僧，那梢公撑开船，举棹冲流，一直而去。方才行到中间，只听得一声响喨，卷浪翻波，遮天迷目。那阵狂风十分利害！好风：

当空一片炮云起，中溜千层黑浪高。
两岸飞沙迷日色，四边树倒振天号。
翻江搅海龙神怕，播土扬尘花木凋。
呼呼响若春雷吼，阵阵凶如饿虎哮。
蟹鳖鱼虾朝上拜，飞禽走兽失窝巢。
五湖船户皆遭难，四海人家命不牢。
溪内渔翁难把钩，河间梢子怎撑篙？
揭瓦翻砖房屋倒，惊天动地泰山摇。

这阵风，原来就是那棹船人弄的，他本是黑水河中怪物。眼看着那唐僧与猪八戒，连船儿淬在水里，无影无形，不知摄了那方去也。【如黄风岭，风动实为心动，心

不定，则易被魔掠去】

【《坛经》印证：念念之中，不思前境。若前念、今念、后念，念念相续不断，名为系缚；于诸法上念念不住，即无缚也。于诸境上心不染，曰无念。于自念上，常离诸境，不于境上生心】

这岸上，沙僧与行者心慌道："怎么好？老师父步步逢灾，才脱了魔障，幸得这一路平安，又遇着黑水迍邅！"沙僧道："莫是翻了船，我们往下溜头找寻去。"行者道："不是翻船。若翻船，八戒会水，他必然保师父负水而出。我才见那个棹船的有些不正气，想必就是这厮弄风，把师父拖下水去了。"沙僧闻言道："哥哥何不早说，你看着马与行李，等我下水找寻去来。"行者道："这水色不正，恐你不能去。"沙僧道："这水比我那流沙河如何？去得，去得。"【心志之障，还需心志解】

好和尚，脱了偏衫，札抹了手脚，轮着降妖宝杖，扑的一声分开水路，钻入波中，大踏步行将进去。正走处，只听得有人言语。沙僧闪在旁边，偷睛观看，那壁厢有一座亭台，台门外横封了八个大字，乃是"衡阳峪黑水河神府"。又听得那怪物坐在上面道："一向辛苦，今日方能得物。这和尚乃十世修行的好人，但得吃他一块肉，便做长生不老人。我为他也等彀多时，今朝却不负我志。"教："小的们！快把铁笼抬出来，将这两个和尚囫囵蒸熟，具柬去请二舅爷来，与他暖寿。"沙僧闻言，按不住心头火起，掣宝杖，将门乱打，口中骂道："那泼物，快送我唐僧师父与八戒师兄出来！"唬得那门内妖邪，急跑去报："祸事了！"老怪问："甚么祸事？"小妖道："外面有一个晦气色脸的和尚，打着前门骂，要人哩！"

那怪闻言，即唤取披挂。小妖抬出披挂，老妖结束整齐，手提一根竹节钢鞭，走出门来，真个是凶顽毒像。但见：

方面圜睛霞彩亮，卷唇巨口血盆红。
几根铁线稀髯摆，两鬓朱砂乱发蓬。
形似显灵真太岁，貌如发怒狠雷公。
身披铁甲团花灿，头戴金盔嵌宝浓。
竹节钢鞭提手内，行时滚滚拽狂风。
生来本是波中物，脱去原流变化凶。
要问妖邪真姓字，前身唤做小鼍（tuó，扬子鳄）龙。

那怪喝道："是甚人在此打我门哩！"沙僧道："我把你个无知的泼怪！你怎么弄玄虚，变作梢公，架船将我师父摄来？快早送还，饶你性命！"那怪呵呵笑道："这和尚不知死活！你师父是我拿了，如今要蒸熟了请人哩！你上来，与我见个雌雄！三合敌得我啊，还你师父；如三合敌不得，连你一发都蒸吃了，休想西天去也！”沙僧闻言大怒，轮宝杖，劈头就打。那怪举钢鞭，急架相迎。两个在水底下，这场好杀：

降妖杖、竹节鞭，二人怒发各争先。一个是黑水河中千载怪，一个是灵霄殿外旧时仙。那个因贪三藏肉中吃，这个为保唐僧命可怜。都来水底相争斗，各要功成两不然。杀得虾鱼对对摇头躲，蟹鳖双双缩首潜。只听水府群妖齐擂鼓，门前众怪乱争喧。好个沙门真悟净，单身独力展威权！跃浪翻波无胜败，鞭迎杖架两牵连。算来只为唐和尚，欲取真经拜佛天。

他二人战经三十回合，不见高低。沙僧暗想道：“这怪物是我的对手，【暗示妖魔乃心志魔障】枉自不能取胜，且引他出去，教师兄打他。”这沙僧虚丢了个架子，拖着宝杖就走。那妖精更不赶来，道：“你去罢，我不与你斗了，我且具柬帖儿去请客哩。”

沙僧气呼呼跳出水来，见了行者道：“哥哥，这怪物无礼。”行者问：“你下去许多时才出来，端的是甚妖邪？可曾寻见师父？”沙僧道：“他这里边，有一座亭台，台门外横书八个大字，唤做‘衡阳峪黑水河神府’。我闪在旁边，听着他在里面说话，教小的们刷洗铁笼，待要把师父与八戒蒸熟了，去请他舅爷来暖寿。是我发起怒来，就去打门。那怪物提一条竹节钢鞭走出来，与我斗了这半日，约有三十合，不分胜负。我却使个佯输法，要引他出来，着你助阵。那怪物乖得紧，他不来赶我，只要回去具柬请客，我才上来了。”行者道：“不知是个甚么妖邪？”沙僧道：“那模样像一个大鳖；不然，便是个鼍（tuó，扬子鳄）龙也。”行者道：“不知那个是他舅爷？”说不了，只见那下湾里走出一个老人，远远的跪下叫：“大圣，黑水河河神叩头。”行者道：“你莫是那棹船的妖邪，又来骗我么？”那老人磕头滴泪道：“大圣，我不是妖邪，我是这河内真神。那妖精旧年五月间，从西洋海趁大潮来于此处，就与小神交斗。奈我年迈身衰，敌他不过，把我坐的那衡阳峪黑水河神府，就占夺去住了，【以河喻身，河内真神即取经心志，被思乡心志占领】又伤了我许多水族。我却没奈何，径往海内告他。原来西海龙王是他的母舅，不准我的状子，教我让与他住。我欲启奏上天，奈何神微职小，不能得见玉帝。今闻得大圣到此，特来参拜投生，万望大圣与我出力报冤！”行者闻言道：“这等说，四海龙王都该有罪。他如今摄了我师父与师弟，扬言要蒸熟了，去请他舅爷暖寿，我正要拿他，幸得你来报信。这等啊，你陪着沙僧在此看守，等我去海中，先把那龙王捉来，教他擒此怪物。”河神道：“深感大圣大恩！”

行者即驾云，径至西洋大海，按筋斗，捻了避水诀，分开波浪。正然走处，撞见一个黑鱼精捧着一个浑金的请书匣儿，从下流头似箭如梭钻将上来。被行者扑个满面，掣铁棒分顶一下，可怜就打得脑浆迸出，腮骨查开，嗗都的一声，飘出水面。他却揭开匣儿看处，里边有一张简帖，上写着：

“愚甥鼍洁，顿首百拜，启上二舅爷敖老大人台下：向承佳惠，感感。今因获得二物，乃东土僧人，实为世间之罕物。甥不敢自用。因念舅爷圣诞在迩，特设菲筵，预祝千寿。万望车驾速临是荷！”

行者笑道：“这厮却把供状先递与老孙也！”正才袖了帖子，往前再行。早有一个探海的夜叉，望见行者，急抽身撞上水晶宫报大王：“齐天大圣孙爷爷来了！”那龙王敖顺即领众水族，出宫迎接道：“大圣，请入小宫少座，献茶。”行者道：“我还不曾吃你的茶，你倒先吃了我的酒也！”龙王笑道：“大圣一向皈依佛门，不动荤酒，却几时请我吃酒来？”行者道：“你便不曾去吃酒，只是惹下一个吃酒的罪名了。”敖顺大惊道：“小龙为何有罪？”行者袖中取出简帖儿，递与龙王。

龙王见了，魂飞魄散，慌忙跪下叩头道：“大圣恕罪！那厮是舍妹第九个儿子。因妹夫错行了风雨，刻减了雨数，被天曹降旨，着人曹官魏徵丞相梦里斩了。【卓吾评：好照管】【故乡人之子】舍妹无处安身，是小龙带他到此，恩养成人。前年不幸，舍妹疾故，惟他无方居住，我着他在黑水河养性修真，不期他作此恶孽。小龙即差人去擒他来也。”【思乡难息，故心魔化为乡人之子，归唐僧于来处，困于水府】行者道：“你令妹共有几个贤郎？都在那里作怪？”龙王道：“舍妹有九个儿子。那八个都是好的。第一个小黄龙，见居淮渎；第二个小骊龙，见住济渎；第三个青背龙，占了江渎；第四个赤髯龙，镇守河渎；第五个徒劳龙，与佛祖司钟；第六个稳兽龙，与神官镇脊；第七个敬仲龙，与玉帝守擎天华表；第八个蜃龙，在大家兄处砥据太岳。此乃第九个鼍龙，因年幼无甚执事，自旧年才着他居黑水河养性，待成名，别迁调用。谁知他不遵吾旨，冲撞大圣也。”

行者闻言，笑道：“你妹妹有几个妹丈？”【卓吾评：好谑】敖顺道：“只嫁得一个妹丈，乃泾河龙王，向年已此被斩。舍妹孀居于此，前年疾故了。”行者道：“一夫一妻，如何生这几个杂种？”敖顺道：“此正谓‘龙生九种，九种各别’。”【如何降思乡之魔？见见故人，提提旧事】行者道：“我才心中烦恼，欲将简帖为证，上奏天庭，问你个通同作怪，抢夺人口之罪。据你所言，是那厮不遵教诲，我且饶你这次：一则是看你昆玉分上，二来只该怪那厮年幼无知，你也不甚知情。你快差人擒来，救我师父！再作区处。”敖顺即唤太子摩昂：“快点五百虾鱼壮兵，将小鼍捉来问罪！一壁厢安排酒席，与大圣陪礼。”行者道：“龙王再勿多心。既讲开饶了你便罢，又何须办酒？我今须与你令郎同回，一则老师父遭愆，二则我师弟盼望。”

那老龙苦留不住，又见龙女捧茶来献。行者立饮他一盏香茶，别了老龙，随与摩昂领兵，离了西海，早到黑水河中。行者道："贤太子，好生捉怪，我上岸去也。"摩昂道："大圣宽心。小龙子将他拿上来先见了大圣，惩治了他罪名，把师父送上来，才敢带回海内，见我家父。"行者欣然相别，捏了避水诀，跳出波津，径到了东边崖上。沙僧与那河神迎着道："师兄，你去时从空而去，怎么回来却自河内而回？"行者把那打死鱼精，得简帖，见龙王，与太子同领兵来之事，备陈了一遍。沙僧十分欢喜。都立在岸边，候接师父不题。

却说那摩昂太子着介士（兵士，武士）先到他水府门前，报与妖怪道："西海老龙王太子摩昂来也。"那怪正坐，忽闻摩昂来，心中疑惑道："我差黑鱼精投简帖拜请二舅爷，这早晚不见回话。怎么舅爷不来，却是表兄来耶？"正说间，只见那巡河的小怪又来报："大王，河内有一枝兵，屯于水府之西，旗号上书着'西海储君摩昂小帅'。"妖怪道："这表兄却也狂妄：想是舅爷不得来，命他来赴宴。既是赴宴，如何又领兵劳士？咳！但恐其间有故。"教："小的们，将我的披挂钢鞭伺候，恐一时变暴，待我且出去迎他，看是何如。"众妖领命，一个个擦掌摩拳准备。

这鼍龙出得门来，真个见一枝海兵札营在右，只见：

征旗飘绣带，画戟列明霞。
宝剑凝光彩，长枪缨绕花。
弓弯如月小，箭插似狼牙。
大刀光灿灿，短棍硬沙沙。
鲸鳌并蛤蚌，蟹鳖共鱼虾。
大小齐齐摆，干戈似密麻。
不是元戎令，谁敢乱爬蹅（chǎ，踏）！

鼍怪见了，径至那营门前厉声高叫："大表兄，小弟在此拱候，有请。"有一个巡营的螺螺，急至中军帐报："千岁殿下，外有鼍龙叫请哩。"太子按一按顶上金盔，束一束腰间宝带，手提一根三棱简，拽开步，跑出营去，道："你来请我怎么？"鼍龙进礼道："小弟今早有简帖拜请舅爷，想是舅爷见弃，着表兄来的。兄长既来赴席，如何又劳师动众，不入水府，扎营在此，又贯甲提兵，何也？"太子道："你请舅爷做甚？"妖怪道："小弟一向蒙恩赐居于此，久别尊颜，未得孝顺。昨日捉得一个东土僧人，我闻他是十世修行的元体，人吃了他，可以延寿，欲请舅爷看过，上铁笼蒸熟，与舅爷暖寿哩。"太子喝道："你这厮十分懵懂！你道僧人是谁？"妖怪道："他是唐朝来的僧人，往西天取经的和尚。"太子道："你只知他是唐僧，不知他手下徒弟利害哩。"妖怪道："他有一个长嘴的和尚，唤做个猪八戒，我也把他捉住了，要与唐和尚一同蒸吃。还有一个徒弟，唤做沙和尚，乃是一条黑汉子，晦气色脸，使一根宝杖，昨日在这门外与我讨师父，被我帅出河兵，一顿钢鞭，战得他败阵逃生，也不见怎的利害。"

太子道："原来是你不知！他还有一个大徒弟，是五百年前大闹天宫上方太乙金仙齐天大圣，如今保护唐僧往西天拜佛求经，是普陀岩大慈大悲观音菩萨劝善，与他改名，唤做孙悟空行者。你怎么没得做，撞出这件祸来？他又在我海内遇着你的差人，夺了请帖，径入水晶宫，拿捏我父子们，有'结连妖邪，抢夺人口'之罪。你快把唐僧、八戒送上河边，交还了孙大圣，凭着我与他陪礼，你还好得性命，若有半个'不'字，休想得全生居于此也！"那怪鼍闻此言，心中大怒道："我与你嫡亲的姑表，你倒反护他人？听你所言，就教把唐僧送出，天地间那里有这等容易事也！你便怕他，莫成我也怕他？他若有手段，敢来我水府门前，与我交战三合，我才与他师父。若敌不过我，就连他也拿来，一齐蒸熟，也没甚么亲人，也不去请客，自家关了门，教小的们唱唱舞舞，我坐在上面，自自在在，吃他娘不是！"

太子见说，开口骂道："这泼邪！果然无状！且不要教孙大圣与你对敌，你敢与我相持么？"那怪道："要做好汉，怕甚么相持！"教："取披挂！"呼唤一声，众小妖跟随左右，献上披挂，捧上钢鞭。他两个变了脸，各逞英雄，传号令，一齐擂鼓。这一场比与沙僧争斗，甚是不同，但见那：

旌旗照耀，戈戟摇光。这壁厢营盘解散，那壁厢门户开张。摩昂太子提金简，鼍怪轮鞭急架偿。一声炮响河兵烈，三棒锣鸣海士狂。虾与虾争，蟹与蟹斗。鲸鳌吞赤鲤，鳊(biān)鲌(bó)起黄鲿(cháng)。鲨鲻(zī)吃鲎(jì)鲭鱼走，牡蛎擒蛏蛤蚌慌。少扬刺硬如铁棍，鲳司针利似锋芒。鳝(shàn)鳍追白蟮，鲈鲙捉乌鲳。一河水怪争高下，两处龙兵定弱强。混战多时波浪滚，摩昂太子赛金刚。喝声金简当头重，拿住妖鼍作怪王。

这太子将三棱简闪了一个破绽，那妖精不知是诈，钻将进来，被他使个解数，把妖精右臂只一简打了个躘踵，赶上前又一拍脚，跌倒在地。众海兵一拥上前，揪翻住，将绳子背绑了双手，将铁索穿了琵琶骨，拿上岸来，押至孙行者面前道："大圣，小龙子捉住妖鼍，请大圣定夺。"

行者与沙僧见了道："你这厮不遵旨令。你舅爷原着你在此居住，教你养性存身，待你名成之日，别有迁用。你怎么强占水神之宅，倚势行凶，欺心诳上，弄玄虚，骗我师父、师弟？我待要打你这一棒，奈何老孙这棒子甚重，略打打儿就了了性命。你将我师父安在何处哩？"那怪叩头不住道："大圣，小鼍不知大圣大名，却才逆了表兄，骋强背理，被表兄把我拿住。今见大圣，幸蒙大圣不杀之恩，感谢不尽。你师父还捆在那水府之间，望大圣解了我的铁索，放了我手，等我到河中送他出来。”摩昂在旁道：“大圣，这厮是个逆怪，他极奸诈，若放了他，恐生恶念。”沙和尚道：“我认得他那里，等我寻师父去。”

他两个跳入水中，径至水府门前，那里门扇大开，更无一个小卒。直入亭台里面，见唐僧、八戒赤条条都捆在那里。沙僧即忙解了师父，河神亦随解了八戒，一家背着一个，出水面，径至岸边。猪八戒见那妖精锁绑在侧，急掣钯上前就筑，口里骂道：“泼邪畜！你如今不吃我了？”行者扯住道：“兄弟，且饶他死罪罢，看敖顺贤父子之情。”摩昂进礼道：“大圣，小龙子不敢久停。既然救得你师父，我带这厮去见家父；虽大圣饶了他死罪，家父决不饶他活罪，定有发落处置，仍回复大圣谢罪。”行者道：“既如此，你领他去罢，多多拜上令尊，尚容面谢。”那太子押着那妖鼍，投水中，帅领海兵，径转西洋大海不题。

却说那黑水河神谢了行者，道：“多蒙大圣复得水府之恩！”【河神归位，心神也归位】唐僧道：“徒弟啊，如今还在东岸，如何渡此河也？”河神道：“老爷勿虑，且请上马。小神开路，引老爷过河。”那师父才骑了白马，八戒采着缰绳，【这次平常心牵引心意】沙和尚挑了行李，孙行者扶持左右。只见河神作起阻水的法术，将上流挡住。须臾，下流撤干，开出一条大路。师徒们行过西边，谢了河神，登崖上路。这正是：禅僧有救来西域，彻地无波过黑河。毕竟不知怎生得拜佛求经，且听下回分解。

【卓吾评：行者说《心经》处，大是可思。不若今之讲师，记得些子旧讲说，便出来做买卖也。今之讲经和尚，既不及那猴子，又要弄这猴子怎的？

妖怪请阿舅暖寿，尚有渭阳之情，不比世人；若表兄弟反面，则与世人一般矣】

【自此结束黑水河之难，出离乌鸡国。在义理上，乌鸡国包含了平顶山、宝林寺和乌鸡国、火云洞、黑水河等情节，总旨是“无己”，即“破除我执”。四个故事分别从“身闲”“我相”、怒火、思乡四个角度写“我执”的表现和危害。在字面上，破除我执和上一部分宝象国主张的守护庄严宝相似有矛盾；实际上，如果落实到《心经》里的五蕴皆空，这一组故事反映的是“想即是空，空即是想”，强调人的意念和想象的虚幻性。这里的“想”，是凭空的“想”，以“我”为中心；宝象国几个故事的“受”，是别人施加的“受”，在“无我”这个意义上并不矛盾】

第四十四回　法身元运逢车力　心正妖邪度脊关

【卓吾评：着眼(标题)】【车迟国之难，意在批判错误的修行方法。文中提到呼风唤雨、指水为油、点石成金、禳星、咒水、求雨、打坐、猜物、砍头、剖腹、下油锅等等，正如菩提祖师提到的术、流、静、动四种法门，或为谋生手段，或为骗人魔术，均不是修行之正途。本回中，表面上是道士奴役和尚，实则以拉车喻修行，以脊关喻艰涩的邪路方法。和尚不修心、不正心，反而费力追求打通经脉，恰如给妖道做苦力】

诗曰：

求经脱障向西游，无数名山不尽休。
兔走乌飞催昼夜，鸟啼花落自春秋。
微尘眼底三千界，锡杖头边四百州。
宿水餐风登紫陌，未期何日是回头。

话说唐三藏幸亏龙子降妖，黑水河神开路，师徒们过了黑水河，找大路一直西来。真个是迎风冒雪，戴月披星。行彀多时，又值早春天气，但见：

三阳转运，万物生辉。三阳转运，满天明媚开图画；万物生辉，遍地芳菲设绣茵。梅残数点雪，麦涨一川云。渐开冰解山泉溜，尽放萌芽没烧痕。正是那：太昊乘震，勾芒御辰；花香风气暖，云淡日光新。道旁杨柳舒青眼，膏雨滋生万象春。

师徒们在路上游观景色，缓马而行，忽听得一声吆喝，好便似千万人呐喊之声。唐三藏心中害怕，兜住马不能前进，急回头道："悟空，是那里这等响振？"八戒道："好一似地裂山崩。"沙僧道："也就如雷声霹雳。"三藏道："还是人喊马嘶。"孙行者笑道："你们都猜不着，且住，待老孙看是何如。"

好行者，将身一纵，踏云光，起在空中，睁眼观看，远见一座城池。又近觑，倒也祥光隐隐，不见甚么凶气纷纷。行者暗自沉吟道："好去处！如何有响声振耳？那城中又无旌旗闪灼，戈戟光明，又不是炮声响振，何以若人马喧哗？"正议间，只见那城门外，有一块沙滩空地，攒簇了许多和尚，在那里扯车儿哩。【佛经中以羊车、鹿车等比喻修行方法，扯车即修行】原来是一齐着力打号，齐喊"大力王菩萨"，所以惊动唐僧。

行者渐渐按下云头来看处，呀！那车子装的都是砖瓦木植土坯之类；滩头上坡坂最高，又有一道夹脊小路，两座大关，【夹脊双关是穴位学主张打通的经脉】关下之路都是直立壁陡之崖，那车儿怎么拽得上去？【车迟，即为修行不得法】虽是天色和暖，那些人却也衣衫蓝缕，看此象十分窘迫。行者心疑道："想是修盖寺院。他这里五谷丰登，寻不出杂工人来，所以这和尚亲自努力。"正自猜疑未定，只见那城门里，摇摇摆摆，走出两个少年道士来。你看他怎生打扮，但见他：

头戴星冠，身披锦绣。头戴星冠光耀耀，身披锦绣彩霞飘。足踏云头履，腰系熟丝绦。面如满月多聪俊，形似瑶天仙客娇。

那些和尚见道士来，一个个心惊胆战，加倍着力，恨苦的拽那车子。行者就晓得了："咦！想必这和尚们怕那道士。不然啊，怎么这等着力拽扯？我曾听得人言，西方路上，有个敬道灭僧之处，断乎此间是也。我待要回报师父，奈何事不明白，返惹他怪，敢道这等一个伶俐之人，就不能探个实信？且等下去问得明白，好回师父话。"

你道他来问谁？好大圣，按落云头，去郡城脚下，摇身一变，变做个游方的云水全真，左臂上挂着一个水火篮儿，手敲着渔鼓，口唱着道情词，近城门，迎着两个道士，当面躬身道："道长，贫道起手。"那道士还礼道："先生那里来的？"行者道："我弟子云游于海角，浪荡在天涯；今朝来此处，欲募善人家。动问二位道长，这城中那条街上好道？那个巷里好贤？我贫道好去化些斋吃。"那道士笑道："你这先生，怎么说这等败兴的话？"行者道："何为败兴？"道士道："你要化些斋吃，却不是败兴？"行者道："出家人以乞化为由，却不化斋吃，怎生有钱买？"道士笑道："你是远方来的，不知我这城中之事。我这城中，且休说文武官员好道，富民长者爱贤，大男小女见我等拜请奉斋，这般都不须挂齿，头一等就是万岁君王好道爱贤。"行者道："我贫道一则年幼，二则是远方乍来，实是不知。烦二位道长将这里地名、君王好道爱贤之事，细说一遍，足见同道之情。"道士说："此城名唤车迟国，宝殿上君王与我们有亲。"

行者闻言，呵呵笑道："想是道士做了皇帝？"他道："不是。只因这二十年前，民遭亢旱，天无点雨，地绝谷苗。不论君臣黎庶，大小人家，家家沐浴焚香，户户拜天求雨。正都在倒悬捱命之处，忽然天降下三个仙长来，俯救生灵。"行者问道："是那三个仙长？"道士说："便是我家师父。"行者道："尊师甚号？"道士云："我大师父，号做虎力大仙；二师父，鹿力大仙；三师父，羊力大仙。"行者问曰："三位尊师，有多少法力？"道士云："我那师父，呼风唤雨，只在翻掌之间；指水为油，点石成金，却如转身之易。所以有这般法力，能夺天地之造化，换星斗之玄微，君臣相敬，与我们结为亲也。”【君王崇尚魔术，不能安邦定国；修行人喜欢邪道，不得进益】行者道：“这皇帝十分造化。常言道：‘术动公卿。’老师父有这般手段，结了亲，其实不亏他。噫，不知我贫道可有星星缘法，得见那老师父一面哩？”道士笑曰：“你要见我师父。有何难处！我两个是他靠胸贴肉的徒弟，【卓吾评：和尚、道士徒弟，那一个不是靠胸贴肉的？】我师父却又好道爱贤，只听见说个‘道’字，就也接出大门。若是我两个引进你，乃吹灰之力。”

行者深深的唱个大喏道：“多承举荐，就此进去罢。”道士说：“且少待片时，你在这里坐下，等我两个把公事干了，来和你进去。”行者道：“出家人无拘无束，自由自在，有甚公干？”道士用手指定那沙滩上僧人：“他做的是我家生活，恐他躲懒，我们去点他一卯就来。”行者笑道：“道长差了！僧道之辈都是出家人，为何他替我们做活，伏我们点卯？”道士云：“你不知道，因当年求雨之时，僧人在一边拜佛，道士在一边告斗，都请朝廷的粮偿；谁知那和尚不中用，空念空经，不能济事。【卓吾评：和尚着眼】后来我师父一到，唤雨呼风，拔济了万民涂炭。却才恼了朝廷，说那和尚无用，拆了他的山门，毁了他的佛像，追了他的度牒，不放他回乡，御赐与我们家做活，就当小厮一般。我家里烧火的也是他，扫地的也是他，顶门的也是他。因为后边还有住房，未曾完备，着这和尚来拽砖瓦，拖木植，起盖房宇。只恐他贪顽躲懒，不肯拽车，所以着我两个去查点查点。”

行者闻言，扯住道士滴泪道：“我说我无缘，真个无缘，不得见老师父尊面！”道士云：“如何不得见面？”行者道：“我贫道在方上云游，一则是为性命，二则也为寻亲。”道士问：“你有甚么亲？”行者道：“我有一个叔父，自幼出家，削发为僧，【卓吾评：猴】向日年程饥馑，也来外面求乞，这几年不见回家，我念祖上之恩，特来顺便寻访。想必是羁迟在此等地方，不能脱身，未可知也。我怎的寻着他见一面，才可与你进城？”道士云：“这般却是容易。我两个且坐下，即烦你去沙滩上替我一查。只点头目有五百名数目便罢，看内中那个是你令叔。果若有呀，我们看道中情分，放他去了，却与你进城好么？”

行者顶谢不尽，长揖一声，别了道士，敲着渔鼓，径往沙滩之上。过了双关，转下夹脊，【双关夹脊，明讲地势，暗指经脉，实喻邪道】那和尚一齐跪下磕头道：“爷爷，我等不曾躲懒，五百名半个不少，都在此扯车哩。”行者看见，暗笑道：“这些和尚，被道士打怕了，见我这假道士就这般悚惧，若是个真道士，好道也活不成了。”【卓吾评：如今真道士没有，假和尚太多】行者又摇手道：“不要跪，休怕。我不是监工的，我来此是寻亲的。"众僧们听说认亲，就把他圈子阵围将上来，一个个出头露面，咳嗽打响，巴不得要认出去，道："不知那个是他亲哩。"行者认了一会，呵呵笑将起来。众僧道："老爷不认亲，如何发笑？"行者道："你们知我笑甚么？笑你这些和尚全不长俊（长进，上进）！父母生下你来，皆因命犯华盖，妨爷克娘，或是不招姊妹，才把你舍断了出家。你怎的不遵三宝，不敬佛法，不去看经拜忏，却怎么与道士佣工，作奴婢使唤？"【和尚炼经脉即与道士佣工】众僧道："老爷，你来羞我们哩！你老人家想是个外边来的，不知我这里利害。"行者道："果是外方来的，其实不知你这里有甚利害。"

众僧滴泪道："我们这一国君王，偏心无道，只喜得是老爷等辈，恼的是我们佛子。"行者道："为何来？"众僧道："只因呼风唤雨，三个仙长来此处，灭了我等，哄信君王，把我们寺拆了，度牒追了，不放归乡，亦不许补役当差，赐与那仙长家使用，苦楚难当！但有个游方道者至此，即请拜王领赏；若是和尚来，不分远近，就拿来与仙长家佣工。"行者道："想必那道士还有甚么巧法术，诱了君王？若只是呼风唤雨，也都是旁门小法术耳，安能动得君心？"众僧道："他会抟砂炼汞，打坐存神，点水为油，点石成金。如今兴盖三清观宇，对天地昼夜看经忏悔，祈君王万年不老，所以就把君心惑动了。"

行者道："原来这般。你们都走了便罢。"众僧道："老爷，走不脱！那仙长奏准君王，把我们画了影身图，四下里长川（经常，连续不断）张挂。他这车迟国地界也宽，各府州县乡村店集之方，都有一张和尚图，上面是御笔亲题。若有官职的，拿得一个和尚，高升三级；无官职的，拿得一个和尚，就赏白银五十两。所以走不脱。且莫说是和尚，就是剪鬃、秃子、毛稀的，都也难逃。四下里快手又多，缉事的又广，凭你怎么也是难脱。我们没奈何，只得在此苦捱。"

行者道："既然如此，你们死了便罢。"众僧道："老爷，有死的。到处捉来与本处和尚，也共有二千余众，到此熬不得苦楚，受不得爊煎（āo jiān，比喻折磨），忍不得寒冷，服不得水土，死了有六七百，自尽了有七八百，只有我这五百个不得死。"行者道："怎么不得死？"众僧道："悬梁绳断，刀刎不疼，投河的飘起不沉，服药的身安不损。"行者道："你却造化，天赐汝等长寿哩！"众僧道："老爷呀，你少了一个字儿，是'长受罪'哩！【如此苦难不忘谐音梗】我等日食三餐，乃是糙米熬得稀粥，到晚就在沙滩上冒露安身。才合眼，就有神人拥护。"行者道："想是累苦了，见鬼么？"众僧道："不是鬼，乃是六丁六甲、护教伽蓝。但至夜，就来保护。【六丁六甲、护教伽蓝至夜保护的，不正是唐僧么？】但有要死的，就保着，不教他死。"行者道："这些神却也没理，只该教你们早死早升天，却来保护怎的？”众僧道：“他在梦寐中劝解我们，教‘不要寻死，且苦捱着，等那东土大唐圣僧往西天取经的罗汉。他手下有个徒弟，乃齐天大圣，神通广大，专秉忠良之心，【邪道需凭忠良之心性辨别】与人间报不平之事，济困扶危，恤孤念寡。只等他来显神通，灭了道士，还敬你们沙门禅教哩’。”

行者闻得此言，心中暗笑道：“莫说老孙无手段，预先神圣早传名。”他急抽身，敲着渔鼓，别了众僧，径来城门口，见了道士。那道士迎着道：“先生，那一位是令亲？”行者道：“五百个都与我有亲。”【卓吾评：猴】两个道士笑道：“你怎么就有许多亲？”行者道：“一百个是我左邻，一百个是我右舍，一百个是我父党，一百个是我母党，一百个是我交契。你若肯把这五百人都放了，我便与你进去；不放，我不去了。”道士云：“你想有些风病，一时间就胡说了。那些和尚乃国王御赐，若放一二名，还要在师父处递了病状，然后补个死状，才了得哩。怎么说都放了？此理不通！不通！且不要说我家没人使唤，就是朝廷也要怪。他那里长要差官查勘，或时御驾也亲来点札，怎么敢放？”行者道：“不放么？”道士说：“不放！”行者连问三声，就怒将起来，把耳朵里铁棒取出，迎风捻了一捻，就碗来粗细，幌了一幌，照道士脸上一刮，可怜就打得头破血流身倒地，皮开颈折脑浆倾！

那滩上僧人，远远望见他打杀了两个道士，丢了车儿，跑将上来道：“不好了！不好了！打杀皇亲了！”行者道：“那个是皇亲？”众僧把他簸箕阵围了，道：“他师父上殿不参王，下殿不辞主，朝廷常称做‘国师兄长先生’。你怎么到这里闯祸？他徒弟出来监工，与你无干，你怎么把他来打死？那仙长不说是你来打杀，只说是来此监工，我们害了他性命。我等怎了？且与你进城去，会了人命出来。”行者笑道：“列位休嚷。我不是云水全真，我是来救你们的。”众僧道：“你倒打杀人，害了我们，添了担儿，如何是救我们的？”

行者道：“我是大唐圣僧徒弟孙悟空行者，特特来此救你们性命。”众僧道：“不是！不是！那老爷我们认得他。”行者道：“又不曾会他，如何认得？”众僧道：“我们梦中尝见一个老者，自言太白金星，常教诲我等，说那孙行者的模样，莫教错认了。”行者道：“他和你怎么说来？”众僧道：“他说‘那大圣：

磕额金睛幌亮，圆头毛脸无腮。咨牙尖嘴性情乖，貌比雷公古怪。惯使金箍铁棒，曾将天阙攻开。如今皈正保僧来，专救人间灾害。’”

行者闻言，又嗔又喜。喜道替老孙传名，嗔道那老贼惫懒，把我的元身都说与这伙凡人！忽失声道：“列位诚然认我不是孙行者。我是孙行者的门人，来此处学闯祸耍子的。那里不是孙行者来了？”用手向东一指，哄得众僧回头，他却现了本相。众僧们方才认得，一个个倒身下拜道："爷爷！我等凡胎肉眼，不知是爷爷显化。望爷爷与我们雪恨消灾，早进城降邪从正也！"行者道："你们且跟我来。"众僧紧随左右。

那大圣径至沙滩上，使个神通，将车儿拽过两关，穿过夹脊，提起来，捽得粉碎；把那些砖瓦木植，尽抛下坡坂，【卓吾评：着眼】【上文说车儿过不了双关夹脊，如今又讲极易过，盖言此乃雕虫小技，并非修行正路】喝教众僧："散！莫在我手脚边。等我明日见这皇帝，灭那道士！"众僧道："爷爷呀，我等不敢远走，但恐在官人拿住解来，却又吃打发赎，返又生灾。"行者道："既如此，我与你个护身法儿。"好大圣，把毫毛拔了一把，嚼得粉碎，每一个和尚与他一截，都教他："捻在无名指甲里，捻着拳头，只情走路。无人敢拿你便罢；若有人拿你，攒紧了拳头，叫一声'齐天大圣'，我就来护你。"众僧道："爷爷，倘若去得远了，看不见你，叫你不应，怎么是好？"行者道："你只管放心。就是万里之遥，可保全无事。"

众僧有胆量大的，捻着拳头，悄悄的叫声："齐天大圣！"只见一个雷公站在面前，手执铁棒，就是千军万马也不能近身。【心性有无数化身。把持正念，便有无量神通】此时有百十众齐叫，足有百十个大圣护持，众僧叩头道："爷爷！果然灵显！"行者又吩咐："叫声'寂'字，还你收了。"真个是叫声"寂！"依然还是毫毛在那指甲缝里。【卓吾评：顽皮】众和尚却才欢喜逃生，一齐而散。行者道："不可十分远遁，听我城中消息。但有招僧榜出，就进城还我毫毛也。"五百个和尚，东的东，西的西，走的走，立的立，四散不题。

【《坛经》印证：三身者：清净法身，汝之性也；圆满报身，汝之智也；千百亿化身，汝之行也】

却说那唐僧在路旁，等不得行者回话，教猪八戒引马投西，遇着些僧人奔走，将近城边，见行者还与十数个未散的和尚在那里。三藏勒马道："悟空，你怎么来打听个响声，许久不回？"行者引了十数个和尚，对唐僧马前施礼，将上项事说了一遍。三藏大惊道："这般啊，我们怎了？"那十数个和尚道："老爷放心，孙大圣爷爷乃天神降的，神通广大，定保老爷无虞。我等是这城里敕建智渊寺内僧人。因这寺是先王太祖御造的，现有先王太祖神象在内，未曾拆毁。城中寺院，大小尽皆拆了。我等请老爷赶早进城，到我荒山安下。待明日早朝，孙大圣必有处置。"行者道："汝等说得是。也罢，趁早进城去来。"

那长老却才下马，行到城门之下，此时已太阳西坠。过吊桥，进了三层门里，街上人见智渊寺的和尚牵马挑包，尽皆回避。正行时，却到山门前，但见那门上高悬着一面金字大匾，乃“敕建智渊寺”。众僧推开门，穿过金刚殿，把正殿门开了。唐僧取袈裟披起，拜毕金身，方入。【卓吾评：好点缀】众僧叫：“看家的！”老和尚走出来，看见行者就拜，道：“爷爷！你来了？”行者道：“你认得我是那个爷爷，就是这等呼拜？”那和尚道：“我认得你是齐天大圣孙爷爷。我们夜夜梦中见你。太白金星常常来托梦，说道只等你来，我们才得性命。今日果见尊颜与梦中无异。爷爷呀，喜得早来！再迟一两日，我等已俱做鬼矣！”行者笑道：“请起，请起。明日就有分晓。”众僧安排了斋饭，他师徒们吃了，打扫干净方丈，安寝一宿。

二更时候，孙大圣心中有事，偏睡不着。只听那里吹打，悄悄的爬起来，穿了衣服，跳在空中观看，原来是正南上灯烛荧煌。低下云头仔细再看，却是三清观道士禳星（ráng xīng，禳除凶星）哩。但见那：

灵区高殿，福地真堂。灵区高殿，巍巍壮似蓬壶景；福地真堂，隐隐清如化乐宫。两边道士奏笙簧，正面高公擎玉简。宣理《消灾忏》，开讲《道德经》。扬尘几度尽传符，表白一番皆俯伏。咒水发檄，烛焰飘摇冲上界；查罡布斗，香烟馥郁透清霄。案头有供献新鲜，桌上有斋筵丰盛。殿门前挂一联黄绫织锦的对句，绣着二十二个大字，云：“雨顺风调，愿祝天尊无量法；河清海晏，祈求万岁有余年。”【卓吾评：幻甚】

行者见三个老道士，披了法衣，想是那虎力、鹿力、羊力大仙。下面有七八百个散众，司鼓司钟，侍香表白，尽都侍立两边。行者暗自喜道：“我欲下去与他混一混，奈何‘单丝不线，孤掌难鸣’。且回去照顾八戒、沙僧，一同来耍耍。”

按落祥云，径至方丈中，原来八戒与沙僧通脚睡着。行者先叫悟净，沙和尚醒来道：“哥哥，你还不曾睡哩？”行者道：“你且起来，我和你受用些来。”沙僧道：“半夜三更，口枯眼涩，有甚受用？”行者道：“这城里果有一座三清观。观里道士们修醮[①]，三清殿上有许多供养：馒头足有斗大，烧果有五六十斤一个，衬饭无数，果品新鲜。和你受用去来！”那猪八戒睡梦里听见说吃好东西就醒了，道：“哥哥，就不带挈我些儿？”行者道：“兄弟，你要吃东西，不要大呼小叫，惊醒了师父。都跟我来。”

他两个套上衣服，悄悄的走出门前，随行者踏了云头，跳将起去。那呆子看见灯光，就要下手，行者扯住道：“且休忙。待他散了，方可下去。”八戒道：“他才念到兴头上，却怎么肯散？”行者道：“等我弄个法儿，他就散了。”

好大圣，捻着诀，念个咒语，往巽地上吸一口气，呼的吹去，便是一阵狂风，径直

① 修醮：xiū jiào，道士设坛作法事禳除灾祟。

卷进那三清殿上，把他些花瓶烛台，四壁上悬挂的功德，一齐刮倒，遂而灯火无光。众道士心惊胆战，虎力大仙道："徒弟们且散。这阵神风所过，吹灭了灯烛香花。各人归寝，明朝早起，多念几卷经文补数。"众道士果各退回。

这行者却引八戒、沙僧，按落云头，闯上三清殿。呆子不论生熟，拿过烧果来，张口就啃。行者掣铁棒，着手便打。八戒缩手躲过道："还不曾尝着甚么滋味，就打！"行者道："莫要小家子行，且叙礼坐下受用。"八戒道："不羞！偷东西吃，还要叙礼！若是请将来，却要如何？"行者道："这上面坐的是甚么菩萨？"八戒笑道："三清也认不得，却认做甚么菩萨！"行者道："那三清？"八戒道："中间的是元始天尊，左边的是灵宝道君，右边的是太上老君。"行者道："都要变得这般模样，才吃得安稳哩。"那呆子急了，闻得那香喷喷供养要吃，爬上高台，把老君一嘴拱下去道："老官儿，你也坐得彀了，让我老猪坐坐。"八戒变做太上老君，行者变做元始天尊，沙僧变作灵宝道君，把原象都推下去。

及坐下时，八戒就抢大馒头吃，行者道："莫忙哩！"八戒道："哥哥，变得如此，还不吃等甚？"行者道："兄弟呀，吃东西事小，泄漏天机事大。这圣象都推在地下，倘有起早的道士来撞钟扫地，或绊一个根头，却不走漏消息？你把他藏过一边来。"八戒道："此处路生，摸门不着，却那里藏他？"行者道："我才进来时，那右手下有一重小门儿，那里面秽气畜（xù，方言。熏，呛）人，想必是个五谷轮回之所。你把他送在那里去罢。"

这呆子有些夯力量，跳下来，把三个圣像拿在肩膊上，扛将出来。到那厢，用脚登开门看时，原来是个大东厕，笑道："这个弼马温着然会弄嘴弄舌！把个毛坑也与他起个道号，叫做甚么'五谷轮回之所'！"那呆子扛在肩上且不丢了去，口里啯啯哝哝的祷道："三清三清，我说你听：远方到此，惯灭妖精。欲享供养，无处安宁。借你坐位，略略少停。你等坐久，也且暂下毛坑。你平日家受用无穷，做个清净道士；今日里不免享些秽物，也做个受臭气的天尊！"祝罢，烹的望里一捽，灒（zàn，水溅到衣服上）了半衣襟臭水，走上殿来。行者道："可藏得好么？"八戒道："藏便藏得好；只是灒起些水来，污了衣服，有些腌脏臭气，你休恶心。"行者笑道："也罢，你且来受用，但不知可得个干净身子出门哩。"那呆子还变做老君。三人坐下，尽情受用，先吃了大馒头，后吃簇盘、衬饭、点心、拖炉、饼锭、油煠、蒸酥，那里管甚么冷熟，任情吃起。原来孙行者不大吃烟火食，只吃几个果子，陪他两个。那一顿如流星赶月，风卷残云，吃得罄尽。已此没得吃了，还不走路，且在那里闲讲，消食耍子。【《庄子》所谓"道在屎溺"，指"道"无处不在，平常心即是道，日常行即是道。五谷轮回还

不够神奇吗，何须丹药？内在心性还不够通灵吗，要甚魔术？】

嘻！有这般事！原来那东廊下有一个小道士，才睡下，忽然起来道："我的手铃儿忘记在殿上，若失落了，明日师父见责。"与那同睡者道："你睡着，等我寻去。"急忙中不穿底衣，止扯一领直裰，径到正殿中寻铃。摸来摸去，铃儿摸着了，正欲回头，只听得有呼吸之声，道士害怕。急拽步往外走时，不知怎的，躧着一个荔枝核子，扑的滑了一跌，当的一声，把个铃儿跌得粉碎。猪八戒忍不住呵呵大笑出来，把个小道士唬走了三魂，惊回了七魄，一步一跌，撞到后方丈外，打着门叫："师公！不好了！祸事了！"三个老道士还未曾睡，即开门问："有甚祸事？"他战战兢兢道："弟子忘失了手铃儿，因去殿上寻铃，只听得有人呵呵大笑，险些儿唬杀我也！"老道士闻言，即叫："掌灯来！看是甚么邪物？"一声传令，惊动那两廊道士，大大小小，都爬起来点灯着火，往正殿上观看。不知端的何如，且听下回分解。

【卓吾评：僧也不要灭道，道也不要灭僧。只要做和尚便做个真正和尚，做道士便做个真正道士，自然各有好处。尝说真正儒者，决不以二氏为异端也。噫！可与语此者，谁乎？】

第四十五回　三清观大圣留名　车迟国猴王显法

【祈福祈雨并非修行，世上也无灵丹妙水。仙丹灵药、圣水神露，与五谷一样，在吃喝和屎溺中轮回。真正的修行，在于正心。沉溺于旁门邪术，正如拉车走小路上悬崖，修行人给邪道打工，苦不堪言】

却说孙大圣左手把沙和尚捻一把，右手把猪八戒捻一把，他二人却就省悟，坐在高处，倥(kōng，低垂)着脸，不言不语，凭那些道士点灯着火，前后照看，他三个就如泥塑金装一般模样。【卓吾评：一般顽皮】虎力大仙道："没有歹人，如何把供献都吃了？"鹿力大仙道："却像人吃的勾当，有皮的都剥了皮，有核的都吐出核，却怎么不见人形？"羊力大仙道："师兄勿疑。想是我们虔心志意，在此昼夜诵经，前后申文，又是朝廷名号，断然惊动天尊。想是三清爷爷圣驾降临，受用了这些供养。趁今仙从未返，鹤驾在斯，我等可拜告天尊，恳求些圣水金丹，进与陛下，却不是长生永寿，见我们的功果也？"虎力大仙道："说的是。"教："徒弟们动乐诵经！一壁厢取法衣来，等我步罡拜祷。"那些小道士俱遵命，两班儿摆列齐整，当的一声磬响，齐念一卷《黄庭道德真经》。虎力大仙披了法衣，擎着玉简，对面前舞蹈扬尘，拜伏于地，朝上启奏道："诚惶诚恐，稽首归依。臣等兴教，仰望清虚。灭僧鄙俚(bǐ lǐ，粗野，庸俗)，敬道光辉。敕修宝殿，御制庭闱。广陈供养，高挂龙旗。通宵秉烛，镇日香菲。一诚达上，寸敬虔归。今蒙降驾，未返仙车。望赐些金丹圣水，进与朝廷，寿比南山。"【老庄道德经典中，都是哲理和心性，哪有穴位和丹药？】八戒闻言，心中忐忑，默对行者道："这是我们的不是。吃了东西，且不走路，只等这般祷祝，却怎么答应？"行者又捻一把，忽地开口叫声："晚辈小仙，且休拜祝，我等自蟠桃会上来的，不曾带得金丹圣水，待改日再来垂赐。"【卓吾评：顽皮】那些大小道士听见说出话来，一个个抖衣而战道："爷爷呀！活天尊临凡，是必莫放，好歹求个长生的法儿！"

鹿力大仙上前，又拜云："扬尘顿首，谨办丹诚。微臣归命，俯仰三清。自来此界，兴道除僧。国王心喜，敬重玄龄。罗天大醮①，彻夜看经。幸天尊之不弃，降圣驾而临庭。俯求垂念，仰望恩荣。是必留些圣水，与弟子们延寿长生。"沙僧捻着行

① 罗天大醮：luó tiān dà jiào，道教重大仪式之一。

者，默默的道："哥呀，要得紧，又来祷告了。"行者道："与他些罢。"八戒寂寂道："那里有得？"行者道："你只看着我，我有时，你们也都有了。"那道士吹打已毕，行者开言道："那晚辈小仙，不须伏拜。我欲不留些圣水与你们，恐灭了苗裔；若要与你，又忒容易了。"【卓吾评：顽皮】众道闻言，一齐俯伏叩头道："万望天尊念弟子恭敬之意，千乞喜赐些须。我弟子广宣道德，奏国王普敬玄门。"行者道："既如此，取器皿来。"那道士一齐顿首谢恩。虎力大仙爱强，就抬一口大缸放在殿上；鹿力大仙端一砂盆安在供桌之上；羊力大仙把花瓶摘了花，移在中间。行者道："你们都出殿前，掩上格子，不可泄了天机，好留与你些圣水。"众道一齐跪伏丹墀之下，掩了殿门。

那行者立将起来，掀着虎皮裙，撒了一花瓶臊溺。猪八戒见了，欢喜道："哥啊，我把你做这几年兄弟，只这些儿不曾弄我。我才吃了些东西，道要干这个事儿哩。"那呆子揭衣服，忽喇喇，就似吕梁洪倒下坂来，沙沙的溺了一砂盆。沙和尚却也撒了半缸。【卓吾评：趣甚】依旧整衣端坐在上道："小仙领圣水。"

那些道士推开格子，磕头礼拜谢恩，抬出缸去，将那瓶盆总归一处，教："徒弟，取个钟子来尝尝。"【卓吾评：打趣道士吃尿，亦妙】小道士即便拿了一个茶钟，递与老道士。道士舀出一钟来，喝下口去，只情抹唇咂嘴。鹿力大仙道："师兄，好吃么？"老道士努着嘴道："不甚好吃，有些酣醰(dān，浊酒)之味。"羊力大仙道："等我尝尝。"也喝了一口，道："有些猪溺臊气。"行者坐在上面，听见说出这话儿来，已此识破了，道："我弄个手段，索性留个名罢。"大叫云："道号道号，你好胡思！那个三清，肯降凡基？吾将真姓，说与你知。大唐僧众，奉旨来西。良宵无事，下降宫闱。吃了供养，闲坐嬉嬉。蒙你叩拜，何以答之？那里是甚么圣水，你们吃的都是我一溺之尿！"【卓吾评：顽皮。恶状至此，可发大笑】那道士闻得此言，拦住门，一齐动叉钯、扫帚、瓦块、石头，没头没脸往里面乱打。好行者，左手挟了沙僧，右手挟了八戒，闯出门，驾着祥光，径转智渊寺方丈。不敢惊动师父，三人又复睡下。

早是五鼓三点。那国王设朝，聚集两班文武，四百朝官，但见绛纱灯火光明，宝鼎香云叆叇。此时唐三藏醒来，叫："徒弟，徒弟，伏侍我倒换关文去来。"行者与沙僧、八戒急起身，穿了衣服，侍立左右道："上告师父。这昏君信着那些道士，兴道灭僧，恐言语差错，不肯倒换关文；我等护持师父，都进朝去也。"唐僧大喜，披了锦襕袈裟。行者带了通关文牒，教悟净捧着钵盂，悟能拿了锡杖，将行囊、马匹，交与智渊寺僧看守。径到五凤楼前，对黄门官作礼，报了姓名，言是东土大唐取经的和尚来此倒换关文，烦为转奏。那阁门大使进朝俯伏金阶，奏曰："外面有四个和尚，说是东土大唐取经的，欲来倒换关文，现在五凤楼前候旨。"国王闻奏道："这和尚没处寻死，却来这里寻死！那巡捕官员，怎么不拿他解来？”旁边闪过当驾的太师，启奏道：“东土大唐，乃南赡部洲，号曰中华大国。到此有万里之遥，路多妖怪。这和尚一定有些法力，方敢西来。望陛下看中华之远僧，且召来验牒放行，庶不失善缘之意。”国王准奏，把唐僧等宣至金銮殿下。师徒们排列阶前，捧关文递与国王。

国王展开方看，又见黄门官来奏：“三位国师来也。”慌得国王收了关文，急下龙座，着近侍的设了绣墩，躬身迎接。【卓吾评：形容】三藏等回头观看，见那大仙，摇摇摆摆，后带着一双丫髻蓬头的小童儿，往里直进。两班官控背躬身，不敢仰视。他上了金銮殿，对国王径不行礼。那国王道：“国师，朕未曾奉请，今日如何肯降？”老道士云：“有一事奉告，故来也。那四个和尚是那国来的？”国王道：“是东土大唐差去西天取经的，来此倒换关文。”那三道士鼓掌大笑道：“我说他走了，原来还在这里！”国王惊道：“国师有何话说？他才来报了姓名，正欲拿送国师使用，怎奈当驾太师所奏有理，朕因看远来之意，不灭中华善缘，方才召入验牒。不期国师有此问，想是他冒犯尊颜，有得罪处也？”道士笑云：“陛下不知，他昨日来的，在东门外打杀了我两个徒弟，放了五百个囚僧，捽碎车辆，夜间闯进观来，把三清圣象毁坏，偷吃了御赐供养。我等被他蒙蔽了，只道是天尊下降，求些圣水金丹，进与陛下，指望延寿长生，不期他遗些小便，哄瞒我等。我等各喝了一口，尝出滋味，正欲下手擒拿，他却走了。今日还在此间，正所谓‘冤家路儿窄’也！”那国王闻言发怒，欲诛四众。

孙大圣合掌开言，厉声高叫道：“陛下暂息雷霆之怒，容僧等启奏。”国王道：“你冲撞了国师！国师之言，岂有差谬！”行者道：“他说我昨日到城外打杀他两个徒弟，是谁知证？我等且屈认了，着两个和尚偿命，还放两个去取经。他又说我捽碎车辆，放了囚僧，此事亦无见证，料不该死，再着一个和尚领罪罢了。他说我毁了三清，闹了观宇，这又是栽害我也。”国王道：“怎见栽害？”行者道：“我僧乃东土之人，乍来此处，街道尚且不通，如何夜里就知他观中之事？既遗下小便，就该当时捉住，却这早晚坐名害人。天下假名托姓的无限，怎么就说是我？望陛下回嗔详察。”那国王本来昏乱，被行者说了一遍，他就决断不定。

正疑惑之间，又见黄门官来奏：“陛下，门外有许多乡老听宣。”国王道：“有何事干？”即命宣来。宣至殿前，有三四十名乡老，朝上磕头道：“万岁，今年一春无雨，但恐夏月干荒，特来启奏，请那位国师爷爷祈一场甘雨，普济黎民。”国王道：“乡老且退，就有雨来也。”乡老谢恩而出。国王道：“唐朝僧众，朕敬道灭僧为何？只为当年求雨，我朝僧人更未尝求得一点；幸天降国师，拯援涂炭。你今远来，冒犯国师，本当即时问罪。姑且恕你，敢与我国师赌胜求雨么？若祈得一场甘雨，济度万民，朕即饶你罪名，倒换关文，放你西去。若赌不过，无雨，就将汝等推赴杀场，典刑示众。”行者笑道：“小和尚也晓得些儿求祷。”

国王见说，即命打扫坛场，一壁厢教：“摆驾，寡人亲上五凤楼观看。”当时多官摆驾。须臾，上楼坐了。唐三藏随着行者、沙僧、八戒，侍立楼下。那三道士陪国王坐在楼上。少时间，一员官飞马来报：“坛场诸色皆备，请国师爷爷登坛。”

那虎力大仙欠身拱手，辞了国王，径下楼来。行者向前拦住道：“先生那里去？”大仙道：“登坛祈雨。”行者道：“你也忒自重了，更不让我远乡之僧。也罢，这正是‘强龙不压地头蛇’。先生先去，必须对君前讲开。”大仙道：“讲甚么？”行者道：“我与你都上坛祈雨，知雨是你的，是我的？不见是谁的功绩了。”国王在上听见，心中暗喜，道：“那小和尚说话，倒有些筋节。”沙僧听见，暗笑道：“不知一肚子筋节，还不曾拿出来哩！”大仙道：“不消讲，陛下自然知之。”行者道：“虽然知之，奈我远来之僧，未曾与你相会。那时彼此混赖，不成勾当，须讲开方好行事。”大仙道：“这一上坛，只看我的令牌为号：一声令牌响，风来；二声响，云起；三声响，雷闪齐鸣；四声响，雨至；五声响，云散雨收。”行者笑道：“妙啊！我僧是不曾见！请了！请了！”

大仙拽开步前进，三藏等随后，径到了坛门外。抬头观看，那里有一座高台，约有三丈多高。台左右插着二十八宿旗号，顶上放一张桌子，桌上有一个香炉，炉中香烟霭霭。两边有两只烛台，台上风烛煌煌。炉边靠着一个金牌，牌上镌的是雷神名号。底下有五个大缸，都注着满缸清水，水上浮着杨柳枝。杨柳枝上，托着一面铁牌，牌上书的是雷霆都司的符字。左右有五个大桩，桩上写着五方蛮雷使者的名录。每一桩边，立两个道士，各执铁锤，伺候着打桩。台后面有许多道士，在那里写作文书。正中间设一架纸炉，又有几个象生（仿天然产物制作的花果人物等工艺品）的人物，都是那执符使者、土地赞教之神。【卓吾评：把祈雨台场一一画出，妙手，妙手】

那大仙走进去，更不谦逊，直上高台立定。旁边有个小道士，捧了几张黄纸书就的符字，一口宝剑，递与大仙。大仙执着宝剑，念声咒语，将一道符在烛上烧了。那底下两三个道士，拿过一个执符的象生，一道文书，亦点火焚之。那上面乓的一声令牌响，只见那半空里，悠悠的风色飘来，猪八戒口里作念道：“不好了！不好了！这道士果然有本事！令牌响了一下，果然就刮风！”行者道：“兄弟悄悄的，你们再莫与我说话，只管护持师父，等我干事去来。”

好大圣，拔下一根毫毛，吹口仙气，叫：“变！”，就变作一个假行者，立在唐僧手下。他的真身出了元神，赶到半空中，高叫：“那司风的是那个？”慌得那风婆婆捻住布袋，巽二郎札住口绳，上前施礼。【卓吾评：妙甚】行者道："我保护唐朝圣僧西天取经，路过车迟国，与那妖道赌胜祈雨，你怎么不助老孙，反助那道士？我且饶你，把风收了！若有一些风儿，把那道士的胡子吹得动动，各打二十铁棒！"风婆婆道："不敢！不敢！"遂而没些风气。八戒忍不住乱嚷道："那先儿请退！令牌已响，怎么不见一些风儿？你下来，让我们上去！"

那道士又执令牌，烧了符檄，扑的又打了一下，只见那空中云雾遮满。孙大圣又当头叫道："布云的是那个？"慌得那推云童子、布雾郎君当面施礼。行者又将前事说了一遍，那云童、雾子也收了云雾，放出太阳星耀耀，一天万里更无云。八戒笑道："这先儿只好哄这皇帝，搪塞黎民，全没些真实本事！令牌响了两下，如何又不见云生？"

那道士心中焦躁，仗宝剑，解散了头发，念着咒，烧了符，再一令牌打将下去。只见那南天门里，邓天君领着雷公、电母到当空，迎着行者进礼。行者又将前项事说了一遍，道："你们怎么来的志诚！是何法旨？"天君道："那道士五雷法是个真的。他发了文书，烧了文檄，惊动玉帝，玉帝掷下旨意，径至'九天应元雷声普化天尊'府下。我等奉旨前来，助雷电下雨。"行者道："既如此，且都住了，伺候老孙行事。"果然雷也不鸣，电也不灼。

那道士愈加着忙，又添香、烧符、念咒、打下令牌。半空中，又有四海龙王一齐拥至。行者当头喝道："敖广！那里去？"那敖广、敖顺、敖钦、敖闰上前施礼。行者又将前项事说了一遍，道："向日有劳，未曾成功；今日之事，望为助力。"龙王道："遵命！遵命！"行者又谢了敖顺道："前日亏令郎缚怪，搭救师父。"龙王道："那厮还锁在海中，未敢擅便，正欲请大圣发落。"行者道："凭你怎么处治了罢，如今且助我一功。那道士四声令牌已毕，却轮到老孙下去干事了。但我不会发符、烧檄、打甚令牌，你列位却要助我行行。"

邓天君道："大圣吩咐，谁敢不从！但只是得一个号令，方敢依令而行；不然，雷雨乱了，显得大圣无款（没有派头）也。"行者道："我将棍子为号罢。"那雷公大惊道："爷爷呀！我们怎吃得这棍子？"行者道："不是打你们，但看我这棍子往上一指，就要刮风。"那风婆婆、巽二郎没口的答应道："就放风！""棍子第二指，就要布云。"那推云童子、布雾郎君道："就布云！就布云！""棍子第三指，就要雷电皆鸣。"那雷公、电母道："奉承！奉承！""棍子第四指，就要下雨。"那龙王道："遵命！遵命！""棍子第五指，就要大日晴天，却莫违误。"

吩咐已毕，遂按下云头，把毫毛一抖，收上身来。那些人肉眼凡胎，那里晓得？

行者遂在旁边高叫道："先生请了。四声令牌俱已响毕，更没有风云雷雨，该让我了。"那道士无奈，不敢久占，只得下了台让他，努着嘴，径往楼上见驾。行者道："等我跟他去，看他说些甚的。"只听得那国王问道："寡人这里洗耳诚听，你那里四声令响，不见风雨，何也？"道士云："今日龙神都不在家。"行者厉声道："陛下，龙神俱在家，只是这国师法不灵，请他不来。等和尚请来你看。"国王道："即去登坛，寡人还在此候雨。"

行者得旨，急抽身到坛所，扯着唐僧道："师父请上台。"唐僧道："徒弟，我却不会祈雨。"八戒笑道："他害你了，若还没雨，拿上柴蓬，一把火了帐！"行者道："你不会求雨，好的会念经。等我助你。"那长老才举步登坛，到上面端然坐下，定性归神，默念那《密多心经》。正坐处，忽见一员官，飞马来问："那和尚，怎么不打令牌，不烧符檄？"行者高声答道："不用！不用！我们是静功祈祷。"那官去回奏不题。

行者听得老师父经文念尽，却去耳朵内取出铁棒，迎风幌了一幌，就有丈二长短，碗来粗细，将棍望空一指，那风婆婆见了，急忙扯开布袋，巽二郎解放口绳。只听得呼呼风响，满城中揭瓦翻砖，扬砂走石。看起来，真个好风，却比那寻常之风不同也。但见：

折柳伤花，摧林倒树。九重殿损壁崩墙，五凤楼摇梁撼柱。天边红日无光，地下黄砂有翅。演武厅前武将惊，会文阁内文官惧。三宫粉黛乱青丝，六院嫔妃蓬宝髻。侯伯金冠落绣缨，宰相乌纱飘展翅。当驾有言不敢谈，黄门执本无由递。金鱼玉带不依班，象简罗衫无品叙。彩阁翠屏尽损伤，绿窗朱户皆狼狈。金銮殿瓦走砖飞，锦云堂门歪槅碎。

这阵狂风果是凶，刮得那君王父子难相会；六街三市没人踪，万户千门皆紧闭！正是那狂风大作，孙行者又显神通，把金箍棒钻一钻，望空又一指。只见那：

推云童子，布雾郎君。推云童子显神威，骨都都触石遮天；布雾郎君施法力，浓漠漠飞烟盖地。茫茫三市暗，冉冉六街昏。因风离海上，随雨出昆仑。顷刻漫天地，须臾蔽世尘。宛然如混沌，不见凤楼门。

此时昏雾朦胧，浓云叆叇。孙行者又把金箍棒钻一钻，望空又一指，慌得那：

雷公奋怒，电母生嗔。雷公奋怒，倒骑火兽下天关；电母生嗔，乱掣金蛇离斗府。唿喇喇施霹雳，振碎了铁叉山；淅沥沥闪红绡，飞出了东洋海。呼呼隐隐滚车声，烨烨煌煌飘稻米。万萌万物精神改，多少昆虫蛰已开。君臣楼上心惊骇，商贾闻声胆怯忙。

那沉雷护闪，乒乒乓乓，一似那地裂山崩之势，唬得那满城人，户户焚香，家家化纸。孙行者高呼："老邓！仔细替我看那贪赃坏法之官，忤逆不孝之子，多打死几个示众！"那雷越发振响起来。行者却又把铁棒望上一指，只见那：

龙施号令，雨漫乾坤。势如银汉倾天堑，疾似云流过海门。楼头声滴滴，窗外响潇潇。天上银河泻，街前白浪滔。淙淙如瓮捡，滚滚似盆浇。孤庄将漫屋，野岸欲平桥。真个桑田变沧海，霎时陆岸滚波涛。神龙借此来相助，抬起长江望下浇。

这场雨，自辰时下起，只下到午时前后，下得那车迟城，里里外外，水漫了街衢。那国王传旨道："雨彀了！雨彀了！十分再多，又渰(yǎn，通"淹"，淹没)坏了禾苗，反为不美。"五凤楼下听事官策马冒雨来报："圣僧，雨彀了。"行者闻言，将金箍棒往上又一指，只见霎时间，雷收风息，雨散云收。国王满心欢喜，文武尽皆称赞道："好和尚！这正是'强中更有强中手'！就是我国师求雨虽灵，若要晴，细雨儿还下半日，便不清爽。怎么这和尚要晴就晴，顷刻间杲杲(gǎo gǎo，明亮貌)日出，万里就无云也？"

国王教回銮，倒换关文，打发唐僧过去。正用御宝时，又被那三个道士上前阻住道："陛下，这场雨全非和尚之功，还是我道门之力。"国王道："你才说龙王不在家，不曾有雨，他走上去，以静功祈祷，就雨下来，怎么又与他争功，何也？"【卓吾评：好皇帝】虎力大仙道："我上坛发了文书，烧了符檄，击了令牌，那龙王谁敢不来？想是别方召请，风、云、雷、雨……五司俱不在，一闻我令，随赶而来，适遇着我下他上，一时撞着这个机会，所以就雨。从根算来，还是我请的龙，下的雨，怎么算作他的功果？"【卓吾评：道士说来似亦有理】那国王昏乱，听此言，却又疑惑未定。

行者近前一步，合掌奏道："陛下，这些旁门法术，也不成个功果，算不得我的他的。【题眼。功果是心性的境界，法术是谋生的手段，所以说法术不成功果】如今有四海龙王，现在空中，我僧未曾发放，他还不敢遽(jù，立即)退。那国师若能叫得龙王现身，就算他的功劳。"国王大喜道："寡人做了二十三年皇帝，更不曾看见活龙是怎么模样。你两家各显法力，不论僧道，但叫得来的，就是有功；叫不出的，有罪。"那道士怎么有那样本事？就叫，那龙王见大圣在此，也不敢出头。道士云："我辈不能，你是叫来。"那大圣仰面朝空，厉声高叫："敖广何在？弟兄们都现原身来看！"那龙王听唤，即忙现了本身。四条龙，在半空中度雾穿云，飞舞向金銮殿上。但见：

飞腾变化，绕雾盘云。玉爪垂钩白，银鳞舞镜明。髯飘素练根根爽，角耸轩昂挺挺清。磕额崔巍，圆睛幌亮。隐显莫能测，飞扬不可评。祷雨随时布雨，求晴即便天晴。这才是有灵有圣真龙象，祥瑞缤纷绕殿庭。

那国王在殿上焚香。众公卿在阶前礼拜。国王道："有劳贵体降临，请回。寡人改日醮谢。”行者道：“列位众神各自归去，这国王改日醮谢哩。”那龙王径自归海，众神各各回天。这正是：广大无边真妙法，至真了性劈旁门。毕竟不知怎么除邪，且听下回分解。

【卓吾评：描画祈雨台场处是大手笔。其余虽妙，却还是剩技】

【《坛经》印证：若着相于外，而作法求真，或广立道场，说有无之过患，如是之人，累劫不得见性】

第四十六回　外道弄强欺正法　心猿显圣灭诸邪

【孔子不语"怪力乱神"，老子、释迦牟尼、惠能何曾讲过？只不过他们的学说被弟子添油加醋记录或为后世别有用心的人所借用，披上了神话和宗教色彩，混入了非哲学和非理性的成分。本回所演法术都是旁门左道，通达的心性可以悟透其诀窍，赢得赌赛，但对于修身或治国，并无补益，结语再次强调三教同修，归于修心】

话说那国王见孙行者有呼龙使圣之法，即将关文用了宝印，便要递与唐僧，放行西路。那三个道士，慌得拜倒在金銮殿上启奏，那皇帝即下龙位，御手忙搀道："国师今日行此大礼，何也？"道士说："陛下，我等至此，匡扶社稷，保国安民，苦历二十年来，今日这和尚弄法力，抓了功去，败了我们声名。陛下以一场之雨，就恕杀人之罪，可不轻了我等也？望陛下且留住他的关文，让我兄弟与他再赌一赌，看是何如。"那国王着实昏乱，东说向东，西说向西，真个收了关文，道："国师，你怎么与他赌？"虎力大仙道："我与他赌坐禅。"国王道："国师差矣。那和尚乃禅教出身，必然先会禅机，才敢奉旨求经，你怎与他赌此？"大仙道："我这坐禅，比常不同，有一异名，教做'云梯显圣'。"国王道："何为'云梯显圣'？"大仙道："要一百张桌子，五十张作一禅台，一张一张叠将起去，不许手攀而上，亦不用梯凳而登，各驾一朵云头，上台坐下，约定几个时辰不动。"

国王见此有些难处，就便传旨问道："那和尚，我国师要与你赌'云梯显圣'坐禅，那个会么？"行者闻言，沉吟不答。八戒道："哥哥，怎么不言语？"行者道："兄弟，实不瞒你说，若是踢天弄井，搅海翻江，担山赶月，换斗移星，诸般巧事，我都干得；就是砍头剁脑，剖腹剜心，异样腾那，却也不怕。但说坐禅，我就输了。我那里有这坐性？【卓吾评：着眼】你就把我锁在铁柱子上，我也要上下爬蹅(chǎ，踩)，莫想坐得住。"三藏忽的开言道："我会坐禅。"行者欢喜道："却好！却好！可坐得多少时？"三藏道："我幼年遇方上禅僧讲道，那性命根本上，定性存神，在死生关里，也坐二三个年头。"【卓吾评：着眼】行者道："师父若坐二三年，我们就不取经罢。多也不上二三个时辰，就下来了。"三藏道："徒弟呀，却是不能上去。"行者道："你上前答应，我送你上去。"那长老果然合掌当胸道："贫僧会坐禅。"国王教传旨，立禅台。国家有倒山之力，不消半个时辰，就设起两座台，在金銮殿左右。

那虎力大仙下殿，立于阶心，将身一纵，踏一朵席云，径上西边台上坐下。行者拔一根毫毛，变做假象，陪着八戒、沙僧，立于下面，他却作五色祥云，把唐僧撮起空中，径至东边台上坐下。他又敛祥光，变作一个蟭蟟虫，飞在八戒耳朵边道："兄弟，仔细看着师父，再莫与老孙替身说话。"那呆子笑道："理会得！理会得！"

却说那鹿力大仙在绣墩上坐看多时，他两个在高台上，不分胜负，这道士就助他师兄一功：将脑后短发，拔了一根，捻着一团，弹将上去，径至唐僧头上，变作一个大臭虫，咬住长老。那长老先前觉痒，然后觉疼。原来坐禅的不许动手，动手算输。一时间疼痛难禁，他缩着头，就着衣襟擦痒。八戒道："不好了！师父羊儿风发了。"沙僧道："不是，是头风发了。"行者听见道："我师父乃志诚君子，他说会坐禅，断然会坐，说不会，只是不会。君子家，岂有谬乎？你两个休言，等我上去看看。"

好行者，嘤的一声，飞在唐僧头上，只见有豆粒大小一个臭虫叮他师父，慌忙用手捻下，替师父挠挠摸摸。那长老不疼不痒，端坐上面。行者暗想道："和尚头光，虱子也安不得一个，如何有此臭虫？想是那道士弄的玄虚，害我师父。哈哈！枉自也不见输赢，等老孙去弄他一弄！"这行者飞将去，金殿兽头上落下，摇身一变，变作一条七寸长的蜈蚣，径来道士鼻凹里叮了一下。【卓吾评：猴】那道士坐不稳，一个筋斗翻将下去，几乎丧了性命，幸亏大小官员人多救起。国王大惊，即着当驾太师领他往文华殿里梳洗去了。行者仍驾祥云，将师父驮下阶前，已是长老得胜。

【《坛经》印证：何名坐禅？此法门中，无障无碍，外于一切善恶境界心念不起，名为坐；内见自性不动，名为禅。善知识！何名禅定？外离相为禅，内不乱为定。外若着相，内心即乱；外若离相，心即不乱。本性自净自定，只为见境思境即乱；若见诸境，心不乱者，是真定也。迷人身虽不动，开口便说他人是非长短好恶，与道违背】

那国王只教放行，鹿力大仙又奏道："陛下，我师兄原有暗风疾，因到了高处；冒了天风，旧疾举发，故令和尚得胜。且留下他，等我与他赌'隔板猜枚'。"国王道："怎么叫做'隔板猜枚'？"鹿力道："贫道有隔板知物之法；看那和尚可能彀。他若猜得过我，让他出去；猜不着，凭陛下问拟罪名，雪我昆仲（兄弟）之恨，不污了二十年保国之恩也。"

真个那国王十分昏乱，依此谗言。即传旨，将一朱红漆的柜子，命内官抬到宫殿，教娘娘放上件宝贝。须臾抬出，放在白玉阶前，教僧道："你两家各赌法力，猜那柜中是何宝贝。"三藏道："徒弟，柜中之物，如何得知？"行者敛祥光，还变作蟭蟟虫，钉在唐僧头上道："师父放心，等我去看看来。"好大圣，轻轻飞到柜上，爬在那柜脚之下，见有一条板缝儿。他钻将进去，见一个红漆丹盘，内放一套宫衣，乃是山河社稷袄，乾坤地理裙。用手拿起来，抖乱了，咬破舌尖上，一口血哨喷将去，叫声："变！"即变作一件破烂流丢一口钟，临行又撒上一泡臊溺，【卓吾评：猴】却还从板缝里钻出来，飞在唐僧耳朵上道："师父，你只猜是破烂流丢一口钟。"三藏道："他教猜宝贝哩，流丢是件甚宝贝？"行者道："莫管他，只猜着便是。"

唐僧进前一步，正要猜，那鹿力大仙道："我先猜，那柜里是山河社稷袄，乾坤地理裙。"唐僧道："不是，不是！柜里是件破烂流丢一口钟。"国王道："这和尚无礼！敢笑我国中无宝，猜甚么流丢一口钟！"教："拿了！"那两班校尉就要动手，慌得唐僧合掌高呼："陛下，且赦贫僧一时，待打开柜看。端的是宝，贫僧领罪；如不是宝，却不屈了贫僧也？"国王教打开看。当驾官即开了，捧出丹盘来看，果然是件破烂流丢一口钟。国王大怒道："是谁放上此物？"龙座后面，闪上三宫皇后道："我主，是梓童（犹子童，后、妃的自称）亲手放的山河社稷袄，乾坤地理裙，却不知怎么变成此物。"国王道："御妻请退，寡人知之。宫中所用之物，无非是缎绢绫罗，那有此甚么流丢？"教："抬上柜来，等朕亲藏一宝贝，再试如何。"

那皇帝即转后宫，把御花园里仙桃树上结得一个大桃子，有碗来大小，摘下放在柜内，又抬下叫猜。唐僧道："徒弟啊，又来猜了。"行者道："放心，等我再去看看。"又嘤的一声飞将去，还从板缝儿钻进去，见是一个桃子，正合他意，即现了原身，坐在柜里，将桃子一顿口啃得干干净净，连两边腮凹儿都啃净了，将核儿安在里面。【卓吾评：妙】仍变蟭蟟虫，飞将出去，钉在唐僧耳朵上道："师父，只猜是个桃核子。"长老道："徒弟啊，休要弄我。先前不是口快，几乎拿去典刑。这番须猜宝贝方好，桃核子是甚宝贝？"行者道："休怕，只管赢他便了。"

三藏正要开言，听得那羊力大仙道："贫道先猜，是一颗仙桃。"三藏猜道："不是桃，是个光桃核子。"那国王喝道："是朕放的仙桃，如何是核？三国师猜着了。"三藏道："陛下，打开来看就是。"当驾官又抬上去打开，捧出丹盘，果然是一个核子，皮肉俱无。国王见了，心惊道："国师，休与他赌斗了，让他去罢。寡人亲手藏的仙桃，如今只是一核子，是甚人吃了？想是有鬼神暗助他也。"八戒听说，与沙僧微微冷笑道："还不知他是会吃桃子的积年[1]哩！"【卓吾评：趣】

正话间，只见那虎力大仙从文华殿梳洗了，走上殿道："陛下，这和尚有搬运抵物之术，抬上柜来，我破他术法，与他再猜。"国王道："国师还要猜甚？"虎力道："术

① 积年：指有多年实践、经验丰富的人。

法只抵得物件，却抵不得人身。将这道童藏在里面，管教他抵换不得。”这小童果藏在柜里，掩上柜盖，抬将下去，教：“那和尚再猜，这三番是甚宝贝。”三藏道：“又来了！”行者道：“等我再去看看。”嘤的又飞去，钻入里面，见是一个小童儿。好大圣，他却有见识，果然是腾那天下少，似这伶俐世间稀！

他就摇身一变，变作个老道士一般容貌，进柜里叫声：“徒弟。”【卓吾评：顽皮】童儿道：“师父，你从那里来的？”行者道：“我使遁法来的。”童儿道：“你来有甚教诲？”行者道：“那和尚看见你进柜来了。他若猜个道童，却不又输了？是特来和你计较计较，剃了头，我们猜和尚罢。”【卓吾评：趣至此，妙至此，亦奇矣】童儿道：“但凭师父处治，只要我们赢他便了。若是再输与他，不但低了声名，又恐朝廷不敬重了。”行者道：“说得是。我儿过来，赢了他，我重重赏你。”将金箍棒就变作一把剃头刀，搂抱着那童儿，口里叫道：“乖乖，忍着疼，莫放声，等我与你剃头。”【卓吾评：顽皮】须臾剃下发来，窝作一团，塞在那柜脚纥络(gē luò，角落)里，收了刀儿，摸着他的光头道：“我儿，头便像个和尚，只是衣裳不趁。脱下来，我与你变一变。”那道童穿的一领葱白色云头花绢绣锦沿边的鹤氅，真个脱下来，被行者吹一口仙气，叫：“变！”即变做一件土黄色的直裰儿，与他穿了。却又拔下两根毫毛，变作一个木鱼儿，【卓吾评：猴】递在他手里道：“徒弟，须听着。但叫道童，千万莫出去；若叫和尚，你就与我顶开柜盖，敲着木鱼，念一卷佛经钻出来，方得成功也。”童儿道：“我只会念《三官经》《北斗经》《消灾经》，不会念佛家经。”行者道：“你可会念佛？”童儿道：“阿弥陀佛，那个不会念？”行者道：“也罢也罢，就念佛，省得我又教你。切记着，我去也。”还变蟭蟟虫，钻出去，飞在唐僧耳轮边道：“师父，你只猜是个和尚。”三藏道：“这番也准赢了。”行者道：“你怎么定得？”三藏道：“经上有云：‘佛、法、僧三宝。’和尚却也是一宝。”【卓吾评：看到此，哭人也笑，死人也活】

正说处，只见那虎力大仙道：“陛下，第三番是个道童。”只管叫，他那里肯出来。三藏合掌道：“是个和尚。”八戒尽力高叫道：“柜里是个和尚！”那童儿忽的顶开柜盖，敲着木鱼，念着佛，钻出来。喜得那两班文武，齐声喝采；唬得那三个道士，拑口(qián kǒu，因有所顾忌而闭口不言)无言。【卓吾评：到此，作者、读者俱结大欢喜缘矣】国王道：“这和尚是有鬼神辅佐！怎么道士入柜，就变做和尚？纵有待诏(旧时农村称理发师)跟进去，也只剃得头便了，如何衣服也能趁体，口里又会念佛？国师啊！让他去罢！”

虎力大仙道：“陛下，左右是‘棋逢对手，将遇良材’。贫道将终南山幼时学的武艺，索性与他赌一赌。”国王道：“有甚么武艺？”虎力道：“弟兄三个，都有些神通。会砍下头来，又能安上；剖腹剜心，还再长完；滚油锅里，又能洗澡。”国王大惊道：“此三事都是寻死之路！”虎力道：“我等有此法力，才敢出此朗言，断要与他赌个才休。”那国王叫道：“东土的和尚，我国师不肯放你，还要与你赌砍头剖腹，下滚油锅洗澡哩。”

行者正变作蟭蟟虫，往来报事，忽听此言，即收了毫毛，现出本相，哈哈大笑道：“造化！造化！买卖上门了！”【卓吾评：猴】八戒道：“这三件都是丧性命的事，怎么说买卖上门？”行者道：“你还不知我的本事。”八戒道：“哥哥，你只像这等变化腾那也彀了，怎么还有这等本事？”行者道：“我啊，砍下头来能说话，剁了臂膊打得人。扎去腿脚会走路，剖腹还平妙绝伦。【卓吾评：着眼】就似人家包匾食，一捻一个就囫囵。油锅洗澡更容易，只当温汤涤垢尘。”八戒、沙僧闻言，呵呵大笑。行者上前道：“陛下，小和尚会砍头。”国王道：“你怎么会砍头？”行者道：“我当年在寺里修行，曾遇着一个方上禅和子(参禅人的通称，和尚)，教我一个砍头法，不知好也不好，如今且试试新。”国王笑道：“那和尚年幼不知事，砍头那里好试新？头乃六阳之首，砍下即便死矣。”虎力道：“陛下，正要他如此，方才出得我们之气。”那昏君信他言语，即传旨，教设杀场。

一声传旨，即有羽林军三千，摆列朝门之外。国王教：“和尚先去砍头。”行者欣然应道：“我先去！我先去！”【卓吾评：猴】拱着手，高呼道：“国师，恕大胆占先了。”【卓吾评：趣极】拽回头，往外就走。唐僧一把扯住道：“徒弟呀，仔细些，那里不是耍处。”行者道：“怕他怎的！撒了手，等我去来。”

那大圣径至杀场里面，被刽子手挝住了，捆做一团，按在那土墩高处，只听喊一声：“开刀！”飕的把个头砍将下来，又被刽子手一脚踢了去，好似滚西瓜一般，滚有三四十步远近。行者腔子中更不出血，只听得肚里叫声：“头来！”【卓吾评：猴】慌得鹿力大仙见有这般手段，即念咒语，教本坊土地神祇：“将人头扯住！待我赢了和尚，奏了国王，与你把小祠堂盖作大庙宇，泥塑像改作正金身。”原来那些土地神祇因他有五雷法，也服他使唤，暗中真个把行者头按住了。行者又叫声：“头来！”那头一似生根，莫想得动。行者心焦，捻着拳，挣了一挣，将捆的绳子就皆挣断，喝声：“长！”【卓吾评：猴】飕的腔子内长出一个头来。【卓吾评：文人之笔，奇幻至此】唬得那刽子手，个个心惊；羽林军，人人胆战。那监斩官急走入朝奏道：“万岁，那小和尚砍了头，又长出一颗来了。”八戒冷笑道：“沙僧，那知哥哥还有这般手段。”沙僧道：“他有七十二般变化，就有七十二个头哩。”

说不了，行者走来，叫声：“师父。”三藏大喜道：“徒弟，辛苦么？”行者道：“不辛苦,倒好耍子。"【卓吾评:猴】八戒道:"哥哥,可用刀疮药么?"行者道:"你是摸摸看,可有刀痕?"那呆子伸手一摸,就笑得呆呆挣挣(形容发愣的样子)道:"妙哉! 妙哉! 却也长得完全,截疤儿也没些儿!"

兄弟们正都欢喜,又听得国王叫领关文:"赦你无罪! 快去! 快去!"行者道:"关文虽领,必须国师也赴曹砍砍头,也当试新去来。"国王道:"大国师,那和尚也不肯放你哩。你与他赌胜,且莫唬了寡人。"虎力也只得去,被几个刽子手,也捆翻在地,幌一幌,把头砍下,一脚也踢将去,滚了有三十余步,他腔子里也不出血,也叫一声:"头来!"行者即忙拔下一根毫毛,吹口仙气,叫:"变!"变作一条黄犬跑入场中,把那道士头一口衔来,径跑到御水河边丢下不题。【卓吾评:猴】

却说那道士连叫三声,人头不到,怎似行者的手段,长不出来,腔子中,骨都都红光迸出。可怜空有唤雨呼风法,怎比长生果正仙? 须臾,倒在尘埃,众人观看,乃是一只无头的黄毛虎。

那监斩官又来奏:"万岁,大国师砍下头来,不能长出,死在尘埃,是一只无头的黄毛虎。"国王闻奏,大惊失色,目不转睛,看那两个道士。鹿力起身道:"我师兄已是命到禄绝了,如何是只黄虎! 这都是那和尚惫懒,使的掩样法儿,将我师兄变作畜类! 我今定不饶他,定要与他赌那剖腹剜心!"

国王听说,方才定性回神,又叫:"那和尚,二国师还要与你赌哩。"行者道:"小和尚久不吃烟火食,前日西来,忽遇斋公家劝饭,多吃了几个馍馍,这几日腹中作痛,想是生虫,正欲借陛下之刀,剖开肚皮,拿出脏腑,洗净脾胃,方好上西天见佛。"【卓吾评:猴】国王听说,教:"拿他赴曹。"那许多人搀的搀,扯的扯。行者展脱手道:"不用人搀,自家走去。但一件,不许缚手,我好用手洗刷脏腑。"国王传旨,教:"莫绑他手。"

行者摇摇摆摆,径至杀场,将身靠着大桩,解开衣带,露出肚腹。那刽子手将一条绳套在他脖项上,一条绳札住他腿足,把一口牛耳短刀,幌一幌,着肚皮下一割,搠个窟窿。这行者双手爬开肚腹,拿出肠脏来,一条条理毂多时,依然安在里面,照旧盘曲,捻着肚皮,吹口仙气,叫:"长!"依然长合。【卓吾评:猴】国王大惊,将他那关文捧在手中道:"圣僧莫误西行,与你关文去罢。"行者笑道:"关文小可,也请二国师剖剖剜剜,何如?"国王对鹿力说:"这事不与寡人相干,是你要与他做对头的,请去,请去。"鹿力道:"宽心,料我决不输与他。"

你看他也像孙大圣,摇摇摆摆,径入杀场,被刽子手套上绳,将牛耳短刀,唿喇的一声,割开肚腹。他也拿出肝肠,用手理弄。行者即拔一根毫毛,吹口仙气,叫:

“变!”即变作一只饿鹰,展开翅爪,飕的把他五脏心肝,尽情抓去,不知飞向何方受用。【卓吾评:猴】这道士弄做一个空腔破肚淋漓鬼,少脏无肠浪荡魂。那刽子手蹬倒大桩,拖尸来看,呀!原来是一只白毛角鹿!【卓吾评:原来道士都是畜生】

慌得那监斩官又来奏道:“二国师晦气,正剖腹时,被一只饿鹰将脏腑肝肠都刁去了。死在那里,原身是个白毛角鹿也。”国王害怕道:“怎么是个角鹿?”那羊力大仙又奏道:“我师兄既死,如何得现兽形?这都是那和尚弄术法坐害我等。等我与师兄报仇者。”国王道:“你有甚么法力赢他?”羊力道:“我与他赌下滚油锅洗澡。”国王便教取一口大锅,满着香油,教他两个赌去。行者道:“多承下顾。小和尚一向不曾洗澡,这两日皮肤燥痒,好歹荡荡去。”【卓吾评:猴】

那当驾官果安下油锅,架起干柴,燃着烈火,将油烧滚,教和尚先下去。行者合掌道:“不知文洗,武洗?”【卓吾评:猴】国王道:“文洗如何?武洗如何?”行者道:“文洗不脱衣服,似这般叉着手,下去打个滚,就起来,不许污坏了衣服,若有一点油腻算输。武洗要取一张衣架,一条手巾,脱了衣服,跳将下去,任意翻筋斗,竖蜻蜓,当耍子洗也。”国王对羊力说:“你要与他文洗,武洗?”羊力道:“文洗恐他衣服是药炼过的,隔油。武洗罢。”行者又上前道:“恕大胆,屡次占先了。”你看他脱了布直裰,褪了虎皮裙,将身一纵,跳在锅内,翻波斗浪,就似负水一般顽耍。【卓吾评:猴】

八戒见了,咬着指头,对沙僧道:“我们也错看了这猴子了!平时间剗言讪语[①],斗他耍子,怎知他有这般真实本事!”他两个唧唧哝哝,夸奖不尽。行者望见,心疑道:“那呆子笑我哩!正是‘巧者多劳拙者闲’。老孙这般舞弄,他倒自在。等我作成他捆一绳,看他可怕。”正洗浴,打个水花,淬在油锅底上,变作个枣核钉儿,再也不起来了。【卓吾评:猴极矣】

那监斩官近前又奏:“万岁,小和尚被滚油烹死了。”国王大喜,教捞上骨骸来看。刽子手将一把铁笊篱在油锅里捞,原来那笊篱眼稀,行者变得钉小,往往来来,从眼孔漏下去了,那里捞得着!又奏道:“和尚身微骨嫩,俱札化了。”

国王教:“拿三个和尚下去!”两边校尉见八戒面凶,先揪翻,把背心捆了,慌得三藏高叫:“陛下,赦贫僧一时。我那个徒弟,自从归教,历历有功,今日冲撞国师,死在油锅之内,奈何先死者为神,我贫僧怎敢贪生!正是天下官员也管着天下百姓。陛下若教臣死,臣岂敢不死?只望宽恩,赐我半盏凉浆水饭,三张纸马,容到油锅边,烧此一陌纸,也表我师徒一念,那时再领罪也。”国王闻言道:“也是,那中华人

① 剗言讪语:chán yán shàn yǔ,刻薄嘲讽玩笑之言。

多有义气。”命取些浆饭、黄钱与他。果然取了，递与唐僧。

唐僧教沙和尚同去，行至阶下，有几个校尉，把八戒揪着耳朵，拉在锅边，三藏对锅祝曰：“徒弟孙悟空！自从受戒拜禅林，护我西来恩爱深。指望同时成大道，何期今日你归阴！生前只为求经意，死后还存念佛心。万里英魂须等候，幽冥做鬼上雷音！”八戒听见道：“师父，不是这般祝了。沙和尚，你替我奠浆饭，等我祷。”那呆子捆在地下，气呼呼的道：“闯祸的泼猴子，无知的弼马温！该死的泼猴子，油烹的弼马温！猴儿了帐，马温断根！”

孙行者在油锅底上，听得那呆子乱骂，忍不住现了本相，赤淋淋的站在油锅底道：“馕糟的夯货！你骂那个哩！”唐僧见了道：“徒弟，唬杀我也！”沙僧道：“大哥干净推佯死惯了！”慌得那两班文武，上前来奏道：“万岁，那和尚不曾死，又打油锅里钻出来了。”监斩官恐怕虚诳朝廷，却又奏道：“死是死了，只是日期犯凶，小和尚来显魂哩。”

行者闻言大怒，跳出锅来，揩了油腻，穿上衣服，掣出棒，挝过监斩官，着头一下，打做了肉团，道：“我显甚么魂哩！”唬得多官连忙解了八戒，跪地哀告：“恕罪！恕罪！”国王走下龙座，行者上殿扯住道：“陛下不要走，且教你三国师也下下油锅去。”那皇帝战战兢兢道：“三国师，你救朕之命，快下锅去，莫教和尚打我。”

羊力下殿，照依行者脱了衣服，跳下油锅，也那般支吾洗浴。行者放了国王，近油锅边，叫烧火的添柴，却伸手探了一把，呀！那滚油都冰冷，心中暗想道：“我洗时滚热，他洗时却冷。我晓得了，这不知是那个龙王，在此护持他哩。”急纵身跳在空中，念声“唵”字咒语，把那北海龙王唤来：“我把你这个带角的蚯蚓，有鳞的泥鳅！你怎么助道士冷龙护住锅底，教他显圣赢我！”唬得那龙王喏喏连声道：“敖顺不敢相助。大圣原来不知，这个孽畜苦修行了一场，脱得本壳，却只是五雷法真受，其余都躧了旁门，难归仙道。这个是他在小茅山学来的‘大开剥’。那两个已是大圣破了他法，现了本相。这一个也是他自己炼的冷龙，只好哄瞒世俗之人耍子，怎瞒得大圣！小龙如今收了他冷龙，管教他骨碎皮焦，显甚么手段。”行者道：“趁早收了，免打！”那龙王化一阵旋风，到油锅边，将冷龙捉下海去不题。

行者下来，与三藏、八戒、沙僧立在殿前，见那道士在滚油锅里打挣，爬不出来，滑了一跌，霎时间骨脱皮焦肉烂。监斩官又来奏道：“万岁，三国师煤化了也。”那国王满眼垂泪，手扑着御案，放声大哭道：

“人身难得果然难，不遇真传莫炼丹。

空有驱神咒水术，却无延寿保生丸。

圆明混，怎涅槃？徒用心机命不安。

早觉这般轻折挫，何如秘食稳居山！”

这正是：点金炼汞成何济，唤雨呼风总是空！毕竟不知师徒们怎的维持，且听下回分解。

【卓吾评：人决不可有胜负心。你看他三个道士，只为要赢，反换个输了。尝说棋以不着为高，兵以不战为胜。毕竟弈秋还是个第二手，孙武子还是个败军之将也。世亦有知此者乎？

前面黑风洞、黄袍郎、青狮子、红孩儿等项，都是金、木、水、火、土的别号，作者以之为魔，欲学者跳出五行也。此处虎力、鹿力、羊力三道士，亦是虎车、鹿车、羊车的隐名。作者之意，亦欲人不以三车为了义也。读《西游记》者，亦知之乎，否也？】

【大多数人看不懂车迟国一难的寓意，是因为羡慕驱神咒水、点金炼汞、唤雨呼风的能力，特别是在神话故事里，对这些能力的艳羡超过了修心的愿望。在古代，这些都是哄瞒世人的魔术而已，即便今天部分能力以科技手段实现，也只是职业、技术而已。自有人类文明以来，哲学、巫术和宗教往往掺杂在一起，直到科技发达的今天，还有众多人追捧特异功能和超自然现象。作者在还不清楚气象的物理原理和炼丹的化学原理的时代，能把心性的修炼推崇到碾压其他的位置，需要很大的勇气和智慧，当然这也是孔子、老子、释迦牟尼等圣人共同的态度。对心性的理解是一切哲学和科学的基础，也是人类文明的基础，修行修心，自古未变】

第四十七回　圣僧夜阻通天水　金木垂慈救小童

【通天河之难的地理位置还在车迟国，主题还是对旁门左道的批判。故事分两部分展开，本回讲悟空和八戒在陈家庄从灵感大王口中救下两个小童，下回讲唐僧冰陷通天河，观音菩萨收金鱼精。这两个部分貌似有前后和因果关系，但实际上是互为映射的关系。类似乌鸡国，唐僧的正念和邪念分别映射到国王和妖魔，此节用陈家庄两小儿喻唐僧之赤子之心，即唐僧之功果，灵感大王为唐僧邪念心魔，讽刺唐僧急功近利，毁坏功果。两老汉子嗣艰难，象征功果之艰难，一秤金、陈关保的名字暗示功果由神灵保佑、价值千金；灵感大王吃小孩养生，象征功果易毁于旁门左道】

却说那国王倚着龙床，泪如泉涌，只哭到天晚不住。【卓吾评：世上自不乏这等痴人】行者上前高呼道："你怎么这等昏乱！见放着那道士的尸骸，一个是虎，一个是鹿，那羊力是一个羚羊。不信时，捞上骨头来看，那里人有那样骷髅？他本是成精的山兽，同心到此害你，因见气数还旺，不敢下手。若再过二年，你气数衰败，他就害了你性命，把你江山一股儿尽属他了。幸我等早来，除妖邪救了你命，你还哭甚？哭甚！急打发关文，送我出去。"国王闻此，方才省悟。【卓吾评：省悟得太速些】那文武多官俱奏道："死者果然是白鹿、黄虎，油锅里果是羊骨。圣僧之言，不可不听。"国王道："既是这等，感谢圣僧。今日天晚，教太师且请圣僧至智渊寺。明日早朝，大开东阁，教光禄寺安排素净筵宴酬谢。"果送至寺里安歇。

次日五更时候，国王设朝，聚集多官，传旨："快出招僧榜文，四门各路张挂。"一壁厢大排筵宴，摆驾出朝，至智渊寺门外，请了三藏等，共入东阁赴宴，不在话下。

却说那脱命的和尚闻有招僧榜，个个欣然，都入城来寻孙大圣，交纳毫毛谢恩。这长老散了宴，那国王换了关文，同皇后嫔妃，两班文武，送出朝门。只见那些和尚跪拜道旁，口称："齐天大圣爷爷！我等是沙滩上脱命僧人。闻知爷爷扫除妖孽，救拔我等，又蒙我王出榜招僧，特来交纳毫毛，叩谢天恩。"行者笑道："汝等来了几何？"僧人道："五百名，半个不少。"行者将身一抖，收了毫毛，对君臣僧俗人说道："这些和尚实是老孙放了，车辆是老孙运转双关穿夹脊，摔碎了，那两个妖道也是老孙打死了。今日灭了妖邪，方知是禅门有道，向后来再不可胡为乱信。望你把三教归一，也敬僧，也敬道，也养育人才，我保你江山永固。”【此言可见车迟国主旨，祛的是驱神咒水之邪道，兴的是修心济世之正道，并非神仙或教派之争】国王依言，感谢不尽，遂送唐僧出城去讫。

这一去，只为殷勤经三藏，努力修持光一元。晓行夜住，渴饮饥餐，不觉的春尽夏残，又是秋光天气。一日，天色已晚，唐僧勒马道：“徒弟，今宵何处安身也？”行者道：“师父，出家人莫说那在家人的话。”三藏道：“在家人怎么？出家人怎么？”行者道：“在家人，这时候温床暖被，怀中抱子，脚后蹬妻，自自在在睡觉；我等出家人，那里能够！便是要带月披星，餐风宿水，有路且行，无路方住。”八戒道：“哥哥，你只知其一，不知其二。如今路多险峻，我挑着重担，着实难走，须要寻个去处，好眠一觉，养养精神，明日方好捱担，不然，却不累倒我也？”行者道：“趁月光再走一程，到有人家之所再住。”师徒们没奈何，只得相随行者往前。

又行不多时，只听得滔滔浪响。八戒道：“罢了！来到尽头路了！”沙僧道：“是一股水挡住也。”唐僧道：“却怎生得渡？”八戒道：“等我试之，看深浅何如。”三藏道：“悟能，你休乱谈，水之浅深，如何试得？”八戒道：“寻一个鹅卵石，抛在当中。若是溅起水泡来，是浅，若是骨都都沉下有声，是深。”行者道：“你去试试看。”那呆子在路旁摸了一块顽石，望水中抛去，只听得骨都都泛起鱼津，沉下水底。他道：“深！深！深！去不得！”唐僧道：“你虽试得深浅，却不知有多少宽阔。”八戒道：“这个却不知，不知。”行者道：“等我看看。”

好大圣，纵筋斗云，跳在空中，定睛观看，但见那：

洋洋光浸月，浩浩影浮天。
灵派吞华岳，长流贯百川。
千层汹浪滚，万迭峻波颠。
岸口无渔火，沙头有鹭眠。
茫然浑似海，一望更无边。

急收云头，按落河边道：“师父，宽哩！宽哩！去不得！老孙火眼金睛，白日里常看千里，凶吉晓得是，夜里也还看三五百里。如今通看不见边岸，怎定得宽阔之数？”

三藏大惊，口不能言，声音哽咽道：“徒弟啊，似这等怎了？”沙僧道：“师父莫哭，你看那水边立的，可不是个人么。”行者道：“想是扳罾（bān zēng，拉罾网捕鱼）的渔人，等我问他去来。”拿了铁棒，两三步跑到面前看处，呀！不是人，是一面石碑。碑上有三个篆文大字，下边两行，有十个小字。三个大字，乃“通天河”；十个小字，乃

“径过八百里，亘古少人行”。行者叫：“师父，你来看看。”三藏看见，滴泪道：“徒弟呀，我当年别了长安，只说西天易走，那知道妖魔阻隔，山水迢遥！”

八戒道：“师父，你且听，是那里鼓钹声音？想是做斋的人家。我们且去赶些斋饭吃，问个渡口寻船，明日过去罢。”三藏马上听得，果然有鼓钹之声：“却不是道家乐器，足是我僧家举事。我等去来。”行者在前引马，一行闻响而来。那里有甚正路，没高没低，漫过沙滩，望见一簇人家住处，约摸有四五百家，却也都住得好，但见：

倚山通路，傍岸临溪。处处柴扉掩，家家竹院关。沙头宿鹭梦魂清，柳外啼鹃喉舌冷。短笛无声，寒砧不韵。红蓼枝摇月，黄芦叶斗风。陌头村犬吠疏篱，渡口老渔眠钓艇。灯火稀，人烟静，半空皎月如悬镜。忽闻一阵白蘋香，却是西风隔岸送。【卓吾评：此时入夜矣】

三藏下马，只见那路头上有一家儿，门外竖一首幢幡，内里有灯烛荧煌，香烟馥郁。三藏道：“悟空，此处比那山凹河边，却是不同。在人间屋檐下，可以遮得冷露，放心稳睡。你都莫来，让我先到那斋公门首告求。若肯留我，我就招呼汝等；假若不留，你却休要撒泼。汝等脸嘴丑陋，只恐唬了人，闯出祸来，却倒无住处矣。”行者道：“说得有理。请师父先去，我们在此守待。”

那长老才摘了斗笠，光着头，抖抖偏衫，拖着锡杖，径来到人家门外。见那门半开半掩，三藏不敢擅入。聊站片时，只见里面走出一个老者，项下挂着数珠，口念阿弥陀佛，径自来关门，慌得这长老合掌高叫：“老施主，贫僧问讯了。”那老者还礼道：“你这和尚，却来迟了。”三藏道：“怎么说？”老者道：“来迟无物了。早来啊，我舍下斋僧，尽饱吃饭，熟米三升，白布一段，铜钱十文。你怎么这时才来？”三藏躬身道：“老施主，贫僧不是赶斋的。”老者道：“既不赶斋，来此何干？”三藏道：“我是东土大唐钦差往西天取经者。今到贵处，天色已晚，听得府上鼓钹之声，特来告借一宿，天明就行也。”那老者摇手道：“和尚，出家人休打诳语。东土大唐到我这里，有五万四千里路，【至此行至半途】你这等单身，如何来得？”三藏道：“老施主见得最是，但我还有三个小徒，逢山开路，遇水叠桥，保护贫僧，方得到此。”老者道：“既有徒弟，何不同来？”教：“请，请，我舍下有处安歇。”三藏回头叫声：“徒弟，这里来。”

那行者本来性急，八戒生来粗鲁，沙僧却也莽撞，三个人听得师父招呼，牵着马，挑着担，不问好歹，一阵风闯将进去。那老者看见，唬得跌倒在地，口里只说是：“妖怪来了！妖怪来了！”三藏搀起道：“施主莫怕。不是妖怪，是我徒弟。”老者战兢兢道：“这般好俊师父，怎么寻这样丑徒弟！”三藏道：“虽然相貌不中，却倒会降龙伏虎，捉怪擒妖。”老者似信不信的，扶着唐僧慢走。

却说那三个凶顽，闯入厅房上，拴了马，丢下行李。那厅中原有几个和尚念经，八戒掬着长嘴喝道：“那和尚，念的是甚么经？”那些和尚听见问了一声，忽然抬头：观看外来人，嘴长耳朵大。身粗背膊宽，声响如雷咋。行者与沙僧，容貌更丑陋。厅堂几众僧，无人不害怕。阇黎还念经，班首教行罢。难顾磬和铃，佛象且丢下。一齐吹息灯，惊散光乍乍。跌跌与爬爬，门槛何曾跨！你头撞我头，似倒葫芦架。清清好道场，翻成大笑话。

这兄弟三人，见那些人跌跌爬爬，鼓着掌哈哈大笑。那些僧越加悚惧，磕头撞脑，各顾性命，通跑净了。三藏搀那老者，走上厅堂，灯火全无，三人嘻嘻哈哈的还笑。唐僧骂道：“这泼物，十分不善！我朝朝教诲，日日叮咛。古人云：‘不教而善，非圣而何！教而后善，非贤而何！教亦不善，非愚而何！’汝等这般撒泼，诚为至下至愚之类！走进门不知高低，唬倒了老施主，惊散了念经僧，把人家好事都搅坏了，却不是堕罪与我？”说得他们不敢回言。那老者方信是他徒弟，急回头作礼道：“老爷，没大事，没大事。才然关了灯，散了花，佛事将收也。”八戒道：“既是了帐，摆出满散的斋来，我们吃了睡觉。”老者叫：“掌灯来！掌灯来！”家里人听得，大惊小怪道：“厅上念经，有许多香烛，如何又教掌灯？”几个僮仆出来看时，这个黑洞洞的，即便点火把灯笼，一拥而至。忽抬头见八戒、沙僧，慌得丢了火把，忽抽身关了中门，往里嚷道：“妖怪来了！妖怪来了！”

行者拿起火把，点上灯烛，扯过一张交椅，请唐僧坐在上面，他兄弟们坐在两旁，那老者坐在前面。正叙坐间，只听得里面门开处，又走出一个老者，拄着拐杖，道：“是甚么邪魔，黑夜里来我善门之家？”前面坐的老者，急起身迎到屏门后道：“哥哥莫嚷。不是邪魔，乃东土大唐取经的罗汉。徒弟们相貌虽凶，果然是山恶人善。”那老者方才放下拄杖，与他四位行礼。礼毕，也坐了面前叫：“看茶来，排斋。”连叫数声，几个僮仆，战战兢兢，不敢拢帐(靠近)。

八戒忍不住问道：“老者，你这盛价(对别人仆役的尊称)，两边走怎的？”老者道：“教他们捧斋来侍奉老爷。”八戒道：“几个人伏侍？”老者道：“八个人。”八戒道：“这八个人伏侍那个？”老者道：“伏侍你四位。”八戒道：“那白面师父，只消一个人；毛脸雷公嘴的，只消两个人；那晦气脸的，要八个人；我得二十个人伏侍方彀。”老者道：“这等说，想是你的食肠大些。”八戒道：“也将就看得过。”老者道：“有人，有人。”七大八小，就叫出有三四十人出来。

那和尚与老者一问一答的讲话，众人方才不怕。却将上面排了一张桌，请唐僧上坐；两边摆了三张桌，请他三位坐；前面一张桌，坐了二位老者。先排上素果品菜蔬，然后是面饭、米饭、闲食、粉汤，排得齐齐整整。唐长老举起箸来，先念一卷《启斋经》。那呆子一则有些急吞，二来有些饿了，那里等唐僧经完，拿过红漆木碗来，把一碗白米饭，扑的丢下口去，就了了。【卓吾评：凡形容八戒饮食处都俗且重复，可厌】旁边小的道："这位老爷忒没算计，不笼馒头，怎的把饭笼了，却不污了衣服？"八戒笑道："不曾笼，吃了。"小的道："你不曾举口，怎么就吃了？"八戒道："儿子们便说谎！分明吃了；不信，再吃与你看。"那小的们，又端了碗，盛一碗递与八戒。呆子幌一幌，又丢下口去就了了。众僮仆见了道："爷爷呀！你是'磨砖砌的喉咙——着实又光又溜'！"那唐僧一卷经还未完，他已五六碗过手了，然后却才同举箸，一齐吃斋。呆子不论米饭面饭，果品闲食，只情一捞乱噇（chuáng，无节制地吃喝），口里还嚷："添饭！添饭！"渐渐不见来了。行者叫道："贤弟，少吃些罢，也强似在山凹里忍饿，将就彀得半饱也好了。"八戒道："嘴脸！常言道：'斋僧不饱，不如活埋'哩。"行者教："收了家火，莫睬他！"二老者躬身道："不瞒老爷说，白日里倒也不怕，似这大肚子长老，也斋得起百十众；只是晚了，收了残斋，只蒸得一石面饭、五斗米饭与几桌素食，要请几个亲邻与众僧们散福。不期你列位来，唬得众僧跑了，连亲邻也不曾敢请，尽数都供奉了列位。如不饱，再教蒸去。"八戒道："再蒸去！再蒸去！"

话毕，收了家火桌席。三藏拱身，谢了斋供，才问："老施主，高姓？"老者道："姓陈。"三藏合掌道："这是我贫僧华宗了。"老者道："老爷也姓陈？"三藏道："是，俗家也姓陈，请问适才做的甚么斋事？"八戒笑道："师父问他怎的！岂不知道？必然是'青苗斋'、'平安斋'、'了场斋'罢了。"老者道："不是，不是。"三藏又问："端的为何？"老者道："是一场'预修亡斋'。"八戒笑得打跌道："公公忒没眼力！我们是扯谎架桥，哄人的大王，你怎么把这谎话哄我！和尚家岂不知斋事？【卓吾评：若晓得些斋事，还像个和尚】只有个'预修寄库斋'、'预修填还斋'，那里有个'预修亡斋'的？你家人又不曾有死的，做甚亡斋？"

行者闻言，暗喜道："这呆子乖了些也。老公公，你是错说了，怎么叫做'预修亡斋'？"那二位欠身道："你等取经，怎么不走正路，【暗示唐僧要走邪路】却蹡（qiàng，行步不正貌）到我这里来？"行者道："走的是正路，只见一股水挡住，不能得渡，因闻鼓钹之声，特来造府借宿。"老者道："你们到水边，可曾见些甚么？"行者道："止见一面石碑，上书'通天河'三字，下书'径过八百里，亘古少人行'十字，再无别物。"老者道："再往上岸走走，好的离那碑记只有里许，有一座灵感大王庙，【也不在正路，一上游一下游，妖精与唐僧互为镜像】你不曾见？"行者道："未见。请公公说说，何为灵感?”那两个老者一齐垂泪道:“老爷啊！那大王：感应一方兴庙宇，威灵千里祐黎民。年年庄上施甘露，岁岁村中落庆云。”行者道:“施甘雨，落庆云，也是好意思，你却这等伤情烦恼，何也?”那老者跌脚捶胸，哏了一声道:“老爷啊！虽则恩多还有怨，纵然慈惠却伤人。只因要吃童男女，不是昭彰正直神。”

行者道:“要吃童男女么?”老者道:“正是。”行者道:“想必轮到你家了?”老者道:“今年正到舍下。我们这里，有百家人家居住。此处属车迟国元会县所管，唤做陈家庄。【还是车迟国，还是批判旁门左道】这大王一年一次祭赛(祭祀酬神)，要一个童男，一个童女，猪羊牲醴供献他。他一顿吃了，保我们风调雨顺；若不祭赛，就来降祸生灾。”行者道:“你府上几位令郎?”老者捶胸道:“可怜！可怜！说甚么令郎，羞杀我等！这个是我舍弟，名唤陈清，老拙叫做陈澄。【陈清、陈澄，正是陈家之江流儿(唐僧小名)；陈家之婴儿，影射唐僧之功果】我今年六十三岁，【卓吾评：说六十三岁，叙事处缘何又是五十八岁？错无疑】【此处正文与原评本或有不同】他今年五十八岁，儿女上都艰难。【功果艰难，与讲蟠桃、人参果之艰难、宝贵同义】我五十岁上还没儿子，亲友们劝我纳了一妾。没奈何寻下一房，生得一女，今年才交八岁，取名唤做一秤金。”八戒道:“好贵名！怎么叫做一秤金?”老者道:“我因儿女艰难，修桥补路，建寺立塔，布施斋僧。有一本帐目，那里使三两，那里使五两，到生女之年，却好用过有三十斤黄金。三十斤为一秤，所以唤做一秤金。”【功果金贵】

行者道:“那个的儿子么?”老者道:“舍弟有个儿子，也是偏出，今年七岁了，取名唤做陈关保。”行者问:“何取此名?”老者道:“家下供养关圣爷爷，因在关爷之位下求得这个儿子，故名关保。【功果神佑】我兄弟二人，年岁百二，止得这两个人种，不期轮次到我家祭赛，所以不敢不献。故此父子之情，难割难舍，先与孩儿做个超生道场，故曰‘预修亡斋’者，此也。”三藏闻言，止不住腮边泪下道:“这正是古人云：‘黄梅不落青梅落，老天偏害没儿人。’”【没儿人正是唐僧】

行者笑道:“等我再问他。老公公，你府上有多大家当?”二老道:“颇有些儿：水田有四五十顷，旱田有六七十顷，草场有八九十处，水黄牛有二三百头，驴马有三二十匹，猪羊鸡鹅无数。舍下也有吃不着的陈粮，穿不了的衣服。家财产业，也尽得数。”行者道:“你这等家业，也亏你省将起来的。”老者道:“怎见我省?”行者道:“既有这家私，怎么舍得亲生儿女祭赛？拚(pàn，舍弃)了五十两银子，可买一个童男；拚了一百两银子，可买一个童女。【卓吾评：雌价倍雄价一半，亦可思】连绞缠不过二百两之数，可就留下自己儿女后代，却不是好?”二老滴泪道:“老爷！你不知道，那大王甚是灵感，常来我们人家行走。”行者道:“他来行走，你们看见他是甚么嘴脸？有几多长短？”二老道：“不见其形，只闻得一阵香风，就知是大王爷爷来了，即忙满斗焚香，老少望风下拜。他把我们这人家，匙大碗小之事，他都知道。老幼生时年月，他都记得。只要亲生儿女，他方受用。不要说二三百两没处买，就是几千万两，也没处买这般一模一样同年同月的儿女。”

行者道：“原来这等。也罢，也罢，你且抱你令郎出来，我看看。”那陈清急入里面，将关保儿抱出厅上，放在灯前。小孩儿那知死活，笼着两袖果子，跳跳舞舞的，吃着耍子。行者见了，默默念声咒语，摇身一变，变作那关保儿一般模样。两个孩儿，搀着手，在灯前跳舞，唬得那老者慌忙跪着唐僧道：“老爷，不当人子！不当人子！这位老爷才然说话，怎么就变作我儿一般模样，叫他一声，齐应齐走！却折了我们年寿！请现本相！请现本相！”行者把脸抹了一把，现了本相。那老者跪在面前道：“老爷原来有这样本事。”行者笑道：“可像你儿子么？”【卓吾评：妙猴，趣猴】老者道：“像，像，像，果然一般嘴脸，一般声音，一般衣服，一般长短。”行者道：“你还没细看哩，取秤来称称，可与他一般轻重。”老者道：“是，是，是，是一般重。”行者道：“似这等可祭赛得过么？”老者道：“忒好！忒好！祭得过了！”

行者道：“我今替这个孩儿性命，留下你家香烟后代，我去祭赛那大王去也。”那陈清跪地磕头道：“老爷果若慈悲替得，我送白银一千两，与唐老爷做盘缠往西天去。”行者道：“就不谢谢老孙？”老者道：“你已替祭，没了你也。”行者道：“怎的得没了？”老者道：“那大王吃了。”行者道：“他敢吃我？”老者道：“不吃你，好道嫌腥。”行者笑道：“任从天命。吃了我，是我的命短；不吃，是我的造化。我与你祭赛去。”

那陈清只管磕头相谢，又允送银五百两，惟陈澄也不磕头，也不说谢，只是倚着那屏门痛哭。【卓吾评：描画逼真】行者知之，上前扯住道：“老大，你这不允我，不谢我，想是舍不得你女儿么？”陈澄才跪下道：“是舍不得。敢蒙老爷盛情，救替了我侄子也彀了。但只是老拙无儿，止此一女，就是我死之后，他也哭得痛切，怎么舍得！”行者道：“你快去蒸上五斗米的饭，整治些好素菜，与我那长嘴师父吃，教他变作你的女儿，我兄弟同去祭赛，索性行个阴骘（yīn zhì，阴德），救你两个儿女性命，如何？”那八戒听得此言，心中大惊道：“哥哥，你要弄精神，不管我死活，就要攀扯我。”行者道：“贤弟，常言道：‘鸡儿不吃无工之食。’你我进门，感承盛斋，你还嚷吃不饱哩，怎么就不与人家救些患难？”八戒道：“哥啊，你便会变化，我却不会哩。”行者道：“你也有三十六般变化，怎么不会？”唐僧叫：“悟能，你师兄说得最是，处得甚当。常言：‘救人一命，胜造七级浮屠。’一则感谢厚情，二来当积阴德，况凉夜无事，你兄弟耍耍去来。”【好自信的师父】八戒道：“你看师父说的话！我只会变山，变树，变石头，变癞象，变水牛，变大胖汉还可，若变小女儿，有几分难哩。”行者道：“老大莫信他，抱出你令爱来看。”那陈澄急入里边，抱将一秤金孩儿到了厅上。一家子妻妾大小，不分老幼内外，都出来磕头礼拜，只请救孩儿性命。那女儿头上戴一个八宝垂珠的花翠箍，身上穿一件红闪黄的纻丝袄，上套着一件官绿缎子棋盘领的披风，腰间系一条大红花绢裙，脚下踏一双虾蟆头浅红纻丝鞋，腿上系两只绡金膝裤儿，也袖着果子吃哩。【卓吾评：叙得逼真】行者道：“八戒，这就是女孩儿，你快变的像他，我们祭赛去。”八戒道：“哥呀，似这般小巧俊秀，怎变？”行者叫：“快些！莫讨打！”八戒慌了道：“哥哥不要打，等我变了看。”

这呆子念动咒语，把头摇了几摇，叫“变！”真个变过头来，就也像女孩儿面目，只是肚子胖大，郎伉不像。行者笑道：“再变变！”八戒道：“凭你打了罢！变不过来，奈何？”行者道：“莫成是丫头的头，和尚的身子？【卓吾评：如今反是和尚的头、丫头的身子的多】弄的这等不男不女，却怎生是好？你可布起罡来。”他就吹他一口仙气，果然即时把身子变过，与那孩儿一般。便教：“二位老者，带你宝眷与令郎令爱进去，不要错了。一会家，我兄弟躲懒讨乖，走进去，转难识认。你将好果子与他吃，不可教他哭叫，恐大王一时知觉，走了风汛，等我两人耍子去也！”

好大圣，吩咐沙僧保护唐僧，他变作陈关保，八戒变作一秤金。二人俱停当了，却问：“怎么供献？还是捆了去，是绑了去？蒸熟了去，是剁碎了去？”八戒道：“哥哥，莫要弄我，我没这个手段。”老者道：“不敢！不敢！只是用两个红漆丹盘，请二位坐在盘内，放在桌上，着两个后生抬一张桌子，把你们抬上庙去。”行者道：“好！好！好！拿盘子出来，我们试试。”那老者即取出两个丹盘，行者与八戒坐上。四个后生抬起两张桌子，往天井里走走儿，又抬回放在堂上。行者欢喜道：“八戒，像这般子走走耍耍，我们也是上台盘的和尚了。”八戒道：“若是抬了去，还抬回来，两头抬到天明，我也不怕。只是抬到庙里，就要吃哩，这个却不是耍子！”行者道：“你只看着我，刬着（chǎn zhe，等到）吃我时，你就走了罢。”八戒道：“知他怎么吃哩？如先吃童男，我便好跑；如先吃童女，我却如何？”老者道：“常年祭赛时，我这里有胆大的，钻在庙后，或在供桌底下，看见他先吃童男，后吃童女。”八戒道：“造化！造化！”兄弟正然谈论，只听得外面锣鼓喧天，灯火照耀，同庄众人打开前门，叫：“抬出童男童女来！”这老者哭哭啼啼，那四个后生将他二人抬将出去。端的不知性命何如，且听下回分解。

【卓吾评：他两人能替人性命，真是大侠；然又谈笑而为之，不动一毫声色，真圣也】

第四十八回　魔弄寒风飘大雪　僧思拜佛履层冰

【本回讲唐僧取经心切，名利心重，不能完成眼下陈家庄之功果，反而冒险走冰过河，以致遭困。那旁门左道之妖，中途捷径之怪，正是唐僧心魔】

话说陈家庄众信人等，将猪羊牲醴与行者、八戒，喧喧嚷嚷，直抬至灵感庙里排下，将童男女设在上首。行者回头，看见那供桌上香花蜡烛，正面一个金字牌位，上写“灵感大王之神”，更无别的神象。众信摆列停当，一齐朝上叩头道：“大王爷爷，今年、今月、今日、今时，陈家庄祭主陈澄等众信，年甲不齐，谨遵年例，供献童男一名陈关保，童女一名陈一秤金，猪羊牲醴如数，奉上大王享用，保祐风调雨顺，五谷丰登。”祝罢，烧了纸马，各回本宅不题。

那八戒见人散了，对行者道：“我们家去罢。”行者道：“你家在那里？”【卓吾评：好提醒】八戒道：“往老陈家睡觉去。”行者道：“呆子又乱谈了。既允了他，须与他了这愿心才是哩。”八戒道：“你倒不是呆子，反说我是呆子！只哄他要要便罢，怎么就与他祭赛，当起真来！”行者道：“莫胡说！为人为彻，一定等那大王来吃了，才是个全始全终；【为人为彻、全始全终，正是本回主旨】不然，又教他降灾贻害，反为不美。”

正说间，只听得呼呼风响。八戒道：“不好了！风响是那话儿来了！”行者只叫：“莫言语，等我答应。”顷刻间，庙门外来了一个妖邪，你看他怎生模样：

金甲金盔灿烂新，腰缠宝带绕红云。
眼如晚出明星皎，牙似重排锯齿分。
足下烟霞飘荡荡，身边雾霭暖熏熏。
行时阵阵阴风冷，立处层层煞气温。
却似卷帘扶驾将，犹如镇寺大门神。

那怪物拦住庙门问道：“今年祭祀的是那家？”行者笑吟吟的答道：“承下问，庄头是陈澄、陈清家。”【卓吾评：乖猴，趣猴】那怪闻答，心中疑似道：“这童男胆大，言谈伶俐。常来供养受用的，问一声不言语，再问声，唬了魂，用手去捉，已是死人。怎么今日这童男善能应对？”怪物不敢来拿，又问：“童男女叫甚名字？”行者笑道：“童男陈关保，童女一秤金。”怪物道：“这祭赛乃上年旧规，如今供献我，当吃你。”行者道："不敢抗拒，请自在受用。"怪物听说，又不敢动手，【你不怕他，他便怕你】拦住门喝道："你莫顶嘴！我常年先吃童男，今年倒要先吃童女！"八戒慌了道："大王还照旧罢，不要吃坏例子。"【卓吾评：趣】

那怪不容分说，放开手，就捉八戒。呆子扑的跳下来，现了本相，掣钉钯，劈手一筑，那怪物缩了手，往前就走，只听得当的一声响。八戒道："筑破甲了！"行者也现本相看处，原来是冰盘大小两个鱼鳞，喝声："赶上！"二人跳到空中。【卓吾评：好一对童男女，快请大王受用】那怪物因来赴会，不曾带得兵器，空手在云端里问道："你是那方和尚，到此欺人，破了我的香火，坏了我的名声！"行者道："这泼物原来不知，我等乃东土大唐圣僧三藏奉钦差西天取经之徒弟。昨因夜寓陈家，闻有邪魔，假号灵感，年年要童男女祭赛，是我等慈悲，拯救生灵，捉你这泼物！趁早实实供来！一年吃两个童男女，你在这里称了几年大王，吃了多少男女？一个个算还我，饶你死罪！"那怪闻言就走，被八戒又一钉钯，未曾打着，他化一阵狂风，钻入通天河内。

行者道："不消赶他了，这怪想是河中之物。且待明日设法拿他，送我师父过河。"八戒依言，径回庙里，把那猪羊祭醴，连桌面一齐搬到陈家。此时唐长老、沙和尚，共陈家兄弟，正在厅中候信，忽见他二人将猪羊等物都丢在天井里。三藏迎来问道："悟空，祭赛之事何如？"行者将那称名赶怪钻入河中之事，说了一遍，二老十分欢喜。即命打扫厢房，安排床铺，请他师徒就寝不题。

却说那怪得命，回归水内，坐在宫中，默默无言。水中大小眷族问道："大王每年享祭，回来欢喜，怎么今日烦恼？"那怪道："常年享毕，还带些余物与汝等受用，今日连我也不曾吃得。造化低，撞着一个对头，几乎伤了性命。"众水族问："大王，是那个？"那怪道："是一个东土大唐圣僧的徒弟，往西天拜佛求经者，假变男女，坐在庙里。我被他现出本相，险些儿伤了性命。一向闻得人讲，唐三藏乃十世修行好人，但得吃他一块肉延寿长生。不期他手下有这般徒弟。我被他坏了名声，破了香火，有心要捉唐僧，只怕不得能彀。"

那水族中，闪上一个斑衣鳜婆，对怪物跬跬拜拜（极恭敬的样子。跬，音 kuǐ），笑道："大王，要捉唐僧，有何难处！但不知捉住他，可赏我些酒肉？"那怪道："你若有谋，合同用力，捉了唐僧，与你拜为兄妹，共席享之。"鳜婆拜谢了道："久知大王有呼风唤雨之神通，搅海翻江之势力，不知可会降雪？"【卓吾评：此婆亦通】那怪道："会降。"又道："既会降雪，不知可会作冷结冰？"那怪道："更会！"鳜婆鼓掌笑道："如此，极易！极易！"那怪道："你且将极易之功，讲来我听。"鳜婆道："今夜有三更天气，大王不必迟疑，趁早作法，起一阵寒风，下一阵大雪，把通天河尽皆冻结。着我等善变化者，变作几个人形，在于路口，背包持伞，担担推车，不住的在冰上行走。那唐僧取经之心甚急，看见如此人行，断然踏冰而渡。【妖精与唐僧心意相通】大王稳坐河心，待他脚踪响处，迸裂寒冰，连他那徒弟们一齐坠落水中，一鼓可得也！”那怪闻言。满心欢喜道：“甚妙！甚妙！”即出水府，踏长空兴风作雪，结冷凝冻成冰不题。【卓吾评：人但知冷处害人，不知热处害人更甚】

却说唐长老师徒四人，歇在陈家。将近天晓，师徒们衾寒枕冷。八戒咳歌打战睡不得，叫道：“师兄，冷啊！”行者道：“你这呆子，忒不长俊！出家人寒暑不侵，怎么怕冷？”【卓吾评：着眼】三藏道：“徒弟，果然冷。你看，就是那：

重衾无暖气，袖手似揣冰。此时败叶垂霜蕊，苍松挂冻铃。地裂因寒甚，池平为水凝。【卓吾评：不通之极，可笑】渔舟不见叟，山寺怎逢僧？樵子愁柴少，王孙喜炭增。征人须似铁，诗客笔如菱。皮袄犹嫌薄，貂裘尚恨轻。蒲团僵老衲，纸帐旅魂惊。绣被重裀褥，浑身战抖铃。”

师徒们都睡不得，爬起来穿了衣服，开门看处，呀！外面白茫茫的，原来下雪哩！行者道：“怪道你们害冷哩，却是这般大雪！”四人眼同观看，好雪！但见那：

彤云密布，惨雾重浸。彤云密布，朔风凛凛号空；惨雾重浸，大雪纷纷盖地。真个是：六出花，片片飞琼；千林树，株株带玉。须臾积粉，顷刻成盐。白鹦歌失素，皓鹤羽毛同。平添吴楚千江水，压倒东南几树梅。却便似战退玉龙三百万，果然如败鳞残甲满天飞。那里得东郭履，袁安卧，孙康映读；更不见子猷舟，王恭氅，苏武餐毡。但只是几家村舍如银砌，万里江山似玉团。好雪！柳絮漫桥，梨花盖舍。柳絮漫桥，桥边渔叟挂蓑衣；梨花盖舍，舍下野翁煨榾柮①。客子难沽酒，苍头苦觅梅。洒洒潇潇裁蝶翅，飘飘荡荡剪鹅衣。团团滚滚随风势，叠叠层层道路迷。阵阵寒威穿小幕，飕飕冷气透幽帏。丰年祥瑞从天降，堪贺人间好事宜。

那场雪，纷纷洒洒，果如剪玉飞绵。师徒们叹玩多时，只见陈家老者，着两个僮仆扫开道路，又两个送出热汤洗面。须臾，又送滚茶乳饼，又抬出炭火，俱到厢房，师徒们叙坐。长老问道：“老施主，贵处时令，不知可分春夏秋冬？”陈老笑道：“此间虽是僻地，但只风俗人物与上国不同，至于诸凡谷苗牲畜，都是同天共日，岂有不分四时之理？”三藏道：“既分四时，怎么如今就有这般大雪，这般寒冷？”陈老道：“此时虽是七月，昨日已交白露，就是八月节了。我这里常年八月间就有霜雪。”三藏道：

① 榾柮：gǔ duò，木柴块，树根疙瘩，可代炭用。

“甚比我东土不同，我那里交冬节方有之。”

正话间，又见僮仆来安桌子，请吃粥。粥罢之后，雪比早间又大，须臾，平地有二尺来深。三藏心焦垂泪，陈老道：“老爷放心，莫见雪深忧虑。我舍下颇有几石粮食，供养得老爷们半生。”三藏道：“老施主不知贫僧之苦。我当年蒙圣恩赐了旨意，摆大驾亲送出关，唐王御手擎杯奉饯，问道：‘几时可回？’贫僧不知有山川之险，顺口回奏：‘只消三年，可取经回国。’自别后，今已七八个年头，还未见佛面，恐违了钦限，又怕的是妖魔凶狠，所以焦虑。今日有缘得寓潭府，昨夜愚徒们略施小惠报答，实指望求一船只渡河。不期天降大雪，道路迷漫，不知几时才得功成回故土也！”【卓吾评：功不成便不得回故土，此意可思。着眼，着眼】陈老道：“老爷放心，正是多的日子过了，那里在这几日？且待天晴，化了冰，老拙倾家费产，必处置送老爷过河。”

只见一僮又请进早斋。到厅上吃毕，叙不多时，又午斋相继而进。三藏见品物丰盛，再四不安道：“既蒙见留，只可以家常相待。”陈老道：“老爷，感蒙替祭救命之恩，虽逐日设筵奉款，也难酬难谢。”

此后大雪方住，就有人行走。陈老见三藏不快，又打扫花园，大盆架火，请去雪洞里闲耍散闷。八戒笑道：“那老儿忒没算计！春二三月好赏花园，这等大雪，又冷，赏玩何物！”行者道：“呆子不知事！雪景自然幽静，一则游赏，二来与师父宽怀。”陈老道：“正是，正是。”遂此邀请到园，但见：

景值三秋，风光如腊。苍松结玉蕊，衰柳挂银花。阶下玉苔堆粉屑，窗前翠竹吐琼芽。巧石山头，养鱼池内。巧石山头，削削尖峰排玉笋；养鱼池内，清清活水作冰盘。临岸芙蓉娇色浅，傍崖木槿嫩枝垂。秋海棠，全然压倒；腊梅树，聊发新枝。牡丹亭、海榴亭、丹桂亭，亭亭尽鹅毛堆积；放怀处、款客处、遣兴处，处处皆蝶翅铺漫。两篱黄菊玉绡金，几树丹枫红间白。无数闲庭冷难到，且观雪洞暖如春。那里边放一个兽面象足铜火盆，热烘烘炭火才生；那上下有几张虎皮搭苫漆交椅，软温温纸窗铺设。四壁上挂几轴名公古画，却是那七贤过关，寒江独钓，叠嶂层峦团雪景；苏武餐毡，折梅逢使，琼林玉树写寒文。说不尽那家近水亭鱼易买，雪迷山径酒难沽。真个可堪容膝处，算来何用访蓬壶？

众人观玩良久，就于雪洞里坐下，对邻叟道取经之事，又捧香茶饮毕。陈老问：“列位老爷，可饮酒么？”三藏道：“贫僧不饮，小徒略饮几杯素酒。”陈老大喜，即命：“取素果品，炖暖酒，与列位汤寒（tàng hán，抵挡寒冷）。”那僮仆即抬桌围炉，与两个邻叟，各饮了几杯，收了家火。【陈家为留师徒费尽心机，盖因妖怪未灭，隐患未除】

不觉天色将晚，又仍请到厅上晚斋。只听得街上行人都说："好冷天啊！把通天河冻住了！"三藏闻言道："悟空，冻住河，我们怎生是好？"陈老道："乍寒乍冷，想是近河边浅水处冻结。"那行人道："把八百里都冻的似镜面一般，路口上有人走哩！"三藏听说有人走，就要去看。陈老道："老爷莫忙，今日晚了，明日去看。"遂此别却邻叟。又晚斋毕，依然歇在厢房。

及次日天晓，八戒起来道："师兄，今夜更冷，想必河冻住也。"三藏迎着门，朝天礼拜道："众位护教大神，弟子一向西来，虔心拜佛，苦历山川，更无一声报怨。今至于此，感得皇天祐助，结冻河水。弟子空心权谢，待得经回，奏上唐皇，竭诚酬答。"礼拜毕，遂教悟净背(在马背上装鞍辔)马，趁冰过河。陈老又道："莫忙，待几日雪融冰解，老拙这里办船相送。"沙僧道："就行也不是话，再住也不是话，口说无凭，耳闻不如眼见。我背了马，且请师父亲去看看。"陈老道："言之有理。"教："小的们，快去背我们六匹马来！且莫背唐僧老爷马。"

就有六个小价(仆人)跟随，一行人径往河边来看，真个是：雪积如山耸，云收破晓晴。寒凝楚塞千峰瘦，冰结江湖一片平。朔风凛凛，滑冻棱棱。池鱼偎密藻，野鸟恋枯槎。塞外征夫俱坠指，江头梢子乱敲牙。裂蛇腹，断鸟足，果然冰山千百尺。万壑冷浮银，一川寒浸玉。东方自信出僵蚕，北地果然有鼠窟。王祥卧，光武渡，一夜溪桥连底固。曲沼结棱层，深渊重叠沍(hù，冻结)。通天阔水更无波，皎洁冰漫如陆路。三藏与一行人到了河边，勒马观看，真个那路口上有人行走。三藏问道："施主，那些人上冰往那里去？"陈老道："河那边乃西梁女国。【下一难进入西梁国】这起人都是做买卖的。我这边百钱之物，到那边可值万钱；那边百钱之物，到这边亦可值万钱。利重本轻，所以人不顾生死而去。【卓吾评：世情如是，可怜】常年家有五七人一船，或十数人一船，飘洋而过。见如今河道冻住，故舍命而步行也。"三藏道："世间事惟名利最重。似他为利的，舍死忘生，我弟子奉旨全忠，也只是为名，与他能差几何！"【卓吾评：着眼】【点题，取经为名，急于上路，不顾眼下功德】教："悟空，快回施主家，收拾行囊，叩背马匹，趁此层冰，早奔西方去也。"行者笑吟吟答应。【来生意了】

沙僧道："师父啊，常言道：'千日吃了千升米。'今已托赖陈府上，且再住几日，待天晴化冻，办船而过。忙中恐有错也。"【卓吾评：好言语】三藏道："悟净，怎么这等愚见！【有时愚见是正见，正见反而是愚见，所谓心性的通达和圆明，即是意识到这种转化】若是正二月，一日暖似一日，可以待得冻解。此时乃八月，一日冷似一日，如何可便望解冻！却不又误了半载行程？"

八戒跳下马来："你们且休讲闲口，等老猪试看有多少厚薄。"行者道："呆子，前夜试水，能去抛石，如今冰冻重漫，怎生试得？"八戒道："师兄不知，等我举钉钯筑他一下。假若筑破，就是冰薄，且不敢行；若筑不动，便是冰厚，如何不行？"三藏道："正是，说得有理。"那呆子撩衣拽步，走上河边，双手举钯，尽力一筑，只听扑的一声，筑了九个白迹，手也振得生疼。【卓吾评：如画】呆子笑道："去得！去得！连底都锢住了。"三藏闻言，十分欢喜，与众同回陈家，只教收拾走路。

那两个老者苦留不住，只得安排些干粮烘炒，做些烧饼馍馍相送。一家子磕头礼拜，又捧出一盘子散碎金银，跪在面前道："多蒙老爷活子之恩，聊表途中一饭之敬。"三藏摆手摇头，只是不受道："贫僧出家人，财帛何用？就途中也不敢取出。只是以化斋度日为正事，收了干粮足矣。"二老又再三央求，行者用指尖儿捻了一小块，约有四五钱重，递与唐僧道："师父，也只当些衬钱，莫教空负二老之意。"遂此相向而别，径至河边冰上，那马蹄滑了一滑，险些儿把三藏跌下马来。沙僧道："师父，难行！"八戒道："且住！问陈老官讨个稻草来我用。"行者道："要稻草何用？"八戒道："你那里得知，要稻草包着马蹄方才不滑，免教跌下师父来也。"陈老在岸上听言，急命人家中取一束稻草，却请唐僧上岸下马。八戒将草包裹马足，然后踏冰而行。【卓吾评：就似真的一般，奇矣】

别陈老离河边，行有三四里远近，八戒把九环锡杖递与唐僧道："师父，你横此在马上。"行者道："这呆子奸诈！锡杖原是你挑的，如何又叫师父拿着？"八戒道："你不曾走过冰凌，不晓得。凡是冰冻之上，必有凌眼，倘或蹿着凌眼，脱将下去，若没横担之物，骨都的落水，就如一个大锅盖盖住，如何钻得上来！须是如此架住方可。"行者暗笑道："这呆子倒是个积年走冰的！"果然都依了他。长老横担着锡杖，行者横担着铁棒，沙僧横担着降妖宝杖，八戒肩挑着行李，腰横着钉钯，师徒们放心前进。这一直行到天晚，吃了些干粮，却又不敢久停，对着星月光华，映的冰冻上亮灼灼、白茫茫，只情奔走，果然是马不停蹄，师徒们莫能合眼，走了一夜。天明又吃些干粮，望西又进。

正行时，只听得冰底下扑喇喇一声响喨，险些儿唬倒了白马。三藏大惊道："徒弟呀！怎么这般响喨？"八戒道："这河忒也冻得结实，地凌响了，或者这半中间连底通锢住了也。"三藏闻言，又惊又喜，策马前进，<u>趱</u>(zǎn，赶，快走)行不题。

却说那妖邪自从回归水府，引众精在于冰下。等候多时，只听得马蹄响处，他在底下弄个神通，滑喇的迸开冰冻，慌得孙大圣跳上空中，早把那白马落于水内，三人尽皆脱下。那妖邪将三藏捉住，引群精径回水府，厉声高叫："鳜妹何在？"老鳜婆迎门施礼道："大王，不敢不敢！"妖邪道："贤妹何出此言！'一言既出，驷马难追。'原说听从汝计，捉了唐僧，与你拜为兄妹。今日果成妙计，捉了唐僧，就好昧了前言？"教："小的们，抬过案桌，磨快刀来，把这和尚剖腹剜心，剥皮剐肉，一壁厢响动乐器，与贤妹共而食之，延寿长生也。"鳜婆道："大王，且休吃他，恐他徒弟们寻来吵闹。且宁耐两日，让那厮不来寻，然后剖开，请大王上坐，众眷族环列，吹弹歌舞，奉上大王，从容自在享用，却不好也？"那怪依言，把唐僧藏于宫后，使一个六尺长的石匣，盖在中间不题。

却说八戒、沙僧在水里捞着行囊，放在白马身上驮了，分开水路，涌浪翻波，负水而出，只见行者在半空中看见，问道："师父何在？"八戒道："师父姓'陈'，名'到底'了。如今没处找寻，且上岸再作区处。"原来八戒本是天蓬元帅临凡，他当年掌管天河八万水兵大众，沙和尚是流沙河内出身，白马本是西海龙孙：故此能知水性。大圣在空中指引，须臾，回转东崖，晒刷了马匹，紾(zhěn，扭转，拧)晾了衣裳。大圣云头按落，一同到于陈家庄上。早有人报与二老道："四个取经的老爷，如今只剩了三个来也。"兄弟即忙接出门外，果见衣裳还湿，道："老爷们，我等那般苦留，却不肯住，只要这样方休。怎么不见三藏老爷？"八戒道："不叫做三藏了，改名叫做'陈到底'也。"【为人为彻，好事到底。陈家庄妖精未除，故有到底之灾】二老垂泪道："可怜！可怜！我说等雪融备船相送，坚执不从，致令丧了性命！"行者道："老儿，莫替古人耽忧。我师父管他不死长命。老孙知道，决然是那灵感大王弄法算计去了。你且放心，与我们浆浆衣服，晒晒关文，取草料喂着白马，等我弟兄寻着那厮，救出师父，索性剪草除根，替你一庄人除了后患，庶几永得安生也。"【全始全终，方是正道】陈老闻言，满心欢喜，即命安排斋供。兄弟三人，饱餐一顿，将马匹行囊交与陈家看守，各整兵器，径赴道边寻师擒怪。正是：误踏层冰伤本性，大丹脱漏怎周全？毕竟不知怎么救得唐僧，且听下回分解。

【卓吾评：人见妖魔要吃童男童女，便以为怪事。殊不知世上有父母自吃童男童女的，甚至有童男自吃童男、童女自吃童女的，比比而是，亦常事耳，何怪之有？或问何故？曰："以童男付之庸师，童女付之窑娱，此非父母自吃童男女乎？为男者自甘为凶人，为女者自甘为妒妇，丧失其赤子之心，此非童男女自吃童男女乎？"或鼓掌大笑曰："原来今日却是妖魔世界也！"余亦笑而不言】

第四十九回　三藏有灾沉水宅　观音救难现鱼篮

【唐僧取经求功果心切，急于渡江，正如水鼋(谐音水源、水猿)之第(心宅)遭金鱼精侵占，暗示唐僧本心被魔心侵占，走上旁门左道。金鱼精初在观音处听经，本来就是得道的捷径，反而在陈家庄吃人，故为半途而废之妖、旁门左道之心魔】

却说孙大圣与八戒、沙僧辞陈老来至河边，道："兄弟，你两个议定，那一个先下水。"八戒道："哥啊，我两个手段不见怎的，还得你先下水。"行者道："不瞒贤弟说：若是山里妖精，全不用你们费力；水中之事，我去不得。就是下海行江，我须要捻着避水诀，或者变化甚么鱼蟹之形才去得。若是那般捻诀，却轮不得铁棒，使不得神通，打不得妖怪。我久知你两个乃惯水之人，所以要你两个下去。"沙僧道："哥啊，小弟虽是去得，但不知水底如何。我等大家都去，哥哥变作甚么模样，或是我驮着你，分开水道，寻着妖怪的巢穴，你先进去打听打听。若是师父不曾伤损，还在那里，我们好努力征讨。假若不是这怪弄法，或者渰(yǎn，通"淹"，淹没)杀师父，或者被妖吃了，我等不须苦求，早早的别寻道路何如?"行者道："贤弟说得有理。你们那个驮我?"八戒暗喜道："这猴子不知捉弄了我多少，今番原来不会水，等老猪驮他，也捉弄他捉弄!"呆子笑嘻嘻的叫道："哥哥，我驮你。"行者就知有意，却便将计就计道："是，也好，你比悟净还有些膂力(lǚ lì，体力)。"八戒就背着他。沙僧剖开水路，弟兄们同入通天河内。

向水底下行有百十里远近，那呆子要捉弄行者，行者随即拔下一根毫毛，变做假身，伏在八戒背上，真身变作一个猪虱子，紧紧的贴在他耳朵里。【卓吾评：这班顽皮】八戒正行，忽然打个蹱踵(lóng zhòng，跟跄欲跌貌)，得故子把行者往前一掼，扑的跌了一跤。原来那个假身本是毫毛变的，却就飘起去，无影无形。沙僧道："二哥，你是怎么说？不好生走路，就跌在泥里，便也罢了，却把大哥不知跌在那里去了!"八戒道："那猴子不禁跌，一跌就跌化了。兄弟，莫管他死活，我和你且去寻师父去。"沙僧道："不好，还得他来，他虽不知水性，他比我们乖巧。若无他来，我不与你去。"行者在八戒耳朵里，忍不住高叫道："悟净！老孙在这里也。"沙僧听得，笑道："罢了！这呆子是死了！你怎么就敢捉弄他！如今弄得闻声不见面，却怎是好?"八戒慌得跪在泥里磕头道："哥哥，是我不是了，待救了师父上岸陪礼。你在那里做声？就影杀我也！你请现原身出来，我驮着你，再不敢冲撞你了。”行者道：“是你还驮着我哩。我不弄你，你快走！快走！”那呆子絮絮叨叨，只管念诵着陪礼，爬起来与沙僧又进。

行了又有百十里远近，忽抬头望见一座楼台，上有“水鼋之第”四个大字。沙僧道：“这厢想是妖精住处，我两个不知虚实，怎么上门索战？”行者道：“悟净，那门里外可有水么？”沙僧道：“无水。”行者道：“既无水，你再藏隐在左右，待老孙去打听打听。”

好大圣，爬离了八戒耳朵里，却又摇身一变，变作个长脚虾婆，两三跳跳到门里。睁眼看时，只见那怪坐在上面，众水族摆列两边，有个斑衣鳜婆坐于侧手，都商议要吃唐僧。行者留心，两边寻找不见，忽看见一个大肚虾婆走将来，径往西廊下立定。行者跳到面前称呼道：“姆姆，大王与众商议要吃唐僧，唐僧却在那里？”【卓吾评：猴】虾婆道：“唐僧被大王降雪结冰，昨日拿在宫后石匣中间。只等明日，他徒弟们不来吵闹，就奏乐享用也。”

行者闻言，演了一会，径直寻到宫后，看果有一个石匣，却像人家槽房里的猪槽，又似人间一口石棺材之样，量量足有六尺长短；却伏在上面，听了一会，只听得三藏在里面嘤嘤的哭哩。行者不言语，侧耳再听，那师父挫得牙响，哏了一声道：“自恨江流命有愆(qiān，罪过)，生时多少水灾缠。出娘胎腹淘波浪，拜佛西天堕渺渊。前遇黑河身有难，今逢冰解命归泉。不知徒弟能来否，可得真经返故园？”行者忍不住叫道：“师父莫恨水灾，经云：‘土乃五行之母，水乃五行之源。无土不生，无水不长。’【卓吾评：着眼】老孙来了！”三藏闻得道：“徒弟啊，救我耶！”行者道：“你且放心，待我们擒住妖精，管教你脱难。”三藏道：“快些儿下手！再停一日，足足闷杀我也！”行者道：“没事！没事！我去也！”急回头，跳将出去，到门外现了原身，叫：“八戒！”那呆子与沙僧近道：“哥哥，如何？”行者道：“正是此怪骗了师父。师父未曾伤损，被怪物盖在石匣之下。你两个快早挑战，让老孙先出水面。你若擒得他就擒；擒不得，做个佯输，引他出水，等我打他。”沙僧道：“哥哥放心先去，待小弟们鉴貌辨色。”这行者捻着避水诀，钻出波中，停立岸边等候不题。

你看那猪八戒行凶，闯至门前，厉声高叫：“泼怪物！送我师父出来！”慌得那门里小妖急报：“大王，门外有人要师父哩！”妖邪道：“这定是那泼和尚来了。”教：“快取披挂兵器来！”众小妖连忙取出。妖邪结束了，执兵器在手，即命开门，走将出来。八戒与沙僧对列左右，见妖邪怎生披挂。好怪物！你看他：

头戴金盔晃且辉，身披金甲掣虹霓。

腰围宝带团珠翠，足踏烟黄靴样奇。
鼻准高隆如峤耸，天庭广阔若龙仪。
眼光闪灼圆还暴，牙齿钢锋尖又齐。
短发蓬松飘火焰，长须潇洒挺金锥。
口咬一枝青嫩藻，手拿九瓣赤铜锤。
一声咿哑门开处，响似三春惊蛰雷。
这等形容人世少，敢称灵显大王威。

妖邪出得门来，随后有百十个小妖，一个个轮枪舞剑，摆开两哨，对八戒道："你是那寺里和尚，为甚到此喧嚷？"八戒喝道："我把你这打不死的泼物！你前夜与我顶嘴，今日如何推不知来问我？我本是东土大唐圣僧之徒弟，往西天拜佛求经者。你弄玄虚，假做甚么灵感大王，专在陈家庄要吃童男童女，我本是陈清家一秤金，你不认得我么？"那妖邪道："你这和尚，甚没道理！你变做一秤金，该一个冒名顶替之罪。我倒不曾吃你，反被你伤了我手背，已此让了你，你怎么又寻上我的门来？"八戒道："你既让我，却怎么又弄冷风，下大雪，冻结坚冰，害我师父？快早送我师父出来，万事皆休！牙迸半个'不'字，你只看看手中钯，决不饶你！"妖邪闻言，微微冷笑道："这和尚卖此长舌，胡夸大口。果然是我作冷下雪冻河，摄你师父。你今嚷上门来，思量取讨，只怕这一番不比那一番了。那时节，我因赴会，不曾带得兵器，误中你伤。你如今且休要走，我与你交敌三合。三合敌得过我，还你师父；敌不过，连你一发吃了。"

八戒道："好乖儿子！正是这等说！仔细看钯！"妖邪道："你原来是半路上出家的和尚。"【半路出家，讽刺不能全始全终】八戒道："我的儿，你真个有些灵感，怎么就晓得我是半路出家的？"妖邪道："你会使钯，想是雇在那里种园，把他钉钯拐将来也。"八戒道："儿子，我这钯不是那筑地之钯。你看：

巨齿铸就如龙爪，逊金妆来似蟒形。
若逢对敌寒风洒，但遇相持火焰生。
能与圣僧除怪物，西方路上捉妖精。
轮动烟云遮日月，使开霞彩照分明。
筑倒太山千虎怕，掀翻大海万龙惊。
饶你威灵有手段，一筑须教九窟窿！"

那个妖邪那里肯信，举铜锤劈头就打，八戒使钉钯架住道："你这泼物，原来也是半路上成精的邪魔！"【半途而废之心魔】那怪道："你怎么认得我是半路上成精

的?”八戒道:“你会使铜锤,想是雇在那个银匠家扯炉,被你得了手,偷将出来的。”妖邪道:“这不是打银之锤。你看:

九瓣攒成花骨朵,一竿虚孔万年青。
原来不比凡间物,出处还从仙苑名。
绿房紫药瑶池老,素质清香碧沼生。
因我用功抟炼过,坚如钢锐彻通灵。
枪刀剑戟浑难赛,钺斧戈矛莫敢经。
总让他钯能利刃,荡着吾锤迸折钉!”

沙和尚见他两个攀话,忍不住近前高叫道:“那怪物休得浪言!古人云:‘口说无凭,做出便见。’不要走!且吃我一杖!”妖邪使锤杆架住道:“你也是半路里出家的和尚。”沙僧道:“你怎么认得?”妖邪道:“你这个模样,像一个磨博士出身。”沙僧道:“如何认得我象个磨博士?”妖邪道:“你不是磨博士,怎么会使擀面杖?”沙僧骂道:“你这孽障,是也不曾见:

这般兵器人间少,故此难知宝杖名。
出自月宫无影处,梭罗仙木琢磨成。
外边嵌宝霞光耀,内里钻金瑞气凝。
先日也曾陪御宴,今朝秉正保唐僧。
西方路上无知识,上界宫中有大名。
唤做降妖真宝杖,管教一下碎天灵!”

那妖邪不容分说,三家变脸,这一场,在水底下好杀:

铜锤宝杖与钉钯,悟能悟净战妖邪。一个是天蓬临世界,一个是上将降天涯。他两个夹攻水怪施威武,这一个独抵神僧势可夸。有分有缘成大道,相生相克秉恒沙。土克水,水干见底;水生木,木旺开花。禅法参修归一体,还丹炮炼伏三家。【卓吾评:说得明白】土是母,发金芽,金生神水产婴娃;水为本,润木华,木有辉煌烈火霞。攒簇五行皆别异,故然变脸各争差。看他那铜锤九瓣光明好,宝杖千丝彩绣佳。钯按阴阳分九曜,不明解数乱如麻。捐躯弃命因僧难,舍死忘生为释迦。致使铜锤忙不坠,左遮宝杖右遮钯。

三人在水底下斗经两个时辰,不分胜败。猪八戒料道不得赢他,对沙僧丢了个眼色,二人诈败佯输,各拖兵器,回头就走。那怪物教:“小的们,扎住在此,等我赶上这厮,捉将来与汝等凑吃哑(yā,感叹词)!”你看他如风吹败叶,似雨打残花,将他两个赶出水面。

那孙大圣在东岸上，眼不转睛，只望着河边水势，忽然见波浪翻腾，喊声号吼，八戒先跳上岸道："来了！来了！"沙僧也到岸边道："来了！来了！"那妖邪随后叫："那里走！"才出头，被行者喝道："看棍！"那妖邪闪身躲过，使铜锤急架相还。一个在河边涌浪，一个在岸上施威。搭上手未经三合，那妖遮架不住，打个花，又淬于水里，遂此风平浪息。

行者回转高崖道："兄弟们，辛苦啊。"沙僧道："哥啊，这妖精，他在岸上觉到不济，在水底也尽利害哩！我与二哥左右齐攻，只战得个两平，却怎么处置救师父也？"行者道："不必疑迟，恐被他伤了师父。"八戒道："哥哥，我这一去哄他出来，你莫做声，但只在半空中等候，估着他钻出头来，却使个捣蒜打，照他顶门上着着实实一下！纵然打不死他，好道也护疼发晕，却等老猪赶上一钯，管教他了帐！"行者道："正是！正是！这叫做'里迎外合'，方可济事。"他两个复入水中不题。

却说那妖邪败阵逃生，回归本宅。众妖接到宫中，鳜婆上前问道："大王，赶那两个和尚到那方来？"妖邪道："那和尚原来还有一个帮手。他两个跳上岸去，那帮手轮一条铁棒打我，我闪过与他相持。也不知他那棍子有多少斤重，我的铜锤莫想架得他住，战未三合，我却败回来也。"鳜婆道："大王，可记得那帮手是甚相貌？"妖邪道："是一个毛脸雷公嘴，查耳朵，折鼻梁，火眼金睛和尚。"鳜婆闻说，打了一个寒噤道："大王啊！亏了你识俊，逃了性命！若再三合，决然不得全生！那和尚我认得他。"妖邪道："你认得他是谁？"鳜婆道："我当年在东洋海内，曾闻得老龙王说他的名誉，乃是五百年前大闹天宫，混元一气上方太乙金仙美猴王齐天大圣。如今归依佛教，保唐僧往西天取经，改名唤做孙悟空行者。他的神通广大，变化多端。大王，你怎么惹他！今后再莫与他战了。"

说不了，只见门里小妖来报："大王，那两个和尚又来门前索战哩！"妖精道："贤妹所见甚长，再不出去，看他怎么。"急传令，教："小的们，把门关紧了，正是'任君门外叫，只是不开门'。让他缠两日，性摊了回去时，我们却不自在受用唐僧也？"那小妖一齐都搬石头，塞泥块，把门闭杀。八戒与沙僧连叫不出，呆子心焦，就使钉钯筑门。那门已此紧闭牢关，莫想能彀；被他七八钯，筑破门扇，里面却都是泥土石块，高叠千层。沙僧见了道："二哥，这怪物惧怕之甚，闭门不出，我和你且回上河崖，再与大哥计较去来。"八戒依言，径转东岸。

那行者半云半雾，提着铁棒等哩。看见他两个上来，不见妖怪，即按云头迎至岸边，问道："兄弟，那话儿怎么不上来？"沙僧道："那怪物紧闭宅门，再不出来见面；被二哥打破门扇看时，那里面都使些泥土石块实实的叠住了。故此不能得战，却来与哥哥计议，再怎么设法去救师父。”行者道：“似这般却也无法可治。你两个只在河岸上巡视着，不可放他往别处走了，待我去来。”八戒道：“哥哥，你往那里去？”行者道：“我上普陀岩拜问菩萨，看这妖怪是那里出身，姓甚名谁。寻着他的祖居，拿了他的家属，捉了他的四邻，却来此擒怪救师。”八戒笑道：“哥啊，这等干，只是忒费事，担搁了时辰了。”行者道：“管你不费事，不担搁！我去就来！”

好大圣，急纵祥光，躲离河口，径赴南海。那里消半个时辰，早望见落伽山不远。低下云头，径至普陀崖上。只见那二十四路诸天与守山大神、木叉行者、善财童子、捧珠龙女，一齐上前，迎着施礼道：“大圣何来？”行者道：“有事要见菩萨。”众神道：“菩萨今早出洞，不许人随，自入竹林里观玩。知大圣今日必来，吩咐我等在此候接大圣，不可就见。请在翠岩前聊坐片时，待菩萨出来，自有道理。”

行者依言，还未坐下，又见那善财童子上前施礼道：“孙大圣，前蒙盛意，幸菩萨不弃收留，早晚不离左右，专侍莲台之下，甚得善慈。”【卓吾评：好照应】行者知是红孩儿，笑道：“你那时节魔业迷心，【卓吾评：着眼】今朝得成正果，才知老孙是好人也。”

行者久等不见，心焦道：“列位与我传报传报，但迟了，恐伤吾师之命。”诸天道：“不敢报，菩萨吩咐，只等他自出来哩。”行者性急，那里等得，急纵身往里便走。噫！这个美猴王，性急能鹊薄。诸天留不住，要往里边跸。拽步入深林，睁眼偷觑着。远观救苦尊，盘坐衬残箬。懒散怕梳妆，容颜多绰约。散挽一窝丝，未曾戴缨络。不挂素蓝袍，贴身小袄缚。漫腰束锦裙，赤了一双脚。披肩绣带无，精光两臂膊。玉手执钢刀，正把竹皮削。行者见了，忍不住厉声高叫道：“菩萨，弟子孙悟空志心朝礼。”菩萨教：“外面俟候。”行者叩头道：“菩萨，我师父有难，特来拜问通天河妖怪根源。”菩萨道：“你且出去，待我出来。”

行者不敢强，只得走出竹林，对众诸天道：“菩萨今日又重置家事哩。怎么不坐莲台，不妆饰，不喜欢，在林里削篾做甚？”诸天道：“我等却不知。今早出洞，未曾妆束，就入林中去了，又教我等在此接候大圣，必然为大圣有事。”行者没奈何，只得等候。

不多时，只见菩萨手提一个紫竹篮儿出林道：“悟空，我与你救唐僧去来。”行者慌忙跪下道：“弟子不敢催促，且请菩萨着衣登座。”菩萨道：“不消着衣，就此去也。”那菩萨撇下诸天，纵祥云腾空而去，孙大圣只得相随。顷刻间，到了通天河界，八戒与沙僧看见道：“师兄性急，不知在南海怎么乱嚷乱叫，把一个未梳妆的菩萨逼将来也。”【起床起了一半的菩萨，来收半途而废之妖】

说不了，到于河岸。二人下拜道："菩萨，我等擅干，有罪！有罪！"菩萨即解下一根束袄的丝绦，将篮儿拴定，提着丝绦，半踏云彩，抛在河中，往上溜头扯着，口念颂子道："死的去，活的住，死的去，活的住！"【讽刺唐僧去得死，住得活】念了七遍，提起篮儿，但见那篮里亮灼灼一尾金鱼，还斩眼动鳞。菩萨叫："悟空，快下水救你师父耶。"行者道："未曾拿住妖邪，如何救得师父？"菩萨道："这篮儿里不是？"八戒与沙僧拜问道："这鱼儿怎生有那等手段？"菩萨道："他本是我莲花池里养大的金鱼，每日浮头听经，修成手段。【金鱼听观音讲经，本是正途，反倒到此吃人，偏走旁门；唐僧救人救赤子之心本是正途，执意渡河不能全始全终也是走旁门。故金鱼精是唐僧心魔】那一柄九瓣铜锤，乃是一枝未开的菡萏（hàn dàn，荷花），被他运炼成兵。不知是那一日，海潮泛涨，走到此间。我今早扶栏看花，却不见这厮出拜，掐指巡纹，算着他在此成精，害你师父，故此未及梳妆，运神功，织个竹篮儿擒他。"【卓吾评：真活观音，未梳妆就想救人；假活观音，未梳妆只是害人】

行者道："菩萨，既然如此，且待片时，我等叫陈家庄众信人等，看看菩萨的金面：一则留恩，二来说此收怪之事，好教凡人信心供养。"菩萨道："也罢，你快去叫来。"那八戒与沙僧，一齐飞跑至庄前，高呼道："都来看活观音菩萨！都来看活观音菩萨！"一庄老幼男女，都向河边，也不顾泥水，都跪在里面，磕头礼拜。内中有善图画者，传下影神，这才是鱼篮观音现身。当时菩萨就归南海。

八戒与沙僧，分开水道，径往那水鼋之第找寻师父。原来那里边水怪鱼精，尽皆死烂。却入后宫，揭开石匣，驮着唐僧，出离波津，与众相见。那陈清兄弟叩头称谢道："老爷不依小人劝留，致令如此受苦。"行者道："不消说了。你们这里人家，下年再不用祭赛，那大王已此除根，永无伤害。陈老儿，如今才好累你，快寻一只船儿，送我们过河去也。"那陈清道："有！有！有！"就教解板打船，众庄客闻得此言，无不喜舍。那个道我买桅篷，这个道我办篙桨，有的说我出绳索，有的说我雇水手。

正都在河边上吵闹，忽听得河中间高叫："孙大圣不要打船，花费人家财物，我送你师徒们过去。"众人听说，个个心惊，胆小的走了回家，胆大的战兢兢贪看。须臾那水里钻出一个怪来，你道怎生模样：

方头神物非凡品，九助灵机号水仙。
曳尾能延千纪寿，潜身静隐百川渊。
翻波跳浪冲江岸，向日朝风卧海边。
养气含灵真有道，多年粉盖癞头鼋。

那老鼋又叫："大圣，不要打船，我送你师徒过去。"行者轮着铁棒道："我把你这个孽畜！若到边前，这一棒就打死你！"老鼋道："我感大圣之恩，情愿办好心送你师徒，你怎么反要打我？"行者道："与你有甚恩惠？"老鼋道："大圣，你不知这底下水鼋之第，乃是我的住宅。自历代以来，祖上传留到我。我因省悟本根，养成灵气，在此处修行，被我将祖居翻盖了一遍，立做一个水鼋之第。那妖邪乃九年前海啸波翻，他赶潮头，来于此处仗逞凶顽，与我争斗，被他伤了我许多儿女，夺了我许多眷族。我斗他不过，将巢穴白白的被他占了。今蒙大圣至此搭救唐师父，请了观音菩萨扫净妖氛，收去怪物，将第宅还归于我，我如今团圞（tuán luán，团圆）老小，再不须挨土帮泥，得居旧舍。此恩重若丘山，深如大海。且不但我等蒙惠，只这一庄上人，免得年年祭赛，全了多少人家儿女，此诚所谓'一举而两得'之恩也！敢不报答？"【金鱼精乃唐僧心魔，悟空乃唐僧心性。心魔占了心性的府第，故此鼋乃彼猿之映射也】

行者闻言，心中暗喜，收了铁棒道："你端的是真实之情么？"老鼋道："因大圣恩德洪深，怎敢虚谬？"行者道："既是真情，你朝天赌咒。"那老鼋张着红口，朝天发誓道："我若真情不送唐僧过此通天河，将身化为血水！"行者笑道："你上来，你上来。"老鼋却才负近岸边，将身一纵，爬上河崖。众人近前观看，有四丈围圆的一个大白盖。行者道："师父，我们上他身，渡过去也。"三藏道："徒弟呀，那层冰厚冻，尚且邅迍（zhān zhūn，行走困难），况此鼋背？恐不稳便。"老鼋道："师父放心。我比那层冰厚冻，稳得紧哩，但歪一歪，不成功果！"【又点题：走旁门不成功果】行者道："师父啊，凡诸众生，会说人话，决不打诳语。"【卓吾评：今人却会打诳语】教："兄弟们，快牵马来。"

到了河边，陈家庄老幼男女，一齐来拜送。行者教把马牵在白鼋盖上，请唐僧站在马的颈项左边，沙僧站在右边，八戒站在马后，行者站在马前，又恐那鼋无礼，解下虎筋绦子，穿在老鼋的鼻之内，扯起来像一条缰绳，却使一只脚踏在盖上，一只脚登在头上，一只手执着铁棒，一只手扯着缰绳，叫道："老鼋，慢慢走啊。歪一歪儿，就照头一下！"老鼋道："不敢！不敢！"他却蹬开四足，踏水面如行平地。众人都在岸上，焚香叩头，都念"南无阿弥陀佛"，这正是真罗汉临凡，活菩萨出现。众人只拜的望不见形影方回，不题。

却说那师父驾着白鼋，那消一日，行过了八百里通天河界，干手干脚的登岸。【魔心拖你沉底，真心渡你过河】三藏上崖，合手称谢道："老鼋累你，无物可赠，待我取经回谢你罢。"老鼋道："不劳师父赐谢。我闻得西天佛祖无灭无生，能知过去未来之事。我在此间，整修行了一千三百余年，【与悟空年纪相仿】虽然延寿身轻，会说人语，只是难脱本壳。【实指师徒修炼还欠火候】万望老师父到西天与我问佛祖一声，看我几时得脱本壳，可得一个人身。”【卓吾评：着眼，人身这样难得】三藏响允道：“我问，我问。”那老鼋才淬水中去了。行者遂伏侍唐僧上马，八戒挑着行囊，沙僧跟随左右。师徒们找大路，一直奔西。这的是：

圣僧奉旨拜弥陀，水远山遥灾难多。

意志心诚不惧死，白鼋驮渡过天河。

毕竟不知此后还有多少路程，还有甚么凶吉，且听下回分解。

【卓吾评：你看老鼋修了一千三百余年，尚且不得人身。人身如此难得，缘何今人把这身子不作一钱看待？真可为之痛哭流涕。语曰：“一失足时千古恨，再回头是百年身。”警省，警省】

【至此脱离车迟国。车迟国包含都城和通天河两个情节，总旨是批判错误的修行方法，前者是从修心以外的邪说批判，后者是从善行不彻底的角度批判，两者都导致修行迟滞，这是“车迟”的涵义。如果落实到《心经》里的“五蕴皆空”，这一组故事反映的是“行即是空，空即是行”，强调方法和行为的虚幻性】

第五十回　情乱性从因爱欲　神昏心动遇魔头

【卓吾评：着眼(标题)】【此难写占有欲和掠夺心。和尚本就清贫，能占有的东西十分有限，所以只能从衣食上着手，所以就有了悟空抢斋化缘，八戒偷衣御寒。把这种邪心映射到魔幻层面，就是一个拿着圈子套万物的妖怪。本回用一正一邪两个圈套来做对比。悟空画的圈子是正念，代表本分占有，一马一扁担而已，守住这个本分自然免受魔心之侵害；妖怪的圈子代表无穷贪欲的邪心，它束缚身心，收敛心力。本回题眼在八戒看到的象牙床上的元帅骸骨。雕梁画栋、锦衣宝床都在，掠夺人已去，又有哪样东西是你的？】

词曰：心地频频扫，尘情细细除，莫教坑堑陷毗卢。【半途而废的心念需要抛弃，为名为利的尘情也要剪除，不要让这些陷阱陷住】本体常清净，方可论元初。【心念清净，才能看到本性】性烛须挑剔，曹溪任吸呼，勿令猿马气声粗。【把蒙蔽心性的障碍拿掉，心平行直，才能通达无碍，理解曹溪六祖所讲心性的含义】昼夜绵绵息，方显是功夫。

这一首词，牌名《南柯子》。【卓吾评：着眼，着眼】单道着唐僧脱却通天河寒冰之灾，幸白鼋负登彼岸。四众奔西，正遇严冬之景，但见那林光漠漠烟中淡，山骨棱棱水外青。师徒们正当行处，忽然又遇一山，阻住去道。路窄崖高，石多岭峻，人马难行。三藏在马上兜缰，叫声："徒弟。"时有孙行者引八戒、沙僧近前侍立道："师父，有何吩咐？"三藏道："你看那前面山高，只恐有虎狼作怪，妖兽伤人，今番是必仔细！"行者道："师父放心莫虑，我等兄弟三人，性和意合，归正求真，【卓吾评：着眼】使出荡怪降妖之法，怕甚么虎狼妖兽！"三藏闻言，只得放怀前进，到于谷口，促马登崖，抬头观看，好山：

嵯峨矗矗，峦削巍巍。嵯峨矗矗冲霄汉，峦削巍巍碍碧空。怪石乱堆如坐虎，苍松斜挂似飞龙。岭上鸟啼娇韵美，崖前梅放异香浓。涧水潺湲流出冷，巅云黯淡过来凶。又见那飘飘雪，凛凛风，咆哮饿虎吼山中。寒鸦拣树无栖处，野鹿寻窝没定踪。可叹行人难进步，皱眉愁脸把头蒙。

师徒四众，冒雪冲寒，战澌澌，行过那巅峰峻岭，远望见山凹中有楼台高耸，房舍清幽。唐僧马上欣然道："徒弟啊，这一日又饥又寒，幸得那山凹里有楼台房舍，断乎是庄户人家，庵观寺院，且去化些斋饭，吃了再走。”行者闻言，急睁睛看，只见那壁厢凶云隐隐，恶气纷纷，回首对唐僧道：“师父，那厢不是好处。”三藏道：“见有楼台亭宇，如何不是好处？”行者笑道：“师父啊，你那里知道？西方路上多有妖怪邪魔，善能点化庄宅，不拘甚么楼台房舍，馆阁亭宇，俱能指化了哄人。你知道龙生九种，内有一种名‘蜃’，蜃气放出，就如楼阁浅池。若遇大江昏迷，蜃现此势，倘有鸟鹊飞腾，定来歇翅，那怕你上万论千，尽被他一气吞之。此意害人最重，那壁厢气色凶恶，断不可入。”

三藏道：“既不可入，我却着实饥了。”行者道：“师父果饥，且请下马，就在这平处坐下，待我别处化些斋来你吃。”三藏依言下马。八戒采定缰绳，【八戒主动引导意马，要有灾祸】沙僧放下行李，即去解开包裹，取出钵盂，递与行者。行者接钵盂在手，吩咐沙僧道：“贤弟，却不可前进，好生保护师父稳坐于此，待我化斋回来，再往西去。”沙僧领诺。行者又向三藏道：“师父，这去处少吉多凶，切莫要动身别往，老孙化斋去也。”唐僧道：“不必多言，但要你快去快来，我在这里等你。”行者转身欲行，却又回来道：“师父，我知你没甚坐性，我与你个安身法儿。”即取金箍棒，幌了一幌，将那平地下周围画了一道圈子，请唐僧坐在中间，着八戒、沙僧侍立左右，把马与行李都放在近身，对唐僧合掌道：“老孙画的这圈，强似那铜墙铁壁，凭他甚么虎豹狼虫，妖魔鬼怪，俱莫敢近。但只不许你们走出圈外，只在中间稳坐，保你无虞；但若出了圈儿，定遭毒手。千万，千万！至嘱，至嘱！”三藏依言，师徒俱端然坐下。

行者才起云头，寻庄化斋，一直南行，忽见那古树参天，乃一村庄舍。按下云头，仔细观看，但只见：

雪欺衰柳，冰结方塘。疏疏修竹摇青，郁郁乔松凝翠。几间茅屋半装银，一座小桥斜砌粉。篱边微吐水仙花，檐下长垂冰冻箸。飒飒寒风送异香，雪漫不见梅开处。

行者随步观看庄景，只听得呀的一声，柴扉响处，走出一个老者，手拖藜杖，头顶羊裘，身穿破衲，足踏蒲鞋，拄着杖，仰身朝天道：“西北风起，明日晴了。”【卓吾评：如画】说不了，后边跑出一个哈巴狗儿来，望着行者，汪汪的乱吠。老者却才转过头来，看见行者捧着钵盂，打个问讯道：“老施主，我和尚是东土大唐钦差上西天拜佛求经者，适路过宝方，我师父腹中饥馁，特造尊府募化一斋。”老者闻言，点头顿杖道：“长老，你且休化斋，你走错路了。”行者道：“不错。”老者道：“往西天大路，在那直北下，此间到那里有千里之遥，还不去找大路而行？”行者笑道：“正是直北下。我师父现在大路上端坐，等我化斋哩。”那老者道：“这和尚胡说了。你师父在大路上等你化斋，似这千里之遥，就会走路，也须得六七日，走回去又要六七日，却不饿坏他也？”行者笑道：“不瞒老施主说，我才然离了师父，还不上一盏热茶之时，却就走到此处。如今化了斋，还要趁去作午斋哩。”老者见说，心中害怕道：“这和尚是鬼！是鬼！”急抽身往里就走。行者一把扯住道：“施主那里去？有斋快化些儿。”老者道：“不方便！不方便！别转一家儿罢！”行者道：“你这施主，好不会事！你说我离此有千里之遥，若再转一家，却不又有千里？真是饿杀我师父也。”那老者道：“实不瞒你说，我家老小六七口，才淘了三升米下锅，还未曾煮熟。你且到别处去转转再来。”行者道：“古人云：‘走三家不如坐一家。’【正是当初东海抢兵器披挂之言】我贫僧在此等一等罢。”那老者见缠得紧，恼了，举藜杖就打。行者公然不惧，被他照光头上打了七八下，只当与他拂痒。那老者道：“这是个撞头的和尚！”行者笑道：“老官儿，凭你怎么打，只要记得杖数明白：一杖一升米，慢慢量来。”那老者闻言，急丢了藜杖，跑进去把门关了，只嚷：“有鬼！有鬼！”慌得那一家儿战战兢兢，把前后门俱关上。行者见他关了门，心中暗想：“这老贼才说淘米下锅，不知是虚是实。常言道：‘道化贤良释化愚。’【卓吾评：名言】且等老孙进去看看。”好大圣，捻着诀，使个隐身遁法，径走入厨中看处，果然那锅里气腾腾的，煮了半锅干饭。就把钵盂往里一掗(yà,压)，满满的掗了一钵盂，即驾云回转不题。【这不是化斋，而是抢斋，生掠夺心魔】

却说唐僧坐在圈子里，等待多时。不见行者回来，欠身怅望道：“这猴子往那里化斋去了？”八戒在旁笑道：“知他往那里耍子去来！化甚么斋，却教我们在此坐牢！”三藏道：“怎么谓之坐牢？”八戒道：“师父，你原来不知。古人划地为牢，他将棍子划了圈儿，强似铁壁铜墙，假如有虎狼妖兽来时，如何挡得他住？只好白白的送与他吃罢了。”三藏道：“悟能，凭你怎么处治？”八戒道：“此间又不藏风，又不避冷，若依老猪，只该顺着路，往西且行。师兄化了斋，驾了云，必然来快，让他赶来。如有斋，吃了再走。如今坐了这一会，老大脚冷！”

三藏闻此言，就是晦气星进宫，遂依呆子，一齐出了圈外。八戒牵了马，沙僧担了担，那长老顺路步行前进，不一时，到了那楼阁之所，原来是坐北向南之家。门外八字粉墙，有一座倒垂莲升斗门楼，都是五色装的，那门儿半开半掩。八戒就把马拴在门枕石鼓上，沙僧歇了担子，三藏畏风，坐于门限之上。八戒道：“师父，这所在想是公侯之宅，相辅之家。前门外无人，想必都在里面烘火。你们坐着，让我进去看看。”唐僧道：“仔细耶！莫要冲撞了人家。”呆子道：“我晓得，自从归正禅门，这一向也学了些礼数，不比那村莽之夫也。”

那呆子把钉钯撒在腰里，整一整青锦直裰，斯斯文文，走入门里，只见是三间大厅，帘栊高控，静悄悄全无人迹，也无桌椅家火。转过屏门，往里又走，乃是一座穿堂，堂后有一座大楼，楼上窗格半开，隐隐见一顶黄绫帐幔。呆子道："想是有人怕冷，还睡哩。"他也不分内外，拽步走上楼来，用手掀开看时，把呆子唬了一个躘踵。原来那帐里象牙床上，白媸媸的一堆骸骨，骷髅有巴斗大，腿挺骨有四五尺长。呆子定了性，止不住腮边泪落，对骷髅点头叹云："你不知是：

那代那朝元帅体，何邦何国大将军。
当时豪杰争强胜，今日凄凉露骨筋。
不见妻儿来侍奉，那逢士卒把香焚？
谩观这等真堪叹，可惜兴王霸业人。"

【此景点题。公侯之宅，相辅之家，象牙床上的将军骸骨，物在人殁，何苦强占不属于自己的外物？】

八戒正才感叹，只见那帐幔后有火光一幌。呆子道："想是有侍奉香火之人在后面哩。"急转步过帐观看，却是穿楼的窗扇透光。那壁厢有一张彩漆的桌子，桌子上乱搭着几件锦绣绵衣。呆子提起来看时，却是三件纳锦背心儿。

他也不管好歹，拿下楼来，出厅房，径到门外道："师父，这里全没人烟，是一所亡灵之宅。老猪走进里面，直至高楼之上，黄绫帐内，有一堆骸骨。串楼旁有三件纳锦的背心，被我拿来了，也是我们一程儿造化。此时天气寒冷，正当用处。师父，且脱了偏衫，把他且穿在底下，受用受用，免得吃冷。"三藏道："不可！不可！律云：'公取窃取皆为盗。'倘或有人知觉，赶上我们，到了当官，断然是一个窃盗之罪。还不送进去与他搭在原处！我们在此避风坐一坐，等悟空来时走路。出家人不要这等爱小。"八戒道："四顾无人，虽鸡犬亦不知之，但只我们知道，谁人告我？有何证见？就如拾到的一般，那里论甚么公取窃取也！"【卓吾评：悟能偷心未尽】三藏道："你胡做啊！虽是人不知之，天何盖焉！玄帝垂训云：'暗室亏心，神目如电。'趁早送去还他，莫爱非礼之物。"

那呆子莫想肯听，对唐僧笑道："师父啊，我自为人，也穿了几件背心，不曾见这等纳锦的。你不穿，且待老猪穿一穿，试试新，焐焐脊背。等师兄来，脱了还他走路。"沙僧道："既如此说，我也穿一件儿。"两个齐脱了上盖直裰，将背心套上。才紧带子，不知怎么立站不稳，扑的一跌。原来这背心儿赛过绑缚手，霎时间，把他两个背剪手贴心捆了。慌得个三藏跌足报怨，急忙上前来解，那里便解得开？三个人在那里吆喝之声不绝，却早惊动了魔头也。【占有心生，掠夺魔生】

话说那座楼房果是妖精点化的，终日在此拿人。他在洞里正坐，忽闻得怨恨之声，急出门来看，果见捆住几个人了。妖魔即唤小妖，同到那厢，收了楼台房屋之形，把唐僧搀住，牵了白马，挑了行李，将八戒、沙僧一齐捉到洞里。老妖魔登台高坐，众小妖把唐僧推近台边，跪伏于地。妖魔问道："你是那方和尚？怎么这般胆大，白日里偷盗我的衣服？"三藏滴泪告曰："贫僧是东土大唐钦差往西天取经的，因腹中饥馁，着大徒弟去化斋未回，不曾依得他的言语，误撞仙庭避风。不期我这两个徒弟爱小，拿出这衣物，贫僧决不敢坏心，当教送还本处。他不听吾言，要穿此焐焐脊背，不料中了大王机会，把贫僧拿来。万望慈悯，留我残生，求取真经，永注大王恩情，回东土千古传扬也！"那妖魔笑道："我这里常听得人言：有人吃了唐僧一块肉，发白还黑，齿落更生。幸今日不请自来，还指望饶你哩！你那大徒弟叫做甚么名字？往何方化斋？"八戒闻言，即开口称扬道："我师兄乃五百年前大闹天宫齐天大圣孙悟空也。"

那妖魔听说是齐天大圣孙悟空，老大有些悚惧，口内不言，心中暗想道："久闻那厮神通广大，如今不期而会。"教："小的们，把唐僧捆了，将那两个解下宝贝，换两条绳子也捆了。且抬在后边，待我拿住他大徒弟，一发刷洗，却好凑灶蒸吃。"众小妖答应一声，把三人一齐捆了，抬在后边。将白马拴在槽头，行李挑在屋里。众妖都磨兵器，准备擒拿行者不题。

却说孙行者自南庄人家摄了一钵盂斋饭，驾云回返旧路。径至山坡平处，按下云头，早已不见唐僧，不知何往。棍划的圈子还在，只是人马都不见了。回看那楼台处所，亦俱无矣，惟见山根怪石。行者心惊道："不消说了！他们定是遭那毒手也！"急依路看着马蹄，向西而赶。

行有五六里，正在凄怆之际，只闻得北坡外有人言语。看时，乃一个老翁，毡衣苫体，暖帽蒙头，足下踏一双半新半旧的油靴，手持着一根龙头拐棒，后边跟一个年幼的僮仆，折一枝腊梅花，自坡前念歌而走。行者放下钵盂，觌面道个问讯，叫："老公公，贫僧问讯了。"那老翁即便回礼道："长老那里来的？"行者道："我们东土来的，往西天拜佛求经，一行师徒四众。我因师父饥了，特去化斋，教他三众坐在那山坡平处相候。及回来不见，不知往那条路上去了。动问公公，可曾看见？"老者闻言，呵呵冷笑道："你那三众，可有一个长嘴大耳的么？"行者道："有！有！有！""又有一个晦气色脸的，牵着一匹白马，领着一个白脸的胖和尚么？"行者道："是！是！是！"老翁道："你们走错路了，你休寻他，各人顾命去也。"行者道："那白脸者是我师父，那怪样者是我师弟。我与他共发虔心，要往西天取经，如何不寻他去！"老翁道："我才然从此过时，看见他错走了路径，闯入妖魔口里去了。”行者道：“烦公公指教指教，是个甚么妖魔，居于何方，我好上门取索他等，往西天去也。”老翁道：“这座山叫做金嵬山，山前有个金嵬洞，那洞中有个独角兕（sì，古代兽名）大王。【《论语》中孔子以“虎兕出于柙”形容放纵掠夺心和占有欲】那大王神通广大，威武高强。那三众此回断没命了，你若去寻，只怕连你也难保，不如不去之为愈也。我也不敢阻你，也不敢留你，只凭你心中度量。”

行者再拜称谢道：“多蒙公公指教，我岂有不寻之理！”把这斋饭倒与他，将这空钵盂自家收拾。那老翁放下拐棒，接了钵盂，递与僮仆，现出本象，双双跪下叩头叫：“大圣，小神不敢隐瞒，我们两个就是此山山神、土地，在此候接大圣。这斋饭连钵盂，小神收下，让大圣身轻好施法力。待救唐僧出难，将此斋还奉唐僧，方显得大圣至恭至孝。”行者喝道：“你这毛鬼讨打！既知我到，何不早迎？却又这般藏头露尾，是甚道理？”土地道：“大圣性急，小神不敢造次，恐犯威颜，故此隐象告知。”行者息怒道：“你且记打！好生与我收着钵盂！待我拿那妖精去来！”土地、山神遵领。

这大圣却才束一束虎筋绦，拽起虎皮裙，执着金箍棒，径奔山前，找寻妖洞。转过山崖，只见那乱石磷磷，翠崖边有两扇石门，门外有许多小妖，在那里轮枪舞剑，真个是：

烟云凝瑞，苔藓堆青。崚嶒怪石列，崎岖曲道萦。猿啸鸟啼风景丽，鸾飞凤舞若蓬瀛。向阳几树梅初放，弄暖千竿竹自青。陡崖之下，深涧之中，陡崖之下雪堆粉，深涧之中水结冰。两林松柏千年秀，几簇山茶一样红。

这大圣观看不尽，拽开步径至门前，厉声高叫道：“那小妖，你快进去与你那洞主说，我本是唐朝圣僧徒弟齐天大圣孙悟空，快教他送我师父出来，免教你等丧了性命！”

那伙小妖，急入洞里报道：“大王，前面有一个毛脸勾嘴的和尚，称是齐天大圣孙悟空，来要他师父哩。”那魔王闻得此言，满心欢喜道：“正要他来哩！我自离了本宫，下降尘世，更不曾试试武艺。今日他来，必是个对手。”即命：“小的们！取出兵器。”那洞中大小群魔，一个个精神抖擞，即忙抬出一根丈二长的点钢枪，递与老怪。老怪传令教：“小的们，各要整齐，进前者赏，退后者诛！”众妖得令，随着老怪，腾出门来，叫道：“那个是孙悟空？”行者在旁闪过，见那魔王生得好不凶丑：

独角参差，双眸幌亮。顶上粗皮突，耳根黑肉光。舌长时搅鼻，口阔版牙黄。毛皮青似靛，筋挛硬如钢。比犀难照水，象牯不耕荒。全无喘月犁云用，倒有欺天振地强。两只焦筋蓝靛手，雄威直挺点钢枪。细看这等凶模样，不枉名称兕大王！

孙大圣上前道："你孙外公在这里也！快早还我师父，两无毁伤！若道半个'不'字，我教你死无葬身之地！"那魔喝道："我把你这个大胆泼猴精！你有些甚么手段，敢出这般大言！"行者道："你这泼物，是也不曾见我老孙的手段！"那妖魔道："你师父偷盗我的衣服，实是我拿住了，如今待要蒸吃。你是个甚么好汉，就敢上我的门来取讨！"行者道："我师父乃忠良正直之僧，岂有偷你甚么妖物之理？"妖魔道："我在山路边点化一座仙庄，你师父潜入里面，心爱情欲，【点题】将我三领纳锦绵装背心儿偷穿在身，见有赃证，故此我才拿他。你今果有手段，即与我比势。假若三合敌得我，饶了你师之命；如敌不过我，教你一路归阴！"

行者笑道："泼物！不须讲口！但说比试，正合老孙之意。走上来，吃吾之棒！"那怪物那怕甚么赌斗，挺钢枪劈面迎来。这一场好杀！你看那：

金箍棒举，长杆枪迎。金箍棒举，亮藿藿似电掣金蛇；长杆枪迎，明幌幌如龙离黑海。那门前小妖擂鼓，排开阵势助威风；这壁厢大圣施功，使出纵横逞本事。他那里一杆枪，精神抖擞；我这里一条棒，武艺高强。正是英雄相遇英雄汉，果然对手才逢对手人。那魔王口喷紫气盘烟雾，这大圣眼放光华结绣云。只为大唐僧有难，两家无义苦争轮。

他两个战经三十合，不分胜负。那魔王见孙悟空棍法齐整，一往一来，全无些破绽，喜得他连声喝采道："好猴儿！好猴儿！真个是那闹天宫的本事！"这大圣也爱他枪法不乱，右遮左挡，甚有解数，也叫道："好妖精！好妖精！果然是一个偷丹的魔头！"【卓吾评：还是一对知己】【闹天宫的本事、偷丹的魔头，都是悟空，故为悟空之心魔】二人又斗了一二十合。

那魔王把枪尖点地，喝令小妖齐来。那些泼怪，一个个拿刀弄杖，执剑轮枪，把个孙大圣围在中间。行者公然不惧，只叫："来得好！来得好！正合吾意！"使一条金箍棒，前迎后架，东挡西除，那伙群妖，莫想肯退。行者忍不住焦躁，把金箍棒丢将起去，喝声："变！"即变作千百条铁棒，好便似飞蛇走蟒，盈空里乱落下来。那伙妖精见了，一个个魄散魂飞，抱头缩颈，尽往洞中逃命。老魔王唏唏冷笑道："那猴不要无礼！看手段！"即忙袖中取出一个亮灼灼白森森的圈子来，望空抛起，叫声"着！"唿喇一下，把金箍棒收做一条，套将去了。弄得孙大圣赤手空拳，翻筋斗逃了性命。那妖魔得胜回归洞，行者朦胧失主张。这正是：

道高一尺魔高一丈，性【行者】乱情【八戒】昏错认家。
可恨法身无坐位，当时行动念头差。
【卓吾评：说出】

【虽然师徒的修为很高，但内心还是不够清净，导致出现不良的念头，性、情昏乱，掠夺心和占有欲的魔头还是打败了他们】

毕竟不知这番怎么结果，且听下回分解。

【卓吾评：篇中云："道高一尺，魔高一丈。"的是名言。若无彼丈魔，亦无此尺道，即所云"沙里淘金"是也。离沙决无有金理，离魔亦决无有道理】

【《坛经》印证：心平何劳持戒？行直何用修禅？】

第五十一回　心猿空用千般计　水火无功难炼魔

【本回悟空请来各路神兵降魔无果，这说明，以强治强，以盗止盗，用掠夺心纠正掠夺心，都是无用功。本回作者用寓言的方式挖掘战争本质，指出战争的心理原因，同时也是一篇祈愿和平的宣言】

话说齐天大圣，空着手败了阵，来坐于金岘山后，扑梭梭两眼滴泪，叫道："师父啊！指望和你：

佛恩有德有和融，同幻同生意莫穷。

【师徒不能同幻同生，故为身心】

同住同修同解脱，同慈同念显灵功。

同缘同相心真契，同见同知道转通。

岂料如今无主杖，【卓吾评：还是已前多此？】空拳赤脚怎兴隆！"

大圣凄惨多时，心中暗想道："那妖精认得我。我记得他在阵上夸奖道：'真个是闹天宫之类！'这等啊，决不是凡间怪物，定然是天上凶星。想因思凡下界，又不知是那里降下来魔头，且须上界去查勘查勘。"

行者这才是以心问心，自张自主，急翻身纵起祥云，直至南天门外。忽抬头见广目天王，当面迎着长揖道："大圣何往？"行者道："有事要见玉帝，你在此何干？"广目道："今日轮该巡视南天门。"说未了，又见那马、赵、温、关四大元帅作礼道："大圣，失迎，请待茶。"行者道："有事哩。"遂辞了广目并四元帅，径入南天门里，直至灵霄殿外，果又见张道陵、葛仙翁、许旌阳、丘弘济四天师并南斗六司、北斗七元都在殿前迎着行者，一齐起手道："大圣如何到此？"又问："保唐僧之功完否？"行者道："早哩！早哩！路遥魔广，才有一半之功，见如今阻住在金岘山金岘洞。有一个兕怪，把唐师父拿于洞里，是老孙寻上门与他交战一场，那厮的神通广大，把老孙的金箍棒抢去了，因此难缚魔王。疑是上界那个凶星思凡下界，又不知是那里降来的魔头，老孙因此来寻寻玉帝，问他个钳束不严。"许旌阳笑道："这猴头还是如此放刁！"行者道："不是放刁，我老孙一生是这口儿紧些，才寻的着个头儿。"张道陵道："不消多说，只与他传报便了。"行者道："多谢！多谢！"

当时四天师传奏灵霄，引见玉陛。行者朝上唱个大喏道："老官儿，累你累你！

我老孙保护唐僧往西天取经，一路凶多吉少，也不消说。于今来在金岘山金岘洞，有一兕怪，把唐僧拿在洞里，不知是要蒸要煮要晒。是老孙寻上他门，与他交战，那怪却就有些认得老孙，卓是神通广大，把老孙的金箍棒抢去，因此难缚妖魔。疑是天上凶星思凡下界，为此老孙特来启奏，伏乞天尊垂慈洞鉴，降旨查勘凶星，发兵收剿妖魔，老孙不胜战栗屏营之至！”却又打个深躬道：“以闻。”旁有葛仙翁笑道：“猴子是何前倨后恭？”行者道：“不敢不敢！不是甚前倨后恭，老孙于今是没棒弄了。”

彼时玉皇天尊闻奏，即忙降旨可韩司知道：“既如悟空所奏，可随查诸天星斗，各宿神王，有无思凡下界，随即复奏施行以闻。”可韩丈人真君领旨，当时即同大圣去查。先查了四天门门上神王官吏；次查了三微垣垣中大小群真；又查了雷霆官将陶、张、辛、邓，苟、毕、庞、刘；最后才查三十三天，天天自在；又查二十八宿：东七宿角、亢、氐、房、参、尾、箕，北七宿斗、牛、女、虚、危、室、壁，南七宿，西七宿，宿宿安宁；又查了太阳、太阴，水、火、木、金、土七政；罗睺、计都、炁、孛四余①。满天星斗，并无思凡下界。行者道：“既是如此，我老孙也不消上那灵霄宝殿，打搅玉皇大帝，深为不便。你自回旨去罢，我只在此等你回话便了。”那可韩丈人真君依命。孙行者等候良久，作诗纪兴曰：

风清云霁乐升平，神静星明显瑞祯。
河汉安宁天地泰，五方八极偃戈旌。

【卓吾评：的是猴诗。然今日山人中极多对手】【作者借悟空之口点题，发愿止息内心的争斗。内外相同，由内及外，止息内心的贪欲也就止息了人间战乱】

那可韩司丈人真君，历历查勘，回奏玉帝道：“满天星宿不少，各方神将皆存，并无思凡下界者。”玉帝闻奏：“着孙悟空挑选几员天将，下界擒魔去也。”

四大天师奉旨意，即出灵霄宝殿，对行者道：“大圣啊，玉帝宽恩，言天宫无神思凡，着你挑选几员天将，擒魔去哩。”行者低头暗想道：“天上将不如老孙者多，胜似老孙者少。【卓吾评：这样小觑他，天上无人，地下更当何如？】想我闹天宫时，玉帝遣十万天兵，布天罗地网，更不曾有一将敢与我比手。向后来，调了小圣二郎，方是我的对手。如今那怪物手段又强似老孙，却怎么得能彀取胜？”许旌阳道：“此一时，彼一时，大不同也。常言道‘一物降一物’哩，你好违了旨意？但凭高见，选用天将，勿得迟疑误事。”行者道：“既然如此，深感上恩。果是不好违旨。一则老孙又不可

---

① 罗睺、计都、炁、孛四余：黄道和白道的降交点称为罗睺（hóu），升交点称为计都，地月最近点为紫炁（qì），地月最远点为月孛（bèi），四点对应四神，合称四余。

空走这遭，烦旌阳转奏玉帝，只教托塔李天王与哪吒太子，他还有几件降妖兵器，且下界与那怪见一仗，以看如何。果若能擒得他，是老孙之幸；若不能，那时再作区处。”

真个那天师启奏了玉帝，玉帝即令李天王父子，率领众部天兵，与行者助力。那天王即奉旨来会行者，行者又对天师道：“蒙玉帝遣差天王，谢谢不尽。还有一事，再烦转达：但得两个雷公使用，等天王战斗之时，教雷公在云端里下个雷楔(xiē，挺出物)，照顶门上锭死那妖魔，深为良计也。”天师笑道：“好！好！好！”天师又奏玉帝，传旨教九天府下点邓化、张蕃二雷公，与天王合力缚妖救难。遂与天王、孙大圣径下南天门外。

顷刻而到。行者道：“此山便是金岘山，山中间乃是金岘洞。列位商议，却教那个先去索战？”天王停下云头，扎住天兵在于山南坡下，道：“大圣素知小儿哪吒，曾降九十六洞妖魔，善能变化，随身有降妖兵器，须教他先去出阵。”行者道：“既如此，等老孙引太子去来。”

那太子抖擞雄威，与大圣跳在高山，径至洞口，但见那洞门紧闭，崖下无精。行者上前高叫：“泼魔！快开门！还我师父来也！”那洞里把门的小妖看见，急报道：“大王，孙行者领着一个小童男，在门前叫战哩。”那魔王道：“这猴子铁棒被我夺了，空手难争，想是请得救兵来也。”叫：“取兵器！”魔王绰枪在手，走到门外观看，那小童男，生得相貌清奇，十分精壮。真个是：

玉面娇容如满月，朱唇方口露银牙。
眼光掣电睛珠暴，额阔凝霞发髻髽。
绣带舞风飞彩焰，锦袍映日放金花。
环绦灼灼攀心镜，宝甲辉辉衬战靴。
身小声洪多壮丽，三天护教恶哪吒。

魔王笑道：“你是李天王第三个孩儿，名唤做哪吒太子，却如何到我这门前呼喝？”太子道：“因你这泼魔作乱，困害东土圣僧，奉玉帝金旨，特来拿你！”魔王大怒道：“你想是孙悟空请来的。我就是那圣僧的魔头哩！【卓吾评：着眼】量你这小儿曹有何武艺，敢出浪言！不要走！吃吾一枪！”

这太子使斩妖剑，劈手相迎。他两个搭上手，却才赌斗，那大圣急转山坡，叫：“雷公何在？快早去，着妖魔下个雷楔，助太子降伏来也！”邓、张二公，即踏云光，正欲下手，只见那太子使出法来，将身一变，变作三头六臂，手持六般兵器，望妖魔砍来，那魔王也变作三头六臂，三柄长枪抵住。这太子又弄出降妖法力，将六般兵器抛将起去，是那六般兵器？却是斩妖剑、砍妖刀、缚妖索、降魔杵、绣球、火轮儿，大叫一声："变！"一变十，十变百，百变千，千变万，都是一般兵器，如骤雨冰雹，纷纷密密，望妖魔打将去。那魔王公然不惧，一只手取出那白森森的圈子来，望空抛起，叫声"着！"唿喇的一下，把六般兵器套将下来，慌得那哪吒太子赤手逃生，魔王得胜而回。

邓、张二雷公，在空中暗笑道："早是我先看头势，不曾放了雷楔，假若被他套将去，却怎么回见天尊？"【卓吾评：雷公如此坐视，难道不怕雷打？】二公按落云头，与太子来山南坡下对李天王道："妖魔果神通广大！"悟空在旁笑道："那厮神通也只如此，争奈那个圈子利害。不知是甚么宝贝，丢起来善套诸物。"哪吒恨道："这大圣甚不成人！我等折兵败阵，十分烦恼，都只为你，你反喜笑何也！"行者道："你说烦恼，终然我老孙不烦恼？我如今没计奈何，哭不得，所以只得笑也。"天王道："似此怎生结果？"行者道："凭你等再怎计较，只是圈子套不去的，就可拿住他了。"天王道："套不去者，惟水火最利。常言道：'水火无情。'"行者闻言道："说得有理！你且稳坐在此，待老孙再上天走走来。"邓、张二公道："又去做甚的？"行者道："老孙这去，不消启奏玉帝，只到南天门里上彤华宫，请荧惑火德星君来此放火，烧那怪物一场，或者连那圈子烧做灰烬，捉住妖魔。一则取兵器还汝等归天，二则可解脱吾师之难。"太子闻言甚喜，道："不必迟疑，请大圣早去早来，我等只在此拱候。"

行者纵起祥光，又至南天门外。那广目与四将迎道："大圣如何又来？"行者道："李天王着太子出师，只一阵，被那魔王把六件兵器捞了去了。我如今要到彤华宫请火德星君助阵哩。"四将不敢久留，让他进去。至彤华宫，只见那火部众神，即入报道："孙悟空欲见主公。"那南方三炁火德星君，整衣出门迎进道："昨日可韩司查点小宫，更无一人思凡。"【卓吾评：好点缀】行者道："已知。但李天王与太子败阵，失了兵器，特来请你救援救援。"星君道："那哪吒乃三坛海会大神，他出身时，曾降九十六洞妖魔，神通广大，若他不能，小神又怎敢望也？"行者道："因与李天王计议，天地间至利者，惟水火也。那怪物有一个圈子，善能套人的物件，【卓吾评：如今世上亦有一圈子，善能套人物件，人亦知否？】不知是甚么宝贝，故此说火能灭诸物，特请星君领火部到下方纵火烧那妖魔，救我师父一难。"

火德星君闻言，即点本部神兵，同行者到金𡸣山南坡下，与天王、雷公等相见了。天王道："孙大圣，你还去叫那厮出来，等我与他交战。待他拿动圈子，我却闪过，教火德帅众烧他。"行者笑道："正是，我和你去来。"火德共太子、邓、张二公立于高峰之上，与他挑战。

这大圣到了金峣洞口，叫声："开门！快早还我师父！"那小妖又急通报道："孙悟空又来了！"那魔帅众出洞，见了行者道："你这泼猴，又请了甚么兵来耶？"这壁厢转上托塔天王，喝道："泼魔头！认得我么？"魔王笑道："李天王，想是要与你令郎报仇，欲讨兵器么？"天王道："一则报仇要兵器，二来是拿你救唐僧！不要走！吃吾一刀！"那怪物侧身躲过，挺长枪，随手相迎。他两个在洞前，这场好杀！你看那：

天王刀砍，妖怪枪迎。刀砍霜光喷烈火，枪迎锐气迸愁云。一个是金峣山生成的恶怪，一个是灵霄殿差下的天神。那一个因欺禅性施威武，【所谓欺禅性，即恶念占领心智】这一个为救师灾展大伦。天王使法飞沙石，魔怪争强播土尘。播土能教天地暗，飞沙善着海江浑。两家努力争功绩，皆为唐僧拜世尊。

那孙大圣，见他两个交战，即转身跳上高峰，对火德星君道："三炁用心者！"你看那个妖魔与天王正斗到好处，却又取出圈子来，天王看见，即拨祥光，败阵而走。这高峰上火德星君，忙传号令，教众部火神，一齐放火。这一场真个利害。好火：

经云："南方者火之精也"。虽星星之火，能烧万顷之田；【卓吾评：着眼】乃三炁之威，能变百端之火。今有火枪、火刀、火弓、火箭，各部神祇，所用不一。但见那半空中，火鸦飞噪；满山头，火马奔腾。双双赤鼠，对对火龙。双双赤鼠喷烈焰，万里通红；对对火龙吐浓烟，千方共黑。火车儿推出，火葫芦撒开。火旗摇动一天霞，火棒搅行盈地燎。说甚么宁戚鞭牛，胜强似周郎赤壁。这个是天火非凡真利害，烘烘焰焰(火势猛烈貌)火风红！

那妖魔见火来，全无恐惧，将圈子望空抛起，唿喇一声，把这火龙火马，火鸦火鼠，火枪火刀，火弓火箭，一圈子又套将下去，转回本洞，得胜收兵。

这火德星君，手执着一杆空旗，招回众将，会合天王等，坐于山南坡下，对行者道："大圣啊，这个凶魔，真是罕见！我今折了火具，怎生是好？"行者笑道："不须报怨。列位且请宽坐坐，待老孙再去去来。"天王道："你又往那里去？"行者道："那怪物既不怕火，断然怕水。常言道：'水能克火。'等老孙去北天门里，请水德星君施布水势，往他洞里一灌，把魔王渰死，取物件还你们。"天王道："此计虽妙，但恐连你师父都渰杀也。"行者道："没事！渰死我师，我自有个法儿教他活来。如今稽迟列位，甚是不当。"火德道："既如此，且请行，请行。"

好大圣，又驾筋斗云，径到北天门外。忽抬头，见多闻天王向前施礼道："孙大圣何往？"行者道："有一事要入乌浩宫见水德星君，你在此作甚？"多闻道："今日轮该巡视。"正说处，又见那庞、刘、苟、毕四大天将，进礼邀茶。行者道："不劳！不劳！我事急矣！"遂别却诸神，直至乌浩宫，着水部众神即时通报。众神报道："齐天大圣孙悟空来了。”水德星君闻言，即将查点四海五湖、八河四渎、三江九派并各处龙王俱遣退，整冠束带，接出宫门，迎进宫内道：“昨日可韩司查勘小宫，恐有本部之神，思凡作怪，正在此点查江海河渎之神，尚未完也。”【卓吾评：又一小变，极是。若与火处一例，便可厌矣】行者道：“那魔王不是江河之神，此乃广大之精。先蒙玉帝差李天王父子并两个雷公下界擒拿，被他弄个圈子，将六件神兵套去。老孙无奈，又上彤华宫请火德星君帅火部众神放火，又将火龙、火马等物，一圈子套去。我想此物既不怕火，必然怕水，特来告请星君，施水势，与我捉那妖精，取兵器归还天将。吾师之难，亦可救也。”

水德闻言，即令黄河水伯神王：“随大圣去助攻。”水伯自衣袖中取出一个白玉盂儿道：“我有此物盛水。”行者道：“看这盂儿能盛几何？妖魔如何渰得？”水伯道：“不瞒大圣说。我这一盂，乃是黄河之水。半盂就是半河，一盂就是一河。”行者喜道：“只消半盂足矣。”遂辞别水德，与黄河神急离天阙。

那水伯将盂儿望黄河舀了半盂，跟大圣至金兜山，向南坡下见了天王、太子、雷公、火德，具言前事。行者道：“不必细讲，且教水伯跟我去。待我叫开他门，不要等他出来，就将水往门里一倒，那怪物一窝子可都渰死，我却去捞师父的尸首，再救活不迟。”那水伯依命，紧随行者，转山坡，径至洞口，叫声：“妖怪开门！”那把门的小妖，听得是孙大圣的声音，急又去报道：“孙悟空又来矣！”

那魔闻说，带了宝贝，绰枪就走，响一声，开了石门。这水伯将白玉盂向里一倾，那妖见是水来，撒了长枪，即忙取出圈子，撑住二门。只见那股水骨都都的都往外泛将出来，慌得孙大圣急纵筋斗，与水伯跳在高峰。那天王同众都驾云停于高峰之前观看，那水波涛泛涨，着实狂澜。好水！真个是：

一勺之多，果然不测。盖唯神功运化，利万物而流涨百川。只听得那潺潺声振谷，又见那滔滔势漫天。雄威响若雷奔走，猛涌波如雪卷颠。千丈波高漫路道，万层涛激泛山岩。泠泠（líng líng，形容声音清越）如漱玉，滚滚似鸣弦。触石沧沧喷碎玉，回湍渺渺旋窝圆。低低凹凹随流荡，满涧平沟上下连。

行者见了心慌道：“不好啊！水漫四野，渰了民田，未曾灌在他的洞里，怎奈之何？”唤水伯急忙收水。水伯道：“小神只会放水，却不会收水，常言道：‘泼水难收。’”【卓吾评：妙】咦！那座山却也高峻，这场水只奔低流。须臾间，四散而归涧壑。

又只见那洞外跳出几个小妖，在外边吆吆喝喝，伸拳逻袖，弄棒拈枪，依旧喜喜欢欢耍子。天王道：“这水原来不曾灌入洞内，枉费一场之功也！”行者忍不住心中怒发，双手轮拳，闯至妖魔门首，喝道："那里走！看打！"唬得那几个小妖，丢了枪棒，跑入洞里，战兢兢的报道："大王，打将来了！"魔王挺长枪，迎出门前道："这泼猴老大惫懒！你几番家敌不过我，纵水火亦不能近，怎么又踵将来送命？"行者道："这儿子反说了哩！不知是我送命，是你送命！走过来，吃老外公一拳！"那妖魔笑道："这猴儿强勉缠帐！我倒使枪，他却使拳。那般一个筋䯄(jīn kuā，形容瘦小)子拳头，只好有个核桃儿大小，怎么称得个锤子起也？罢！罢！罢！我且把枪放下，与你走一路拳看看！"行者笑道："说得是！走上来！"

那妖撩衣进步，丢了个架手，举起两个拳来，真似打油的铁锤模样。这大圣展足挪身，摆开解数，在那洞门前，与那魔王递走拳势。这一场好打：

咦！拽开大四平，踢起双飞脚。韬胁劈胸墩，剜心摘胆着。仙人指路，老子骑鹤。饿虎扑食最伤人，蛟龙戏水能凶恶。魔王使个蟒翻身，大圣却施鹿解角。翘跟淬地龙，扭腕擎天橐(tuó)。青狮张口来，鲤鱼跌脊跃。盖顶撒花，绕腰贯索。迎风贴扇儿，急雨催花落。妖精便使观音掌，行者就对罗汉脚。长拳开阔自然松，怎比短拳多紧削？两个相持数十回，一般本事无强弱。

他两个在那洞门前厮打，只见这高峰头，喜得个李天王厉声喝采，火德星鼓掌夸称。那两个雷公与哪吒太子，帅众神跳到跟前，都要来相助；这壁厢群妖摇旗擂鼓，舞剑轮刀一齐护。孙大圣见事不谐，将毫毛拔下一把，望空撒起，叫："变！"即变做三五十个小猴，一拥上前，把那妖缠住，抱腿的抱腿，扯腰的扯腰，抓眼的抓眼，挦(xián，拔取)毛的挦毛。【卓吾评：妙猴】那怪物慌了，急把圈子拿将出来。大圣与天王等见他弄出圈套，拨转云头，走上高峰逃阵。【卓吾评：妙】那妖把圈子往上抛起，唿喇的一声，把那三五十个毫毛变的小猴收为本相，套入洞中，得了胜，领兵闭门，贺喜而去。

这太子道："孙大圣还是个好汉！这一路拳，走得似锦上添花。使分身法，正是人前显贵。"行者笑道："列位在此远观，那怪的本事，比老孙如何？"李天王道："他拳松脚慢，不如大圣的紧疾，他见我们去时，也就着忙；又见你使出分身法来，他就急了，所以大弄个圈套。"行者道："魔王好治，只是圈子难降。"火德与水伯道："若还取胜，除非得了他那宝贝，然后可擒。"行者道："他那宝贝如何可得？只除是偷去来。"邓、张二公笑道："若要行偷礼，除大圣再无能者，想当年大闹天宫时，偷御酒，偷蟠桃，偷龙肝、凤髓及老君之丹，那是何等手段！今日正该拿此处用也。"行者道："好说！好说！既如此，你们且坐，等老孙打听去来。"

好大圣，跳下峰头，私至洞口摇身一变，变做个麻苍蝇儿。真个秀溜！你看他：

翎翅薄如竹膜，身躯小似花心。手足比毛更奘(zhuǎng，粗而大)，星星眼窟明明。善自闻香逐气，飞时迅速乘风。称来刚压定盘星，可爱些些有用。

轻轻的飞在门上，爬到门缝边，钻进去，只见那大小群妖，舞的舞，唱的唱，排列两旁；老魔王高坐台上，面前摆着些蛇肉、鹿脯、熊掌、驼峰、山蔬果品，有一把青磁酒壶，香喷喷的羊酪椰醪，大碗家宽怀畅饮。行者落于小妖丛里，又变做一个貛头精，慢慢的挨近台边，看彀多时，全不见宝贝放在何方。急抽身转至台后，又见那后厅上高吊着火龙吟啸，火马号嘶。忽抬头，见他的那金箍棒靠在东壁，喜得他心痒难挝，忘记了更容变象，【卓吾评：好照管】走上前拿了铁棒，现原身丢开解数，一路棒打将出去。慌得那群妖胆战心惊，老魔王措手不及，却被他推倒三个，放倒两个，打开一条血路，径自出了洞门。这才是：魔头骄傲无防备，主杖还归与本人。【卓吾评：着眼】毕竟不知吉凶如何，且听下回分解。

【卓吾评：谁人跳出这个圈子？谁人不在这个圈子里？可怜，可怜】

第五十二回　悟空大闹金兜洞　如来暗示主人公

【卓吾评：着眼】【卓吾评"着眼"题目中的"主人公"，禅语意为本心或真心。降魔还要探得本源。掠夺心的本源在于没有慈悲，不节俭，敢做出离本分的事。老子有三宝，一曰慈，二曰俭，三曰不敢为天下先。故降伏此妖的最佳人选是老子。本回以佛祖示弱、道祖收魔，揭示均平物我、以弱胜强的道理】

话说孙大圣得了金箍棒，打出门前，跳上高峰，对众神满心欢喜。李天王道："你这场如何？"行者道："老孙变化进他洞去，那怪物越发唱唱舞舞的，吃得胜酒哩，更不曾打听得他的宝贝在那里。我转他后面，忽听得马叫龙吟，知是火部之物。东壁厢靠着我的金箍棒，是老孙拿在手中，一路打将出来也。"众神道："你的宝贝得了，我们的宝贝何时到手？"行者道："不难！不难！我有了这根铁棒，不管怎的，也要打倒他，取宝贝还你。"正讲处，只听得那山坡下锣鼓齐鸣，喊声振地，原来是兕大王帅众精灵来赶行者。行者见了，叫道："好！好！好！正合吾意！列位请坐，待老孙再去捉他。"

好大圣，举铁棒劈面迎来，喝道："泼魔那里走！看棍！"那怪使枪支住，骂道："贼猴头！着实无礼！你怎么白昼劫吾物件？"行者道："我把你这个不知死的孽畜！你倒弄圈套白昼抢夺我物！【都是强盗】那件儿是你的？【点题。自问也问天下人】不要走！吃老爷一棍！"那怪物轮枪隔架。这一场好战：

大圣施威猛，妖魔不顺柔。两家齐斗勇，那个肯干休！这一个铁棒如龙尾，那一个长枪似蟒头。这一个棒来解数如风响，那一个枪架雄威似水流。只见那彩雾朦朦山岭暗，祥云叆叆树林愁。满空飞鸟皆停翅，四野狼虫尽缩头。那阵上小妖呐喊，这壁厢行者抖擞。一条铁棒无人敌，打遍西方万里游。那杆长枪真对手，永镇金兜称上筹。相遇这场无好散，不见高低誓不休。

那魔王与孙大圣战经三个时辰，不分胜败，早又见天色将晚。妖魔支着长枪道："悟空，你住了。天昏地暗，不是个赌斗之时，且各歇息歇息，明朝再与你比迸。"行者骂道："泼畜休言！老孙的兴头才来，管甚么天晚！是必与你定个输赢！"那怪物喝一声，虚幌一枪，逃了性命，帅群妖收转干戈，入洞中将门紧紧闭了。

这大圣拽棍方回，天神在岸头贺喜，都道："是有能有力的大齐天，无量无边的真本事!”行者笑道:“承过奖!承过奖!”李天王近前道:“此言实非褒奖,真是一条好汉子!这一阵也不亚当时瞒地网罩天罗也!”【卓吾评:好点缀】行者道:“且休题夙话。那妖魔被老孙打了这一场,必然疲倦。我也说不得辛苦,你们都放怀坐坐,等我再进洞去打听他的圈子,务要偷了他的,捉住那怪,寻取兵器,奉还汝等归天。”太子道:“今已天晚,不若安眠一宿,明早去罢。”行者笑道:“这小郎不知世事!那见做贼的好白日里下手?似这等掏摸的,必须夜去夜来,不知不觉,才是买卖哩。”【卓吾评:妙】火德与雷公道:“三太子休言。这件事我们不知。大圣是个惯家熟套,须教他趁此时候,一则魔头困倦,二来夜黑无防。就请快去!快去!”

好大圣,笑唏唏的,将铁棒藏了,跳下高峰,又至洞口,摇身一变,变作一个促织儿,真个嘴硬须长皮黑,眼明爪脚丫叉。风清月明叫墙涯,夜静如同人话。泣露凄凉景色,声音断续堪夸。客窗旅思怕闻他,偏在空阶床下。蹬开大腿,三五跳,跳到门边,自门缝里钻将进去,蹲在那壁根下,迎着里面灯光,仔细观看。只见那大小群妖,一个个狼餐虎咽,正都吃东西哩。行者揲揲锤锤的叫了一遍。少时间,收了家火,又都去安排窝铺,各各安身。约莫有一更时分,行者才到他后边房里,只听那老魔传令,教:“各门上小的醒睡!恐孙悟空又变甚么私入家偷盗。”又有些该班坐夜的,涤涤托托,梆铃齐响,这大圣越好行事,钻入房门,见有一架石床,左右列几个抹粉搽胭的山精树鬼,展铺盖伏侍老魔,脱脚的脱脚,解衣的解衣。只见那魔王宽了衣服,左肐膊上,白森森的套着那个圈子,原来像一个连珠镯头模样。你看他更不取下,转往上抹了两抹,紧紧的勒在肐膊上,方才睡下。行者见了,将身又变,变作一个黄皮蛇蚤,跳上石床,钻入被里,爬在那怪的肐膊上,着实一口,叮的那怪翻身骂道:“这些少打的奴才!被也不抖,床也不拂,不知甚么东西,咬了我这一下!”他却把圈子又捋上两捋,依然睡下。行者爬上那圈子,又咬一口。那怪睡不得,又翻过身来道:“刺闹杀我也!”

行者见他关防得紧,宝贝又随身,不肯除下,料偷他的不得。跳下床来,还变做促织儿,出了房门,径至后面,又听得龙吟马嘶,原来那层门紧锁,火龙、火马都吊在里面。行者现了原身,走近门前,使个解锁法,念动咒语,用手一抹,扢扠一声,那锁双鐄俱就脱落;推开门,闯将进去观看,原来那里面被火器照得明晃晃的,如白日一般。忽见东西两边斜靠着几件兵器,都是太子的砍妖刀等物,并那火德的火弓、火箭等物。行者映火光,周围看了一遍,又见那门背后一张石桌子上有一个篾丝盘儿,放着一把毫毛。大圣满心欢喜,将毫毛拿起来,呵了两口热气,叫声:“变!”即变作三五十个小猴;教他都拿了刀、剑、杵、索、球、轮及弓、箭、枪、车、葫芦、火鸦、火鼠、火马，一应套去之物，骑了火龙，纵起火势，从里边往外烧来。只听得烘烘焻焻，扑扑乒乒，好便似咋雷连炮之声。慌得那些大小妖精，梦梦查查的，抱着被，朦着头，喊的喊，哭的哭，一个个走投无路，被这火烧死大半。美猴王得胜回来，只好有三更时候。

却说那高峰上，李天王众位忽见火光幌亮，一拥前来，见行者骑着龙，喝喝呼呼，纵着小猴，径上峰头，厉声高叫道："来收兵器！来收兵器！"火德与哪吒答应一声，这行者将身一抖，那把毫毛复上身来。哪吒太子收了他六件兵器，火德星君着众火部收了火龙等物，都笑吟吟赞贺行者不题。

却说那金皘洞里火焰纷纷，唬得个兕大王魂不附体，急欠身开了房门，双手拿着圈子，东推东火灭，西推西火消，满空中冒烟突火，执着宝贝跑了一遍，四下里烟火俱熄。急忙收救群妖，已此烧杀大半，男男女女，收不上百十余丁；又查看藏兵之内，各件皆无；又去后面看处，见八戒、沙僧与长老还捆住未解，白龙马还在槽上，行李担亦在屋里。妖魔遂恨道："不知是那个小妖不仔细，失了火，致令如此！"旁有近侍的告道："大王，这火不干本家之事，多是个偷营劫寨之贼，放了那火部之物，盗了神兵去也。"老魔方然省悟道："没有别人，断乎是孙悟空那贼！怪道我临睡时不得安稳！想是那贼猴变化进来，在我这肐膊叮了两口。一定是要偷我的宝贝，见我抹勒得紧，不能下手，故此盗了兵器，纵着火龙，放此狠毒之心，意欲烧杀我也。贼猴啊！你枉使机关，不知我的本事！我但带了这件宝贝，就是入大海而不能溺，赴火池而不能焚哩！【掠夺占有之心性，可以赴汤蹈火】这番若拿住那贼，只把刮了点垛，方趁我心！"说着话，懊恼多时，不觉的鸡鸣天晓。

那高峰上太子得了六件兵器，对行者道："大圣，天色已明，不须怠慢。我们趁那妖魔挫了锐气，与火部等扶助你，再去力战，庶几这次可擒拿也。"行者笑道："说得有理。我们齐了心，耍子儿去耶！"

一个个抖擞威风，喜弄武艺，径至洞口。行者叫道："泼魔出来！与老孙打者！"原来那里两扇石门被火气化成灰烬，门里边有几个小妖，正然扫地撮灰，忽见众圣齐来，慌得丢了扫帚，撇下灰耙，【卓吾评：好点缀】跑入里面，又报道："孙悟空领着许多天神，又在门外骂战哩！"那兕怪闻报大惊，扢迸迸，钢牙咬响；滴溜溜，环眼睁圆，挺着长枪，带了宝贝，走出门来，泼口乱骂道："我把你这个偷营放火的贼猴！你有多大手段，敢这等藐视我也？"行者笑脸儿骂道："泼怪物！你要知我的手段，且上前来，我说与你听：

自小生来手段强，乾坤万里有名扬。

当时颖悟修仙道，昔日传来不老方。
立志拜投方寸地，虔心参见圣人乡。
学成变化无量法，宇宙长空任我狂。
闲在山前将虎伏，闷来海内把龙降。
祖居花果称王位，水帘洞里逞刚强。
几番有意图天界，数次无知夺上方。
御赐齐天名大圣，敕封又赠美猴王。
只因宴设蟠桃会，无简相邀我性刚。
暗闯瑶池偷玉液，私行空阁饮琼浆；
龙肝凤髓曾偷吃，百味珍馐我窃尝；
千载蟠桃随受用，万年丹药任充肠。
天宫异物般般取，圣府奇珍件件藏。
【卓吾评：却是一番做贼供状】
玉帝访我有手段，即发天兵摆战场。
九曜恶星遭我贬，五方凶宿被吾伤。
普天神将皆无敌，十万雄师不敢当。
威逼玉皇传旨意，灌江小圣把兵扬。
相持七十单二变，各弄精神个个强。
南海观音来助战，净瓶杨柳也相帮。
老君又使金钢套，把我擒拿到上方。
绑见玉皇张大帝，曹官拷较罪该当。
即差大力开刀斩，刀砍头皮火焰光。
百计千方弄不死，将吾押赴老君堂。
六丁神火炉中炼，炼得浑身硬似钢。
七七数完开鼎看，我身跳出又凶张。
诸神闭户无遮挡，众圣商量把佛央。
其实如来多法力，果然智慧广无量。
手中赌赛翻筋斗，将山压我不能强。
玉皇才设安天会，西域方称极乐场。
压困老孙五百载，一些茶饭不曾尝。
金蝉长老临凡世，东土差他拜佛乡。

欲取真经回上国，大唐帝主度先亡。
观音劝我皈依善，秉教迦持不放狂。
解脱高山根下难，如今西去取经章。
泼魔休弄獐狐智，还我唐僧拜法王！”

那怪闻言，指着行者道：“你原来是个偷天的大贼！不要走！吃吾一枪！”这大圣使棒来迎。两个正自相持，这壁厢哪吒太子生嗔，火德星君发狠，即将那六件神兵、火部等物，望妖魔身上抛来，孙大圣更加雄势。一边又雷公使掮，天王举刀，不分上下，一拥齐来。那魔头巍巍冷笑，袖子中暗暗将宝贝取出，撒手抛起空中，叫声：“着！”唿喇的一下，把六件神兵、火部等物、雷公掮、天王刀、行者棒，尽情又都捞去。众神灵依然赤手，孙大圣仍是空拳。【以盗止盗，实为做无用功，还需从源头上解】妖魔得胜回身，叫：“小的们，搬石砌门，动土修造，从新整理房廊。待齐备了，杀唐僧三众来谢土，大家散福受用。”众小妖领命维持不题。

却说那李天王帅众回上高峰，火德怨哪吒性急，雷公怪天王放刁，惟水伯在旁无语。行者见他们面不斯睹，心有萦思，没奈何，怀恨强欢，对众笑道：“列位不须烦恼，自古道：‘胜败兵家之常。’我和他论武艺，也只如此。但只是他多了这个圈子，所以为害，把我等兵器又套将去了。你且放心，待老孙再去查查他的脚色来也。”太子道：“你前启奏玉帝，查勘满天世界，更无一点踪迹，如今却又何处去查？”行者道：“我想起来，佛法无边，如今且上西天问我佛如来，教他着慧眼观看大地四部洲，看这怪是那方生长，何处乡贯住居，圈子是件甚么宝贝。不管怎的，一定要拿他，与列位出气，还汝等欢喜归天。”众神道：“既有此意，不须久停，快去！快去！”

好行者，说声去，就纵筋斗云，早至灵山。落下祥光，四方观看，好去处：

灵峰疏杰，叠嶂清佳，仙岳顶巅摩碧汉。西天瞻巨镇，形势压中华。元气流通天地远，威风飞彻满台花。时闻钟磬音长，每听经声明朗。又见那青松之下优婆讲，翠柏之间罗汉行。白鹤有情来鹫岭，青鸾着意伫闲亭。玄猴对对擎仙果，寿鹿双双献紫英。幽鸟声频如诉语，奇花色绚不知名。回峦盘绕重重顾，古道湾环处处平。正是清虚灵秀地，庄严大觉佛家风。

那行者正然点看山景，忽听得有人叫道：“孙悟空，从那里来？往何处去？”急回头看，原来是比丘尼尊者。大圣作礼道：“正有一事，欲见如来。”比丘尼道：“你这个顽皮！既然要见如来，怎么不登宝刹，且在这里看山？”行者道：“初来贵地，故此大胆。”【卓吾评：何不把经典偷了罢】比丘尼道：“你快跟我来也。”这行者紧随至雷音寺山门下，又见那八大金刚，雄纠纠的两边挡住，比丘尼道：“悟空，暂候片时，等我与你奏上去来。”行者只得住立门外。那比丘尼至佛前合掌道：“孙悟空有事，要见如来。”如来传旨令入，金刚才闪路放行。

行者低头礼拜毕，如来问道：“悟空，前闻得观音尊者解脱汝身，皈依释教，保唐僧来此求经，你怎么独自到此？有何事故？”行者顿首道：“上告我佛，弟子自秉迦持，与唐朝师父西来，行至金皘山金皘洞，遇着一个恶魔头，名唤兕大王，神通广大，把师父与师弟等摄入洞中。弟子向伊求取，没好意，两家比迸，被他将一个白森森的一个圈子，抢了我的铁棒。我恐他是天将思凡，急上界查勘不出。蒙玉帝差遣李天王父子助援，又被他抢了太子的六般兵器。及请火德星君放火烧他，又被他将火具抢去。又请水德星君放水渰他，一毫又渰他不着。弟子费若干精神气力，将那铁棒等物偷出，复去索战，又被他将前物依然套去，无法收降。因此特告我佛，望垂慈与弟子看看，果然是何物出身，我好去拿他家属四邻，擒此魔头，救我师父，合拱虔诚，拜求正果。”如来听说，将慧眼遥观，早已知识，对行者道：“那怪物我虽知之，但不可与你说。你这猴儿口敞，一传道是我说他，他就不与你斗，定要嚷上灵山，反遗祸于我也。【不低估人性之恶，遇事先求避祸自保，佛祖也不例外】我这里着法力助你擒他去罢。”行者再拜称谢道：“如来助我甚么法力？”如来即令十八尊罗汉开宝库取十八粒“金丹砂”与悟空助力。行者道：“金丹砂却如何？”如来道：“你去洞外，叫那妖魔比试。演他出来，却教罗汉放砂，陷住他，使他动不得身，拔不得脚，凭你揪打便了。”行者笑道：“妙！妙！妙！趁早去来！”

那罗汉不敢迟延，即取金丹砂出门，行者又谢了如来。一路查看，止有十六尊罗汉，行者嚷道：“这是那个去处，却卖放人！”众罗汉道：“那个卖放？”行者道：“原差十八尊，今怎么只得十六尊？”说不了，里边走出降龙、伏虎二尊，上前道：“悟空，怎么就这等放刁？我两个在后听如来吩咐话的。”行者道：“忒卖法！忒卖法！才自若嚷迟了些儿，你敢就不出来了。”众罗汉笑呵呵驾起祥云。

不多时，到了金皘山界。那李天王见了，帅众相迎，备言前事。罗汉道：“不必絮繁(啰嗦繁琐)，快去叫他出来。”这大圣捻着拳头，来于洞口，骂道：“腯泼怪物，快出来与你孙外公见个上下！”那小妖又飞跑去报，魔王怒道：“这贼猴又不知请谁来猖獗也！”小妖道：“更无甚将，止他一人。”魔王道：“那根棒子已被我收来，怎么却又一人到此？敢是又要走拳？”随带了宝贝，绰枪在手，叫小妖搬开石块，跳出门来骂道：“贼猴！你几番家不得便宜，就该回避，如何又来吆喝？”行者道：“这泼魔不识好歹！若要你外公不来，除非你服了降，陪了礼，送出我师父、师弟，我就饶你！”那怪道：“你那三个和尚已被我洗净了，不久便要宰杀，你还不识起倒！去了罢！”

行者听说"宰杀"二字，扢蹬蹬，腮边火发，按不住心头之怒，丢了架手，轮着拳，斜行拗步，望妖魔使个挂面。那怪展长枪，劈手相迎。行者左跳右跳，哄那妖魔。妖魔不知是计，赶离洞口南来。行者即招呼罗汉把金丹砂望妖魔一齐抛下，共显神通。好砂！正是那：

似雾如烟初散漫，纷纷霭霭下天涯。白茫茫，到处迷人眼；昏漠漠，飞时找路差。打柴的樵子失了伴，采药的仙童不见家。细细轻飘如麦面，粗粗翻复似芝麻。世界朦胧山顶暗，长空迷没太阳遮。不比嚣尘随骏马，难言轻软衬香车。此砂本是无情物，盖地遮天把怪拿。只为邪魔侵正道，阿罗奉法逞豪华。手中就有明珠现，等时刮得眼生花。

那妖魔见飞砂迷目，把头低了一低，足下就有三尺余深，慌得他将身一纵，跳在浮上一层，未曾立得稳，须臾，又有二尺余深。那怪急了，拔出脚来，即忙取圈子，往上一撇，叫声："着！"唿喇的一下，把十八粒金丹砂又尽套去，拽回步，径归本洞。

那罗汉一个个空手停云。行者近前问道："众罗汉，怎么不下砂了？"罗汉道："适才响了一声，金丹砂就不见矣。"行者笑道："又是那话儿套将去了。"天王等众道："这般难伏啊，却怎么捉得他，何日归天，何颜见帝也！"旁有降龙、伏虎二罗汉对行者道："悟空，你晓得我两个出门迟滞何也？"【卓吾评：好照应】行者道："老孙只怪你躲避不来，却不知有甚话说。"罗汉道："如来吩咐我两个说：'那妖魔神通广大，如失了金丹砂，就教孙悟空上离恨天兜率宫太上老君处寻他的踪迹，庶几可一鼓而擒也。'"行者闻言道："可恨！可恨！如来却也闪赚老孙！当时就该对我说了，却不免教汝等远涉！"【弱者道之用，佛祖也示弱，正是以弱胜强保全之道】李天王道："既是如来有此明示，大圣就当早起。"

好行者，说声去，就纵一道筋斗云，直入南天门里。时有四大元帅擎拳拱手道："擒怪事如何？"行者且行且答道："未哩！未哩！如今有处寻根去也。"四将不敢留阻，让他进了天门。不上灵霄殿，不入斗牛宫，径至三十三天之外离恨天兜率宫前，见两仙童侍立，他也不通姓名，一直径走，慌得两童扯住道："你是何人？待往何处去？"行者才说："我是齐天大圣，欲寻李老君哩。"仙童道："你怎这样粗鲁？且住下，让我们通报。"行者那容分说，喝了一声，往里径走，忽见老君自内而出，撞个满怀。行者躬身唱个喏道："老官，一向少看。"老君笑道："这猴儿不去取经，却来我处何干？"行者道："取经取经，昼夜无停；有些阻碍，到此行行。"老君道："西天路阻，与我何干？"行者道："西天西天，你且休言；寻着踪迹，与你缠缠。"【卓吾评：好顽皮】老君道："我这里乃是无上仙宫，有甚踪迹可寻？"

行者入里，眼不转睛，东张西看，走过几层廊宇，忽见那牛栏边一个童儿盹睡，青牛不在栏中。行者道："老官，走了牛也！走了牛也！"老君大惊道："这孽畜儿时走了？"正嚷间，那童儿方醒，跪于当面道："爷爷，弟子睡着，不知是几时走的。"老君骂道："你这厮如何盹睡？"童儿叩头道："弟子在丹房里拾得一粒丹，当时吃了，就在此睡着。"老君道："想是前日炼的七返火丹，吊了一粒，被这厮拾吃了。那丹吃一粒，该睡七日哩，那孽畜因你睡着，无人看管，遂乘机走下界去，今亦是七日矣。"即查可曾偷甚宝贝。行者道："无甚宝贝，只见他有一个圈子，甚是利害。"

老君急查看时，诸般俱在，止不见了金刚琢。老君道："是这孽畜偷了我金刚琢去了！"行者道："原来是这件宝贝！当时打着老孙的是他！【卓吾评：好点缀】如今在下界张狂，不知套了我等多少物件！"老君道："这孽畜在甚地方？"行者道："现住金嶋山金嶋洞。他捉了我唐僧进去，抢了我金箍棒。请天兵相助，又抢了太子的神兵。及请火德星君，又抢了他的火具。惟水伯虽不能渰死他，倒还不曾抢他物件。至请如来着罗汉下砂，又将金丹砂抢去。似你这老官，纵放怪物，抢夺伤人，该当何罪？"老君道："我那金刚琢，乃是我过函关化胡之器，自幼炼成之宝。凭你甚么兵器、水火，俱莫能近他。若偷去我的芭蕉扇儿，连我也不能奈他何矣。"【扇者，善也。若无慈悲，难降强取豪夺之心性】

大圣才欢欢喜喜，随着老君。老君执了芭蕉扇，驾着祥云同行，出了仙宫，南天门外，低下云头，径至金嶋山界，见了十八尊罗汉、雷公、水伯、火德、李天王父子，备言前事一遍。老君道："孙悟空还去诱他出来，我好收他。"

这行者跳下峰头，又高声骂道："腯(tú，肥壮)泼孽畜！趁早出来受死！"那小妖又去报知。老魔道："这贼猴又不知请谁来也。"急绰枪带宝，迎出门来。行者骂道："你这泼魔，今番坐定是死了！不要走！吃吾一掌！"急纵身跳个满怀，劈脸打了一个耳瓜子，回头就跑。那魔轮枪就赶，只听得高峰上叫道："那牛儿还不归家，更待何日？"那魔抬头，看见是太上老君，就唬得心惊胆战道："这贼猴真个是个地里鬼！却怎么就访得我的主公来也？"

老君念个咒语，将扇子扇了一下，那怪将圈子丢来，被老君一把接住；又一扇，那怪物力软筋麻，现了本相，原来是一只青牛。老君将金刚琢吹口仙气，穿了那怪的鼻子，解下勒袍带，系于琢上，牵在手中。至今留下个拴牛鼻的拘儿(牛鼻环)，又名"宾郎"，职此之谓。老君辞了众神，跨上青牛背上，驾彩云，径归兜率院；缚妖怪，高升离恨天。

孙大圣才同天王等众打入洞里，把那百十个小妖尽皆打死。各取兵器，谢了天王父子回天，雷公入府，火德归宫，水伯回河，罗汉向西；然后才解放唐僧、八戒、沙僧，拿了铁棒。他三人又谢了行者，收拾马匹行装，师徒们离洞，找大路方走。正走间，只听得路旁叫："唐圣僧，吃了斋饭去。"那长老心惊。不知是甚么人叫唤，且听下回分解。

【卓吾评：人人有个主人公，若能常常照管，决不到弄圈套时节矣】

【《道德经》印证：我有三宝，持而保之。一曰慈，二曰俭，三曰不敢为天下先。慈故能勇，俭故能广，不敢为天下先，故能成器长】

第五十三回　禅主吞餐怀鬼孕　黄婆运水解邪胎

【本回起进入女儿国三部曲：女儿国城外的保胎打胎之战、女儿国内的假结婚之计，以及毒敌山琵琶洞。它们互为映射，子母河喝出的鬼胎，正是女儿国诡计的比喻，同样是琵琶洞情思之心的镜像。批判狡诈心，揭示对别人用计反倒让自己受害的道理。本回如意真仙乃悟空之心魔。悟空要打掉鬼胎，真仙要保鬼胎；悟空认为红孩儿已归正果，真仙认为红孩儿与人为奴。鬼胎和红孩儿都比喻赤子之心，一邪一正，展示修行人内心的斗争和抉择】

德行要修八百，阴功须积三千。均平物我与亲冤，【卓吾评：着眼】始合西天本愿。魔兕刀兵不怯，空劳水火无愆。老君降伏却朝天，笑把青牛牵转。

【为何要修德行，积阴功？因为因果循环报应不爽，你对别人用强，别人也可以如此对你，况且最后没有哪件东西是你的。天道循环，任他水火刀兵都不能改变。所以不要顺从自己的物欲，强取身外之物。不管是朋友还是敌人，都要公平对待。以慈悲为怀，俭朴谦让，魔自消褪】

话说那大路旁叫唤者谁？乃金峣山山神、土地，捧着紫金钵盂叫道："圣僧啊，这钵盂饭是孙大圣向好处化来的。因你等不听良言，误入妖魔之手，致令大圣劳苦万端，今日方救得出。且来吃了饭，再去走路。莫孤负孙大圣一片恭孝之心也。"【卓吾评：好照应】三藏道："徒弟，万分亏你！言谢不尽！早知不出圈痕，那有此杀身之害。"行者道："不瞒师父说，只因你不信我的圈子，却教你受别人的圈子。【卓吾评：着眼】多少苦楚，可叹！可叹！"八戒道："怎么又有个圈子。"行者道："都是你这孽嘴孽舌的夯货，弄师父遭此一场大难！【受欲望引诱，出离本分之圈，落入报应之圈】着老孙翻天覆地，请天兵水火与佛祖丹砂，尽被他使一个白森森的圈子套去。如来暗示了罗汉，对老孙说出那妖的根原，才请老君来收伏，却是个青牛作怪。"三藏闻言，感激不尽道："贤徒，今番经此，下次定然听你吩咐。"遂此四人分吃那饭，那饭热气腾腾的。行者道："这饭多时了，却怎么还热？"土地跪下道："是小神知大圣功完，才自热来伺候。"须臾饭毕，收拾了钵盂，辞了土地、山神。

那师父才攀鞍上马，过了高山。正是涤虑洗心皈正觉，餐风宿水向西行。行彀多时，又值早春天气，听了些紫燕呢喃，黄鹂睍睆(xiàn huǎn，鸟声清和圆转)。紫燕呢喃香嘴困，黄鹂睍睆巧音频。满地落红如布锦，遍山发翠似堆茵。岭上青梅结豆，崖前古柏留云。野润烟光淡，沙暄日色曛。几处园林花放蕊，阳回大地柳芽新。

正行处，忽遇一道小河，澄澄清水，湛湛寒波。唐长老勒过马观看，远见河那边有柳阴垂碧，微露着茅屋几椽。行者遥指那厢道："那里人家，一定是摆渡的。"三藏道："我见那厢也似这般，却不见船只，未敢开言。"八戒放下行李，厉声高叫道："摆渡的！撑船过来！"连叫几遍，只见那柳阴里面，咿咿哑哑的，撑出一只船儿。不多时，相近这岸。师徒们仔细看了那船儿，真个是：

短棹分波，轻桡泛浪。艞堂油漆彩，艎板满平仓。船头上铁缆盘窝，船后边舵楼明亮。虽然是一苇之航，也不亚泛湖浮海。纵无锦缆牙樯，实有松桩桂楫。固不如万里神舟，真可渡一河之隔。往来只在两崖边，出入不离古渡口。

那船儿须臾顶岸。有梢子叫云："过河的，这里去。"三藏纵马近前看处，那梢子怎生模样：

头裹锦绒帕，足踏皂丝鞋。身穿百纳绵裆袄，腰束千针裙布衫。手腕皮粗筋力硬，眼花眉皱面容衰。声音娇细如莺啭，近观乃是老裙钗。

行者近于船边道："你是摆渡的？"那妇人道："是。"行者道："梢公如何不在，却着梢婆撑船？"妇人微笑不答，用手拖上跳板。沙和尚将行李挑上去，行者扶着师父上跳，然后顺过船来，八戒牵上白马，收了跳板。那妇人撑开船，摇动桨，【卓吾评：叙得宛然】顷刻间过了河。

身登西岸，长老教沙僧解开包，取几文钱钞与他。妇人更不争多寡，将缆拴在傍水的桩上，笑嘻嘻径入庄屋里去了。三藏见那水清，一时口渴，便着八戒："取钵盂，舀些水来我吃。"那呆子道："我也正要些儿吃哩。"即取钵盂，舀了一钵，递与师父。师父吃了有一少半，还剩了多半，呆子接来，一气饮干，却扶侍三藏上马。

师徒们找路西行，不上半个时辰，那长老在马上呻吟道："腹痛！"八戒随后道："我也有些腹痛。"沙僧道："想是吃冷水了？"说未毕，师父声唤道："疼的紧！"八戒也道："疼得紧！"他两个疼痛难禁，渐渐肚子大了。用手摸时，似有血团肉块，不住的骨冗骨冗乱动。三藏正不稳便，忽然见那路旁有一村舍，树梢头挑着两个草把。行者道："师父，好了，那厢是个卖酒的人家。我们且去化他些热汤与你吃，就问可有卖药的，讨贴药，与你治治腹痛。"

三藏闻言甚喜，却打白马，不一时，到了村舍门口下马。但只见那门儿外有一个老婆婆，端坐在草墩上绩麻。行者上前，打个问讯道："婆婆，贫僧是东土大唐来的，我师父乃唐朝御弟。因为过河吃了河水，觉肚腹疼痛。"那婆婆喜哈哈的道："你们在那边河里吃水来?”行者道:“是在此东边清水河吃的。”那婆婆欣欣的笑道:“好耍子!好耍子!你都进来,我与你说。”

行者即搀唐僧,沙僧即扶八戒,两人声声唤唤,腆着肚子,一个个只疼得面黄眉皱,入草舍坐下,行者只叫:“婆婆,是必烧些热汤与我师父,我们谢你。”那婆婆且不烧汤,笑唏唏跑走后边叫道:“你们来看!你们来看!”那里面,蹼蹄蹼踏的,又走出两三个半老不老的妇人,都来望着唐僧洒笑。行者大怒,喝了一声,把牙一嗟,唬得那一家子跌跌蹡蹡,往后就走。行者上前,扯住那老婆子道:“快早烧汤,我饶了你!”那婆子战兢兢的道:“爷爷呀,我烧汤也不济事,也治不得他两个肚疼。你放了我,等我说。”行者放了他,他说:“我这里乃是西梁女国。我们这一国尽是女人,更无男子,故此见了你们欢喜。你师父吃的那水不好了。那条河,唤做子母河,我那国王城外,还有一座迎阳馆驿,驿门外有一个照胎泉。我这里人,但得年登二十岁以上,方敢去吃那河里水。吃水之后,便觉腹痛有胎。至三日之后,到那迎阳馆照胎水边照去。若照得有了双影,便就降生孩儿。【卓吾评:想头幻甚】你师吃了子母河水,以此成了胎气,也不日要生孩子。热汤怎么治得?”

三藏闻言,大惊失色道:“徒弟啊!似此怎了?”八戒扭腰撒胯的哼道:“爷爷呀!要生孩子,我们却是男身!那里开得产门?如何脱得出来。”【卓吾评:趣】行者笑道:“古人云:‘瓜熟自落。’若到那个时节,一定从胁下裂个窟窿,钻出来也。”【卓吾评:顽皮】

八戒见说,战兢兢忍不得疼痛道:“罢了,罢了!死了,死了!”沙僧笑道:“二哥,莫扭,莫扭!只怕错了养儿肠,弄做个胎前病。”那呆子越发慌了,眼中噙泪。扯着行者道:“哥哥!你问这婆婆,看那里有手轻的稳婆,预先寻下几个,这半会一阵阵的动荡得紧,想是摧阵疼。快了!快了!”沙僧又笑道:“二哥,既知摧阵疼,不要扭动,只恐挤破浆包(胎膜)耳。”【卓吾评:趣】

三藏哼着道:“婆婆啊,你这里可有医家?教我徒弟去买一贴堕胎药吃了,打下胎来罢。”那婆子道:“就有药也不济事。只是我们这正南街上有一座解阳山,山中有一个破儿洞,洞里有一眼落胎泉。须得那泉里水吃一口,方才解了胎气。却如今取不得水了,向年来了一个道人,称名如意真仙,把那破儿洞改作聚仙庵,护住落胎泉水,不肯善赐与人。但欲求水者,须要花红表礼,羊酒果盘,志诚奉献,只拜求得他一碗儿水哩。你们这行脚僧,怎么得许多钱财买办?但只可挨命,待时而生产罢了。”行者闻得此言,满心欢喜道:“婆婆,你这里到那解阳山有几多路程?”婆婆道:“有三十里。”行者道:“好了!好了!师父放心,待老孙取些水来你吃。”

好大圣，吩咐沙僧道："你好仔细看着师父，若这家子无礼，侵哄师父，你拿出旧时手段来，装吓虓虓他，等我取水去。"沙僧依命，只见那婆子端出一个大瓦钵来，递与行者道："拿这钵头儿去，是必多取些来，与我们留着急用。"行者真个接了瓦钵，出草舍，纵云而去。那婆子才望空礼拜道："爷爷呀！这和尚会驾云！"才进去叫出那几个妇人来，对唐僧磕头礼拜，都称为罗汉菩萨，一壁厢烧汤办饭，供奉唐僧不题。

却说那孙大圣筋斗云起，少顷间见一座山头，阻住云角，即按云光，睁睛看处，好山！但见那：

幽花摆锦，野草铺蓝。涧水相连落，溪云一样闲。重重谷壑藤萝密，远远峰峦树木蘩。鸟啼雁过，鹿饮猿攀。翠岱如屏嶂，青崖似髻鬟。尘埃滚滚真难到，泉石涓涓不厌看。每见仙童采药去，常逢樵子负薪还。果然不亚天台景，胜似三峰西华山！

这大圣正然观看那山不尽，又只见背阴处，有一所庄院，忽闻得犬吠之声。大圣下山，径至庄所，却也好个去处，看那：

小桥通活水，茅舍倚青山。
村犬汪篱落，幽人自往还。

不时来至门首，见一个老道人，盘坐在绿茵之上。大圣放下瓦钵，近前道问讯，那道人欠身还礼道："那方来者？至小庵有何勾当？"行者道："贫僧乃东土大唐钦差西天取经者。因我师父误饮了子母河之水，如今腹疼肿胀难禁。问及土人，说是结成胎气，无方可治。访得解阳山破儿洞有落胎泉可以消得胎气，故此特来拜见如意真仙，求些泉水，搭救师父，累烦老道指引指引。"那道人笑道："此间就是破儿洞，今改为聚仙庵了。我却不是别人，即是如意真仙老爷的大徒弟。你叫做甚么名字？待我好与你通报。"行者道："我是唐三藏法师的大徒弟，贱名孙悟空。"那道人问曰："你的花红酒礼，都在那里？"行者道："我是个过路的挂搭僧，不曾办得来。"道人笑道："你好痴呀！我老师父护住山泉，并不曾白送与人。你回去办将礼来，我好通报，不然请回，莫想！莫想！"行者道："人情大似圣旨。你去说我老孙的名字，他必然做个人情，或者连井都送我也。"

那道人闻此言，只得进去通报，却见那真仙抚琴；只待他琴终，方才说道："师父，外面有个和尚，口称是唐三藏大徒弟孙悟空，欲求落胎泉水，救他师父。"那真仙不听说便罢，一听得说个悟空名字，却就怒从心上起，恶向胆边生；急起身，下了琴床，脱了素服，换上道衣，取一把如意钩子，【如意钩对如意棒】跳出庵门，叫道："孙悟空何在？”行者转头，观见那真仙打扮：

头戴星冠飞彩艳，身穿金缕法衣红。
足下云鞋堆锦绣，腰间宝带绕玲珑。
一双纳锦凌波袜，半露裙襕闪绣绒。
手拿如意金钩子，镈利杆长若蟒龙。
凤眼光明眉菂竖，钢牙尖利口翻红。
额下髯飘如烈火，鬓边赤发短蓬松。
形容恶似温元帅，争奈衣冠不一同。

行者见了，合掌作礼道：“贫僧便是孙悟空。”那先生笑道：“你真个是孙悟空，却是假名托姓者？”行者道：“你看先生说话，常言道：‘君子行不更名，坐不改姓。’我便是悟空，岂有改托之理？”先生道：“你可认得我么？”行者道：“我因归正释门，秉诚僧教，这一向登山涉水，把我那幼时的朋友也都疏失，未及拜访，少识尊颜。适间问道子母河西乡人家，言及先生乃如意真仙，故此知之。”那先生道：“你走你的路，我修我的真，你来访我怎的？”行者道：“因我师父误饮了子母河水，腹疼成胎，特来仙府，拜求一碗落胎泉水，救解师难也。”那先生怒目道：“你师父可是唐三藏么？”行者道：“正是，正是。”先生咬牙恨道：“你们可曾会着一个圣婴大王么？”行者道：“他是号山枯松涧火云洞红孩儿妖怪的绰号，真仙问他怎的？”先生道：“是我之舍侄。我乃牛魔王的兄弟。【牛魔王的兄弟，正是悟空；如意真仙，持如意金箍棒之仙，还是悟空】前者家兄处有信来报我，称说唐三藏的大徒弟孙悟空惫懒，将他害了。我这里正没处寻你报仇，你倒来寻我，还要甚么水哩！”行者陪笑道：“先生差了。你令兄也曾与我做朋友，幼年间也曾拜七弟兄。但只是不知先生尊府，有失拜望。如今令侄得了好处，现随着观音菩萨，做了善财童子，我等尚且不如，怎么反怪我也？”

先生喝道：“这泼猢狲！还弄巧舌！我舍侄还是自在为王好，还是与人为奴好？【正性认为修行“得了好处”，心魔认为修行是“与人为奴”】不得无礼！吃我这一钩！”大圣使铁棒架住道：“先生莫说打的话，且与些泉水去也。”那先生骂道：“泼猢狲！不知死活！如若三合敌得我，与你水去；敌不过，只把你剁为肉酱，方与我侄子报仇。”大圣骂道：“我把你不识起倒的孽障！既要打，走上来看棍！”那先生如意钩劈手相还。二人在聚仙庵好杀：

圣僧误食成胎水，行者来寻如意仙。那晓真仙原是怪，倚强护住落胎泉。及至相逢讲仇隙，争持决不遂如然。言来语去成僝僽（chán zhòu，责骂，埋怨），意恶情凶要报冤。这一个因师伤命来求水，那一个为侄亡身不与泉。如意钩强如蝎毒，金箍棒狠似龙巅。当胸乱刺施威猛，着脚斜钩展妙玄。阴手棍丢伤处重，过肩钩起近头鞭。锁腰一棍鹰持雀，压顶三钩螂捕蝉。往往来来争胜败，返返复复两回还。钩挛棒打无前后，不见输赢在那边。

那先生与大圣战经十数合，敌不得大圣。这大圣越加猛烈，一条棒似滚滚流星，着头乱打。先生败了筋力，倒拖着如意钩，往山上走了。

大圣不去赶他，却来庵内寻水。那个道人早把庵门关了。大圣拿着瓦钵，赶至门前，尽力气一脚，踢破庵门，闯将进去，见那道人伏在井栏上，被大圣喝了一声，举棒要打，那道人往后跑了。却才寻出吊桶来，正自打水，又被那先生赶到前边，使如意钩子把大圣钩着脚一跌，跌了个嘴硍地。大圣爬起来，使铁棒就打，他却闪在旁边，执着钩子道："看你可取得我的水去！"大圣骂道："你上来！你上来！我把你这个孽障，直打杀你！"那先生也不上前拒敌，只是禁住了，不许大圣打水。大圣见他不动，却使左手轮着铁棒，右手使吊桶，将索子才突鲁鲁的放下。他又来使钩。大圣一只手撑持不得，又被他一钩钩着脚，扯了个蹡踵，连井索通跌下井去了。大圣道："这厮却是无礼！"爬起来，双手轮棒，没头没脸的打将上去。那先生依然走了，不敢迎敌。大圣又要去取水，奈何没有吊桶，又恐怕来钩扯，心中暗暗想道："且去叫个帮手来！"

好大圣，拨转云头，径至村舍门首，叫一声："沙和尚。"那里边三藏忍痛呻吟，猪八戒哼声不绝。听得叫唤，二人欢喜道："沙僧啊，悟空来也。"沙僧连忙出门接着道："大哥，取水来了？"大圣进门，对唐僧备言前事。三藏滴泪道："徒弟啊，似此怎了？"大圣道："我来叫沙兄弟与我同去，到那庵边，等老孙和那厮敌斗，教沙僧乘便取水来救你。"三藏道："你两个没病的都去了，丢下我两个有病的，教谁伏侍？"那个老婆婆在旁道："老罗汉只管放心，不须要你徒弟，我家自然看顾伏侍你。你们早间到时，我等实有爱怜之意；却才见这位菩萨云来雾去，方知你是罗汉菩萨。我家决不敢复害你。"

行者咄的一声道："汝等女流之辈，敢伤那个？"老婆子笑道："爷爷呀，还是你们有造化，来到我家！若到第二家，你们也不得囫囵了！"八戒哼哼的道："不得囫囵，是怎么的？"婆婆道："我一家儿四五口，都是有几岁年纪的，把那风月事尽皆休了，【卓吾评：不知年纪大的反风流】故此不肯伤你。若还到第二家，老小众大，那年小之人，那个肯放过你去！就要与你交合。假如不从，就要害你性命，把你们身上肉，都割了去做香袋儿哩。"八戒道："若这等，我决无伤。他们都是香喷喷的，好做香袋；我是个臊猪，就割了肉去，也是臊的，故此可以无伤。"行者笑道："你不要说嘴，省些力气，好生产也。”【卓吾评：趣】那婆婆道：“不必迟疑，快求水去。”行者道：“你家可有吊桶？借个使使。”那婆子即往后边取出一个吊桶，又窝了一条索子，递与沙僧。沙僧道：“带两条索子去，恐一时井深要用。”

沙僧接了桶索，即随大圣出了村舍，一同驾云而去。那消半个时辰，却到解阳山界，按下云头，径至庵外。大圣吩咐沙僧道：“你将桶索拿了，且在一边躲着，等老孙出头索战。你待我两人交战正浓之时，你乘机进去，取水就走。”沙僧谨依言命。

孙大圣掣了铁棒，近门高叫：“开门！开门！”那守门的看见，急入里通报道：“师父，那孙悟空又来了也！”那先生心中大怒道：“这泼猴老大无状！一向闻他有些手段，果然今日方知，他那条棒真是难敌。”道人道：“师父，他的手段虽高，你亦不亚与他，正是个对手。”先生道：“前面两回，被他赢了。”道人道：“前两回虽赢，不过是一猛之性；后面两次打水之时，被师父钩他两跌，却不是相比肩也？先既无奈而去，今又复来，必然是三藏胎成身重，埋怨得紧，不得已而来也，决有慢他师之心。管取我师决胜无疑。”

真仙闻言，喜孜孜满怀春意，笑盈盈一阵威风，挺如意钩子，走出门来喝道：“泼猢狲！你又来作甚？”大圣道：“我来只是取水。”真仙道：“泉水乃吾家之井，凭是帝王宰相，也须表礼羊酒来求，方才仅与些须。况你又是我的仇人，擅敢白手来取？”大圣道：“真个不与？”真仙道：“不与，不与！”大圣骂道：“泼孽障！既不与水，看棍！”丢一个架子，抢个满怀，不容说，着头便打。那真仙侧身躲过，使钩子急架相还。这一场比前更胜。好杀：

金箍棒，如意钩，二人奋怒各怀仇。飞砂走石乾坤暗，播土扬尘日月愁。大圣救师来取水，妖仙为侄不容求。两家齐努力，一处赌安休。咬牙争胜负，切齿定刚柔。添机见，越抖擞，喷云嗳雾鬼神愁。朴朴兵兵钩棒响，喊声哮吼振山丘。狂风滚滚催林木，杀气纷纷过斗牛。大圣愈争愈喜悦，真仙越打越绸缪。有心有意相争战，不定存亡不罢休。

他两个在庵门外交手，跳跳舞舞的，斗到山坡之下，恨苦相持不题。

却说那沙和尚提着吊桶，闯进门去，只见那道人在井边挡住道：“你是甚人，敢来取水！”沙僧放下吊桶，取出降妖宝杖，不对话，着头便打。那道人躲闪不及，把左臂膊打折，道人倒在地下挣命。沙僧骂道：“我要打杀你这孽畜，怎奈你是个人身！我还怜你，饶你去罢！让我打水！”那道人叫天叫地的，爬到后面去了。沙僧却才将吊桶向井中满满的打了一吊桶水，走出庵门，驾起云雾，望着行者喊道：“大哥，我已取了水去也！饶他罢！饶他罢！”

大圣听得，方才使铁棒支住钩子道："你听老孙说，我本待斩尽杀绝，争奈你不曾犯法；二来看你令兄牛魔王的情上。先头来，我被钩了两下，未得水去。才然来，我是个调虎离山计，哄你出来争战，却着我师弟取水去了。老孙若肯拿出本事来打你，莫说你是一个甚么如意真仙，就是再有几个，也打死了。正是打死不如放生，且饶你教你活几年耳。已后再有取水者，切不可勒措他。"那妖仙不识好歹，演一演，就来钩脚，被大圣闪过钩头，赶上前，喝声："休走！"那妖仙措手不及，推了一个蹼辣，挣扎不起。大圣夺过如意钩来，折为两段；总拿着又一抉，抉作四段，掷之于地道："泼孽畜！再敢无礼么？"那妖仙战战兢兢，忍辱无言，这大圣笑呵呵，驾云而起。有诗为证，【此诗借炼丹术语讲心性修持。铅即金公，此处指悟空，实为心性；汞即木母，本书指八戒，实为感情欲望；土母指沙僧，实为心志】诗曰：

真铅若炼须真水，真水调和真汞干。

【心性的修炼需要正念，才能消除情感和欲望的干扰】

真汞真铅无母气，灵砂灵药是仙丹。

【这样性和情都没有阴邪欲望侵害，得到心性的清净】

婴儿枉结成胎象，土母施功不费难。

【如果心怀邪胎，贪图捷径，达到貌似成功但实为幻相的结果，应用心志加以纠正】

推倒旁门宗正教，心君得意笑容还。

【卓吾评：着眼】

【用正念替代旁门捷径，才能见到本性】

【若只看本回，不看后文，则只是一个喝水怀孕的神话故事，对保胎打胎之争只会理解成一个小波折而已，对上面这首判词则会有迷惑。看完下文女儿国悟空的诡计，才能隐约理解这里提到的正念和邪念。但由于大多数人会认为悟空的计策甚妙，所以不认为那是邪念。只有看完毒敌山，知道唐僧因诡计中情思之毒，返回来才能理解这首判词所讲邪念的危害。然后才能理解如意真仙代表悟空保持诡计或邪念的心魔，泉水之争其实象征心性的挣扎】

大圣纵着祥光，赶上沙僧，得了真水，喜喜欢欢，回于本处，按下云头，径来村舍。只见猪八戒腆着肚子，倚在门枋上哼哩。行者悄悄上前道："呆子，几时占房的？"呆子慌了道："哥哥莫取笑，可曾有水来么？"行者还要耍他，沙僧随后就到，笑道："水来了！水来了！"三藏忍痛欠身道："徒弟啊，累了你们也！"那婆婆却也欢喜，几口儿都出礼拜道："菩萨呀，却是难得！难得！"即忙取个花磁盏子，舀了半盏儿，递与三藏道："老师父，细细的吃；只消一口，就解了胎气。"八戒道："我不用盏子，连吊桶等我喝了罢。"那婆子道："老爷爷，唬杀人罢了！若吃了这吊桶水，好道连肠子肚子都化尽了！"吓得呆子不敢胡为，也只吃了半盏。

那里有顿饭之时，他两个腹中绞痛，只听毂辘毂辘三五阵肠鸣。肠鸣之后，那呆子忍不住，大小便齐流。唐僧也忍不住要往静处解手。行者道："师父啊，切莫出风地里去。怕人子，一时冒了风，弄做个产后之疾。"那婆婆即取两个净桶来，教他两个方便。须臾间，各行了几遍，才觉住了疼痛，渐渐的销了肿胀，化了那血团肉块。那婆婆家又煎些白米粥与他补虚。八戒道："婆婆，我的身子实落，不用补虚。且烧些汤水与我洗个澡，却好吃粥。"沙僧道："哥哥，洗不得澡，坐月子的人弄了水浆致病。"【卓吾评：顽皮】八戒道："我又不曾大生，左右只是个小产，怕他怎的？洗洗儿干净。"真个那婆子烧些汤与他两个净了手脚。唐僧才吃两盏儿粥汤，八戒就吃了十数碗，还只要添。行者笑道："夯货！少吃些！莫弄做个沙包肚，不像模样。"八戒道："没事！没事！我又不是母猪，怕他做甚？"那家子真个又去收拾煮饭。

老婆婆对唐僧道："老师父，把这水赐了我罢。"行者道："呆子，不吃水了？"八戒道："我的肚腹也不疼了，胎气想是已行散了，洒然无事，又吃水何为？"行者道："既是他两个都好了，将水送你家罢。"那婆婆谢了行者，将余剩之水，装于瓦罐之中，埋在后边地下，对众老少道："这罐水，彀我的棺材本也！"众老少无不欢喜。整顿斋饭，调开桌凳，唐僧们吃了斋。消消停停，将息了一宿。

次日天明，师徒们谢了婆婆家，出离村舍。唐三藏攀鞍上马。沙和尚挑着行囊，孙大圣前边引路，猪八戒拢了缰绳。这里才是：洗净口孽身干净，销化凡胎体自然。【卓吾评：着眼】毕竟不知到国界中还有甚么理会，且听下回分解。

【卓吾评：这回想头，奇甚，幻甚。真是文人之笔，九天九地，无所不至】

第五十四回　法性西来逢女国　心猿定计脱烟花

【由于作者只能在一维的时间线上叙事，而人魔映射和情节映射的写法让读者心中有了错误的先后顺序，例如观音院和黑风山互为镜像，本无时间先后之分，其实是一件事的两种表达方式；宝林寺求宿和乌鸡国国王落水互为镜像，也是同一件事。事实上，本书故事中所有的引子都是主旨正题，跟正文没有时间先后之分，引子和正题往往是一番遭遇在实虚、人魔两个层面上的重复和映射。上节的保胎打胎之争便是女儿国和毒敌山的引子。本回悟空出了个鬼主意，师徒依计而行，举办了一个假婚礼，貌似是达到目的的捷径，但最终心怀鬼胎变成了思念之魔，反受其害。上回的鬼胎便是这里鬼主意的映射】

话说三藏师徒别了村舍人家，依路西进，不上三四十里，早到西梁国界。唐僧在马上指道："悟空，前面城池相近，市井上人语喧哗，想是西梁女国。汝等须要仔细，谨慎规矩，切休放荡情怀，紊乱法门教旨。"三人闻言，谨遵严命。

言未尽，却至东关厢街口。那里人都是长裙短袄，粉面油头，不分老少，尽是妇女。正在两街上做买做卖，忽见他四众来时，一齐都鼓掌呵呵，整容欢笑道："人种来了！人种来了！"慌得那三藏勒马难行。须臾间就塞满街道，惟闻笑语。八戒口里乱嚷道："我是个销猪！我是个销猪！"行者道："呆子，莫胡谈，拿出旧嘴脸便是。"八戒真个把头摇上两摇，竖起一双蒲扇耳，扭动莲蓬吊搭唇，发一声喊，把那些妇女们唬得跌跌爬爬。有诗为证，诗曰：

圣僧拜佛到西梁，国内衠(zhūn，纯)阴世少阳。
农士工商皆女辈，【卓吾评：骂得毒】渔樵耕牧尽红妆。
娇娥满路呼人种，幼妇盈街接粉郎。
不是悟能施丑相，烟花围困苦难当！

【在修心的主题之外，作者在行文中也糅合了自己对社会人生的看法，此处较明显，讽刺世人没有丈夫气】

遂此众皆恐惧，不敢上前。一个个都捻手矬腰，摇头咬指，战战兢兢，排塞街旁路下，都看唐僧。孙大圣却也弄出丑相开路。沙僧也装吓唬维持。八戒采着马，掬着嘴，摆着耳朵。一行前进，又见那市井上房屋齐整，铺面轩昂，一般有卖盐卖米、酒肆茶房，鼓角楼台通货殖，旗亭候馆挂帘栊。师徒们转弯抹角，忽见有一女官侍立街下，高声叫道："远来的使客，不可擅入城门，请投馆驿注名上簿，待下官执名奏驾，验引放行。"三藏闻言下马，观看那衙门上有一匾，上书"迎阳驿"三字。长老道："悟空，那村舍人家传言是实，果有迎阳之驿。"沙僧笑道："二哥，你却去照胎泉边照照，看可有双影。"【卓吾评：好照管】八戒道："莫弄我！我自吃了那盏儿落胎泉水，已此打下胎来了，还照他怎的？"三藏回头吩咐道："悟能，谨言！谨言！"遂上前与那女官作礼。

女官引路，请他们都进驿内，正厅坐下，即唤看茶。又见那手下人尽是三绺梳头、两截穿衣之类，你看他拿茶的也笑。少顷茶罢，女官欠身问曰："使客何来？"行者道："我等乃东土大唐王驾下钦差上西天拜佛求经者。我师父便是唐王御弟，号曰唐三藏。我乃他大徒弟孙悟空，这两个是我师弟：猪悟能、沙悟净。一行连马五口。随身有通关文牒，乞为照验放行。"那女官执笔写罢，下来叩头道："老爷恕罪。下官乃迎阳驿驿丞，实不知上邦老爷，知当远接。"拜毕起身，即令管事的安排饮馔，道："爷爷们宽坐一时，待下官进城启奏我王，倒换关文，打发领给，送老爷们西进。"三藏欣然而坐不题。

且说那驿丞整了衣冠，径入城中五凤楼前，对黄门官道："我是迎阳馆驿丞，有事见驾。"黄门即时启奏，降旨传宣至殿，问曰："驿丞有何事来奏？"驿丞道："微臣在驿，接得东土大唐王御弟唐三藏。有三个徒弟，名唤孙悟空、猪悟能、沙悟净，连马五口，欲上西天拜佛取经。特来启奏主公，可许他倒换关文放行？"女王闻奏，满心欢喜，对众文武道："寡人夜来梦见金屏生彩艳，玉镜展光明，乃是今日之喜兆也。"众女官拥拜丹墀道："主公，怎见得是今日之喜兆？"女王道："东土男人，乃唐朝御弟。我国中自混沌开辟之时，累代帝王，更不曾见个男人至此。幸今唐王御弟下降，想是天赐来的。寡人以一国之富，愿招御弟为王，我愿为后，与他阴阳配合，生子生孙，永传帝业，却不是今日之喜兆也？"众女官拜舞称扬，无不欢悦。

驿丞又奏道："主公之论，乃万代传家之好。但只是御弟三徒凶恶，不成相貌。"女王道："卿见御弟怎生模样？他徒弟怎生凶丑？"驿丞道："御弟相貌堂堂，丰姿英俊，诚是天朝上国之男儿，南赡中华之人物。【卓吾评：女人自爱好男子】那三徒却是形容狞恶，相貌如精。"女王道："既如此，把他徒弟与他领给，倒换关文，打发他往西天，只留下御弟，有何不可？"众官拜奏道："主公之言极当，臣等钦此钦遵。但只是匹配之事，无媒不可。自古道：'姻缘配合凭红叶，月老夫妻系赤绳。'"女王道："依卿所奏，就着当驾太师作媒，迎阳驿丞主婚，先去驿中与御弟求亲。待他许可，寡人却摆驾出城迎接。”那太师、驿丞，领旨出朝。

却说三藏师徒们在驿厅上正享斋饭，只见外面人报：“当驾太师与我们本官老姆来了。”三藏道：“太师来却是何意？”八戒道：“怕是女王请我们也。”行者道：“不是相请，就是说亲。”三藏道：“悟空，假如不放，强逼成亲，却怎么是好？”行者道：“师父只管允他，老孙自有处治。”

说不了，二女官早至，对长老下拜。长老一一还礼道：“贫僧出家人，有何德能，敢劳大人下拜？”那太师见长老相貌轩昂，心中暗喜道：“我国中实有造化。这个男子，却也做得我王之夫。”二官拜毕起来，侍立左右道：“御弟爷爷，万千之喜了！”三藏道：“我出家人，喜从何来？”太师躬身道：“此处乃西梁女国，国中自来没个男子。今幸御弟爷爷降临，臣奉我王旨意，特来求亲。”三藏道：“善哉！善哉！我贫僧只身来到贵地，又无儿女相随，止有顽徒三个，不知大人求的是那个亲事？”驿丞道：“下官才进朝启奏，我王十分欢喜，道夜来得一吉梦，梦见金屏生彩艳，玉镜展光明，知御弟乃中华上国男儿，我王愿以一国之富，招赘御弟爷爷为夫，坐南面称孤，我王愿为帝后。传旨着太师作媒，下官主婚，故此特来求这亲事也。”三藏闻言，低头不语。太师道：“大丈夫遇时，不可错过，似此招赘之事，天下虽有；托国之富，世上实稀。请御弟速允，庶好回奏。”长老越加痴哑。

八戒在旁掬着碓挺嘴，叫道：“太师，你去上覆国王：我师父乃久修得道的罗汉，决不爱你托国之富，也不爱你倾国之容。快些儿倒换关文，打发他往西去，留我在此招赘，如何？”【卓吾评：妙猪】太师闻说，胆战心惊，不敢回话。驿丞道：“你虽是个男身，但只形容丑陋，不中我王之意。”八戒笑道：“你甚不通变，常言道：‘粗柳簸箕细柳斗，世上谁见男儿丑？’”行者道：“呆子，勿得胡谈！任师父尊意，可行则行，可止则止。莫要担阁了媒妁工夫。”

三藏道：“悟空，凭你怎么说好！”行者道：“依老孙说，你在这里也好。自古道‘千里姻缘似线牵’哩，那里再有这般相应处？”三藏道：“徒弟，我们在这里贪图富贵，谁去西天取经？那不望坏了我大唐之帝主也？”太师道：“御弟在上，微臣不敢隐言。我王旨意，原只教求御弟为亲，教你三位徒弟赴了会亲筵宴，关付领给，倒换关文，往西天取经去哩。”行者道：“太师说得有理。我等不必作难，情愿留下师父，与你主为夫。快换关文，打发我们西去，待取经回来，好到此拜爷娘，讨盘缠，回大唐也。”那太师与驿丞对行者作礼道：“多谢老师玉成之恩！”八戒道：“太师，切莫要‘口里摆菜碟儿’。既然我们许诺，且教你主先安排一席，与我们吃钟肯酒，如何？”太师道：“有，有，有。就教摆设筵宴来也。”那驿丞与太师欢天喜地，回奏女主不题。

却说唐长老一把扯住行者，骂道："你这猴头，弄杀我也！怎么说出这般话来，教我在此招婚，你们西天拜佛？我就死也不敢如此！"行者道："师父放心。老孙岂不知你性情，但只是到此地，遇此人，不得不将计就计！"三藏道："怎么叫做将计就计？"行者道："你若使住法儿不允他，他便不肯倒换关文，不放我们走路。倘或意恶心毒，喝令多人，割了你肉，做甚么香袋啊，我等岂有善报？一定要使出降魔荡怪的神通。你知我们的手脚又重，器械又凶，但动动手儿，这一国的人尽打杀了。他虽然阻当我等，却不是怪物妖精，【卓吾评：既是女人矣，缘何不是怪物妖精？】还是一国人身；你又平素是个好善慈悲的人，在路上一灵不损，若打杀无限的平人，你心何忍！诚为不善了也。"【此正是妙计实为诡计，正念说成祸害。读者不可执着于一念，凡事反过来想想】三藏听说，道："悟空，此论最善。但恐女主招我进去，要行夫妇之礼，我怎肯丧元阳，败坏了佛家德行；走真精，坠落了本教人身？"行者道："今日允了亲事，他一定以皇帝礼，摆驾出城接你。你更不要推辞，就坐他凤辇龙车，登宝殿，面南坐下，问女王取出御宝印信来，宣我们兄弟进朝，把通关文牒用了印，再请女王写个手字花押，佥押了交付与我们。一壁厢教摆筵宴，就当与女王会喜，就与我们送行。待筵宴已毕，再叫排驾，只说送我们三人出城，回来与女王配合。哄得他君臣欢悦，更无阻挡之心，亦不起毒恶之念，却待送出城外，你下了龙车凤辇，教沙僧伺候左右，伏侍你骑上白马，老孙却使个定身法儿，教他君臣人等皆不能动，我们顺大路只管西行。行得一昼夜，我却念个咒，解了术法，还教他君臣们苏醒回城。一则不伤了他的性命，二来不损了你的元神。这叫做'假亲脱网'之计，岂非一举两全之美也？"【此计虽妙，百密一疏。疏于旁门左道，失于阴谋诡计，不是正大光明之为，以致后文唐僧中情思之毒】三藏闻言，如醉方醒，似梦初觉，乐以忘忧，称谢不尽，道："深感贤徒高见。"四众同心合意，正自商量不题。

却说那太师与驿丞，不等宣诏，直入朝门白玉阶前奏道："主公佳梦最准，鱼水之欢就矣。"女王闻奏，卷珠帘，下龙床，启樱唇，露银齿，笑吟吟娇声问曰："贤卿见御弟，怎么说来？"太师道："臣等到驿，拜见御弟毕，即备言求亲之事。御弟还有推托之辞，幸亏他大徒弟慨然见允，愿留他师父与我王为夫，面南称帝，只教先倒换关文，打发他三人西去；取得经回，好到此拜认爷娘，讨盘费回大唐也。"女王笑道："御弟再有何说？"太师奏道："御弟不言，愿配我主，只是他那二徒弟，先要吃席肯酒。"

女王闻言，即传旨，教光禄寺排宴。一壁厢排大驾，出城迎接夫君。众女官即钦遵王命，打扫宫殿，铺设庭台。一班儿摆宴的，火速安排；一班儿摆驾的，流星整备。你看那西梁国虽是妇女之邦，那鸾舆不亚中华之盛，但见：

六龙喷彩，双凤生祥。六龙喷彩扶车出，双凤生祥驾辇来。馥郁(fù yù，形容香气浓厚)异香蔼，氤氲瑞气开。金鱼玉佩多官拥，宝髻云鬟众女排。鸳鸯掌扇遮銮驾，翡翠珠帘影凤钗。笙歌音美，弦管声谐。一片欢情冲碧汉，无边喜气出灵台。三檐罗盖摇天宇，五色旌旗映御阶。此地自来无合卺[1]，女王今日配男才。

不多时，大驾出城，早到迎阳馆驿。忽有人报三藏师徒道："驾到了。"三藏闻言，即与三徒整衣出厅迎驾。女王卷帘下辇道："那一位是唐朝御弟？"太师指道："那驿门外香案前穿襕衣者便是。"女王闪凤目，簇蛾眉，仔细观看，果然一表非凡，你看他：

丰姿英伟，相貌轩昂。齿白如银砌，唇红口四方。顶平额阔天仓满，目秀眉清地阁长。两耳有轮真杰士，一身不俗是才郎。好个妙龄聪俊风流子，堪配西梁窈窕娘。

女王看到那心欢意美之处，不觉淫情汲汲，爱欲恣恣，展放樱桃小口，呼道："大唐御弟，还不来占凤乘鸾也？"三藏闻言，耳红面赤，羞答答不敢抬头。猪八戒在旁，掬着嘴，饧眼观看那女王，却也袅娜，真个：

眉如翠羽，肌似羊脂。脸衬桃花瓣，鬟堆金凤丝。秋波湛湛妖娆态，春笋纤纤娇媚姿。斜軃红绡飘彩艳，高簪珠翠显光辉。说甚么昭君美貌，果然是赛过西施。柳腰微展鸣金珮，莲步轻移动玉肢。月里嫦娥难到此，九天仙子怎如斯。宫妆巧样非凡类，诚然王母降瑶池。

那呆子看到好处，忍不住口嘴流涎，心头撞鹿，一时间骨软筋麻，好便似雪狮子向火，不觉的都化去也。

只见那女王走近前来，一把扯住三藏，俏语娇声，叫道："御弟哥哥，请上龙车，和我同上金銮宝殿，匹配夫妇去来。"这长老战兢兢立站不住，似醉如痴。行者在侧教道："师父不必太谦，请共师娘上辇，【卓吾评：妙】快快倒换关文，等我们取经去罢。"长老不敢回言，把行者抹了两抹，止不住落下泪来。【卓吾评：的是怕毯和尚】行者道："师父切莫烦恼，这般富贵，不受用还待怎么哩？"三藏没及奈何，只得依从，揩了眼泪，强整欢容，移步近前，与女主：

同携素手，共坐龙车。那女主喜孜孜欲配夫妻，这长老忧惶惶只思拜佛。一个要洞房花烛交鸳侣，一个要西宇灵山见世尊。女帝真情，圣僧假意。女帝真情，指望和谐同到老；圣僧假意，牢藏情意养元神。一个喜见男身，恨不得白昼并头谐伉

---

[1] 合卺：hé jǐn，古代婚礼中的一种仪式，后指成婚。

俪；一个怕逢女色，只思量即时脱网上雷音。二人和会同登辇，岂料唐僧各有心！

那些文武官，见主公与长老同登凤辇，并肩而坐，一个个眉花眼笑，拨转仪从，复入城中。孙大圣才教沙僧挑着行李，牵着白马，随大驾后边同行。猪八戒往前乱跑，先到五凤楼前，嚷道："好自在！好现成呀！这个弄不成！这个弄不成！吃了喜酒进亲才是！"【卓吾评：妙】唬得些执仪从引导的女官，一个个回至驾边道："主公，那一个长嘴大耳的，在五凤楼前嚷道要喜酒吃哩。"女主闻奏，与长老倚香肩，偎并桃腮，开檀口，俏声叫道："御弟哥哥，长嘴大耳的是你那个高徒？"【卓吾评：描画】三藏道："是我第二个徒弟，他生得食肠宽大，一生要图口肥。须是先安排些酒食与他吃了，方可行事。"女主急问："光禄寺安排筵宴，完否？"女官奏道："已完，设了荤素两样，在东阁上哩。"女王又问："怎么两样？"女官奏道："臣恐唐朝御弟与高徒等平素吃斋，故有荤素两样。"女王却又笑吟吟，偎着长老的香腮道："御弟哥哥，你吃荤吃素？"【卓吾评：画】三藏道："贫僧吃素，但是未曾戒酒，须得几杯素酒，与我二徒弟吃些。"

说未了，太师启奏："请赴东阁会宴。今宵吉日良辰，就可与御弟爷爷成亲。明日天开黄道，请御弟爷爷登宝殿，面南，改年号即位。"女王大喜，即与长老携手相搀，下了龙车，共入端门里，但见那：

风飘仙乐下楼台，阊阖（chāng hé，皇宫）中间翠辇来。
凤阙大开光蔼蔼，皇宫不闭锦排排。
麒麟殿内炉烟袅，孔雀屏边房影回。
亭阁峥嵘如上国，玉堂金马更奇哉！

既至东阁之下，又闻得一派笙歌声韵美，又见两行红粉貌娇娆。正中堂排设两般盛宴：左边上首是素筵，右边上首是荤筵，下两路尽是单席。那女王敛袍袖，十指尖尖，奉着玉杯，便来安席。行者近前道："我师徒都是吃素。先请师父坐了左手素席，转下三席，分左右，我兄弟们好坐。"太师喜道："正是，正是。师徒即父子也，不可并肩。"众女官连忙调了席面。女王一一传杯，安了他弟兄三位。行者又与唐僧丢个眼色，教师父回礼。三藏下来，却也擎玉杯，与女王安席。那些文武官，朝上拜谢了皇恩，各依品从，分坐两边，才住了音乐请酒。

那八戒那管好歹，放开肚子，只情吃起。也不管甚么玉屑米饭、蒸饼、糖糕、蘑菇、香蕈、笋芽、木耳、黄花菜、石花菜、紫菜、蔓菁、芋头、萝菔、山药、黄精、一骨辣噇（chuáng，无节制地吃喝）了个罄尽。喝了五七杯酒，口里嚷道："看添换来！拿大觥来！再吃几觥，各人干事去。"沙僧问道："好筵席不吃，还要干甚事？"呆子笑道："古人云：'造弓的造弓，造箭的造箭。'我们如今招的招，嫁的嫁，取经的还去取经，走路的还去走路，莫只管贪杯误事，快早儿打发关文，正是'将军不下马，各自奔前程'。"女王闻说，即命取大杯来。近侍官连忙取几个鹦鹉杯、鸬鹚杓、金叵罗、银凿落、玻璃盏、水晶盆、蓬莱碗、琥珀钟，满斟玉液，连注琼浆，果然都各饮一巡。

三藏欠身而起，对女王合掌道："陛下，多蒙盛设，酒已彀了。请登宝殿，倒换关文，赶天早，送他三人出城罢。"女王依言，携着长老，散了筵宴，上金銮宝殿，即让长老即位。三藏道："不可！不可！适太师言过，明日天开黄道，贫僧才敢即位称孤。今日即印关文，打发他去也。"女王依言，仍坐了龙床，即取金交椅一张，放在龙床左手，请唐僧坐了，叫徒弟们拿上通关文牒来。大圣便教沙僧解开包袱，取出关文。大圣将关文双手捧上。那女王细看一番，上有大唐皇帝宝印九颗，下有宝象国印，乌鸡国印，车迟国印。女王看罢，娇滴滴笑语道："御弟哥哥又姓陈？"三藏道："俗家姓陈，法名玄奘。因我唐王圣恩认为御弟，赐姓我为唐也。"女王道："关文上如何没有高徒之名？"三藏道："三个顽徒，不是我唐朝人物。"女王道："既不是你唐朝人物，为何肯随你来？"三藏道："大的个徒弟，祖贯东胜神洲傲来国人氏；第二个乃西牛贺洲乌斯庄人氏；第三个乃流沙河人氏。他三人都因罪犯天条，南海观世音菩萨解脱他苦，秉善皈依，将功折罪，情愿保护我上西天取经。皆是途中收得，故此未注法名在牒。"女王道："我与你添注法名，好么？"三藏道："但凭陛下尊意。"女王即令取笔砚来，浓磨香翰，饱润香毫，牒文之后，写上孙悟空、猪悟能、沙悟净三人名讳，却才取出御印，端端正正印了，又画个手字花押，传将下去。孙大圣接了，教沙僧包裹停当。

那女王又赐出碎金碎银一盘，下龙床递与行者道："你三人将此权为路费，早上西天。待汝等取经回来，寡人还有重谢。"行者道："我们出家人，不受金银，途中自有乞化之处。"女王见他不受，又取出绫锦十匹，对行者道："汝等行色匆匆，裁制不及，将此路上做件衣服遮寒，"行者道："出家人穿不得绫锦，自有护体布衣。"女王见他不受，教："取御米三升，在路权为一饭。"八戒听说个"饭"字，便就接了，捎在包袱之间。行者道："兄弟，行李见今沉重，且倒有气力挑米？"八戒笑道："你那里知道，米好的是个日消货，只消一顿饭，就了帐也。"遂此合掌谢恩。

三藏道："敢烦陛下相同贫僧送他三人出城，待我嘱付他们几句，教他好生西去，我却回来，与陛下永受荣华，无挂无牵，方可会鸾交凤友也。"女王不知是计，便传旨摆驾，与三藏并倚香肩，同登凤辇，出西城而去。满城中都盏添净水，炉降真香，一则看女王銮驾，二来看御弟男身。没老没小，尽是粉容娇面、绿鬓云鬟之辈。

不多时，大驾出城，到西关之外。

行者、八戒、沙僧、同心合意，结束整齐，径迎着銮舆，厉声高叫道："那女王不必远送，我等就此拜别。"长老慢下龙车，对女王拱手道："陛下请回，让贫僧取经去也。"女王闻言，大惊失色，扯住唐僧道："御弟哥哥，我愿将一国之富，招你为夫，明日高登宝位，即位称君，我愿为君之后，喜筵通皆吃了，如何却又变卦？"八戒听说，发起个风来，把嘴乱扭，耳朵乱摇，闯至驾前，嚷道："我们和尚家和你这粉骷髅做甚夫妻！【卓吾评：着眼】放我师父走路！"那女王见他那等撒泼弄丑，唬得魂飞魄散，跌入辇驾之中。沙僧却把三藏抢出人丛，伏侍上马。只见那路旁闪出一个女子，喝道："唐御弟，那里走！我和你耍风月儿去来！"沙僧骂道："贼辈无知！"掣宝杖劈头就打。那女子弄阵旋风，呜的一声，把唐僧摄将去了，无影无踪，不知下落何处。【正当此时，谁能摄去唐僧之魂，唯有情思】咦！正是：脱得烟花网，又遇风月魔。毕竟不知那女子是人是怪，老师父的性命得死得生，且听下回分解。

【卓吾评：一人曰："大奇大奇，这国里强奸和尚。"又一人曰："不奇不奇，到处有底，也是常事。"难道此国里再无一个丈夫？作者亦嘲弄极矣】

【"你说笛声如诉，费尽思量；后来茶烟尚绿，人影茫茫。你说可人如玉，与子偕藏；后来长亭远望，夜色微凉。"西梁西梁，费尽思量，脱得烟花网，怎奈又思量？】

第五十五回　色邪淫戏唐三藏　性正修持不坏身

【上节师徒设计骗人，岂料虽是假意，唐僧却在分别时遭情思之魔掠去。本回对抗情思，最终用正念驱魔】

却说孙大圣与猪八戒正要使法定那些妇女，忽闻得风响处，沙僧嚷闹，急回头时，不见了唐僧。行者道："是甚人来抢师父去了？"沙僧道："是一个女子，弄阵旋风，把师父摄了去也。"行者闻言，唿哨跳在云端里，用手搭凉篷，四下里观看。只见一阵灰尘，风滚滚，往西北上去了。急回头叫道："兄弟们，快驾云同我赶师父去来！"八戒与沙僧，即把行囊捎在马上，响一声，都跳在半空里去。

慌得那西梁国君臣女辈，跪在尘埃，都道："是白日飞升的罗汉，我主不必惊疑。唐御弟也是个有道的禅僧，我们都有眼无珠，错认了中华男子，枉费了这场神思。【天道循环，唐僧骗来的神思，与付出的神思一样多，所以不要机巧，不要鬼主意，不要欺骗】请主公上辇回朝也。"女王自觉惭愧，多官都一齐回国不题。

却说孙大圣兄弟三人腾空踏雾，望着那阵旋风，一直赶来，前至一座高山，只见灰尘息静，风头散了，更不知怪向何方。兄弟们按落云雾，找路寻访，忽见一壁厢青石光明，却似个屏风模样。三人牵着马转过石屏，石屏后有两扇石门，门上有六个大字，乃是"毒敌山琵琶洞"。【琵琶弦上说相思，相思之痛，堪比毒药】八戒无知，上前就使钉钯筑门，行者急止住道："兄弟莫忙，我们随旋风赶便赶到这里，寻了这会，方遇此门，又不知深浅如何。倘不是这个门儿，却不惹他见怪？你两个且牵了马，还转石屏前立等片时，待老孙进去打听打听，察个有无虚实，却好行事。"沙僧听说，大喜道："好！好！好！正是粗中有细，果然急处从宽。"他二人牵马回头。

孙大圣显个神通，捻着诀，念个咒语，摇身一变，变作蜜蜂儿，真个轻巧！你看他：

翅薄随风软，腰轻映日纤。
嘴甜曾觅蕊，尾利善降蟾。
酿蜜功何浅，投衙礼自谦。
如今施巧计，飞舞入门檐。

行者自门瑕处钻将进去，飞过二层门里，只见正当中花亭子上端坐着一个女怪，左右列几个彩衣绣服、丫髻两揫的女童，都欢天喜地，正不知讲论甚么。这行者轻轻的飞上去，钉在那花亭格子上，侧耳才听，又见两个总角蓬头女子，捧两盘热腾腾的面食，上亭来道："奶奶，一盘是人肉馅的荤馍馍，一盘是邓沙馅的素馍馍。"那女怪笑道："小的们，搀出唐御弟来。"几个彩衣绣服的女童，走向后房，把唐僧扶出。那师父面黄唇白，眼红泪滴，行者在暗中嗟叹道："师父中毒了！"

那怪走下亭，露春葱十指纤纤，扯住长老道："御弟宽心，我这里虽不是西梁女国的宫殿，不比富贵奢华，其实却也清闲自在，正好念佛看经。我与你做个道伴儿，真个是百岁和谐也。"【心生则魔生。唐僧情思之魔，与女王言语一致，实为唐僧思念女王】三藏不语，那怪道："且休烦恼。我知你在女国中赴宴之时，不曾进得饮食。这里荤素面饭两盘，凭你受用些儿压惊。"三藏沉思默想道："我待不说话，不吃东西，此怪比那女王不同，女王还是人身，行动以礼；此怪乃是妖神，恐为加害，奈何我三个徒弟，不知我困陷在这里，倘或加害，却不枉丢性命？"以心问心，无计所奈，只得强打精神，开口道："荤的何如？素的何如？"女怪道："荤的是人肉馅馍馍，素的是邓沙馅馍馍。"三藏道："贫僧吃素。"那怪笑道："女童，看热茶来，与你家长爷爷吃素馍馍。"一女童，果捧着香茶一盏，放在长老面前。那怪将一个素馍馍劈破，递与三藏。三藏将个荤馍馍囫囵递与女怪。女怪笑道："御弟，你怎么不劈破与我？"三藏合掌道："我出家人，不敢破荤。"那女怪道："你出家人不敢破荤，怎么前日在子母河边吃水高，今日又好吃邓沙馅？"【双关，"吃水高"又指心怀鬼胎，"吃邓沙馅"又指陷于情思，均是德行有亏】三藏道："水高船去急，沙陷马行迟。"【再用双关，船去得急是因为水涨高了，马走得慢是因为陷到沙坑里，指形势所迫，可便宜行事。强调客观原因，有为自己的行为辩解、开脱之意】

行者在格子眼听着两个言语相攀，恐怕师父乱了真性，忍不住，现了本相，掣铁棒喝道："孽畜无礼！"那女怪见了，口喷一道烟光，把花亭子罩住，教："小的们，收了御弟！"他却拿一柄三股钢叉，跳出亭门，骂道："泼猴惫懒！怎么敢私入吾家，偷窥我容貌！不要走！吃老娘一叉！"这大圣使铁棒架住，且战且退。

二人打出洞外，那八戒、沙僧，正在石屏前等候，忽见他两个争持，慌得八戒将白马牵过道："沙僧，你只管看守行李、马匹，等老猪去帮打帮打。"好呆子，双手举钯，赶上前叫道："师兄靠后，让我打这泼贱！"那怪见八戒来，他又使个手段，呼了一声，鼻中出火，口内生烟，把身子抖了一抖，三股叉飞舞冲迎。那女怪也不知有几只手，没头没脸的滚将来。这行者与八戒，两边攻住。那怪道："孙悟空，你好不识进退！我便认得你，你是不认得我。你那雷音寺里佛如来，也还怕我哩，【如来也有妻

儿,也怕情思之毒】量你这两个毛人,到得那里！都上来,一个个仔细看打!”这一场怎见得好战:

女怪威风长,猴王气概兴。天蓬元帅争功绩,乱举钉钯要显能。那一个手多叉紧烟光绕,这两个性急兵强雾气腾。女怪只因求配偶,男僧怎肯泄元精！阴阳不对相持斗,各逞雄才恨苦争。阴静养荣思动动,阳收息卫爱清清。致令两处无和睦,叉钯铁棒赌输赢。这个棒有力,钯更能,女怪钢叉丁对丁。毒敌山前三不让,琵琶洞外两无情。那一个喜得唐僧谐凤侣,这两个必随长老取真经。惊天动地来相战,只杀得日月无光星斗更!

三个斗罢多时,不分胜负。那女怪将身一纵,使出个倒马毒桩,【情思之威力,在于事过回头思念,故曰倒马毒;唐僧中毒,也在上马回首间】不觉的把大圣头皮上扎了一下。行者叫声:“苦啊!”忍耐不得,负痛败阵而走。八戒见事不谐,拖着钯彻身而退。那怪得了胜,收了钢叉。

行者抱头,皱眉苦面,叫声:“利害！利害!”八戒到跟前问道:“哥哥,你怎么正战到好处,却就叫苦连天的走了?”行者抱着头,只叫:“疼！疼！疼!”沙僧道:“想是你头风发了?”行者跳道:“不是！不是!”八戒道:“哥哥,我不曾见你受伤,却头疼,何也?”行者哼哼的道:“了不得！了不得！我与他正然打处,他见我破了他的叉势,他就把身子一纵,不知是件甚么兵器,着我头上扎了一下,就这般头疼难禁,故此败了阵来。”八戒笑道:“只这等静处常夸口,说你的头是修炼过的。却怎么就不禁这一下儿?”行者道:“正是,我这头自从修炼成真,盗食了蟠桃仙酒,老子金丹;大闹天宫时,又被玉帝差大力鬼王、二十八宿,押赴斗牛宫处处斩,那些神将使刀斧锤剑,雷打火烧;及老子把我安于八卦炉,锻炼四十九日,俱未伤损。今日不知这妇人用的是甚么兵器,把老孙头弄伤也!”【卓吾评:看来世上只有妇人毒】【情思之魔力,可伤金刚之心性】沙僧道:“你放了手,等我看看。莫破了!”行者道:“不破！不破!”八戒道:“我去西梁国讨个膏药你贴贴。”行者道:“又不肿不破,怎么贴得膏药?”八戒笑道:“哥啊,我的胎前产后病倒不曾有,你倒弄了个脑门痈了。”【卓吾评:趣】沙僧道:“二哥且休取笑。如今天色晚矣,大哥伤了头,师父又不知死活,怎的是好!”

行者哼道:“师父没事。我进去时,变作蜜蜂儿,飞入里面,见那妇人坐在花亭子上。少顷,两个丫鬟,捧两盘馍馍:一盘是人肉馅,荤的;一盘是邓沙馅,素的。又着两个女童扶师父出来吃一个压惊,又要与师父做甚么道伴儿。师父始初不与那妇人答话,也不吃馍馍,后见他甜言美语,不知怎么,就开口说话,却说吃素的。那妇人就将一个素的劈开递与师父,师父将个囫囵荤的递与那妇人。妇人道:‘怎不劈破？'师父道：'出家人不敢破荤。'那妇人道：'既不破荤，前日怎么在子母河边饮水高，今日又好吃邓沙馅？'师父不解其意，答他两句道：'水高船去急，沙陷马行迟。'我在格子上听见，恐怕师父乱性，便就现了原身，掣棒就打。他也使神通，喷出烟雾，叫'收了御弟'，就轮钢叉，与老孙打出洞来也。"沙僧听说，咬指道："这泼贱也不知从那里就随将我们来，把上项事都知道了！"【心魔一直相随】

八戒道："这等说，便我们安歇不成？莫管甚么黄昏半夜，且去他门上索战，嚷嚷闹闹，搅他个不睡，莫教他捉弄了我师父。"行者道："头疼，去不得！"沙僧道："不须索战。一则师兄头痛，二来我师父是个真僧，决不以色空乱性。且就在山坡下，闭风处，坐这一夜，养养精神，待天明再作理会。"遂此三个弟兄，拴牢白马，守护行囊，就在坡下安歇不题。

却说那女怪放下凶恶之心，重整欢愉之色，叫："小的们，把前后门都关紧了。"又使两个支更，防守行者，但听门响，即时通报。却又教女童："将卧房收拾齐整，掌烛焚香，请唐御弟来，我与他交欢。"【所谓结婚、交欢、吃唐僧肉，俱是被魔占领心智、与魔融为一体之意。唐僧的遭遇程度，反映了内心着魔的程度。若没被吃掉或结婚，则是入魔不深，就还有救】遂把长老从后边搀出。那女怪弄出十分娇媚之态，携定唐僧道："常言'黄金未为贵，安乐值钱多'。且和你做会夫妻儿，耍子去也。"

【心生则魔生。妖魔之言语，即是唐僧心中所想国王之言语】

这长老咬定牙关，声也不透。欲待不去，恐他生心害命。只得战兢兢，跟着他步入香房，却如痴如哑，那里抬头举目，更不曾看他房里是甚床铺幔帐，也不知有甚箱笼梳妆，那女怪说出的雨意云情，亦漠然无听。好和尚，真是那：

目不视恶色，耳不听淫声。他把这锦绣娇容如粪土，金珠美貌若灰尘。一生只爱参禅，半步不离佛地。那里会惜玉怜香，只晓得修真养性。那女怪，活泼泼，春意无边；这长老，死丁丁，禅机有在。一个似软玉温香，一个如死灰槁木。那一个，展鸳衾，淫兴浓浓；这一个，束偏衫，丹心耿耿。那个要贴胸交股和鸾凤，这个要画壁归山访达摩。女怪解衣，卖弄他肌香肤腻；唐僧敛衽，紧藏了糙肉粗皮。女怪道："我枕剩衾闲何不睡？"唐僧道："我头光服异怎相陪！"那个道："我愿作前朝柳翠翠。"这个道："贫僧不是月阇黎。"【这个典故出自元代杂剧《月明和尚度柳翠》：南海观世音菩萨净瓶内的杨柳枝因偶污微尘，被罚往人间，在杭州作风尘妓女，名为柳翠。三十年后罗汉月明尊者化成风魔和尚，经过三次说法，使柳翠醒悟，同时坐化升天。唐僧取经虽是唐朝故事，但作者并不意在反映真实历史，而是借唐僧故事讲自身感悟，故在典故的朝代次序上不必认真】女怪道："我美若西施还袅娜。"唐僧道："我越王因此久埋尸。"女怪道："御弟，你记得'宁教花下死，做鬼也风流'？"唐僧道："我的真阳为至宝，怎肯轻与你这粉骷髅。"【魔在于心，人魔对话正是唐僧内心之挣扎】

他两个散言碎语的，直斗到更深，唐长老全不动念。那女怪扯扯拉拉的不放，这师父只是老老成成的不肯。【卓吾评：这三藏也是个没用和尚】直缠到有半夜时候，把那怪弄得恼了，叫："小的们，拿绳来！"可怜将一个心爱的人儿，一条绳，捆的像个猱狮模样，又教拖在房廊下去，却吹灭银灯，各归寝处。

一夜无词，不觉的鸡声三唱。那山坡下孙大圣欠身道："我这头疼了一会，到如今也不疼不麻，只是有些作痒。"【洞外悟空头疼作痒，正是洞内唐僧心性煎熬】八戒笑道："痒便再教他扎一下，何如？"行者啐了一口道："放！放！放！"八戒又笑道："放！放！放！我师父这一夜倒浪！浪！浪！"沙僧道："且莫斗口。天亮了，快赶早儿捉妖怪去。"行者道："兄弟，你只管在此守马，休得动身。猪八戒跟我去。"

那呆子抖擞精神，束一束皂锦直裰，相随行者，各带了兵器，跳上山崖，径至石屏之下。行者道："你且立住，只怕这怪物夜里伤了师父，先等我进去打听打听。倘若被他哄了，丧了元阳，真个亏了德行，却就大家散火；若不乱性情，禅心未动，却好努力相持，打死精怪，救师西去。"八戒道："你好痴哑！常言道：'干鱼可好与猫儿作枕头？'就不如此，也要抓你几把是！"行者道："莫胡疑乱说，待我看去。"

好大圣，转石屏，别了八戒，摇身还变个蜜蜂儿，飞入门里。见那门里有两个丫鬟，头枕着梆铃，正然睡哩。却到花亭子观看，那妖精原来弄了半夜，都辛苦了，一个个都不知天晓，还睡着哩。行者飞来后面，隐隐的只听见唐僧声唤。忽抬头，见那步廊下四马攒蹄捆着师父。行者轻轻的钉在唐僧头上，叫："师父。"唐僧认得声音，道："悟空来了？快救我命！"行者道："夜来好事如何？"三藏咬牙道："我宁死也不肯如此！"行者道："昨日我见他有相怜相爱之意，却怎么今日把你这般挫折？"三藏道："他把我缠了半夜，我衣不解带，身未沾床。他见我不肯相从，才捆我在此。你千万救我取经去也！"他师徒们正然问答，早惊醒了那个妖精。妖精虽是下狠，却还有流连不舍之意。一觉翻身，只听见"取经去也"一句，他就滚下床来，厉声高叫道："好夫妻不做，却取甚么经去！"【卓吾评：妙】

行者慌了，撇却师父，急展翅，飞将出去，现了本相，叫声"八戒！"那呆子转过石屏道："那话儿成了否？"行者笑道："不曾！不曾！老师父被他摩弄不从，恼了，捆在那里，正与我诉说前情，那怪惊醒了，我慌得出来也。"八戒道："师父曾说甚来？"行者道："他只说衣不解带，身未沾床。"八戒笑道："好！好！好！还是个真和尚！我们救他去!”

呆子粗鲁,不容分说,举钉钯,望他那石头门上尽力气一钯,唿喇喇筑做几块。唬得那几个枕梆铃睡的丫环,跑至二层门外,叫声:“开门!前门被昨日那两个丑男人打破了!”那女怪正出房门,只见四五个丫鬟跑进去报道:“奶奶,昨日那两个丑男人又来,把前门已打碎矣。”那怪闻言,即忙叫:“小的们!快烧汤洗面梳妆!”【迎敌也要先梳妆】叫:“把御弟连绳抬在后房收了,等我打他去!”好妖精,走出来,举着三股叉骂道:“泼猴!野彘!老大无知!你怎敢打破我门!”八戒骂道:“滥淫贱货!你倒困陷我师父,返敢硬嘴!我师父是你哄将来做老公的?快快送出饶你!敢再说半个‘不’字,老猪一顿钯,连山也筑倒你的!”那妖精那容分说,抖擞身躯,依前弄法,鼻口内喷烟冒火,举钢叉就刺八戒。八戒侧身躲过,着钯就筑,孙大圣使铁棒并力相帮。那怪又弄神通,也不知是几只手,左右遮拦,交锋三五个回合,不知是甚兵器,把八戒嘴唇上,也又扎了一下。那呆子拖着钯,侮着嘴,负痛逃生。行者却也有些醋他,虚丢一棒,败阵而走。那妖精得胜而回,叫小的们搬石块垒迭了前门不题。

却说那沙和尚正在坡前放马,只听得那里猪哼,忽抬头,见八戒侮着嘴,哼将来。沙僧道:“怎的说?”呆子哼道:“了不得!了不得!疼!疼!疼!”说不了,行者也到跟前,笑道:“好呆子啊!昨日咒我是脑门痈,今日却也弄做个肿嘴瘟了!”八戒哼道:“难忍难忍!疼得紧!利害,利害!”

三人正然难处,只见一个老妈妈儿,左手提着一个青竹篮儿,自南山路上挑菜而来。沙僧道:“大哥,那妈妈来得近了,等我问他个信儿,看这个是甚妖精,是甚兵器,这般伤人。”行者道:“你且住,等老孙问他去来。”行者急睁睛看,只见头直上有祥云盖顶,左右有香雾笼身。行者认得,即叫:“兄弟们,还不来叩头!那妈妈是菩萨来也。”慌得猪八戒忍疼下拜,沙和尚牵马躬身,孙大圣合掌跪下,叫声:“南无大慈大悲救苦救难灵感观世音菩萨。”

那菩萨见他们认得元光,即踏祥云,起在半空,现了真象,原来是鱼篮之象。行者赶到空中,拜告道:“菩萨,恕弟子失迎之罪!我等努力救师,不知菩萨下降,今遇魔难难收,万望菩萨搭救搭救!”菩萨道:“这妖精十分利害,他那三股叉是生成的两只钳脚。扎人痛者,是尾上一个钩子,唤做‘倒马毒’。本身是个蝎子精。他前者在雷音寺听佛谈经,如来见了,不合用手推他一把,他就转过钩子,把如来左手中拇指上扎了一下,如来也疼难禁,即着金刚拿他,他却在这里。若要救得唐僧,除是别告一位方好,我也是近他不得。”【慈悲难解情思】行者再拜道:“望菩萨指示指示,别告那位去好,弟子即去请他也。”菩萨道:“你去东天门里光明宫告求昴日星官,方能降伏。”言罢，遂化作一道金光，径回南海。

孙大圣才按云头，对八戒、沙僧道：“兄弟放心，师父有救星了。”沙僧道：“是那里救星？”行者道：“才然菩萨指示，教我告请昴日星官。老孙去来。”八戒侮着嘴哼道：“哥啊！就问星官讨些止疼的药饵来！”行者笑道：“不须用药，只似昨日疼过夜就好了。”【时间能化解情思之痛】沙僧道：“不必烦叙，快早去罢。”

好行者，急忙驾筋斗云，须臾到东天门外。忽见增长天王当面作礼道：“大圣何往？”行者道：“因保唐僧西方取经，路遇魔障缠身，要到光明宫见昴日星官走走。”忽又见陶、张、辛、邓四大元帅，也问何往。行者道：“要寻昴日星官去降妖救师。”四元帅道：“星官今早奉玉帝旨意，上观星台巡札去了。”行者道：“可有这话？”辛天君道：“小将等与他同下斗牛宫，岂敢说假？”陶天君道：“今已许久，或将回矣。大圣还先去光明宫，如未回，再去观星台可也。”【光明宫与观星台之间，叫起之神，在于昼夜之间也】大圣遂喜，即别他们，至光明宫门首，果是无人；复抽身就走，只见那壁厢有一行兵士摆列后面，星官来了。那星官还穿的是拜驾朝衣，一身金缕，但见他：

冠簪五岳金光彩，笏执山河玉色琼。
袍挂七星云叆叇，腰围八极宝环明。
叮当珮响如敲韵，迅速风声似摆铃。
翠羽扇开来昴宿，天香飘袭满门庭。

前行的兵士，看见行者立于光明宫外，急转身报道：“主公，孙大圣在这里也。”那星官敛云雾整束朝衣，停执事分开左右，上前作礼道：“大圣何来？”行者道：“专来拜烦救师父一难。”星官道：“何难？在何地方？”行者道：“在西梁国毒敌山琵琶洞。”星官道：“那山洞有甚妖怪，却来呼唤小神？”行者道：“观音菩萨适才显化，说是一个蝎子精，特举先生方能治得，因此来请。”星官道：“本欲回奏玉帝，奈大圣至此，又感菩萨举荐，恐迟误事。小神不敢请献茶，且和你去降妖精，却再来回旨罢。”

大圣闻言，即同出东天门，直至西梁国。望见毒敌山不远，行者指道：“此山便是。”星官按下云头，同行者至石屏前山坡之下。沙僧见了道：“二哥起来，大哥请得星官来了。”【叫起之神来临，理当起来】那呆子还侮着嘴道：“恕罪！恕罪！有病在身，不能行礼。”星官道：“你是修行之人，何病之有？”八戒道：“早间与那妖精交战，被他着我唇上扎了一下，至今还疼呀。”星官道：“你上来，我与你医治医治。”呆子才放了手，口里哼哼啧啧（jī jī，同“唧唧”）道：“千万治治！待好了谢你。”那星官用手把嘴唇上摸了一摸，吹一口气，就不疼了。呆子欢喜下拜道：“妙啊！妙啊！”行者笑道：“烦星官也把我头上摸摸。”星官道：“你未遭毒，摸他何为？”行者道：“昨日也曾遭过，只是过了夜，才不疼，如今还有些麻痒，只恐发天阴，也烦治治。”星官真个也把头上摸了一摸，吹口气，也就解了余毒，不麻不痒了。八戒发狠道：“哥哥，去打那泼贱去！”星官道：“正是正是，你两个叫他出来，等我好降他。”

行者与八戒跳上山坡，又至石屏之后。呆子口里乱骂，手似捞钩，一顿钉钯，把那洞门外垒迭的石块爬开，闯至一层门，又一钉钯，将二门筑得粉碎。慌得那门里小妖飞报：“奶奶！那两个丑男人，又把二层门也打破了！”那怪正教解放唐僧，讨素茶饭与他吃哩，听见打破二门，即便跳出花亭子，轮叉来刺八戒。八戒使钉钯迎架，行者在旁，又使铁棒来打。那怪赶至身边，要下毒手，他两个识得方法，回头就走。

那怪赶过石屏之后，行者叫声：“昴宿何在？”只见那星官立于山坡上，现出本相，原来是一只双冠子大公鸡，昂起头来，约有六七尺高，对着妖精叫了一声，那怪即时就现了本象，是个琵琶来大小的蝎子精。星官再叫一声，那怪浑身酥软，死在坡前。【所有困难的共同特点，在正确的人或方法帮助下都极容易解决】有诗为证，诗曰：

花冠绣颈若团缨，爪硬距长目怒睛。
踊跃雄威全五德，峥嵘壮势羡三鸣。
岂如凡鸟啼茅屋，本是天星显圣名。
毒蝎枉修人道行，还原反本见真形。

【为何鸡能解情思？按时起床，本分做事，情思自然消退，故叫起之鸡能降情思之蝎，解情思之毒】

八戒上前，一只脚躧住那怪的胸背道：“孽畜！今番使不得倒马毒了！”那怪动也不动，被呆子一顿钉钯，捣作一团烂酱。那星官复聚金光，驾云而去。行者与八戒沙僧朝天拱谢道：“有累！有累！改日赴宫拜酬。”

三人谢毕，却才收拾行李、马匹，都进洞里，见那大小丫环，两边跪下，拜道：“爷爷，我们不是妖邪，都是西梁国女人，前者被这妖精摄来的。【唐僧之心魔，用思念摄来西梁国的女人】你师父在后边香房里坐着哭哩。”行者闻言，仔细观看，果然不见妖气，遂入后边叫道：“师父！”那唐僧见众齐来，十分欢喜道：“贤徒，累及你们了！那妇人何如也？”八戒道：“那厮原是个大母蝎子。幸得观音菩萨指示，大哥去天宫里请得那昴日星官下降，把那厮收伏。才被老猪筑做个泥了，方敢深入于此，得见师父之面。”唐僧谢之不尽。又寻些素米、素面，安排了饮食，吃了一顿，把那些摄将来的女子赶下山，指与回家之路。【放西梁国的女子回家，也是解脱心中思量离念】点上一把火，把几间房宇，烧毁罄尽。请唐僧上马，找寻大路西行。正是：割断尘缘离色相，推干金海悟禅心。毕竟不知几年上才得成真，且听下回分解。

【卓吾评：人言蝎子毒，我道妇人更毒。或问："何也？"曰："若是蝎子毒似妇人，他不来假妇人名色矣。"为之绝倒。

或问："蝎子毒矣，乃化妇人，何也？"答曰："似妇人，尤毒耳。"】

【从金岘山经子母河、西梁女国都城至毒敌山四个故事，总旨是爱欲和阴谋的"思量"，都是反映人内心隐秘的思虑。从宝象国、乌鸡国、车迟国以来，义理一步一步从浅入深推进，反映的心理过程也越来越微妙。如果落实到《心经》里的"五蕴皆空"，这一组故事反映的是"想即是空，空即是想"，强调人的意念和想象的虚幻性。与乌鸡国一组故事义理上有所区别，乌鸡国是以"我"为中心的"空想"，西梁国的"想"，还涉及由"想"延伸出的行动，也可以说是"想"和"行"的组合】

第五十六回　神狂诛草寇　道昧放心猿

【本回开启真假猴王之争，主题是暴戾心。正直的修行人在做到忍辱和消灭掠夺心之后，往往可以不计较个人得失，做到相对平和，但在遭遇对社会危害极大的行为时，可能会正义感高涨，不能自持，在替天行道的大义促使下放弃慈悲，以暴治暴。这其实也是一种偏执。本回讲悟空急于惩恶，放任凶狂之念，意气用事】

诗曰：

灵台无物谓之清，寂寂全无一念生。

【此处道破上文之魔生于一念，即西梁之思量】

猿马牢收休放荡，精神谨慎莫峥嵘。

【何为放荡，走捷径即为放荡；何为峥嵘，出诡计即为峥嵘】

除六贼，悟三乘，万缘都罢自分明。

色邪永灭超真界，坐享西方极乐城。

话说唐三藏咬钉嚼铁，以死命留得一个不坏之身，感蒙行者等打死蝎子精，救出琵琶洞。一路无词，又早是朱明时节，但见那：

熏风时送野兰香，濯雨才晴新竹凉。

艾叶满山无客采，蒲花盈涧自争芳。

海榴娇艳游蜂喜，溪柳阴浓黄雀狂。

长路那能包角黍，龙舟应吊汨罗江。

他师徒们行赏端阳之景，虚度中天之节，忽又见一座高山阻路。长老勒马回头叫道："悟空，前面有山，恐又生妖怪，是必谨防。"行者等道："师父放心，我等皈命投诚，怕甚妖怪！"长老闻言甚喜，加鞭催骏马，放辔趱蛟龙。须臾上了山崖，举头观看，真个是：

顶巅松柏接云青，石壁荆榛挂野藤。万丈崔巍，千层悬削。万丈崔巍峰岭峻，千层悬削壑崖深。苍苔碧藓铺阴石，古桧高槐结大林。林深处，听幽禽，巧声睍睆（xiàn huǎn，鸟声清和圆转）实堪吟。涧内水流如泻玉，路旁花落似堆金。山势恶，不堪行，十步全无半步平。狐狸麋鹿成双遇，白鹿玄猿作对迎。忽闻虎啸惊人胆，鹤鸣振耳透天庭。黄梅红杏堪供食，野草闲花不识名。

四众进山，缓行良久，过了山头，下西坡，乃是一段平阳之地。猪八戒卖弄精神，教沙和尚挑着担子，他双手举钯，上前赶马。【八戒赶马，情况不妙】那马更不惧他，凭那呆子嗒笞笞的赶，只是缓行不紧。行者道："兄弟，你赶他怎的？让他慢慢走罢了。"八戒道："天色将晚，自上山行了这一日，肚里饿了，大家走动些，寻个人家化些斋吃。"行者闻言道："既如此，等我教他快走。"把金箍棒幌一幌，喝了一声，那马溜了缰，如飞似箭，顺平路往前去了。【心猿放纵意马】你说马不怕八戒，只怕行者何也？【卓吾评：又点缀】行者五百年前曾受玉帝封在大罗天御马监养马，官名"弼马温"，故此传留至今，是马皆惧猴子。【卓吾评：好证据】那长老挽不住缰绳，只扳紧着鞍桥，让他放了一路辔头，有二十里向开田地，方才缓步而行。

正走处，忽听得一棒锣声，路两边闪出三十多人，一个个枪刀棍棒，拦住路口道："和尚！那里走！"唬得个唐僧战兢兢，坐不稳，跌下马来，蹲在路旁草科里，只叫："大王饶命！大王饶命！"那为头的两个大汉道："不打你，只是有盘缠留下。"长老方才省悟，知他是伙强人，却欠身抬头观看，但见他：

一个青脸獠牙欺太岁，一个暴睛环眼赛丧门。鬓边红发如飘火，颔下黄须似插针。他两个头戴虎皮花磕脑，腰系貂裘彩战裙。一个手中执着狼牙棒，一个肩上横担挖挞藤。果然不亚巴山虎，真个犹如出水龙。

三藏见他这般凶恶，只得走起来，合掌当胸道："大王，贫僧是东土唐王差往西天取经者。自别了长安，年深日久，就有些盘缠也使尽了。出家人专以乞化为由，那得个财帛？万望大王方便方便，让贫僧过去罢！"那两个贼帅众向前道："我们在这里起一片虎心，截住要路，专要些财帛，甚么方便方便？你果无财帛，快早脱下衣服，留下白马，放你过去！"三藏道："阿弥陀佛！贫僧这件衣服，是东家化布，西家化针，零零碎碎化来的。你若剥去，可不害杀我也？只是这世里做得好汉，那世里变畜生哩！"【卓吾评：着眼】

那贼闻言大怒，掣大棍，上前就打。这长老口内不言，心中暗想道："可怜！你只说你的棍子，还不知我徒弟的棍子哩！"那贼那容分说，举着棒，没头没脸的打来。长老一生不会说谎，遇着这急难处，没奈何，只得打个诳语道："二位大王，且莫动手，我有个小徒弟，在后面就到。他身上有几两银子，把与你罢。"那贼道："这和尚是也吃不得亏，且捆起来。"众娄罗一齐下手，把一条绳捆了，高高吊在树上。

却说三个撞祸精，随后赶来。八戒呵呵大笑道："师父去得好快，不知在那里等我们哩。"忽见长老在树上，他又说："你看师父，等便罢了，却又有这般心肠，爬上树去，扯着藤儿打秋千耍子哩！"【卓吾评：趣】行者见了道："呆子，莫乱谈。师父吊在那里不是？你两个慢来，等我去看看。”好大圣，急登高坡细看，认得是伙强人，心中暗喜道：“造化！造化！买卖上门了！”即转步，摇身一变，变做个干干净净的小和尚，穿一领缁衣，年纪只有二八，肩上背着一个蓝布包袱，拽开步，来到前边，叫道：“师父，这是怎么说话？这都是些甚么歹人？”三藏道：“徒弟呀，还不救我一救，还问甚的？”行者道：“是干甚勾当的？”三藏道：“这一伙拦路的，把我拦住，要买路钱。因身边无物，遂把我吊在这里，只等你来计较计较。不然，把这匹马送与他罢。”行者闻言笑道：“师父不济，天下也有和尚，似你这样皮松的却少。唐太宗差你往西天见佛，谁教你把这龙马送人？”三藏道：“徒弟呀，似这等吊起来打着要，怎生是好？”行者道：“你怎么与他说来？”三藏道：“他打的我急了，没奈何，把你供出来也。”行者道：“师父，你好没搭撒。你供我怎的？”三藏道：“我说你身边有些盘缠，且教道莫打我，是一时救难的话儿。”行者道：“好！好！好！承你抬举，正是这样供。若肯一个月供得七八十遭，老孙越有买卖。”【卓吾评：猴】

那伙贼见行者与他师父讲话，撒开势，围将上来道：“小和尚，你师父说你腰里有盘缠，趁早拿出来，饶你们性命！若道半个‘不’字，就都送了你的残生！”行者放下包袱道：“列位长官，不要嚷。盘缠有些在此包袱，不多，只有马蹄金二十来锭，粉面银二三十锭，散碎的未曾见数。要时就连包儿拿去，切莫打我师父。古书云：‘德者，本也；财者，末也。’此是末事。我等出家人，自有化处。若遇着个斋僧的长者，衬钱也有，衣服也有，能用几何？只望放下我师父来，我就一并奉承。”【卓吾评：猴】那伙贼闻言，都甚欢喜道：“这老和尚悭吝，这小和尚倒还慷慨。”教：“放下来。”那长老得了性命，跳上马，顾不得行者，操着鞭，一直跑回旧路。

行者忙叫道：“走错路了。”提着包袱，就要追去。那伙贼拦住道：“那里走？将盘缠留下，免得动刑！”行者笑道：“说开，盘缠须三分分之。”那贼头道：“这小和尚忒乖，就要瞒着他师父留起些儿。也罢，拿出来看。若多时，也分些与你背地里买果子吃。”行者道：“哥呀，不是这等说。我那里有甚盘缠？说你两个打劫别人的金银，是必分些与我。”【卓吾评：猴】那贼闻言大怒，骂道：“这和尚不知死活！你倒不肯与我，反问我要！不要走！看打！”轮起一条扢挞藤棍，照行者光头上打了七八下。行者只当不知，且满面陪笑道：“哥呀，若是这等打，就打到来年打罢春，也是不当真的。”【卓吾评：顽皮】那贼大惊道：“这和尚好硬头！”行者笑道：“不敢，不敢，承过奖了。也将就看得过。”那贼那容分说，两三个一齐乱打，行者道：“列位息怒，等我拿出来。”

好大圣，耳中摸一摸，拔出一个绣花针儿道：“列位，我出家人，果然不曾带得盘缠，只这个针儿送你罢。”那贼道：“晦气呀！把一个富贵和尚放了，却拿住这个穷秃驴！你好道会做裁缝？我要针做甚的？”行者听说不要，就拈在手中，幌了一幌，变作碗来粗细的一条棍子。那贼害怕道：“这和尚生得小，倒会弄术法儿。”行者将棍子插在地下道：“列位拿得动，就送你罢。”两个贼上前抢夺，可怜就如蜻蜓撼石柱，莫想弄动半分毫。这条棍本是如意金箍棒，天秤称的，一万三千五百斤重，那伙贼怎么知得？大圣走上前，轻轻的拿起，丢一个蟒翻身拗步势，指着强人道：“你都造化低，遇着我老孙了！”那贼上前来，又打了五六十下。行者笑道：“你也打得手困了，且让老孙打一棒儿，却休当真。”【卓吾评：猴】你看他展开棍子，幌一幌，有井栏粗细，七八丈长短，荡的一棍，把一个打倒在地，嘴唇揞土，再不做声。那一个开言骂道：“这秃厮老大无礼！盘缠没有，转伤我一个人！”行者笑道：“且消停，且消停！待我一个个打来，一发教你断了根罢！”荡的又一棍，把第二个又打死了，唬得那众娄罗撇枪弃棍，四路逃生而走。

却说唐僧骑着马，往东正跑，八戒、沙僧拦住道：“师父往那里去？错走路了。”长老兜马道：“徒弟啊，趁早去与你师兄说，教他棍下留情，莫要打杀那些强盗。”八戒道：“师父住下，等我去来。”呆子一路跑到前边，厉声高叫道：“哥哥，师父教你莫打人哩。”行者道：“兄弟，那曾打人？”八戒道：“那强盗往那里去了？”行者道：“别个都散了，只是两个头儿在这里睡觉哩。”八戒笑道：“你两个遭瘟的，好道是熬了夜，这般辛苦，不往别处睡，却睡在此处！”呆子行到身边，看看道：“倒与我是一起的，干净张着口睡，淌出些粘涎来了。”行者道：“是老孙一棍子打出豆腐来了。”八戒道：“人头上又有豆腐？”行者道：“打出脑子来了！”

八戒听说打出脑子来，慌忙跑转去，对唐僧道：“散了伙也！”三藏道：“善哉！善哉！往那条路上去了？”八戒道：“打也打得直了脚，又会往那里去走哩！”三藏道：“你怎么说散伙？”八戒道：“打杀了，不是散伙是甚的？”三藏问：“打的怎么模样？”八戒道：“头上打了两个大窟窿。”三藏教：“解开包，取几文衬钱，快去那里讨两个膏药与他两个贴贴。”【卓吾评：老和尚腐甚】八戒笑道：“师父好没正经，膏药只好贴得活人的疮肿，那里好贴得死人的窟窿？”三藏道：“真打死了？”就恼起来，口里不住的絮絮叨叨，猢狲长，猴子短，兜转马，与沙僧、八戒至死人前，见那血淋淋的，倒卧山坡之下。

这长老甚不忍见，即着八戒：“快使钉钯，筑个坑子埋了，我与他念卷《倒头经》。”【卓吾评：此和尚可厌！缘何和尚倒有秀才气？腐极了，腐极了】八戒道：“师父左使了人也。行者打杀人，还该教他去烧埋，怎么教老猪做土工？”行者被师父骂恼了，喝着八戒道："泼懒夯货！趁早儿去埋！迟了些儿，就是一棍！"呆子慌了，往山坡下筑了有三尺深，下面都是石脚石根，扛住钯齿，呆子丢了钯，便把嘴拱，拱到软处，一嘴有二尺五，两嘴有五尺深，把两个贼尸埋了，盘作一个坟堆。三藏叫："悟空，取香烛来，待我祷祝，好念经。"行者努着嘴道："好不知趣！这半山之中，前不巴村，后不着店，那讨香烛？就有钱也无处去买。"三藏恨恨的道："猴头过去！等我撮土焚香祷告。"

这是三藏离鞍悲野冢，圣僧善念祝荒坟，祝云："拜惟好汉，听祷原因：念我弟子，东土唐人。奉太宗皇帝旨意，上西方求取经文。适来此地，逢尔多人，不知是何府、何州、何县，都在此山内结党成群。我以好话，哀告殷勤。尔等不听，返善生嗔。却遭行者，棍下伤身。切念尸骸暴露，吾随掩土盘坟。折青竹为香烛，无光彩，有心勤；取顽石作施食，无滋味，有诚真。你到森罗殿下兴词，倒树寻根，他姓孙，我姓陈，各居异姓。冤有头，债有主，切莫告我取经僧人。"八戒笑道："师父推了干净，他打时却也没有我们两个。"三藏真个又撮土祷告道："好汉告状，只告行者，也不干八戒、沙僧之事。"大圣闻言，忍不住笑道："师父，你老人家忒没情义。为你取经，我费了多少殷勤劳苦，如今打死这两个毛贼，你倒教他去告老孙。虽是我动手打，却也只是为你。你不往西天取经，我不与你做徒弟，怎么会来这里，会打杀人！索性等我祝他一祝。"揝着铁棒，望那坟上捣了三下，道："遭瘟的强盗，你听着！我被你前七八棍，后七八棍，打得我不疼不痒的，触恼了性子，一差二误，将你打死了，尽你到那里去告，我老孙实是不怕：玉帝认得我，天王随得我；二十八宿惧我，九曜星官怕我；府县城隍跪我，东岳天齐怖我；十代阎君曾与我为仆从，五路猖神曾与我当后生；不论三界五司，十方诸宰，都与我情深面熟，随你那里去告！"【卓吾评：惹他卖弄】【鬼神也怕恶人。当有此心力，不当有此狂妄】三藏见说出这般恶话，却又心惊道："徒弟呀，我这祷祝是教你体好生之德，为良善之人，你怎么就认真起来？"行者道："师父，这不是好耍子的勾当，且和你赶早寻宿去。"那长老只得怀嗔上马。

孙大圣有不睦之心，八戒、沙僧亦有嫉妒之意，师徒都面是背非，依大路向西正走，忽见路北下有一座庄院。三藏用鞭指定道："我们到那里借宿去。"八戒道："正是。"遂行至庄舍边下马。看时，却也好个住场，但见：

野花盈径，杂树遮扉。远岸流山水，平畦种麦葵。蒹葭露润轻鸥宿，杨柳风微倦鸟栖。青柏间松争翠碧，红蓬映蓼斗芳菲。村犬吠，晚鸡啼，牛羊食饱牧童归。爨(cuàn，烧火煮饭)烟结雾黄粱熟，正是山家入暮时。

长老向前，忽见那村舍门里走出一个老者，即与相见，道了问讯。那老者问道：

"僧家从那里来?"三藏道:"贫僧乃东土大唐钦差往西天求经者。适路过宝方,天色将晚,特来檀府告宿一宵。"老者笑道:"你贵处到我这里,程途迢递,怎么涉水登山,独自到此?"三藏道:"贫僧还有三个徒弟同来。"老者问:"高徒何在?"三藏用手指道:"那大路旁立的便是。"老者猛抬头,看见他们面貌丑陋,急回身往里就走,被三藏扯住道:"老施主,千万慈悲,告借一宿!"老者战兢兢钳口难言,摇着头,摆着手道:"不,不,不像人模样!是,是,是几个妖精!"【卓吾评:传神】三藏陪笑道:"施主切休恐惧,我徒弟生得是这等相貌,不是妖精!"老者道:"爷爷呀,一个夜叉,一个马面,一个雷公!"行者闻言,厉声高叫道:"雷公是我孙子,夜叉是我重孙,马面是我玄孙哩!"那老者听见,魄散魂飞,面容失色,只要进去。三藏搀住他,同到草堂,陪笑道:"老施主,不要怕他。他都是这等粗鲁,不会说话。"

正劝解处,只见后面走出一个婆婆,携着五六岁的一个小孩儿,道:"爷爷,为何这般惊恐?"老者才叫:"妈妈,看茶来。"那婆婆真个丢了孩儿,入里面捧出二钟茶来。茶罢,三藏却转下来,对婆婆作礼道:"贫僧是东土大唐差往西天取经的,才到贵处,拜求尊府借宿,因是我三个徒弟貌丑,老家长见了虚惊也。"婆婆道:"见貌丑的就这等虚惊,若见了老虎豺狼,却怎么好?"老者道:"妈妈呀,人面丑陋还可,只是言语一发吓人。我说他像夜叉、马面、雷公,他吆喝道,雷公是他孙子,夜叉是他重孙,马面是他玄孙。我听此言,故然悚惧。"唐僧道:"不是,不是。像雷公的,是我大徒孙悟空;像马面的,是我二徒猪悟能;像夜叉的,是我三徒沙悟净。他们虽是丑陋,却也秉教沙门,皈依善果,不是甚么恶魔毒怪,怕他怎么!"公婆两个,闻说他名号皈正沙门之言,却才定性回惊,教:"请来,请来。"

长老出门叫来,又吩咐道:"适才这老者甚恶你等,今进去相见,切勿抗礼,各要尊重些。"八戒道:"我俊秀,我斯文,不比师兄撒泼。"行者笑道:"不是嘴长、耳大、脸丑,便也是一个好男子。"沙僧道:"莫争讲,这里不是那抓乖弄俏之处,且进去!且进去!"

遂此把行囊、马匹,都到草堂上,齐同唱了个喏,坐定。那妈妈儿贤慧,即便携转小儿,咐吩煮饭,安排一顿素斋,他师徒吃了。渐渐晚了,又掌起灯来,都在草堂上闲叙。长老才问:"施主高姓?"老者道:"姓杨。"又问年纪。老者道:"七十四岁。"又问:"几位令郎?"老者道:"止得一个。适才妈妈携的是小孙。"长老:"请令郎相见拜揖。"老者道:"那厮不中拜。老拙命苦,养不着他,如今不在家了。"三藏道:"何方生理(职业)?"老者点头而叹:"可怜!可怜!若肯何方生理,是吾之幸也!那厮专生恶念,不务本等,专好打家截道,杀人放火!相交的都是些狐群狗党!自五日之前出去,至今未回。”三藏闻说,不敢言喘,心中暗想道:“或者悟空打杀的就是也。”长老神思不安,欠身道:“善哉!善哉!如此贤父母,何生恶逆儿!”行者近前道:“老官儿,似这等不良不肖、奸盗邪淫之子,连累父母,要他何用!等我替你寻他来打杀了罢。”【暴戾的根源,往往陷于对正义的执着、替天行道的执念。心中没有慈悲,看到不正确、不正义的事,心即狂乱】老者道:“我待也要送了他,奈何再无以次人丁,纵是不才,一定还留他与老汉掩土。”沙僧与八戒笑道:“师兄,莫管闲事,你我不是官府。他家不肖,与我何干!且告施主,见赐一束草儿,在那厢打铺睡觉,天明走路。”老者即起身,着沙僧到后园里拿两个稻草,教他们在园中草团瓢内安歇。行者牵了马,八戒挑了行李,同长老俱到团瓢内安歇不题。

却说那伙贼内果有老杨的儿子。自天早在山前被行者打死两个贼首,他们都四散逃生,约摸到四更时候,又结坐一伙,在门前打门。老者听得门响,即披衣道:“妈妈,那厮们来也。”妈妈道:“既来,你去开门,放他来家。”老者方才开门,只见那一伙贼都嚷道:“饿了!饿了!”这老杨的儿子忙入里面,叫起他妻来,打米煮饭。却厨下无柴,往后园里拿柴到厨房里,问妻道:“后园里白马是那里的?”其妻道:“是东土取经的和尚,昨晚至此借宿,公公婆婆管待他一顿晚斋,教他在草团瓢内睡哩。”

那厮闻言,走出草堂,拍手打掌笑道:“兄弟们,造化!造化!冤家在我家里也!”众贼道:“那个冤家?”那厮道:“却是打死我们头儿的和尚,来我家借宿,现睡在草团瓢里。”众贼道:“却好!却好!拿住这些秃驴,一个个剁成肉酱,一则得那行囊、白马,二来与我们头儿报仇!”那厮道:“且莫忙。你们且去磨刀。等我煮饭熟了,大家吃饱些,一齐下手。”真个那些贼磨刀的磨刀,磨枪的磨枪。

那老儿听得此言,悄悄的走到后园,叫起唐僧四位道:“那厮领众来了,知得汝等在此,意欲图害。我老拙念你远来,不忍伤害,快早收拾行李,我送你往后门出去罢!”三藏听说,战兢兢的叩头谢了老者,即唤八戒牵马,沙僧挑担,行者拿了九环锡杖。老者开后门,放他去了,依旧悄悄的来前睡下。

却说那厮们磨快了刀枪,吃饱了饭食,时已五更天气,一齐来到园中看处,却不见了。即忙点灯着火,寻彀多时,四无踪迹,但见后门开着,都道:“从后门走了!走了!”发一声喊:“赶将上拿来。”

一个个如飞似箭,直赶到东方日出,却才望见唐僧。那长老忽听得喊声,回头观看,后面有二三十人,枪刀簇簇而来,便叫:“徒弟啊,贼兵追至,怎生奈何!”行者道:“放心!放心!老孙了他去来!”三藏勒马道:“悟空,切莫伤人,只吓退他便罢。”行者那肯听信,急掣棒回首相迎道:“列位那里去?”众贼骂道:“秃厮无礼!还我大王的命来!"那厮们圈子阵把行者围在中间,举枪刀乱砍乱搠。这大圣把金箍棒幌一幌,碗来粗细,把那伙贼打得星落云散,荡着的就死,挽着的就亡,搕着的骨折,擦着的皮伤,乖些的跑脱几个,痴些的都见阎王!

三藏在马上,见打倒许多人,慌的放马奔西。猪八戒与沙和尚,紧随鞭镫而去。行者问那不死带伤的贼人道:"那个是那杨老儿的儿子?"那贼哼哼的告道:"爷爷,那穿黄的是!"行者上前,夺过刀来,把个穿黄的割下头来,血淋淋提在手中,收了铁棒,拽开云步,赶到唐僧马前,提着头道:"师父,这是杨老儿的逆子,被老孙取将首级来也。"三藏见了,大惊失色,慌得跌下马来,骂道:"这泼猢狲唬杀我也! 快拿过! 快拿过!"八戒上前,将人头一脚踢下路旁,使钉钯筑些土盖了。沙僧放下担子,搀着唐僧道:"师父请起。"

那长老在地下正了性,心中念起"紧箍儿咒"来,把个行者勒得耳红面赤,眼胀头昏,在地下打滚,只叫:"莫念! 莫念!"那长老念彀有十余遍,还不住口。行者翻筋斗,竖蜻蜓,疼痛难禁,只叫:"师父饶我罢罢! 有话便说,莫念! 莫念!"三藏却才住口道:"没话说,我不要你跟了,你回去罢!"行者忍疼磕头道:"师父,怎的就赶我去耶?"三藏道:"你这泼猴,凶恶太甚,不是个取经之人。昨日在山坡下,打死那两个贼头,我已怪你不仁。及晚了到老者之家,蒙他赐斋借宿,又蒙他开后门放我等逃了性命。虽然他的儿子不肖,与我无干,也不该就枭他首;况又杀死多人,坏了多少生命,伤了天地多少和气。屡次劝你,更无一毫善念,要你何为! 快走! 快走! 免得又念真言!"行者害怕,只教:"莫念,莫念! 我去也!"说声去,一路筋斗云,无影无踪,遂不见了。咦! 这正是:心有凶狂丹不熟,神无定位道难成。【心无慈悲,便生狂乱,功果难成】毕竟不知那大圣投向何方,且听下回分解。

【卓吾评:唐三藏甚是腐气,可厌,可厌。

此回极有微意。吾人怒是大病,乃心之奴也,非心之主也。一怒,此心便要走漏。惩忿不迁怒,此圣学之所拳拳也。读者着眼。

唐三藏对强盗云:"这世里做好汉,那世里变畜生。"是真实话,非诳语也。做盗贼者念之,几有盗贼之心者都念之】

第五十七回　真行者落伽山诉苦　假猴王水帘洞誊文

【在遭到唐僧第二次放逐之后，悟空找到观音菩萨，而不像第一次白虎岭被逐后回归花果山杀人泄愤，这是悟空的进步，也是压制暴戾心的法门。没有任何戒律、静修、技巧、魔法、暴力可以消除暴戾心，只能通过抽离和观察这种心性，识别它的表相和存在的缘由，才能得到解脱。本回将悟空的暴戾心抽离出来，以真假行者之争展示暴戾心在人内心的运作方式】

却说孙大圣恼恼闷闷，起在空中，欲待回花果山水帘洞，恐本洞小妖见笑，笑我出乎尔反乎尔，【卓吾评："出乎尔反乎尔"，用得】不是个大丈夫之器；欲待要投奔天宫，又恐天宫内不容久住；欲待要投海岛，却又羞见那三岛诸仙；欲待要奔龙宫，又不伏气求告龙王。真个是无依无倚，苦自忖量道："罢！罢！罢！我还去见我师父，还是正果。"

遂按下云头，径至三藏马前侍立道："师父，恕弟子这遭！向后再不敢行凶，一一受师父教诲，千万还得我保你西天去也。"唐僧见了，更不答应，兜住马，即念"紧箍儿咒"，颠来倒去，又念有二十余遍，把大圣咒倒在地，箍儿陷在肉里有一寸来深浅，【谁对谁错，内心矛盾挣扎之状】方才住口道："你不回去，又来缠我怎的？"行者只教："莫念！莫念！我是有处过日子的，只怕你无我去不得西天。"三藏发怒道："你这猢狲杀生害命，连累了我多少，【怕连累】如今实不要你了！我去得去不得，不干你事！快走，快走！迟了些儿，我又念真言。这番决不住口，把你脑浆都勒出来哩！"大圣疼痛难忍，见师父更不回心，没奈何，只得又驾筋斗云，起在空中。忽然省悟道："这和尚负了我心，我且向普陀崖告诉观音菩萨去来。"

好大圣，拨回筋斗，那消一个时辰，早至南洋大海，住下祥光，直至落伽山上，撞入紫竹林中，忽见木叉行者迎面作礼道："大圣何往？"行者道："要见菩萨。"木叉即引行者至潮音洞口，又见善财童子作礼道："大圣何来？"行者道："有事要告菩萨。"善财听见一个"告"字，笑道："好刁嘴猴儿！还象当时我拿住唐僧被你欺哩！我菩萨是个大慈大悲，大愿大乘，救苦救难，无边无量的圣善菩萨，有甚不是处，你要告他？"行者满怀闷气，一闻此言，心中怒发，咄的一声，把善财童子喝了个倒退，道："这个背义忘恩的小畜生，着实愚鲁！你那时节作怪成精，我请菩萨收了你，皈正迦持，如今得这等极乐长生，自在逍遥，与天同寿，还不拜谢老孙，转倒这般侮慢！我是有事来告求菩萨，却怎么说我刁嘴要告菩萨？”善财陪笑道：“还是个急猴子，我与你作笑耍子，你怎么就变脸了？”【暴戾失幽默、失淡定】

正讲处，只见白鹦哥飞来飞去，知是菩萨呼唤，木叉与善财遂向前引导至宝莲台下。行者望见菩萨，倒身下拜，止不住泪如泉涌，放声大哭。菩萨教木叉与善财扶起道：“悟空，有甚伤感之事，明明说来，莫哭莫哭，我与你救苦消灾也。”行者垂泪再拜道：“当年弟子为人，曾受那个气来？自蒙菩萨解脱天灾，秉教沙门，保护唐僧往西天拜佛求经，我弟子舍身拚命，救解他的魔障，就如老虎口里夺脆骨，蛟龙背上揭生鳞。只指望归真正果，洗业除邪，怎知那长老背义忘恩，直迷了一片善缘，【卓吾评：着眼】更不察皂白之苦！”菩萨道：“且说那皂白原因来我听。”行者即将那打杀草寇前后始终，细陈了一遍。却说唐僧因他打死多人，心生怨恨，不分皂白，遂念“紧箍儿咒”，赶他几次。上天无路，入地无门，特来告诉菩萨。菩萨道：“唐三藏奉旨投西，一心要秉善为僧，决不轻伤性命。似你有无量神通，何苦打死许多草寇！草寇虽是不良，到底是个人身，不该打死。比那妖禽怪兽、鬼魅精魔不同。那个打死，是你的功绩；这人身打死，还是你的不仁。但祛退散，自然救了你师父，据我公论，还是你的不善。”【此论最善】

行者噙泪叩头道：“纵是弟子不善，也当将功折罪，不该这般逐我。万望菩萨，舍大慈悲，将‘松箍儿咒’念念，褪下金箍，交还与你，放我仍往水帘洞逃生去罢！”菩萨笑道：“‘紧箍儿咒’，本是如来传我的。当年差我上东土寻取经人，赐我三件宝贝，乃是锦襕袈裟、九环锡杖、金紧禁三个箍儿；秘授与咒语三篇，却无甚么《松箍儿咒》。”行者道：“既如此，我告辞菩萨去也。”菩萨道：“你辞我往那里去？”行者道：“我上西天，拜告如来，求念‘松箍儿咒’去也。”菩萨道：“你且住，我与你看看祥晦如何。”行者道：“不消看，只这样不祥也彀了。”菩萨道：“我不看你，看唐僧的祥晦。”

好菩萨，端坐莲台，运心三界，慧眼遥观，遍周宇宙，霎时间开口道：“悟空，你那师父顷刻之际，就有伤身之难，不久便来寻你。你只在此处，待我与唐僧说，教他还同你去取经，了成正果。”孙大圣只得皈依，不敢造次，侍立于宝莲台下不题。

却说唐长老自赶回行者，教八戒引马，沙僧挑担，连马四口，奔西走不上五十里远近，三藏勒马道：“徒弟，自五更时出了村舍，又被那弼马温着了气恼，这半日饥又饥，渴又渴，那个去化些斋来我吃？”八戒道：“师父且请下马，等我看可有邻近的庄村，化斋去也。”三藏闻言，滚下马来。呆子纵起云头，半空中仔细观看，一望尽是山岭，莫想有个人家。八戒按下云来，对三藏道：“却是没处化斋，一望之间，全无庄舍。”三藏道：“既无化斋之处，且得些水来解渴也可。”八戒道：“等我去南山涧下取些水来。”沙僧即取钵盂，递与八戒。八戒托着钵盂，驾起云雾而去。那长老坐在路旁，等彀多时，不见回来，可怜口干舌苦难熬。有诗为证，诗曰：

保神养气谓之精，情性原来一禀形。
心乱神昏诸病作，形衰精败道元倾。
三花不就空劳碌，四大萧条枉费争。
土木无功金水绝，法身疏懒几时成！

【精气神、性情志本来统一于本性。性、情不和，性要正义、方便，情要情理、周全，导致形体涣散，心乱神昏。本诗综合运用了佛、道、五行、炼丹术语，但本意不离修心。“三花”即道教所指精、气、神，“四大”是佛教所指构成身体的地、水、火、风四种物质，分别有坚、湿、暖、动四种性能，“四大萧条”指身体的疲惫和损耗】

沙僧在旁，见三藏饥渴难忍，八戒又取水不来，只得稳了行囊，拴牢了白马道：“师父，你自在着，等我去催水来。”长老含泪无言，但点头相答。沙僧急驾云光，也向南山而去。

那师父独炼自熬，渴之太甚，正在怆惶之际，忽听得一声响喨，唬得长老欠身看处，原来是孙行者跪在路旁，双手捧着一个磁杯【谐音“慈悲”】道：“师父，没有老孙，你连水也不能彀哩。这一杯好凉水，你且吃口水解渴，待我再去化斋。”长老道：“我不吃你的水！立地渴死，我当任命！不要你了！你去罢！”行者道：“无我你去不得西天也。”三藏道：“去得去不得，不干你事！泼猢狲！只管来缠我做甚！”那行者变了脸，发怒生嗔，喝骂长老道：“你这个狠心的泼秃，十分贱我！”轮铁棒，丢了磁杯，【心丢了“慈悲”，便成暴戾之魔】望长老脊背上砑了一下，那长老昏晕在地，不能言语，被他把两个青毡包袱，提在手中，驾筋斗云，不知去向。

却说八戒托着钵盂，只奔山南坡下，忽见山凹之间，有一座草舍人家。原来在先看时，被山高遮住，未曾见得；今来到边前，方知是个人家。呆子暗想道：“我若是这等丑嘴脸，决然怕我，枉劳神思，断然化不得斋饭。须是变好！须是变好！”

好呆子，捻着诀，念个咒，把身摇了七八摇，变作一个食痨病黄胖和尚，口里哼哼嘖嘖的，挨近门前，叫道：“施主，厨中有剩饭，路上有饥人。贫僧是东土来，往西天取经的。我师父在路饥渴了，家中有锅巴冷饭，千万化些儿救口。”原来那家子男人不在，都去插秧种谷去了；只有两个女人在家，正才煮了午饭，盛起两盆，却收拾送下田，锅里还有些饭与锅巴，未曾盛了。那女人见他这等病容，却又说东土往西天去的话，只恐他是病昏了胡说，又怕跌倒，死在门首，只得烘烘翕翕，将些剩饭锅巴，满满的与了一钵。

呆子拿转来，现了本象，径回旧路。正走间，听得有人叫“八戒”。八戒抬头看时，却是沙僧站在山崖上喊道：“这里来！这里来！”及下崖，迎至面前道：“这涧里好清水不舀，你往那里去的？”八戒笑道：“我到这里，见山凹子有个人家，我去化了这一钵干饭来了。”沙僧道：“饭也用着，只是师父渴得紧了，怎得水去？”八戒道：“要水也容易，你将衣襟来兜着这饭，等我使钵盂去舀水。”

二人欢欢喜喜，回至路上，只见三藏面磕地，倒在尘埃，白马撒缰，在路旁长嘶跑跳，行李担不见踪影。慌得八戒跌脚捶胸，大呼小叫道：“不消讲！不消讲！这还是孙行者赶走的余党，来此打杀师父，抢了行李去了！”沙僧道：“且去把马拴住！”只叫：“怎么好！怎么好！这诚所谓半途而废，中道而止也！”叫一声：“师父！”满眼抛珠，伤心痛哭。八戒道：“兄弟且休哭，如今事已到此，取经之事，且莫说了。你看着师父的尸灵，等我把马骑到那个府州县乡村店集卖几两银子，买口棺木，把师父埋了，我两个各寻道路散伙。”沙僧实不忍舍，将唐僧扳转身体，以脸温脸，哭一声：“苦命的师父！”只见那长老口鼻中吐出热气，胸前温暖，连叫：“八戒，你来！师父未伤命哩！”那呆子才近前扶起。

长老苏醒，呻吟一会，骂道：“好泼猢狲，打杀我也！”沙僧、八戒问道：“是那个猢狲？”长老不言，只是叹息，却讨水吃了几口，才说：“徒弟，你们刚去，那悟空又来缠我。是我坚执不收，他遂将我打了一棒，青毡包袱都抢去了。”八戒听说，咬响口中牙，发起心头火道：“叵耐这泼猴子，怎敢这般无礼！”教沙僧道：“你伏侍师父，等我到他家讨包袱去！”沙僧道：“你且休发怒，我们扶师父到那山凹人家化些热茶汤，将先化的饭热热，调理师父，再去寻他。”

八戒依言，把师父扶上马，拿着钵盂，兜着冷饭，直至那家门首。只见那家止有个老婆子在家，忽见他们，慌忙躲过。沙僧合掌道：“老母亲，我等是东土唐朝差往西天去者，师父有些不快，特拜府上，化口热茶汤，与他吃饭。”那妈妈道：“适才有个食痨病和尚，说是东土差来的，已化斋去了，又有个甚么东土的。我没人在家，请别转转。”长老闻言，扶着八戒，下马躬身道：“老婆婆，我弟子有三个徒弟，合意同心，保护我上天竺国大雷音拜佛求经。只因我大徒弟——唤孙悟空——一生凶恶，不遵善道，是我逐回。不期他暗暗走来，着我背上打了一棒，将我行囊衣钵抢去。如今要着一个徒弟寻他取讨，因在那空路上不是坐处，特来老婆婆府上权安息一时。待讨将行李来就行，决不敢久住。”那妈妈道：“刚才一个食痨病黄胖和尚，他化斋去了，也说是东土往西天去的，怎么又有一起？”八戒忍不住笑道：“就是我。因我生得嘴长耳大，恐你家害怕，不肯与斋，故变作那等模样。你不信，我兄弟衣兜里不是你家锅巴饭?”

那妈妈认得果是他与的饭,遂不拒他,留他们坐了,却烧了一罐热茶,递与沙僧泡饭。沙僧即将冷饭泡了,递与师父。师父吃了几口,定性多时,道:“那个去讨行李?”八戒道:“我前年因师父赶他回去,我曾寻他一次,认得他花果山水帘洞,等我去!等我去!”长老道:“你去不得。那猢狲原与你不和,你又说话粗鲁,或一言两句之间,有些差池,他就要打你。着悟净去罢。”沙僧应承道:“我去,我去。”长老又吩咐沙僧道:“你到那里,须看个头势。他若肯与你包袱,你就假谢谢拿来;若不肯,切莫与他争竞,径至南海菩萨处,将此情告诉,请菩萨去问他要。”沙僧一一听从,向八戒道:“我今寻他去,你千万莫僝僽(chán zhòu,责骂,埋怨),好生供养师父。这人家亦不可撒泼,恐他不肯供饭。我去就回。”八戒点头道:“我理会得。但你去;讨得讨不得,趁早回来,不要弄做‘尖担担柴——两头脱’也。”沙僧遂捻了诀,驾起云光,直奔东胜神洲而去。真个是:

身【唐僧】在神【神志,沙僧】飞不守舍,有炉【身体】无火【赤子之心】怎烧丹?黄婆【沙僧】别主【唐僧】求金老【悟空】,木母【八戒】延师【唐僧】奈病颜。此去不知何日返,这回难量几时还。五行生克情无顺,只待心猿复进关。

那沙僧在半空里,行经三昼夜,方到了东洋大海,忽闻波浪之声,低头观看,真个是黑雾涨天阴气盛,沧溟衔日晓光寒。他也无心观玩,望仙山渡过瀛洲,向东方直抵花果山界。乘海风,踏水势,又多时,却望见高峰排戟,峻壁悬屏,即至峰头,按云找路下山,寻水帘洞。步近前,只听得一派喧声,见那山中无数猴精,滔滔乱嚷。沙僧又近前仔细再看,原来是孙行者高坐石台之上,双手扯着一张纸,朗朗的念道:

“东土大唐王皇帝李,驾前敕命御弟圣僧陈玄奘法师,上西方天竺国娑婆灵山大雷音寺专拜如来佛祖求经。朕因促病侵身,魂游地府,幸有阳数臻长,感冥君放送回生,广陈善会,修建度亡道场。盛蒙救苦救难观世音菩萨金身出现,指示西方有佛有经,可度幽亡超脱,特着法师玄奘,远历千山,询求经偈。倘过西邦诸国,不灭善缘,照牒施行。

大唐贞观一十三年秋吉日御前文牒。

自别大国以来,经度诸邦,中途收得大徒弟孙悟空行者,二徒弟猪悟能八戒,三徒弟沙悟净和尚。”

念了从头又念。沙僧听得是通关文牒,止不住近前厉声高叫:“师兄,师父的关文你念他怎的?”那行者闻言,急抬头,不认得是沙僧,叫:“拿来!拿来!”众猴一齐围绕,把沙僧拖拖扯扯,拿近前来,喝道:“你是何人,擅敢近吾仙洞?”沙僧见他变了脸，不肯相认，只得朝上行礼道："上告师兄，前者实是师父性暴，错怪了师兄，把师兄咒了几遍，逐赶回家。一则弟等未曾劝解，二来又为师父饥渴去寻水化斋。不意师兄好意复来，又怪师父执法不留，遂把师父打倒，昏晕在地，将行李抢去。后救转师父，特来拜兄，若不恨师父，还念昔日解脱之恩，同小弟将行李回见师父，共上西天，了此正果。倘怨恨之深，不肯同去，千万把包袱赐弟，兄在深山，乐桑榆晚景，亦诚两全其美也。"

行者闻言，呵呵冷笑道："贤弟，此论甚不合我意。我打唐僧，抢行李，不因我不上西方，亦不因我爱居此地。我今熟读了牒文，我自己上西方拜佛求经，送上东土，我独成功，教那南赡部洲人立我为祖，万代传名也。"沙僧笑道："师兄言之欠当。自来没个'孙行者取经'之说。我佛如来造下三藏真经，原着观音菩萨向东土寻取经人求经，要我们苦历千山，询求诸国，保护那取经人。菩萨曾言：取经人乃如来门生，号曰金蝉长老，只因他不听佛祖谈经，贬下灵山，转生东土，教他果正西方，复修大道。遇路上该有这般魔障，解脱我等三人，与他做护法。兄若不得唐僧去，那个佛祖肯传经与你！却不是空劳一场神思也？"那行者道："贤弟，你原来懞懂，但知其一，不知其二。谅你说你有唐僧，同我保护，我就没有唐僧？我这里另选个有道的真僧在此，老孙独力扶持，有何不可！已选明日起身去矣。你不信，待我请来你看。"叫："小的们，快请老师父出来。"果跑进去，牵出一匹白马，请出一个唐三藏，跟着一个八戒，挑着行李；一个沙僧，拿着锡杖。【卓吾评：妙至此乎？】

这沙僧见了大怒道："我老沙行不更名，坐不改姓，那里又有一个沙和尚！不要无礼！吃我一杖！"好沙僧，双手举降妖杖，把一个假沙僧劈头一下打死，原来这是一个猴精。那行者恼了，轮金箍棒，帅众猴，把沙僧围了。沙僧东冲西撞，打出路口，纵云雾逃生道："这泼猴如此惫懒，我告菩萨去来！"那行者见沙僧打死一个猴精，把沙和尚逼得走了，他也不来追赶，回洞教小的们把打死的妖尸拖在一边，剥了皮，取肉煎炒，将椰子酒、葡萄酒，同众猴都吃了。另选一个会变化的妖猴，还变一个沙和尚，从新教道，要上西方不题。

沙僧一驾云离了东海，行经一昼夜，到了南海。正行时，早见落伽山不远，急至前，低停云雾观看。好去处！果然是：

包乾之奥，括坤之区。会百川而浴日滔星，归众流而生风漾月。潮发腾凌大鲲化，波翻浩荡巨鳌游。水通西北海，浪合正东洋。四海相连同地脉，仙方洲岛各仙宫。休言满地蓬莱，且看普陀云洞。好景致！山头霞彩壮元精，岩下祥风漾月晶。紫竹林中飞孔雀，绿杨枝上语灵鹦。琪花瑶草年年秀，宝树金莲岁岁生。白鹤几番朝顶上，素鸾数次到山亭。游鱼也解修真性，跃浪穿波听讲经。

沙僧徐步落伽山，玩看仙境，只见木叉行者当面相迎道："沙悟净，你不保唐僧取经，却来此何干？"沙僧作礼毕道："有一事特来朝见菩萨，烦为引见引见。"木叉情知是寻行者，更不题起，即先进去对菩萨道："外有唐僧的小徒弟沙悟净朝拜。"孙行者在台下听见，笑道："这定是唐僧有难，沙僧来请菩萨的。"菩萨即命木叉门外叫进。这沙僧倒身下拜，拜罢抬头，正欲告诉前事，忽见孙行者站在旁边，等不得说话，就掣降妖杖望行者劈脸便打。这行者更不回手，彻身躲过。沙僧口里乱骂道："我把你个犯十恶造反的泼猴！你又来影瞒菩萨哩！"菩萨喝道："悟净不要动手，有甚事先与我说。"

沙僧收了宝杖，再拜台下，气冲冲的对菩萨道："这猴一路行凶，不可数计。前日在山坡下打杀两个剪路的强人，师父怪他。不期晚间就宿在贼窝主家里，又把一伙贼人尽情打死，又血淋淋提一个人头来与师父看。师父唬得跌下马来，骂了他几句，赶他回来。分别之后，师父饥渴太甚，教八戒去寻水，久等不来，又教我去寻他。不期孙行者见我二人不在，复回来把师父打一铁棍，将两个青毡包袱抢去。我等回来，将师父救醒，特来他水帘洞寻他讨包袱，不想他变了脸，不肯认我，将师父关文念了又念。我问他念了做甚，他说不保唐僧，他要自上西天取经，送上东土，算他的功果，立他为祖，万古传扬。我又说：'没唐僧，那肯传经与你？'他说他选了一个有道的真僧。及请出，果是一匹白马，一个唐僧，后跟着八戒、沙僧。我道：'我便是沙和尚，那里又有个沙和尚？'是我赶上前，打了他一宝杖，原来是个猴精。他就帅众拿我，是我特来告诉菩萨。不知他会使筋斗云，预先到此处，又不知他将甚巧语花言，影瞒菩萨也。"菩萨道："悟净，不要赖人，悟空到此今已四日，我更不曾放他回去，他那里有另请唐僧，自去取经之意？"【白虎岭悟空被贬退之后，回归山林杀人泄愤；此次被放逐后守住菩萨，可见心性的进步】沙僧道："见如今水帘洞有一个孙行者，怎敢欺诳？"菩萨道："既如此，你休发急，教悟空与你同去花果山看看。是真难灭，是假易除，到那里自见分晓。"这大圣闻言，即与沙僧辞了菩萨。这一去，到那花果山前分皂白，水帘洞口辨真邪。毕竟不知如何分辨，且听下回分解。

【卓吾评：行者虽是假的，打死唐僧亦是快事。不然，这等腐和尚，不打死他如何？

篇中"直迷了一片善缘"，却是一句有眼的说话。不独恶缘迷人，善缘亦是迷人，所以说"好事不如无"，学问以无善无恶为极则也。若有善，便有不善了，所以说"善缘迷人"。惜知此者少耳！

天下无一事无假，唐僧、行者、八戒、沙僧、白马，都假到矣，又何怪乎道学之假也？】

第五十八回　二心搅乱大乾坤　一体难修真寂灭

【真假悟空之争，其实就是人心里慈悲和暴戾之争，故佛祖称其为二心之争。到底应该以暴力追求正义，还是避祸保全自己？执着于暴力，以暴制暴，虽得眼下善果，但心生狂乱，而且可能引发更多暴力；执着于慈悲，可能纵容鼓励邪恶，祸害自己，贻害他人。人生无处不两难，但真理不在两难之间，不是其一，也不是折中。将善恶都放下，成败得失都忘掉，没有执念的时候，本心才生智慧】

这行者与沙僧拜辞了菩萨，纵起两道祥光，离了南海。原来行者筋斗云快，沙和尚仙云觉迟，行者就要先行。沙僧扯住道："大哥不必这等藏头露尾，先去安根，待小弟与你一同走。"大圣本是良心，沙僧却有疑意，真个二人同驾云而去。不多时，果见花果山。按下云头，二人洞外细看，果见一个行者，高坐石台之上，与群猴饮酒作乐，模样与大圣无异：也是黄发金箍，金睛火眼；身穿也是绵布直裰，腰系虎皮裙；手中也拿一条儿金箍铁棒，足下也踏一双麂皮靴；也是这等毛脸雷公嘴，朔腮别土星，查耳额颅阔，獠牙向外生。

这大圣怒发，一撒手，撇了沙和尚，掣铁棒上前骂道："你是何等妖邪，敢变我的相貌，敢占我的儿孙，擅居吾仙洞，擅作这威福！"那行者见了，公然不答，【卓吾评：一答便不妙，妙在不答】也使铁棒来迎。二行者在一处，果是不分真假。【卓吾评：两行者相杀，极幻】好打呀：

两条棒，二猴精，这场相敌实非轻。都要护持唐御弟，各施功绩立英名。真猴实受沙门教，假怪虚称佛子情。盖为神通多变化，无真无假两相平。【慈悲心和暴戾心哪个是真心？选择慈悲时慈悲就是真心，选择暴戾时暴戾就是真心】一个是混元一气齐天圣，一个是久炼千灵缩地精。这个是如意金箍棒，那个是随心铁杆兵。【换个名称而已，本来一样】隔架遮拦无胜败，撑持抵敌没输赢。先前交手在洞外，少顷争持起半空。

他两个各踏云光，跳斗上九霄云内。沙僧在旁，不敢下手，见他们战此一场，诚然难认真假；欲待拔刀相助，又恐伤了真的。【卓吾评：妙】忍耐良久，且纵身跳下山崖，使降妖宝杖，打近水帘洞外，惊散群妖，掀翻石凳，把饮酒食肉的器皿，尽情打碎，寻他的青毡包袱，四下里全然不见。原来他水帘洞本是一股瀑布飞泉，遮挂洞门，远看似一条白布帘儿，近看乃是一股水脉，故曰水帘洞。沙僧不知进步来历，故此难寻。即便纵云，赶到九霄云里，轮着宝杖，又不好下手。大圣道："沙僧，你既助不得力，且回复师父，说我等这般这般，等老孙与此妖打上南海落伽山菩萨前辨个真假。"道罢，那行者也如此说。【卓吾评：妙】沙僧见两个相貌、声音，更无一毫差别，皂白难分，只得依言，拨转云头，回复唐僧不题。

你看那两个行者，且行且斗，直嚷到南海，径至落伽山，打打骂骂，喊声不绝。早惊动护法诸天，即报入潮音洞里道："菩萨，果然两个孙悟空打将来也。"那菩萨与木叉行者、善财童子、龙女降莲台出门喝道："那孽畜那里走！"这两个递相揪住道："菩萨，这厮果然像弟子模样。才自水帘洞打起，战斗多时，不分胜负。沙悟净肉眼愚蒙，不能分识，有力难助。是弟子教他回西路去回复师父，我与这厮打到宝山，借菩萨慧眼，与弟子认个真假，辨明邪正。"道罢，那行者也如此说一遍。【卓吾评：妙】众诸天与菩萨都看良久，莫想能认。菩萨道："且放了手，两边站下，等我再看。"果然撒手，两边站定。这边说："我是真的！"那边说："他是假的！"【卓吾评：妙】

菩萨唤木叉与善财上前，悄悄吩咐："你一个帮住一个，等我暗念'紧箍儿咒'，看那个害疼的便是真，不疼的便是假。"他二人果各帮一个。菩萨暗念真言，两个一齐喊疼，都抱着头，地下打滚，只叫："莫念！莫念！"【卓吾评：妙】菩萨不念，他两个又一齐揪住，照旧嚷斗。菩萨无计奈何，即令诸天、木叉，上前助力。众神恐伤真的，亦不敢下手。菩萨叫声"孙悟空"，两个一齐答应。【卓吾评：妙】菩萨道："你当年官拜弼马温，大闹天宫时，神将皆认得你，你且上界去分辨回话。"这大圣谢恩，那行者也谢恩。

二人扯扯拉拉，口里不住的嚷斗，径至南天门外，慌得那广目天王帅马、赵、温、关四大天将，及把门大小众神，各使兵器挡住道："那里走！此间可是争斗之处？"大圣道："我因保护唐僧往西天取经，在路上打杀贼徒，那三藏赶我回去，我径到普陀崖见观音菩萨诉告（向人诉说），不想这妖精，几时就变作我的模样，打倒唐僧，抢去包袱。有沙僧至花果山寻讨，只见这妖精占了我的巢穴。后到普陀崖告请菩萨，又见我侍立台下，沙僧诳说是我驾筋斗云，又先在菩萨处遮饰。菩萨却是个正明，不听沙僧之言，命我同他到花果山看验。原来这妖精果像老孙模样，才自水帘洞打到普陀山见菩萨，菩萨也难识认，故打至此间，烦诸天眼力，与我认个真假。"【卓吾评：妙】说罢，那行者也似这般这般说了一遍。【卓吾评：似之可恶如此】众天神看彀多时，也不能辨，他两个吆喝道："你们既不能认，让开路，等我们去见玉帝！"众神搪抵不住，放开天门，直至灵霄宝殿。马元帅同张、葛、许、邱四天师奏道："下界有一般两个孙悟空，打进天门，口称见主。”说不了，两个直嚷将进来，唬得那玉帝即降立宝殿，问曰：“你两个因甚事擅闹天宫，嚷至朕前寻死！”大圣口称：“万岁！万岁！臣今皈命，秉教沙门，再不敢欺心诳上，只因这个妖精变作臣的模样……”如此如彼，把前情备陈了一遍。【卓吾评：妙】“指望与臣辨个真假！”那行者也如此陈了一遍。玉帝即传旨宣托塔李天王，教：“把照妖镜来照这厮谁真谁假，教他假灭真存。”【卓吾评：着眼】天王即取镜照住，请玉帝同众神观看。镜中乃是两个孙悟空的影子，金箍衣服，毫发不差。玉帝亦辨不出，赶出殿外。

这大圣呵呵冷笑，那行者也哈哈欢喜，【卓吾评：妙】揪头抹颈，复打出天门，坠落西方路上道：“我和你见师父去！我和你见师父去！”

却说那沙僧自花果山辞他两个，又行了三昼夜，回至本庄，把前事对唐僧说了一遍。唐僧自家悔恨道：“当时只说是孙悟空打我一棍，抢去包袱，岂知却是妖精假变的行者！”沙僧又告道：“这妖又假变一个长老，一匹白马，又有一个八戒挑着我们包袱，又有一个变作是我。我忍不住恼怒，一杖打死，原是一个猴精。因此惊散，又到菩萨处诉苦。菩萨着我与师兄又同去识认，那妖果与师兄一般模样。我难助力，故先来回复师父。”三藏闻言，大惊失色。八戒哈哈大笑道：“好好好！应了这施主家婆婆之言了！他说有几起取经的，这却不又是一起？”【卓吾评：好照管】

那家子老老小小的，都来问沙僧：“你这几日往何处讨盘缠去的？”沙僧笑道：“我往东胜神洲花果山寻大师兄取讨行李，又到南海普陀山拜见观音菩萨，却又到花果山，方才转回至此。”那老者又问：“往返有多少路程？”沙僧道：“约有二十余万里。”老者道：“爷爷呀，似这几日，就走了这许多路，只除是驾云，方能彀得到！”八戒道：“不是驾云，如何过海？”沙僧道：“我们那算得走路，若是我大师兄，只消一二日，可往回也。”那家子听言，都说是神仙。八戒道：“我们虽不是神仙，神仙还是我们的晚辈哩！”

正说间，只听半空中喧哗人嚷，慌得都出来看，却是两个行者打将来。八戒见了，忍不住手痒道：“等我去认认看。”好呆子，急纵身跳起，望空高叫道：“师兄莫嚷，我老猪来也！”那两个一齐应道：“兄弟，来打妖精！来打妖精！”【卓吾评：妙】那家子又惊又喜道：“是几位腾云驾雾的罗汉歇在我家！就是发愿斋僧的，也斋不着这等好人！”更不计较茶饭，愈加供养，又说：“这两个行者只怕斗出不好来，地覆天翻，作祸在那里！”三藏见那老者当面是喜，背后是忧，即开言道：“老施主放心，莫生忧叹。贫僧收伏了徒弟，去恶归善，自然谢你。”那老者满口回答道：“不敢！不敢！”沙僧道：“施主休讲。师父可坐在这里，等我和二哥去，一家扯一个来到你面前，你就念念那话儿，看那个害疼的就是真的，不疼的就是假的。”三藏道：“言之极当。”

沙僧果起在半空道：“二位住了手，我同你到师父面前辨个真假去。”这大圣放了手，那行者也放了手。沙僧搀住一个，叫道：“二哥，你也搀住一个。”果然搀住，落下云头，径至草舍门外。三藏见了，就念“紧箍儿咒”，二人一齐叫苦道：“我们这等苦斗，你还咒我怎的？莫念！莫念！”那长老本心慈善，遂住了口不念，却也不认得真假。他两个挣脱手，依然又打。这大圣道：“兄弟们，保着师父，等我与他打到阎王前折辨去也！”那行者也如此说，【卓吾评：妙】二人抓抓挜挜，须臾，又不见了。

八戒道：“沙僧，你既到水帘洞，看见假八戒挑着行李，怎么不抢将来？”沙僧道：“那妖精见我使宝杖打他假沙僧，他就乱围上来要拿，是我顾性命走了。及告菩萨，与行者复至洞口，他两个打在空中。是我去掀翻他的石凳，打散他的小妖，只见一股瀑布泉水流，竟不知洞门开在何处，寻不着行李，所以空手回复师命也。”八戒道：“你原来不晓得。我前年请他去时，先在洞门外相见，后被我说泛了他，他就跳下，去洞里换衣来时，我看见他将身往水里一钻。那一股瀑布水流，就是洞门。想必那怪将我们包袱收在那里面也。”三藏道：“你既知此门，你可趁他都不在家，可先到他洞里取出包袱，我们往西天去罢。他就来，我也不用他了。”八戒道：“我去。”沙僧说：“二哥，他那洞前有千数小猴，你一人恐弄他不过，反为不美。”八戒笑道：“不怕！不怕！”急出门，纵着云雾，径上花果山寻取行李不题。

却说那两个行者又打嚷到阴山背后，唬得那满山鬼战战兢兢，藏藏躲躲。有先跑的，撞入阴司门里，报上森罗宝殿道：“大王，背阴山上，有两个齐天大圣打得来也！”慌得那第一殿秦广王传报与二殿楚江王、三殿宋帝王、四殿卞城王，五殿阎罗王、六殿平等王、七殿泰山王、八殿都市王、九殿忤官王、十殿转轮王。一殿转一殿，霎时间，十王会齐，又着人飞报与地藏王。尽在森罗殿上，点聚阴兵，等擒真假。

只听得那强风滚滚，惨雾漫漫，二行者一翻一滚的，打至森罗殿下。阴君近前挡住道：“大圣有何事，闹我幽冥？”这大圣道：“我因保唐僧西天取经，路过西梁国，至一山，有强贼截劫我师，是老孙打死几个，师父怪我，把我逐回。我随到南海菩萨处诉告，不知那妖精怎么就绰着口气，假变作我的模样，在半路上打倒师父，抢夺了行李。师弟沙僧，向我本山取讨包袱，这妖假立师名，要往西天取经。沙僧逃遁至南海见菩萨，我正在侧，他备说原因，菩萨又命我同他至花果山观看，果被这厮占了我巢穴。我与他争辨到菩萨处，其实相貌、言语等俱一般，菩萨也难辨真假。又与这厮打上天堂，众神亦果难辨。因见我师，我师念‘紧箍儿咒’试验，与我一般疼痛。故此闹至幽冥，望阴君与我查看生死簿，看假行者是何出身，快早追他魂魄，免教二心沌乱。”那怪亦如此说一遍。阴君闻言，即唤管簿判官一一从头查勘，更无个“假行者”之名。再看毛虫文簿，那猴子一百三十条已是孙大圣幼年得道之时，大闹阴司，消死名一笔勾之，自后来凡是猴属，尽无名号。查勘毕，当殿回报，阴君各执笏对行者说：“大圣，幽冥处既无名号可查，你还到阳间去折辨。”

正说处，只听得地藏王菩萨道：“且住！且住！等我着谛听与你听个真假。”原来那谛听是地藏菩萨经案下伏的一个兽名。他若伏在地下，一霎时，将四大部洲山川社稷、洞天福地之间，蠃虫、鳞虫、毛虫、羽虫、昆虫，天仙、地仙、神仙、人仙、鬼仙可以照鉴善恶，察听贤愚。那兽奉地藏钧旨，就于森罗庭院之中，俯伏在地。须臾，抬起头来，对地藏道：“怪名虽有，但不可当面说破，又不能助力擒他。”地藏道：“当面说出便怎么？”谛听道：“当面说出，恐妖精恶发，搔扰宝殿，致令阴府不安。”又问：“何为不能助力擒拿？”谛听道：“妖精神通，与孙大圣无二。幽冥之神，能有多少法力？故此不能擒拿。”地藏道：“似这般怎生祛除？”谛听道：“佛法无边。”地藏早已省悟，即对行者道：“你两个形容如一，神通无二，若要辨明，须到雷音寺释迦如来那里，方得明白。”两个一齐嚷道：“说的是！说的是！我和你西天佛祖之前折辨去！”【卓吾评：妙】那十殿阴君送出，谢了地藏，回上翠云宫，着鬼使闭了幽冥关隘不题。

看那两个行者，飞云奔雾，打上西天。有诗为证，诗曰：

人有二心生祸灾，【卓吾评：着眼】天涯海角致疑猜。
欲思宝马三公位，又忆金銮一品台。
南征北讨无休歇，东挡西除未定哉。
禅门须学无心诀，静养婴儿结圣胎。

【人生的抉择无处不在。常常既要正义，又要自保；既要方便，又要周全；既要利益，又要名声。这些矛盾往往导致犹疑不定，身心分裂，从而带来灾祸。应把猜疑和矛盾都放下，静心观照，识别表相，无所执着，心生智慧，成就婴儿、圣胎，即得道之功果。这首诗中所批评的对利禄的追求，明显不是说唐僧或悟空，而是所有世人。所以悟空代表的不仅仅是唐僧的心性，也是所有人的心性】

他两个在那半空里，扯扯拉拉，抓抓挜挜，且行且斗，直嚷至大西天灵鹫仙山雷音宝刹之外。早见那四大菩萨、八大金刚、五百阿罗、三千揭谛、比丘尼、比丘僧、优婆塞、优婆夷诸大圣众，都到七宝莲台之下，各听如来说法。那如来正讲到这：【卓吾评：奇笔幻思，一至于此】

不有中有，不无中无。不色中色，不空中空。【执着于事物的一端，反而会走向反面】非有为有，非无为无。非色为色，非空为空。【反过来讲，要找到正面，反而应去反面中寻。所以不能沉溺于暴戾，也不能执着于慈悲】空即是空，色即是色。【认识到事物极端的变化并不是要否定和混淆所有的概念，例如暴戾还是暴戾，慈悲还是慈悲】色无定色，色即是空。空无定空，空即是色。【要认识到慈悲和暴戾都不是固定不变的，可以相互转化】知空不空，知色不色。名为照了，始达妙音。【了解相对概念的相互包含和转化关系，不执着于任何一端，心中才有真正的智慧】【卓吾评：奇笔幻思，一至于此】

【本书无处不在讨论这样的两端。平顶山一难追求身闲，不得不陷于忙碌；下节火焰山忙碌头绪太多，反而心生烦躁。唐僧在宝象国雷厉风行辞退悟空，却成为蒙蔽的白虎；在乌鸡国唐僧委曲求全，却不能留宿。圆明的心性，应从本源上认识事物，自心常生智慧，而不是在教条的框框里处理问题】

概众稽首皈依，流通诵读之际，如来降天花普散缤纷，即离宝座，对大众道："汝等俱是一心，且看二心竞斗而来也。"【卓吾评：着眼】【点题】大众举目看之，果是两个行者，吆天喝地，打至雷音胜境。慌得那八大金刚上前挡住道："汝等欲往那里去？"这大圣道："妖精变作我的模样，欲至宝莲台下，烦如来为我辨个虚实也。"众金刚抵挡不住，直嚷至台下，跪于佛祖之前拜告道："弟子保护唐僧，来造宝山，求取真经，一路上炼魔缚怪，不知费了多少精神。前至中途，偶遇强徒劫掳，委是弟子二次打伤几人，师父怪我赶回，不容同拜如来金身。弟子无奈，只得投奔南海，见观音诉苦。不期这个妖精，假变弟子声音、相貌，将师父打倒，把行李抢去。师弟悟净寻至我山，被这妖假捏巧言，说有真僧取经之故。悟净脱身至南海，备说详细。观音知之，遂令弟子同悟净再至我山。因此，两人比并真假，打至南海，又打到天宫，又曾打见唐僧，打见冥府，俱莫能辨认。故此大胆轻造，千乞大开方便之门，广垂慈悯之念，与弟子辨明邪正，庶好保护唐僧亲拜金身，取经回东土，永扬大教。"大众听他两张口一样声俱说一遍，众亦莫辨，【卓吾评：妙】惟如来则通知之，正欲道破，忽见南下彩云之间，来了观音，参拜我佛。

我佛合掌道："观音尊者，你看那两个行者，谁是真假？"菩萨道："前日在弟子荒境，委不能辨。他又至天宫、地府，亦俱难认，特来拜告如来，千万与他辨明辨明。"如来笑道："汝等法力广大，只能普阅周天之事，不能遍识周天之物，亦不能广会周天之种类也。"菩萨又请示周天种类，如来才道："周天之内有五仙，乃天、地、神、人、鬼；有五虫，乃蠃、鳞、毛、羽、昆。这厮非天、非地、非神、非人、非鬼，亦非蠃、非鳞、非毛、非羽、非昆。又有四猴混世，不入十类之种。"【实为四种心性】菩萨道："敢问是那四猴？"如来道："第一是灵明石猴，通变化，识天时，知地利，移星换斗。第二是赤尻马猴，晓阴阳，会人事，善出入，避死延生。第三是通臂猿猴，拿日月，缩千山，辨休咎，乾坤摩弄。第四是六耳猕猴，善聆音，能察理，知前后，万物皆明。【暴戾之心性，往往过于明察事理，眼里容不得沙子，耳中听不得杂音】此四猴者，不入十类之种，不达两间之名。我观假悟空乃六耳猕猴也。此猴若立一处，能知千里外之事；凡人说话，亦能知之；故此善聆音，能察理，知前后，万物皆明。与真悟空同象同音者，六耳猕猴也。"

那猕猴闻得如来说出他的本象，胆战心惊，急纵身，跳起来就走。如来见他走时，即令大众下手，早有四菩萨、八金刚、五百阿罗、三千揭谛、比丘僧、比丘尼、优婆塞、优婆夷、观音、木叉，一齐围绕。孙大圣也要上前，如来道："悟空休动手，待我与你擒他。"那猕猴毛骨悚然，料着难脱，即忙摇身一变，变作个蜜蜂儿，往上便飞。如来将金钵盂撇起去，正盖着那蜂儿，落下来。大众不知，以为走了，如来笑云："大众休言，妖精未走，见在我这钵盂之下。"大众一发上前，把钵盂揭起，果然见了本象，是一个六耳猕猴。孙大圣忍不住，轮起铁棒，劈头一下打死，至今绝此一种。【悟空消除了自己的心魔，但暴戾之心从未绝种】如来不忍，道声："善哉！善哉！"大圣道："如来不该慈悯他，他打伤我师父，抢夺我包袱，依律问他个得财伤人，白昼抢夺，也该个斩罪哩！"如来道："你自快去保护唐僧来此求经罢。"大圣叩头谢道："上告如来得知，那师父定是不要我，我此去，若不收留，却不又劳一番神思！望如来方便，把'松箍儿咒'念一念，褪下这个金箍，交还如来，放我还俗去罢。"如来道："你休乱想，切莫放刁。我教观音送你去，不怕他不收。好生保护他去，那时功成归极乐，汝亦坐莲台。"

那观音在旁听说，即合掌谢了圣恩，领悟空，辄驾云而去。随后木叉行者、白鹦哥，一同赶上。不多时，到了中途草舍人家。沙和尚看见，急请师父拜门迎接。菩萨道："唐僧，前日打你的，乃假行者六耳猕猴也。幸如来知识，已被悟空打死。你今须是收留悟空，一路上魔障未消，必得他保护你，才得到灵山，见佛取经，再休嗔怪。"三藏叩头道："谨遵教旨。"

正拜谢时，只听得正东上狂风滚滚。众目视之，乃猪八戒背着两个包袱，驾风而至。呆子见了菩萨，倒身下拜道："弟子前日别了师父至花果山水帘洞寻得包袱，果见一个假唐僧、假八戒，都被弟子打死，原是两个猴身。却入里，方寻着包袱。当时查点，一物不少，却驾风转此，更不知两行者下落如何。"菩萨把如来识怪之事，说了一遍。那呆子十分欢喜，称谢不尽。师徒们拜谢了，菩萨回海，却都照旧合意同心，洗冤解怒。又谢了那村舍人家，整束行囊、马匹，找大路而西。正是：【卓吾评：着眼】

中道分离乱五行，降妖聚会合元明。
神归心舍禅方定，六识祛降丹自成。

毕竟这去，不知三藏几时得面佛求经，且听下回分解。

【卓吾评：读此，因思昔人“真猴似猴”之谑，不觉失笑。

昔人云：“一心可以干万事，两心不可以干一事。”此回便是他注脚。

天下只有似者难辨，所以可恶。然毕竟似者有破败，真者无破败，似何益哉？似何益哉？】

【《坛经》印证：明与无明，凡夫见二，智者了达，其性无二，无二之性，即是实性。实性者，处凡愚而不减，在贤圣而不增，住烦恼而不乱，居禅定而不寂，不断不常，不去不来，不在中间，及其内外，不生不灭，性相如如，常住不迁，名之曰道】

第五十九回　唐三藏路阻火焰山　孙行者一调芭蕉扇

【由于受到各种欲望的引诱和耽搁，修行人易生烦躁。本难用火焰山和牛魔王象征人的烦躁身心，用牛魔王疏远罗刹女、亲近玉面公主象征心性疏远道心、亲近欲望。回归道心，可得清凉，可解烦躁】

若干种性本来同，海纳无穷。【各种心性，包括慈悲和暴戾，本源是一样的】千思万虑终成妄，般般色色和融。【各种思虑产生的矛盾都是虚幻的，同归于空】有日功完行满，圆明法性高隆。【得道的心性看到两面的转化，以致通透明澈】休教差别走西东，紧锁牢笼。【没有差别心，不要夸大对立，也不执着一端】收来安放丹炉内，炼得金乌一样红。【将那些矛盾差别在心里收起锻炼，融合在一起】朗朗辉辉娇艳，任教出入乘龙。【达到行止通达无碍的境界】【本判词收束真假美猴王一难】【卓吾评：说出】

话表三藏遵菩萨教旨，收了行者，与八戒、沙僧剪断二心，锁韁（lóng，严密）猿马，【卓吾评：着眼】同心戮力，赶奔西天。说不尽光阴似箭，日月如梭，历过了夏月炎天，却又值三秋霜景。但见那：

薄云断绝西风紧，鹤鸣远岫霜林锦。光景正苍凉，山长水更长。征鸿来北塞，玄鸟归南陌。客路怯孤单，衲衣容易寒。

师徒四众，进前行处，渐觉热气蒸人。三藏勒马道："如今正是秋天，却怎返有热气？"八戒道："原来不知，西方路上有个斯哈哩国，乃日落之处，俗呼为'天尽头'。若到申酉时，国王差人上城，擂鼓吹角，混杂海沸之声。日乃太阳真火，落于西海之间，如火淬水，接声滚沸；若无鼓角之声混耳，即振杀城中小儿。此地热气蒸人，想必到日落之处也。"大圣听说，忍不住笑道："呆子莫乱谈！若论斯哈哩国，正好早哩。似师父朝三暮二的，这等担阁，【朝三暮二，形容受到各种欲望的引诱和魔障的阻碍，心生烦躁】就从小至老，老了又小，老小三生，也还不到。"八戒道："哥啊，据你说，不是日落之处，为何这等酷热？"沙僧道："想是天时不正，秋行夏令故也。"他三个正都争讲，只见那路旁有座庄院，乃是红瓦盖的房舍，红砖砌的垣墙，红油门扇，红漆板榻，一片都是红的。三藏下马道："悟空，你去那人家问个消息，看那炎热之故何也。"

大圣收了金箍棒，整肃衣裳，扭捏作个斯文气象，绰下大路，径至门前观看。那门里忽然走出一个老者，但见他：

穿一领黄不黄、红不红的葛布深衣，戴一顶青不青、皂不皂的篾丝凉帽，手中拄一根弯不弯、直不直暴节竹杖，足下踏一双新不新、旧不旧搴鞑翰鞋(zhǎi sǎ wēng xié，长筒皮靴)。面似红铜，须如白练。两道寿眉遮碧眼，一张咍口(hāi kǒu，笑口)露金牙。

那老者猛抬头，看见行者，吃了一惊，拄着竹杖，喝道："你是那里来的怪人？在我这门首何干？"行者答礼道："老施主，休怕我，我不是甚么怪人。贫僧是东土大唐钦差上西方求经者。师徒四人，适至宝方，见天气蒸热，一则不解其故，二来不地知名，特拜问指教一二。"那老者却才放心，笑云："长老勿罪，我老汉一时眼花，不识尊颜。"行者道："不敢。"老者又问："令师在那条路上？"行者道："那南首大路上立的不是！"老者教："请来，请来。"行者欢喜，把手一招，三藏即同八戒、沙僧，牵白马，挑行李近前，都对老者作礼。

老者见三藏丰姿标致，八戒、沙僧相貌奇稀，又惊又喜；只得请入里坐，教小的们看茶，一壁厢办饭。三藏闻言，起身称谢道："敢问公公：贵处遇秋，何返炎热？"老者道："敝地唤做火焰山，无春无秋，四季皆热。"三藏道："火焰山却在那边？可阻西去之路？"老者道："西方却去不得。那山离此有六十里远，正是西方必由之路，却有八百里火焰，四周围寸草不生。若过得山，就是铜脑盖，铁身躯，也要化成汁哩。"三藏闻言，大惊失色，不敢再问。

只见门外一个少年男子，推一辆红车儿，住在门旁，叫声："卖糕！"大圣拔根毫毛，变个铜钱，问那人买糕。那人接了钱，不论好歹，揭开车儿上衣裹，热气腾腾，拿出一块糕递与行者。行者托在手中，好似火盆里的灼炭，煤炉内的红钉。你看他左手倒在右手，右手换在左手，只道："热，热，热！难吃，难吃！"那男子笑道："怕热，莫来这里，这里是这等热。"行者道："你这汉子好不明理，常言道：'不冷不热，五谷不结。'他这等热得很，你这糕粉，自何而来？"那人道："若知糕粉米，敬求铁扇仙。"行者道："铁扇仙怎的？"那人道："铁扇仙有柄芭蕉扇。求得来，一扇息火，二扇生风，三扇下雨，我们就布种，及时收割，故得五谷养生。不然，诚寸草不能生也。"

行者闻言，急抽身走入里面，将糕递与三藏道："师父放心，且莫隔年焦着，吃了糕，我与你说。"长老接糕在手，向本宅老者道："公公请糕。"老者道："我家的茶饭未奉，敢吃你糕？"行者笑道："老人家，茶饭倒不必赐，我问你：铁扇仙在那里住？"老者道："你问他怎的？"行者道："适才那卖糕人说，此仙有柄芭蕉扇，求将来，一扇息火，二扇生风，三扇下雨，你这方布种收割，才得五谷养生。我欲寻他讨来扇息火焰山过去，且使这方依时收种，得安生也。”老者道：“固有此说。你们却无礼物，恐那圣贤不肯来也。”三藏道：“他要甚礼物？”老者道：“我这里人家，十年拜求一度。四猪四羊，花红表里，异香时果，鸡鹅美酒，沐浴虔诚，拜到那仙山，请他出洞，至此施为。”行者道：“那山坐落何处？唤甚地名？有几多里数？等我问他要扇子去。”老者道：“那山在西南方，名唤翠云山。山中有一仙洞，名唤芭蕉洞。我这里众信人等去拜仙山，往回要走一月，计有一千四百五六十里。”行者笑道：“不打紧，就去就来。”那老者道：“且住，吃些茶饭，办些干粮，须得两人做伴。那路上没有人家，又多狼虎，非一日可到，莫当耍子。”行者笑道：“不用，不用，我去也！”说一声，忽然不见。那老者慌张道：“爷爷呀！原来是腾云驾雾的神人也！”

且不说这家子供奉唐僧加倍。却说那行者霎时径到翠云山，按住祥光，正自找寻洞口，忽然闻得丁丁之声，乃是山林内一个樵夫伐木。行者即趋步至前，又闻得他道：“云际依依认旧林，断崖荒草路难寻。西山望见朝来雨，南涧归时渡处深。”行者近前作礼道：“樵哥，问讯了。”那樵子撇了柯斧，答礼道：“长老何往？”行者道：“敢问樵哥，这可是翠云山？”樵子道：“正是。”行者道：“有个铁扇仙的芭蕉洞，在何处？”樵子笑道：“这芭蕉洞虽有，却无个铁扇仙，只有个铁扇公主，又名罗刹女。”【罗刹为护法之意，持扇护法象征可解烦躁的道心】行者道：“人言他有一柄芭蕉扇，能熄得火焰山，敢是他么？”樵子道：“正是，正是。这圣贤有这件宝贝，善能熄火，保护那方人家，故此称为铁扇仙。我这里人家用不着他，只知他叫做罗刹女，乃大力牛魔王妻也。”

行者闻言，大惊失色，心中暗想道：“又是冤家了！当年伏了红孩儿，说是这厮养的。【烦躁乃火气之父】前在那解阳山破儿洞遇他叔子，尚且不肯与水，要作报仇之意；今又遇他父母，怎生借得这扇子耶？”樵子见行者沉思默虑，嗟叹不已，便笑道：“长老，你出家人，有何忧疑？这条小路儿向东去，不上五六里，就是芭蕉洞，休得心焦。”行者道：“不瞒樵哥说，我是东土唐朝差往西天求经的唐僧大徒弟。前年在火云洞，曾与罗刹之子红孩儿有些言语，但恐罗刹怀仇不与，故生忧疑。”樵子道：“大丈夫鉴貌辨色，只以求扇为名，莫认往时之溲话，管情借得。”行者闻言，深深唱个大喏道：“谢樵哥教诲，我去也。”

【此处樵夫指路情节，类似第一回。当时樵夫指向斜月三星洞是道心所在，暗示此处找寻的也是道心】

遂别了樵夫，径至芭蕉洞口，但见那两扇门紧闭牢关，洞外风光秀丽。好去处！

正是那：

山以石为骨，石作土之精。烟霞含宿润，苔藓助新青。嵯峨势耸欺蓬岛，幽静花香若海瀛。几树乔松栖野鹤，数株衰柳语山莺。诚然是千年古迹，万载仙踪。碧梧鸣彩凤，活水隐苍龙。曲径荜萝垂挂，石梯藤葛攀笼。猿啸翠岩忻月上，鸟啼高树喜晴空。两林竹荫凉如雨，一径花浓没绣绒。时见白云来远岫，略无定体漫随风。【修仙之境，为何牛王不在？】

行者上前叫："牛大哥，开门！开门！"呀的一声，洞门开了，里边走出一个毛儿女，手中提着花篮，肩上担着锄子，真个是一身蓝缕无妆饰，满面精神有道心。行者上前迎着，合掌道："女童，累你转报公主一声。我本是取经的和尚，在西方路上，难过火焰山，特来拜借芭蕉扇一用。"那毛女道："你是那寺里和尚？叫甚名字？我好与你通报。"行者道："我是东土来的，叫做孙悟空和尚。"

那毛女即便回身，转于洞内，对罗刹跪下道："奶奶，洞门外有个东土来的孙悟空和尚，要见奶奶，拜求芭蕉扇，过火焰山一用。"那罗刹听见"孙悟空"三字，便似撮盐入火，火上浇油，骨都都红生脸上，恶狠狠怒发心头，口中骂道："这泼猴！今日来了！"叫："丫鬟，取披挂，拿兵器来！"随即取了披挂，拿两口青锋宝剑，整束出来。行者在洞外闪过，偷看怎生打扮，只见他：

头裹团花手帕，身穿纳锦云袍。
腰间双束虎筋绦，微露绣裙偏绡。
凤嘴弓鞋三寸，龙须膝裤金销。
手提宝剑怒声高，凶比月婆容貌。

那罗刹出门，高叫道："孙悟空何在？"行者上前，躬身施礼道："嫂嫂，老孙在此奉揖。"罗刹咄的一声道："谁是你的嫂嫂！那个要你奉揖！"行者道："尊府牛魔王，当初曾与老孙结义，乃七兄弟之亲。今闻公主是牛大哥令正，安得不以嫂嫂称之！"罗刹道："你这泼猴！既有兄弟之亲，如何坑陷我子？"行者佯问道："令郎是谁？"罗刹道："我儿是号山枯松涧火云洞圣婴大王红孩儿，被你倾了。我们正没处寻你报仇，你今上门纳命，我肯饶你！"行者满脸陪笑道："嫂嫂原来不察理，错怪了老孙。你令郎因是捉了师父，要蒸要煮，幸亏了观音菩萨收他去，救出我师。他如今现在菩萨处做善财童子，实受了菩萨正果，不生不灭，不垢不净，与天地同寿，日月同庚。你倒不谢老孙保命之恩，返怪老孙，是何道理！"罗刹道："你这个巧嘴的泼猴！我那儿虽不伤命，再怎生得到我的跟前，几时能见一面？"【道心不肯助力，是因不见功果（红孩儿，赤子之心），魔心（牛魔王）在外享乐】行者笑道："嫂嫂要见令郎，有何难处？

你且把扇子借我，扇息了火，送我师父过去，我就到南海菩萨处请他来见你，就送扇子还你，有何不可！那时节，你看他可曾损伤一毫？如有些须之伤，你也怪得有理，如比旧时标致，还当谢我。”罗刹道：“泼猴，少要饶舌！伸过头来，等我砍上几剑！若受得疼痛，就借扇子与你；若忍耐不得，教你早见阎君！”行者叉手向前，笑道：“嫂嫂切莫多言，老孙伸着光头，任尊意砍上多少，但没气力便罢，是必借扇子用用。”【卓吾评：猴】那罗刹不容分说，双手轮剑，照行者头上乒乒乓乓，砍有十数下，这行者全不认真。罗刹害怕，回头要走。行者道：“嫂嫂，那里去？快借我使使！”那罗刹道：“我的宝贝原不轻借。”行者道：“既不肯借，吃你老叔一棒！”

好猴王，一只手扯住，一只手去耳内掣出棒来，幌一幌，有碗来粗细。那罗刹挣脱手，举剑来迎，行者随又轮棒便打。两个在翠云山前，不论亲情，却只讲仇隙。这一场好杀：

裙钗本是修成怪，为子怀仇恨泼猴。行者虽然生狠怒，因师路阻让娥流。先言拜借芭蕉扇，不展骁雄耐性柔。罗刹无知轮剑砍，猴王有意说亲由。女流怎与男儿斗，到底男刚压女流。【卓吾评：却不道男不与女敌】这个金箍铁棒多凶猛，那个霜刃青锋甚紧稠。劈面打，照头丢，恨苦相持不罢休。左挡右遮施武艺，前迎后架骋奇谋。却才斗到沉酣处，不觉西方坠日头。罗刹忙将真扇子，一扇挥动鬼神愁！

那罗刹女与行者相持到晚，见行者棒重，却又解数周密，料斗他不过，即便取出芭蕉扇，幌一幌，一扇阴风，把行者扇得无影无形，莫想收留得住。这罗刹得胜回归。

那大圣飘飘荡荡，左沉不能落地，右坠不得存身，就如旋风翻败叶，流水淌残花，滚了一夜，直至天明，方才落在一座山上，双手抱住一块峰石。【心被风吹去，是心无定力、心志不坚的表现，正是烦躁心火的本源】定性良久，仔细观看，却才认得是小须弥山。大圣长叹一声道：“好利害妇人！【卓吾评：那个妇人不利害？】怎么就把老孙送到这里来了？我当年曾记得在此处告求灵吉菩萨降黄风怪救我师父。那黄风岭至此直南上有三千余里，今在西路转来，乃东南方隅，不知有几万里。等我下去问灵吉菩萨一个消息，好回旧路。”

正踌躇间，又听得钟声响喨，急下山坡，径至禅院。那门前道人认得行者的形容，即入里面报道：“前年来请菩萨去降黄风怪的那个毛脸大圣又来了。”菩萨知是悟空，连忙下宝座相迎，入内施礼道：“恭喜！取经来耶？”悟空答道：“正好未到！早哩，早哩！”灵吉道：“既未曾得到雷音，何以回顾荒山？”行者道：“自上年蒙盛情降了黄风怪，一路上不知历过多少苦楚。今到火焰山，不能前进。询问土人，说有个铁扇仙芭蕉扇，扇得火灭，老孙特去寻访，原来那仙是牛魔王的妻，红孩儿的母。他说我把他儿子做了观音菩萨的童子，不得常见，跟我为仇，不肯借扇，与我争斗。他见我的棒重难撑，遂将扇子把我一扇，扇得我悠悠荡荡，直至于此，方才落住。故此轻造禅院，问个归路。此处到火焰山，不知有多少里数？”灵吉笑道：“那妇人唤名罗刹女，又叫做铁扇公主。他的那芭蕉扇本是昆仑山后，自混沌开辟以来，天地产成的一个灵宝，乃太阴之精叶，故能灭火气。假若扇着人，要飘八万四千里，方息阴风。我这山到火焰山，只有五万余里，此还是大圣有留云之能，故止住了。若是凡人，正好不得住也。”行者道：“利害！利害！我师父却怎生得度那方？”

灵吉道：“大圣放心。此一来，也是唐僧的缘法，合教大圣成功。”行者道：“怎见成功？”灵吉道：“我当年受如来教旨，赐我一粒定风丹，一柄飞龙杖。飞龙杖已降了风魔，这定风丹尚未曾见用，如今送了大圣，管教那厮扇你不动，你却要了扇子，扇息火，却不就立此功也？”行者低头作礼，感谢不尽。那菩萨即于衣袖中取出一个锦袋儿，将那一粒定风丹与行者安在衣领里边，将针线紧紧缝了，【心性飘忽不定，需借佛法定心，融入衣钵之中】送行者出门道：“不及留款，往西北上去，就是罗刹的山场也。”

行者辞了灵吉，驾筋斗云，径返翠云山，顷刻而至。使铁棒打着洞门叫道：“开门！开门！老孙来借扇子使使哩！”慌得那门里女童即忙来报：“奶奶，借扇子的又来了！”罗刹闻言，心中悚惧道：“这泼猴真有本事！我的宝贝扇着人，要去八万四千里方能停止，他怎么才吹去就回来也？这番等我一连扇他两三扇，教他找不着归路！”急纵身，结束整齐，双手提剑，走出门来道：“孙行者！你不怕我，又来寻死！”行者笑道：“嫂嫂勿得悭吝，是必借我使使。【卓吾评：猴】保得唐僧过山，就送还你。我是个志诚有余的君子，不是那借物不还的小人。”【卓吾评：借物不还的听之】

罗刹又骂道：“泼猢狲！好没道理，没分晓！夺子之仇，尚未报得；借扇之意，岂得如心！你不要走！吃我老娘一剑！”大圣公然不惧，使铁棒劈手相迎。他两个往往来来，战经五七回合，罗刹女手软难轮，孙行者身强善敌。他见事势不谐，即取扇子，望行者搧了一搧，行者巍然不动。行者收了铁棒，笑吟吟的道：“这番不比那番！任你怎么搧来，老孙若动一动，就不算汉子！”那罗刹又搧两搧。果然不动。罗刹慌了，急收宝贝，转回走入洞里，将门紧紧关上。

行者见他闭了门，却就弄个手段，拆开衣领，把定风丹噙在口中，摇身一变，变作一个蟭蟟虫儿，从他门隙处钻进。只见罗刹叫道：“渴了！渴了！快拿茶来！”近侍女童，即将香茶一壶，沙沙的满斟一碗，冲起茶沫漕漕。行者见了欢喜，嘤的一翅，飞在茶沫之下。那罗刹渴极，接过茶，两三气都喝了。行者已到他肚腹之内，现原身厉声高叫道："嫂嫂，借扇子我使使！"【卓吾评：猴哉，猴哉】罗刹大惊失色，叫："小的们，关了前门否？"俱说："关了。"他又说："既关了门，孙行者如何在家里叫唤？"女童道："在你身上叫哩。"罗刹道："孙行者，你在那里弄术哩？"行者道："老孙一生不会弄术，都是些真手段，实本事，已在尊嫂尊腹之内耍子，已见其肺肝矣。我知你也饥渴了，我先送你个坐碗儿解渴！"却就把脚往下一蹬。【卓吾评：猴】那罗刹小腹之中，疼痛难禁，坐于地下叫苦。行者道："嫂嫂休得推辞，我再送你个点心充饥！"又把头往上一顶。【卓吾评："坐碗""点心"，巧甚】那罗刹心痛难禁，只在地上打滚，疼得他面黄唇白，只叫："孙叔叔饶命！"

行者却才收了手脚道："你才认得叔叔么？我看牛大哥情上，且饶你性命，快将扇子拿来我使使。"罗刹道："叔叔，有扇！有扇！你出来拿了去！"行者道："拿扇子我看了出来。"罗刹即叫女童拿一柄芭蕉扇，执在旁边。行者探到喉咙之上见了道："嫂嫂，我既饶你性命，不在腰肋之下搠个窟窿出来，还自口出。【卓吾评：若在下面出来，就是他的儿子了】你把口张三张儿。"那罗刹果张开口。行者还作个蟭蟟虫，先飞出来，丁在芭蕉扇上。那罗刹不知，连张三次，叫："叔叔出来罢。"行者化原身，拿了扇子，叫道："我在此间不是？谢借了！谢借了！"【卓吾评：猴】拽开步，往前便走，小的们连忙开了门，放他出洞。

这大圣拨转云头，径回东路，霎时按落云头，立在红砖壁下。八戒见了欢喜道："师父，师兄来了！来了！"三藏即与本庄老者同沙僧出门接着，同至舍内。把芭蕉扇靠在旁边道："老官儿，可是这个扇子？"【卓吾评：老官儿那里认得此扇？】老者道："正是！正是！"唐僧喜道："贤徒有莫大之功，求此宝贝，甚劳苦了。"行者道："劳苦倒也不说。那铁扇仙，你道是谁？那厮原来是牛魔王的妻，红孩儿的母，名唤罗刹女，又唤铁扇公主。我寻到洞外借扇，他就与我讲起仇隙，把我砍了几剑。是我使棒吓他，他就把扇子扇了我一下，飘飘荡荡，直刮到小须弥山。幸见灵吉菩萨，送了我一粒定风丹，指与归路，复至翠云山。又见罗刹女，罗刹女又使扇子，扇我不动，他就回洞。是老孙变作一个蟭蟟虫，飞入洞去。那厮正讨茶吃，是我又钻在茶沫之下，到他肚里，做起手脚。他疼痛难禁，不住口的叫我做叔叔饶命，情愿将扇借与我。我却饶了他，拿将扇来，待过了火焰山，仍送还他。"三藏闻言，感谢不尽。师徒们俱拜辞老者。

一路西来，约行有四十里远近，渐渐酷热蒸人。沙僧只叫："脚底烙得慌！"八戒又道："爪子烫得痛！"马比寻常又快，只因地热难停，十分难进。行者道："师父且请下马，兄弟们莫走。等我扇息了火，待风雨之后，地土冷些，再过山去。"行者果举扇，径至火边，尽力一扇，那山上火光烘烘腾起；再一扇，更着百倍；又一扇，那火足有千丈之高，渐渐烧着身体。行者急回，已将两股毫毛烧尽，径跑至唐僧面前叫："快回去，快回去！火来了，火来了！"

那师父爬上马，与八戒、沙僧，复东来有二十余里，方才歇下道："悟空，如何了呀！"行者丢下扇子道："不停当！不停当！被那厮哄了！"三藏听说，愁促眉尖，闷添心上，止不住两泪交流，只道："怎生是好！"八戒道："哥哥，你急急忙忙叫回去是怎么说？"行者道："我将扇子扇了一下，火光烘烘；第二扇，火气愈盛；第三扇，火头飞有千丈之高。若是跑得不快，把毫毛都烧尽矣！"八戒笑道："你常说雷打不伤，火烧不损，如今何又怕火？"行者道："你这呆子，全不知事！那时节用心防备，故此不伤；今日只为扇息火光，不曾捻避火诀，又未使护身法，所以把两股毫毛烧了。"沙僧道："似这般火盛，无路通西，怎生是好？"八戒道："只拣无火处走便罢。"三藏道："那方无火？"八戒道："东方、南方、北方俱无火。"又问："那方有经？"八戒道："西方有经。"三藏道："我只欲往有经处去哩！"沙僧道："有经处有火，无火处无经，诚是进退两难！"【卓吾评：着眼】【烦恼即菩提，两难处正是修行处】

师徒们正自胡谈乱讲，只听得有人叫道："大圣不须烦恼，且来吃些斋饭再议。"四众回看时，见一老人，身披飘风氅，头顶偃月冠，手持龙头杖，足踏铁靿靴，后带着一个雕嘴鱼腮鬼，鬼头上顶着一个铜盆，盆内有些蒸饼糕糜，黄粮米饭，在于西路下躬身道："我本是火焰山土地。知大圣保护圣僧，不能前进，特献一斋。"行者道："吃斋小可。这火光几时灭得，让我师父过去？"土地道："要灭火光，须求罗刹女借芭蕉扇。"行者去路旁拾起扇子道："这不是？那火光越扇越着，何也？"土地看了，笑道："此扇不是真的，被他哄了。"行者道："如何方得真的？"那土地又控背躬身微微笑道："若还要借真蕉扇，须是寻求大力王。"毕竟不知大力王有甚缘故，且听下回分解。

【卓吾评：罗刹女遗焰至今尚在。或问："在何处？"曰："遍地都是。只是男子不动火，他自然灭熄了。"这妇人遍能煞火，所以和尚只得求他】

第六十回　牛魔王罢战赴华筵　孙行者二调芭蕉扇

【罗刹女有熄火之扇，象征道心；玉面公主象征欲望。心性需摒弃欲望，回归修炼的道心，才能解除烦躁，此即促牛魔王放弃玉面公主回归罗刹女的寓意。本回悟空变作牛魔王回归芭蕉洞，象征用欺骗的方式造成收服魔心的假象，自然不会成功】

土地说："大力王即牛魔王也。"行者道："这山本是牛魔王放的火，假名火焰山？"土地道："不是，不是。大圣若肯赦小神之罪，方敢直言。"行者道："你有何罪？直说无妨。"土地道："这火原是大圣放的。"行者怒道："我在那里，你这等乱谈！我可是放火之辈？"土地道："是你也认不得我了。此间原无这座山，因大圣五百年前大闹天宫时被显圣擒了，押赴老君，将大圣安于八卦炉内煅炼，之后开鼎，被你蹬倒丹炉，落了几个砖来，内有余火，到此处化为火焰山。【卓吾评：如此照应，奇甚】我本是兜率宫守炉的道人，当被老君怪我失守，降下此间，就做了火焰山土地也。"【卓吾评：极荒唐，却似实事】【作者用八卦炉的神话暗示身体的烦躁源于放纵欲望的心性】

猪八戒闻言恨道："怪道你这等打扮！原来是道士变的土地！"行者半信不信道："你且说，找寻大力王何故？"土地道："大力王乃罗刹女丈夫。他这向撇了罗刹，现在积雷山摩云洞。有个万岁狐王，那狐王死了，【刚说完"万岁"就"死了"】遗下一个女儿，叫做玉面公主。【卓吾评：好名色】那公主有百万家私，无人掌管。二年前，访着牛魔王神通广大，情愿倒陪家私，招赘为夫。【倒插门是八戒在高老庄的做派。心性放纵欲望，便成了当年的八戒。故牛魔王既是悟空心魔，也有八戒的影子】那牛王弃了罗刹，久不回顾。【魔心弃道心】若大圣寻着牛王，拜求来此，方借得真扇。一则搧息火焰，可保师父前进；二来永除火患，可保此地生灵；三者赦我归天，回缴老君法旨。"行者道："积雷山坐落何处？到彼有多少程途？"土地道："在正南方。此间到彼，有三千余里。"行者闻言，即吩咐沙僧、八戒保护师父，又教土地陪伴勿回，随即忽的一声，渺然不见。

那里消半个时辰，早见一座高山凌汉。按落云头，停立巅峰之上观看，真是好山：

高不高，顶摩碧汉；大不大，根扎黄泉。山前日暖，岭后风寒。山前日暖，有三冬草木无知；岭后风寒，见九夏冰霜不化。龙潭接涧水长流，虎穴依崖花放早。水流千派似飞琼，花放一心如布锦。湾环岭上湾环树，扢扠（gē zhā，参差不平貌）石外扢扠松。真个是高的山，峻的岭，陡的崖，深的涧，香的花，美的果，红的藤，紫的竹，青的松，翠的柳：八节四时颜不改，千年万古色如龙。

大圣看彀多时，步下尖峰，入深山，找寻路径。正自没个消息，忽见松阴下，有一女子，手折了一枝香兰，袅袅娜娜而来。大圣闪在怪石之旁，定睛观看，那女子怎生模样：

娇娇倾国色，缓缓步移莲。貌若王嫱，颜如楚女。如花解语，似玉生香。高髻堆青亸碧鸦，双睛蘸绿横秋水。湘裙半露弓鞋小，翠袖微舒粉腕长。说甚么暮雨朝云，真个是朱唇皓齿。锦江滑腻蛾眉秀，赛过文君与薛涛。

那女子渐渐走近石边，大圣躬身施礼，缓缓而言曰："女菩萨何往？"那女子未曾观看，听得叫问，却自抬头，忽见大圣的相貌丑陋，老大心惊，欲退难退，欲行难行，只得战兢兢，勉强答道："你是何方来者？敢在此间问谁？"大圣沉思道："我若说出取经求扇之事，恐这厮与牛王有亲，且只以假亲托意，来请魔王之言而答方可。"那女子见他不语，变了颜色，怒声喝道："你是何人，敢来问我！"大圣躬身陪笑道："我是翠云山来的，初到贵处，不知路径。敢问菩萨，此间可是积雷山？"那女子道："正是。"大圣道："有个摩云洞，坐落何处？"那女子道："你寻那洞做甚？"大圣道："我是翠云山芭蕉洞铁扇公主央来请牛魔王的。"

那女子一听铁扇公主请牛魔王之言，心中大怒，彻耳根子通红，泼口骂道："这贱婢，着实无知！牛王自到我家，未及二载，也不知送了他多少珠翠金银，绫罗缎匹。年供柴，月供米，自自在在受用，还不识羞，又来请他怎的！"【卓吾评：妖魔是妒妇，妒妇是妖魔】大圣闻言，情知是玉面公主，故意掣出铁棒大喝一声道："你这泼贱，将家私买住牛王，诚然是陪钱嫁汉！你倒不羞，却敢骂谁！"那女子见了，唬得魄散魂飞，没好步乱躧金莲，战兢兢回头便走，这大圣吆吆喝喝，随后相跟。原来穿过松阴，就是摩云洞口，女子跑进去，扑的把门关了。大圣却收了铁棒，停步看时，好所在：

树林森密，崖削崚嶒。薜萝阴冉冉，兰蕙味馨馨。流泉漱玉穿修竹，巧石知机带落英。烟霞笼远岫，日月照云屏。龙吟虎啸，鹤唳莺鸣。一片清幽真可爱，琪花瑶草景常明。不亚天台仙洞，胜如海上蓬瀛。

且不言行者这里观看景致，却说那女子跑得粉汗淋淋，唬得兰心吸吸，【卓吾评："粉汗""兰心"，语媚甚】径入书房里面。原来牛魔王正在那里静玩丹青，这女子没好气倒在怀里，抓耳挠腮，放声大哭。【卓吾评：画】牛王满面陪笑道："美人，休得烦恼。有甚话说？"那女子跳天索地，口中骂道："泼魔害杀我也！"【卓吾评：描写得逼真】牛王笑道："你为甚事骂我？"女子道："我因父母无依，招你护身养命。江湖中说你是条好汉，原来是个惧内的庸夫！"牛王闻说，将女子抱住道："美人，我有那些不是处，你且慢慢说来，我与你陪礼。"女子道："适才我在洞外闲步花阴，折兰采蕙，忽有一个毛脸雷公嘴的和尚，猛地前来施礼，把我吓了个呆挣。及定性问是何人，他说是铁扇公主央他来请牛魔王的。被我说了两句，他倒骂了我一场，将一根棍子，赶着我打。若不是走得快些，几乎被他打死！这不是招你为祸？害杀我也！"牛王闻言，却与他整容陪礼，温存良久，女子方才息气。【卓吾评：传神】魔王却发狠道："美人在上，不敢相瞒：那芭蕉洞虽是僻静，却清幽自在。我山妻自幼修持，也是个得道的女仙，却是家门严谨，内无一尺之童，焉得有雷公嘴的男子央来？这想是那里来的妖怪，或者假绰名声，至此访我，等我出去看看。"

好魔王，拽开步，出了书房，上大厅取了披挂，束结了，拿了一条混铁棒，出门高叫道："是谁人在我这里无状？"行者在旁，见他那模样，与五百年前又大不同。只见：

头上戴一顶水磨银亮熟铁盔，身上贯一副绒穿锦绣黄金甲，足下踏一双卷尖粉底麂皮靴，腰间束一条攒丝三股狮蛮带。一双眼光如明镜，两道眉艳似红霓。口若血盆，齿排铜板。吼声响震山神怕，行动威风恶鬼慌。四海有名称混世，西方大力号魔王。

这大圣整衣上前，深深的唱个大喏道："长兄，还认得小弟么？"牛王答礼道："你是齐天大圣孙悟空么？"大圣道："正是，正是，一向久别未拜。适才到此问一女子，方得见。兄丰采果胜常，真可贺也！"牛王喝道："且休巧舌！我闻你闹了天宫，被佛祖降压在五行山下，近解脱天灾，保护唐僧西天见佛求经，怎么在号山枯松涧火云洞把我小儿牛圣婴害了？正在这里恼你，你却怎么又来寻我？"【不以得道为善，疏远道心】大圣作礼道："长兄勿得误怪小弟。当时令郎捉住吾师，要食其肉，小弟近他不得，幸观音菩萨欲救我师，劝他归正。现今做了善财童子，比兄长还高，享极乐之门堂，受逍遥之永寿，有何不可，返怪我耶？"牛王骂道："这个乖嘴的猢狲！害子之情，被你说过，你才欺我爱妾，打上我门，何也？"大圣笑道："我因拜谒长兄不见，向那女子拜问，不知就是二嫂嫂。因他骂了我几句，是小弟一时粗鲁，惊了嫂嫂。望长兄宽恕宽恕！"牛王道："既如此说，我看故旧之情，饶你去罢。"

大圣道:“既蒙宽恩,感谢不尽,但尚有一事奉渎,万望周济周济。”牛王骂道:“这猢狲不识起倒!饶了你,倒还不走,反来缠我!甚么周济周济!”大圣道:“实不瞒长兄:小弟因保唐僧西进,路阻火焰山,不能前进。询问土人,知尊嫂罗刹女有一柄芭蕉扇,欲求一用。昨到旧府,奉拜嫂嫂,嫂嫂坚执不借,是以特求长兄。望兄长开天地之心,同小弟到大嫂处一行,千万借扇搧灭火焰,保得唐僧过山,即时完璧。”牛王闻言,心如火发,咬响钢牙骂道:“你说你不无礼,你原来是借扇之故!一定先欺我山妻,山妻想是不肯,故来寻我!且又赶我爱妾!常言道:‘朋友妻,不可欺;朋友妾,不可灭。’你既欺我妻,又灭我妾,多大无礼?上来吃我一棍!”大圣道:“哥要说打,弟也不惧,但求宝贝,是我真心。万乞借我使使!”牛王道:“你若三合敌得我,我着山妻借你;如敌不过,打死你,与我雪恨!”大圣道:“哥说得是,小弟这一向疏懒,不曾与兄相会,不知这几年武艺比昔日如何,我兄弟们请演演棍看。”这牛王那容分说,掣混铁棍,劈头就打。这大圣持金箍棒,随手相迎。两个这场好斗:

金箍棒,混铁棍,变脸不以朋友论。那个说:“正怪你这猢狲害子情!”这个说:“你令郎已得道休嗔恨!”那个说:“你无知怎敢上我门?”这个说:“我有因特地来相问。”一个要求扇子保唐僧,一个不借芭蕉忒鄙吝。语去言来失旧情,举家无义皆生忿。牛王棍起赛蛟龙,大圣棒迎神鬼遁。初时争斗在山前,后来齐驾祥云进。半空之内显神通,五彩光中施妙运。两条棍响振天关,不见输赢皆傍寸。

这大圣与那牛王斗经百十回合,不分胜负。正在难解难分之际,只听得山峰上有人叫道:“牛爷爷,我大王多多拜上,幸赐早临,好安座也。”牛王闻说,使混铁棍支住金箍棒,叫道:“猢狲,你且住了,等我去一个朋友家赴会来者!”言毕,按下云头,径至洞里。对玉面公主道:“美人,才那雷公嘴的男子乃孙悟空猢狲,被我一顿棍打走了,再不敢来,你放心耍子。我到一个朋友处吃酒去也。”他才卸了盔甲,穿一领鸦青剪绒袄子,走出门,跨上辟水金睛兽,着小的们看守门庭,半云半雾,一直向西北方而去。

大圣在高峰上看着,心中暗想道:“这老牛不知又结识了甚么朋友,往那里去赴会,等老孙跟他走走。”好行者,将身幌一幌,变作一阵清风赶上,随着同走。不多时,到了一座山中,那牛王寂然不见。大圣聚了原身,入山寻看,那山中有一面清水深潭,潭边有一座石碣,碣上有六个大字,乃“乱石山碧波潭”。大圣暗想道:“老牛断然下水去了。水底之精,若不是蛟精,必是龙精鱼精,或是龟鳖鼋鼍之精,等老孙也下去看看。”

好大圣,捻着诀,念个咒语,摇身一变,变作一个螃蟹,不大不小的,有三十六斤重，扑的跳在水中，径沉潭底。忽见一座玲珑剔透的牌楼，楼下拴着那个辟水金睛兽，进牌楼里面，却就没水。大圣爬进去，仔细看时，只见那壁厢一派音乐之声，但见：

朱宫贝阙，与世不殊。黄金为屋瓦，白玉作门枢。屏开玳瑁甲，槛砌珊瑚珠。祥云瑞蔼辉莲座，上接三光下八衢。非是天宫并海藏，果然此处赛蓬壶。高堂设宴罗宾主，大小官员冠冕珠。忙呼玉女捧牙槃(pán，同“盘”)，催唤仙娥调律吕。长鲸鸣，巨蟹舞，鳖吹笙，鼍(tuó，扬子鳄)击鼓，骊颔之珠照樽俎①。鸟篆之文列翠屏，虾须之帘挂廊庑。八音迭奏杂仙韶，宫商响彻遏云霄。青头鲈妓抚瑶瑟，红眼马郎品玉箫。鳜婆顶献香獐脯，龙女头簪金凤翘。吃的是，天厨八宝珍羞味；饮的是，紫府琼浆熟酝醪。

那上面坐的是牛魔王，左右有三四个蛟精，前面坐着一个老龙精，两边乃龙子龙孙龙婆龙女。正在那里觥筹交错之际，孙大圣一直走将上去，被老龙看见，即命：“拿下那个野蟹来！”龙子龙孙一拥上前，把大圣拿住。大圣忽作人言，只叫：“饶命！饶命！”老龙道：“你是那里来的野蟹？怎么敢上厅堂，在尊客之前，横行乱走？快早供来，免汝死罪！”好大圣，假捏虚言，对众供道：“生自湖中为活，傍崖作窟权居。盖因日久得身舒，官受横行介士。踏草拖泥落索，从来未习行仪。不知法度冒王威，伏望尊慈恕罪！”【卓吾评：可笑之甚】

座上众精闻言，都拱身对老龙作礼道：“蟹介士初入瑶宫，不知王礼，望尊公饶他去罢。”老龙称谢了。众精即教：“放了那厮，且记打，外面伺候。”大圣应了一声，往外逃命，径至牌楼之下，心中暗想道：“这牛王在此贪杯，那里等得他散？就是散了，也不肯借扇与我。不如偷了他的金睛兽，变做牛魔王，去哄那罗刹女，骗他扇子，送我师父过山为妙。”

【本书中神仙坐骑都是被降伏的意念，同理，妖魔的坐骑也是被妖魔降伏的心性，这里的金睛兽，取悟空的火眼金睛，影射悟空】

好大圣，即现本象，将金睛兽解了缰绳，扑一把跨上雕鞍，径直骑出水底。到于潭外，将身变作牛王模样，打着兽，纵着云，不多时，已至翠云山芭蕉洞口，叫声：“开门！”那洞门里有两个女童，闻得声音开了门，看见是牛魔王嘴脸，即入报：“奶奶，爷爷来家了。”那罗刹听言，忙整云鬟，急移莲步，出门迎接。这大圣下雕鞍，牵进金睛兽；弄大胆，诓骗女佳人。罗刹女肉眼，认他不出，即携手而入。着丫鬟设座看茶，

① 樽俎：zūn zǔ，古代盛酒食的器皿。樽以盛酒，俎以盛肉。

一家子见是主公，无不敬谨。

须臾间，叙及寒温。大圣道：“夫人久阔。”【卓吾评：顽甚】罗刹道：“大王万福。”又云：“大王宠幸新婚，抛撇奴家，今日是那阵风儿吹你来的？”【卓吾评：妙甚】大圣笑道：“非敢抛撇。只因玉面公主招后，家事繁冗，朋友多顾，是以稽留在外，却也又治得一个家当了。”【卓吾评：趣甚】又道：“近闻悟空那厮保唐僧，将近火焰山界，恐他来问你借扇子。我恨那厮害子之仇未报，但来时，可差人报我，等我拿他，分尸万段，以雪我夫妻之恨。”【卓吾评：贼猴】罗刹闻言，滴泪告道：“大王，常言说：‘男儿无妇财无主，女子无夫身无主。’我的性命，险些儿被这个猢狲害了！”大圣听得，故意发怒骂道：“那泼猴几时过去了？”【卓吾评：逼真】罗刹道：“还未去。昨日到我这里借扇子，我因他害孩儿之故，披挂了轮宝剑出门，就砍那猢狲。他忍着疼，叫我做嫂嫂，说大王曾与他结义。”大圣道：“是，五百年前曾拜为七兄弟。”罗刹道：“被我骂也不敢回言，砍也不敢动手，后被我一扇子搧去，不知在那里寻得个定风法儿，今早又在门外叫唤。是我又使扇搧，莫想得动。急轮剑砍时，他就不让我了。我怕他棒重，就走入洞里，紧关上门。不知他又从何处，钻在我肚腹之内，【卓吾评：你道在何处钻入？】险被他害了性命！是我叫他几声叔叔，将扇与他去也。”大圣又假意捶胸道：“可惜！可惜！夫人错了，怎么就把这宝贝与那猢狲？恼杀我也！”【卓吾评：妙猴】

罗刹笑道：“大王息怒。与他的是假扇，但哄他去了。”大圣问：“真扇在于何处？”罗刹道：“放心！放心！我收着哩。”叫丫鬟整酒接风贺喜，遂擎杯奉上道：“大王，燕尔新婚，千万莫忘结发，且吃一杯乡中之水。”大圣不敢不接，只得笑吟吟，【卓吾评：画】举觞在手道：“夫人先饮，我因图治外产，久别夫人，早晚蒙护守家门，权为酬谢。”罗刹复接杯斟起，递与大王道：“自古道：‘妻者，齐也。’夫乃养身之父，讲甚么谢。”两人谦谦讲讲，方才坐下巡酒。大圣不敢破荤，只吃几个果子，与他言言语语。

酒至数巡，罗刹觉有半酣，色情微动，就和孙大圣挨挨擦擦，搭搭拈拈；携着手，俏语温存；并着肩，低声俯就；将一杯酒，你喝一口，我喝一口，却又哺果。【卓吾评：妙，妙】大圣假意虚情，相陪相笑，没奈何，也与他相倚相偎。果然是：

钓诗钩，扫愁帚，破除万事无过酒。男儿立节放襟怀，女子忘情开笑口。面赤似夭桃，身摇如嫩柳。絮絮叨叨话语多，捻捻掐掐风情有。时见掠云鬟，又见轮尖手。几番常把脚儿跷，数次每将衣袖抖。【卓吾评：妙，妙】粉项自然低，蛮腰渐觉扭。合欢言语不曾丢，酥胸半露松金钮。醉来真个玉山颓，饧眼摩娑几弄丑。

大圣见他这等酣然，暗自留心，挑逗道："夫人，真扇子你收在那里？早晚仔细。但恐孙行者变化多端，却又来骗去。"罗刹笑嘻嘻的，口中吐出，只有一个杏叶儿大小，递与大圣道："这个不是宝贝？"大圣接在手中，却又不信，暗想着："这些些儿，怎生扇得火灭？怕又是假的。"罗刹见他看着宝贝沉思，忍不住上前，将粉面揾在行者脸上，叫道："亲亲，你收了宝贝吃酒罢，只管出神想甚么哩？"大圣就趁脚儿跷，问他一句道："这般小小之物，如何扇得八百里火焰？"罗刹酒陶真性无忌惮，就说出方法道："大王，与你别了二载，你想是昼夜贪欢，被那玉面公主弄伤了神思，怎么自家的宝贝事情，也都忘了？只将左手大指头捻着那柄儿上第七缕红丝，念一声'呬嘘呵吸嘻吹呼'，即长一丈二尺长短。这宝贝变化无穷！那怕他八万里火焰，可一扇而消也。"

大圣闻言，切切记在心上，却把扇儿也噙在口里，把脸抹一抹，现了本象，厉声高叫道："罗刹女！你看看我可是你亲老公！就把我缠了这许多丑勾当！不羞！不羞！"那女子一见是孙行者，慌得推倒桌席，跌落尘埃，羞愧无比，只叫："气杀我也！气杀我也！"

这大圣不管他死活，捽脱手，拽大步，径出了芭蕉洞。正是：无心贪美色，得意笑颜回。将身一纵，踏祥云，跳上高山，将扇子吐出来，演演方法。将左手大指头捻着那柄上第七缕红丝，念了一声'呬嘘呵吸嘻吹呼'，果然长了有一丈二尺长短。拿在手中，仔细看了又看，比前番假的果是不同，只见祥光幌幌，瑞气纷纷，上有三十六缕红丝，穿经度络，表里相联。原来行者只讨了个长的方法，不曾讨他个小的口诀，左右只是那等长短。没奈何，只得搴在肩上，找旧路而回，不题。【卓吾评：妆点得好】

却说那牛魔王在碧波潭底与众精散了筵席，出得门来，不见了辟水金睛兽。老龙王聚众精问道："是谁偷放牛爷的金睛兽也？"众精跪下道："没人敢偷。我等俱在筵前供酒捧盘，供唱奏乐，更无一人在前。"老龙道："家乐儿断乎不敢，可曾有甚生人进来？"龙子龙孙道："适才安座之时，有个蟹精到此，那个便是生人。"牛王闻说，顿然省悟道："不消讲了！早间贤友着人邀我时，有个孙悟空保唐僧取经，路遇火焰山难过，曾问我求借芭蕉扇。我不曾与他，他和我赌斗一场，未分胜负。我却丢了他，径赴盛会。那猴子千般伶俐，万样机关，断乎是那厮变作蟹精，来此打探消息，偷了我兽，去山妻处骗了那一把芭蕉扇儿也！"众精见说，一个个胆战心惊，问道："可是那大闹天宫的孙悟空么？"牛王道："正是。列公若在西天路上，有不是处，切要躲避他些儿。"老龙道："似这般说，大王的骏骑，却如之何？"牛王笑道："不妨，不妨，列公各散，等我赶他去来。”

遂而分开水路，跳出潭底，驾黄云，径至翠云山芭蕉洞。只听得罗刹女跌脚捶胸，大呼小叫。推开门，又见辟水金睛兽拴在下边，牛王高叫：“夫人，孙悟空那厢去了？”众女童看见牛魔，一齐跪下道：“爷爷来了？”罗刹女扯住牛王，磕头撞脑，口里骂道：“泼老天杀的！怎样这般不谨慎，着那猢狲偷了金睛兽，变作你的模样，到此骗我！”牛王切齿道：“猢狲那厢去了？”罗刹捶着胸膛骂道：“那泼猴赚了我的宝贝，现出原身走了！气杀我也！”牛王道：“夫人保重，勿得心焦。等我赶上猢狲，夺了宝贝，剥了他皮，锉碎他骨，摆出他的心肝，与你出气！”叫：“拿兵器来！”女童道：“爷爷的兵器，不在这里。”牛王道：“拿你奶奶的兵器来罢！”【卓吾评：好照管】侍婢将两把青锋宝剑捧出。牛王脱了那赴宴的鸦青绒袄，束一束贴身的小衣，双手绰剑，走出芭蕉洞，径奔火焰山上赶来。正是那：忘恩汉骗了痴心妇，烈性魔来近木叉人。毕竟不知此去吉凶如何，且听下回分解。

【卓吾评：老牛、老猴曾结义来，缘何略无一些兄弟情分？友人曰：“妖魔禽兽说恁么情分？”又一友曰：“没情分的，便是妖魔禽兽耳。”甚快之。

形容铁扇、玉面两公主，曲尽人家妻妾情状】

第六十一回　猪八戒助力败魔王　孙行者三调芭蕉扇

【红孩儿的火是怒火，火焰山的火是烦躁之火，都不是普通意义上的火。怒火源自烦躁，烦躁源自欲望和狂暴的心性，都是唐僧的心理状态，也是所有人都有的心性。行者一调芭蕉扇是用强，二调芭蕉扇是用骗，均是无用功，只有把魔心真正收服，才得清凉。本回金木土大战牛魔，让哪吒斩掉牛魔的数十个头，让八戒剿除玉面狐狸，象征斩断欲望和诸多头绪的牵扯，以心志统一性情，回归道心】

话表牛魔王赶上孙大圣，只见他肩膊上掮着那柄芭蕉扇，怡颜悦色而行。魔王大惊道："猢狲原来把运用的方法儿也叨餂(dāo tiǎn，骗取)得来了。我若当面问他索取，他定然不与。倘若扇我一扇，要去十万八千里远，却不遂了他意？我闻得唐僧在那大路上等候。他二徒弟猪精，三徒弟沙流精，我当年做妖怪时，也曾会他，且变作猪精的模样，返骗他一场。料猢狲以得意为喜，必不详细提防。"好魔王，他也有七十二变，武艺也与大圣一般，【暗示悟空心魔】只是身子狼犺(láng kàng，笨拙，笨重)些，欠钻疾(zuān jí，灵活)，不活达些。【放任欲望的心性，又兼八戒之形神】把宝剑藏了，念个咒语，摇身一变，即变作八戒一般嘴脸，抄下路，当面迎着大圣，叫道："师兄，我来也！"这大圣果然欢喜。古人云："得胜的猫儿——欢似虎也。"只倚着强能，更不察来人的意思，见是个八戒的模样，便就叫道："兄弟，你往那里去？"牛魔王绰着经儿(绰经：chāo jīng，顺着线索)道："师父见你许久不回，恐牛魔王手段大，你斗他不过，难得他的宝贝，教我来迎你的。"行者笑道："不必费心，我已得了手了。"牛王又问道："你怎么得的？"行者道："那老牛与我战经百十合，不分胜负。他就撇了我，去那乱石山碧波潭底，与一伙蛟精龙精饮酒。是我暗跟他去，变作个螃蟹，偷了他所骑的辟水金睛兽，变了老牛的模样，径至芭蕉洞哄那罗刹女。那女子与老孙结了一场干夫妻，【卓吾评：顽皮】是老孙设法骗将来的。"牛王道："却是生受(辛苦)了，哥哥劳碌太甚，可把扇子我拿。"孙大圣那知真假，也虑不及此，遂将扇子递与他。

原来那牛王，他知那扇子收放的根本，接过手，不知捻个甚么诀儿，依然小似一片杏叶，现出本象，开言骂道："泼猢狲！认得我么？"行者见了，心中自悔道："是我的不是了！"恨了一声，跌足高呼道："咦！逐年家打雁，今却被小雁儿鹐(qiān，鸟啄)

了眼睛。”狠得他爆躁如雷，掣铁棒，劈头便打，那魔王就使扇子扇他一下，不知那大圣先前变蟭蟟虫入罗刹女腹中之时，将定风丹噙在口里，不觉的咽下肚里，所以五脏皆牢，皮骨皆固，凭他怎么扇，再也扇他不动。【卓吾评：好照管】牛王慌了，把宝贝丢入口中，双手轮剑就砍。那两个在那半空中这一场好杀：

齐天孙大圣，混世泼牛王，只为芭蕉扇，相逢各骋强。粗心大圣将人骗，大胆牛王把扇诓。这一个，金箍棒起无情义；那一个，双刃青锋有智量。大圣施威喷彩雾，牛王放泼吐毫光。齐斗勇，两不良，咬牙锉齿气昂昂。播土扬尘天地暗，飞砂走石鬼神藏。这个说：“你敢无知返骗我！”那个说：“我妻许你共相将（相共，指悟空假扮牛魔王骗其妻之事）！”言村语泼，性烈情刚。那个说：“你哄人妻女真该死！告到官司有罪殃！”伶俐的齐天圣，凶顽的大力王，一心只要杀，更不待商量。棒打剑迎齐努力，有些松慢见阎王。

且不说他两个相斗难分，却表唐僧坐在途中，一则火气蒸人，二来心焦口渴，对火焰山土地道：“敢问尊神，那牛魔王法力如何？”土地道：“那牛王神通不小，法力无边，正是孙大圣的敌手。”三藏道：“悟空是个会走路的，【“会走路的”，说得轻巧】往常家二千里路，一霎时便回，怎么如今去了一日？断是与那牛王赌斗。”叫：“悟能，悟净！你两个，那一个去迎你师兄一迎？倘或遇敌，就当用力相助，求得扇子来，解我烦躁，早早过山赶路去也。”八戒道：“今日天晚，我想着要去接他，但只是不认得积雷山路。”土地道：“小神认得。且教卷帘将军与你师父做伴，我与你去来。”三藏大喜道：“有劳尊神，功成再谢。”

那八戒抖擞精神，束一束皂锦直裰，搴着钯，即与土地纵起云雾，径回东方而去。正行时，忽听得喊杀声高，狂风滚滚。八戒按住云头看时，原来孙行者与牛王厮杀哩。土地道：“天蓬还不上前怎的？”呆子掣钉钯，厉声高叫道：“师兄，我来也！”行者恨道：“你这夯货，误了我多少大事！”八戒道：“师父教我来迎你，因认不得山路，商议良久，教土地引我，故此来迟，如何误了大事？”行者道：“不是怪你来迟，这泼牛十分无礼！我向罗刹处弄得扇子来，却被这厮变作你的模样，口称迎我，我一时欢悦，转把扇子递在他手，他却现了本象，与老孙在此比并，所以误了大事也。”八戒闻言大怒，举钉钯当面骂道：“我把你这血皮胀的遭瘟！你怎敢变作你祖宗的模样，骗我师兄，使我兄弟不睦！”你看他没头没脸的使钉钯乱筑，那牛王一则是与行者斗了一日，力倦神疲；二则是见八戒的钉钯凶猛，遮架不住，败阵就走。只见那火焰山土地，帅领阴兵，当面挡住道：“大力王，且住手，唐三藏西天取经，无神不保，无天不佑，三界通知，十方拥护。快将芭蕉扇来扇息火焰，教他无灾无障，早过山去；

不然，上天责你罪愆，定遭诛也。”牛王道：“你这土地，全不察理！那泼猴夺我子，欺我妾，骗我妻，番番无道，我恨不得囫囵吞他下肚，化作大便喂狗，怎么肯将宝贝借他！”说不了，八戒赶上骂道：“我把你个结心癀（huáng，牛马等家畜的炭疽病）！快拿出扇来，饶你性命！”那牛王只得回头，使宝剑又战八戒，孙大圣举棒相帮，这一场在那里好杀：

成精豕，作怪牛，兼上偷天得道猴。禅性自来能战炼，必当用土合元由。钉钯九齿尖还利，宝剑双锋快更柔。铁棒卷舒为主仗，土神助力结丹头①。【此处用土地神代替沙僧的作用，强调用心志调节性和情】三家刑克②相争竞，各展雄才要运筹。捉牛耕地金钱长，唤豕归炉木气收。【“捉牛耕地”指让心性回归道心，“唤豕归炉”指收敛欲望】心不在焉何作道，神常守舍要拴猴。【心不在焉，神不守舍，均指放纵欲望，疏远道心】胡乱嚷，苦相求，三般兵刃响搜搜。钯筑剑伤无好意，金箍棒起有因由。只杀得星不光兮月不皎，一天寒雾黑悠悠！

那魔王奋勇争强，且行且斗，斗了一夜，不分上下，早又天明。前面是他的积雷山摩云洞口，他三个与土地阴兵，又喧哗振耳，惊动那玉面公主，唤丫鬟看是那里人嚷。只见守门小妖来报：“是我家爷爷与昨日那雷公嘴汉子并一个长嘴大耳的和尚同火焰山土地等众厮杀哩！”玉面公主听言，即命外护的大小头目，各执枪刀助力。前后点起七长八短，有百十余口，一个个卖弄精神，拈枪弄棒，齐告：“大王爷爷，我等奉奶奶内旨，特来助力也！”牛王大喜道：“来得好！来得好！”众妖一齐上前乱砍。八戒措手不及，倒拽着钯败阵而走，大圣纵筋斗云跳出重围，众阴兵亦四散奔走。老牛得胜，聚众妖归洞，紧闭了洞门不题。

行者道：“这厮骁勇！自昨日申时前后，与老孙战起，直到今夜，未定输赢，却得你两个来接力。如此苦斗半日一夜，他更不见劳困。才这一伙小妖，却又莽壮。他将洞门紧闭不出，如之奈何？”八戒道：“哥哥，你昨日巳时离了师父，怎么到申时才与他斗起？你那两三个时辰，在那里的？”行者道：“别你后，顷刻就到这座山上，见一个女子问讯，原来就是他爱妾玉面公主。被我使铁棒唬他一唬，他就跑进洞，叫出那牛王来，与老孙劖（chán，讽刺）言劖语，嚷了一会，又与他交手，斗了有一个时辰。正打处，有人请他赴宴去了。是我跟他到那乱石山碧波潭底，变作一个螃蟹，探了消息，偷了他辟水金睛兽，假变牛王模样，复至翠云山芭蕉洞，骗了罗刹女，哄

---

① 丹头：本指丹药，喻指使事情变化的主要原因。
② 刑克：刑，同“形”。相形相克，即相互衬托显现，又相互制约。

得他扇子。出门试演试演方法，把扇子弄长了，只是不会收小。正掮了走处，被他假变做你的嘴脸，返骗了去，故此耽搁两三个时辰也。”八戒道：“这正是俗语云：‘大海里翻了豆腐船——汤里来，水里去。’如今难得他扇子，如何保得师父过山？且回去，转路走他娘罢！”土地道：“大圣休焦恼，天蓬莫懈怠。但说转路，就是入了旁门，不成个修行之类。古语云：‘行不由径。’（走路不抄小道、走捷径）岂可转走？【卓吾评：着眼】【心里的魔障不除，永远摆脱不掉，无法绕路】你那师父，在正路上坐着，眼巴巴只望你们成功哩！”行者发狠道：“正是正是，呆子莫要胡谈！土地说得有理，我们正要与他：

赌输赢，弄手段，等我施为地煞变。自到西方无对头，牛王本是心猿变。【他就是我的心魔】今番正好会源流，断要相持借宝扇。趁清凉，息火焰，打破顽空参佛面。行满超升极乐天，大家同赴龙华宴！”那八戒听言，便生努力，殷勤道：

“是，是，是！去，去，去！管甚牛王会不会，木生在亥配为猪，【八戒五行属木，代表情感和欲望】牵转牛儿归土类。【欲望引导心魔偏离心志，如今应回归心志】申下生金本是猴，无刑无克[①]多和气。【悟空五行属金，代表心性】用芭蕉，为水意，焰火消除成既济（指皆济，已完）。【芭蕉扇（善）代表水，即正念，用以消除欲望带来的烦躁】昼夜休离苦尽功，功完赶赴盂兰会。”【卓吾评：说出】

他两个领着土地阴兵一齐上前，使钉钯，轮铁棒，乒乒乓乓，把一座摩云洞的前门，打得粉碎。唬得那外护头目，战战兢兢，闯入里边报道：“大王！孙悟空率众打破前门也！”那牛王正与玉面公主备言其事，懊恨孙行者哩，听说打破前门，十分发怒，急披挂，拿了铁棍，从里边骂出来道：“泼猢狲！你是多大个人儿，敢这等上门撒泼，打破我门扇？”八戒近前乱骂道：“泼老剥皮！你是个甚样人物，敢量那个大小！不要走！看钯！”牛王喝道：“你这个囔糟食的夯货，不见怎的！快叫那猴儿上来！”行者道：“不知好歹的餉（gōu，牛饱。此处骂牛魔王是吃草的畜生）草！我昨日还与你论兄弟，今日就是仇人了！仔细吃吾一棒！”那牛王奋勇而迎。这场比前番更胜。三个英雄，厮混在一处。好杀：

钉钯铁棒逞神威，同帅阴兵战老牺，牺牲独展凶强性，遍满同天法力恢。使钯筑，着棍擂，铁棒英雄又出奇。三般兵器叮当响，隔架遮拦谁让谁？他道他为首，我道我夺魁。土兵为证难分解，木土相煎上下随。这两个说：“你如何不借芭蕉扇！”那一个道：“你焉敢欺心骗我妻！赶妾害儿仇未报，敲门打户又惊疑！”这个说：“你

① 无刑无克：与上文“刑克”相反，着重指不相互制约、冲突。

仔细堤防(提防)如意棒，擦着些儿就破皮!”那个说:“好生躲避钯头齿，一伤九孔血淋漓!”牛魔不怕施威猛，铁棍高擎有见机。翻云覆雨随来往，吐雾喷风任发挥。恨苦这场都拚命，各怀恶念喜相持。丢架子，让高低，前迎后挡总无亏。兄弟二人齐努力，单身一棍独施为。卯时战到辰时后，战罢牛魔束手回。

他三个舍死忘生，又斗有百十余合。八戒发起呆性，仗着行者神通，举钯乱筑。牛王遮架不住，败阵回头，就奔洞门，却被土地阴兵拦住洞门，喝道:“大力王，那里走！吾等在此!”那老牛不得进洞，急抽身，又见八戒、行者赶来，慌得卸了盔甲，丢了铁棍，摇身一变，变做一只天鹅，望空飞走。行者看见，笑道:“八戒！老牛去了。”那呆子漠然不知，土地亦不能晓，一个个东张西觑，只在积雷山前后乱找。行者指道:“那空中飞的不是?”八戒道:“那是一只天鹅。”行者道:“正是老牛变的。”【卓吾评：此变化，乃五百年前曾与二郎赌过者，今乃再见于牛王。可见高棋敌手，亦自难逢】土地道:“既如此，却怎么好?”行者道:“你两个打进此门，把群妖尽情剿除，拆了他的窝巢，绝了他的归路，等老孙与他赌变化去。”那八戒与土地，依言攻破洞门不题。

这大圣收了金箍棒，捻诀念咒，摇身一变，变作一个海东青，飕的一翅，钻在云眼里，倒飞下来，落在天鹅身上，抱住颈项嗛(xián，啄)眼。【卓吾评：此等处不可无一，不可有二。只管如此，便可厌矣】那牛王也知是孙行者变化，急忙抖抖翅，变作一只黄鹰，返来嗛海东青。行者又变作一个乌凤，专一赶黄鹰。牛王识得，又变作一只白鹤，长唳一声，向南飞去。行者立定，抖抖翎毛，又变作一只丹凤，高鸣一声。那白鹤见凤是鸟王，诸禽不敢妄动，刷的一翅，淬(cuì，沉入)下山崖，将身一变，变作一只香獐，乜乜些些(miē miē xiē xiē，装痴作呆)，在崖前吃草。行者认得，也就落下翅来，变作一只饿虎，剪尾跑蹄，要来赶獐作食。魔王慌了手脚，又变作一只金钱花斑的大豹，要伤饿虎。行者见了，迎着风，把头一幌，又变作一只金眼狻猊(suān ní，狮子)，声如霹雳，铁额铜头，复转身要食大豹。牛王着了急，又变作一个人熊，放开脚，就来擒那狻猊。行者打个滚，就变作一只赖象，鼻似长蛇，牙如竹笋，撒开鼻子，要去卷那人熊。牛王嘻嘻的笑了一笑，现出原身，一只大白牛，头如峻岭，眼若闪光，两只角似两座铁塔，牙排利刃，连头至尾，有千余丈长短，自蹄至背，有八百丈高下，对行者高叫道:“泼猢狲！你如今将奈我何?”行者也就现了原身，抽出金箍棒来，把腰一躬，喝声叫:“长!”长得身高万丈，头如泰山，眼如日月，口似血池，牙似门扇，手执一条铁棒，着头就打。那牛王硬着头，使角来触。这一场，真个是撼岭摇山，惊天动地！有诗为证，诗曰:

道高一尺魔千丈，奇巧心猿用力降。

若得火山无烈焰，必须宝扇有清凉。

【要想让身体没有欲望和妄念的侵袭，需用正念祛除烦躁。】

黄婆矢志扶元老，木母留情扫荡妖。

【黄婆即沙僧，为志；木母即八戒，为情。】

和睦五行归正果，炼魔涤垢上西方。

【性、情、志通力合作，才能让身体（水）和心意（火）达到平衡，从而到达功果的状态】

他两个大展神通，在半山中赌斗，惊得那过往虚空一切神众与金头揭谛、六甲六丁、一十八位护教伽蓝都来围困魔王。那魔王公然不惧，你看他东一头，西一头，直挺挺光耀耀的两只铁角，往来抵触；南一撞，北一撞，毛森森筋暴暴的一条硬尾，左右敲摇。孙大圣当面迎，众多神四面打，牛王急了，就地一滚，复本象，便投芭蕉洞去。行者也收了法象，与众多神随后追袭。那魔王闯入洞里，闭门不出，众神把一座翠云山围得水泄不通。

正都上门攻打，忽听得八戒与土地阴兵嚷嚷而至。行者见了问道："那摩云洞事体如何？"八戒笑道："那老牛的娘子被我一钯筑死，剥开衣看，原来是个玉面狸精。那伙群妖，俱是些驴骡犊特、獾狐狢獐、羊虎麋鹿等类，已此尽皆剿戮，又将他洞府房廊放火烧了。土地说他还有一处家小，住居此山，故又来这里扫荡也。"行者道："贤弟有功，可喜！可喜！老孙空与那老牛赌变化，未曾得胜。他变做无大不大的白牛，我变了法天象地的身量，正和他抵触之间，幸蒙诸神下降，围困多时，他却复原身，走进洞去矣。"八戒道："那可是芭蕉洞么？"行者道："正是！正是！罗刹女正在此间。"八戒发狠道："既是这般，怎么不打进去，剿除那厮，问他要扇子，倒让他停留长智，两口儿叙情！"好呆子，抖擞威风，举钯照门一筑，忽辣的一声，将那石崖连门筑倒了一边。慌得那女童忙报："爷爷！不知甚人把前门都打坏了！"牛王方跑进去，喘嘘嘘的，正告诉罗刹女与孙行者夺扇子赌斗之事，闻报心中大怒，就口中吐出扇子，递与罗刹女。罗刹女接扇在手，满眼垂泪道："大王！把这扇子送与那猢狲，教他退兵去罢。"牛王道："夫人啊，物虽小而恨则深。你且坐着，等我再和他比并去来。"那魔王重整披挂，又选两口宝剑，走出门来，正遇着八戒使钯筑门，老牛更不打话，掣剑劈脸便砍。八戒举钯迎着，向后倒退了几步，出门来，早有大圣轮棒当头。那牛魔即驾狂风，跳离洞府，又都在那翠云山上相持。众多神四面围绕，土地阴兵左右攻击。这一场，又好杀哩：

云迷世界，雾罩乾坤。飒飒阴风砂石滚，巍巍怒气海波浑。重磨剑二口，复挂甲全身。结冤深似海，怀恨越生嗔。你看齐天大圣因功绩，不讲当年老故人。八戒施威求扇子，众神护法捉牛君。牛王双手无停息，左遮右挡弄精神。只杀得那过鸟难飞皆敛翅，游鱼不跃尽潜鳞；鬼泣神嚎天地暗，龙愁虎怕日光昏！

那牛王拚命捐躯，斗经五十余合，抵敌不住，败了阵，往北就走。早有五台山秘魔岩神通广大泼法金刚阻住，喝道："牛魔，你往那里去！我等乃释迦牟尼佛祖差来，布列天罗地网，至此擒汝也！"正说间，随后有大圣、八戒、众神赶来。那魔王慌转身向南走，又撞着峨眉山清凉洞法力无量胜至金刚挡住，喝道："吾奉佛旨在此，正要拿住你也！"牛王心慌脚软，急抽身往东便走，却逢着须弥山摩耳崖毗卢沙门大力金刚迎住喝道："你老牛何往！我蒙如来密令，教来捕获你也！"牛王又悚然而退，向西就走，又遇着昆仑山金霞岭不坏尊王永住金刚敌住，喝道："这厮又将安走！我领西天大雷音寺佛老亲言，在此把截，谁放你也！"那老牛心惊胆战，悔之不及。见那四面八方都是佛兵天将，真个似罗网高张，不能脱命。正在仓惶之际，又闻得行者帅众赶来，他就驾云头，望上便走。却好有托塔李天王并哪吒太子，领鱼肚药叉、巨灵神将，幔住空中，叫道："慢来！慢来！吾奉玉帝旨意，特来此剿除你也！"牛王急了，依前摇身一变，还变做一只大白牛，使两只铁角去触天王，天王使刀来砍。随后孙行者又到，哪吒太子厉声高叫："大圣，衣甲在身，不能为礼。愚父子昨日见佛如来，发檄奏闻玉帝，言唐僧路阻火焰山，孙大圣难伏牛魔王，玉帝传旨，特差我父王领众助力。"【卓吾评：有此闲笔，妙甚，妙甚】行者道："这厮神通不小！又变作这等身躯，却怎奈何？"太子笑道："大圣勿疑，你看我擒他。"这太子即喝一声"变！"变得三头六臂，飞身跳在牛王背上，使斩妖剑望颈项上一挥，不觉得把个牛头斩下。天王收刀，却才与行者相见。那牛王腔子里又钻出一个头来，口吐黑气，眼放金光。被哪吒又砍一剑，头落处，又钻出一个头来。一连砍了十数剑，随即长出十数个头。【卓吾评：何牛头之多也？】【多头的寓意是头绪太多，牵扯太多，故生烦躁。让哪吒挥剑，有用赤子之心降魔之意。大闹天宫时悟空打赢哪吒，是魔心胜过赤子之心。所有的比拼都是心理状态的较量，不是武艺的比较】哪吒取出火轮儿挂在那老牛的角上，便吹真火，焰焰烘烘，把牛王烧得张狂哮吼，摇头摆尾。才要变化脱身，又被托塔天王将照妖镜照住本象，腾那不动，无计逃生，只叫："莫伤我命！情愿归顺佛家也！"哪吒道："既惜身命，快拿扇子出来！"【卓吾评：着眼】牛王道："扇子在我山妻处收着哩。"

哪吒见说，将缚妖索子解下，跨在他那颈项上，一把拿住鼻头，将索穿在鼻孔里，用手牵来。孙行者却会聚了四大金刚、六丁六甲、护教伽蓝、托塔天王、巨灵神将并八戒、土地、阴兵，簇拥着白牛，回至芭蕉洞口。老牛叫道："夫人，将扇子出来，救我性命！"罗刹听叫，急卸了钗环，脱了色服，挽青丝如道姑，穿缟素似比丘，双手捧那柄丈二长短的芭蕉扇子，走出门，又见有金刚众圣与天王父子，慌忙跪在地下，磕头礼拜道："望菩萨饶我夫妻之命，愿将此扇奉承孙叔叔成功去也！"行者近前接了扇，同大众共驾祥云，径回东路。

却说那三藏与沙僧，立一会，坐一会，盼望行者，许久不回，何等忧虑！忽见祥云满空，瑞光满地，飘飘飖飖（yáo，随风飘），盖众神行将近，这长老害怕道："悟净！那壁厢是何处神兵来也？"沙僧认得道："师父啊，那是四大金刚、金头揭谛、六甲六丁、护教伽蓝与过往众神。牵牛的是哪吒三太子，拿镜的是托塔李天王，大师兄执着芭蕉扇，二师兄并土地随后，其余的都是护卫神兵。"三藏听说，换了毗卢帽，穿了袈裟，与悟净拜迎众圣，称谢道："我弟子有何德能，敢劳列位尊圣临凡也！"四大金刚道："圣僧喜了，十分功行将完！吾等奉佛旨差来助汝，汝当竭力修持，勿得须臾怠（惰）。"三藏叩齿①叩头，受身受命。

孙大圣执着扇子，行近山边，尽气力挥了一扇，那火焰山平平息焰，寂寂除光；行者喜喜欢欢，又扇一扇，只闻得习习潇潇，清风微动；第三扇，满天云漠漠，细雨落霏霏。有诗为证，诗曰：

火焰山遥八百程，火光大地有声名。
火煎五漏丹难熟，火燎三关道不清。
时借芭蕉施雨露，幸蒙天将助神功。
牵牛归佛休颠劣，水火相联性自平。

此时三藏解燥除烦，清心了意。四众皈依，谢了金刚，各转宝山。六丁六甲升空保护，过往神祇四散，天王太子牵牛径归佛地回缴。止有本山土地，押着罗刹女，在旁伺候。行者道："那罗刹，你不走路，还立在此等甚？"罗刹跪道："万望大圣垂慈，将扇子还了我罢。"八戒喝道："泼贱人，不知高低！饶了你的性命就彀了，还要讨甚么扇子，我们拿过山去，不会卖钱买点心吃？费了这许多精神力气，又肯与你！雨蒙蒙的，还不回去哩！"罗刹再拜道："大圣原说扇息了火还我。今此一场，诚悔之晚矣。只因不倜傥，致令劳师动众。我等也修成人道，只是未归正果，见今真身现

① 叩齿：原为道家的祝告仪式。叩左齿为鸣天鼓，叩右齿为击天磬，用于驱祟降妖。当门上下八齿相叩，为鸣法鼓，用于通真、朝奏。

象归西，我再不敢妄作。愿赐本扇，从立自新，修身养命去也。”土地道：“大圣！趁此女深知息火之法，【卓吾评：着眼】断绝火根，还他扇子，小神居此苟安，拯救这方生民，求些血食，诚为恩便。”行者道：“我当时问着乡人说，这山扇息火，只收得一年五谷，便又火发！如何治得除根？”罗刹道：“要是断绝火根，只消连扇四十九扇，永远再不发了。”行者闻言，执扇子，使尽筋力，望山头连扇四十九扇，那山上大雨淙淙，果然是宝贝：有火处下雨，无火处天晴。他师徒们立在这无火处，不遭雨湿。

坐了一夜，次早才收拾马匹行李，把扇子还了罗刹，又道：“老孙若不与你，恐人说我言而无信。你将扇子回山，再休生事。看你得了人身，饶你去罢！”那罗刹接了扇子。念个咒语，捏做个杏叶儿，噙在口里，拜谢了众圣，隐姓修行，后来也得了正果，经藏中万古流名。罗刹、土地俱感激谢恩，随后相送。行者、八戒、沙僧，保着三藏遂此前进，真个是身体清凉，足下滋润。诚所谓：坎离既济（事情完成。既济，《易》卦名。离下坎上）真元合，水火均平大道成。【卓吾评：说出】毕竟不知几年才回东土，且听下回分解。

【卓吾评：谁为火焰山？本身烦热者是。谁为芭蕉扇？本身清凉者是。作者特为此烦热世界下一帖清凉散耳。读者若作实事理会，便是痴人说梦。

今人都在火坑里，安得罗刹扇子连扇他四十九扇也】

第六十二回　涤垢洗心惟扫塔　缚魔归正乃修身

【上回魔心疏远道心，贪图享乐；本回以塔中舍利失窃比喻道心缺失，身无光彩，和尚受苦。故扫塔即是修身，缚魔归正即是涤垢洗心。牛魔王和九头虫都是赘婿，都有八戒的影子，比喻欲心。上节牛魔王碧波潭赴宴，也指心魔以偷心之贼为友】

十二时中忘不得，行功百刻全收。五年十万八千周，休教神水涸，莫纵火光愁。【正念和邪念，正如水火不相容，正念断绝，则邪念滋生，身体如缺水干涸，以致火势燎原】水火调停无损处，五行联络如钩。阴阳和合上云楼，乘鸾登紫府，跨鹤赴瀛洲。【调停正念和邪念，看到对立面的转化和包含，不执着于任何一端，各种禀性自然搭配，便是神仙的境界】

这一篇词，牌名《临江仙》。【卓吾评：说出】

单道唐三藏师徒四众，水火既济，本性清凉，借得纯阴宝扇，扇息燥火遥山，不一日行过了八百之程，师徒们散诞逍遥，向西而去，正值秋末冬初时序，见了些：野菊残英落，新梅嫩蕊生。村村纳禾稼，处处食香羹。平林木落远山现，曲涧霜浓幽壑清。应钟①气，闭蛰（虫类藏伏冬眠）营。纯阴阳，月帝玄溟，盛水德，舜日怜晴②。地气下降，天气上升。虹藏不见影，池沼渐生冰。悬崖挂索藤花败，松竹凝寒色更青。四众行彀多时，前又遇城池相近。唐僧勒住马叫徒弟："悟空，你看那厢楼阁峥嵘，是个甚么去处？"行者抬头观看，乃是一座城池。真个是：

龙蟠形势，虎踞金城。四垂华盖近，百转紫墟平。玉石桥栏排巧兽，黄金台座列贤明。真个是神洲都会（大城市），天府瑶京。万里邦畿固，千年帝业隆。蛮夷拱服（敬畏，服从）君恩远，海岳朝元（古代诸侯和臣属在每年元旦贺见帝王）圣会盈。御阶洁净，辇路（天子车驾所经的道路）清宁。酒肆歌声闹，花楼喜气生。未央宫外长春树，应许朝阳彩凤鸣。

行者道："师父，那座城池，是一国帝王之所。"八戒笑道："天下府有府城，县有

---

① 应钟：古人把十二乐律与十二月相配，应钟对应十月。

② 纯阴阳，月帝玄溟，盛水德，舜日怜晴：冬季月亮偏向北方，阴气阳气交割明显，十月水德旺盛，太阳越来越少见。

县城，怎么就知是帝王之所？”行者道：“你不知帝王之居，与府县自是不同。你看他四面有十数座门，周围有百十余里，楼台高耸，云雾缤纷。非帝京邦国，何以有此壮丽？”沙僧道：“哥哥眼明，虽识得是帝王之处，却唤做甚么名色？”行者道：“又无牌匾旌号，何以知之？须到城中询问，方可知也。”长老策马，须臾到门。下马过桥，进门观看，只见六街三市，货殖通财，又见衣冠隆盛，人物豪华。

正行时，忽见有十数个和尚，一个个披枷戴锁，沿门乞化，着实的蓝缕不堪。三藏叹曰：“兔死狐悲，物伤其类。”叫：“悟空，你上前去问他一声，为何这等遭罪？”行者依言，即叫：“那和尚，你是那寺里的？为甚事披枷戴锁？”众僧跪倒道：“爷爷，我等是金光寺负屈的和尚。”行者道：“金光寺坐落何方？”众僧道：“转过隅头就是。”行者将他带在唐僧前，问道：“怎生负屈，你说我听。”众僧道：“爷爷，不知你们是那方来的，我等似有些面善。此间不敢在此奉告，请到荒山，具说苦楚。”长老道：“也是，我们且到他那寺中去，仔细询问缘由。”

同至山门，门上横写七个金字：“敕建护国金光寺”。师徒们进得门来观看，但见那：

古殿香灯冷，虚廊叶扫风。凌云千尺塔，养性几株松。满地落花无客过，檐前蛛网任攀笼。空架鼓，枉悬钟，绘壁尘多彩象朦。讲座幽然僧不见，禅堂静矣鸟常逢。凄凉堪叹息，寂寞苦无穷。佛前虽有香炉设，灰冷花残事事空。

三藏心酸，止不住眼中出泪。众僧们顶着枷锁，将正殿推开，请长老上殿拜佛。长老进殿，奉上心香，叩齿（道家所行的祝告仪式之一）三匝。却转于后面，见那方丈檐柱上又锁着六七个小和尚，三藏甚不忍见。及到方丈，众僧俱来叩头问道：“列位老爷象貌不一，可是东土大唐来的么？”行者笑道：“这和尚有甚未卜先知之法？我们正是。你怎么认得？”众僧道：“爷爷，我等有甚未卜先知之法，只是痛负了屈苦，无处分明，日逐家只是叫天叫地。想是惊动天神，昨日夜间，各人都得一梦，说有个东土大唐来的圣僧，救得我等性命，庶此冤苦可伸。今日果见老爷这般异象。故认得也。”三藏闻言大喜道：“你这里是何地方？有何冤屈？”众僧跪告：“爷爷，此城名唤祭赛国，乃西邦大去处。当年有四夷朝贡：南，月陀国；北，高昌国；东，西梁国；西，本钵国。年年进贡美玉明珠，娇妃骏马。我这里不动干戈，不去征讨，他那里自然拜为上邦。”三藏道：“既拜为上邦，想是你这国王有道，文武贤良。”众僧道：“爷爷，文也不贤，武也不良，国君也不是有道。我这金光寺，自来宝塔上祥云笼罩，瑞霭高升；夜放霞光，万里有人曾见；昼喷彩气，四国无不同瞻。故此以为天府神京，四夷朝贡。只是三年之前，孟秋朔日，夜半子时，下了一场血雨。天明时，家家害怕，户户生悲。众公卿奏上国王，不知天公甚事见责。当时延请道士打醮，和尚看经，答天谢地。谁晓得我这寺里黄金宝塔污了，这两年外国不来朝贡。我王欲要征伐，众臣谏道：我寺里僧人偷了塔上宝贝，所以无祥云瑞霭，外国不朝。昏君更不察理，那些赃官，将我僧众拿了去，千般拷打，万样追求。当时我这里有三辈和尚；前两辈已被拷打不过，死了；如今又捉我辈问罪枷锁。老爷在上，我等怎敢欺心盗取塔中之宝！万望爷爷怜念，方以类聚，物以群分，舍大慈大悲，广施法力，拯救我等性命！"

三藏闻言，点头叹道："这桩事暗昧难明。一则是朝廷失政，二来是汝等有灾。既然天降血雨，污了宝塔，那时节何不启本奏君，致令受苦？"众僧道："爷爷，我等凡人，怎知天意？况前辈俱未辨得，我等如何处之！"三藏道："悟空，今日甚时分了？"行者道："有申时前后。"三藏道："我欲面君倒换关文，奈何这众僧之事，不得明白，难以对君奏言。我当时离了长安，在法门寺里立愿：上西方逢庙烧香，遇寺拜佛，见塔扫塔。今日至此，遇有受屈僧人，乃因宝塔之累。你与我办一把新笤帚，待我沐浴了，上去扫扫，即看这污秽之事何如，不放光之故何如，访着端的，方好面君奏言，解救他们这苦难也。"这些枷锁的和尚听说，连忙去厨房取把厨刀，递与八戒道："爷爷，你将此刀打开那柱子上锁的小和尚铁锁，放他去安排斋饭香汤，伏侍老爷进斋沐浴。我等且上街化把新笤帚来与老爷扫塔。"八戒笑道："开锁有何难哉？不用刀斧，教我那一位毛脸老爷，他是开锁的积年。"行者真个近前，使个解锁法，用手一抹，几把锁俱退落下。那小和尚俱跑到厨中，净刷锅灶，安排茶饭。

三藏师徒们吃了斋，渐渐天昏，只见那枷锁的和尚，拿了两把笤帚进来，三藏甚喜。正说处，一个小和尚点了灯，来请洗澡。此时满天星月光辉，谯楼上更鼓齐发，正是那：

四壁寒风起，万家灯火明。
六街关户牖（yǒu，窗户），三市闭门庭。
钓艇归深树，耕犁罢短绳。
樵夫柯斧歇，学子诵书声。

三藏沐浴毕，穿了小袖偏衫，束了环绦，足下换一双软公鞋（亦称"软翁鞋"，长筒皮靴），手里拿一把新笤帚，对众僧道："你等安寝，待我扫塔去来。"行者道："塔上既被血雨所污，又况日久无光，恐生恶物；一则夜静风寒，又没个伴侣，自去恐有差池，老孙与你同上如何？"三藏道："甚好！甚好！"两人各持一把，先到大殿上，点起琉璃灯，烧了香，佛前拜道："弟子陈玄奘奉东土大唐差往灵山参见我佛如来取经，今至祭赛国金光寺，遇本僧言宝塔被污，国王疑僧盗宝，衔冤取罪，上下难明。弟子竭诚扫塔，望我佛威灵，早示污塔之原因，莫致凡夫之冤屈。”祝罢，与行者开了塔门，自下层望上而扫。只见这塔，真是：

峥嵘倚汉，突兀凌空。正唤做五色琉璃塔，千金舍利峰。梯转如穿窟，门开似出笼。宝瓶影射天边月，金铎(duó，檐铃，风铃)声传海上风。但见那虚檐拱斗，绝顶留云。虚檐拱斗，作成巧石穿花凤；绝顶留云，造就浮屠绕雾龙。远眺可观千里外，高登似在九霄中。层层门上琉璃灯，有尘无火；步步檐前白玉栏，积垢飞虫。塔心里，佛座上，香烟尽绝；窗棂外，神面前，蛛网牵蒙。炉中多鼠粪，盏内少油镕(融化)。只因暗失中间宝，苦杀僧人命落空。三藏发心将塔扫，管教重见旧时容。

唐僧用帚子扫了一层，又上一层。如此扫至第七层上，却早二更时分。那长老渐觉困倦，行者道：“困了，你且坐下，等老孙替你扫罢。”三藏道：“这塔是多少层数？”行者道：“怕不有十三层哩。”长老耽着劳倦道：“是必扫了，方趁本愿。”又扫了三层，腰酸腿痛，就于十层上坐倒道：“悟空，你替我把那三层扫净下来罢。”行者抖擞精神，登上第十一层，霎时又上到第十二层。正扫处，只听得塔顶上有人言语，行者道：“怪哉！怪哉！这早晚有三更时分，怎么得有人在这顶上言语？断乎是邪物也！且看看去。”

好猴王，轻轻的挟着笤帚，撒起衣服，钻出前门，踏着云头观看，只见第十三层塔心里坐着两个妖精，面前放一盘下饭，一只碗，一把壶，在那里猜拳吃酒哩。行者使个神通，丢了笤帚，掣出金箍棒，拦住塔门喝道：“好怪物！偷塔上宝贝的原来是你！”两个怪物慌了，急起身拿壶拿碗乱掼，被行者横铁棒拦住道：“我若打死你，没人供状。”只把棒逼将去。那怪贴在壁上，莫想挣扎得动，口里只叫：“饶命！饶命！不干我事！自有偷宝贝的在那里也。”行者使个拿法，一只手抓将过来，径拿下第十层塔中。报道：“师父，拿住偷宝贝的贼了！”三藏正自盹睡，忽闻此言，又惊又喜道：“是那里拿来的？”行者把怪物揪到面前跪下道：“他在塔顶上猜拳吃酒耍子，是老孙听得喧哗，一纵云，跳到顶上拦住，未曾着力。但恐一棒打死，没人供状，故此轻轻捉来。师父可取他个口词，看他是那里妖精，偷的宝贝在于何处。”那怪物战战兢兢，口叫“饶命！”遂从实供道：“我两个是乱石山碧波潭万圣龙王差来巡塔的。他叫做奔波儿灞，我叫做灞波儿奔。【本心蒙蔽缺失，只剩下奔波劳碌占领身体】他是鲇鱼怪，我是黑鱼精。因我万圣老龙生了一个女儿，就唤做万圣公主。那公主花容月貌，有二十分人才。招得一个驸马，唤做九头驸马，神通广大。【受欲望引诱，头绪太多，故九头】前年与龙王来此，显大法力，下了一阵血雨，污了宝塔，偷了塔中的舍利子佛宝。【身体蒙蔽，心归于欲】公主又去大罗天上灵霄殿前，偷了王母娘娘的九叶灵芝草，养在那潭底下，金光霞彩，昼夜光明。【心性被欲望滋养，虚耗光彩】近日闻得有个孙悟空往西天取经，说他神通广大，沿路上专一寻人的不是，【正性来寻】所以这些时常差我等来此巡拦。若还有那孙悟空到时，好准备也。”行者闻言嘻嘻冷笑道：“那孽畜等这等无礼，怪道前日请牛魔王在那里赴会！原来他结交这伙泼魔，专干不良之事！”

说未了，只见八戒与两三个小和尚，自塔下提着两个灯笼，走上来道：“师父，扫了塔不去睡觉，在这里讲甚么哩？”行者道：“师弟，你来正好。塔上的宝贝，乃是万圣老龙偷了去。今着这两个小妖巡塔，探听我等来的消息，却才被我拿住也。”八戒道：“叫做甚么名字，甚么妖精？”行者道：“才然供了口词，一个叫做奔波儿灞，一个叫做灞波儿奔；一个是鲇鱼怪，一个是黑鱼精。”八戒掣钯就打，道：“既是妖精，取了口词，不打死何待？”行者道：“你不知，且留着活的，好去见皇帝讲话，又好做凿眼(眼线)去寻贼追宝。”好呆子，真个收了钯，一家一个，都抓下塔来。那怪只叫：“饶命！”八戒道：“正要你鲇鱼黑鱼做些鲜汤，与那负冤屈的和尚吃哩！”两三个小和尚喜喜欢欢，提着灯笼，引长老下了塔。一个先跑报众僧道：“好了！好了！我们得见青天了！偷宝贝的妖怪，已是爷爷们捉将来矣！”行者教：“拿铁索来，穿了琵琶骨，锁在这里。汝等看守，我们睡觉去，明日再做理会。”那些和尚都紧紧的守着，让三藏们安寝。

不觉的天晓，长老道：“我与悟空入朝，倒换关文去来。”长老即穿了锦襕袈裟，戴了毗卢帽(毗，音pí。僧帽)，整束威仪，拽步前进。行者也束一束虎皮裙，整一整绵布直裰，取了关文同去。八戒道：“怎么不带这两个妖贼？”行者道：“待我们奏过了，自有驾帖着人来提他。”遂行至朝门外，看不尽那朱雀黄龙，清都绛阙。三藏到东华门，对阁门大使作礼道：“烦大人转奏，贫僧是东土大唐差去西天取经者，意欲面君，倒换关文。”那黄门官果与通报，至阶前奏道：“外面有两个异容异服僧人，称言南赡部洲东土唐朝差往西方拜佛求经，欲朝我王，倒换关文。”国王闻言，传旨教宣。长老即引行者入朝。文武百官见了行者，无不惊怕。有的说是猴和尚，有的说是雷公嘴和尚。个个悚然，不敢久视。

长老在阶前舞蹈山呼的行拜，大圣叉着手，斜立在旁，公然不动。【书中多次对比唐僧和三个徒弟的礼仪态度，唐僧敬拜一切帝王神仙，三徒则不然，这是强调在灵性层面，众生、帝王、神仙都是平等的，但在身体或表面，要遵守世俗习俗】长老启奏道：“臣僧乃南赡部洲东土大唐国差来拜西方天竺国大雷音寺佛，求取真经者。路经宝方，不敢擅过。有随身关文，乞倒验方行。”那国王闻言大喜。传旨教宣唐朝圣僧上金銮殿，安绣墩赐坐。长老独自上殿，先将关文捧上，然后谢恩敢坐。那国王将关文看了一遍，心中喜悦道："似你大唐王有疾，能选高僧，不避路途遥远，拜佛取经；寡人这里和尚，专心只是做贼，败国倾（坑害）君！"三藏闻言，合掌道："怎见得败国倾君？"国王道："寡人这国，乃是西域上邦，常有四夷朝贡，皆因国内有个金光寺，寺内有座黄金宝塔，塔上有光彩冲天。近被本寺贼僧，暗窃了其中之宝，三年无有光彩，外国这二年也不来朝，寡人心痛恨之。"三藏合掌笑道："万岁，'差之毫厘，失之千里'矣。贫僧昨晚到于天府，一进城门，就见十数个枷纽之僧。问及何罪，他道是金光寺负冤屈者。因到寺细审，更不干本寺僧人之事：贫僧入夜扫塔，已获那偷宝之妖贼矣。"国王大喜道："妖贼安在？"三藏道："现被小徒锁在金光寺里。"那国王急降金牌："着锦衣卫快到金光寺取妖贼来，寡人亲审。"三藏又奏道："万岁，虽有锦衣卫，还得小徒去方可。"国王道："高徒在那里？"三藏用手指道："那玉阶旁立者便是。"国王见了，大惊道："圣僧如此丰姿，高徒怎么这等象貌？"孙大圣听见了，厉声高叫道："陛下，'人不可貌相，海水不可斗量。'若爱丰姿者，如何捉得妖贼也？"国王闻言，回惊作喜道："圣僧说的是。朕这里不选人材，只要获贼得宝归塔为上。"再着当驾官看车盖，教锦衣卫好生伏侍圣僧去取妖贼来。那当驾官即备大轿一乘，黄伞一柄，锦衣卫点起校尉，将行者八抬八绰，大四声喝路，径至金光寺。

自此惊动满城百姓，无处无一人不来看圣僧及那妖贼。八戒、沙僧听得喝道，只说是国王差官，急出迎接，原来是行者坐在轿上。呆子当面笑道："哥哥，你得了本身也！"行者下了轿，搀着八戒道："我怎么得了本身？"八戒道："你打着黄伞，抬着八人轿，却不是猴王之职分？故说你得了本身。"【道心归位之相】行者道："且莫取笑。"遂解下两个妖物，押见国王。沙僧道："哥哥，也带挈（dài qiè，提携，照顾）小弟带挈。"行者道："你只在此看守行李、马匹。"那枷锁之僧道："爷爷们都去承受皇恩，等我们在此看守。"行者道："既如此，等我去奏过国王，却来放你。"八戒揪着一个妖贼，沙僧揪着一个妖贼，孙大圣依旧坐了轿，摆开头搭，将两个妖怪押赴当朝。

须臾，至白玉阶。对国王道："那妖贼已取来了。"国王遂降龙床，与唐僧及文武多官，同目视之，那怪一个是暴腮乌甲，尖嘴利牙；一个是滑皮大肚，巨口长须。虽然是有足能行，大抵是变成的人象。国王问曰："你是何方贼怪，那处妖精，几年侵吾国土，何年盗我宝贝，一盘共有多少贼徒，都唤做甚么名字，从实一一供来！"二怪朝上跪下，颈内血淋淋的，更不知疼痛，供道："三载之外，七月初一，有个万圣龙王，帅领许多亲戚，住居在本国东南，离此处路有百十。潭号碧波，山名乱石。生女多娇，妖娆美色。招赘一个九头驸马，神通无敌。他知你塔上珍奇，与龙王合盘（犹合伙）做贼，先下血雨一场，后把舍利偷讫。见如今照耀龙宫，纵黑夜明如白日。公主施能，寂寂密密，又偷了王母灵芝，在潭中温养宝物。我两个不是贼头，乃龙王差来小卒。今夜被擒，所供是实。”国王道：“既取了供，如何不供自家名字？”那怪道：“我唤做奔波儿灞，他唤做灞波儿奔。奔波儿灞是个鲇鱼怪，灞波儿奔是个黑鱼精。”国王教锦衣卫好生收监。传旨：“赦了金光寺众僧的枷锁，快教光禄寺排宴，就于麒麟殿上谢圣僧获贼之功，议请圣僧捕擒贼首。”

光禄寺即时备了荤素两样筵席，国王请唐僧四众上麒麟殿叙坐，问道：“圣僧尊号？”唐僧合掌道：“贫僧俗家姓陈，法名玄奘。蒙君赐姓唐，贱号三藏。”国王又问：“圣僧高徒何号？”三藏道：“小徒俱无号。第一个名孙悟空，第二个名猪悟能，第三个名沙悟净，此乃南海观世音菩萨起的名字。因拜贫僧为师，贫僧又将悟空叫做行者，悟能叫做八戒，悟净叫做和尚。”国王听毕，请三藏坐了上席，孙行者坐了侧首左席，猪八戒沙和尚坐了侧首右席，俱是素果、素菜、素茶、素饭。前面一席荤的，坐了国王，下首有百十席荤的，坐了文武多官。众臣谢了君恩，徒告了师罪，坐定。国王把盏，三藏不敢饮酒，他三个各受了安席酒。下边只听得管弦齐奏，乃是教坊司动乐。你看八戒放开食嗓，真个是虎咽狼吞，将一席果菜之类，吃得罄尽。少顷间，添换汤饭又来，又吃得一毫不剩，巡酒的来，又杯杯不辞。

这场筵席，直乐到午后方散。三藏谢了盛宴，国王又留住道：“这一席聊表圣僧获怪之功。”教光禄寺：“快翻席到建章宫里，再请圣僧定捕贼首，取宝归塔之计。”三藏道：“既要捕贼取宝，不劳再宴。贫僧等就此辞王，就擒捉妖怪去也。”国王不肯，一定请到建章宫，又吃了一席。国王举酒道：“那位圣僧帅众出师，降妖捕贼？”三藏道：“教大徒弟孙悟空去。”大圣拱手应承。国王道：“孙长老既去，用多少人马？几时出城？”八戒忍不住高声叫道：“那里用甚么人马！又那里管甚么时辰！趁如今酒醉饭饱，我共师兄去，手到擒来！”三藏甚喜道：“八戒这一向勤紧啊！”行者道：“既如此，着沙僧弟保护师父，我两个去来。”那国王道：“二位长老既不用人马，可用兵器？”八戒笑道：“你家的兵器，我们用不得。我弟兄自有随身器械。”国王闻说，即取大觥（gōng，盛酒或饮酒器）来，与二位长老送行。孙大圣道：“酒不吃了，只教锦衣卫把两个小妖拿来，我们带了他去做凿眼。”国王传旨，即时提出。二人挟着两个小妖，驾风头，使个摄法，径上东南去了。噫！他那：君臣一见腾风雾，才识师徒是圣僧。毕竟不知此去如何擒获，且听下回分解。

【卓吾评：宝塔放光，亦非实事，此心之光明是；失了宝贝，此心之迷惑是。切勿差认，令识者笑人也】

第六十三回　二僧荡怪闹龙宫　群圣除邪获宝贝

【碧波潭与火焰山是姊妹篇，水火相对，万圣老龙对万岁狐王，万圣公主对玉面公主，九头虫对多头牛魔王。主旨都是心性在清净和欲望之间的抉择。前文大闹天宫有言，悟空与六魔王为兄，实为以各种欲望为尊，二郎神也有六兄弟，比喻能控制七情六欲。本回悟空和八戒联合二郎神七兄弟战魔，有性情相合、回归道心之意。所不同的是，火焰山是身体（水）的欲望引起意念（火）的烦躁，碧波潭是意念的偏离引起身体光彩的黯淡和劳累，一个由水的不平衡引起火的问题，一个由火的不平衡导致水的问题。所以，所谓"水火既济"，是讨论身体和意念的平衡问题】

却说祭赛国王与大小公卿，见孙大圣与八戒腾风驾雾，提着两个小妖，飘然而去，一个个朝天礼拜道："话不虚传！今日方知有此辈神仙活佛！"又见他远去无踪，却拜谢三藏、沙僧道："寡人肉眼凡胎，只知高徒有力量，拿住妖贼便了，岂知乃腾云驾雾之上仙也。"三藏道："贫僧无些法力，一路上多亏这三个小徒。"沙僧道："不瞒陛下说，我大师兄乃齐天大圣皈依①。他曾大闹天宫，使一条金箍棒，十万天兵，无一个对手，只闹得太上老君害怕，玉皇大帝心惊。我二师兄乃天蓬元帅果正，他也曾掌管天河八万水兵大众。惟我弟子无法力，乃卷帘大将受戒。愚弟兄若干别事无能，若说擒妖缚怪，拿贼捕亡，伏虎降龙，踢天弄井，以至搅海翻江之类，略通一二。这腾云驾雾，唤雨呼风，与那换斗移星，担山赶月，特余事耳，何足道哉！"国王闻说，愈十分加敬，请唐僧上坐，口口称为"老佛"，将沙僧等皆称为"菩萨"。满朝文武欣然，一国黎民顶礼②不题。

却说孙大圣与八戒驾着狂风，把两个小妖摄到乱石山碧波潭，住定云头，将金箍棒吹了一口仙气，叫"变！"变作一把戒刀，将一个黑鱼怪割了耳朵，鲇鱼精割了下唇，撇在水里，喝道："快早去对那万圣龙王报知，说我齐天大圣孙爷爷在此，着他即送祭赛国金光寺塔上的宝贝出来，免他一家性命！若迸半个'不'字，我将这潭水搅净，教他一门儿老幼遭诛！"那两个小妖，得了命，负痛逃生，拖着锁索，淬入水内，唬

---

① 皈依：guī yī，表示对佛、法、僧三者归顺依附，故也称三皈依。
② 顶礼：双膝下跪，两手伏地，以头顶尊者之足，是佛教徒最崇敬的礼节。

得那些鼋(yuán,大鳖)鼍(túo,扬子鳄)龟鳖,虾蟹鱼精,都来围住问道:"你两个为何拖绳带索?"一个掩着耳,摇头摆尾;一个侮着嘴,跌脚捶胸;都嚷嚷闹闹,径上龙王宫殿报:"大王,祸事了!"那万圣龙王正与九头驸马饮酒,忽见他两个来,即停杯问何祸事。那两个即告道:"昨夜巡拦,被唐僧、孙行者扫塔捉获,用铁索拴锁。今早见国王,又被那行者与猪八戒抓着我两个,一个割了耳朵,一个割了嘴唇,抛在水中,着我来报,要索那塔顶宝贝。"遂将前后事,细说了一遍。那老龙听说是孙行者齐天大圣,唬得魂不附体,魄散九霄,战兢兢对驸马道:"贤婿啊,别个来还好计较,若果是他,却不善也!"驸马笑道:"太岳放心。愚婿自幼学了些武艺,四海之内,也曾会过几个豪杰,怕他做甚!等我出去与他交战三合,管取那厮缩首归降,不敢仰视。"

好妖怪,急纵身披挂了,使一般兵器,叫做月牙铲,步出宫,分开水道,在水面上叫道:"是甚么齐天大圣!快上来纳命!"行者与八戒立在岸边,观看那妖精怎生打扮:

戴一顶烂银盔,光欺白雪;贯一副兜鍪甲(móu jiǎ,盔甲),亮敌秋霜。上罩着锦征袍,真个是彩云笼玉;腰束着犀纹带,果然像花蟒缠金。手执着月牙铲,霞飞电掣;脚穿着猪皮靴,水利波分。远看时一头一面,近睹处四面皆人。前有眼,后有眼,八方通见;左也口,右也口,九口言论。【欲望多所以头绪多】一声吆喝长空振,似鹤飞鸣贯九宸。

他见无人对答,又叫一声:"那个是齐天大圣?"行者按一按金箍,理一理铁棒道:"老孙便是。"那怪道:"你家居何处?身出何方?怎生得到祭赛国,与那国王守塔,却大胆获我头目,又敢行凶,上吾宝山索战?"行者骂道:"你这贼怪,原来不识你孙爷爷哩!你上前,听我道:

老孙祖住花果山,大海之间水帘洞。
自幼修成不坏身,玉皇封我齐天圣。
只因大闹斗牛宫,天上诸神难取胜。
当请如来展妙高,无边智慧非凡用。
为翻筋斗赌神通,手化为山压我重。
整到如今五百年,观音劝解方逃命。
大唐三藏上西天,远拜灵山求佛颂。
解脱吾身保护他,炼魔净怪从修行。
路逢西域祭赛城,屈害僧人三代命。

我等慈悲问旧情，乃因塔上无光映。
吾师扫塔探分明，夜至三更天籁静。
捉住鱼精取实供，他言汝等偷宝珍。
合盘为盗有龙王，公主连名称万圣。
血雨浇淋塔上光，将他宝贝偷来用。
殿前供状更无虚，我奉君言驰此境。
所以相寻索战争，不须再问孙爷姓。
快将宝贝献还他，免汝老少全家命。
敢若无知骋胜强，教你水涸山颓都蹭蹬(cèng dèng，倒霉；倒运)！”

那驸马闻言，微微冷笑道："你原来是取经的和尚，没要紧罗织(诬陷)管事！我偷他的宝贝，你取佛的经文，与你何干，却来厮斗！"行者道："这贼怪甚不达理！我虽不受国王的恩惠，不食他的水米，不该与他出力。但是你偷他的宝贝，污他的宝塔，屡年屈苦金光寺僧人，他是我一门同气，我怎么不与他出力，辨明冤枉？"驸马道："你既如此，想是要行赌赛。常言道：'武不善作。'但只怕起手处，不得留情，一时间伤了你的性命，误了你去取经！"行者大怒，骂道："这泼贼怪，有甚强能，敢开大口！走上来，吃老爷一棒！"那驸马更不心慌，把月牙铲架住铁棒，就在那乱石山头，这一场真个好杀：

妖魔盗宝塔无光，行者擒妖报国王。小怪逃生回水内，老龙破胆各商量。九头驸马施威武，披挂前来展素强。怒发齐天孙大圣，金箍棒起十分刚。那怪物，九个头颅十八眼，前前后后放毫光；这行者，一双铁臂千斤力，蔼蔼纷纷(此处指棒影重重)并瑞祥。铲似一阳初现月，棒如万里遍飞霜。他说"你无干休把不平报！"我道"你有意偷宝真不良！那泼贼，少轻狂，还他宝贝得安康！"棒迎铲架争高下，不见输赢练战场。

他两个往往来来，斗经三十余合，不分胜负。猪八戒立在山前，见他们战到酣美之处，举着钉钯，从妖精背后一筑。原来那怪九个头，转转都是眼睛，看得明白，见八戒在背后来时，即使铲镈(zūn，一种铁首农具)架着钉钯，铲头抵着铁棒。又耐战五七合，挡不得前后齐轮，他却打个滚，腾空跳起，现了本象，乃是一个九头虫，观其形象十分恶，见此身模怕杀人！他生得：毛羽铺锦，团身结絮。方圆有丈二规模，长短似鼋鼍样致。两只脚尖利如钩，九个头攒环一处。展开翅极善飞扬，纵大鹏无他力气；发起声远振天涯，比仙鹤还能高唳。眼多闪灼幌金光，气傲不同凡鸟类。

猪八戒看见心惊道："哥啊！我自为人，也不曾见这等个恶物！是甚血气生此禽兽也?”行者道:“真个罕有!真个罕有!等我赶上打去!”好大圣,急纵祥云,跳在空中,使铁棒照头便打。那怪物大显身,展翅斜飞,飕的打个转身,掠到山前,半腰里又伸出一个头来,张开口如血盆相似,把八戒一口咬着鬃,半拖半扯,捉下碧波潭水内而去。及至龙宫外,还变作前番模样,将八戒掷之于地,叫:“小的们何在?”那里面鲭鲌鲤鳜之鱼精,龟鳖鼋鼍之介怪,一拥齐来,道声“有!”驸马道:“把这个和尚,绑在那里,与我巡拦的小卒报仇!”众精推推嚷嚷,抬进八戒去时,那老龙王欢喜迎出道:“贤婿有功,怎生捉他来也?”那驸马把上项原故,说了一遍,老龙即命排酒贺功不题。

却说孙行者见妖精擒了八戒,心中惧道:“这厮恁般利害!我待回朝见师,恐那国王笑我。待要开言骂战,怎奈我又单身?况水面之事不惯。且等我变化了进去,看那怪把呆子怎生摆布。若得便,且偷他出来干事。”好大圣,捻着诀,摇身一变,还变做一个螃蟹,淬于水内,径至牌楼之前。原来这条路是他前番袭牛魔王盗金睛兽走熟了的。【卓吾评:好照顾】直至那宫阙之下,横爬过去,又见那老龙王与九头虫合家儿欢喜饮酒。行者不敢相近,爬过东廊之下,见几个虾精蟹精,纷纷纭纭耍子。行者听了一会言谈,却就学语学话,问道:“驸马爷爷拿来的那长嘴和尚,这会死了不曾?”众精道:“不曾死,缚在那西廊下哼的不是?”行者听说,又轻轻的爬过西廊,真个那呆子绑在柱上哼哩。行者近前道:“八戒,认得我么?”八戒听得声音,知是行者,道:“哥哥,怎么了!反被这厮捉住我也!”行者四顾无人,将钳咬断索子叫走。那呆子脱了手道:“哥哥,我的兵器,被他收了,又奈何?”行者道:“你可知道收在那里?”八戒道:“当被那怪拿上宫殿去了。”行者道:“你先去牌楼下等我。”八戒逃生,悄悄的溜出。行者复身爬上宫殿,观看左首下有光彩森森,乃是八戒的钉钯放光,使个隐身法,将钯偷出,到牌楼下,叫声:“八戒!接兵器!”呆子得了钯,便道:“哥哥,你先走,等老猪打进宫殿。若得胜,就捉住他一家子;若不胜,败出来,你在这潭岸上救应。”行者大喜,只教仔细,八戒道:“不怕他!水里本事,我略有些儿。”行者丢了他,负出水面不题。

这八戒束了皂直裰,双手缠钯,一声喊,打将进去。慌得那大小水族,奔奔波波,跑上宫殿,吆喝道:“不好了!长嘴和尚挣断绳返打进来了!”那老龙与九头虫并一家子俱措手不及,跳起来,藏藏躲躲。这呆子不顾死活,闯上宫殿,一路钯,筑破门扇,打破桌椅,把些吃酒的家火之类,尽皆打碎。有诗为证,诗曰:

木母(八戒)遭逢水怪擒,心猿不舍苦相寻。
暗施巧计偷开锁,大显神威怒恨深。

驸马忙携公主躲，龙王战栗绝声音。

水宫绛阙门窗损，龙子龙孙尽没魂。

这一场，被八戒把玳瑁屏打得粉碎，珊瑚树掼得雕零。那九头虫将公主安藏在内，急取月牙铲，赶至前宫喝道："泼夯豕彘！怎敢欺心惊吾眷属！"八戒骂道："这贼怪，你焉敢将我捉来！这场不干我事，是你请我来家打的！【卓吾评：趣】快拿宝贝还我，回见国王了事；不然，决不饶你一家命也！"那怪那肯容情，咬定牙齿，与八戒交锋。那老龙才定了神思，领龙子龙孙，各执枪刀，齐来攻取。八戒见事体不谐，虚幌一钯，撤身便走，那老龙帅众追来。须臾，撺出水中，都到潭面上翻腾。却说孙行者立于潭岸等候，忽见他们追赶八戒，出离水中，就半踏云雾，掣铁棒，喝声"休走！"只一下，把个老龙头打得稀烂。可怜血溅潭中红水泛，尸飘浪上败鳞浮！唬得那龙子龙孙各各逃命，九头驸马收龙尸，转宫而去。

行者与八戒且不追袭，回上岸，备言前事。八戒道："这厮锐气挫了！被我那一路钯，打进去时，打得落花流水，魂散魄飞！正与那驸马厮斗，却被老龙王赶着，却亏了你打死。那厮们回去，一定停丧挂孝，决不肯出来。今又天色晚了，却怎奈何？"行者道："管甚么天晚！乘此机会，你还下去攻战，务必取出宝贝，方可回朝。"那呆子意懒情疏，徉徉推托，行者催逼道："兄弟不必多疑，还像刚才引出来，等我打他。"

两人正自商量，只听得狂风滚滚，惨雾阴阴，忽从东方径往南去。行者仔细观看，乃二郎显圣，领梅山六兄弟，架着鹰犬，挑着狐兔，抬着獐鹿，一个个腰挎弯弓，手持利刃，纵风雾踊跃而来。行者道："八戒，那是我七圣兄弟，倒好留请他们，与我助战。若得成功，倒是一场大机会也。"八戒道："既是兄弟，极该留请。"行者道："但内有显圣大哥，我曾受他降伏，不好见他。你去拦住云头，叫道：'真君，且略住住。齐天大圣在此进拜。'他若听见是我，断然住了。待他安下，我却好见。"那呆子急纵云头，上山拦住，厉声高叫道："真君，且慢车驾，有齐天大圣请见哩。"那爷爷见说，即传令，就停住六兄弟，与八戒相见毕。问："齐天大圣何在？"八戒道："现在山下听呼唤。"二郎道："兄弟们，快去请来。"六兄弟乃是康、张、姚、李、郭、直，各各出营叫道："孙悟空哥哥，大哥有请。"行者上前，对众作礼，遂同上山。二郎爷爷迎见，携手相搀，一同相见道："大圣，你去脱大难，受戒沙门，刻日功完，高登莲座，可贺！可贺！"行者道："不敢。向蒙莫大之恩，未展斯须之报。虽然脱难西行，未知功行何如。今因路遇祭赛国，搭救僧灾，在此擒妖索宝。偶见兄长车驾，大胆请留一助。未审兄长自何而来，肯见爱否。"二郎笑道："我因闲暇无事，同众兄弟采猎而回，幸蒙大圣不弃留会，足感故旧之情。若命挟力降妖，敢不如命！却不知此地是何怪贼？”六圣道：“大哥忘了？此间是乱石山，山下乃碧波潭，万圣之龙宫也。”二郎惊呀（惊叹）道：“万圣老龙却不生事，怎么敢偷塔宝？”行者道：“他近日招了一个驸马，乃是九头虫成精。他郎丈两个做贼，将祭赛国下了一场血雨，把金光寺塔顶舍利佛宝偷来。那国王不解其意，苦拿着僧人拷打。是我师父慈悲，夜来扫搭，当被我在塔上拿住两个小妖，是他差来巡探的。今早押赴朝中，实实供招了。那国王就请我师收降，师命我等到此。先一场战，被九头虫腰里伸出一个头来，把八戒衔了去，我却又变化下水，解了八戒。才然大战一场，是我把老龙打死，那厮们收尸挂孝去了。我两个正议索战，却见兄长仪仗降临，故此轻渎也。”二郎道：“既伤了老龙，正好与他攻击，使那厮不能措手，却不连窝巢都灭绝了？”八戒道：“虽是如此，奈天晚何？”二郎道：“兵家云：‘征不待时。’何怕天晚！”康、姚、郭直道：“大哥莫忙，那厮家眷在此，料无处去。孙二哥也是贵客，猪刚鬣（liè，泛指动物头、颈上的毛）又归了正果，我们营内，有随带的酒肴，教小的们取火，就此铺设：一则与二位贺喜，二来也当叙情。且欢会这一夜，待天明索战何迟？”二郎大喜道：“贤弟说得极当。”却命小校安排。行者道：“列位盛情，不敢固却。但自做和尚，都是斋戒，恐荤素不便。”二郎道：“有素果品，酒也是素的。”众兄弟在星月光前，幕天席地，举杯叙旧。【九兄弟对九头虫】

正是寂寞更长，欢娱夜短，早不觉东方发白。那八戒几钟酒吃得兴抖抖的道：“天将明了，等老猪下水去索战也。”二郎道：“元帅仔细，只要引他出来，我兄弟们好下手。”八戒笑道：“我晓得！我晓得！”你看他敛衣缠钯，使分水法，跳将下去，径至那牌楼下，发声喊，打入殿内。此时那龙子披了麻，看着龙尸哭，龙孙与那驸马，在后面收拾棺材哩。这八戒骂上前，手起处，钯头着重，把个龙子夹脑连头，一钯筑了九个窟窿，唬得那龙婆与众往里乱跑，哭道：“长嘴和尚又把我儿打死了！”那驸马闻言，即使月牙铲，带龙孙往外杀来。这八戒举钯迎敌，且战且退，跳出水中。

这岸上齐天大圣与七兄弟一拥上前，枪刀乱扎，把个龙孙剁成几断肉饼。那驸马见不停当，在山前打个滚，又现了本象，展开翅，旋绕飞腾。二郎即取金弓，安上银弹，扯满弓，往上就打。那怪急铩翅（shā chì，折翅减速），掠到边前，要咬二郎；半腰里才伸出一个头来，被那头细犬，撺上去，汪的一口，把头血淋淋的咬将下来。那怪物负痛逃生，径投北海而去。八戒便要赶去，行者止住道：“且莫赶他。正是‘穷寇勿追’，他被细犬咬了头，必定是多死少生。等我变做他的模样，你分开水路，赶我进去，寻那宫主，诈他宝贝来也。”二郎与六圣道：“不赶他，倒也罢了，只是遗这种类在世，必为后人之害。”至今有个九头虫滴血，是遗种也。

那八戒依言，分开水路，行者变作怪象前走，八戒吆吆喝喝后追。渐渐追至龙宫，只见那万圣宫主道：“驸马，怎么这等慌张？”行者道：“那八戒得胜，把我赶将进来，觉道不能敌他。你快把宝贝好生藏了！”那公主急忙难识真假，即于后殿里取出一个浑金匣子来，递与行者道：“这是佛宝。”又取出一个白玉匣子，也递与行者道：“这是九叶灵芝。你拿这宝贝藏去，等我与猪八戒斗上两三合，挡住他，你将宝贝收好了，再出来与他合战。”行者将两个匣儿收在身边，把脸一抹，现了本象道：“公主，你看我可是驸马么？”公主慌了，便要抢夺匣子，被八戒跑上去，着背一钯，筑倒在地。还有一个老龙婆撤身就走，被八戒扯住，举钯才筑，行者道：“且住！莫打死他，留个活的，好去国内见功。”遂将龙婆提出水面。行者随后捧着两个匣子上岸，对二郎道：“感兄长威力，得了宝贝，扫净妖贼也。”二郎道：“一则是那国王洪福齐天，二则是贤昆玉神通无量，我何功之有！”兄弟们俱道：“孙二哥既已功成，我们就此告别。”行者感谢不尽，欲留同见国王。诸公不肯，遂帅众回灌口（二郎神住地）去讫（qù qì，犹完毕，完了）。

行者捧着匣子，八戒拖着龙婆，半云半雾，顷刻间到了国内。原来那金光寺解脱的和尚，都在城外迎接，忽见他两个云雾定时，近前磕头礼拜，接入城中。那国王与唐僧正在殿上讲论，这里有先走的和尚仗着胆，入朝门奏道：“万岁，孙、猪二老爷擒贼获宝而来也。”那国王听说，连忙下殿，共唐僧、沙僧，迎着称谢神功不尽，随命排筵谢恩。三藏道：“且不须赐饮，着小徒归了塔中之宝，方可饮宴。”三藏又问行者道：“汝等昨日离国，怎么今日才来？”行者把那战驸马，打龙王，逢真君，败妖怪，及变化诈宝贝之事，细说了一遍。三藏与国王，大小文武，俱喜之不胜。国王又问：“龙婆能人言语否？”八戒道：“乃是龙王之妻，生了许多龙子龙孙，岂不知人言？”国王道：“既知人言，快早说前后做贼之事。”龙婆道：“偷佛宝，我全不知，都是我那夫君龙鬼与那驸马九头虫，知你塔上之光乃是佛家舍利子，三年前下了血雨，乘机盗去。”又问：“灵芝草是怎么偷的？”龙婆道：“只是小女万圣公主私入大罗天上，灵霄殿前，偷的王母娘娘九叶灵芝草。那舍利子得这草的仙气温养着，千年不坏，万载生光，去地下，或田中，扫一扫即有万道霞光，千条瑞气。如今被你夺来，弄得我夫死子绝，婿丧女亡，千万饶了我的命罢！”八戒道：“正不饶你哩！”行者道：“家无全犯——我便饶你，只便要你长远替我看塔。”龙婆道：“好死不如恶活。但留我命，凭你教做甚么。”

行者叫取铁索来，当驾官即取铁索一条，把龙婆琵琶骨穿了，教沙僧：“请国王来看我们安塔去。”那国王即忙排驾，遂同三藏携手出朝，并文武多官，随至金光寺上塔。将舍利子安在第十三层塔顶宝瓶中间，把龙婆锁在塔心柱上，【上一难锁住的是代表欲望的牛魔王，这次锁住的是代表意念的龙婆（与白龙马对应意念类似）】念动真言，唤出本国土地、城隍与本寺伽蓝，每三日送饮食一餐，与这龙婆度口，少有差讹，即行处斩。众神暗中领护。行者却将芝草把十三层塔层层扫过，安在瓶内，温养舍利子。这才是整旧如新，霞光万道，瑞气千条，依然八方共睹，四国同瞻。下了塔门，国王就谢道：“不是老佛与三位菩萨到此，怎生得明此事也！”行者道：“陛下，‘金光’二字不好，不是久住之物：金乃流动之物，光乃闪烁之气。贫僧为你劳碌这场，将此寺改作伏龙寺，教你永远常存。”【卓吾评：行者讲道学】【伏龙即降伏意念，守住心性】那国王即命换了字号，悬上新匾，乃是“敕建护国伏龙寺”。一壁厢安排御宴，一壁厢召丹青写下四众生形，五凤楼注了名号。国王摆銮驾，送唐僧师徒，赐金玉酬答，师徒们坚辞，一毫不受。这真个是：邪怪剪除万境静，宝塔回光大地明。毕竟不知此去前路如何，且听下回分解。

【卓吾评：九头妖者，喻人之头绪多也。心无二用，岂有方圆并画、东西两到之理？多歧亡羊，慎之，慎之】

第六十四回　荆棘岭悟能努力　木仙庵三藏谈诗

【本回以荆棘比喻尘世羁绊，借唐僧的魔幻经历表达所有人在世道人情中的遭遇。世人表面自谦，实爱吹嘘；表面文采飞扬，实际肚里空空；表面向你请教，却喜欢指摘你的疏漏；表面与你情投意合，实际信念上背道而驰；表面尊重你，却喜欢强人所难；表面庄严郑重，实际上猥琐卑鄙。这正是前文如来口中的“二心争斗”之人。祭赛国境内，讨论相互对立的观念和作为，本回是一次集中体现。这些作为是世人的共性，所以也是师徒的心魔。面对这些羁绊，唐僧以拙蠢木讷、不谙世事的态度应对诱惑，以乖巧、才能来应对诗文和义理的交锋。作者在下回结语中认为“拙蠢乖能”都不是应对这些羁绊的解药；而不把这些羁绊放在心上，达到无心、无念时，魔自消退。所以均需八戒努力，以平常心化解】

话表祭赛国王谢了唐三藏师徒获宝擒怪之恩，所赠金玉，分毫不受，却命当驾官照依四位常穿的衣服，各做两套，鞋袜各做两双，绦(tāo，丝绳；丝带)环各做两条，外备干粮烘炒，倒换了通关文牒，大排銮驾，并文武多官，满城百姓，伏龙寺僧人，大吹大打，送四众出城。约有二十里，先辞了国王。众人又送二十里辞回。伏龙寺僧人送有五六十里不回，有的要同上西天，有的要修行伏侍。行者见都不肯回去，遂弄个手段，把毫毛拔了三四十根，吹口仙气，叫“变！”都变作斑斓猛虎，拦住前路，哮吼踊跃。众僧方惧，不敢前进，大圣才引师父策马而去。少时间，去得远了，众僧人放声大哭，都喊：“有恩有义的老爷！我等无缘，不肯度我们也！”

且不说众僧啼哭。却说师徒四众，走上大路，却才收回毫毛，一直西去。正是时序易迁，又早冬残春至，不暖不寒，正好逍遥行路。忽见一条长岭，岭顶上是路。三藏勒马观看，那岭上荆棘丫叉，薜萝牵绕，虽是有道路的痕迹，左右却都是荆刺棘针。唐僧叫：“徒弟，这路怎生走得？”行者道：“怎么走不得？”又道：“徒弟啊，路痕在下，荆棘在上，只除是蛇虫伏地而游，方可去了。若你们走，腰也难伸，教我如何乘马？”八戒道：“不打紧，等我使出钯柴手来，把钉钯分开荆棘，莫说乘马，就抬轿也包你过去。”三藏道：“你虽有力，长远难熬，却不知有多少远近，怎生费得这许多精神！”行者道：“不须商量，等我去看看。”将身一纵，跳在半空看时，一望无际。真个是：

匝地(zā dì,遍地)远天,凝烟带雨。夹道柔茵乱,漫山翠盖张。密密搓搓初发叶,攀攀扯扯正芬芳。遥望不知何所尽,近观一似绿云茫。蒙蒙茸茸,郁郁苍苍。风声飘索索,日影映煌煌。那中间有松有柏还有竹,多梅多柳更多桑。薜萝缠古树,藤葛绕垂杨。盘团似架,联络如床。有处花开真布锦,无端卉发远生香。为人谁不遭荆棘,那见西方荆棘长!【卓吾评:着眼】【末句暗示本回写的是世道人心】

行者看罢多时,将云头按下道:"师父,这去处远哩!"三藏问:"有多少远?"行者道:"一望无际,似有千里之遥。"三藏大惊道:"怎生是好?"沙僧笑道:"师父莫愁,我们也学烧荒的,放上一把火,烧绝了荆棘过去。"八戒道:"莫乱谈!烧荒的须在十来月,草衰木枯,方好引火。如今正是蕃盛之时,怎么烧得!"行者道:"就是烧得,也怕人子。"三藏道:"这般怎生得度?"八戒笑道:"要得度,还依我。"

好呆子,捻个诀,念个咒语,把腰躬一躬,叫"长!"就长了有二十丈高下的身躯;把钉钯幌一幌,教"变!"就变了有三十丈长短的钯柄;拽开步,双手使钯,将荆棘左右搂开:"请师父跟我来也!"三藏见了甚喜,即策马紧随。后面沙僧挑着行李,行者也使铁棒拨开。这一日未曾住手,行有百十里,将次天晚,见有一块空阔之处。当路上有一通石碣,上有三个大字,乃"荆棘岭";下有两行十四个小字,乃"荆棘蓬攀八百里,古来有路少人行"。八戒见了笑道:"等我老猪与他添上两句:'自今八戒能开破,直透西方路尽平!'"【卓吾评:破戒如何开得路?】三藏欣然下马道:"徒弟啊,累了你也!我们就在此住过了今宵,待明日天光再走。"八戒道:"师父莫住,趁此天色晴明,我等有兴,连夜搂开路走他娘!"那长老只得相从。

八戒上前努力,师徒们人不住手,马不停蹄,又行了一日一夜,却又天色晚矣。那前面蓬蓬结结,又闻得风敲竹韵,飒飒松声。却好又有一段空地,中间乃是一座古庙,庙门之外,有松柏凝青,桃梅斗丽。三藏下马,与三个徒弟同看,只见:

岩前古庙枕寒流,落日荒烟锁废丘。
白鹤丛中深岁月,绿芜台下自春秋。
竹摇青珮疑闻语,鸟弄余音似诉愁。
鸡犬不通人迹少,闲花野蔓绕墙头。

行者看了道:"此地少吉多凶,不宜久坐。"沙僧道:"师兄差疑了,似这杳无人烟之处,又无个怪兽妖禽,怕他怎的?"说不了,忽见一阵阴风,庙门后,转出一个老者,头戴角巾,身穿淡服,手持拐杖,足踏芒鞋,后跟着一个青脸獠牙、红须赤身鬼使,头顶着一盘面饼,跪下道:"大圣,小神乃荆棘岭土地,知大圣到此,无以接待,特备蒸饼一盘,奉上老师父,各请一餐。此地八百里,更无人家,聊吃些儿充饥。"八戒欢喜，上前舒手，就欲取饼。不知行者端详已久，喝一声："且住！这厮不是好人！休得无礼！你是甚么土地，来诳老孙！看棍！"那老者见他打来，将身一转，化作一阵阴风，呼的一声，把个长老摄将起去，飘飘荡荡，不知摄去何所。慌得那大圣没跟寻处，八戒、沙僧俱相顾失色，白马亦只自惊吟。三兄弟连马四口，恍恍忽忽，远望高张，并无一毫下落，前后找寻不题。

却说那老者同鬼使，把长老抬到一座烟霞石屋之前，轻轻放下，与他携手相搀道："圣僧休怕，我等不是歹人，乃荆棘岭十八公是也。因风清月霁之宵，特请你来会友谈诗，消遣情怀故耳。"那长老却才定性，睁眼仔细观看，真个是：

漠漠烟云去所，清清仙境人家。
正好洁身修炼，堪宜种竹栽花。
每见翠岩来鹤，时闻青沼鸣蛙。
更赛天台丹灶，仍期华岳明霞。
说甚耕云钓月，此间隐逸堪夸。
坐久幽怀如海，朦胧月上窗纱。

三藏正自点看，渐觉月明星朗，只听得人语相谈，都道："十八公请得圣僧来也。"长老抬头观看，乃是三个老者：前一个霜姿丰采，第二个绿鬓婆娑，第三个虚心黛色。各各面貌、衣服俱不相同，都来与三藏作礼。长老还了礼，道："弟子有何德行，敢劳列位仙翁下爱？"十八公笑道："一向闻知圣僧有道，等待多时，今幸一遇。如果不吝珠玉，宽坐叙怀，足见禅机真派。"三藏躬身道："敢问仙翁尊号？"十八公道："霜姿者号孤直公，绿鬓者号凌空子，虚心者号拂云叟，老拙号曰劲节。"三藏道："四翁尊寿几何？"

孤直公道：

"我岁今经千岁古，撑天叶茂四时春。
香枝郁郁龙蛇状，碎影重重霜雪身。
自幼坚刚能耐老，从今正直喜修真。
乌栖凤宿非凡辈，落落森森远俗尘。"

凌空子笑道：

"吾年千载傲风霜，高干灵枝力自刚。
夜静有声如雨滴，秋晴荫影似云张。
盘根已得长生诀，受命尤宜不老方。
留鹤化龙非俗辈，苍苍爽爽近仙乡。"

拂云叟笑道：

“岁寒虚度有千秋，老景潇然清更幽。
不杂嚣尘终冷淡，饱经霜雪自风流。
七贤作侣同谈道，六逸为朋共唱酬。
戛玉敲金非琐琐，天然情性与仙游。”

劲节十八公笑道：

“我亦千年约有余，苍然贞秀自如如。
(rú rú，佛教语。引申为永存)
堪怜雨露生成力，借得乾坤造化机。
万壑风烟惟我盛，四时洒落让吾疏。
盖张翠影留仙客，博弈调琴讲道书。”

三藏称谢道：“四位仙翁，俱享高寿，但劲节翁又千岁余矣。高年得道，丰采清奇，得非汉时之‘四皓’(指东园公、甪(lù)里先生、绮里季、夏黄公，四人须眉皆白，称商山四皓)乎？”四老道：“承过奖！承过奖！吾等非四皓，乃深山之‘四操’也。敢问圣僧，妙龄几何？”三藏合掌躬身答曰：

“四十年前出母胎，未产之时命已灾。
逃生落水随波滚，幸遇金山脱本骸。
养性看经无懈怠，诚心拜佛敢俄捱(ái，拖延)？
今蒙皇上差西去，路遇仙翁下爱来。”

四老俱称道：“圣僧自出娘胎，即从佛教，果然是从小修行，真中正有道之上僧也。我等幸接台颜，敢求大教，望以禅法指教一二，足慰生平。”

长老闻言，慨然不惧，即对众言曰：“禅者，静也；法者，度也。静中之度，非悟不成。悟者，洗心涤虑，脱俗离尘是也。夫人身难得，中土难生，正法难遇：全此三者，幸莫大焉。【卓吾评：着眼】至德妙道，渺漠希夷，六根六识，遂可扫除。菩提者，不死不生，无余无欠，空色包罗，圣凡俱遣。访真了元始钳锤[①]，悟实了牟尼手段。发挥象罔[②]，踏碎涅槃。必须觉中觉了悟中悟，一点灵光全保护。放开烈焰照婆娑，法界纵横独显露。至幽微，更守固，玄关口说谁人度？我本元修大觉禅，有缘有志方记悟。”

---

① 钳锤：qián chuí，比喻禅家的授受点化。
② 象罔：xiàng wǎng，《庄子》寓言中的人物。含无心、无形迹之意。

四老侧耳受了，无边喜悦，一个个稽首皈依，躬身拜谢道："圣僧乃禅机之悟本也！"拂云叟道："禅虽静，法虽度，须要性定心诚，纵为大觉真仙，终坐无生之道。我等之玄，又大不同也。"三藏道："道乃非常，体用合一，如何不同？"拂云叟笑道："我等生来坚实，体用比尔不同。感天地以生身，蒙雨露而滋色。笑傲风霜，消磨日月。一叶不凋，千枝节操。似这话不叩冲虚，你执持梵语。道也者，本安中国，反来求证西方。空费了草鞋，不知寻个甚么？石狮子剜了心肝，野狐涎灌彻骨髓。忘本参禅，妄求佛果，都似我荆棘岭葛藤谜语，萝蓏(luǒ，瓜)浑言。此般君子，怎生接引？这等规模，如何印授？必须要检点见前面目，静中自有生涯。没底竹篮汲水，无根铁树生花。灵宝峰头牢着脚，归来雅会上龙华。"【卓吾评：和盘托出】【这是反对取经的理由，强调内省。虽然夸夸其谈，但也有一定道理。本书开篇就强调"向内寻求"，书末强调"无字真经"，即提示语言文字并不是真理，甚至大多数情况下是认识真理的障碍。但是不用语言文字，没有传承，一味苦修内省，更容易迷失方向，一无所得。所以虽然"万物皆备于我"，"本自具足"，但还是需要从经义入手，借助语言文字的帮助认识真理。在这之上，才能言及摆脱语言文字的束缚。祭赛国境内强调矛盾观念的斗争，取经与否是这种斗争的例子】三藏闻言，叩头拜谢，十八公用手搀扶，孤直公将身扯起。凌空子打个哈哈道："拂云之言，分明漏泄。圣僧请起，不可尽信。我等趁此月明，原不为讲论修持，且自吟哦逍遥，放荡襟怀也。"拂云叟笑指石屋道："若要吟哦，且入小庵一茶，何如？"

长老真个欠身，向石屋前观看，门上有三个大字，乃"木仙庵"。遂此同入，又叙了坐次，忽见那赤身鬼使，捧一盘茯苓膏，将五盏香汤奉上。四老请唐僧先吃，三藏惊疑，不敢便吃。那四老一齐享用，三藏却才吃了两块，各饮香汤收去。三藏留心偷看，【卓吾评：三藏偷心未净】【从下文"禅心似月迥无尘"一句，可见唐僧因受到环境的感染，仍然是《坛经》中神秀所谓"时时勤拂拭，勿使惹尘埃"的状态，还未达到"本来无一物，何处惹尘埃""不垢不净"的境界，所以卓吾评"未净"】只见那里玲珑光彩，如月下一般：

水自石边流出，香从花里飘来。
满座清虚雅致，全无半点尘埃。

那长老见此仙境。以为得意，情乐怀开，十分欢喜，忍不住念了一句道："禅心似月迥无尘。"劲节老笑而即联道："诗兴如天青更新。"孤直公道："好句漫裁抟锦绣。"凌空子道："佳文不点唾奇珍。"拂云叟道："六朝一洗繁华尽，四始重删雅颂分。"三藏道："弟子一时失口，胡谈几字，诚所谓'班门弄斧'。适闻列仙之言，清新飘逸，真诗翁也。”劲节老道：“圣僧不必闲叙，出家人全始全终。既有起句，何无结句？望卒成之。”三藏道：“弟子不能，烦十八公结而成篇为妙。”劲节道：“你好心肠！你起的句，如何不肯结果？悭吝(qiān lìn，吝啬)珠玑，非道理也。”三藏只得续后二句云：“半枕松风茶未熟，吟怀潇洒满腔春。”

十八公道：“好个‘吟怀潇洒满腔春’！”孤直公道：“劲节，你深知诗味，所以只管咀嚼，何不再起一篇？”十八公亦慨然不辞道：“我却是顶针(带游戏性的文体。后句首字必须用前句末字)字起：春不荣华冬不枯，云来雾往只如无。”凌空子道：“我亦体前顶针二句：无风摇拽婆娑影，有客欣怜福寿图。”拂云叟亦顶针道：“图似西山坚节老，清如南国没心夫。”【卓吾评：一伙歪诗，堪笑！堪笑！】孤直公亦顶针道：“夫因侧叶称梁栋，台为横柯作宪乌。”

长老听了，赞叹不已道：“真是阳春白雪，浩气冲霄！弟子不才，敢再起两句。”孤直公道：“圣僧乃有道之士，大养之人也。不必再相联句，请赐教全篇，庶我等亦好勉强而和。”三藏无已，只得笑吟一律曰：

“杖锡西来拜法王，愿求妙典远传扬。
金芝三秀诗坛瑞，宝树千花莲蕊香。
百尺竿头须进步，十方世界立行藏。
修成玉象庄严体，极乐门前是道场。”

四老听毕，俱极赞扬。十八公道：“老拙无能，大胆搀越(越出本分)，也勉和一首。”云：

“劲节孤高笑木王，灵椿不似我名扬。
山空百丈龙蛇影。泉泌千年琥珀香。
解与乾坤生气概，喜因风雨化行藏。
衰残自愧无仙骨，惟有苓膏结寿场。”

孤直公道：“此诗起句豪雄，联句有力，【卓吾评：做歪诗的偏会标榜】但结句自谦太过矣，堪羡！堪羡！老拙也和一首。”云：

“霜姿常喜宿禽王，四绝堂前大器扬。
露重珠缨蒙翠盖，风轻石齿碎寒香。
长廊夜静吟声细，古殿秋阴淡影藏。
元日迎春曾献寿，老来寄傲在山场。”

凌空子笑而言曰：“好诗！好诗！真个是月胁天心，老拙何能为和？但不可空过，也须扯谈几句。”曰：

“梁栋之材近帝王，太清宫外有声扬。
晴轩恍若来青气，暗壁寻常度翠香。
壮节凛然千古秀，深根结矣九泉藏。
凌云势盖婆娑影，不在群芳艳丽场。”

拂云叟道：“三公之诗，高雅清淡，正是放开锦绣之囊也。我身无力，我腹无才，得三公之教，茅塞顿开，无已，也打油几句，幸勿哂(shěn，讥笑)焉。”诗曰：

“淇澳园中乐圣王，渭川千亩任分扬。
翠筠不染湘娥泪，班箨堪传汉史香。
霜叶自来颜不改，烟梢从此色何藏？
子猷去世知音少，亘古留名翰墨场。”

【这些歪诗，只可当作附庸风雅、顺便吹嘘自己的谜语。除了自恋，没有任何思想内容，而且耽误时间。这样的应酬，是作者眼中的荆棘】

三藏道：“众仙老之诗，真个是吐凤喷珠，游夏莫赞。厚爱高情，感之极矣。但夜已深沉，三个小徒，不知在何处等我。意者弟子不能久留，敢此告回寻访，尤无穷之至爱也，望老仙指示归路。”四老笑道：“圣僧勿虑，我等也是千载奇逢，况天光晴爽，虽夜深却月明如昼，再宽坐坐，待天晓自当远送过岭，高徒一定可相会也。”

正话间，只见石屋之外，有两个青衣女童，挑一对绛纱灯笼，后引着一个仙女。那仙女拈着一枝杏花，笑吟吟进门相见。那仙女怎生模样？他生得：

青姿妆翡翠，丹脸赛胭脂。星眼光还彩，蛾眉秀又齐。下衬一条五色梅浅红裙子，上穿一件烟里火比甲轻衣。弓鞋弯凤嘴，绫袜锦拖泥。妖娆娇似天台女，不亚当年俏妲姬。

四老欠身问道：“杏仙何来？”那女子对众道了万福，道：“知有佳客在此赓酬(gēng chóu，谓以诗歌与人相赠答)，特来相访，敢求一见。”十八公指着唐僧道：“佳客在此，何劳求见！”三藏躬身，不敢言语。那女子叫：“快献茶来。”又有两个黄衣女童，捧一个红漆丹盘，盘内有六个细磁茶盂，盂内设几品异果，横担着匙儿，提一把白铁嵌黄铜的茶壶，壶内香茶喷鼻。斟了茶，那女子微露春葱，捧磁盂先奉三藏，次奉四老，然后一盏，自取而陪。

凌空子道：“杏仙为何不坐？”那女子方才去坐。茶毕，欠身问道：“仙翁今宵盛乐，佳句请教一二如何？”拂云叟道：“我等皆鄙俚之言，惟圣僧真盛唐之作，甚可嘉羡。”那女子道：“如不吝教，乞赐一观。”四老即以长老前诗后诗并禅法论，宣了一遍。那女子满面春风，对众道：“妾身不才，不当献丑。但聆此佳句，似不可虚也，勉

强将后诗奉和一律如何?”遂朗吟道:

“上盖留名汉武王,周时孔子立坛场。
董仙爱我成林积,孙楚曾怜寒食香。
雨润红姿娇且嫩,烟蒸翠色显还藏。
自知过熟微酸意,落处年年伴麦场。”

四老闻诗,人人称贺,都道:“清雅脱尘,句内包含春意。好个‘雨润红姿娇且嫩,烟蒸翠色显还藏’!”那女子笑而悄答道:“惶恐!惶恐!适闻圣僧之章,诚然锦心绣口,如不吝珠玉,赐教一阕如何?”唐僧不敢答应。那女子渐有见爱之情,挨挨轧轧,渐近坐边,低声悄语呼道:“佳客莫者,趁此良宵,不耍子待要怎的?人生光景,能有几何?”十八公道:“杏仙尽有仰高之情,圣僧岂可无俯就之意?如不见怜,是不知趣了也。”孤直公道:“圣僧乃有道有名之士,决不苟且行事。如此样举措,是我等取罪过了。污人名,坏人德,非远达也。果是杏仙有意,可教拂云叟与十八公做媒,我与凌空子保亲,成此姻眷,何不美哉!”

三藏听言,遂变了颜色,跳起来高叫道:“汝等皆是一类邪物,这般诱我!当时只以砥砺之言,谈玄谈道可也;如今怎么以美人局来骗害贫僧!是何道理!”四老见三藏发怒,一个个咬指担惊,再不复言。那赤身鬼使暴躁如雷道:“这和尚好不识抬举!我这姐姐,那些儿不好?他人材俊雅,玉质娇姿,不必说那女工针指,只这一段诗才,也配得过你。你怎么这等推辞!休错过了!孤直公之言甚当,如果不可苟合,待我再与你主婚。”

三藏大惊失色,凭他们怎么胡谈乱讲,只是不从。鬼使又道:“你这和尚,我们好言好语,你不听从,若是我们发起村野之性,还把你摄了去,教你和尚不得做,老婆不得娶,却不枉为人一世也?”那长老心如金石,坚执不从。暗想道:“我徒弟们不知在那里寻我哩!”说一声,止不住眼中堕泪。那女子陪着笑,挨至身边,翠袖中取出一个蜜合绫汗巾儿与他揩泪,道:“佳客勿得烦恼,我与你倚玉偎香,耍子去来。”长老咄的一声吆喝,跳起身来就走,被那些人扯扯拽拽,嚷到天明。

忽听得那里叫声:“师父!师父!你在那方言语也?”原来那孙大圣与八戒、沙僧,牵着马,挑着担,一夜不曾住脚,穿荆度棘,东寻西找,却好半云半雾的,过了八百里荆棘岭西下,听得唐僧吆喝,却就喊了一声。那长老挣出门来,叫声:“悟空,我在这里哩,快来救我!快来救我!”那四老与鬼使,那女子与女童,幌一幌都不见了。须臾间,八戒、沙僧俱到边前道:“师父,你怎么得到此也?”三藏扯住行者道:“徒弟啊,多累了你们了!昨日晚间见的那个老者,言说土地送斋一事,是你喝声要打,他就把我抬到此方。他与我携手相搀，走入门，又见三个老者，来此会我，俱道我做'圣僧'，一个个言谈清雅，极善吟诗。我与他赓和(gēng hè，续用他人原韵或题意唱和)相攀，觉有夜半时候，又见一个美貌女子执灯火，也来这里会我，吟了一首诗，称我做'佳客'。因见我相貌，欲求配偶，我方省悟，正不从时，又被他做媒的做媒，保亲的保亲，主婚的主婚，我立誓不肯，正欲挣着要走，与他嚷闹，不期你们到了。一则天明，二来还是怕你，只才还扯扯拽拽，忽然就不见了。"行者道："你既与他叙话谈诗，就不曾问他个名字？"三藏道："我曾问他之号，那老者唤做十八公，号劲节；第二个号孤直公；第三个号凌空子；第四个号拂云叟；那女子，人称他做杏仙。"八戒道："此物在于何处？才往那方去了？"三藏道："去向之方，不知何所，但只谈诗之处，去此不远。"

他三人同师父看处，只见一座石崖，崖上有"木仙庵"三字。三藏道："此间正是。"行者仔细观之，却原来是一株大桧树，一株老柏，一株老松，一株老竹，竹后有一株丹枫。再看崖那边，还有一株老杏，二株腊梅，二株丹桂。行者笑道："你们可曾看见妖怪？"八戒道："不曾。"行者道："你不知，就是这几株树木在此成精也。"八戒道："哥哥怎得知成精者是树？"行者道："十八公乃松树，孤直公乃柏树，凌空子乃桧树，拂云叟乃竹竿，赤身鬼乃枫树，杏仙即杏树，女童即丹桂、腊梅也。"八戒闻言，不论好歹，一顿钉钯，三五长嘴，连拱带筑，把两颗腊梅、丹桂、老杏、枫杨俱挥倒在地，果然那根下俱鲜血淋漓。三藏近前扯住道："悟能，不可伤了他！他虽成了气候，却不曾伤我，我等找路去罢。"行者道："师父不可惜他，恐日后成了大怪，害人不浅也。"那呆子索性一顿钯，将松、柏、桧、竹一齐皆筑倒，却才请师父上马，顺大路一齐西行。毕竟不知前去如何，且听下回分解。

【卓吾评：昔人在荆棘中谈诗，今日谈诗中有荆棘矣。可为发叹】

【祭赛国境中的四个故事，真假美猴王、火焰山、乱石山、荆棘岭分别从暴戾和慈悲、欲心和道心、正念和邪念、拙蠢和乖能等相互矛盾的两个概念的竞争角度，反应人生两难抉择。祭赛的本意在"祭"，此强调其"赛"，即纠结和争夺。答案总结在下回开头判词里，即应以无心、无念为药，不执着于矛盾的任何一端，了解相对概念的相互包含和转化关系，心中才有真正的智慧。这是太极八卦、老子和佛经色空理论的交汇处，被六祖惠能吸纳总结，体现在《坛经》的三十六对里。《西游记》的作者用四个生动活泼的故事，对这些思想作了通俗的解读和演绎，对人心理的刻画和世事复杂度的表现都达到了前所未有的深度。如果落实到《心经》里的五蕴皆空，这一组故事反映的是"识即是空，空即是识"，强调人的认识和抉择的虚幻性】

第六十五回　妖邪假设小雷音　四众皆遭大厄难

【本回主旨讲幻觉。在引文中，由师徒闲聊山与天齐的幻觉，引出小雷音寺的幻觉，见佛即成功，所以小雷音寺也即成功的幻觉。本书多处以婴儿比喻功果，黄眉老佛，取婴儿的黄色眉毛为名，其实是婴儿之相，也即功果之相，正是唐僧的心魔。其武器金铙、狼牙棒、人种袋象征婴儿形成的器官】

这回因果，劝人为善，切休作恶。【不要成为别人的荆棘】一念生，神明照鉴，任他为作。拙蠢乖能君怎学，两般还是无心药。【拙蠢、乖能都不依附，应以无心、无念为药】趁生前有道正该修，莫浪泊。【不要沉溺在俗务里漂泊】认根源，脱本壳。访长生，须把捉。要时时明见，醍醐斟酌。【斟酌哪些是关乎身命的事，勤于修炼心性】贯彻三关填黑海，管教善者乘鸾鹤。那其间愍故更慈悲，登极乐。【心性排除情感欲望的干扰，达到慈悲无我的境界】

话表唐三藏一念虔诚，且休言天神保护，似这草木之灵，尚来引送，雅会一宵，脱出荆棘针刺，再无萝蓏(luǒ，瓜)攀缠。四众西进，行彀多时，又值冬残，正是那三春之日：

物华(自然景物)交泰(天地之气和祥，万物通泰)，斗柄回寅①。草芽遍地绿，柳眼满堤青。一岭桃花红锦涴，半溪烟水碧罗明。几多风雨，无限心情。日晒花心艳，燕衔苔蕊轻。山色王维画浓淡，鸟声季子舌纵横。芳菲铺绣无人赏，蝶舞蜂歌却有情。

师徒们也自寻芳踏翠，缓随马步，正行之间，忽见一座高山，远望着与天相接。三藏扬鞭指道："悟空，那座山也不知有多少高，可便似接着青天，透冲碧汉。"行者道："古诗不云：'只有天在上，更无山与齐。'但言山之极高，无可与他比并，岂有接天之理！"【眼见为虚，以山和天的比较，引出幻觉的话题】八戒道："若不接天，如何把昆仑山号为'天柱'？"行者道："你不知，自古'天不满西北'。昆仑山在西北乾位上，故有顶天塞空之意，遂名天柱。"沙僧笑道："大哥把这好话儿莫与他说，他听了去，又降别人。我们且走路，等上了那山，就知高下也。"那呆子赶着沙僧厮耍厮斗，

---

① 斗柄回寅：北斗的斗柄指向十二辰中的寅，即夏历正月，春季开始。

老师父马快如飞，须臾，到那山崖之边。一步步往上行来，只见那山：

林中风飒飒，涧底水潺潺。鸦雀飞不过，神仙也道难。千崖万壑，亿曲百湾。尘埃滚滚无人到，怪石森森不厌看。有处有云如水滉，是方是树鸟声繁。鹿衔芝去，猿摘桃还。狐貉往来崖上跳，麖(jīng，古书中一种鹿)獐出入岭头顽。忽闻虎啸惊人胆，斑豹苍狼把路拦。

唐三藏一见心惊，孙行者神通广大，你看他一条金箍棒，哮吼一声，吓过了狼虫虎豹，剖开路，引师父直上高山。行过岭头，下西平处，忽见祥光蔼蔼，彩雾纷纷，有一所楼台殿阁，隐隐的钟磬悠扬。三藏道："徒弟们，看是个甚么去处。"行者抬头，用手搭凉篷，仔细观看，那壁厢好个所在！真个是：

珍楼宝座，上刹名方(敬称佛寺)。谷虚繁地籁，境寂散天香。青松带雨遮高阁，翠竹留云护讲堂。霞光缥缈龙宫显，彩色飘飖(piāo yáo，风吹貌)沙界长。朱栏玉户，画栋雕梁。谈经香满座，语箓月当窗。鸟啼丹树内，鹤饮石泉旁。四围花发琪园秀，三面门开舍卫光。楼台突兀门迎嶂，钟磬虚徐声韵长。窗开风细，帘卷烟茫。有僧情散淡，无俗意和昌。红尘不到真仙境，静土招提好道场。【反语，还是幻觉】

行者看罢回复道："师父，那去处是便是座寺院，却不知禅光瑞蔼之中，又有些凶气何也。观此景象，也似雷音，却又路道差池。我们到那厢，决不可擅入，恐遭毒手。"唐僧道："既有雷音之景，莫不就是灵山？你休误了我诚心，担搁了我来意。"行者道："不是！不是！灵山之路我也走过几遍，那是这路途！"八戒道："纵然不是，也必有个好人居住。"沙僧道："不必多疑，此条路未免从那门首过，是不是一见可知也。"行者道："悟净说得有理。"

那长老策马加鞭至山门前，见"雷音寺"三个大字，慌得滚下马来，倒在地下，口里骂道："泼猢狲！害杀我也！现是雷音寺，还哄我哩！"行者陪笑道："师父莫恼，你再看看。山门上乃四个字，你怎么只念出三个来，倒还怪我？"【眼睛只看到希望看到的】长老战兢兢的爬起来再看，真个是四个字，乃小雷音寺。三藏道："就是小雷音寺，必定也有个佛祖在内。经上言三千诸佛，想是不在一方：似观音在南海，普贤在峨眉，文殊在五台。这不知是那一位佛祖的道场。古人云：'有佛有经，无方无宝。'我们可进去来。"行者道："不可进去，此处少吉多凶，若有祸患，你莫怪我。"三藏道："就是无佛，也必有个佛像。我弟子心愿遇佛拜佛，如何怪你。"即命八戒取袈裟，换僧帽，结束了衣冠，举步前进。只听得山门里有人叫道："唐僧，你自东土来拜见我佛，怎么还这等怠慢？"三藏闻言即便下拜，八戒也磕头，沙僧也跪倒，惟大圣牵马收拾行李在后。方入到二层门内，就见如来大殿。殿门外宝台之下，摆列着五百罗汉、三千揭谛、四金刚、八菩萨、比丘尼、优婆塞、无数的圣僧、道者，真个也香花艳丽，瑞气缤纷。慌得那长老与八戒、沙僧一步一拜，拜上灵台之间，行者公然不拜。又闻得莲台座上厉声高叫道："那孙悟空，见如来怎么不拜？"不知行者又仔细观看，见得是假，遂丢了马匹行囊，掣棒在手喝道："你这伙孽畜，十分胆大！怎么假倚佛名，败坏如来清德！不要走！"双手轮棒，上前便打。只听得半空中叮当一声，撇下一副金铙，把行者连头带足，合在金铙之内。慌得个猪八戒、沙和尚连忙使起钯杖，就被些阿罗、揭谛、圣僧、道者一拥近前围绕。他两个措手不及，尽被拿了，将三藏捉住，一齐都绳缠索绑，紧缚牢拴。

原来那莲花座上装佛祖者乃是个妖王，众阿罗等都是些小怪。遂收了佛祖体象，依然现出妖身，将三众抬入后边收藏，把行者合在金铙之中永不开放，只搁在宝台之上，限三昼夜化为脓血。化后，才将铁笼蒸他三个受用。这正是：

碧眼猢儿【悟空】识假真，禅机【唐僧】见象拜金身。
黄婆【沙僧】盲目同参礼，木母【八戒】痴心共话论。
邪怪生强欺本性，魔头怀恶诈天人。
诚为道小魔头大，错入旁门枉费身。

那时群妖将唐僧三众收藏在后，把马拴在后边，把他的袈裟、僧帽安在行李担内，亦收藏了，一壁厢严紧不题。

【《金刚经》印证：若以色见我，以音声求我，是人行邪道，不能见如来】

却说行者合在金铙里，黑洞洞的，燥得满身流汗，左拱右撞，不能得出，急得他使铁棒乱打，莫想得动分毫。他心里没了算计，将身往外一挣，却要挣破那金铙，遂捻着一个诀，就长有千百丈高，那金铙也随他身长，全无一些瑕缝光明。却又捻诀把身子往下一小，小如芥菜子儿，那铙也就随身小了，更没些些孔窍。【卓吾评：好描画】他又把铁棒吹口仙气，叫"变！"即变做幡竿一样，撑住金铙。他却把脑后毫毛选长的，拔下两根，叫"变！"即变做梅花头五瓣钻儿，挨着棒下，钻有千百下，只钻得苍苍响喨，再不钻动一些。行者急了，却捻个诀，念一声"唵(ǎn，佛教"六字真言"之一)蓝净法界，乾元亨利贞"的咒语，拘得那五方揭谛、六丁六甲、一十八位护教伽蓝，都在金铙之外道："大圣，我等俱保护着师父，不教妖魔伤害，你又拘唤我等做甚？"行者道："我那师父，不听我劝解，就弄死他也不亏！但只你等怎么快作法将这铙钹(náo bó，一种打击乐器)掀开，放我出来，再作处治。这里面不通光亮，满身暴燥，却不闷杀我也？"众神真个掀铙，就如长就的一般，莫想揭得分毫。金头揭谛道："大圣，这铙钹不知是件甚么宝贝，连上带下，合成一块。小神力薄，不能掀动。"行者道："我在里面，不知使了多少神通，也不得动。"

揭谛闻言，即着六丁神保护着唐僧，六甲神看守着金铙，众伽蓝前后照察，他却纵起祥光，须臾间闯入南天门里，不待宣召，直上灵霄宝殿之下，见玉帝俯伏启奏道："主公，臣乃五方揭谛使。今有齐天大圣保唐僧取经，路遇一山，名小雷音寺。唐僧错认灵山进拜，原来是妖魔假设，困陷他师徒，将大圣合在一副金铙之内，进退无门，看看至死，特来启奏。"即传旨："差二十八宿星辰，快去释厄降妖。"那星宿不敢少缓，随同揭谛，出了天门，至山门之内。有二更时分，那些大小妖精，因获了唐僧，老妖俱犒赏了，各去睡觉。众星宿更不惊张，都到铙钹之外报道："大圣，我等是玉帝差来二十八宿，到此救你。"行者听说大喜，便教："动兵器打破，老孙就出来了！"众星宿道："不敢打，此物乃浑金之宝，打着必响；响时惊动妖魔，却难救拔。等我们用兵器捎他，你那里但见有一些光处就走。"行者道："正是。"

你看他们使枪的使枪，使剑的使剑，使刀的使刀，使斧的使斧；扛的扛，抬的抬，掀的掀，捎的捎，弄到有三更天气，漠然不动，就是铸成了囫囵的一般。那行者在里边，东张张，西望望，爬过来，滚过去，莫想看见一些光亮。【卓吾评：好描画】亢金龙道："大圣啊，且休焦躁，观此宝定是个如意之物，断然也能变化。你在那里面，于那合缝之处，用手摸着，等我使角尖儿拱进来，你可变化了，顺松处脱身。"行者依言，真个在里面乱摸。这星宿把身变小了，那角尖儿就似个针尖一样，顺着钹合缝口上，伸将进去，可怜用尽千斤之力，方能穿透里面。却将本身与角使法象，叫"长！长！长！"角就长有碗来粗细。那钹口倒也不像金铸的，好似皮肉长成的，【暗示不是金铸，正是皮肉长成】顺着亢金龙的角，紧紧噙住，四下里更无一丝拔缝。行者摸着他的角叫道："不济事！上下没有一毫松处！没奈何，你忍着些儿疼，带我出去。"好大圣，即将金箍棒变作一把钢钻儿，将他那角尖上钻了一个孔窍，把身子变得似个芥菜子儿，拱在那钻眼里蹲着，叫："扯出角去！扯出角去！"这星宿又不知费了多少力，方才拔出，使得力尽筋柔，倒在地下。【为破圣胎之假相，需受孕之反过程】

行者却自他角尖钻眼里钻出，现了原身，掣出铁棒，照铙钹当的一声打去，就如崩倒铜山，咋开金铙，可惜把个佛门之器，打做个千百块散碎之金！唬得那二十八宿惊张，五方揭谛发竖，大小群妖皆梦醒。老妖王睡里慌张，急起来，披衣擂鼓，聚点群妖，各执器械。此时天将黎明，一拥赶到宝台之下，只见孙行者与列宿围在碎破金铙之外，大惊失色，即令："小的们！紧关了前门，不要放出人去！"行者听说，即携星众，驾云跳在九霄空里。那妖王收了碎金，排开妖卒，列在山门外。妖王怀恨，没奈何披挂了，使一根短软狼牙棒，【道德经讲婴儿"未知牝牡之合而朘作"，故短软狼牙棒不是真婴儿之相，是功果的幻相】出营高叫："孙行者！好男子不可远走高飞！快向前与我交战三合！"行者忍不住，即引星众，按落云头，观看那妖精怎生模样，但见他：

蓬着头，勒一条扁薄金箍；【小悟空】光着眼，簇两道黄眉的竖。【初生婴儿的眉毛为黄色】悬胆鼻，孔窍开查；四方口，牙齿尖利。穿一副叩结连环铠，勒一条生丝攒穗绦。脚踏乌喇鞋一对，手执狼牙棒一根。此形似兽不如兽，相貌非人却似人。

行者挺着铁棒喝道："你是个甚么怪物，擅敢假装佛祖，侵占山头，虚设小雷音寺！"那妖王道："这猴儿是也不知我的姓名，故来冒犯仙山。此处唤做小西天，因我修行，得了正果，天赐与我的宝阁珍楼。我名乃是黄眉老佛，这里人不知，但称我为黄眉大王、黄眉爷爷。一向久知你往西去，有些手段，故此设象显能，诱你师父进来，要和你打个赌赛。如若斗得过我，饶你师徒，让汝等成个正果；如若不能，将汝等打死，等我去见如来取经，果正中华也。"行者笑道："妖精不必海口，既要赌，快上来领棒！"那妖王喜孜孜，使狼牙棒抵住。这一场好杀：

两条棒，不一样，说将起来有形状：一条短软佛家兵，一条坚硬藏海藏。【一软一硬，硬的才是功果之相】都有随心变化功，今番相遇争强壮。短软狼牙杂锦妆，坚硬金箍蛟龙象。若粗若细实可夸，要短要长甚停当。猴与魔，齐打仗，这场真个无虚诳。驯猴秉教作心猿，泼怪欺天弄假象。嗔嗔恨恨各无情，恶恶凶凶都有样。那一个当头手起不放松，这一个架丢劈面难推让。喷云照日昏，吐雾遮峰嶂。棒来棒去两相迎，忘生忘死因三藏。

看他两个斗经五十回合，不见输赢。那山门口，鸣锣擂鼓，众妖精呐喊摇旗。这壁厢有二十八宿天兵共五方揭谛众圣，各掮器械，吆喝一声，把那魔头围在中间，吓得那山门外群妖难擂鼓，战兢兢手软不敲锣。老妖魔公然不惧，一只手使狼牙棒，架着众兵，一只手去腰间解下一条旧白布搭包儿，往上一抛，滑的一声响喨，把孙大圣、二十八宿与五方揭谛，一搭包儿通装将去，挎在肩上，拽步回身，众小妖个个欢然得胜而回。老妖教小的们取了三五十条麻索，解开搭包，拿一个，捆一个，一个个都骨软筋麻，皮肤窊皺（wā zhòu，凹陷起皱）。【此乃婴儿之相，故此搭包又称人种袋，象征子宫】捆了抬去后边，不分好歹，俱掷之于地。妖王又命排筵畅饮，自旦至暮方散，各归寝处不题。

却说孙大圣与众神捆至夜半，忽闻有悲泣之声。侧耳听时，却原来是三藏声音，哭道："悟空啊！我

自恨当时不听伊，致令今日受灾危。

金铙之内伤了你，麻绳捆我有谁知。
四人遭逢缘命苦，三千功行尽倾颓。
何由解得迍邅(zhūn zhān，难行貌)难，坦荡西方去复归!”

行者听言，暗自怜悯道：“那师父虽是未听吾言，今遭此毒，然于患难之中，还有忆念老孙之意。趁此夜静妖眠，无人防备，且去解脱众等逃生也。”

好大圣，使了个遁身法，将身一小，脱下绳来，走近唐僧身边，叫声“师父。”长老认得声音，叫道：“你为何到此?”行者悄悄的把前项事告诉了一遍，长老甚喜道：“徒弟！快救我一救！向后事但凭你处，再不强了！”行者才动手，先解了师父，放了八戒、沙僧，又将二十八宿、五方揭谛个个解了，又牵过马来，教快先走出去。方出门，却不知行李在何处，又来找寻。亢金龙道：“你好重物轻人！既救了你师父就彀了，又还寻甚行李?”行者道：“人固要紧，衣钵尤要紧。包袱中有通关文牒、锦襕袈裟、紫金钵盂，俱是佛门至宝，如何不要!”八戒道：“哥哥，你去找寻，我等先去路上等你。”你看那星众，簇拥着唐僧，使个摄法，共弄神通，一阵风，撮(zuān，即乘风)出垣围，奔大路下了山坡，却屯于平处等候。

约有三更时分，孙大圣轻挪慢步，走入里面，原来一层层门户甚紧。他就爬上高楼看时，窗牖皆关，欲要下去，又恐怕窗棂儿响，不敢推动。捻着诀，摇身一变，变做一个仙鼠，俗名蝙蝠。你道他怎生模样：

头尖还似鼠，眼亮亦如之。
有翅黄昏出，无光白昼居。
藏身穿瓦穴，觅食扑蚊儿。
偏喜晴明月，飞腾最识时。

他顺着不封瓦口椽子之下，钻将进去，越门过户，到了中间看时，只见那第三重楼窗之下，烱灼灼一道毫光，也不是灯烛之光，香火之光，又不是飞霞之光，掣电之光。他半飞半跳，近于光前看时，却是包袱放光。那妖精把唐僧的袈裟脱了，不曾折，就乱乱的揌在包袱之内。那袈裟本是佛宝，上边有如意珠、摩尼珠、红玛瑙、紫珊瑚、舍利子、夜明珠，所以透的光彩。他见了此衣钵，心中一喜，就现了本象，拿将过来，也不管担绳偏正，抬上肩，往下就走，不期脱了一头，扑的落在楼板上，唿喇的一声响喨。噫！有这般事：可可(恰好；恰巧)的老妖精在楼下睡觉，一声响把他惊醒，跳起来乱叫道：“有人了！有人了!”那些大小妖都起来，点灯打火，一齐吆喝，前后去看。有的来报道：“唐僧走了!”又有的来报道：“行者众人俱走了!”老妖急传号令，教：“拿！各门上谨慎!”行者听言，恐又遭他罗网，挑不成包袱，纵筋斗，就跳出楼窗外走了。

那妖精前前后后，寻不着唐僧等，又见天色将明，取了棒，帅众来赶，只见那二十八宿与五方揭谛等神，云雾腾腾，屯住山坡之下。妖王喝了一声"那里去！吾来也！"角木蛟急唤："兄弟们！怪物来了！"亢金龙、女土蝠、房日兔、心月狐、尾火虎、箕水豹、斗木獬、牛金牛、氐土貉、虚日鼠、危月燕、室火猪、壁水貐、奎木狼、娄金狗、胃土彘、昴日鸡、毕月乌、觜火猴、参水猿、井木犴、鬼金羊、柳土獐、星日马、张月鹿、翼火蛇、轸水蚓，领着金头揭谛、银头揭谛、六甲、六丁等神、护教伽蓝，同八戒、沙僧，不领唐三藏，丢了白龙马，各执兵器，一拥而上。这妖王见了，呵呵冷笑，叫一声哨子，有四五千大小妖精，一个个威强力胜，浑战在西山坡上。好杀：

魔头泼恶欺真性，真性温柔怎奈魔。百计施为难脱苦，千方妙用不能和。诸天来拥护，众圣助干戈。留情亏木母，【八戒为情】定志感黄婆。【沙僧为志】浑战惊天并振地，强争设网与张罗。那壁厢摇旗呐喊，这壁厢擂鼓筛锣。枪刀密密寒光荡，剑戟纷纷杀气多。妖卒凶还勇，神兵怎奈何！愁云遮日月，惨雾罩山河。苦挪(bēng，勉强支撑)苦拽(yè，拖，拉)来相战，皆因三藏拜弥陀。那妖精倍加勇猛，帅众上前掩杀。

正在那不分胜败之际，只闻得行者叱咤一声道："老孙来了！"八戒迎着道："行李如何？"行者道："老孙的性命几乎难免，却便说甚么行李！"沙僧执着宝杖道："且休叙话，快去打妖精也！"那星宿、揭谛、丁甲等神，被群妖围在垓心浑杀，老妖使棒来打他三个。这行者、八戒、沙僧丢开棍杖，轮着钉钯抵住。真个是地暗天昏，不能取胜，只杀得太阳星，西没山根；太阴星，东生海峤。那妖见天晚，打个哨子，教群妖各各留心，他却取出宝贝。孙行者看得分明，那怪解下搭包，拿在手中。行者道声"不好了！走啊！"他就顾不得八戒、沙僧、诸天等众，一路筋斗，跳上九霄空里。众神、八戒、沙僧不解其意，被他抛起去，又都装在里面，只是走了行者。那妖王收兵回寺，又教取出绳索，照旧绑了。将唐僧、八戒、沙僧悬梁高吊，白马拴在后边，诸神亦俱绑缚，抬在地窖子内，封了盖锁。那众妖遵依，一一收了不题。

却说行者跳在九霄，全了性命，见妖兵回转，不张旗号，已知众等遭擒。他却按下祥光，落在那东山顶上，咬牙恨怪物，滴泪想唐僧，仰面朝天望，悲嗟忽失声，叫道："师父啊！你是那世里造下这迍邅难，今生里步步遇妖精，似这般苦楚难逃，怎生是好！"独自一个，嗟叹多时，复又宁神思虑，以心问心道："这妖魔不知是个甚么搭包子，那般装得许多物件？如今将天神、天将许多人又都装进去了，我待求救于天，奈恐玉帝见怪。我记得有个北方真武，号曰荡魔天尊，他如今现在南赡部洲武当山上，等我去请他来搭救师父一难。”正是：仙道未成猿马散，心神无主五行枯。毕竟不知此去端的如何，且听下回分解。

【卓吾评：人多从似处错了，小雷音寺便是样子。世上无一物不有似者，最能误人，所以“似是而非”深为可恶】

【《金刚经》印证：不可以身相得见如来。凡所有相，皆是虚妄。若见诸相非相，即见如来】

第六十六回　诸神遭毒手　弥勒缚妖魔

【本回悟空请两个经历与如来相仿的神仙相助，试图降伏假扮如来的妖魔。最终受弥勒启发破除幻相，降伏假佛，解除心魔】

话表孙大圣无计可施，纵一朵祥云，驾筋斗，径转南赡部洲去拜武当山，参请荡魔天尊，解释三藏、八戒、沙僧、天兵等众之灾。他在半空里无停止，不一日，早望见祖师仙境，轻轻按落云头，定睛观看，好去处：

巨镇东南，中天神岳。芙蓉峰竦杰（sǒng jié，高耸特出），紫盖岭巍峨。九江水尽荆扬远，百越山连翼轸①多。上有太虚之宝洞，朱陆之灵台。三十六宫金磬响，百千万客进香来。舜巡禹祷，玉简金书。楼阁飞青鸟，幢幡②摆赤裾。地设名山雄宇宙，天开仙境透空虚。几树榔梅花正放，满山瑶草色皆舒。龙潜涧底，虎伏崖中。幽含如诉语，驯鹿近人行。白鹤伴云栖老桧，青鸾丹凤向阳鸣。玉虚师相真仙地，金阙仁慈治世门。

上帝祖师，乃净乐国王与善胜皇后梦吞日光，觉而有孕，怀胎一十四个月，于开皇元年甲辰之岁三月初一日午时降诞于王宫。那爷爷：幼而勇猛，长而神灵。不统王位，惟务修行。【王子修行，如来之故事，故可为对手】父母难禁，弃舍皇宫。参玄入定，在此山中。功完行满，白日飞升。玉皇敕号，真武之名。玄虚上应，龟蛇合形。周天六合，皆称万灵。无幽不察，无显不成。劫终劫始，剪伐魔精。

孙大圣玩着仙境景致，早来到一天门、二天门、三天门，却至太和宫外，忽见那祥光瑞气之间，簇拥着五百灵官。那灵官上前迎着道："那来的是谁？"大圣道："我乃齐天大圣孙悟空，要见师相。"众灵官听说，随报。祖师即下殿，迎到太和宫。行者作礼道："我有一事奉劳。"问："何事？"行者道："保唐僧西天取经，路遭险难。至西牛贺洲，有座山唤小西天，小雷音寺有一妖魔。我师父进得山门，见有阿罗、揭谛、比丘、圣僧排列，以为真佛，倒身才拜，忽被他拿住绑了。我又失于防闲，被他抛一副金铙，将我罩在里面，无纤毫之缝，口合如钳。甚亏金头揭谛请奏玉帝，钦差二

---

① 翼轸：yì zhěn，二十八宿中的翼宿和轸宿，对应楚地。
② 幢幡：chuáng fān，指佛、道教所用的旌旗。

十八宿，当夜下界，掀揭不起。幸得亢金龙将角透入铙内，将我度出，被我打碎金铙，惊醒怪物。赶战之间，又被撒一个白布搭包儿，将我与二十八宿并五方揭谛，尽皆装去，复用绳捆了。是我当夜脱逃，救了星辰等众与我唐僧等。后为找寻衣钵，又惊醒那妖，与天兵赶战。那怪又拿出搭包儿，理弄之时，我却知道前音，遂走了，众等被他依然装去。我无计可施，特来拜求师相一助力也。"祖师道："我当年威镇北方，统摄真武之位，剪伐天下妖邪，乃奉玉帝敕旨。后又披发跣足(xiǎn zú，赤脚)，踏腾蛇神龟，领五雷神将、巨虬狮子、猛兽毒龙，收降东北方黑气妖氛，乃奉元始天尊符召。今日静享武当山，安逸太和殿，一向海岳平宁，乾坤清泰。奈何我南赡部洲并北俱芦洲之地，妖魔剪伐，邪鬼潜踪。今蒙大圣下降，不得不行；只是上界无有旨意，不敢擅动干戈。假若法遣众神，又恐玉帝见罪，十分却了大圣，又是我逆了人情。我谅着那西路上纵有妖邪，也不为大害。我今着龟、蛇二将并五大神龙与你助力，管教擒妖精，救你师之难。"行者拜谢了祖师，即同龟、蛇、龙神各带精锐之兵，复转西洲之界。不一日，到了小雷音寺，按下云头，径至山门外叫战。

却说那黄眉大王聚众怪在宝阁下说："孙行者这两日不来，又不知往何方去借兵也。"说不了，只见前门上小妖报道："行者引几个龙蛇龟相，在门外叫战！"妖魔道："这猴儿怎么得个龙蛇龟相？此等之类，却是何方来者？"随即披挂，走出山门高叫："汝等是那路龙神，敢来造吾仙境？"五龙、二将相貌峥嵘，精神抖擞，喝道："那泼怪！我乃武当山太和宫混元教主荡魔天尊之前五位龙神、龟、蛇二将。今蒙齐天大圣相邀，我天尊符召，到此捕你这妖精，快送唐僧与天星等出来，免你一死！不然，将这一山之怪，碎劈其尸；几间之房，烧为灰烬！"那怪闻言，心中大怒道："这畜生有何法力，敢出大言！不要走！吃吾一棒！"这五条龙，翻云使雨；那两员将，播土扬沙；各执枪刀剑戟，一拥而攻，孙大圣又使铁棒随后。这一场好杀：

凶魔施武，行者求兵。凶魔施武，擅据珍楼施佛像；行者求兵，远参宝境借龙神。龟蛇生水火，妖怪动刀兵。五龙奉旨来西路，行者因师在后收。剑戟光明摇彩电，枪刀晃亮闪霓虹。这个狼牙棒，强能短软；那个金箍棒，随意如心。只听得扢扑(gē pū，象声词)响声如爆竹，叮当音韵似敲金。水火齐来征怪物，刀兵共簇绕精灵。喊杀惊狼虎，喧哗振鬼神。浑战正当无胜处，妖魔又取宝和珍。

行者帅五龙二将，与妖魔战经半个时辰，那妖精即解下搭包在手。行者见了心惊，叫道："列位仔细！"那龙神、蛇、龟不知甚么仔细，一个个都停住兵，近前抵挡。那妖精幌的一声，把搭包儿撇将起去。孙大圣顾不得五龙、二将，驾筋斗，跳在九霄逃脱。他把个龙神、龟、蛇一搭包子又装将去了。妖精得胜回寺，也将绳捆了，抬在地窖子里盖住不题。

你看那大圣落下云头，斜攲(xié qī，斜靠)在山巅之上，没精没采，懊恨道："这怪物十分利害！"不觉的合着眼，似睡一般，【睡猿】猛听得有人叫道："大圣，休推睡，快早上紧求救。你师父性命，只在须臾间矣！"行者急睁睛跳起来看，原来是日值功曹。行者喝道："你这毛神，一向在那方贪图血食，不来点卯(亦泛指点名)，今日却来惊我！伸过孤拐(脚腕两旁突起的部分)来，让老孙打两棒解闷！"功曹慌忙施礼道："大圣，你是人间之喜仙，何闷之有！我等早奉菩萨旨令，教我等暗中护佑唐僧，乃同土地等神，不敢暂离左右，是以不得常来参见，怎么反见责也？"行者道："你既是保护，如今那众星、揭谛、伽蓝并我师等，被妖精困在何方？受甚罪苦？"功曹道："你师父、师弟都吊在宝殿廊下；星辰等众都收在地窖之间受罪。这两日不闻大圣消息，却才见妖精拿了神龙、龟、蛇，又送在地窖里去了，方知是大圣请来之兵，小神特来寻大圣。大圣莫辞劳倦，千万再急急去求救援。"行者闻言及此，不觉对功曹滴泪道："我如今愧上天宫，羞临海藏！怕问菩萨之原由，愁见如来之玉像！才拿去者，乃真武师相之龟、蛇、五龙圣众。教我再无方求救，奈何？"功曹笑道："大圣宽怀，小神想起一处精兵，请来断然可降。适才大圣至武当，是南赡部洲之地。这枝兵也在南赡部洲盱眙山蠙(pín)城，即今泗洲是也。那里有个大圣国师王菩萨，神通广大。他手下有一个徒弟，唤名小张太子，还有四大神将，昔年曾降伏水母娘娘。你今若去请他，他来施恩相助，准可捉怪救师也。"行者心喜道："你且去保护我师父，勿令伤他，待老孙去请也。"

行者纵起筋斗云，躲离怪处，直奔盱眙山。不一日，早到。细观，真好去处：

南近江津，北临淮水。东通海峤，西接封浮。山顶上有楼观峥嵘，山凹里有涧泉浩涌。嵯峨怪石，槃秀乔松。百般果品应时新，千样花枝迎日放。人如蚁阵往来多，船似雁行归去广。上边有瑞岩观、东岳宫、五显祠、龟山寺，钟韵香烟冲碧汉；又有玻璃泉、五塔峪、八仙台、杏花园，山光树色映蠙城。白云横不度，幽鸟倦还鸣。说甚泰嵩衡华秀，此间仙景若蓬瀛。

大圣观玩不尽，径过了淮河，入蠙城之内，到大圣禅寺山门外，又见那殿宇轩昂，长廊彩丽，有一座宝塔峥嵘。真是：

插云倚汉高千丈，仰视金瓶透碧空。
上下有光凝宇宙，东西无影映帘栊。
风吹宝铎闻天乐，日映冰虬对梵宫。
飞宿灵禽时诉语，遥瞻淮水渺无穷。

行者且观且走，直至二层门下。那国师王菩萨早已知之，即与小张太子出门迎迓（yíng yà，迎接）。相见叙礼毕，行者道："我保唐僧西天取经，路上有个小雷音寺，那里有个黄眉怪，假充佛祖。我师父不辨真伪就下拜，被他拿了。又将金铙把我罩了，幸亏天降星辰救出。是我打碎金铙，与他赌斗，又将一个布搭包儿，把天神、揭谛、伽蓝与我师父、师弟尽皆装了进去。我前去武当山请玄天上帝救援，他差五龙、龟、蛇拿怪，又被他一搭包子装去。弟子无依无倚，故来拜请菩萨，大展威力，将那收水母之神通，拯生民之妙用，同弟子去救师父一难！取得经回，永传中国，扬我佛之智慧，兴般若之波罗也。"国师王道："你今日之事，诚我佛教之兴隆，理当亲去。奈时值初夏，正淮水泛涨之时，新收了水猿大圣【睡猿】，那斯遇水即兴，恐我去后，他乘空生顽，无神可治。今着小徒领四将和你去助力，炼魔收伏罢。"行者称谢，即同四将并小张太子，又驾云回小西天，直至小雷音寺。

小张太子使一条楮白枪，四大将轮四把锟鋘剑，和孙大圣上前骂战。小妖又去报知，那妖王复帅群妖，鼓噪而出道："猢狲！你今又请得何人来也？"说不了，小张太子指挥四将上前喝道："泼妖精！你面上无肉，不认得我等在此！"妖王道："是那方小将，敢来与他助力？"太子道："吾乃泗州大圣国师王菩萨弟子，帅领四大神将，奉令擒你！"妖王笑道："你这孩儿有甚武艺，擅敢到此轻薄？"太子道："你要知我武艺，等我道来：

祖居西土流沙国，我父原为沙国王。
自幼一身多疾苦，命干华盖恶星妨。
因师远慕长生诀，有分相逢舍药方。
半粒丹砂祛病退，愿从修行不为王。
【王子修行，如来之故事，故可为对手】
学成不老同天寿，容颜永似少年郎。
也曾赶赴龙华会，也曾腾云到佛堂。
捉雾拿风收水怪，擒龙伏虎镇山场。
抚民高立浮屠塔，静海深明舍利光。
楮白枪尖能缚怪，淡缁（zī，黑色僧服）衣袖把妖降。
如今静乐蠙城内，大地扬名说小张！"

妖王听说，微微冷笑道："那太子，你舍了国家，从那国师王菩萨，修的是甚么长生不老之术？只好收捕淮河水怪，却怎么听信孙行者诳谬之言，千山万水，来此纳命！看你可长生可不老也！"小张闻言，心中大怒，缠枪当面便刺，四大将一拥齐攻，孙大圣使铁棒上前又打。好妖精，公然不惧，轮着他那短软狼牙棒，左遮右架，直挺横冲。这场好杀：

小太子，楮白枪，四柄锟鋘剑更强。悟空又使金箍棒，齐心围绕杀妖王。妖王其实神通大，不惧分毫左右搪。狼牙棒是佛中宝，剑砍枪轮莫可伤。只听狂风声吼吼，又观恶气混茫茫。那个有意思凡弄本事，这个专心拜佛取经章。几番驰骋，数次张狂。喷云雾，闭三光，奋怒怀嗔各不良。多时三乘无上法，致令百艺苦相将。

概众争战多时，不分胜负，那妖精又解搭包儿。行者又叫："列位仔细！"太子并众等不知"仔细"之意。那怪滑的一声，把四大将与太子，一搭包又装将进去，只是行者预先知觉走了，那妖王得胜回寺，又教取绳捆了，送在地窖，牢封固锁不题。

这行者纵筋斗云，起在空中，见那怪回兵闭门，方才按下祥光，立于西山坡上，怅望悲啼道："师父啊！我

自从秉教入禅林，感荷菩萨脱难深。
保你西来求大道，相同辅助上雷音。
只言平坦羊肠路，岂料崔巍怪物侵。
百计千方难救你，东求西告枉劳心！"

大圣正当凄惨之时，忽见那西南上一朵彩云坠地，满山头大雨缤纷，有人叫道："悟空，认得我么？"行者急走前看处，那个人：

大耳横颐方面相，肩查腹满身躯胖。
一腔春意喜盈盈，两眼秋波光荡荡。
敞袖飘然福气多，芒鞋洒落精神壮。
极乐场中第一尊，南无弥勒笑和尚。

行者见了，连忙下拜道："东来佛祖那里去？弟子失回避了，万罪！万罪！"佛祖道："我此来，专为这小雷音妖怪也。"行者道："多蒙老爷盛德大恩。敢问那妖是那方怪物，何处精魔，不知他那搭包儿是件甚么宝贝，烦老爷指示指示。"佛祖道："他是我面前司磬(qìng，打击乐器)的一个黄眉童儿。三月三日，我因赴元始会去，留他在宫看守，他把我这几件宝贝拐来，假佛成精。那搭包儿是我的后天袋子，俗名唤做'人种袋'。那条狼牙棒是个敲磬的槌儿。"行者听说，高叫一声道："好个笑和尚！你走了这童儿，教他诳称佛祖，陷害老孙，未免有个家法不谨之过！"弥勒道："一则是我不谨，走失人口；二则是你师徒们魔障(修行的障碍)未完，故此百灵下界，应该受难。我今来与你收他去也。"行者道："这妖精神通广大，你又无些兵器，何以收之？"

弥勒笑道："我在这山坡下，设一草庵，种一田瓜果在此，你去与他索战。交战之时，许败不许胜，引他到我这瓜田里。我别的瓜都是生的，你却变做一个大熟瓜。【悟空变假瓜，暗示功果未成】他来定要瓜吃，我却将你与他吃。吃下肚中，任你怎么在内摆布他，那时等我取了他的搭包儿，装他回去。"行者道："此计虽妙，你却怎么认得变的熟瓜？他怎么就肯跟我来此？"弥勒笑道："我为治世之尊，慧眼高明，岂不认得你！凭你变作甚物，我皆知之，但恐那怪不肯跟来耳。我却教你一个法术。"行者道："他断然是以搭包儿装我，怎肯跟来！有何法术可来也？"弥勒笑道："你伸手来。"行者即舒左手递将过去，弥勒将右手食指蘸着口中神水，在行者掌上写了一个"禁"字，教他捏着拳头，见妖精当面放手，他就跟来。

行者揝(zuàn，握)拳，欣然领教，一只手轮着铁棒，直至山门外，高叫道："妖魔，你孙爷爷又来了！可快出来，与你见个上下！"小妖又忙忙奔告，妖王问道："他又领多少兵来叫战？"小妖道："别无甚兵，止他一个。"妖王笑道："那猴儿计穷力竭，无处求人，断然是送命来也。"随又结束整齐，带了宝贝，举着那轻软狼牙棒，走出门来叫道："孙悟空，今番挣挫不得了！"行者骂道："泼怪物！我怎么挣挫不得？"妖王道："我见你计穷力竭，无处求人，独自个强来支持，如今拿住，再没个甚么神兵救拔，此所以说你挣挫不得也。"行者道："这怪不知死活！莫说嘴！吃吾一棒！"那妖王见他一只手轮棒，忍不住笑道："这猴儿，你看他弄巧！怎么一只手使棒支吾？"行者道："儿子！你禁不得我两只手打！若是不使搭包子，再着三五个，也打不过老孙这一只手！"妖王闻言道："也罢！也罢！我如今不使宝贝，只与你实打，比个雌雄。"即举狼牙棒，上前来斗。孙行者迎着面，把拳头一放，双手轮棒。那妖精着了禁，不思退步，果然不弄搭包，只顾使棒来赶。行者虚幌一下，败阵就走，那妖精直赶到西山坡下。行者见有瓜田，打个滚，钻入里面，即变做一个大熟瓜，又熟又甜。

那妖精停身四望，不知行者那方去了，他却赶至庵边叫道："瓜是谁人种的？"弥勒变作一个种瓜叟，出草庵答道："大王，瓜是小人种的。"妖王道："可有熟瓜么？"弥勒道："有熟的。"妖王叫："摘个熟的来，我解渴。"弥勒即把行者变的那瓜，双手递与妖王。妖王更不察情，到此接过手，张口便啃。【唐僧不辨果之真假，唐僧的心魔也不分瓜之真假】那行者乘此机会，一毂辘钻入咽喉之下，等不得好歹，就弄手脚抓肠蒯(kuǎi，挠，抓)腹，翻根头，竖蜻蜓，任他在里面摆布。【卓吾评：猴】那妖精疼得傞牙倈嘴，眼泪汪汪，把一块种瓜之地，滚得似个打麦之场，【卓吾评：好描画】口中只叫："罢了！罢了！谁人救我一救！"弥勒却现了本象，嘻嘻笑叫道："孽畜！认得我么？"那妖抬头看见，慌忙跪倒在地，双手揉着肚子，磕头撞脑，只叫："主人公！饶我命罢！饶我命罢！再不敢了！”【注意“主人公”三个字，指代真心，所谓神仙降魔，即是真心降伏假心、邪心。人人本心是佛是圣，所以请佛降魔即是找到自己本心的过程】弥勒上前一把揪住，解了他的后天袋儿，夺了他的敲磬槌儿，叫：“孙悟空，看我面上，饶他命罢。”行者十分恨苦，却又左一拳，右一脚，在里面乱掏乱捣。那怪万分疼痛难忍，倒在地下。弥勒又道：“悟空，他也彀了，你饶他罢。”行者才叫：“你张大口，等老孙出来。”那怪虽是肚腹绞痛，还未伤心。俗语云：“人未伤心不得死，花残叶落是根枯。”【卓吾评：着眼】他听见叫张口，即便忍着疼，把口大张。行者方才跳出，现了本象，急掣棒还要打时，早被佛祖把妖精装在袋里，斜跨在腰间，手执着磬槌，骂道：“孽畜！金铙偷了那里去了？”那怪却只要怜生，在后天袋内哼哼哼哼的道：“金铙是孙悟空打破了。”佛祖道：“铙破，还我金来。”【卓吾评：佛祖也只要金】那怪道：“碎金堆在殿莲台上哩。”那佛祖提着袋子，执着磬槌，嘻嘻笑叫道：“悟空，我和你去寻金还我。”行者见此法力，怎敢违误，只得引佛上山，回至寺内，收取碎金。

只见那山门紧闭，佛祖使槌一指，门开入里看时，那些小妖，已得知老妖被擒，各自收拾囊底，都要逃生四散。被行者见一个，打一个；见两个，打两个；把五七百个小妖尽皆打死，各现原身，都是些山精树怪，兽孽禽魔。佛祖将金收攒一处，吹口仙气，念声咒语，即时返本还原，复得金铙一副，别了行者，驾祥云，径转极乐世界。

这大圣却才解下唐僧、八戒、沙僧。那呆子吊了几日，饿得慌了，且不谢大圣，却就虾着腰，跑到厨房寻饭吃。原来那怪正安排了午饭，因行者索战，还未得吃。这呆子看见，即吃了半锅，却拿出两钵头叫师父、师弟们各吃了两碗，然后才谢了行者。问及妖怪原由，行者把先请祖师龟、蛇，后请大圣借太子，并弥勒收降之事，细陈了一遍。三藏闻言，谢之不尽，顶礼了诸天，道：“徒弟，这些神圣，困于何所？”行者道：“昨日日值功曹对老孙说，都在地窖之内。”叫：“八戒，我与你去解脱他等。”

那呆子得食力壮，抖擞精神，寻着他的钉钯，即同大圣到后面，打开地窖，将众等解了绳，请出珍楼之下。三藏披了袈裟，朝上一一拜谢。这大圣才送五龙、二将回武当；送小张太子与四将回蠙城；后送二十八宿归天府，发放揭谛、伽蓝各回境。师徒们却宽住了半日，喂饱了白马，收拾行囊，至次早登程。临行时，放上一把火，将那些珍楼、宝座、高阁、讲堂，俱尽烧为灰烬。这里才：无挂无牵逃难去，消灾消障脱身行。毕竟不知几时才到大雷音，且听下回分解。

【卓吾评：笑和尚只是要金子，不然便做个哭和尚了。有金便笑，无金便哭，和尚尚如此，而况世人乎？】

第六十七回　拯救驼罗禅性稳　脱离秽污道心清

【由于老子在《道德经》推崇婴儿的状态，后世道家有宗派错误理解老子的比喻，把追求体内婴儿的感觉作为修行的目标，称为圣胎，并发展呼吸吐纳之法，称为胎息。这些理论，都是以身体感觉代替心性修为，是人行邪道，不成功果。修行的正途是修炼心性，济世渡人。本回小西天是上节小雷音圣胎幻觉的延续，用降伏蛇妖和过稀屎胡同象征将七情六欲的邪胎假功果排出体外的过程】

话说三藏四众，躲离了小西天，【此处应为小雷音，疑为古版抄录错误】欣然上路。行经个月程途，正是春深花放之时，见了几处园林皆绿暗，一番风雨又黄昏。三藏勒马道："徒弟啊，天色晚矣，往那条路上求宿去？"行者笑道："师父放心，若是没有借宿处，我三人都有些本事，叫八戒砍草，沙和尚扳松，老孙会做木匠，就在这路上搭个蓬庵，好道也住得年把，你忙怎的！"八戒道："哥呀，这个所在，岂是住场！满山多虎豹狼虫，遍地有魑魅魍魉。白日里尚且难行，黑夜里怎生敢宿？"行者道："呆子！越发不长进了！不是老孙海口，只这条棒子揝（zuàn，握）在手里，就是塌下天来，也撑得住！"

师徒们正然讲论，忽见一座山庄不远。行者道："好了！有宿处了！"长老问："在何处？"行者指道："那树丛里不是个人家？我每去借宿一宵，明早走路。"长老欣然促马，至庄门外下马。只见那柴扉紧闭，长老敲门道："开门，开门。"里面有一老者，手拖藜杖，足踏蒲鞋，头顶乌巾，身穿素服，开了门便问："是甚人在此大呼小叫？"三藏合掌当胸，躬身施礼道："老施主，贫僧乃东土差往西天取经者。适到贵地，天晚特造尊府假宿一宵，万望方便方便。"老者道："和尚，你要西行，却是去不得啊。此处乃小西天，若到大西天，路途甚远。且休道前去艰难，只这个地方，已此难过。"三藏问："怎么难过？"老者用手指道："我这庄村西去三十余里，有一条稀柿【谐音"稀屎"】衕（tòng，胡同），山名七绝。"三藏道："何为七绝？"老者道："这山径过有八百里，满山尽是柿果。古云：'柿树有七绝：一益寿，二多阴，三无鸟巢，四无虫，五霜叶可玩，六嘉实，七落叶肥大。'故名七绝山。我这敝处地阔人稀，那深山亘古无人走到。每年家熟烂柿子落在路上，将一条夹石胡同，尽皆填满；又被雨露雪霜，经霉过夏，作成一路污秽。这方人家，俗呼为稀屎衕。但刮西风，有一股秽气，就是淘东圊①也不似这般恶臭。【卓吾评：这却是八绝了】如今正值春深，东南风大作，所以还不闻见也。"三藏心中烦闷不言。

行者忍不住，高叫道："你这老儿甚不通便！我等远来投宿，你就说出这许多话来謑(xià，吓唬)人！十分你家窄逼没处睡，我等在此树下蹲一蹲，也就过了此宵，何故这般絮聒？"那老者见了他相貌丑陋，便也拧住口，惊嘬嘬的，硬着胆，喝了一声，用藜杖指定道："你这厮，骨挝脸，磕额头，塌鼻子，凹颔腮，毛眼毛睛，痨病鬼，不知高低，尖着个嘴，敢来冲撞我老人家！"行者陪笑道："老官儿，你原来有眼无珠，不识我这痨病鬼哩！相法云：'形容古怪，石中有美玉之藏。'【卓吾评：猴】你若以言貌取人，干净差了，我虽丑便丑，却倒有些手段。"老者道："你是那方人氏？姓甚名谁？有何手段？"行者笑道："我

祖居东胜大神洲，花果山前自幼修。
身拜灵台方寸祖，学成武艺甚全周。
也能搅海降龙母，善会担山赶日头。
缚怪擒魔称第一，移星换斗鬼神愁。
偷天转地英名大，我是变化无穷美石猴！"

老者闻言，回嗔作喜，躬着身便教："请！请入寒舍安置。"遂此，四众牵马挑担一齐进去。只见那荆针棘刺，铺设两边，二层门是砖石垒的墙壁，又是荆棘苫盖，入里才是三间瓦房。老者便扯椅安坐待茶，又叫办饭。少顷，移过桌子，摆着许多面筋、豆腐、芋苗、萝卜、辣芥、蔓菁、香稻米饭、醋烧葵汤，师徒们尽饱一餐。吃毕，八戒扯过行者，背云："师兄，这老儿始初不肯留宿，今返设此盛斋，何也？"行者道："这个能值多少钱！到明日，还要他十果十菜送我们哩！"八戒道："不羞！凭你那几句大话，哄他一顿饭吃了，明日却要跑路，他又管待送你怎的？"行者道："不要忙，我自有个处治。"

不多时，渐渐黄昏，老者又叫掌灯。行者躬身问道："公公高姓？"老者道："姓李。"行者道："贵地想就是李家庄？"老者道："不是，这里唤做驼罗庄，【驼罗即陀螺，回旋之意，象征肠道】共有五百多人家居住。别姓俱多，惟我姓李。"行者道："李施主，府上有何善意，赐我等盛斋？"那老者起身道："才闻得你说会拿妖怪，我这里却有个妖怪，累你替我们拿拿，自有重谢。"行者就朝上唱个喏道："承照顾了！"八戒

① 东圊：dōng qīng，厕所。旧时厕所多在屋子东角。

道："你看他惹祸！听见说拿妖怪，就是他外公也不这般亲热，预先就唱个喏！"行者道："贤弟，你不知，我唱个喏就是下了个定钱，他再不去请别人了。"【卓吾评：猴】三藏闻言道："这猴儿凡事便要自专，倘或那妖精神通广大，你拿他不住，可不是我出家人打诳语么？"行者笑道："师父莫怪，等我再问了看。"那老者道："还问甚？"行者道："你这贵处，地势清平，又许多人家居住，更不是偏僻之方，有甚么妖精，敢上你这高门大户？"老者道："实不瞒你说，我这里久矣康宁。只这三年六月间，忽然一阵风起，那时人家甚忙，打麦的在场上，插秧的在田里，俱着了忙，只说是天变了。谁知风过处，有个妖精将人家牧放的牛马吃了，猪羊吃了，见鸡鹅囫囵咽，遇男女夹活吞。【食肠宽大之妖，正是八戒的影子】自从那次，这二年常来伤害。长老啊，你若有手段，拿了他，扫净此土，我等决然重谢，不敢轻慢。"行者道："这个却是难拿。"八戒道："真是难拿，难拿！我们乃行脚僧，借宿一宵，明日走路，拿甚么妖精！"老者道："你原来是骗饭吃的和尚！初见时夸口弄舌，说会换斗移星，降妖缚怪，及说起此事，就推却难拿！"行者道："老儿，妖精好拿。只是你这方人家不齐心，所以难拿。"老者道："怎见得人心不齐？"行者道："妖精搅扰了三年，也不知伤害了多少生灵。我想着每家只出银一两，五百家可凑五百两银子，不拘到那里，也寻一个法官把妖拿了，却怎么就甘受他三年磨折？"老者道："若论说使钱，好道也羞杀人！我们那家不花费三五两银子！前年曾访着山南里有个和尚，请他到此拿妖，未曾得胜。"行者道："那和尚怎的拿来？"老者道：

"那个僧伽，披领袈裟。先谈《孔雀》，后念《法华》。香焚炉内，手把铃拿。正然念处，惊动妖邪。风生云起，径至庄家。僧和怪斗，其实堪夸：一递一拳捣，一递一把抓。和尚还相应，相应没头发。须臾妖怪胜，径直返烟霞，原来晒干疤。我等近前看，光头打的似个烂西瓜！"【卓吾评：游戏处甚妙】

行者笑道："这等说，吃了亏也。"老者道："他只拚(pīn，豁出去；舍弃不顾)得一命，还是我们吃亏，与他买棺木殡葬，又把些银子与他徒弟。那徒弟心还不歇，至今还要告状，不得干净！"行者道："再可曾请甚么人拿他？"老者道："旧年又请了一个道士。"行者道："那道士怎么拿他？"老者道："那道士：

头戴金冠，身穿法衣。令牌敲响，符水施为。驱神使将，拘到妖魑。狂风滚滚，黑雾迷迷。即与道士，两个相持。斗到天晚，怪返云霓。乾坤清朗朗，我等众人齐。出来寻道士，渰(yǎn，淹没)死在山溪。【卓吾评：重复便没趣】捞得上来大家看，却如一个落汤鸡！"【卓吾评：如今和尚道士，那一个不如此？】

【此处与高老庄一节相似，也是和尚道士降妖无功，盖言修行浅的降伏不了

欲望】

行者笑道："这等说，也吃亏了。"老者道："他也只舍得一命，我们又使彀闷数钱粮。"行者道："不打紧，不打紧，等我替你拿他来。"老者道："你若果有手段拿得他，我请几个本庄长者与你写个文书：若得胜，凭你要多少银子相谢，半分不少；如若有亏，切莫和我等放赖，各听天命。"行者笑道："这老儿被人赖怕了。我等不是那样人，快请长者去。"

那老者满心欢喜，即命家僮请几个左邻右舍，表弟姨兄，亲家朋友，共有八九位老者，都来相见。会了唐僧，言及拿妖一事，无不欣然。众老问："是那一位高徒去拿？"行者叉手道："是我小和尚。"众老悚然道："不济！不济！那妖精神通广大，身体狼犺。【正是形容八戒的话】你这个长老，瘦瘦小小，还不彀他填牙齿缝哩！"行者笑道："老官儿，你估不出人来。我小自小，结实，都是'吃了磨刀水的——秀气在内'哩！"众老见说，只得依从道："长老，拿住妖精，你要多少谢礼？"行者道："何必说要甚么谢礼！俗语云：'说金子幌眼，说银子傻白，说铜钱腥气！'我等乃积德的和尚，决不要钱。"

众老道："既如此说，都是受戒的高僧。既不要钱，岂有空劳之理！我等各家俱以鱼田为活，若果降了妖孽，净了地方，我等每家送你两亩良田，共凑一千亩，坐落一处，你师徒们在上起盖寺院，打坐参禅，强似方上云游。"行者又笑道："越不停当！但说要了田，就要养马当差，纳粮办草，黄昏不得睡，五鼓不得眠，好倒弄杀人也！"【卓吾评：着眼】众老道："诸般不要，却将何谢？"行者道："我出家人，但只是一茶一饭，便是谢了。"众老喜道："这个容易，但不知你怎么拿他？"行者道："他但来，我就拿住他。"众老道："那怪大着哩！上拄(zhǔ，支撑；顶着)天，下拄地，来时风，去时雾，你却怎生近得他？"行者笑道："若论呼风驾雾的妖精，我把他当孙子罢了；若说身体长大，有那手段打他！"

正讲处，只听得呼呼风响，慌得那八九个老者战战兢兢道："这和尚盐酱口(指说不吉利的话有应验)！说妖精，妖精就来了！"那老李开了腰门，把几个亲戚连唐僧都叫："进来！进来！妖怪来了！"唬得那八戒也要进去，沙僧也要进去。行者两只手扯住两个道："你们忒不循理！出家人，怎么不分内外？站住！不要走！跟我去天井里，看看是个甚么妖精。"八戒道："哥啊，他们都是经过帐的，风响便是妖来。他都去躲，我们又不与他有亲，又不相识，又不是交契(朋友)故人，看他做甚？"原来行者力量大，不容说，一把拉在天井里站下。那阵风越发大了，好风：

倒树摧林狼虎忧，播江搅海鬼神愁。

掀翻华岳三峰石，提起乾坤四部洲。
村舍人家皆闭户，满庄儿女尽藏头。
黑云漠漠遮星汉，灯火无光遍地幽。

慌得那八戒战战兢兢，伏之于地，把嘴拱开土，埋在地下，却如钉了钉一般。沙僧蒙着头脸，眼也难睁。

行者闻风认怪，一霎时，风头过处，只见那半空中隐隐的两盏灯来，即低头叫道："兄弟们！风过了，起来看！"那呆子扯出嘴来，抖抖灰土，仰着脸朝天一望，见有两盏灯光，忽失声笑道："好耍子！好耍子！原来是个有行止（品行）的妖精！该和他做朋友！"沙僧道："这般黑夜，又不曾觌面（dí miàn，当面）相逢，怎么就知他好歹？"八戒道："古人云：'夜行以烛，无烛则止。'你看他打一对灯笼引路，必定是个好的。"【卓吾评：趣】沙僧道："你错看了，那不是一对灯笼，是妖精的两只眼亮。"这呆子就唬矮了三寸，道："爷爷呀！眼有这般大啊，不知口有多少大哩！"行者道："贤弟莫怕。你两个护持着师父，待老孙上去讨他个口气，看他是甚妖精。"八戒道："哥哥，不要供出我们来。"

好行者，纵身打个唿哨（hū shào，口哨），跳到空中，执铁棒厉声高叫道："慢来！慢来！有吾在此！"那怪见了，挺住身躯，将一根长枪乱舞。行者执了棍势，问道："你是那方妖怪？何处精灵？"那怪更不答应，只是舞枪。行者又问，又不答，只是舞枪。行者暗笑道："好是耳聋口哑！不要走！看棍！"那怪更不怕，乱舞枪遮拦。在那半空中，一来一往，一上一下，斗到三更时分，未见胜败。

八戒、沙僧在李家天井里看得明白，原来那怪只是舞枪遮架，更无半分儿攻杀。行者一条棒不离那怪的头上。八戒笑道："沙僧，你在这里护持，让老猪去帮打帮打，莫教那猴子独干这功，领头一钟酒。"好呆子，就便跳起云头，赶上就筑，那怪物又使一条枪抵住。两条枪，就如飞蛇掣电。八戒夸奖道："这妖精好枪法！不是'山后枪'，乃是'缠丝枪'，也不是'马家枪'，却叫做个'软柄枪'！"行者道："呆子莫胡谈！那里有个甚么'软柄枪'！"八戒道："你看他使出枪尖来架住我们，不见枪柄，不知收在何处。"行者道："或者是个'软柄枪'。但这怪物还不曾说话，想是还未归人道，【未成人形之妖，如上节喻功果未成】阴气还重。只怕天明时阳气胜，他必要走。但走时，一定赶上，不可放他。"八戒道："正是！正是！"

又斗多时，不觉东方发白，那怪不敢恋战，回头就走。行者与八戒一齐赶来，忽闻得那污秽之气旭人，乃是七绝山稀柿衕也。八戒道："是那家淘毛厕哩！哏（hěn，叹词，表示愤怒）！臭气难闻！"行者侮着鼻子只叫："快快赶妖精！快快赶妖精！"那怪物撺过山去，现了本象，乃是一条红鳞大蟒。你看他：

眼射晓星，鼻喷朝雾。密密牙排钢剑，弯弯爪曲金钩。头戴一条肉角，好便似千千块玛瑙攒成；身披一派红鳞，却就如万万片胭脂砌就。盘地只疑为锦被，飞空错认作虹霓。歇卧处有腥气冲天，行动时有赤云罩体。大不大，两边人不见东西；长不长，一座山跨占南北。

八戒道："原来是这般一个长蛇！若要吃人啊，一顿也得五百个，还不饱足！"行者道："那软柄枪乃是两条信桥①。我们赶他软了，从后打出去！"这八戒纵身赶上，将钯便筑。那怪物一头钻进窟里，还有七八尺长尾巴丢在外边。八戒放下钯，一把挝(zhuā，抓)住道："着手！着手！"尽力气往外乱扯，莫想扯得动一毫。行者笑道："呆子！放他进去，自有处置，不要这等倒扯蛇。"八戒真个撒了手，那怪缩进去了。八戒怨道："才不放手时，半截子已是我们的了！是这般缩了，却怎么得他出来？这不是叫做没蛇弄了？"行者道："这厮身体狼犺，窟穴窄小，断然转身不得，一定是个照直撺的，定有个后门出头。你快去后门外拦住，等我在前门外打。"

那呆子真个一溜烟，跑过山去，果见有个孔窟，他就扎定脚。还不曾站稳，不期行者在前门外使棍子往里一捣，那怪物护疼，径往后门撺出。八戒未曾防备，被他一尾巴打了一跌，莫能挣扎得起，睡在地下忍疼。行者见窟中无物，搴着棒，跑过去叫："赶妖怪！"那八戒听得吆喝，自己害羞，忍着疼爬起来，使钯乱扑。行者见了笑道："妖怪走了，你还扑甚的了？"八戒道："老猪在此打草惊蛇哩！"行者道："活呆子！快赶上！"

二人赶过涧去，见那怪盘做一团，竖起头来，张开巨口，要吞八戒，八戒慌得往后便退。这行者反迎上前，被他一口吞之。八戒捶胸跌脚大叫道："哥耶！倾了你也！"行者在妖精肚里，支着铁棒道："八戒莫愁，我叫他搭个桥儿你看！"那怪物躬起腰来，就似一道路东虹。八戒道："虽是像桥，只是没人敢走。"行者道："我再叫他变做个船儿你看！"在肚里将铁棒撑着肚皮。那怪物肚皮贴地，翘起头来，就似一只赣保船，八戒道："虽是像船，只是没有桅篷，不好使风。"行者道："你让开路，等我叫他使个风你看。"又在里面尽着力把铁棒从脊背上一搠(shuò，刺)将出去，约有五七丈长，就似一根桅杆。【卓吾评：猴】那厮忍疼挣命，往前一撺，比使风更快，撺回旧路，下了山有二十余里，却才倒在尘埃，动荡不得，呜呼丧矣。八戒随后赶上来，又举钯乱筑。行者把那物穿了一个大洞，钻将出来道："呆子！他死也死了，你还筑他

① 信桥：桥，tiàn，木棍。信桥即蛇舌头前的信子。

怎的?”八戒道:“哥啊,你不知我老猪一生好打死蛇?”遂此收了兵器,抓着尾巴,倒拉将来。

却说那驼罗庄上,李老儿与众等对唐僧道:“你那两个徒弟,一夜不回,断然倾了命也。”三藏道:“决不妨事,我们出去看看。”须臾间,只见行者与八戒拖着一条大蟒,吆吆喝喝前来,众人却才欢喜。满庄上老幼男女都来跪拜道:“爷爷!正是这个妖精,在此伤人!今幸老爷施法,斩怪除邪,我辈庶各得安生也!”众家都是感激,东请西邀,各各酬谢。师徒们被留住五七日,苦辞无奈,方肯放行。又各家见他不要钱物,都办些干粮果品,骑骡压马,花红彩旗,尽来饯行。此处五百人家,到有七八百人相送。

一路上喜喜欢欢,不时到了七绝山稀柿衕口。三藏闻得那般秽气,又见路道填塞,道:“悟空,似此怎生度得?”行者侮着鼻子道:“这个却难也。”三藏见行者说难,便就眼中垂泪。李老儿与众上前道:“老爷勿得心焦。我等送到此处,都已约定意思了。令高徒与我们降了妖精,除了一庄祸害,我们各办虔心,另开一条好路,送老爷过去。”行者笑道:“你这老儿,俱言之欠当。你初然说这山径过有八百里,你等又不是大禹的神兵,那里会开山凿路!若要我师父过去,还得我们着力,你们都成不得。”三藏下马道:“悟空,怎生着力么!”行者笑道:“眼下就要过山,却也是难;若说再开条路,却又难也。须是还从旧胡同过去,只恐无人管饭。”李老儿道:“长老说那里话!凭你四位担搁多少时,我等俱养得起,怎么说无人管饭!”行者道:“既如此,你们去办得两石米的干饭,再做些蒸饼馍馍来,等我那长嘴和尚吃饱了,变了大猪,拱开旧路,我师父骑在马上,我等扶持着,管情过去了。”八戒闻言道:“哥哥,你们都要图个干净,怎么独教老猪受臭?”三藏道:“悟能,你果有本事拱开胡同,领我过山,注你这场头功。”八戒笑道:“师父在上,列位施主们都在此,休笑话。我老猪本来有三十六般变化,若说变轻巧华丽飞腾之物,委实不能;若说变山,变树,变石块,变土墩,变赖象、科猪、水牛、骆驼,真个全会。只是身体变得大,肚肠越发大,须是吃得饱了,才好干事。”众人道:“有东西!有东西!我们都带得有干粮果品,烧饼馉饳(gǔ duò,油煎的馅饼)在此。原要开山相送的,且都拿出来,凭你受用。待变化了,行动之时,我们再着人回去做饭送来。”八戒满心欢喜,脱了皂直裰,丢了九齿钯,对众道:“休笑话,看老猪干这场臭功。”

好呆子,捻着诀,摇身一变,果然变做一个大猪,真个是:

嘴长毛短半脂膘,自幼山中食药苗。
黑面环睛如日月,圆头大耳似芭蕉。

修成坚骨同天寿，炼就粗皮比铁牢。

齆（wèng，鼻腔阻塞，发音不清）齆鼻音呱诂叫，喳喳喉响喷喁哮。

白蹄四只高千尺，剑鬣长身百丈饶。

从见人间肥豕彘（shǐ zhì，猪），未观今日老猪魈（xiāo，山中精怪）。

唐僧等众齐称赞，羡美天蓬法力高。

孙行者见八戒变得如此，即命那些相送人等，快将干粮等物推攒一处，叫八戒受用。那呆子不分生熟，一捞食之，却上前拱路。行者叫沙僧脱了脚，好生挑担，请师父稳坐雕鞍，他也脱了䩺鞋（wēng xié，靴子；棉鞋），吩咐众人回去："若有情，快早送些饭来与我师弟接力。"那些人有七八百相送随行，多一半有骡马的，飞星回庄做饭。还有三百人步行的，立于山下遥望他行。原来此庄至山，有三十余里，待回取饭来，又三十余里，往回担搁，约有百里之遥，他师徒们已此去得远了。众人不舍，催趱（zǎn，加快，加紧）骡马进胡同，连夜赶至，次日方才赶上，叫道："取经的老爷，慢行！慢行！我等送饭来也！"长老闻言，谢之不尽道："真是善信之人！"叫八戒住了，再吃些饭食壮神。那呆子拱了两日，正在饥饿之际，那许多人何止有七八石饭食，他也不论米饭、面饭，收积来一捞用之，饱餐一顿，却又上前拱路。三藏与行者、沙僧谢了众人，分手两别。正是：

驼罗庄客回家去，八戒开山过衕来。

三藏心诚神力拥，悟空法显怪魔衰。

千年稀柿今朝净，七绝胡同此日开。

六欲尘情皆剪绝，平安无阻拜莲台。

这一去不知还有多少路程，还遇甚么妖怪，且听下回分解。

【卓吾评："倒扯蛇"，"没蛇弄了"，"打草惊蛇"，"好打死蛇"，都是趣话，惹人喷饭】

【经驼罗庄过稀柿衕，把带着七情六欲不成正果的邪胎排出体外。情感和欲望虽然带来无尽烦恼，却也有用。师徒过七绝山，全凭驼罗庄有情善信之人送饭和食肠宽大的八戒拱路】

第六十八回　朱紫国唐僧论前世　孙行者施为三折肱

【此难主旨是摒弃为求别人看重而卖身为奴的心性。本回是朱紫国治病降妖的一个引子，但非常重要。不经意的读者可能忽略床铺安排和买调料这些小事，殊不知后文悟空的表现全由这些小事引起。悟空因唐僧受厚待，自己受薄待，心生不忿，所以才有意施法取悦国王，这才引出治病和降妖的故事】

善正万缘收，名誉传扬四部洲。智慧光明登彼岸，飕飕，叆叆（ài ài，云很多的样子）云生天际头。诸佛共相酬，永住瑶台万万秋。打破人间蝴蝶梦，休休，涤净尘氛不惹愁。

【此词归结小雷音和小西天之难。什么是人间蝴蝶梦？尘氛，即心里的邪念妄想及其导致的愁苦，包括追求幻觉和欲望的满足。怎么打破？善正，即善念和正念，包括修炼清净圆满的心性，以及行善布施的慈悲。慈悲并不单单为造福众生，更是为了找到清净的本心，到达智慧的彼岸】

话表三藏师徒，洗污秽之胡同，上逍遥之道路，光阴迅速，又值炎天，正是：

海榴（石榴）舒锦弹，荷叶绽青盘。两路绿杨藏乳燕，行人避暑扇摇纨。

进前行处，忽见有一城池相近。三藏勒马叫："徒弟们，你看那是甚么去处？"行者道："师父原来不识字，亏你怎么领唐王旨意离朝也！"三藏道："我自幼为僧，千经万典皆通，怎么说我不识字？"【卓吾评：世尽有千经万典皆通，原不识一字者】行者道："既识字，怎么那城头上杏黄旗明书三个大字，就不认得，却问是甚去处，何也？"三藏喝道："这泼猴胡说！那旗被风吹得乱摆，纵有字也看不明白！"行者道："老孙偏怎看见？"八戒、沙僧道："师父，莫听师兄捣鬼。这般遥望，城池尚不明白，如何就见是甚字号？"行者道："却不是'朱紫国'三字？"【卓吾评：好国名】【邪正难以分辨，故曰朱紫国】三藏道："朱紫国必是西邦王位，却要倒换关文。"行者道："不消讲了。"

不多时至城门，下马过桥，入进三层门里，真个好个皇州！但见：

门楼高耸，垛迭齐排。周围活水通流，南北高山相对。六街三市货资多，万户千家生意盛。果然是个帝王都会处，天府大京城。绝域梯航（梯子与船。泛指交通工具）至，遐方玉帛盈。形胜连山远，宫垣接汉清。三关严锁钥（喻军事重镇；出入要道），万古乐升平。

师徒们在那大街市上行时，但见人物轩昂，衣冠齐整，言语清朗，真不亚大唐世界。那两边做买做卖的，忽见猪八戒相貌丑陋，沙和尚面黑身长，孙行者脸毛额廓，丢了买卖，都来争看。三藏只叫："不要撞祸！低着头走！"八戒遵依，把个莲蓬嘴揣在怀里。沙僧不敢仰视，惟行者东张西望紧随唐僧左右。那些人有知事的，看看儿就回去了；有那游手好闲的，并那顽童们，烘烘笑笑，都上前抛瓦丢砖，与八戒作戏。唐僧捏着一把汗，只教："莫要生事！"那呆子不敢抬头。

不多时，转过隅头，忽见一座门墙，上有"会同馆"三字。唐僧道："徒弟，我们进这衙门去也。"行者道："进去怎的？"唐僧道："会同馆乃天下通会通同之所，我们也打搅得，且到里面歇下。待我见驾，倒换了关文，再赶出城走路。"八戒闻言，掣出嘴来，把那些随看的人唬倒了数十个，他上前道："师父说的是，我们且到里边藏下，免得这伙鸟人吵嚷。"遂进馆去，那些人方渐渐而退。

却说那馆中有两个馆使，乃是一正一副，都在厅上查点人夫，要往那里接官，忽见唐僧来到，个个心惊，齐道："是甚么人？是甚么人？往那里走？"三藏合掌道："贫僧乃东土大唐驾下，差往西天取经者，今到宝方，不敢私过，有关文欲倒验放行，权借高衙暂歇。"那两个馆使听言，屏退左右，一个个整冠束带，下厅迎上相见，即命打扫客房安歇，教办清素（清淡素净的食物）支应，三藏谢了。二官带领人夫，出厅而去。手下人请老爷客房安歇，三藏便走，行者恨道："这厮惫懒！怎么不让老孙在正厅？"三藏道："他这里不服我大唐管属，又不与我国相连，况不时又有上司过客往来，所以不好留此相待。"行者道："这等说，我偏要他相待！"【高傲的心性，曾500年在五行山下没有床睡，现在却因不能睡正厅而心生不忿。魔由此生】

正说处，有管事的送支应来，乃是一盘白米、一盘白面、两把青菜、四块豆腐、两个面筋、一盘干笋、一盘木耳。三藏教徒弟收了，谢了管事的，管事的道："西房里有干净锅灶，柴火方便，请自去做饭。"三藏道："我问你一声，国王可在殿上么？"管事的道："我万岁爷爷久不上朝，今日乃黄道良辰，正与文武多官议出黄榜。你若要倒换关文，趁此急去还赶上。到明日，就不能彀了，不知还有多少时伺候哩！"三藏道："悟空，你们在此安排斋饭，等我急急去验了关文回来，吃了走路。"八戒急取出袈裟、关文。三藏整束了进朝，只是吩咐徒弟们，切不可出外去生事。

不一时，已到五凤楼前。说不尽那殿阁峥嵘，楼台壮丽。直至端门外，烦奏事官转达天廷，欲倒验关文。那黄门官果至玉阶前启奏道："朝门外有东土大唐钦差一员僧，前往西天雷音寺拜佛求经，欲倒换通关文牒，听宣。"国王闻言，喜道："寡人久病，不曾登基。今上殿出榜招医，就有高僧来国！"即传旨，宣至阶下，三藏即礼拜俯伏。国王又宣上金殿赐坐，命光禄寺办斋，三藏谢了恩，将关文献上。国王看毕，十分欢喜道："法师，你那大唐，几朝君正？几辈臣贤？至于唐王，因甚作疾回生，着你远涉山川求经？"这长老因问，即欠身合掌道："贫僧那里三皇治世，五帝分伦。尧舜正位，禹汤安民。成周子众，各立乾坤。倚强欺弱，分国称君。邦君十八，分野边尘。后成十二，宇宙（天下，国家）安淳。因无车马，却又相吞。七雄争胜，六国归秦。天生鲁沛，各怀不仁。江山属汉，约法钦遵。汉归司马，晋又纷纭。南北十二，宋齐梁陈。列祖相继，大隋绍真。赏花无道，涂炭多民。我王李氏，国号唐君。高祖晏驾，当今世民。河清海晏，大德宽仁。【历代诸君也难以分辨邪正】兹因长安城北，有个怪水龙神，刻减甘雨，应该损身。夜间托梦，告王救迍（zhūn，灾难，祸殃）。王言准赦，早召贤臣。款留殿内，慢把棋轮。时当日午，那贤臣梦斩龙身。"

国王闻言，忽作呻吟之声，问道："法师，那贤臣是那邦来者？"三藏道："就是我王驾前丞相，姓魏名徵。他识天文，知地理，辨阴阳，乃安邦立国之大宰辅也。因他梦斩了泾河龙王，那龙王告到阴司，说我王许救又杀之，故我王遂得促病（急病），渐觉身危。魏徵又写书一封，与我王带至阴司，寄与酆都（fēng dū，迷信指鬼神治事之所）城判官崔珏。少时，唐王身死，至三日复得回生。亏了魏徵，感崔判官改了文书，加王二十年寿。今要做水陆大会，故遣贫僧远涉道途，询求诸国，拜佛祖，取大乘经三藏，超度孽苦升天也。"那国王又呻吟叹道："诚乃是天朝大国，君正臣贤！似我寡人久病多时，并无一臣拯救。"长老听说，偷睛观看，见那皇帝面黄肌瘦，形脱神衰。长老正欲启问，有光禄寺官奏请唐僧奉斋。王传旨教："在披香殿，连朕之膳摆下，与法师同享。"三藏谢了恩，与王同进膳进斋不题。【唐僧在皇宫吃饭，悟空三人却要自己做，且油盐酱醋俱无，故又生不忿】

却说行者在会同馆中，着沙僧安排茶饭，并整治素菜。沙僧道："茶饭易煮，蔬菜不好安排。"行者问道："如何？"沙僧道："油盐酱醋俱无也。"行者道："我这里有几文衬钱，教八戒上街买去。"那呆子躲懒道："我不敢去，嘴脸欠俊，恐惹下祸来，师父怪我。"行者道："公平交易，又不化他，又不抢他，何祸之有！"八戒道："你才不曾看见獐智（机灵狡猾的模样）？在这门前扯出嘴来，把人唬倒了十来个；若到闹市丛中，也不知唬杀多少人是！"行者道："你只知闹市丛中，你可曾看见那市上卖的是甚么东西？"【卓吾评：猴】八戒道："师父只教我低着头，莫撞祸，实是不曾看见。"行者道："酒店、米铺、磨坊，并绫罗杂货不消说，着实有好茶房、面店，大烧饼、大馍馍，饭店又有好汤饭、好椒料、好蔬菜，与那异品的糖糕、蒸酥、点心、卷子、油食、蜜食，无数好东西，我去买些儿请你如何？”【卓吾评：顽猴，恶猴】那呆子闻说，口内流涎，喉咙里咽咽的咽唾，跳起来道：“哥哥！这遭我扰你，待下次趱（zǎn，通“攒”，积聚，聚敛）钱，我也请你回席。”行者暗笑道：“沙僧，好生煮饭，等我们去买调和来。”沙僧也知是要呆子，只得顺口应承道：“你们去，须是多买些，吃饱了来。”那呆子捞个碗盏拿了，就跟行者出门。有两个在官人问道：“长老那里去？”行者道：“买调和。”【双关，除了缺做饭用的调料，还指师徒待遇天差地别，行者心中无法调和】那人道：“这条街往西去，转过拐角鼓楼，那郑家杂货店，凭你买多少，油盐酱醋、姜椒茶叶俱全。”【卓吾评：逼真】

他二人携手相搀，径上街西而去。行者过了几处茶房，几家饭店，当买的不买，当吃的不吃。八戒叫道：“师兄，这里将就买些用罢。”那行者原是要他，那里肯买，道：“贤弟，你好不经纪！再走走，拣大的买吃。”两个人说说话儿，又领了许多人跟随争看。不时，到了鼓楼边，只见那楼下无数人喧嚷，挤挤挨挨，填街塞路。八戒见了道：“哥哥，我不去了，那里人嚷得紧，只怕是拿和尚的。又况是面生可疑之人，拿了去，怎的了？”行者道：“胡谈！和尚又不犯法，拿我怎的？我们走过去，到郑家店买些调和来。”八戒道：“罢！罢！罢！我不撞祸。这一挤到人丛里，把耳朵捽（zuó，揪）了两捽，唬得他跌跌爬爬，跌死几个，我倒偿命哩！”行者道：“既然如此，你在这壁根下站定，等我过去买了回来，与你买素面、烧饼吃罢。”那呆子将碗盏递与行者，把嘴拄着墙根，背着脸，死也不动。这行者走至楼边，果然挤塞，直挨入人丛里听时，原来是那皇榜张挂楼下，故多人争看。行者挤到近处，闪开火眼金睛，仔细看时，那榜上却云：

朕西牛贺洲朱紫国王，自立业以来，四方平服，百姓清安。近因国事不祥，沉疴（重病；久治不愈的病）伏枕，淹延（疾病缠绵）日久难痊。本国太医院，屡选良方，未能调治。今出此榜文，普招天下贤士。不拘北往东来，中华外国，若有精医药者，请登宝殿，疗理朕躬。稍得病愈，愿将社稷平分，决不虚示。为此出给张挂，须至榜者。

览毕，满心欢喜道：“古人云：‘行动有三分财气。’早是不在馆中呆坐。即此不必买甚调和，且把取经事宁耐一日，等老孙做个医生要耍。”【卓吾评：猴】好大圣，弯倒腰丢了碗盏，拈一撮土，往上洒去，念声咒语，使个隐身法，轻轻的上前揭了榜，又朝着巽地上吸口仙气吹来，那阵旋风起处，他却回身，径到八戒站处，只见那呆子嘴拄着墙根，却是睡着了一般。行者更不惊他，将榜文折了，轻轻揣在他怀里，拽转步，先往会同馆去了不题。【卓吾评：顽皮】

却说那楼下众人，见风起时，各各蒙头闭眼。不觉风过时没了皇榜，众皆悚惧。

那榜原有十二个太监，十二个校尉，早朝领出，才挂不上三个时辰，被风吹去，战兢兢左右追寻，忽见猪八戒怀中露出个纸边儿来，众人近前道："你揭了榜来耶?"那呆子猛抬头，把嘴一撅，唬得那几个校尉踉踉蹡蹡跌倒在地。他却转身要走，又被面前几个胆大的扯住道："你揭了招医的皇榜，还不进朝医治我万岁去，却待何往?"那呆子慌慌张张道："你儿子便揭了皇榜！你孙子便会医治！"校尉道："你怀中揣的是甚?"呆子却才低头看时，真个有一张字纸，展开一看，咬着牙骂道："那猢狲害杀我也！"恨一声便要扯破，早被众人架住道："你是死了！此乃当今国王出的榜文，谁敢扯坏？你既揭在怀中，必有医国之手，快同我去！"八戒喝道："汝等不知，这榜不是我揭的，是我师兄孙悟空揭的。他暗暗揣在我怀中，他却丢下我去了。若得此事明白，我与你寻他去。"众人道："说甚么乱话，'现钟不打打铸钟'？你现揭了榜文，教我们寻谁！不管你！扯了去见主上！"那伙人不分清白，将呆子推推扯扯。这呆子立定脚，就如生了根一般，十来个人也弄他不动。八戒道："汝等不知高低！再扯一会，扯得我呆性子发了，你却休怪！"

不多时，闹动了街人，将他围绕，内有两个年老的太监道："你这相貌稀奇，声音不对，是那里来的，这般村强?"八戒道："我们是东土差往西天取经的，我师父乃唐王御弟法师，却才入朝，倒换关文去了。我与师兄来此买办调和，我见楼下人多，未曾敢去，是我师兄教我在此等候。他原来见有榜文，弄阵旋风揭了暗揣我怀内，先去了。"那太监道："我头前见个白面胖和尚，径奔朝门而去，想就是你师父?"八戒道："正是，正是。"太监道："你师兄往那里去了?"八戒道："我们一行四众，师父去倒换关文，我三众并行囊、马匹，俱歇在会同馆。师兄弄了我，他先回馆中去了。"太监道："校尉，不要扯他，我等同到馆中，便知端的。"八戒道："你这两个奶奶知事。"【卓吾评：趣】众校尉道："这和尚委不识货！怎么赶着公公叫起奶奶来耶?"八戒笑道："不羞！你这反了阴阳的！【暗示后文金公孙大圣成了金圣宫娘娘】他二位老妈妈儿，不叫他做婆婆、奶奶，倒叫他做公公！"【卓吾评：亦巧】众人道："莫弄嘴！快寻你师兄去。"那街上人吵吵闹闹，何止三五百，共扛到馆门首。八戒道："列位住了，我师兄却不比我任你每作戏，他却是个猛烈认真之士。汝等见了，须要行个大礼，叫他声'孙老爷'，他就招架了。【别人尊重就投降的心性】不然啊，他就变了嘴脸，这事却弄不成也。"众太监、校尉俱道："你师兄果有手段，医好国王，他也该有一半江山，我等合该下拜。"

那些闲杂人都在门外喧哗，八戒领着一行太监、校尉，径入馆中，只听得行者与沙僧在客房里，正说那揭榜之事耍笑哩。八戒上前扯住，乱嚷道："你可成个人！哄我去买素面、烧饼、馍馍我吃，原来都是空头！又弄旋风，揭了甚么皇榜，暗暗的揣在我怀里，拿我装胖！这可成个弟兄！"行者笑道："你这呆子，想是错了路，走向别处去。我过鼓楼，买了调和，急回来寻你不见，我先来了，在那里揭甚皇榜？"八戒道："现有看榜的官员在此。"说不了，只见那几个太监、校尉朝上礼拜道："孙老爷，今日我王有缘，天遣老爷下降，是必大展经纶手，微施三折肱，治得我王病愈，江山有分，社稷平分也。"行者闻言，正了声色，接了八戒的榜文，对众道："你们想是看榜的官么？"太监叩头道："奴婢乃司礼监内臣，这几个是锦衣校尉。"行者道："这招医榜委是我揭的，故遣我师弟引见。既然你主有病，常言道：'药不跟卖，病不讨医。'你去教那国王亲来请我，我有手到病除之功。"太监闻言，无不惊骇。校尉道："口出大言，必有度量。我等着一半在此哑请，着一半入朝启奏。"

当分了四个太监、六个校尉，更不待宣召，径入朝，当阶奏道："主公万千之喜！"那国王正与三藏膳毕清谈，忽闻此奏，问道："喜自何来？"太监奏道："奴婢等早领出招医皇榜，鼓楼下张挂，有东土大唐远来取经的一个圣僧孙长老揭了，现在会同馆内，要王亲自去请他，他有手到病除之功，故此特来启奏。"国王闻言满心欢喜，就问唐僧道："法师有几位高徒？"三藏合掌答曰："贫僧有三个顽徒。"国王问："那一位高徒善医？"三藏道："实不瞒陛下说，我那顽徒俱是山野庸才，只会挑包背马，转涧寻波，带领贫僧登山踄岭，或者到峻险之处，可以伏魔擒怪，捉虎降龙而已，【"而已"过谦】更无一个能知药性者。"国王道："法师何必太谦？朕当今日登殿，幸遇法师来朝，诚天缘也。高徒既不知医，他怎肯揭我榜文，教寡人亲迎？断然有医国之能也。"叫："文武众卿，寡人身虚力怯，不敢乘辇；汝等可替寡人，俱到朝外，敦请孙长老看朕之病。汝等见他，切不可轻慢，称他做'神僧孙长老'，皆以君臣之礼相见。"

那众臣领旨，与看榜的太监、校尉径至会同馆，排班参拜。唬得那八戒躲在厢房，沙僧闪于壁下。那大圣，看他坐在当中，端然不动。八戒暗地里怨恶道："这猢狲活活的折杀也！怎么这许多官员礼拜，更不还礼，也不站将起来！"不多时，礼拜毕，分班启奏道："上告神僧孙长老，我等俱朱紫国王之臣，今奉王旨，敬以洁礼，参请神僧入朝看病。"行者方才立起身来，对众道："你王如何不来？"众臣道："我王身虚力怯，不敢乘辇，特令臣等行代君之礼，拜请神僧也。"行者道："既如此说，列位请前行，我当随至。"众臣各依品从，作队而走。行者整衣而起，八戒道："哥哥，切莫攀出我们来。"行者道："我不攀你，只要你两个与我收药。"沙僧道："收甚么药？"行者道："凡有人送药来与我，照数收下，待我回来取用。"二人领诺不题。

这行者即同多官，顷间便到。众臣先走，奏知那国王，高卷珠帘，闪龙睛凤目，开金口御言，便问："那一位是神僧孙长老？"行者进前一步，厉声道："老孙便是。"那国王听得声音凶狠，又见相貌刁钻，唬得战兢兢，跌在龙床之上。慌得那女官、内宦，急扶入宫中，道："唬杀寡人也！"众官都嗔怨行者道："这和尚怎么这等粗鲁村疏！怎敢就擅揭榜！"行者闻言笑道："列位错怪了我也。若像这等慢人，你国王之病，就是一千年也不得好。"众臣道："人生能有几多阳寿？就一千年也还不好？"行者道："他如今是个病君，死了是个病鬼，再转世也还是个病人，却不是一千年也还不好？"【卓吾评：着眼】众臣怒曰："你这和尚，甚不知礼！怎么敢这等满口胡柴！"行者笑道："不是胡柴，你都听我道来：【卓吾评：着眼】

医门理法至微玄，大要心中有转旋。
望闻问切四般事，缺一之时不备全：
第一望他神气色，润枯肥瘦起和眠；
第二闻声清与浊，听他真语及狂言；
三问病原经几日，如何饮食怎生便；
四才切脉明经络，浮沉表里是何般。
我不望闻并问切，今生莫想得安然。"

那两班文武丛中有太医院官，一闻此言，对众称扬道："这和尚也说得有理。就是神仙看病，也须望、闻、问、切，谨合着神圣功巧也。"众官依此言，着近侍传奏道："长老要用望、闻、问、切之理，方可认病用药。"那国王睡在龙床上，声声唤道："叫他去罢！寡人见不得生人面了！"近侍的出宫来道："那和尚，我王旨意，教你去罢，见不得生人面哩。"行者道："若见不得生人面啊，我会悬丝诊脉。"【努力争取行医机会】众官暗喜道："悬丝诊脉，我等耳闻，不曾眼见。再奏去来。"那近侍的又入宫奏道："主公，那孙长老不见主公之面，他会悬丝诊脉。"国王心中暗想道："寡人病了三年，未曾试此，宣他进来。"近侍的即忙传出道："主公已许他悬丝诊脉，快宣孙长老进宫诊视。"

行者却就上了宝殿，唐僧迎着骂道："你这泼猴，害了我也！"行者笑道："好师父，我倒与你壮观，你返说我害你？"三藏喝道："你跟我这几年，那曾见你医好谁来！你连药性也不知，医书也未读，怎么大胆撞这个大祸！"行者笑道："师父，你原来不晓得。我有几个草头方儿，能治大病，管情医得他好便是。就是医死了，也只问得个庸医杀人罪名，也不该死，你怕怎的！不打紧，不打紧，你且坐下看我的脉理如何。"【卓吾评：如今医生都是这般主意】长老又道："你那曾见《素问》、《难经》、《本草》、《脉诀》，是甚般章句，怎生注解，就这等胡说散道，会甚么悬丝诊脉！"行者笑道："我有金线在身，你不曾见哩。"即伸手下去，尾上拔了三根毫毛，捻一把，叫声"变！"即变作三条丝线，每条各长二丈四尺，按二十四气，托于手内，对唐僧道："这不是我的金线？"近侍宦官在旁道："长老且休讲口，请入宫中诊视去来。"行者别了唐僧，随着近侍入宫看病。正是那：心有秘方能治国，内藏妙诀注长生。毕竟这去不知看出甚么病来，用甚么药品。欲知端的，且听下回分解。

【卓吾评：三藏真是个痴和尚。如今的医生，那一个是知药性、读医书的？说甚么《素问》《难经》《本草》《脉诀》！

"如今是个病君，死了是个病鬼，再转世还是个病人。"极说得好！人有病痛，急去医。噫！此所以今世多病人也】

第六十九回　心主夜间修药物　君王筵上论妖邪

【本回悟空大展奇才，悬丝诊脉、调制奇方，终于医好国王之病，取得上下尊敬。随后答应国王降伏赛太岁救回皇后。太岁者，可治百病之药，赛太岁即神医悟空也；金圣宫，金公齐天大圣也，赛太岁将金宫圣娘娘掳去，即为奴之心魔将悟空掳去也。这种对奴性的描述方式和揭露深度在文学作品里极为罕见，读来让人叹为观止】

话表孙大圣同近侍宦官，到于皇宫内院，直至寝宫门外立定，将三条金线与宦官拿入里面，分付："教内宫妃后，或近侍太监，先系在圣躬左手腕下，按寸、关、尺三部[①]上，却将线头从窗棂儿穿出与我。"真个那宦官依此言，请国王坐在龙床，按寸、关、尺，以金线一头系了，【卓吾评：叙得有来历】一头理出窗外。行者接了线头，以自己右手大指先托着食指，看了寸脉；次将中指按大指，看了关脉；又将大指托定无名指，看了尺脉；调停自家呼吸，分定四气、五郁、七表、八里、九候、浮中沉、沉中浮，辨明了虚实之端；又教解下左手，依前系在右手腕下部位。行者即以左手指，一一从头诊视毕，却将身抖了一抖，把金线收上身来，厉声高呼道："陛下左手寸脉强而紧，关脉涩而缓，尺脉芤(kōu，浮大而软的脉象)且沉；右手寸脉浮而滑，关脉迟而结，尺脉数而牢。夫左寸强而紧者，中虚心痛也；关涩而缓者，汗出肌麻也；尺芤而沉者，小便赤而大便带血也。右手寸脉浮而滑者，内结经闭也；关迟而结者，宿食留饮也；尺数而牢者，烦满虚寒相持也。诊此贵恙，是一个惊恐忧思，号为'双鸟失群'之证。"

那国王在内闻言，满心欢喜，打起精神高声应道："指下明白！指下明白！果是此疾！请出外面用药来也。"大圣却才缓步出宫。早有在旁听见的太监，已先对众报知。须臾，行者出来，唐僧即问："如何？"行者道："诊了脉，如今对症制药哩。"众官上前道："神僧长老，适才说'双鸟失群'之证，何也？"行者笑道："有雌雄二鸟，原在一处同飞，忽被暴风骤雨惊散，雌不能见雄，雄不能见雌，雌乃想雄，雄亦想雌：这不是'双鸟失群'也？"【卓吾评：活神仙】

---

① 寸、关、尺三部：一般指前臂上候脉的三个位置，分别称寸脉、关脉、尺脉。

众官闻说，齐声喝采道："真是神僧！真是神医！"称赞不已。当有太医官问道："病势已看出矣，但不知用何药治之？"行者道："不必执方，见药就要。"医官道："经云：'药有八百八味，人有四百四病。'病不在一人之身，药岂有全用之理！如何见药就要？"行者道："古人云：'药不执方，合宜而用。'故此全征药品，而随便加减也。"那医官不复再言，即出朝门之外，差本衙当值之人，遍晓满城生熟药铺，即将药品，每味各办三斤，送与行者。行者道："此间不是制药处，可将诸药之数并制药一应器皿，都送入会同馆，交与我师弟二人收下。"医官听命，即将八百八味每味三斤及药碾、药磨、药罗、药乳并乳钵、乳槌之类，都送至馆中，一一交付收讫。

行者往殿上请师父同至馆中制药。那长老正自起身，忽见内宫传旨，教阁下留住法师，同宿文华殿，待明朝服药之后，病痊酬谢，倒换关文送行。三藏大惊道："徒弟啊，此意是留我做当头哩。若医得好，欢喜起送；若医不好，我命休矣。你须仔细上心，精虔制度也！"行者笑道："师父放心在此受用，老孙自有医国之手。"

好大圣，别了三藏，辞了众臣，径至馆中。八戒迎着笑道："师兄，我知道你了。"行者道："你知甚么？"八戒道："知你取经之事不果，欲作生涯无本，今日见此处富庶，设法要开药铺哩。"行者喝道："莫胡说！医好国王，得意处辞朝走路，开甚么药铺！"八戒道："终不然，这八百八味药，每味三斤，共计二千四百二十四斤，只医一人，能用多少？不知多少年代方吃得了哩！"行者道："那里用得许多？他那太医院官都是些愚盲之辈，所以取这许多药品，教他没处捉摸，不知我用的是那几味，难识我神妙之方也。"【卓吾评：乖猴】正说处，只见两个馆使，当面跪下道："请神僧老爷进晚斋。"行者道："早间那般待我，如今却跪而请之，何也？"馆使叩头道："老爷来时，下官有眼无珠，不识尊颜。今闻老爷大展三折之肱，【三折之肱的典故出自《左传》，"三折肱，知为良医。"几次断臂，就能知道医治断臂的方法。后比喻对某事阅历多，富有经验。此处引申为高明的医术。用这个典故也讽刺悟空为了挣回厚待费尽周折】治我一国之主，若主上病愈，老爷江山有分，我辈皆臣子也，礼当拜请。"行者见说，欣然登堂上坐，八戒、沙僧分坐左右，摆上斋来。沙僧便问道："师兄，师父在那里哩？"行者笑道："师父被国王留住作当头哩，只待医好了病，方才酬谢送行。"沙僧又问："可有些受用么？"行者道："国王岂无受用！我来时，他已有三个阁老陪侍左右，请入文华殿去也。"八戒道："这等说，还是师父大哩。他倒有阁老陪侍，我们只得两个馆使奉承。【吃的饭要比较，陪的人也要比较，众生心性，莫不如此】且莫管他，让老猪吃顿饱饭也。"兄弟们遂自在受用一番。

天色已晚，行者叫馆使："收了家火，多办些油蜡，我等到夜静时方好制药。"馆使果送若干油蜡，各命散讫。至半夜，天街人静，万籁无声。八戒道："哥哥，制何药？赶早干事。我瞌睡了。"行者道："你将大黄取一两来，碾为细末。"沙僧乃道："大黄味苦，性寒无毒，其性沉而不浮，其用走而不守，夺诸郁而无壅滞(yōng zhì，积压)，定祸乱而致太平，名之曰'将军'。此行药耳，但恐久病虚弱，不可用此。"【卓吾评：莫非又有庸医以此方杀人者？不可不虑】行者笑道："贤弟不知，此药利痰顺气，荡肚中凝滞之寒热。【辨明朱紫】你莫管我，你去取一两巴豆，去壳去膜，捶去油毒，碾为细末来。"八戒道："巴豆味辛，性热有毒，削坚积，荡肺腑之沉寒，通闭塞，利水谷之道路，乃斩关夺门之将，不可轻用。"行者道："贤弟，你也不知，此药破结宣肠，能理心膨水胀。【再辨朱紫】快制来，我还有佐使之味辅之也。"他二人即时将二药碾细，道："师兄，还用那几十味？"行者道："不用了。"八戒道："八百八味，每味三斤，只用此二两，诚为起夺人了。"行者将一个花磁盏子，道："贤弟莫讲，你拿这个盏儿，将锅脐灰刮半盏过来。"八戒道："要怎的？"行者道："药内要用。"沙僧道："小弟不曾见药内用锅灰。"行者道："锅灰名为百草霜，能调百病，你不知道。"那呆子真个刮了半盏，又碾细了。行者又将盏子递与他道："你再去把我们的马尿等半盏来。"八戒道："要他怎的？"行者道："要丸药。"沙僧又笑道："哥哥，这事不是耍子。马尿腥臊，如何入得药品？我只见醋糊为丸，陈米糊为丸，炼蜜为丸，或是清水为丸，那曾见马尿为丸？那东西腥腥臊臊，脾虚的人，一闻就吐，再服巴豆、大黄，弄得人上吐下泻，可是耍子？"行者道："你不知就里，我那马不是凡马，他本是西海龙身。若得他肯去便溺，凭你何疾，服之即愈，但急不可得耳。"【卓吾评：仗此说明，不然就有马尿郎中了】八戒闻言，真个去到马边。那马斜伏地下睡哩，呆子一顿脚踢起，衬在肚下，等了半会，全不见撒尿。他跑将来对行者说："哥啊，且莫去医皇帝，且快去医医马来。那亡人干结了，莫想尿得出一点儿！"【卓吾评：趣】行者笑道："我和你去。"沙僧道："我也去看看。"

三人都到马边，那马跳将起来，口吐人言，厉声高叫道："师兄，你岂不知？我本是西海飞龙，因为犯了天条，观音菩萨救了我，将我锯了角，退了鳞，变作马，驮师父往西天取经，将功折罪。我若过水撒尿，水中游鱼，食了成龙；过山撒尿，山中草头得味，变作灵芝，仙僮采去长寿。我怎肯在此尘俗之处轻抛却也？"【卓吾评：的是佛尿，又像悭吝(qiān lìn，吝啬)人家的酒】行者道："兄弟谨言。此间乃西方国王，非尘俗也，亦非轻抛弃也。常言道：'众毛攒裘。'要与本国之王治病哩。医得好时，大家光辉，不然，恐惧不得善离此地也。"那马才叫声"等着！"你看他往前扑了一扑，往后蹲了一蹲，咬得那满口牙龇支支的响喨，仅努出几点儿，将身立起。八戒道："这个亡人！就是金汁子，再撒些儿也罢！”那行者见有少半盏，道：“彀了！彀了！拿去罢。”沙僧方才欢喜。三人回至厅上，把前项药饵搅和一处，搓了三个大丸子。行者道：“兄弟，忒大了。”八戒道：“只有核桃大，若论我吃，还不彀一口哩！”遂此收在一个小盒儿里。兄弟们连衣睡下，一夜无词。

早是天晓。却说那国王耽病设朝，请唐僧见了，即命众官快往会同馆参拜神僧孙长老取药去。多官随至馆中，对行者拜伏于地道：“我王特命臣等拜领妙剂。”行者叫八戒取盒儿，揭开盖子，递与多官。多官启问：“此药何名？好见王回话。”行者道：“此名‘乌金丹’。”八戒二人暗中作笑道：“锅灰拌的，怎么不是乌金！”多官又问道：“用何引子？”行者道：“药引儿两般都下得。有一般易取者，乃六物煎汤送下。”多官问：“是何六物？”行者道：

“半空飞的老鸦屁，紧水负的鲤鱼尿，王母娘娘搽脸粉，老君炉里炼丹灰，玉皇戴破的头巾要三块，还要五根困龙须：六物煎汤送此药，你王忧病等时除。”【卓吾评：趣甚，此方医说谎病极效】

多官闻言道：“此物乃世间所无者，请问那一般引子是何？”行者道：“用无根水送下。”【天上一脚，地下一脚】众官笑道：“这个易取。”行者道：“怎见得易取？”多官道：“我这里人家俗论：若用无根水，将一个碗盏，到井边，或河下，舀了水，急转步，更不落地，亦不回头，到家与病人吃药便是。”行者道：“井中河内之水，俱是有根的。我这无根水，非此之论，乃是天上落下者，不沾地就吃，才叫做‘无根水’。”多官又道：“这也容易。等到天阴下雨时，再吃药便罢了。”遂拜谢了行者，将药持回献上。国王大喜，即命近侍接上来，看了道：“此是甚么丸子？”多官道：“神僧说，是‘乌金丹’，用无根水送下。”国王便教宫人取无根水。众官道：“神僧说，无根水不是井河中者，乃是天上落下不沾地的才是。”国王即唤当驾官传旨，教请法官求雨。众官遵依出榜不题。

却说行者在会同馆厅上，叫猪八戒道：“适间允他天落之水，才可用药，此时急忙，怎么得个雨水？我看这王，倒也是个大贤大德之君，我与你助他些儿雨下药，如何？”八戒道：“怎么样助？”行者道：“你在我左边立下，做个辅星。”又叫沙僧，“你在我右边立下，做个弼宿。等老孙助他些无根水儿。”好大圣，步了罡诀①，念声咒语，早见那正东上，一朵乌云渐近于头顶上，叫道：“大圣，东海龙王敖广来见。”行者道：

① 步了罡诀：罡，gāng，星名。道士礼拜星宿、召遣神灵的一种动作。其步行转折，如踏在罡星斗宿之上，故称“步罡”。

"无事不敢捻烦，请你来助些无根水与国王下药。"龙王道："大圣呼唤时，不曾说用水，小龙只身来了，不曾带得雨器，亦未有风云雷电，怎生降雨？"行者道："如今用不着风云雷电，亦不须多雨，只要些须引药之水便了。"龙王道："既如此，待我打两个喷嚏，吐些涎津液，与他吃药罢。"行者大喜道："最好！最好！不必迟疑，趁早行事。"那老龙在空中，渐渐低下乌云，直至皇宫之上，隐身潜象，噀一口津唾，遂化作甘霖。那满朝官齐声喝采道："我主万千之喜！天公降下甘雨来也！"国王即传旨，教："取器皿盛着，不拘宫内外及官大小，都要等贮仙水，拯救寡人。"你看那文武多官并三宫六院妃嫔与三千彩女，八百娇娥，一个个擎杯托盏，举碗持盘，等接甘雨。那老龙在半空，运化津涎，不离了王宫前后，将有一个时辰，龙王辞了大圣回海。众臣将杯盂碗盏收来，也有等着一点两点者，也有等着三点五点者，也有一点不曾等着者，共合一处，约有三盏之多，总献至御案。真个是异香满袭金銮殿，佳味熏飘天子庭！

那国王辞了法师，将着"乌金丹"并甘雨至宫中，先吞了一丸，吃了一盏甘雨；再吞了一丸，又饮了一盏甘雨；三次，三丸俱吞了，三盏甘雨俱送下。不多时，腹中作响，如辘轳之声不绝，即取净桶，连行了三五次，服了些米饮，攲(qī，通"倚"，倚靠)倒在龙床之上。有两个妃子，将净桶捡看，说不尽那秽污痰涎，内有糯米饭块一团。妃子近龙床前来报："病根都行下来也！"国王闻此言，甚喜，又进一次米饭。少顷，渐觉心胸宽泰，气血调和，就精神抖擞，脚力强健。下了龙床，穿上朝服，即登宝殿见了唐僧，辄倒身下拜。那长老忙忙还礼。拜毕，以御手搀着，便教阁下："快具简帖，帖上写朕'再拜顿首'字样，差官奉请法师高徒三位。一壁厢大开东阁，光禄寺排宴酬谢。"多官领旨，具简的具简，排宴的排宴，正是国家有倒山之力，霎时俱完。

却说八戒见官投简，喜不自胜道："哥啊，果是好妙药！今来酬谢，乃兄长之功。"沙僧道："二哥说那里话！常言道：'一人有福，带挈一屋。'我们在此合药，俱是有功之人，只管受用去，再休多话。"咦！你看他弟兄们俱欢欢喜喜，径入朝来。众官接引，上了东阁，早见唐僧、国王、阁老，已都在那里安排筵宴哩。这行者与八戒、沙僧，对师父唱了个喏，随后众官都至。只见那上面有四张素桌面，都是吃一看十的筵席；前面有一张荤桌面，也是吃一看十的珍馐。左右有四五百张单桌面，真个排得齐整：

古云："珍馐百味，美禄千钟。琼膏酥酪，锦缕肥红。"宝妆花彩艳，果品味香浓。斗糖龙缠列狮仙，饼锭拖炉摆凤侣。荤有猪羊鸡鹅鱼鸭般般肉，素有蔬肴笋芽木耳并蘑菇。几样香汤饼，数次透酥糖。滑软黄粱饭，清新菰米糊。色色粉汤香又辣，般般添换美还甜。君臣举盏方安席，名分品级慢传壶。

那国王御手擎杯，先与唐僧安坐，三藏道："贫僧不会饮酒。"国王道："素酒，法师饮此一杯，何如？"三藏道："酒乃僧家第一戒。"国王甚不过意道："法师戒饮，却以何物为敬？"三藏道："顽徒三众代饮罢。"国王却才欢喜，转金卮，递与行者。行者接了酒，对众礼毕，吃了一杯。国王见他吃得爽利，又奉一杯。行者不辞，又吃了。国王笑道："吃个三宝钟儿。"行者不辞，又吃了。国王又叫斟上，"吃个四季杯儿。"八戒在旁见酒不到他，忍得他咽咽咽唾，又见那国王苦劝行者，他就叫将起来道："陛下，吃的药也亏了我，那药里有马——"【卓吾评：妙】这行者听说，恐怕呆子走了消息，却将手中酒递与八戒。八戒接着就吃，却不言语。国王问道："神僧说药里有马，是甚么马？"行者接过口来道："我这兄弟，是这般口敞，但有个经验的好方儿，他就要说与人。陛下早间吃药，内有马兜铃。"国王问众官道："马兜铃是何品味？能医何证？"时有太医院官在旁道："主公：

兜铃味苦寒无毒，定喘消痰大有功。
通气最能除血蛊，补虚宁嗽又宽中。"

【卓吾评：叙得有趣】

国王笑道："用得当！用得当！猪长老再饮一杯。"呆子亦不言语，却也吃了个三宝钟。国王又递了沙僧酒，也吃了三杯，却俱叙坐。

饮宴多时，国王又擎大爵，奉与行者。行者道："陛下请坐，老孙依巡痛饮，决不敢推辞。"国王道："神僧恩重如山，寡人酬谢不尽，好歹进此一巨觥，朕有话说。"行者道："有甚话说了，老孙好饮。"国王道："寡人有数载忧疑病，被神僧一贴灵丹打通，所以就好了。"行者笑道："昨日老孙看了陛下，已知是忧疑之疾，但不知忧惊何事？"国王道："古人云：'家丑不可外谈。'奈神僧是朕恩主——惟不笑，方可告之。"行者道："怎敢笑话，请说无妨。"国王道："神僧东来，不知经过几个邦国？"行者道："经有五六处。"又问："他国之后，不知是何称呼？"行者道："国王之后，都称为正宫、东宫、西宫。"国王道："寡人不是这等称呼：将正宫称为金圣宫，东宫称为玉圣宫，西宫称为银圣宫。现今只有银、玉二后在宫。"行者道："金圣宫因何不在宫中？"国王滴泪道："不在已三年矣。"行者道："向那厢去了？"国王道："三年前，正值端阳之节，朕与嫔后都在御花园海榴亭下解粽插艾，饮菖蒲雄黄酒，看斗龙舟。忽然一阵风至，半空中现出一个妖精，自称赛太岁，说他在麒麟山獬豸洞居住，洞中少个夫人，访得我金圣宫生得貌美姿娇，要做个夫人，教朕快早送出。如若三声不献出来，就要先吃寡人，后吃众臣，将满城黎民，尽皆吃绝。那时节，朕却忧国忧民，无奈将金圣宫推出海榴亭外，被那妖响一声摄将去了。寡人为此着了惊恐，把那粽子凝滞在内，况又昼夜忧思不息，所以成此苦疾三年。今得神僧灵丹服后，行了数次，尽是那三年前积滞之物，所以这会体健身轻，精神如旧。今日之命，皆是神僧所赐，岂但如泰山之重而已乎！”行者闻得此言，满心喜悦，将那巨觥之酒，两口吞之，笑问国王曰：“陛下原来是这等惊忧！今遇老孙，幸而获愈，但不知可要金圣宫回国？”那国王滴泪道：“朕切切思思，无昼无夜，但只是没一个能获得妖精的。岂有不要他回国之理！”行者道：“我老孙与你去伏妖邪何如？”国王跪下道：“若救得朕后，朕愿领三宫九嫔，出城为民，将一国江山，尽付神僧，让你为帝。”

八戒在旁，见出此言、行此礼，忍不住呵呵大笑道：“这皇帝失了体统！怎么为老婆就不要江山，跪着和尚？”【卓吾评：为老婆跪和尚者，岂止一朱紫国王也哉】行者急上前，将国王搀起道：“陛下，那妖精自得金圣宫去后，这一向可曾再来？”国王道：“他前年五月节摄了金圣宫，至十月间来，要取两个宫娥，去伏侍娘娘，朕即献出两个。至旧年三月间，又来要两个宫娥；七月间，又要去两个；今年二月里，又要去两个。不知到几时又要来也。”【卓吾评：赠嫁太多】行者道：“似他这等频来，你们可怕他么？”国王道：“寡人见他来得多遭，一则惧怕，二来又恐有伤害之意，旧年四月内，是朕命工起了一座避妖楼，但闻风响，知是他来，即与二后、九嫔入楼躲避。”行者道：“陛下不弃，可携老孙去看那避妖楼一番，何如？”那国王即将左手携着行者出席，众官亦皆起身。猪八戒道：“哥哥，你不达理！这般御酒不吃，摇席破坐的，且去看甚么哩？”国王闻说，情知八戒是为嘴，即命当驾官抬两张素桌面，看酒在避妖楼外伺候。呆子却才不嚷，同师父、沙僧笑道：“翻席去也。”

一行文武官引导，那国王并行者相搀，穿过皇宫到了御花园后，更不见楼台殿阁。行者道：“避妖楼何在？”说不了，只见两个太监，拿两根红漆扛子，往那空地上掬起一块四方石板。国王道：“此间便是。这底下有三丈多深，空（wā，挖，掘）成的九间朝殿，内有四个大缸，缸内满注清油，点着灯火，昼夜不息。寡人听得风响，就入里边躲避，外面着人盖上石板。”行者笑道：“那妖精还是不害你，若要害你，这里如何躲得？”正说间，只见那正南上呼呼的，吹得风响，播土扬尘，唬得那多官齐声报怨道：“这和尚盐酱口，讲起甚么妖精，妖精就来了！”慌得那国王丢了行者，即钻入地穴，唐僧也就跟入，众官亦躲个干净。八戒、沙僧也都要躲，被行者左右手扯住他两个道，“兄弟们，不要怕得，我和你认他一认，看是个甚么妖精。”八戒道：“可是扯淡！认他怎的？众官躲了，师父藏了，国王避了，我们不去了罢，炫的是那家世！”

那呆子左挣右挣，挣不得脱手，被行者拿定，不多时，只见那半空里闪出一个妖精。你看他怎生模样：

九尺长身多恶犷，一双环眼闪金灯。
两轮查耳如撑扇，四个钢牙似插钉。
鬓绕红毛眉竖焰，鼻垂精准孔开明。
髭髯几缕朱砂线，颧骨崚嶒满面青。
两臂红筋蓝靛手，十条尖爪把枪擎。
豹皮裙子腰间系，赤脚蓬头若鬼形。

行者见了道："沙僧，你可认得他？"沙僧道："我又不曾与他相识，那里认得！"又问："八戒，你可认得他？"八戒道："我又不曾与他会茶会酒，又不是宾朋邻里，我怎么认得他！"行者道："他却像东岳天齐手下把门的那个醮面金睛鬼。"八戒道："不是！不是！"行者道："你怎知他不是？"八戒道："我岂不知，鬼乃阴灵也，一日至晚，交申酉戌亥时方出。今日还在巳时，那里有鬼敢出来？就是鬼，也不会驾云。纵会弄风，也只是一阵旋风耳，有这等狂风？或者他就是赛太岁也。"行者笑道："好呆子！倒也有些论头！既如此说，你两个护持在此，等老孙去问他个名号，好与国王救取金圣宫来朝。"八戒道："你去自去，切莫供出我们来。"行者昂然不答，急纵祥光，跳将上去。咦！正是：安邦先却君王病，守道须除爱恶心。【卓吾评：着眼】【双关。心君之病是虚荣之病，爱的是虚荣，恶的是冷落，所以生奴心】毕竟不知此去，到于空中，胜败如何，怎么擒得妖怪，救得金圣宫，【需救的人是金公大圣悟空也】且听下回分解。

【卓吾评：今日也不少大黄、巴豆医生。或有以大黄、巴豆、锅灰、马尿为秘方者，亦未可知】

第七十回　妖魔宝放烟沙火　悟空计盗紫金铃

【悟空行医是慈悲布施还是别有用心？此即为朱紫国需辨明的事理。作者叙事，邪中有正，正中有邪，正文侧重一面，评词则反其道而行，让读者两面都见，悟得圆明。为何甘心为奴以获尊重？虚荣心、欲望使然也。要破除奴心的迷茫烟雾，需靠大慈悲来解惑】

却说那孙行者抖擞神威，持着铁棒，踏祥光，起在空中，迎面喝道："你是那里来的邪魔，待往何方猖獗？"那怪物厉声高叫道："吾党不是别人，乃麒麟山獬豸洞赛太岁大王爷爷部下先锋，今奉大王令，到此取宫女二名，伏侍金圣娘娘。你是何人，敢来问我！"行者道："吾乃齐天大圣孙悟空，因保东土唐僧西天拜佛，路过此国，知你这伙邪魔欺主，特展雄才，治国祛邪。正没处寻你，却来此送命！"那怪闻言，不知好歹，展长枪就刺行者。行者举铁棒劈面相迎，在半空里这一场好杀：

棍是龙宫镇海珍，枪乃人间转炼铁。
凡兵怎敢比仙兵，擦着些儿神气泄。
大圣原来太乙仙，妖精本是邪魔孽。
鬼祟焉能近正人，一正之时邪就灭。【卓吾评：着眼】
那个弄风播土唬皇王，这个踏雾腾云遮日月。
丢开架子赌输赢，无能谁敢夸豪杰！
还是齐天大圣能，乒乓一棍枪先折。

那妖精被行者一铁棒把根枪打做两截，慌得顾性命，拨转风头，径往西方败走。行者且不赶他，按下云头，来至避妖楼地穴之外，叫道："师父，请同陛下出来，怪物已赶去矣。"那唐僧才扶着君王，同出穴外，见满天清朗，更无妖邪之气。那皇帝即至酒席前，自己拿壶把盏，满斟金杯，奉与行者道："神僧，权谢！权谢！"这行者接杯在手，还未回言，只听得朝门外有官来报："西门上火起了！"行者闻说，将金杯连酒望空一撇，当的一声响喨，那个金杯落地。君王着了忙，躬身施礼道："神僧，恕罪！恕罪！是寡人不是了！礼当请上殿拜谢，只因有这方便酒在此，故就奉耳。神僧却把杯子撇了，却不是有见怪之意？"行者笑道："不是这话，不是这话。"少顷间，又有官来报："好雨呀！才西门上起火，被一场大雨，把火灭了。满街上流水，尽都是酒气。”行者又笑道：“陛下，你见我撇杯，疑有见怪之意，非也。那妖败走西方，我不曾赶他，他就放起火来。这一杯酒，却是我灭了妖火，救了西城里外人家，岂有他意！”

国王更十分欢喜加敬。即请三藏四众，同上宝殿，就有推位让国之意。行者笑道：“陛下，方才那妖精，他称是赛太岁部下先锋，来此取宫女的。他如今战败而回，定然报与那厮，那厮定要来与我相争。我恐他一时兴师帅众，未免又惊伤百姓，恐唬陛下。欲去迎他一迎，就在那半空中擒了他，取回圣后。但不知向那方去，这里到他那山洞有多少远近？”国王道：“寡人曾差‘夜不收’军马到那里探听声息，往来要行五十余日。坐落南方，约有三千余里。”行者闻言叫：“八戒、沙僧，护持在此，老孙去来。”国王扯住道：“神僧且从容一日，待安排些干粮烘炒，与你些盘缠银两，选一匹快马，方才可去。”行者笑道：“陛下说得是巴山转岭步行之话。我老孙不瞒你说，似这三千里路，斟酒在钟不冷，就打个往回。”国王道：“神僧，你不要怪我说。你这尊貌，却像个猿猴一般，怎生有这等法力会走路也？”行者道：

“我身虽是猿猴数，自幼打开生死路。
遍访明师把道传，山前修炼无朝暮。
倚天为顶地为炉，两般药物团乌兔(指日月)。
采取阴阳水火交，时间顿把玄关悟。
全仗天罡搬运功，也凭斗柄迁移步。
退炉进火最依时，抽铅添汞相交顾。
攒簇五行造化生，合和四象分时度。
二气归于黄道间，三家会在金丹路。
悟通法律归四肢，本来筋斗如神助。
一纵纵过太行山，一打打过凌云渡。
何愁峻岭几千重，不怕长江百十数。
只因变化没遮拦，一打十万八千路！”

那国王见说，又惊又喜，笑吟吟捧着一杯御酒递与行者道：“神僧远劳，进此一杯引意。”这大圣一心要去降妖，那里有心吃酒，只叫：“且放下，等我去了回来再饮。”好行者，说声去，唿哨一声，寂然不见。那一国君臣，皆惊讶不题。

却说行者将身一纵，早见一座高山，阻住雾角，即按云头，立在那巅峰之上，仔细观看，好山：

冲天占地，碍日生云。冲天处，尖峰矗矗；占地处，远脉迢迢。碍日的，乃岭头松郁郁；生云的，乃崖下石磷磷。松郁郁，四时八节常青；石磷磷，万载千年不改。

林中每听夜猿啼，涧内常闻妖蟒过。山禽声咽咽，山兽吼呼呼。山獐山鹿，成双作对纷纷走；山鸦山鹊，打阵攒群密密飞。山草山花看不尽，山桃山果映时新。虽然倚险不堪行，却是妖仙隐逸处。

这大圣看看不厌，正欲找寻洞口，只见那山凹里烘烘火光飞出，霎时间，扑天红焰，红焰之中冒出一股恶烟，比火更毒，好烟！但见那：

火光迸万点金灯，火焰飞千条红虹。那烟不是灶筒烟，不是草木烟，烟却有五色：青红白黑黄。熏着南天门外柱，燎着灵霄殿上梁。烧得那窝中走兽连皮烂，林内飞禽羽尽光。但看这烟如此恶，怎入深山伏怪王！

大圣正自恐惧，又见那山中迸出一道沙来。好沙，真个是遮天蔽日：

纷纷垓垓（gāi，多而杂乱的样子）遍天涯，邓邓浑浑大地遮。

细尘到处迷人目，粗灰满谷滚芝麻。

采药仙僮迷失伴，打柴樵子没寻家。

手中就有明珠现，时间刮得眼生花。

这行者只顾看玩，不觉沙灰飞入鼻内，痒斯斯的，打了两个喷嚏，即回头伸手，在岩下摸了两个鹅卵石，塞住鼻子，摇身一变，变做一个攒火的鹞子，飞入烟火中间，蓦了几蓦，却就没了沙灰，烟火也息了。急现本象下来。又看时，只听得丁丁东东的，一个铜锣声响，却道："我走错了路也！这里不是妖精住处。锣声似铺兵之锣，想是通国的大路，有铺兵去下文书。且等老孙去问他一问。"

正走处，忽见是个小妖儿，担着黄旗，背着文书，敲着锣儿，急走如飞而来，行者笑道："原来是这厮打锣。他不知送的是甚么书信，等我听他一听。"好大圣，摇身一变，变做个猛虫儿，轻轻的飞在他书包之上，只听得那妖精敲着锣，绪绪聒聒的自念自诵道："我家大王，忒也心毒。三年前到朱紫国强夺了金圣皇后，一向无缘，未得沾身，只苦了要来的宫女顶缸。两个来弄杀了，四个来也弄杀了。前年要了，去年又要，今年又要；【又女，又女，奴也】如今还要，却撞个对头来了。那个要宫女的先锋被个甚么孙行者打败了，不发宫女。我大王因此发怒，要与他国争持，教我去下甚么战书。这一去，那国王不战则可，战必不利。我大王使烟火飞沙，那国王君臣百姓等，莫想一个得活。那时我等占了他的城池，大王称帝，我等称臣，虽然也有个大小官爵，只是天理难容也！"【卓吾评：着眼】行者听了，暗喜道："妖精也有存心好的，似他后边这两句话说'天理难容'，却不是个好的？【卓吾评：妖精尚说天理，世人倒把天理搁起】但只说金圣皇后一向无缘，未得沾身，此话却不解其意。等我问他一问。"嘤的一声，一翅飞离了妖精，转向前路，有十数里地，摇身一变，又变做一个道童：

头挽双抓髻，身穿百衲衣。

手敲鱼鼓简，口唱道情词。

转山坡，迎着小妖，打个起手道："长官，那里去？送的是甚么公文？"那妖物就像认得他的一般，住了锣槌，笑嘻嘻的还礼道："我大王差我到朱紫国下战书的。"行者接口问道："朱紫国那话儿，可曾与大王配合哩？"小妖道："自前年摄得来，当时就有一个神仙，送一件五彩仙衣与金圣宫妆新。他自穿了那衣，就浑身上下都生了针刺，我大王摸也不敢摸他一摸。但挽着些儿，手心就痛，不知是甚缘故，自始至今，尚未沾身。早间差先锋去要宫女伏侍，被一个甚么孙行者战败了。大王奋怒，所以教我去下战书，明日与他交战也。"行者道："怎的大王却着恼呵？"小妖道："正在那里着恼哩。你去与他唱个道情词儿解解闷也好。"【卓吾评：趣】【讽刺悟空变个道士也可以做奴才】

好行者拱手抽身就走，那妖依旧敲锣前行。行者就行起凶来，掣出棒，复转身，望小妖脑后一下，可怜就打得头烂血流浆迸出，皮开颈折命倾之！收了棍子，却又自悔道："急了些儿！不曾问他叫做甚么名字，罢了！"却去取下他的战书藏于袖内，将他黄旗、铜锣，藏在路旁草里；因扯着脚要往涧下摔时，只听当的一声，腰间露出一个镶金的牙牌，牌上有字，写道：

"心腹小校一名，有来有去。五短身材，扢挞脸，无须。长川悬挂，无牌即假。"

行者笑道："这厮名字叫做有来有去，这一棍子，打得'有去无来'也！"【所谓奴性，即用付出换得好处，是一种交换，目的还是自己的好处，这是"有来有去"的隐喻；真正的布施，不求自己好处，这是"有去无来"的寓意】将牙牌解下，带在腰间，欲要摔下尸骸，却又思量起烟火之毒，且不敢寻他洞府，即将棍子举起，着小妖胸前捣了一下，挑在空中，径回本国，且当报一个头功。你看他自思自念，唿哨一声，到了国界。

那八戒在金銮殿前，正护持着王、师，忽回头看见行者半空中将个妖精挑来，他却怨道："嗳！不打紧的买卖！早知老猪去拿来，却不算我一功？"说未毕，行者按落云头，将妖精摔在阶下。八戒跑上去就筑了一钯，道："此是老猪之功！"行者道："是你甚功？"八戒道："莫赖我，我有证见！你不看一钯筑了九个眼子哩！"行者道："你看看可有头没头。"八戒笑道："原来是没头的！我道如何筑他也不动动儿。"行者道："师父在那里？"八戒道："在殿里与王叙话哩。"行者道："你且去请他出来。"八戒急上殿，点点头，三藏即便起身下殿，迎着行者。行者将一封战书揣在三藏袖里道：

"师父收下，且莫与国王看见。"说不了，那国王也下殿，迎着行者道："神僧孙长老来了！拿妖之事如何？"行者用手指道："那阶下不是妖精？被老孙打杀了也。"国王见了道："是便是个妖尸，却不是赛太岁。赛太岁寡人亲见他两次：身长丈八，膊阔五停，面似金光，声如霹雳，那里是这般鄙矮。"行者笑道："陛下认得，果然不是。这是一个报事的小妖，撞见老孙，却先打死，挑回来报功。"国王大喜道："好！好！好！该算头功！寡人这里常差人去打探，更不曾得个的实。似神僧一出，就捉了一个回来，真神通也！"叫："看暖酒来！与长老贺功。"行者道："吃酒还是小事，我问陛下，金圣宫别时，可曾留下个甚么表记？你与我些儿。"那国王听说"表记"二字，却似刀剑剜心，忍不住失声泪下，说道：

"当年佳节庆朱明，太岁凶妖发喊声。
强夺御妻为压寨，寡人献出为苍生。
更无会话并离话，那有长亭共短亭！
表记香囊全没影，至今撇我苦伶仃！"

行者道："陛下在迩，何以为恼？那娘娘既无表记，他在宫内，可有甚么心爱之物，与我一件也罢。"国王道："你要怎的？"行者道："那妖王实有神通，我见他放烟、放火、放沙，果是难收。纵收了，又恐娘娘见我面生，不肯跟我回国。须是得他平日心爱之物一件，他方信我，我好带他回来，为此故要带去。"国王道："昭阳宫里，梳妆阁上，有一双黄金宝串，原是金圣宫手上带的。只因那日端午，要缚五色彩线，故此褪下，不曾带上。【卓吾评：好照管】此乃是他心爱之物，如今现收在减妆盒（梳妆匣子）里。寡人见他遭此离别，更不忍见；一见即如见他玉容，病又重几分也。"行者道："且休题这话，且将金串取来。如舍得，都与我拿去；如不舍得，只拿一只去也。"国王遂命玉圣宫取出，取出即递与国王。国王见了，叫了几声"知疼着热的娘娘"，遂递与行者。行者接了，套在肐膊上。

好大圣，不吃得功酒，且驾筋斗云，唿哨一声，又至麒麟山上，无心玩景，径寻洞府而去。正行时，只听得人语喧嚷，即伫立凝睛观看。原来那獬豸洞口把门的大小头目，约摸有五百名，在那里：

森森罗列，密密挨排。森森罗列执干戈，映日光明；密密挨排展旌旗，迎风飘闪。虎将熊师能变化，豹头彪帅弄精神。苍狼多猛烈，獭象更骁雄。狡兔乖獐轮剑戟，长蛇大蟒挎刀弓。猩猩能解人言语，引阵安营识汛风。

行者见了，不敢前进，抽身径转旧路。你道他抽身怎么？不是怕他，他却至那打死小妖之处，寻出黄旗、铜锣，迎风捏诀，想象腾那，即摇身一变，变做那有来有去的模样，乒乓敲着锣，大踏步，一直前来，径撞至獬豸洞，正欲看看洞景，只闻得猩猩出语道："有来有去，你回来了？"行者只得答应道："来了。"猩猩道："快走！大王爷爷正在剥皮亭上等你回话哩。"

行者闻言，拽开步，敲着锣，径入前门里看处，原来是悬崖削壁石屋虚堂，左右有琪花瑶草，前后多古柏乔松。不觉又至二门之内，忽抬头见一座八窗明亮的亭子，亭子中间有一张戗金的交椅，椅子上端坐着一个魔王，真个生得恶象。但见他：

幌幌霞光生顶上，威威杀气迸胸前。

口外獠牙排利刃，鬓边焦发放红烟。

嘴上髭须如插箭，遍体昂毛似迭毡。

眼突铜铃欺太岁，手持铁杵若摩天。

行者见了，公然傲慢那妖精，更不循一些儿礼法，调转脸，朝着外，只管敲锣。【卓吾评：妙猴】妖王问道："你来了？"行者不答，又问："有来有去，你来了？"也不答应，妖王上前扯住道："你怎么到了家还筛锣？问之又不答，何也？"行者把锣往地下一掼道："甚么'何也，何也'！我说我不去，你却教我去。行到那厢，只见无数的人马列成阵势，见了我，就都叫：'拿妖精！拿妖精！'把我推推扯扯，拽拽扛扛，拿进城去，见了那国王，国王便教'斩了'。幸亏那两班谋士道：'两家相争，不斩来使。'把我饶了，收了战书，又押出城外，对军前打了三十顺腿，放我来回话。他那里不久就要来此与你交战哩。"【卓吾评：画出】妖王道："这等说，是你吃亏了，怪不道问你更不言语。"行者道："却不是怎的，只为护疼，所以不曾答应。"妖王道："那里有多少人马？"行者道："我也唬昏了，又吃他打怕了，那里曾查他人马数目！只见那里森森兵器摆列着：

弓箭刀枪甲与衣，干戈剑戟并缨旗。剽枪月铲兜鍪铠，大斧团牌铁蒺藜。长闷棍，短窝槌，钢叉铳铇及头盔。打扮得<u>䩺</u>（wēng，靴子）鞋护顶并胖袄，简鞭袖弹与铜锤。"

那王听了笑道："不打紧！不打紧！似这般兵器，一火皆空。你且去报与金圣娘娘得知，教他莫恼。今早他听见我发狠，要去战斗，他就眼泪汪汪的不干。【卓吾评：痴妖魔。非干妖魔痴事，还是女人更妖魔耳】你如今去说那里人马骁勇，必然胜我，且宽他一时之心。"

行者闻言，十分欢喜道："正中老孙之意！"你看他偏是路熟，转过角门，穿过厅堂。那里边尽都是高堂大厦，更不似前边的模样。直到后面宫里，远见彩门壮丽，乃是金圣娘娘住处。直入里面看时，有两班妖狐、妖鹿，一个个都妆成美女之形，侍立左右，正中间坐着那个娘娘，手托着香腮，双眸滴泪，果然是：

玉容娇嫩，美貌妖娆。懒梳妆，散鬓堆鸦；怕打扮，钗环不戴。面无粉，冷淡了胭脂；发无油，蓬松了云鬓。努（凸出；鼓起）樱唇，紧咬银牙；皱蛾眉，泪淹星眼。一片心，只忆着朱紫君王；一时间，恨不离天罗地网。诚然是：自古红颜多薄命，恹恹无语对东风！

行者上前打了个问讯道："接喏。"那娘娘道："这泼村怪，十分无状！想我在那朱紫国中，与王同享荣华之时，那太师宰相见了，就俯伏尘埃，不敢仰视。这野怪怎么叫声'接喏'？是那里来的这般村泼？"众侍婢上前道："太太息怒，他是大王爷爷心腹的小校，唤名有来有去。今早差下战书的是他。"娘娘听说，忍怒问曰："你下战书，可曾到朱紫国界？"行者道："我持书直至城里，到于金銮殿，面见君王，已讨回音来也。"娘娘道："你面君，君有何言？"行者道："那君王敌战之言，与排兵布阵之事，才与大王说了。只是那君王有思想娘娘之意，有一句合心的话儿，特来上禀，奈何左右人众，不是说处。"

娘娘闻言，喝退两班狐鹿。行者掩上宫门，把脸一抹，现了本象，【卓吾评：一个娘娘，一个和尚，关在门里甚是可疑】【真心来救真心，两心实为一心】对娘娘道："你休怕我，我是东土大唐差往大西天天竺国雷音寺见佛求经的和尚。我师父是唐王御弟唐三藏，我是他大徒弟孙悟空。因过你国倒换关文，见你君臣出榜招医，是我大施三折之肱，把他相思之病治好了。排宴谢我，饮酒之间，说出你被妖摄来，我会降龙伏虎，特请我来捉怪，救你回国。那战败先锋是我，打死小妖也是我。我见他门外凶狂，是我变作有来有去模样，舍身到此，与你通信。"那娘娘听说，沉吟不语。行者取出宝串，双手奉上道："你若不信，看此物何来？"娘娘一见垂泪，下座拜谢道："长老，你果是救得我回朝，没齿不忘大恩！"行者道："我且问你，他那放火、放烟、放沙的，是件甚么宝贝？"娘娘道："那里是甚宝贝！乃是三个金铃。他将头一个幌一幌，【奴相】有三百丈火光烧人；第二个幌一幌，有三百丈烟光熏人；第三个幌一幌，有三百丈黄沙迷人。烟火还不打紧，只是黄沙最毒，若钻入人鼻孔，就伤了性命。"行者道："利害！利害！我曾经着，打了两个喷嚏，却不知他的铃儿放在何处？"娘娘道："他那肯放下，只是带在腰间，行住坐卧，再不离身。"行者道："你若有意于朱紫国，还要相会国王，把那烦恼忧愁，都且权解，使出个风流喜悦之容，与他叙个夫妻之情，教他把铃儿与你收贮。待我取便偷了，降了这妖怪，那时节，好带你回去，重谐鸾凤，共享安宁也。"那娘娘依言。

这行者还变作心腹小校，开了宫门，唤进左右侍婢。娘娘叫："有来有去，快往前亭，请你大王来，与他说话。”好行者，应了一声，即至剥皮亭，对妖精道：“大王，圣宫娘娘有请。”妖王欢喜道：“娘娘常时只骂，怎么今日有请？”行者道：“那娘娘问朱紫国王之事，是我说：‘他不要你了，他国中另扶了皇后。’娘娘听说，故此没了想头，方才命我来奉请。”【卓吾评：妙猴】妖王大喜道：“你却中用！待我剿除了他国，封你为个随朝的太宰。”行者顺口谢恩，就与妖王来至后宫门首。那娘娘欢容迎接，就去用手相搀。那妖王喏喏而退道：“不敢！不敢！多承娘娘下爱，我怕手痛，不敢相傍。”娘娘道：“大王请坐，我与你说。”妖王道：“有话但说不妨。”娘娘道：“我蒙大王辱爱，今已三年，未得共枕同衾，也是前世之缘，做了这场夫妻，谁知大王有外我之意，不以夫妻相待。我想着当时在朱紫国为后，外邦凡有进贡之宝，君看毕，一定与后收之。你这里更无甚么宝贝，左右穿的是貂裘，吃的是血食，那曾见绫锦金珠！只一味铺皮盖毯，或者就有些宝贝，你因外我，也不教我看见，也不与我收着。【卓吾评：这娘娘甚用得】且如闻得你有三个铃铛，想就是件宝贝，你怎么走也带着，坐也带着？你就拿与我收着，待你用时取出，未为不可。此也是做夫妻一场，也有个心腹相托之意。如此不相托付，非外我而何？”妖王大笑陪礼道：“娘娘怪得是！怪得是！宝贝在此，今日就当付你收之。”便即揭衣取宝。行者在旁，眼不转睛，看着那怪揭起两三层衣服，贴身带着三个铃儿。他解下来，将些木棉塞了口儿，把一块豹皮作一个包袱儿包了，递与娘娘道：“物虽微贱，却要用心收藏，切不可摇幌着他。”娘娘接过手道：“我晓得。安在这妆台之上，无人摇动。”叫：“小的们，安排酒来，我与大王交欢会喜，饮几杯儿。”众侍婢闻言，即铺排果菜，摆上些獐豝、鹿兔之肉，将椰子酒斟来奉上。那娘娘做出妖娆之态，哄着精灵。

孙行者在旁取事，但挨挨摸摸，行近妆台，把三个金铃轻轻拿过，慢慢移步，溜出宫门，径离洞府。到了剥皮亭前无人处，展开豹皮幅子看时，中间一个，有茶钟大；两头两个，有拳头大。他不知利害，就把绵花扯了，【卓吾评：此猴性急，弄不得事】只闻得当的一声响喨，骨都都（腾涌貌）的迸出烟火黄沙，急收不住，满亭中烘烘火起。唬得那把门精怪，一拥撞入后宫，惊动了妖王，慌忙教：“去救火！救火！”出来看时，原来是有来有去拿了金铃儿哩。妖王上前喝道：“好贱奴！【骂得恰当】怎么偷了我的金铃宝贝，在此胡弄！”叫：“拿来！拿来！”那门前虎将、熊师、豹头、彪帅、獭象、苍狼、乖獐、狡兔、长蛇、大蟒、猩猩，帅众妖一齐攒簇。那行者慌了手脚，丢了金铃，现出本象，掣出金箍如意棒，撒开解数，往前乱打。那妖王收了宝贝，传号令，教：“关了前门！”众妖听了，关门的关门，打仗的打仗。那行者难得脱身，收了棒，摇身一变，变作个痴苍蝇儿，钉在那无火处石壁上。众妖寻不见，报道：“大王，走了贼也！走了贼也！”妖王问：“可曾自门里走出去？”众妖都说：“前门紧锁牢拴在此，不曾走出。”妖王只说：“仔细搜寻！”有的取水泼火，有的仔细搜寻，更无踪迹。妖王怒道：“是个甚么贼子，好大胆，变作有来有去的模样，进来见我回话，又跟在身边，乘机盗我宝贝！早是不曾拿将出去！若拿出山头，见了天风，怎生是好？”虎将上前道：“大王的洪福齐天，我等的气数不尽，故此知觉了。”熊师上前道：“大王，这贼不是别人，定是那战败先锋的那个孙悟空。想必路上遇着有来有去，伤了性命，夺了黄旗、铜锣、牙牌，变作他的模样，到此欺骗了大王也。”妖王道：“正是！正是！见得有理！”叫：“小的们，仔细搜求防避，切莫开门放出走了！”这才是个有分教：弄巧翻成拙，作耍却为真。毕竟不知孙行者怎么脱得妖门，且听下回分解。

【卓吾评：这猴头偷铃尚不知掩耳，如何偷得？】

第七十一回　行者假名降怪犼　观音现象伏妖王

【被别人轻视，心里就痛苦；被别人尊重，却背上人情，以身为奴。轻视和尊重都是自己心中的错觉幻相。轻视何须沮丧，尊重何苦强争？识破这些幻相就是修行。这是本回开场判词的含义，也是对奴性的劝谕】

色即空兮自古，空言是色如然。人能悟彻色空禅，何用丹砂炮炼？德行全修休懈，工夫苦用熬煎。有时行满去朝天，永驻仙颜不变。

话说那赛太岁，紧关了前后门户，搜寻行者，直嚷到黄昏时分，不见踪迹。坐在那剥皮亭上，点聚群妖，发号施令，都教各门上提铃喝号，击鼓敲梆，一个个弓上弦，刀出鞘，支更坐夜。原来孙大圣变做个痴苍蝇，钉在门旁，见前面防备甚紧，他即抖开翅，飞入后宫门首看处，见金圣娘娘伏在御案上，清清滴泪，隐隐声悲。行者飞进门去，轻轻的落在他那乌云散髻之上，听他哭的甚么。少顷间，那娘娘忽失声道："主公啊！我和你：

前生烧了断头香，今世遭逢泼怪王。
拆凤三年何日会？分鸳两处致悲伤。
差来长老才通信，惊散佳姻一命亡。
只为金铃难解识，相思又比旧时狂。"

行者闻言，即移身到他耳根后，悄悄的叫道："圣宫娘娘，你休恐惧。我还是你国差来的神僧孙长老，未曾伤命。只因自家性急，近妆台偷了金铃，你与妖王吃酒之时，我却脱身私出了前亭，忍不住打开看看。【金铃乃奴才的项圈，铃声一响，乃奴心发作】不期扯动那塞口的绵花，那铃响一声，迸出烟火。【奴心发作，迷失自我】我就慌了手脚，把金铃丢了，现出原身，使铁棒，苦战不出，恐遭毒手，故变作一个苍蝇儿，钉在门枢上，躲到如今。那妖王愈加严紧，不肯开门。你可再以夫妻之礼，哄他进来安寝，我好脱身行事，别作区处救你也。"娘娘一闻此言，战兢兢发似神揪，虚怯怯心如杵筑，泪汪汪的道："你如今是人是鬼？"行者道："我也不是人，我也不是鬼，如今变作个苍蝇儿在此。你休怕，快去请那妖王也。"娘娘不信，泪滴滴，悄语低声道："你莫魇寐（yǎn mèi，糊弄）我。"行者道："我岂敢魇寐你？你若不信，展开手，等我跳下来你看。"那娘娘真个把左手张开，行者轻轻飞下，落在他玉掌之间，【卓吾评：和尚却在娘娘手里】好便似：

菡萏(荷花)蕊头钉黑豆，牡丹花上歇游蜂；

绣球心里葡萄落，百合枝边黑点浓。

金圣宫高擎玉掌，叫声："神僧。"行者嘤嘤的应道："我是神僧变的。"那娘娘方才信了，悄悄的道："我去请那妖王来时，你却怎生行事？"行者道："古人云：'断送一生惟有酒。'又云：'破除万事无过酒。'酒之为用多端，你只以饮酒为上。你将那贴身的侍婢，唤一个进来，指与我看，我就变作他的模样，在旁边伏侍，却好下手。"

那娘娘真个依言，即叫："春娇何在？"那屏风后转出一个玉面狐狸来，跪下道："娘娘唤春娇有何使令？"娘娘道："你去叫他们来点纱灯，焚脑麝，扶我上前庭，请大王安寝也。"那春娇即转前面，叫了七八个怪鹿妖狐，打着两对灯龙，一对提炉，摆列左右。娘娘欠身叉手，那大圣早已飞去。好行者，展开翅，径飞到那玉面狐狸头上，拔下一根毫毛，吹口仙气，叫"变！"变作一个瞌睡虫，轻轻的放在他脸上。原来瞌睡虫到了人脸上，往鼻孔里爬，爬进孔中，即瞌睡了。那春娇果然渐觉困倦，立不住脚，摇桩打盹，即忙寻着原睡处，丢倒头，只情呼呼的睡起。行者跳下来，摇身一变，变做那春娇一般模样，转屏风与众排立不题。【又变成一奴】

却说那金圣宫娘娘往前正走，有小妖看见，即报赛太岁道："大王，娘娘来了。"那妖王急出剥皮亭外迎迓(yíng yà，迎接)。娘娘道："大王啊，今烟火既息，贼已无踪，深夜之际，特请大王安置。"那妖满心欢喜道："娘娘珍重。却才那贼乃是孙悟空。他败了我先锋，打杀我小校，变化进来，哄了我们。我们这般搜检，他却渺无踪迹，故此心上不安。"娘娘道："那厮想是走脱了。大王放心勿虑，且自安寝去也。"妖精见娘娘侍立敬请，不敢坚辞，只得吩咐群妖，各要小心火烛，谨防盗贼，遂与娘娘径往后宫。行者假变春娇，从两班侍婢引入。娘娘叫："安排酒来与大王解劳。"妖王笑道："正是，正是，快将酒来，我与娘娘压惊。""假春娇"即同众怪铺排了果品，整顿些腥肉，调开桌椅。那娘娘擎杯，这妖王也以一杯奉上，二人穿换了酒杯。"假春娇"在旁，执着酒壶道："大王与娘娘今夜才递交杯盏，请各饮干，穿个双喜杯儿。"真个又各斟上，又饮干了。"假春娇"又道："大王娘娘喜会，众侍婢会唱的供唱，善舞的起舞来耶。"说未毕，只听得一派歌声，齐调音律，唱的唱，舞的舞。他两个又饮了许多。娘娘叫住了歌舞。众侍婢分班，出屏风外摆列，惟有"假春娇"执壶，上下奉酒。娘娘与那妖王专说得是夫妻之话。你看那娘娘一片云情雨意，哄得那妖王骨软筋麻，只是没福，不得沾身。可怜！真是"猫咬尿胞——空欢喜"！

叙了一会，笑了一会，娘娘问道："大王，宝贝不曾伤损么？"妖王道："这宝贝乃先天抟铸之物，如何得损！只是被那贼扯开塞口之绵，烧了豹皮包袱也。”娘娘说：“怎生收拾？”妖王道：“不用收拾，我带在腰间哩。”“假春娇”闻得此言，即拔下毫毛一把，嚼得粉碎，轻轻挨近妖王，将那毫毛放在他身上，吹了三口仙气，暗暗的叫“变！”那些毫毛即变做三样恶物，乃虱子、蛇蚤、臭虫，攻入妖王身内，挨着皮肤乱咬。那妖王燥痒难禁，伸手入怀揣摸揉痒，用指头捏出几个虱子来，拿近灯前观看。娘娘见了，含忖道：“大王，想是衬衣穰(ráng，肮脏)了，久不曾浆洗，故生此物耳。”妖王惭愧道：“我从来不生此物，可可的今宵出丑。”娘娘笑道：“大王何为出丑？常言道：‘皇帝身上也有三个御虱’哩。且脱下衣服来，等我替你捉捉。”妖王真个解带脱衣。“假春娇”在旁，着意看着那妖王身上，衣服层层皆有蛇蚤跳，件件皆排大臭虫，子母虱，密密浓浓，就如蝼蚁出窝中。不觉的揭到第三层见肉之处，那金铃上纷纷垓垓的，也不胜其数。“假春娇”道：“大王，拿铃子来，等我也与你捉捉虱子。”那妖王一则羞，二则慌，却也不认得真假，将三个铃儿递与“假春娇”。“假春娇”接在手中，理弄多时，见那妖王低着头抖这衣服，他即将金铃藏了，拔下一根毫毛，变作三个铃儿，一般无二，拿向灯前翻检。却又把身子扭扭捏捏的，抖了一抖，将那虱子、臭虫、蛇蚤，收了归在身上，把假金铃儿递与那怪。那怪接在手中，一发朦胧无措，那里认得甚么真假，双手托着那铃儿，递与娘娘道：“今番你却收好了，却要仔细仔细，不要像前一番。”那娘娘接过来，轻轻的揭开衣箱，把那假铃收了，用黄金锁锁了，却又与妖王叙饮了几杯酒，教侍婢：“净拂牙床(精美的床)，展开锦被，我与大王同寝。”那妖王诺诺连声道：“没福！没福！不敢奉陪，我还带个宫女往西宫里睡去，娘娘请自安置。”遂此各归寝处不题。

却说“假春娇”得了手，将他宝贝带在腰间，现了本象，把身子抖一抖，收去那个瞌睡虫儿，径往前走，只听得梆铃齐响，紧打三更。好行者，捏着诀，念动真言，使个隐身法，直至门边。又见那门上拴锁甚密，却就取出金箍棒，望门一指，使出那解锁之法，那门就轻轻开了，急拽步出门站下，厉声高叫道：“赛太岁！还我金圣娘娘来！”连叫两三遍，惊动大小群妖，急急看处，前门开了，即忙掌灯寻锁，把门儿依然锁上，着几个跑入里边去报道：“大王！有人在大门外呼唤大王尊号，要金圣娘娘哩！”那里边侍婢即出宫门，悄悄的传言道：“莫吆喝，大王才睡着了。”行者又在门前高叫，那小妖又不敢去惊动。如此者三四遍，俱不敢去通报。

那大圣在外嚷嚷闹闹的，直弄到天晓，忍不住手轮着铁棒上前打门。慌得那大小群妖，顶门的顶门，报信的报信。那妖王一觉方醒，只闻得乱撺撺的喧哗，起身穿了衣服，即出罗帐之外，问道：“嚷甚么？”众侍婢才跪下道：“爷爷，不知是甚人在洞外叫骂了半夜，如今却又打门。”

妖王走出宫门，只见那几个传报的小妖，慌张张的磕头道：“外面有人叫骂，要金圣宫娘娘哩！若说半个‘不’字，他就说出无数的歪话，甚不中听。见天晓大王不出，逼得打门也。”那妖道：“且休开门，你去问他是那里来的，姓甚名谁，快来回报。”小妖急出去，隔门问道：“打门的是谁？”行者道：“我是朱紫国拜请来的外公，来取圣宫娘娘回国哩！”那小妖听得，即以此言回报。那妖随往后宫，查问来历。原来那娘娘才起来，还未梳洗，早见侍婢来报：“爷爷来了。”那娘娘急整衣，散挽黑云，出宫迎迓。才坐下，还未及问，又听得小妖来报：“那来的外公已将门打破矣。”那妖笑道：“娘娘，你朝中有多少将帅？”娘娘道：“在朝有四十八卫人马，良将千员，各边上元帅总兵，不计其数。”妖王道：“可有个姓外的么？”【卓吾评：趣】娘娘道：“我在宫，只知内里辅助君王，早晚教诲妃嫔，外事无边，我怎记得名姓！”妖王道：“这来者称为‘外公’，我想着《百家姓》上，更无个姓外的。【卓吾评：妖怪自然认不得外公】娘娘赋性聪明，出身高贵，居皇宫之中，必多览书籍。记得那本书上有此姓也？”娘娘道：“止《千字文》上有句‘外受傅训’，想必就是此矣。”【卓吾评：以幻为真，奇绝，奇绝】

妖王喜道：“定是！定是！”即起身辞了娘娘，到剥皮亭上，结束整齐，点出妖兵，开了门，直至外面，手持一柄宣花钺斧，厉声高叫道：“那个是朱紫国来的‘外公’？”行者把金箍棒揝在右手，将左手指定道：“贤甥，叫我怎的？”那妖王见了，心中大怒道：“你这厮：

相貌若猴子，嘴脸似猢狲。
七分真是鬼，大胆敢欺人！”

行者笑道：“你这个诳上欺君的泼怪，原来没眼！想我五百年前大闹天宫时，九天神将见了我，无一个‘老’字，不敢称呼，你叫我声‘外公’，那里亏了你！”妖王喝道：“快早说出姓甚名谁，有些甚么武艺，敢到我这里猖獗！”行者道：“你若不问姓名犹可，若要我说出姓名，只怕你立身无地！你上来，站稳着，听我道：

生身父母是天地，日月精华结圣胎。
仙石怀抱无岁数，灵根孕育甚奇哉。
当年产我三阳泰，今日归真万会谐。
曾聚众妖称帅首，能降众怪拜丹崖。
玉皇大帝传宣旨，太白金星捧诏来。
请我上天承职裔，官封‘弼马’不开怀。
初心造反谋山洞，大胆兴兵闹御阶。

托塔天王并太子，交锋一阵尽猥衰(狼狈不堪)。
金星复奏玄穹帝，再降招安敕旨来。
封做齐天真大圣，那时方称栋梁材。
又因搅乱蟠桃会，仗酒偷丹惹下灾。
太上老君亲奏驾，西池王母拜瑶台。
情知是我欺王法，即点天兵发火牌。
十万凶星并恶曜，干戈剑戟密排排。
天罗地网漫山布，齐举刀兵大会垓。
恶斗一场无胜败，观音推荐二郎来，
两家对敌分高下，他有梅山兄弟侪。
各逞英雄施变化，天门三圣拨云开。
老君丢了金钢套，众神擒我到金阶。
不须详允书供状，罪犯凌迟杀斩灾。
斧剁锤敲难损命，刀轮剑砍怎伤怀！
火烧雷打只如此，无计摧残长寿胎。
押赴太清兜率院，炉中煅炼尽安排。
日期满足才开鼎，我向当中跳出来。
手挺这条如意棒，翻身打上玉龙台。
各星各象皆潜躲，大闹天宫任我歪。
巡视灵官忙请佛，释伽与我逞英才。
手心之内翻筋斗，游遍周天去复来。
佛使先知赚哄法，被他压住在天崖。
到今五百余年矣，解脱微躯又弄乖。
特保唐僧西域去，悟空行者甚明白。
西方路上降妖怪，那个妖邪不惧哉！”

那妖王听他说出悟空行者，遂道：“你原来是大闹天宫的那厮。你既脱身保唐僧西去，你走你的路去便罢了。怎么罗织(兜揽)管事，替那朱紫国为奴，【点题】却到我这里寻死？”行者喝道：“贼泼怪！说话无知！我受朱紫国拜请之礼，又蒙他称呼管待之恩，我老孙比那王位还高千倍，他敬之如父母，事之如神明，你怎么说出‘为奴’二字！【正是为了这些尊崇才卖身为奴】我把你这诳上欺君之怪，不要走！吃外公一棒！”那妖慌了手脚，即闪身躲过，使宣花斧劈面相迎。这一场好杀！

你看：

金箍如意棒，风刃宣花斧。一个咬牙发狠凶，一个切齿施威武。这个是齐天大圣降临凡，那个是作怪妖王来下土。两个喷云暧雾照天宫，真是走石扬沙遮斗府。往往来来解数多，翻翻复复金光吐。齐将本事施，各把神通赌。这个要取娘娘转帝都，那个喜同皇后居山坞。这场都是没来由，舍死忘生因国主。

他两个战经五十回合，不分胜负。那妖王见行者手段高强，料不能取胜，将斧架住他的铁棒道："孙行者，你且住手。我今日还未早膳，待我进了膳，再来与你定雌雄。"行者情知是要取铃铛，收了铁棒道："'好汉子不赶乏兔儿'，你去！你去！吃饱些，好来领死！"

那妖急转身闯入里边，对娘娘道："快将宝贝拿来！"娘娘道："要宝贝何干？"妖王道："今早叫战者，乃是取经的和尚之徒，叫做孙悟空行者，假称'外公'。我与他战到此时，不分胜负。等我拿宝贝出去，放些烟火，烧这猴头。"娘娘见说，心中怛突：欲不取出铃儿，恐他见疑；欲取出铃儿，又恐伤了孙行者性命。【卓吾评：娘娘一心只为着和尚】正自踌躇未定，那妖王又催逼道："快拿出来！"这娘娘无奈，只得将锁钥开了，把三个铃儿递与妖王。妖王拿了，就走出洞。娘娘坐在宫中，泪如雨下，思量行者不知可能逃得性命。两人却俱不知是假铃也。那妖出了门，就占起上风，叫道："孙行者休走！看我摇摇铃儿！"行者笑道："你有铃，我就没铃？你会摇，我就不会摇？"【看谁是真奴才】妖王道："你有甚么铃儿，拿出来我看。"行者将铁棒捏做个绣花针儿，藏在耳内，却去腰间解下三个真宝贝来，对妖王说："这不是我的紫金铃儿？"妖王见了，心惊道："跷蹊！跷蹊！他的铃儿怎么与我的铃儿就一般无二！纵然是一个模子铸的，好道打磨不到，也有多个瘢儿，少个蒂儿，却怎么这等一毫不差？"又问："你那铃儿是那里来的？"行者道："贤甥，你那铃儿却是那里来的？"【卓吾评：猴】妖王老实，便就说道："我这铃儿是：

太清仙境道源深，八卦炉中久炼金。
结就铃儿称至宝，老君留下到如今。"

行者笑道："老孙的铃儿，也是那时来的。"妖王道："怎生出处？"行者道："我这铃儿是：【卓吾评：妙猴】

道祖烧丹兜率宫，金铃抟炼在炉中。
二三如六循环宝，我的雌来你的雄。"

妖王道："铃儿乃金丹之宝，又不是飞禽走兽，如何辨得雌雄？但只是摇出宝来，就是好的！"行者道："口说无凭，做出便见，且让你先摇。"那妖王真个将头一个铃儿幌了三幌，不见火出；第二个幌了三幌，不见烟出；第三个幌了三幌，也不见沙出。妖王慌了手脚道："怪哉！怪哉！世情变了！这铃儿想是惧内，雄见了雌，所以不出来了。"【卓吾评：趣】行者道："贤甥，住了手，等我也摇摇你看。"【持假铃者是假奴，持真铃者才是真奴】好猴子，一把揩了三个铃儿，一齐摇起。你看那红火、青烟、黄沙，一齐滚出，骨都都燎树烧山！大圣口里又念个咒语，望巽地上叫："风来！"真个是风催火势，火挟风威，红焰焰，黑沉沉，满天烟火，遍地黄沙！把那赛太岁唬得魄散魂飞，走头无路，在那火当中，怎逃性命！

只闻得半空中厉声高叫："孙悟空！我来了也！"行者急回头上望，原来是观音菩萨，左手托着净瓶，右手拿着杨柳，洒下甘露救火哩，慌得行者把铃儿藏在腰间，即合掌倒身下拜。那菩萨将柳枝连拂几点甘露，霎时间，烟火俱无，黄沙绝迹。【慈悲无相的智慧可破奴心迷蒙】行者叩头道："不知大慈临凡，有失回避。敢问菩萨何往？"菩萨道："我特来收寻这个妖怪。"

行者道："这怪是何来历，敢劳金身下降收之？"菩萨道："他是我跨的个金毛犼。因牧童盹睡，失于防守，这孽畜咬断铁索走来，却与朱紫国王消灾也。"【卓吾评：以生灾为消灾，佛眼都是如此】行者闻言，急欠身道："菩萨反说了，他在这里欺君骗后，败俗伤风，与那国王生灾，却说是消灾，何也？"菩萨道："你不知之。当时朱紫国先王在位之时，这个王还做东宫太子，未曾登基，他年幼间，极好射猎。他率领人马，纵放鹰犬，正来到落凤坡前，有西方佛母孔雀大明王菩萨所生二子，乃雌雄两个雀雏，停翅在山坡之下，被此王弓开处，射伤了雄孔雀，那雌孔雀也带箭归西。佛母忏悔以后，吩咐教他拆凤三年，身耽啾疾（失偶之痛）。那时节，我跨着这犼，同听此言，不期这孽畜留心，故来骗了皇后，与王消灾。【点出獬豸洞名称来历。獬豸，公平执法之兽】至今三年，冤愆满足，幸你来救治王患，我特来收妖邪也。"行者道："菩萨，虽是这般故事，奈何他玷污了皇后，败俗伤风，坏伦乱法，却是该他死罪。今蒙菩萨亲临，饶得他死罪，却饶不得他活罪。让我打他二十棒，与你带去罢。"菩萨道："悟空，你既知我临凡，就当看我分上，一发都饶了罢，也算你一番降妖之功。若是动了棍子，他也就是死了。"行者不敢违言，只得拜道："菩萨既收他回海，再不可令他私降人间，贻害不浅！"那菩萨才喝了一声："孽畜！还不还原，待何时也！"只见那怪打个滚，现了原身，将毛衣抖抖，菩萨骑上。菩萨又望项下一看，不见那三个金铃。菩萨道："悟空，还我铃来。"行者道："老孙不知。"菩萨喝道："你这贼猴！若不是你偷了这铃，莫说一个悟空，就是十个，也不敢近身！快拿出来！"行者笑道："实不曾见。"【不肯解铃，奴心颇重】菩萨道："既不曾见，等我念念'紧箍儿咒'。"那行者慌了，只教："莫念！莫念！铃儿在这里哩！"这正是：犼项金铃何人解？解铃人还问系铃人。【谁能理解那个金铃的意思？要解下它还需系上的本人。心性都是自我束缚，只有本人才能解下】菩萨将铃儿套在犼项下，飞身高坐。你看他四足莲花生焰焰，满身金缕迸森森，大慈悲回南海不题。

却说孙大圣整束了衣裙，轮铁棒打进獬豸洞去，把群妖众怪，尽情打死，剿除干净。直至宫中，请圣宫娘娘回国。那娘娘顶礼不尽。行者将菩萨降妖并拆凤原由备说了一遍，寻些软草，扎了一条草龙，教："娘娘跨上，合着眼莫怕，我带你回朝见主也。"那娘娘谨遵吩咐，行者使起神通，只听得耳内风响。半个时辰，带进城，按落云头叫："娘娘开眼。"那皇后睁开眼看，认得是凤阁龙楼，心中欢喜，撇了草龙，与行者同登宝殿。那国王见了，急下龙床，就来扯娘娘玉手，欲诉离情，猛然跌倒在地，只叫："手疼！手疼！"八戒哈哈大笑道："嘴脸！没福消受！一见面就蛰杀了也！"行者道："呆子，你敢扯他扯儿么？"八戒道："就扯他扯儿便怎的？"行者道："娘娘身上生了毒刺，手上有蜇阳之毒。自到麒麟山，与那赛太岁三年，那妖更不曾沾身。但沾身就害身疼，但沾手就害手疼。"众官听说，道："似此怎生奈何？"此时外面众官忧疑，内里妃嫔悚惧，旁有玉圣、银圣二宫，将君王扶起。俱正在仓皇之际，忽听得那半空中，有人叫道："大圣，我来也。"行者抬头观看，只见那：

肃肃冲天鹤唳，飘飘径至朝前。
缭绕祥光道道，氤氲瑞气翩翩。
棕衣苫体放云烟，足踏芒鞋罕见。
手执龙须蝇帚，丝绦腰下围缠。
乾坤处处结人缘，大地逍遥游遍。
此乃是大罗天上紫云仙，今日临凡解魇。

行者上前迎住道："张紫阳何往？"紫阳真人直至殿前，躬身施礼道："大圣，小仙张伯瑞起手。"行者答礼道："你从何来？"真人道："小仙三年前曾赴佛会，因打这里经过，见朱紫国王有拆凤之忧，我恐那妖将皇后玷辱，有坏人伦，后日难与国王复合。是我将一件旧棕衣变作一领新霞裳，光生五彩，进与妖王，教皇后穿了妆新。那皇后穿上身，即生一身毒刺，毒刺者，乃棕毛也。【披一身棕毛的娘娘，暗示悟空】今知大圣成功，特来解魇。"【卓吾评：安得张真人棕衣，凡妇人都与他一件也】【穿上无人能染指的棕衣，真心就不会被魔掳去了】行者道："既如此，累你远来，且快解脱。"真人走向前，对娘娘用手一指，即脱下那件棕衣，那娘娘遍体如旧。真人将衣抖一抖，披在身上，对行者道："大圣勿罪，小仙告辞。"行者道："且住，待君王谢谢。"

真人笑道："不劳，不劳。"遂长揖一声，腾空而去，慌得那皇帝、皇后及大小众臣，一个个望空礼拜。

拜毕，即命大开东阁，酬谢四僧。那君王领众跪拜，夫妻才得重谐。正当欢宴时，行者叫："师父，拿那战书来。"长老袖中取出，递与行者。行者递与国王道："此书乃那怪差小校送来者。那小校已先被我打死，送来报功。后复至山中，变作小校，进洞回复，因得见娘娘，盗出金铃，几乎被他拿住；又变化，复偷出，与他对敌。幸遇观音菩萨将他收去，又与我说拆凤之故……"从头至尾，细说了一遍。那举国君臣内外，无一人不感谢称赞。唐僧道："一则是贤王之福，二来是小徒之功。今蒙盛宴，至矣！至矣！就此拜别，不要误贫僧向西去也。"那国王恳留不得，遂换了关文，大排銮驾，请唐僧稳坐龙车，那君王、妃后俱捧毂推轮，相送而别。正是：有缘洗尽忧疑病，绝念无思心自宁。【卓吾评：着眼】【谁洗尽忧疑病？国王也；谁绝念无思，唐僧也。本书常以国王映射唐僧。国王的忧疑正是唐僧担心悟空被奴妖所获之隐喻也】毕竟这去，后面再有甚么吉凶之事，且听下回分解。

【卓吾评：雄铃也怕雌铃，何惧内之风不遗一物如此？若今日可谓铃世界矣。识得生灾乃是消灾，苦海中俱极乐世界也。此《西游》度人处，读者着眼】

【悟空一路栉风沐雨，从不叫苦叫累，但看到唐僧睡正厅、赴盛宴，自己不被礼遇时，心理却失衡了，于是引出大展医术、赢得尊重的故事，不料心却被奴妖所掳。回首整个故事的起因，不正是比较心在作怪吗？这也是朱紫国名的暗示。看到别人比自己好，便心生不忿，便要努力争个高下，痛苦由此而生。观照内心，放下无端的妄想意念，放下比较，放下虚荣，看清真相，找到让自己宁静的状态，内心才有无限光明和无穷活力】

第七十二回　盘丝洞七情迷本　濯垢泉八戒忘形

【花褪残红青杏小，燕子飞时，绿水人家绕。枝上柳绵吹又少，天涯何处无芳草？墙里秋千墙外道，墙外行人，墙里佳人笑。笑渐不闻声渐悄，多情却被无情恼。苏轼的《蝶恋花》，正可用来形容唐僧的心情。爱美赏春之心，人皆有之。但是，看多了，便是百眼魔君；想多了，便如毒药侵身。其中的界限，实难分辨】

话表三藏别了朱紫国王，整顿鞍马西进。行彀多少山原，历尽无穷水道，不觉的秋去冬残，又值春光明媚。师徒们正在路踏青玩景，忽见一座庵林，三藏滚鞍下马，站立大道之旁。行者问道："师父，这条路平坦无邪，因何不走？"八戒道："师兄好不通情！师父在马上坐得困了，也让他下来关关风（观看风景）是。"三藏道："不是关风，我看那里是个人家，意欲自去化些斋吃。"行者笑道："你看师父说的是那里话。你要吃斋，我自去化，俗语云：'一日为师，终身为父。'岂有为弟子者高坐，教师父去化斋之理？"三藏道："不是这等说。平日间一望无边无际，你们没远没近的去化斋，今日人家逼近，可以叫应，也让我去化一个来。"八戒道："师父没主张。常言道：'三人出外，小的儿苦。'你况是个父辈，我等俱是弟子。古书云：'有事弟子服其劳。'等我老猪去。"三藏道："徒弟啊，今日天气晴明，与那风雨之时不同。那时节，汝等必定远去，此个人家，等我去，有斋无斋，可以就回走路。"沙僧在旁笑道："师兄，不必多讲，师父的心性如此，不必违拗。若恼了他，就化将斋来，他也不吃。"

八戒依言，即取出钵盂，与他换了衣帽。拽开步，直至那庄前观看，却也好座住场，但见：

石桥高耸，古树森齐。石桥高耸，潺潺流水接长溪；古树森齐，聒聒幽禽鸣远岱。桥那边有数椽茅屋，清清雅雅若仙庵；又有那一座蓬窗，白白明明欺道院。窗前忽见四佳人，都在那里刺凤描鸾做针线。

长老见那人家没个男儿，只有四个女子，不敢进去，将身立定，闪在乔林之下。只见那女子，一个个：

闺心坚似石，兰性喜如春。
娇脸红霞衬，朱唇绛脂匀。
蛾眉横月小，蝉鬓迭云新。

若到花间立，游蜂错认真。

少停有半个时辰，【看了半个时辰，从脸、唇、眉、鬓，一直看到心、性】一发静悄悄，鸡犬无声。自家思虑道："我若没本事化顿斋饭，也惹那徒弟笑我：敢道为师的化不出斋来，为徒的怎能去拜佛？"长老没计奈何，也带了几分不是，趋步上桥，又走了几步，只见那茅屋里面有一座木香亭子，亭子下又有三个女子在那里踢气球哩。你看那三个女子，比那四个又生得不同。但见那：

飘扬翠袖，摇拽缃裙。飘扬翠袖，低笼着玉笋纤纤；摇拽缃裙，半露出金莲窄窄。形容体势十分全，动静脚跟千样躧。拿头过论有高低，张泛送来真又楷。转身踢个出墙花，退步翻成大过海。轻接一团泥，单枪急对拐。明珠上佛头，实捏来尖挈。窄砖偏会拿，卧鱼将脚撾（wǎi，扭）。平腰折膝蹲，扭顶翘跟躧。扳凳能喧泛，披肩甚脱洒。绞裆任往来，锁项随摇摆。踢的是黄河水倒流，金鱼滩上买。那个错认是头儿，这个转身就打拐。端然捧上臁（lián，小腿），周正尖来捽。提跟潠草鞋，倒插回头采。退步泛肩妆，钩儿只一歹。版篓下来长，便把夺门揣。踢到美心时，佳人齐喝采。一个个汗流粉腻透罗裳，兴懒情疏方叫海。【从"拿头"起直到"叫海"，划线词为踢球术语，极言看得仔细】

言不尽，又有诗为证，诗曰：

蹴踘当场三月天，仙风吹下素婵娟。
汗沾粉面花含露，尘染蛾眉柳带烟。
翠袖低垂笼玉笋，缃裙斜拽露金莲。
几回踢罢娇无力，云鬓蓬松宝髻偏。

三藏看得时辰久了，【看久了便是多目怪、百眼魔君，正是下回所讲的心魔】只得走上桥头，应声高叫道："女菩萨，贫僧这里随缘布施些儿斋吃。"那些女子听见，一个个喜喜欢欢抛了针线，撇了气球，都笑笑吟吟的接出门来，道："长老，失迎了。今到荒庄，决不敢拦路斋僧，请里面坐。"三藏闻言，心中暗道："善哉，善哉！西方正是佛地！女流尚且注意斋僧，男子岂不虔心向佛？"【卓吾评：唐僧到此，自然要七纵七擒矣】

长老向前问讯了，相随众女入茅屋，过木香亭看处，呀！原来那里边没甚房廊，只见那：

峦头高耸，地脉遥长。峦头高耸接云烟，地脉遥长通海岳。门近石桥，九曲九湾流水顾；园栽桃李，千颗千树斗秾华。藤薜挂悬三五树，芝兰香散万千花。远观洞府欺蓬岛，近睹山林压太华。正是妖仙寻隐处，更无邻舍独成家。

有一女子上前，把石头门推开两扇，请唐僧里面坐。那长老只得进去，忽抬头看时，铺设的都是石桌、石凳，冷气阴阴。长老心惊，暗自思忖道："这去处少吉多凶，断然不善。"众女子喜笑吟吟，都道："长老请坐。"长老没奈何，只得坐了。少时间，打个冷禁。众女子问道："长老是何宝山？化甚么缘？还是修桥补路，建寺礼塔，还是造佛印经？请缘簿出来看看。"长老道："我不是化缘的和尚。"女子道："既不化缘，到此何干？"长老道："我是东土大唐差去西天大雷音求经者。适过宝方，腹间饥馁，特造檀府，募化一斋，贫僧就行也。"众女子道："好！好！好！常言道：'远来的和尚好看经。'妹妹们！不可怠慢，快办斋来。"

此时有三个女子陪着，言来语去，论说些因缘。那四个到厨中撩衣敛袖，炊火刷锅。你道他安排的是些甚么东西？原来是人油炒炼，人肉煎熬，熬得黑糊充作面筋样子，剜的人脑煎作豆腐块片。【卓吾评：好素菜】两盘儿捧到石桌上放下，对长老道："请了。仓卒间，不曾备得好斋，且将就吃些充腹，后面还有添换来也。"那长老闻了一闻，见那腥膻，不敢开口，欠身合掌道："女菩萨，贫僧是胎里素。"众女子笑道："长老，此是素的。"长老道："阿弥陀佛！若像这等素的啊，我和尚吃了，莫想见得世尊，取得经卷。"众女子道："长老，你出家人，切莫拣人布施。"长老道："怎敢，怎敢！我和尚奉大唐旨意，一路西来，微生不损，见苦就救，遇谷粒手拈入口，逢丝缕联缀遮身，怎敢拣主布施！"众女子笑道："长老虽不拣人布施，却只有些上门怪人。莫嫌粗淡，吃些儿罢。"长老道："实是不敢吃，恐破了戒。望菩萨养生不若放生，放我和尚出去罢。"

那长老挣着要走，那女子拦住门，怎么肯放，俱道："上门的买卖，倒不好做！'放了屁儿，却使手掩'。你往那里去？"他一个个都会些武艺，手脚又活，把长老扯住，顺手牵羊，扑的掼倒在地。众人按住，将绳子捆了，悬梁高吊，这吊有个名色，叫做"仙人指路"。原来是一只手向前，牵丝吊起；一只手拦腰捆住，将绳吊起；两只脚向后一条绳吊起；三条绳把长老吊在梁上，却是脊背朝上，肚皮朝下。那长老忍着疼，噙着泪，心中暗恨道："我和尚这等命苦！只说是好人家化顿斋吃，岂知道落了火坑！徒弟啊！速来救我，还得见面，倘迟两个时辰，我命休矣！"

那长老虽然苦恼，却还留心看着那些女子。那些女子把他吊得停当，便去脱剥衣服。长老心惊，暗自忖道："这一脱了衣服，是要打我的情了，或者夹生儿吃我的情也有哩。"原来那女子们只解了上身罗衫，露出肚腹，各显神通：一个个腰眼中冒出丝绳，有鸭蛋粗细，骨都都（腾涌貌）的，迸玉飞银，时下把庄门瞒了不题。

却说那行者、八戒、沙僧，都在大道之旁。他二人都放马看担，惟行者是个顽皮，他且跳树攀枝，摘叶寻果。忽回头，只见一片光亮，慌得跳下树来，吆喝道：“不好，不好！师父造化低了！”行者用手指道：“你看那庄院如何？”八戒、沙僧共目视之，那一片如雪又亮如雪，似银又光似银。八戒道：“罢了，罢了！师父遇着妖精了！我们快去救他也！”行者道：“贤弟莫嚷。你都不见怎的，等老孙去来。”沙僧道：“哥哥仔细。”行者道：“我自有处。”

好大圣，束一束虎皮裙，掣出金箍棒，拽开脚，两三步跑到前边，看见那丝绳缠了有千百层厚，穿穿道道，却似经纬之势，用手按了一按，有些粘软沾人。行者更不知是甚么东西，他即举棒道：“这一棒，莫说是几千层，就有几万层，也打断了！”正欲打，又停住手道：“若是硬的便可打断，这个软的，只好打匾罢了。假如惊了他，缠住老孙，反为不美。等我且问他一问再打。”你道他问谁？即捻一个诀，念一个咒，拘得个土地老儿在庙里似推磨的一般乱转。土地婆儿道：“老儿，你转怎的？好道是羊儿风发了！”土地道：“你不知！你不知！有一个齐天大圣来了，我不曾接他，他那里拘我哩。”婆儿道：“你去见他便了，却如何在这里打转？”土地道：“若去见他，他那棍子好不重，他管你好歹就打哩！”婆儿道：“他见你这等老了，那里就打你？”土地道：“他一生好吃没钱酒，偏打老年人。”两口儿讲一会，没奈何只得走出去，战兢兢的跪在路旁，叫道：“大圣，当境土地叩头。”行者道：“你且起来，不要假忙，我且不打你，寄下在那里。我问你，此间是甚地方？”土地道：“大圣从那厢来？”行者道：“我自东土往西来的。”土地道：“大圣东来，可曾在那山岭上？”行者道：“正在那山岭上，我们行李、马匹还都歇在那岭上不是！”土地道：“那岭叫做盘丝岭，岭下有洞，叫做盘丝洞，洞里有七个妖精。”行者道：“是男怪女怪？”土地道：“是女怪。”行者道：“他有多大神通？”土地道：“小神力薄威短，不知他有多大手段，只知那正南上，离此有三里之遥，有一座濯垢泉，乃天生的热水，原是上方七仙姑的浴池。自妖精到此居住，占了他的濯垢泉，仙姑更不曾与他争竞，平白地就让与他了。我见天仙不惹妖魔怪，必定精灵有大能。”行者道：“占了此泉何干？”土地道：“这怪占了浴池，一日三遭，出来洗澡。如今巳时已过，午时将来哑。”行者听言道：“土地，你且回去，等我自家拿他罢。”那土地老儿磕了一个头，战兢兢的回本庙去了。

这大圣独显神通，摇身一变，变作个麻苍蝇儿，钉在路旁草梢上等待。须臾间，只听得呼呼吸吸之声，犹如蚕食叶，却似海生潮。只好有半盏茶时，丝绳皆尽，依然现出庄村，还像当初模样。又听得呀的一声，柴扉响处，里边笑语喧哗，走出七个女子。行者在暗中细看，见他一个个携手相搀，挨肩执袂，有说有笑的，走过桥来，果是标致！但见：

比玉香尤胜，如花语更真。
柳眉横远岫，檀口破樱唇。
钗头翘翡翠，金莲闪绛裙。
却似嫦娥临下界，仙子落凡尘。

行者笑道："怪不得我师父要来化斋，原来是这一般好处。这七个美人儿，假若留住我师父，要吃也不彀一顿吃，要用也不彀两日用，【卓吾评：如何用？思之】要动手轮流一摆布就是死了。且等我去听他一听，看他怎的算计。"

好大圣，嘤的一声，飞在那前面走的女子云髻上钉住。才过桥来，后边的走向前来呼道："姐姐，我们洗了澡，来蒸那胖和尚吃去。"行者暗笑道："这怪物好没算计！煮还省些柴，怎么转要蒸了吃！"【卓吾评：猴】那些女子采花斗草向南来，不多时，到了浴池。但见一座门墙，十分壮丽，遍地野花香艳艳，满旁兰蕙密森森。后面一个女子，走上前，唿哨的一声，把两扇门儿推开，那中间果有一塘热水。这水：

自开辟以来，太阳星原贞有十，后被羿善开弓，射落九乌坠地，止存金乌一星，乃太阳之真火也。天地有九处汤泉，俱是众乌所化。那九阳泉，乃香冷泉、伴山泉、温泉、东合泉、满山泉、孝安泉、广汾泉、汤泉，此泉乃濯垢泉。

有诗为证：

一气无冬夏，三秋永注春。
炎波如鼎沸，热浪似汤新。
分溜滋禾稼，停流荡俗尘。
涓涓珠泪泛，滚滚玉团津。
润滑原非酿，清平还自温。
瑞祥本地秀，造化乃天真。
佳人洗处冰肌滑，涤荡尘烦玉体新。

那浴池约有五丈余阔，十丈多长，内有四尺深浅，但见水清彻底。底下水一似滚珠泛玉，骨都都（腾涌貌）冒将上来，四面有六七个孔窍通流。流去二三里之遥，淌到田里，还是温水。池上又有三间亭子，亭子中近后壁放着一张八只脚的板凳。两山头放着两个描金彩漆的衣架。行者暗中喜嘤嘤的，一翅飞在那衣架头上钉住。

【仙（先）人指路，有什么样师父，就有什么样徒弟】

你看那些女子见水又清又热，便要洗浴，即脱了衣服，搭在衣架上。一齐下去，被行者看见：

褪放纽扣儿，解开罗带结。

酥胸白似银，玉体浑如雪。
肘膊赛冰铺，香肩欺粉贴。
肚皮软又绵，脊背光还洁。
膝腕半围团，金莲三寸窄。
中间一段情，露出风流穴。

那女子都跳下水去，一个个濯浪翻波，负水顽耍。行者道："我若打他啊，只消把这棍子往池中一搅，就叫做'滚汤泼老鼠——一窝儿都是死'。可怜！可怜！打便打死他，只是低了老孙的名头。常言道：'男不与女斗。'我这般一个汉子，打杀这几个丫头，着实不济。不要打他，只送他一个绝后计，教他动不得身，出不得水，多少是好。"

好大圣，捻着诀，念个咒，摇身一变，变作一个饿老鹰。但见：

毛犹霜雪，眼若明星。妖狐见处魂皆丧，狡兔逢时胆尽惊。钢爪锋芒快，雄姿猛气横。会使老拳供口腹，不辞亲手逐飞腾。万里寒空随上下，穿云检物任他行。

呼的一翅，飞向前，轮开利爪，把他那衣架上搭的七套衣服，尽情雕去，径转岭头，现出本相来见八戒、沙僧道："你看。"那呆子迎着对沙僧笑道："师父原来是典当铺里拿了去的。"【卓吾评：趣】沙僧道："怎见得？"八戒道："你不见师兄把他些衣服都抢将来也？"行者放下道："此是妖精穿的衣服。"八戒道："怎么就有这许多？"行者道："七套。"八戒道："如何这般剥得容易，又剥得干净？"行者道："那曾用剥。原来此处唤做盘丝岭，那庄村唤做盘丝洞。洞中有七个女怪，把我师父拿住，吊在洞里，都向濯垢泉去洗浴。那泉却是天地产成的一塘子热水。他都算计着洗了澡要把师父蒸吃。是我跟到那里，见他脱了衣服下水，我要打他，恐怕污了棍子，又怕低了名头，是以不曾动棍，只变做一个饿老鹰，雕了他的衣服。他都忍辱含羞，不敢出头，蹲在水中哩。我等快去解下师父走路罢。"八戒笑道："师兄，你凡干事，只要留根。既见妖精，如何不打杀他，却要去解师父！他如今纵然藏羞不出，到晚间必定出来。他家里还有旧衣服，穿上一套，来赶我们。纵然不赶，他久住在此，我们取了经，还从那条路回去。常言道：'宁少路边钱，莫少路边拳。'那时节，他拦住了吵闹，却不是个仇人也？"行者道："凭你如何主张？"八戒道："依我，先打杀了妖精，再去解放师父。此乃'斩草除根'之计。"行者道："我是不打他。你要打，你去打他。"

八戒抖擞精神，欢天喜地，举着钉钯，拽开步，径直跑到那里。忽的推开门看时，只见那七个女子，蹲在水里，口中乱骂那鹰哩，道："这个匾毛畜生！猫嚼头的亡人！把我们衣服都雕去了，教我们怎的动手！"【卓吾评：趣】八戒忍不住笑道："女菩萨，在这里洗澡哩，也携带我和尚洗洗，何如？”那怪见了作怒道：“你这和尚，十分无礼！我们是在家的女流，你是个出家的男子。古书云：‘七年男女不同席。’你好和我们同塘洗澡？”八戒道：“天气炎热，没奈何，将就容我洗洗儿罢。那里调甚么书担儿，同席不同席！”【卓吾评：妙】

呆子不容说，丢了钉钯，脱了皂锦直裰，扑的跳下水来。那怪心中烦恼，一齐上前要打。不知八戒水势极熟，到水里摇身一变，变做一个鲇鱼精。【性、情相合，哥俩一心】那怪就都摸鱼，赶上拿他不住。东边摸，忽的又渍了西去；西边摸，忽的又渍了东去；滑扢虀(huá gǔ jī，滑不溜秋的样子)的，只在那腿裆里乱钻。【卓吾评：妙】原来那水有搀胸之深，水上盘了一会，又盘在水底，都盘倒了，喘嘘嘘的，精神倦怠。

八戒却才跳将上来，现了本相，穿了直裰，执着钉钯喝道：“我是那个？你把我当鲇鱼精哩！”那怪见了，心惊胆战对八戒道：“你先来是个和尚，到水里变作鲇鱼，及拿你不住，却又这般打扮，你端的是从何到此？是必留名。”八戒道：“这伙泼怪当真的不认得我？我是东土大唐取经的唐长老之徒弟，乃天蓬元帅悟能八戒是也。你把我师父吊在洞里，算计要蒸他受用！我的师父又好蒸吃？快早伸过头来，各筑一钯，教你断根！”那些妖闻此言，魂飞魄散，就在水中跪拜道：“望老爷方便方便！我等有眼无珠，误捉了你师父。虽然吊在那里，不曾敢加刑受苦。望慈悲饶了我的性命，情愿贴些盘费，送你师父往西天去也。”八戒摇手道：“莫说这话！俗语说得好：‘曾着卖糖君子哄，到今不信口甜人。’是便筑一钯，各人走路！”

呆子一味粗夯，显手段，那有怜香惜玉之心，举着钯，不分好歹，赶上前乱筑。那怪慌了手脚，那里顾甚么羞耻，只是性命要紧，随用手侮着羞处，跳出水来，都跑在亭子里站立，作出法来：脐孔中骨都都冒出丝绳，瞒天搭了个大丝篷，把八戒罩在当中。那呆子忽抬头，不见天日，即抽身往外便走，那里举得脚步！原来放了绊脚索，满地都是丝绳，动动脚，跌个躘踵：左边去，一个面磕地；右边去，一个倒栽葱；急转身，又跌了个嘴揾(wèn，贴住)地；忙爬起，又跌了个竖蜻蜓。也不知跌了多少跟头，把个呆子跌得身麻脚软，头晕眼花，爬也爬不动，只睡在地下呻吟。

那怪物却将他困住，也不打他，也不伤他，一个个跳出门来，将丝篷遮住天光，各回本洞。到了石桥上站下，念动真言，霎时间把丝篷收了，赤条条的，跑入洞里，侮着那话，从唐僧面前笑嘻嘻的跑过去。走入石房，取几件旧衣穿了，径至后门口立定，叫：“孩儿们何在？”原来那妖精一个有一个儿子，却不是他养的，都是他结拜的干儿子。有名唤做蜜、蚂、蠦(lú，一种圆薄能飞的小虫)、班、蜢、蜡、蜻：蜜是蜜蜂，蚂是蚂蜂，蠦是蠦蜂，班是班毛，蜢是牛蜢，蜡是抹蜡，蜻是蜻蜓。原来那妖精幔天结网,掳住这七般虫蛭,却要吃他。古云:“禽有禽言,兽有兽语。”当时这些虫哀告饶命,愿拜为母,遂此春采百花供怪物,夏寻诸卉孝妖精。忽闻一声呼唤,都到面前问:“母亲有何使令?”众怪道:“儿啊,早间我们错惹了唐朝来的和尚,才然被他徒弟拦在池里,出了多少丑,几乎丧了性命。汝等努力,快出门前去退他一退。如得胜后,可到你舅舅家来会我。”那些怪既得逃生,往他师兄处,孳嘴生灾不题。你看这些虫蛭,一个个摩拳擦掌,出来迎敌。

却说八戒跌得昏头昏脑,猛抬头见丝篷丝索俱无,他才一步一探爬将起来,忍着疼找回原路,见了行者,用手扯住道:“哥哥,我的头可肿、脸可青么?”行者道:“你怎的来?”八戒道:“我被那厮将丝绳罩住,放了绊脚索,不知跌了多少跟头,跌得我腰拖背折,寸步难移。却才丝篷索子俱空,方得了性命回来也。”沙僧见了道:“罢了,罢了!你闯下祸来也!那怪一定往洞里去伤害师父,我等快去救他!”行者闻言,急拽步便走。八戒牵着马,急急来到庄前,但见那石桥上有七个小妖儿挡住道:“慢来,慢来!吾等在此!”行者看了道:“好笑!干净都是些小人儿!长的也只有二尺五六寸,不满三尺;重的也只有八九斤,不满十斤。”喝道:“你是谁?”那怪道:“我乃七仙姑的儿子。你把我母亲欺辱了,还敢无知,打上我门!不要走!仔细!”好怪物!一个个手之舞之,足之蹈之,乱打将来。八戒见了生嗔,本是跌恼了的性子,又见那伙虫蛭小巧,就发狠举钯来筑。

那些怪见呆子凶猛,一个个现了本象,飞将起去,叫声“变!”须臾间,一个变十个,十个变百个,百个变千个,千个变万个,个个都变成无穷之数。只见:

满天飞抹蜡,遍地舞蜻蜓。
蜜蚂追头额,蠦蜂扎眼睛。
班毛前后咬,牛蜢上下叮。
扑面漫漫黑,翛翛神鬼惊。

八戒慌了道:“哥啊,只说经好取,西方路上,虫儿也欺负人哩!”行者道:“兄弟,不要怕,快上前打!”八戒道:“扑头扑脸,浑身上下,都叮有十数层厚,却怎么打?”行者道:“没事!没事!我自有手段!”八戒道:“哥啊,有甚手段,快使出来罢!一会子光头上都叮肿了!”好大圣,拔了一把毫毛,嚼得粉碎,喷将出去,即变做些黄、麻、鴀(dài,鸟名)、白、雕、鱼、鹞。八戒道:“师兄,又打甚么市语——黄啊麻啊哩?”行者道:“你不知,黄是黄鹰,麻是麻鹰,鴀是鴀鹰,白是白鹰,雕是雕鹰,鱼是鱼鹰,鹞是鹞鹰。那妖精的儿子是七样虫,我的毫毛是七样鹰。”鹰最能嗛(xián,啄)虫,一嘴一个,爪打翅敲,须臾,打得罄尽,满空无迹,地积尺余。

三兄弟方才闯过桥去，径入洞里，只见老师父吊在那里哼哼的哭哩。八戒近前道："师父，你是要来这里吊了耍子，不知作成我跌了多少跟头哩！"沙僧道："且解下师父再说。"行者即将绳索挑断，放下唐僧，都问道："妖精那里去了？"唐僧道："那七个怪都赤条条的往后边叫儿子去了。"行者道："兄弟们，跟我来寻去。"三人各持兵器，往后园里寻处，不见踪迹。都到那桃李树上寻遍不见，八戒道："去了！去了！"沙僧道："不必寻他，等我扶师父去也。"弟兄们复来前面，请唐僧上马道："师父，下次化斋，还让我们去。"唐僧道："徒弟呵，以后就是饿死，也再不自专了。"八戒道："你们扶师父走着，等老猪一顿钯筑倒他这房子，教他来时没处安身。"行者笑道："筑还费力，不若寻些柴来，与他个断根罢。"好呆子，寻了些朽松、破竹、干柳、枯藤，点上一把火，烘烘的都烧得干净。师徒却才放心前来。咦！毕竟这去，不知那怪的吉凶如何，且听下回分解。

【卓吾评："七情迷本，八戒忘形"八个字，最有深意。戒则不迷，迷则不戒，反掌间耳。女子最会缠人，谁人能解此缚？】

第七十三回　情因旧恨生灾毒　心主遭魔幸破光

【情欲之难，愈写愈精微，对应的修行也愈艰涩。在“四圣试禅心”一难，唐僧不为所动，只是让八戒代表受了一点羞辱；女儿国一难，唐僧当时不为所动，其后思量；本难师徒都有陷落，几近丧命。本回师徒遭遇七个蜘蛛精的师兄百眼魔君。七个蜘蛛精指代七情，蛛丝比喻情思之缠绕；百眼魔君为欲，正是师徒之多目心魔。解脱的办法正如毒敌山琵琶洞一样简单：闻鸡鸣起床，本分做事即可】

话说孙大圣扶持着唐僧，与八戒、沙僧奔上大路，一直西来。不半晌，忽见一处楼阁重重，宫殿巍巍。唐僧勒马道：“徒弟，你看那是个甚么去处？”行者举头观看，但见：

山环楼阁，溪绕亭台。门前杂树密森森，宅外野花香艳艳。柳间栖白鹭，浑如烟里玉无瑕；桃内啭黄莺，却似火中金有色。双双野鹿，忘情闲踏绿莎茵；对对山禽，飞语高鸣红树杪(miǎo，树梢)。真如刘阮天台洞，不亚神仙阆苑[①]家。

行者报道：“师父，那所在也不是王侯第宅，也不是豪富人家，却像一个庵观寺院，到那里方知端的。”三藏闻言，加鞭促马。师徒们来至门前观看，门上嵌着一块石板，上有“黄花观”三字。三藏下马，八戒道：“黄花观乃道士之家，我们进去会他一会也好，他与我们衣冠虽别，修行一般。”沙僧道：“说得是，一则进去看看景致，二来也当撒货头口。看方便处，安排些斋饭，与师父吃。”

长老依言，四众共入，但见二门上有一对春联：

黄芽白雪神仙府，瑶草琪花羽士家。

行者笑道：“这个是烧茅炼药，弄炉火，提罐子的道士。”【此处可见作者对炼药的反对，但不是反对道家，也可见老君炼的不是丹药】三藏捻他一把道：“谨言！谨言！我们不与他相识，又不认亲，左右暂时一会，管他怎的？”说不了，进了二门，只见那正殿谨闭，东廊下坐着一个道士在那里丸药。你看他怎生打扮：

戴一顶红艳艳戗[②]金冠，穿一领黑淄淄乌皂服，踏一双绿阵阵云头履，系一条

① 阆苑：làng yuàn，阆风之苑，传说中仙人的住处。

② 戗：qiàng，在器物图案上填嵌金银等作为装饰。

黄拂拂吕公绦。面如瓜铁，目若朗星。准头高大类回回，唇口翻张如达达(鞑靼，古代少数民族名)。道心一片隐轰雷，伏虎降龙真羽士。

三藏见了，厉声高叫道："老神仙，贫僧问讯了。"那道士猛抬头，一见心惊，丢了手中之药，按簪儿，整衣服，降阶迎接道："老师父，失迎了，请里面坐。"长老欢喜上殿，推开门，见有三清圣像，供桌有炉有香，即拈香注炉，礼拜三匝，方与道士行礼。遂至客位中，同徒弟们坐下。急唤仙童看茶。当有两个小童，即入里边，寻茶盘，洗茶盏，擦茶匙，办茶果。忙忙的乱走，早惊动那几个冤家。

原来那盘丝洞七个女怪与这道士同堂学艺，自从穿了旧衣，唤出儿子，径来此处。正在后面裁剪衣服，忽见那童子看茶，便问道："童儿，有甚客来了，这般忙冗?"仙童道："适间有四个和尚进来，师父教来看茶。"女怪道："可有个白胖和尚?"道："有。"又问："可有个长嘴大耳朵的?"道："有。"女怪道："你快去递了茶，对你师父丢个眼色，着他进来，我有要紧的话说。"

果然那仙童将五杯茶拿出去。道士敛衣，双手拿一杯递与三藏，然后与八戒、沙僧、行者。茶罢，收钟。小童丢个眼色，那道士就欠身道："列位请坐。"教："童儿，放了茶盘陪侍。等我去去就来。"此时长老与徒弟们，并一个小童出殿上观玩不题。

却说道士走进方丈中，只见七个女子齐齐跪倒，叫："师兄！师兄！听小妹子一言!"道士用手搀起道："你们早间来时，要与我说甚么话，可可的今日丸药，这枝药忌见阴人，所以不曾答你。如今又有客在外面，有话且慢慢说罢。"众怪道："告禀师兄，这桩事专为客来，方敢告诉；若客去了，纵说也没用了。"道士笑道："你看贤妹说话，怎么专为客来才说？却不疯了？且莫说我是个清静修仙之辈，就是个俗人家，有妻子老小家务事，也等客去了再处。怎么这等不贤，替我装幌子哩！且让我出去。"众怪又一齐扯住道："师兄息怒。我问你，前边那客，是那方来的?"道士唾着脸，不答应。众怪道："方才小童进来取茶，我闻得他说，是四个和尚。"道士作怒道："和尚便怎么?"众怪道："四个和尚，内有一个白面胖的，有一个长嘴大耳的，师兄可曾问他是那里来的?"道士道："内中是有这两个，你怎么知道？想是在那里见他来?"

女子道："师兄原不知这个委曲。那和尚乃唐朝差往西天取经去的，今早到我洞里化斋，委是妹子们闻得唐僧之名，将他拿了。"道士道："你拿他怎的?"女子道："我等久闻人说，唐僧乃十世修行的真体，有人吃他一块肉，延寿长生，故此拿了他。后被那个长嘴大耳朵的和尚把我们拦在濯垢泉里，先抢了衣服，后弄本事，强要同我等洗浴，也止他不住。他就跳下水，变作一个鲇鱼，在我们腿裆里钻来钻去，欲行奸骗之事。果有十分惫懒！他又跳出水去，现了本相。见我们不肯相从，他就使一柄九齿钉钯，要伤我们性命。若不是我们有些见识，几乎遭他毒手。故此战兢兢逃生，又着你愚外甥与他敌斗，不知存亡如何。我们特来投兄长，望兄长念昔日同窗之雅，与我今日做个报冤之人！"

那道士闻此言，却就恼恨，遂变了声色道："这和尚原来这等无礼！这等惫懒！你们都放心，等我摆布他！"众女子谢道："师兄如若动手，等我们都来相帮打他。"道士道："不用打！不用打！常言道：'一打三分低。'你们都跟我来。"

众女子相随左右。他入房内，取了梯子，转过床后，爬上屋梁，拿下一个小皮箱儿。那箱儿有八寸高下，一尺长短，四寸宽窄，上有一把小铜锁儿锁住。即于袖中拿出一方鹅黄绫汗巾儿来，汗巾须上系着一把小钥匙儿。开了锁，取出一包儿药来，此药乃是：

山中百鸟粪，扫积上千斤。
是用铜锅煮，煎熬火候匀。
千斤熬一杓，一杓炼三分。
三分还要炒，再锻再重熏。
制成此毒药，贵似宝和珍。
如若尝他味，入口见阎君！

道士对七个女子道："妹妹，我这宝贝，若与凡人吃，只消一厘，入腹就死；若与神仙吃，也只消三厘就绝。这些和尚，只怕也有些道行，须得三厘。快取等子来。"内一女子急拿了一把等子道："称出一分二厘，分作四分。"却拿了十二个红枣儿，将枣掐破些儿，揌上一厘，分在四个茶钟内；又将两个黑枣儿做一个茶钟，着一个托盘安了，对众女说："等我去问他。不是唐朝的便罢；若是唐朝来的，就教换茶。你却将此茶令童儿拿出，但吃了，个个身亡，就与你报了此仇，解了烦恼也。"七女感激不尽。

那道士换了一件衣服，虚礼谦恭，走将出去，请唐僧等又至客位坐下，道："老师父莫怪。适间去后面吩咐小徒，教他们挑些青菜、萝卜，安排一顿素斋供养，所以失陪。"三藏道："贫僧素手进拜，怎么敢劳赐斋？"道士笑云："你我都是出家人，见山门就有三升俸粮，何言素手？敢问老师父，是何宝山？到此何干？"三藏道："贫僧乃东土大唐驾下，差往西天大雷音寺取经者。却才路过仙宫，竭诚进拜。"道士闻言，满面生春道："老师乃忠诚大德之佛，小道不知，失于远候。恕罪！恕罪！"叫："童儿，快去换茶来。一厢作速办斋。"

那小童走将进去，众女子招呼他来道："这里有现成好茶，拿出去。"那童子果然将五钟茶拿出。道士连忙双手拿一个红枣儿茶钟奉与唐僧。他见八戒身躯大，就认做大徒弟；沙僧认做二徒弟；见行者身量小，认做三徒弟：所以第四钟才奉与行者。

行者眼乖，接了茶钟，早已见盘子里那茶钟是两个黑枣儿，他道："先生，我与你穿换一杯。"道士笑道："不瞒长老说，山野中贫道士，茶果一时不备。才然在后面亲自寻果子，止有这十二个红枣，做四钟茶奉敬。小道又不可空陪，所以将两个下色枣儿作一杯奉陪。此乃贫道恭敬之意也。"【卓吾评：此段也有光景】行者笑道："说那里话？古人云：'在家不是贫，路上贫杀人。'你是住家儿的，何以言贫！像我们这行脚僧，才是真贫哩。我和你换换。我和你换换。"三藏闻言道："悟空，这仙长实乃爱客之意，你吃了罢，换怎的？"行者无奈，将左手接了，右手盖住，看着他们。

却说那八戒，一则饥，二则渴，原来是食肠大大的，见那钟子里有三个红枣儿，拿起来啯(guō，吞咽声)的都咽在肚里。师父也吃了，沙僧也吃了。一霎时，只见八戒脸上变色，沙僧满眼流泪，唐僧口中吐沫，他们都坐不住，晕倒在地。

这大圣情知是毒，将茶钟手举起来，望道士劈脸一掼。道士将袍袖隔起，当的一声，把个钟子跌得粉碎。道士怒道："你这和尚，十分村卤！怎么把我钟子碎了？"行者骂道："你这畜生！你看我那三个人是怎么说！我与你有甚相干，你却将毒药茶药倒我的人？"道士道："你这个村畜生，闯下祸来，你岂不知？"行者道："我们才进你门，方叙了坐次，道及乡贯，又不曾有个高言，那里闯下甚祸？"道士道："你可曾在盘丝洞化斋么？你可曾在濯垢泉洗澡么？"行者道："濯垢泉乃七个女怪。你既说出这话，必定与他苟合，必定也是妖精！不要走！吃我一棒！"

好大圣，去耳朵里摸出金箍棒，幌一幌，碗来粗细，望道士劈脸打来。那道士急转身躲过，取一口宝剑来迎。他两个厮骂厮打，早惊动那里边的女怪。他七个一拥出来，叫道："师兄且莫劳心，待小妹子拿他。"行者见了，越生嗔怒，双手轮铁棒，丢开解数，滚将进去乱打。只见那七个敞开怀，腆着雪白肚子，脐孔中作出法来，骨都都丝绳乱冒，搭起一个天篷，把行者盖在底下。行者见事不谐，即翻身念声咒语，打个筋斗，扑的撞破天篷走了。忍着性气，淤淤的立在空中看处，见那怪丝绳幌亮，穿穿道道，却是穿梭的经纬，顷刻间，把黄花观的楼台殿阁都遮得无影无形。行者道："利害！利害！早是不曾着他手！怪道猪八戒跌了若干！似这般怎生是好！我师父与师弟却又中了毒药。这伙怪合意同心，却不知是个甚来历，待我还去问那土地神也。"

好大圣，按落云头，捻着诀，念声“唵”字真言，把个土地老儿又拘来了，战兢兢跪下路旁，叩头道：“大圣，你去救你师父的，为何又转来也？”行者道：“早间救了师父，前去不远，遇一座黄花观。我与师父等进去看看，那观主迎接。才叙话间，被他把毒药茶药倒我师父等。我幸不曾吃茶，使棒就打，他却说出盘丝洞化斋、濯垢泉洗澡之事，我就知那厮是怪。才举手相敌，只见那七个女子跑出，吐放丝绳，老孙亏有见识走了。我想你在此间为神，定知他的来历。是个甚么妖精，老实说来，免打！”土地叩头道：“那妖精到此，住不上十年。小神自三年前检点之后，方见他的本相，乃是七个蜘蛛精。他吐那些丝绳，乃是蛛丝。”行者闻言，十分欢喜道：“据你说，却是小可。既这般，你回去，等我作法降他也。”那土地叩头而去。

行者却到黄花观外，将尾巴上毛捋下七十根，吹口仙气，叫“变！”即变做七十个小行者；又将金箍棒吹口仙气，叫“变！”即变做七十个双角叉儿棒。每一个小行者，与他一根。他自家使一根，站在外边，将叉儿搅那丝绳，一齐着力，打个号子，把那丝绳都搅断，【搅断情丝（思）】各搅了有十余斤。里面拖出七个蜘蛛，足有巴斗大的身躯，一个个攒着手脚，索着头，只叫：“饶命！饶命！”此时七十个小行者，按住七个蜘蛛，那里肯放。行者道：“且不要打他，只教还我师父、师弟来。”那怪厉声高叫道：“师兄，还他唐僧，救我命也！”那道士从里边跑出道：“妹妹，我要吃唐僧哩，救不得你了。”行者闻言，大怒道：“你既不还我师父，且看你妹妹的样子！”好大圣，把叉儿棒幌一幌，复了一根铁棒，双手举起，把七个蜘蛛精，尽情打烂，却似七个劖（chán，铲）肉布袋儿，脓血淋淋，却又将尾巴摇了两摇，收了毫毛，单身轮棒，赶入里边来打道士。

那道士见他打死了师妹，心甚不忍，即发狠举剑来迎。这一场各怀忿怒，一个个大展神通。这一场好杀：

妖精轮宝剑，大圣举金箍。都为唐朝三藏，先教七女呜呼。如今大展经纶手，施威弄法逞金吾，大圣神光壮，妖仙胆气粗。浑身解数如花锦，双手腾那似辘轳。乒乓剑棒响，惨淡野云浮。劖（chán，讽刺）言语，使机谋，一来一往如画图。杀得风响沙飞狼虎怕，天昏地暗斗星无。

那道士与大圣战经五六十合，渐觉手软；一时间松了筋节，便解开衣带，忽辣的响一声，脱了皂袍。行者笑道：“我儿子！打不过人，就脱剥了也是不能彀的！”原来这道士剥了衣裳，两手一齐抬起，只见那两胁下有一千只眼，眼中迸放金光，十分利害：

森森黄雾，艳艳金光，森森黄雾，两边胁下似喷云；艳艳金光，千只眼中如放火。

左右却如金桶，东西犹似铜钟。此乃妖仙施法力，道士显神通：幌眼迷天遮日月，罩人爆燥气朦胧；把个齐天孙大圣，困在金光黄雾中。【色迷心窍】

行者慌了手脚，只在那金光影里乱转，向前不能举步，退后不能动脚，却便似在个桶里转的一般。无奈又爆燥不过，他急了，往上着实一跳，却撞破金光，扑的跌了一个倒栽葱；觉道撞的头疼，急伸头摸摸，把顶梁皮都撞软了。自家心焦道："晦气！晦气！这颗头今日也不济了！常时刀砍斧剁，莫能伤损，却怎么被这金光撞软了皮肉？【无欲则刚。金刚一般的心性，在情欲面前却是软的】久以后定要贡脓。纵然好了，也是个破伤风。"一会家爆燥难禁，却又自家计较道："前去不得，后退不得，左行不得，右行不得，往上又撞不得，却怎么好？往下走他娘罢！"

好大圣，念个咒语，摇身一变，变做个穿山甲，又名鲮鲤鳞。真个是：

四只铁爪，钻山碎石如挝粉；满身鳞甲，破岭穿岩似切葱。两眼光明，好便似双星幌亮；一嘴尖利，胜强如钢钻金锥。药中有性穿山甲，俗语呼为鲮鲤鳞。

你看他硬着头，往地下一钻，就钻了有二十余里，方才出头。原来那金光只罩得十余里。出来现了本相，力软筋麻，浑身疼痛，止不住眼中流泪。忽失声叫道："师父啊！

当年秉教出山中，共往西来苦用工。
大海洪波无恐惧，阳沟之内却遭风！"

美猴王正当悲切，忽听得山背后有人啼哭，即欠身揩了眼泪，回头观看。但见一个妇人，身穿重孝，左手托一盏凉浆水饭，右手执几张烧纸黄钱，从那厢一步一声哭着走来。行者点头嗟叹道："正是'流泪眼逢流泪眼，断肠人遇断肠人！'这一个妇人，不知所哭何事，待我问他一问。"那妇人不一时走上路来，迎着行者。行者躬身问道："女菩萨，你哭的是甚人？"妇人噙泪道："我丈夫因与黄花观观主买竹竿争讲，被他将毒药茶药死，我将这陌纸钱烧化，以报夫妇之情。"行者听言，眼中泪下。那妇女见了大怒道："你甚无知！我为丈夫烦恼生悲，你怎么泪眼愁眉，欺心戏我？"

行者躬身道："女菩萨息怒，我本是东土大唐钦差御弟唐三藏大徒弟孙悟空行者。因往西天，行过黄花观歇马。那观中道士，不知是个甚么妖精，他与七个蜘蛛精结为兄妹。蜘蛛精在盘丝洞要害我师父，是我与师弟八戒、沙僧救解得脱。那蜘蛛精走到他这里，背了是非，说我等有欺骗之意。道士将毒药茶药倒我师父、师弟共三人，连马四口，陷在他观里。惟我不曾吃他茶，将茶钟掼碎，他就与我相打。正嚷时，那七个蜘蛛精跑出来吐放丝绳，将我捆住，是我使法力走脱。问及土地，说他本相，我却又使分身法搅绝丝绳，拖出妖来，一顿棒打死。这道士即与他报仇，举宝剑与我相斗。斗经六十回合，他败了阵，随脱了衣裳，两胁下放出千只眼，有万道金光，把我罩定。所以进退两难，才变做一个鲮鲤鳞，从地下钻出来。正自悲切，忽听得你哭，故此相问。因见你为丈夫，有此纸钱报答，我师父丧身，更无一物相酬，所以自怨生悲，岂敢相戏！"

那妇女放下水饭、纸钱，对行者陪礼道："莫怪，莫怪。我不知你是被难者。才据你说将起来，你不认得那道士。他本是个百眼魔君，又唤做多目怪。【正是师徒之心魔】你既然有此变化，脱得金光，战得许久，必定有大神通，却只是还近不得那厮。我教你去请一位圣贤，他能破得金光，降得道士。"行者闻言，连忙唱喏道："女菩萨知此来历，烦为指教指教。果是那位圣贤，我去请来，救我师父之难，就报你丈夫之仇。"妇人道："我就说出来，你去请他，降了道士，只可报仇而已，恐不能救你师父。"行者道："怎不能救？"妇人道："那厮毒药最狠。药倒人，三日之间，骨髓俱烂。你此往回恐迟了，故不能救。"行者道："我会走路，凭他多远，千里只消半日。"女子道："你既会走路，听我说：此处到那里有千里之遥。那厢有一座山，名唤紫云山。山中有个千花洞。【卓吾评：好洞名】洞里有位圣贤，唤做毗蓝婆。他能降得此怪。"行者道："那山坐落何方？却从何方去？"女子用手指定道："那直南上便是。"行者回头看时，那女子早不见了。

行者慌忙礼拜道："是那位菩萨？我弟子钻昏了，不能相识，千乞留名，好谢！"只见那半空中叫道："大圣，是我。"行者急抬头看处，原是黎山老姆，赶至空中谢道："老姆从何来指教我也？"老姆道："我才自龙华会上回来，见你师父有难，假做孝妇，借夫丧之名，特来相救。你快去请他，但不可说出是我指教，那圣贤有些多怪人。"

行者谢了。辞别，把筋斗云一纵，随到紫云山上。按定云头，就见那千花洞。那洞外：

青松遮胜境，翠柏绕仙居。
绿柳盈山道，奇花满涧渠。
香兰围石屋，芳草映岩嵎。
流水连溪碧，云封古树虚。
野禽声聒聒，幽鹿步徐徐。
修竹枝枝秀，红梅叶叶舒。
寒鸦栖古树，春鸟噪高樗。
夏麦盈田广，秋禾遍地余。
四时无叶落，八节有花如。

每生瑞霭连霄汉，常放祥云接太虚。

这大圣喜喜欢欢走将进去，一程一节，看不尽无边的景致。直入里面，更没个人儿，见静静悄悄的，鸡犬之声也无，心中暗道："这圣贤想是不在家了。"又进数里看时，见一个女道姑坐在榻上。你看他怎生模样：

头戴五花纳锦帽，身穿一领织金袍。
脚踏云尖凤头履，腰系攒丝双穗绦。
面似秋容霜后老，声如春燕社前娇。
腹中久谙三乘法，心上常修四谛饶。
悟出空空真正果，炼成了了自逍遥。
正是千花洞里佛，毗蓝菩萨姓名高。

行者止不住脚，近前叫道："毗蓝婆菩萨，问讯了。"那菩萨即下榻，合掌回礼道："大圣，失迎了，你从那里来的？"行者道："你怎么就认得我是大圣？"毗蓝婆道："你当年大闹天宫时，普地里传了你的名头，谁人不知，那个不识？"行者道："正是'好事不出门，恶事传千里。'像我如今皈正佛门，你就不晓得了！"毗蓝道："几时皈正？恭喜！恭喜！"行者道："近能脱命，保师父唐僧上西天取经，师父遇黄花观道士，将毒药茶药倒。我与那厮赌斗，他就放金光罩住我，是我使神通走脱了。闻菩萨能灭他的金光，特来拜请。"菩萨道："是谁与你说的？我自赴了盂兰会，到今三百余年，不曾出门。我隐姓埋名，更无一人知得，你却怎么得知？"行者道："我是个地里鬼，不管那里，自家都会访着。"毗蓝道："也罢，也罢。我本当不去，奈蒙大圣下临，不可灭了求经之善，我和你去来。"

行者称谢了，道："我忒无知，擅自催促，但不知曾带甚么兵器。"菩萨道："我有个绣花针儿，能破那厮。"行者忍不住道："老姆误了我，早知是绣花针，不须劳你，就问老孙要一担也是有的。"毗蓝道："你那绣花针，无非是钢铁金针，用不得。我这宝贝，非钢，非铁，非金，乃我小儿日眼里炼成的。"行者道："令郎是谁？"毗蓝道："小儿乃昴日星官。"行者惊骇不已。早望见金光艳艳，即回向毗蓝道："金光处便是黄花观也。"毗蓝随于衣领里取出一个绣花针，似眉毛粗细，有五六分长短，拈在手，望空抛去。少时间，响一声，破了金光。行者喜道："菩萨，妙哉，妙哉！寻针，寻针！"毗蓝托在手掌内道："这不是？"

行者却同按下云头，走入观里，只见那道士合了眼，不能举步。行者骂道："你这泼怪装瞎子哩！"耳朵里取出棒来就打。毗蓝扯住道："大圣莫打，且看你师父去。"行者径至后面客位里看时，他三人都睡在地上吐痰吐沫哩。行者垂泪道："却怎么好！却怎么好！"毗蓝道："大圣休悲，也是我今日出门一场，索性积个阴德。我这里有解毒丹，送你三丸。"行者转身拜求。那菩萨袖中取出一个破纸包儿，内将三粒红丸子递与行者，教放入口里。行者把药扳开他们牙关，每人摁了一丸。须臾，药味入腹，便就一齐呕哕，遂吐出毒味，得了性命。

那八戒先爬起道："闷杀我也！"三藏、沙僧俱醒了道："好晕也！"行者道："你们那茶里中了毒了。亏这毗蓝菩萨搭救，快都来拜谢。"三藏欠身整衣谢了。八戒道："师兄，那道士在那里？等我问他一问，为何这般害我！"行者把蜘蛛精上项事说了一遍。八戒发狠道："这厮既与蜘蛛为姊妹，定是妖精！"行者指道："他在那殿外立定装瞎子哩。"八戒拿钯就筑，又被毗蓝止住道："天蓬息怒。大圣知我洞里无人，待我收他去看守门户也。"行者道："感蒙大德，岂不奉承！但只是教他现本象，我们看看。"毗蓝道："容易。"即上前用手一指，那道士扑的倒在尘埃，现了原身，乃是一条七尺长短的大蜈蚣精。毗蓝使小指头挑起，驾祥云，径转千花洞去。八戒打仰道："这妈妈儿却也利害，怎么就降这般恶物？"行者笑道："我问他有甚兵器破他金光，他道有个绣花针儿，是他儿子在日眼里炼的。及问他令郎是谁，他道是昴日星官。我想昴日星是只公鸡，这老妈妈子必定是个母鸡。鸡最能降蜈蚣，所以能收伏也。"

三藏闻言，顶礼不尽。教："徒弟们，收拾去罢。"那沙僧即在里面寻了些米粮，安排了些斋，俱饱餐一顿。牵马挑担，请师父出门。行者从他厨中放了一把火，把一座观霎时烧得煨烬，却拽步长行。正是：唐僧得命感毗蓝，了性消除多目怪。毕竟向前去还有甚么事体，且听下回分解。

【卓吾评：蜈蚣前号"百眼魔君"，后来却成瞎子。使尽聪明，到底成个大呆子也。此喻最妙。

七个大蜘蛛，一条老蜈蚣，人以为怪矣，毒矣，岂知不过是你妄心别号，切不可看在外边也】

【至此脱离朱紫国境，包含小雷音、小西天、朱紫国、盘丝岭和黄花观四个故事。就像朱、紫难以分辨，人对眼前的幻觉、心中的幻觉、行善和遭难时亦正亦邪的心理动机都难以分辨，这是取经以来途径各国义理中最难分辨的一组。当然，难度在下文继续加大。如果落实到《心经》，这一组故事是对"色受想行识""五蕴皆空"的一次总结，侧重"识"。与祭赛国的对立明显的"识"不同，朱紫国强调难以分辨的"识"】

第七十四回　长庚传报魔头狠　行者施为变化能

【本难主题为恐怖心。在所有痛苦中，恐怖心最难克服，导致的痛苦最深，故《心经》提到的苦难归结于恐怖心。本难也是本书的一个小高潮，情节反反复复，最为波折，魔头法力最强，以致需佛祖亲临。本回以三吓唐僧为引子，引出恐怖心魔】

情欲原因总一般，有情有欲自如然。
沙门修炼纷纷士，断欲忘情即是禅。
须着意，要心坚，一尘不染月当天。
行功进步休教错，行满功完大觉仙。

【有情有欲都是人之常情，只是小心莫变成多目怪，莫陷入情牢欲网】

话表三藏师徒们打开欲网，跳出情牢，放马西行。【卓吾评：劈头"打开欲网，跳出情牢"八个字，极妙！可惜世人自投欲网，占住情牢耳】走不多时，又是夏尽秋初，新凉透体。但见那：

急雨收残暑，梧桐一叶惊。
萤飞莎径晚，蛩(qióng，蟋蟀)语月华明。
黄葵开映露，红蓼遍沙汀。
蒲柳先零落，寒蝉应律鸣。

三藏正然行处，忽见一座高山，峰插碧空，真个是摩星碍日。长老心中害怕，【一吓唐僧】叫悟空道："你看前面这山，十分高耸，但不知有路通行否。"行者笑道："师父说那里话。自古道：'山高自有客行路，水深自有渡船人。'岂无通达之理？可放心前去。"长老闻言，喜笑花生，扬鞭策马而进，径上高岩。

行不数里，见一老者，鬓蓬松，白发飘搔；须稀朗，银丝摆动；项挂一串数珠子，手持拐杖现龙头；远远的立在那山坡上高呼："西进的长老，且暂住骅骝，紧兜玉勒。这山上有一伙妖魔，吃尽了阎浮世上人，【除了恐怖心魔，没有任何东西能"吃尽了阎浮世上人"，后文吃尽一城人，也是人人都活在恐怖之中的意思】不可前进！"三藏闻言，大惊失色。一是马的足下不平，二是坐个雕鞍不稳，扑的跌下马来，挣挫不动，睡在草里哼哩。【二吓唐僧】行者近前搀起道："莫怕，莫怕！有我哩！"长老道："你听那高岩上老者，报道这山上有伙妖魔，吃尽阎浮世上人，谁敢去问他一个真实端的?”行者道:“你且坐地,等我去问他。”三藏道:“你的相貌丑陋,言语粗俗,怕冲撞了他,问不出个实信。”行者笑道:“我变个俊些儿的去问他。”三藏道:“你是变了我看。”好大圣,捻着诀,摇身一变,变做个干干净净的小和尚儿,真个是目秀眉清,头圆脸正;行动有斯文之气象,开口无俗类之言辞;抖一抖绵衣直裰,拽步上前。向唐僧道:“师父,我可变得好么?”三藏见了大喜道:“变得好!”八戒道:“怎么不好!只是把我们都比下去了。老猪就滚上二三年,也变不得这等俊俏!”

好大圣,躲离了他们,径直近前对那老者躬身道:“老公公,贫僧问讯了。”那老儿见他生得俊雅,年少身轻,待答不答的,还了他个礼,用手摸着他头儿,笑嘻嘻问道:“小和尚,你是那里来的?”行者道:“我们是东土大唐来的,特上西天拜佛求经。适到此间,闻得公公报道有妖怪,我师父胆小怕惧,着我来问一声:端的是甚妖精,他敢这般短路!烦公公细说与我知之,我好把他贬解(押解)起身。”那老儿笑道:“你这小和尚年幼,不知好歹,言不帮衬。那妖魔神通广大得紧,怎敢就说贬解他起身?”行者笑道:“据你之言,似有护他之意,必定与他有亲,或是紧邻契友。不然,怎么长他的威智,兴他的节概,不肯倾心吐胆说他个来历?”公公点头笑道:“这和尚倒会弄嘴!【卓吾评:如今和尚,那个不会弄嘴?】想是跟你师父游方,到处儿学些法术,或者会驱缚魍魉,与人家镇宅降邪,你不曾撞见十分狠怪哩!”行者道:“怎的狠?”公公道:“那妖精一封书到灵山,五百阿罗都来迎接;一纸简上天宫,十一大曜个个相钦。四海龙曾与他为友,八洞仙常与他作会,十地阎君以兄弟相称,社令、城隍以宾朋相爱。”【这些都是悟空之作为,暗示悟空心魔】

大圣闻言,忍不住呵呵大笑,用手扯着老者道:“不要说!不要说!那妖精与我后生小厮为兄弟、朋友,也不见十分高作。若知是我小和尚来啊,他连夜就搬起身去了!”公公道:“你这小和尚胡说!不当人子!那个神圣是你的后生小厮?”行者笑道:“实不瞒你说。我小和尚祖居傲来国花果山水帘洞,姓孙,名悟空。当年也曾做过妖精,干过大事。曾因会众魔,多饮了几杯酒睡着,梦中见二人将批勾我去到阴司。一时怒发,将金箍棒打伤鬼判,唬倒阎王,几乎掀翻了森罗殿。吓得那掌案的判官拿纸,十阎王佥名画字,教我饶他打,情愿与我做后生小厮。”【卓吾评:会说梦话】那公公闻说道:“阿弥陀佛!这和尚说了这过头话,莫想再长得大了。”行者道:“官儿,似我这般大也彀了。”公公道:“你年几岁了?”行者道:“你猜猜看。”老者道:“有七八岁罢了。”行者笑道:“有一万个七八岁!我把旧嘴脸拿出来你看看,你即莫怪。”公公道:“怎么又有个嘴脸?”行者道:“不瞒你说我小和尚有七十二副嘴脸哩。”【卓吾评:如今和尚嘴脸更多】

那公公不识窍，只管问他。他就把脸抹一抹，即现出本象，咨牙倈嘴，两股通红，腰间系一条虎皮裙，手里执一根金箍棒，立在石崖之下，就像个活雷公。那老者见了，吓得面容失色，腿脚酸麻，站不稳，扑的一跌；爬起来，又一个蠬踵(lóng zhòng，踉跄欲跌貌)。大圣上前道："老官儿，不要虚惊。我等面恶人善。莫怕！莫怕！适间蒙你好意，报有妖魔。委的有多少怪，一发累你说说，我好谢你。"那老者战战兢兢，口不能言，又推耳聋，一句不应。

行者见他不言，即抽身回坡。长老道："悟空，你来了？所问如何？"行者笑道："不打紧！不打紧！西天有便有个把妖精儿，只是这里人胆小，把他放在心上。没事，没事！有我哩！"长老道："你可曾问他此处是甚么山，甚么洞，有多少妖怪，那条路通得雷音？"八戒道："师父，莫怪我说。若论赌变化，使促掐，捉弄人，我们三五个也不如师兄；若论老实相，师兄就摆一队伍，也不如我。"唐僧道："正是！正是！你还老实。"八戒道："他不知怎么钻过头不顾尾的，问了两声，不尴不尬的就跑回来了。等老猪去问他个实信来。"唐僧道："悟能，你仔细着。"

好呆子，把钉钯撒在腰里，整一整皂直裰，扭扭捏捏，奔上山坡，对老者叫道："公公，唱喏了。"那老儿见行者回去，方拄着杖挣得起来，战战兢兢的要走，忽见八戒，愈觉惊怕道："爷爷呀！今夜做的甚么恶梦，遇着这伙恶人！为先的那和尚丑便丑，还有三分人相；这个和尚，怎么这等个碓梃嘴，蒲扇耳朵，铁片脸，毧(róng，细毛)毛颈项，一分人气儿也没有了！"【卓吾评：如今没人气遍地多】八戒笑道："你这老公公不高兴，有些儿好褒贬人，你是怎的看我哩？丑便丑，奈看，再停一时就俊了。"那老者见他说出人话来，只得开言问他："你是那里来的？"八戒道："我是唐僧第二个徒弟，法名叫做悟能八戒。才自先问的，叫做悟空行者，是我师兄。师父怪他冲撞了公公，不曾问得实信，所以特着我来拜问。此处果是甚山、甚洞？洞里果是甚妖精？那里是西去大路？烦公公指示指示。"老者道："可老实么？"八戒道："我生平不敢有一毫虚的。"老者道："你莫像才来的那个和尚走花弄水的胡缠。"八戒道："我不像他。"

公公拄着杖，对八戒说："此山叫做八百里狮驼岭，中间有座狮驼洞，洞里有三个魔头。"八戒啐了一声："你这老儿却也多心！三个妖魔，也费心劳力的来报遭信！"公公道："你不怕么？"八戒道："不瞒你说。这三个妖魔，我师兄一棍就打死一个，我一钯就筑死一个；我还有个师弟，他一降妖杖又打死一个。三个都打死，我师父就过去了，有何难哉！"那老者笑道："这和尚不知深浅！那三个魔头，神通广大得紧哩！他手下小妖，南岭上有五千，北岭上有五千；东路口有一万，西路口有一万；

巡哨的有四五千，把门的也有一万；烧火的无数，打柴的也无数，共计算有四万七八千。【悟空在花果山正有四万七千妖众】这都是有名字带牌儿的，专在此吃人。”

那呆子闻得此言，战兢兢跑将转来，相近唐僧，且不回话，放下钯，在那里出恭。行者见了，喝道：“你不回话，却蹲在那里怎的？”八戒道：“唬出屎来了！如今也不消说，赶早儿各自顾命去罢！”行者道：“这个呆根！我问信偏不惊恐，你去问就这等慌张失智！”长老道：“端的何如？”八戒道：“这老儿说此山叫做八百里狮驼山，中间有座狮驼洞，洞里有三个老妖，有四万八千小妖，专在那里吃人。我们若躧着他些山边儿，就是他口里食了，莫想去得！”三藏闻言，战兢兢，【三吓唐僧】毛骨悚然道：“悟空，如何是好？”行者笑道：“师父放心，没大事。想是这里有便有几个妖精，只是这里人胆小，把他就说出许多人，许多大，所以自惊自怪。有我哩！”八戒道：“哥哥说的是那里话！我比你不同：我问的是实，决无虚谬之言。满出满谷都是妖魔，怎生前进？”行者笑道：“呆子嘴脸，不要虚惊！若论满山满谷之魔，只消老孙一路棒，半夜打个罄尽！”八戒道：“不羞！不羞！莫说大话！那些妖精点卯也得七八日，怎么就打得罄尽？”行者道：“你说怎样打？”八戒道：“凭你抓倒，捆倒，使定身法定倒，也没有这等快的。”行者笑道：“不用甚么抓拿捆缚。我把这棍子两头一扯，叫‘长！’就有四十丈长短；幌一幌，叫‘粗！’就有八丈围圆粗细。往山南一滚，滚杀五千；山北一滚，滚杀五千；从东往西一滚，只怕四五万砑做肉泥烂酱！”八戒道：“哥哥，若是这等赶面打，或者二更时也都了了。”沙僧在旁笑道：“师父，有大师兄恁样神通，怕他怎的！请上马走啊。”唐僧见他们讲论手段，没奈何，只得宽心上马而走。

正行间，不见了那报信的老者。沙僧道：“他就是妖怪，故意狐假虎威的来传报，恐唬我们哩。”行者道：“不要忙，等我去看看。”好大圣，跳上高峰，四顾无迹。急转面，见半空中有彩霞幌亮，即纵云赶上看时，乃是太白金星。走到身边，用手扯住，口口声声只叫他的小名道：“李长庚！李长庚！你好惫懒！有甚话，当面来说便好，怎么装做个山林之老，魇样混我！”金星慌忙施礼道：“大圣，报信来迟，乞勿罪！乞勿罪！这魔头果是神通广大，势要峥嵘，只看你挪移变化，乖巧机谋，可便过去；如若怠慢些儿，其实难去。”行者谢道：“感激！感激！果然此处难行，望老星上界与玉帝说声，借些天兵帮助老孙帮助。”金星道：“有！有！有！你只口信带去，就是十万天兵，也是有的。”【刚说了妖精写信能招天兵】

大圣别了金星，按落云头，见了三藏道：“适才那个老儿，原是太白星来与我们报信的。”长老合掌道：“徒弟，快赶上他，问他那里另有个路，我们转了去罢。”行者道：“转不得。此山径过有八百里，四周围不知更有多少路哩。怎么转得？”三藏闻言，止不住眼中流泪道："徒弟，似此艰难，怎生拜佛！"行者道："莫哭！莫哭！一哭便脓包行了！他这报信，必有几分虚话，只是要我们着意留心，诚所谓'以告者，过也。'你且下马来坐着。"八戒道："又有甚商议？"行者道："没甚商议。你且在这里用心保守师父。沙僧好生看守行李、马匹，等老孙先上岭打听打听，看前后共有多少妖怪，拿住一个，问他个详细，教他写个执结，开个花名，把他老老小小，一一查明，吩咐他关了洞门，不许阻路，却请师父静静悄悄的过去，方显得老孙手段！"沙僧只教："仔细！仔细！"行者笑道："不消嘱咐。我这一去，就是东洋大海也荡开路，就是铁裹银山也撞透门！"【当有此心性】

好大圣，唿哨一声，纵筋斗云，跳上高峰。扳藤负葛，平山观看，那山里静悄无人。忽失声道："错了！错了！不该放这金星老儿去了。他原来恐唬我，这里那有个甚么妖精！他就出来跳风顽耍，必定拈枪弄棒，操演武艺，如何没有一个？……"正自家揣度，只听得山背后，叮叮当当、辟辟剥剥，梆铃之声。急回头看处，原来是个小妖儿，掮着一杆"令"字旗，腰间悬着铃子，手里敲着梆子，从北向南而走。仔细看他，有一丈二尺的身子。行者暗笑道："他必是个铺兵，想是送公文下报帖的。且等我去听他一听，看他说些甚话。"

好大圣，捻着诀，念个咒，摇身一变，变做个苍蝇儿，轻轻飞在他帽子上，侧耳听之。只见那小妖走上大路，敲着梆，摇着铃，口里作念道："我等寻山的，各人要谨慎堤防孙行者：他会变苍蝇！"【卓吾评：妙】行者闻言，暗自惊疑道："这厮看见我了；若未看见，怎么就知我的名字，又知我会变苍蝇！……"原来那小妖也不曾见他，只是那魔头不知怎么就吩咐他这话，却是个谣言，着他这等胡念。行者不知，反疑他看见，就要取出棒来打他，却又停住，暗想道："曾记得八戒问金星时，他说老妖三个，小妖有四万七八千名。似这小妖，再多几万，也不打紧，却不知这三个老魔有多大手段……等我问他一问，动手不迟。"

好大圣！你道他怎么去问？跳下他的帽子来，钉在树头上，让那小妖先行几步，急转身腾那，也变做个小妖儿，照依他敲着梆，摇着铃，掮着旗，一般衣服，只是比他略长了三五寸，口里也那般念着，【卓吾评：猴】赶上前叫道："走路的，等我一等。"那小妖回头道："你是那里来的？"行者笑道："好人呀！一家人也不认得！"【卓吾评：妙】小妖道："我家没你呀。"行者道："怎的没我？你认认看。"小妖道："面生，认不得！认不得！"行者道："可知道面生，我是烧火的，你会得我少。"小妖摇头道："没有！没有！我洞里就是烧火的那些兄弟，也没有这个嘴尖的。"行者暗想道："这个嘴好的变尖了些了。"即低头，把手侮着嘴揉一揉道："我的嘴不尖啊。"真个就不尖了。【卓吾评：猴】那小妖道："你刚才是个尖嘴，怎么揉一揉就不尖了？疑惑人子！大不好认！不是我一家的！少会，少会！可疑，可疑！我那大王家法甚严，烧火的只管烧火，巡山的只管巡山，终不然教你烧火，又教你来巡山？"行者口乖，就趁过来道："你不知道。大王见我烧得火好，就升我来巡山。"小妖道："也罢！我们这巡山的，一班有四十名，十班共四百名，各自年貌，各自名色。大王怕我们乱了班次，不好点卯，一家与我们一个牌儿为号。你可有牌儿？"行者只见他那般打扮，那般报事，遂照他的模样变了；因不曾看见他的牌儿，所以身上没有。

好大圣，更不说没有，就满口应承道："我怎么没牌？但只是刚才领的新牌。拿你的出来我看。"那小妖那里知这个机括，即揭起衣服，贴身带着个金漆牌儿，穿条绒线绳儿，扯与行者看看。行者见那牌背是个"威镇诸魔"的金牌，正面有三个真字，是"小钻风"，他却心中暗想道："不消说了！但是巡山的，必有个'风'字坠脚。"【卓吾评：乖猴】便道："你且放下衣走过，等我拿牌儿你看。"即转身，插下手，将尾巴梢儿的小毫毛拔下一根，捻他一把，叫"变！"即变做个金漆牌儿，也穿上个绿绒绳儿，上书三个真字，乃"总钻风"，拿出来，递与他看了。小妖大惊道："我们都叫做个小钻风，偏你又叫做个甚么'总钻风'！"行者干事找绝，说话合宜，就道："你实不知。大王见我烧得火好，把我升个巡风；又与我个新牌，叫做'总巡风'，教我管你这一班四十名兄弟也。"【卓吾评：妙猴】那妖闻言，即忙唱喏道："长官，长官，新点出来的，实是面生。言语冲撞，莫怪！"行者还着礼笑道："怪便不怪你，只是一件，见面钱却要哩！每人拿出五两来罢。"【卓吾评：妙，妙】小妖道："长官不要忙，待我向南岭头会了我这一班的人，一总打发罢。"行者道："既如此，我和你同去。"那小妖真个前走，大圣随后相跟。

不数里，忽见一座笔峰。何以谓之笔峰？那山头上长出一条峰来，约有四五丈高，如笔插在架上一般，故以为名。行者到边前，把尾巴掬一掬，跳上去坐在峰尖儿上，叫道："钻风！都过来！"【卓吾评：妙，妙】那些小钻风在下面躬身道："长官，伺候。"行者道："你可知大王点我出来之故？"小妖道："不知。"行者道："大王要吃唐僧，只怕孙行者神通广大，说他会变化，只恐他变作小钻风，来这里躧着路径，打探消息，把我升作总钻风，来查勘你们这一班可有假的。"【卓吾评：猴】小钻风连声应道："长官，我们俱是真的。"行者道："你既是真的，大王有甚本事，你可晓得？"【卓吾评：妙猴，妙猴，胆智双绝】小钻风道："我晓得。"行者道："你晓得，快说来我听。如若说得合着我，便是真的；若说差了一些儿，便是假的，我定拿去见大王处治。"【卓吾评：妙，妙】

那小钻风见他坐在高处，弄獐弄智(装模作样)，呼呼喝喝的，没奈何，只得实说道："我大王神通广大，本事高强，一口曾吞了十万天兵。"行者闻说，吐出一声道："你是假的！"小钻风慌了，道："长官老爷，我是真的，怎么说是假的？"行者道："你既是真的，如何胡说！大王身子能有多大，一口都吞了十万天兵？"小钻风道："长官原来不知，我大王会变化：要大能撑天堂，要小就如菜子。因那年王母娘娘设蟠桃大会，邀请诸仙，他不曾具柬来请。我大王意欲争天，被玉皇差十万天兵来降我大王：是我大王变化法身，张开大口，似城门一般，【卓吾评：此样口，今世上极多】用力吞将去，唬得众天兵不敢交锋，关了南天门：故此是一口曾吞十万兵。"【这是讲大闹天宫的往事】行者闻言，暗笑道："若是讲手头之话，老孙也曾干过。"又应声道："二大王有何本事？"小钻风道："二大王身高三丈，卧蚕眉，丹凤眼，美人声，匾担牙，鼻似蛟龙。若与人争斗，只消一鼻子卷去，就是铁背铜身，也就魂亡魄丧！"【此暗指悟空金箍棒】行者道："鼻子卷人的妖精也好拿。"又应声道："三大王也有几多手段？"小钻风道："我三大王不是凡间之怪物，名号云程万里鹏，行动时，抟风运海，振北图南。【暗指筋斗云。你有多厉害，你的心魔就有多厉害】随身有一件儿宝贝，唤做'阴阳二气瓶'。【阴阳二气，生化万物，极言恐怖心之威力】假若是把人装在瓶中，一时三刻，化为浆水。"行者听说，心中暗惊道："妖魔倒也不怕，只是仔细防他瓶儿。"又应声道："三个大王的本事，你倒也说得不差，与我知道的一样；【卓吾评：妙，妙】但只是那个大王要吃唐僧哩？"小钻风道："长官，你不知道？"行者喝道："我比你不知些儿！因恐汝等不知底细，吩咐我来着实盘问你哩！"小钻风道："我大大王与二大王久住在狮驼岭狮驼洞。三大王不在这里住，他原住处离此西下有四百里远近。那厢有座城，唤做狮驼国。他五百年前吃了这城国王及文武官僚，满城大小男女也尽被他吃了干净，因此上夺了他的江山。如今尽是些妖怪。【恐怖心在世上作恶久矣。所谓一城人吃个干净，是说所有人都生活在恐惧之中】不知那一年打听得东土唐朝差一个僧人去西天取经，说那唐僧乃十世修行的好人，有人吃他一块肉，就延寿长生不老。只因怕他一个徒弟孙行者十分利害，自家一个难为，径来此处与我这两个大王结为兄弟，合意同心，打伙儿捉那个唐僧也。"

行者闻言，心中大怒道："这泼魔十分无礼！我保唐僧成正果，他怎么算计要吃我的人！"恨一声，咬响钢牙，掣出铁棒，跳下高峰，把棍子望小妖头上砑了一砑，可怜，就砑得像一个肉陀！自家见了，又不忍道："咦！他倒是个好意，把些家常话儿都与我说了，我怎么却这一下子就结果了他？也罢，也罢！左右是左右！"好大圣，只为师父阻路，没奈何干出这件事来。就把他牌儿解下，带在自家腰里，将"令"字旗揹在背上，腰间挂了铃，手里敲着梆子，迎风捻个诀，口里念个咒语，摇身一变，变的就像小钻风模样；拽回步，径转旧路，找寻洞府，去打探那三个老妖魔的虚实。这正是：千般变化美猴王，万样腾那真本事。

闯入深山，依着旧路，正走处，忽听得人喊马嘶之声，即举目观之，原来是狮驼洞口，有万数小妖排列着枪刀剑戟，旗帜旌旄。这大圣心中暗喜道："李长庚之言，真是不妄！真是不妄！"原来这摆列的有些路数：二百五十名作一大队伍。他只见有四十名杂彩长旗，迎风乱舞，就知有万名人马，却又自揣自度道："老孙变作小钻风，这一进去，那老魔若问我巡山的话，我必随机答应。倘或一时言语差讹，认得我啊，怎生脱体？就要往外跑时，那伙把门的挡住，如何出得门去？——要拿洞里妖王，必先除了门前众怪！"你道他怎么除得众怪？好大圣，想着："那老魔不曾与我会面，就知我老孙的名头，我且倚着我的这个名头，仗着威风，说些大话，吓他一吓看。果然中土众僧有缘有分，取得经回，这一去，只消我几句英雄之言，就吓退那门前若干之怪；假若众僧无缘无分，取不得真经啊，就是纵然说得莲花现，也除不得西方洞外精。"心问口，口问心，思量此计，敲着梆，摇着铃，径直闯到狮驼洞口，早被前营上小妖挡住道："小钻风来了？"行者不应，低着头就走。

走至二层营里，又被小妖扯住道："小钻风来了？"行者道："来了。"众妖道："你今早巡风去，可曾撞见甚么孙行者么？"行者道："撞见的，正在那里磨扛子哩。"众妖害怕道："他怎么个模样？磨甚么扛子？"行者道："他蹲在那涧边，还似个开路神；若站起来，好道有十数丈长！手里拿着一条铁棒，就似碗来粗细的一根大扛子，在那石崖上抄一把水，磨一磨，口里又念着：'扛子啊！这一向不曾拿你出来显显神通，这一去就有十万妖精，也都替我打死！等我杀了那三个魔头祭你！'他要磨得明了，先打死你门前一万精哩！"【卓吾评：妙，妙】那些小妖闻得此言，一个个心惊胆战，魂散魄飞。行者又道："列位，那唐僧的肉也不多几斤，也分不到我处，我们替他顶这个缸怎的！不如我们各自散一散罢。"【卓吾评：妙，妙】众妖都道："说得是。我们各自顾命去来。"假若是些军民人等，服了圣化，就死也不敢走。原来此辈都是些狼虫虎豹，走兽飞禽，呜的一声，都哄然而去了。这个倒不像孙大圣几句铺头话，却就如楚歌声吹散了八千兵！行者暗自喜道："好了！老妖是死了！闻言就走，怎敢觌面(dí miàn，当面)相逢？这进去还似此言方好；若说差了，才这伙小妖有一两个倒走进去听见，却不走了风讯？……"你看他存心来古洞，仗胆入深门。毕竟不知见那个老魔头有甚吉凶，且听下回分解。

第七十五回　心猿钻透阴阳窍　魔王还归大道真

【本回讲悟空用三种办法破除恐怖心，一是吓唬对方，二是钻透机关，三是心意相通(被吃到肚中)。恐怖心大多都是自己吓唬自己，观照内心，看清它产生的缘由和运作的方式，就离破除恐怖心不远了】

却说孙大圣进于洞口，两边观看。只见：

骷髅若岭，骸骨如林。人头发躧(xǐ，践踏；摧毁)成毡片，人皮肉烂作泥尘。人筋缠在树上，干焦晃亮如银。真个是尸山血海，果然腥臭难闻。东边小妖，将活人拿了剐肉；西下泼魔，把人肉鲜煮鲜烹。若非美猴王如此英雄胆，第二个凡夫也进不得他门。

不多时，行入二层门里看时，呀！这里却比外面不同：清奇幽雅，秀丽宽平；左右有瑶草仙花，前后有乔松翠竹。又行七八里远近，才到三层门。闪着身，偷着眼看处，那上面高坐三个老妖，十分狞恶。

中间的那个生得：

凿牙锯齿，圆头方面。声吼若雷，眼光如电。仰鼻朝天，赤眉飘焰。但行处，百兽心慌；若坐下，群魔胆战。这一个是兽中王，青毛狮子怪。

左手下那个生得：

凤目金睛，黄牙粗腿。长鼻银毛，看头似尾。圆额皱眉，身躯磊磊。细声如窈窕佳人，玉面似牛头恶鬼。这一个是藏齿修身多年的黄牙老象。

右手下那一个生得：

金翅鲲头，星睛豹眼。振北图南，刚强勇敢。变生翱翔，鷃笑龙惨。抟风翮(hé，指鸟的翅膀)百鸟藏头，舒利爪诸禽丧胆。这个是云程九万的大鹏雕。

那两下列着有百十大小头目，一个个全装披挂，介胄整齐，威风凛凛，杀气腾腾。行者见了，心中欢喜。一些儿不怕，大踏步，径直进门，把梆铃卸下，朝上叫声“大王。”三个老魔，笑呵呵问道：“小钻风，你来了？”行者应声道：“来了。”——“你去巡山，打听孙行者的下落何如？”行者道：“大王在上，我也不敢说起。”老魔道：“怎么不敢说？”行者道：“我奉大王命，敲着梆铃，正然走处，猛抬头，只看见一个人，蹲在那里磨扛子，还像个开路神，若站将起来，足有十数丈长短。他就着那涧崖石上，抄一把水，磨一磨，口里又念一声，说他那扛子到此还不曾显个神通，他要磨明，就来打大王。我因此知他是孙行者，特来报知。”

那老魔闻此言，浑身是汗，唬得战呵呵的道：“兄弟，我说莫惹唐僧。他徒弟神通广大，预先作了准备，磨棍打我们，却怎生是好？”教：“小的们，把洞外大小俱叫进来，关了门，让他过去罢。”那头目中有知道的报：“大王，门外小妖已都散了。”老魔道：“怎么都散了？想是闻得风声不好也。快早关门！快早关门！”众妖乒乓把前后门尽皆牢拴紧闭。

行者自心惊道：“这一关了门，他再问我家长里短的事，我对不来，却不弄走了风，被他拿住？且再唬他一唬，教他开着门，好跑。”又上前道：“大王，他还说得不好。”老魔道：“他又说甚么？”行者道：“他说拿大大王剥皮，二大王剐骨，三大王抽筋。你们若关了门不出去啊，他会变化，一时变了个苍蝇儿，自门缝里飞进，把我们都拿出去，却怎生是好？”老魔道：“兄弟们仔细。我这洞里递年家没个苍蝇，但是有苍蝇进来，就是孙行者。”行者暗笑道：“就变个苍蝇唬他一唬，好开门。”大圣闪在旁边，伸手去脑后拔了一根毫毛，吹一口仙气，叫“变！”即变做一个金苍蝇，飞去望老魔劈脸撞了一头。那老怪慌了道：“兄弟！不停当！那话儿进门来了！”惊得那大小群妖，一个个丫钯（叉草用的农具）扫帚，都上前乱扑苍蝇。

这大圣忍不住，𢿱𢿱（xī xī，象声词，犹“嘻嘻”）的笑出声来。干净他不宜笑，这一笑笑出原嘴脸来了，却被那第三个老妖魔，跳上前一把扯住道：“哥哥，险些儿被他瞒了！”老魔道：“贤弟，谁瞒谁？”三怪道：“刚才这个回话的小妖，不是小钻风，他就是孙行者。必定撞见小钻风，不知是他怎么打杀了，却变化来哄我们哩。”行者慌了道：“他认得我了！”即把手摸摸，对老怪道：“我怎么是孙行者？我是小钻风，大王错认了。”老魔笑道：“兄弟，他是小钻风。他一日三次在面前点卯，我认得他。”又问：“你有牌儿么？”行者道：“有。”掳着衣服，就拿出牌子。老怪一发认实道：“兄弟，莫屈了他。”三怪道：“哥哥，你不曾看见他？他才子闪着身，笑了一声，我见他就露出个雷公嘴来。见我扯住时，他又变作个这等模样。”叫：“小的们，拿绳来！”众头目即取绳索。三怪把行者扳翻倒，四马攒蹄捆住；揭起衣裳看时，足足是个弼马温。原来行者有七十二般变化，若是变飞禽、走兽、花木、器皿、昆虫之类，却就连身子滚去了；但变人物，却只是头脸变了，身子变不过来。果然一身黄毛，两块红股，一条尾巴。老妖看着道：“是孙行者的身子，小钻风的脸皮，是他了！”教：“小的们，先安排酒来，与你三大王递个得功之杯。既拿倒了孙行者，唐僧坐定是我们口里食也。”三怪道：“且不要吃酒。孙行者溜撒，他会逃遁之法，只怕走了。”教：“小的们抬出瓶来，把孙行者装在瓶里，我们才好吃酒。”

老魔大笑道：“正是！正是！”即点三十六个小妖，入里面开了库房门，抬出瓶来。你说那瓶有多大？只得二尺四寸高。怎么用得三十六个人抬？那瓶乃阴阳二气之宝，内有七宝八卦、二十四气，要三十六人，按天罡(道教称北斗丛星中三十六星之神)之数，才抬得动。不一时，将宝瓶抬出，放在三层门外，展得干净，揭开盖，把行者解了绳索，剥了衣服，就着那瓶中仙气，飕的一声，吸入里面，将盖子盖上，贴了封皮。却去吃酒道：“猴儿今番入我宝瓶之中，再莫想那西方之路！若还能彀拜佛求经，除是转背摇车，再去投胎夺舍是。”你看那大小群妖，一个个笑呵呵都去贺功不题。

却说大圣到了瓶中，被那宝贝将身束得小了，索性变化，蹲在当中。半晌，倒还荫凉，忽失声笑道：“这妖精外有虚名，内无实事。怎么告诵人说这瓶装了人，一时三刻，化为脓血？若似这般凉快，就住上七八年也无事！”咦！大圣原来不知那宝贝根由：假若装了人，一年不语，一年荫凉；但闻得人言，就有火来烧了。大圣未曾说完，只见满瓶都是火焰。幸得他有本事，坐在中间，捻着避火诀，全然不惧。耐到半个时辰，四周围钻出四十条蛇来咬。行者轮开手，抓将过来，尽力气一攥(zuàn，握)，攥做八十段。少时间，又有三条火龙出来，把行者上下盘绕，着实难禁，【恐怖的滋味】自觉慌张无措，道：“别事好处，这三条火龙难为。再过一会不出，弄得火气攻心，怎了？”他想道：“我把身子长一长，券(xuàn，用身子撞，撑)破罢。”好大圣，捻着诀，念声咒，叫“长！”即长了丈数高下，那瓶紧靠着身，也就长起去，他把身子往下一小，那瓶儿也就小下来了。行者心惊道：“难！难！难！怎么我长他也长，我小他也小？如之奈何！”说不了，孤拐(脚腕两旁突起的部分)上有些疼痛，急伸手摸摸，却被火烧软了，自己心焦道：“怎么好？孤拐烧软了！弄做个残疾之人了！”忍不住吊下泪来。这正是：遭魔遇苦怀三藏，着难临危虑圣僧。——道：“师父啊！当年皈正，蒙观音菩萨劝善，脱离天灾。我与你苦历诸山，收殄多怪，降八戒，得沙僧，千辛万苦，指望同证西方，共成正果。何期今日遭此毒魔，老孙误入于此，倾了性命，撇你在半山之中，不能前进！想是我昔日名高，故有今朝之难！”【卓吾评：着眼。虚名极能取实祸】正此凄怆，忽想起：“菩萨当年在蛇盘山曾赐我三根救命毫毛，【慈悲之念，平时柔软，危难时却变得刚硬，可破恐怖心】不知有无，且等我寻一寻看。”即伸手浑身摸了一把，只见脑后有三根毫毛，十分挺硬。忽喜道：“身上毛都皆软熟，只此三根如此硬枪，必然是救我命的。”即便咬着牙，忍着疼，拔下毛，吹口仙气，叫：“变！”一根即变作金钢钻，一根变作竹片，一根变作绵绳。扳张篾片弓儿，牵着那钻，照瓶底下飕飕的一顿钻，钻成一个眼孔，诱进光亮，喜道："造化！造化！却好出去也！"才变化出身，那瓶复荫凉了。怎么就凉？原来被他钻破，把阴阳之气泄了，故此遂凉。

【上回妖名"钻风"，此之谓也。上回摸清恐怖心魔的底细，与本回钻透妖魔法宝，意思一样。恐怖心都是自己吓自己，想明白了其实易破】

好大圣，收了毫毛，将身一小，就变做个蟭蟟虫儿，十分轻巧，细如须发，长似眉毛，自孔中钻出；且还不走，径飞在老魔头上钉着。那老魔正饮酒，猛然放下杯儿道："三弟，孙行者这回化了么？"三魔笑道："还到此时哩？"老魔教传令抬上瓶来。那下面三十六个小妖即便抬瓶，瓶就轻了许多，慌得众小妖报道："大王，瓶轻了！"老魔喝道："胡说！宝贝乃阴阳二气之全功，如何轻了！"内中有一个勉强的小妖，把瓶提上来道："你看这不轻了？"老魔揭盖看时，只见里面透亮，忍不住失声叫道："这瓶里空者，控也！"大圣在他头上，也忍不住道一声"我的儿啊，搜者，走也！"众怪听见道："走了！走了！"即传令："关门！关门！"

那行者将身一抖，收了剥去的衣服，现本相，跳出洞外。回头骂道："妖精不要无礼！瓶子钻破，装不得人了，只好拿来出恭！"喜喜欢欢，嚷嚷闹闹，踏着云头，径转唐僧处。那长老正在那里撮土为香，望空祷祝。行者且停云头，听他祷祝甚的。那长老合掌朝天道：

"祈请云霞众位仙，六丁六甲与诸天。
愿保贤徒孙行者，神通广大法无边。"

大圣听得这般言语，更加努力，收敛云光，近前叫道："师父，我来了！"长老搀住道："悟空，劳碌你远探高山，许久不回，我甚忧虑。端的这山中有何吉凶？"行者笑道："师父，才这一去，一则是东土众僧有缘有分，二来是师父功德无量无边，三也亏弟子法力！……"将前项妆钻风、陷瓶里及脱身之事，细陈了一遍。"今得见尊师之面，实为两世之人也！"长老感谢不尽道："你这番不曾与妖精赌斗么？"行者道："不曾。"长老道："这等保不得我过山了？"行者是个好胜的人，叫喊道："我怎么保你过山不得？"长老道："不曾与他见个胜负，只这般含糊，我怎敢前进！"大圣笑道："师父，你也忒不通变。常言道：'单丝不线，孤掌难鸣。'那魔三个，小妖千万，教老孙一人，怎生与他赌斗？"长老道："寡不敌众，是你一人也难处。八戒、沙僧他也都有本事，教他们都去，与你协力同心，扫净山路，保我过去罢。"行者沉吟道："师言最当。着沙僧保护你，着八戒跟我去罢。"那呆子慌了道："哥哥没眼色！我又粗夯，无甚本事，走路扛风，跟你何益？"行者道："兄弟，你虽无甚本事，好道也是个人。俗云：'放屁添风。'你也可壮我些胆气。"八戒道："也罢，也罢，望你带挈带挈。但只急溜处，莫捉弄我。”长老道：“八戒在意，我与沙僧在此。”

那呆子抖擞神威，与行者纵着狂风，驾着云雾，跳上高山，即至洞口。早见那洞门紧闭，四顾无人。行者上前，执铁棒，厉声高叫道：“妖怪开门！快出来与老孙打耶！”那洞里小妖报入，老魔心惊胆战道：“几年都说猴儿狠，话不虚传果是真！”二老怪衬在旁问道：“哥哥怎么说？”老魔道：“那行者早间变小钻风混进来，我等不能相识。幸三贤弟认得，把他装在瓶里。又弄本事，钻破瓶儿，却又摄去衣服走了。如今在外叫战，谁敢与他打个头仗？”更无一人答应，又问，又无人答，都是那装聋推哑。老魔发怒道：“我等在西方大路上，忝着个丑名，今日孙行者这般藐视，若不出去与他见阵，也低了名头。等我舍了这老性命去与他战上三合！三合战得过，唐僧还是我们口里食；战不过，那时关了门，让他过去罢。”遂取披挂结束了，开门前走。

行者与八戒在门旁观看，真是好一个怪物：

铁额铜头戴宝盔，盔缨飘舞甚光辉。
辉辉掣电双睛亮，亮亮铺霞两鬓飞。
勾爪如银尖且利，锯牙似凿密还齐。
身披金甲无丝缝，腰束龙绦有见机。
手执钢刀明晃晃，英雄威武世间稀。
一声吆喝如雷震，问道“敲门者是谁？”

大圣转身道：“是你孙老爷齐天大圣也。”老魔笑道：“你是孙行者？大胆泼猴！我不惹你，你却为何在此叫战？”行者道：“‘有风方起浪，无潮水自平。’你不惹我，我好寻你？只因你狐群狗党，结为一伙，算计吃我师父，所以来此施为。”老魔道：“你这等雄纠纠的，嚷上我门，莫不是要打么？”行者道：“正是。”老魔道：“你休猖獗！我若调出妖兵，摆开阵势，摇旗擂鼓，与你交战，显得我是坐家虎，欺负你了。我只与你一个对一个，不许帮丁！”行者闻言，叫：“猪八戒走过，看他把老孙怎的！”那呆子真个闪在一边。老魔道：“你过来，先与我做个桩儿，让我尽力气着光头砍上三刀，就让你唐僧过去；假若禁不得，快送你唐僧来，与我做一顿下饭！”行者闻言笑道：“妖怪，你洞里若有纸笔，取出来，与你立个合同。自今日起，就砍到明年，我也不与你当真！”

那老魔抖擞威风，丁字步站定，双手举刀，望大圣劈顶就砍。这大圣把头往上一迎，只闻扢扠一声响，头皮儿红也不红。那老魔大惊道：“这猴子好个硬头儿！”大圣笑道：“你不知。老孙是：

生就铜头铁脑盖，天地乾坤世上无。

斧砍锤敲不得碎，幼年曾入老君炉。

四斗星官监临造，二十八宿用工夫。

水浸几番不得坏，周围扢搭板筋铺。

唐僧还恐不坚固，预先又上紫金箍。”【卓吾评：趣】

老魔道：“猴儿不要说嘴！看我这二刀来，决不容你性命！”行者道：“不见怎的，左右也只这般砍罢了。”老魔道：“猴儿，你不知这刀：

金火炉中造，神功百炼熬。

锋刃依三略，刚强按六韬。

却似苍蝇尾，犹如白蟒腰。

入山云荡荡，下海浪滔滔。

琢磨无遍数，煎熬几百遭。

深山古洞放，上阵有功劳。

搀着你这和尚天灵盖，一削就是两个瓢！”

大圣笑道：“这妖精没眼色！把老孙认做个瓢头哩！——也罢，误砍误让，教你再砍一刀看怎么。”

那老魔举刀又砍，大圣把头迎一迎，乒乓的劈做两半个。大圣就地打个滚，变做两个身子。【卓吾评：猴】那妖一见慌了，手按下钢刀。猪八戒远远望见，笑道：“老魔好砍两刀的！却不是四个人了？”老魔指定行者道：“闻你能使分身法，怎么把这法儿拿出在我面前使！”大圣道：“何为分身法？”老魔道：“为甚么先砍你一刀不动，如今砍你一刀，就是两个人？”大圣笑道：“妖怪，你切莫害怕。砍上一万刀，还你二万个人！”老魔道：“你这猴儿，你只会分身，不会收身。【卓吾评：分身奇矣，收身更奇】你若有本事收做一个，打我一棍去罢。”大圣道：“不许说谎，你要砍三刀，只砍了我两刀；教我打一棍，若打了棍半，就不姓孙！”老魔道：“正是，正是。”

好大圣，就把身搂上来，打个滚，依然一个身子，掣棒劈头就打。那老魔举刀架住道：“泼猴无礼！甚么样个哭丧棒，敢上门打人！”大圣喝道：“你若问我这条棍，天上地下，都有名声。”老魔道：“怎见名声？”他道：

“棒是九转镔铁炼，老君亲手炉中煅。

禹王求得号‘神珍’，四海八河为定验。

中间星斗暗铺陈，两头箝(qián，夹住)裹黄金片。

花纹密布鬼神惊，上造龙纹与凤篆。

名号‘灵阳棒’一条，深藏海藏人难见。

成形变化要飞腾，飘飘五色霞光现。
老孙得道取归山，无穷变化多经验。
时间要大瓮来粗，或小些微如铁线。
粗如南岳细如针，长短随吾心意变。
轻轻举动彩云生，亮亮飞腾如闪电。
攸攸冷气逼人寒，条条杀雾空中现。
降龙伏虎谨随身，天涯海角都游遍。
曾将此棍闹天宫，威风打散蟠桃宴。
天王赌斗未曾赢，哪吒对敌难交战。
棍打诸神没躲藏，天兵十万都逃窜。
雷霆众将护灵霄，飞身打上通明殿。
掌朝天使尽皆惊，护驾仙卿俱搅乱。
举棒掀翻北斗宫，回首振开南极殿。
金阙天皇见棍凶，特请如来与我见。
兵家胜负自如然，困苦灾危无可辨。
整整挨排五百年，亏了南海菩萨劝。
大唐有个出家僧，对天发下洪誓愿。
枉死城中度鬼魂，灵山会上求经卷。
西方一路有妖魔，行动甚是不方便。
已知铁棒世无双，央我途中为侣伴。
邪魔汤着赴幽冥，肉化红尘骨化面。
处处妖精棒下亡，论万成千无打算。
上方击坏斗牛宫，下方压损森罗殿。
天将曾将九曜追，地府打伤催命判。
半空丢下振山川，胜如太岁新华剑。
全凭此棍保唐僧，天下妖魔都打遍！”

那魔闻言，战兢兢舍着性命，举刀就砍。猴王笑吟吟，使铁棒前迎。他两个先时在洞前撑持，然后跳起去，都在半空里厮杀。这一场好杀：

天河定底神珍棒，棒名如意世间高。
夸称手段魔头恼，大杆刀擎法力豪。
门外争持还可近，空中赌斗怎相饶！

一个随心更面目，一个立地长身腰。
杀得满天云气重，遍野雾飘飖。
那一个几番立意擒三藏，这一个广施法力保唐朝。
都因佛祖传经典，邪正分明恨苦交。

那老魔与大圣斗经二十余合，不分输赢。原来八戒在底下，见他两个战到好处，忍不住掣钯架风，跳将起去，望妖魔劈脸就筑。那魔慌了，不知八戒是个嚉头性子，冒冒失失的唬人，他只道嘴长耳大，手硬钯凶，败了阵，丢了刀，回头就走。大圣喝道："赶上！赶上！"这呆子仗着威风，举着钉钯，即忙赶下怪去。老魔见他赶得相近，在坡前立定，迎着风头，幌一幌，现了原身，张开大口，就要来吞八戒。八戒害怕，急抽身往草里一钻，也管不得荆针棘刺，也顾不得刮破头疼，战兢兢的，在草里听着梆声。随后行者赶到，那怪也张口来吞，却中了他的机关，收了铁棒，迎将上去，被老魔一口吞之。唬得个呆子在草里囊囊咄咄的埋怨道："这个弼马温，不识进退！那怪来吃你，你如何不走，反去迎他？这一口吞在肚中，今日还是个和尚，明日就是个大恭也！"【卓吾评："大恭"字奇幻】那魔得胜而去。这呆子才钻出草来，溜回旧路。

却说三藏在那山坡下，正与沙僧盼望，只见八戒喘呵呵的跑来。三藏大惊道："八戒，你怎么这等狼狈？悟空如何不见？"呆子哭哭啼啼道："师兄被妖精一口吞下肚去了！"三藏听言，唬倒在地，半晌间跌脚拳胸道："徒弟呀！只说你善会降妖，领我西天见佛，怎知今日死于此怪之手！苦哉，苦哉！我弟子同众的功劳，如今都化作尘土矣！"那师父十分苦痛。【心无挂碍，无有恐怖。挂碍功劳、挂碍生命，故有恐怖，故而苦痛】你看那呆子，他也不来劝解师父，却叫："沙和尚，你拿将行李来，我两个分了罢。"沙僧道："二哥，分怎的？"八戒道："分开了，各人散火。你往流沙河，还去吃人；我往高老庄，看看我浑家；将白马卖了，与师父买个寿器（棺材）送终。"长老气嘑嘑（qì hū hū，气呼呼）的，闻得此言，叫皇天放声大哭，且不题。

却说那老魔吞了行者，以为得计，径回本洞。众妖迎问出战之功。老魔道："拿了一个来了。"二魔喜道："哥哥拿的是谁？"老魔道："是孙行者。"二魔道："拿在何处？"老魔道："被我一口吞在腹中哩。"第三个魔头大惊道："大哥啊，我就不曾吩咐你，孙行者不中吃！"那大圣肚里道："忒中吃！又禁饥，再不得饿！"【卓吾评：猴】慌得那小妖道："大王，不好了！孙行者在你肚里说话哩！"老魔道："怕他说话！有本事吃了他，没本事摆布他不成？你们快去烧些盐白汤，等我灌下肚去，把他哕（yuě，呕吐）出来，慢慢的煎了吃酒。"小妖真个冲了半盆盐汤。老怪一饮而干，洼（张嘴貌）

着口，着实一呕，那大圣在肚里生了根，动也不动，却又拦着喉咙，往外又吐，吐得头晕眼花，黄胆都破了，行者越发不动。老魔喘息了，叫声："孙行者，你不出来？"行者道："早哩！正好不出来哩！"【卓吾评：别人猴在上面，他却猴在肚里】老魔道："你怎么不出？"行者道："你这妖精，甚不通变。我自做和尚，十分淡薄，如今秋凉，我还穿个单直裰。这肚里倒暖，又不透风，等我住过冬才好出来。"

众妖听说，都道："大王，孙行者要在你肚里过冬哩！"老魔道："他要过冬，我就打起禅来，使个搬运法，一冬不吃饭，就饿杀那弼马温！"大圣道："我儿子，你不知事！老孙保唐僧取经，从广里过，带了个折迭锅儿，进来煮杂碎吃。将你这里边的肝、肠、肚、肺，细细儿受用，还彀盘缠到清明哩！"那二魔大惊道："哥啊，这猴子他干得出来！"三魔道："哥啊，吃了杂碎也罢，不知在那里支锅？"行者道："三叉骨上好支锅。"三魔道："不好了！假若支起锅，烧动火烟，燻(chǎo，熏)到鼻孔里，打喷嚏么？"行者笑道："没事！等老孙把金箍棒往顶门里一搠，搠个窟窿，一则当天窗，二来当烟洞。"【卓吾评：猴】

老魔听说，虽说不怕，却也心惊，只得硬着胆叫："兄弟们，莫怕；把我那药酒拿来，等我吃几盅下去，把猴儿药杀了罢！"行者暗笑道："老孙五百年前大闹天宫时，吃老君丹，玉皇酒，王母桃，及凤髓龙肝，——那样东西我不曾吃过？是甚么药酒，敢来药我？"那小妖真个将药酒筛了两壶，满满斟了一盅，递与老魔。老魔接在手中，大圣在肚里就闻得酒香，道："不要与他吃！"好大圣，把头一扭，变做个喇叭口子，张在他喉咙之下。那怪啯(guō，吞咽声)的咽下，被行者啯的接吃了。第二盅咽下，被行者啯的又接吃了。一连咽了七八盅，都是他接吃了。老魔放下盅道："不吃了。这酒常时吃两盅，腹中如火；却才吃了七八盅，脸上红也不红！"原来这大圣吃不多酒，接了他七八盅吃了，在肚里撒起酒风来，不住的支架子，跌四平，踢飞脚；抓住肝花打秋千，竖蜻蜓，翻根头乱舞。【卓吾评：天下文章，幻至此极矣】那怪物疼痛难禁，倒在地下。毕竟不知死活如何，且听下回分解。

【卓吾评：这狮子一肚皮猴舌。在狮子肚里杀(撒)酒风(疯)，也是奇事。描画猴处，都是匪夷所思】

第七十六回　心神居舍魔归性　木母同降怪体真

【唐僧的恐怖心源于对前途困难的臆想和对生命以及功业的牵挂，而世人的恐怖心多源于对统治政权和组织的惧怕。明代张禺山有诗曰：昔日封使君，化虎方食民；今日使君者，冠裳而吃人。又曰：昔日虎使君，呼之即惭止；今日虎使君，呼之动牙齿。此诗渲染了统治阶层制造的恐怖气氛，也可以印证本回中对生活于恐怖中的社会人心的描述。将这样的心性映射到魔幻层面，就是下文所称“斑斓老虎为都管，白面雄彪作总兵”。可见作者关心的不仅仅是唐僧一个人的恐怖心，而是在描述所有人的恐怖心】

话表孙大圣在老魔肚里支吾一会，那魔头倒在尘埃，无声无气，若不言语，想是死了，却又把手放放。魔头回过气来，叫一声：“大慈大悲齐天大圣菩萨！”行者听见道：“儿子，莫废工夫，省几个字儿，只叫孙外公罢。”【卓吾评：恶】那妖魔惜命，真个叫：“外公！外公！是我的不是了！一差二误吞了你，你如今却反害我。万望大圣慈悲，可怜蝼蚁贪生之意，饶了我命，愿送你师父过山也。”大圣虽英雄，甚为唐僧进步。他见妖魔哀告，好奉承的人，也就回了善念，叫道：“妖怪，我饶你，你怎么送我师父？”老魔道：“我这里也没甚么金银、珠翠、玛瑙、珊瑚、琉璃、琥珀、玳瑁珍奇之宝相送；我兄弟三个，抬一乘香藤轿儿，把你师父送过此山。”行者笑道：“既是抬轿相送，强如要宝。你张开口，我出来。”那魔头真个就张开口。那三魔走近前，悄悄的对老魔道：“大哥，等他出来时，把口往下一咬，将猴儿嚼碎，咽下肚，却不得磨害你了。”【卓吾评：三魔亦痴，难道行者无耳的？】

原来行者在里面听得，便不先出去，却把金箍棒伸出，试他一试。那怪果往下一口，圪喳的一声，把个门牙都迸碎了。行者抽回棒道：“好妖怪！我倒饶你性命出来，你反咬我，要害我命！我不出来，活活的只弄杀你！不出来！不出来！”老魔报怨三魔道：“兄弟，你是自家人弄自家人了。且是请他出来好了，你却教我咬他。他倒不曾咬着，却迸得我牙齿疼痛，这是怎么起的？”

三魔见老魔怪他，他又作个激将法，厉声高叫道：“孙行者，闻你名如轰雷贯耳，说你在南天门外施威，灵霄殿下逞势。如今在西天路上降妖缚怪，原来是个小辈的猴头！”行者道：“我何为小辈？”三怪道：“‘好汉千里客，万里去传名。’你出来，我与你赌斗，才是好汉；怎么在人肚里做勾当！非小辈而何？”行者闻言，心中暗想道："是，是，是！我若如今扯断他肠，揌破他肝，弄杀这怪，有何难哉？但真是坏了我的名头。也罢！也罢！你张口，我出来与你比并。但只是你这洞口窄逼，不好使家火，须往宽处去。”三魔闻说，即点大小怪，前前后后，有三万多精，都执着精锐器械，出洞摆开一个三才阵势，专等行者出口，一齐上阵。那二怪搀着老魔，径至门外，叫道："孙行者！好汉出来！此间有战场，好斗！”

大圣在他肚里，闻得外面鸦鸣鹊噪，鹤唳风声，知道是宽阔之处，却想着："我不出去，是失信与他；若出去，这妖精人面兽心。先时说送我师父，哄我出来咬我，今又调兵在此。也罢！也罢！与他个两全其美，出去便出去，还与他肚里生下一个根儿。”即转手，将尾上毫毛拔了一根，吹口仙气，叫"变！”即变一条绳儿，只有头发粗细，倒有四十丈长短。那绳儿理出去，见风就长粗了。把一头拴着妖怪的心肝系上，打做个活扣儿，那扣儿不扯不紧，扯紧就痛。却拿着一头，笑道："这一出去，他送我师父便罢；如若不送，乱动刀兵，我也没工夫与他打，只消扯此绳儿，就如我在肚里一般！”【卓吾评：乖猴】又将身子变得小小的，往外爬。爬到咽喉之下，见妖精大张着方口，上下钢牙，排如利刃，忽思量道："不好！不好！若从口里出去扯这绳儿，他怕疼，往下一嚼，却不咬断了？我打他没牙齿的所在出去。”好大圣，理着绳儿，从他那上腭子往前爬，爬到他鼻孔里。那老魔鼻子发痒，"阿嚏”的一声，打了个喷嚏，直迸出行者。行者见了风，把腰躬一躬，就长了有三丈长短，一只手扯着绳儿，一只手拿着铁棒。那魔头不知好歹，见他出来了，就举钢刀，劈脸来砍，这大圣一只手使铁棒相迎。只见那二怪使枪，三怪使戟，没头没脸的乱上。大圣放松了绳，收了铁棒，急纵身驾云走了。原来怕那伙小妖围绕，不好干事。他却跳出营外，去那空阔山头上，落下云，双手把绳尽力一扯，老魔心里才疼。他害疼，往上一挣，大圣复往下一扯。众小妖远远看见，齐声高叫道："大王，莫惹他！让他去罢！这猴儿不按时景：清明还未到，他却那里放风筝也！”【卓吾评：趣】大圣闻言，着力气蹬了一蹬，那老魔从空中，拍剌剌，似纺车儿一般，跌落尘埃，就把那山坡下死硬的黄土跌做个二尺浅深之坑。

慌得那二怪、三怪一齐按下云头，上前拿住绳儿，跪在坡下，哀告道："大圣啊，只说你是个宽洪海量之仙，谁知是个鼠腹蜗肠之辈。实实的哄你出来，与你见阵，不期你在我家兄心上拴了一根绳子！”行者笑道："你这伙泼魔，十分无礼！前番哄我出去便就咬我，这番哄我出来，却又摆阵敌我。似这几万妖兵，战我一个，理上也不通，扯了去！扯了去见我师父！”那怪一齐叩头道，"大圣慈悲，饶我性命，愿送老师父过山！”行者笑道：“你要性命，只消拿刀把绳子割断罢了。”老魔道：“爷爷呀，割断外边的，这里边的拴在心上，喉咙里又㮇㮇（tiàn tiàn，有物搅动状）的恶心，怎生是好？”行者道：“既如此，张开口，等我再进去解出绳来。”【卓吾评：妙】老魔慌了道：“这一进去，又不肯出来，却难也！却难也！”行者道：“我有本事外边就可以解得里面绳头也，解了可实实的送我师父么？”老魔道：“但解就送，决不敢打诳语。”大圣审得是实，即便将身一抖，收了毫毛，那怪的心就不疼了。这是孙大圣掩样的法儿，使毫毛拴着他的心；收了毫毛，所以就不害疼也。三个妖纵身而起，谢道：“大圣请回，上复唐僧，收拾下行李，我们就抬轿来送。”众怪偃干戈，尽皆归洞。

大圣收绳子，径转山东，远远的看见唐僧睡在地下打滚痛哭，猪八戒与沙僧解了包袱，将行李搭包儿，在那里分哩。行者暗暗嗟叹道：“不消讲了，这定是八戒对师父说我被妖精吃了，师父舍不得我，痛哭，那呆子却分东西散火哩。咦！不知可是此意，且等我叫他一声看。”落下云头叫道：“师父！”沙僧听见，报怨八戒道：“你是个‘棺材座子，专一害人’！师兄不曾死，你却说他死了，在这里干这个勾当！那里不叫将来了？”八戒道：“我分明看见他被妖精一口吞了。想是日辰不好，那猴子来显魂哩。”

行者到跟前，一把挝住八戒脸，一个巴掌打了个踉跄，道：“夯货！我显甚么魂？”呆子侮着脸道：“哥哥，你实是那怪吃了，你——你怎么又活了？”行者道：“像你这个不济事的脓包！他吃了我，我就抓他肠，捏他肺，又把这条绳儿穿住他的心，扯他疼痛难禁，一个个叩头哀告，我才饶了他性命。如今抬轿来送我师父过山也。”那三藏闻言，一骨鲁爬起来，对行者躬身道：“徒弟啊，累杀你了！若信悟能之言，我已绝矣！”行者轮拳打着八戒，骂道：“这个馕糠的呆子，十分懈怠，甚不成人！师父，你切莫恼，那怪就来送你也。”沙僧也甚生惭愧，连忙遮掩，收拾行李，扣背马匹，都在途中等候不题。

却说三个魔头，帅群精回洞，二怪道：“哥哥，我只道是个九头八尾的孙行者，原来是恁的个小小猴儿！你不该吞他，只与他斗时，他那里斗得过你我！洞里这几万妖精，吐唾沫也可淹杀他。你却将他吞在肚里，他便弄起法来，教你受苦，怎么敢与他比较？才是说送唐僧，都是假意，实为兄长性命要紧，所以哄他出来。决不送他！”老魔道：“贤弟不送之故，何也？”二怪道：“你与我三千小妖，摆开阵势，我有本事拿住这个猴头！”老魔道：“莫说三千，凭你起老营去；只是拿住他，便大家有功。”

那二魔即点三千小妖，径到大路旁摆开，着一个蓝旗手往来传报，教：“孙行者！赶早出来，与我二大王爷爷交战！”八戒听见，笑道：“哥啊，常言道：‘说谎不瞒当乡人。’就来弄虚头捣鬼！怎么说降了妖精，就抬轿来送师父，却又来叫战，何也？”行者道：“老怪已被我降了，不敢出头，闻着个‘孙’字儿，也害头疼。这定是二妖魔不伏气送我们，故此叫战。我道兄弟，这妖精有弟兄三个，这般义气；我弟兄也是三个，就没些义气？我已降了大魔，二魔出来，你就与他战战，未为不可。”八戒道：“怕他怎的！等我去打他一仗来！”行者道：“要去便去罢。”八戒笑道：“哥啊，去便去，你把那绳儿借与我使使。”行者道：“你要怎的？你又没本事钻在他肚里，你又没本事拴在他心上，要他何用？”八戒道：“我要扣在这腰间，做个救命索。你与沙僧扯住后手，放我出去，与他交战。估着赢了他，你便放绳，我把他拿住；若是输与他，你把我扯回来，莫教他拉了去。”行者暗笑道：“我且捉弄呆子一番！”真个就把绳儿扣在他腰里，撮弄他出战。

那呆子举钉钯跑上山崖，叫道：“妖精！出来！与你猪祖宗打来！”那蓝旗手急报道：“大王，有一个长嘴大耳朵的和尚来了。”二怪即出营，见了八戒，更不打话，挺枪劈面刺来。这呆子举钯上前迎住。他两个在山坡前搭上手，斗不上七八回合，呆子手软，架不得妖魔，急回头叫：“师兄，不好了！扯扯救命索，扯扯救命索！”【卓吾评：趣】这壁厢大圣闻言，转把绳子放松了，抛将去。那呆子败了阵，往后就跑。原来那绳子拖着走还不觉，转回来，因松了，倒有些绊脚，自家绊倒了一跌，爬起来又一跌。始初还跌个蹡踵，后面就跌了个嘴抢地。被妖精赶上，捽（zuó，揪）开鼻子，就如蛟龙一般，把八戒一鼻子卷住，得胜回洞。众妖凯歌齐唱，一拥而归。

这坡下三藏看见，又恼行者道：“悟空，怪不得悟能咒你死哩！原来你兄弟全无相亲相爱之意，专怀相嫉相妒之心！他那般说，教你扯扯救命索，你怎么不扯，还将索子丢去？如今教他被害，却如之何？”行者笑道：“师父也忒护短，忒偏心！罢了，像老孙拿去时，你略不挂念，左右是舍命之材。这呆子才自遭擒，你就怪我。也教他受些苦恼，方见取经之难。”【卓吾评：着眼】三藏道：“徒弟啊，你去，我岂不挂念？想着你会变化，断然不至伤身。那呆子生得狼犺，又不会腾那，这一去，少吉多凶，你还去救他一救。”行者道：“师父不得报怨，等我去救他一救。”

急纵身，赶上山，暗中恨道：“这呆子咒我死，且莫与他个快活！且跟去看那妖精怎么摆布他，等他受些罪，再去救他。”即捻诀念起真言，摇身一变，即变做个蟭蟟虫，飞将去，钉在八戒耳朵根上，同那妖精到了洞里。二魔帅三千小怪，大吹大打的，至洞口屯下，自将八戒拿入里边道：“哥哥，我拿了一个来也。”老怪道：“拿来我看。”他把鼻子放松，捽下八戒道：“这不是？”老怪道：“这厮没用。”八戒闻言道：“大王，没用的放出去，寻那有用的捉来罢。”三怪道：“虽是没用，也是唐僧的徒弟猪八戒。且捆了，送在后边池塘里浸着，待浸退了毛，破开肚子，使盐腌了晒干，等天阴下酒。”八戒大惊道：“罢了，罢了！撞见那贩腌的妖怪也！”众怪一齐下手，把呆子四马攒蹄捆住，扛扛抬抬，送至池塘边，往中间一推，尽皆转去。

大圣却飞起来看处，那呆子四肢朝上，掘着嘴，半浮半沉，嘴里呼呼的，着然好笑，倒像八九月经霜落了子儿的一个大黑莲蓬。大圣见他那嘴脸，又恨他，又怜他，说道：“怎的好么？他也是龙华会上的一个人，但只恨他动不动分行李散火，又要撺掇师父念‘紧箍咒’咒我。我前日曾闻得沙僧说，他攒了些私房，不知可有否，等我且吓他一吓看。”

好大圣，飞近他耳边，假捏声音，叫声：“猪悟能！猪悟能！”八戒慌了道：“晦气呀！我这悟能是观世音菩萨起的，自跟了唐僧，又呼做八戒，此间怎么有人知道我叫做悟能？”呆子忍不住问道：“是那个叫我的法名？”行者道：“是我。”呆子道：“你是那个？”行者道：“我是勾司人。”那呆子慌了道：“长官，你是那里来的？”行者道：“我是五阎王差来勾你的。”呆子道：“长官，你且回去，上覆五阎王，他与我师兄孙悟空交得甚好，教他让我一日儿，明日来勾罢。”行者道：“胡说！‘阎王注定三更死，谁敢留人到四更！’【卓吾评：着眼】趁早跟我去，免得套上绳子扯拉！”呆子道：“长官，那里不是方便，看我这般嘴脸，还想活哩。死是一定死，只等一日，这妖精连我师父们都拿来，会一会，就都了帐也。”行者暗笑道：“也罢，我这批上有三十个人，都在这中前后，等我拘将来就你，便有一日耽阁。你可有盘缠，把些儿我去。”八戒道：“可怜啊！出家人那里有甚么盘缠？”行者道：“若无盘缠，索了去！跟着我走！”呆子慌了道：“长官不要索！我晓得你这绳儿叫做‘追命绳’，索上就要断气。有！有！有！有便有些儿，只是不多。”行者道：“在那里？快拿出来！”八戒道：“可怜，可怜！我自做了和尚，到如今，有些善信的人家斋僧，见我食肠大，衬钱比他们略多些儿。我拿了攒凑这里，零零碎碎有五钱银子。因不好收拾，前者到城中，央了个银匠煎成一处，他又没天理，偷了我几分，只得四钱六分一块儿，你拿了去罢。”行者暗笑道：“这呆子裤子也没得穿，却藏在何处？咄！你银子在那里？”八戒道：“在我左耳朵眼儿里揌着哩。我捆了拿不得，你自家拿了去罢。”行者闻言，即伸手在耳朵窍中摸出，真个是块马鞍儿银子，足有四钱五六分重，拿在手里，忍不住哈哈的一声大笑。那呆子认是行者声音，在水里乱骂道：“天杀的弼马温！到这们苦处，还来打诈财物哩！”行者又笑道：“我把你这馕糟的！老孙保师父，不知受了多少苦难，你倒攒下私房！”八戒道：“嘴脸！这是甚么私房！都是牙齿上刮下来的，我不舍得买了嘴吃，留了买匹布儿，做件衣服，你却吓了我的。还分些儿与我。”行者道：“半分也没得与你！”八戒骂道：“买命钱让与你罢，好道也救我出去么。”行者道：“莫发急，等我救你。”将银子藏了，即现原身，掣铁棒，把呆子划拢，用手提着脚，扯上来，解了绳。八戒跳起来，脱下衣裳，整干了水，抖一抖，潮漉漉的披在身上，道：“哥哥，开后门走了罢。”行者道：“后门里走，可是个长进的？还打前门上去。”八戒道：“我的脚捆麻了，跑不动。”行者道：“快跟我来。”

好大圣，把铁棒一路丢开解数，打将出去。那呆子忍着麻，只得跟定他。只看见二门下靠着的是他的钉钯，走上前，推开小妖，捞过来往前乱筑，与行者打出三四层门，不知打杀了多少小妖。那老魔听见，对二魔道：“拿得好人！拿得好人！你看孙行者劫了猪八戒，门上打伤小妖也！”那二魔急纵身，绰枪在手，赶出门来，应声骂道：“泼猢狲！这般无礼！怎敢渺视我等！”大圣听得，即应声站下。那怪物不容讲，使枪便刺。行者正是会家不忙，掣铁棒，劈面相迎。他两个在洞门外，这一场好杀：

黄牙老象变人形，义结狮王为弟兄。
因为大魔来说合，同心计算吃唐僧。
齐天大圣神通广，辅正除邪要灭精。
八戒无能遭毒手，悟空拯救出门行。
妖王赶上施英猛，枪棒交加各显能。
那一个枪来好似穿林蟒，这一个棒起犹如出海龙。
龙出海门云霭霭，蟒穿林树雾腾腾。
算来都为唐和尚，恨苦相持太没情。

那八戒见大圣与妖精交战，他在山嘴上竖着钉钯，不来帮打，只管呆呆的看着。那妖精见行者棒重，满身解数，全无破绽，就把枪架住，捽开鼻子，要来卷他。行者知道他的勾当，双手把金箍棒横起来，往上一举，被妖精一鼻子卷住腰胯，不曾卷手。你看他两只手在妖精鼻头上丢花棒儿耍子。八戒见了，捶胸道：“咦！那妖怪晦气呀！卷我这夯的，连手都卷住了，不能得动；卷那们滑的，倒不卷手。他那两只手拿着棒，只消往鼻里一搠，那孔子里害疼流涕，怎能卷得他住？”行者原无此意，倒是八戒教了他。他就把棒幌一幌，细如鸡子，长有丈余，真个往他鼻孔里一搠。那妖精害怕，沙的一声，把鼻子捽放，被行者转手过来，一把挝住，用气力往前一拉，那妖精护疼，徐着手，举步跟来。八戒方才敢近，拿钉钯望妖精胯子上乱筑。行者道：“不好！不好！那钯齿儿尖，恐筑破皮，淌出血来，师父看见又说我们伤生，只调柄子来打罢。”真个呆子举钯柄，走一步，打一下，行者牵着鼻子，就似两个象奴，牵至坡下。只见三藏凝睛盼望，见他两个嚷嚷闹闹而来，即唤：“悟净，你看悟空牵的是甚么？”沙僧见了，笑道：“师父，大师兄把妖精揪着鼻子拉来，真爱杀人也！”三藏道：“善哉！善哉！那般大个妖精！那般长个鼻子！你且问他，他若欢欢喜喜送我等过山呵，饶了他，莫伤他性命。”沙僧急纵前迎着，高声叫道：“师父说：那怪果送师父过山，教不要伤他命哩。”那怪闻说，连忙跪下，口里呜呜的答应。原来被行者揪着鼻子，捏儾了，就如重伤风一般，叫道：“唐老爷，若肯饶命，即便抬轿相送。”行者道：“我师徒俱是善胜之人，依你言，且饶你命，快抬轿来。如再变卦，拿住决不再饶！”那怪得脱手，磕头而去。行者同八戒见唐僧，备言前事。八戒惭愧不胜，在坡前晾晒衣服，等候不题。

那二魔战战兢兢回洞，未到时，已有小妖报知老魔、三魔，说二魔被行者揪着鼻子拉去。老魔悚惧，与三魔帅众方出，见二魔独回，又皆接入，问及放回之故。二魔把三藏慈悯善胜之言，对众说了一遍，一个个面面相觑，更不敢言。二魔道：“哥哥可送唐僧么？”老魔道：“兄弟，你说那里话！孙行者是个广施仁义的猴头，他先在我肚里，若肯害我性命，一千个也被他弄杀了。却才揪住你鼻子，若是扯了去不放回，只捏破你的鼻子头儿，却也惶恐。快早安排送他去罢。”三魔笑道：“送！送！送！”老魔道：“贤弟这话，却又像尚气（赌气）的了。你不送，我两个送去罢。”

三魔又笑道：“二位兄长在上：那和尚倘不要我们送，只这等瞒过去，还是他的造化；若要送，不知正中了我的‘调虎离山’之计哩。”老怪道：“何为‘调虎离山’？”三怪道：“如今把满洞群妖点将起来，万中选千，千中选百，百中选十六个，又选三十个。”老怪道：“怎么既要十六，又要三十？”三怪道：“要三十个会烹煮的，与他些精米、细面、竹笋、芽茶、香蕈、蘑菇、豆腐、面筋，着他二十里，或三十里，搭下窝铺，安排茶饭，管待唐僧。”老怪道：“又要十六个何用？”三怪道：“着八个抬，八个喝路。我弟兄相随左右，送他一程。此去向西四百余里，就是我的城池，我那里自有接应的人马，若至城边……如此如此，着他师徒首尾不能相顾。要捉唐僧，全在此十六个鬼成功。”老怪闻言，欢欣不已，真是如醉方醒，似梦方觉，道：“好！好！好！”即点众妖，先选三十，与他物件；又选十六，抬一顶香藤轿子，同出门来，又吩咐众妖：“俱不许上山闲走！孙行者是个多心的猴子，若见汝等往来，他必生疑，识破此计。”

老怪遂帅众至大路旁，高叫道：“唐老爷，今日不犯红沙（出行的禁忌），请老爷早早过山。”三藏闻言道：“悟空，是甚人叫我？”行者指定道：“那厢是老孙降伏的妖精，抬轿来送你哩。”三藏合掌朝天道：“善哉！善哉！若不是贤徒如此之能，我怎生得去？”径直向前，对众妖作礼道：“多承列位之爱，我弟子取经东回，向长安当传扬善果也。”众妖叩首道：“请老爷上轿。”那三藏肉眼凡胎，不知是计。孙大圣又是太乙金仙，忠正之性，只以为擒纵之功，降了妖怪，亦岂期他都有异谋？却也不曾详察，尽着师父之意，即命八戒将行囊捎在马上，与沙僧紧随。他使铁棒向前开路，顾盼吉凶。八个抬起轿子，八个一递一声喝道。三个妖扶着轿杠，师父喜喜欢欢的端坐轿上，上了高山，依大路而行。

此一去，岂知欢喜之间愁又至，经云："泰极否还生。"时运相逢真太岁，又值丧门吊客星。那伙妖魔，同心合意的，侍卫左右，早晚殷勤。行经三十里献斋，五十里又斋，未晚请歇，沿路齐齐整整。一日三餐，遂心满意；良宵一宿，好处安身。西进有四百里余程，忽见城池相近。大圣举铁棒，离轿仅有一里之遥，见城池把他吓了一跌，挣挫不起。你道他只这般大胆，如何见此着惊？原来望见那城中有许多恶气，乃是：

攒攒簇簇妖魔怪，四门都是狼精灵。
斑斓老虎为都管，白面雄彪作总兵。
丫叉角鹿传文引，伶俐狐狸当道行。
千尺大蟒围城走，万丈长蛇占路程。
楼下苍狼呼令使，亭前花豹作人声。
摇旗擂鼓皆妖怪，巡更坐铺尽山精。
狡兔开门弄买卖，野猪挑担干营生。
先年原是天朝国，如今翻作虎狼城。

【那当朝的恐失禄位，当差的恐失薪俸，店铺主害怕税官，摆摊的害怕城管，此谓所有人都生活在恐怖之中。国家和宗教组织用恐怖的方式实施控制、保障秩序，然而人人内心都蒙受煎熬，不得解脱。这就是狮驼国的景象。作者在此除了隐喻社会现实，还用城池隐喻唐僧】

那大圣正当悚惧，只听得耳后风响，急回头观看，原来是三魔双手举一柄画杆方天戟，往大圣头上打来。大圣急翻身爬起，使金箍棒劈面相迎。他两个各怀恼怒，气嘑嘑，更不打话；咬着牙，各要相争。又见那老魔头，传声号令，举钢刀便砍八戒。八戒慌得丢了马，轮着钯，向前乱筑。那二魔缠长枪，望沙僧刺来。沙僧使降妖杖支开架子敌住。三个魔头与三个和尚，一个敌一个，在那山头舍死忘生苦战。那十六个小妖却遵号令，各各效能，抢了白马、行囊，把三藏一拥，抬着轿子，径至城边，高叫道："大王爷爷定计，已拿得唐僧来了！"那城上大小妖精，一个个跑下，将城门大开，吩咐各营卷旗息鼓，不许呐喊筛锣，说："大王原有令在前，不许吓了唐僧。唐僧禁不得恐吓，一吓就肉酸不中吃了。"众精都欢天喜地邀三藏，控背躬身接主僧。把唐僧一轿子抬上金銮殿，请他坐在当中，一壁厢献茶，献饭，左右旋绕。那长老昏昏沉沉，举眼无亲。毕竟不知性命何如，且听下回分解。

【卓吾评：妖魔反覆处，极似世上人情。世上人情反覆，乃真妖魔也。作《西游记》者，不过借妖魔来画个影子耳。读者亦知此否？】

【十六抬的大轿，正是皇帝的仪仗规模，坐在金銮殿当中，唐僧恐惧至极，已成恐怖国之主。在恐怖国中，没有人能摆脱恐惧，最恐惧的是国王。古今中外，概莫能外】

第七十七回　群魔欺本性　一体拜真如

【本回结语讲到“真经必得真人取，意嚷心劳总是虚”。这一切纷纷攘攘中，只有唐僧一个真人，那狰狞恶魔和正直心性的两厢缠斗，也只不过是心里的意念波澜而已，最终一切都归于虚空。如何消除恐怖心？心经上说，“无挂碍故，无有恐怖，远离颠倒梦想”。可见恐怖源于有所挂碍。这些挂碍大多来自我们的臆想和推理，有时候是我们放大了困难，有时候是信息不全，有时候是没有信心，归结起来，都是对于“我”的执念太深，才有患得患失。如果能意识到这一点，就离跳出恐怖心的樊笼不远了】

且不言唐长老困苦。却说那三个魔头齐心竭力，与大圣兄弟三人，在城东半山内努力争持。这一场，正是那“铁刷帚刷铜锅——家家挺硬”。好杀：

六般体相六般兵，六样形骸六样情。六恶六根缘六欲，六门六道赌输赢。三十六宫春自在，六六形色恨有名。这一个金箍棒，千般解数；那一个方天戟，百样峥嵘。八戒钉钯凶更猛，二怪长枪俊又能。小沙僧宝杖非凡，有心打死；老魔头钢刀快利，举手无情。这三个是护卫真僧无敌将，那三个是乱法欺君泼野精。起初犹可，向后弥凶。六枚都使升空法，云端里面各翻腾。一时间吐雾喷云天地暗，哮哮吼吼只闻声。

【《坛经》印证：善知识！智慧观照，内外明彻，识自本心。若识本心，即本解脱。若得解脱，即是般若三昧，即是无念。何名无念？若见一切法，心不染着，是为无念。用即遍一切处，亦不着一切处；但净本心，使六识出六门，于六尘中无染无杂，来去自由，通用无滞，即是般若三昧，自在解脱，名无念行】

他六个斗罢多时，渐渐天晚。却又是风雾漫漫，霎时间，就黑暗了。原来八戒耳大，盖着眼皮，越发昏蒙，手脚慢，又遮架不住，拖着钯，败阵就走，被老魔举刀砍去，几乎伤命，幸躲过头脑，被口刀削断几根鬃毛，赶上张开口咬着领头，拿入城中，丢与小怪，捆在金銮殿。老妖又驾云，起在半空助力。沙和尚见事不谐，虚幌着宝杖，顾本身回头便走，被二怪捽（zuó，揪）开鼻子，响一声，连手卷住，拿到城里，也叫小妖捆在殿下，却又腾空去叫拿行者。行者见两个兄弟遭擒，他自家独力难撑，正是好手不敌双拳，双拳难敌四手。他喊一声，把棍子隔开三个妖魔的兵器，纵筋斗驾云走了。三怪见行者驾筋斗时，即抖抖身，现了本象，扇开两翅，赶上大圣。你道他怎能赶上？当时如行者闹天宫，十万天兵也拿他不住者，以他会驾筋斗云，一去有十万八千里路，所以诸神不能赶上。这妖精扇一翅就有九万里，两扇就赶过了，所以被他一把挝（zhuā，抓）住，拿在手中，左右挣挫不得。【恐怖之心念的蔓延快于平常心】欲思要走，莫能逃脱，即使变化法遁法，又往来难行：变大些儿，他就放松了挝住；变小些儿，他又揝（zuàn，握）紧了挝住。复拿了径回城内，放了手，捽下尘埃，吩咐群妖，也照八戒、沙僧捆在一处。那老魔、二魔俱下来迎接。三个魔头，同上宝殿。噫！这一番倒不是捆住行者，分明是与他送行。

此时有二更时候，众怪一齐相见毕，把唐僧推下殿来。那长老于灯光前，忽见三个徒弟都捆在地下，老师父伏于行者身边，哭道："徒弟啊！常时逢难，你却在外运用神通，到那里请救降魔，今番你亦遭擒，我贫僧怎么得命！"八戒、沙僧听见师父这般苦楚，便也一齐放声痛哭。行者微微笑道："师父放心，兄弟莫哭！凭他怎的，决然无伤。等那老魔安静了，我们走路。"

八戒道："哥啊，又来捣鬼了！麻绳捆住，松些儿还着水喷，想你这瘦人儿不觉，我这胖的遭瘟哩！不信，你看两膊上，入肉已有二寸，如何脱身？"行者笑道："莫说是麻绳捆的，就是碗粗的棕缆，只也当秋风过耳，何足罕哉！"

师徒们正说处，只闻得那老魔道："三贤弟有力量，有智谋，果成妙计，拿将唐僧来了！"叫："小的们，着五个打水，七个刷锅，十个烧火，二十个抬出铁笼来，把那四个和尚蒸熟，我兄弟们受用，各散一块儿与小的们吃，也教他个个长生。"八戒听见，战兢兢的道："哥哥，你听那妖精计较要蒸我们吃哩！"行者道："不要怕，等我看他是雏儿妖精，是把势（老手，行家）妖精。"沙和尚哭道："哥呀！且不要说宽话，如今已与阎王隔壁哩，且讲甚么'雏儿'、'把势'！"说不了，又听得二怪说："猪八戒不好蒸。"八戒欢喜道："阿弥陀佛，是那个积阴骘（jī yīn zhì，积德做好事）的，说我不好蒸？"【卓吾评：趣】三怪道："不好蒸，剥了皮蒸。"八戒慌了，厉声喊道："不要剥皮！粗自粗，汤响就烂了！"老怪道："不好蒸的，安在底下一格。"行者笑道："八戒莫怕，是'雏儿'，不是'把势'。"沙僧道："怎么认得？"行者道："大凡蒸东西，都从上边起。不好蒸的，安在上头一格，多烧把火，圆了气，就好了；若安在底下，一住了气，就烧半年也是不得气上的。他说八戒不好蒸，安在底下，不是雏儿是甚的！"八戒道："哥啊，依你说，就活活的弄杀人了！他打紧见不上气，抬开了，把我翻转过来，再烧起火，弄得我两边俱熟，中间不夹生了？"

正讲时，又见小妖来报："汤滚了。"老怪传令叫抬。众妖一齐上手，将八戒抬在底下一格，沙僧抬在二格。行者估着来抬他，他就脱身道："此灯光前好做手脚！"拔下一根毫毛，吹口仙气，叫声"变！"即变做一个行者，捆了麻绳，将真身出神，跳在半空里，低头看着。那群妖那知真假，见人就抬，把个假行者抬在上三格；才将唐僧揪翻倒捆住，抬上第四格。干柴架起，烈火气焰腾腾。大圣在云端里嗟叹道："我那八戒沙僧，还捱得两滚，我那师父，只消一滚就烂。若不用法救他，顷刻丧矣！"好行者，在空中捻着诀，念一声"唵蓝净法界，乾元亨利贞"的咒语，拘唤得北海龙王早至。只见那云端里一朵乌云，应声高叫道："北海小龙敖顺叩头。"行者道："请起！请起！无事不敢相烦，今与唐师父到此，被毒魔拿住，上铁笼蒸哩。你去与我护持护持，莫教蒸坏了。"龙王随即将身变作一阵冷风，吹入锅下，盘旋围护，更没火气烧锅。他三人方不损命。

将有三更尽时，只闻得老魔发放道："手下的，我等用计劳形(使身体劳累)，拿了唐僧四众，又因相送辛苦，四昼夜未曾得睡。今已捆在笼里，料应难脱，汝等用心看守，着十个小妖轮流烧火，让我们退宫，略略安寝。到五更天色将明，必然烂了，可安排下蒜泥盐醋，请我们起来，空心受用。"众妖各各遵命，三个魔头却各转寝宫而去。行者在云端里，明明听着这等吩咐，却低下云头，不听见笼里人声。他想着："火气上腾，必然也热，他们怎么不怕，又无言语？哼嘖！莫敢是蒸死了？等我近前再听。"

好大圣，踏着云，摇身一变，变作一个黑苍蝇儿，钉在铁笼格外听时，只闻得八戒在里面道："晦气，晦气！不知是闷气蒸，又不知是出气蒸哩。"沙僧道："二哥，怎么叫做'闷气'、'出气'？"八戒道："闷气蒸是盖了笼头，出气蒸不盖。"三藏在浮上一层应声道："徒弟，不曾盖。"八戒道："造化！今夜还不得死！这是出气蒸了！"行者听得他三人都说话，未曾伤命，便就飞了去，把个铁笼盖，轻轻儿盖上。三藏慌了道："徒弟！盖上了！"八戒道："罢了！这个是闷气蒸，今夜必是死了！"沙僧与长老嘤嘤的啼哭。八戒道："且不要哭，这一会烧火的换了班了。"沙僧道："你怎么知道？"八戒道："早先抬上来时，正合我意：我有些儿寒湿气的病，要他腾腾(中医外科的热敷)。这会子反冷气上来了。——咦！烧火的长官，添上些柴便怎的？要了你的哩！"行者听见，忍不住暗笑道："这个夯货！冷还好捱，若热就要伤命。再说两遭，一定走了风了，快早去救他。且住！要救他须是要现本相。假如现了，这十个烧火的看见，一齐乱喊，惊动老怪，却不又费事？等我先送他个法儿。"忽想起："我当初做大圣时，曾在北天门与护国天王猜枚(一种游戏，多用为行酒令)耍子，赢得他瞌睡虫儿，还有几个，送了他罢。"即往腰间顺带里摸摸，还有十二个。"送他十个，还留两个做种。”即将虫儿抛了去，散在十个小妖脸上，钻入鼻孔，渐渐打盹，都睡倒了。只有一个拿火叉的，睡不稳，揉头搓脸，把鼻子左捏右捏，不住的打喷嚏。行者道：“这厮晓得勾当了，我再与他个双添灯。”又将一个虫儿抛在他脸上。两个虫儿，左进右出，右出左进，谅有一个安住。那小妖两三个大呵欠，把腰伸一伸，丢了火叉，也扑的睡倒，再不翻身。

行者道：“这法儿真是妙而且灵！”即现原身，走近前叫声“师父。”唐僧听见道：“悟空，救我啊！”沙僧道：“哥哥，你在外面叫哩？”行者道：“我不在外面，好和你们在里边受罪？”八戒道：“哥啊，溜撒的溜了，我们都是顶缸的，在此受闷气哩！”行者笑道：“呆子莫嚷，我来救你。”八戒道：“哥啊，救便要脱根救，莫又要复蒸笼。”行者却揭开笼头，解了师父，将假变的毫毛，抖了一抖，收上身来，又一层层放了沙僧，放了八戒。那呆子才解了，巴不得就要跑。行者道：“莫忙！莫忙！”却又念声咒语，发放了龙神，才对八戒道：“我们这去到西天，还有高山峻岭，师父没脚力难行，等我还将马来。”你看他轻手轻脚，走到金銮殿下，见那些大小群妖俱睡熟了，却解了缰绳，更不惊动。那马原是龙马，若是生人飞踢两脚，便嘶几声，行者曾养过马，授弼马温之官，又是自家一伙，所以不跳不叫。悄悄的牵来，束紧了肚带，扣备停当，请师父上马。长老战兢兢的骑上，也就要走，行者道：“也且莫忙，我们西去还有国王，须要关文，方才去得，不然，将甚执照？等我还去寻行李来。”唐僧道：“我记得进门时，众怪将行李放在金殿左手下，担儿也在那一边。”行者道：“我晓得了。”即抽身跳在宝殿寻时，忽见光彩飘飖。行者知是行李，怎么就知？以唐僧的锦襕(lán，长衫或袍)袈裟上有夜明珠，故此放光。急到前，见担儿原封未动，连忙拿下去，付与沙僧挑着。八戒牵着马，他引了路，径奔正阳门。只听得梆铃乱响，门上有锁，锁上贴了封皮。行者道：“这等防守，如何去得？”八戒道：“后门里去罢。”行者引路径奔后门：“后宰门外，也有梆铃之声，门上也有封锁，却怎生是好？我这一番，若不为唐僧是个凡体，我三人不管怎的，也驾云弄风走了。只为唐僧未超三界外，见在五行中，一身都是父母浊骨(重浊躯体，指尘世之人)，所以不得升界难逃。”八戒道：“哥哥，不消商量，我们到那没梆铃不防卫处，撮着师父爬过墙去罢。”行者笑道：“这个不好。此时无奈，撮他过去；到取经回来，你这呆子口敞，延地里(到处)就对人说，我们是爬墙头的和尚了。”【卓吾评：趣】八戒道：“此时也顾不得行检，且逃命去罢。”行者也没奈何，只得依他，到那净墙边，算计爬出。

噫！有这般事！也是三藏灾星未脱。那三个魔头，在宫中正睡，忽然惊觉。说走了唐僧，一个个披衣忙起，急登宝殿，问曰：“唐僧烧了几滚了？”那些烧火的小妖已是有睡魔虫，都睡着了，就是打也莫想打得一个醒来。其余没执事的，惊醒几个，冒冒失失的答应道："七……七……七……七滚了！"【卓吾评：好】急跑近锅边，只见笼格子乱丢在地下，烧火的还都睡着，慌得又来报道："大王，走……走……走……走了！"三个魔头都下殿，近锅前仔细看时，果见那笼格子乱丢在地下，汤锅尽冷，火脚(残余的火种)俱无，那烧火的俱呼呼鼾睡如泥。慌得众怪一齐呐喊，都叫："快拿唐僧！快拿唐僧！"这一片喊声振起，把些前前后后、大大小小妖精，都惊起来。刀枪簇拥，至正阳门下，见那封锁不动，梆铃不绝，问外边巡夜的道："唐僧从那里走了？"俱道："不曾走出人来。"急赶至后宰门，封锁梆铃，亦如前门。复乱抢抢的，灯笼火把，熯天通红，就如白日，却明明的照见他四众爬墙哩！老魔赶近，喝声："那里走！"那长老唬得脚软筋麻，跌下墙来，被老魔拿住。二魔捉了沙僧，三魔擒倒八戒，众妖抢了行李白马，只是走了行者。那八戒口里囫囫哝哝的报怨行者道："天杀的！我说要救便脱根救，如今却又复笼蒸了！"众魔把唐僧擒至殿上，却不蒸了。二怪吩咐把八戒绑在殿前檐柱上，三怪吩咐把沙僧绑在殿后檐柱上，惟老魔把唐僧抱住不放。三怪道："大哥，你抱住他怎的？终不然就活吃？却也没些趣味。此物比不得那愚夫俗子，拿了可以当饭。此是上邦稀奇之物，必须待天阴闲暇之时，拿他出来，整制精洁，猜枚行令，细吹细打的吃方可。"【卓吾评：也说得趣】老魔笑道："贤弟之言虽当，但恐孙行者要来偷哩。"三魔道："我这皇宫里面有一座锦香亭子，那亭子内有一个铁柜。依着我，把唐僧藏在柜里，关了亭子，却传出谣言，说唐僧已被我们夹生吃了。令小妖满城讲说，那行者必然来探听消息，若听见这话，他必死心塌地而去。待三五日不来搅扰，却拿出来，慢慢受用，如何？"老怪二怪俱大喜道："是，是，是！兄弟说得有理！"可怜把个唐僧连夜拿将进去，藏在柜中，闭了亭子。传出谣言，满城里都乱讲不题。

却说行者自夜半顾不得唐僧，驾云走脱，径至狮驼洞里，一路棍，把那万数小妖，尽情剿绝。急回来，东方日出，到城边，不敢叫战，正是单丝不线，孤掌难鸣。他落下云头，摇身一变，变作个小妖儿，演入门里，大街小巷，缉访消息。满城里俱道："唐僧被大王夹生儿连夜吃了。"前前后后，都是这等说。行者着实心焦，行至金銮殿前观看，那里边有许多精灵，都戴着皮金帽子，穿着黄布直身，手拿着红漆棍，腰挂着象牙牌，一往一来，不住的乱走。行者暗想道："此必是穿宫的妖怪。就变做这个模样，进去打听打听。"

好大圣，果然变得一般无二，混入金门。正走处，只见八戒绑在亭前柱上哼哩。行者近前叫声"悟能"。那呆子认得声音，道："师兄，你来了？救我一救！"行者道：

"我救你,你可知师父在那里?"八戒道:"师父没了,昨夜被妖精夹生儿吃了。"行者闻言,忽失声泪似泉涌。八戒道:"哥哥莫哭,我也是听得小妖乱讲,未曾眼见。你休误了,再去寻问寻问。"这行者却才收泪,又往里面找寻。忽见沙僧绑在后檐柱上,即近前摸着他胸脯子叫道:"悟净。"沙僧也识得声音,道:"师兄,你变化进来了?救我!救我!"行者道:"救你容易,你可知师父在那里?"沙僧滴泪道:"哥啊!师父被妖精等不得蒸,就夹生儿吃了!"大圣听得两个言语相同,心如刀搅,泪似水流,急纵身望空跳起,且不救八戒沙僧,回至城东山上,按落云头,放声大哭,叫道:"师父啊!

恨我欺天困网罗,师来救我脱沉疴。
潜心笃志同参佛,努力修身共炼魔。
岂料今朝遭蜇害,不能保你上婆娑。
西方胜境无缘到,气散魂消怎奈何!"

【恐怖心源自局限的经验和知识,要破除恐怖,需从知识和经验的局限中解脱出来,用大智慧进行圆满的观照】

行者凄凄惨惨的,自思自忖,以心问心道:"这都是我佛如来坐在那极乐之境,没得事干,弄了那三藏之经!若果有心劝善,理当送上东土,却不是个万古流传?只是舍不得送去,却教我等来取。怎知道苦历千山,今朝到此丧命!罢!罢!罢!老孙且驾个筋斗云,去见如来,备言前事。若肯把经与我送上东土,一则传扬善果,二则了我等心愿;若不肯与我,教他把'松箍儿咒'念念,退下这个箍子,交还与他,老孙还归本洞,称王道寡,耍子儿去罢。"

好大圣,急翻身驾起筋斗云,径投天竺。那里消一个时辰,早望见灵山不远。须臾间,按落云头,直至鹫峰之下,忽抬头,见四大金刚挡住道:"那里走?"行者施礼道:"有事要见如来。"当头又有昆仑山金霞岭不坏尊王永住金刚喝道:"这泼猴甚是粗狂!前者大困牛魔,我等为汝努力,今日面见,全不为礼!有事且待先奏,奉召方行。这里比南天门不同,教你进去出来,两边乱走!咄!还不靠开!"那大圣正是烦恼处,又遭此抢白,气得哮吼如雷,忍不住大呼小叫,早惊动如来。

如来佛祖正端坐在九品宝莲台上,与十八尊轮世的阿罗汉讲经,即开口道:"孙悟空来了,汝等出去接待接待。"大众阿罗,遵佛旨,两路幢幡宝盖(佛道或帝王仪仗等的伞盖),即出山门应声道:"孙大圣,如来有旨相唤哩。"那山门口四大金刚却才闪开路,让行者前进。众阿罗引至宝莲台下,见如来倒身下拜,两泪悲啼。如来道:"悟空,有何事这等悲啼?"行者道:"弟子屡蒙教训之恩,托庇在佛爷爷之门下,自归正果，保护唐僧，拜为师范，一路上苦不可言！今至狮驼山狮驼洞狮驼城，有三个毒魔，乃狮王、象王、大鹏，把我师父捉将去，连弟子一概遭迍①，都捆在蒸笼里，受汤火之灾。幸弟子脱逃，唤龙王救免。是夜偷出师等，不料灾星难脱，复又擒回。及至天明，入城打听，叵耐②那魔十分狠毒，万样骁勇，把师父连夜夹生吃了，如今骨肉无存。又况师弟悟能悟净见绑在那厢，不久，性命亦皆倾矣。弟子没及奈何，特地到此参拜如来。望大慈悲，将'松箍咒儿'念念，退下我这头上箍儿，交还如来，放我弟子回花果山宽闲耍子去罢！"说未了，泪如泉涌，悲声不绝。

如来笑道："悟空少得烦恼。那妖精神通广大，你胜不得他，所以这等心痛。"行者跪在下面，捶着胸膛道："不瞒如来说，弟子当年闹天宫，称大圣，自为人以来，不曾吃亏，今番却遭这毒魔之手！"如来闻言道："你且休恨，那妖精我认得他。"行者猛然失声道："如来！我听见人讲说，那妖精与你有亲哩。"如来道："这个刁猢狲！怎么个妖精与我有亲？"行者笑道："不与你有亲，如何认得？"如来道："我慧眼观之，故此认得。那老怪与二怪有主。"叫："阿傩、迦叶，来！你两个分头驾云，去五台山、峨眉山，宣文殊、普贤来见。"二尊者即奉旨而去。如来道："这是老魔、二怪之主。但那三怪，说将起来，也是与我有些亲处。"行者道："亲是父党？母党？"如来道："自那混沌分时，天开于子，地辟于丑，人生于寅，天地再交合，万物尽皆生。万物有走兽飞禽，走兽以麒麟为之长，飞禽以凤凰为之长。那凤凰又得交合之气，育生孔雀、大鹏。孔雀出世之时最恶，能吃人，四十五里路把人一口吸之。我在雪山顶上，修成丈六金身，早被他也把我吸下肚去。我欲从他便门而出，恐污真身，是我剖开他脊背，跨上灵山。欲伤他命，当被诸佛劝解，伤孔雀如伤我母。故此留他在灵山会上，封他做佛母孔雀大明王菩萨。大鹏与他是一母所生，故此有些亲处。"行者闻言笑道："如来，若这般比论，你还是妖精的外甥哩。"如来道："那怪须是我去，方可收得。"【心性需借佛法降伏恐怖】行者叩头，启上如来："千万望挪玉（即挪动玉足的省称，是劳烦别人移步的敬辞）一降！"

如来即下莲台，同诸佛众，径出山门，又见阿傩、迦叶引文殊、普贤来见。二菩萨对佛礼拜，如来道："菩萨之兽，下山多少时了？"文殊道："七日了。"如来道："山中方七日，世上几千年。不知在那厢伤了多少生灵，快随我收他去。"二菩萨相随左右，同众飞空。只见那：

---

① 遭迍：zāo zhūn，亦作"遭屯"，遭受困顿。
② 叵耐：pǒ nài，亦作"叵奈"，不可容忍；可恨。

满天缥缈瑞云分，我佛慈悲降法门。
明示开天生物理，细言辟地化身文。
面前五百阿罗汉，脑后三千揭谛神。
迦叶阿傩随左右，普文菩萨殄妖氛。

大圣有此人情，请得佛祖与众前来，不多时，早望见城池。行者报道："如来，那放黑气的乃是狮驼国也。"如来道："你先下去，到那城中与妖精交战，许败不许胜。败上来，我自收他。"

大圣即按云头，径至城上，脚踏着垛儿骂道："泼孽畜！快出来与老孙交战！"慌得那城楼上小妖急跳下城中报道："大王，孙行者在城上叫战哩。"老妖道："这猴儿两三日不来，今朝却又叫战，莫不是请了些救兵来耶？"三怪道："怕他怎的！我们都去看来。"三个魔头各持兵器赶上城来，见了行者更不打话，举兵器一齐乱刺，行者轮铁棒掣手相迎。斗经七八回合，行者佯输而走。那妖王喊声大振，叫道："那里走！"大圣筋斗一纵，跳上半空，三个精即驾云来赶。行者将身一闪，藏在佛爷爷金光影里，全然不见。只见那过去、未来、见在的三尊佛像与五百阿罗汉、三千揭谛神，布散左右，把那三个妖王围住，水泄不通。老魔慌了手脚，叫道："兄弟，不好了！那猴子真是个地里鬼(擅长查访内情的人)！那里请得个主人公来也！"【卓吾评：主人公一到，魔自散矣】三魔道："大哥休得悚惧，我们一齐上前，使枪刀搠(shuò，刺；戳)倒如来，夺他那雷音宝刹！"这魔头不识起倒，真个举刀上前乱砍，却被文殊、普贤，念动真言喝道："这孽畜还不皈正，更待怎生！"唬得老怪、二怪，不敢撑持，丢了兵器，打个滚，现了本相。二菩萨将莲花台抛在那怪的脊背上，飞身跨坐，二怪遂泯耳皈依。

二菩萨既收了青狮、白象，只有那第三个妖魔不伏，腾开翅，丢了方天戟，扶摇直上，轮利爪要刁捉猴王。原来大圣藏在光中，他怎敢近？如来情知此意，即闪金光，把那鹊巢贯顶①之头，迎风一幌，变做鲜红的一块血肉。妖精轮利爪刁他一下，被佛爷把手往上一指，那妖翅膊上就了筋。飞不去，只在佛顶上，不能远遁，现了本相，乃是一个大鹏金翅雕，即开口对佛应声叫道："如来，你怎么使大法力困住我也？"如来道："你在此处多生孽障，跟我去，有进益之功。"妖精道："你那里持斋把素，极贫极苦；我这里吃人肉，受用无穷！你若饿坏了我，你有罪愆。"【卓吾评：世人都是如此见识】如来道："我管四大部洲，无数众生瞻仰，凡做好事，我教他先祭汝

① 鹊巢贯顶：相传如来在雪山修道的时候，有野鹊在其头顶筑巢。

口。"那大鹏欲脱难脱，要走怎走？是以没奈何，只得皈依。【飞不出如来手心的，不正是悟空吗？】

行者方才转出，向如来叩头道："佛爷，你今收了妖精，除了大害，只是没了我师父也。"大鹏咬着牙恨道："泼猴头！寻这等狠人困我！你那老和尚几曾吃他？如今在那锦香亭铁柜里不是？"行者闻言，忙叩头谢了佛祖。佛祖不敢松放了大鹏，也只教他在光焰上做个护法，引众回云，径归宝刹。

【最厉害的大鹏终于被如来收去做了护法。可见恐惧心也是打不死的，他会找一切机会游荡于人间。国家、宗教或组织为了维持一定的秩序，仍要把它当作一种手段。国家的执法机构、组织的强制罚则，宗教的诅咒，都是这样的表现，故恐怖心可为护法】

行者却按落云头，直入城里。那城里一个小妖儿也没有了。正是"蛇无头而不行，鸟无翅而不飞"。他见佛祖收了妖王，各自逃生而去。行者才解救了八戒、沙僧，寻着行李马匹，与他二人说："师父不曾吃，都跟我来。"引他两个径入内院，找着锦香亭，打开门看，内有一个铁柜，只听得三藏有啼哭之声。沙僧使降妖杖打开铁锁，拽开柜盖，叫声："师父！"三藏见了，放声大哭道："徒弟啊！怎生降得妖魔？如何得到此寻着我也？"行者把上项事，从头至尾，细陈了一遍，三藏感谢不尽。师徒们在那宫殿里寻了些米粮，安排些茶饭，饱吃一餐，收拾出城，找大路投西而去。正是：真经必得真人取，意嚷心劳总是虚。毕竟这一去，不知几时得面如来，且听下回分解。

【卓吾评：有文殊、普贤、如来，便有青狮、白象、大鹏，即道学先生人心、道心之说也，勿看远了】

第七十八回　比丘怜子遣阴神　金殿识魔谈道德

【本回师徒拯救被国王和妖精用作药引的儿童，表面上是批驳了不休道德、转而向外寻求长生之方的邪说，实质上是前文之经历的一大总结。从隐喻的意义上，以众生之婴儿比喻众生之心，众生之心也即国王之心、唐僧之心，也正是悟空所展示的：红心、白心、黄心、悭贪心、利名心、嫉妒心、计较心、好胜心、望高心、侮慢心、杀害心、狠毒心、恐怖心、谨慎心、邪妄心、无名隐暗之心、种种不善之心。唐僧一路行来的经历，正是救赎这些不善之心的经历。救赎自己便是救赎众生，救赎众生也是救赎自己】

一念才生动百魔，修持最苦奈他何！
但凭洗涤无尘垢，也用收拴有琢磨。
扫退万缘归寂灭，荡除千怪莫蹉跎。
管教跳出樊笼套，行满飞升上大罗。

话说孙大圣用尽心机，请如来收了众怪，解脱三藏师徒之难，离狮驼城西行。又经数月，早值冬天，但见那：

岭梅将破玉，池水渐成冰。
红叶俱飘落，青松色更新。
淡云飞欲雪，枯草伏山平。
满目寒光迥，阴阴诱骨冷。

师徒们冲寒冒冷，宿雨餐风，正行间，又见一座城池。三藏问道："悟空，那厢又是甚么所在？"行者道："到跟前自知，若是西邸王位，须要倒换关文；若是府州县，径过。"师徒言语未毕，早至城门之外。

三藏下马，一行四众进了月城①，见一个老军，在向阳墙下，偎风而睡。【"老军"睡觉，有人借"老君"之名兜售假药】行者近前摇他一下，叫声"长官"。那老军猛然惊觉，麻麻糊糊的睁开眼，看见行者，连忙跪下磕头，叫："爷爷！"行者道："你休胡惊作怪，我又不是甚么恶神，你叫'爷爷'怎的！"老军磕头道："你是雷公爷爷？"行者

① 月城：即瓮城，城外所筑的半圆形的小城，加强防御之用。

道："胡说！吾乃东土去西天取经的僧人。适才到此，不知地名，问你一声的。"那老军闻言，却才正了心，打个呵欠，爬起来，伸伸腰道："长老，长老，恕小人之罪。此处地方，原唤比丘国，今改作小子城。"行者道："国中有帝王否？"老军道："有！有！有！"行者却转身对唐僧道："师父，此处原是比丘国，今改小子城。但不知改名之意何故也。"唐僧疑惑道："既云比丘，又何云小子？"【比丘为僧，小子为心，此乃僧之心城】八戒道："想是比丘王崩了，新立王位的是个小子，故名小子城。"【卓吾评：何异今日秀才解书？】唐僧道："无此理！无此理！我们且进去，到街坊上再问。"沙僧道："正是，那老军一则不知，二则被大哥唬得胡说，且入城去询问。"

又入三层门里，到通衢大市观看，倒也衣冠济楚，人物清秀。但见那：

酒楼歌馆语声喧，彩铺茶房高挂帘。
万户千门生意好，六街三市广财源。
买金贩锦人如蚁，夺利争名只为钱。

【夺利争名，正是人间气象，也是需要救赎的心性】

礼貌庄严风景盛，河清海晏太平年。

师徒四众牵着马，挑着担，在街市上行彀多时，看不尽繁华气概。但只见家家门口一个鹅笼。三藏道："徒弟啊，此处人家，都将鹅笼放在门首，何也？"八戒听说，左右观之，果是鹅笼，排列五色彩缎遮幔。呆子笑道："师父，今日想是黄道良辰，宜结婚姻会友，都行礼哩。"行者道："胡谈！那里就家家都行礼！其间必有缘故，等我上前看看。"三藏扯住道："你莫去。你嘴脸丑陋，怕人怪你。"行者道："我变化个儿去来。"

好大圣，捻着诀，念声咒语，摇身一变，变作一个蜜蜂儿，展开翅，飞近边前，钻进幔里观看，原来里面坐的是个小孩儿。再去第二家笼里看，也是个小孩儿。连看八九家，都是个小孩儿，却是男身，更无女子。有的坐在笼中顽耍，有的坐在里边啼哭，有的吃果子，有的或睡坐。行者看罢，现原身回报唐僧道："那笼里是些小孩子，大者不满七岁，小者只有五岁，不知何故。"三藏见说，疑思不定。

忽转街见一衙门，乃金亭馆驿。长老喜道："徒弟，我们且进这驿里去，一则问他地方，二则撒和马匹，三则天晚投宿。"沙僧道："正是，正是，快进去耶。"四众欣然而入。只见那在官人果报与驿丞，接入门，各各相见。叙坐定，驿丞问："长老自何方来？"三藏言："贫僧东土大唐差往西天取经者，今到贵处，有关文理当照验，权借高衙一歇。"驿丞即命看茶，茶毕即办支应，命当直的安排管待。三藏称谢，又问："今日可得入朝见驾，照验关文？"驿丞道："今晚不能，须待明日早朝。今晚且于敝衙门宽住一宵。”

少顷，安排停当，驿丞即请四众，同吃了斋供，又教手下人打归客房安歇。三藏感谢不尽。既坐下，长老道：“贫僧有一件不明之事请教，烦为指示。贵处养孩儿，不知怎生看待。”驿丞道：“‘天无二日，人无二理’。养育孩童，父精母血，怀胎十月，待时而生，生下乳哺三年，渐成体相，岂有不知之理！”三藏道：“据尊言与敝邦无异。但贫僧进城时，见街坊人家，各设一鹅笼，都藏小儿在内。此事不明，故敢动问。”驿丞附耳低言道：“长老莫管他，莫问他，也莫理他、说他。请安置，明早走路。”长老闻言，一把扯住不放，定要问个明白。驿丞摇头摇手只叫：“谨言！”三藏一发不放，执死定要问个详细。驿丞无奈，只得屏去一应在官人等，独在灯光之下，悄悄而言道：“适所问鹅笼之事，乃是当今国主无道之事。你只管问他怎的！”三藏道：“何为无道？必见教明白，我方得放心。”驿丞道：“此国原是比丘国，近有民谣，改作小子城。三年前，有一老人打扮做道人模样，携一小女子，年方一十六岁，其女形容娇俊，貌若观音，进贡与当今，陛下爱其色美，宠幸在宫，号为美后。近来把三宫娘娘，六院妃子，全无正眼相觑，不分昼夜，贪欢不已。如今弄得精神瘦倦，身体尫羸（wāng léi，瘦弱），饮食少进，命在须臾。太医院检尽良方，不能疗治。那进女子的道人，受我主诰封，称为国丈。国丈有海外秘方，甚能延寿，前者去十洲、三岛，采将药来，俱已完备。但只是药引子利害：单用着一千一百一十一个小儿的心肝，煎汤服药，服后有千年不老之功。这些鹅笼里的小儿，俱是选就的，养在里面。人家父母，惧怕王法，俱不敢啼哭，遂传播谣言，叫做小儿城。此非无道而何？长老明早到朝，只去倒换关文，不得言及此事。”言毕抽身而退。

唬得个长老骨软筋麻，止不住腮边泪堕，忽失声叫道：“昏君，昏君！为你贪欢爱美，弄出病来，怎么屈伤这许多小儿性命！苦哉！苦哉！痛杀我也！”有诗为证：

邪主无知失正真，贪欢不省暗伤身。
因求永寿戕童命，为解天灾杀小民。
僧发慈悲难割舍，官言利害不堪闻。
灯前洒泪长吁叹，痛倒参禅向佛人。

八戒近前道：“师父，你是怎的起哩？‘专把别人棺材抬在自家家里哭！’不要烦恼！常言道，君教臣死，臣不死不忠；父教子亡，子不亡不孝。他伤的是他的子民，与你何干！且来宽衣服睡觉，‘莫替古人耽忧’。”三藏滴泪道：“徒弟啊，你是一个不慈悯的！我出家人，积功累行，第一要行方便。怎么这昏君一味胡行！从来也不见吃人心肝，可以延寿。这都是无道之事，教我怎不伤悲！”沙僧道：“师父且莫伤悲，等明早倒换关文，觌(dí，见)面与国王讲过。如若不从，看他是怎么模样的一个国丈。或恐那国丈是个妖精，欲吃人的心肝，故设此法，未可知也。”

行者道：“悟净说得有理。师父，你且睡觉，明日等老孙同你进朝，看国丈的好歹。如若是人，只恐他走了旁门，不知正道，徒以采药为真，待老孙将先天之要旨，化他皈正；【卓吾评：着眼】若是妖邪，我把他拿住，与这国王看看，教他宽欲养身，断不教他伤了那些孩童性命。”三藏闻言，急躬身反对行者施礼道：“徒弟啊，此论极妙！极妙！但只是见了昏君，不可便问此事，恐那昏君不分远近，并作谣言见罪，却怎生区处？”行者笑道：“老孙自有法力，如今先将鹅笼小儿摄离此城，教他明日无物取心。地方官自然奏表，那昏君必有旨意，或与国丈商量，或者另行选报。那时节，借此举奏，决不致罪坐于我也。”三藏甚喜，又道：“如今怎得小儿离城？若果能脱得，真贤徒天大之德！可速为之，略迟缓些，恐无及也。”行者抖擞神威，即起身吩咐八戒、沙僧：“同师父坐着，等我施为，你看但有阴风刮动，就是小儿出城了。”他三人一齐俱念：“南无救生药师佛！南无救生药师佛！”【卓吾评：摹拟逼真】

【自古君子宁以死相谏，不反无道昏君。盖因国家体系已成，反昏君死伤的还是小民。况人之心性相通，应帮助昏君辨明事理，拨乱反正，回头是岸，善莫大焉】

这大圣出得门外，打个唿哨，起在半空，捻了诀，念动真言，叫声“唵嚂净法界”，拘得那城隍、土地、社令、真官，并五方揭谛、四值功曹、六丁六甲(均为护法神仙)与护教伽蓝等众，都到空中，对他施礼道：“大圣，夜唤吾等，有何急事？”行者道：“今因路过比丘国，那国王无道，听信妖邪，要取小儿心肝做药引子，指望长生。我师父十分不忍，欲要救生灭怪，故老孙特请列位，各使神通，与我把这城中各街坊人家鹅笼里的小儿，连笼都摄出城外山凹中，或树林深处，收藏一二日，与他些果子食用，不得饿损；再暗的护持，不得使他惊恐啼哭。待我除了邪，治了国，劝正君王，临行时送来还我。”众神听令，即便各使神通，按下云头，满城中阴风滚滚，惨雾漫漫：

阴风刮暗一天星，惨雾遮昏千里月。起初时，还荡荡悠悠；次后来，就轰轰烈烈。悠悠荡荡，各寻门户救孩童；烈烈轰轰，都看鹅笼援骨血。冷气侵人怎出头，寒威透体衣如铁。父母徒张皇，兄嫂皆悲切。满地卷阴风，笼儿被神摄。此夜纵孤恓，天明尽欢悦。

诗曰：

释门慈悯古来多，正善成功说摩诃。
万圣千真皆积德，三皈五戒要从和。

比丘一国非君乱，小子千名是命讹。
行者因师同救护，这场阴骘胜波罗。

当夜有三更时分，众神祇把鹅笼摄去各处安藏。

【何为"比丘一国非君乱，小子千名是命讹"？据《道德经》婴儿之本论，小子千名象征众生的种种不善之心。国王是众生的代表，也是唐僧之映射。是剿灭种种不善之心，求得清净和长寿，还是救赎它们获得功德和智慧？这是唐僧所面临的问题。】

行者按下祥光，径至驿庭上，只听得他三人还念"南无救生药师佛"哩。他也心中暗喜，近前叫："师父，我来也。阴风之起何如？"八戒道："好阴风！"三藏道："救儿之事，却怎么说？"行者道："已一一救他出去，待我们起身时送还。"长老谢了又谢，方才就寝。

至天晓，三藏醒来，遂结束齐备道："悟空，我趁早朝，倒换关文去也。"行者道："师父，你自家去恐不济事，待老孙和你同去，看那国丈邪正如何。"三藏道："你去却不肯行礼，恐国王见怪。"行者道："我不现身，暗中跟随你，就当保护。"三藏甚喜，吩咐八戒沙僧看守行李马匹，却才举步，这驿丞又来相见。看这长老打扮起来，比昨日又甚不同，但见他：

身上穿一领锦襴异宝佛袈裟，头戴金顶毗卢帽。九环锡杖手中拿，胸藏一点神光妙。通关文牒紧随身，包裹袋中缠锦套。行似阿罗降世间，诚如活佛真容貌。那驿丞相见礼毕，附耳低言，只教莫管闲事，三藏点头应声。大圣闪在门旁，念个咒语，摇身一变，变做个蟭蟟(jiāo liáo，蝉的一种)虫儿，嘤的一声，飞在三藏帽儿上，出了馆驿，径奔朝中。

及到朝门外，见有黄门官，即施礼道："贫僧乃东土大唐差往西天取经者，今到贵地，理当倒换关文。意欲见驾，伏乞(敬词，向尊者恳求)转奏转奏。"那黄门官果为传奏，国王喜道："远来之僧，必有道行。"教："请进来。"黄门官复奉旨，将长老请入。长老阶下朝见毕，复请上殿赐坐。长老又谢恩坐了，只见那国王相貌尫羸，精神倦怠：举手处，揖让差池；开言时，声音断续。长老将文牒献上，那国王眼目昏朦，看了又看，方才取宝印用了花押，递与长老，长老收讫。

那国王正要问取经原因，只听得当驾官奏道："国丈爷爷来矣。"那国王即扶着近侍小宦，挣下龙床，躬身迎接慌得那长老急起身，侧立于旁。回头观看，原来是一个老道者，自玉阶前摇摇摆摆而进。但见他：

头上戴一顶淡鹅黄九锡云锦纱巾，身上穿一领箸顶梅沉香绵丝鹤氅。腰间系一条纫蓝三股攒绒带，足下踏一对麻经葛纬云头履。手中拄一根九节枯藤盘龙拐杖，胸前挂一个描龙刺凤团花锦囊。玉面多光辉，须髯颔下飘。金睛飞火焰，长目过眉梢。行动云随步，逍遥香雾饶。阶下众官都拱接，齐呼国丈进王朝。

那国丈到宝殿前，更不行礼，昂昂烈烈径到殿上。国王欠身道："国丈仙踪，今喜早降。"就请左手绣墩上坐。三藏起一步，躬身施礼道："国丈大人，贫僧问讯了。"那国丈端然高坐，亦不回礼，转面向国王道："僧家何来？"国王道："东土唐朝差上西天取经者，今来倒验关文。"国丈笑道："西方之路，黑漫漫有甚好处！"三藏道："自古西方乃极乐之胜境，如何不好？"那国王问道："朕闻上古有云：'僧是佛家弟子。'端的不知为僧可能不死，向佛可能长生？"三藏闻言，急合掌应道：

"为僧者，万缘都罢；了性者，诸法皆空。大智闲闲，【语出《庄子》，本段引用道教经典阐释佛经理论】澹泊在不生之内；真机默默，逍遥于寂灭之中。三界空而百端治，六根净而千种穷。若乃坚诚知觉，须当识心：心净则孤明独照，心存则万境皆清。真容无欠亦无余，生前可见；幻相有形终有坏，分外何求？行功打坐，乃为入定之原；布惠施恩，诚是修行之本。大巧若拙，【语出《道德经》】还知事事无为；善计非筹，必须头头放下。但使一心不行，万行自全；若云采阴补阳，诚为谬语，服饵长寿，实乃虚词。【修炼无念、无住的心性才是正道；靠外力或食物修炼都是骗人的】只要尘尘缘总弃，物物色皆空。素素纯纯寡爱欲，自然享寿永无穷。"

那国丈闻言，付之一笑，用手指定唐僧道："呵！呵！呵！你这和尚满口胡柴！寂灭门中，须云认性，你不知那性从何而灭！枯坐参禅，尽是些盲修瞎炼。俗语云：'坐，坐，坐，你的屁股破！火熬煎，反成祸。'更不知我这：修仙者，骨之坚秀；达道者，神之最灵。携箪瓢而入山访友，采百药而临世济人。摘仙花以砌笠，折香蕙以铺裀。歌之鼓掌，舞罢眠云。阐道法，扬太上之正教；施符水，除人世之妖氛。夺天地之秀气，采日月之华精。运阴阳而丹结，按水火而胎凝。二八阴消兮，若恍若惚（恍惚，难以捉摸）；三九阳长兮，如杳如冥（杳冥，神秘莫测）。应四时而采取药物，养九转[①]而修炼丹成。跨青鸾，升紫府（仙人所居之处）；骑白鹤，上瑶京。参满天之华采，表妙道之殷勤。比你那静禅释教，寂灭阴神，涅槃遗臭壳，又不脱凡尘！三教之中无上品，古来惟道独称尊！"

那国王听说，十分欢喜，满朝官都喝采道："好个'惟道独称尊'！'惟道独称尊'！"【卓吾评：自有捧屁者】长老见人都赞他，不胜羞愧。国王又叫光禄寺安排素斋，待那

---

① 九转：九次提炼。道教谓丹的炼制有一至九转之别，以九转最贵。

远来之僧出城西去。

三藏谢恩而退，才下殿，往外正走，行者飞下帽顶儿来，在耳边叫道："师父，这国丈是个妖邪，国王受了妖气。你先去驿中等斋，待老孙在这里听他消息。"三藏知会了，独出朝门不题。

看那行者，一翅飞在金銮殿翡翠屏中钉下，只见那班部中闪出五城兵马官，奏道："我主，今夜一阵冷风，将各坊各家鹅笼里小儿，连笼都刮去了，更无踪迹。"国王闻奏，又惊又恼，对国丈道："此事乃天灭朕也！连月病重，御医无效。幸国丈赐仙方，专待今日午时开刀，取此小儿心肝作引，何期被冷风刮去。非天欲灭朕而何？"国丈笑道："陛下且休烦恼。此儿刮去，正是天送长生与陛下也。"国王道："见把笼中之儿刮去，何以返说天送长生？"国丈道："我才入朝来，见了一个绝妙的药引，强似那一千一百一十一个小儿之心。那小儿之心，只延得陛下千年之寿；此引子，吃了我的仙药，就可延万万年也。"国王漠然不知是何药引，请问再三，国丈才说："那东土差去取经的和尚，我观他器宇清净，容颜齐整，乃是个十世修行的真体。自幼为僧，元阳未泄，比那小儿更强万倍，【卓吾评：如今和尚，更无一个做得引子】若得他的心肝煎汤，服我的仙药，足保万年之寿。"那昏君闻言十分听信，对国丈道："何不早说？若果如此有效，适才留住，不放他去了。"国丈道："此何难哉！适才吩咐光禄寺办斋待他，他必吃了斋，方才出城。如今急传旨，将各门紧闭，点兵围了金亭馆驿，将那和尚拿来，必以礼求其心。如果相从，即时剖而取出，遂御葬其尸，还与他立庙享祭；如若不从，就与他个武不善作，即时捆住，剖开取之。有何难事！"那昏君如其言，即传旨，把各门闭了。又差羽林卫大小官军，围住馆驿。

行者听得这个消息，一翅飞奔馆驿，现了本相，对唐僧道："师父，祸事了！祸事了！"那三藏才与八戒、沙僧领御斋，忽闻此言，唬得三尸神散，七窍烟生，倒在尘埃，浑身是汗，眼不定睛，口不能言。慌得沙僧上前搀住，只叫："师父苏醒！师父苏醒！"八戒道："有甚祸事？有甚祸事？你慢些儿说便也罢，却唬得师父如此！"行者道："自师父出朝，老孙回视，那国丈是个妖精。少顷，有五城兵马来奏冷风刮去小儿之事。国王方恼，他却转教喜欢，道：'这是天送长生与你。'要取师父的心肝做药引，可延万年之寿。那昏君听信诬言，所以点精兵来围馆驿，差锦衣官来请师父求心也。"八戒笑道："行的好慈悯！救的好小儿！刮的好阴风，今番却撞出祸来了！"

三藏战兢兢的爬起来，扯着行者哀告道："贤徒啊！此事如何是好？"行者道："若要好，大做小。"沙僧道："怎么叫做大做小？"行者道："若要全命，师作徒，徒作师，方可保全。"三藏道："你若救得我命，情愿与你做徒子徒孙也。"行者道："既如此，不必迟疑。”教：“八戒，快和些泥来。”那呆子即使钉钯，筑了些土，又不敢外面去取水，在地上掳起衣服撒溺，和了一团臊泥，递与行者。行者没奈何，将泥扑作一片，往自家脸上一安，做下个猴象的脸子，叫唐僧站起休动，再莫言语，贴在唐僧脸上，念动真言，吹口仙气，叫“变！”那长老即变做个行者模样，脱了他的衣服，以行者的衣服穿上。行者却将师父的衣服穿了，捻着诀，念个咒语，摇身变作唐僧的嘴脸，八戒、沙僧也难识认。

正当合心装扮停当，只听得锣鼓齐鸣，又见那枪刀簇拥。原来是羽林卫官，领三千兵把馆驿围了。又见一个锦衣官走进驿庭问道：“东土唐朝长老在那里？”慌得那驿丞战兢兢的跪下，指道：“在下面客房里。”锦衣官即至客房里道：“唐长老，我王有请。”八戒、沙僧左右参差护持假行者，只见假唐僧出门施礼道：“锦衣大人，陛下召贫僧，有何话说？”锦衣官上前一把扯住道：“我与你进朝去，想必有取用也。”咦！这正是：妖诬胜慈善，慈善反招凶。毕竟不知此去端的性命何如，且听下回分解。

【卓吾评：国丈以一千一百一十一个小儿做药引子，今日小儿科医生，又以药引子杀无数小儿矣。可怜，可怜】

第七十九回　寻洞擒妖逢老寿　当朝正主救婴儿

【在狮驼国恐怖心达到高潮之后，作者用四个故事进行主题的收束和转折。比丘国收束上文种种不善之心，从正面提出救赎众心，方法是离“相”和悟“空”，然后陷空山从反面提出心执着于空的危害，灭法国和隐雾山提出心生万法，由此走上济世渡人的大道，引出天竺国的五个故事。从经意上解，这是从《心经》个人修行的悟“空”和离“苦”走向《金刚经》的灭度众生】

却说那锦衣官把假唐僧扯出馆驿，与羽林军围围绕绕，直至朝门外，对黄门官言：“我等已请唐僧到此，烦为转奏。”黄门官急进朝，依言奏上昏君，遂请进去。众官都在阶下跪拜，惟假唐僧挺立阶心，口中高叫：“比丘王，请我贫僧何说？”君王笑道：“朕得一疾，缠绵日久不愈。幸国丈赐得一方，药饵俱已完备，只少一味引子，特请长老求些药引。若得病愈，与长老修建祠堂，四时奉祭，永为传国之香火。”假唐僧道：“我乃出家人，只身至此，不知陛下问国丈要甚东西作引。”昏君道：“特求长老的心肝。”假唐僧道：“不瞒陛下说，心便有几个儿，不知要的甚么色样。”【卓吾评：猴】那国丈在旁指定道：“那和尚，要你的黑心。”假唐僧道：“既如此，快取刀来。剖开胸腹，若有黑心，谨当奉命。”【卓吾评：若要黑心，是人皆有，何须和尚？】

那昏君欢喜相谢，即着当驾官取一把牛耳短刀，递与假僧。假僧接刀在手，解开衣服，挺起胸膛，将左手抹腹，右手持刀，唿喇(hū lā，象声词)的响一声，把腹皮剖开，那里头就骨都都的滚出一堆心来。唬得文官失色，武将身麻。国丈在殿上见了道：“这是个多心的和尚！”假僧将那些心，血淋淋的，一个个捡开与众观看，却都是些红心、白心、黄心、悭(qiān，吝啬)贪心、利名心、嫉妒心、计较心、好胜心、望高心、侮慢心、杀害心、狠毒心、恐怖心、谨慎心、邪妄心、无名隐暗之心、种种不善之心，更无一个黑心。【卓吾评：着眼】【普通小说，写心性之复杂，需多笔墨。本书无所拘束，直接剖开胸膛把各色心掏出来看就是，何其简单，又何其精妙】那昏君唬得呆呆挣挣，口不能言，战兢兢的教：“收了去！收了去！”那假唐僧忍耐不住，收了法，现出本相，对昏君道：“陛下全无眼力！我和尚家都是一片好心，惟你这国丈是个黑心，好做药引。你不信，等我替你取他的出来看看。”那国丈听见，急睁睛仔细观看，见那和尚变了面皮，不是那般模样。咦！认得当年孙大圣，五百年前旧有名。却抽身，腾云就起，被行者翻筋斗，跳在空中喝道："那里走！吃吾一棒！"那国丈即使蟠龙拐杖来迎。他两个在半空中这场好杀：

如意棒，蟠龙拐，虚空一片云叆叆(ài ài，云气浓盛貌)。原来国丈是妖精，故将怪女称娇色。国主贪欢病染身，妖邪要把儿童宰。相逢大圣显神通，捉怪救人将难解。铁棒当头着实凶，拐棍迎来堪喝采。杀得那满天雾气暗城池，城里人家都失色。文武多官魂魄飞，嫔妃绣女容颜改。唬得那比丘昏主乱身藏，战战兢兢没布摆。棒起犹如虎出山，拐轮却似龙离海。今番大闹比丘城，致令邪正分明白。那妖精与行者苦战二十余合，蟠龙拐抵不住金箍棒，虚幌了一拐，将身化作一道寒光，落入皇宫内院，把进贡的妖后带出宫门，并化寒光，不知去向。

大圣按落云头，到了宫殿下，对多官道："你们的好国丈啊！"多官一齐礼拜，感谢神僧，行者道："且休拜，且去看你那昏主何在。"多官道："我主见争战时，惊恐潜藏，不知向那座宫中去也。"行者即命："快寻！莫被美后拐去！"多官听言，不分内外，同行者先奔美后宫，漠然无踪，连美后也通不见了。正宫、东宫、西宫、六院，概众后妃，都来拜谢大圣。大圣道："且请起，不到谢处哩，且去寻你主公。"少时，见四五个太监，搀着那昏君自谨身殿后面而来。众臣俯伏在地，齐声启奏道："主公！主公！感得神僧到此，辨明真假。那国丈乃是个妖邪，连美后亦不见矣。"国王闻言，即请行者出皇宫，到宝殿拜谢了道："长老，你早间来的模样，那般俊伟，这时如何就改了形容？"行者笑道："不瞒陛下说，早间来者，是我师父，乃唐朝御弟三藏。我是他徒弟孙悟空，还有两个师弟，猪悟能沙悟净，见在金亭馆驿。因知你信了妖言，要取我师父心肝做药引，是老孙变作师父模样，特来此降妖也。"那国王闻说，即传旨着阁下太宰快去驿中请师众来朝。

那三藏听见行者现了相，在空中降妖，吓得魂飞魄散，幸有八戒沙僧护持，他又脸上戴着一片子臊泥，正闷闷不快，只听得有人叫道："法师，我等乃比丘国王差来的阁下太宰，特请入朝谢恩也。"八戒笑道："师父。莫怕莫怕！这不是又请你取心，想是师兄得胜，请你酬谢哩。"三藏道："虽是得胜来请，但我这个臊脸，怎么见人？"【卓吾评：今人那样脸不见人？】八戒道："没奈何，我们且去见了师兄，自有解释。"真个那长老无计，只得扶着八戒、沙僧挑着担，牵着马，同去驿庭之上。那太宰见了，害怕道："爷爷呀！这都相似妖头怪脑之类！"沙僧道："朝士休怪丑陋，我等乃是生成的遗体(指子女的身体为父母所生)。若我师父来见了我师兄，他就俊了。"

他三人与众来朝，不待宣召，直至殿下。行者看见，即转身下殿，迎着面把师父的泥脸子抓下，吹口仙气，叫"正！"那唐僧即时复了原身，精神愈觉爽利。国王下殿亲迎，口称：“法师老佛。”师徒们将马拴住，都上殿来相见。行者道：“陛下可知那怪来自何方？等老孙去与你一并擒来，剪除后患。”三宫六院，诸嫔群妃，都在那翡翠屏后，听见行者说剪除后患，也不避内外男女之嫌，一齐出来拜告道：“万望神僧老佛大施法力，斩草除根，把他剪除尽绝，诚为莫大之恩，自当重报！”行者忙忙答礼，只教国王说他住居。

国王含羞告道：“三年前他到时，朕曾问他。他说离城不远，只在向南去七十里路，有一座柳林坡清华庄上。国丈年老无儿，止后妻生一女，年方十六，不曾配人，愿进与朕。朕因那女貌娉婷，遂纳了，宠幸在宫。不期得疾，太医屡药无功。他说：‘我有仙方，止用小儿心煎汤为引。’是朕不才，轻信其言，遂选民间小儿，选定今日午时开刀取心。不料神僧下降，恰恰又遇笼儿都不见了。他就说神僧十世修真，元阳未泄，得其心，比小儿心更加万倍。一时误犯，不知神僧识透妖魔。敢望广施大法，剪其后患，朕以倾国之资酬谢！”行者笑道：“实不相瞒，笼中小儿，是我师慈悲，着我藏了。你且休题甚么资财相谢，待我捉了妖怪，是我的功行。”叫：“八戒，跟我去来。”八戒道：“谨依兄命。但只是腹中空虚，不好着力。”国王即传旨教：“光禄寺快办斋供。”不一时斋到。八戒尽饱一餐，抖擞精神，随行者驾云而起。唬得那国王、妃后，并文武多官，一个个朝空礼拜，都道：“是真仙真佛降临凡也！”

那大圣携着八戒，径到南方七十里之地，住下风云，找寻妖处。但只见一股清溪，两边夹岸，岸上有千千万万的杨柳，更不知清华庄在于何处。正是那：万顷野田观不尽，千堤烟柳隐无踪。孙大圣寻觅不着，即捻诀，念一声“唵”字真言，拘出一个当方(本地)土地，战兢兢近前跪下叫道：“大圣，柳林坡土地叩头。”行者道：“你休怕，我不打你。我问你：柳林坡有个清华庄，在于何方？”土地道：“此间有个清华洞，不曾有个清华庄。小神知道了，大圣想是自比丘国来的？”行者道：“正是正是。比丘国王被一个妖精哄了，是老孙到那厢，识得是妖怪，当时战退，那怪化一道寒光，不知去向。及问比丘王，他说三年前进美女时，曾问其由，怪言居住城南七十里柳林坡清华庄。适寻到此，只见林坡，不见清华庄，是以问你。”土地叩头道：“望大圣恕罪。比丘王亦我地之主也，小神理当鉴察，奈何妖精神威法大，如我泄漏他事，就来欺凌，故此未获。大圣今来，只去那南岸九叉头一颗杨树根下，左转三转，右转三转，用两手齐扑树上，连叫三声开门，即现清华洞府。”

大圣闻言，即令土地回去，与八戒跳过溪来，寻那颗杨树。果然有九条叉枝，总在一颗根上。行者吩咐八戒：“你且远远的站定，待我叫开门，寻着那怪，赶将出来，你却接应。”八戒闻命，即离树有半里远近立下。这大圣依土地之言，绕树根，左转三转，右转三转，双手齐扑其树，叫："开门！开门！"霎时间，一声响喨，唿喇喇的门开两扇，更不见树的踪迹。那里边光明霞采，亦无人烟。行者趁神威，撞将进去，但见那里好个去处：

烟霞幌亮，日月偷明。白云常出洞，翠藓乱漫庭。一径奇花争艳丽，遍阶瑶草斗芳荣。温暖气，景常春，浑如阆苑，不亚蓬瀛。滑凳攀长蔓，平桥挂乱藤。蜂衔红蕊来岩窟，蝶戏幽兰过石屏。

行者急拽步，行近前边细看，见石屏上有四个大字："清华仙府"。他忍不住，跳过石屏看处，只见那老怪怀中搂着个美女，喘嘘嘘的，正讲比丘国事，齐声叫道："好机会来！三年事，今日得完，被那猴头破了！"行者跑近身，掣棒高叫道："我把你这伙毛团，甚么好机会！吃吾一棒！"那老怪丢放美人，轮起蟠龙拐，急架相迎。他两个在洞前，这场好杀，比前又甚不同：棒举迸金光，拐轮凶气发。那怪道："你无知敢进我门来！"行者道："我有意降邪怪！"那怪道："我恋国主你无干，怎的欺心来展抹？"行者道："僧修政教本慈悲，不忍儿童活见杀。"语去言来各恨仇，棒迎拐架当心札(刺)。促损琪花为顾生，踢破翠苔因把滑(控制住使不滑到)。只杀得那洞中霞采欠光明，岩上芳菲俱掩压。乒乓惊得鸟难飞，吆喝吓得美人散。只存老怪与猴王，呼呼卷地狂风刮。看看杀出洞门来，又撞悟能呆性发。

原来八戒在外边，听见他们里面嚷闹，激得他心痒难挠，掣钉钯，把一颗九叉杨树刨倒，使钯筑了几下，筑得那鲜血直冒，嘤嘤的似乎有声。他道："这颗树成了精也！这颗树成了精也！"按在地下，又正筑处，只见行者引怪出来。那呆子不打话，赶上前，举钯就筑。那老怪战行者已是难敌，见八戒钯来，愈觉心慌，败了阵，将身一幌，化道寒光，径投东走。他两个决不放松，向东赶来。

正当喊杀之际，又闻得鸾鹤声鸣，祥光缥缈，举目视之，乃南极老人星也，那老人把寒光罩住，叫道："大圣慢来，天蓬休赶，老道在此施礼哩。"行者即答礼道："寿星兄弟，那里来"？八戒笑道："肉头老儿，罩住寒光，必定捉住妖怪了。"寿星陪笑道："在这里，在这里，望二公饶他命罢。"行者道："老怪不与老弟相干，为何来说人情？"寿星笑道："他是我的一副脚力，不意走将来(下来，指下凡)，成此妖怪。"行者道："既是老弟之物，只教他现出本相来看看。"寿星闻言，即把寒光放出，喝道："孽畜！快现本相，饶你死罪！"那怪打个转身，原来是只白鹿，寿星拿起拐杖道："这孽畜！连我的拐棒也偷来也！"那只鹿俯伏在地，口不能言，只管叩头滴泪。但见他：

一身如玉简斑斑，两角参差七汊湾。

几度饥时寻药圃，有朝渴处饮云潺。

年深学得飞腾法，日久修成变化颜。

今见主人呼唤处，现身珉耳伏尘寰。

寿星谢了行者，就跨鹿而行，被行者一把扯住道："老弟，且慢走，还有两件事未完哩。"寿星道："还有甚么未完之事？"行者道："还有美人未获，不知是个甚么怪物；还又要同到比丘城见那昏君，现相回旨也。"寿星道："既这等说，我且宁耐。你与天蓬下洞擒捉那美人来，同去现相可也。"行者道："老弟略等等儿，我们去了就来。"

那八戒抖擻精神，随行者径入清华仙府，呐声喊叫："拿妖精！拿妖精！"那美人战战兢兢，正自难逃，又听得喊声大振，即转石屏之内，又没个后门可以出头，被八戒喝声："那里走！我把你这个哄汉子的臊精！看钯"！那美人手中又无兵器，不能迎敌，将身一闪，化道寒光，往外就走，被大圣抵住寒光，乒乓一棒，那怪立不住脚，倒在尘埃，现了本相，原来是一个白面狐狸。呆子忍不住手，举钯照头一筑，可怜把那个倾城倾国千般笑，化作毛团狐狸形！行者叫道："莫打烂他，且留他此身去见昏君。"

那呆子不嫌秽污，一把揪住尾子，拖拖扯扯，跟随行者出得门来。只见那寿星老儿手摸着鹿头骂道："好孽畜啊！你怎么背主逃去，在此成精！若不是我来，孙大圣定打死你了。"行者跳出来道："老弟说甚么？"寿星道："我嘱鹿哩！我嘱鹿哩！"八戒将个死狐狸掼在鹿的面前道："这可是你的女儿么？"那鹿点头幌脑，伸着嘴闻他几闻，呦呦发声，似有眷恋不舍之意，被寿星劈头扑了一掌道："孽畜！你得命足矣，又闻他怎的？"即解下勒袍腰带，把鹿扣住颈项，牵将进来，道："大圣，我和你比丘国相见去也。"行者道："且住！索性把这边都扫个干净，庶免他年复生妖孽。"八戒闻言，举钯将柳树乱筑。行者又念声"唵"字真言，依然拘出当方土地，叫："寻些枯柴，点起烈火，与你这方消除妖患，以免欺凌。"那土地即转身，阴风飒飒，帅起阴兵，搬取了些迎霜草、秋青草、蓼(liǎo)节草、山蕊草、篓蒿柴、龙骨柴、芦荻柴，都是隔年干透的枯焦之物，见火如同油腻一般。行者叫："八戒，不必筑树，但得此物填塞洞里，放起火来，烧得个干净。"火一起，果然把一座清华妖怪宅，烧作火池坑。

这里才喝退土地，同寿星牵着鹿，拖着狐狸，一齐回到殿前，对国王道："这是你的美后，与他要子儿么？"那国王胆战心惊。又只见孙大圣引着寿星，牵着白鹿，都到殿前，唬得那国里君臣妃后，一齐下拜。行者近前搀住国王笑道："且休拜我，这鹿儿却是国丈，你只拜他便是。"那国王羞愧无地，只道："感谢神僧救我一国小儿，真天恩也！"即传旨教光禄寺安排素宴，大开东阁，请南极老人与唐僧四众，共坐谢恩。三藏拜见了寿星，沙僧亦以礼见，都问道："白鹿既是老寿星之物，如何得到此间为害？”寿星笑道：“前者，东华帝君过我荒山，我留坐着棋，一局未终，这孽畜走了。及客去寻他不见，我因屈指询算，知他走在此处，特来寻他，正遇着孙大圣施威。若果来迟，此畜休矣。”

叙不了，只见报道：“宴已完备。”好素宴：五彩盈门，异香满座。桌挂绣纬生锦艳，地铺红毯幌霞光。宝鸭（香炉）内，沉檀香袅；御筵前，蔬品香馨。看盘高果砌楼台，龙缠斗糖摆走兽。鸳鸯锭，狮仙糖，似模似样；鹦鹉杯，鹭鹚杓（lù cí sháo，鹭鸶形的种酒具），如相如形。席前果品般般盛，案上斋肴件件精。魁圆茧栗，鲜荔桃子。枣儿柿饼味甘甜，松子葡萄香腻酒。几般蜜食，数品蒸酥。油札糖浇，花团锦砌。金盘高垒大馍馍，银碗满盛香稻饭。辣煼煼（chǎo，同“炒”）汤水粉条长，香喷喷相连添换美。说不尽蘑菇、木耳、嫩笋、黄精，十香素菜，百味珍馐。往来绰（chāo，抓）摸不曾停，进退诸般皆盛设。

当时叙了坐次，寿星首席，长老次席，国王前席，行者、八戒、沙僧侧席，旁又有两三个太师相陪左右。即命教坊司动乐，国王擎着紫霞杯，一一奉酒，惟唐僧不饮。八戒向行者道：“师兄，果子让你，汤饭等须请让我受用受用。”那呆子不分好歹，一齐乱上，但来的吃个精空。一席筵宴已毕，寿星告辞。那国王又近前跪拜寿星，求祛病延年之法，寿星笑道：“我因寻鹿，未带丹药。欲传你修养之方，你又筋衰神败，不能还丹。我这衣袖中，只有三个枣儿，是与东华帝君献茶的，我未曾吃，今送你罢。”国王吞之，渐觉身轻病退。后得长生者，皆原于此。八戒看见就叫道：“老寿，有火枣，送我几个吃吃。”寿星道：“未曾带得，待改日我送你几斤。”遂出了东阁，道了谢意，将白鹿一声喝起，飞跨背上，踏云而去。这朝中君王妃后，城中黎庶居民，各各焚香礼拜不题。

三藏叫：“徒弟，收拾辞王。”那国王又苦留求教，行者道：“陛下，从此色欲少贪，阴功多积。凡百事将长补短，自足以祛病延年，就是教也。”【卓吾评：着眼】遂拿出两盘散金碎银，奉为路费。唐僧坚辞，分文不受。国王无已，命摆銮驾，请唐僧端坐凤辇龙车，王与嫔后，俱推轮转毂（gǔ，车轮），方送出朝。六街三市，百姓群黎，亦皆盏添净水，炉降真香，又送出城。

忽听得半空中一声风响，路两边落下一千一百一十一个鹅笼，内有小儿啼哭，暗中有原护的城隍、土地、社令、真官、五方揭谛、四值功曹、六丁六甲、护教伽蓝等众，应声高叫道：“大圣，我等前蒙吩咐，摄去小儿鹅笼，今知大圣功成起行，一一送来也。”那国王妃后与一应臣民，又俱下拜。行者望空道：“有劳列位，请各归祠，我着民间祭祀谢你。”呼呼淅淅，阴风又起而退。

行者叫城里人家来认领小儿。当时传播，俱来各认出笼中之儿，欢欢喜喜，抱出叫哥哥，叫肉儿，跳的跳，笑的笑，都叫："扯住唐朝爷爷，到我家奉谢救儿之恩！"无大无小，若男若女，都不怕他相貌之丑，抬着猪八戒，扛着沙和尚，顶着孙大圣，撮着唐三藏，牵着马，挑着担，一拥回城，那国王也不能禁止。这家也开宴，那家也设席。请不及的，或做僧帽、僧鞋、偏衫①、布袜，里里外外，大小衣裳，都来相送。如此盘桓将有个月，才得离城。又有传下形神，立起牌位，顶礼焚香供养。这才是：阴功高叠恩山重，救活千千万万人。毕竟不知向后又有甚么事体，且听下回分解。

【卓吾评：谁人没个玉面狐狸？安得行者打煞？】

【《坛经》印证：心中众生，所谓邪迷心、诳妄心、不善心、嫉妒心、恶毒心，如是等心，尽是众生，各须自性自度，是名真度。何名自性自度？即自心中邪见、烦恼、愚痴众生，将正见度。既有正见，使般若智打破愚痴迷妄众生，各各自度。邪来正度，迷来悟度，愚来智度，恶来善度，如是度者，名为真度】

【《坛经》印证：自心归依自性，是归依真佛。自归依者，除却自性中不善心、嫉妒心、谄曲心、吾我心、诳妄心、轻人心、慢他心、邪见心、贡高心，及一切时中不善之行，常自见己过，不说他人好恶，是自归依；常须下心，普行恭敬，即是见性通达，更无滞碍，是自归依】

① 偏衫：piān shān，一种类似袈裟的僧尼服装。

第八十回　姹女育阳求配偶　心猿护主识妖邪

【本回黑松林救女是镇海禅林寺和陷空山无底洞的引子。首先由唐僧看山心惊、闻鸟思乡、见林害怕、不辨邪正、听音唬跌，讲唐僧情绪波动，不能断念，又讲他头上祥云缥缈，修行有成，其实是半个菩萨。而后引出唐僧心魔，外号半截观音。以三个半截之相暗讽唐僧修行未成，一是妖魔一半在土里、一半在地上，二是禅林寺之钟半截白、半截青，三是寺庙半截破败、半截齐整】

却说比丘国君臣黎庶，送唐僧四众出城，有二十里之远，还不肯舍。三藏勉强下辇，乘马辞别而行，目送者直至望不见踪影方回。四众行彀多时，又过了冬残春尽，看不了野花山树，景物芳菲，前面又见一座高山峻岭。三藏心惊问道："徒弟，前面高山，有路无路，是必小心！"【看山心惊】行者笑道："师父这话，也不像个走长路的，却似个公子王孙，坐井观天之类。【卓吾评：公子王孙定是坐井观天的。说得有理，说得有理】自古道：山不碍路，路自通山。何必问有路无路？"三藏道："虽然是山不碍路，但恐险峻之间生怪物，密林深处出妖精。"八戒道："放心，放心！这里来相近极乐不远，管取太平无事！"师徒正说，不觉的到了山脚下。行者取出金箍棒，走上石崖叫道："师父，此间乃转山的路儿，忒好步，快来快来！"长老只得放怀策马。沙僧教："二哥，你把担子挑一肩儿。"真个八戒接了担子挑上。沙僧拢着缰绳，老师父稳坐雕鞍，随行者都奔山崖上大路。但见那山：

云雾笼峰顶，潺湲涌涧中。百花香满路，万树密丛丛。梅青李白，柳绿桃红。杜鹃啼处春将暮，紫燕呢喃社已终。嵯峨石，翠盖松。崎岖岭道，突兀玲珑。削壁悬崖峻，藤萝草木秾。千岩竞秀如排戟，万壑争流远浪洪。

老师父缓观山景，忽闻啼鸟之声，又起思乡之念。【闻鸟思乡】兜马叫道："徒弟！我自天牌传旨意，锦屏风下领关文。观灯十五离乡井，才与唐王天地分，甫能龙虎风云会，却又师徒拗马军。行尽巫山峰十二，何时对子见当今？"【本回突出一个"半"字。此诗每句含一个牌名，半是游戏半认真】行者道："师父，你常以思乡为念，全不似个出家人。放心且走，莫要多忧，古人云：'欲求生富贵，须下死工夫。'"三藏道："徒弟，虽然说得有理，但不知西天路还在那里哩！"八戒道："师父，我佛如来舍不得那三藏经，知我们要取去，想是搬了；不然，如何只管不到？"沙僧道："莫胡

谈！只管跟着大哥走，只把工夫捱他，终须有个到之之日。”【卓吾评：着眼】

【身、性、情、志的对话，各司其职】

师徒正自闲叙，又见一派黑松大林。唐僧害怕，【见林害怕】又叫道：“悟空，我们才过了那崎岖山路，怎么又遇这个深黑松林？是必在意。”行者道：“怕他怎的！”三藏道：“说那里话！‘不信直中直，须防仁不仁。’我也与你走过好几处松林，不似这林深远。你看：

东西密摆，南北成行。东西密摆彻云霄，南北成行侵碧汉。密查荆棘周围结，蓼却缠枝上下盘。藤来缠葛，葛去缠藤。藤来缠葛，东西客旅难行；葛去缠藤，南北经商怎过。这林中，住半年，那分日月；行数里，不见斗星。你看那背阴之处千般景，向阳之所万丛花。又有那千年槐，万载桧，耐寒松，山桃果、野芍药，旱芙蓉，一攒攒密砌重堆，乱纷纷神仙难画。又听得百鸟声：鹦鹉哨，杜鹃啼，喜鹊穿枝，乌鸦反哺，黄鹂飞舞，百舌调音，鹧鸪鸣，紫燕语，八哥儿学人说话，画眉郎也会看经。又见那大虫摆尾，老虎磕牙，多年狐狢妆娘子，日久苍狼吼振林。就是托塔天王来到此，纵会降妖也失魂！”

孙大圣公然不惧，使铁棒上前劈开大路，引唐僧径入深林，逍逍遥遥，行经半日，未见出林之路。唐僧叫道：“徒弟，一向西来，无数的山林崎险，幸得此间清雅，一路太平。这林中奇花异卉，其实可人情意！【刚还害怕，现在又觉清雅、太平、可人情意，情绪波动太大，也可见意念对人的欺骗之深】我要在此坐坐：一则歇马，二则腹中饥了，你去那里化些斋来我吃。”行者道：“师父请下马，老孙化斋去来。”那长老果然下了马。八戒将马拴在树上，沙僧歇下行李，取了钵盂，递与行者。行者道：“师父稳坐，莫要惊怕，我去了就来。”三藏端坐松阴之下，八戒沙僧都去寻花觅果闲耍。

却说大圣纵筋斗，到了半空，【半空中同时看到祥云和黑气，一边是圣僧，一边是心魔，也是半截菩萨之相】伫定云光，回头观看，只见松林中祥云缥缈，瑞霭氤氲，他忽失声叫道：“好啊！好啊！”你道他叫好做甚？原来夸奖唐僧，说他是金蝉长老转世，十世修行的好人，所以有此祥瑞罩头。“若我老孙，方五百年前大闹天宫之时，云游海角，放荡天涯，聚群精自称齐天大圣，降龙伏虎，消了死籍；头戴着三额金冠，身穿着黄金铠甲，手执着金箍棒，足踏着步云履，手下有四万七千群怪，都称我做大圣爷爷，着实为人。如今脱却天灾。做小伏低，与你做了徒弟，想师父头顶上有祥云瑞霭罩定，径回东土，必定有些好处，老孙也必定得个正果。”正自家这等夸念中间，忽然见林南下有一股子黑气，骨都都的冒将上来。行者大惊道：“那黑气里必定有邪了！我那八戒沙僧却不会放甚黑气。"那大圣在半空中，详察不定。

却说三藏坐在林中，明心见性，讽念那《摩诃般若波罗密多心经》，忽听得嘤嘤的叫声"救人"。三藏大惊道："善哉！善哉！这等深林里，有甚么人叫？想是狼虫虎豹唬倒的，待我看看。"那长老起身挪步，穿过千年柏，隔起万年松，附葛攀藤，近前视之，只见那大树上绑着一个女子，上半截使葛藤绑在树上，下半截埋在土里。【半截观音，正是唐僧之心魔】长老立定脚，问他一句道："女菩萨，你有甚事，绑在此间？"咦！分明这厮是个妖怪，长老肉眼凡胎，却不能认得。那怪见他来问，泪如泉涌。你看他桃腮垂泪，有沉鱼落雁之容；星眼含悲，有闭月羞花之貌。长老实不敢近前，又开口问道："女菩萨，你端的有何罪过？说与贫僧，却好救你。"那妖精巧语花言，虚情假意，忙忙的答应道："师父，我家住在贫婆国。离此有二百余里。父母在堂，十分好善，一生的和亲爱友。时遇清明，邀请诸亲及本家老小拜扫先茔(xiān yíng，祖先的坟墓)，一行轿马，都到了荒郊野外。至茔前，摆开祭祀，刚烧化纸马，只闻得锣鸣鼓响，跑出一伙强人，持刀弄杖，喊杀前来，慌得我们魂飞魄散。父母诸亲，得马得轿的，各自逃了性命；奴奴年幼，跑不动，唬倒在地，被众强人拐来山内，大大王要做夫人，二大王要做妻室，第三第四个都爱我美色，七八十家一齐争吵，【还是个自恋的妖精】大家都不忿气，所以把奴奴绑在林间，众强人散盘而去。今已五日五夜，看看命尽，不久身亡！不知是那世里祖宗积德，今日遇着老师父到此。千万发大慈悲，救我一命，九泉之下，决不忘恩！"说罢，泪下如雨。

三藏真个慈心，也就忍不住吊下泪来，声音哽咽，叫道："徒弟"。那八戒沙僧正在林中寻花觅果，猛听得师父叫得凄怆，呆子道："沙和尚，师父在此认了亲耶。"【戏言认亲，实为镜像】沙僧笑道："二哥胡缠！我们走了这些时，好人也不曾撞见一个，【卓吾评：好人原少，如何容易撞见？】亲从何来？"八戒道："不是亲，师父那里与人哭么？我和你去看来。"沙僧真个回转旧处，牵了马，挑了担，至跟前叫："师父，怎么说？"唐僧用手指定那树上，叫："八戒，解下那女菩萨来，救他一命。"呆子不分好歹，就去动手。

却说那大圣在半空中，又见那黑气浓厚，把祥光尽情盖了，【正气压不住邪气，修养不够】道声："不好，不好！黑气罩暗祥光，怕不是妖邪害俺师父！化斋还是小事，且去看我师父去。"即返云头，按落林里，只见八戒乱解绳儿。行者上前，一把揪住耳朵，扑的捽了一跌。呆子抬头看见，爬起来说道："师父教我救人，你怎么恃自有力，将我掼这一跌！"行者笑道："兄弟，莫解他。他是个妖怪，弄喧(弄玄虚，耍花招)儿骗我们哩。"三藏喝道："你这泼猴，又来胡说了！怎么这等一个女子，就认得他是个妖怪！”【卓吾评：女子正是妖精，唐僧缘何看作两截？】行者道：“师父原来不知。这都是老孙干过的买卖，想人肉吃的法儿，你那里认得！”八戒嗊(gǒng，撅起，翘起)着嘴道：“师父，莫信这弼马温哄你！这女子乃是此间人家。我们东土远来，不与相较，又不是亲眷，如何说他是妖精！他打发我们丢了前去，他却翻筋斗，弄神法转来和他干巧事儿，倒踏门也！”行者喝道：“夯货！莫乱谈！我老孙一向西来，那里有甚惫懒处？似你这个重色轻生，见利忘义的馕糟(nǎng zāo，指吃糟糠的畜生)，不识好歹，替人家哄了招女婿，绑在树上哩！”三藏道：“也罢，也罢。八戒啊，你师兄常时也看得不差。既这等说，不要管他，我们去罢。”行者大喜道：“好了！师父是有命的了！请上马，出松林外，有人家化斋你吃。”四人果一路前进，把那怪撇了。

却说那怪绑在树上，咬牙恨齿道：“几年家闻人说孙悟空神通广大，今日见他，果然话不虚传。那唐僧乃童身修行，一点元阳未泄，正欲拿他去配合，成太乙金仙，不知被此猴识破吾法，将他救去了。若是解了绳，放我下来，随手捉将去，却不是我的人儿也？今被他一篇散言碎语带去，却又不是劳而无功？等我再叫他两声，看是如何。”好妖精，不动绳索，把几声善言善语，用一阵顺风，嘤嘤的吹在唐僧耳内。你道叫的甚么？他叫道：“师父啊，你放着活人的性命还不救，昧心拜佛取何经？”唐僧在马上听得又这般叫唤，即勒马叫：“悟空，去救那女子下来罢。”行者道：“师父走路，怎么又想起他来了？”唐僧道：“他又在那里叫哩。”行者问：“八戒，你听见么？”八戒道：“耳大遮住了，不曾听见。”又问：“沙僧，你听见么？”沙僧道：“我挑担前走，不曾在心，也不曾听见。”行者道：“老孙也不曾听见。师父，他叫甚么？偏你听见。”唐僧道：“他叫得有理，说道活人性命还不救，昧心拜佛取何经？救人一命，胜造七级浮屠。快去救他下来，强似取经拜佛。”行者笑道：“师父要善将起来，就没药医。你想你离了东土，一路西来，却也过了许多山场，遇着许多妖怪，常把你拿将进洞，老孙来救你，使铁棒，常打死千千万万；今日一个妖精的性命舍不得，要去救他？”唐僧道：“徒弟呀，古人云：‘勿以善小而不为，勿以恶小而为之。’还去救他一救罢。”行者道：“师父既然如此，只是这个担儿，老孙却担不起。你要救他，我也不敢苦劝你，劝一会，你又恼了。任你去救。”唐僧道：“猴头莫多话！你坐着，等我和八戒救他去。”

【人生无处不两难：不救，有违原则；救人，可能反受其害。本节可与真假美猴王一节对比，当时悟空执着于正义，打杀劫匪，失了慈悲；本节唐僧执着于慈悲，以致下文妖怪在禅林寺中残害和尚。正义和邪恶、慈悲和暴戾都在互相转化】

唐僧回至林里，教八戒解了上半截绳子，用钯筑出下半截身子。那怪跌跌脚，束束裙，喜孜孜跟着唐僧出松林，见了行者，行者只是冷笑不止。唐僧骂道：“泼猴头！你笑怎的？”行者道：“我笑你‘时来逢好友，运去遇佳人’。”三藏又骂道：“泼猢狲！胡说！我自出娘肚皮，就做和尚。如今奉旨西来，虔心礼佛求经，又不是利禄之辈，有甚运退时！”行者笑道：“师父，你虽是自幼为僧，却只会看经念佛，不曾见王法条律。这女子生得年少标致，我和你乃出家人，同他一路行走，倘或遇着歹人，把我们拿送官司，不论甚么取经拜佛，且都打做奸情；纵无此事，也要问个拐带人口。师父追了度牒，打个小死；八戒该问充军；沙僧也问摆站（古时处徒刑的人被发配到驿站中去充驿卒）；我老孙也不得干净，饶我口能，怎么折辩，也要问个不应。”三藏喝道：“莫胡说！终不然，我救他性命，有甚贻累不成！带了他去，凡有事，都在我身上。”行者道：“师父虽说有事在你，却不知你不是救他，反是害他。”三藏道：“我救他出林，得其活命，怎么反是害他？”行者道：“他当时绑在林间，或三五日，十日半月，没饭吃饿死了，还得个完全身体归阴；如今带他出来，你坐得是个快马，行路如风，我们只得随你，那女子脚小，挪步艰难，怎么跟得上走？一时把他丢下，若遇着狼虫虎豹，一口吞之，却不是反害其生也？”三藏道：“正是呀，这件事却亏你想，如何处置？”行者笑道：“抱他上来，和你同骑着马走罢。”三藏沉吟道：“我那里好与他同马！……他怎生得去？”三藏道：“教八戒驮他走罢。”行者笑道：“呆子造化到了！”八戒道：“远路没轻担，教我驮人，有甚造化？”行者道：“你那嘴长，驮着他，转过嘴来，计较私情话儿，却不便益？”八戒闻此言，捶胸爆跳道：“不好！不好！师父要打我几下，宁可忍疼，背着他决不得干净，师兄一生会赃埋人。我驮不成！”三藏道：“也罢，也罢。我也还走得几步，等我下来，慢慢的同走，着八戒牵着空马罢。”行者大笑道：“呆子倒有买卖，师父照顾你牵马哩。”三藏道：“这猴头又胡说了！古人云：‘马行千里，无人不能自往。’假如我在路上慢走，你好丢了我去？我若慢，你们也慢。大家一处同这女菩萨走下山去，或到庵观寺院，有人家之处，留他在那里，也是我们救他一场。”行者道：“师父说得有理，快请前进。”

三藏拽步前走，沙僧挑担，八戒牵着空马，行者拿铁棒，引着女子，一行前进。不上二三十里，天色将晚，又见一座楼台殿阁。三藏道：“徒弟，那里必定是座庵观寺院，就此借宿了，明日早行。”行者道：“师父说得是，各各走动些。”霎时到了门首。吩咐道：“你们略站远些，等我先去借宿。若有方便处，着人来叫你。”众人俱立在柳阴之下，惟行者拿铁棒，辖着那女子。【身与魔同行，心性时刻提防魔性，一放松即魔胜，故为半截菩萨】

长老拽步近前，只见那门东倒西歪，零零落落。推开看时，忍不住心中凄惨：长廊寂静，古刹萧疏；苔藓盈庭，蒿蓁满径；惟萤火之飞灯，只蛙声而代漏（这里指漏壶，古代计时器）。长老忽然吊下泪来，真个是：

殿宇凋零倒塌，廊房寂寞倾颓。断砖破瓦十余堆，尽是些歪梁折柱。前后尽生青草，尘埋朽烂香厨。钟楼崩坏鼓无皮，琉璃香灯破损。佛祖金身没色，罗汉倒卧东西。观音淋坏尽成泥，杨柳净瓶坠地。日内并无僧人，夜间尽宿狐狸，只听风响吼如雷，都是虎豹藏身之处。四下墙垣皆倒，亦无门扇关居。

有诗为证：

多年古刹没人修，狼狈凋零倒更休。
猛风吹裂伽蓝面，大雨浇残佛祖头。
金刚跌损随淋洒，土地无房夜不收。
更有两般堪叹处，铜钟着地没悬楼。

三藏硬着胆，走进二层门，见那钟鼓楼俱倒了，止有一口铜钟，扎在地下。上半截如雪之白，下半截如靛之青，原来是日久年深，上边被雨淋白，下边是土气上的铜青。【以钟喻僧，半魔半圣】三藏用手摸着钟，高叫道：“钟啊！你也曾悬挂高楼吼，也曾鸣远彩梁声。也曾鸡啼就报晓，也曾天晚送黄昏。不知化铜的道人归何处，铸铜匠作那边存。想他一命归阴府，他无踪迹你无声。”

长老高声赞叹，不觉的惊动寺里之人。那里边有一个侍奉香火的道人，他听见人语，扒起来，拾一块断砖，照钟上打将去。那钟当的响了一声，把个长老唬了一跌，挣起身要走，又绊着树根，扑的又是一跌。【恐怖心重，源于我执太重】长老倒在地下，抬头又叫道：“钟啊！贫僧正然感叹你，忽的叮当响一声。想是西天路上无人到，日久多年变作精。”那道人赶上前，一把搀住道：“老爷请起。不干钟成精之事，却才是我打得钟响。”三藏抬头见他的模样丑黑，道：“你莫是魍魉妖邪？我不是寻常之人，我是大唐来的，我手下有降龙伏虎的徒弟。你若撞着他，性命难存也！”道人跪下道：“老爷休怕，我不是妖邪，我是这寺里侍奉香火的道人。却才听见老爷善言相赞，就欲出来迎接；恐怕是个邪鬼敲门，故此拾一块断砖，把钟打一下压惊，方敢出来。老爷请起。”那唐僧方然正性道：“住持，险些儿唬杀我也，你带我进去。”

那道人引定唐僧，直至三层门里看处，比外边甚是不同，但见那：

青砖砌就彩云墙，绿瓦盖成琉璃殿。黄金装圣象，白玉造阶台。大雄殿上舞青光，毗罗阁下生锐气。文殊殿，结采飞云；轮藏堂，描花堆翠。三檐顶上宝瓶尖，五福楼中平绣盖。千株翠竹摇禅榻，万种青松映佛门。碧云宫里放金光，紫雾丛中飘瑞霭。朝闻四野香风远，暮听山高画鼓鸣。应有朝阳补破衲，岂无对月了残经？又只见半壁灯光明后院，一行香雾照中庭。

三藏见了不敢进去，叫："道人，你这前边十分狼狈，后边这等齐整，何也？"【以庙喻僧，半混半清】道人笑道："老爷，这山中多有妖邪强寇，天色清明，沿山打劫，天阴就来寺里藏身，被他把佛象推倒垫坐，木植搬来烧火。本寺僧人软弱，不敢与他讲论，因此把这前边破房都舍与那些强人安歇，从新另化了些施主，所以盖得那一所寺院。清混各一，这是西方的事情。"三藏道："原来是如此。"

正行间，又见山门上有五个大字，乃"镇海禅林寺"。才举步跨入门里，忽见一个和尚走来。你看他怎生模样：

头戴左笄绒锦帽，一对铜圈坠耳根。
身着颇罗毛线服，一双白眼亮如银。
手中摇着播郎鼓，口念番经听不真。
三藏原来不认得，这是西方路上喇嘛僧。

那喇嘛和尚走出门来，看见三藏眉清目秀，额阔顶平，耳垂肩，手过膝，好似罗汉临凡，十分俊雅。他走上前扯住，满面笑唏唏的与他捻手捻脚，摸他鼻子，揪他耳朵，以示亲近之意。【禽兽见面才如此表亲近，人都是讲话，所以这是个半人半兽之礼】携至方丈中，行礼毕却问："老师父何来？"三藏道："弟子乃东土大唐驾下钦差往西方天竺国大雷音寺拜佛取经者。适行至宝方天晚，特奔上刹借宿一宵，明日早行，望垂方便一二。"那和尚笑道："不当人子！不当人子！我们不是好意要出家的，皆因父母生身，命犯华盖，家里养不住，才舍断了出家，既做了佛门弟子，切莫说脱空(弄虚作假)之话。"三藏道："我是老实话。"和尚道："那东土到西天，有多少路程！路上有山，山中有洞，洞内有精。想你这个单身，又生得娇嫩，那里像个取经的！"三藏道："院主也见得是，贫僧一人，岂能到此？我有三个徒弟，逢山开路，遇水叠桥，保我弟子，所以到得上刹。"那和尚道："三位高徒何在？"三藏道："现在山门外伺候。"那和尚慌了道："师父，你不知我这里有虎狼、妖贼、鬼怪伤人。白日里不敢远出，未经天晚，就关了门户。这早晚把人放在外边！"叫："徒弟，快去请将进来。"

有两个小喇嘛儿跑出外去，看见行者唬了一跌，见了八戒又是一跌，扒起来往后飞跑道："爷爷！造化低了！你的徒弟不见，只有三四个妖怪站在那门首也。"三藏问道："怎么模样？"小和尚道："一个雷公嘴，一个碓挺嘴①，一个青脸獠牙。旁有一个女子，倒是个油头粉面。"三藏笑道："你不认得。那三个丑的，是我徒弟，那一个女子，是我打松林里救命来的。"那喇嘛道："爷爷呀，这们好俊师父，怎么寻这般

---

① 碓挺嘴：duì tǐng zuǐ，杵头般向前伸出的长嘴。

丑徒弟?”三藏道:“他丑自丑,却俱有用。你快请他进来,若再迟了些儿,那雷公嘴的有些闯祸,不是个人生父母养的,他就打进来也。”那小和尚即忙跑出,战兢兢的跪下道:“列位老爷,唐老爷请哩。”八戒笑道:“哥啊,他请便罢了,却这般战兢兢的,何也?”行者道:“看见我们丑陋害怕。”八戒道:“可是扯淡!我们乃生成的,那个是好要丑哩!”行者道:“把那丑且略收拾收拾!”呆子真个把嘴揣在怀里,低着头,牵着马,沙僧挑着担,行者在后面,拿着棒,辖着那女子,一行进去。穿过了倒塌房廊,入三层门里。拴了马,歇了担,进方丈中,与喇嘛僧相见,分了坐次。那和尚入里边,引出七八十个小喇嘛来,见礼毕,收拾办斋管待。正是:积功须在慈悲念,佛法兴时僧赞僧。毕竟不知怎生离寺,且听下回分解。

【一切人生的两难,其实不难。常怀慈悲之心,心平行直,心底无私,便无伤害】

【卓吾评:篇内云:“只把工夫捱他,终须有个到之之日”,是极到家语。着眼,着眼】

第八十一回　镇海寺心猿知怪　黑松林三众寻师

【本回一边唐僧养病，一边妖精在寺中残害和尚。唐僧虽有德行，但还是不能识破妖精假象，行善反成作恶。所谓半截观音，即是能将种种不善之心摒弃，心却执着于空；能为自己解脱痛苦，却心无正法，缺乏普渡众生的智慧】

话表三藏师徒到镇海禅林寺，众僧相见，安排斋供。四众食毕，那女子也得些食力。渐渐天昏，方丈里点起灯来，众僧一则是问唐僧取经来历，二则是贪看那女子，都攒攒簇簇，排列灯下。【心念生则妖魔生】三藏对那初见的喇嘛僧道："院主，明日离了宝山，西去的路途如何？"那僧双膝跪下，慌得长老一把扯住道："院主请起，我问你个路程，你为何行礼？"那僧道："老师父明日西行，路途平正，不须费心。只是眼下有件事儿不尴尬，一进门就要说，恐怕冒犯洪威，却才斋罢，方敢大胆奉告：老师东来，路遥辛苦，都在小和尚房中安歇甚好；只是这位女菩萨，不方便，不知请他那里睡好。"三藏道："院主，你不要生疑，说我师徒们有甚邪意。早间打黑松林过，撞见这个女子绑在树上。小徒孙悟空不肯救他，是我发菩提心，将他救了，到此随院主送他那里睡去。"那僧谢道："既老师宽厚，请他到天王殿里，就在天王爷爷身后，安排个草铺，教他睡罢。"【李天王之义女，躲在天王身后作恶】三藏道："甚好，甚好。"遂此时，众小和尚引那女子往殿后睡去。长老就在方丈中，请众院主自在，遂各散去。三藏吩咐悟空："辛苦了，早睡早起！"遂一处都睡了，不敢离侧，护着师父。渐入夜深，正是那：

玉兔高升万籁宁，天街寂静断人行。
银河耿耿星光灿，鼓发谯楼(qiáo lóu，城门上的瞭望楼)趱(zǎn，加快；催促)换更。

一宵晚话不题。及天明了，行者起来，教八戒沙僧收拾行囊马匹，却请师父走路。此时长老还贪睡未醒，行者近前叫声"师父。"那师父把头抬了一抬，又不曾答应得出。行者问："师父怎么说？"长老呻吟道："我怎么这般头悬眼胀，浑身皮骨皆疼？"八戒听说，伸手去摸摸，身上有些发热。呆子笑道："我晓得了，这是昨晚见没钱的饭，多吃了几碗，倒沁(qìn，头向下垂)着头睡，伤食了。"行者喝道："胡说！等我问师父，端的何如。"三藏道："我半夜之间，起来解手，不曾戴得帽子，想是风吹了。"【生病之原因，作者不想说破，读者要看上节自悟】行者道："这还说得是，如今可走得路么?”三藏道:“我如今起坐不得,怎么上马?但只误了路啊!”行者道:“师父说那里话!常言道:‘一日为师,终身为父。’我等与你做徒弟,就是儿子一般。又说道:‘养儿不用阿金溺银,只是见景生情便好。’你既身子不快,说甚么误了行程,便宁耐几日何妨!”兄弟们都伏侍着师父,不觉的早尽午来昏又至,良宵才过又侵晨。

光阴迅速,早过了三日。那一日,师父欠身起来叫道:“悟空,这两日病体沉疴,不曾问得你,那个脱命的女菩萨,可曾有人送些饭与他吃?”行者笑道:“你管他怎的,且顾了自家的病着。”【功行不圆满,只能顾自己,顾不了别人,也是半截】三藏道:“正是,正是。你且扶我起来,取出我的纸、笔、墨,寺里借个砚台来使使。”行者道:“要怎的?”长老道:“我要修一封书,并关文封在一处,你替我送上长安驾下,见太宗皇帝一面。”行者道:“这个容易,我老孙别事无能,若说送书,人间第一。你把书收拾停当与我,我一筋斗送到长安,递与唐王,再一筋斗转将回来,你的笔砚还不干哩。【心念之快,堪比手机】但只是你寄书怎的?且把书意念念我听,念了再写不迟。”长老滴泪道:“我写着:

臣僧稽首三顿首,万岁山呼拜圣君;
文武两班同入目,公卿四百共知闻:
当年奉旨离东土,指望灵山见世尊。
不料途中遭厄难,何期半路有灾迍(zhūn,灾难,祸殃)。
僧病沉疴难进步,佛门深远接天门。
有经无命空劳碌,启奏当今别遣人。”

行者听得此言,忍不住呵呵大笑道:“师父,你忒不济,略有些病儿,就起这个意念。你若是病重,要死要活,只消问我。我老孙自有个本事,问道‘那个阎王敢起心?那个判官敢出票?那个鬼使来勾取?’若恼了我,我拿出那大闹天宫之性子,又一路棍,打入幽冥,捉住十代阎王,一个个抽了他的筋,还不饶他哩!”【鬼怕恶人,心性当有此刚强,才保得身安】三藏道:“徒弟呀,我病重了,切莫说这大话。”八戒上前道:“师兄,师父说不好,你只管说好,十分不尴尬。我们趁早商量,先卖了马,典了行囊,买棺木送终散火。”行者道:“呆子又胡说了!你不知道师父是我佛如来第二个徒弟,原叫做金蝉长老,只因他轻慢佛法,该有这场大难。”【半神半人】八戒道:“哥啊,师父既是轻慢佛法,贬回东土,在是非海内,口舌场中,托化做人身,发愿往西天拜佛求经,遇妖精就捆,逢魔头就吊,受诸苦恼也彀了,怎么又叫他害病?”行者道:“你那里晓得,老师父不曾听佛讲法,打了一个盹,往下一失,左脚下躧(xǐ,踩踏;摧毁)了一粒米下界来,该有这三日病。”【此乃胡说。一则作者不想说破病因,二则点出灵山贬金蝉的故事，与下文灵山贬金鼠相对】八戒惊道："像老猪吃东西泼泼撒撒的，也不知害多少年代病哩！"行者道："兄弟，佛不与你众生为念。你又不知，人云：'锄禾日当午，汗滴禾下土。谁知盘中餐，粒粒皆辛苦。'【颠三倒四之言，不足信。作者行文，真假交错，有时悟空扯谎，八戒讲真话，有时反过来】师父只今日一日，明日就好了。"三藏道："我今日比昨不同，咽喉里十分作渴。你去那里，有凉水寻些来我吃。"行者道："好了！师父要水吃，便是好了。等我取水去。"

即时取了钵盂，往寺后面香积厨取水。忽见那些和尚一个个眼儿通红，悲啼哽咽，只是不敢放声大哭。行者道："你们这些和尚，忒小家子样！我们住几日，临行谢你，柴火钱照日算还。怎么这等脓包！"众僧慌跪下道："不敢！不敢！"行者道："怎么不敢？想是我那长嘴和尚，食肠大，吃伤了你的本儿也？"众僧道："老爷，我这荒山，大大小小，也有百十众和尚，每一人养老爷一日，也养得起百十日。怎么敢欺心，计较甚么食用！"行者道："既不计较，你却为甚么啼哭？"众僧道："老爷，不知是那山里来的妖邪在这寺里。我们晚夜间着两个小和尚去撞钟打鼓，只听得钟鼓响罢，再不见人回。至次日找寻，只见僧帽僧鞋，丢在后边园里，骸骨尚存，将人吃了。你们住了三日，我寺里不见了六个和尚。【双关，一方面暗示六根不净，六欲致灾；另一方面，下文灭法国可见，灭法和灭僧同义，故此处也暗示唐僧心陷于空，以僧灭象征心灭、法灭】故此，我兄弟们不由的不怕，不由的不伤。因见你老师父贵恙，不敢传说，忍不住泪珠偷垂也。"

行者闻言，又惊又喜道："不消说了，必定是妖魔在此伤人也，等我与你剿除他。"众僧道："老爷，妖精不精者不灵，一定会腾云驾雾，一定会出幽入冥。古人道得好：'莫信直中直，须防仁不仁。'老爷，你莫怪我们说：你若拿得他住哩，便与我荒山除了这条祸根，正是三生有幸了；若还拿他不住啊，却有好些儿不便处。"行者道："怎叫做'好些不便处？'"那众僧道："直不相瞒老爷说。我这荒山，虽有百十众和尚，却都只是自小儿出家的，发长寻刀削，衣单破衲缝。早晨起来洗着脸，叉手躬身，皈依大道；夜来收拾烧着香，虔心叩齿，念的弥陀。举头看见佛，莲九品，秇（yì，同"艺"，技能；艺术）三乘，慈航共法云，愿见䨱（ài，香烟缭绕的样子）园释世尊；低头看见心，受五戒，度大千，生生万法中，愿悟顽空与色空。诸檀越来啊，老的、小的、长的、矮的、胖的、瘦的，一个个敲木鱼，击金磬，挨挨拶拶（āi āi zā zā，拥挤的样子），两卷《法华经》，一策《梁王忏》；诸檀越不来啊，新的、旧的、生的、熟的、村的、俏的，一个个合着掌，瞑着目，悄悄冥冥，入定蒲团上，牢关月下门。一任他莺啼鸟语闲争斗，不上我方便慈悲大法乘。因此上，也不会伏虎，也不会降龙；也不识的怪，也不识的精。【卓吾评：也活得快活】【可见众僧只会念经，不知经意，不能心行。这也是作者对途中诸多寺庙和道观的修行人多持批评态度的原因。后文的金平府和布金寺也有此意】你老爷若还惹起那妖魔啊，我百十个和尚只彀他一顿饱，一则堕落我众生轮回，二则灭抹了这禅林古迹，三则如来会上，全没半点儿光辉。这却是好些儿不便处。”

行者闻得众和尚说出这一端的话语，他便怒从心上起，恶向胆边生，高叫一声：“你这众和尚好呆哩！只晓得那妖精，就不晓得我老孙的行止么？”众僧轻轻的答道：“实不晓得。”行者道：“我今日略节说说，你们听着：

我也曾花果山伏虎降龙，我也曾上天堂大闹天宫。饥时把老君的丹，略略咬了两三颗；渴时把玉帝的酒，轻轻呼了六七钟。睁着一双不白不黑的金睛眼，天惨淡，月朦胧；拿着一条不短不长的金箍棒，来无影，去无踪。说甚么大精小怪，那怕他惫懒膭脓(kuì nóng，比喻坏到极点)！一赶赶上去，跑的跑，颤的颤，躲的躲，慌的慌；一捉捉将来，锉的锉，烧的烧，磨的磨，舂的舂。正是八仙同过海，独自显神通！众和尚，我拿这妖精与你看看，你才认得我老孙！”

众僧听着，暗点头道：“这贼秃开大口，话大话，想是有些来历。”都一个个诺诺连声，只有那喇嘛僧道：“且住！你老师父贵恙，你拿这妖精不至紧。俗语道：‘公子登筵，不醉便饱；壮士临阵，不死即伤。’你两下里角斗之时，倘贻累你师父，不当稳便。”行者道：“有理！有理！我且送凉水与师父吃了再来。”

掇起钵盂，着上凉水，转出香积厨，就到方丈，叫声：“师父，吃凉水哩。”三藏正当烦渴之时，便抬起头来，捧着水，只是一吸，真个渴时一滴如甘露，药到真方病即除。行者见长老精神渐爽，眉目舒开，就问道：“师父，可吃些汤饭么？”三藏道：“这凉水就是灵丹一般，这病儿减了一半，有汤饭也吃得些。”行者连声高高叫道：“我师父好了，要汤饭吃哩。”教那些和尚忙忙的安排。淘米，煮饭，捍面，烙饼，蒸馍馍，做粉汤，抬了四五桌。唐僧只吃得半碗儿米汤，行者沙僧止用了一席，其余的都是八戒一并餐之。家火收去，点起灯来，众僧各散。

三藏道：“我们今住几日了？”行者道：“三整日矣。明朝向晚，便就是四个日头。”三藏道：“三日误了许多路程。”行者道：“师父，也算不得路程，明日去罢。”三藏道：“正是，就带几分病儿，也没奈何。”行者道：“既是明日要去，且让我今晚捉了妖精者。”三藏惊道：“又捉甚么妖精？”行者道：“有个妖精在这寺里，等老孙替他捉捉。”唐僧道：“徒弟呀，我的病身未可，你怎么又兴此念！倘那怪有神通，你拿他不住啊，却又不是害我？”行者道：“你好灭人威风！老孙到处降妖，你见我弱与谁的？

只是不动手，动手就要赢。”三藏扯住道：“徒弟，常言说得好：‘遇方便时行方便，得饶人处且饶人。操心怎似存心好，争气何如忍气高！’”【卓吾评：着眼】孙大圣见师父苦苦劝他，不许降妖，他说出老实话来道：“师父，实不瞒你说，那妖在此吃了人了。”唐僧大惊道：“吃了甚么人？”行者说道：“我们住了三日，已是吃了这寺里六个小和尚了。”长老道：“兔死狐悲，物伤其类。他既吃了寺内之僧，我亦僧也，我放你去，只但用心仔细些。”行者道：“不消说，老孙的手到就消除了。”

你看他灯光前吩咐八戒沙僧看守师父，他喜孜孜跳出方丈，径来佛殿看时，天上有星，月还未上，那殿里黑暗暗的。他就吹出真火，点起琉璃，东边打鼓，西边撞钟。响罢，摇身一变，变做个小和尚儿，年纪只有十二三岁，披着黄绢偏衫，白布直裰，手敲着木鱼，口里念经。等到一更时分，不见动静。二更时分，残月才升，只听见呼呼的一阵风响。好风：

黑雾遮天暗，愁云照地昏。四方如泼墨，一派靛妆浑。先刮时扬尘播土，次后来倒树摧林。扬尘播土星光现，倒树摧林月色昏。只刮得嫦娥紧抱梭罗树，玉兔团团找药盆。九曜星官皆闭户，四海龙王尽掩门。庙里城隍觅小鬼，空中仙子怎腾云？地府阎罗寻马面，判官乱跑赶头巾。刮动昆仑顶上石，卷得江湖波浪混。

【卓吾评：此等处虽可恶，然从人口中说出，却又好听】

那风才然过处，猛闻得兰麝香熏，环珮声响，即欠身抬头观看，呀！却是一个美貌佳人，径上佛殿。行者口里呜哩呜喇，只情念经。那女子走近前，一把搂住道：“小长老，念的甚么经？”行者道：“许下的。”女子道：“别人都自在睡觉，你还念经怎么？”行者道：“许下的，如何不念？”女子搂住，与他亲个嘴道：“我与你到后面耍耍去。”行者故意的扭过头去道：“你有些不晓事！”女子道：“你会相面？”行者道：“也晓得些儿。”女子道：“你相我怎的样子？”行者道：“我相你有些儿偷生掳熟（偷情。掳，音 wā），被公婆赶出来的。”女子道：“相不着！相不着！我不是公婆赶逐，不因掳熟偷生。奈我前生命薄，投配男子年轻。不会洞房花烛，避夫逃走之情。趁如今星光月皎，也是有缘千里来相会，我和你到后园中交欢配鸾俦（luán chóu，夫妻、伴侣）去也。”行者闻言，暗点头道：“那几个愚僧。都被色欲引诱，所以伤了性命，他如今也来哄我。”就随口答应道：“娘子，我出家人年纪尚幼，却不知甚么交欢之事。”女子道：“你跟我去，我教你。”行者暗笑道：“也罢，我跟他去，看他怎生摆布。”

他两个搂着肩，携着手，出了佛殿，径至后边园里。那怪把行者使个绊子腿，跌倒在地，口里“心肝哥哥”的乱叫，将手就去掐他的臊根。行者道：“我的儿，真个要吃老孙哩！”却被行者接住他手，使个小坐跌法，把那怪一辘轳掀翻在地上。那怪口里还叫道："心肝哥哥，你倒会跌你的娘哩！"行者暗算道："不趁此时下手他，还到几时！正是先下手为强，后下手遭殃。"就把手一叉，腰一躬，一跳跳起来，现出原身法象，轮起金箍铁棒，劈头就打。那怪倒也吃了一惊，他心想道："这个小和尚，这等利害！"打开眼一看，原来是那唐长老的徒弟姓孙的，他也不惧他。你说这精怪是甚么精怪：金作鼻，雪铺毛。地道为门屋，安身处处牢。养成三百年前气，曾向灵山走几遭。【灵山来的金鼠，正对灵山来的金蝉】一饱香花和蜡烛，如来吩咐下天曹。托塔天王恩爱女，哪吒太子认同胞。【天神佑护，正是唐僧】也不是个填海鸟，也不是个戴山鳌。也不怕的雷焕剑①，也不怕的吕虔刀②。往往来来，一任他水流江汉阔；上上下下，那论他山耸泰恒高？你看他月貌花容娇滴滴，谁识得是个老鼠成精逞黠豪！他自恃的神通广大，【正是唐僧之心性，悟空】便随手架起双股剑，玎玎珰珰的响，左遮右格，随东倒西。行者虽强些，却也捞他不倒。阴风四起，残月无光，你看他两人，后园中一场好杀：

阴风从地起，残月荡微光。阒静(qù jìng，寂静)梵王宇，阑珊小鬼廊。后园里一片战争场，孙大士，天上圣，毛姹女，女中王，赌赛神通未肯降。一个儿扭转芳心嗔黑秃，一个儿圆睁慧眼恨新妆。两手剑飞，那认得女菩萨；一根棍打，狠似个活金刚。响处金箍如电掣，霎时铁白耀星芒。玉楼抓翡翠，金殿碎鸳鸯。猿啼巴月小，雁叫楚天长。十八尊罗汉，暗暗喝采；三十二诸天，个个慌张。

那孙大圣精神抖擞，棍儿没半点差池。妖精自料敌他不住，猛可的眉头一蹙，计上心来，抽身便走。行者喝道："泼货！那走！快快来降！"那妖精只是不理，直往后退。等行者赶到紧急之时，即将左脚上花鞋脱下来，吹口仙气，念个咒语，叫一声"变！"就变做本身模样，使两口剑舞将来，真身一幌，化阵清风而去。【卓吾评：倒是花鞋强如本身】这却不是三藏的灾星？他便径撞到方丈里，把唐三藏摄将去云头上，杳杳冥冥，霎霎眼就到了陷空山，进了无底洞，【陷空山，心陷于空；无底洞，无所立足】叫小的们安排素筵席成亲不题。【所谓成亲，即心与魔融为一体之意】

却说行者斗得心焦性燥，闪一个空，一棍把那妖精打落下来，乃是一只花鞋。行者晓得中了他计，连忙转身来看师父。那有个师父？只见那呆子和沙僧口里呜哩呜哪说甚么。行者怒气填胸，也不管好歹，捞起棍来一片打，连声叫道："打死你们！打死你们！"那呆子慌得走也没路，沙僧却是个灵山大将，见得事多，就软款温

① 雷焕剑：《晋书》记载雷焕通过观察天象发现龙泉、太阿两把宝剑。
② 吕虔刀：《晋书》记载吕虔得到的可让人官至三公的佩刀。

柔，近前跪下道："兄长，我知道了，想你要打杀我两个，也不去救师父，径自回家去哩。"【卓吾评：亦好】行者道："我打杀你两个，我自去救他！"沙僧笑道："兄长说那里话！无我两个，真是单丝不线，孤掌难鸣。兄啊，这行囊马匹，谁与看顾？宁学管鲍分金，休仿孙庞斗智。自古道：'打虎还得亲兄弟，上阵须教父子兵。'望兄长且饶打，待天明和你同心戮力，寻师去也。"行者虽是神通广大，却也明理识时，见沙僧苦苦哀告，便就回心道："八戒，沙僧，你都起来。明日找寻师父，却要用力。"那呆子听见饶了，恨不得天也许下半边，道："哥啊，这个都在老猪身上。"兄弟们思思想想，那曾得睡，恨不得点头唤出扶桑日，一口吹散满天星。

三众只坐到天晓，收拾要行，早有寺僧拦门来问："老爷那里去？"行者笑道："不好说，昨日对众夸口，说与你们拿妖精，妖精未曾拿得，倒把我个师父不见了。我们寻师父去哩。"众僧害怕道："老爷，小可的事，倒带累老师，却往那里去寻？"行者道："有处寻他。"众僧又道："既去莫忙，且吃些早斋。"连忙的端了两三盆汤饭。八戒尽力吃个干净，道："好和尚！我们寻着师父，再到你这里来耍子。"行者道："还到这里吃他饭哩！你去天王殿里看看那女子在否。"众僧道："老爷，不在了，不在了。自是当晚宿了一夜，第二日就不见了。"

行者喜喜欢欢的辞了众僧，着八戒、沙僧牵马挑担，径回东走。八戒道："哥哥差了，怎么又往东行？"行者道："你岂知道！前日在那黑松林绑的那个女子，老孙火眼金睛，把他认透了，你们都认做好人。今日吃和尚的也是他，摄师父的也是他！你们救得好女菩萨！今既摄了师父，还从旧路上找寻去也。"二人叹服道："好好好！真是粗中有细！去来去来！"三人急急到于林内，只见那：

云蔼蔼，雾漫漫；石层层，路盘盘。狐踪兔迹交加走，虎豹豺狼往复钻。林内更无妖怪影，不知三藏在何端。

行者心焦，掣出棒来。摇身一变，变作大闹天宫的本相，三头六臂，六只手，理着三根棒，在林里辟哩拨喇的乱打。八戒见了道："沙僧，师兄着了恼，寻不着师父，弄做个气心风了。"原来行者打了一路，打出两个老头儿来，一个是山神，一个是土地，上前跪下道："大圣，山神土地来见。"八戒道："好灵根啊！打了一路，打出两个山神土地，若再打一路，连太岁都打出来也。"

行者问道："山神土地，汝等这般无礼！在此处专一结伙强盗，强盗得了手，买些猪羊祭赛你，又与妖精结掳，打伙儿把我师父摄来！如今藏在何处？快快的从实供来，免打！"山神慌了道："大圣错怪了我耶。妖精不在小神山上，不伏小神管辖，但只夜间风响处，小神略知一二。"行者道："既知，一一说来！"土地道："那妖精摄你师父去，在那正南下，离此有千里之遥。那厢有座山，唤做陷空山，山中有个洞，叫做无底洞。【卓吾评：着眼】是那山里妖精，到此变化摄去也。”行者听言，暗自惊心，喝退了山神土地，收了法身，现出本相，与八戒沙僧道：“师父去得远了。”八戒道：“远便腾云赶去！”好呆子，一纵狂风先起，随后是沙僧驾云，那白马原是龙子出身，驮了行李，也踏了风雾。大圣即起筋斗，一直南来。不多时，早见一座大山，阻住云脚。三人采住马，都按定云头，见那山：

顶摩碧汉，峰接青霄。周围杂树万万千，来往飞禽喳喳噪。虎豹成阵走，獐鹿打丛行。向阳处，琪花瑶草馨香；背阴方，腊雪顽冰不化。崎岖峻岭，削壁悬崖。直立高峰，湾环深涧。松郁郁，石磷磷，行人见了悚其心。打柴樵子全无影，采药仙童不见踪。眼前虎豹能兴雾，遍地狐狸乱弄风。

八戒道：“哥啊，这山如此险峻，必有妖邪。”行者道：“不消说了，山高原有怪，岭峻岂无精！”叫：“沙僧，我和你且在此，着八戒先下山凹里打听打听，看那条路好走，端的可有洞府，再看是那里开门，俱细细打探，我们好一齐去寻师父救他。”八戒道：“老猪晦气！先拿我顶缸！”行者道：“你夜来说都在你身上，如何打仰（因害怕而退却、反悔）？”八戒道：“不要嚷，等我去。”呆子放下钯，抖抖衣裳，空着手，跳下高山，找寻路径。这一去，毕竟不知好歹如何，且听下回分解。

【卓吾评：人试思之：陷空山无底洞是恁么东西？若想得着，定是大笑，又大哭也】

【《坛经》印证：诸佛世尊唯以一大事因缘出现于世。一大事者，佛之知见也。世人外迷着相，内迷着空。若能于相离相，于空离空，即是内外不迷。若悟此法，一念心开，是为开佛知见】

第八十二回　姹女求阳　元神护道

【本回以陷空山无底洞点出本难主旨：心陷于空，无所立足。提示心不能执着于空，还要从“空”中悟出“有”来，心生万法以行布施，完成修行的另一半。这也是半截观音的喻意。通天河是路途的一半，陷空山则是修行的一半，正所谓行百里者半九十】

却说八戒跳下山，寻着一条小路，依路前行，有五六里远近，忽见二个女怪，在那井上打水。他怎么认得是两个女怪？见他头上戴一顶一尺二三寸高的篾丝鬏髻(jiū jì，脑后头发盘成的髻)，甚不时兴。呆子走近前叫声妖怪，那怪闻言大怒，两人互相说道：“这和尚惫懒！我们又不与他相识，平时又没有调得嘴惯，他怎么叫我们做妖怪！”那怪恼了，轮起抬水的杠子，劈头就打。这呆子手无兵器，遮架不得，被他捞了几下，侮着头跑上山来道：“哥啊，回去罢！妖怪凶！”行者道：“怎么凶？”八戒道：“山凹里两个女妖精在井上打水，我只叫了他一声，就被他打了我三四杠子！”行者道：“你叫他做甚么的？”八戒道：“我叫他做妖怪。”行者笑道：“打得还少。”八戒道：“谢你照顾！头都打肿了，还说少哩！”行者道：“‘温柔天下去得，刚强寸步难移’。他们是此地之怪，我们是远来之僧，你一身都是手，也要略温存。你就去叫他做妖怪，他不打你，打我？人将礼乐为先。”八戒道：“一发不晓得！”行者道：“你自幼在山中吃人，你晓得有两样木么？”八戒道：“不知，是甚么木？”行者道：“一样是杨木，一样是檀木。杨木性格甚软，巧匠取来，或雕圣象，或刻如来，装金立粉，嵌玉装花，万人烧香礼拜，受了多少无量之福。那檀木性格刚硬，油房里取了去，做柞撒(zuò sǎ，榨油用的木楔)，使铁箍箍了头，又使铁锤往下打，只因刚强，所以受此苦楚。”【心生万法，心性要随机应变】八戒道：“哥啊，你这好话儿，早与我说说也好，却不受他打了。”行者道：“你还去问他个端的。”八戒道：“这去他认得我了。”行者道：“你变化了去。”八戒道：“哥啊，且如我变了，却怎么问他？”行者道：“你变了去，到他跟前，行个礼儿，看他多大年纪，若与我们差不多，叫他声姑娘；若比我们老些儿，叫他声奶奶。”八戒笑道：“可是蹭蹬！这般许远的田地，认得是甚么亲！”【情、欲之魔，正与八戒有亲】行者道：“不是认亲，要套他的话哩。若是他拿了师父，就好下手；若不是他，却不误了我们别处干事？”八戒道：“说得有理，等我再去。”

好呆子，把钉钯撒在腰里，下山凹，摇身一变，变做个黑胖和尚，摇摇摆摆走近怪前，深深唱个大喏道："奶奶，贫僧稽首（举一手向人行礼。稽，音 qǐ）了。"那两个喜道："这个和尚却好，会唱个喏儿，又会称道一声儿。"问道："长老，那里来的？"八戒道："那里来的。"又问："那里去的？"又道："那里去的。"又问："你叫做甚么名字？"又答道："我叫做甚么名字。"那怪笑道："这和尚好便好，只是没来历，会说顺口话儿。"八戒道："奶奶，你们打水怎的？"那怪道："和尚，你不知道。我家老夫人今夜里摄了一个唐僧在洞内，要管待他，我洞中水不干净，差我两个来此打这阴阳交媾的好水，安排素果素菜的筵席，与唐僧吃了，晚间要成亲哩。"

那呆子闻得此言，急抽身跑上山叫："沙和尚，快拿将行李来，我们分了罢！"沙僧道："二哥，又分怎的？"八戒道："分了便你还去流沙河吃人，我去高老庄探亲，哥哥去花果山称圣，白龙马归大海成龙，师父已在这妖精洞内成亲哩！我们都各安生理去也！"行者道："这呆子又胡说了！"八戒道："你的儿子胡说！才那两个抬水的妖精说，安排素筵席与唐僧吃了成亲哩！"行者道："那妖精把师父困在洞里，师父眼巴巴的望我们去救，你却在此说这样话！"八戒道："怎么救？"行者道："你两个牵着马，挑着担，我们跟着那两个女怪，做个引子，引到那门前，一齐下手。"真个呆子只得随行。行者远远的标着那两怪，渐入深山，有一二十里远近，忽然不见。八戒惊道："师父是日里鬼拿去了！"行者道："你好眼力！怎么就看出他本相来？"八戒道："那两个怪，正抬着水走，忽然不见，却不是个日里鬼？"行者道："想是钻进洞去了，等我去看看。"

好大圣，急睁火眼金睛，漫山看处，果然不见动静，只见那陡崖前，有一座玲珑剔透细妆花、堆五采、三檐四簇的牌楼。他与八戒沙僧近前观看，上有六个大字，乃"陷空山无底洞"。行者道："兄弟呀，这妖精把个架子支在这里，这不知门向那里开哩。"沙僧说："不远！不远！好生寻！"都转身看时，牌楼下山脚下有一块大石，约有十余里方圆；正中间有缸口大的一个洞儿，爬得光溜溜的。八戒道："哥啊，这就是妖精出入洞也。"行者看了道："怪哉！我老孙自保唐僧，瞒不得你两个，妖精也拿了些，却不见这样洞府。八戒，你先下去试试，看有多少浅深，我好进去救师父。"八戒摇头道："这个难！这个难！我老猪身子夯夯（bèn，笨拙）的，若塌了脚吊下去，不知二三年可得到底哩！"行者道："就有多深么？"八戒道："你看！"大圣伏在洞边上，仔细往下看处，咦！深啊！周围足有三百余里，回头道："兄弟，果然深得紧！"八戒道："你便回去罢。师父救不得耶！"行者道："你说那里话！莫生懒惰意，休起怠荒心，且将行李歇下，把马拴在牌楼柱上，你使钉钯，沙僧使杖，拦住洞门，让我进去打听打听。若师父果在里面，我将铁棒把妖精从里打出，跑至门口，你两个却在外面挡住，这是里应外合。打死精灵，才救得师父。”二人遵命。

行者却将身一纵，跳入洞中，足下彩云生万道，身边瑞气护千层。不多时，到于深远之间，那里边明明朗朗，一般的有日色，有风声，又有花草果木。【陷空山，空含万有】行者喜道：“好去处啊！想老孙出世，天赐与水帘洞，这里也是个洞天福地！”【魔王之心舍，与心性之旧居媲美】正看时，又见有一座二滴水的门楼，团团都是松竹，内有许多房舍，又想道：“此必是妖精的住处了，我且到那里边去打听打听。且住！若是这般去啊，他认得我了，且变化了去。”摇身捻诀，就变做个苍蝇儿，轻轻的飞在门楼上听听。只见那怪高坐在草亭内，他那模样，比在松林里救他，寺里拿他，更是不同，越发打扮得俊了：发盘云髻似堆鸦，身着绿绒花比甲。一对金莲刚半折，十指如同春笋发。团团粉面若银盆，朱唇一似樱桃滑。端端正正美人姿，月里嫦娥还喜恰。今朝拿住取经僧，便要欢娱同枕榻。行者且不言语，听他说甚话。少时，绽破樱桃，喜孜孜的叫道：“小的们，快排素筵席来。我与唐僧哥哥吃了成亲。”【卓吾评：好个“唐僧哥哥”，最叫得有滋味】行者暗笑道：“真个有这话！我只道八戒作耍子乱说哩！等我且飞进去寻寻，看师父在那里。不知他的心性如何。假若被他摩弄动了啊，留他在这里也罢。”即展翅飞到里边看处，那东廊下上明下暗的红纸格子里面，坐着唐僧哩。行者一头撞破格子眼，飞在唐僧光头上丁着，叫声“师父。”三藏认得声音，叫道：“徒弟，救我命啊！”行者道：“师父不济呀！那妖精安排筵宴，与你吃了成亲哩。或生下一男半女，也是你和尚之后代，你愁怎的？”【卓吾评：猴】长老闻言，咬牙切齿道：“徒弟，我自出了长安，到两界山中收你，一向西来，那个时辰动荤？那一日子有甚歪意？今被这妖精拿住，要求配偶，我若把真阳丧了，我就身堕轮回，打在那阴山背后，永世不得翻身！”【卓吾评：着眼】行者笑道：“莫发誓，既有真心往西天取经，老孙带你去罢。”三藏道：“进来的路儿，我通忘了。”行者道：“莫说你忘了。他这洞，不比走进来走出去的，是打上头往下钻。如今救了你，要打底下往上钻。若是造化高，钻着洞口儿，就出去了；若是造化低，钻不着，还有个闷杀的日子了。”三藏满眼垂泪道：“似此艰难，怎生是好？”行者道：“没事！没事！那妖精整治酒与你吃，没奈何，也吃他一钟；只要斟得急些儿，斟起一个喜花儿来，等我变作个蟭蟟虫儿，飞在酒泡之下，他把我一口吞下肚去，我就捻破他的心肝，扯断他的肺腑，弄死那妖精，你才得脱身出去。”三藏道：“徒弟这等说，只是不当人子。”行者道：“只管行起善来，你命休矣。妖精乃害人之物，你惜他怎的！”三藏道：“也罢，也罢！你只是要跟着我。”正是那孙大圣护定唐三藏，取经僧全靠美猴王。

他师徒两个，商量未定，早是那妖精安排停当，走近东廊外，开了门锁，叫声：“长老。”唐僧不敢答应。又叫一声，又不敢答应。他不敢答应者何意？想着口开神气散，舌动是非生。却又一条心儿想着，若死住法儿不开口，怕他心狠，顷刻间就害了性命。正是那进退两难心问口，三思忍耐口问心，正自狐疑，那怪又叫一声“长老。”唐僧没奈何，应他一声道：“娘子，有。”【人生处处两难，空与有，进与退，应与默，如此等等。真理不在任何一端，也不在中间。矛盾的两端仅是路径而已，“自心常生智慧，不离自性，即是福田”(惠能语)。急切处，也可答一声：“娘子，有。”】

那长老应出这一句言来，真是肉落千斤。人都说唐僧是个真心的和尚，往西天拜佛求经，怎么与这女妖精答话？不知此时正是危急存亡之秋，万分出于无奈，虽是外有所答，其实内无所欲。妖精见长老应了一声，他推开门，把唐僧搀起来，和他携手挨背，交头接耳，你看他做出那千般娇态，万种风情，岂知三藏一腔子烦恼！行者暗中笑道：“我师父被他这般哄诱，只怕一时动心。”正是：

真僧魔苦遇娇娃，妖怪娉婷实可夸。
淡淡翠眉分柳叶，盈盈丹脸衬桃花。
绣鞋微露双钩凤，云髻高盘两鬓鸦。
含笑与师携手处，香飘兰麝满袈裟。

妖精挽着三藏，行近草亭道：“长老，我办了一杯酒，和你酌酌。”唐僧道：“娘子，贫僧自不用荤。”妖精道：“我知你不吃荤，因洞中水不洁净，特命山头上取阴阳交媾的净水，做些素果素菜筵席，和你耍子。”

唐僧跟他进去观看，果然见那：

盈门下，绣缠彩结；满庭中，香喷金猊(ní，狮子)。摆列着黑油垒钿桌，彩漆篾丝盘。垒钿桌上，有异样珍羞；篾丝盘中，盛稀奇素物。林檎、橄榄、莲肉、葡萄、榧、柰、榛、松、荔枝、龙眼、山栗、风菱、枣儿、柿子、胡桃、银杏、金桔、香橙，果子随山有；蔬菜更时新：豆腐、面筋、木耳、鲜笋、蘑菇、香蕈、山药、黄精。石花菜、黄花菜，青油煎炒；扁豆角、豇豆角，熟酱调成。王瓜、瓠子，白菜、蔓菁，镟皮茄子鹌鹑做，剔种冬瓜方旦名。烂煨芋头糖拌着，白煮萝卜醋浇烹。椒姜辛辣般般美，咸淡调和色色平。

那妖精露尖尖之玉指，捧晃晃之金杯，满斟美酒，递与唐僧，口里叫道：“长老哥哥妙人，请一杯交欢酒儿。”三藏羞答答的接了酒，望空浇奠，心中暗祝道：“护法诸天、五方揭谛、四值功曹：弟子陈玄奘，自离东土，蒙观世音菩萨差遣列位众神暗中保护，拜雷音见佛求经，今在途中，被妖精拿住，强逼成亲，将这一杯酒递与我吃。

此酒果是素酒，弟子勉强吃了，还得见佛成功；若是荤酒，破了弟子之戒，永堕轮回之苦！”孙大圣，他却变得轻巧，在耳根后，若像一个耳报，但他说话，惟三藏听见，别人不闻。他知师父平日好吃葡萄做的素酒，教吃他一钟。

那师父没奈何吃了，急将酒满斟一钟，回与妖怪，果然斟起有一个喜花儿。行者变作个蟭蟟虫儿，轻轻的飞入喜花之下。那妖精接在手，且不吃，把杯儿放住，与唐僧拜了两拜，口里娇娇怯怯，叙了几句情话。却才举杯，那花儿已散，就露出虫来。妖精也认不得是行者变的，只以为虫儿，用小指挑起，往下一弹。行者见事不谐，料难入他腹，即变做个饿老鹰。真个是：

玉爪金睛铁翮，雄姿猛气抟云。妖狐狡兔见他昏，千里山河时遁。饥处迎风逐雀，饱来高贴天门。老拳钢硬最伤人，得志凌霄嫌近。

飞起来，轮开玉爪，响一声掀翻桌席，把些素果素菜、盘碟家火尽皆摔碎，撇却唐僧，飞将出去。唬得妖精心胆皆裂，唐僧的骨肉通酥。妖精战战兢兢，搂住唐僧道：“长老哥哥，此物是那里来的？”三藏道：“贫僧不知。”妖精道：“我费了许多心，安排这个素宴与你耍耍，却不知这个扁毛畜生，从那里飞来，把我的家火打碎！”众小妖道：“夫人，打碎家火犹可，将些素品都泼散在地，秽了怎用？”三藏分明晓得是行者弄法，他那里敢说。那妖精道：“小的们，我知道了，想必是我把唐僧困住，天地不容，故降此物。你们将碎家火拾出去，另安排些酒肴，不拘荤素，我指天为媒，指地作订，然后再与唐僧成亲。”依然把长老送在东廊里坐下不题。

却说行者飞出去，现了本相，到于洞口，叫声“开门！”八戒笑道：“沙僧，哥哥来了。”他二人撒开兵器。行者跳出，八戒上前扯住道：“可有妖精？可有师父？”行者道：“有！有！有！”八戒道：“师父在里边受罪哩？绑着是捆着？要蒸是要煮？”行者道：“这个事倒没有，只是安排素宴，要与他干那个事哩。”八戒道：“你造化，你造化！你吃了陪亲酒来了！”行者道：“呆子啊！师父的性命也难保，吃甚么陪亲酒！”八戒道：“你怎的就来了？”行者把见唐僧施变化的上项事说了一遍，道：“兄弟们，再休胡思乱想。师父已在此间，老孙这一去，一定救他出来。”复翻身入里面，还变做个苍蝇儿，丁在门楼上听之，只闻得这妖怪气呼呼的，在亭子上吩咐：“小的们，不论荤素，拿来烧纸。我借烦天地为媒订，务要与他成亲。”行者听见暗笑道：“这妖精全没一些儿廉耻！青天白日的，把个和尚关在家里摆布。【卓吾评：此等事，世上尽有】且不要忙，等老孙再进去看看。”嘤的一声，飞在东廊之下，见那师父坐在里边，清滴滴腮边泪淌。行者钻将进去，丁在他头上，又叫声“师父。”长老认得声音，跳起来咬牙恨道：“猢狲啊！别人胆大，还是身包胆；你的胆大，就是胆包身！你弄变化神通，打破家火，能值几何！斗得那妖精淫兴发了，那里不分荤素安排，定要与我交媾，此事怎了！”行者暗中陪笑道：“师父莫怪，有救你处。”唐僧道：“那里救得我？”行者道：“我才一翅飞起去时，见他后边有个花园。你哄他往园里去耍子，我救了你罢。”唐僧道：“园里怎么样救？”行者道：“你与他到园里，走到桃树边，就莫走了。等我飞上桃枝，变作个红桃子。你要吃果子，先拣红的儿摘下来。红的是我，他必然也要摘一个，你把红的定要让他。他若一口吃了，我却在他肚里，等我捣破他的皮袋，扯断他的肝肠，弄死他，你就脱身了。”三藏道：“你若有手段，就与他赌斗便了，只要钻在他肚里怎么？”行者道：“师父，你不知趣。他这个洞，若好出入，便可与他赌斗；只为出入不便，曲道难行，若就动手，他这一窝子，老老小小，连我都扯住，却怎么了？须是这般捽手干，大家才得干净。”三藏点头听信，只叫：“你跟定我。”行者道：“晓得！晓得！我在你头上。”

师徒们商量定了，三藏才欠起身来，双手扶着那格子叫道：“娘子，娘子。”那妖精听见，笑唏唏的跑近跟前道：“妙人哥哥，有甚话说？”三藏道：“娘子，我出了长安，一路西来，无日不山，无日不水。昨在镇海寺投宿，偶得伤风重疾，今日出了汗，略才好些；又蒙娘子盛情，携入仙府，只得坐了这一日，又觉心神不爽。你带我往那里略散散心，耍耍儿去么？”那妖精十分欢喜道：“妙人哥哥倒有些兴趣，我和你去花园里耍耍。”叫：“小的们，拿钥匙来开了园门，打扫路径。”众妖都跑去开门收拾。

这妖精开了格子，搀出唐僧。你看那许多小妖，都是油头粉面，嬝娜娉婷①，簇簇拥拥，与唐僧径上花园而去。好和尚！他在这绮罗队里无他故，锦绣丛中作哑聋，若不是这铁打的心肠朝佛去，第二个酒色凡夫也取不得经。一行都到了花园之外，那妖精俏语低声叫道：“妙人哥哥，这里耍耍，真可散心释闷。”唐僧与他携手相搀，同入园内，抬头观看，其实好个去处。但见那：

萦回曲径，纷纷尽点苍苔；窈窕绮窗，处处暗笼绣箔。微风初动，轻飘飘展开蜀锦吴绫；细雨才收，娇滴滴露出冰肌玉质。日灼鲜杏，红如仙子晒霓裳；月映芭蕉，青似太真摇羽扇。粉墙四面，万株杨柳啭黄鹂；闲馆周围，满院海棠飞粉蝶。更看那凝香阁；青蛾阁、解酲阁、相思阁，层层卷映，朱帘上，钩控虾须；又见那养酸亭、披素亭、画眉亭、四雨亭、个个峥嵘，华扁上，字书鸟篆。看那浴鹤池、洗觞池、怡月池、濯缨池，青萍绿藻耀金鳞；又有玉墨轩、异箱轩、适趣轩、慕云轩，玉斗琼卮（zhī，一种酒器）浮绿蚁（酒面上浮起的绿色泡沫，亦指酒）。池亭上下，有太湖石、紫英石、鹦落

① 嬝娜娉婷：niǎo nuó pīng tíng，姿态美好的样子。

石、锦川石，青青栽着虎须蒲；轩阁东西，有木假山、翠屏山、啸风山、玉芝山，处处丛生凤尾竹。荼蘼架、蔷薇架，近着秋千架，浑如锦帐罗帏；松柏亭、辛夷亭，对着木香亭，却似碧城绣幕。芍药栏，牡丹丛，朱朱紫紫斗秾华；夜合台，茉藜槛，岁岁年年生妩媚。涓涓滴露紫含笑，堪画堪描，艳艳烧空红拂桑，宜题宜赋。论景致，休夸阆苑蓬莱；较芳菲，不数姚黄魏紫。若到三春闲斗草，园中只少玉琼花。

长老携着那怪，步赏花园，看不尽的奇葩异卉。行过了许多亭阁，真个是渐入佳境。忽抬头，到了桃树林边，行者把师父头上一掐，那长老就知。行者飞在桃树枝儿上，摇身一变，变作个红桃儿，其实红得可爱。长老对妖精道："娘子，你这苑内花香，枝头果熟，苑内花香蜂竞采，枝头果熟鸟争衔。怎么这桃树上果子青红不一，何也？"妖精笑道："天无阴阳，日月不明；地无阴阳，草木不生；人无阴阳，不分男女。这桃树上果子，向阳处有日色相烘者先熟，故红；背阴处无日者还生，故青。此阴阳之道理也。"【卓吾评：竟说大道理】三藏道："谢娘子指教，其实贫僧不知。"即向前伸手摘了个红桃。妖精也去摘了一个青桃。三藏躬身将红桃奉与妖怪道："娘子，你爱色，请吃这个红桃，拿青的来我吃。"妖精真个换了，且暗喜道："好和尚啊！果是个真人！一日夫妻未做，却就有这般恩爱也。"那妖精喜喜欢欢的，把唐僧亲敬。这唐僧把青桃拿过来就吃，那妖精喜相陪，把红桃儿张口便咬。启朱唇，露银牙，未曾下口，原来孙行者十分性急，毂辘一个跟头，翻入他咽喉之下，径到肚腹之中。妖精害怕对三藏道："长老啊，这个果子利害。怎么不容咬破，就滚下去了？"三藏道："娘子，新开园的果子爱吃，所以去得快了。"妖精道："未曾吐出核子，他就撺下去了。"三藏道："娘子意美情佳，喜吃之甚，所以不及吐核，就下去了。"行者在他肚里，复了本相，叫声："师父，不要与他答嘴，老孙已得了手也！"三藏道："徒弟方便着些。"妖精听见道："你和那个说话哩？"三藏道："和我徒弟孙悟空说话哩。"妖精道："孙悟空在那里？"三藏道："在你肚里哩，却才吃的那个红桃子不是？"【卓吾评：这妖精未曾成亲，肚内已先有个小和尚了】妖精慌了道："罢了，罢了！这猴头钻在我肚里，我是死也！孙行者！你千方百计的钻在我肚里怎的？"行者在里边恨道："也不怎的！只是吃了你的六叶连肝肺，三毛七孔心；五脏都淘净，弄做个梆子[①]精！"妖精听说，唬得魂飞魄散，战战兢兢的，把唐僧抱住道："长老啊！我只道：

夙世前缘系赤绳，鱼水相和两意浓。

① 梆子：巡更或旧时衙门用以集散人众所敲的响器，用竹子或挖空的木头制成，这里指挖空身体。

不料鸳鸯今拆散，何期鸾凤又西东！
蓝桥水涨难成事，佛庙烟沉嘉会空。
着意一场今又别，何年与你再相逢！”

行者在他肚里听见说时，只怕长老慈心，又被他哄了，便就轮拳跳脚，支架子，理四平，几乎把个皮袋儿捣破了。那妖精忍不得疼痛，倒在尘埃，半晌家不敢言语。行者见不言语，想是死了，却把手略松一松，他又回过气来，叫："小的们！在那里？"原来那些小妖，自进园门来，各人知趣，都不在一处，各自去采花斗草，任意随心耍子，让那妖精与唐僧两个自在叙情儿。忽听得叫，却才都跑将来，又见妖精倒在地上，面容改色，口里哼哼的爬不动，连忙搀起，围在一处道："夫人，怎的不好？想是急心疼了？"妖精道："不是！不是！你莫要问，我肚里已有了人也！快把这和尚送出去，留我性命！"【卓吾评：这样薄情的！有了人，便打发和尚去矣】那些小妖，真个都来扛抬。行者在肚里叫道："那个敢抬！要便是你自家献我师父出去，出到外边，我饶你命！"那怪精没计奈何，只是惜命之心，急挣起来，把唐僧背在身上，拽开步，往外就走。小妖跟随道："老夫人，往那里去？"妖精道："留得五湖明月在，何愁没处下金钩！把这厮送出去，等我别寻一个头儿罢！"好妖精，一纵云光，直到洞口。又闻得叮叮当当，兵刃乱响，三藏道："徒弟，外面兵器响哩。"行者道："是八戒揉钯哩，你叫他一声。"三藏便叫："八戒！"八戒听见道："沙和尚！师父出来也！"二人掣开钯杖，妖精把唐僧驮出。咦！正是：心猿里应降邪怪，土木司门接圣僧。【双关。暗指要打破心里对空的执迷，需心生智慧，合于人情、心志】毕竟不知那妖精性命如何，且听下回分解。

【卓吾评：妖精多变妇人，妇人多恋和尚，何也？作者亦自有意。只为妖精就是妇人，妇人就是妖精。妖精妇人，妇人妖精，定偷和尚故也】

第八十三回　心猿识得丹头　姹女还归本性

【本难类似黄风岭，用一个得道老鼠影射唐僧。所不同的是，黄风岭是心志迷失导致的偷懒，而本难则是心陷于空、逃避责任的偷懒】

却说三藏着妖精送出洞外，沙和尚近前问曰："师父出来，师兄何在？"八戒道："他有算计，必定贴换师父出来也。"三藏用手指着妖精道："你师兄在他肚里哩。"八戒笑道："腌臜杀人！在肚里做甚？出来罢！"行者在里边叫道："张开口，等我出来！"那怪真个把口张开。行者变得小小的，踋(guā，爬)在咽喉之内，正欲出来，又恐他无理来咬，即将铁棒取出，吹口仙气，叫"变！"变作个枣核钉儿，撑住他的上腭子，把身一纵跳出口外，就把铁棒顺手带出，把腰一躬，还是原身法象，举起棒来就打。那妖精也随手取出两口宝剑，丁当架住。两个在山头上这场好杀：

双舞剑飞当面架，金箍棒起照头来。一个是天生猴属心猿体，一个是地产精灵姹女骸。他两个，恨冲怀，喜处生仇大会垓。那个要取元阳【正性】成配偶【侵占】，这个要战纯阴【邪性】结圣胎【功果】。【卓吾评：着眼】棒举一天寒雾漫，剑迎满地黑尘筛。因长老，拜如来，恨苦相争显大才，水火不投母道损，阴阳难合各分开。两家斗罢多时节，地动山摇树木摧。

八戒见他们赌斗，口里絮絮叨叨，返恨行者，转身对沙僧道："兄弟，师兄胡缠！才子在他肚里，轮起拳来，送他一个满肚红，扒开肚皮钻出来，却不了帐？怎么又从他口里出来，却与他争战，让他这等猖狂！"沙僧道："正是，却也亏了师兄深洞中救出师父，返又与妖精厮战。且请师父自家坐着，我和你各持兵器，助助大哥，打倒妖精去来。"八戒摆手道："不，不，不！他有神通，我们不济。"沙僧道："说那里话！都是大家有益之事，虽说不济，却也放屁添风。"那呆子一时兴发，掣了钉钯，叫声"去来！"他两个不顾师父，一拥驾风赶上，举钉钯，使宝杖，望妖精乱打。那妖精战行者一个已是不能，又见他二人，怎生抵敌，急回头抽身就走。行者喝道："兄弟们赶上！"那妖精见他们赶上来，即将右脚上花鞋脱下来，吹口仙气，念个咒语，叫"变！"即变作本身模样，使两口剑舞将来，将身一幌，化一阵清风，径直回去。这番也只说战他们不过，顾命而回，岂知又有这般样事！也是三藏灾星未退：他到了洞门前牌楼下，却见唐僧在那里独坐，他就近前一把抱住，抢了行李，咬断缰绳，连人和马，复又摄将进去不题。

且说八戒闪个空，一钯把妖精打落地，乃是一只花鞋。行者看见道："你这两个呆子！看着师父罢了，谁要你来帮甚么功！"八戒道："沙和尚，如何么！我说莫来。这猴子好的有些夹脑风，我们替他降了妖怪，返落得他生报怨！"行者道："在那里降了妖怪？那妖怪昨日与我战时，使了一个遗鞋计哄了。你们走了，不知师父如何，我们快去看看！"三人急回来，果然没了师父，连行李白马一并无踪。慌得个八戒两头乱跑，沙僧前后跟寻，孙大圣亦心焦性燥。正寻觅处，只见那路旁边斜軃(duǒ，同"躲"，藏)着半截儿缰绳。他一把拿起，止不住眼中流泪，放声叫道："师父啊！我去时辞别人和马，回来只见这些绳！"正是那见鞍思俊马，滴泪想亲人。八戒见他垂泪，忍不住仰天大笑。行者骂道："你这个夯货！又是要散火哩！"八戒又笑道："哥啊，不是这话，师父一定又被妖精摄进洞去了。常言道：'事无三不成。'你进洞两遭了，再进去一遭，管情救出师父来也。"行者揩了眼泪道："也罢，到此地位，势不容己，我还进去。你两个没了行李马匹耽心(担心，分心)，却好生把守洞口。"

好大圣，即转身跳入里面，不施变化，就将本身法相。真个是：

古怪别腮心里强，自小为怪神力壮。
高低面赛马鞍鞒，眼放金光如火亮。
浑身毛硬似钢针，虎皮裙系明花响。
上天撞散万云飞，下海混起千层浪。
当天倚力打天王，挡退十万八千将。
官封大圣美猴精，手中惯使金箍棒。
今日西天任显能，复来洞内扶三藏。

你看他停住云光，径到了妖精宅外，见那门楼门关了，不分好歹，轮铁棒一下打开，闯将进去。那里边静悄悄，全无人迹，东廊下不见唐僧，亭子上桌椅与各处家火，一件也无。原来他的洞里周围有三百余里，妖精窠穴甚多。前番摄唐僧在此，被行者寻着，今番摄了，又怕行者来寻，当时搬了，不知去向。

恼得这行者跌脚捶胸，放声高叫道："师父啊！你是个晦气转成的唐三藏，灾殃铸就的取经僧！噫！这条路且是走熟了，如何不在？却教老孙那里寻找也！"正自吆喝爆燥之间，忽闻得一阵香烟扑鼻，他回了性道："这香烟是从后面飘出，想是在后头哩。"拽开步，提着铁棒，走将进去看时，也不见动静。只见有三间倒坐儿，近后壁却铺一张龙吞口雕漆供桌，桌上有一个大流金香炉，炉内有香烟馥郁。那上面供养着一个大金字牌，牌上写着"尊父李天王之位"，略次些儿写着"尊兄哪吒三太子位”。行者见了满心欢喜，也不去搜妖怪找唐僧，把铁棒捻作个绣花针儿，揌在耳朵里，轮开手，把那牌子并香炉拿将起来，返云光，径出门去。

至洞口，唏唏哈哈，笑声不绝。八戒沙僧听见，掣放洞口，迎着行者道：“哥哥这等欢喜，想是救出师父也？”行者笑道：“不消我们救，只问这牌子要人。”八戒道：“哥啊，这牌子不是妖精，又不会说话，怎么问他要人？”行者放在地下道：“你们看！”沙僧近前看时，上写着“尊父李天王之位”“尊兄哪吒三太子位”。沙僧道：“此意何也？”行者道：“这是那妖精家供养的。我闯入他住居之所，见人迹俱无，惟有此牌。想是李天王之女，三太子之妹，思凡下界，假扮妖邪，将我师父摄去。不问他要人，却问谁要？你两个且在此把守，等老孙执此牌位，径上天堂玉帝前告个御状，教天王爷儿们还我师父。”八戒道：“哥啊，常言道：‘告人死罪得死罪。’须是理顺，方可为之。况御状又岂是可轻易告的？你且与我说，怎的告他？”行者笑道：“我有主张，我把这牌位香炉做个证见，另外再备纸状儿。”八戒道：“状儿上怎么写？你且念念我听。”行者道：“告状人孙悟空，年甲在牒，系东土唐朝西天取经僧唐三藏徒弟。告为假妖摄陷人口事。今有托塔天王李靖同男哪吒太子，闺门不谨，走出亲女，在下方陷空山无底洞变化妖邪，迷害人命无数。今将吾师摄陷曲邃之所，渺无寻处。若不状告，切思伊父子不仁，故纵女氏成精害众。伏乞怜准，行拘至案，收邪救师，明正其罪，深为恩便。有此上告。”八戒沙僧闻其言，十分欢喜道：“哥啊，告的有理，必得上风。切须早来，稍迟恐妖精伤了师父性命。”行者道：“我快！我快！多时饭熟，少时茶滚就回。”

好大圣，执着这牌位香炉，将身一纵，驾祥云直至南天门外。时有把天门的大力天王与护国天王见了行者，一个个都控背躬身，不敢拦阻，让他进去。直至通明殿下，有张葛许邱四大天师迎面作礼道：“大圣何来？”行者道：“有纸状儿，要告两个人哩。”天师吃惊道：“这个赖皮，不知要告那个。”无奈，将他引入灵霄殿下启奏。蒙旨宣进，行者将牌位香炉放下，朝上礼毕，将状子呈上。葛仙翁接了，铺在御案。玉帝从头看了，见这等这等，即将原状批作圣旨，【卓吾评：好大官私】宣西方长庚太白金星领旨到云楼宫宣托塔李天王见驾。行者上前奏道：“望天主好生惩治，不然，又别生事端。”玉帝又吩咐：“原告也去。”行者道：“老孙也去？”四天师道：“万岁已出了旨意，你可同金星去来。”行者真个随着金星，纵云头早至云楼宫。原来是天王住宅，号云楼宫。金星见宫门首有个童子侍立，那童子认得金星，即入里报道：“太白金星老爷来了。”天王遂出迎迓，又见金星捧着旨意，即命焚香。及转身，又见行者跟入，天王即又作怒。你道他作怒为何？当年行者大闹天宫时，玉帝曾封天王为降魔大元帅，封哪吒太子为三坛海会之神，帅领天兵，收降行者，屡战不能取胜。还是五百年前败阵的仇气，有些恼他，故此作怒。【卓吾评：好照应】

他且忍不住道："老长庚，你赍得是甚么旨意？"金星道："是孙大圣告你的状子。"那天王本是烦恼，只听见说个"告"字，一发雷霆大怒道："他告我怎的？"金星道："告你假妖摄陷人口事。你焚了香，请自家开读。"那天王气呼呼的设了香案，望空谢恩。拜毕，展开旨意看了，原来是这般这般，如此如此，恨得他手扑着香案道："这个猴头！他也错告我了！"金星道："且息怒，现有牌位香炉在御前作证，说是你亲女哩。"天王道："我止有三个儿子，一个女儿。大小儿名金吒，侍奉如来，做前部护法。二小儿名木叉，在南海随观世音做徒弟。三小儿名哪吒，在我身边，早晚随朝护驾。一女年方七岁，名贞英，人事尚未省得，如何会做妖精！不信，抱出来你看。这猴头着实无礼！且莫说我是天上元勋，封受先斩后奏之职，就是下界小民，也不可诬告。律云：'诬告加三等。'"叫手下："将缚妖索把这猴头捆了！"那庭下摆列着巨灵神、鱼肚将、药叉雄帅，一拥上前，把行者捆了。金星道："李天王莫闯祸啊！我在御前同他领旨意来宣你的人。你那索儿颇重，一时捆坏他，阁气（斗气，惹气）。"天王道："金星啊，似他这等诈伪告扰，怎该容他！你且坐下，待我取砍妖刀砍了这个猴头，然后与你见驾回旨！"金星见他取刀，心惊胆战，对行者道："你干事差了，御状可是轻易告的？你也不访的实，似这般乱弄，伤其性命，怎生是好？"行者全然不惧，笑吟吟的道："老官儿放心，一些没事。老孙的买卖，原是这等做，一定先输后赢。"

说不了，天王轮过刀来，望行者劈头就砍。早有那三太子赶上前，将斩腰剑架住，叫道："父王息怒。"天王大惊失色。噫！父见子以剑架刀，就当喝退，怎么返大惊失色？原来天王生此子时，他左手掌上有个"哪"字，右手掌上有个"吒"字，故名哪吒。这太子三朝儿就下海净身闯祸，踏倒水晶宫，捉住蛟龙要抽筋为绦子。天王知道，恐生后患，欲杀之。哪吒奋怒，将刀在手，割肉还母，剔骨还父，还了父精母血，一点灵魂，径到西方极乐世界告佛。佛正与众菩萨讲经，只闻得幢幡宝盖有人叫道："救命！"佛慧眼一看，知是哪吒之魂，即将碧藕为骨，荷叶为衣，念动起死回生真言，哪吒遂得了性命。运用神力，法降九十六洞妖魔，神通广大，后来要杀天王，报那剔骨之仇。天王无奈，告求我佛如来。如来以和为尚，赐他一座玲珑剔透舍利子如意黄金宝塔，那塔上层层有佛，艳艳光明。唤哪吒以佛为父，解释了冤仇。所以称为托塔李天王者，此也。今日因闲在家，未曾托着那塔，恐哪吒有报仇之意，故吓个大惊失色。却即回手，向塔座上取了黄金宝塔，托在手间问哪吒道："孩儿，你以剑架住我刀,有何话说?”哪吒弃剑叩头道:“父王,是有女儿在下界哩。”天王道:“孩儿,我只生了你姊妹四个,那里又有个女儿哩?”哪吒道:“父王忘了,那女儿原是个妖精,三百年前成怪,在灵山偷食了如来的香花宝烛,如来差我父子天兵,将他拿住。【在灵山偷香烛的老鼠,正如黄风岭一难在灵山偷油的老鼠,都是讽刺唐僧懈怠。心陷于空,不辨事理,逃避责任】拿住时,只该打死,如来吩咐道:‘积水养鱼终不钓,深山喂鹿望长生。’当时饶了他性命。积此恩念,拜父王为父,拜孩儿为兄,在下方供设牌位,侍奉香火。不期他又成精,陷害唐僧,却被孙行者搜寻到巢穴之间,将牌位拿来,就做名告了御状。此是结拜之恩女,非我同胞之亲妹也。”天王闻言悚然惊讶道:“孩儿,我实忘了,他叫做甚么名字?”太子道:“他有三个名字:他的本身出处,唤做金鼻白毛老鼠精;因偷香花宝烛,改名唤做半截观音;【卓吾评:好名色】如今饶他下界,又改了,唤做地涌夫人是也。”天王却才省悟,放下宝塔,便亲手来解行者。

行者就放起刁来道:“那个敢解我!要便连绳儿抬去见驾,老孙的官事才赢!”慌得天王手软,太子无言,众家将委委而退。那大圣打滚撒赖,只要天王去见驾。天王无计可施,哀求金星说个方便。金星道:“古人云:‘万事从宽。’你干事忒紧了些儿,就把他捆住,又要杀他。这猴子是个有名的赖皮,你如今教我怎的处!若论你令郎讲起来,虽是恩女,不是亲女,却也晚亲义重,不拘怎生折辨,你也有个罪名。”天王道:“老星怎说个方便,就没罪了。”金星道:“我也要和解你们,却只是无情可说。”天王笑道:“你把那奏招安授官衔的事说说,他也罢了。”真个金星上前,将手摸着行者道:“大圣,看我薄面,解了绳好去见驾。”行者道:“老官儿,不用解,我会滚法,一路滚就滚到也。”金星笑道:“你这猴忒恁寡情,我昔日也曾有些恩义儿到你,你这些些事儿,就不依我?”行者道:“你与我有甚恩义?”金星道:“你当年在花果山为怪,伏虎降龙,强消死籍,聚群妖大肆猖狂,上天欲要擒你,是老身力奏,降旨招安,把你宣上天堂,封你做弼马温。你吃了玉帝仙酒,后又招安,也是老身力奏,封你做齐天大圣。你又不守本分,偷桃盗酒,窃老君之丹,如此如此,才得个无灭无生。若不是我,你如何得到今日?”行者道:“古人说得好:‘死了莫与老头儿同墓——干净会揭挑人!’我也只是做弼马温,闹天宫罢了,再无甚大事。【也不小了】也罢,也罢,看你老人家面皮,还教他自己来解。”天王才敢向前,解了缚,请行者着衣上坐,一一上前施礼。

行者朝了金星道:“老官儿,何如?我说先输后赢,买卖儿原是这等做。快催他去见驾,莫误了我的师父。”金星道:“莫忙,弄了这一会,也吃锺茶儿去。”行者道:

“你吃他的茶，受他的私，卖放犯人，轻慢圣旨，你得何罪？”金星道：“不吃茶！不吃茶！连我也赖将起来了！李天王，快走快走！”天王那里敢去，怕他没的说做有的，放起刁来，口里胡说乱道，怎生与他折辨，没奈何，又央金星，教说方便。金星道：“我有一句话儿，你可依我？”行者道：“绳捆刀砍之事，我也通看你面，还有甚话？你说！你说！说得好，就依你；说得不好，莫怪。”金星道：“‘一日官事十日打。’你告了御状，说妖精是天王的女儿，天王说不是，你两个只管在御前折辨，反复不已，我说天上一日，下界就是一年。这一年之间，那妖精把你师父陷在洞中，莫说成亲，若有个喜花下儿子，也生了一个小和尚儿，却不误了大事？”【卓吾评：说得有理】行者低头想道：“是啊！我离八戒沙僧，只说多时饭熟、少时茶滚就回，今已弄了这半会，却不迟了？老官儿，既依你说，这旨意如何回缴？”金星道：“教李天王点兵，同你下去降妖，我去回旨。”行者道：“你怎么样回？”金星道：“我只说原告脱逃，被告免提。”行者笑道：“好啊！我倒看你面情罢了，你倒说我脱逃！教他点兵在南天门外等我，我即和你回旨缴状去。”天王害怕道：“他这一去，若有言语，是臣背君也。”行者道：“你把老孙当甚么样人？我也是个大丈夫！一言既出，驷马难追，岂又有污言顶你？”天王即谢了行者，行者与金星回旨。天王点起本部天兵，径出南天门外。金星与行者回见玉帝道：“陷唐僧者，乃金鼻白毛老鼠成精，假设天王父子牌位。天王知之，已点兵收怪去了，望天尊赦罪。”【卓吾评：行者做人到底真性】玉帝已知此情，降天恩免究。行者即返云光，到南天门外，见天王、太子，布列天兵等候。噫！那些神将，风滚滚，雾腾腾，接住大圣，一齐坠下云头，早到了陷空山上。

八戒沙僧眼巴巴正等，只见天兵与行者来了。呆子迎着天王施礼道：“累及！累及！”天王道：“天蓬元帅，你却不知，只因我父子受他一炷香，致令妖精无理，困了你师父，来迟莫怪。这个山就是陷空山了？但不知他的洞门还向那边开？”行者道：“我这条路且是走熟了。只是这个洞叫做个无底洞，周围有三百余里，妖精窠穴甚多。前番我师父在那两滴水的门楼里，今番静悄悄，鬼影也没个，不知又搬在何处去也。”天王道：“任他设尽千般计，难脱天罗地网中。到洞门前，再作道理。”大家就行。咦，约有十余里，就到了那大石边。行者指那缸口大的门儿道：“兀的便是也。”天王道：“不入虎穴，安得虎子！谁敢当先？”行者道：“我当先。”三太子道：“我奉旨降妖，我当先。”那呆子便莽撞起来，高声叫道：“当头还要我老猪！”天王道：“不须啰噪，但依我分摆：孙大圣和太子同领着兵将下去，我们三人在口上把守，做个里应外合，教他上天无路，入地无门，才显些些手段。”众人都答应了一声“是”。

你看那行者和三太子，领了兵将，望洞里只是一溜。驾起云光，闪闪烁烁，抬头一望，果然好个洞啊：依旧双轮日月，照般一望山川。珠渊玉井暖韬烟，更有许多堪羡。迭迭朱楼画阁，嶷嶷(nì nì，高耸的样子)赤壁青田。三春杨柳九秋莲，兀的洞天罕见。顷刻间，停住了云光，径到那妖精旧宅。挨门儿搜寻，吆吆喝喝，一重又一重，一处又一处，把那三百里地草都踏光了，那见个妖精？那见个三藏？都只说："这孽畜一定是早出了这洞，远远去哩。"那晓得在那东南黑角落上，望下去，另有个小洞。洞里一重小小门，一间矮矮屋，盆栽了几种花，檐傍着数竿竹，黑气氤氲，暗香馥馥，老怪摄了三藏，搬在这里逼住成亲，只说行者再也找不着。谁知他命合该休，那些小怪在里面，一个个呀呀嘈嘈，挨挨簇簇。中间有个大胆些的，伸起颈来，望洞外略看一看，一头撞着个天兵，一声嚷道："在这里！"那行者恼起性来，捻着金箍棒，一下闯将进去，那里边窄小，窝着一窟妖精。三太子纵起天兵，一齐拥上，一个个那里去躲？行者寻着唐僧，和那龙马，和那行李。那老怪寻思无路，看着哪吒太子，只是磕头求命。

太子道："这是玉旨来拿你，不当小可。我父子只为受了一炷香。险些儿'和尚拖木头——做出了寺！'"啈(hèng，厉声吩咐)声："天兵，取下缚妖索，把那些妖精都捆了！"老怪也少不得吃场苦楚。返云光，一齐出洞。行者口里嘻嘻嗄嗄。天王掣开洞口，迎着行者道："今番却见你师父也。"行者道："多谢了！多谢了！"就引三藏拜谢天王，次及太子。沙僧八戒只是要碎剐那老精，天王道："他是奉玉旨拿的，轻易不得。我们还要去回旨哩。"一边天王同三太子领着天兵神将，押住妖精，去奏天曹，听候发落；一边行者拥着唐僧，沙僧收拾行李，八戒拢马，请唐僧骑马，齐上大路。这正是：割断丝萝干金海，打开玉锁出樊笼。毕竟不知前去如何，且听下回分解。

【卓吾评：半截观音，不知是上半截，不知是下半截。请问世人，还是上半截好，还是下半截好？一笑，一笑】

【《坛经》印证：内外不住，去来自由，能除执心，通达无碍】

第八十四回　难灭伽持圆大觉　法王成正体天然

【上节提出不能陷于空，这节继续深入阐释这一概念，以执着于灭僧（灭法）比喻心陷于空。为道日损，修行是一个做减法的过程（所谓万法归一），但得道的心却是通达无碍、无所不包（所谓一生万法）。得道的状态，非有非空非不空：诸缘皆罢，却又不拒善缘；积极入世，却又无所挂碍。本回师徒为了渡己渡人，用尽心机，与众生和光同尘，甚至撒谎、偷盗、欺骗，无所不至。事急从权，可以不执着于任何教条，体味天然，才是正道】

话说唐三藏固住元阳，出离了烟花苦套，随行者投西前进。不觉夏时，正值那熏风（和风，东南风）初动，梅雨丝丝，好光景：

冉冉绿阴密，风轻燕引雏。
新荷翻照面，修竹渐扶苏。
芳草连天碧，山花遍地铺。
溪边蒲插剑，榴火壮行图。

师徒四众，耽炎受热，正行处，忽见那路旁有两行高柳，柳阴中走出一个老母，右手下搀着一个小孩儿，对唐僧高叫道："和尚，不要走了，快早儿拨马东回，进西去都是死路！"

唬得个三藏跳下马来，打个问讯道："老菩萨，古人云：'海阔从鱼跃，天空任鸟飞。'怎么西进便没路了？"那老母用手朝西指道："那里去，有五六里远近，乃是灭法国。那国王前生那世里结下冤仇，今世里无端造罪。二年前许下一个罗天大愿，要杀一万个和尚，【卓吾评：若论不长进和尚，还杀得少】【以国王灭万僧比喻修行人灭万法，执着于空】这两年陆陆续续，杀彀了九千九百九十六个无名和尚，只要等四个有名的和尚，凑成一万，好做圆满哩。你们去，若到城中，都是送命王菩萨！"三藏闻言，心中害怕，战兢兢的道："老菩萨，深感盛情，感谢不尽！但请问可有不进城的方便路儿，我贫僧转过去罢。"那老母笑道："转不过去，转不过去，只除是会飞的，就过去了也。"八戒在旁边卖嘴道："妈妈儿莫说黑话，我们都会飞哩。"行者火眼金睛，其实认得好歹，那老母搀着孩儿，原是观音菩萨与善财童子，慌得倒身下拜，叫道："菩萨，弟子失迎！失迎！"那菩萨一朵祥云，轻轻驾起，【菩萨驾云升空，若要灭法国王看到，怎会杀和尚？所以不能按字面意思来理解故事，而要体味背后的寓意】吓得个唐长老立身无地，【心陷于空，则立身无地，如无底洞】只情跪着磕头。八戒沙僧也慌跪下，朝天礼拜。一时间，祥云缥缈，径回南海而去。

行者起来，扶着师父道："请起来，菩萨已回宝山也。"三藏起来道："悟空，你既认得是菩萨，何不早说？"行者笑道："你还问话不了，我即下拜，怎么还是不早哩？"八戒沙僧对行者道："感蒙菩萨指示，前边必是灭法国，要杀和尚，我等怎生奈何？"行者道："呆子休怕！我们曾遭着那毒魔狠怪，虎穴龙潭，更不曾伤损？此间乃是一国凡人，有何惧哉？只奈这里不是住处。天色将晚，且有乡村人家，上城买卖回来的，看见我们是和尚，嚷出名去，不当稳便。且引师父找下大路，寻个僻静之处，却好商议。"

真个三藏依言，一行都闪下路来，到一个坑坎之下坐定。行者道："兄弟，你两个好生保守师父，待老孙变化了，去那城中看看，寻一条僻路，连夜去也。"三藏叮嘱道："徒弟啊，莫当小可，王法不容，你须仔细！"行者笑道："放心！放心！老孙自有道理。"

好大圣，话毕将身一纵，唿哨的跳在空中。怪哉：上面无绳扯，下头没棍撑，一般同父母，他便骨头轻。【卓吾评：如今骨头轻的更多】【谜底是心】伫立在云端里，往下观看，只见那城中喜气冲融，祥光荡漾。行者道："好个去处，为何灭法？"看一会，渐渐天昏，又见那：

十字街灯光灿烂，九重殿香蔼钟鸣。七点皎星照碧汉，八方客旅卸行踪。六军营，隐隐的画角才吹；五鼓楼，点点的铜壶初滴。四边宿雾昏昏，三市寒烟蔼蔼。两两夫妻归绣幕，一轮明月上东方。【从九数到一的藏头诗，暗示万法归一的心境】

他想着："我要下去，到街坊打看路径，这般个嘴脸撞见人，必定说是和尚，等我变一变了。"捻着诀，念动真言，摇身一变，变做个扑灯蛾儿：形细翼硗（qiāo，薄）轻巧，灭灯扑烛投明。本来面目化生成，腐草中间灵应。每爱炎光触焰，忙忙飞绕无停。紫衣香翅赶流萤，最喜夜深风静。但见他翩翩翻翻，飞向六街三市。傍房檐，近屋角，正行时，忽见那隅头拐角上一湾子人家，人家门首挂着个灯笼儿。他道："这人家过元宵哩？怎么挨排儿都点灯笼？"他硬硬翅飞近前来，仔细观看，正当中一家子方灯笼上，写着"安歇往来商贾"六字，下面又写着"王小二店"四字，行者才知是开饭店的。【西牛贺州，古天竺境内，哪有"王小二店"？这不是游记，不讲地理，只讲修行】又伸头打一看，看见有八九个人，都吃了晚饭，宽了衣服，卸了头巾，洗了脚手，各各上床睡了。行者暗喜道："师父过得去了。"你道他怎么就知过得去？

他要起个不良之心，等那些人睡着，要偷他的衣服头巾，装做俗人进城。

噫，有这般不遂意的事！正思忖处，只见那小二走向前，吩咐："列位官人仔细些，我这里君子小人不同，各人的衣物行李都要小心着。"你想那在外做买卖的人，那样不仔细？又听得店家吩咐，越发谨慎。他都爬起来道："主人家说得有理，我们走路的人辛苦，只怕睡着，急忙不醒，一时失所，奈何？你将这衣服，头巾、搭联都收进去，待天将明，交付与我们起身。"【卓吾评：逼真】那王小二真个把些衣物之类，尽情都搬进他屋里去了。行者性急，展开翅，就飞入里面，丁在一个头巾架上。又见王小二去门首摘了灯笼，放下吊搭，关了门窗，却才进房，脱衣睡下。那王小二有个婆婆，带了两个孩子，哇哇聒噪，急忙不睡。那婆子又拿了一件破衣，补补纳纳，也不见睡。行者暗想道："若等这婆子睡下下手，却不误了师父？"又恐更深，城门闭了，他就忍不住，飞下去，望灯上一扑，真是舍身投火焰，焦额探残生，那盏灯早已息了。他又摇身一变，变作个老鼠，嘖嘖（jī jī，动物的叫声）哇哇的叫了两声，跳下来，拿着衣服头巾，往外就走。那婆子慌慌张张的道："老头子！不好了！夜耗子成精也！"行者闻言，又弄手段，拦着门厉声高叫道："王小二，莫听你婆子胡说，我不是夜耗子成精。明人不做暗事，吾乃齐天大圣临凡，保唐僧往西天取经。你这国王无道，特来借此衣冠，装扮我师父。一时过了城去，就便送还。"那王小二听言，一轂辘爬起来，黑天摸地，又是着忙的人，捞着裤子当衫子，左穿也穿不上，右套也套不上。

那大圣使个摄法，早已驾云出去，复翻身，径至路下坑坎边前。三藏见星光月皎，探身凝望，见是行者，来至近前，即开口叫道："徒弟，可过得灭法国么？"行者上前放下衣物道："师父，要过灭法国，和尚做不成。"八戒道："哥，你勒揹（故意为难；强迫。揹，音 kèn，）那个哩？【卓吾评：趣而且妙，恰是不和的声气】不做和尚也容易，只消半年不剃头，就长出毛来也。"行者道："那里等得半年！眼下就都要做俗人哩！"那呆子慌了道："但你说话，通不察理。我们如今都是和尚，眼下要做俗人，却怎么戴得头巾？就是边儿勒住，也没收顶绳处。"三藏喝道："不要打花（闲谈，说笑），且干正事！端的何如？"行者道："师父，他这城池我已看了。虽是国王无道杀僧，却倒是个真天子，城头上有祥光喜气。城中的街道，我也认得，这里的乡谈，我也省得，会说。【一路行来，从不涉及方言的问题，为何这里点出？盖因点出入乡随俗，随机应变也】却才在饭店内借了这几件衣服头巾，我们且扮作俗人，进城去借了宿，至四更天就起来，教店家安排了斋吃；捱到五更时候，挨城门而去，奔大路西行，就有人撞见扯住，也好折辨，只说是上邦钦差的，灭法王不敢阻滞，放我们来的。"沙僧道："师兄处的最当，且依他行。"真个长老无奈，脱了偏衫，去了僧帽，穿了俗人的衣服，戴了头巾。沙僧也换了，八戒的头大，戴不得巾儿，被行者取了些针线，把头巾扯开，两顶缝做一顶，与他搭在头上，拣件宽大的衣服，与他穿了，然后自家也换上一套道："列位，这一去，把'师父徒弟'四个字儿且收起。"八戒道："除了此四字，怎的称呼？"行者道："都要做弟兄称呼：师父叫做唐大官儿，你叫做朱三官儿，沙僧叫做沙四官儿，我叫做孙二官儿。但到店中，你们切休言语，只让我一个开口答话。等他问甚么买卖，只说是贩马的客人。把这白马做个样子，说我们是十弟兄，我四个先来赁店房卖马。那店家必然款待我们，我们受用了，临行时，等我拾块瓦查儿，变块银子谢他，却就走路。"长老无奈，只得曲从。

四众忙忙的牵马挑担，跑过那边。此处是个太平境界，入更时分，尚未关门，径直进去，行到王小二店门首，只听得里边叫哩。有的说："我不见了头巾！"有的说："我不见了衣服！"【卓吾评：好点缀】行者只推不知，引着他们，往斜对门一家安歇。那家子还未收灯笼，即近门叫道："店家，可有闲房儿我们安歇？"那里边有个妇人答应道："有，有，有，请官人们上楼。"说不了，就有一个汉子来牵马。行者把马儿递与牵进去，他引着师父，从灯影儿后面，径上楼门。那楼上有方便的桌椅，推开窗格，映月光齐齐坐下。只见有人点上灯来，行者拦门，一口吹息道："这般月亮不用灯。"

那人才下去，又一个丫环拿四碗清茶。行者接住，楼下又走上一个妇人来，约有五十七八岁的模样，一直上楼，站着旁边问道："列位客官，那里来的？有甚宝货？"行者道："我们是北方来的，有几匹粗马贩卖。"那妇人道："贩马的客人尚还小。"行者道："这一位是唐大官，这一位是朱三官，这一位是沙四官，我学生是孙二官。"妇人笑道："异姓。"行者道："正是异姓同居。我们共有十个弟兄，我四个先来赁店房打火；还有六个在城外借歇，领着一群马，因天晚不好进城。待我们赁了房子，明早都进来，只等卖了马才回。"那妇人道："一群有多少马？"行者道："大小有百十四儿，都像我这个马的身子，却只是毛片不一。"妇人笑道："孙二官人诚然是个客纲客纪（出门人应遵守的规矩）。早是来到舍下，第二个人家也不敢留你。我舍下院落宽阔，槽札齐备，草料又有，凭你几百匹马都养得下。却一件：我舍下在此开店多年，也有个贱名。先夫姓赵，不幸去世久矣，我唤做赵寡妇店。我店里三样儿待客。如今先小人，后君子，先把房钱讲定后好算帐。"【卓吾评：逼真】行者道："说得是。你府上是那三样待客？常言道：'货有高低三等价，客无远近一般看。'你怎么说三样待客？你可试说说我听。"赵寡妇道："我这里是上、中、下三样。上样者：五果五菜的筵席，狮仙斗糖桌面二位一张，请小娘儿来陪唱陪歇，每位该银五钱，连房钱在内。"行者笑道："相应啊！我那里五钱银子还不彀请小娘儿哩。"【一部伟大的小说，必然包含人间万象；一个得道的心性，也可容纳世间百态。正所谓"佛法在世间，不离世间觉"】寡妇又道："中样者：合盘桌儿，只是水果、热酒，筛来凭自家猜枚行令，不用小娘儿，每位只该二钱银子。"行者道："一发相应！下样儿怎么？"妇人道："不敢在尊客面前说。"【卓吾评：妙】行者道："也说说无妨，我们好拣相应的干。"妇人道："下样者：没人伏侍，锅里有方便的饭，凭他怎么吃：吃饱了，拿个草儿，打个地铺，方便处睡觉，天光时，凭赐几文饭钱，决不争竞。"

八戒听说道："造化，造化！老朱的买卖到了！等我看着锅吃饱了饭，灶门前睡他娘！"行者道："兄弟，说那里话！你我在江湖上，那里不赚几两银子！把上样的安排将来。"那妇人满心欢喜，即叫："看好茶来，厨下快整治东西。"遂下楼去，忙叫："宰鸡宰鹅，煮腌下饭。"又叫："杀猪杀羊，今日用不了，明日也可用。看好酒，拿白米做饭，白面捍饼。"三藏在楼上听见道："孙二官，怎好？他去宰鸡鹅，杀猪羊，倘送将来，我们都是长斋，那个敢吃？"行者道："我有主张。"去那楼门边跌跌脚道："赵妈妈，你上来。"那寡妇上来道："二官人有甚吩咐？"行者道："今日且莫杀生，我们今日斋戒。"寡妇惊讶道："官人们是长斋，是月斋？"行者道："俱不是，我们唤做庚申斋。今朝乃是庚申日当斋，只过三更后，就是辛酉，便开斋了，你明日杀生罢。如今且去安排些素的来，定照上样价钱奉上。"那妇人越发欢喜，跑下去教："莫宰！莫宰！取些木耳、闽笋、豆腐、面筋，园里拔些青菜，做粉汤，发面蒸卷子，再煮白米饭，烧香茶。"

咦！那些当厨的庖丁，都是每日家做惯的手段，霎时间就安排停当，摆在楼上。又有现成的狮仙糖果，四众任情受用。又问："可吃素酒？"行者道："止唐大官不用，我们也吃几杯。"寡妇又取了一壶暖酒，他三个方才斟上，忽听得乒乓板响，行者道："妈妈，底下倒了甚么家火了？"寡妇道："不是，是我小庄上几个客子（雇工）送租米来晚了，教他在底下睡。因客官到，没人使用，教他们抬轿子去院中请小娘儿陪你们，想是轿杠撞得楼板响。"行者道："早是说哩，快不要去请。一则斋戒日期，二则兄弟们未到。索性明日进来，一家请个表子，在府上耍耍时，待卖了马起身。"寡妇道："好人！好人！又不失了和气，又养了精神。"教："抬进轿子来，不要去请。"【虽和光同尘，不失原则和机变】四众吃了酒饭，收了家火，都散讫。

三藏在行者耳根边悄悄的道："那里睡？"行者道："就在楼上睡。"三藏道："不稳便。我们都辛辛苦苦的，倘或睡着，这家子一时再有人来收拾，见我们或滚了帽子，露出光头，认得是和尚，嚷将起来，却怎么好？"行者道："是啊！"又去楼前跌跌脚。寡妇又上来道："孙官人又有甚吩咐？"行者道："我们在那里睡？"妇人道："楼上好睡，又没蚊子，又是南风，大开着窗子，忒好睡觉。”行者道：“睡不得，我这朱三官儿有些寒湿气，沙四官儿有些漏肩风，唐大哥只要在黑处睡，我也有些儿羞明。此间不是睡处。”

那妈妈走下去，倚着柜栏叹气。他有个女儿，抱着个孩子近前道：“母亲，常言道：‘十日滩头坐，一日行九滩。’如今炎天，虽没甚买卖，到交秋时，还做不了的生意哩，你嗟叹怎么？”妇人道：“儿啊，不是愁没买卖。今日晚间，已是将收铺子，入更时分，有这四个马贩子来赁店房，他要上样管待。实指望赚他几钱银子，他却吃斋，又赚不得他钱，故此嗟叹。”那女儿道：“他既吃了饭，不好往别人家去。明日还好安排荤酒，如何赚不得他钱？”妇人又道：“他都有病，怕风羞亮，都要在黑处睡。你想家中都是些单浪瓦儿的房子，那里去寻黑暗处？不若舍一顿饭与他吃了，教他往别家去罢。”女儿道：“母亲，我家有个黑处，又无风色，甚好，甚好。”妇人道：“是那里？”女儿道：“父亲在日曾做了一张大柜。那柜有四尺宽，七尺长，三尺高下，里面可睡六七个人。教他们往柜里睡去罢。”妇人道：“不知可好，等我问他一声。孙官人，舍下蜗居，更无黑处，止有一张大柜，不透风，又不透亮，往柜里睡去如何？”行者道：“好！好！好！”

即着几个客子把柜抬出，打开盖儿，请他们下楼。行者引着师父，沙僧拿担，顺灯影后径到柜边。八戒不管好歹就先豗进柜去，【卓吾评：八戒入柜，便是“韫椟而藏猪”了】沙僧把行李递入，搀着唐僧进去，沙僧也到里边。行者道：“我的马在那里？”旁有伏侍的道：“马在后屋拴着吃草料哩。”行者道：“牵来，把槽抬来，紧挨着柜儿拴住。”方才进去，叫：“赵妈妈，盖上盖儿，插上锁钉，锁上锁子，还替我们看看，那里透亮，使些纸儿糊糊，明日早些儿来开。”寡妇道：“忒小心了！”遂此各各关门去睡不题。

却说他四个到了柜里，可怜啊！一则乍戴个头巾，二来天气炎热，又闷住了气，略不透风，他都摘了头巾，脱了衣服，又没把扇子，只将僧帽扑扑扇扇。你挨着我，我挤着你，直到有二更时分，却都睡着，惟行者有心闯祸，偏他睡不着，伸过手将八戒腿上一捻。那呆子缩了脚，口里哼哼的道：“睡了罢！辛辛苦苦的，有甚么心肠还捻手捻脚的耍子？”行者捣鬼道：“我们原来的本身是五千两，前者马卖了三千两，如今两搭联里现有四千两，这一群马还卖他三千两，也有一本一利，彀了！彀了！”【卓吾评：猴】八戒要睡的人，那里答对。岂知他这店里走堂的，挑水的，烧火的，素与强盗一伙，听见行者说有许多银子，他就着几个溜出去，伙了二十多个贼，明火执杖的来打劫马贩子。冲开门进来，唬得那赵寡妇娘女们战战兢兢的关了房门，尽他外边收拾。原来那贼不要店中家火，只寻客人。到楼上不见形迹，打着火把，四下照看，只见天井中一张大柜，柜脚上拴着一匹白马，柜盖紧锁，掀翻不动。众贼道："走江湖的人都有手眼，看这柜势重，必是行囊财帛锁在里面。我们偷了马，抬柜出城，打开分用，却不是好？"那些贼果找起绳扛，把柜抬着就走，幌阿幌的。八戒醒了道："哥哥，睡罢，摇甚么？"行者道："莫言语！没人摇。"三藏与沙僧忽地也醒了，道："是甚人抬着我们哩？"行者道："莫嚷，莫嚷！等他抬！抬到西天，也省得走路。"

那贼得了手，不往西去，倒抬向城东，杀了守门的军，打开城门出去。当时就惊动六街三市，各铺上火甲人夫，都报与巡城总兵、东城兵马司。那总兵、兵马，事当干己，即点人马弓兵，出城赶贼。那贼见官军势大，不敢抵敌，放下大柜，丢了白马，各自落草逃走。众官军不曾拿得半个强盗，只是夺下柜，捉住马，得胜而回。总兵在灯光下见那马，好马：

鬃分银线，尾軃(duǒ，下垂)玉条。说甚么八骏龙驹，赛过了骕骦(sù shuāng，良马名)款段(本指马走得缓慢，借指马)。千金市骨，万里追风。登山每与青云合，啸月浑如白雪匀。真是蛟龙离海岛，人间喜有玉麒麟。

总兵官把自家马儿不骑，就骑上这个白马，帅军兵进城，把柜子抬在总府，同兵马写个封皮封了，令人巡守，待天明启奏，请旨定夺。官军散讫不题。

却说唐长老在柜里埋怨行者道："你这个猴头，害杀我也！若在外边，被人拿住，送与灭法国王，还好折辨；如今锁在柜里，被贼劫去，又被官军夺来，明日见了国王，现现成成的开刀请杀，却不凑了他一万之数？"行者道："外面有人！打开柜，拿出来不是捆着，便是吊着。且忍耐些儿，免了捆吊。明日见那昏君，老孙自有对答，管你一毫儿也不伤，且放心睡睡。"挨到三更时分，行者弄个手段，顺出棒来，吹口仙气，叫"变！"即变做三尖头的钻儿，挨柜脚两三钻，钻了一个眼子。收了钻，摇身一变，变做个蝼蚁儿，踙将出去，现原身，踏起云头，径入皇宫门外。

那国王正在睡浓之际，他使个大分身普会神法，【心生万法。正是《坛经》所说，"一念思量，名为变化，自性变化甚多，有千百亿化身"】将左臂上毫毛都拔下来，吹口仙气，叫"变！"都变做小行者。右臂上毛，也都拔下来，吹口仙气，叫"变！"都变做瞌睡虫；念一声"唵"字真言，教当坊土地，领众布散皇宫内院，五府六部，各衙门大小官员宅内，但有品职者，都与他一个瞌睡虫，人人稳睡，不许翻身。【卓吾评：猴】又将金箍棒取在手中，掂一掂，幌一幌，叫声"宝贝，变！"即变做千百口剃头刀儿，他拿一把，吩咐小行者各拿一把，都去皇宫内院、五府六部、各衙门里剃头。【卓吾评：他倒剃度了多少人？】咦！这才是：

法王灭法法无穷，法贯乾坤大道通。
万法原因归一体，三乘妙相本来同。
钻开玉柜明消息，布散金毫破蔽蒙。
【用一生万法破除万法归一的蒙蔽】
管取法王成正果，不生不灭去来空。

这半夜剃削成功，念动咒语，喝退土地神祇，将身一抖，两臂上毫毛归伏，将剃头刀总捻成真，依然认了本性，【灭法、生法均不离本性】还是一条金箍棒收来些小之形，藏于耳内。复翻身还做蝼蚁，钻入柜内！现了本相，与唐僧守困不题。

却说那皇宫内院宫娥彩女，天不亮起来梳洗，一个个都没了头发。穿宫的大小太监，也都没了头发，【卓吾评：行幻至此】一拥齐来，到于寝宫外，奏乐惊寝，个个噙泪，不敢传言。少时，那三宫皇后醒来，也没了头发，忙移灯到龙床下看处，锦被窝中，睡着一个和尚，皇后忍不住言语出来，惊醒国王。那国王急睁睛，见皇后的头光，他连忙爬起来道："梓童，你如何这等？"皇后道："主公亦如此也。"那皇帝摸摸头，唬得三尸呻咋，七魄飞空，道："朕当怎的来耶！"正慌忙处，只见那六院嫔妃，宫娥彩女，大小太监，皆光着头跪下道："主公，我们做了和尚耶！"【卓吾评：甚恶却不管，笑煞了人】国王见了，眼中流泪道："想是寡人杀害和尚。"即传旨吩咐："汝等不得说出落发之事，恐文武群臣，褒贬国家不正，且都上殿设朝。"

却说那五府六部，合衙门大小官员，天不明都要去朝王拜阙。原来这半夜一个个也没了头发，各人都写表启奏此事。只听那：静鞭三响朝皇帝，表奏当今剃发因。毕竟不知那总兵官夺下柜里贼赃如何，与唐僧四众的性命如何，且听下回分解。

【卓吾评：灭法国杀了许多和尚，固可恨也；如今灭法的都是和尚，如此，则和尚又该杀了，何足惜哉？

处处逼真，令人绝倒。到得满城披剃，又是匪夷所思。何物文人，奇幻乃尔】

【《金刚经》印证：发阿耨多罗三藐三菩提心者，于法不说断灭相】

【《坛经》印证：若不思万法，性本如空，一念思量，名为变化。思量恶事，化为地狱；思量善事，化为天堂；毒害，化为龙蛇；慈悲，化为菩萨；智慧，化为上界；愚痴，化为下方。自性变化甚多，迷人不能省觉，念念起恶，常行恶道，迴一念善，智慧即生，此名自性化身佛】

第八十五回　心猿妒木母　魔主计吞禅

【本回开启隐雾山之难，是灭法国故事在魔幻层面的映射】

话说那国王早朝，文武多官俱执表章启奏道："主公，望赦臣等失仪之罪。"国王道："众卿礼貌如常，有何失仪？"众卿道："主公啊，不知何故，臣等一夜把头发都没了。"国王执了这没头发之表，下龙床对群臣道："果然不知何故，朕宫中大小人等，一夜也尽没了头发。"君臣们都各汪汪滴泪道："从此后，再不敢杀戮和尚也。"王复上龙位，众官各立本班。王又道："有事出班来奏，无事卷帘散朝。"只见那武班中闪出巡城总兵官，文班中走出东城兵马使，当阶叩头道："臣蒙圣旨巡城，夜来获得贼赃一柜，白马一匹。微臣不敢擅专，请旨定夺。"国王大喜道："连柜取来。"二臣即退至本衙，点起齐整军士，将柜抬出。三藏在内，魂不附体道："徒弟们，这一到国王前，如何理说？"行者笑道："莫嚷！我已打点停当了。开柜时，他就拜我们为师哩，只教八戒不要争竞长短。"八戒道："但只免杀，就是无量之福，还敢争竞哩！"

说不了，抬至朝外，入五凤楼，放在丹墀①之下。二臣请国王开看，国王即命打开。方揭了盖，猪八戒就忍不住往外一跳，唬得那多官胆战，口不能言，又见孙行者搀出唐僧，沙和尚搬出行李。八戒见总兵官牵着马，走上前，咄的一声道："马是我的！拿过来！"吓得那官儿翻跟头，跌倒在地。四众俱立在阶中。那国王看见是四个和尚，忙下龙床，宣召三宫妃后，下金銮宝殿，同群臣拜问道："长老何来？"三藏道："是东土大唐驾下差往西方天竺国大雷音寺拜活佛取真经的。"国王道："老师远来，为何在这柜里安歇？"三藏道："贫僧知陛下有愿心杀和尚，不敢明投上国，扮俗人，夜至宝方饭店里借宿。因怕人识破原身，故此在柜中安歇。不幸被贼偷出，被总兵捉获抬来，今得见陛下龙颜，所谓拨云见日。望陛下赦放贫僧，海深恩便也！"国王道："老师是天朝上国高僧，朕失迎迓（迎接。迓，音 yà）。朕常年有愿杀僧者，曾因僧谤了朕，朕许天愿，要杀一万和尚做圆满。不期今夜皈依，教朕等为僧。如今君臣后妃，发都没了，望老师勿吝高贤，愿为门下。"八戒听言，呵呵大笑道："既要拜为门徒，有何贽见（拿着礼物求见。贽，音 zhì）之礼？"国王道："师若肯从，愿将国中财

---

① 丹墀：指宫殿的赤色台阶或赤色地面。墀，音 chí。

宝献上。"行者道:"莫说财宝,我和尚是有道之僧。你只把关文倒换了,送我们出城,保你皇图永固,福寿长臻。"那国王听说,即着光禄寺大排筵宴,君臣同,拜为师,即时倒换关文,求三藏改换国号。行者道:"陛下法国之名甚好,但只'灭'字不好,自经我过,可改号钦法国,管教你海晏河清千代胜,风调雨顺万方安。"国王谢了恩,传旨摆銮驾,送唐僧四众出城西去。君臣们秉善归真不题。

【如只按字面意思,这一难似乎太容易,其实还可以更容易,真有杀和尚的国家,观音菩萨在半空现象就可以了,众人自然拱伏,何苦费周折?作者如此铺陈,如其他章节一样,不以神话逻辑安排情节,而是以修行逻辑。如何破除心陷于空、心灭万法的执念?用一生万法、和光同尘、随机应变、千变万化来应对。作者借故事完成修行的比喻,并不以故事的严密为念】

却说长老辞别了钦法国王,在马上欣然道:"悟空,此一法甚善,大有功也。"沙僧道:"哥啊,是那里寻这许多整容匠,连夜剃这许多头?"行者把那施变化弄神通的事说了一遍,师徒们都笑不合口。正欢喜处,忽见一座高山阻路,唐僧勒马道:"徒弟们,你看这面前山势崔巍,切须仔细!"行者笑道:"放心!放心!保你无事!"三藏道:"休言无事。我见那山峰挺立,远远的有些凶气,暴云飞出,渐觉惊煌,满身麻木,神思不安。"行者笑道:"你把乌巢禅师的《密多心经》早已忘了?"三藏道:"我记得。"行者道:"你虽记得,还有四句颂子,你却忘了哩。"三藏道:"那四句?"行者道:"佛在灵山莫远求,灵山只在汝心头。人人有个灵山塔,好向灵山塔下修。"三藏道:"徒弟,我岂不知?若依此四句,千经万典,也只是修心。"【卓吾评:着眼】【万法归一】行者道:"不消说了,心净孤明独照,心存万境皆清。差错些儿成惰懈,千年万载不成功。但要一片志诚,雷音只在眼下。似你这般恐惧惊惶,神思不安,大道远矣,雷音亦远矣。且莫胡疑,随我去。"那长老闻言,心神顿爽,万虑皆休。

四众一同前进。不几步,到于山上,举目看时:那山真好山,细看色班班。顶上云飘荡,崖前树影寒。飞禽淅沥,走兽凶顽。林内松千干,峦头竹几竿。吼叫是苍狼夺食,咆哮是饿虎争餐。野猿长啸寻鲜果,麋鹿攀花上翠岚。风洒洒,水潺潺,时闻幽鸟语间关。几处藤萝牵又扯,满溪瑶草杂香兰。磷磷怪石,削削峰岩。狐狢成群走,猴猿作队顽。行客正愁多险峻,奈何古道又湾还!师徒们怯怯惊惊,正行之时,只听得呼呼一阵风起。三藏害怕道:"风起了!"行者道:"春有和风,夏有熏风,秋有金风,冬有朔风:四时皆有风,风起怕怎的?"三藏道:"这风来得甚急,决然不是天风。"行者道:"自古来,风从地起,云自山出,怎么得个天风?"说不了,又见一阵雾起。那雾真个是:

漠漠连天暗，蒙蒙匝地昏。
日色全无影，鸟声无处闻。
宛然如混沌，仿佛似飞尘。
不见山头树，那逢采药人？

三藏一发心惊道："悟空，风还未定，如何又这般雾起？"行者道："且莫忙，请师父下马，你兄弟二个在此保守，等我去看看是何吉凶。"

好大圣，把腰一躬就到半空，用手搭在眉上，圆睁火眼，向下观之，果见那悬岩边坐着一个妖精。你看他怎生模样：

炳炳(bǐng，指光彩照耀样子)文斑多采艳，昂昂雄势甚抖擞。
獠牙出口如钢钻，利爪藏蹄似玉钩。
金眼圆睛禽兽怕，银须倒竖鬼神愁。
张狂哮吼施威猛，嗳(ǎi，吐)雾喷风运智谋。

又见那左右手下有三四十个小妖摆列，他在那里逼法的喷风嗳雾。行者暗笑道："我师父也有些儿先兆。他说不是天风，果然不是，却是个妖精在这里弄喧儿哩。若老孙使铁棒往下就打，这叫做捣蒜打，打便打死了，只是坏了老孙的名头。"那行者一生豪杰，再不晓得暗算计人。他道："我且回去，照顾猪八戒照顾，教他来先与这妖精见一仗。若是八戒有本事，打倒这妖，算他一功；若无手段，被这妖拿去，等我再去救他，才好出名。"他又想道："八戒有些躲懒，不肯出头，却只是有些口紧，好吃东西。等我哄他一哄，看他怎么说。"

即时落下云头，到三藏前。三藏问道："悟空，风雾处吉凶何如？"行者道："这会子明净了，没甚风雾。"三藏道："正是，觉到退下些去了。"行者笑道："师父，我常时间还看得好，这番却看错了。我只说风雾之中恐有妖怪，原来不是。"三藏道："是甚么？"行者道："前面不远，乃是一庄村。村上人家好善，蒸的白米干饭，白面馍馍斋僧哩。这些雾，想是那些人家蒸笼之气也，是积善之应。"【卓吾评：恶猴】八戒听说，认了真实，扯过行者悄悄的道："哥哥，你先吃了他的斋来的？"行者道："吃不多儿，因那菜蔬太咸了些，不喜多吃。"八戒道："啐！凭他怎么咸，我也尽肚吃他一饱！十分作渴，便回来吃水。"行者道："你要吃么？"八戒道："正是，我肚里有些饥了，先要去吃些儿，不知如何？"行者道："兄弟莫题，古书云：'父在，子不得自专(一任己意，独断独行)。'师父又在此，谁敢先去？"八戒笑道："你若不言语，我就去了。"行者道："我不言语，看你怎么得去。"那呆子吃嘴的见识偏有，走上前唱个大喏道："师父，适才师兄说，前村里有人家斋僧。你看这马，有些要打搅人家，便要草要料，却不费事哩。幸如今风雾明净，你们且略坐坐，等我去寻些嫩草儿，先喂喂马，然后再往那家子化斋去罢。”唐僧欢喜道：“好啊！你今日却怎肯这等勤谨？快去快来。”那呆子暗暗笑着便走，行者赶上扯住道：“兄弟，他那里斋僧，只斋俊的，不斋丑的。”八戒道：“这等说，又要变化是。”行者道：“正是，你变变儿去。”好呆子，他也有三十六般变化，走到山凹里，捻着诀，念动咒语，摇身一变，变做个矮胖和尚，手里敲个木鱼，口里哼阿哼的，又不会念经，只哼的是“上大人”。

却说那怪物收风敛雾，号令群妖，在于大路口上摆开一个圈子阵，专等行客。这呆子晦气，不多时撞到当中，被群妖围住，这个扯住衣服，那个扯着丝绦，推推拥拥，一齐下手。八戒道：“不要扯，等我一家家吃将来。”群妖道：“和尚，你要吃甚的？”八戒道：“你们这里斋僧，我来吃斋的。”群妖道：“你想这里斋僧，不知我这里专要吃僧。【妖精对应灭法国王，是唐僧的心魔】我们都是山中得道的妖仙，专要把你们和尚拿到家里，上蒸笼蒸熟吃哩，你倒还想来吃斋！”

八戒闻言，心中害怕，才报怨行者道：“这个弼马温，其实惫懒！他哄我说是这村里斋僧，这里那得村庄人家，那里斋甚么僧，却原来是些妖精！”那呆子被他扯急了，即便现出原身，腰间掣钉钯，一顿乱筑，筑退那些小妖。小妖急跑去报与老怪道：“大王，祸事了！”老怪道：“有甚祸事？”小妖道：“山前来了一个和尚，且是生得干净。我说拿家来蒸他吃，若吃不了，留些儿防天阴，不想他会变化。”老妖道：“变化甚的模样？”小妖道：“那里成个人相！长嘴大耳朵，背后又有鬃，双手轮一根钉钯，没头没脸的乱筑，唬得我们跑回来报大王也。”老怪道：“莫怕，等我去看。”轮着一条铁杵，走近前看时，见呆子果然丑恶。他生得：碓嘴初长三尺零，獠牙觜(zuǐ，嘴)出赛银钉。一双圆眼光如电，两耳扇风唿唿声。脑后鬃长排铁箭，浑身皮糙癞还青。手中使件蹊跷物，九齿钉钯个个惊。

妖精硬着胆喝道：“你是那里来的，叫甚名字？快早说来，饶你性命！”八戒笑道：“我的儿，你是也不认得你猪祖宗哩！上前来，说与你听：巨口獠牙神力大，玉皇升我天蓬帅。掌管天河八万兵，天宫快乐多自在。只因酒醉戏宫娥，那时就把英雄卖。一嘴拱倒斗牛宫，吃了王母灵芝菜。玉皇亲打二千锤，把吾贬下三天界。教吾立志养元神，下方却又为妖怪。正在高庄喜结亲，命低撞着孙兄到。金箍棒下受他降，低头才把沙门拜。背马挑包做夯工，前生少了唐僧债。铁脚天蓬本姓猪，法名改作猪八戒。”那妖精闻言，喝道：“你原来是唐僧的徒弟。我一向闻得唐僧的肉好吃，正要拿你哩，你却撞得来，我肯饶你？不要走！看杵！”八戒道：“孽畜，你原来是个染博士(染坊里精通各道工艺的工匠)出身！”妖精道：“我怎么是染博士？”八戒

道:"不是染博士,怎么会使棒槌?"那怪那容分说,近前乱打。他两个在山凹里,这一场好杀:

九齿钉钯,一条铁棒。钯丢解数滚狂风,杵运机谋飞骤雨。一个是无名恶怪阻山程,一个是有罪天蓬扶性主。性正何愁怪与魔,山高不得金生土。那个杵架犹如蟒出潭,这个钯来却似龙离浦。喊声叱咤振山川,吆喝雄威惊地府。两个英雄各逞能,舍身却把神通赌。

八戒长起威风,与妖精厮斗,那怪喝令小妖把八戒一齐围住不题。

却说行者在唐僧背后,忽失声冷笑。沙僧道:"哥哥冷笑,何也?"行者道:"猪八戒真个呆呀!听见说斋僧,就被我哄去了,这早晚还不见回来。若是一顿钯打退妖精,你看他得胜而回,争嚷功果;若战他不过,被他拿去,却是我的晦气,背前面后,不知骂了多少弼马温哩!悟净,你休言语,等我去看看。"

好大圣,他也不使长老知道,悄悄的脑后拔了一根毫毛,吹口仙气,叫"变!"即变做本身模样,陪着沙僧,随着长老。他的真身出个神,跳在空中观看,但见那呆子被怪围绕,钉钯势乱,渐渐的难敌。行者忍不住,按落云头,厉声高叫道:"八戒不要忙,老孙来了!"那呆子听得是行者声音,仗着势,愈长威风,一顿钯,向前乱筑,那妖精抵敌不住,道:"这和尚先前不济,这会子怎么又发起狠来。"八戒道:"我的儿,不可欺负我!我家里人来也!"一发向前,没头没脸筑去。那妖精抵架不住,领群妖败阵去了。行者见妖精败去,他就不曾近前,拨转云头,径回本处,把毫毛一抖,收上身来。长老的肉眼凡胎,那里认得。

不一时,呆子得胜,也自转来,累得那粘涎鼻涕,白沫生生,气呼呼的,走将来叫声"师父!"长老见了,惊讶道:"八戒,你去打马草的,怎么这般狼狈回来?想是山上人家有人看护,不容你打草么?"呆子放下钯,捶胸跌脚道:"师父!莫要问!说起来就活活羞杀人!"长老道:"为甚么羞来?"八戒道:"师兄捉弄我!他先头说风雾里不是妖精,没甚凶兆,是一庄村人家好善,蒸白米干饭、白面馍馍斋僧的,我就当真,想着肚里饥了,先去吃些儿,假倚打草为名,岂知若干妖怪,把我围了,苦战了这一会,若不是师兄的哭丧棒相助,我也莫想得脱罗网回来也!"行者在旁笑道:"这呆子胡说!你若做了贼,就攀上一牢人。是我在这里看着师父,何曾离侧?"长老道:"是啊,悟空不曾离我。"那呆子跳着嚷道:"师父!你不晓得!他有替身!"长老道:"悟空,端的可有怪么?"行者瞒不过,躬身笑道:"是有个把小妖儿,他不敢惹我们。八戒,你过来,一发照顾你照顾。我们既保师父,走过险峻山路,就似行军的一般。"八戒道:"行军便怎的?"行者道:"你做个开路将军,在前剖路。那妖精不来便罢,若来时，你与他赌斗，打倒妖精，算你的功果。”八戒量着那妖精手段与他差不多，却说：“我就死在他手内也罢，等我先走！”行者笑道：“这呆子先说晦气话，怎么得长进！”八戒道：“哥啊，你知道‘公子登筵，不醉即饱；壮士临阵，不死带伤。’先说句错话儿，后便有威风。”行者欢喜，即忙背了马，请师父骑上，沙僧挑着行李，相随八戒，一路入山不题。

却说那妖精帅几个败残的小妖，径回本洞，高坐在那石崖上，默默无言。洞中还有许多看家的小妖，都上前问道：“大王常时出去，喜喜欢欢回来，今日如何烦恼？”老妖道：“小的们，我往常出洞巡山，不管那里的人与兽，定捞几个来家，养赡汝等，今日造化低，撞见一个对头。”小妖问：“是那个对头？”老妖道：“是一个和尚，乃东土唐僧取经的徒弟，名唤猪八戒。我被他一顿钉钯，把我筑得败下阵来。好恼啊！我这一向常闻得人说，唐僧乃十世修行的罗汉，有人吃他一块肉，可以延寿长生。不期他今日到我山里，正好拿住他蒸吃，不知他手下有这等徒弟！”说不了，班部丛中闪上一个小妖，对老妖哽哽咽咽哭了三声，又嘻嘻哈哈的笑了三声。老妖喝道：“你又哭又笑，何也？”小妖跪下道：“大王才说要吃唐僧，唐僧的肉不中吃。”老妖道：“人都说吃他一块肉可以长生不老，与天同寿，怎么说他不中吃？”小妖道：“若是中吃，也到不得这里，别处妖精，也都吃了。他手下有三个徒弟哩。”老妖道：“你知是那三个？”小妖道：“他大徒弟是孙行者，三徒弟是沙和尚，这个是他二徒弟猪八戒。”老妖道：“沙和尚比猪八戒如何？”小妖道：“也差不多儿。”“那个孙行者比他如何？”小妖吐舌道：“不敢说！那孙行者神通广大，变化多端！他五百年前曾大闹天宫，上方二十八宿、九曜星官、十二元辰、五卿四相、东西星斗、南北二神、五岳四渎、普天神将，也不曾惹得他过，你怎敢要吃唐僧？”老妖道：“你怎么晓得他这等详细？”小妖道：“我当初在狮驼岭狮驼洞与那大王居住，那大王不知好歹，要吃唐僧，被孙行者使一条金箍棒，打进门来，可怜就打得犯了骨牌名，都‘断么绝六（骨牌术语，比喻全部断绝，无一幸免）’。还亏我有些见识，从后门走了，来到此处，蒙大王收留，故此知他手段。”

老妖听言，大惊失色，这正是“大将军怕谶语”（chèn yǔ，预言吉凶的语言），他闻得自家人这等说，安得不惊？正都在悚惧之际，又一个小妖上前道：“大王莫恼，莫怕。常言道：‘事从缓来。’若是要吃唐僧，等我定个计策拿他。”老妖道：“你有何计？”小妖道：“我有个‘分瓣梅花计’。”【一生万法，对应灭法国之“大分身普会神法”】老妖道：“怎么叫做分瓣梅花计？”小妖道：“如今把洞中大小群妖，点将起来，千中选百，百中选十，十中只选三个，须是有能干、会变化的，都变做大王的模样，顶大王之盔，贯大王之甲，执大王之杵，三处埋伏。先着一个战猪八戒，再着一个战孙行者，再着一个战沙和尚：舍着三个小妖，调开他弟兄三个，大王却在半空伸下拿云手去捉这唐僧，就如探囊取物，就如鱼水盆内捻苍蝇，有何难哉！”老妖闻此言，满心欢喜道：“此计绝妙！绝妙！这一去，拿不得唐僧便罢；若是拿了唐僧，决不轻你，就封你做个前部先锋。”小妖叩头谢恩，叫点妖怪，即将洞中大小妖精点起，果然选出三个有能的小妖，俱变做老妖，各执铁杵，埋伏等待唐僧不题。

却说这唐长老无虑无忧，相随八戒上大路，行彀多时，只见那路旁边扑喇的一声响喨，跳出一个小妖，奔向前边，要捉长老。孙行者叫道：“八戒！妖精来了，何不动手？”那呆子不认真假，掣钉钯赶上乱筑，那妖精使铁杵急架相迎。他两个一往一来的，在山坡下正然赌斗，又见那草科里响一声，又跳出个怪来，就奔唐僧。行者道：“师父！不好了！八戒的眼拙，放那妖精来拿你了，等老孙打他去！”急掣棒迎上前喝道：“那里去！看棒！”那妖精更不打话，举杵来迎。他两个在草坡下一撞一冲，正相持处，又听得山背后呼的风响，又跳出个妖精来，径奔唐僧。沙僧见了，大惊道：“师父！大哥与二哥的眼都花了，把妖精放将来拿你了！你坐在马上，等老沙拿他去！”这和尚也不分好歹，即掣杖，对面挡住那妖精铁杵，恨苦相持。吆吆喝喝，乱嚷乱斗，渐渐的调远。那老怪在半空中，见唐僧独坐马上，伸下五爪钢钩，把唐僧一把挝住。那师父丢了马，脱了镫，被妖精一阵风径摄去了。可怜！这正是禅性遭魔难正果，江流又遇苦灾星！

老妖按下风头，把唐僧拿到洞里，叫：“先锋！”那定计的小妖上前跪倒，口中道：“不敢！不敢！”老妖道：“何出此言？大将军一言既出，如白染皂。当时说拿不得唐僧便罢，拿了唐僧，封你为前部先锋。今日你果妙计成功，岂可失信于你？你可把唐僧拿来，着小的们挑水刷锅，搬柴烧火，把他蒸一蒸，我和你都吃他一块肉，以图延寿长生也。”先锋道：“大王，且不可吃。”老怪道：“既拿来，怎么不可吃？”先锋道：“大王吃了他不打紧，猪八戒也做得人情，沙和尚也做得人情，但恐孙行者那主子刮毒（狠毒）。他若晓得是我们吃了，他也不来和我们厮打，他只把那金箍棒往山腰里一捌，捌个窟窿，连山都掬倒了，我们安身之处也无之矣！”老怪道：“先锋，凭你有何高见？”先锋道：“依着我，把唐僧送在后园，绑在树上，两三日不要与他饭吃，一则图他里面干净；二则等他三人不来门前寻找，打听得他们回去了，我们却把他拿出来，自自在在的受用，却不是好？”老怪笑道：“正是，正是！先锋说得有理！”一声号令，把唐僧拿入后园，一条绳绑在树上，众小妖都去前面去听候。

你看那长老苦捱着绳缠索绑，紧缚牢拴，止不住腮边流泪，叫道：“徒弟呀！你们在那山中擒怪，甚路里赶妖？我被泼魔捉来，此处受灾，何日相会？痛杀我也！”正自两泪交流，只见对面树上有人叫道：“长老，你也进来了！”长老正了性道：“你是何人？”那人道：“我是本山中的樵子，被那山主前日拿来，绑在此间，今已三日，算计要吃我哩。”长老滴泪道：“樵夫啊，你死只是一身，无甚挂碍，我却死得不甚干净。”【卓吾评：偏是出家人不干净】樵子道：“长老，你是个出家人，上无父母，下无妻子，死便死了，有甚么不干净？”长老道：“我本是东土往西天取经去的，奉唐朝太宗皇帝御旨拜活佛，取真经，要超度那幽冥无主的孤魂。今若丧了性命，可不盼杀那君王，孤负那臣子？那枉死城中无限的冤魂，却不大失所望，永世不得超生？一场功果，尽化作风尘，这却怎么得干净也？”【取经的目的是普渡众生，不是孤芳自赏、远离尘世、自在逍遥，这是陷空山以来一直强调的主旨】那樵子闻言，眼中堕泪道：“长老，你死也只如此，我死又更伤情。我自幼失父，与母鳏（guān，成年无妻或丧妻的人）居，更无家业，止靠着打柴为生。老母今年八十三岁，只我一人奉养。倘若身丧，谁与他埋尸送老？苦哉苦哉！痛杀我也！”长老闻言，放声大哭道：“可怜，可怜！山人尚有思亲意，空教贫僧会念经！事亲事君，皆同一理。你为亲恩，我为君恩。”正是那流泪眼观流泪眼，断肠人送断肠人！

且不言三藏身遭困苦，却说孙行者在草坡下战退小妖，急回来路旁边，不见了师父，止存白马行囊。慌得他牵马挑担，向山头找寻。咦！正是那：有难的江流专遇难，降魔的大圣亦遭魔。毕竟不知寻找师父下落如何，且听下回分解。

第八十六回　木母助威征怪物　金公施法灭妖邪

【南山隐豹，是隐士高人的代称，在此引申为只求修身不问世事的魔心，也是灭法国在魔幻层面的延续。前节强调不要执着于万法归一，还要一生万法；本回强调在世间修行，不做隐逸高人。如无烦恼，谈何智慧？】

话说孙大圣牵着马，挑着担，满山头寻叫师父，忽见猪八戒气呼呼的跑将来道："哥哥，你喊怎的？"行者道："师父不见了，你可曾看见？"八戒道："我原来只跟唐僧做和尚的，你又捉弄我，教做甚么将军！我舍着命，与那妖精战了一会，得命回来。师父是你与沙僧看着的，反来问我？"行者道："兄弟，我不怪你。你不知怎么眼花了，把妖精放回来拿师父。我去打那妖精，教沙和尚看着师父的，如今连沙和尚也不见了。"八戒笑道："想是沙和尚带师父那里出恭去了。"说不了，只见沙僧来到。行者问道："沙僧，师父那里去了？"沙僧道："你两个眼都昏了，把妖精放将来拿师父，老沙去打那妖精的，师父自家在马上坐来。"行者气得暴跳道："中他计了！中他计了！"沙僧道："中他甚么计？"行者道："这是分瓣梅花计，把我弟兄们调开，他劈心里（从当中）捞了师父去了。天！天！天！却怎么好！"止不住腮边泪滴。八戒道："不要哭！一哭就脓包了！横竖不远，只在这座山上，我们寻去来。"三人没计奈何，只得入山找寻，行了有二十里远近，只见那悬崖之下，有一座洞府：

削峰掩映，怪石嵯峨。奇花瑶草馨香，红杏碧桃艳丽。崖前古树，霜皮溜雨四十围；门外苍松，黛色参天二千尺。双双野鹤，常来洞口舞清风；对对山禽，每向枝头啼白昼。簇簇黄藤如挂索，行行烟柳似垂金。方塘积水，深穴依山。方塘积水，隐穷鳞未变的蛟龙；深穴依山，住多年吃人的老怪。果然不亚神仙境，真是藏风聚气巢。【隐逸高人修炼的圣境】

行者见了，两三步跳到门前看处，那石门紧闭，门上横安着一块石版，石版上有八个大字，乃"隐雾山折岳连环洞"。【隐雾、折岳连环，均指远离尘世、幽深难寻的修行状态。只在此山中，云深不知处】行者道："八戒，动手啊！此间乃妖精住处，师父必在他家也。"那呆子仗势行凶，举钉钯尽力筑将去，把他那石头门筑了一个大窟窿，叫道："妖怪！快送出我师父来，免得钉钯筑倒门，一家子都是了帐！"守门的小妖急急跑入报道："大王，闯出祸来了！"老怪道："有甚祸？"小妖道："门前有人把门打破，嚷道要师父哩！”老怪大惊道：“不知是那个寻将来也？”先锋道：“莫怕！等我出去看看。”那小妖奔至前门，从那打破的窟窿处，歪着头往外张，见是个长嘴大耳朵，即回头高叫：“大王莫怕他！这个是猪八戒，没甚本事，不敢无理。他若无理。开了门，拿他进来凑蒸。怕便只怕那毛脸雷公嘴的和尚。”八戒在外边听见道：“哥啊，他不怕我，只怕你哩。师父定在他家了，你快上前。”行者骂道：“泼孽畜！你孙外公在这里！送我师父出来，饶你命罢！”先锋道：“大王，不好了！孙行者也寻将来了！”老怪报怨道：“都是你定的甚么分瓣分瓣，却惹得祸事临门！怎生结果？”先锋道：“大王放心，且休埋怨。我记得孙行者是个宽洪海量的猴头，虽则他神通广大，却好奉承。我们拿个假人头出去哄他一哄，奉承他几句，只说他师父是我们吃了。若还哄得他去了，唐僧还是我们受用；哄不过再作理会。”老怪道：“那里得个假人头？”先锋道：“等我做一个儿看。”好妖怪，将一把衠(zhūn，纯)钢刀斧，把柳树根砍做个人头模样，喷上些人血，糊糊涂涂的，着一个小怪，使漆盘儿拿至门下叫道：“大圣爷爷，息怒容禀。”孙行者果好奉承，听见叫声大圣爷爷，便就止住八戒：“且莫动手，看他有甚话说。”拿盘的小怪道：“你师父被我大王拿进洞来，洞里小妖村顽，不识好歹，这个来吞，那个来啃，抓的抓，咬的咬，把你师父吃了，只剩了一个头在这里也。”行者道：“既吃了便罢，只拿出人头来，我看是真是假。”那小怪从门窟里抛出那个头来，猪八戒见了就哭道：“可怜啊！那们个师父进去，弄做这们个师父出来也！”行者道：“呆子，你且认认是真是假，就哭！”八戒道：“不羞，人头有个真假的？”行者道：“这是个假人头。”八戒道：“怎认得是假？”行者道：“真人头抛出来，扑搭不响，假人头抛得像梆子声。你不信，等我抛了你听。”拿起来往石头上一掼，当的一声响喨。沙和尚道：“哥哥，响哩！”行者道：“响便是个假的，我教他现出本相来你看。”急掣金箍棒，扑的一下，打破了。八戒看时，乃是个柳树根。呆子忍不住骂起来道：“我把你这伙毛团！你将我师父藏在洞里，拿个柳树根哄你猪祖宗，莫成我师父是柳树精变的！”

慌得那拿盘的小怪，战兢兢跑去报道：“难，难，难！难，难，难！”老妖道：“怎么有许多难？”小妖道：“猪八戒与沙和尚倒哄过了，孙行者却是个‘贩古董的——识货’！识货！他就认得是个假人头。如今得个真人头与他，或者他就去了。”老怪道：“怎么得个真人头？我们那剥皮亭内有吃不了的人头选一个来。”众妖即至亭内拣了个新鲜的头，教啃净头皮，滑塔塔的，还使盘儿拿出，叫：“大圣爷爷，先前委是个假头。这个真正是唐老爷的头，我大王留了镇宅子的，今特献出来也。”扑通的把个人头又从门窟里抛出，血滴滴的乱滚。孙行者认得是个真人头，没奈何就哭，八戒沙僧也一齐放声大哭。八戒噙着泪道："哥哥，且莫哭，天气不是好天气，恐一时弄臭了。等我拿将去，乘生气埋下再哭。"行者道："也说得是。"那呆子不嫌秽污，把个头抱在怀里，跑上山崖。向阳处，寻了个藏风聚气的所在，取钉钯筑了一个坑，把头埋了，又筑起一个坟冢，才叫沙僧："你与哥哥哭着，等我去寻些甚么供养供养。"

他就走向涧边，攀几根大柳枝，拾几块鹅卵石，回至坟前，把柳枝儿插在左右，鹅卵石堆在面前。行者问道："这是怎么说？"八戒道："这柳枝权为松柏，与师父遮遮坟顶；这石子权当点心，与师父供养供养。"行者喝道："夯货！人已死了，还将石子儿供他！"八戒道："表表生人意，权为孝道心。"行者道："且休胡弄！教沙僧在此：一则庐墓（在墓旁搭盖小屋居住，守护坟墓），二则看守行李马匹。我和你去打破他的洞府，拿住妖魔，碎尸万段，与师父报仇去来。"沙和尚滴泪道："大哥言之极当。你两个着意，我在此处看守。"

好八戒，即脱了皂锦直裰，束一束着体小衣，举钯随着行者。二人努力向前，不容分辨，径自把他石门打破，喊声振天叫道："还我活唐僧来耶！"那洞里大小群妖，一个个魂飞魄散，都报怨先锋的不是。老妖问先锋道："这些和尚打进门来，却怎处治？"先锋道："古人说得好：'手插鱼篮，避不得腥。'一不做，二不休，左右帅领家兵杀那和尚去来！"老怪闻言，无计可奈，真个传令，叫："小的们，各要齐心，将精锐器械跟我去出征。"果然一齐呐喊，杀出洞门。这大圣与八戒，急退几步，到那山场平处，抵住群妖，喝道："那个是出名的头儿？那个是拿我师父的妖怪？"那群妖扎下营盘，将一面锦绣花旗闪一闪，老怪持铁杵，应声高呼道："那泼和尚，你认不得我？我乃南山大王，数百年放荡于此。你唐僧已是我拿吃了，你敢如何？"行者骂道："这个大胆的毛团！你能有多少的年纪，敢称'南山'二字？李老君乃开天辟地之祖，尚坐于太清之右；佛如来是治世之尊，还坐于大鹏之下；孔圣人是儒教之尊，亦仅呼为夫子。你这个孽畜，敢称甚么南山大王，数百年之放荡！不要走！吃你外公老爷一棒！"【为何不能称南山大王？实为骂隐逸又自大的心性。最伟大的先哲都是积极入世，普渡众生，又有谦逊】

那妖精侧身闪过，使杵抵住铁棒，睁圆眼问道："你这嘴脸像个猴儿模样，敢将许多言语压我！你有甚么手段，在吾门下猖狂？"行者笑道："我把你个无名的孽畜！是也不知老孙！你站住，硬着胆，且听我说：

祖居东胜大神洲，天地包含几万秋。
花果山头仙石卵，卵开产化我根苗。
生来不比凡胎类，圣体原从日月俦。

本性自修非小可，天姿颖悟大丹头。
官封大圣居云府，倚势行凶斗斗牛。
十万神兵难近我，满天星宿易为收。
名扬宇宙方方晓；智贯乾坤处处留。
今幸皈依从释教，扶持长老向西游。
逢山开路无人阻，遇水支桥有怪愁。
林内施威擒虎豹，崖前复手捉貔貅（pí xiū，猛兽名）。
东方果正来西域，那个妖邪敢出头！
孽畜伤师真可恨，管教时下命将休！"

那怪闻言，又惊又恨。咬着牙，跳近前来，使铁杵望行者就打。行者轻轻的用棒架住，还要与他讲话，那八戒忍不住，掣钯乱筑那怪的先锋。先锋帅众齐来。这一场在山中平地处混战，真是好杀：

东土大邦上国僧，西方极乐取真经。南山大豹喷风雾，路阻深山独显能。施巧计，弄乖伶，无知误捉大唐僧。相逢行者神通广，更遭八戒有声名。群妖混战山平处，尘土纷飞天不清。那阵上小妖呼哮，枪刀乱举；这壁厢神僧叱喝，钯棒齐兴。大圣英雄无敌手，悟能精壮喜神生。南禺老怪，部下先锋，都为唐僧一块肉，致令舍死又亡生。这两个因师性命成仇隙，那两个为要唐僧忒恶情。往来斗经多半会，冲冲撞撞没输赢。

孙大圣见那些小妖勇猛，连打不退。即使个分身法，【一生万法】把毫毛拔下一把，嚼在口中，喷出去，叫声"变！"都变做本身模样，一个使一条金箍棒，从前边往里打进。那一二百个小妖，顾前不能顾后，遮左不能遮右，一个个各自逃生，败走归洞。这行者与八戒，从阵里往外杀来。可怜那些不识俊的妖精，搪（táng，碰撞）着钯，九孔血出；挽着棒，骨肉如泥！唬得那南山大王滚风生雾，得命逃回。那先锋不能变化，早被行者一棒打倒，现出本相，乃是个铁背苍狼怪。八戒上前扯着脚，翻过来看了道"这厮从小儿也不知偷了人家多少猪牙子、羊羔儿吃了！"行者将身一抖，收上毫毛道："呆子！不可迟慢！快赶老怪，讨师父的命去来！"八戒回头，就不见那些小行者，道："哥哥的法相儿都去了！"行者道："我已收来也。"【万法归一】八戒道："妙啊！妙啊！"两个喜喜欢欢，得胜而回。

却说那老怪逃了命回洞，吩咐小妖搬石块挑土，把前门堵了。那些得命的小妖，一个个战兢兢的，把门都堵了，再不敢出头。这行者引八戒，赶至门首吆喝，内无人答应。八戒使钯筑时，莫想得动。行者知之，道："八戒，莫费气力，他把门已堵了。”八戒道：“堵了门，师仇怎报？”行者道：“且回，上墓前看看沙僧去。”二人复至本处，见沙僧还哭哩。八戒越发伤悲，丢了钯，伏在坟上，手扑着土哭道：“苦命的师父啊！远乡的师父啊！那里再得见你耶！”行者道：“兄弟，且莫悲切。这妖精把前门堵了，一定有个后门出入。你两个只在此间，等我再去寻看。”八戒滴泪道：“哥啊！仔细着！莫连你也捞去了，我们不好哭得：哭一声师父，哭一声师兄，就要哭得乱了。”【卓吾评：呆得妙】行者道：“没事！我自有手段！”

好大圣，收了棒，束束裙，拽开步，转过山坡，忽听得潺潺水响，且回头看处，原来是涧中水响，上溜头冲泄下来。又见涧那边有座门儿，门左边有一个出水的暗沟，沟中流出红水来。他道：“不消讲！那就是后门了。若要是原嘴脸，恐有小妖开门看见认得，等我变作个水蛇儿过去。且住！变水蛇恐师父的阴灵儿(人死后的灵魂)知道，怪我出家人变蛇缠长，变作个小螃蟹儿过去罢。也不好，恐师父怪我出家人脚多。”即做一个水老鼠，飕的一声撺过去，从那出水的沟中，钻至里面天井中。探着头儿观看，只见那向阳处有几个小妖，拿些人肉巴子，一块块的理着晒哩。行者道：“我的儿啊！那想是师父的肉，吃不了，晒干巴子防天阴的。我要现本相，赶上前，一棍子打杀，显得我有勇无谋，且再变化进去，寻那老怪，看是何如。”跳出沟，摇身又一变，变做个有翅的蚂蚁儿。真个是：

力微身小号玄驹(xuán gǒu，亦作“玄蚼”，蚂蚁)，日久藏修有翅飞。
闲渡桥边排阵势，喜来床下斗仙机。
善知雨至常封穴，垒积尘多遂作灰。
巧巧轻轻能爽利，几番不觉过柴扉。

他展开翅，无声无影，一直飞入中堂，只见那老怪烦烦恼恼正坐，有一个小妖从后面跳将来报道：“大王万千之喜！”老妖道：“喜从何来？”小妖道：“我才在后门外涧头上探看，忽听得有人大哭。即跐上峰头望望，原来是猪八戒、孙行者、沙和尚在那里拜坟痛哭。想是把那个人头认做唐僧的头葬下，掆(gāng，顶)作坟墓哭哩。”行者在暗中听说，心内欢喜道：“若出此言，我师父还藏在那里，未曾吃哩。等我再去寻寻，看死活如何，再与他说话。”

好大圣，飞在中堂，东张西看，见旁边有个小门儿，关得甚紧，即从门缝儿里钻去看时，原是个大园子，隐隐的听得悲声。径飞入深处，但见一丛大树，树底下绑着两个人，一人正是唐僧。行者见了，心痒难挠，忍不住现了本相，近前叫声：“师父。”那长老认得，滴泪道：“悟空，你来了？快些救我一救！悟空！悟空！”行者道：“师父，你且莫只管叫名字，面前有人，怕走了风讯。你既有命，我可救得你。那怪只说已将你吃了，拿个假人头哄我，我们与他恨苦相持。师父放心，且再熬熬儿，等我把那妖精弄倒，方好来解救。”

大圣念声咒语，却又摇身还变做个蚂蚁儿，复入中堂，丁在正梁之上。只见那些未伤命的小妖，簇簇攒攒，纷纷嚷嚷。内中忽跳出一个小妖告道：“大王，他们见堵了门，攻打不开，死心塌地，舍了唐僧，将假人头弄做个坟墓。今日哭一日，明日再哭一日，后日复了三，好道回去。打听得他们散了啊，把唐僧拿出来，碎劖(chán，削，砍)碎剁，把些大料煎了，香喷喷的大家吃一块儿，也得个延年长寿。”又一个小妖拍着手道：“莫说莫说！还是蒸了吃的有味！”又一个说：“煮了吃，还省柴。”又一个道：“他本是个稀奇之物，还着些盐儿腌腌，吃得长久。”行者在那梁中听见，心中大怒道：“我师父与你有甚毒情，这般算计吃他！”即将毫毛拔了一把，口中嚼碎，轻轻吹出，暗念咒语，都教变做瞌睡虫儿，往那众妖脸上抛去。一个个钻入鼻中，小妖渐渐打盹，不一时，都睡倒了。只有那个老妖睡不稳，他两只手揉头搓脸，不住的打涕喷，捏鼻子。行者道：“莫是他晓得了？与他个双掭灯！”又拔一根毫毛，依母儿做了，抛在他脸上，钻于鼻孔内。两个虫儿，一个从左进，一个从右入。那老妖𧿳起来，伸伸腰，打两个呵欠，呼呼的也睡倒了。

行者暗喜，才跳下来，现出本相。耳朵里取出棒来，幌一幌，有鸭蛋粗细，当的一声，把旁门打破，跑至后园，高叫：“师父！”长老道：“徒弟，快来解解绳儿，绑坏我了！”行者道：“师父不要忙，等我打杀妖精，再来解你。”急抽身跑至中堂。正举棍要打，又滞住手道：“不好！等解了师父来打。”复至园中，又思量道：“等打了来救。”如此者两三番，却才跳跳舞舞的到园里。长老见了，悲中作喜道：“猴儿，想是看见我不曾伤命，所以欢喜得没是处，故这等作跳舞也？”行者才至前，将绳解了，挽着师父就走，又听得对面树上绑的人叫道：“老爷舍大慈悲，也救我一命！”长老立定身，叫：“悟空，那个人也解他一解。”行者道：“他是甚么人？”长老道：“他比我先拿进一日。他是个樵子，说有母亲年老，甚是思想，倒是个尽孝的，一发连他都救了罢。”【解救众生才能祛退隐逸心魔】

行者依言，也解了绳索，一同带出后门，𧿳上石崖，过了陡涧。长老谢道：“贤徒，亏你救了他与我命！悟能悟净都在何处？”行者道：“他两个都在那里哭你哩，你可叫他一声。”长老果厉声高叫道：“八戒！八戒！”那呆子哭得昏头昏脑的，揩揩鼻涕眼泪道：“沙和尚，师父回家来显魂哩！在那里叫我们不是？”行者上前喝了一声道：“夯货！显甚么魂？这不是师父来了？”那沙僧抬头见了，忙忙跪在面前道：“师父，你受了多少苦啊！哥哥怎生救得你来也？”行者把上项事说了一遍。八戒闻言，咬牙恨齿，忍不住举起钯把那坟冢，一顿筑倒，掘出那人头，一顿筑得稀烂。唐僧道："你筑他为何？"八戒道"师父啊，不知他是那家的亡人，教我朝着他哭！"长老道："亏他救了我命哩。你兄弟们打上他门，嚷着要我，想是拿他来搪塞，不然啊，就杀了我也。还把他埋一埋，见我们出家人之意。"那呆子听长老此言，遂将一包稀烂骨肉埋下，也劅起个坟墓。行者却笑道："师父，你请略坐坐，等我剿除去来。"即又跳下石崖，过涧入洞，把那绑唐僧与樵子的绳索拿入中堂，那老妖还睡着了，即将他四马攒蹄捆倒，使金箍棒掬起来，握在肩上，径出后门。猪八戒远远的望见道："哥哥好干这握头事！再寻一个儿趁头挑着不好？"行者到跟前放下，八戒举钯就筑。行者道："且住！洞里还有小妖怪，未拿哩。"八戒道："哥啊，有便带我进去打他。"行者道："打又费工夫了，不若寻些柴，教他断根罢。"那樵子闻言，即引八戒去东凹里寻了些破梢竹、败叶松、空心柳、断根藤、黄蒿、老荻、芦苇、干桑，挑了若干，送入后门里。行者点上火，八戒两耳扇起风。那大圣将身跳上，抖一抖，收了瞌睡虫的毫毛。那些小妖及醒来，烟火齐着，可怜！莫想有半个得命。连洞府烧得精空，却回见师父。

师父听见老妖方醒声唤，便叫："徒弟，妖精醒了。"八戒上前一钯，把老怪筑死，现出本相，原来是个艾叶花皮豹子精。【南山隐豹，出自《列女传》，比喻爱惜性命的隐逸高人，此处反其意用典】行者道："花皮会吃老虎，如今又会变人，这顿打死，才绝了后患也！"【《庄子》中的隐士单豹被老虎所食，此处反其意，能吃老虎比喻隐逸心的顽强】长老谢之不尽，攀鞍上马。

那樵子道："老爷，向西南去不远，就是舍下。请老爷到舍，见见家母，叩谢老爷活命之恩，送老爷上路。"长老欣然，遂不骑马，即与樵子并四众同行，向西南迤逶前来，不多路，果见那：

石径重漫苔藓，柴门篷络藤花。
四面山光连接，一林鸟雀喧哗。
密密松篁交翠，纷纷异卉奇葩。
地僻云深之处，竹篱茅舍人家。

远见一个老妪，倚着柴扉，眼泪汪汪的，儿天儿地的痛哭。这樵子看见是他母亲，丢了长老，急忙忙先跑到柴扉前，跪下叫道："母亲！儿来也！"老妪一把抱住道："儿啊！你这几日不来家，我只说是山主拿你去，害了性命，是我心疼难忍。你既不曾被害，何以今日才来？你绳担、柯斧（装柄之斧）俱在何处？"樵子叩头道："母亲，儿已被山主拿去，绑在树上，实是难得性命，幸亏这几位老爷！这老爷是东土唐朝往西天取经的罗汉。那老爷倒也被山主拿去绑在树上，他那三位徒弟老爷，神通广大，把山主一顿打死，却是个艾叶花皮豹子精；概众小妖，俱尽烧死，却将那老老爷解下救出，连孩儿都解救出来，此诚天高地厚之恩！不是他们，孩儿也死无疑了。如今山上太平，孩儿彻夜行走，也无事矣。”那老妪听言，一步一拜，拜接长老四众，都入柴扉茅舍中坐下。娘儿两个磕头称谢不尽，慌慌忙忙的安排些素斋酬谢。八戒道：“樵哥，我知你府上也寒薄，只可将就一饭，切莫费心大摆布。”樵子道：“不瞒老爷说，我这山间实是寒薄，没甚么香蕈、蘑菰、川椒、大料，只是几品野菜奉献老爷，权表寸心。”八戒笑道：“聒噪聒噪，放快些儿就是，我们肚中饥了。”樵子道：“就有！就有！”

果然不多时，展抹桌凳，摆将上来，果是几盘野菜。但见那：

嫩焯黄花菜，酸齑(jī，细切后用盐酱等浸渍的蔬果)白鼓丁。浮蔷马齿苋，江荠雁肠英。燕子不来香且嫩，芽儿拳小脆还青。烂煮马蓝头，白熝(āo，煮)狗脚迹。猫耳朵，野落荜(bì，豆名)，灰条熟烂能中吃；剪刀股，牛塘利，倒灌窝螺操帚荠。碎米荠，莴菜荠，几品清香又滑腻。油炒乌英花，菱科甚可夸；蒲根菜并茭儿菜，四般近水实清华。看麦娘，娇且佳；破破纳，不穿他，苦麻台下藩篱架。雀儿绵单，猢狲脚迹，油灼灼煎来只好吃。斜蒿青蒿抱娘蒿，灯娥儿飞上板荞荞。羊耳秃，枸杞头，加上乌蓝不用油。几般野菜一餐饭，樵子虔心为谢酬。

师徒们饱餐一顿，收拾起程。那樵子不敢久留，请母亲出来，再拜再谢。樵子只是磕头，取了一条枣木棍，结束了衣裙，出门相送。沙僧牵马，八戒挑担，行者紧随左右，长老在马上拱手道：“樵哥，烦先引路，到大路上相别。”【由樵夫孝子引上天竺五城布施救人的大路，有借儒家入世的思想指引之意，也向做过樵夫的惠能致意。子曰“道不远人”，即不可脱离尘世找寻大道。由此进入在尘世中修行、普渡众生的章节】一齐登高下坂，转涧寻坡。长老在马上思量道：“徒弟啊！自从别主来西域，递递迢迢去路遥。水水山山灾不脱，妖妖怪怪命难逃。心心只为经三藏，念念仍求上九霄。碌碌劳劳何日了，几时行满转唐朝！”樵子闻言道：“老爷切莫忧思。这条大路，向西方不满千里，就是天竺国极乐之乡也。”长老闻言，翻身下马道：“有劳远涉。既是大路，请樵哥回府，多多拜上令堂老安人：适间厚扰盛斋，贫僧无甚相谢，只是早晚诵经，保佑你母子平安，百年长寿。”那樵子喏喏相辞，复回本路，师徒遂一直投西。正是：降怪解冤离苦厄，受恩上路用心行。毕竟不知还有几日得到西天，且听下回分解。

【陷空山讲不能陷于空相，灭法国讲不能执着于空法，隐雾山讲不能执着于空行。总之，如果认为所有的形相、理论、行为都是空虚的，结论只能是无所作为，消极避世。破除这些魔障的方法是心生万法，出世修行，完成生法与灭法的闭环，在这之上，找到不生不灭的本性】

【《坛经》印证：无上菩提须得言下识自本心，见自本性，不生不灭。于一切时中，念念自见，万法无滞，一真一切真，万境自如如。如如之心，即是真实。若如是见，即是无上菩提之自性也】

【《坛经》印证：时当弘法，不可终遁】

【《坛经》印证：自心既无所攀缘善恶，不可沉空守寂，即须广学多闻，识自本心，达诸佛理，和光接物，无我无人，直至菩提，真性不易】

第八十七回　风仙郡冒天止雨　孙大圣劝善施霖

【一路行来，心性完成了一个从大闹天宫的狂妄到慈悲为怀的转变，本回用上官郡侯影射悟空，揭示一个道理：心性的狂妄不但自己受苦，也是众生的灾难；心性的慈悲不但使众生受益，自己也得到解脱。慈悲的方法，不仅仅是自己做善事，更重要的是启发别人心智，让别人得到解脱。为说明这个道理，本回先是悟空求雨不成，后劝全城向善，才推到米山面山、扯断金锁，求得甘露。同时说明：慈悲是最高的智慧，慈悲心灵感可通天地，广大可吞山岳，坚利可断金刚】

大道幽深，如何消息(变化)，说破鬼神惊骇。挟藏宇宙，剖判玄光(内在的颖慧)，真乐世间无赛。灵鹫峰前，宝珠拈出，明映五般光彩。照乾坤上下群生，知者寿同山海。【合于大道的心性，如宝珠一般光彩。应该让这颗宝珠，照耀众生，普度众生，才是佛的境界。佛法在世间，不离世间觉，祛退了归隐山林的心魔，走上普度众生的大道】

却说三藏师徒四众，别樵子下了隐雾山，奔上大路。行经数日，忽见一座城池相近，三藏道："悟空，你看那前面城池，可是天竺国么？"行者摇手道："不是！不是！如来处虽称极乐，却没有城池，乃是一座大山，山中有楼台殿阁，唤做灵山大雷音寺。就到了天竺国，也不是如来住处，天竺国还不知离灵山有多少路哩。那城想是天竺之外郡，到前边方知明白。"

不一时至城外，三藏下马，入到三层门里，见那民事荒凉，街衢冷落。又到市口之间，见许多穿青衣者左右摆列，有几个冠带者立于房檐之下。他四众顺街行走，那些人更不逊避(退让)。猪八戒村愚，把长嘴掬一掬，叫道："让路！让路！"那些人猛抬头，看见模样，一个个骨软筋麻，跌跌蹡蹡，都道："妖精来了！妖精来了！"唬得那檐下冠带者战兢兢躬身问道："那方来者？"三藏恐他们闯祸，一力当先对众道："贫僧乃东土大唐驾下拜天竺国大雷音寺佛祖求经者。路过宝方，一则不知地名，二则未落人家，才进城，甚失回避，望列公恕罪。"那官人却才施礼道："此处乃天竺外郡，地名凤仙郡。连年干旱，郡侯差我等在此出榜，招求法师祈雨救民也。"行者闻言道："你的榜文何在？"众官道："榜文在此，适间才打扫廊檐，还未张挂。"行者道："拿来我看看。"众官即将榜文展开，挂在檐下。行者四众上前同看。榜上写着：

大天竺国凤仙郡郡侯上官。为榜聘明师，招求大法事。慈因郡土宽弘，军民殷实，连年亢旱，累岁干荒，民田菑(zī，贫瘠)而军地薄，河道浅而沟浍(指田间水道。浍，音kuài)空。井中无水，泉底无津。富室聊以全生，穷民难以活命。斗粟百金之价，束薪五两之资。十岁女易米三升，五岁男随人带去。城中惧法，典衣当物以存身；乡下欺公，打劫吃人而顾命。为此出给榜文，仰望十方贤哲，祷雨救民，恩当重报。愿以千金奉谢，决不虚言。须至榜者。

行者看罢，对众官道："郡侯上官何也？"【上官郡侯，天上做过官的俊猴，齐天大圣美猴王也】众官道："上官乃是姓，此我郡侯之姓也。"行者笑道："此姓却少。"【作者自嘲为影射猴子用典偏僻也】八戒道："哥哥不曾读书，《百家姓》后有一句：'上官欧阳。'"三藏道："徒弟们，且休闲讲。那个会求雨，与他求一场甘雨，以济民瘼(mò，苦难)，此乃万善之事；如不会，就行，莫误了走路。"行者道："祈雨有甚难事！我老孙翻江搅海，换斗移星，踢天弄井，吐雾喷云，担山赶月，唤雨呼风，那一件儿不是幼年耍子的勾当！何为稀罕！"众官听说，着两个急去郡中报道："老爷，万千之喜至也！"

那郡侯正焚香默祝，听得报声喜至，即问："何喜？"那官道："今日领榜，方至市口张挂，即有四个和尚，称是东土大唐差往天竺国大雷音拜佛求经者，见榜即道能祈甘雨，特来报知。"那郡侯即整衣步行，不用轿马多人，径至市口，以礼敦请。忽有人报道："郡侯老爷来了。"众人闪过，那郡侯一见唐僧，不怕他徒弟丑恶，当街心倒身下拜道："下官乃凤仙郡郡侯上官氏，熏沐拜请老师祈雨救民。望师大舍慈悲，运神功，拔济(拯救)拔济！"三藏答礼道："此间不是讲话处，待贫僧到那寺观，却好行事。"郡侯道："老师同到小衙，自有洁净之处，"师徒们遂牵马挑担，径至府中，一一相见。郡侯即命看茶摆斋。少顷斋至，那八戒放量吞餐，如同饿虎，唬得那些捧盘的心惊胆战，一往一来添汤添饭，就如走马灯儿一般刚刚供上，直吃得饱满方休。

斋毕，唐僧谢了斋，却问："郡侯大人，贵处干旱几时了？"郡侯道："敝地大邦天竺国，凤仙外郡吾司牧(管理，统治)。一连三载遇干荒，草子不生绝五谷。大小人家买卖难，十门九户俱啼哭。三停(三成)饿死二停人，一停还似风中烛。下官出榜遍求贤，幸遇真僧来我国。若施寸雨济黎民，愿奉千金酬厚德！"行者听说，满面喜生，呵呵的笑道："莫说！莫说！若说千金为谢，半点甘雨全无。但论积功累德，老孙送你一场大雨。"那郡侯原来十分清正贤良，爱民心重，即请行者上坐，低头下拜道："老师果舍慈悲，下官必不敢悖德。"【一路行来，悟空的心魔，已经从妖精变成了人身，说明悟空的魔心渐退】行者道："且莫讲话，请起。但烦你好生看着我师父，等老孙行事。”沙僧道：“哥哥，怎么行事？”行者道：“你和八戒过来，就在他这堂下随着我做个羽翼，等老孙唤龙来行雨。”八戒、沙僧谨依使令，三个人都在堂下，郡侯焚香礼拜，三藏坐着念经。

行者念动真言，诵动咒语，即时见正东上，一朵乌云，渐渐落至堂前，乃是东海老龙王敖广。那敖广收了云脚，化作人形，走向前，对行者躬身施礼道：“大圣唤小龙来，那方使用？”行者道：“请起，累你远来，别无甚事。此间乃凤仙郡，连年干旱，问你如何不来下雨？”老龙道：“启上大圣得知，我虽能行雨，乃上天遣用之辈。上天不差，岂敢擅自来此行雨？”行者道：“我因路过此方，见久旱民苦，特着你来此施雨救济，如何推托？”龙王道：“岂敢推托？但大圣念真言呼唤，不敢不来。一则未奉上天御旨，二则未曾带得行雨神将，怎么动得雨部？大圣既有拔济之心，容小龙回海点兵，烦大圣到天宫奏准，请一道降雨的圣旨，请水官放出龙来，我却好照旨意数目下雨。”行者见他说出理来，只得发放老龙回海。他即跳出罡斗，对唐僧备言龙王之事，唐僧道：“既然如此，你去为之，切莫打诳语。”行者即吩咐八戒沙僧：“保着师父，我上天宫去也。”好大圣，说声去，寂然不见。那郡侯胆战心惊道：“孙老爷那里去了？”八戒笑道：“驾云上天去了。”郡侯十分恭敬，传出飞报，教满城大街小巷，不拘公卿士庶，军民人等，家家供养龙王牌位，门设清水缸，缸插杨柳枝，侍奉香火，拜天不题。

却说行者一路筋斗云，径到西天门外，早见护国天王引天丁力士上前迎接道：“大圣，取经之事完乎？”行者道：“也差不远矣。今行至天竺国界，有一外郡，名凤仙郡。彼处三年不雨，民甚艰苦，老孙欲祈雨拯救，呼得龙王到彼，他言无旨，不敢私自为之，特来朝见玉帝请旨。”天王道：“那壁厢敢是不该下雨哩。我向时闻得说，那郡侯撒泼，冒犯天地，上帝见罪，【此为悟空旧事】立有米山、面山、黄金大锁，【米山、面山对应一路魔障，黄金大锁对应头上金箍】直等此三事倒断，才该下雨。”行者不知此意是何，要见玉帝。天王不敢拦阻，让他进去，径至通明殿外，又见四大天师迎道：“大圣到此何干？”行者道：“因保唐僧，路至天竺国界，凤仙郡无雨，郡侯召师祈雨。老孙呼得龙王，意命降雨，他说未奉玉帝旨意，不敢擅行，特来求旨，以苏民困。”四大天师道：“那方不该下雨。”行者笑道：“该与不该，烦为引奏引奏，看老孙的人情何如。”葛仙翁道：“俗语云：‘苍蝇包网儿——好大面皮。’”许旌阳道：“不要乱谈，且只带他进去。”邱洪济、张道陵与葛、许四真人引至灵霄殿下，启奏道：“万岁，有孙悟空路至天竺国凤仙郡，欲与求雨，特来请旨。”玉帝道：“那厮三年前十二月二十五日，朕出行监观万天，浮游三界，驾至他方，见那上官正不仁，将斋天素供，推倒喂狗，口出秽言，造有冒犯之罪，朕即立以三事，在于披香殿内。汝等引孙悟空去看，若三事倒断，即降旨与他；如不倒断，且休管闲事。”

四天师即引行者至披香殿里看时，见有一座米山，约有十丈高下；一座面山，约有二十丈高下。米山边有一只拳大之鸡，在那里紧一嘴，慢一嘴，嗛（xián，啄）那米吃。面山边有一只金毛哈巴狗儿，在那里长一舌，短一舌，餂（tiǎn，舔）那面吃。左边悬一座铁架子，架上挂一把金锁，约有一尺三四寸长短，锁梃（锁的销子。梃，音tǐng）有指头粗细，下面有一盏明灯，灯焰儿燎着那锁梃。行者不知其意，回头问天师曰：“此何意也？”天师道：“那厮触犯了上天，玉帝立此三事，直等鸡嗛了米尽，狗餂得面尽，灯焰燎断锁梃，那方才该下雨哩。”行者闻言，大惊失色，再不敢启奏，走出殿，满面含羞。四大天师笑道：“大圣不必烦恼，这事只宜作善可解。若有一念善慈，惊动上天，那米、面山即时就倒，锁梃即时就断。你去劝他归善，福自来矣。”行者依言，不上灵霄辞玉帝，径来下界复凡夫。须臾到西天门，又见护国天王，天王道：“请旨如何？”行者将米山、面山、金锁之事说了一遍，道：“果依你言，不肯传旨。适间天师送我，教劝那厮归善，即福原也。”遂相别，降云下界。

那郡侯同三藏、八戒、沙僧、大小官员人等接着，都簇簇攒攒来问。行者将郡侯喝了一声道：“只因你这斯三年前十二月二十五日冒犯了天地，致令黎民有难，如今不肯降雨！”郡侯慌得跪伏在地道：“老师如何得知三年前事？”行者道：“你把那斋天的素供，怎么推倒喂狗？可实实说来！”那郡侯不敢隐瞒，道：“三年前十二月二十五日，献供斋天，在于本衙之内，因妻不贤，恶言相斗，一时怒发无知，推倒供桌，泼了素馔（zhuàn，食物、饭食），果是唤狗来吃了。这两年忆念在心，神思恍惚，无处可以解释，不知上天见罪，遗害黎民。今遇老师降临，万望明示，上界怎么样计较。”行者道：“那一日正是玉皇下界之日，见你将斋供喂狗，又口出秽言，玉帝即立三事记汝。”八戒问道：“哥，是那三事？”行者道：“披香殿立一座米山，约有十丈高下；一座面山，约有二十丈高下。米山边有拳大的一只小鸡，在那里紧一嘴，慢一嘴的嗛那米吃；面山边有一个金毛哈巴狗儿，在那里长一舌，短一舌的餂那面吃。左边又一座铁架子，架上挂一把黄金大锁，锁梃儿有指头粗细，下面有一盏明灯，灯焰儿燎着那锁梃。直等那鸡嗛米尽，狗餂面尽，灯燎断锁梃，他这里方才该下雨哩。”

八戒笑道：“不打紧！不打紧！哥哥肯带我去，变出法身来，一顿把他的米面都吃了，锁梃弄断了，管取下雨。”行者道：“呆子莫胡说！此乃上天所设之计，你怎么得见？”三藏道：“似这等说，怎生是好？”行者道：“不难！不难！我临行时，四天师曾对我言，但只作善可解。”那郡侯拜伏在地，哀告道：“但凭老师指教，下官一一皈依也。”行者道：“你若回心向善，趁早儿念佛看经，我还替你作为；汝若仍前不改，我亦不能解释，不久天即诛之，性命不能保矣。”那郡侯磕头礼拜，誓愿皈依。当时召请本处僧道，启建道场，各各写发文书，申奏三天。郡侯领众拈香瞻拜，答天谢地，引罪自责，三藏也与他念经。一壁厢又出飞报，教城里城外大家小户，不论男女人等，都要烧香念佛。自此时，一片善声盈耳。行者却才欢喜，对八戒沙僧道：“你两个好生护持师父，等老孙再与他去去来。”八戒道：“哥哥，又往那里去？”行者道：“这郡侯听信老孙之言，果然受教，恭敬善慈，诚心念佛，我这去再奏玉帝，求些雨来。”沙僧道：“哥哥既要去，不必迟疑，且耽搁我们行路，必求雨一坛，庶成我们之正果也。”

好大圣，又纵云头，直至天门外，还遇着护国天王。天王道：“你今又来做甚？”行者道：“那郡侯已归善矣。”天王亦喜。正说处，早见直符使者，捧定了道家文书，僧家关牒，到天门外传递。那符使见了行者，施礼道：“此意乃大圣劝善之功。”行者道：“你将此文牒送去何处？”符使道：“直送至通明殿上，与天师传递到玉皇大天尊前。”行者道：“如此，你先行，我当随后而去。”那符使入天门去了。护国天王道：“大圣，不消见玉帝了。你只往九天应元府下，借点雷神，径自声雷掣电，还他就有雨下也。”真个行者依言，入天门里，不上灵霄殿求请旨意，转云步，径往九天应元府，见那雷门使者、纠录典者、廉访典者都来迎着，施礼道：“大圣何来？”行者道：“有事要见天尊。”三使者即为传奏，天尊随下九凤丹霞之扆(yǐ，屏风)，整衣出迎。相见礼毕，行者道：“有一事特来奉求。”天尊道：“何事？”行者道：“我因保唐僧，至凤仙郡，见那干旱之甚，已许他求雨，特来告借贵部官将到彼声雷。”天尊道：“我知那郡侯冒犯上天，立有三事，不知可该下雨哩。”行者笑道：“我昨日已见玉帝请旨。玉帝着天师引我去披香殿看那三事，乃是米山、面山、金锁，只要三事倒断，方该下雨。我愁难得倒断，天师教我劝化郡侯等众作善，以为人有善念，天必从之，庶儿(差不多)可以回天心，解灾难也。今已善念顿生，善声盈耳。适间直符使者已将改行从善的文牒奏上玉帝去了，老孙因特造尊府，告借雷部官将相助相助。”天尊道：“既如此，差邓辛张陶帅领闪电娘子，即随大圣下降凤仙郡声雷。”

那四将同大圣，不多时至于凤仙境界，即于半空中作起法来。只听得嗯鲁鲁的雷声，又见那淅沥沥的闪电，真个是：

电掣紫金蛇，雷轰群蛰哄。

荧煌飞火光，霹雳崩山洞。

列缺(闪电)满天明，震惊连地纵。

红销(红色薄绸，指闪电。销，同“绡”)一闪发萌芽，万里江山都撼动。

那凤仙郡，城里城外，大小官员，军民人等，整三年不曾听见雷电，今日见有雷声霍闪，一齐跪下，头顶着香炉，有的手拈着柳枝，都念："南无阿弥陀佛！南无阿弥陀佛！"这一声善念，果然惊动上天，【卓吾评：如今念声佛求天者多矣】正是那古诗云：人心生一念，天地悉皆知，善恶若无报，乾坤必有私。【心智布施，而不是财物布施，才是最好的布施】

且不说孙大圣指挥雷将，掣电轰雷于凤仙郡，人人归善。却说那上界直符使者，将僧道两家的文牒，送至通明殿，四天师传奏灵霄殿。玉帝见了道："那厮们既有善念，看三事如何。"正说处，忽有披香殿看管的将官报道："所立米、面山俱倒了，霎时间米面皆无，锁梃亦断。"【慈悲是最高的智慧，慈悲心灵感可通天地，广大可吞山岳，坚利可断金刚】

奏未毕，又有当驾天官引凤仙郡土地、城隍、社令等神齐来拜奏道："本郡郡主并满城大小黎庶之家，无一家一人不皈依善果，礼佛敬天。今启垂慈，普降甘雨，救济黎民。"玉帝闻言大喜，即传旨："着风部、云部、雨部，各遵号令，去下方，按凤仙郡界，即于今日今时，声雷布云，降雨三尺零四十二点。"时有四大天师奉旨，传与各部随时下界，各逞神威，一齐振作。

【众生念佛，为何玉帝大喜？可见作者并不以教派为念。儒释道都是通往大道的路径，不是目的，在得道的心性层面，已无差别。"一切有为法，如梦幻泡影"，所以当不入法相，而行于布施】

行者正与邓辛张陶令闪电娘子在空中调弄，只见众神都到，合会一天。那其间风云际会，甘雨滂沱，好雨：

漠漠浓云，蒙蒙黑雾。雷车轰轰，闪电灼灼。滚滚狂风，淙淙骤雨。所谓一念回天，万民满望。全亏大圣施元运，万里江山处处阴。好雨倾河倒海，蔽野迷空。檐前垂瀑布，窗外响玲珑。万户千门人念佛，六街三市水流洪。【以水的流动比喻心性的灵动，以水的汇聚比喻心性归于大道，如第一回，所以全城求雨象征众生心性向善】东西河道条条满，南北溪湾处处通。槁苗得润，枯木回生。田畴麻麦盛，村堡豆粮升。客旅喜通贩卖，农夫爱尔耘耕。从今黍稷多条畅，自然稼穑得丰登。风调雨顺民安乐，海晏河清享太平。

一日雨下足了三尺零四十二点，众神祇渐渐收回。孙大圣厉声高叫道："那四部众神，且暂停云从，待老孙去叫郡侯拜谢列位。列位可拨开云雾，各现真身，与这凡夫亲眼看看，他才信心供奉也。"众神听说，只得都停在空中。这行者按落云头，径至郡里，早见三藏、八戒、沙僧，都来迎接，那郡侯一步一拜来谢。行者道："且慢谢我，我已留住四部神祇，你可传召多人同此拜谢。教他向后好来降雨。”郡侯随传飞报，召众同酬，都一个个拈香朝拜，只见那四部神祇，开明云雾，各现真身。四部者，乃雨部、雷部、云部、风部，只见那龙王显象，雷将舒身。云童出现，风伯垂真。龙王显象，银须苍貌世无双。雷将舒身，钩嘴威颜诚莫比。云童出现，谁如玉面金冠；风伯垂真，曾似燥眉环眼。齐齐显露青霄上，各各挨排观圣仪。凤仙郡界人才信，顶礼拈香恶性回。今日仰朝天上将，洗心向善尽皈依。

众神祇宁待(停留)了一个时辰，人民拜之不已。孙行者又起在云端，对众作礼道："有劳！有劳！请列位各归本部。老孙还教郡界中人家，供养高真，遇时节醮谢。列位从此后，五日一风，十日一雨，还来拯救拯救。”众神依言，各各转部不题。

却说大圣坠落云头与三藏道："事毕民安，可收拾走路矣。”那郡侯闻言，急忙行礼道："孙老爷说那里话！今此一场，乃无量无边之恩德。下官这里差人办备小宴，奉答厚恩。仍买治民间田地，与老爷起建寺院，立老爷生祠，勒碑刻名，四时享祀。虽刻骨镂心，难报万一，怎么就说走路的话！”三藏道："大人之言虽当，但我等乃西方挂搭行脚之僧，不敢久住。一二日间，定走无疑。”那郡侯那里肯放，连夜差多人治办酒席，起盖祠宇。

次日，大开佳宴，请唐僧高坐，孙大圣与八戒沙僧列坐，郡侯同本郡大小官员部臣把杯献馔，细吹细打，款待了一日。这场果是欣然，有诗为证：田畴久旱逢甘雨，河道经商处处通。深感神僧来郡界，多蒙大圣上天宫。解除三事从前恶，一念皈依善果弘。此后愿如尧舜世，五风十雨万年丰。

一日筵，二日宴，今日酬，明日谢，扳留将有半月，只等寺院生祠完备。一日，郡侯请四众往观，唐僧惊讶道："功程浩大，何成之如此速耶？”郡侯道："下官催趱人工，昼夜不息，急急命完，特请列位老爷看看。”行者笑道："果是贤才能干的好贤侯也！”即时都到新寺，见那殿阁巍峨，山门壮丽，俱称赞不已。行者请师父留一寺名，三藏道："有，留名当唤做‘甘霖普济寺’。”【寺名涵义为“用正念布施众生”】郡侯称道："甚好！甚好！”用金贴广招僧众，侍奉香火。殿左边立起四众生祠，每年四时祭祀；又起盖雷神、龙神等庙，以答神功。看毕，即命趱行。那一郡人民，知久留不住，各备赆仪(jìn yí，指送行的礼物)，分文不受。因此，合郡官员人等，盛张鼓乐，大展旌幢，送有三十里远近，犹不忍别，遂掩泪目送，直至望不见方回。这正是：硕德神僧留普济，齐天大圣广施恩。毕竟不知此去还有几日方见如来，且听下回分解。

【卓吾评：米山、面山处，亦可提醒不敬天地愚人。太守一念恶，则不雨；太守一念善，则雨。百姓死活，全在太守手里。寄语天下太守，也要知他百姓死活方好】

【普度众生的方法，不仅仅是用自己的神力去做善事，更重要的是启发众生心智，让他们体会到自己心性的力量。故说菩萨度众生，但无有众生被菩萨度，也没有固定的方法能度，众生是自性自度，没有别人或外物能替代这个过程。这也是整部书的宗旨】

【《金刚经》印证："须菩提！我今实言告汝，若有善男子、善女人以七宝满尔所恒河沙数三千大千世界，以用布施，得福多不？"须菩提言："甚多，世尊！"佛告须菩提："若善男子、善女人于此经中，乃至受持四句偈等，为他人说，而此福德胜前福德。"】

【《坛经》印证：若大乘人、若最上乘人，闻说《金刚经》，心开悟解，故知本性自有般若之智；自用智慧常观照故，不假文字。譬如雨水，不从天有，元是龙能兴致，令一切众生、一切草木、有情无情，悉皆蒙润】

第八十八回　禅到玉华施法会　心猿木母授门人

【上节正面讲普度众生的方法，本回从反面讲普度众生的疏失和魔障，一正一反，为姊妹篇，故地名一个凤仙（逢仙），一个玉华（遇化）。修行人可以收徒传道，但“人能弘道，非道弘人”。在传道过程中，为师者反而可能受到各种尘念的滋扰，遭遇虚荣、享受的魔障，从而丢失初心，离道弥远。这是如来在《金刚经》中反复提示不能住相布施的原意。本回展示收徒的诸多头绪，在传道之外横生枝节，引出狮（师）魔】

话说唐僧喜喜欢欢别了郡侯，在马上向行者道：“贤徒，这一场善果，真胜似比丘国搭救儿童，皆尔之功也。”沙僧道：“比丘国只救得一千一百一十一个小儿，怎似这场大雨，滂沱浸润，活彀者万万千千性命！弟子也暗自称赞大师兄的法力通天，慈恩盖地也。”八戒笑道：“哥的恩也有，善也有，却只是外施仁义，内包祸心。但与老猪走，就要作践人。”行者道：“我在那里作践你？”八戒道：“也彀了！也彀了！常照顾我捆，照顾我吊，照顾我煮，照顾我蒸！今在凤仙郡施了恩惠与万万之人，就该住上半年，带挈我吃几顿自在饱饭，却只管催趱行路！”长老闻言，喝道：“这个呆子，怎么只思量掳嘴（贪吃）！快走路，再莫斗口！”八戒不敢言，掬掬嘴，挑着行囊，打着哈哈，师徒们奔上大路。此时光景如梭，又值深秋之候，但见：

水痕收，山骨瘦。红叶纷飞，黄花时候。霜晴觉夜长，月白穿窗透。家家烟火夕阳多，处处湖光寒水溜。白蘋香，红蓼茂。桔绿橙黄，柳衰谷秀。荒村雁落碎芦花，野店鸡声收菽豆。

四众行彀多时，又见城垣影影，长老举鞭遥指叫：“悟空，你看那里又有一座城池，却不知是甚去处。”行者道：“你我俱未曾到，何以知之？且行至边前问人。”

说不了，忽见树丛里走出一个老者，手持竹杖，身着轻衣，足踏一对棕鞋，腰束一条扁带，慌得唐僧滚鞍下马，上前道个问讯。那老者扶杖还礼道：“长老那方来的？”唐僧合掌道：“贫僧东土唐朝差往雷音拜佛求经者，今至宝方，遥望城垣，不知是甚去处，特问老施主指教。”那老者闻言，口称：“有道禅师，我这敝处，乃天竺国下郡，地名玉华县。县中城主，就是天竺皇帝之宗室，封为玉华王。此王甚贤，专敬僧道，重爱黎民。老禅师若去相见，必有重敬。”三藏谢了，那老者径穿树林而去。

三藏才转身对徒弟备言前事。他三人欣喜，扶师父上马。三藏道："没多路，不须乘马。"四众遂步至城边街道观看。原来那关厢人家，做买做卖的，人烟凑集，生意亦甚茂盛。观其声音相貌，与中华无异。三藏吩咐："徒弟们谨慎，切不可放肆。"那八戒低了头，沙僧掩着脸，惟孙行者搀着师父。两边人都来争看，齐声叫道："我这里只有降龙伏虎的高僧，不曾见降猪伏猴的和尚。"八戒忍不住，把嘴一掬道："你们可曾看见降猪王的和尚。"唬得满街上人跌跌蹡蹡，都往两边闪过。行者笑道："呆子，快藏了嘴，莫装扮，仔细脚下过桥。"【凡让呆子收拾嘴脸处，暗示欲心即将发作】那呆子低着头，只是笑。过了吊桥，入城门内，又见那大街上酒楼歌馆，热闹繁华，果然是神州都邑。有诗为证，诗曰：

锦城铁瓮万年坚，临水依山色色鲜。
百货通湖船入市，千家沽酒店垂帘。
楼台处处人烟广，巷陌朝朝客贾喧。
不亚长安风景好，鸡鸣犬吠亦般般。

三藏心中暗喜道："人言西域诸番，更不曾到此。细观此景，与我大唐何异！所为极乐世界，诚此之谓也。"又听得人说，白米四钱一石，麻油八厘一斤，真是五谷丰登之处。行彀多时，方到玉华王府，府门左右有长史府、审理厅、典膳所、待客馆。三藏道："徒弟，此间是府，等我进去，朝王验牒而行。"八戒道："师父进去，我们可好在衙门前站立？"三藏道："你不看这门上是'待客馆'三字！你们都去那里坐下，看有草料，买些喂马。我见了王，倘或赐斋，便来唤你等同享。"行者道："师父放心前去，老孙自当理会。"那沙僧把行李挑至馆中。馆中有看馆的人役，见他们面貌丑陋，也不敢问他，也不敢教他出去，只得让他坐下不题。

却说老师父换了衣帽，拿了关文，径至王府前，早见引礼官迎着问道："长老何来？"三藏道："东土大唐差来大雷音拜佛祖求经之僧，今到贵地，欲倒换关文，特来朝参千岁。"引礼官即为传奏，那王子果然贤达，即传旨召进。三藏至殿下施礼，王子即请上殿赐坐。三藏将关文献上，王子看了，又见有各国印信手押，也就欣然将宝印了，押了花字，收折在案。问道："国师长老，自你那大唐至此，历遍诸邦，共有几多路程？"三藏道："贫僧也未记程途。但先年蒙观音菩萨在我王御前显身，曾留了颂子（佛经中的唱颂词），言西方十万八千里。贫僧在路，已经过一十四遍寒暑矣。"王子笑道："十四遍寒暑，即十四年了。想是途中有甚耽搁。"三藏道："一言难尽！万蛰千魔，也不知受了多少苦楚，才到得宝方！"那王子十分欢喜。即着典膳官备素斋管待。三藏启上殿下："贫僧有三个小徒，在外等候，不敢领斋，但恐迟误行程。”王子教：“当殿官，快去请长老三位徒弟，进府同斋。”当殿官随出外相请，都道：“未曾见，未曾见。”有跟随的人道：“待客馆中坐着三个丑貌和尚，想必是也。”当殿官同众至馆中，即问看馆的道：“那个是大唐取经僧的高徒？我主有旨，请吃斋也。”八戒正坐打盹，听见一个“斋”字，忍不住跳起身来答道：“我们是！我们是！”当殿官一见了，魂飞魄丧，都战战的道：“是个猪魈（xiāo，精怪）！猪魈！”行者听见，一把扯住八戒道：“兄弟，放斯文些，莫撒村野。”那众官见了行者，又道：“是个猴精！猴精！”沙僧拱手道：“列位休得惊恐。我三人都是唐僧的徒弟。”众官见了，又道：“灶君！灶君（供于灶上的神，似沙僧）！”

孙行者即教八戒牵马，【去吃饭，自然是欲望牵引意马】沙僧挑担，同众入玉华王府。当殿官先入启知，那王子举目见那等丑恶，却也心中害怕。三藏合掌道：“千岁放心，顽徒虽是貌丑，却都心良。”八戒朝上唱个喏道：“贫僧问讯了。”王子愈觉心惊。三藏道：“顽徒都是山野中收来的，不会行礼，万望赦罪。”王子奈着惊恐，教典膳官请众僧官去暴纱亭吃斋，三藏谢了恩，辞王下殿，同至亭内，埋怨八戒道：“你这夯货，全不知一毫礼体！索性不开口，便也罢了，怎么那般粗鲁！一句话，足足冲倒泰山！”行者笑道：“还是我不唱喏的好，也省些力气。”沙僧道：“他唱喏又不等齐，预先就抒着个嘴吆喝。”八戒道：“活淘气！活淘气（怄气）！师父前日教我，见人打个问讯儿是礼。今日打问讯，又说不好，教我怎的干么！”三藏道：“我教你见了人打个问讯，不曾教你见王子就此歪缠！常言道：‘物有几等物，人有几等人。’如何不分个贵贱？”【你若分贵贱，他便要争个高下；你若要不尊重，他便要挣个尊重。分别心源自心中“我相”“人相”“众生相”，也是痛苦之源、取祸之源】正说处，见那典膳官带领人役，调开桌椅，摆上斋来，师徒们却不言语，各各吃斋。

却说那王子退殿进宫，宫中有三个小王子，见他面容改色，即问道：“父王今日为何有此惊恐？”王子道：“适才有东土大唐差来拜佛取经的一个和尚，倒换关文，却一表非凡。我留他吃斋，他说有徒弟在府前，我即命请。少时进来，见我不行大礼，打个问讯，我已不快。及抬头看时，一个个丑似妖魔，心中不觉惊骇，故此面容改色。”原来那三个小王子比众不同，一个个好武好强，便就伸拳掳袖道：“莫敢是那山里走来的妖精，假装人象，待我们拿兵器出去看来！”好王子，大的个拿一条齐眉棍，第二个轮一把九齿钯，第三个使一根乌油黑棒子，雄纠纠、气昂昂的走出王府，吆喝道：“甚么取经的和尚！在那里？”时有典膳官员人等跪下道：“小王子，他们在这暴纱亭吃斋哩。”小王子不分好歹，闯将进去，喝道：“汝等是人是怪，快早说来，饶你性命！”唬得三藏面容失色，丢下饭碗，躬着身道：“贫僧乃唐朝来取经者，人也，非怪也。”小王子道：“你便还像个人，那三个丑的，断然是怪！”

八戒只管吃饭不睬。沙僧与行者欠身道：“我等俱是人，面虽丑而心良，身虽夯而性善。汝三个却是何来，却这样海口轻狂？”旁有典膳等官道：“三位是我王之子，小殿下。”八戒丢了碗道：“小殿下，各拿兵器怎么？莫是要与我们打哩？”二王子掣开步，双手舞钯，便要打八戒。八戒嘻嘻笑道：“你那钯只好与我这钯做孙子罢了！”即揭衣，腰间取出钯来，幌一幌，金光万道，丢了解数，有瑞气千条，把个王子唬得手软筋麻，不敢舞弄。行者见大的个使一条齐眉棍，跳阿跳的，即耳朵里取出金箍棒来，幌一幌，碗来粗细，有丈二三长短，着地下一捣，捣了有三尺深浅，竖在那里，笑道：“我把这棍子送你罢！”那王子听言，即丢了自己棍，去取那棒，双手尽气力一拔，莫想得动分毫，再又端一端，摇一摇，就如生根一般。第三个撒起莽性，使乌油杆棒来打，被沙僧一手劈开，取出降妖宝杖，拈一拈，艳艳光生，纷纷霞亮，唬得那典膳等官，一个个呆呆挣挣，口不能言。三个小王子一齐下拜道：“神师！神师！我等凡人不识，万望施展一番，我等好拜授也。”行者走近前，轻轻的把棒拿将起来道：“这里窄狭，不好展手，等我跳在空中，耍一路儿你们看看。”

好大圣，唿哨一声，将筋斗一纵，两只脚踏着五色祥云，起在半空，离地约有三百步高下，把金箍棒丢开个撒花盖顶，黄龙转身，一上一下，左旋右转。起初时人与棒似锦上添花，次后来不见人，只见一天棒滚。八戒在底下喝声采，也忍不住手脚，厉声喊道：“等老猪也去耍耍来！”好呆子，驾起风头，也到半空，丢开钯，上三下四，左五右六，前七后八，满身解数，只听得呼呼风响。正使到热闹处，沙僧对长老道：“师父，也等老沙去操演操演。”好和尚，双着脚一跳，轮着杖，也起在空中，只见那锐气氤氲，金光缥缈，双手使降妖杖丢一个丹凤朝阳，饿虎扑食，紧迎慢挡，即转忙撺。弟兄三个即展神通，都在那半空中一齐扬威耀武。这才是：

真禅景象不凡同，大道缘由满太空。
金木施威盈法界，刀圭展转合圆通。
神兵精锐随时显，丹器花生到处崇。
天竺虽高还戒性，玉华王子总归中。

【此诗前六句赞叹三人的修为，后两句暗含批评。天竺五城都是入世济人的阶段，是很高的修为，但为赢得尊重和名声，当众显示神通，卖弄手段，是需要戒除的行为，也不符合《中庸》“喜怒哀乐之未发谓之中”的要求，即不能任由情感欲望影响对待众生的态度】

唬得那三个小王子，跪在尘埃。暴纱亭大小人员，并王府里老王子，满城中军民男女，僧尼道俗，一应人等，家家念佛磕头，户户拈香礼拜。果然是：

见象归真度众僧，人间作福享清平。

从今果正菩提路，尽是参禅拜佛人。

他三个各逞雄才，使了一路，按下祥云，把兵器收了，到唐僧面前问讯，谢了师恩，各各坐下不题。

那三个小王子急回宫里，告奏老王道："父王万千之喜！今有莫大之功也！适才可曾看见半空中舞弄么？"老王道："我才见半空霞彩，就于宫院内同你母亲等众焚香启拜，更不知是那里神仙降聚也。"小王子道："不是那里神仙，就是那取经僧三个丑徒弟。一个使金箍铁棒，一个使九齿钉钯，一个使降妖宝杖，把我三个的兵器，比的通没有分毫。我们教他使一路，他嫌地上窄狭，不好施展，'等我起在空中，使一路你看。'他就各驾云头，满空中祥云缥缈，瑞气氤氲。才然落下，都坐在暴纱亭里。做儿的十分欢喜，欲要拜他为师，学他手段，保护我邦，此诚莫大之功！不知父王以为何如？"老王闻言，信心从愿。

当时父子四人，不摆驾，不张盖，步行到暴纱亭。他四众收拾行李，欲进府谢斋，辞王起行，偶见玉华王父子上亭来倒身下拜，慌得长老舒身，扑地还礼，行者等闪过旁边，微微冷笑。

众拜毕，请四众进府堂上坐。四众欣然而入，老王起身道："唐老师父，孤有一事奉求，不知三位高徒，可能容否？"三藏道："但凭千岁吩咐，小徒不敢不从。"老王道："孤先见列位时，只以为唐朝远来行脚僧，其实肉眼凡胎，多致轻亵（轻慢。亵，音xiè）。适见老师三位高徒起舞在空，方知是仙是佛。孤三个犬子，一生好弄武艺，今谨发虔心，欲拜为门徒，学些武艺。万望老师开天地之心，普运慈舟，传度小儿，必以倾城之资奉谢。"行者闻言忍不住呵呵笑道："你这殿下，好不会事！我等出家人，巴不得要传几个徒弟。你令郎既有从善之心，切不可说起分毫之利，但只以情相处，足为爱也。"【人皆喜尊重，利在其次】王子听言，十分欢喜，随命大排筵宴，就于本府正堂摆列。噫！一声旨意，即刻俱完。但见那：

结彩飘飖，香烟馥郁。戗金桌子挂绞绡，幌人眼目；彩漆椅儿铺锦绣，添座风光。树果新鲜，茶汤香喷。三五道闲食清甜，一两餐馒头丰洁。蒸酥蜜煎更奇哉，油札糖浇真美矣。有几瓶香糯素酒，斟出来，赛过琼浆；献几番阳羡仙茶，捧到手，香欺丹桂。般般品品皆齐备，色色行行尽出奇。

一壁厢叫承应的歌舞吹弹，撮弄演戏。他师徒们并王父子，尽乐一日。不觉天晚，散了酒席，又叫即于暴纱亭铺设床帏，请师安宿，待明早竭诚焚香，再拜求传武艺。众皆听从，即备香汤，请师沐浴，众却归寝。此时那：

众鸟高栖万籁沉，诗人下榻罢哦吟。
银河光显天弥亮，野径荒凉草更深。
砧杵叮咚敲别院，关山杳窎(yǎo diào，遥远)动乡心。
寒蛩(hán qióng，深秋的蟋蟀)声朗知人意，呖呖床头破梦魂。

一宵晚景题过，明早，那老王父子，又来相见这长老。昨日相见，还是王礼，今日就行师礼。那三个小王子对行者、八戒、沙僧当面叩头，拜问道："尊师之兵器，还借出与弟子们看看。"八戒闻言，欣然取出钉钯，抛在地下。沙僧将宝杖抛出，倚在墙边。二王子与三王子跳起去便拿，就如蜻蜓撼石柱，一个个挣得红头赤脸，莫想拿动半分毫。大王子见了，叫道："兄弟，莫费力了。师父的兵器，俱是神兵，不知有多少重哩！"八戒笑道："我的钯也没多重，只有一藏之数(即 5048)，连柄五千零四十八斤。"三王子问沙僧道："师父宝杖多重？"沙僧笑道："也是五千零四十八斤。"大王子求行者的金箍棒看。行者去耳朵里取出一个针儿来，迎风幌一幌，就有碗来粗细，直直的竖立面前。那王父子都皆悚惧，众官员个个心惊。三个小王子礼拜道："猪师、沙师之兵，俱随身带在衣下，即可取之。孙师为何自耳中取出？见风即长，何也？"行者笑道："你不知，我这棒不是凡间等闲可有者。这棒是：

鸿蒙初判陶镕铁，大禹神人亲所设。
湖海江河浅共深，曾将此棒知之切。
开山治水太平时，流落东洋镇海阙。
日久年深放彩霞，能消能长能光洁。
老孙有分取将来，变化无方随口诀。
要大弥于宇宙间，要小却似针儿节。
棒名如意号金箍，天上人间称一绝。
重该一万三千五百斤，或粗或细能生灭。
也曾助我闹天宫，也曾随我攻地阙。
伏虎降龙处处通，炼魔荡怪方方彻。
举头一指太阳昏，天地鬼神皆胆怯。
混沌时传到至今，原来不是凡间铁。"

【字面上，是三徒收三徒，传授武艺；象征意义上，悟空、悟能、悟净是唐僧的性、情、志，实为唐僧向世人传道布施、传授心法】

那王子听言，个个顶礼不尽。三个向前重重拜礼，虔心求授，行者道："你三人不知学那般武艺。”王子道：“愿使棍的就学棍，惯使钯的就学钯，爱用杖的就学杖。”行者笑道：“教便也容易，只是你等无力量，使不得我们的兵器，恐学之不精，如‘画虎不成反类狗’也。古人云：‘教训不严师之惰，学问无成子之罪。’汝等既有诚心，可去焚香来拜了天地，我先传你些神力，然后可授武艺。”【卓吾评：便放出先生面孔，拈弄先生舌头矣】三个小王子闻言，满心欢喜，即便亲抬香案，沐手焚香，朝天礼拜。拜毕请师传法，行者转下身来，对唐僧行礼道：“告尊师，恕弟子之罪。自当年在两界山蒙师父大德救脱弟子，秉教沙门（佛门），一向西来，虽不曾重报师恩，却也曾渡水登山，竭尽心力。今来佛国之乡，幸遇贤王三子，投拜我等，欲学武艺。彼既为我等之徒弟，即为我师之徒孙也。谨禀过我师，庶好传授。”三藏十分大喜。八戒、沙僧见行者行礼，也那转身朝三藏磕头道：“师父，我等愚鲁，拙口钝腮，不会说话，望师父高坐法位，也让我两个各招个徒弟耍耍，也是西方路上之忆念。”三藏俱欣然允之。

行者才教三个王子就于暴纱亭后，静室之间，画了罡斗，教三人都俯伏在内，一个个瞑目宁神。这里却暗暗念动真言，诵动咒语，将仙气吹入他三人心腹之中，把元神收归本舍，【罡斗、咒语、仙气者，皆是虚词，“把元神收归本舍”才是真意。心性之神力，众人皆备，只是有所蒙蔽，心神涣散；收归本舍，即是明心见性】传与口诀，各授得万千之膂力（lǚ lì，体力），运添了火候，却像个脱胎换骨之法。运遍了子午周天，那三个小王子，方才苏醒，一齐爬将起来，抹抹脸，精神抖擞，一个个骨壮筋强：大王子就拿得金箍棒，二王子就轮得九齿钯，三王子就举得降妖杖。老王见了欢喜不胜，又排素宴，启谢他师徒四众。就在筵前各传各授：学棍的演棍，学钯的演钯，学杖的演杖。虽然打几个转身，丢几般解数，终是有些着力，走一路，便喘气嘘嘘，不能耐久；盖他那兵器都有变化，其进退攻扬，随消随长，皆有自然之妙，此等终是凡夫，岂能以遽（jù，急速）及也？当日散了筵宴。

次日，三个王子又来称谢道：“感蒙神师授赐了膂力，纵然轮得师的神器，只是转换艰难。意欲命工匠依师神器式样，减削斤两，打造一般，未知师父肯容否？”八戒道：“好！好！好！说得有理。我们的器械，一则你们使不得，二则我们要护法降魔，正该另造另造。”王子又随即宣召铁匠，买办钢铁万斤，就于王府内前院搭厂，支炉铸造。先一日将钢铁炼熟，次日请行者三人将金箍棒、九齿钯、降妖杖，都取出放在篷厂之间，看样造作，遂此昼夜不收。

噫！这兵器原是他们随身之宝，一刻不可离者，各藏在身，自有许多光彩护体。今放在厂院中几日，那霞光有万道冲天，瑞气有千般罩地。其夜有一妖精，离城只有七十里远近，山唤豹头山，洞唤虎口洞，夜坐之间，忽见霞光瑞气，即驾云头而看，见光彩起是王府之内。他按下云来近前观看，乃是这三般兵器放光。妖精又喜又爱道："好宝贝！好宝贝！这是甚人用的，今放在此？也是我的缘法，拿了去呀！拿了去呀！"他爱心一动，弄起威风，将三般兵器，一股收之，径转本洞。正是那：道不须臾离，可离非道也。【语出《中庸》，在此比喻卖弄本事，脱离初心】神兵尽落空，枉费参修者。毕竟不知怎生寻得这兵器，且听下回分解。

【卓吾评：既要做他们徒弟，只合学空、学能、学净，却去学棒、学钯、学杖！所以今之学者，只能得师门之糟粕而已】

【兵器放光，映出城外，其实是三人在人前炫耀神力的暗喻。为何不能炫耀？自己蒙蔽道心，也容易让心怀叵测之人加害。这就是妖精偷走兵器的含义】

第八十九回　黄狮精虚设钉钯宴　金木土计闹豹头山

【黄狮精的钉钯宴，实为显摆神力的宴会，是上节悟空三兄弟以神力炫耀在魔幻层面的再现，类似观音院一节袈裟展和佛衣会的对应】

却说那院中几个铁匠，因连日辛苦，夜间俱自睡了。及天明起来打造，篷下不见了三般兵器，一个个呆挣(失神发楞)神惊，四下寻找。只见那三个王子出宫来看，那铁匠一齐磕头道："小主啊，神师的三般兵器，都不知那里去了！"小王子听言，心惊胆战道："想是师父今夜收拾去了。"急奔暴纱亭看时，见白马尚在廊下，忍不住叫道："师父还睡哩！"沙僧道："起来了。"即将房门开了，让王子进里看时，不见兵器，慌慌张张问道："师父的兵器都收来了？"行者跳起道："不曾收啊！"王子道："三般兵器，今夜都不见了。"八戒连忙爬起道："我的钯在么？"小王道："适才我等出来，只见众人前后找寻不见，弟子恐是师父收了，却才来问。老师的宝贝，俱是能长能消，想必藏在身边哄弟子哩。"行者道："委的(的确)未收，都寻去来。"随至院中篷下，果然不见踪影。八戒道："定是这伙铁匠偷了！快拿出来！略迟了些儿，就都打死！打死！"那铁匠慌得磕头滴泪道："爷爷！我们连日辛苦，夜间睡着，乃至天明起来，遂不见了。我等乃一概凡人，怎么拿得动，望爷爷饶命！饶命！"行者无语暗恨道："还是我们的不是，既然看了式样，就该收在身边，怎么却丢放在此！那宝贝霞彩光生，想是惊动甚么歹人，今夜窃去也。"八戒不信道："哥哥说那里话！这般个太平境界，又不是旷野深山，怎得个歹人来！定是铁匠欺心，他见我们的兵器光彩，认得是三件宝贝，连夜走出王府，伙些人来，抬的抬，拉的拉，偷出去了！拿过来打呀！打呀！"众匠只是磕头发誓。

正嚷处，只见老王子出来，问及前事，却也面无人色，沉吟半晌，道："神师兵器，本不同凡，就有百十余人也禁挫不动；况孤在此城，今已五代，不是大胆海口，孤也颇有个贤名在外，这城中军民匠作人等，也颇惧孤之法度，断是不敢欺心，望神师再思可矣。"行者笑道："不用再思，也不须苦赖铁匠。我问殿下：你这州城四面，可有甚么山林妖怪？"王子道："神师此问，甚是有理。孤这州城之北，有一座豹头山，山中有一座虎口洞。【豹头山虎口洞的狮子精，驴唇不对马嘴，比喻目的和方式脱节，正如传道布施起于虚荣卖弄】往往人言洞内有仙，又言有虎狼，又言有妖怪。孤未曾访得端的，不知果是何物。”行者笑道：“不消讲了，定是那方歹人，知道俱是宝贝，一夜偷将去了。”叫：“八戒沙僧，你都在此保着师父，护着城池，等老孙寻访去来。”又叫铁匠们不可住了炉火，一一炼造。

好猴王，辞了三藏，唿哨一声，形影不见，早跨到豹头山上。原来那城相去只有七十里，一瞬即到。径上山峰观看，果然有些妖气，真是：

龙脉悠长，地形远大。尖峰挺挺插天高，陡涧沉沉流水紧。山前有瑶草铺茵，山后有奇花布锦。乔松老柏，古树修篁，出鸦山鹊乱飞鸣，野鹤野猿皆啸唳。悬崖下，麋鹿双双；峭壁前，獾狐对对。一起一伏远来龙，九曲九湾潜地脉。埂头相接玉华州，万古千秋兴胜处。

行者正然看时，忽听得山背后有人言语，急回头视之，乃两个狼头怪妖，朗朗的说着话，向西北上走。行者揣道：“这定是巡山的怪物，等老孙跟他去听听，看他说些甚的。”捻着诀，念个咒，摇身一变，变做个蝴蝶儿，展开翅，翩翩翻翻，径自赶上。果然变得有样范：

一双粉翅，两道银须。乘风飞去急，映日舞来徐。渡水过墙能疾俏，偷香弄絮甚欢娱。体轻偏爱鲜花味，雅态芳情任卷舒。

他飞在那个妖精头直上，飘飘荡荡，听他说话。那妖猛的叫道：“二哥，我大王连日侥幸。前月里得了一个美人儿，在洞内盘桓（玩弄），十分快乐。昨夜里又得了三般兵器，果然是无价之宝。明朝开宴庆钉钯会哩，我们都有受用。”这个道：“我们也有些侥幸。拿这二十两银子买猪羊去，如今到了乾方集上，先吃几壶酒儿，把东西开个花帐儿（虚假的账目），落他二三两银子，买件绵衣过寒，却不是好？”两个怪说说笑笑的，上大路急走如飞。行者听得要庆钉钯会，心中暗喜；欲要打杀他，争奈不管他事，况手中又无兵器。他即飞向前边，现了本相，在路口上立定。那怪看看走到身边，被他一口法唾喷将去，念一声“唵吽咤唎”，即使个定身法，把两个狼头精定住。眼睁睁，口也难开；直挺挺，双脚站住。又将他扳翻倒，揭衣搜捡，果是有二十两银子，着一条搭包儿打在腰间裙带上，又各挂着一个粉漆牌儿，一个上写着“刁钻古怪”，一个上写着“古怪刁钻”。

好大圣，取了他银子，解了他牌儿，返跨步回至州城。到王府中，见了王子、唐僧并大小官员、匠作人等，具言前事。八戒笑道：“想是老猪的宝贝，霞彩光明，所以买猪羊，治筵席庆贺哩。但如今怎得他来？”行者道：“我兄弟三人俱去，这银子是买办猪羊的，且将这银子赏了匠人，教殿下寻几个猪羊。八戒你变做刁钻古怪，我变做古怪刁钻，沙僧装做个贩猪羊的客人，走进那虎口洞里，得便处，各人拿了兵器，打绝那妖邪，回来却收拾走路。”沙僧笑道：“妙，妙，妙！不宜迟！快走！”老王果依此计，即教管事的买办了七八口猪，四五腔羊。

他三人辞了师父，在城外大显神通。八戒道：“哥哥，我未曾看见那刁钻古怪，怎生变得他模样？”行者道：“那怪被老孙使了定身法定住在那里，直到明日此时方醒。我记得他的模样，你站下，等我教你变。如此如彼，就是他的模样了。”那呆子真个口里念着咒，行者吹口仙气，霎时就变得与那刁钻古怪一般无二，将一个粉牌儿带在腰间。行者即变做古怪刁钻，腰间也带了一个牌儿。沙僧打扮得像个贩猪羊的客人，一起儿赶着猪羊，上大路，径奔山来。不多时，进了山凹里，又遇见一个小妖。他生得嘴脸也恁地凶恶！看那：

圆滴溜两只眼，如灯幌亮；红刺娵一头毛，似火飘光。糟鼻子，猛猍(wāi lái)口，獠牙尖利；查耳朵，砍额头，青脸泡浮。身穿一件浅黄衣，足踏一双草蒲履。雄雄纠纠若凶神，急急忙忙如恶鬼。

那怪左胁下挟着一个彩漆的请书匣儿，迎着行者三人叫道：“古怪刁钻，你两个来了？买了几口猪羊？”行者道：“这赶的不是？”那怪朝沙僧道：“此位是谁？”行者道：“就是贩猪羊的客人，还少他几两银子，带他来家取的。你往那里去？”那怪道：“我往竹节山去请老大王明早赴会。”【竹节山，横生枝节之地】行者绰(chāo，顺)他的口气儿，就问：“共请多少人？”那怪道：“请老大王坐首席，连本山大王共头目等众，约有四十多位。”正说处，八戒道：“去罢，去罢！猪羊都四散走了！”行者道：“你去邀着，等我讨他帖儿看看。”那怪见自家人，即揭开取出，递与行者。行者展开看时，上写着：“明辰敬治肴酌庆钉钯嘉会，屈尊车从过山一叙，幸勿外，至感！右启祖翁九灵元圣老大人尊前。门下孙黄狮顿首百拜。”行者看毕，仍递与那怪。那怪放在匣内，径往东南上去了。

沙僧问道：“哥哥，帖儿上是甚么话头？”行者道：“乃庆钉钯会的请帖，名字写着门下孙黄狮顿首百拜，请的是祖翁九灵元圣老大人。”沙僧笑道：“黄狮想必是个金毛狮子成精，但不知九灵元圣是个何物。”【九灵猿圣，讽悟空】八戒听言，笑道：“是老猪的货了！”行者道：“怎见得是你的货？”八戒道：“古人云：‘癞母猪专赶金毛狮子。’故知是老猪之货物也。”【暗示黄狮乃八戒镜像心魔，此难源于欲望】他三人说说笑笑，赶着猪羊，却就望见虎口洞门。但见那门儿外：

周围山绕翠，一脉气连城。
峭壁扳青蔓，高崖挂紫荆。
鸟声深树匝，花影洞门迎。

不亚桃源洞，堪宜避世情。

渐渐近于门口，又见一丛大大小小的杂项妖精，在那花树之下顽耍，忽听得八戒呵呵赶猪羊到时，都来迎接，便就捉猪的捉猪，捉羊的捉羊，一齐捆倒。早惊动里面妖王，领十数个小妖，出来问道："你两个来了？买了多少猪羊？"行者道："买了八口猪，七腔羊，共十五个牲口。猪银该一十六两，羊银该九两，前者领银二十两，仍欠五两。这个就是客人，跟来找银子的。"妖王听说，即唤："小的们，取五两银子，打发他去。"行者道："这客人，一则来找银子，二来要看看嘉会。"那妖大怒骂道："你这个刁钻儿惫懒！你买东西罢了，又与人说甚么会不会！"八戒上前道："主人公得了宝贝，诚是天下之奇珍，就教他看看怕怎的？"那怪咄的一声道："你这古怪也可恶！我这宝贝，乃是玉华州城中得来的，倘这客人看了，去那州中传说，说得人知，那王子一时来访求，却如之何？"行者道："主公，这个客人，乃乾方集后边的人，去州许远，又不是他城中人也，那里去传说？二则他肚里也饥了，我两个也未曾吃饭。家中有现成酒饭，赏他些吃了，打发他去罢。"说不了，有一小妖，取了五两银子，递与行者。行者将银子递与沙僧道："客人，收了银子，我与你进后面去吃些饭来。"沙僧仗着胆，同八戒、行者进于洞内，到二层厂厅之上，只见正中间桌上，高高的供养着一柄九齿钉钯，真个是光彩映目，东山头靠着一条金箍棒，西山头靠着一条降妖杖。那怪王随后跟着道："客人，那中间放光亮的就是钉钯。你看便看，只是出去，千万莫与人说。"沙僧点头称谢了。

噫！这正是物见主，必定取，那八戒一生是个鲁夯的人，他见了钉钯，那里与他叙甚么情节，跑上去拿下来，轮在手中，现了本相，丢了解数，望妖精劈脸就筑。这行者、沙僧也奔至两山头各拿器械，现了原身。三兄弟一齐乱打，慌得那怪王急抽身闪过，转入后边，取一柄四明铲，杆长鐏(zūn，一种铁首农具)利，赶到天井中，支住他三般兵器，厉声喝道："你是甚么人，敢弄虚头，骗我宝贝！"行者骂道："我把你这个贼毛团！你是认我不得！我们乃东土圣僧唐三藏的徒弟。因至玉华州倒换关文，蒙贤王教他三个王子拜我们为师，学习武艺，将我们宝贝作样，打造如式兵器。因放在院中，被你这贼毛团夤夜(yín yè，深夜)入城偷来，倒说我弄虚头骗你宝贝！不要走！就把我们这三件兵器，各奉承你几下尝尝！"那妖精就举铲来敌。这一场，从天井中斗出前门。看他三僧攒一怪！好杀：

呼呼棒若风，滚滚钯如雨。降妖杖举满天霞，四明铲伸云生绮。好似三仙炼大丹，火光彩幌惊神鬼。行者施威甚有能，妖精盗宝多无礼！天蓬八戒显神通，大将沙僧英更美。兄弟合意运机谋，虎口洞中兴斗起。那怪豪强弄巧乖，四个英雄堪厮比。当时杀至日头西，妖邪力软难相抵。

他们在豹头山战斗多时，那妖精抵敌不住，向沙僧前喊一声："看铲！"沙僧让个身法躲过，妖精得空而走，向东南巽（xùn，东南方）宫上，乘风飞去。八戒拽步要赶，行者道："且让他去，自古道：'穷寇勿追。'且只来断他归路。"八戒依言。三人径至洞口，把那百十个若大若小的妖精，尽皆打死，原来都是些虎狼彪豹，马鹿山羊。被大圣使个手法，将他那洞里细软物件并打死的杂项兽身与赶来的猪羊，通皆带出。沙僧就取出干柴放起火来，八戒使两个耳朵扇风，把一个巢穴霎时烧得干净，却将带出的诸物，即转州城。

此时城门尚开，人家未睡，老王父子与唐僧俱在暴纱亭盼望。只见他们扑哩扑剌（物体连续落地的声音）的丢下一院子死兽、猪羊及细软物件，一齐叫道："师父，我们已得胜回来也！"那殿下喏喏相谢，唐长老满心欢喜，三个小王子跪拜于地，沙僧搀起道："且莫谢，都近前看看那物件。"王子道："此物俱是何来？"行者笑道："那虎狼彪豹，马鹿山羊，都是成精的妖怪。被我们取了兵器，打出门来。那老妖是个金毛狮子，他使一柄四明铲，与我等战到天晚，败阵逃生，往东南上走了。我等不曾赶他，却扫除他归路，打杀这些群妖，搜寻他这些物件，带将来的。"老王听说，又喜又忧。喜的是得胜而回，忧的是那妖日后报仇。行者道："殿下放心，我已虑之熟，处之当矣。一定与你扫除尽绝，方才起行，决不至贻害于后。我午间去时，撞见一个青脸红毛的小妖送请书，我看他帖子上写着：'明辰敬治肴酌庆钉钯嘉会，屈尊车从过山一叙。幸勿外，至感！右启祖翁九灵元圣老大人尊前。'名字是'门下孙黄狮顿首百拜'。才子那妖精败阵，必然向他祖翁处去会话。明辰断然寻我们报仇，当情与你扫荡干净。"老王称谢了，摆上晚斋。师徒们斋毕，各归寝处不题。

却说那妖精果然向东南方奔到竹节山。那山中有一座洞天之处，唤名九曲盘桓洞。洞中的九灵元圣是他的祖翁。当夜足不停风，行至五更时分，到于洞口，敲门而进。小妖见了道："大王，昨晚有青脸儿下请书，老爷留他住到今早，欲同他去赴你钉钯会，你怎么又绝早亲来邀请？"妖精道："不好说，不好说！会成不得了！"正说处，见青脸儿从里边走出道："大王，你来怎的？老大王爷爷起来就同我去赴会哩。"妖精慌张张的，只是摇手不言。少顷，老妖起来了，唤入。这妖精丢了兵器，倒身下拜，止不住腮边泪落。老妖道："贤孙，你昨日下柬，今早正欲来赴会，你又亲来，为何发悲烦恼？"妖精叩头道："小孙前夜对月闲行，只见玉华州城中有光彩冲空。急去看时，乃是王府院中三般兵器放光：一件是九齿渗金钉钯，一件是宝杖，一件是金箍棒。小孙即使神法摄来，立名钉钯嘉会，着小的们买猪羊果品等物，设宴庆会，请祖爷爷赏之，以为一乐。昨差青脸来送柬之后，只见原差买猪羊的刁钻儿等赶着几个猪羊，又带了一个贩卖的客人来找银子。他定要看看会去，是小孙恐他外面传说，不容他看。他又说肚中饥饿，讨些饭吃，因教他后边吃饭。他走到里边，看见兵器，说是他的。三人就各抢去一件，现出原身：一个是毛脸雷公嘴的和尚，一个是长嘴大耳朵的和尚，一个是晦气色脸的和尚，他都不分好歹，喊一声乱打。是小孙急取四明铲赶出与他相持，问是甚么人敢弄虚头。他道是东土大唐差往西天去的唐僧之徒弟，因过州城，倒换关文，被王子留住，习学武艺，将他这三件兵器作样子打造，放在院内，被我偷来，遂此不忿相持。不知那三个和尚叫做甚名，却真有本事。小孙一人敌他三个不过，所以败走祖爷处。望拔刀相助，拿那和尚报仇，庶见我祖爱孙之意也！"

老妖闻言，默想片时，笑道："原来是他。我贤孙，你错惹了他也！"妖精道："祖爷知他是谁？"老妖道："那长嘴大耳者乃猪八戒，晦气色脸者乃沙和尚，这两个犹可。那毛脸雷公嘴者叫做孙行者，这个人其实神通广大，五百年前曾大闹天宫，十万天兵也不曾拿得住。他专意寻人的，他便就是个搜山揭海、破洞攻城、闯祸的个都头！你怎么惹他？也罢，等我和你去，把那厮连玉华王子都擒来替你出气！"那妖精听说，即叩头而谢。

当时老妖点猱狮、雪狮、狻猊、白泽、伏狸、抟象诸孙，各执锋利器械，黄狮引领，各纵狂风，径至豹头山界。只闻得烟火之气扑鼻，又闻得有哭泣之声。仔细看时，原来是刁钻、古怪二人在那里叫主公哭主公哩。妖精近前喝道："你是真刁钻儿，假刁钻儿？"【卓吾评：妙】二怪跪倒，噙泪叩头道："我们怎是假的？昨日这早晚领了银子去买猪羊，走至山西边大冲之内，见一个毛脸雷公嘴的和尚，他啐了我们一口，我们就脚软口强，不能言语，不能移步，被他扳倒，把银子搜了去，牌儿解了去，我两个昏昏沉沉，直到此时才醒。及到家，见烟火未息，房舍尽皆烧了，又不见主公并大小头目，故在此伤心痛哭。不知这火是怎生起的！"那妖精闻言，止不住泪如泉涌，双脚齐跌，喊声振天，恨道："那秃厮！十分作恶！怎么干出这般毒事，把我洞府烧尽，美人烧死，家当老小一空！气杀我也，气杀我也！"老妖叫猱狮扯他过来道："贤孙，事已至此，徒恼无益。且养全锐气，到州城里拿那和尚去。"那妖精犹不肯住哭，道："老爷！我那们个山场，非一日治的，今被这秃厮尽毁，我却要此命做甚的！"挣起来，往石崖上撞头磕脑，被雪狮、猱狮等苦劝方止。当时丢了此处，都奔州城。

只听得那风滚滚，雾腾腾，来得甚近，唬得那城外各关厢人等，拖男挟女，顾不得家私，都往州城中走，走入城门，将门闭了。有人报入王府中道："祸事！祸事！"

那王子唐僧等，正在暴纱亭吃早斋，听得人报祸事，却出门来问。众人道："一群妖精，飞沙走石，喷雾掀风的，来近城了！"老王大惊道："怎么好？"行者笑道："都放心！都放心！这是虎口洞妖精，昨日败阵，往东南方去伙了那甚么九灵元圣儿来也。等我同兄弟们出去，吩咐教关了四门，汝等点人夫看守城池。"那王子果传令把四门闭了，点起人夫上城。他父子并唐僧在城楼上点札，旌旗蔽日，炮火连天。行者三人，却半云半雾，出城迎敌。这正是：失却慧兵缘不谨，顿教魔起众邪凶。【卓吾评：着眼】毕竟不知这场胜败如何，且听下回分解。

【卓吾评："失却慧兵缘不谨，顿教魔起众邪凶。""慧兵"是恁么？"魔"是恁么？"邪"是恁么？如何为"不谨"？如何为"失却"？如何为"凶"？不要看远了】【得到了尊重，却丢掉了心智、心力(慧兵)；夺回心智和心力，却惹上了麻烦】

第九十回　师狮授受同归一　盗道缠禅静九灵

【本回师徒遭遇师魔，受尽挫折。在私欲的驱使下，得多少尊重，就有多少侮辱；有多少光彩，就有多少龌龊。所以应行无相布施，不贪私利，不慕虚荣，以出世的精神做入世的事情，才能在保全自身的同时教化众生】

却说孙大圣同八戒、沙僧出城头，觌面（dí miàn，迎面）相迎，见那伙妖精都是些杂毛狮子：黄狮精在前引领，狻猊狮、抟象狮在左，白泽狮、伏狸狮在右，猱狮、雪狮在后，中间却是一个九头狮子。那青脸儿怪执一面锦锈团花宝幢，紧挨着九头狮子，刁钻古怪儿、古怪刁钻儿打两面红旗，齐齐的都布在坎宫（九宫之一。居北方位）之地。【暗讽前日布罡传道】八戒莽撞，走近前骂道："偷宝贝的贼怪！你去那里伙这几个毛团来此怎的？"黄狮精切齿骂道："泼狠秃厮！昨日三个敌我一个，我败回去，让你为人罢了；你怎么这般狠恶，烧了我的洞府，损了我的山场，伤了我的眷族！我和你冤仇深如大海！不要走！吃你老爷一铲！"好八戒，举钯就迎。两个才交手，还未见高低，那猱狮精轮一根铁蒺藜，雪狮精使一条三楞简，径来奔打。八戒发一声喊道："来得好！"你看他横冲直抵，斗在一处。这壁厢，沙和尚急掣降妖杖，近前相助，又见那狻猊精、白泽精与抟象、伏狸二精，一拥齐上。这里孙大圣使金箍棒架住群精，狻猊使闷棍，白泽使铜锤，抟象使钢枪，伏狸使钺（yuè，一种兵器）斧。那七个狮子精，这三个狠和尚，好杀：

棍锤枪斧三楞简，蒺藜骨朵四明铲。
七狮七器甚锋芒，围战三僧齐呐喊。
大圣金箍铁棒凶，沙僧宝杖人间罕。
八戒颠风骋势雄，钉钯幌亮光华惨。
前遮后挡各施功，左架右迎都勇敢。
城头王子助威风，擂鼓筛锣齐壮胆。
投来抢去弄神通，杀得昏濛天地反。

那一伙妖精，齐与大圣三人，战经半日，不觉天晚。八戒口吐粘涎，看看脚软，虚幌一钯，败下阵去，被那雪狮、猱狮二精喝道："那里走，看打！"呆子躲闪不及，被他照脊梁上打了一简，睡在地下，只叫："罢了！罢了！"两个精把八戒采鬃拖尾，扛将去见那九头狮子，报道："祖爷，我等拿了一个来也。"说不了，沙僧行者也都战败。众妖精一齐赶来，被行者拔一把毫毛，嚼碎喷将去，叫声"变！"即变做百十个小行者，围围绕绕，将那白泽、狻猊、抟象、伏狸并金毛狮怪围裹在中。沙僧行者却又上前攒打。到晚，拿住狻猊、白泽，走了伏狸、抟象。金毛报知老妖，老怪见失了二狮，吩咐："把猪八戒捆了，不可伤他性命。待他还我二狮，却将八戒与他。他若无知，坏了我二狮，即将八戒杀了对命！"当晚群妖安歇城外不题。

却说孙大圣把两个狮子精抬近城边，老王见了，即传令开门，差二三十个校尉，拿绳扛出门，绑了狮精，扛入城里。孙大圣收了法毛，同沙僧径至城楼上，见了唐僧。唐僧道："这场事甚是利害呀！悟能性命，不知有无？"行者道："没事！我们把这两个妖精拿了，他那里断不敢伤。且将二精牢拴紧缚，待明早抵换八戒也。"三个小王子对行者叩头道："师父先前赌斗，只见一身，及后佯输而回，却怎么就有百十位师身？及至拿住妖精，近城来还是一身，此是甚么法力？"行者笑道："我身上有八万四千毫毛，以一化十，以十化百，百千万亿之变化，皆身外身之法也。"那王子一个个顶礼，即时摆上斋来，就在城楼上吃了。各垛口上都要灯笼旗帜，梆铃锣鼓，支更传箭，放炮呐喊。

早又天明。老怪即唤黄狮精定计道："汝等今日用心拿那行者、沙僧，等我暗自飞空上城，拿他那师父并那老王父子，先转九曲盘桓洞，待你得胜回报。"黄狮领计，便引猱狮、雪狮、抟象、伏狸各执兵器到城处，滚风酿雾的索战。这里行者与沙僧跳出城头，厉声骂道："贼泼怪！快将我师弟八戒送还我，饶你性命！不然，都教你粉骨碎尸！"那妖精那容分说，一拥齐来。这大圣弟兄两个，各运机谋，挡住五个狮子。这杀比昨日又甚不同：

呼呼刮地狂风恶，暗暗遮天黑雾浓。
走石飞沙神鬼怕，推林倒树虎狼惊。
钢枪狠狠钺斧明，蒺藜简铲太毒情。
恨不得囫囵吞行者，活活泼泼擒住小沙僧。
这大圣一条如意棒，卷舒收放甚精灵。
沙僧那柄降妖杖，灵霄殿外有名声。
今番干运神通广，西域施功扫荡精。

这五个杂毛狮子精与行者、沙僧正厮杀到好处，那老怪驾着黑云，径直腾至城楼上，摇一摇头，唬得那城上文武大小官员并守城人夫等，都滚下城去，被他奔入楼中，张开口把三藏与老王父子一顿噙出，复至坎宫地下，将八戒也着口噙之。原来他九个头就有九张口，一口噙着唐僧，一口噙着八戒，一口噙着老王，一口噙着大王子，一口噙着二王子，一口噙着三王子，六口噙着六人，还空了三张口，发声喊叫道："我先去也！"这五个小狮精见他祖得胜，一个个愈展雄才。行者闻得城上人喊嚷，情知中了他计，急唤沙僧仔细；他却把臂膊上毫毛，尽皆拔下，入口嚼烂喷出，变作千百个小行者，一拥攻上，当时拖倒猱狮，活捉了雪狮，拿住了抟象狮，扛翻了伏狸狮，将黄狮打死，烘烘的嚷到州城之下，倒转走脱了青脸儿与刁钻古怪、古怪刁钻儿二怪。那城上官看见，却又开门，将绳把五个狮精又捆了，抬进城去。还未发落，只见那王妃哭哭啼啼，对行者礼拜道："神师啊，我殿下父子并你师父，性命休矣！这孤城怎生是好？"大圣收了法毛，对王妃作礼道："贤后莫愁，只因我拿他七个狮精，那老妖弄摄法，定将我师父与殿下父子摄去，料必无伤。待明日绝早，我兄弟二人去那山中，管情捉住老妖，还你四个王子。"那王妃一簇女眷闻得此言，都对行者下拜道："愿求殿下父子全生，皇图坚固！"拜毕，一个个含泪还宫。行者吩咐各官："将打死那黄狮精剥了皮，六个活狮精，牢牢拴锁。取些斋饭来，我们吃了睡觉，你们都放心，保你无事。"至次日，大圣领沙僧驾起祥云，不多时，到了竹节山头。按云头观看，好座高山！但见：

峰排突兀，岭峻崎岖。深涧下潺湲水漱，陡崖前锦锈花香。回峦重迭，古道湾环。真是鹤来松有伴，果然云去石无依。玄猿觅果向晴晖，麋鹿寻花欢日暖。青鸾声晰呖，黄鸟语绵蛮。春来桃李争妍，夏至柳槐竞茂。秋到黄花布锦，冬交白雪飞绵。四时八节好风光，不亚瀛洲仙景象。【悟空心魔居处，有花果山气象】

他两个正在山头上看景，忽见那青脸儿，手拿一条短棍，径跑出崖谷之间。行者喝道："那里走！老孙来也！"唬得那小妖一翻一滚的跑下崖谷。他两个一直追来，又不见踪迹，向前又转几步，却是一座洞府，两扇花斑石门，紧紧关闭。门楟(tíng)上横嵌着一块石版，楷镌了十个大字，乃是"万灵竹节山，九曲盘桓洞"。【因为私欲，横生枝节，导致九曲盘桓】那小妖原来跑进洞去，即把洞门闭了，到中间对老妖道："爷爷，外面又有两个和尚来了。"老妖道："你大王并猱狮、雪狮、抟象、伏狸可曾来？"小妖道："不见！不见！只是两个和尚，在山峰高处眺望。我看见回头就跑，他赶将来，我却闭门来也。"老妖听说，低头不语，半晌，忽的吊下泪来，叫声："苦啊！我黄狮孙死了！猱狮孙等又尽被和尚捉进城去矣！此恨怎生报得！"

八戒捆在旁边，与王父子唐僧俱攒簇在一处，恓恓惶惶受苦，听见老妖说声"众孙被和尚捉进城去"，暗暗喜道："师父莫怕，殿下休愁，我师兄已得胜，捉了众妖，寻到此间救拔吾等也。"说罢，又听得老妖叫："小的们，好生在此看守，等我出去拿那两个和尚进来，一发惩治。”你看他身无披挂，手不拈兵，大踏步走到前边，只闻得孙行者吆喝哩。他就开了洞门，不答话，径奔行者。行者使铁棒当头支住，沙僧轮宝杖就打。那老妖把头摇一摇，左右八个头，一齐张开口，把行者、沙僧轻轻的又衔于洞内，教：“取绳索来！”那刁钻古怪、古怪刁钻与青脸儿是昨夜逃生而回者，即拿两条绳，把他二人着实捆了。老妖问道：“你这泼猴，把我那七个儿孙捉了，我今拿住你和尚四个，王子四个，也足以抵得我儿孙之命！小的们，选荆条柳棍来，且打这猴头一顿，与我黄狮孙报报冤仇！”那三个小妖，各执柳棍，专打行者。行者本是熬炼过的身体，那些些柳棍儿，只好与他拂痒，他那里做声？凭他怎么捶打，略不介意。八戒、唐僧与王子见了，一个个毛骨悚然。少时，打折了柳棍，直打到天晚，也不计其数。沙僧见打得多了，甚不过意道：“我替他打百十下罢。”老妖道：“你且莫忙，明日就打到你了，一个个挨次儿打将来。”八戒着忙道：“后日就打到我老猪也！”【得多少尊重，就有多少侮辱】打一会，渐渐的天昏了，老妖叫：“小的们且住，点起灯火来，你们吃些饮食，让我到锦云窝略睡睡去。【卓吾评：好名色】汝三人都是遭过害的，却用心看守，待明早再打。”三个小妖移过灯来，拿柳棍又打行者脑盖，就像敲梆子一般，剔剔托，托托剔，紧几下，慢几下。夜将深了，却都盹睡。

行者就使个遁法，将身一小，脱出绳来，抖一抖毫毛，整束了衣服，耳朵内取出棒来，幌一幌，有吊桶粗细，二丈长短，朝着三个小妖道：“你这孽畜，把你老爷就打了许多棍子！老爷还只照旧，老爷也把这棍子略掗(yà，压)你掗，看道如何！”把三个小妖轻轻一掗，就掗做三个肉饼，却又剔亮了灯，解放沙僧。八戒捆急了，忍不住大声叫道：“哥哥！我的手脚都捆肿了，倒不来先解放我！”这呆子喊了一声，却早惊动老妖。老妖一毂辘爬起来道：“是谁人解放？”那行者听见，一口吹息灯，也顾不得沙僧等众，使铁棒，打破几重门走了。那老妖到中堂里叫：“小的们，怎么没了灯光？只莫走了人也？”叫一声，没人答应；又叫一声，又没人答应。及取灯火来看时，只见地下血淋淋的三块肉饼，老王父子及唐僧、八戒俱在，只不见了行者、沙僧。点着火，前后赶看，忽见沙僧还背贴在廊下站哩，被他一把拿住摔倒，照旧捆了。又找寻行者，但见几层门尽皆破损，情知是行者打破走了，也不去追赶，将破门补的补，遮的遮，固守家业不题。

却说孙大圣出了那九曲盘桓洞，跨祥云径转玉华州，但见那城头上各厢的土地神祇与城隍之神迎空拜接。行者道：“汝等怎么今夜才见？”城隍道：“小神等知大圣下降玉华州，因有贤王款留，故不敢见。今知王等遇怪，大圣降魔，特来叩接。”行者正在嗔怪处，又见金头揭谛、六甲六丁神将，押着一尊土地，跪在面前道：“大圣，吾等捉得这个地里鬼来也。"行者喝道:"汝等不在竹节出护我师父,却怎么嚷到这里?"丁甲神道:"大圣,那妖精自你逃时,复捉住卷帘大将,依然捆了。我等见他法力甚大,却将竹节山土地押解至此。他知那妖精的根由,乞大圣问他一问,便好处治,以救圣僧贤王之苦。"行者听言甚喜,那土地战兢兢叩头道:"那老妖前年下降竹节山。那九曲盘桓洞原是六狮之窝,【虚荣卖弄,源自六欲】那六个狮子,自得老妖至此,就都拜为祖翁。祖翁乃是个九头狮子,号为九灵元圣。若得他灭,须去到东极妙岩宫,请他主人公来,方可收伏。他人莫想擒也。"行者闻言,思忆半晌道:"东极妙岩宫,是太乙救苦天尊啊。他坐下正是个九头狮子。这等说——"便教:"揭谛、金甲,还同土地回去,暗中护祐师父、师弟并州王父子。本处城隍守护城池,走出去来。"众神各各遵守去讫。

这大圣纵筋斗云,连夜前行。约有寅时分,到了东天门外,正撞着广目天王与天丁、力士一行仪从。众皆停住,拱手迎道:"大圣何往?"行者对众礼毕,道:"前去妙岩宫走走。"天王道:"西天路不走,却又东天来做甚?"行者道:"因到玉华州,蒙州王相款,遣三子拜我等弟兄为师,习学武艺,不期遇着一伙狮怪。今访得妙岩宫太乙救苦天尊乃怪之主人公也,欲请他为我降怪救师。"天王道:"那厢因你欲为人师,所以惹出这一窝狮子来也。"【卓吾评:趣甚,趣甚】【点题。为人师是最高的布施,圣人皆为,并无过错,但动机源于欲心即生心魔】行者笑道:"正为此!正为此!"众天丁、力士一个个拱手,让道而行。大圣进了东天门,不多时,到妙岩宫前,但见:

彩云重迭,紫气茏葱。瓦漾金波焰,门排玉兽崇。花盈双阙红霞绕,日映骞林翠雾笼。果然是万真环拱,千圣兴隆。殿阁层层锦,窗轩处处通。苍龙盘护神光蔼,黄道光辉瑞气浓。这的是青华长乐界,东极妙岩宫。

那宫门里立着一个穿霓帔(pèi,披在肩背上的服饰)的仙童,忽见孙大圣,即入宫报道:"爷爷,外面是闹天宫的齐天大圣来了。"太乙救苦天尊听得,即唤侍卫众仙迎接。迎至宫中,只见天尊高坐九色莲花座上,百亿瑞光之中,见了行者,下座来相见。行者朝上施礼,天尊答礼道:"大圣,这几年不见,前闻得你弃道归佛,保唐僧西天取经,想是功行完了?"行者道:"功行未完,却也将近。但如今因保唐僧到玉华州,蒙王子遣三子拜老孙等为师,习学武艺,把我们三件神兵照样打造,不期夜间被贼偷去。及天明寻找,原是城北豹头山虎口洞一个金毛狮子成精盗去。老孙用计取出,那精就伙了若干狮精与老孙大闹。内有一个九头狮子,神通广大,将我师父与八戒并王父子四人都衔去,到一竹节山九曲盘桓洞。次日,老孙与沙僧跟寻,亦被衔去。老孙被他捆打无数，幸而弄法走了，他们正在彼处受罪。问及当坊土地，始知天尊是他主人，特来奉请收降解救。”天尊闻言，即令仙将到狮子房唤出狮奴来问？那狮奴熟睡，被众将推摇方醒，揪至中厅来见。天尊问道：“狮兽何在？”那奴儿垂泪叩头，只教：“饶命！饶命！”天尊道：“孙大圣在此，且不打你。你快说为何不谨，走了九头狮子。”狮奴道：“爷爷，我前日在大千甘露殿中见一瓶酒，不知偷去吃了，不觉沉醉睡着，失于拴锁，是以走了。”天尊道：“那酒是太上老君送的，唤做轮回琼液，你吃了该醉三日不醒。那狮兽今走几日了？”大圣道：“据土地说，他前年下降，到今二三年矣。”天尊笑道：“是了！是了！天宫里一日，在凡世就是一年。”叫狮奴道：“你且起来，饶你死罪，跟我与大圣下方去收他来。汝众仙都回去，不用跟随。”

天尊遂与大圣、狮奴，踏云径至竹节山，只见那五方揭谛、六丁六甲、本山土地都来跪接。行者道：“汝等护祐，可曾伤着我师？”众神道：“妖精着了恼睡了，更不曾动甚刑罚。”天尊道：“我那元圣儿也是一个久修得道的真灵：他喊一声，上通三圣（指天庭），下彻九泉，【正是悟空的本事】等闲也便不伤生。孙大圣，你去他门首索战，引他出来，我好收之。”行者听言，果掣棒跳近洞口，高骂道：“泼妖精，还我人来也！泼妖精，还我人来也！”连叫了数声，那老妖睡着了，无人答应。行者性急起来，轮铁棒，往里打进，口中不住的喊骂。那老妖方才惊醒，心中大怒，爬起来，喝一声“赶战！”摇摇头，便张口来衔。行者回头跳出。妖精赶到外边，骂道：“贼猴！那里走！”行者立在高崖上笑道：“你还敢这等大胆无礼！你死活也不知哩！这不是你老爷主公在此？”那妖精赶到崖前，早被天尊念声咒语，喝道：“元圣儿！我来了！”那妖认得是主人，不敢展挣，四只脚伏之于地，只是磕头。旁边跑过狮奴儿，一把挝住项毛，用拳着项上打彀百十，口里骂道：“你这畜生，如何偷走，教我受罪！”那狮兽合口无言，不敢摇动。狮奴儿打得手困，方才住了，即将锦鞴安在他身上，天尊骑了，喝声教走。他就纵声驾起彩云，径转妙岩宫去。

大圣望空称谢了，却入洞中，先解玉华王，次解唐三藏，次又解了八戒、沙僧并三王子，共搜他洞里物件，逍逍停停，将众领出门外。八戒就取了若干枯柴，前后堆上，放起火来，把一个九曲盘桓洞，烧做了乌焦破瓦窑！大圣又发放了众神，还教土地在此镇守，却令八戒、沙僧，各各使法，把王父子背驮回州，他搀着唐僧。不多时，到了州城，天色渐晚，当有妃后官员，都来接见了。摆上斋筵，共坐享之。长老师徒还在暴纱亭安歇，王子们入宫各寝。一宵无话。

次日，王又传旨，大开素宴，合府大小官员，一一谢恩。行者又叫屠子来，把那六个活狮子杀了，共那黄狮子都剥了皮，将肉安排将来受用。殿下十分欢喜，即命杀了，把一个留在本府内外人用，一个与王府长史等官分用，把五个都剁做一二两重的块子，差校尉给散州城内外军民人等，各吃些须：一则尝尝滋味，二则押押惊恐。那些家家户户，无不瞻仰。又见那铁匠人等造成了三般兵器，对行者磕头道："爷爷，小的们工都完了。"问道："各重多少斤两？"铁匠道："金箍棒有千斤，九齿钯与降妖杖各有八百斤。"行者道："也罢了。"叫请三位王子出来，各人执兵器。三子对老王道："父王，今日兵器完矣。"老王道："为此兵器，几乎伤了我父子之命。"小王子道："幸蒙神师施法，救出我等，却又扫荡妖邪，除了后患，诚所谓海晏河清，太平之世界也！"当时老王父子赏劳了匠作，又至暴纱亭拜谢了师恩。

三藏又教大圣等快传武艺，莫误行程。他三人就各轮兵器，在王府院中，一一传授。不数日，那三个王子尽皆操演精熟，其余攻退之方，紧慢之法，各有七十二般解数，无不知之。一则那诸王子心坚，二则亏孙大圣先授了神力，【心坚、神力，暗示传授的是心力，这也是所有经典和圣人要传授的东西】此所以那千斤之棒，八百斤之钯杖，俱能举能运，较之初时自家弄的武艺，真天渊也！有诗为证，诗曰：

缘因善庆遇神师，习武何期动怪狮。
扫荡群邪安社稷，皈依一体定边夷。
九灵数合元阳理，四面精通道果之。
授受心明遗万古，玉华永乐太平时。

【"四面精通道果之"即如果明白了《金刚经》中四维的论述，做到不住相布施，果报很大。《金刚经》印证："须菩提！于意云何？东方虚空可思量不？""不也，世尊！""须菩提！南西北方四维上下虚空可思量不？""不也，世尊！""须菩提！菩萨无住相布施，福德亦复如是，不可思量。须菩提！菩萨但应如所教住。"】

那王子又大开筵宴，谢了师教，又取出一大盘金银，用答微情。行者笑道："快拿进去！快拿进去！我们出家人，要他何用？"八戒在旁道："金银实不敢受，奈何我这件衣服被那些狮子精扯拉破了，但与我们换件衣服，足为爱也。"那王子随命针工，照依色样，取青锦、红锦、茶褐锦各数匹，与三位各做了一件。三人欣然领受，各穿了锦布直裰，收拾了行装起程，只见那城里城外，若大若小，无一人不称是罗汉临凡，活佛下界，鼓乐之声，旌旗之色，盈街塞道。正是家家户外焚香火，处处门前献彩灯，来至许远才回，他四众方得离城西去。这一去顿脱群思，【卓吾评：着眼】【群思，暗引《论语》中"君子九思"。此处有批评欲望带来的思虑过多之意，与九尾狐、九头虫、多头牛魔王类似】潜心正果。才是：无虑无忧来佛界，诚心诚意上雷音。毕竟不知到灵山还有几多路程，何时行满，且听下回分解。

【卓吾评："顿脱群思"，乃此回之本意也。急着眼！急着眼！

六狮砍头，黄狮剥皮，快则快矣，安得把世上许多误人子弟的庸师一并食肉寝皮，更为快也】

第九十一回　金平府元夜观灯　玄英洞唐僧供状

【隐雾山是逃避世情、隐逸修仙的魔障，是出世的问题；本回是沉溺于世间享乐的魔障，是入世需要注意的问题。以辟寒、辟暑、辟尘三魔偷油，讽刺唐僧贪图在尘世供养之下安乐享受】

修禅何处用工夫？马劣猿颠速剪除。牢捉牢拴生五彩，暂停暂住堕三途。若教自在神丹漏，才放从容玉性枯。喜怒忧思须扫净，得玄得妙恰如无。【卓吾评：着眼】【玉华一难，归根结底，还是虚荣心作怪，以致横生枝节。修行需要在心念上下功夫，把握住自己的念头，心性就有光彩；放纵心念、心智缺失，心性则暗淡。把欲望引起的喜怒忧思都扫净，达到无念的境界，就体会到大道的玄妙】

话表唐僧师徒四众离了玉华城，一路平稳，诚所谓极乐之乡。去有五六日程途，又见一座城池。唐僧问行者道："此又是甚么处所？"行者道："是座城池。但城上有杆无旗，不知地方，俟近前再问。"及至关东厢，见那两边茶坊酒肆喧哗，米市油房热闹。街衢中有几个无事闲游的浪子，见八戒嘴长，沙和尚脸墨，孙行者眼红，都拥拥簇簇的争看，只是不敢近前而问。唐僧捏着一把汗，惟恐他们惹祸。又走过几条巷口，还不到城，忽见有一座山门，门上有"慈云寺"三字。唐僧道："此处略进去歇歇马，打一个斋如何？"行者道："好！好！"四众遂一齐而入。但见那里边：

珍楼壮丽，宝座峥嵘。佛阁高云外，僧房静月中。丹霞缥缈浮屠挺，碧树阴森轮藏清。真净土，假龙宫，大雄殿上紫云笼。两廊不绝闲人戏，一塔常开有客登。炉中香火时时爇，台上灯花夜夜荧。忽闻方丈金钟韵，应佛僧人朗诵经。

四众正看时，又见廊下走出一个和尚，对唐僧作礼道："老师何来？"唐僧道："弟子中华唐朝来者。"那和尚倒身下拜，慌得唐僧搀起道："院主何为行此大礼？"那和尚合掌道："我这里向善的人，看经念佛，都指望修到你中华地托生。【卓吾评：真】才见老师丰采衣冠，果然是前生修到的，方得此受用，故当下拜。"【卓吾评：如此看起来，中华修西方者不颠倒乎？】唐僧笑道："惶恐！惶恐！我弟子乃行脚僧，有何受用！若院主在此闲养自在，才是享福哩。"【本地人羡慕外地人来自繁华之地，外地人羡慕本地人处于闲养之家，大家都向往自在享福的生活，偷油之魔由此生】那和尚领唐僧入正殿，拜了佛像。唐僧方才招呼："徒弟来耶。"原来行者三人，自见那和尚与师父讲话，他都背着脸，牵着马，守着担，立在一处，和尚不曾在心。忽的闻唐僧叫“徒弟”，他三人方才转面，那和尚见了，慌得叫：“爷爷呀！你高徒如何恁般丑样？”唐僧道：“丑则虽丑，倒颇有些法力，我一路甚亏他们保护。”

正说处，里面又走出几个和尚作礼。先见的那和尚对后的说道：“这老师是中华大唐来的人物，那三位是他高徒。”众僧且喜且惧道：“老师中华大国，到此何为？”唐僧言：“我奉唐王圣旨，向灵山拜佛求经。适过宝方，特奔上刹，一则求问地方，二则打顿斋食就行。”那僧人个个欢喜，又邀入方丈，方丈里又有几个与人家做斋的和尚。这先进去的又叫道：“你们都来看看中华人物。原来中华有俊的，有丑的，俊的真个难描难画，丑的却十分古怪。”那许多僧同斋主都来相见。见毕，各坐下。茶罢，唐僧问道：“贵处是何地名？”众僧道：“我这里乃天竺国外郡，金平府是也。”【金平暗引黄金台，燕昭王重金求贤之台，此处引申为贪恋物质享受，与下文铜台府相对】唐僧道：“贵府至灵山还有许多远近？”众僧道：“此间到都下有二千里，这是我等走过的。西去到灵山，我们未走，不知还有多少路，不敢妄对。”唐僧谢了。

少时，摆上斋来。斋罢，唐僧要行，却被众僧并斋主款留道：“老师宽住一二日，过了元宵，耍耍去不妨。”唐僧惊问道：“弟子在路，只知有山，有水，怕的是逢怪，逢魔，把光阴都错过了，不知几时是元宵佳节。”【天竺何来元宵节？本书不是游记，地名、风俗俱是假象，都是为展开主旨服务，读者不必纠结】众僧笑道：“老师拜佛与悟禅心重，故不以此为念。今日乃正月十三，到晚就试灯。后日十五上元，直至十八九，方才谢灯。我这里人家好事，本府太守老爷爱民，各地方俱高张灯火，彻夜笙箫。还有个‘金灯桥’，乃上古传留，至今丰盛。老爷们宽住数日，我荒山颇管待得起。”唐僧无奈，遂俱住下。当晚只听得佛殿上钟鼓喧天，乃是街坊众信人等，送灯来献佛，唐僧等都出方丈来看了灯，各自归寝。

次日，寺僧又献斋。吃罢，同步后园闲耍。果然好个去处，正是：

时维正月，岁届新春。园林幽雅，景物妍森。四时花木争奇，一派峰峦迭翠。芳草阶前萌动，老梅枝上生馨。红入桃花嫩，青归柳色新。金谷园富丽休夸，辋川图流风慢说。【当时王维还未出生，不可能有《辋川图》，所以时间也是假象，不必认真】水流一道，野凫出没无常；竹种千竿，墨客推敲未定。芍药花、牡丹花、紫薇花、含笑花，天机方醒；山茶花、红梅花、迎春花、瑞香花，艳质先开。阴崖积雪犹含冻，远树浮烟已带春。又见那鹿向池边照影，鹤来松下听琴。东几厦，西几亭，客来留宿；南几堂，北几塔，僧静安禅。花卉中，有一两座养性楼，重檐高拱；山水内，有三四处炼魔室，静几明窗。真个是天然堪隐逸，又何须他处觅蓬瀛。【观此景色，正是可以避暑、避寒、避尘之地。一路行来，作者对庙观修行弊端多有提及，如观音院僧众之险恶，宝林寺僧官之势利，以及三清观道士之庸俗，对此处的悠闲生活也持批评态度】

师徒们玩赏一日。至晚，殿上看了灯，又都去看灯游戏。但见那：

玛瑙花城，琉璃仙洞，水晶云母诸宫：似重重锦绣，迭迭玲珑。星桥影幌乾坤动，看数株火树摇红。六街箫鼓，千门璧月，万户香风。几处鳌峰高耸，有鱼龙出海，鸾凤腾空。羡灯光月色，和气融融。绮罗队里，人人喜听笙歌，车马轰轰。看不尽花容玉貌，风流豪侠，佳景无穷。

三藏与众僧既在本寺里看了灯，又到东门厢各街上游戏。到二更时，方才回转安置。【人间烟火气象】

次日，唐僧对众僧道："弟子原有扫塔之愿，趁今日上元佳节，请院主开了塔门，让弟子了此愿心。"众僧随开了门。沙僧取了袈裟，随从唐僧，到了一层，就披了袈裟，拜佛祷祝毕，即将笤帚扫了一层，卸了袈裟，付与沙僧。又扫二层，一层层直扫上绝顶。那塔上，层层有佛，处处开窗，扫一层，赏玩赞美一层。扫毕下来，已此天晚，又都点上灯火。

此夜正是十五元宵，众僧道："老师父，我们前晚只在荒山与关厢看灯，今晚正节，进城里看看金灯如何？"唐僧欣然从之，同行者三人及本寺多僧进城看灯。正是：

三五良宵节，上元春色和。花灯悬闹市，齐唱太平歌。又见那六街三市灯亮，半空一鉴初升。那月如冯夷(píng yí，黄河之神，泛指水神)推上烂银盘，这灯似仙女织成铺地锦。灯映月，增一倍光辉；月照灯，添十分灿烂。观不尽铁锁星桥，看不了灯花火树。雪花灯、梅花灯，春冰剪碎；绣屏灯、画屏灯，五彩攒成。核桃灯、荷花灯，灯楼高挂；青狮灯、白象灯，灯架高檠(qíng，举，托)。虾儿灯、鳖儿灯，棚前高弄；羊儿灯、兔儿灯，檐下精神。鹰儿灯、凤儿灯，相连相并；虎儿灯、马儿灯，同走同行。仙鹤灯、白鹿灯，寿星骑坐；金鱼灯、长鲸灯，李白高乘。【当时李白还未出生，不必认真】鳌山灯，神仙聚会；走马灯，武将交锋。万千家灯火楼台，十数里云烟世界。那壁厢，索琅琅玉韂飞来；这壁厢，毂辘辘香车辇过。看那红妆楼上，倚着栏，隔着帘，并着肩，携着手，双双美女贪欢；绿水桥边，闹吵吵，锦簇簇，醉醺醺，笑呵呵，对对游人戏彩。满城中箫鼓喧哗，彻夜里笙歌不断。【卓吾评：亦通】

诗曰：

锦绣场中唱彩莲，太平境内簇人烟。

灯明月皎元宵夜，雨顺风调大有年。

此时正是金吾不禁，乱烘烘的无数人烟。有那跳舞的，躧跷的，装鬼的，骑象的，东一攒，西一簇，看之不尽。却才到金灯桥上，唐僧与众僧近前看处，原来是三盏金灯。那灯有缸来大，上照着玲珑剔透的两层楼阁，都是细金丝儿编成；内托着琉璃薄片，其光幌月，其油喷香。唐僧回问众僧道："此灯是甚油？怎么这等异香扑鼻？"众僧道："老师不知，我这府后有一县，名唤旻天县，县有二百四十里。每年审造差徭，共有二百四十家灯油大户。府县的各项差徭犹可，惟有此大户甚是吃累，每家当一年，要使二百多两银子。此油不是寻常之油，乃是酥合香油。这油每一两值价银二两，每一斤值三十二两银子。三盏灯，每缸有五百斤，三缸共一千五百斤，共该银四万八千两。还有杂项缴缠使用，将有五万余两，只点得三夜。"行者道："这许多油，三夜何以就点得尽？"众僧道："这缸内每缸有四十九个大灯马，都是灯草扎的把，裹了丝绵，有鸡子粗细，只点过今夜，见佛爷现了身，明夜油也没了，灯就昏了。"八戒在旁笑道："想是佛爷连油都收去了。"众僧道："正是此说。满城里人家，自古及今，皆是这等传说。但油干了，人俱说是佛祖收了灯，自然五谷丰登；若有一年不干，却就年成荒旱，风雨不调。所以人家都要这供献。"

正说处，只听得半空中呼呼风响，唬得些看灯的人尽皆四散。那些和尚也立不住脚道："老师父，回去罢，风来了。是佛爷降祥，到此看灯也。"唐僧道："怎见得是佛来看灯？"众僧道："年年如此，不上三更就有风来，知道是诸佛降祥，所以人皆回避。"唐僧道："我弟子原是思佛念佛拜佛的人，今逢佳景，果有诸佛降临，就此拜拜，多少是好。"众僧连请不回。少时，风中果现出三位佛身，近灯来了。慌得那唐僧跑上桥顶，倒身下拜。行者急忙扯起道："师父，不是好人，必定是妖邪也。"说不了，见灯光昏暗，呼的一声，把唐僧抱起，驾风而去。噫！不知是那山那洞真妖怪，积年假佛看金灯。【看金灯的积年假佛，正是唐僧】唬得那八戒两边寻找，沙僧左右招呼。行者叫道："兄弟！不须在此叫唤，师父乐极生悲，已被妖精摄去了！"那几个和尚害怕道："爷爷，怎见得是妖精摄去？"行者笑道："原来你这伙凡人，累年不识，故被妖邪惑了，只说是真佛降祥，受此灯供。刚才风到处，现佛身者，就是三个妖精。我师父亦不能识，上桥顶就拜，却被他侮暗灯光，将器皿盛了油，连我师父都摄去。我略走迟了些儿，所以他三个化风而遁。"沙僧道："师兄，这般却如之何？"行者道："不必迟疑。你两个同众回寺，看守马匹、行李，等老孙趁此风追赶去也。"

【《金刚经》印证：若以色见我，以音声求我，是人行邪道，不能见如来】

好大圣，急纵筋斗云，起在半空，闻着那腥风之气，往东北上径赶。赶至天晓，

倏尔(shū ěr,短暂的时间)风息,见有一座大山,十分险峻,着实嵯峨。好山:

重重丘壑,曲曲源泉。藤萝悬削壁,松柏挺虚岩。鹤鸣晨雾里,雁唳晓云间。峨峨矗矗峰排戟,突突磷磷石砌磐。顶巅高万仞,峻岭迭千湾。野花佳木知春发,杜宇黄莺应景妍。能巍奕,实巉岩,古怪崎岖险又艰。停玩多时人不语,只听虎豹有声鼾。香獐白鹿随来往,玉兔青狼去复还。深涧水流千万里,回湍激石响潺潺。

大圣在山崖上,正自找寻路径,只见四个人赶着三只羊,从西坡下,齐吆喝:"开泰"。大圣闪火眼金睛,仔细观看,认得是年、月、日、时四值功曹使者,隐像化形而来。【为何点出年、月、日、时?是指唐僧贪图享乐耽误时间】

大圣即掣出铁棒,幌一幌,碗来粗细,有丈二长短,跳下崖来,喝道:"你都藏头缩颈的那里走!"四值功曹见他说出风息,慌得喝散三羊,现了本相,闪下路旁施礼道:"大圣,恕罪!恕罪!"行者道:"这一向也不曾用着你们,你们见老孙宽慢,都一个个弄懈怠了,见也不来见我一见!是怎么说!你们不在暗中保祐吾师,都往那里去?"功曹道:"你师父宽了禅性,在于金平府慈云寺贪欢,所以泰极生否,乐盛成悲,今被妖邪捕获。【点题】他身边有护法伽蓝保着哩。吾等知大圣连夜追寻,恐大圣不识山林,特来传报。"行者道:"你既传报,怎么隐姓埋名,赶着三个羊儿,吆吆喝喝作甚?"功曹道:"设此三羊,以应开泰之言,唤做'三阳开泰',破解你师之否塞也。"行者恨恨的要打,【卓吾评:真正该打】见有此意,却就免之,收了棒,回嗔作喜道:"这座山,可是妖精之处?"功曹道:"正是,正是。此山名青龙山,内有洞,名玄英洞。洞中有三个妖精:大的个名辟寒大王,第二个号辟暑大王,第三个号辟尘大王,这妖精在此有千年了。他自幼儿爱食酥合香油。【所谓被辟寒大王、辟暑大王、辟尘大王摄去,是指唐僧心智被没有尘劳和寒暑的心念占领】当年成精,到此假装佛像,哄了金平府官员人等,设立金灯供养,灯油用酥合香油。他年年到正月半变佛像收油;今年见你师父,他认得是圣僧之身,连你师父都摄在洞内,不日要割剐你师之肉,使酥合香油煎吃哩。你快用工夫,救援去也。"

行者闻言,喝退四功曹,转过山崖,找寻洞府。行未数里,只见那涧边有一石崖,崖下是座石屋,屋有两扇石门,半开半掩。门旁立有石碣,上有六字,却是"青龙山玄英洞"。【青龙为东方,玄英为冬季。方位之山季节之洞,暗示需明确自己的时空定位,即心存使命和方向】行者不敢擅入,立定步,叫声:"妖怪!快送我师父出来!"那里唿喇一声,大开了门,跑出一阵牛头精,邓邓呆呆的问道:"你是谁,敢在这里呼唤!"行者道:"我本是东土大唐取经的圣僧唐三藏之大徒弟。路过金平府观灯,我师被你家魔头摄来,快早送还,免汝等性命!如或不然,掀翻你窝巢,教你群精都化为脓血!”

那些小妖听言,急入里边报道:“大王!祸事了!祸事了!”三个老妖正把唐僧拿在那洞中深远处,那里问甚么青红皂白,教小的先剥了衣裳,汲湍中清水洗净,算计要细切细锉,着酥合香油煎吃。忽闻得报声“祸事”,老大着惊,问是何故。小妖道:“大门前有一个毛脸雷公嘴的和尚嚷道:大王摄了他师父来,教快送出去,免吾等性命;不然,就要掀翻窝巢,教我们都化为脓血哩!”那老妖听说,个个心惊道:“才拿了这厮,还不曾问他个姓名来历。小的们,且把衣服与他穿了,带过来审他一审,端是何人,何自而来也。”众妖一拥上前,把唐僧解了索,穿了衣服,推至座前,唬得唐僧战兢兢的跪在下面,只叫:“大王饶命,饶命!”三个妖精异口同声道:“你是那方来的和尚?怎么见佛像不躲,却冲撞我的云路?”唐僧磕头道:“贫僧是东土大唐驾下差来的,前往天竺国大雷音寺拜佛祖取经的。因到金平府慈云寺打斋,蒙那寺僧留过元宵看灯。正在金灯桥上,见大王显现佛像,贫僧乃肉眼凡胎,见佛就拜,故此冲撞大王云路。”那妖精道:“你那东土到此,路程甚远,一行共有几众,都叫甚名字,快实实供来,我饶你性命。”唐僧道:“贫僧俗名陈玄奘,自幼在金山寺为僧。后蒙唐皇敕赐在长安洪福寺为僧官。又因魏徵丞相梦斩泾河老龙,唐王游地府,回生阳世,开设水陆大会,超度阴魂,蒙唐王又选赐贫僧为坛主,大阐都纲。幸观世音菩萨出现,指化贫僧,说西天大雷音寺有三藏真经,可以超度亡者升天,差贫僧来取,因赐号三藏,即倚唐为姓,所以人都呼我为唐三藏。我有三个徒弟,大的个姓孙,名悟空行者,乃齐天大圣归正。”群妖闻得此名,着了一惊道:“这个齐天大圣,可是五百年前大闹天宫的?”唐僧道:“正是,正是。第二个姓猪,名悟能八戒,乃天蓬大元帅转世。第三个姓沙,名悟净和尚,乃卷帘大将临凡。”三个妖王听说,个个心惊道:“早是不曾吃他。小的们,且把唐僧将铁链锁在后面,待拿他三个徒弟来凑吃。”【也不是十分心惊】遂点了一群山牛精、水牛精、黄牛精,各持兵器,走出门,掌了号头,摇旗擂鼓。

三个妖披挂整齐,都到门外喝道:“是谁人敢在我这里吆喝!”行者闪在石崖上,仔细观看,那妖精生得:

彩面环睛,二角峥嵘。尖尖四只耳,灵窍闪光明。一体花纹如彩画,满身锦绣若蜚英。第一个,头顶狐裘花帽暖,一脸昂毛热气腾;第二个,身挂轻纱飞烈焰,四蹄花莹玉玲玲;第三个,威雄声吼如雷振,獠牙尖利赛银针。个个勇而猛,手持三样兵:一个使钺斧,一个大刀能;但看第三个,肩上横担扢挞藤。

又见那七长八短、七肥八瘦的大大小小妖精,都是些牛头鬼怪,各执枪棒。有三面大旗，旗上明明书着“辟寒大王”、“辟暑大王”、“辟尘大王”。孙行者看了一会，忍耐不得，上前高叫道：“泼贼怪！认得老孙么？”那妖喝道：“你是那闹天宫的孙悟空？真个是闻名不曾见面，见面羞杀天神！你原来是这等个猢狲儿，敢说大话！”行者大怒，骂道：“我把你这个偷灯油的贼！油嘴妖怪，不要胡谈！快还我师父来！”赶近前，轮铁棒就打。那三个老妖，举三般兵器，急架相迎。这一场在山凹中好杀：

钺斧钢刀扢挞藤，猴王一棒敢来迎。辟寒辟暑辟尘怪，认得齐天大圣名。棒起致令神鬼怕，斧来刀斫乱飞腾。好一个混元有法真空像！抵住三妖假佛形。那三个偷油润鼻今年犯，务捉钦差驾下僧。这个因师不惧山程远，那个为嘴常年设献灯。乒乓只听刀斧响，劈朴惟闻棒有声。冲冲撞撞三攒一，架架遮遮各显能。一朝斗至天将晚，不知那个亏输那个赢。

孙行者一条棒与那三个妖魔斗经百五十合，天色将晚，胜负未分。只见那辟尘大王把扢挞藤闪一闪，跳过阵前，将旗摇了一摇，那伙牛头怪簇拥上前，把行者围在垓心，各轮兵器，乱打将来。行者见事不谐，唿喇的纵起筋斗云，败阵而走。那妖更不来赶，招回群妖，安排些晚食，众各吃了。也叫小妖送一碗与唐僧，只待拿住孙行者等才要整治。那师父一则长斋，二则愁苦，哭啼啼的未敢沾唇不题。

却说行者驾云回至慈云寺内，叫声：“师弟。”那八戒、沙僧正自盼望商量，听得叫时，一齐出接道：“哥哥，如何去这一日方回？端的师父下落何如？”行者笑道：“昨夜闻风而赶，至天晓到一山，不见。幸四值功曹传信道：那山叫做青龙山，山中有一玄英洞。洞中有三个妖精，唤做辟寒大王、辟暑大王、辟尘大王。原来积年在此偷油，假变佛像，哄了金平府官员人等。今年遇见我们，他不知好歹，反连师父都摄去。老孙审得此情，吩咐功曹等众暗中保护师父，我寻近门前叫骂。那三怪齐出，都像牛头鬼形。大的个使钺斧，第二个使大刀，第三个使藤棍，后引一窝子牛头鬼怪，摇旗擂鼓，与老孙斗了一日，杀个手平。那妖王摇动旗，小妖都来，我见天晚，恐不能取胜，所以驾筋斗回来也。”八戒道：“那里想是酆都(fēng dū，迷信中说的鬼神治事之所)城鬼王弄喧(弄玄虚，耍花招)。”沙僧道：“你怎么就猜道是酆都城？”八戒笑道：“哥哥说是牛头鬼怪，故知之耳。”行者道：“不是！不是！若论老孙看那怪，是三只犀牛成的精。”八戒道：“若是犀牛，且拿住他，锯下角来，倒值好几两银子哩！”

正说处，众僧道：“孙老爷可吃晚斋？”行者道：“方便吃些儿，不吃也罢。”众僧道：“老爷征战这一日，岂不饥了？”行者笑道：“这日把儿那里便得饥！老孙曾五百年不吃饮食哩！”众僧不知是实，只以为说笑。须臾拿来，行者也吃了，道：“且收拾睡觉，待明日我等都去相持，拿住妖王，庶可救师父也。”沙僧在旁道：“哥哥说那里话！常言道：'停留长智。'那妖精倘或今晚不睡，把师父害了，却如之何？不若如今就去，嚷得他措手不及，方才好救师父。少迟，恐有失也。"八戒闻言，抖擞神威道："沙兄弟说得是！我们都趁此月光去降魔耶！"行者依言，即吩咐寺僧："看守行李、马匹，待我等把妖精捉来，对本府刺史证其假佛，免却灯油，以苏概县小民之困，却不是好？"众僧领诺，称谢不已。他三个遂纵起祥云，出城而去。正是那：懒散无拘禅性乱，灾危有分道心蒙。【懒散无拘，嫌冷怕热，不喜尘劳，道心蒙蔽，故灾危有份】毕竟不知此去胜败何如，且听下回分解。

【卓吾评：篇中"宽了禅性"，所以"生否""成悲"一语，大足为学人警策。描画放灯处亦可观】

第九十二回　三僧大战青龙山　四星挟捉犀牛怪

【佛法在世间，不离世间觉。所谓远离尘劳，是远离心中的尘、心中的劳，而不是远离世间的责任和辛苦。找个冬暖夏凉、清净舒适的地方享受人间烟火，无异于偷佛之供养】

却说孙大圣挟同二弟滚着风，驾着云，向东北艮地上，顷刻至青龙山玄英洞口。按落云头，八戒就欲筑门，行者道："且消停。待我进去看看师父生死如何，再好与他争持。"沙僧道："这门闭紧，如何得进？"行者道："我自有法力。"

好大圣，收了棒，捻着诀，念声咒语，叫："变！"即变做个火焰虫儿。真个也疾伶！你看他：

展翅星流光灿，古云腐草为萤。神通变化不非轻，自有徘徊之性。飞近石门悬看，旁边瑕缝穿风。将身一纵到幽庭，打探妖魔动静。

他自飞入洞，只见几只牛横攲（qī，倾斜，歪斜不正）直倒，一个个呼吼如雷，尽皆睡熟。又至中厅里面，全无消息。四下门户通关，不知那三个妖精睡在何处。才转过厅房，向后又照，只闻得啼泣之声，乃是唐僧锁在后房檐柱上哭哩。行者暗暗听他哭甚，只见他哭道："一别长安十数年，登山涉水苦熬煎。幸来西域逢佳节，喜到金平遇上元。不识灯中假佛像，概因命里有灾愆。贤徒追袭施威武，但愿英雄展大权。"行者闻言，满心欢喜，展开翅，飞近师前。唐僧揩泪道："呀！西方景象不同，此时正月，蛰虫始振，为何就有萤飞？"行者忍不住，叫声："师父，我来了！"唐僧喜道："悟空，我心说正月怎得萤火，原来是你。"行者即现了本相道："师父啊，为你不识真假，误了多少路程，费了多少心力。我一行说不是好人，你就下拜，却被这怪侮暗灯光，盗取酥合香油，连你都摄将来了。我当吩咐八戒沙僧回寺看守，我即闻风追至此间，不识地名，幸遇四值功曹传报，说此山名青龙山玄英洞。我日间与此怪斗至天晚方回，与师弟辈细道此情，却就不曾睡，同他两个来此。我恐夜深不便交战，又不知师父下落，所以变化进来，打听师情。"唐僧喜道："八戒沙僧如今在外边哩？"行者道："在外边，才子（刚才）老孙看时，妖精都睡着。我且解了锁，搠开门，带你出去罢。"唐僧点头称谢。

行者使个解锁法，用手一抹，那锁早自开了。领着师父往前正走，忽听得妖王在中厅内房里叫道："小的们，紧闭门户，小心火烛。这会怎么不叫更巡逻，梆铃都不响了？"原来那伙小妖征战一日，俱辛辛苦苦睡着，听见叫唤，却才醒了。梆铃响处，有几个执器械的，敲着锣从后而走，可可的撞着他师徒两个。众小妖一齐喊道："好和尚啊！扭开锁往那里去！"行者不容分说，掣出棒幌一幌，碗来粗细，就打。棒起处，打死两个，其余的丢了器械，近中厅打着门叫："大王！不好了！不好了！毛脸和尚在家里打杀人了！"那三怪听见，一毂辘爬将起来，只教："拿住！拿住！"唬得个唐僧手软脚软。行者也不顾师父，一路棒，滚向前来。众小妖遮架不住，被他放倒三两个，推倒两三个，打开几层门，径自出来，叫道："兄弟们何在？"八戒、沙僧正举着钯杖等待，道："哥哥，如何了？"行者将变化入里解放师父正走，被妖惊觉，顾不得师父，打出来的事，讲说一遍不题。

那妖王把唐僧捉住，依然使铁索锁了，执着刀，轮着斧，灯火齐明，问道："你这厮怎样开锁，那猴子如何得进，快早供来，饶你之命！不然，就一刀两段！"慌得那唐僧战战兢兢的跪道："大王爷爷！我徒弟孙悟空，他会七十二般变化。才变个火焰虫儿，飞进来救我。不期大王知觉，被小大王等撞见，是我徒弟不知好歹，打伤两个，众皆喊叫，举兵着火，他遂顾不得我，走出去了。"三个妖王，呵呵大笑道："早是惊觉，未曾走了你。"叫小的们把前后门紧紧关闭，亦不喧哗。

沙僧道："闭门不喧哗，想是暗弄我师父。我们动手耶！"行者道："说的是。快早打门！"那呆子卖弄神通，举钯尽力筑去，把那石门筑得粉碎，却又厉声喊骂道："偷油的贼怪！快送吾师出来也！"唬得那门内小妖滚将进去报道："大王，不好了！不好了！前门被和尚打破了！"三个妖王十分烦恼道："这厮着实无礼！"即命取披挂结束了，各持兵器，帅小妖出门迎敌。此时约有三更时候，半天中月明如昼。走出来，更不打话，便就轮兵。这里行者抵住钺斧，八戒敌住大刀，沙僧迎住大棍。这场好杀：

僧三众，棍杖钯，三个妖魔胆气加。钺斧钢刀藤纥褡，只闻风响并尘沙。初交几合喷愁雾，次后飞腾散彩霞，钉钯解数随身滚，铁棒英豪更可夸。降妖宝杖人间少，妖怪顽心不让他。钺斧凵明尖鐏利，藤条节懞一身花。大刀幌亮如门扇，和尚神通偏赛他。这壁厢因师性命发狠打，那壁厢不放唐僧劈脸挝。斧剁棒迎争胜负，钯轮刀砍两交搽。扢挞藤条降怪杖，翻翻复复逞豪华。

三僧三怪，赌斗多时，不见输赢。那辟寒大王喊一声，叫："小的们上来！"众精各执兵刃齐来，早把个八戒绊倒在地，被几个水牛精，揪揪扯扯，拖入洞里捆了。【偷懒享受之魔，八戒必中招，"职责"所在】沙僧见没了八戒，只见那群牛发喊哞声。

即掣宝杖，望辟尘大王虚丢了架子要走，又被群精一拥而来，拉了个躘踵，急挣不起，也被捉去捆了。行者觉道难为，纵筋斗云，脱身而去。当时把八戒沙僧拖至唐僧前。唐僧见了，满眼垂泪道："可怜你二人也遭了毒手！悟空何在？"沙僧道："师兄见捉住我们，他就走了。"唐僧道："他既走了，必然那里去求救。但我等不知何日方得脱网。"师徒们凄凄惨惨不题。

却说行者驾筋斗云复至慈云寺，寺僧接着，来问："唐老爷救得否？"行者道："难救！难救！那妖精神通广大，我弟兄三个，与他三个斗了多时，被他呼小妖先捉了八戒，后捉了沙僧，老孙幸走脱了。"众僧害怕道："爷爷这般会腾云驾雾，还捉获不得，想老师父被倾害也。"行者道："不妨！不妨！我师父自有伽蓝、揭谛、丁甲等神暗中护佑，却也曾吃过草还丹，料不伤命，只是那妖精有本事。汝等可好看马匹、行李，等老孙上天去求救兵来。"众僧胆怯道："爷爷又能上天？"行者笑道："天宫原是我的旧家。当年我做齐天大圣，因为乱了蟠桃会，被我佛收降，如今没奈何，保唐僧取经，将功折罪。一路上辅正除邪，我师父该有此难，汝等却不知也。"众僧听此言，又磕头礼拜。行者出得门，打个唿哨，即时不见。

好大圣，早至西天门外。忽见太白金星与增长天王、殷、朱、陶、许四大灵官讲话。他见行者来，都慌忙施礼道："大圣那里去？"行者道："因保唐僧行至天竺国东界金平府旻天县，我师被本县慈云寺僧留赏元宵。比至金灯桥，有金灯三盏，点灯用酥合香油，价贵白金(银的别名)五万余两，年年有诸佛降祥受用。正看时，果有三尊佛像降临。我师不识好歹，上桥就拜。我说不是好人，早被他侮暗灯光，连油并我师一风摄去。我随风追袭，至天晓到一山，幸四功曹报道：'那山名青龙山，山有玄英洞，洞有三怪，名辟寒大王、辟暑大王、辟尘大王。'老孙急上门寻讨，与他赌斗一阵，未胜。是我变化入里，见师父锁住未伤，随解了欲出，又被他知觉，我遂走了。后又同八戒、沙僧苦战，复被他将二人也捉去捆了。老孙因此特启玉帝，查他来历，请命将降之。"

金星呵呵大笑道："大圣既与妖怪相持，岂看不出他的出处？"行者道："认便认得，是一伙牛精。只是他大有神通，急不能降也。"【卓吾评：如今世上牛精神通一味悭吝】金星道："那是三个犀牛之精。他因有天文之象，累年修悟成真，亦能飞云步雾。其怪极爱干净，常嫌自己影身，每欲下水洗浴。他的名色也多：有兕犀，有雄犀，有牯犀，有斑犀，又有胡冒犀、堕罗犀、通天花文犀，都是一孔三毛二角，行于江海之中，能开水道。似那辟寒、辟暑、辟尘都是角有贵气，故以此为名而称大王也。若要拿他，只是四木禽星见面就伏。"行者连忙唱喏问道："是那四木禽星？烦长庚老一一明示明示。”金星笑道：“此星在斗牛宫外，罗布乾坤。你去奏闻玉帝，便见分晓。”行者拱拱手称谢，径入天门里去。

不一时，到于通明殿下，先见葛、邱、张、许四大天师。天师问道：“何往？”行者道：“近行至金平府地方，因我师宽放禅性，元夜观灯，遇妖魔摄去。老孙不能收降，特来奏闻玉帝求救。”四天师即领行者至灵霄宝殿启奏。各各礼毕，备言其事，玉帝传旨：“教点那路天兵相助？”行者奏道：“老孙才到西天门，遇长庚星说：‘那怪是犀牛成精，惟四木禽星可以降伏。’”玉帝即差许天师同行者去斗牛宫，点四木禽星下界收降。

及至宫外，早有二十八宿星辰来接。天师道：“吾奉圣旨，教点四木禽星与孙大圣下界降妖。”旁即闪过角木蛟、斗木獬、奎木狼、井木犴应声呼道：“孙大圣，点我等何处降妖？”行者笑道：“原来是你。这长庚老儿却隐匿，我不解其意，早说是二十八宿中的四木，老孙径来相请，又何必劳烦旨意？”四木道：“大圣说那里话！我等不奉旨意，谁敢擅离？端的是那方？快早去来。”行者道：“在金平府东北艮地青龙山玄英洞，犀牛成精。”【四木禽星是古人辨别方向之星辰，辨明方向，可解偷懒之魔障】斗木獬、奎木狼、角木蛟道：“若果是犀牛成精，不须我们，只消井宿去罢。他能上山吃虎，下海擒犀。”行者道：“那犀不比望月之犀，乃是修行得道，都有千年之寿者。须得四位同去才好，切勿推调。倘一时一位拿他不住，却不又费事了？”天师道：“你们说得是甚话！旨意着你四人，岂可不去？趁早飞行，我回旨去也。”那天师遂别行者而去。

四木道：“大圣不必迟疑，你先去索战，引他出来，我们随后动手。”行者即近前骂道：“偷油的贼怪！还我师来！”原来那门被八戒筑破，几个小妖弄了几块板儿搪住，在里边听得骂詈（lì，诅咒），急跑进报道：“大王，孙和尚在外面骂哩！”辟尘儿道：“他败阵去了，这一日怎么又来？想是那里求些救兵来了。”辟寒、辟暑道：“怕他甚么救兵！快取披挂来！小的们，都要用心围绕，休放他走了。”那伙精不知死活，一个个各执枪刀，摇旗擂鼓，走出洞来，对行者喝道：“你个不怕打的猢狲儿，你又来了！”行者最恼得是这猢狲二字，咬牙发狠，举铁棒就打。三个妖王，调小妖，跑个圈子阵，把行者圈在垓心。那壁厢四木禽星一个个各轮兵刃道：“孽畜！休动手！”那三个妖王看他四星，自然害怕，俱道：“不好了！不好了！他寻将降手儿来了！小的们，各顾性命走耶！”只听得呼呼吼吼，喘喘呵呵，众小妖都现了本身：原来是那山牛精、水牛精、黄牛精，满山乱跑。那三个妖王，也现了本相，放下手来，还是四只蹄子，就如铁炮一般，径往东北上跑。这大圣帅井木犴、角木蛟紧追急赶，略不放松。

惟有斗木獬、奎木狼在东山凹里、山头上、山涧中、山谷内，把些牛精打死的、活捉的，尽皆收净。却向玄英洞里解了唐僧、八戒、沙僧。

沙僧认得是二星，随同拜谢，因问："二位如何到此相救？"二星道："吾等是孙大圣奏玉帝请旨调来收怪救你也。"唐僧又滴泪道："我悟空徒弟怎么不见进来？"二星道："那三个老怪是三只犀牛，他见吾等，各各顾命，向东北艮方逃遁。孙大圣帅井木犴、角木蛟追赶去了。我二星扫荡群牛到此，特来解放圣僧。"唐僧复又顿首拜谢，朝天又拜，八戒搀起道："师父，礼多必诈，不须只管拜了。四星官，一则是玉帝圣旨，二则是师兄人情。今既扫荡群妖，还不知老妖如何降伏，我们且收拾些细软东西出来，掀翻此洞，以绝其根，回寺等候师兄罢。"奎木狼道："天蓬元帅说得有理。你与卷帘大将保护你师回寺安歇，待吾等还去艮方迎敌。"八戒道："正是，正是，你二位还协同一捉，必须剿尽，方好回旨。"二星官即时追袭。

八戒与沙僧将他洞内细软宝贝，有许多珊瑚、玛瑙、珍珠、琥珀、砗磲(chē jū，即砗磲，次于玉的美石)、宝贝、美玉、良金，搜出一石，搬在外面，请师父到山崖上坐了，他又进去放起火来，把一座洞烧成灰烬，却才领唐僧找路回金平慈云寺去。正是：

经云"泰极还生否"，好处逢凶实有之。

【吉凶互相包含和转化，不足为异】

爱赏花灯禅性乱，喜游美景道心漓。

大丹自古宜长守，一失原来到底亏。

紧闭牢拴休旷荡，须臾懈怠见参差。

且不言他三众得命回寺，却表斗木獬、奎木狼二星官驾云直向东北艮方赶妖怪来。二人在那半空中，寻看不见，直到西洋大海，远望见孙大圣在海上吆喝。他两个按落云头道："大圣，妖怪那里去了？"行者恨道："你两个怎么不来追降？这会子却冒冒失失的问甚？"斗木獬道："我见大圣与井、角二星战败妖魔追赶，料必擒拿。我二人却就扫荡群精，入玄英洞救出你师父、师弟。搜了山，烧了洞，把你师父付托与你二弟领回府城慈云寺。多时不见车驾回转，故又追寻到此也。"行者闻言，方才喜谢道："如此，却是有功。多累！多累！但那三个妖魔，被我赶到此间，他就钻下海去。当有井、角二星，紧紧追拿，教老孙在岸边抵挡。你两个既来，且在岸边把截，等老孙也再去来。"

好大圣，轮着棒，捻着诀，辟开水径，直入波涛深处。只见那三个妖魔在水底下与井木犴、角木蛟舍死忘生苦斗哩。他跳近前喊道："老孙来也！"那妖精抵住二星官，措手不及，正在危难之处，忽听得行者叫喊，顾残生，拨转头往海心里飞跑。原来这怪头上角，极能分水，只闻得花花花，冲开明路。这后边二星官并孙大圣并力追之。

却说西海中有个探海的夜叉，巡海的介士，远见犀牛分开水势，又认得孙大圣与二天星，即赴水晶宫对龙王慌慌张张报道："大王！有三只犀牛，被齐天大圣和二位天星赶来也！"老龙王敖顺听言，即唤太子摩昂："快点水兵，想是犀牛精辟寒、辟暑、辟尘儿三个惹了孙行者。今既至海，快快拔刀相助。"敖摩昂得令，即忙点兵。

顷刻间，龟鳖鼋鼍，鯾(biān)鲌(bó)鳜鲤，与虾兵蟹卒等，各执枪刀，一齐呐喊，腾出水晶宫外，挡住犀牛精。犀牛精不能前进，急退后，又有井、角二星并大圣拦阻，慌得他失了群，各各逃生，四散奔走，早把个辟尘儿被老龙王领兵围住。孙大圣见了心欢，叫道："消停！消停！捉活的，不要死的。"摩昂听令，一拥上前，将辟尘儿扳翻在地，用铁钩子穿了鼻，攒蹄捆倒。

老龙王又传号令，教分兵赶那两个，协助二星官擒拿。即时小龙王帅众前来，只见井木犴现原身，按住辟寒儿，大口小口的啃着吃哩。摩昂高叫道："井宿！井宿！莫咬死他，孙大圣要活的，不要死的哩。"连喊数喊，已是被他把颈项咬断了。

摩昂吩咐虾兵蟹卒，将个死犀牛抬转水晶宫，却又与井木犴向前追赶。只见角木蛟把那辟暑儿倒赶回来，只撞着井宿。摩昂帅龟鳖鼋鼍，撒开簸箕阵围住，那怪只教："饶命！饶命！"井木犴走近前，一把揪住耳朵，夺了他的刀，叫道："不杀你！不杀你！拿与孙大圣发落去来。"

当即倒干戈，复至水晶宫外报道："都捉来也。"行者见一个断了头，血淋津的倒在地下，一个被井木犴拖着耳朵推跪在地。近前仔细看了道："这头不是兵刃伤的啊。"摩昂笑道："不是我喊得紧，连身子都着井星官吃了。"行者道："既是如此，也罢。取锯子来，锯下他的这两只角，剥了皮带去。犀牛肉还留与龙王贤父子享之。"又把辟尘儿穿了鼻，教角木蛟牵着；辟暑儿也穿了鼻，教井木犴牵着："带他上金平府见那刺史官，明究其由，问他个积年假佛害民，然后的决。"

众等遵言，辞龙王父子，都出西海，牵着犀牛，会着奎、斗二星，驾云雾，径转金平府。行者足踏祥光，半空中叫道："金平府刺史、各佐贰郎官并府城内外军民人等听着：吾乃东土大唐差往西天取经的圣僧。你这府县，每年家供献金灯，假充诸佛降祥者，即此犀牛之怪。我等过此，因元夜观灯，见这怪将灯油并我师父摄去，是我请天神收伏。今已扫清山洞，剿尽妖魔，不得为害。以后你府县再不可供献金灯，劳民伤财也。"那慈云寺里，八戒沙僧方保唐僧进得山门，只听见行者在半空言语，即便撇了师父，丢下担子，纵风云起到空中，问行者降妖之事。行者道："那一只被井星咬死，已锯角剥皮带来，两只活拿在此。”八戒道：“这两个索性推下此城，与官员人等看看，也认得我们是圣是神。左右累四位星官收云下地，同到府堂，将这怪的决。已此情真罪当，再有甚讲！”四星道：“天蓬元帅近来知理明律，却好呀！”八戒道：“因做了这几年和尚，也略学得些儿。”

众神果推落犀牛，一簇彩云，降至府堂之上。唬得这府县官员，城里城外人等，都家家设香案，户户拜天神。少时间，慈云寺僧把长老用轿抬进府门，会着行者，口中不离“谢”字，道：“有劳上宿星官救出我等，因不见贤徒，悬悬在念，今幸得胜而回！然此怪不知赶向何方才捕获也！”行者道：“自前日别了尊师，老孙上天查访，蒙太白金星识得妖魔是犀牛，指示请四木禽星。当时奏闻玉帝，蒙旨差委，直至洞口交战。妖王走了，又蒙斗、奎二宿救出尊师。老孙与井、角二宿并力追妖，直赶到西洋大海，又亏龙王遣子帅兵相助，所以捕获到此审究也。”长老赞扬称谢不已。又见那府县正官并佐贰首领，都在那里高烧宝烛，满斗焚香，朝上礼拜。

少顷间，八戒发起性来，掣出戒刀，将辟尘儿头一刀斫下，又一刀把辟暑儿头也斫下，随即取锯子锯下四只角来。孙大圣更有主张，就教：“四位星官，将此四只犀角，拿上界去，进贡玉帝，回缴圣旨。”把自己带来的二只：“留一只在府堂镇库，以作向后免征灯油之证；【卓吾评：极是】我们带一只去，献灵山佛祖。”四星心中大喜，即时拜别大圣，忽驾彩云回奏而去。

府县官留住他师徒四众，大排素宴，遍请乡官陪奉。一壁厢出给告示，晓谕军民人等，下年不许点设金灯，永蠲(juān，除去，减免)买油大户之役；一壁厢叫屠子宰剥犀牛之皮，硝熟熏干，制造铠甲，把肉普给官员人等；又一壁厢动支枉罚无碍钱粮，买民间空地，起建四星降妖之庙；又为唐僧四众建立生祠，各各树碑刻文，用传千古，以为报谢。

师徒们索性宽怀领受，又被那二百四十家灯油大户，这家酬，那家请，略无虚刻。八戒遂心满意受用，把洞里搜来的宝物，每样各笼些须在袖，以为各家斋筵之赏。住经个月，犹不得起身。长老吩咐：“悟空，将余剩的宝物，尽送慈云寺僧，以为酬礼。瞒着那些大户人家，天不明走罢。恐只管贪乐，误了取经，惹佛祖见罪，又生灾厄，深为不便。”行者随将前件一一处分。

次日五更早起，唤八戒备马。那呆子吃了自在酒饭，睡得梦梦乍(méng méng zhà，迷迷糊糊)道：“这早备马怎的？”行者喝道：“师父教走路哩！”呆子抹抹脸道：“又是这长老没正经！二百四十家大户都请，才吃了有三十几顿饱斋，怎么又弄老猪忍饿！”长老听言骂道：“馕糟的夯货！莫胡说！快早起来！再若强嘴，教悟空拿金箍棒打你!”那呆子听见说打,慌了手脚道:“师父今番变了,常时疼我爱我,念我蠢夯护我,哥要打时,他又劝解。今日怎么发狠转教打么?”【卓吾评:着眼】【亲近心性疏远欲情,才是解脱之道】行者道:“师父怪你为嘴,误了路程。快早收拾行李备马,免打!”那呆子真个怕打,跳起来穿了衣服,吆喝沙僧道:“快起来! 打将来了!”沙僧也随跳起,各各收拾皆完。长老摇手道:“寂寂悄悄的,不要惊动寺僧。”连忙上马,开了山门,找路而去。这一去,正所谓:暗放玉龙飞彩凤,私开金锁走蛟龙。毕竟不知天明时,酬谢之家端的如何,且听下回分解。

【卓吾评:四星挟捉三犀,不过是木克土耳,无他奥义。读者勿为所混】

【《金刚经》印证:诸菩萨摩诃萨应如是生清净心,不应住色生心,不应住声香味触法生心,应无所住而生其心】

第九十三回　给孤园问古谈因　天竺国朝王遇偶

【本难以《金刚经》里记载的舍卫国祇树给孤独园古迹为背景。在此处，如来给须菩提等一众子弟讲解了降心的方法，提出了无我相、无人相、无众生相、无寿者相的布施方法。在这里讲《金刚经》实在再合适不过了。本难主旨是“心无所住，行于布施”，即布施没有固定的方法，心里不应有成见。本回是天竺都城降妖的引子，提到了语言文字之相、斯文之相、寿者之相、真假公主之相等等，为下文铺垫，并点出离相布施的重要性，有总结归纳全书的作用，是全书义理的最高潮】

起念断然有爱，留情必定生灾。灵明何事辨三台？行满自归元海。不论成仙成佛，须从个里安排。清清净净绝尘埃，果正飞升上界。【卓吾评：着眼】

【放任心爱情欲生出的念头，必定遭灾。保持清净圆明的心性，达到无念的状态，便是仙佛】

却说寺僧天明不见了三藏师徒，都道：“不曾留得，不曾别得，不曾求告得，清清的把个活菩萨放得走了！”正说处，只见南关厢有几个大户来请。众僧扑掌道：“昨晚不曾防御，今夜都驾云去了。”众人齐望空拜谢。此言一讲，满城中官员人等，尽皆知之，叫此大户人家。俱治办五牲花果，往生祠祭献酬恩不题。

却说唐僧四众，餐风宿水，一路平宁，行有半个多月。忽一日，见座高山，唐僧又悚惧道：“徒弟，那前面山岭峻峭，是必小心！”行者笑道：“这边路上将近佛地，断乎无甚妖邪。师父放怀勿虑。”唐僧道：“徒弟，虽然佛地不远。但前日那寺僧说，到天竺国都下有二千里，还不知是有多少路哩。”行者道：“师父，你好是又把乌巢禅师《心经》忘记了也？”三藏道：“《般若心经》是我随身衣钵。自那乌巢禅师教后，那一日不念，那一时得忘？颠倒也念得来，怎会忘得！”行者道：“师父只是念得，不曾求那师父解得。”三藏说：“猴头！怎又说我不曾解得！你解得么？”行者道：“我解得，我解得。”自此，三藏、行者再不作声。旁边笑倒一个八戒，喜坏一个沙僧，说道：“嘴脸！替(介词，和)我一般的做妖精出身，又不是那里禅和子(参禅人的通称，和尚)，听过讲经，那里应佛僧，也曾见过说法？弄虚头，找架子，说甚么‘晓得，解得’！怎么就不作声？听讲！请解！”沙僧说：“二哥，你也信他。大哥扯长话，哄师父走路。他晓得弄棒罢了，他那里晓得讲经！”三藏道：“悟能悟净，休要乱说，悟空解得是无言语文字，乃是真解。”【卓吾评：老和尚饶舌】【真理无关语言文字，后者只是表相，所谓“不住相布施”，即包括布施时不必囿于语言文字，不要把经典教条化，进行机械式的解读或遵从。如来在《金刚经》中否认自己有所说法，老子在《道德经》开篇就指出说出来的道不是真理，孔子在《论语》中也针对不同的人变换同一个问题的答案，六祖在《坛经》中讲“诸佛妙理，非关文字”。说明圣人都意识到语言文字的局限性。此处悟空“不作声”，即是不入文字之相的意思】

他师徒们正说话间，却倒也走过许多路程，离了几个山冈，路旁早见一座大寺。三藏道：“悟空，前面是座寺啊，你看那寺，倒也不小不大，却也是琉璃碧瓦；半新半旧，却也是八字红墙。隐隐见苍松偃盖，也不知是几千百年间故物到于今；潺潺听流水鸣弦，也不道是那朝代时分开山留得在。山门上，大书着‘布金禅寺’；悬扁上，留题着‘上古遗迹’。”行者看得是“布金禅寺”，八戒也道是“布金禅寺”，三藏在马上沉思道：“布金，布金，这莫不是舍卫国界了么？”八戒道：“师父，奇啊！我跟师父几年，再不曾见识得路，今日也识得路了。”三藏说道：“不是。我常看经诵典，说是佛在舍卫城祇树给孤园。这园说是给孤独长者问太子买了，请佛讲经。太子说：‘我这园不卖。他若要买我的时，除非黄金满布园地。’给孤独长者听说，随以黄金为砖，布满园地，才买得太子祇园，才请得世尊说法。我想这布金寺莫非就是这个故事？”八戒笑道：“造化！若是就是这个故事，我们也去摸他块把砖儿送人。”大家又笑了一会，三藏才下得马来。

【《金刚经》印证：如是我闻，一时佛在舍卫国祇树给孤独园，与大比丘众千二百五十人俱】

进得山门，只见山门下，挑担的，背包的，推车的，整车坐下；也有睡的去睡，讲的去讲。忽见他们师徒四众，俊的又俊，丑的又丑，大家有些害怕，却也就让开些路儿。三藏生怕惹事，口中不住只叫：“斯文！斯文！”这时节，却也大家收敛。转过金刚殿后，早有一位禅僧走出，却也威仪不俗。真是：

面如满月光，身似菩提树。
拥锡袖飘风，芒鞋石头路。

三藏见了问讯，那僧即忙还礼道：“师从何来？”三藏道：“弟子陈玄奘，奉东土大唐皇帝之旨，差往西天拜佛求经。路过宝方，造次奉谒，便求借一宿，明日就行。”那僧道：“荒山十方常住，都可随喜，况长老东土神僧，但得供养，幸甚。”三藏谢了，随即唤他三人同行，过了回廊香积，径入方丈。相见礼毕，分宾主坐定。行者三人，亦垂手坐了。

话说这时寺中听说到了东土大唐取经僧人，寺中若大若小，不问长住、挂榻、长老、行童，一一都来参见。茶罢，摆上斋供。这时长老还正开斋念偈，八戒早是要紧，馒头、素食、粉汤一搅直下。这时方丈却也人多，有知识的赞说三藏威仪，好耍子的都看八戒吃饭。却说沙僧眼溜，看见头底，暗把八戒捏了一把，说道："斯文！"八戒着忙，急的叫将起来，说道："'斯文！''斯文！'肚里空空！"沙僧笑道："二哥，你不晓的，天下多少'斯文'，若论起肚子里来，正替(介词，和)你我一般哩。"【卓吾评：活佛，活佛！一向说得这样切旨】【斯文是表相，肚子都一样需求，众生平等】八戒方才肯住。三藏念了结斋，左右彻了席面，三藏称谢。

寺僧问起东土来因，三藏说到古迹，才问布金寺名之由。那僧答曰："这寺原是舍卫国给孤独园寺，又名祇园。因是给孤独长者请佛讲经，金砖布地，又易今名。我这寺一望之前，乃是舍卫国，那时给孤独长者正在舍卫国居住。我荒山原是长者之祇园，因此遂名给孤布金寺，寺后边还有祇园基址。近年间，若遇时雨滂沱，还淋出金银珠儿，有造化的，每每拾着。"三藏道："话不虚传果是真！"又问道："才进宝山，见门下两廊有许多骡马车担的行商，为何在此歇宿？"众僧道："我这山唤做百脚山。先年且是太平，近因天气循环，不知怎的，生几个蜈蚣精，常在路下伤人。虽不至于伤命，其实人不敢走。山下有一座关，唤做鸡鸣关，但到鸡鸣之时，才敢过去。那些客人因到晚了，惟恐不便，权借荒山一宿，等鸡鸣后便行。"【为后文伏笔，以过去对的经验布施】三藏道："我们也等鸡鸣后去罢。"师徒们正说处，又见拿上斋来，却与唐僧等吃毕。

此时上弦月皎，三藏与行者步月闲行，又见个道人来报道："我们老师爷要见见中华人物。"三藏急转身，见一个老和尚，手持竹杖，向前作礼道："此位就是中华来的师父？"三藏答礼道："不敢。"老僧称赞不已。因问："老师高寿？"三藏道："虚度四十五年矣。敢问老院主尊寿？"老僧笑道："比老师痴长一花甲也。"行者道："今年是一百零五岁了。你看我有多少年纪？"老僧道："师家貌古神清，况月夜眼花，急看不出来。"【与寿者讨论年龄，以看不出悟空年龄暗示不入寿者相，即不执着于过去的经验推测现在】叙了一会，又向后廊看看。三藏道："才说给孤园基址，果在何处？"老僧道："后门外就是。"快教开门，但见是一块空地，还有些碎石迭的墙脚。三藏合掌叹曰："忆昔檀那须达多，曾将金宝济贫疴。祇园千古留名在，长者何方伴觉罗？"【唐僧借此诗发出物是人非之叹，意念沉浸在过去心、慕古心和功业长存的希望当中，尽显悲切。下文公主之悲切，正是唐僧真心之悲切】

他都玩着月，缓缓而行。行近后门外，至台上，又坐了一坐，忽闻得有啼哭之声。三藏静心诚听，哭的是爷娘不知苦痛之言，他就感触心酸，不觉泪堕，回问众僧道："是甚人在何处悲切？"老僧见问，即命众僧先回去煎茶，见无人，方才对唐僧行者下拜。三藏搀起道："老院主，为何行此礼？"老僧道："弟子年岁百余，略通人事。每于禅静之间，也曾见过几番景象。若老爷师徒，弟子聊知一二，与他人不同。若言悲切之事，非这位师家，明辨不得。"行者道："你且说，是甚事？"老僧道："旧年今日，弟子正明性月之时，忽闻一阵风响，就有悲怨之声。弟子下榻，到祇园基上看处，乃是一个美貌端正之女。我问他：'你是谁家女子？为甚到于此地？'那女子道：'我是天竺国国王的公主。因为月下观花，被风刮来的。'我将他锁在一间敝空房里，将那房砌作个监房模样，门上止留一小孔，仅递得碗过。当日与众僧传道：'是个妖邪，被我捆了。'但我僧家乃慈悲之人，不肯伤他性命。每日与他两顿粗茶粗饭，吃着度命。那女子也聪明，即解吾意，恐为众僧点污，【百脚山上的蜈蚣精确有真人镜像】就装风作怪，尿里眠，屎里卧。白日家说胡话，呆呆邓邓的；到夜静处，却思量父母啼哭。【卓吾评：此女亦通】我几番家进城乞化打探公主之事，全然无损。故此坚收紧锁，更不放出。今幸老师来国，万望到了国中，广施法力，辨明辨明。一则救援良善，二则昭显神通也。"三藏与行者听罢，切切在心。正说处，只见两个小和尚请吃茶安置，遂而回去。【有时给人自由就是布施，有时囚禁别人也是布施。老僧布施，不入于相，合适的就是对的】

【《金刚经》印证：若菩萨心住于法而行布施，如人入暗，即无所见；若菩萨心不住法而行布施，如人有目，日光明照，见种种色】

八戒与沙僧在方丈中，突突哝哝的道："明日要鸡鸣走路，此时还不来睡！"行者道："呆子又说甚么？"八戒道："睡了罢。这等夜深，还看甚么景致。"因此，老僧散去，唐僧就寝。正是那：

人静月沉花梦悄，暖风微透壁窗纱。
铜壶点点看三汲，银汉明明照九华。

当夜睡还未久，即听鸡鸣。那前边行商烘烘皆起，引灯造饭。这长老也唤醒八戒、沙僧，扣马收拾，行者叫点灯来。那寺僧已先起来，安排茶汤点心，在后候敬。八戒欢喜，吃了一盘馍馍，把行李、马匹牵出。三藏、行者对众辞谢，老僧又向行者道："悲切之事，在心！在心！"行者笑道："谨领！谨领！我到城中，自能聆音而察理，见貌而辨色也。"【见机行事，即不入于相】那伙行商，哄哄嚷嚷的，也一同上了大路。将有寅时，过了鸡鸣关。至巳时，方见城垣。真是铁瓮金城，神洲天府。那城：

虎踞龙蟠形势高，凤楼麟阁彩光摇。

御沟流水如环带，福地依山插锦标。
晓日旌旗明辇路，春风箫鼓遍溪桥。
国王有道衣冠胜，五谷丰登显俊豪。

当日入于东市街，众商各投旅店。他师徒们进城，正走处，有一个会同馆驿，三藏等径入驿内。那驿内管事的，即报驿丞道："外面有四个异样的和尚，牵一匹白马进来了。"驿丞听说有马，就知是官差的，出厅迎迓（迎接。迓，音 yà）。三藏施礼道："贫僧是东土唐朝钦差灵山大雷音见佛求经的，随身有关文，入朝照验。借大人高衙一歇，事毕就行。"驿丞答礼道："此衙门原设待使客之处，理当款迓。请进，请进。"三藏喜悦，教徒弟们都来相见。那驿丞看见嘴脸丑陋，暗自心惊，不知是人是鬼，战兢兢的只得看茶摆斋。三藏见他惊怕，道："大人勿惊。我等三个徒弟，相貌虽丑，心地俱良。俗谓'山恶人善'，何以惧为！"

驿丞闻言，方才定了心性，问道："国师，唐朝在于何方？"三藏道："在南赡部洲中华之地。"又问："几时离家？"三藏道："贞观十三年，今已历过十四载，苦经了些万水千山，方到此处。"驿丞道："神僧！神僧！"三藏问道："上国天年几何？"驿丞道："我敝处乃大天竺国，自太祖太宗传到今，已五百余年。现在位的爷爷，爱山水花卉，号做怡宗皇帝，改元靖宴，今已二十八年了。"三藏道："今日贫僧要去见驾倒换关文，不知可得遇朝？"驿丞道："好！好！正好！近因国王的公主娘娘，年登二十青春，正在十字街头，高结彩楼，抛打绣球，撞天婚招驸马。今日正当热闹之际，想我国王爷爷还未退朝，若欲倒换关文，趁此时好去。"三藏欣然要走，只见摆上斋来，遂与驿丞、行者等吃了。

时已过午，三藏道："我好去了。"行者道："我保师父去。"八戒道："我去。"沙僧道："二哥罢么，你的嘴脸不见怎的，莫到朝门外装胖，还教大哥去。"三藏道："悟净说得好。呆子粗夯，悟空还有些细腻。"那呆子掬着嘴道："除了师父，我三个的嘴脸也差不多儿。"三藏却穿了袈裟，行者拿了引袋同去。只见街坊上，士农工商，文人墨客，愚夫俗子，齐咳咳都道："看抛绣球去也！"三藏立于道旁，对行者道："他这里人物衣冠，宫室器用，言语谈吐，也与我大唐一般。我想着我俗家先母也是抛打绣球遇旧姻缘，结了夫妇。此处亦有此等风俗。"行者道："我们也去看看如何？"三藏道："不可！不可！你我服色不便，恐有嫌疑。"行者道："师父，你忘了那给孤布金寺老僧之言：一则去看彩楼，二则去辨真假。似这般忙忙的，那皇帝必听公主之喜报，那里视朝理事？且去去来！"三藏听说，真与行者相随，见各项人等俱在那里看打绣球。呀！那知此去，却是渔翁抛下钩和线，从今钓出是非来。【心中有虚幻的

缘份,心魔就会作怪】

话表那个天竺国王,因爱山水花卉,前年带后妃、公主在御花园月夜赏玩,惹动一个妖邪,把真公主摄去,他却变做一个假公主。知得唐僧今年、今月、今日、今时到此,他假借国家之富,搭起彩楼,欲招唐僧为偶,采取元阳真气,以成太乙上仙。【卓吾评:此妖亦通】【天竺国王影射唐僧,公主即是唐僧之心。唐僧有慕古之意,即寿者相之困,反映在魔幻层面,即是假心侵占真心之位,类似于乌鸡国真假国王】正当午时三刻,三藏与行者杂入人丛,行近楼下,那公主才拈香焚起,祝告天地。左右有五七十胭娇绣女,近侍的捧着绣球。那楼八窗玲珑,公主转睛观看,见唐僧来得至近,将绣球取过来,亲手抛在唐僧头上。唐僧着了一惊,把个毗卢帽子打歪,双手忙扶着那球,那球毂辘的滚在他衣袖之内。那楼上齐声发喊道:"打着个和尚了!打着个和尚了!"【卓吾评:妇人偏要打和尚,大奇】

噫!十字街头,那些客商人等,济济哄哄,都来奔抢绣球,被行者喝一声,把手搓一搓,把腰躬一躬,长了有三丈高,使个神威,弄出丑脸,唬得些人跌跌爬爬,不敢相近。霎时人散,行者还现了本象。那楼上绣女宫娥并大小太监,都来对唐僧下拜道:"贵人!贵人!请入朝堂贺喜。"三藏急还礼,扶起众人,回头埋怨行者道:"你这猴头,又是撮弄我也!"行者笑道:"绣球儿打在你头上,滚在你袖里,干我何事?埋怨怎么?"三藏道:"似此怎生区处?"行者道:"师父,你且放心,便入朝见驾,我回驿报与八戒、沙僧等候。若是公主不招你便罢,倒换了关文就行;如必欲招你,你对国王说:'召我徒弟来,我要吩咐他一声。'那时召我三个入朝,我其间自能辨别真假。此是'倚婚降怪'之计。"唐僧无已从言,行者转身回驿。

那长老被众宫娥等撮拥至楼前。公主下楼,玉手相搀,同登宝辇,摆开仪从,回转朝门。早有黄门官先奏道:"万岁,公主娘娘搀着一个和尚,想是绣球打着,现在午门外候旨。"那国王见说,心甚不喜;意欲赶退,又不知公主之意何如,只得含情宣入。公主与唐僧遂至金銮殿下,正是一对夫妻呼万岁,两门邪正拜千秋。礼毕,又宣至殿上,开言问道:"僧人何来,遇朕女抛球得中?"唐僧俯伏奏道:"贫僧乃南赡部洲大唐皇帝差往西天大雷音寺拜佛求经的。因有长路关文,特来朝王倒换。路过十字街彩楼之下,不期公主娘娘抛绣球,打在贫僧头上。贫僧是出家异教之人,怎敢与玉叶金枝为偶!万望赦贫僧死罪,倒换关文,打发早赴灵山,见佛求经,回我国土,永注陛下之天恩也!"国王道:"你乃东土圣僧,正是'千里姻缘使线牵'。寡人公主,今登二十岁未婚,因择今日年月日时俱利,所以结彩楼抛绣球,以求佳偶。可可的你来抛着,朕虽不喜,却不知公主之意如何。"那公主叩头道:"父王,常言'嫁鸡逐鸡，嫁犬逐犬'。【卓吾评：难道和尚是鸡犬?】女有誓愿在先，结了这球，告奏天地神明，撞天婚抛打。今日打着圣僧，即是前世之缘，遂得今生之遇，岂敢更移！愿招他为驸马。"【寿者相，即时间上的错觉，把过去机械地搬到现在，执着于过去的经验来理解现在或未来。虚幻的缘份，正是唐僧需要破除的心魔】国王方喜，即宣钦天监正台官选择日期，一壁厢收拾妆奁，又出旨晓谕天下。三藏闻言，更不谢恩，只教："放赦！放赦！"国王道："这和尚甚不通理。朕以一国之富，招你做驸马，为何不在此享用，念念只要取经！再若推辞，教锦衣官校推出斩了！"长老唬得魂不附体，只得战兢兢叩头启奏道："感蒙陛下天恩，但贫僧一行四众，还有三个徒弟在外，今当领纳，只是不曾吩咐得一言。万望召他到此，倒换关文，教他早去，不误了西来之意。"国王遂准奏道："你徒弟在何处?"三藏道："都在会同馆驿。"随即差官召圣僧徒弟领关文西去，留圣僧在此为驸马。长老只得起身侍立。有诗为证：

大丹不漏要三全，苦行难成恨恶缘。
道在圣传修在己，善由人积福由天。
休逞六根多贪欲，顿开一性本来原。
无爱无思自清净，管教解脱得超然。

【缘份之魔在心中作怪，其实是六根的贪欲在作怪；顿悟自己本源的心性，即得清净和超然】

当时差官至会同馆驿，宣召唐僧徒弟不题。

却说行者自彩楼下别了唐僧，走两步，笑两声，喜喜欢欢的回驿。八戒、沙僧迎着道："哥哥，你怎么那般喜笑？师父如何不见?"行者道："师父喜了。"八戒道："还未到地头，又不曾见佛取得经回，是何来之喜?"行者笑道："我与师父只走至十字街彩楼之下，可可的被当朝公主抛绣球打中了师父，师父被些宫娥、彩女、太监推拥至楼前，同公主坐辇入朝，招为驸马，此非喜而何?"八戒听说，跌脚捶胸道："早知我去好来！都是那沙僧惫懒！你不阻我啊，我径奔彩楼之下，一绣球打着我老猪，那公主招了我，却不美哉，妙哉！俊刮标致，停当，大家造化耍子儿，何等有趣！"沙僧上前，把他脸上一抹道："不羞！不羞！好个嘴巴骨子！'三钱银子买了老驴——自夸骑得！'【卓吾评：市井之谈，亦自有趣】要是一绣球打着你，就连夜烧退送纸也还道迟了，敢惹你这晦气进门！"八戒道："你这黑子不知趣！丑自丑，还有些风味。自古道：'皮肉粗糙，骨格坚强——各有一得可取。'"行者道："呆子莫胡谈！且收拾行李。但恐师父着了急，来叫我们，却好进朝保护他。"八戒道："哥哥又说差了。师父做了驸马，到宫中与皇帝的女儿交欢，又不是爬山蹚路，遇怪逢魔，要你保护他怎的！他那样一把子年纪，岂不知被窝里之事，要你去扶揝(zuàn，握)？”行者一把揪住耳朵，轮拳骂道：“你这个淫心不断的夯货！说那甚胡说！”

正吵闹间，只见驿丞来报道：“圣上有旨，差官来请三位神僧。”八戒道：“端的请我们为何？”驿丞道：“老神僧幸遇公主娘娘，打中绣球，招为驸马，故此差官来请。”行者道：“差官在那里？教他进来。”那官看行者施礼。礼毕，不敢仰视，只管暗念诵道：“是鬼，是怪？是雷公，夜叉？”行者道：“那官儿，有话不说，为何沉吟？”那官儿慌得战战兢兢的，双手举着圣旨，口里乱道：“我公主有请会亲，我主公会亲有请！”【卓吾评：如画】八戒道：“我这里没刑具，不打你，你慢慢说，不要怕。”行者道：“莫成道怕你打？怕你那脸哩！快收拾挑担牵马进朝，见师父议事去也！”这正是：路逢狭道难回避，定教恩爱反为仇。毕竟不知见了国王有何话说，且听下回分解。

【卓吾评：一部《西游记》，独此回为第一义矣。此回内说“斯文，肚里空空”处，真是活佛出世，方能说此妙语。今日这班做举子业的斯文，不识一瞎字，真正可怜。不知是何缘故，却被猪八戒、沙和尚看出破绽来也。大羞，大羞】

第九十四回　四僧宴乐御花园　一怪空怀情欲喜

【时间是一直循环往复的，还是一支永不回头的箭？在不同的尺度和境况下可能有不同的答案。例如四季在一定时间尺度内是循环往复的，而一个人的人生境遇大多情况下却是一支永不回头的箭。经验有时可以重复利用，有时是巧合引起的缘分的错觉，不可重复。在曾经铺满黄金的地方不一定能挖出黄金，先人抛绣球结亲也不必然是后代的宿命，所以不要执着于时间的循环以及过去的经验，能用则用，不能用则变，不必刻意追求重复。这是寿者相的涵义，也是"过去心不可得"的原因。本回一方面描写唐僧师徒在皇宫的宴乐，用四季诗提示时间的循环往复容易导致经验的错觉，另一方面宿缘心魔自以为得计。上回在布金寺唐僧悲切映射为真公主悲切，本回唐僧欢喜映射为假公主欢喜。真假公主的状态是唐僧心理状态的反映】

话表孙行者三人，随着宣召官至午门外，黄门官即时传奏宣进。他三个齐齐站定，更不下拜。国王问道："那三位是圣僧驸马之高徒？姓甚名谁？何方居住？因甚事出家？取何经卷？"行者即近前，意欲上殿。旁有护驾的喝道："不要走！有甚话，立下奏来。"行者笑道："我们出家人，得一步就进一步。"【"得一步就进一步"，本意是贪心不满足，引申为对经验的推衍和进一步发挥】随后八戒沙僧亦俱近前。长老恐他村鲁惊驾，便起身叫道："徒弟啊，陛下问你来因，你即奏上。"行者见他那师父在旁侍立，忍不住大叫一声道："陛下轻人重己！既招我师为驸马，如何教他侍立？世间称女夫谓之'贵人'，岂有贵人不坐之理！"国王听说，大惊失色，欲退殿，恐失了观瞻，只得硬着胆，教近侍的取绣墩来，请唐僧坐了。

行者才奏道："老孙祖居东胜神洲傲来国花果山水帘洞。父天母地，石裂吾生。曾拜至人，学成大道。复转仙乡，啸聚在洞天福地。下海降龙，登山擒兽。消死名，上生籍，官拜齐天大圣。玩赏琼楼，喜游宝阁。会天仙，日日歌欢；居圣境，朝朝快乐。只因乱却蟠桃宴，大反天宫，被佛擒伏。困压在五行山下，饥餐铁弹，渴饮铜汁，五百年未尝茶饭。幸我师出东土，拜西方，观音教令脱天灾，离大难，皈正在瑜伽门下。旧讳悟空，称名行者。"国王闻得这般名重，慌得下了龙床，走将来，以御手挽定长老道："驸马，也是朕之天缘，得遇你这仙姻仙眷。"三藏满口谢恩，请国王登

位。【三人各述简历，暗示时间之箭】

复问："那位是第二高徒？"八戒掬嘴扬威道："老猪先世为人，贪欢爱懒。一生混沌，乱性迷心。未识天高地厚，难明海阔山遥。正在幽闲之际，忽然遇一真人。半句话，解开业网；两三言，劈破灾门。当时省悟，立地投师，谨修二八之工夫，敬炼三三之前后。行满飞升，得超天府。荷蒙玉帝厚恩，官赐天蓬元帅，管押河兵，逍遥汉阙。只因蟠桃酒醉，戏弄嫦娥，谪官衔，遭贬临凡；错投胎，托生猪象。住福陵山，造孽无边。遇观音，指明善道。皈依佛教，保护唐僧。径往西天，拜求妙典。法讳悟能，称为八戒。"国王听言，胆战心惊，不敢观觑。这呆子越弄精神，摇着头，掬着嘴，撑起耳朵呵呵大笑。三藏又怕惊驾，即叱道："八戒收敛！"方才叉手拱立，假扭斯文。

又问："第三位高徒，因甚皈依？"沙和尚合掌道："老沙原系凡夫，因怕轮回访道。云游海角，浪荡天涯。常得衣钵随身，每炼心神在舍。因此虔诚，得逢仙侣。养就孩儿，配缘姹女。工满三千，合和四相。超天界，拜玄穹，官授卷帘大将，侍御凤辇龙车，封号将军。也为蟠桃会上，失手打破玻璃盏，贬在流沙河，改头换面，造孽伤生。幸喜菩萨远游东土，劝我皈依，等候唐朝佛子，往西天求经果正。从立自新，复修大觉，指河为姓。法讳悟净，称名沙僧。"国王见说，多惊多喜，喜的是女儿招了活佛，惊的是三个实乃妖神。

正在惊喜之间，忽有正台阴阳官奏道："婚期已定本年本月十二日。壬子辰良，周堂（宜于办理婚丧事的吉日）通利，宜配婚姻。"国王道："今日是何日辰？"阴阳官奏："今日初八，乃戊申之日，猿猴献果，正宜进贤纳事。"国王大喜，即着当驾官打扫御花园馆阁楼亭，且请驸马同三位高徒安歇，待后安排合卺佳筵，与公主匹配。众等钦遵，国王退朝，多官皆散不题。

却说三藏师徒们都到御花园，天色渐晚，摆了素膳。八戒喜道："这一日也该吃饭了。"管办人即将素米饭、面饭等物，整担挑来。那八戒吃了又添，添了又吃，直吃得撑肠拄腹，方才住手。少顷，又点上灯，设铺盖，各自归寝。长老见左右无人，却恨责行者，怒声叫道："悟空！你这猢狲，番番害我！我说只去倒换关文，莫向彩楼前去，你怎么直要引我去看看？如今看得好么！却惹出这般事来，怎生是好？"【卓吾评：这和尚委是怕阴的】行者陪笑道："师父说'先母也是抛打绣球，遇旧缘，成其夫妇'，似有慕古之意，【慕古，即是缘分心魔】老孙才引你去。又想着那个给孤布金寺长老之言，就此检视真假。适见那国王之面，略有些晦暗之色，但只未见公主何如耳。"

长老道："你见公主便怎的？"行者道："老孙的火眼金睛，但见面，就认得真假善恶，富贵贫穷，却好施为，辨明邪正。"沙僧与八戒笑道："哥哥近日又学得会相面了。"行者道："相面之士，当我孙子罢了。"【不入于相，见机行事】三藏喝道："且休调嘴！只是他如今定要招我，果何以处之？"行者道："且到十二日会喜之时，必定那公主出来参拜父母，等老孙在旁观看。若还是个真女人，你就做了驸马，享用国内之荣华也罢。"三藏闻言，越生嗔怒，骂道："好猢狲！你还害我哩！却是悟能说的，我们十节儿已上了九节七八分了，你还把热舌头铎我？快早夹着，你休开那臭口！再若无礼，我就念起咒来，教你了当不得！"行者听说念咒，慌得跪在面前道："莫念！莫念！若是真女人，待拜堂时，我们一齐大闹皇宫，领你去也。"师徒说话，不觉早已入更。正是：

沉沉宫漏，荫荫花香。绣户垂珠箔，闲庭绝火光。秋千索冷空留影，羌笛声残静四方。绕屋有花笼月灿，隔空无树显星芒。杜鹃啼歇，蝴蝶梦长。银汉横天宇，白云归故乡。正是离人情切处，风摇嫩柳更凄凉。

八戒道："师父，夜深了，有事明早再议。且睡！且睡！"师徒们果然安歇。一宵夜景已题，早又金鸡唱晓。五更三点，国王即登殿设朝，但见：

宫殿开轩紫气高，风吹御乐透青霄。
云移豹尾旌旗动，日射螭头玉佩摇。
香雾细添宫柳绿，露珠微润苑花娇。
山呼舞蹈千官列，海晏河清一统朝。

众文武百官朝罢，又宣："光禄寺安排十二日会喜佳筵，今日且整春罍(chūn léi，酒)，请驸马在御花园中款玩。"吩咐仪制司领三位贤亲去会同馆少坐，着光禄寺安排三席素宴去彼奉陪。两处俱着教坊司奏乐，伏侍赏春景消迟日也。八戒闻得，应声道："陛下，我师徒自相会，更无一刻相离。今日既在御花园饮宴，带我们去耍两日，好教师父替你家做驸马；不然，这个买卖生意弄不成。"那国王见他丑陋，说话粗俗，又见他扭头捏颈，掬嘴巴，摇耳朵，即象有些风气，犹恐搅破亲事，只得依从，便教："在永镇华夷阁里安排二席，我与驸马同坐。留春亭上，安排三席，请三位别坐。恐他师徒们坐次不便。"那呆子才朝上唱个喏，叫声多谢，各各而退。又传旨教内宫官排宴，着三宫六院后妃与公主上头，就为添妆(备置嫁妆)餪(nuǎn，设喜宴)子，以待十二日佳配。将有巳时前后，那国王排驾，请唐僧都到御花园内观看。好去处：

径铺彩石，槛凿雕栏。径铺彩石，径边石畔长奇葩；槛凿雕栏，槛外栏中生异卉。夭桃迷翡翠，嫩柳闪黄鹂。步觉幽香来袖满，行沾清味上衣多。凤台龙沼，竹阁松轩。凤台之上吹箫，引凤来仪；龙沼之间养鱼，化龙而去。竹阁有诗，费尽推敲裁白雪；松轩文集，考成珠玉注青编。假山拳石翠，曲水碧波深。牡丹亭，蔷薇架，迭锦铺绒；茉藜槛，海棠畦，堆霞砌玉。芍药异香，蜀葵奇艳。白梨红杏斗芳菲，紫蕙金萱争烂熳。丽春花、木笔花、杜鹃花，夭夭灼灼；含笑花、凤仙花、玉簪花，战战巍巍。一处处红透胭脂润，一丛丛芳浓锦绣围。更喜东风回暖日，满园娇媚逞光辉。

一行君王几位，观之良久。早有仪制司官邀请行者三人入留春亭，国王携唐僧上华夷阁，各自饮宴。那歌舞吹弹，铺张陈设，真是：

峥嵘阊阖曙光生，凤阁龙楼瑞霭横。
春色细铺花草绣，天光遥射锦袍明。
笙歌缭绕如仙宴，杯斝(jiǎ，酒器)飞传玉液清。
君悦臣欢同玩赏，华夷永镇世康宁。

此时长老见那国王敬重，无计可奈，只得勉强随喜，诚是外喜而内忧也。坐间见壁上挂着四面金屏，屏上画着春夏秋冬四景，皆有题咏，皆是翰林名士之诗。

《春景诗》曰：

周天一气转洪钧，大地熙熙万象新。
桃李争妍花烂熳，燕来画栋迭香尘。

《夏景诗》曰：

熏风拂拂思迟迟，宫院榴葵映日辉。
玉笛音调惊午梦，芰(jì，菱)荷香散到庭帏。

《秋景诗》曰：

金井梧桐一叶黄，珠帘不卷夜来霜。
燕知社日辞巢去，雁折芦花过别乡。

《冬景诗》曰：

天雨飞云暗淡寒，朔风吹雪积千山。
深宫自有红炉暖，报道梅开玉满栏。

那国王见唐僧恣意看诗，便道："驸马喜玩诗中之味，心定善于吟哦。如不吝珠玉，请依韵各和一首如何？"长老是个对景忘情、明心见性之意，见国王钦重，命和前韵，他不觉忽谈一句道："日暖冰消大地钧。"【卓吾评：说假事，宛如真事】国王大喜，即召侍卫官："取文房四宝，请驸马和完录下，俟朕缓缓味之。"长老欣然不辞，举笔而和。【卓吾评：驸马诗虽不工，然无和尚气，亦可取也】

《和春景诗》曰：

日暖冰消大地钧，御园花卉又更新。
和风膏雨民沾泽，海晏河清绝俗尘。

《和夏景诗》曰：

斗指南方白昼迟，槐云榴火斗光辉。
黄鹂紫燕啼宫柳，巧转双声入绛帏。

《和秋景诗》曰：

香飘橘绿与橙黄，松柏青青喜降霜。
篱菊半开攒锦绣，笙歌韵彻水云乡。

《和冬景诗》曰：

瑞雪初晴气味寒，奇峰巧石玉团山。
炉烧兽炭煨酥酪，袖手高歌倚翠栏。

国王见和大喜，称唱道："好个'袖手高歌倚翠栏'！"遂命教坊司以新诗奏乐，尽日而散。【四季诗无甚新意，为显唐僧入寿者相之意】

行者三人在留春亭亦尽受用，各饮了几杯，也都有些酣意。正欲去寻长老，只见长老已同国王在一阁。八戒呆性发作，应声叫道："好快活！好自在！今日也受用这一日了！却该趁饱儿睡觉去也！"沙僧笑道："二哥忒没修养，这气饱饫（yù，饱食），如何睡觉？"八戒道："你那里知，俗语云：'吃了饭儿不挺尸，肚里没板脂'哩！"

唐僧与国王相别，只谨言，只谨言，既至亭内，嗔责他三人道："这夯货，越发村了！这是甚么去处，只管大呼小叫！倘或恼着国王，却不被他伤害性命？"八戒道："没事！没事！我们与他亲家礼道的，他便不好生怪。常言道：'打不断的亲，骂不断的邻。'大家耍子，怕他怎的？"长老叱道，教："拿过呆子来，打他二十禅杖！"行者果一把揪翻，长老举杖就打。呆子喊叫道："驸马爷爷！饶罪！饶罪！"旁有陪宴官劝住。呆子爬将起来，突突囔囔的道："好贵人！好驸马！亲还未成，就行起王法来了！"行者侮着他嘴道："莫胡说！莫胡说！快早睡去。"他们又在留春亭住了一宿。到明早，依旧宴乐。

不觉乐了三四日，正值十二日佳辰。有光禄寺三部各官回奏道："臣等自八日奉旨，驸马府已修完，专等妆奁铺设。合卺宴亦已完备，荤素共五百余席。"国王心喜，正欲请驸马赴席，忽有内宫官对御前启奏道："万岁，正宫娘娘有请。"国王遂退入内宫，只见那三宫皇后，六院嫔妃，引领着公主，都在昭阳宫谈笑。真个是花团锦簇！那一片富丽妖娆，真胜似天堂月殿，不亚于仙府瑶宫。有《喜会佳姻》新词四首为证。

《喜词》云：

喜！喜！喜！欣然乐矣！结婚姻，恩爱美。巧样宫妆，嫦娥怎比。龙钗与凤镶，艳艳飞金缕。樱唇皓齿朱颜，袅娜如花轻体。锦重重五彩丛中；香拂拂千金队里。

《会词》云：

会！会！会！妖娆娇媚。赛毛嫱，欺楚妹。倾国倾城，比花比玉。妆饰更鲜妍，钗环多艳丽。兰心蕙性清高，粉脸冰肌荣贵。黛眉一线远山微，窈窕嫣娴攒锦队。

《佳词》云：

佳！佳！佳！玉女仙娃。深可爱，实堪夸。异香馥郁，脂粉交加。天台福地远，怎似国王家。笑语纷然娇态，笙歌缭绕喧哗。花堆锦砌千般美，看遍人间怎若他。

《姻词》云：

姻！姻！姻！兰麝香喷。仙子阵，美人群。嫔妃换彩，公主妆新。云鬓堆鸦髻，霓裳压凤裙。一派仙音嘹喨，两行朱紫缤纷。当年曾结乘鸾信，今朝幸喜会佳姻。【四词无甚新意，为显唐僧心魔之喜乐】

却说国王驾到，那后妃引着公主，并彩女宫娥都来迎接。国王喜孜孜，进了昭阳宫坐下。后妃等朝拜毕，国王道："公主贤女，自初八日结彩抛球，幸遇圣僧，想是心愿已足。各衙门官，又能体朕心，各项事俱已完备。今日正是佳期，可早赴合卺之宴，不要错过时辰。"那公主走近前倒身下拜，奏道："父王，乞赦小女万千之罪。有一言启奏：这几日闻得宫官传说，唐圣僧有三个徒弟，他生得十分丑恶，小女不敢见他，恐见时必生恐惧。万望父王将他发放出城方好，不然惊伤弱体，反为祸害也。"国王道："孩儿不说，朕几乎忘了，果然生得有些丑恶，连日教他在御花园里留春亭管待。趁今日就上殿，打发他关文，教他出城，却好会宴。"公主叩头谢了恩，国王即出驾上殿，传旨："请驸马共他三位。"

原来那唐僧捏指头儿算日子，熬至十二日，天未明，就与他三人计较道："今日却是十二了，这事如何区处？"行者道："那国王我已识得他有些晦气，还未沾身，不为大害；但只不得公主见面，若得出来，老孙一觑，就知真假。方才动作，你只管放心。他如今一定来请，打发我等出城，你自应承莫怕。我闪闪身儿就来，紧紧随护你也。"师徒们正讲，果见当驾官同仪制司来请。行者笑道："去来！去来！必定是与我们送行，好留师父会合。"八戒道："送行必定有千百两黄金白银，我们也好买些人事回去，到我那丈人家，也再会亲耍子儿去耶。”沙僧道：“二哥箝（qián，紧闭）着口，休乱说，只凭大哥主张。”

遂此将行李、马匹，俱随那些官到于丹墀下。国王见了，教请行者三位近前道：“汝等将关文拿上来，朕当用宝花押交付汝等，外多备盘缠，送你三位早去灵山见佛。若取经回来，还有重谢。留驸马在此，勿得悬念。”行者称谢，遂教沙僧取出关文递上。国王看了，即用了印，押了花字，又取黄金十锭，白金二十锭，聊达亲礼。八戒原来财色心重，即去接了。行者朝上唱个喏道：“聒噪！聒噪！”便转身要走，慌着个三藏一毂辘爬起，扯住行者，咬响牙根道：“你们都不顾我就去了！”行者把手捏着三藏手掌，丢个眼色道：“你在这里宽怀欢会。我等取了经，回来看你。”那长老似信不信的，不肯放手。多官都看见，以为实是相别而去。早见国王又请驸马上殿，着多官送三位出城，长老只得放了手上殿。

行者三人，同众出了朝门，各自相别。八戒道：“我们当真的走哩？”行者不言语，只管走。至驿中，驿丞接入，看茶摆饭。行者对八戒沙僧道：“你两个只在此，切莫出头。但驿丞问甚么事情，且含糊答应，莫与我说话，我保师父去也。”好大圣，拔一根毫毛，吹口仙气，叫：“变！”即变作本身模样，与八戒、沙僧同在驿内，真身却幌的跳在半空，变作一个蜜蜂儿，其实小巧。但见：

翅黄口甜尾利，随风飘舞颠狂。最能摘蕊与偷香，度柳穿花摇荡。辛苦几番淘染，飞来飞去空忙。酿成浓美自何尝，只好留存名状。

你看他轻轻的飞入朝中，观见那唐僧在国王左边绣墩上坐着，愁眉不展，心存焦燥。径飞至他毗卢帽上，悄悄的爬及耳边，叫道：“师父，我来了，切莫忧虑。”这句话，只有唐僧听见，那伙凡人，莫想知觉。唐僧听见，始觉心宽。不一时，宫官来请道：“万岁，合卺嘉筵已排设在鳷鹊①宫中，娘娘与公主，俱在宫伺候，专请万岁同贵人会亲也。”国王喜之不尽，即同驸马进宫而去。正是那：邪主爱花花作祸，禅心动念念生愁。【谁是邪主，谁爱花，花是谁的心，谁动了念头，谁愁？唐僧也】毕竟不知唐僧在内宫怎生解脱，且听下回分解。

【卓吾评：一谑语云：“皇帝女婿名驸马，诸侯女婿当名驸驴，到得举人、进士女婿，只好名驸狗罢了。”因见唐僧做驸马事，笑而书此。

《西游》妙处，只是说假如真，令人解颐（开颜欢笑）】

① 鳷鹊：zhī què，传说中的异鸟名。又指喜鹊。

第九十五回　假合真形擒玉兔　真阴归正会灵元

【本回归结不入相布施的方法。怎样理解和传承缘份？历史的经验能不能搬到现在？在史书记载有黄金的地方不一定能挖到黄金，祖辈的经历也不一定在自己身上重现。然而，老和尚洞悉人性，把公主当妖怪圈禁起来却是极富经验和智慧的举动，孙悟空用鸡灭蜈蚣也是正确传承了毒敌山和黄花观得到的智慧。所以，寿者是宝，经验是宝，危险的是我、人、众生、寿者之相，是教条和执迷】

却说那唐僧忧忧愁愁，随着国王至后宫，只听得鼓乐喧天，随闻得异香扑鼻，低着头，不敢仰视。行者暗里欣然，丁在那毗卢帽顶上，运神光，睁火眼金睛观看，又只见那两班彩女，摆列的似蕊宫仙府，胜强似锦帐春风。真个是：

娉婷嬝娜，玉质冰肌。一双双娇欺楚女，一对对美赛西施。云髻高盘飞彩凤，娥眉微显远山低。笙簧杂奏，箫鼓频吹。宫商角徵羽，抑扬高下齐。清歌妙舞常堪爱，锦砌花团色色怡。

行者见师父全不动念，暗自里咂嘴夸称道："好和尚！好和尚！身居锦绣心无爱，足步琼瑶意不迷。"

少时，皇后嫔妃簇拥着公主出鳷鹊宫，一齐迎接，都道声："我王万岁，万万岁！"慌的个长老战战兢兢，莫知所措。行者早已知识，见那公主头顶上微露出一点妖氛，却也不十分凶恶，即忙爬近耳朵叫道："师父，公主是个假的。"长老道："是假的，却如何教他现相？"行者道："使出法身，就此拿他也。"长老道："不可！不可！恐惊了主驾。且待君后退散，再使法力。"

那行者一生性急，那里容得，大咤一声，现了本相，赶上前揪住公主骂道："好孽畜！你在这里弄假成真，只在此这等受用也尽彀了，心尚不足，还要骗我师父，破他的真阳，遂你的淫性哩！"唬得那国王呆呆挣挣，后妃跌跌爬爬，宫娥彩女，无一个不东躲西藏，各顾性命。好便似：

春风荡荡，秋气潇潇。春风荡荡过园林，千花摆动；秋气潇潇来径苑，万叶飘摇。刮折牡丹攲（qī，通"倚"，倚靠）槛下，吹歪芍药卧栏边。沼岸芙蓉乱撼，台基菊蕊铺堆。海棠无力倒尘埃，玫瑰有香眠野径。春风吹折芰（jì，菱）荷楟（tíng，通"葶"，花茎），冬雪压歪梅嫩蕊。石榴花瓣，乱落在内院东西；岸柳枝条，斜垂在皇宫南北。

好花风雨一宵狂，无数残红铺地锦。

三藏一发慌了手脚，战兢兢抱住国王，只叫："陛下，莫怕！莫怕！此是我顽徒使法力，辨真假也。"

却说那妖精见事不谐，挣脱了手，解剥了衣裳，捽落了钗环首饰，即跑到御花园土地庙里，取出一条碓嘴样的短棍，急转身来乱打行者。行者随即跟来，使铁棒劈面相迎。他两个吆吆喝喝，就在花园斗起，后却大显神通，各驾云雾，杀在空中。这一场：

金箍铁棒有名声，碓嘴短棍无人识。一个因取真经到此方，一个为爱奇花来住迹。【国王爱花、邪主爱花、妖怪爱花，实为唐僧一人爱花】那怪久知唐圣僧，要求配合元精液。旧年摄去真公主，变作人身钦爱惜。今逢大圣认妖氛，救援活命分虚实。短棍行凶着顶丢，铁棒施威迎面击。喧喧嚷嚷两相持，云雾满天遮白日。

他两个杀在半空赌斗，吓得那满城中百姓心慌，尽朝里多官胆怕。长老扶着国王，只叫："休惊！请劝娘娘与众等莫怕。你公主是个假作真形的，等我徒弟拿住他，方知好歹也。"那些妃子有胆大的，把那衣服、钗环拿与皇后看了，道："这是公主穿的，戴的，今都丢下，精着身子，与那和尚在天上争打，必定是个妖邪。"此时国王后妃人等才正了性，望空仰视不题。

却说那妖精与大圣斗经半日，不分胜败。行者把棒丢起，叫一声："变！"就以一变十，以十变百，以百变千，半天里，好似蛇游蟒搅，乱打妖邪。妖邪慌了手脚，将身一闪，化道清风，即奔碧空之上逃走。行者念声咒语，将铁棒收做一根，纵祥光一直赶来。将近西天门，望见那旌旗烟灼，行者厉声高叫道："把天门的，挡住妖精，不要放他走了！"真个那天门上，有护国天王帅领着庞、刘、苟、毕四大元帅，各展兵器拦阻。妖邪不能前进，急回头，舍死忘生，使短棍又与行者相持。

这大圣用心力轮铁棒，【轮铁棒的不是手臂，而是心力，盖因此铁棒就是心力】仔细迎着看时，见那短棍儿一头壮，一头细，却似舂碓臼的杵头模样，叱咤一声喝道："孽畜！你拿的是甚么器械，敢与老孙抵敌！快早降伏，免得这一棒打碎你的天灵！"那妖邪咬着牙道："你也不知我这兵器！听我道：

仙根是段羊脂玉，磨琢成形不计年。
混沌开时吾已得，洪蒙判处我当先。
源流非比凡间物，本性生来在上天。
一体金光和四相，五行瑞气合三元。
随吾久住蟾宫内，伴我常居桂殿边。

因为爱花垂世境，故来天竺假婵娟。
与君共乐无他意，欲配唐僧了宿缘。
【兔子跟唐僧何有宿缘？这个宿缘是唐僧慕古之念，寿者之相】
你怎欺心破佳偶，死寻赶战逞凶顽！
这般器械名头大，在你金箍棒子前。
广寒宫里捣药杵，打人一下命归泉！"

行者闻说，呵呵冷笑道："好孽畜啊！你既住在蟾宫之内，就不知老孙的手段？你还敢在此支吾？快早现相降伏，饶你性命！"那怪道："我认得你是五百年前大闹天宫的弼马温，理当让你。但只是破人亲事，如杀父母之仇，故此情理不甘，要打你欺天罔上的弼马温！"那大圣恼得是"弼马温"三字，他听得此言，心中大怒，举铁棒劈面就打，那妖邪轮杵来迎，就于西天门前，发狠相持。这一场：

金箍棒，捣药杵，两般仙器真堪比。那个为结婚姻降世间，这个因保唐僧到这里。原来是国王没正经，爱花引得妖邪喜。【国王何罪？爱花何罪？盖因国王影射唐僧也】致使如今恨苦争，两家都把顽心起。一冲一撞赌输赢，劖语劖言[①]齐斗嘴。药杵英雄世罕稀，铁棒神威还更美。金光湛湛幌天门，彩雾辉辉连地里。来往战经十数回，妖邪力弱难搪抵。

那妖精与行者又斗了十数回，见行者的棒势紧密，料难取胜，虚丢一杵，将身幌一幌，金光万道，径奔正南上败走，大圣随后追袭。忽至一座大山，妖精按金光，钻入山洞，寂然不见。又恐他遁身回国，暗害唐僧，他认了这山的规模，返云头径转国内。

此时有申时矣。那国王正扯着三藏，战战兢兢只叫："圣僧救我！"那些嫔妃、皇后也正怆惶，只见大圣自云端里落将下来，叫道："师父，我来也！"三藏道："悟空立住，不可惊了圣躬。我问你：假公主之事，端的如何？"行者立于鳷鹊宫外，叉手当胸道："假公主是个妖邪。初时与他打了半日，他战不过我，化道清风，径往天门上跑，是我吆喝天神挡住。他现了相，又与我斗到十数合，又将身化作金光，败回正南上一座山上。我急追至山，无处寻觅，恐怕他来此害你，特地回顾也。"国王听说，扯着唐僧问道："既然假公主是个妖邪，我真公主在于何处？"行者应声道："待我拿住假公主，你那真公主自然来也。"【降伏魔心、假心，真心自然回归】那后妃等闻得此言，都解了恐惧，一个个上前拜告道："望圣僧救得我真公主来，分了明暗，必当重

① 劖语劖言：chán yǔ chán yán，刻薄嘲讽玩笑之言。

谢，”行者道：“此间不是我们说话处，请陛下与我师出宫上殿，娘娘等各转各宫，召我师弟八戒、沙僧来保护师父，老孙却好去降妖。一则分了内外，二则免我悬心。谨当辨明，以表我一场心力。”【心性之能，全靠心力】国王依言，感谢不已，遂与唐僧携手出宫，径至殿上，众后妃各各回宫。一壁厢教备素膳，一壁厢请八戒沙僧。须臾间，二人早至。行者备言前事，教他两个用心护持。这大圣纵筋斗云，飞空而去，那殿前多官，一个个望空礼拜不题。

孙大圣径至正南方那座山上寻找。原来那妖邪败了阵，到此山，钻入窝中，将门儿使石块挡塞，虚怯怯藏隐不出。行者寻一会不见动静，心甚焦恼，捻着诀，念动真言，唤出那山中土地、山神审问。少时，二神至了，叫头道：“不知！不知！知当远接。万望恕罪！”行者道：“我且不打你。我问你：这山叫做甚么名字？此处有多少妖精？从实说来，饶你罪过。”二神告道：“大圣，此山唤做毛颖山，山中只有三处兔穴。亘古至今，没甚妖精，乃五环之福地也。大圣要寻妖精，还是西天路上去有。”【卓吾评：想多是修西方的变的】行者道：“老孙到了西天天竺国，那国王有个公主被个妖精摄去，抛在荒野，他就变做公主模样，戏哄国王，结彩楼，抛绣球，欲招驸马。我保唐僧至其楼下，被他有心打着唐僧，欲为配偶，诱取元阳。是我识破，就于宫中现身捉获。他就脱了衣服、首饰，使一条短棍，唤名捣药杵，与我斗了半日，他就化清风而去。被老孙赶至西天门，又斗有十数合，他料不能胜，复化金光，逃至此处，如何不见？”

二神听说，即引行者去那三窟中寻找。【狡兔三窟，盖言寿者相之心魔难以察觉、把握】始于山脚下窟边看处，亦有几个草兔儿，也惊得走了。寻至绝顶上窟中看时，只见两块大石头，将窟门挡住。土地道：“此间必是妖邪赶急钻进去也。”行者即使铁棒捎开石块，那妖邪果藏在里面，呼的一声，就跳将出来，举药杵来打，行者轮起铁棒架住。唬得那山神倒退，土地忙奔。那妖邪口里囔囔突突的，骂着山神土地道：“谁教你引着他往这里来找寻！”他支支撑撑的，抵着铁棒，且战且退，奔至空中。

正在危急之际，却又天色晚了。这行者愈发狠性，下毒手，恨不得一棒打杀，忽听得九霄碧汉之间，有人叫道：“大圣，莫动手！莫动手！棍下留情！”行者回头看时，原来是太阴星君，后带着姮娥仙子，降彩云到于当面。慌得行者收了铁棒，躬身施礼道：“老太阴，那里来的？老孙失回避了。”太阴道：“与你对敌的这个妖邪，是我广寒宫捣玄霜仙药之玉兔也。他私自偷开玉关金锁，走出宫来，经今一载。我算他目下有伤命之灾，特来救他性命，望大圣看老身饶他罢。”行者喏喏连声，只道：“不敢！不敢！怪道他会使捣药杵！原来是个玉兔儿！老太阴不知，他摄藏了天竺国王之公主，却又假合真形，欲破我圣僧师父之元阳。其情其罪，其实何甘！怎么便可轻恕饶他？”太阴道：“你亦不知。那国王之公主，也不是凡人，原是蟾宫中之素娥。十八年前，他曾把玉兔儿打了一掌，却就思凡下界。一灵之光，遂投胎于国王正宫皇后之腹，当时得以降生。这玉兔儿怀那一掌之仇，故于旧年走出广寒，抛素娥于荒野。但只是不该欲配唐僧，此罪真不可逭（huàn，宽恕）。幸汝留心，识破真假，【本书多出以月亮比喻圆明的心性，是故悟空降妖，映射为月君收服玉兔。第二回菩提祖师有“月藏玉兔日藏乌”之语，有矛盾走向反面之意，所以玉兔之于月也对应微瑕之于心性】却也未曾伤损你师。万望看我面上，恕他之罪，我收他去也。”行者笑道：“既有这些因果，老孙也不敢抗违。但只是你收了玉兔儿，恐那国王不信，敢烦太阴君同众仙妹将玉兔儿拿到那厢，对国王明证明证，一则显老孙之手段，二来说那素娥下降之因由，然后着那国王取素娥公主之身，以见显报之意也。”太阴君信其言，用手指定妖邪，喝道：“那孽畜还不归正同来！”玉兔儿打个滚，现了原身。真个是：

缺唇尖齿，长耳稀须。团身一块毛如玉，展足千山蹄若飞。直鼻垂酥，果赛霜华填粉腻；双睛红映，犹欺雪上点胭脂。伏在地，白穰穰一堆素练；伸开腰，白铎铎一架银丝。几番家，吸残清露瑶天晓，捣药长生玉杵奇。

那大圣见了，不胜欣喜，踏云光，向前引导。那太阴君领着众姮娥仙子，带着玉兔儿，径转天竺国界。此时正黄昏，看看月上，到城边，闻得谯楼（qiáo lóu，城门上的瞭望楼）上擂鼓。那国王与唐僧尚在殿内，八戒、沙僧与多官都在阶前，方议退朝，只见正南上一片彩霞，光明如昼。众抬头看处，又闻得孙大圣厉声高叫道：“天竺陛下，请出你那皇后嫔妃看者。这宝幢下乃月宫太阴星君，两边的仙妹是月里嫦娥。这个玉兔儿却是你家的假公主，今现真相也。”那国王急召皇后、嫔妃，与宫娥、彩女等众，朝天礼拜，他和唐僧及多官亦俱望空拜谢。满城中各家各户，也无一人不设香案，叩头念佛。正此观看处，猪八戒动了欲心，忍不住，跳在空中，把霓裳仙子抱住道：“姐姐，我与你是旧相识，我和你耍子儿去也。”【八戒再点题，情欲之心，宿怨宿缘，正是今日之魔障】行者上前揪着八戒，打了两掌骂道：“你这个村泼呆子！此是甚么去处，敢动淫心！”八戒道：“拉闲散闷耍子而已！”【八戒之言，实为唐僧自嘲】那太阴君令转仙幢，与众嫦娥收回玉兔，径上月宫而去。

行者把八戒揪落尘埃。这国王在殿上谢了行者，又问前因道：“多感神僧大法力捉了假公主，朕之真公主，却在何处所也？”行者道：“你那真公主也不是凡胎，就是蟾宫里素娥仙子。因十八年前，他将玉兔儿打了一掌，就思凡下界，投胎在你正宫腹内，生下身来。那玉兔儿怀恨前仇，所以于旧年间偷开玉关金锁走下来，把素娥摄抛荒野，他却变形哄你。这段因果，是太阴君亲口才与我说的。今日既去其假者，明日请御驾去寻其真者。"国王闻说，又心意惭惶，止不住腮边泪堕道："孩儿！我自幼登基，虽城门也不曾出去，却教我那里去寻你也！"行者笑道："不须烦恼，你公主现在给孤布金寺里装风。今且各散，到天明我还你个真公主便是。"众官又拜伏奏道："我王且心宽，这几位神僧，乃腾云驾雾之神佛，必知未来过去之因由。明日即烦神僧四众同去一寻，便知端的。"国王依言，即请至留春亭摆斋安歇。此时已近二更，正是那：

铜壶滴漏月华明，金铎叮当风送声。
杜宇正啼春去半，落花无路近三更。
御园寂寞秋千影，碧落空浮银汉横。
三市六街无客走，一天星斗夜光晴。

当夜各寝不题。这一夜，国王退了妖气，陡长精神，至五更三点，复出临朝。朝毕，命请唐僧四众，议寻公主。长老随至，朝上行礼。大圣三人，一同打个问讯。国王欠身道："昨所云公主孩儿，敢烦神僧为一寻救。"长老道："贫僧前日自东来，行至天晚，见一座给孤布金寺，特进求宿，幸那寺僧相待。当晚斋罢，步月闲行，行至布金旧园，观看基址，忽闻悲声入耳。询问其由，本寺一老僧，年已百岁之外，他屏退左右，细细的对我说了一遍，道：'悲声者，乃旧年春深时，我正明性月，忽然一阵风生，就有悲怨之声。下榻到祇园基上看处，乃是一个女子。询问其故，那女子道：'我是天竺国国王公主。因为夜间玩月观花，被风刮至于此。'那老僧多知人礼，即将公主锁在一间僻静房中，惟恐本寺顽僧污染，只说是'妖精被我锁住'。公主识得此意，日间胡言乱语，讨些茶饭吃了；夜深无人处，思量父母悲啼。那老僧也曾来国打听几番，见公主在宫无恙，所以不敢声言举奏。因见我徒弟有些神通，那老僧千叮万嘱，教贫僧到此查访。不期他原是蟾宫玉兔为妖，假合真形，变作公主模样，他却又有心要破我元阳。幸亏我徒弟施威显法，认出真假，今已被太阴星收去。贤公主见在布金寺装风也。"国王见说此详细，放声大哭。早惊动三宫六院，都来问及前因，无一人不痛哭者。良久，国王又问："布金寺离城多远？"三藏道："只有六十里路。"国王遂传旨："着东西二宫守殿，掌朝太师卫国，朕同正宫皇后帅多官、四神僧，去寺取公主也。"

当时摆驾，一行出朝。你看那行者就跳在空中，把腰一扭，先到了寺里。众僧慌忙跪接道："老爷去时，与众步行，今日何从天上下来？"行者笑道："你那老师在于何处？快叫他出来，排设香案接驾。天竺国王、皇后、多官与我师父都来了。”众僧不解其意，即请出那老僧，老僧见了行者，倒身下拜道：“老爷，公主之事如何？”行者把那假公主抛绣球，欲配唐僧，并赶捉赌斗，与太阴星收去玉兔之言，备陈了一遍。那老僧又磕头拜谢，行者搀起道：“且莫拜，且莫拜，快安排接驾。”众僧才知后房里锁得是个女子。一个个惊惊喜喜，便都设了香案，摆列山门之外，穿了袈裟，撞起钟鼓等候。不多时，圣驾早到，果然是：

缤纷瑞霭满天香，一座荒山倏被祥。
虹流千载清河海，电绕长春赛禹汤。
草木沾恩添秀色，野花得润有余芳。
古来长者留遗迹，今喜明君降宝堂。

国王到于山门之外，只见那众僧齐齐整整，俯伏接拜，又见孙行者立在中间。国王道：“神僧何先到此？”行者笑道：“老孙把腰略扭一扭儿，就到了，你们怎么就走这半日？”随后唐僧等俱到。长老引驾，到于后面房边，那公主还装风胡说。老僧跪指道：“此房内就是旧年风吹来的公主娘娘。”国王即令开门。随即打开铁锁，开了门。国王与皇后见了公主，认得形容，不顾秽污，近前一把搂抱道：“我的受苦的儿啊！你怎么遭这等折磨，在此受罪！”真是父母子女相逢，比他人不同，三人抱头大哭。哭了一会，叙毕离情，即令取香汤，教公主沐浴更衣，上辇回国。【国王与真公主团聚，对应唐僧找回真心】

行者又对国王拱手道：“老孙还有一事奉上。”国王答礼道：“神僧有事吩咐，朕即从之。”行者道：“他这山，名为百脚山。近来说有蜈蚣成精，黑夜伤人，往来行旅，甚为不便。我思蜈蚣惟鸡可以降伏，可选绝大雄鸡千只，撒放山中，除此毒虫。就将此山名改换改换。赐文一道敕封，就当谢此僧存养公主之恩也。”【卓吾评：好心肠，只以救人为事】【将先前毒敌山和黄花观学到的经验用到此处，以行布施】国王甚喜领诺，随差官进城取鸡；又改山名为宝华山，仍着工部办料重修，赐与封号，唤做“敕建宝华山给孤布金寺。”把那老僧封为“报国僧官”，永远世袭，赐俸米十六石。僧众谢了恩，送驾回朝。公主入宫，各各相见。安排筵宴，与公主释闷贺喜。后妃母子，复聚首团圞（tuán luán，团圆），国王君臣，亦共喜饮宴一宵不题。

次早，国王传旨，召丹青图下圣僧四众喜容，供养在华夷楼上。又请公主新妆重整，出殿谢唐僧四众救苦之恩。谢毕，唐僧辞王西去。那国王那里肯放，大设佳宴，一连吃了五六日，着实好了呆子，尽力放开肚量受用。国王见他们拜佛心重，苦留不住，遂取金银二百锭，宝贝各一盘奉谢，师徒们一毫不受。教摆銮驾，请老师父登辇，差官远送，那后妃并臣民人等俱各叩谢不尽。及至前途，又见众僧叩送，俱不忍相别。行者见送者不肯回去，无已，捻诀往巽地上吹口仙气，一阵暗风，把送的人都迷了眼目，方才得脱身而去。这正是：沐净恩波归了性，出离金海悟真空。毕竟不知前路如何，且听下回分解。

【卓吾评：向说天下兔儿俱雌，只有月宫玉兔为雄。故兔向月宫一拜，便能受孕生育。今亦变公主，抛绣球，招驸马，想是南风大作耳。

今竟以玉兔为弄童之名，甚雅致。书罢一笑】

【《金刚经》印证：菩萨无住相布施，福德亦复如是，不可思量】

【《金刚经》印证：若菩萨心住于法而行布施，如人入暗，即无所见；若菩萨心不住法而行布施，如人有目，日光明照，见种种色】

第九十六回　寇员外喜待高僧　唐长老不贪富贵

【本回是师徒到灵山前的最后一难，主题是功德心。与前金平府相对，地名为铜台府。“金平”暗指黄金台，为燕昭王重金招贤之台；“铜台”暗指铜雀台，为曹操显示功业之台。作者用典角度奇绝，不落于相，故而一处是物质享受的诱惑，一处为功德名声的诱惑。斋僧行善，如银行存钱，积累自己的福德，帮的是自己，故不应居功。取经亦如是。这也是《金刚经》中讲“菩萨不受福德”的涵义】

色色原无色，【不要执着于色】空空亦非空。【也不要执着于空】静喧语默本来同，梦里何劳说梦。有用用中无用，无功功里施功。还如果熟自然红，莫问如何修种。

【色与空、安静与喧哗、说话和沉默、清醒和梦中、有用和无用、有功和无功，看似两个极端，其实互相包含，互相彰显，互相转化，本质是一样的。不要执着于任何一端，顺其自然，随机应变，真理是无路之国】

【《金刚经》印证：实无有法得阿耨多罗三藐三菩提】

话表唐僧师众，使法力，阻住那布金寺僧。僧见黑风过处，不见他师徒，以为活佛临凡，磕头而回不题。他师徒们西行，正是春尽夏初时节：

清和天气爽，池沼芰(jì，菱)荷生。梅逐雨余熟，麦随风里成。草香花落处，莺老柳枝轻。江燕携雏习，山鸡哺子鸣。斗南当日永，万物显光明。

说不尽那朝餐暮宿，转涧寻坡。在那平安路上，行经半月，前边又见一城垣相近。三藏问道：“徒弟，此又是甚么去处！”行者道：“不知，不知。”八戒笑道：“这路是你行过的，怎说不知！却是又有些儿蹊跷。故意推不认得，捉弄我们哩。”行者道：“这呆子全不察理！这路虽是走过几遍，那时只在九霄空里，驾云而来，驾云而去，何曾落在此地？事不关心，查他做甚，此所以不知。却有甚蹊跷，又捉弄你也？”

说话间，不觉已至边前，三藏下马，过吊桥，径入门里。长街上，只见廊下坐着两个老儿叙话。三藏叫：“徒弟，你们在那街心里站住，低着头，不要放肆，等我去那廊下，问个地方。”行者等果依言立住，长老近前合掌叫声“老施主，贫僧问讯了。”那二老正在那里闲讲闲论，说甚么兴衰得失，谁圣谁贤，当时的英雄事业，而今安在，诚可谓大叹息。【点题。是非成败转头空，且将英雄事业，付诸笑谈】忽听得道声问讯，随答礼道："长老有何话说？"三藏道："贫僧乃远方来拜佛祖的，适到宝方，不知是甚地名。那里有向善的人家，化斋一顿？"老者道："我敝处是铜台府，府后有一县，叫做地灵县。长老若要吃斋，不须募化，过此牌坊，南北街，坐西向东者，有一个虎坐门楼，乃是寇员外家，他门前有个'万僧不阻'之牌。似你这远方僧，尽着受用。去！去！去！莫打断我们的话头。"三藏谢了，转身对行者道："此处乃铜台府地灵县。那二老道：'过此牌坊，南北街，向东虎坐门楼，有个寇员外家，他门前有个"万僧不阻"之牌。'教我到他家去吃斋哩。"沙僧道："西方乃佛家之地，真个有斋僧的。此间既是府县，不必照验关文，我们去化些斋吃了，就好走路。"长老与三人缓步长街，又惹得那市口里人，都惊惊恐恐，猜猜疑疑的。围绕争看他们相貌。长老吩咐闭口，只教"莫放肆！莫放肆！"三人果低着头，不取仰视。转过拐角，果见一条南北大街。

正行时，见一个虎坐门楼，门里边影壁上挂着一面大牌，书着"万僧不阻"四字。三藏道："西方佛地，贤者愚者俱无诈伪。那二老说时，我犹不信，至此果如其言。"八戒村野，就要进去。行者道："呆子且住。待有人出来，问及何如，方好进去。"沙僧道："大哥说得有理。恐一时不分内外，惹施主烦恼。"在门口歇下马匹、行李。须臾间，有个苍头出来，提着一把秤，一只篮儿，猛然看见，慌的丢了，倒跑进去报道："主公！外面有四个异样僧家来也！"那员外拄着拐，正在天井中闲走，口里不住的念佛，一闻报道，就丢了拐，出来迎接。见他四众，也不怕丑恶，只叫："请进，请进。"三藏谦谦逊逊，一同都入。转过一条巷子，员外引路，至一座房里，说道："此上手房宇，乃管待老爷们的佛堂、经堂、斋堂。下手的，是我弟子老小居住。"三藏称赞不已，随取袈裟穿了拜佛，举步登堂观看，但见那：

香云叆叇，烛焰光辉。满堂中锦簇花攒，四下里金铺彩绚。朱红架，高挂紫金钟；彩漆檠(qíng，烛台，灯台)，对设花腔鼓。几对幡，绣成八宝；千尊佛，尽戗黄金。古铜炉，古铜瓶，雕漆桌，雕漆盒。古铜炉内，常常不断沉檀；古铜瓶中，每有莲花现彩。雕漆桌上五云鲜，雕漆盒中香瓣积。玻璃盏，净水澄清；瑠璃灯，香油明亮。一声金磬，响韵虚徐。真个是红尘不到赛珍楼，家奉佛堂欺上刹。

长老净了手，拈了香，叩头拜毕，却转回与员外行礼。员外搀住道："且住！请到经堂中相见。"又见那：

方台竖柜，玉匣金函。方台竖柜，堆积着无数经文；玉匣金函，收贮着许多简札。彩漆桌上，有纸墨笔砚，都是些精精致致的文房；椒粉屏前，有书画琴棋，尽是些妙妙玄玄的真趣。放一口轻玉浮金之仙磬，挂一柄披风披月之龙髯。清气令人神气爽，斋心自觉道心闲。

长老到此，正欲行礼，那员外又搀住道："请宽佛衣。"三藏脱了袈裟，才与长老见了，又请行者三人见了，又叫把马喂了，行李安在廊下，方问起居。三藏道："贫僧是东土大唐钦差，诣宝方谒灵山见佛祖求真经者。闻知尊府敬僧，故此拜见，求一斋就行。"员外面生喜色，笑吟吟的道："弟子贱名寇洪，字大宽，虚度六十四岁。自四十岁上，许斋万僧，才做圆满。今已斋了二十四年，有一簿斋僧的帐目。连日无事，把斋过的僧名算一算，已斋过九千九百九十六员，止少四众，不得圆满。今日可可的天降老师四位，完足万僧之数，请留尊讳。好歹宽住月余，待做了圆满，弟子着轿马送老师上山。此间到灵山只有八百里路，苦不远也。"【十万八千里路，还剩八百里，正如斋万僧还缺四位，都是求圆满心切，都有功德心，此为魔障】三藏闻言，十分欢喜，都就权且应承不题。

他那几个大小家僮，往宅里搬柴打水，取米面蔬菜，整治斋供，忽惊动员外妈妈问道："是那里来的僧，这等上紧？"僮仆道："才有四位高僧，爹爹问他起居，他说是东土大唐皇帝差来的，往灵山拜佛爷爷，到我们这里，不知有多少路程。爹爹说是天降的，吩咐我们快整斋，供养他也。"那老妪听说也喜，叫丫鬟："取衣服来我穿，我也去看看。"僮仆道："奶奶，只一位看得，那三位看不得，形容丑得狠哩。"老妪道："汝等不知。但形容丑陋，古怪清奇，必是天人下界。快先去报你爹爹知道。"那僮仆跑至经堂对员外道："奶奶来了，要拜见东土老爷哩。"三藏听见，即起身下座。说不了，老妪已至堂前。举目见唐僧相貌轩昂，丰姿英伟。转面见行者三人模样非凡，虽知他是天人下界，却也有几分悚惧，朝上跪拜。三藏急急还礼道："有劳菩萨错敬。"老妪问员外说道："四位师父，怎不并坐？"八戒掬着嘴道："我三个是徒弟。"噫！他这一声，就如深山虎啸，那妈妈一发害怕。

正说处，又见一个家僮来报道："两个叔叔也来了。"三藏急转身看时，原来是两个少年秀才。那秀才走上经堂，对长老倒身下拜，慌得三藏急便还礼。员外上前扯住道："这是我两个小儿，唤名寇梁、寇栋，在书房里读书方回，来吃午饭。知老师下降，故来拜也。"【卓吾评：秀才是有孔夫子，又说恁么东西？】三藏喜道："贤哉！贤哉！正是欲高门第须为善，要好儿孙在读书。"二秀才启上父亲道："这老爷是那里来的？"员外笑道："来路远哩，南赡部洲东土大唐皇帝钦差到灵山拜佛祖爷爷取经的。"秀才道："我看《事林广记》上，盖天下只有四大部洲。我们这里叫做西牛贺洲，还有个东胜神洲。想南赡部洲至此，不知走了多少年代？"三藏笑道："贫僧在路，耽阁的日子多，行的日子少。常遭毒魔狠怪，万苦千辛，甚亏我三个徒弟保护，共计一十四遍寒暑，方得至宝方。”秀才闻言，称奖不尽道：“真是神僧！真是神僧！”说未毕，又有个小的来请道：“斋筵已摆，请老爷进斋。”员外着妈妈与儿子转宅，他却陪四众进斋堂吃斋。那里铺设的齐整，但见：

金漆桌案，黑漆交椅。前面是五色高果，俱巧匠新装成的时样。第二行五盘小菜，第三行五碟水果，第四行五大盘闲食。般般甜美，件件馨香。素汤米饭，蒸卷馒头，辣辣灶灶腾腾，尽皆可口，真足充肠。七八个僮仆往来奔奉，四五个庖丁不住手。

你看那上汤的上汤，添饭的添饭，一往一来，真如流星赶月。这猪八戒一口一碗，就是风卷残云，师徒们尽受用了一顿。长老起身对员外谢了斋，就欲走路。那员外拦住道：“老师，放心住几日儿。常言道：‘起头容易结梢难。’只等我做过了圆满，方敢送程。”三藏见他心诚意恳，没奈何住了。

早经过五七遍朝夕，那员外才请了本处应佛僧二十四员，办做圆满道场。众僧们写作有三四日，选定良辰，开启佛事。他那里与大唐的世情一般，却倒也：

大扬幡，铺设金容；齐秉烛，烧香供养。擂鼓敲铙，吹笙捻管。云锣儿横笛音清，也都是尺工字样。打一回，吹一荡，朗言齐语开经藏。先安土地，次请神将。发了文书，拜了佛像。谈一部《孔雀经》，句句消灾障；点一架药师灯，焰焰辉光亮。拜水忏，解冤愆；讽《华严》，除诽谤。三乘妙法甚精勤，一二沙门皆一样。

如此做了三昼夜，道场已毕。唐僧想着雷音，一心要去，又相辞谢。员外道：“老师辞别甚急，想是连日佛事冗忙，多致简慢，有见怪之意。”三藏道：“深扰尊府，不知何以为报，怎敢言怪！但只当时圣君送我出关，问几时可回，我就误答三年可回，不期在路耽阁，今已十四年矣！取经未知有无，及回又得十二三年，岂不违背圣旨？罪何可当！望老员外让贫僧前去，待取得经回，再造府久住些时，有何不可！”八戒忍不住高叫道：“师父忒也不从人愿！不近人情！老员外大家巨富，许下这等斋僧之愿，今已圆满，又况留得至诚，须住年把，也不妨事，只管要去怎的？放了这等现成好斋不吃，却往人家化募！前头有你甚老爷、老娘家哩？”长老咄的喝了一声道：“你这夯货，只知要吃，更不管回向之因，【回向之因，受一份福就有一份难】正是那‘槽里吃食，圈里擦痒’的畜生！汝等既要贪此嗔痴，明日等我自家去罢。”行者见师父变了脸，即揪住八戒，着头打一顿拳，骂道：“呆子不知好歹，惹得师父连我们都怪了！”沙僧笑道：“打得好！打得好！只这等不说话，还惹人嫌，且又插嘴！”那呆子气呼呼的立在旁边，再不敢言。员外见他师徒们生恼，只得满面陪笑道：“老师莫焦燥。今日且少宽容，待明日我办些旗鼓，请几个邻里亲戚，送你们起程。”

正讲处，那老妪又出来道："老师父，既蒙到舍，不必苦辞。今到几日了？"三藏道："已半月矣。"老妪道："这半月算我员外的功德，老身也有些针线钱儿，也愿斋老师父半月。"说不了，寇栋兄弟又出来道："四位老爷，家父斋僧二十余年，更不曾遇着好人，【卓吾评：可见和尚好人少】今幸圆满，四位下降，诚然是蓬荜生辉。学生年幼，不知因果，常闻得有云：'公修公得，婆修婆得，不修不得。'我家父、家母各欲献芹者，正是各求得些因果，何必苦辞？就是愚兄弟，也省得有些束修钱儿，也只望供养老爷半月，方才送行。"三藏道："令堂老菩萨盛情，已不敢领，怎么又承贤昆玉厚爱？决不敢领。今朝定要起身，万勿见罪。不然，久违钦限，罪不容诛矣。"那老妪与二子见他执一不住，便生起恼来道："好意留他，他这等固执要去，要去便就去了罢！只管劳叨甚么！"母子遂抽身进去。【善与不善、积德与作孽、爱与恨，其实距离不远，很容易走向反面】八戒忍不住口，又对唐僧道："师父，不要拿过了班儿。常言道：'留得在，落得怪。'我们且住一个月儿，了了他母子的愿心也罢了，只管忙怎的？"唐僧又咄了一声喝道，那呆子就自家把嘴打了两下道："啐！啐！啐！说道莫多话！又做声了！"行者与沙僧欷欷（xī xī，同"嘻嘻"）的笑在一边。唐僧又怪行者道："你笑甚么？"即捻诀要念紧箍咒儿，慌得个行者跪下道："师父，我不曾笑，我不曾笑！千万莫念，莫念！"

员外又见他师徒们渐生烦恼，再也不敢苦留，只叫："老师不必吵闹，准于明早送行。"遂此出了经堂，吩咐书办，写了百十个简帖儿，邀请邻里亲戚，明早奉送唐朝老师西行；一壁厢又叫庖人安排饯行的筵宴；一壁厢又叫管办的做二十对彩旗，觅一班吹鼓手乐人，南来寺里请一班和尚，东岳观里请一班道士，限明日巳时，各项俱要齐整。众执事领命去讫。不多时，天又晚了。吃了晚斋，各归寝处，正是那：

几点归鸦过别村，楼头钟鼓远相闻。
六街三市人烟静，万户千门灯火昏。
月皎风清花弄影，银河惨淡映星辰。
子规啼处更深矣，天籁无声大地钧。

当时三四更天气，各管事的家僮，尽皆早起，买办各项物件。你看那办筵席的厨上慌忙，置彩旗的堂前吵闹，请僧道的两脚奔波，叫鼓乐的一声急纵，送简帖的东走西跑，备轿马的上呼下应。这半夜，直嚷至天明，将巳时前后，各项俱完，也只是有钱不过。

却表唐僧师徒们早起，又有那一班人供奉。长老吩咐收拾行李，扣备马匹。呆子听说要走，又努嘴胖唇，唧唧哝哝，只得将衣钵收拾，找启高肩担子。沙僧刷鞄

(páo,同"刨",刷)马匹,套起鞍辔伺候。行者将九环杖递在师父手里,他将通关文牒的引袋儿,挂在胸前,只是一齐要走。员外又都请至后面大敞厅内,那里面又铺设了筵宴,比斋堂中相待的更是不同。但见那:

帘幕高挂,屏围四绕。正中间,挂一幅寿山福海之图;两壁厢,列四轴春夏秋冬之景。龙文鼎内香飘霭,鹊尾炉中瑞气生。看盘簇彩,宝妆花色色鲜明;排桌堆金,狮仙糖齐齐摆列。阶前鼓舞按宫商,堂上果肴铺锦绣。素汤素饭甚清奇,香酒香茶多美艳。虽然是百姓之家,却不亚王侯之宅。只听得一片欢声,真个也惊天动地。

长老正与员外作礼,只见家僮来报:"客俱到了。"却是那请来的左邻右舍、妻弟姨兄、姐夫妹丈,又有那些同道的斋公,念佛的善友,一齐都向长老礼拜。拜毕,各各叙坐,只见堂下面鼓瑟吹笙,堂上边弦歌酒宴。这一席盛宴,八戒留心对沙僧道:"兄弟,放怀放量吃些儿。离了寇家,再没这好丰盛的东西了!"沙僧笑道:"二哥说那里话!常言道:'珍馐百味,一饱便休。只有私房路,那有私房肚?'"八戒道:"你也忒不济!不济!我这一顿尽饱吃了,就是三日也急忙不饿。"行者听见道:"呆子,莫胀破了肚子!如今要走路哩!"

说不了,日将中矣。长老在上举箸,念《揭斋经》。八戒慌了,拿过添饭来,一口一碗,又丢彀有五六碗,把那馒头馇儿、饼子烧果,没好没歹的,满满笼了两袖,才跟师父起身。长老谢员外,又谢了众人,一同出门。你看那门外摆着彩旗宝盖,鼓手乐人。又见那两班僧道方来,员外笑道:"列位来迟,老师去急,不及奉斋,俟回来谢罢。"众等让叙道路,抬轿的抬轿,骑马的骑马,步行的步行,都让长老四众前行。只闻得鼓乐喧天,旗幡蔽日,人烟凑集,车马骈填(聚会,连属。形容多),都来看寇员外迎送唐僧。这一场富贵,真赛过珠围翠绕,诚不亚锦帐藏春!

那一班僧,打一套佛曲;那一班道,吹一道玄音,俱送出府城之外。行至十里长亭,又设着箪食壶浆,擎杯把盏,相饮而别。那员外犹不忍舍,噙着泪道:"老师取经回来,是必到舍再住几日,以了我寇洪之心。"三藏感之不尽,谢之无已,道:"我若到灵山,得见佛祖,首表员外之大德。回时定踵门叩谢,叩谢!"说说话儿,不觉的又有二三里路,长老恳切拜辞,那员外又放声大哭而转。这正是:有愿斋僧归妙觉,无缘得见佛如来。

且不说寇员外送至十里长亭,同众回家。却说他师徒四众,行有四五十里之地,天色将晚。长老道:"天晚了,何方借宿?"八戒挑着担,努着嘴道:"放了现成茶饭不吃,清凉瓦屋不住,却要走甚么路,像抢丧踵魂的!如今天晚,倘下起雨来,却如之何!"三藏骂道:"泼孽畜,又来报怨了!常言道:'长安虽好,不是久恋之家。'

【卓吾评：着眼】待我们有缘拜了佛祖，取得真经，那时回转大唐，奏过主公，将那御厨里饭，凭你吃上几年，胀死你这孽畜，教你做个饱鬼！”那呆子吓吓的暗笑，不敢复言。

行者举目遥观，只见大路旁有几间房宇，急请师父道：“那里安歇，那里安歇。”长老至前，见是一座倒塌的牌坊，坊上有一旧扁，扁上有落颜色积尘的四个大字，乃“华光行院”。长老下了马道：“华光菩萨是火焰五光佛的徒弟，因剿除毒火鬼王，降了职，【菩萨不以功德为念】化做五显灵官。此间必有庙祝。”遂一齐进去。但见廊房俱倒，墙壁皆倾，更不见人之踪迹，只是些杂草丛菁（jīng，泛指花）。欲抽身而出，不期天上黑云盖顶，大雨淋漓。没奈何，却在那破房之下，拣遮得风雨处，将身躲避。密密寂寂，不敢高声，恐有妖邪知觉。坐的坐，站的站，苦捱了一夜未睡。咦！真个是：泰极还生否，乐处又逢悲。

毕竟不知天晓向前去还是如何，且听下回分解。

【卓吾评：或问：“今人修西方，只为身在东土耳。那寇员外已在西方矣，缘何又修？”曰：“东人要修西方，西人要修东土，总只是在境厌境，去境羡境。如今在家人偶到僧房道舍，便生羡慕，殊不知僧道肚里又羡慕在家人也。倘令之易地，亦必相羡相厌，亦复如是也。”】

【《金刚经》印证：“须菩提！若菩萨以满恒河沙等世界七宝持用布施，若复有人知一切法无我，得成于忍，此菩萨胜前菩萨所得功德。何以故？须菩提！以诸菩萨不受福德故。”须菩提白佛言：“世尊！云何菩萨不受福德？”“须菩提！菩萨所作福德，不应贪着，是故说不受福德。”】

【《坛经》印证：造寺度僧，布施设斋，名为求福，不可将福便为功德。功德在法身中，不在修福。见性是功，平等是德。念念无滞，常见本性真实妙用，名为功德。内心谦下是功，外行于礼是德；自性建立万法是功，心体离念是德；不离自性是功，应用无染是德。若觅功德法身，但依此作，是真功德。若修功德之人，心即不轻，常行普敬。心常轻人，吾我不断，即自无功；自性虚妄不实，即自无德，为吾我自大，常轻一切故。善知识！念念无间是功，心行平直是德；自修性是功，自修身是德。善知识！功德须自性内见，不是布施供养之所求也，是以福德与功德别】

第九十七回　金酬外护遭魔蜇　圣显幽魂救本原

【上节寇家、唐僧均圆满心切，此节皆遭厄难，一个归阴，一个下狱，故寇员外实为唐僧镜像，只不过魔心不重，映为凡人。行善和取经皆有功德，但放纵贪心，将功德当作珠宝一样搜集，就失去了初心，与贼寇何异？】

且不言唐僧等在华光破屋中，苦奈夜雨存身。却说铜台府地灵县城内有伙凶徒，因宿娼、饮酒、赌博，花费了家私，无计过活，遂伙了十数人做贼，算道本城那家是第一个财主，那家是第二个财主，去打劫些金银用度。内有一人道："也不用缉访，也不须算计，只有今日送那唐朝和尚的寇员外家，十分富厚。我们乘此夜雨，街上人也不防备，火甲等也不巡逻，就此下手，劫他些资本，我们再去嫖赌儿耍子，岂不美哉！"【卓吾评：这转湾也妙】众贼欢喜，齐了心，都带了短刀、蒺藜、拐子、闷棍、麻绳、火把，冒雨前来，打开寇家大门，呐喊杀入。慌得他家里若大若小，是男是女，俱躲个干净。妈妈儿躲在床底，老头儿闪在门后，寇梁、寇栋与着亲的几个儿女，都战战兢兢的四散逃走顾命。那伙贼，拿着刀，点着火，将他家箱笼打开，把些金银宝贝，首饰衣裳，器皿家火，尽情搜劫。那员外割舍不得，拚了命走出门来，对众强人哀告道："列位大王，彀你用的便罢，还留几件衣物与我老汉送终。"那众强人那容分说，赶上前，把寇员外撩阴一脚踢翻在地，可怜三魂渺渺归阴府，七魄悠悠别世人！【卓吾评：斋僧之报】众贼得了手，走出寇家，顺城脚做了软梯，漫城墙一一系出，冒着雨连夜奔西而去。那寇家僮仆见贼退了，方才出头。及看时，老员外已死在地下。放声哭道："天呀！主人公已打死了！"众皆伏尸而哭，悲悲啼啼。

将四更时，那妈妈想恨唐僧等不受他的斋供，因为花扑扑的送他，惹出这场灾祸，便生妒害之心，欲陷他四众，【可见敬僧是假，贪功是真】扶着寇梁道："儿啊，不须哭了。你老子今日也斋僧，明日也斋僧，岂知今日做圆满，斋着那一伙送命的僧也！"他兄弟道："母亲，怎么是送命的僧？"妈妈道："贼势凶勇，杀进房来，我就躲在床下，战兢兢的留心向灯火处看得明白，你说是谁？点火的是唐僧，持刀的是猪八戒，搬金银的是沙和尚，打死你老子的是孙行者。"【卓吾评：老妈妈作此诳语，不像吃斋的，又极像吃斋的】【由爱生恨，欠债还钱，是矛盾，也是因果】二子听言，认了真实道："母亲既然看得明白，必定是了。他四人在我家住了半月，将我家门户墙垣，窗棂巷道，俱看熟了，财动人心，所以乘此夜雨，复到我家，既劫去财物，又害了父亲。此情何毒！待天明到府里递失状坐名告他。”寇栋道：“失状如何写？”寇梁道：“就依母亲之言。”写道：“唐僧点着火，八戒叫杀人。沙和尚劫出金银去，孙行者打死我父亲。”一家子吵吵闹闹，不觉天晓。一壁厢传请亲人，置办棺木；一壁厢寇梁兄弟，赴府投词。

【至此，不管是在家修行还是途中寺庙道观中的出家修行，都有不堪的作为。可见作者更注重修行的实质，而不是形式，这也是不入法相的表现】

原来这铜台府刺史正堂大人，平生正直，素性贤良。少年向雪案攻书，早岁在金銮对策。常怀忠义之心，每切仁慈之念。名扬青史播千年，龚黄再见；声振黄堂传万古，卓鲁重生。当时坐了堂，发放了一应事务，即令抬出放告牌。这寇梁兄弟抱牌而入，跪倒高叫道：“爷爷，小的们是告强盗得财，杀伤人命重情事。”刺史接上状去，看了这般这的，如此如彼，即问道：“昨日有人传说，你家斋僧圆满，斋得四众高僧，乃东土唐朝的罗汉，花扑扑的满街鼓乐送行，怎么却有这般事情？”寇梁等磕头道：“爷爷，小的父亲寇洪，斋僧二十四年，因这四僧远来，恰足万僧之数，因此做了圆满，留他住了半月。他就将路道、门窗都看熟了，当日送出，当晚复回，乘黑夜风雨，遂明火执杖，杀进房来，劫去金银财宝、衣服首饰，又将父打死在地。望爷爷与小民做主！”刺史闻言，即点起马步快手并民壮人役，共有百五十人，各执锋利器械，出西门一直来赶唐僧四众。

却说他师徒们，在那华光行院破屋下挨至天晓，方才出门，上路奔西。可可的那些强盗当夜打劫了寇家，系出城外，也向西方大路上，行经天晓，走过华光院西去，有二十里远近，藏于山凹中，分拨金银等物。分还未了，忽见唐僧四众顺路而来，众贼心犹不歇，指定唐僧道：“那不是昨日送行的和尚来了！”众贼笑道：“来得好！来得好！我们也是干这般没天理的买卖。这些和尚缘路来，又在寇家许久，不知身边有多少东西，我们索性去截住他，夺了盘缠，抢了白马凑分，却不是遂心满意之事？”众贼遂持兵器，呐一声喊，跑上大路，一字儿摆开，叫道：“和尚，不要走！快留下买路钱，饶你性命！牙迸半个‘不’字，一刀一个，决不留存！”唬得个唐僧在马上乱战，沙僧与八戒心慌，对行者道：“怎的了！怎的了！苦奈得半夜雨天，又早遇强徒断路，诚所谓‘祸不单行’也！”行者笑道：“师父莫怕！兄弟勿忧！等老孙去问他一问。”

好大圣，束一束虎皮裙子，抖一抖锦布直裰，走近前，叉手当胸道：“列位是做甚么的？”贼徒喝道：“这厮不知死活，敢来问我！你额颅下没眼，不认得我是大王爷爷！快将买路钱来，放你过去！”行者闻言，满面陪笑道：“你原来是剪径的强盗！”贼徒发狠叫:"杀了!"行者假假的惊恐道:"大王!大王!我是乡村中的和尚,不会说话,冲撞莫怪,莫怪!若要买路钱,不要问那三个,只消问我。我是个管帐的,凡有经钱、衬钱,那里化缘的、布施的,都在包袱中,尽是我管出入,那个骑马的,虽是我的师父,他却只会念经,不管闲事,财色俱忘,一毫没有。那个黑脸的,是我半路上收的个后生,只会养马。那个长嘴的,是我雇的长工,只会挑担。你把三个放过去,我将盘缠衣钵尽情送你。"众贼听说:"这个和尚倒是个老实头儿。既如此,饶了你命,教那三个丢下行李,放他过去。"行者回头使个眼色,沙僧就丢了行李担子,与师父牵着马,同八戒往西径走。行者低头打开包袱,就地挝把尘土,往上一洒,念个咒语,乃是个定身之法,喝一声:"住!"那伙贼共有三十来名,一个个咬着牙,睁着眼,撒着手,直直的站定,莫能言语,不得动身。行者跳出路口,叫道:"师父,回来!回来!"八戒慌了道:"不好,不好!师兄供出我们来了!他身上又无钱财,包袱里又无金银,必定是叫师父要马哩,叫我们是剥衣服了。"沙僧笑道:"二哥莫乱说!大哥是个了得的,向者那般毒魔狠怪,也能收服,怕这几个毛贼?他那里招呼,必有话说,快回去看看。"长老听言,欣然转马回至边前,叫道:"悟空,有甚事叫回来也?"行者者:"你们看这些贼是怎的说?"八戒近前推着他,叫道:"强盗,你怎的不动弹了?"那贼浑然无知,不言不语。八戒道:"好的痴哑了!"行者笑道:"是老孙使个定身法定住也。"八戒道:"既定了身,未曾定口,怎么连声也不做?"行者道:"师父请下马坐着。常言道:'只有错拿,没有错放。'兄弟,你们把贼都扳翻倒捆了,教他供一个供状,看他是个雏儿强盗,把势强盗。"沙僧道:"没绳索哩。"行者即拔下些毫毛,吹口仙气,变作三十条绳索,一齐下手,把贼扳翻,都四马攒蹄捆住,却又念念解咒,那伙贼渐渐苏醒。

行者请唐僧坐在上首,他三人各执兵器喝道:"毛贼,你们一起有多少人?做了几年买卖?打劫了有多少东西?可曾杀伤人口?还是初犯,却是二犯,三犯?"众贼开口道:"爷爷饶命!"行者道:"莫叫唤!从实供来!"众贼道:"老爷,我们不是久惯做贼的,都是好人家子弟。只因不才,吃酒赌钱,宿娼顽耍,将父祖家业尽花费了,一向无干,又无钱用。访知铜台府城中寇员外家资财豪富,昨日合伙,当晚乘夜雨昏黑,就去打劫。劫的有些金银服饰,在这路北下山凹里正自分赃,忽见老爷们来。内中有认得是寇员外送行的,必定身边有物;又见行李沉重,白马快走,人心不足,故又来邀截。岂知老爷有大神通法力,将我们困住。万望老爷慈悲,收去那劫的财物,饶了我的性命也!"

三藏听说是寇家劫的财物,猛然吃了一惊,慌忙站起道:"悟空,寇老员外十分好善，如何招此灾厄？”行者笑道：“只为送我们起身，那等彩帐花幢，盛张鼓乐，惊动了人眼目，所以这伙光棍就去下手他家。今又幸遇着我们，夺下他这许多金银服饰。”三藏道：“我们扰他半月，感激厚恩，无以为报，不如将此财物护送他家，却不是一件好事？”行者依言，即与八戒、沙僧，去山凹里取将那些赃物，收拾了，驮在马上。又教八戒挑了一担金银，沙僧挑着自己行李。行者欲将这伙强盗一棍尽情打死，又恐唐僧怪他伤人性命，只得将身一抖，收上毫毛。那伙贼松了手脚，爬起来，一个个落草逃生而去。这唐僧转步回身，将财物送还员外。这一去，却似飞蛾投火，反受其殃。有诗为证：【卓吾评：小人之言】

恩将恩报人间少，反把恩慈变作仇。
下水救人终有失，三思行事却无忧。

【斋僧阻挡不了恶报，行善反而遭受牢灾，因果轮回并不一定如人愿，所以行于布施的同时还要有保护自己的智慧】

三藏师徒们将着金银服饰拿转，正行处，忽见那枪刀簇簇而来。三藏大惊道：“徒弟，你看那兵器簇拥相临，是甚好歹？”八戒道：“祸来了，祸来了！这是那放去的强盗，他取了兵器，又伙了些人，转过路来与我们斗杀也！”沙僧道：“二哥，那来的不是贼势。大哥，你仔细观之。”行者悄悄的向沙僧道：“师父的灾星又到了，此必是官兵捕贼之意。”说不了，众兵卒至边前，撒开个圈子阵，把他师徒围住道：“好和尚，打劫了人家东西，还在这里摇摆哩！”一拥上前，先把唐僧抓下马来，用绳捆了，又把行者三人，也一齐捆了，穿上扛子，两个抬一个，赶着马，夺了担，径转府城。只见那：

唐三藏，战兢兢，滴泪难言。猪八戒，絮叨叨，心中报怨。沙和尚，囊突突，意下踌躇。孙行者，笑唏唏，要施手段。【卓吾评：猴】

众官兵攒拥扛抬，须臾间拿到城里，径自解上黄堂报道：“老爷，民快人等，捕获强盗来了。”那刺史端坐堂上，赏劳了民快，捡看了贼赃，当叫寇家领去，却将三藏等提近厅前，问道：“你这起和尚，口称是东土远来，向西天拜佛，却原来是些设法躧看门路，打家劫舍之贼！”三藏道：“大人容告：贫僧实不是贼，决不敢假，随身现有通关文牒可照。只因寇员外家斋我等半月，情意深重，我等路遇强盗，夺转打劫寇家的财物，因送还寇家报恩，不期民快人等捉获，以为是贼，实不是贼。望大人详察。”刺史道：“你这厮见官兵捕获，却巧言报恩。既是路遇强盗，何不连他捉来，报官报恩？如何只是你四众！你看！寇梁递得失状，坐名告你，你还敢展挣？”三藏闻言，一似大海烹舟，魂飞魄丧，叫：“悟空，你何不上来折辨！”行者道：“有赃是实，折辨何为！”刺史道：“正是啊！赃证现存，还敢抵赖？”叫手下：“拿脑箍来，把这秃贼的光头箍他一箍，然后再打！”行者慌了，心中暗想道：“虽是我师父该有此难，还不可教他十分受苦。”他见那皂隶们收拾索子结脑箍，即便开口道：“大人且莫箍那个和尚。昨夜打劫寇家，点火的也是我，持刀的也是我，劫财的也是我，杀人的也是我。我是个贼头，要打只打我，与他们无干，但只不放我便是。”刺史闻言就教：“先箍起这个来。”皂隶们齐来上手，把行者套上脑箍，收紧了一勒，扢扑的把索子断了。又结又箍，又扢扑的断了。一连箍了三四次，他的头皮，皱也不曾皱一些儿。却又换索子再结时，只听得有人来报道：“老爷，都下陈少保爷爷到了，请老爷出郭迎接。”那刺史即命刑房吏：“把贼收监，好生看辖，待我接过上司，再行拷问。”刑房吏遂将唐僧四众，推进监门。八戒、沙僧将自己行李担进随身。

三藏道：“徒弟，这是怎么起的？”行者笑道：“师父，进去，进去！这里边没狗叫，倒好耍子！”【卓吾评：猴】可怜把四众捉将进去，一个个都推入辖床（令犯人仰卧夹住手脚的刑床），扣拽了滚肚（搭在腹部的棍子）、敌脑（扣在头上的刑具）、攀胸（套在胸部的刑具），禁子（狱卒）们又来乱打。三藏苦痛难禁，只叫：“悟空！怎的好！怎的好！”行者道：“他打是要钱哩。常言道：‘好处安身，苦处用钱。’如今与他些钱，便罢了。”三藏道：“我的钱自何来？”行者道：“若没钱，衣物也是，把那袈裟与了他罢。”三藏听说，就如刀刺其心。一时间见他打不过，又要得紧，只得开言道：“悟空，随你罢。”行者便叫：“列位长官，不必打了。我们担进来的那两个包袱中，有一件锦襕袈裟，价值千金。你们解开拿了去罢。”众禁子听言，一齐动手，把两个包袱解看。虽有几件布衣，有个引袋，俱不值钱，只见几层油纸包裹着一物，霞光焰焰，知是好物。抖开看时，只见：

巧妙明珠缀，稀奇佛宝攒。
盘龙铺绣结，飞凤锦沿边。

众皆争看，又惊动本司狱官，走来喝道：“你们在此嚷甚的？”禁子们跪道：“老爹，才子却提控，送下四个和尚，乃是大伙强盗。他见我们打了他几下，把这两个包袱与我。我们打开看时，见有此物，无可处置。若众人扯破分之，其实可惜；若独归一人，众人无利。幸老爹来，凭老爹做个劈着。”狱官见了，乃是一件袈裟，又将别项衣服，并引袋儿通检看了，又打开袋内关文一看，见有各国的宝印花押，道：“早是我来看呀！不然，你们都撞出事来了。这和尚不是强盗，切莫动他衣物，待明日太爷再审，方知端的。”众禁子听言，将包袱还与他，照旧包裹，交与狱官收讫。

渐渐天晚，听得楼头起鼓，火甲巡更。捱至四更三点，行者见他们都不呻吟，尽皆睡着，他暗想道：“师父该有这一夜牢狱之灾，老孙不开口折辨，不使法力者，盖为此耳。如今四更将尽，灾将满矣，我须去打点打点，天明好出牢门。”【一路行来至此，悟空已无愤世嫉俗的暴戾和狂妄，取而代之的是顺其自然的淡定，领悟过去未来的智慧，积极争取的态度。正是惠能所谓“自心常生智慧，不离自性”，这就是佛的境界】你看他弄本事，将身小一小，脱出辖床，摇身一变，变做个蠓虫儿，从房檐瓦缝里飞出。见那星光月皎，正是清和夜静之天，他认了方向，径飞向寇家门首，只见那街西下一家儿灯火明亮。又飞近他门口看时，原来是个做豆腐的，见一个老头儿烧火，妈妈儿挤浆。那老儿忽的叫声：“妈妈，寇大官且是有子有财，只是没寿。我和他小时同学读书，我还大他五岁。他老子叫做寇铭，当时也不上千亩田地，放些租帐，也讨不起。他到二十岁时，那铭老儿死了，他掌着家当，其实也是他一步好运。娶的妻是那张旺之女，小名叫做穿针儿，却倒旺夫。自进他门，种田又收，放帐又起；买着的有利，做着的赚钱，被他如今挣了有十万家私。他到四十岁上，就回心向善，斋了万僧，不期昨夜被强盗踢死。可怜！今年才六十四岁，正好享用，何期这等向善，不得好报，乃死于非命？可叹！可叹！”【卓吾评：画。《西游》妙处，专在冷处着精神。如此等处，妙不可言】

行者一一听之，却早五更初点。他就飞入寇家，只见那堂屋里已停着棺材，材头边点着灯，摆列着香烛花果，妈妈在旁啼哭；又见他两个儿子也来拜哭，两个媳妇拿两盏饭儿供献。行者就钉在他材头上，咳嗽了一声，唬得那两个媳妇查手舞脚的往外跑，寇梁兄弟伏在地下不敢动，只叫：“爹爹！嗦！嗦！嗦！”那妈妈子胆大，把材头扑了一把道：“老员外，你活了？”行者学着那员外的声音道：“我不曾活。”两个儿子一发慌了，不住的叩头垂泪，只叫：“爹爹！嗦！嗦！嗦！”妈妈子硬着胆又问道：“员外，你不曾活，如何说话？”行者道：“我是阎王差鬼使押将来家与你们讲话的。”说道：“那张氏穿针儿枉口诳舌，陷害无辜。”【卓吾评：猴】那妈妈子听见叫他小名，慌得跪倒磕头道：“好老儿啊！这等大年纪还叫我的小名儿！我那些枉口诳舌，害甚么无辜？”行者喝道：“那里有个甚么‘唐僧点着火，八戒叫杀人，沙僧劫出金银去，行者打死你父亲’？只因你诳言，把那好人受难。那唐朝四位老师，路遇强徒，夺将财物，送来谢我，是何等好意！你却假捻失状，着儿子们首官，官府又未细审，又如今把他们监禁，那狱神、土地、城隍俱慌了，坐立不宁，报与阎王。阎王转差鬼使押解我来家，教你们趁早解放他去；不然，教我在家搅闹一月，将合门老幼并鸡狗之类，一个也不存留！”寇梁兄弟又磕头哀告道：“爹爹请回，切莫伤残老幼，待天明就去本府投递解状，愿认招回，只求存殁均安也。”行者听了即叫：“烧纸，我去呀！”他一家儿都来烧纸。

行者一翅飞起，径又飞至刺史住宅里面。低头观看，那房内里已有灯光，见刺史已起来了。他就飞进中堂看时，只见中间后壁挂着一轴画儿，是一个官儿骑着一匹点子马，有几个从人，打着一把青伞，搴着一张交床，更不识是甚么故事。行者就钉在中间。忽然那刺史自房里出来，弯着腰梳洗。行者猛的里咳嗽一声，把刺史唬得慌慌张张，走入房内。梳洗毕，穿了大衣，即出来对着画儿焚香祷告道："伯考姜公乾一神位：孝侄姜坤三蒙祖上德荫，忝中甲科，今叨受铜台府刺史，旦夕侍奉香火不绝，为何今日发声？切勿为邪为祟，恐唬家众。"行者暗笑道："此是他大爷的神子！"却就绰着经儿叫道："坤三贤侄，你做官虽承祖荫，一向清廉，怎的昨日无知，把四个圣僧当贼，不审来因，囚于禁内！那狱神、土地、城隍不安，报与阎君，阎君差鬼使押我来对你说，教你推情察理，快快解放他；不然，就教你去阴司折证也。"【卓吾评：妙猴】刺史听说，心中悚惧道："大爷请回，小侄升堂，当就释放。"行者道："既如此，烧纸来，我去见阎君回话。"刺史复添香烧纸拜谢。

行者又飞出来看时，东方早已发白。及飞到地灵县，又见那合县官却都在堂上，他思道："蜢虫儿说话，被人看见，露出马脚来不好。"他就半空中，改了个大法身，从空里伸下一只脚来，把个县堂躧满，口中叫道："众官听着：吾乃玉帝差来的浪荡游神。说你这府监里屈打了取经的佛子，惊动三界诸神不安，教吾传说，趁早放他；若有差池，教我再来一脚，先踢死合府县官，后躧死四境居民，把城池都踏为灰烬！"【卓吾评：趣猴】概县官吏人等，慌得一齐跪倒，磕头礼拜道："上圣请回。我们如今进府，禀上府尊，即教放出，千万莫动脚，惊唬死下官。"行者才收了法身，仍变做个蜢虫儿，从监房瓦缝儿飞入，依旧钻在辖床中间睡着。

【装神弄鬼，在慈悲的前提下达到目的，也是心生万法的体现。一切善法皆为佛法，无有定法，这是《金刚经》的要义。天竺五城（凤仙、玉华、金平、都城、铜台）之难，都是悟空借天庭（代表世俗政权）或自己的心力解除，貌似越来越轻巧、容易，却越来越自持，越来越自信，这是修为越来越高的表现】

却说那刺史升堂，才抬出投文牌去，早有寇梁兄弟，抱牌跪门叫喊。刺史着令进来，二人将解状递上。刺史见了发怒道："你昨日递了失状，就与你拿了贼来，你又领了赃去，怎么今日又来递解状？"二人滴泪道："老爷，今夜小的父亲显魂道：'唐朝圣僧，原将贼徒拿住，夺获财物，放了贼去，好意将财物送还我家报恩，怎么反将他当贼，拿在狱中受苦！狱中土地、城隍俱不安，报了阎王，阎王差鬼使押解我来教你赴府再告，释放唐僧，庶免灾咎。不然，老幼皆亡。'因此，特来递个解词，望老爷方便！方便！"刺史听他说了这话，却暗想道："他那父亲，乃是热尸新鬼，显魂报应犹可；我伯父死去五六年了，却怎么今夜也来显魂，教我审放？看起来必是冤枉。"

正忖度间，只见那地灵县知县等官，急急跑上堂乱道："老大人，不好了！不好了！适才玉帝差浪荡游神下界，教你快放狱中好人。昨日拿的那些和尚，不是强盗，都是取经的佛子。若少迟延，就要踢杀我等官员，还要把城池连百姓俱尽踏为灰烬。"刺史又大惊失色，即叫刑房吏火速写牌提出。当时开了监门提出，八戒愁道："今日又不知怎的打哩。"行者笑道："管你一下儿也不敢打，老孙俱已干办停当。上堂切不可下跪，他还要下来请我们上坐。却等我问他要行李，要马匹。少了一些儿，等我打他你看。"

说不了，已至堂口。那刺史、知县并府县大小官员，一见都下来迎接道："圣僧昨日来时，一则接上司忙迫，二则又见了所获之赃，未及细问端的。"唐僧合掌躬身，又将前情细陈了一遍。众官满口认称，都道："错了，错了！莫怪，莫怪！"又问狱中可曾有甚疏失，行者近前努目睁看，厉声高叫道："我的白马是堂上人得了，行李是狱中人得了，快快还我！今日却该我拷较你们了！枉拿平人做贼，你们该个甚罪？"府县官见他作恶，无一个不怕，即便叫收马的牵马来，收行李的取行李来，一一交付明白。你看他三人一个个逞凶，众官只以寇家遮饰。三藏劝解了道："徒弟，是也不得明白。我们且到寇家去，一则吊问，二来与他对证对证，看是何人见我做贼。"行者道："说得是，等老孙把那死的叫起来，看是那个打他。"沙僧就在府堂上把唐僧撮上马，吆吆喝喝，一拥而出。那些府县多官，也一一俱到寇家，唬得那寇梁兄弟在门前不住的磕头，接进厅。只见他孝堂之中，一家儿都在孝幔里啼哭。行者叫道："那打诳语栽害平人的妈妈子，且莫哭！等老孙叫你老公来，看他说是那个打死的，羞他一羞！"众官员只道孙行者说的是笑话。行者道："列位大人，略陪我师父坐坐。八戒、沙僧好生保护，等我去了就来。"好大圣，跳出门，望空就起，只见那遍地彩霞笼住宅，一天瑞气护元神。众等方才认得是个腾云驾雾之仙，起死回生之圣，这里一一焚香礼拜不题。

那大圣一路筋斗云，直至幽冥地界，径撞入森罗殿上，慌得那：

十代阎君拱手接，五方鬼判叩头迎。千株剑树皆攲（qī，倾斜，歪斜不正）侧，万迭刀山尽坦平。枉死城中魑魅化，奈河桥下鬼超生。正是那神光一照如天赦，黑暗阴司处处明。

十阎王接下大圣，相见了，问及何来何干。行者道："铜台府地灵县斋僧的寇洪之鬼，是那个收了？快点查来与我。"十阎王道："寇洪善士，也不曾有鬼使勾他，他自家到此，遇着地藏王的金衣童子，他引见地藏也。"行者即别了，径至翠云宫，见地藏王菩萨。菩萨与他礼毕，具言前事，菩萨喜道："寇洪阳寿，止该卦数，命终不染床席，弃世而来。我因他斋僧，是个善士，收他做个掌善缘簿子的案长。既大圣来取，我再延他阳寿一纪，教他跟大圣去。”金衣童子遂领出寇洪，寇洪见了行者，声声叫道：“老师！老师！救我一救！”行者道：“你被强盗踢死。此乃阴司地藏王菩萨之处，我老孙特来取你到阳世间，对明此事。既蒙菩萨放回，又延你阳寿一纪，待十二年之后，你再来也。”那员外顶礼不尽。行者谢辞了菩萨，将他吹化为气，掉于衣袖之间，同去幽府，复返阳间。

驾云头到了寇家，即唤八戒捎开材盖，把他魂灵儿推付本身。须臾间，透出气来活了。那员外爬出材来，对唐僧四众磕头道：“师父！师父！寇洪死于非命，蒙师父至阴司救活，乃再造之恩！”言谢不已。及回头见各官罗列，即又磕头道：“列位老爹都如何在舍？”那刺史道：“你儿子始初递失状，坐名告了圣僧，我即差人捕获；不期圣僧路遇杀劫你家之贼，夺取财物，送还你家。是我下人误捉，未得详审，当送监禁。今夜被你显魂，我先伯亦来家诉告，县中又蒙浪荡游神下界，一时就有这许多显应，所以放出圣僧，圣僧却又去救活你也。”那员外跪道：“老爹，其实枉了这四位圣僧！那夜有三十多名强盗，明火执杖，劫去家私，是我难舍，向贼理说，不期被他一脚撩阴踢死，与这四位何干！”叫过妻子来，“是谁人踢死，你等辄敢妄告？请老爹定罪。”当时一家老小只是磕头，刺史宽恩，免其罪过。寇洪教安排筵宴，酬谢府县厚恩，各各未坐回衙。至次日，再挂斋僧牌，又款留三藏，三藏决不肯住。却又请亲友，办旌幢，如前送行而去。咦！这正是：

地辟能存凶恶事，天高不负善心人。
逍遥稳步如来径，只到灵山极乐门。

毕竟不知见佛何如，且听下回分解。

【卓吾评：强盗处两转，可谓绝处逢生。且致之死地而生，置之亡地而存，真文人之雄也。其更妙处，豆腐老儿夫妻私语，咄咄如画。且从此透出张氏穿针儿来，行者方可使用神通也。世上安得如此文人哉，世上安得如此文人哉？】

【每个人都在因果之中，行善必有好报，欠债必要还钱，只是我们不知道什么时候、以什么方式完成。每个人都在完成自己的因果，果报都是自己的，对别人、对众生没有恩惠，所以不要有功德心、成就心，以免助长自己的贪婪和狂妄。顺其自然，不要居功，功果也不会失去】

【《道德经》印证：天下皆知美之为美，斯恶已；皆知善之为善，斯不善已。有无相生，难易相成，长短相形，高下相盈，音声相和，前后相随，恒也。是以圣人处无为之事，行不言之教；万物作而弗始，生而弗有，为而弗恃，功成而弗居。夫唯弗居，是以不去】

第九十八回　猿熟马驯方脱壳　功成行满见真如

【从隐雾山提出要入世修行之后，至此五难，分别从一正四反，五个方面讲入世的问题：凤仙郡从正面讲普度众生的方法，玉华州讲传道时要摒弃私欲，金平府讲不沉溺于世间享受，天竺国讲不入相布施，铜台府讲行善不居功德。至此，才完成陷空山无底洞所讲半截观音的另一半的修行】

话表寇员外既得回生，复整理了幢幡鼓乐，僧道亲友，依旧送行不题。却说唐僧四众，上了大路，果然西方佛地，与他处不同。见了些琪花瑶草、古柏苍松，所过地方，家家向善，户户斋僧，每逢山下人修行，又见林间客诵经。师徒们夜宿晓行，又经有六七日，忽见一带高楼，几层杰阁，真个是：

冲天百尺，耸汉凌空。低头观落日，引手摘飞星。豁达窗轩吞宇宙，嵯峨栋宇接云屏。黄鹤信来秋树老，彩鸾书到晚风清。此乃是灵宫宝阙，琳馆珠庭。真堂谈道，宇宙传经。花向春来美，松临雨过青。紫芝仙果年年秀，丹凤仪翔万感灵。

三藏举鞭遥指道："悟空，好去处耶！"行者道："师父，你在那假境界假佛象处，倒强要下拜；今日到了这真境界、真佛象处，倒还不下马，是怎的说？"三藏闻言，慌得翻身跳下来，已到了那楼阁门首。只见一个道童，斜立山门之前叫道："那来的莫非东土取经人么？"长老急整衣，抬头观看，见他：

身披锦衣，手摇玉麈。身披锦衣，宝阁瑶池常赴宴；手摇玉麈，丹台紫府每挥尘。肘悬仙箓，足踏履鞋。飘然真羽士，秀丽实奇哉。炼就长生居胜境，修成永寿脱尘埃。圣僧不识灵山客，雷音金顶大仙来。

孙大圣认得他，即叫："师父，此乃是灵山脚下玉真观金顶大仙，他来接我们哩。"三藏方才醒悟，进前施礼。大仙笑道："圣僧今年才到，我被观音菩萨哄了。他十年前领佛金旨，向东土寻取经人，原说二三年就到我处。我年年等候，渺无消息，不意今年才相逢也。"三藏合掌道："有劳大仙盛意，感激！感激！"遂此四众牵马挑担，同入观里，却又与大仙一一相见。即命看茶摆斋，又叫小童儿烧香汤与圣僧沐浴了，好登佛地。正是那：

功满行完宜沐浴，炼驯本性合天真。

千辛万苦今方息，九戒三皈始自新。

魔尽果然登佛地，灾消故得见沙门。

洗尘涤垢全无染，反本还原不坏身。

师徒们沐浴了，不觉天色将晚，就于玉真观安歇。次早，唐僧换了衣服，披上锦襕袈裟，戴了毗卢帽，手持锡杖，登堂拜辞大仙。大仙笑道：“昨日褴褛，今日鲜明，观此相，真佛子也。”三藏拜别就行，大仙道；“且住，等我送你。”行者道：“不必你送，老孙认得路。”大仙道：“你认得的是云路。圣僧还未登云路，当从本路而行。”行者道：“这个讲得是，老孙虽走了几遭，只是云来云去，实不曾踏着此地。【卓吾评：着眼】既有本路，还烦你送送，我师父拜佛心重，幸勿迟疑。”那大仙笑吟吟，携着唐僧手，接引旃坛(zhān tán)上法门。原来这条路不出山门，就自观宇中堂穿出后门便是。【卓吾评：禅玄原是一家】【此处铺陈取大道归一，道是佛入门之意。显示作者不囿于门派，不入法相的理念】大仙指着灵山道：“圣僧，你看那半天中有祥光五色，瑞蔼千重的，就是灵鹫高峰，佛祖之圣境也。”唐僧见了就拜。行者笑道：“师父，还不到拜处哩。常言道：‘望山走倒马。’离此镇还有许远，如何就拜！若拜到顶上，得多少头磕是？”大仙道：“圣僧，你与大圣、天蓬、卷帘四位，已此到于福地，望见灵山，我回去也。”三藏遂拜辞而去。

大圣引着唐僧等，徐徐缓步，登了灵山。不上五六里，见了一道活水，响潺潺滚浪飞流，约有八九里宽阔，四无人迹。三藏心惊道：“悟空，这路来得差了，敢莫大仙错指了？此水这般宽阔，这般汹涌，又不见舟楫，如何可渡？”行者笑道：“不差！你看那壁厢不是一座大桥？要从那桥上行过去，方成正果哩。”长老等又近前看时，桥边有一扁，扁上有“凌云渡”三字，原来是一根独木桥。【卓吾评：着眼】正是：

远看横空如玉栋，近观断水一枯槎。

维河架海还容易，独木单梁人怎蹅(chǎ，踩)！

万丈虹霓平卧影，千寻白练接天涯。

十分细滑浑难渡，除是神仙步彩霞。

三藏心惊胆战道：“悟空，这桥不是人走的。我们别寻路径去来。”行者笑道：“正是路！正是路！”八戒慌了道：“这是路，那个敢走？水面又宽，波浪又涌，独独一根木头，又细又滑，怎生动脚？”行者道：“你都站下，等老孙走个儿你看。”

好大圣，拽开步跳上独木桥，摇摇摆摆。须臾，跑将过去，在那边招呼道：“过来！过来！”唐僧摇手，八戒、沙僧咬指道：“难！难！难！”行者又从那边跑过来，拉着八戒道：“呆子，跟我走，跟我走！”那八戒卧倒在地道：“滑！滑！滑！走不得！你饶我罢！让我驾风雾过去！”行者按住道：“这是甚么去处，许你驾风雾？必须从此

桥上走过，方可成佛。”【卓吾评：着眼】八戒道：“哥啊，佛做不成也罢，实是走不得！”【放不下“我”，就成不得佛】

他两个在那桥边，滚滚爬爬，扯扯拉拉的耍斗。沙僧走去劝解，才撒脱了手。三藏回头，忽见那下溜中有一人撑一只船来，叫道：“上渡！上渡！”【《坛经》印证：迷时师渡，悟了自渡】长老大喜道：“徒弟，休得乱顽。那里有只渡船儿来了。”他三个跳起来站定，同眼观看，那船儿来得至近，原来是一只无底的船儿。【卓吾评：着眼】行者火眼金睛，早已认得是接引佛祖，又称为南无宝幢光王佛。行者却不题破，只管叫：“这里来！撑拢来！”霎时撑近岸边，又叫：“上渡！上渡！”三藏见了，又心惊道：“你这无底的破船儿，如何渡人？”佛祖道：“我这船：

鸿蒙初判有声名，幸我撑来不变更。
有浪有风还自稳，无终无始乐升平。
六尘不染能归一，万劫安然自在行。
无底船儿难过海，今来古往渡群生。”

孙大圣合掌称谢道：“承盛意，接引吾师。师父，上船去。他这船儿虽是无底，却稳；纵有风浪，也不得翻。”长老还自惊疑，行者叉着膊子，往上一推。那师父踏不住脚，毂辘的跌在水里，早被撑船人一把扯起，站在船上。师父还抖衣服，垛鞋脚，抱怨行者。行者却引沙僧、八戒，牵马挑担，也上了船，都立在舡䑽（hàn táng，渡船）之上。那佛祖轻轻用力撑开，只见上溜头泱下一个死尸。【此尸代表承载欲望困扰的“我”】长老见了大惊，行者笑道：“师父莫怕，那个原来是你。”【卓吾评：着眼】八戒也道：“是你，是你！”沙僧拍着手也道：“是你，是你！”那撑船的打着号子也说：“那是你！可贺，可贺！”他们三人，也一齐声相和。撑着船，不一时，稳稳当当的过了凌云仙渡。三藏才转身，轻轻的跳上彼岸。有诗为证：

脱却胎胞骨肉身，相亲相爱是元神。
今朝行满方成佛，洗净当年六六尘。

此诚所谓广大智慧，登彼岸无极之法。【去除我执，洗净感官和欲望臆想的干扰，亲近心性，达到无我的境界，即成佛果】四众上岸回头，连无底船儿却不知去向，行者方说是接引佛祖。三藏方才省悟，急转身，反谢了三个徒弟。行者道：“两不相谢，彼此皆扶持也。我等亏师父解脱，借门路修功，幸成了正果；师父也赖我等保护，秉教伽持，喜脱了凡胎。【卓吾评：着眼】师父，你看这面前花草松篁，鸾凤鹤鹿之胜境，比那妖邪显化之处，孰美孰恶？何善何凶？”三藏称谢不已。

一个个身轻体快，步上灵山，早见那雷音古刹：

顶摩霄汉中，根接须弥脉。巧峰排列，怪石参差。悬崖下瑶草琪花，曲径旁紫芝香蕙。仙猿摘果入桃林，却似火烧金；白鹤栖松立枝头，浑如烟捧玉。彩凤双双，青鸾对对。彩凤双双，向日一鸣天下瑞；青鸾对对，迎风耀舞世间稀。又见那黄森森金瓦迭鸳鸯，明幌幌花砖铺玛瑙。东一行，西一行，尽都是蕊宫珠阙；南一带，北一带，看不了宝阁珍楼。天王殿上放霞光，护法堂前喷紫焰。浮屠塔显，优钵花香。正是地胜疑天别，云闲觉昼长。红尘不到诸缘尽，万劫无亏大法堂。

师徒们逍逍遥遥，走上灵山之巅，又见青松林下列优婆，翠柏丛中排善士。长老就便施礼，慌得那优婆塞、优婆夷、比丘僧、比丘尼合掌道："圣僧且休行礼。待见了牟尼，却来相叙。"行者笑道："早哩！早哩！且去拜上位者。"

那长老手舞足蹈，随着行者，直至雷音寺山门之外。那厢有四大金刚迎住道："圣僧来耶？"三藏躬身道："是弟子玄奘到了。"答毕，就欲进门，金刚道："圣僧少待，容禀过再进。"那金刚着一个转山门报与二门上四大金刚，说唐僧到了；二门上又传入三门上，说唐僧到了；三山门内原是打供的神僧，闻得唐僧到时，急至大雄殿下，报与如来至尊释迦牟尼文佛说："唐朝圣僧，到于宝山取经来了。"佛爷爷大喜，即召聚八菩萨、四金刚、五百阿罗、三千揭谛、十一大曜、十八伽蓝，两行排列，却传金旨，召唐僧进。那里边，一层一节，钦依佛旨，叫："圣僧进来。"这唐僧循规蹈矩，同悟空、悟能、悟净，牵马挑担，径入山门。正是：

当年奋志奉钦差，领牒辞王出玉阶。
清晓登山迎雾露，黄昏枕石卧云霾。
挑禅远步三千水，飞锡长行万里崖。
念念在心求正果，今朝始得见如来。

四众到大雄宝殿殿前，对如来倒身下拜。拜罢，又向左右再拜。各各三匝已遍，复向佛祖长跪，将通关文牒奉上。如来一一看了，还递与三藏。三藏頫囟（fǔ xìn，低头）作礼，启上道："弟子玄奘，奉东土大唐皇帝旨意，遥诣宝山，拜求真经，以济众生。望我佛祖垂恩，早赐回国。"如来方开怜悯之口，大发慈悲之心，对三藏言曰："你那东土乃南赡部洲，只因天高地厚，物广人稠，多贪多杀，多淫多诳，多欺多诈；不遵佛教，不向善缘，不敬三光，不重五谷；不忠不孝，不义不仁，瞒心昧己，大斗小秤，害命杀牲。造下无边之孽，罪盈恶满，致有地狱之灾，所以永堕幽冥，受那许多碓捣磨舂之苦，变化畜类。有那许多披毛顶角之形，将身还债，将肉饲人。其永堕阿鼻，不得超升者，皆此之故也。虽有孔氏在彼立下仁义礼智之教，帝王相继，治有徒流绞斩之刑，其如愚昧不明，放纵无忌之辈何耶！【卓吾评：真，真】我今有经三藏，可以超脱苦恼，解释灾愆。三藏：有《法》一藏，谈天；有《论》一藏，说地；有《经》一藏，度鬼。共计三十五部，该一万五千一百四十四卷。真是修真之径，正善之门，凡天下四大部洲之天文、地理、人物、鸟兽、花木、器用、人事，无般不载。汝等远来，待要全付与汝取去，但那方之人，愚蠢村强，毁谤真言，不识我沙门之奥旨。"【卓吾评：真】叫："阿傩、伽叶，你两个引他四众，到珍楼之下，先将斋食待他。斋罢，开了宝阁，将我那三藏经中三十五部之内，各检几卷与他，教他传流东土，永注洪恩。"

二尊者即奉佛旨，将他四众领至楼下。看不尽那奇珍异宝，摆列无穷。只见那设供的诸神，铺排斋宴，并皆是仙品仙肴、仙茶仙果，珍馐百味，与凡世不同。师徒们顶礼了佛恩，随心享用，其实是：

宝焰金光映目明，异香奇品更微精。
千层金阁无穷丽，一派仙音入耳清。
素味仙花人罕见，香茶异食得长生。
向来受尽千般苦，今日荣华喜道成。

这番造化了八戒，便宜了沙僧，佛祖处正寿长生，脱胎换骨之馔，尽着他受用。二尊者陪奉四众餐毕，却入宝阁，开门登看。那厢有霞光瑞气，笼罩千重；彩雾祥云，遮漫万道。经柜上，宝箧(qiè，小箱子)外，都贴了红签，楷书着经卷名目。乃是：《涅槃经》一部，七百四十八卷；《菩萨经》一部，一千二十一卷；《虚空藏经》一部，四百卷；《首楞严经》一部，一百一十卷；《恩意经大集》一部，五十卷；《决定经》一部，一百四十卷；《宝藏经》一部，四十五卷；《华严经》一部，五百卷；《礼真如经》一部，九十卷；《大般若经》一部，九百一十六卷；《大光明经》一部，三百卷；《未曾有经》一部，一千一百一十卷；《维摩经》一部，一百七十卷；《三论别经》一部，二百七十卷；《金刚经》一部，一百卷；《正法轮经》一部，一百二十卷；《佛本行经》一部，八百卷；《五龙经》一部，三十二卷；《菩萨戒经》一部，一百一十六卷；《大集经》一部，一百三十卷；《摩竭经》一部，三百五十卷；《法华经》一部，一百卷；《瑜伽经》一部，一百卷；《宝常经》一部，二百六十卷；《西天论经》一部，一百三十卷；《僧祇经》一部，一百五十六卷；《佛国杂经》一部，一千九百五十卷；《起信论经》一部，一千卷；《大智度经》一部，一千八十卷；《宝威经》一部，一千二百八十卷；《本阁经》一部，八百五十卷；《正律文经》一部，二百卷；《大孔雀经》一部，二百二十卷；《维识论经》一部，一百卷；《具舍论经》一部，二百卷。

阿傩、伽叶引唐僧看遍经名，对唐僧道："圣僧东土到此，有些甚么人事送我们？

【卓吾评：此处也少不得钱】快拿出来，好传经与你去。”三藏闻言道：“弟子玄奘，来路迢遥，不曾备得。”二尊者笑道：“好，好，好！白手传经继世，后人当饿死矣！”【佛祖印经也需经费，可见所谓神通都是心性层面的能力，没有超自然、超人性的能力】行者见他讲口扭捏，不肯传经，他忍不住叫噪道：“师父，我们去告如来，教他自家来把经与老孙也。”阿傩道：“莫嚷！此是甚么去处，你还撒野放刁！到这边来接着经。”八戒、沙僧耐住了性子，劝住了行者，转身来接。一卷卷收在包里，驮在马上，又捆了两担，八戒与沙僧挑着，却来宝座前叩头，谢了如来，一直出门。逢一位佛祖，拜两拜；见一尊菩萨，拜两拜。又到大门，拜了比丘僧、尼，优婆夷、塞，一一相辞，下山奔路不题。

却说那宝阁上有一尊燃灯古佛，他在阁上，暗暗的听着那传经之事，心中甚明，原是阿傩、伽叶将无字之经传去，【卓吾评：可惜此经不传，至今令人咀文字中】却自笑云：“东土众僧愚迷，不识无字之经，却不枉费了圣僧这场跋涉？”问：“座边有谁在此？”只见白雄尊者闪出。古佛吩咐道：“你可作起神威，飞星赶上唐僧，把那无字之经夺了，教他再来求取有字真经。”白雄尊者，即驾狂风，滚离了雷音寺山门之外，大作神威。那阵好风，真个是：

佛前勇士，不比巽二风神。仙窍怒号，远赛吹嘘少女。这一阵，鱼龙皆失穴，江海逆波涛。玄猿捧果难来献，黄鹤回云找旧巢。丹凤清音鸣不美，锦鸡喔运叫声嘈。青松枝折，优钵花飘。翠竹竿竿倒，金莲朵朵摇。钟声远送三千里，经韵轻飞万壑高。崖下奇花残美色，路旁瑶草偃鲜苗。彩鸾难舞翅，白鹿躲山崖。荡荡异香漫宇宙，清清风气彻云霄。

那唐长老正行间，忽闻香风滚滚，只道是佛祖之祯祥，未曾提防。又闻得响一声，半空中伸下一只手来，将马驮的经，轻轻抢去。唬得个三藏捶胸叫唤，八戒滚地来追，沙和尚护守着经担，孙行者急赶去如飞。那白雄尊者，见行者赶得将近，恐他棍头上没眼，一时间不分好歹，打伤身体，即将经包捽碎，抛落尘埃。行者见经包破落，又被香风吹得飘零，却就按下云头顾经，不去追赶。那白雄尊者收风敛雾，回报古佛不题。

八戒去追赶，见经本落下，遂与行者收拾背着，来见唐僧。唐僧满眼垂泪道：“徒弟呀！这个极乐世界，也还有凶魔欺害哩！”【魔可以化身于佛，佛也可以化身于魔；佛可以助人修行，魔亦然。所以顺境逆境本无差别，需看出因果来】沙僧接了抱着的散经，打开看时，原来雪白，并无半点字迹，慌忙递与三藏道：“师父，这一卷没字。”【卓吾评：此经如今世上极多，提学来岁考，遍地都是】行者又打开一卷看时，也无字。八戒打开一卷，也无字。三藏叫："通打开来看看。"卷卷俱是白纸。长老短叹长吁的道："我东土人果是没福！似这般无字的空本，取去何用？怎么敢见唐王！诳君之罪，诚不容诛也！"行者早已知之，对唐僧道："师父，不消说了，这就是阿傩、伽叶那厮，问我要人事没有，故将此白纸本子与我们来了。快回去告在如来之前，问他措（kèn，刁难）财作弊之罪。"八戒嚷道："正是！正是！告他去来！"四众急急回山，无好步，忙忙又转上雷音。

不多时，到于山门之外，众皆拱手相迎，笑道："圣僧是换经来的？"三藏点头称谢。众金刚也不阻挡，让他进去，直至大雄殿前。行者嚷道："如来！我师徒们受了万蜇千魔，千辛万苦，自东土拜到此处，蒙如来吩咐传经，被阿傩、伽叶措财不遂，通同作弊，故意将无字的白纸本儿教我们拿去，我们拿他去何用！望如来敕治！"佛祖笑道："你且休嚷，他两个问你要人事之情，我已知矣。但只是经不可轻传，亦不可以空取。【卓吾评：又为讲经和尚张本矣】向时众比丘圣僧下山，曾将此经在舍卫国赵长者家与他诵了一遍，保他家生者安全，亡者超脱，只讨得他三斗三升米粒黄金回来，我还说他们忒卖贱了，【赵家有钱，何妨多化一些用于善处】教后代儿孙没钱使用。你如今空手来取，是以传了白本。白本者，乃无字真经，倒也是好的。【卓吾评：着眼】因你那东土众生，愚迷不悟，只可以此传之耳。"即叫："阿傩、伽叶，快将有字的真经，每部中各检几卷与他，来此报数。"

二尊者复领四众，到珍楼宝阁之下，仍问唐僧要些人事。三藏无物奉承，即命沙僧取出紫金钵盂，双手奉上道："弟子委是穷寒路遥，不曾备得人事。这钵盂乃唐王亲手所赐，教弟子持此，沿路化斋。今特奉上，聊表寸心。万望尊者不鄙轻亵，将此收下，待回朝奏上唐王，定有厚谢。只是以有字真经赐下，庶不孤钦差之意，远涉之劳也。"那阿傩接了，但微微而笑。被那些管珍楼的力士，管香积的庖丁，看阁的尊者，你抹他脸，我扑他背，弹指的，扭唇的，一个个笑道："不羞！不羞！需索取经的人事！"须臾把脸皮都羞皱了，只是拿着钵盂不放。【卓吾评：趣甚。只是罪过，不当人子】伽叶却才进阁检经，一一查与三藏，三藏却叫："徒弟们，你们都好生看看，莫似前番。"他三人接一卷，看一卷，却都是有字的。传了五千零四十八卷，乃一藏之数。收拾齐整，驮在马上；剩下的，还装了一担，八戒挑着。自己行囊，沙僧挑着。行者牵了马，唐僧拿了锡杖，按一按毗卢帽，抖一抖锦袈裟，才喜喜欢欢，到我佛如来之前。正是那：

大藏真经滋味甜，如来造就甚精严。
须知玄奘登山苦，可笑阿傩却爱钱。

先次未详亏古佛，后来真实始安然。

至今得意传东土，大众均将雨露沾。

阿傩、伽叶引唐僧来见如来。如来高升莲座，指令降龙、伏虎二大罗汉敲响云磬，遍请三千诸佛、三千揭谛、八金刚、四菩萨、五百尊罗汉、八百比丘僧、大众优婆塞、比丘尼、优婆夷，各天各洞，福地灵山，大小尊者圣僧，该坐的请登宝座，该立的侍立两旁。一时间，天乐遥闻，仙音嘹喨，满空中祥光迭迭，瑞气重重，诸佛毕集，参见了如来。如来问："阿傩、伽叶，传了多少经卷与他？可一一报数。"二尊者即开报："现付去唐朝：

《涅槃经》四百卷，《菩萨经》三百六十卷，《虚空藏经》二十卷，《首楞严经》三十卷，《恩意经大集》四十卷，《决定经》四十卷，《宝藏经》二十卷，《华严经》八十一卷，《礼真如经》三十卷，《大般若经》六百卷，《大光明经》五十卷，《未曾有经》五百五十卷，《维摩经》三十卷，《三论别经》四十二卷，《金刚经》一卷，《正法轮经》二十卷，《佛本行经》一百一十六卷，《五龙经》二十卷，《菩萨戒经》六十卷，《大集经》三十卷，《摩竭经》一百四十卷，《法华经》十卷，《瑜伽经》三十卷，《宝常经》一百七十卷，《西天论经》三十卷，《僧祇经》一百一十卷，《佛国杂经》一千六百三十八卷，《起信论经》五十卷，《大智度经》九十卷，《宝威经》一百四十卷，《本阁经》五十六卷，《正律文经》十卷，《大孔雀经》十四卷，《维识论经》十卷，《具舍论经》十卷。在藏总经共三十五部，各部中检出五千零四十八卷，与东土圣僧传留在唐。现俱收拾整顿于人马驮担之上，专等谢恩。"

三藏四众拴了马，歇了担，一个个合掌躬身，朝上礼拜。如来对唐僧言曰："此经功德，不可称量。虽为我门之龟鉴，实乃三教之源流。若到你那南赡部洲，示与一切众生，不可轻慢。非沐浴斋戒，不可开卷。宝之！重之！盖此内有成仙了道之奥妙，有发明万化之奇方也。"三藏叩头谢恩，信受奉行，依然对佛祖遍礼三匝，承谨归诚，领经而去。去到三山门，一一又谢了众圣不题。

如来因打发唐僧去后，才散了传经之会。旁又闪上观世音菩萨合掌启佛祖道："弟子当年领金旨向东土寻取经之人，今已成功，共计得一十四年，乃五千零四十日，还少八日，不合藏数。望我世尊，早赐圣僧回东转西，须在八日之内，庶完藏数，准弟子缴还金旨。"如来大喜道："所言甚当，准缴金旨。"即叫八大金刚吩咐道："汝等快使神威，驾送圣僧回东，把真经传留，即引圣僧西回。须在八日之内，以完一藏之数，勿得迟违。"金刚随即赶上唐僧，叫道："取经的，跟我来！"唐僧等俱身轻体健，荡荡飘飘，随着金刚，驾云而起。这才是：见性明心参佛祖，功完行满即飞升。毕竟不知回东土怎生传授，且听下回分解。

【卓吾评：可惜无字经不曾取来，所以如今东土都是个钻故纸的苍蝇。可惜！可痛！虽然，一藏无字经完完全全都在此处，只要人合着眼去看耳】

【《坛经》印证：善知识！一切修多罗及诸文字，大小二乘，十二部经，皆因人置，因智慧性，方能建立。若无世人，一切万法本自不有。故知万法本自人兴，一切经书因人说有，缘其人中有愚有智】

第九十九回　九九数完魔灭尽　三三行满道归根

【本回归纳途中苦难，在陈家庄补足最后一难，凑齐九九之数。在字面意义上，唐僧取回经书就是成功；而在修行的隐喻意义上，唐僧对自己是否悟到了“阿耨多罗三藐三菩提”、是否成佛还有疑虑，所以最后一难发生在前文唐僧保护住自己功果、象征唐僧心之家的陈家庄，即题中的“道归根”；最后一魔是询问自己何时得道的老鼋，即题中“魔灭尽”。最后以陈家庄的唐僧庙暗示统一自己的性情志，皈依自己的心就是成佛】

话表八金刚既送唐僧回国不题。那三层门下，有五方揭谛、四值功曹、六丁六甲、护教伽蓝，走向观音菩萨前启道：“弟子等向蒙菩萨法旨，暗中保护圣僧，今日圣僧行满，菩萨缴了佛祖金旨，我等望菩萨准缴法旨。”菩萨亦甚喜道：“准缴，准缴。”又问道：“那唐僧四众，一路上心行何如？”诸神道：“委实心虔志诚，料不能逃菩萨洞察。但只是唐僧受过之苦，真不可言。他一路上历过的灾愆患难，弟子已谨记在此，这就是他灾难的簿子。”菩萨从头看了一遍。上写着：

“蒙差揭谛皈依旨，谨记唐僧难数清：金蝉遭贬第一难，出胎几杀第二难，满月抛江第三难，寻亲报冤第四难，出城逢虎第五难，落坑折从第六难，双叉岭上第七难，两界山头第八难，陡涧换马第九难，夜被火烧第十难，失却袈裟十一难，收降八戒十二难，黄风怪阻十三难，请求灵吉十四难，流沙难渡十五难，收得沙僧十六难，四圣显化十七难，五庄观中十八难，难活人参十九难，贬退心猿二十难，黑松林失散二十一难，宝象国捎书二十二难，金銮殿变虎二十三难，平顶山逢魔二十四难，莲花洞高悬二十五难，乌鸡国救主二十六难，被魔化身二十七难，号山逢怪二十八难，风摄圣僧二十九难，心猿遭害三十难，请圣降妖三十一难，黑河沉没三十二难，搬运车迟三十三难，大赌输赢三十四难，祛道兴僧三十五难，路逢大水三十六难，身落天河三十七难，鱼篮现身三十八难，金岘山遇怪三十九难，普天神难伏四十难，问佛根源四十一难，吃水遭毒四十二难，西梁国留婚四十三难，琵琶洞受苦四十四难，再贬心猿四十五难，难辨猕猴四十六难，路阻火焰山四十七难，求取芭蕉扇四十八难，收缚魔王四十九难，赛城扫塔五十难，取宝救僧五十一难，棘林吟咏五十二难，小雷音遇难五十三难，诸天神遭困五十四难，稀柿衕秽阻五十五难，朱紫国行医五十六难，拯救疲癃五十七难，降妖取后五十八难，七情迷没五十九难，多目遭伤六十难，路阻狮驼六十一难，怪分三色六十二难，城里遇灾六十三难，请佛收魔六十四难，比丘救子六十五难，辨认真邪六十六难，松林救怪六十七难，僧房卧病六十八难，无底洞遭困六十九难，灭法国难行七十难，隐雾山遇魔七十一难，凤仙郡求雨七十二难，失落兵器七十三难，会庆钉钯七十四难，竹节山遭难七十五难，玄英洞受苦七十六难，赶捉犀牛七十七难，天竺招婚七十八难，铜台府监禁七十九难，凌云渡脱胎八十难，路经十万八千里，圣僧历难簿分明。"

【如前所述，在心性修行的隐喻意义上，纵观途中苦难，其实经过的国名皆隐喻境内之难的义理主题（天竺除外，义理主题以城名代替），故可以从另一个角度做一个归纳。如宝象国境内发生四圣、五庄观、白虎岭、碗子山、宝象国皇宫等情节，主旨为守护自己的庄严宝相；乌鸡国境内包含平顶山、宝林寺、乌鸡国、火云洞、黑水河等情节，主旨是离相、无我；车迟国境内包含皇宫斗法和通天河，批判错误的、导致修行迟滞的路径；西梁国境内发生青牛精、破儿洞、都城、毒敌山等情节，主旨是诡计邪念之思量；祭赛国境内发生真假猴王、火焰山、乱石山、荆棘岭等情节，主旨是两难抉择；朱紫国境内是小雷音、小西天、赛太岁、盘丝岭、黄花观等情节，主旨是分辨邪正；狮驼国讲恐怖心；比丘国救赎众心；灭法国境内还包含陷空山和隐雾山，心陷于空；天竺五城为入世之难。所以，所有的国界并非真实地理区分，而是义理的归纳】

菩萨将难簿目过了一遍，急传声道："佛门中九九归真，圣僧受过八十难，还少一难，不得完成此数。"即令揭谛："赶上金刚，还生一难者。"【卓吾评：这转妙】这揭谛得令，飞云一驾向东来。一昼夜赶上八大金刚，附耳低言道："如此如此，谨遵菩萨法旨，不得违误。"八金刚闻得此言，刷的把风按下，将他四众连马与经，坠落下地。噫！正是那：

九九归真道行难，坚持笃志立玄关。
必须苦练邪魔退，定要修持正法还。
莫把经章当容易，圣僧难过许多般。
古来妙合《参同契》，毫发差时不结丹。

三藏脚踏了凡地，自觉心惊。八戒呵呵大笑道："好！好！好！这正是要快得迟。"沙僧道："好！好！好！因是我们走快了些儿，教我们在此歇歇哩。"大圣道："俗语云：'十日滩头坐，一日行九滩。'"三藏道："你三个且休斗嘴，认认方向，看这是甚么地方。"沙僧转头四望道："是这里！是这里！师父，你听听水响。"行者道：

“水响想是你的祖家了。”八戒道：“他祖家乃流沙河。”沙僧道：“不是，不是，此通天河也。”三藏道：“徒弟啊，仔细看在那岸。”行者纵身跳起，用手搭凉篷仔细看了，下来道：“师父，此是通天河西岸。”三藏道：“我记起来了，东岸边原有个陈家庄。那年到此，亏你救了他儿女，深感我们，要造船相送，幸白鼋伏渡。我记得西岸上，四无人烟，这番如何是好？”八戒道：“只说凡人会作弊，原来这佛面前的金刚也会作弊。他奉佛旨，教送我们东回，怎么到此半路上就丢下我们？如今岂不进退两难！怎生过去！”沙僧道：“二哥休报怨。我的师父已得了道，前在凌云渡已脱了凡胎，今番断不落水。教师兄同你我都作起摄法，把师父驾过去也。”行者频频的暗笑道：“驾不去！驾不去！”你看他怎么就说个驾不去？若肯使出神通，说破飞升之奥妙，师徒们就一千个河也过去了；只因心里明白，知道唐僧九九之数未完，还该有一难，故羁留于此。【心性成佛，因果了然于胸】

师徒们口里纷纷的讲，足下徐徐的行，直至水边，忽听得有人叫道：“唐圣僧，唐圣僧！这里来，这里来！”四众皆惊。举头观看，四无人迹，又没舟船，却是一个大白赖头鼋，在岸边探着头叫道：“老师父，我等了你这几年，却才回也？”行者笑道：“老鼋，向年累你，今岁又得相逢。”三藏与八戒、沙僧都欢喜不尽。行者道：“老鼋，你果有接待之心，可上岸来。”那鼋即纵身爬上河来。行者叫把马牵上他身，八戒还蹲在马尾之后，唐僧站在马颈左边，沙僧站在右边，行者一脚踏着老鼋的项，一脚踏着老鼋的头叫道：“老鼋，好生走稳着。”那老鼋蹬开四足，踏水面如行平地，将他师徒四众，连马五口，驮在身上，径回东岸而来。诚所谓：

不二门户法奥玄，诸魔战退识人天。本来面目今方见，一体原因始得全。秉证三乘随出入，丹成九转任周旋。挑包飞杖通休讲，幸喜还元遇老鼋。

老鼋驮着他们，蹿波踏浪，行经多半日，将次天晚，好近东岸，忽然问曰：“老师父，我向年曾央到西方见我佛如来，与我问声归着之事，还有多少年寿，果曾问否？”【通天河一难以老鼋影射“老猿”，此处老鼋再问几时修成正果，反映了唐僧对自己成功与否的疑虑。菩萨都不知唐僧几时到灵山，佛祖也不知你什么时候得道。心性还需自渡，一念成魔，一念成佛，如人饮水，冷暖自知。自己的心性作为，别人无法预测。这是最后一魔的含义】原来那长老自到西天玉真观沐浴，凌云渡脱胎，步上灵山，专心拜佛及参诸佛菩萨圣僧等众，意念只在取经，他事一毫不理，所以不曾问得老鼋年寿，无言可答，却又不敢欺打诳语，沉吟半晌，不曾答应。老鼋即知不曾替问，他就将身一幌，唿喇的淬下水去，把他四众连马并经，通皆落水。【卓吾评：失信的看样】咦！还喜得唐僧脱了胎，成了道，若似前番，已经沉底。又幸白马是龙，八戒、沙僧会水，行者笑巍巍显大神通，把唐僧扶驾出水，登彼东岸。只是经包、衣服、鞍辔俱湿了。

师徒方登岸整理，忽又一阵狂风，天色昏暗，雷烟俱作，走石飞沙。但见那：

一阵风，乾坤播荡；一声雷，振动山川。一个焖，钻云飞火；一天雾，大地遮漫。风气呼号，雷声激烈。焖掣红绡，雾迷星月。风鼓的尘沙扑面，雷惊的虎豹藏形，焖幌的飞禽叫噪，雾漫的树木无踪。那风搅得个通天河波浪翻腾，那雷振得个通天河鱼龙丧胆，那焖照得个通天河彻底光明，那雾盖得个通天河岸崖昏惨。好风！颓山烈石松篁倒。好雷！惊蛰伤人威势豪。好焖！流天照野金蛇走。好雾！混混漫空蔽九霄。

唬得那三藏按住了经包，沙僧压住了经担，八戒牵住了白马，行者却双手轮起铁棒，左右护持。原来那风、雾、雷、焖乃是些阴魔作号，欲夺所取之经。劳攘了一夜，直到天明，却才止息。长老一身水衣，战兢兢的道："悟空，这是怎的起？"行者气呼呼的道："师父，你不知就里，我等保护你取获此经，乃是夺天地造化之功，可以与乾坤并久，日月同明，寿享长春，法身不朽；此所以为天地不容，鬼神所忌，欲来暗夺之耳。一则这经是水湿透了，二则是你的正法身压住，雷不能轰，电不能照，雾不能迷；又是老孙轮着铁棒，使纯阳之性，护持住了。及至天明，阳气又盛，所以不能夺去。"三藏、八戒、沙僧方才省悟，各谢不尽。

【唐僧经历了一个以心为徒，以心为敌，以心为奴，以心为友，以心为佛的过程，当以心为佛时，人也就成了佛】

少顷，太阳高照，却移经于高崖上，开包晒晾，至今彼处晒经之石尚存。他们又将衣鞋都晒在崖旁，立的立，坐的坐，跳的跳。真个是：

一体纯阳喜向阳，阴魔不敢逞强梁。
须知水胜真经伏，不怕风雷焖雾光。
自此清平归正觉，从今安泰到仙乡。
晒经石上留踪迹，千古无魔到此方。

他四众检看经本，一一晒晾，早见几个打鱼人，来过河边，抬头看见，内有认得的道："老师父可是前年过此河往西天取经的？"八戒道："正是，正是。你是那里人？怎么认得我们？"渔人道："我们是陈家庄上人。"八戒道："陈家庄离此有多远？"渔人道："过此冲南有二十里，就是也。"八戒道："师父，我们把经搬到陈家庄上晒去。他那里有住坐，又有得吃，就教他家与我们浆浆衣服，却不是好？"三藏道："不去罢，在此晒干了，就收拾找路回也。"那几个渔人行过南冲，恰遇着陈澄，叫道："二老官，前年在你家替祭儿子的师父回来了。”陈澄道：“你在那里看见？”渔人回指道：“都在那石上晒经哩。”

陈澄随带了几个佃户，走过冲来望见，跑近前跪下道：“老爷取经回来，功成行满，怎么不到舍下，却在这里盘弄？快请，快请到舍。”行者道：“等晒干了经，和你去。”陈澄又问道：“老爷，这经典、衣物，如何湿了？”三藏道：“昔年亏白鼋驮渡河西，今年又蒙他驮渡河东。已将近岸，被他问昔年托问佛祖寿年之事，我本未曾问得，他遂淬在水内，故此湿了。”又将前后事细说了一遍。那陈澄拜请甚恳，三藏无已，遂收拾经卷。不期石上把《佛本行经》沾住了几卷，遂将经尾沾破了，所以至今《本行经》不全，晒经石上犹有字迹。三藏懊悔道：“是我们怠慢了，不曾看顾得！”行者笑道：“不在此！不在此！盖天地不全。这经原是全全的，今沾破了，乃是应不全之奥妙也，岂人力所能与耶！”师徒们果收拾毕，同陈澄赴庄。【天地不全，故有演进的空间；人有缺点，故有改进的余地；经不全，才有补充发展的可能。所谓不全之妙，乃是生生不息的根源】

那庄上人家，一个传十，十个传百，百个传千，若老若幼，都来接看。陈清闻说，就摆香案在门前迎迓(yíng yà，迎接)，又命鼓乐吹打。少顷到了，迎入。陈清领合家人眷，俱出来拜见，拜谢昔日救女儿之恩，随命看茶摆斋。三藏自受了佛祖的仙品、仙肴，又脱了凡胎成佛，全不思凡间之食。二老苦劝，没奈何，略见他意。孙大圣自来不吃烟火食，也道：“彀了。”沙僧也不甚吃。八戒也不似前番，就放下碗。行者道：“呆子也不吃了？”八戒道：“不知怎么，脾胃一时就弱了。”遂此收了斋筵，却又问取经之事。三藏又将先至玉真观沐浴，凌云渡脱胎，及至雷音寺参如来，蒙珍楼赐宴，宝阁传经，始被二尊者索人事未遂，故传无字之经，后复拜告如来，始得授一藏之数，并白鼋淬水，阴魔暗夺之事，细细陈了一遍，就欲拜别。

那二老举家，如何肯放，且道：“向蒙救拔儿女深恩莫报，已创建一座院宇，名之曰救生寺，专侍奉香火不绝。”又唤出原替祭之儿女陈关保、一秤金叩谢，复请至寺观看。【前述陈关保、一秤金象征唐僧的功果，此处重逢印证功果护持成功】三藏却又将经包儿收在他家堂前，与他念了一卷《宝常经》。后至寺中，只见陈家又设馔在此。还不曾坐下，又一起来请；还不曾举箸，又一起来请。络绎不绝，争不上手。三藏俱不敢辞，略略见意。只见那座寺果盖得齐整：

山门红粉腻，多赖施主功。一座楼台从此立，两廊房宇自今兴。朱红隔扇，七宝玲珑。香气飘云汉，清光满太空。几株嫩柏还浇水，数干乔松未结丛。活水迎前，通天迭迭翻波浪；高崖倚后，山脉重重接地龙。【陈家庄和长安，一个有唐僧的功果，是心之家；一个有唐僧的道场，是身之家。陈家庄之庙，有花果山和斜月三星洞的气象，供奉性、情、志，取自心是佛之意，在义理上呼应第一回的“菩提只向心觅”】

三藏看毕，才上高楼。楼上果装塑着他四众之象。八戒看见，扯着行者道：“兄长的相儿甚象。”沙僧道：“二哥，你的又象得紧。只是师父的又忒俊了些儿。”三藏道：“却好！却好！”遂下楼来，下面前殿后廊，还有摆斋的候请。行者却问：“向日大王庙儿如何了？”众老道：“那庙当年拆了。老爷，这寺自建立之后，年年成熟，岁岁丰登，却是老爷之福庇。”行者笑道：“此天赐耳，与我们何与！【众生自性自渡，别人无法保佑。所以拜谁的像并不重要，关键不在于被拜者，而在于拜者的心态】但只我们自今去后，保佑你这一庄上人家，子孙繁衍，六畜安生，年年风调雨顺，岁岁雨顺风调。”众等都叩头拜谢。

只见那前前后后，更有献果献斋的无限人家。八戒笑道：“我的蹭蹬！那时节吃得，却没人家连请是请；今日吃不得，却一家不了，又是一家。”饶他气满，略动手又吃过八九盘素食；纵然胃伤，又吃了二三十个馒头。已皆尽饱，又有人来相邀。三藏道：“弟子何能，感蒙至爱！望今夕暂停，明早再领。”

时已深夜。三藏守定真经，不敢暂离，就于楼下打坐看守。将及三更，三藏悄悄的叫道：“悟空，这里人家，识得我们道成事完了。自古道：‘真人不露相，露相不真人。’恐为久淹，失了大事。”行者道：“师父说得有理。我们趁此深夜，人皆熟睡，寂寂的去了罢。”八戒却也知觉，沙僧尽自分明，白马也能会意。【身识、性解、情觉、志明、意会，正是下回所谓“一身合和四相”】遂此起了身，轻轻的抬上驮垛，挑着担，从廊庑驮出。到于山门，只见门上有锁。行者又使个解锁法，开了二门、大门，找路望东而去。只听得半空中有八大金刚叫道：“逃走的，跟我来！”那长老闻得香风荡荡，起在空中。这正是：丹成识得本来面，体健如如拜主人。【此句总结本回，“丹成”即得道，“本来面”即本性，“拜主人”拜的不是别人，还是自己的性情志、赤子之心、心佛】毕竟不知怎生见那唐王，且听下回分解。

【卓吾评：此一回转折，更出人意表！天地不全，经卷亦破，乃大彻大悟之语。何物猴狲容易说出？可惜，可惜。如此说破，复有贪图完满、算计十全者，真可笑也】

【《坛经》印证：善知识！各自观察，莫错用心。经文分明言自归依佛，不言归依他佛。自佛不归，无所依处。今既自悟，各须归依自心三宝，内调心性，外敬他人，是自归依也。善知识！既归依自三宝竟，各各志心，吾与说“一体三身自性佛”，令汝等见三身，了然自悟自性。总随我道：“于自色身归依清净法身佛，于自色身归依圆满报身佛，于自色身归依千百亿化身佛。”】

第一百回　径回东土　五圣成真

【本回唐太宗在《圣教序》中，将心性与经书的关系，比作"桂"之于所依附之"高岭"，"莲"之于所依托之"绿波"，后者成就前者之"洁"、之"贞"。《西游记》依托唐僧取经的故事，以综合了儒释道学说的《坛经》为主，重点诠释了六祖所推崇的《金刚经》和《心经》，并结合道家和儒家的经典，对心性的本源、性质、开发和解脱等修炼课题进行了系统演绎，也是从人生实际应用的角度对中国古典哲学的一次大检阅。《西游记》综合运用了小说、戏剧、评书等手法讲述神话、哲学、心理学和宗教义理，在剖析人性的精微和通俗程度上，超过了任何一部宗教经典和文学作品，达到前所未有的学术和艺术高度。从这个意义上讲，它也成为读者有所参照、认识自性的新的"高岭"和"绿波"，每读每新，常读常新，不断得到人生的启迪】

且不言他四众脱身，随金刚驾风而起。却说陈家庄救生寺内多人，天晓起来，仍治果肴来献，至楼下，不见了唐僧。这个也来问，那个也来寻，俱慌慌张张，莫知所措，叫苦连天的道："清清把个活佛放去了！"一会家无计，将办来的品物，俱抬在楼上祭祀烧纸。以后每年四大祭，二十四小祭。还有那告病的，保安的，求亲许愿，求财求子的，无时无日不来烧香祭赛，真个是：金炉不断千年火，玉盏常明万载灯。不题。

却说八大金刚使第二阵香风，把他四众不一日送至东土，渐渐望见长安。原来那太宗自贞观十三年九月望前三日送唐僧出城，至十六年，即差工部官在西安关外起建了望经楼接经，太宗年年亲至其地。恰好那一日出驾复到楼上，忽见正西方满天瑞霭，阵阵香风，金刚停在空中叫道："圣僧，此间乃长安城了。我们不好下去，这里人伶俐，恐泄漏吾像。孙大圣三位也不消去，汝自去传了经与汝主，即便回来。我在霄汉中等你，与你一同缴旨。"大圣道："尊者之言虽当，但吾师如何挑得经担？如何牵得这马？须得我等同去一送。烦你在空少等，谅不敢误。"金刚道："前日观音菩萨启过如来，往来只在八日，方完藏数。今已经五日有余，只怕八戒贪图富贵，误了限期。"八戒笑道："师父成佛，我也望成佛，岂有贪图之理！泼大粗人！都在此等我，待交了经，就来与你回向也。"呆子挑着担，沙僧牵着马，行者扶着圣僧，都按下云头，落于望经楼边。

太宗同多官一齐见了，即下楼相迎道："御弟来也？"唐僧即倒身下拜。太宗扶起，又问道："此三者何人？"唐僧道："是途中收的徒弟。"太宗大喜，命近侍官："将朕御车马扣背，请御弟上马，同朕回朝。"唐僧谢了恩，骑上马，大圣轮金箍棒紧随，八戒、沙僧俱扶马挑担，随驾后共入长安。真个是：

当年清宴乐升平，文武安然显俊英。
水陆场中僧演法，金銮殿上主差卿。
关文敕赐唐三藏，经卷原因配五行。
苦炼凶魔种种灭，功成今喜上朝京。

唐僧四众，随驾入朝，满城中无人不知是取经人来了。却说那长安唐僧旧住的洪福寺大小僧人，看见几株松树一颗颗头俱向东，惊讶道："怪哉！怪哉！今夜未曾刮风，如何这树头都扭过来了？"内有三藏的旧徒道："快拿衣服来！取经的老师父来了！"众僧问道："你何以知之？"旧徒曰："当年师父去时，曾有言道：'我去之后，或三五年，或六七年，但看松树枝头若是东向，我即回矣。'我师父佛口圣言，故此知之。"急披衣而出。至西街时，早已有人传播说："取经的人适才方到，万岁爷爷接入城来了。"众僧听说，又急急跑来，却就遇着。一见大驾，不敢近前，随后跟至朝门之外。唐僧下马，同众进朝。唐僧将龙马与经担，同行者、八戒、沙僧，站在玉阶之下。

太宗传宣："御弟上殿，赐坐。"唐僧又谢恩坐了，教把经卷抬来。行者等取出，近侍官传上。太宗又问："多少经数？怎生取来？"三藏道："臣僧到了灵山，参见佛祖，蒙差阿傩、伽叶二尊者先引至珍楼内赐斋，次到宝阁内传经。那尊者需索人事，因未曾备得，不曾送他，他遂以经与了。当谢佛祖之恩东行，忽被妖风抢了经去。幸小徒有些神通赶夺，却俱抛掷散漫。因展看，皆是无字空本。臣等着惊，复去拜告恳求，佛祖道：'此经成就之时，有比丘圣僧将下山与舍卫国赵长者家看诵了一遍，保祐他家生者安全，亡者超脱，止讨了他三斗三升米粒黄金，意思还嫌卖贱了，后来子孙没钱使用。'我等知二尊者需索人事，佛祖明知，只得将钦赐紫金钵盂送他，方传了有字真经。此经有三十五部，各部中检了几卷传来，共计五千零四十八卷。此数盖合一藏也。"太宗更喜，教："光禄寺设宴，开东阁酬谢。"

忽见他三徒立在阶下，容貌异常，便问："高徒果外国人耶？"长老俯伏道："大徒弟姓孙，法名悟空，臣又呼他为孙行者。他出身原是东胜神洲傲来国花果山水帘洞人氏。因五百年前大闹天宫，被佛祖困压在西番两界山石匣之内，蒙观音菩萨劝善，情愿皈依，是臣到彼救出，甚亏此徒保护。二徒弟姓猪，法名悟能，臣又呼他为猪八戒。他出身原是福陵山云栈洞人氏。因在乌斯藏高老庄上作怪，即蒙菩萨劝善，亏行者收之，一路上挑担有力，涉水有功。三徒弟姓沙，法名悟净，臣又呼他为沙和尚。他出身原是流沙河作怪者，也蒙菩萨劝善，秉教沙门。那匹马不是主公所赐者。”太宗道：“毛片相同，如何不是？”三藏道：“臣到蛇盘山鹰愁涧涉水，原马被此马吞之。亏行者请菩萨问此马来历，原是西海龙王之子，因有罪，也蒙菩萨救解，教他与臣作脚力。当时变作原马，毛片相同。幸亏他登山越岭，跋涉崎岖。去时骑坐，来时驮经，亦甚赖其力也。”太宗闻言，称赞不已，又问：“远涉西方，端的路程多少？”三藏道：“总记菩萨之言，有十万八千里之远。途中未曾记数，只知经过了一十四遍寒暑。日日山，日日岭。遇林不小，遇水宽洪。还经几座国王，俱有照验的印信。”叫：“徒弟，将通关文牒取上来，对主公缴纳。”当时递上。太宗看了，乃贞观一十三年九月望前三日给。太宗笑道：“久劳远涉，今已贞观二十七年矣。”牒文上有宝象国印，乌鸡国印，车迟国印，西梁女国印，祭赛国印，朱紫国印，狮驼国印，比丘国印，灭法国印；又有凤仙郡印，玉华州印，金平府印。太宗览毕，收了。

早有当驾官请宴，即下殿携手而行。又问：“高徒能礼貌乎？”三藏道：“小徒俱是山村旷野之妖身，未谙中华圣朝之礼数。万望主公赦罪。”太宗笑道：“不罪他，不罪他。都同请东阁赴宴去也。”三藏又谢了恩，招呼他三众，都到阁内观看。果是中华大国，比寻常不同。你看那：

门悬彩绣，地衬红毡。异香馥郁，奇品新鲜。琥珀杯，玻璃盏，镶金点翠；黄金盘，白玉碗，嵌锦花缠。烂煮蔓菁，糖浇香芋。蘑菇甜美，海菜清奇。几次添来姜辣笋，数番办上蜜调葵。面筋椿树叶，木耳豆腐皮。石花仙菜，蕨粉干薇。花椒煮莱菔，芥末拌瓜丝。几盘素品还犹可，数种奇稀果夺魁。核桃柿饼，龙眼荔枝。宣州茧栗山东枣，江南银杏兔头梨。榛松莲肉葡萄大，榧子瓜仁菱米齐。橄榄林檎，苹婆沙果。慈菇嫩藕，脆李杨梅。无般不备，无件不齐。还有些蒸酥蜜食兼嘉馔，更有那美酒香茶与异奇。说不尽百味珍馐真上品，果然是中华大国异西夷。

师徒四众与文武多官，俱侍列左右，太宗皇帝仍正坐当中。歌舞吹弹，整齐严肃，遂尽乐一日。正是：

君王嘉会赛唐虞，取得真经福有余。
千古流传千古盛，佛光普照帝王居。

当日天晚，谢恩宴散。太宗回宫，多官回宅。唐僧等归于洪福寺，只见寺僧磕头迎接。方进山门，众僧报道：“师父，这树头儿今早俱忽然向东。我们记得师父之言，遂出城来接，果然到了！”长老喜之不胜，遂入方丈。此时八戒也不嚷茶饭，也不弄喧头，行者、沙僧个个稳重。只因道果完成，自然安静。【卓吾评：着眼】当晚睡了。

次早，太宗升朝，因对群臣言曰：“朕思御弟之功，至深至大，无以为酬。一夜无痳，遂口占几句俚谈，权表谢意，但未曾写出。”叫：“中书官来，朕念与你，你一一写之。”其文盖云：

“尝闻二仪有象，显覆载以含生；四序无形，潜寒暑以化物。是以窥天鉴地，庸愚皆识其端；明阴洞阳，贤哲罕穷其数。然天地包乎阴阳，而易识者，以其有象也；阴阳处乎天地，而难穷者，以其无形也。故知象显可证，虽愚不惑；形潜莫睹，在智犹迷。况乎佛道崇虚，乘幽控寂。弘济万品，典御十方。举威灵而无上，抑神力而无下；大之则弥于宇宙，细之则摄于毫厘。无灭无生，历千劫而亘古；若潜若显，运百福而长今。妙道凝玄，遵之莫知其际；法流湛寂，挹(yī，推崇)之莫测其源。故知蠢蠢凡愚，区区庸鄙，投其旨趣，能无疑惑者哉！然则大教之兴，基乎西土。腾汉庭而皎梦，照东域而流慈。古者，分形卜迹之时，言未驰而成化；当常见常隐之世，民仰德而知遵。及乎晦影归真，迁移越世，金容掩色，不镜三千之光；丽象开图，空端四八之相。于是微言广被，拯禽类于三途；遗训遐宣，导群生于十地。佛有经，能分大小之乘；更有法，传讹邪正之术。我僧玄奘法师者，法门之领袖也。幼怀真敏，早悟三空之功；长契神清，先包四忍之行。松风水月，未足比其清华；仙露明珠，讵能方其朗润！故以智通无累，神测未形。超六尘而迥出，使千古而传芳。凝心内境，悲正潜灵；栖虑玄门，多门讹谬。思欲分条振理，广彼前闻；截伪续真，开兹后学。是以翘心净土，法游西域。乘危远迈，策杖孤征。积雪晨飞，途间失地；惊沙夕起，空外迷天。万里山川，拨烟霞而进步；百重寒暑，历霜雨而前踪。诚重劳轻，求深欲达。周游西宇，十有四年。穷历异邦，询求正教。双林八水，味道餐风；鹿苑鹫峰，瞻奇仰异。承至言于先圣，受真教于上贤。探赜(tàn zé，探索奥秘)妙门，精穷奥业。三乘六律之道，驰骤于心田；一藏百箧(qiè，小箱子)之文，波涛于海口。爰自所历之国无涯，求取之经有数。总得大乘要文，凡三十五部，计五千四十八卷，译布中华，宣扬胜业。引慈云于西极，注法雨于东陲。圣教缺而复全，苍生罪而还福。湿火宅之干焰，共拔迷途；朗金水之昏波，同臻彼岸。是知恶因业坠，善以缘升。升坠之端，惟人自作。譬之桂生高岭，凌云方得泫其花；莲出绿波，飞尘不能染其叶。非莲性自洁而桂质本贞，良由所附者高，则微物不能累；所凭者净，则浊类不能沾。夫以卉木无知，犹资善而成善，矧(shěn，况且)以人伦有识，宁不缘庆而成庆？方冀真经传布，并日月而无穷；景福遐敷，与乾坤而永大也欤！”

写毕，即召圣僧。此时长老已在朝门外候谢。闻宣急入，行俯伏之礼。太宗传请上殿，将文字递与长老。览遍，复下谢恩，因奏：“主公文辞高古，理趣渊微。但不知是何名目？”太宗道：“朕夜口占，答谢御弟之意，名曰《圣教序》，不知好否？”长老叩头，称谢不已。太宗又曰：

“朕才愧珪璋，言惭金石。至于内典，尤所未闻。口占叙文，诚为鄙拙。秽翰墨于金简，标瓦砾于珠林。循躬省虑，靦面（tiǎn miàn，厚颜）恧（nǜ，惭愧）心。甚不足称，虚劳致谢。”【卓吾评：此太宗御制之文，缀于《心经》之首】

当时多官齐贺，顶礼圣教御文，遍传内外。太宗道：“御弟将真经演诵一番，何如？”长老道：“主公，若演真经，须寻佛地，宝殿非可诵之处。”太宗甚喜，即问当驾官：“长安城中，有那座寺院洁净？”班中闪上大学士萧瑀奏道：“城中有一雁塔寺，洁净。”太宗即令多官：“把真经各虔捧几卷，同朕到雁塔寺，请御弟谈经去来。”多官遂各各捧着，随太宗驾幸寺中，搭起高台，铺设齐整。长老仍命：“八戒、沙僧，牵龙马，理行囊。行者在吾左右。”又向太宗道：“主公欲将真经传流天下，须当誊录副本，方可布散。原本还当珍藏，不可轻亵。”太宗又笑道：“御弟之言，甚当！甚当！”随召翰林院及中书科各官誊写真经。又建一寺，在城之东，名曰誊黄寺。

长老捧几卷登台，方欲讽诵，忽闻得香风缭绕，半空中有八大金刚现身高叫道：“诵经的，放下经卷，跟我回西去也。”这底下行者三人，连白马，平地而起。长老亦将经卷丢下，也从台上起于九霄，相随腾空而去。慌得那太宗与多官望空下拜。这正是：

圣僧努力取经编，西宇周流十四年。
苦历程途遭患难，多经山水受迍邅。
功完八九还加九，行满三千及大千。
大觉妙文回上国，至今东土永留传。

太宗与多官拜毕，即选高僧，就于雁塔寺里，修建水陆大会，看诵《大藏真经》，超脱幽冥孽鬼，普施善庆。将誊录过经文，传布天下不题。

却说八大金刚，驾香风，引着长老四众，连马五口，复转灵山。连去连来，适在八日之内。此时灵山诸神，都在佛前听讲。八金刚引他师徒进去，对如来道：“弟子前奉金旨，驾送圣僧等，已到唐国，将经交纳，今特缴旨。”遂叫唐僧等近前受职。如来道：“圣僧，汝前世原是我之二徒，名唤金蝉子。因为汝不听说法，轻慢吾之大教，故贬汝之真灵，转生东土。今喜皈依，秉我迦持，又乘吾教，取去真经，甚有功果，加升大职正果，汝为旃檀（zhān tán，檀香）功德佛。孙悟空，汝因大闹天宫，吾以甚深法力，压在五行山下，幸天灾满足，归于释教。且喜汝隐恶扬善，在途中炼魔降怪有功，全终全始，加升大职正果，汝为斗战胜佛。猪悟能，汝本天河水神，天蓬元帅。为汝蟠桃会上酗酒戏了仙娥，贬汝下界投胎，身如畜类。幸汝记爱人身，在福陵山云栈洞造孽，喜归大教，入吾沙门，保圣僧在路，却又有顽心，色情未泯。因汝挑担有功，加升汝职正果，做净坛使者。”八戒口中嚷道：“他们都成佛，如何把我做个净坛使者？”如来道：“因汝口壮身慵，食肠宽大。盖天下四大部洲，瞻仰吾教者甚多，凡诸佛事，教汝净坛，乃是个有受用的品级。如何不好！沙悟净，汝本是卷帘大将，先因蟠桃会上打碎玻璃盏，贬汝下界，汝落于流沙河，伤生吃人造孽，幸皈吾教，诚敬迦持，保护圣僧，登山牵马有功，加升大职正果，为金身罗汉。”又叫那白马：“汝本是西洋大海广晋龙王之子。因汝违逆父命，犯了不孝之罪，幸得皈身皈法，皈我沙门，每日家亏你驮负圣僧来西，又亏你驮负圣经去东，亦有功者，加升汝职正果，为八部天龙马。”

长老四众，俱各叩头谢恩。马亦谢恩讫，仍命揭谛引了马下灵山后崖化龙池边，将马推入池中。须臾间，那马打个展身，即退了毛皮，换了头角，浑身上长起金鳞，腮颔下生出银须，一身瑞气，四爪祥云，飞出化龙池，盘绕在山门里擎天华表柱上。诸佛赞扬如来的大法。孙行者却又对唐僧道：“师父，此时我已成佛，与你一般，莫成还戴金箍儿，你还念甚么‘紧箍咒儿’掯勒我？趁早儿念个‘松箍儿咒’，脱下来，打得粉碎，切莫叫那甚么菩萨再去捉弄他人。”唐僧道：“当时只为你难管，故以此法制之。今已成佛，自然去矣，岂有还在你头上之理！你试摸摸看。”行者举手去摸一摸，果然无之。此时旃檀佛、斗战佛、净坛使者、金身罗汉，俱正果了本位，天龙马亦自归真。有诗为证：

一体真如转落尘，合和四相复修身。

【合和四相，本意是道教内丹术的聚神法，此指唐僧一身将代表性、情、志、意的四人聚在一起】

五行论色空还寂，百怪虚名总莫论。

【尘世中的各种色相假托为途中妖魔，都归于空寂】

正果旃檀皈大觉，完成品职脱沉沦。

经传天下恩光阔，五圣高居不二门。

五圣果位之时，诸众佛祖、菩萨、圣僧、罗汉、揭谛、比丘、优婆夷塞，各山各洞的神仙、大神、丁甲、功曹、伽蓝、土地，一切得道的师仙，始初俱来听讲，至此各归方位。你看那：

灵鹫峰头聚霞彩，极乐世界集祥云。金龙稳卧，玉虎安然。乌兔任随来往，龟蛇凭汝盘旋。丹凤青鸾情爽爽，玄猿白鹿意怡怡。八节奇花，四时仙果。乔松古桧，翠柏修篁。五色梅时开时结，万年桃时熟时新。千果千花争秀，一天瑞霭纷纭。

大众合掌皈依，都念：南无燃灯上古佛。南无药师光王佛。南无释迦牟尼佛。南无过去未来现在佛。南无清净喜佛。南无毗卢尸佛。南无宝幢王佛。南无弥勒尊佛。南无阿弥陀佛。南无无量寿佛。南无接引归真佛。南无金刚不坏佛。南无宝光佛。南无龙尊王佛。南无精进善佛。南无宝月光佛。南无现无愚佛。南无娑留那佛。南无那罗延佛。南无功德华佛。南无才功德佛。南无善游步佛。南无旃檀光佛。南无摩尼幢佛。南无慧炬照佛。南无海德光明佛。南无大慈光佛。南无慈力王佛。南无贤善首佛。南无广庄严佛。南无金华光佛。南无才光明佛。南无智慧胜佛。南无世静光佛。南无日月光佛。南无日月珠光佛。南无慧幢胜王佛。南无妙音声佛。南无常光幢佛。南无观世灯佛。南无法胜王佛。南无须弥光佛。南无大慧力王佛。南无金海光佛。南无大通光佛。南无才光佛。南无旃檀功德佛。南无斗战胜佛。【卓吾评：三藏、行者位居观世音之上矣，人可不努力哉？】南无观世音菩萨。南无大势至菩萨。南无文殊菩萨。南无普贤菩萨。南无清净大海众菩萨。南无莲池海会佛菩萨。南无西天极乐诸菩萨。南无三千揭谛大菩萨。南无五百阿罗大菩萨。南无比丘夷塞尼菩萨。南无无边无量法菩萨。南无金刚大士圣菩萨。南无净坛使者菩萨。南无八宝金身罗汉菩萨。南无八部天龙广力菩萨。如是等一切世界诸佛，愿以此功德，庄严佛净土。上报四重恩，下济三途苦。【四重恩，分别指父母养育之恩、上师教导之恩、国家守护之恩、众生供养之恩；三途苦，指畜生、恶鬼和地狱之苦，亦即痛苦不能解脱的心性】若有见闻者，悉发菩提心。同生极乐国，尽报此一身。十方三世一切佛，诸尊菩萨摩诃萨，【摩诃萨也即菩萨】摩诃【广大】般若【智慧】波罗密【到彼岸】。

《西游记》至此终。

【卓吾评：你看若猴、若猪、若马俱成正果。独有人反信不及，倒去为猴、为猪、为马，却不是大颠倒乎？人身难得，只为他可作佛成祖故。若不用他成佛作祖，真禽兽不如矣。大家回头，大家下手，何如，何如？】

【纵观唐僧成佛的过程，其实就是摒弃情感和欲望的困扰，从痛苦和魔障中解脱，找到清净、通达、圆明心性的过程。心性成佛，人也就成了佛。而心性的腾挪变化、通天彻地的神通，又是人本来就具有的功能，所以，每个人的心性都具备了成佛成圣的条件，每个人都可以成佛成圣。这是宇宙间最伟大的奇迹。愿这部书助你领悟其中的道理，给你信心，让你向着那大山大河，勇敢前行】

【《坛经》印证：汝等自心是佛，更莫狐疑！外无一物而能建立，皆是本心生万种法。故经云：心生种种法生，心灭种种法灭】

《西游记》作者考证

——丹成识得本来面(《西游记》第九十九回)

《西游记》最初的金陵世德堂版本并未署作者真名,只有"华阳洞天主人校"的字样,其真实作者,一直是学界争论的问题。鲁迅和胡适认定其作者是吴承恩,主要依据是某地方志中记载吴承恩的作品时,出现了"西游记"三个字。这个证据明显不足,因为"西游记"这个名字作为地理志或游记作品的名称,也在其他人的作品中出现过。何况,在《西游记》第九回,出现"受爵的,抱虎而眠;承恩的,袖蛇而去"一句,很难相信一个意在隐匿自己真实姓名的作者,以如此显眼的方式展露自己的大名。但自胡适发表其考证结果开始,吴承恩作为《西游记》作者的观点被广泛采纳。2008年,梅新林和崔小敬出版《20世纪〈西游记〉研究》一书,汇总了胡适以来《西游记》的研究论文,同时也收录了反对吴承恩是《西游记》作者的观点的文章。这些对真实作者的争论,大多是从胡适的证据是否充分、吴承恩的现存其他作品的风格或《西游记》的对话与方言对比的角度展开,几乎没有人从《西游记》文本所反映的思想与作者的学术、生平、社会背景的关联角度进行考证。在对《西游记》进行了文本的解读之后,我们现在探讨一下《西游记》真实作者的问题。

真实作者需要具备的条件

言为心声,文以载道。即便是不想暴露真实姓名的作者,也不会在致力于流布后世的文学巨著里隐瞒自己的学术思想和处世态度,反而应该倾注毕生之所学、所悟。所以,我们应该能将《西游记》文本中所反映的人生观和学术倾向抽离出来,对真实作者的特点做一些描画。

首先,作者明确主张三教同修。这在书中的斜月三星洞的"三家配合本如然"和车迟国的"三教归一"已经表明。唐代以来,在行动上践行这种思想的人很多,但明确表明观点的人不多。如以六祖惠能为代表的禅宗一派,经义中已经融入了儒和道的精华,但认为自身是佛家真传,明确反对"外道",更不可能讲"三教同修"。王阳明及其传人虽然吸收了惠能的思想,发展了心学的概念,但仍然认定自己是正统儒家。实际上,在以宋儒理学为官方正统的明代,任何主张三教同修的言论都会被认为异端。和尚、道士是受歧视的职业，为“正人君子”所不齿，所以作者只能存在于官僚系统之外的民间学术界。

第二，作者显然是一位佛学大师。从《西游记》文本看，作者三教同修的理论基础并非出于对三教人云亦云的崇拜，而是佛经中所讲的“不入法相”，这是《金刚经》最重要的经义。在《西游记》乌鸡国一节，作者详细解释了“相”的概念和运作方式；在天竺布金寺和玉兔精的情节中重点解释了“法相”的表现和危害。《西游记》整部书就是围绕《坛经》《心经》《金刚经》的精华思想展开的，在对以禅宗为主的佛学的把握深度以及与现实生活结合的程度上，都显示作者精湛的佛学造诣。

第三，作者是一个不被所有“正统”接受的另类。在“不入法相”的理念下，作者的视野并不止于三教，而是涉及了各种流派思想。与此同时，作者对所有这些思想流派的态度是吸收营养而不是恪守教条，这在书中菩提祖师对“术、流、动、静”的描述中可以体现。作者借菩提祖师之言，将三教都归入“流”派，讽刺其教义的学习是“壁里安柱”，将宗教形式和规则统统进行否定，无疑对于三教的任何一家都是“大逆不道”的言论。作者“不入法相”如此彻底，必然不被三教“正统”接受。哪怕是在虚构的小说里，一个“正统”的佛家，不会在平顶山一节调侃观音菩萨“该他一世无夫”，在狮驼国一节责备佛祖“与妖怪有亲”；一个“正统”的道家，不会在大闹天宫一节让悟空把老君“捽了个倒栽葱”，在三清观把老君像扔入茅厕；一个“正统”的儒家，不会在悟空讲出“皇帝轮流做，明年到我家”的同时，称赞其“光明一颗摩尼珠”。从行文中可以看出，作者尊重佛祖、菩萨、道祖、孔子、庄子、孟子，如此等等。但是，仅表现在心性平等的基础上对伟大心灵的尊重，而不是宗教式的崇拜。《西游记》成书以来，虽然有人将其解读出修心、炼丹、弘理、悟道、讽世等意义，但这本著作普遍不被各家正统观念所接受，大多数情况下都处于儒释道三家都不认可的境地。所以，悟空学艺归来面对混世魔王时“光着个头，穿一领红色衣，勒一条黄绦，足下踏一对乌靴，不僧不俗，又不像道士神仙”的形象，正是作者的自嘲。

第四，作者是一个极富入世情怀的人。在结束了两界山到狮驼国以《心经》为主的演绎后，作者用比丘国、禅林寺、陷空山、灭法国、隐雾山等情节批判避世修行、心陷于空的错误理念，然后以《金刚经》义理为依托，用天竺五城情节表达入世修行的方法和需要规避的问题。作者在陷空山“半截观音”一节致力于表达解脱自身的悲苦只是修行的一半，心陷于空则人生无法立足；还有一半是普度众生，而普度众生的方法呈现在凤仙郡一节，即启发众生心智，同归大道。很难想象秉持这样理念的作者在实际生活中是消极避世、躲在净室念佛的隐逸之士，而不是积极投身教化事业的布道者。

第五，作者是一个小说家兼戏曲家。作为一部小说，《西游记》虽然取材于唐僧取经的故事，并吸收了宋元以来相关的民间传说和戏曲杂剧，但在结构上进行了细致缜密的重新谋划，并赋予三徒和各种妖魔以新的寓意，无异于一次全新的创作。作者学习了元曲唱词的精致但又不受诗词规则的约束，继承了评书的通俗流畅但又不乏警世微言，在小说中借用了戏剧的夸张表现手法但又不露声色。与典型小说致力于写实不同，《西游记》加入了大量的戏剧表现手法。表现之一，是在悟空与妖魔打斗开头，往往自述简历、夸赞兵器，这类似于戏剧的唱词，并融入插科打诨的成分，这种节奏控制明显有戏剧的影子。表现之二，是用风景描写刻画和揭示人物心理活动，用场景的象征意义暗示情节和义理，将场景道具化，或者说根据人物的心境来布置场景。表现之三，是将人物道具化，或将事物人格化，如菩提祖师根本不是一个人，只是一个表达"菩提只向心觅"的道具；又如悟空、八戒、沙僧也不是真正的人，而是把唐僧的性、情、志分开表述、实现对话的道具；再如神仙妖魔也不是人，而是表达善念和恶念的道具。这些都表明，作者已经能够完美继承和糅合小说和戏剧的表现手法，并且独具匠心地推陈出新，这都需要极高的文艺素养。

纵观古代人物，特别是在《西游记》成书的明代，有信奉炼丹的帝王将相，有吃斋念佛的达官贵人，有著述颇丰的大家名士，也有放荡不羁的才子学人，但同时满足以上五条的人并不多见，李贽便是其中最符合条件的一个。

李贽生平符合《西游记》作者的条件

李贽，号卓吾，生于明世宗嘉靖六年(1527年)，在福建泉州海边长大，祖上有远洋经商的经历。26岁中举人，先后任河南辉县教谕、南京国子监博士、北京国子监博士、北京礼部司务、南京刑部员外郎和郎中，仕途最后出任云南姚安知府。54岁从云南辞职到湖北黄安，成为高官朋友的门客，并开始著述讲学。57岁移居湖北麻城，后迁住麻城芝佛院，余生致力于读书、讲学和著述，著作有《藏书》《焚书》《说书》三大系列，分别记述与传统见解不同的古人评价和历史研究、与朋友书信以及哲学和文艺思想、对儒释道经典的评注等。万历三十年(1602年)，他在76岁时被冠以"敢倡乱道，惑世诬民"的罪名在通州被捕，卒于北京狱中，著作遭焚毁。

纵观李贽一生的著述，无疑是学贯儒释道的大家，对三教的经典，如《四书》《道德经》《周易》《心经》《金刚经》等都作出自成一家的解说和评注。他认为儒道释均"期于闻道以出世"，即在超脱世俗眼光和名利追求之外追求真理方面是一致的

(《续焚书·三教归儒说》),并赞叹“超然于名利之外,不与利名作对者,唯孔夫子、李老子、释迦佛三大圣人尔”(《续焚书·复李士龙》)。

李贽说自己“幼年不信道和仙释,老年信真佛”,后来在《圣教小引》一文中称“五十以后,大衰欲死,因得朋友劝诲,翻阅贝经,幸于生死之原窥见斑点”。说明李贽在为官任上已经开始研究佛学。李贽对于佛家思想的理解既透彻又不落俗套。在《心经提纲》中,针对世人普遍认为的佛学视一切为“空”的观点,他认为佛学的“空”是为了破除“有执”而提出的,而如果一味强调“空”则容易陷入“空执”,人就成了无所事事的行尸走肉,不能妙生万有。他强调在不“入相”的基础上“用相”,把佛学理论用以解决日常生活问题。李贽在《答周西岩》一文中说:“佛无益于事,成佛何为乎? 事有碍于佛,佛亦不中用矣,岂不深可笑哉?”袁中道《李温陵传》记载李贽为官期间“法令清简,不言而治”,公事之余常与僧人讨论佛学,“人皆怪之,公亦不顾”。

李贽的佛学思想明显受惠能《坛经》的影响。在《听诵法华》中有诗“诵经纵满三千部,才到曹溪一句忘”,可见对惠能不立文字的禅宗思想的推崇。惠能“见性成佛”的思想对李贽影响最深。他在《观音问》中说:“人人能念佛,人人得往西方。”又在《豫约》中认为:“见性者,见自性阿弥陀佛也,见自性弥陀了,即是成佛了,亦无别有佛可成也。”

李贽自幼就有怀疑权威的叛逆个性。在他编写的《阳明先生年谱》里,自称“余自幼倔强难化,不信道,不信仙释。故见道人则恶,见僧则恶,见道学先生则尤恶”。这里的“道学先生”自然指儒家。12岁写出《老农老圃论》,反对《论语》中孔子轻视农民的言论,轰动一时。这在尊崇儒家的明朝,无异于“大闹天宫”的行为。他尊敬孔子,把孔子像塑到佛堂,但不认同崇拜权威。他也看不上后世儒家对经典的解释,认为汉儒“附会”、宋儒“穿凿”,他讥讽朱熹所推崇的“天不生仲尼,万古如长夜”,调侃说孔子之前的人都“尽日燃纸烛而行”。他认为后世著述对三大圣人都有曲解。种种论调引起当时儒学者的极大反感,也成为他老年入狱的原因。

虽然晚年大多数时间住在佛院里,他也不是“正统”的佛家。他认为在家、出家都可以修行,没必要拘泥于形式。李贽的“离经叛道”还表现在形象上。晚年派人送家眷回泉州后,他剃发自称“和尚”,但不受戒。在《与曾继泉》一文中,他解释道:“其所以落发者,则因家中闲杂人等时时望我归去,又时时不远千里来迫我,以俗事强我,故我剃发以示不归,俗事亦决然不肯与理也。又此间无见识人多以异端目我,故我遂为异端以成彼竖子之名。兼此数者,陡然去发,非其心也。”他虽然剃成光头,但强调是为了摆脱俗务,当暴徒因为他不僧不俗的打扮攻击他时,他又蓄发戴帽(《焚书·与周友山书》)。

李贽在72岁时出版《藏书》,论述战国至元亡时历史人物约800人,以自己独到的视角对历史人物作出评价。人性是宇宙最伟大的奇迹,一个人的伟大或精彩程度,在于是否或多大程度上找到自己的"真心",或"本来面目"。在这样的认知下,他有了一种全新的评价历史人物的世界观,《藏书》就是把这种世界观加以具体应用以及向世人布道的著作。比如他肯定五代十国时期服务过契丹和汉族等多个朝代的帝王、被正统骂作没有骨气的冯道,以及三国时劝刘禅投降的谯周,同时也肯定了被当时认定为暴虐的秦始皇和篡位的武则天。他的这些观点引起朝廷巨大的恐慌和抵制,也构成他晚年入狱和作品被禁的导火索,并一直延续到后世。清代纪昀在《四库全书总目提要》中,就李贽的《藏书》说:"贽书皆狂悖乖谬,非圣无法。惟此书排击孔子,别立褒贬,凡千古相传之善恶,无不颠倒易位,尤为罪不容诛。其书可毁,其名亦不足以污简牍。"

由于其惊世骇俗的论调和特立独行的性格,李贽被当时大多数人视为异端。他长期居住的龙湖芝佛院被道学家怂恿的歹徒焚毁,反映了"正统"对他的态度。

即便在这样的白色恐怖下,李贽并没有隐匿,坚持著述立说,给后世留下浩瀚巨著,并游走讲学,广布学问,解脱心灵。他交往志同道合的高官、学者、文坛巨子,被邀请去各地讲学,听众有和尚、道士、官员和普通民众,同时也吸收女弟子,成为横跨儒、释、道的名士。

李贽还是个小说和戏曲的理论家。他的《童心说》提出"真心"才是为人处世和文艺创作的源泉,认为《西厢记》和《水浒传》都是发自真心的"天下至文";在《杂说》中提出文艺创作要遵循感情的自然抒发和文字的天然雕琢。李贽在对戏曲《红拂》的评论中,认为戏曲传奇跟其他正统文体一样,"可以兴""可以观""可以群""可以怨",只要发自真心就是好文,没必要以文体区分高下。他对当时流行的《西厢记》《水浒传》《三国演义》都有评注,其文艺思想对后世产生巨大影响。

可以看出,李贽的生平和思想,满足《西游记》作者的所有条件。

《童心说》思想与《西游记》的对应

《童心说》是李贽综合了道家的"婴儿论"、儒家的"赤子之心"、禅宗的"本心"而形成的最能代表其学术思想和世界观的文章,收录于《焚书》,发表于1592年(最早的金陵世德堂版《西游记》也是在此年出版)。因其重要,全文抄录如下:

童　心　说

龙洞山农叙《西厢》，末语云："知者勿谓我尚有童心可也。"夫童心者，真心也。若以童心为不可，是以真心为不可也。夫童心者，绝假纯真，最初一念之本心也。若失却童心，便失却真心；失却真心，便失却真人。人而非真，全不复有初矣。童子者，人之初也；童心者，心之初也。夫心之初，曷可失也？然童心胡然而遽失也？

盖方其始也，有闻见从耳目而入，而以为主于其内而童心失。其长也，有道理从闻见而入，而以为主于其内而童心失。其久也，道理闻见日以益多，则所知所觉日以益广，于是焉又知美名之可好也，而务欲以扬之而童心失。知不美之名之可丑也，而务欲以掩之而童心失。夫道理闻见，皆自多读书识义理而来也。古之圣人，曷尝不读书哉？然纵不读书，童心固自在也；纵多读书，亦以护此童心而使之勿失焉耳，非若学者反以多读书识义理而反障之也。夫学者既以多读书识义理障其童心矣，圣人又何用多著书立言以障学人为耶？童心既障，于是发而为言语，则言语不由衷；见而为政事，则政事无根柢；著而为文辞，则文辞不能达。非内含于章美也，非笃实生辉光也，欲求一句有德之言，卒不可得，所以者何？以童心既障，而以从外入者闻见道理为之心也。

夫既以闻见道理为心矣，则所言者皆闻见道理之言，非童心自出之言也，言虽工，于我何与？岂非以假人言假言，而事假事、文假文乎！盖其人既假，则无所不假矣。由是而以假言与假人言，则假人喜；以假事与假人道，则假人喜；以假文与假人谈，则假人喜。无所不假，则无所不喜。满场是假，矮人何辩也？然则虽有天下之至文，其湮灭于假人而不尽见于后世者，又岂少哉！何也？天下之至文，未有不出于童心焉者也。苟童心常存，则道理不行，闻见不立，无时不文，无人不文，无一样创制体格文字而非文者。诗何必古《选》，文何必先秦，降而为六朝，变而为近体，又变而为传奇，变而为院本，为杂剧，为《西厢曲》，为《水浒传》，为今之举子业，皆古今至文，不可得而时势先后论也。故吾因是而有感于童心者之自文也，更说甚么六经，更说甚么《语》《孟》乎！

夫六经、《语》《孟》，非其史官过为褒崇之词，则其臣子极为赞美之语，又不然，则其迂阔门徒、懵懂弟子，记忆师说，有头无尾，得后遗前，随其所见，笔之于书。后学不察，便谓出自圣人之口也，决定目之为经矣，孰知其大半非圣人之言乎？纵出自圣人，要亦有为而发，不过因病发药，随时处方，以救此一等懵懂弟子、迂阔门徒云耳。医药假病，方难定执，是岂可遽以为万世之至论乎？然则六经、《语》《孟》，乃道学之口实，假人之渊薮也，断断乎其不可以语于童心之言明矣。呜呼！吾又安得真正大圣人童心未曾失者而与之一言文哉！

文章首先定义童心为人的"真心""最初一念之本心"，明显与老庄之"婴儿"和孟子之"赤子之心"一脉相承。然后作者说明了人失去童心的三个阶段：最初是感官影响,“有闻见从耳目而入,而以为主于其内”;其次是思想牵引,“有道理从闻见而入,而以为主于其内”;最后是“所知所觉日以益广”,就有了“扬美掩丑”的想法,导致童心受到蒙蔽,“以从外入者闻见道理为之心”,也就是失去了真心。这里明显有佛经所谓“五蕴”烦恼或“外迷于相”的思想。

作者随后总结失去童心的表现或危害有三条:说话“则言语不由衷”;为政“则政事无根柢”;著书“则文辞不能达”。这表明,《童心说》表达的不仅仅是文学观,也是人生观和哲学观。

在批评了失去童心的“假言”“假事”“假文”之后,作者提出“天下之至文,未有不出于童心焉者也”,所以不一定非要《论语》《孟子》才是真理,文章也不必非要古体才好;只要发自真心,近体诗、传奇小说、戏曲、杂剧,包括《西厢记》《水浒传》,都是最好的文章。这其实是“不入于相”的观点的具体运用,也是惠能“自心常生智慧,不离自性”的体现。

最后,作者指出儒家经典多是弟子后人拼凑,有造假的可能;即便有些是圣人言,也不应离开时代和语境,当作教条。这是《金刚经》“无法可说”、《道德经》“可道非常道”的具体应用,也是孔子对同一个问题变换不同答案的原因。可以说,《童心说》是李贽把三教之精华思想融和起来的一个具体应用,也是李贽最精彩、最独特、对后世影响最大的理论贡献。

《西游记》在第一回就借菩提祖师之言提出“婴儿之本论”,整本书中多次以不同的形象或道具来象征真心(或假心)。首先是蟠桃和人参果,一个是心形,一个是婴儿形状,特点都是千年难成,暗示真心(功果)难得;其次是妖魔,如红孩儿和黄眉大王,一个象征怒火之真心,一个象征虚幻之假心;三是用王子或公主象征唐僧(映射为国王)的真心,如宝象国公主、乌鸡国王子、天竺国公主;四是用儿童,如通天河之童男童女、女儿国之鬼胎、比丘国之药引;五是用宝物,如大闹天宫的牟尼珠、小白龙烧的夜明珠、沙僧打碎的玻璃盏、老君的仙丹、黄袍怪的内丹、祭赛国的舍利,等等。可以说,对童心或心性的比喻贯穿全书。实际上,整部《西游记》中的人与魔的对抗,都是真人、真心与假人、假心之间的对抗,与《童心说》所表达的观念完全一致。

《童心说》和《西游记》最早的版本均发表于1592年,基本排除后人受《童心说》影响写成《西游记》的可能性。何况,如果《西游记》作者不是李贽,如此精当的解读《童心说》,李贽不可能看不出来,后期著述中只字未提两者的联系,基本排除别人写成《西游记》的可能;同样的理由也能排除李贽受《西游记》影响写成《童心说》的可能。

综上可以得出结论,《西游记》是《童心说》最精准的诠释,有很大可能性作者也是李贽。作者之所以选择匿名发表《西游记》,是担心著述受自己名声拖累被毁禁。这从他把自己的著述命名为《藏书》和《焚书》就可以看出这种担心,当世和后世的态度也证实了这种担心,匿名发表是保护《西游记》最可靠的办法。

《李卓吾先生批评西游记》之辨

如果把《西游记》的作者问题比作一个案件,通过"案情"和"动机"的分析,我们已经确定了"嫌疑人",剩下一步就是把"嫌疑人"请到"案发现场",任其辩解,观察其反应,或许能发现蛛丝马迹。《李卓吾先生批评西游记》(以下简称"卓吾评本")就提供了这样一种难得的机会,帮助我们验证前述猜想。在这个过程中,我们需要考虑两个问题,一个是卓吾评本是否为伪作;另一个是,评者是否为原著作者。

卓吾评本第一回总评对作品进行了正确的定位。"读《西游记》者,不知作者宗旨,定作戏论。余为一一拈出,庶几不埋没了作者之意。即如第一回有无限妙处,若得其意,胜如罄翻一大藏了也。篇中云'释厄传',见此书读之可释厄也。若读了《西游》,厄仍不释,却不辜负了《西游记》么?何以言释厄,只是能解脱便是。"此评正确点出了四个重点:《西游记》并非"戏论";评本将把关键之处"一一拈出";"第一回有无限妙处";整部书主旨是"解脱苦厄"。这四条非常精当地把握了原著思想。但令人错愕的是,行文中评论却反其道而行,除了大量表现猴子顽皮的"戏论",评者并没有在"释厄"这个正确主旨上发挥,取而代之的是大量"讽世"的内容,如骂和尚、骂道士、骂秀才、骂道学先生、骂"今人"、骂"世人",等等。这些内容虽然暗含在原著的寓言意义里,但显然并不是主旨。以下我们分别列出并分析四大怪事。

第一大怪事是,评者不介意显示自己的"肤浅"。在现存的其他评本中,如憺漪子、笑苍子《西游证道书》,悟一子《西游真诠》,悟元子《西游原旨》,张书绅《新说西游记》,无一例外都在挖掘作品的寓意。虽然在悟道、讽世等方向上有所不同,但无一像卓吾评本一样,在悟空调皮和变化多端等貌似"不重要"的情节处不厌其烦地对猴子的顽皮和机智发出赞叹,以至于出现大量的一个"猴"字的评点,或"贼猴""怪猴""妙猴""痴猴"等貌似无意义的评论。笔者认为,如果卓吾评本是别人假托的伪作,很容易将李卓吾的学术思想体现在评本中,至少是要显示自己学术功底和思维水平的深刻。而卓吾评本中,貌似评者故意强调"有趣",却不介意评论的"肤浅"。很可能只有原著作者才有如此"自信"地发出这种评论。以下我们继续验证这个观点。

第二大怪事是，卓吾评本异于其他评本的一个最大特点就是无一处“曲解”，但极度缺乏“深解”。评语中大量使用“着眼”字样，点出的“着眼”点都很精当，但欲言又止，并不说透，貌似一方面担心读者看不到关键点，另一方面又故意不明确揭示出隐喻的意思来。如红孩儿一难，我们已经指出红孩儿代表人的怒火之心，所以卓吾评本言“自古及今，无一人不受此孩儿之害”是非常恰当的，但评者就此打住，故意不说出为什么得出这个结论。又如在悟空飞不出如来手心一节，卓吾评本点出“如来是此心之常，悟空是此心之变”，正确暗示文本寓意是千变万化不离本心，没有对禅宗和《西游记》的深刻领会说不出这话。由此推出所有的神仙都是真心（本心、常心）的化身，所有的妖魔都是假心、邪心、变心的化身。但卓吾评本只此一句就打住，不再延伸。第八十一回总评：“人试思之：陷空山无底洞是恁么东西？若想得着，定是……”欲言又止，不符合单纯评者的行为特点。

第三大怪事是，批评都很敷衍，不痛不痒，甚至有为作者开脱之嫌。不管是在论文和对其他名著的评语中，李贽都对别人著作优缺点直言不讳；即便在自己喜欢的《西厢记》和《水浒传》的评语里，也有大量“可厌”“可删”，以及对行文不当的指责。但在卓吾评本中，批评意见不多且不尖锐：一处是黄袍怪一难，点出一首含药名的双关诗“药名可厌”，反而是在提醒读者要注意双关；一处在乌鸡国一节批评一首从九数到一的藏头诗“数目可厌”，几乎可以确定不是批评，而是提醒读者要注意数字藏头；一处在通天河一难，批评八戒吃饭的描写“可厌”，一句诗“不通”；一处是悟空与牛魔王赌变化，批评该处与二郎神赌变化描写相近。在开篇，评者言“凡《西游》诗赋，只要好听，原只为说而设。若以文理求之，则腐矣”，与天竺国唐僧作四季诗处“驸马诗虽不工，然无和尚气，亦可取也”所表达的思想相近，明贬实褒，像是在替作者开脱，提醒读者不要关注诗文是否精彩，而要关注义理。总之，这几处都不构成实质性的批评。笔者认为，如果卓吾评本是伪作，则尖锐的批评意见很容易模仿，不会如此扭捏；如果卓吾评本是李贽所作但李贽不是原著作者，以李贽的水平，批评意见也应当足够尖锐，没必要手下留情。在第一回“大哉乾元”处，卓吾评“从‘大’道理说起，是会白嚼舌者”。有的版本将此句删去，因其有侮辱作者之嫌。对比李卓吾对其他作品的批评，批评意见都很中肯且有风度，所以此句更像作者自嘲。

第四大怪事是，骂人骂得出乎意料，但又都是对的。下面试举几个例子。

第十七回在黑风山悟空打死蛇精处有评语“天下只有白衣秀士没有用了！我

道秀士中竟蛇多龙少”。这个蛇精变化的白衣秀士，刚出场就被悟空打死，没干任何事，骂他作甚？读者可能会误以为评者对秀士有什么误会，或借评书发泄一下自己生活中对世人的不满。其实，只有在知道了秀士是观音院和尚蛇蝎之心的隐喻，才理解此处秀士该骂。所以，这是评语在讽世的表面意义下深刻理解原著隐喻的例证。

第二十九回评黄袍怪和百花羞时讲“到底是妇人所制。还是妖魔狠？还是妇人狠?”后总评中言“那怪尚不是魔王，这百花羞真是个大魔王！一个百花羞，便够断送此魔矣”，仅从字面意思看，百花羞是一个被魔王抢占的公主，是受害者，为何评者如此痛恨百花羞？只有在理解了百花羞影射的是肉眼凡胎、贬退悟空的唐僧时，才能理解百花羞确实该骂。

再如第四十四回车迟国评语“如今真道士没有，假和尚太多”。如果评者只看到了表面意思，则道士欺负和尚，该骂道士；和尚是弱者，不该骂和尚。现在两边都骂，说明评者看懂了车迟国的隐喻，即和尚不懂正确的修行方法，反而追求外道，即给道士打工。雇佣苦力拉车的道士其实是外道方法的象征，只是表面上该骂；和尚拉车比喻的是不走正道的修行，所以和尚更该骂。没有看懂寓意的人不会骂和尚。这是卓吾评本区别于其他评本的地方。

第七十回朱紫国骂金圣宫“非干妖魔痴事，还是女人更妖魔耳”，又貌似骂一个被妖怪掠走的受害者，而仅从故事情节看这个受害者没干过任何坏事，为何骂她？只有理解“金圣宫”其实影射“金公齐天大圣”悟空的奴心，才知骂得恰当。

至此，笔者认为，只有评本作者和原著作者都是李贽本人，才能完美解释以上四大疑点。如此安排，主要目的首先是掩饰作者身份。因为李贽对当时流行的《水浒传》《三国演义》和《西厢记》都有评论，如不评《西游记》，则容易被怀疑，卓吾评本的出现则撇清了李贽是原著作者的嫌疑，避免原著因为作者遭封杀而被封禁；还有一个原因是不想违背自己布道的初衷，故而一边在掩饰，又一边在提示，用隐蔽的语言点出要点；最重要的是，卓吾评本还有保存善本的功能，这也是卓吾评本比最早出版的世德本更完整、错误更少的原因。在作者本人和观点不被正统接受的当时，作者希望《西游记》以“趣”传世，故在评本中重点强调趣味性，后世的接受程度也基本实现了他的设想。同时，作者特别赞叹悟空的分身法和变化，包括“孙行者”“者行孙”名字的变化，都是心生万法、随机应变、亿万化身的表现，以评者的身份将自己与作品绑在一起，也是用“灯下暗”的方式隐匿真实身份的分身法。这正是作者将佛法应用于实际生活的表现。

虽然卓吾评本的掩饰很严密，但也露出评者即是著者的“马脚”来。不排除作者故意为之，以隐秘的方式表明身份。以下试举几例。

在第一回，从斜月三星洞迎出的童子，实为“童心”的隐喻。一般的评者如果看出关窍，在如此关键处不会卖关子，而只有评者也是《童心说》作者的情况下，评者才不便说破，只好问“此童子是什么？人自思之”，极不符合一个评者的语气。后菩提祖师提到“婴儿之本论”时，卓吾评本点出孟子的“赤子之心”。如果是伪评或李贽不是《西游记》作者，《童心说》在学术界影响甚广，提一下《童心说》的观点是很自然的事。这里不提，反而证明不是伪作。同时，由于一旦在此处提起《童心说》，很容易串起其他童心隐喻，真实作者就掩饰不住了，所以这里不提《童心说》反而证明是李贽所为。在通天河一难中，卓吾评本讲到“人见妖魔要吃童男童女，便以为怪事。殊不知世上有父母自吃童男童女的”“以童男付之庸师，童女付之窑娤，此非父母自吃童男女乎？为男者自甘为凶人，为女者自甘为妒妇，丧失其赤子之心，此非童男女自吃童男女乎？”此处隐晦点出了妖精吃童男童女其实隐喻世人蒙蔽真心，但还是刻意避开了《童心说》。

第四十回衡阳峪总评云：“行者说《心经》处，大是可思，不若今之讲师，记得些子旧讲说，便出来做买卖也。今之讲经和尚，既不及那猴子，又要弄这猴子怎的？”最后这句，“那猴子”自然指悟空，“这猴子”指谁？注意到主语是“今之讲经和尚”，要刁难的“这猴子”自然是评者了，评者为何自称“这猴子”，那自然是作者了。

在悟空假变牛魔王劝说红孩儿不要吃唐僧一段，假牛魔王对红孩儿道：“莫惹他！莫惹他！别的还好惹，孙行者是那样人哩，我贤郎，你不曾会他？那猴子神通广大，变化多端。他曾大闹天宫，玉皇上帝差十万天兵，布下天罗地网，也不曾捉得他。你怎么敢吃他师父！快早送出去还他，不要惹那猴子。”卓吾评本先评“猴极矣，妙绝”，紧接着评“那知是自家卖弄”。前一句中“妙绝”显然是夸赞悟空的机智或作者的文笔，后一个“那知是自家卖弄”似多余，因为书中多处悟空变化都有交代，所有读者都看得出这是悟空在自夸，本来不必评。只有在评者也是作者的情况下，才可理解上面的一句“妙绝”，是作者在夸赞自己写得好，所以下一个“自家卖弄”，其实是作者借双关的机会自嘲。悟空变作牛魔王夸赞悟空本事高强，如同作者伪装成评者赞赏作者写得好，故有此自嘲。

同样在红孩儿一节，观音菩萨得知红孩儿变成自己骗了八戒时发怒，卓吾评本言“火性不退，佛性自退矣”，这是任何评本作者都不敢说的话，只有原著作者才敢如此调侃观音菩萨。但该节题旨是怒火之困，人皆有之，这也是在貌似不关键的地方委婉点出题旨的例证。

在第九十三回总评中，卓吾评本讲“一部《西游记》，独此回为第一义矣。此回内说斯文肚里空空处，真是活佛出世，方能说此妙语。今日这班做举子业的斯文，不识一瞎字，真正可怜！不知是何缘故，却被猪八戒、沙和尚看出破绽来也。大羞！大羞！”笔者在正文评论中已经指出，天竺五城是在前文《坛经》和《心经》基础上讲《金刚经》，宣扬普度众生，而《金刚经》最高潮也是最重要的义理是“不入法相”，正是第九十三回要表达的寓意，所以可以说第九十三回是全书“第一义”，也是《西游记》最高潮。一个没有对全书思想正确把握的评者，不可能说出如此评语。而在讲出“第一义”之后，卓吾评本又以八戒的话掩饰，轻轻带过，让读者以为是一句无关紧要的话，甚至认为评者有些夸大其辞，也显示作者既要点出重点又要避免暴露身份的做法。

第九十二回总评，“四星挟捉三犀，不过是木克土耳，无他奥义。读者勿为所混”。书中寓意极多，一般的评者往往会怀疑自己是否已经看出所有寓意，不会如此断言。敢在《西游记》中断定“无他奥义”的，只有作者。

在第一百回众人齐诵佛号处，原著把三藏和行者的佛号排在观音之前，本来就已经很“出格”了，此处卓吾评道：“三藏、行者位居观世音之上矣，人可不努力哉？”文末又评“人身难得，只为他可作佛成祖故。若不用他成佛作祖，真禽兽不如矣。大家回头，大家下手，何如，何如？”可见原著作者的理念与评者一致，却很难见于普通人，更不像是一个假托李卓吾的文人能说出的话。

综上，笔者认为，卓吾评本提供了李贽是《西游记》著者的铁证。

世德堂本《西游记》序言

最早的金陵世德堂《西游记》版本前有序言，讲述了版本来历，是研究《西游记》的最早资料。因其非常重要，故全文抄录如下：

刊《西游记》序

秣陵陈元之撰

太史公曰：“天道恢恢，岂不大哉？谭言微中，亦可以解纷。”庄子曰：“道在屎溺。”善乎立言！是故“道恶乎往而不存，言恶乎存而不可。”若必以庄雅之言求之，则几乎遗《西游》一书。《西游》一书，不知其何人所为。或曰出今天潢何侯王之国，或曰出八公之徒，或曰出王自制。余览其意近跅驰滑稽之雄，卮言漫衍之为也。旧有叙，余读一过，亦不著其姓氏作者之名。岂嫌其丘里之言与？其叙以为孙，狲也，以为心之神；马，马也，以为意之驰；八戒，其所戒八也，以为肝气之木；沙，流沙，以为肾气之水；三藏，藏神、藏声、藏气之三藏，以为郛郭之主；魔，魔也，以为口、耳、鼻、舌、身、意，恐怖颠倒幻想之障。故魔以心生，亦心以摄。是故摄心以摄魔，摄魔以还理。还理以归之太初，即心无可摄。此其以为道之成耳。此其书直寓言者哉！彼以为大丹之数也，东生西成，故西以为纪。彼以为浊世不可以庄语也，故委蛇以浮世。委蛇不可以为教也，故微言以中道。理道之言不可以入俗也，故浪谑笑虐以恣肆。笑谑不可以见世也，故流连比类以明意。于是其言始参差而諔诡可观，谬悠荒唐，无端崖涯涘，而谭言微中，有作者之心，傲世之意，夫不可没已。

唐光禄既购是书，奇之，益俾好事者为之订校，秩其卷目梓之，凡二十卷，数十万言有余，而充叙于余。余维太史、漆园之意，道之所存，不欲尽废，况中虑者哉？故聊为缀其轶叙叙之，不欲其志之尽湮，而使后之人有览，得其意、忘其言也。

或曰："此东野之语，非君子所志。以为史则非信，以为子则非伦，以言道则近诬，吾为吾子之辱。"余曰："否，否！不然。子以为子之史皆信邪？子之子皆伦邪？子之子、史皆中道邪？一有非信非伦，则子、史之诬均诬，均则去此书非远，余何从而定之？故以大道观，皆非所宜有矣。以天地之大观，何所不有哉？故以彼见非者，非也；以我见非者，非也。人非人之非者非，非人之非人之非者，又与非者也。是故必兼存之后可，于是兼存焉，而或者乃亦以为信。"属梓成，遂书冠之。时壬辰夏端四日也。

这个序言开头部分含糊其辞交代了书的来历，此后的文体议论结构与《童心说》非常相似。首先提出《西游记》反映了"作者之心"，又言"道之所存"，暗含这是作者真心所成。后又指出子、史等儒家经典记载也可能有错，不可全信，这种"大逆不道"的言论有李贽的风格。"故以大道观，皆非所宜有矣。"这是"不立文字"或"无法可说"的翻版，"以天地之大观，何所不有哉"，所以主张"兼存"，这是"不入相"的翻版。《童心说》最后是拿六经、《论语》《孟子》与戏曲、小说比较，此序言拿儒家经典与"东野之言"比较，如出一辙。笔者怀疑这篇序文是李贽亲笔或其密友根据其授意所写。

此序言还提供了其他线索。例如，讲到作者时，既然"不知其何人所为"，何苦乱猜，而且把作者身份越说越大，第一个"或曰"是说地点（"或曰出今天潢何侯王之国"），即出自王府；后两个"或曰"是猜人物。一说为王府门客（"或曰出八公之徒"），一说竟然至于王侯亲作（"或曰出王自制"）。我们必须从全文的意图来了解这句话的意思。整篇文章貌似在说刊印的理由，其实目的是防止被道学家、统治者、暴民埋没、封禁著作。虽然《西游记》明确表达了三教同修的理念，但作者清楚行文中对三家都有冒犯，必然被各方所不容，所以用说理和唬人两种方式加以防范。类似于《童心说》的说理虽有些“出格”，但于道学家和统治者还可以勉强接受；含糊其辞地表达作者身份高贵其实就是为了吓退暴民，而不是提供直接线索让人轻易猜出作者。

即便是这样，作者行文也不会毫无根据地乱说。李贽在高官家做门客，明显符合“八公之徒”的标准；历史上唐太宗李世民有个堂兄弟也叫李贽，曾被封为河南王，如李贽署真名，也可能发生此类误会，故有此幽默的含混。何况，《西游记》杜撰了唐僧与唐太宗结拜兄弟的故事，唐僧在书中常被称作“老和尚”，也常被比作国王（惠能语“性在王在”）；而李贽也经常自称“和尚”，不排除李贽以唐王兄弟自比。所以序言中的两种身份都有“依据”。这种半假半真的写作风格在《西游记》中经常出现。

《西游记》中在大唐、宝象国、车迟国、西梁国、祭赛国、朱紫国、比丘国、灭法国、天竺国等均出现光禄寺安排筵宴的情节，符合唐朝对光禄寺采买、祭祀、设宴等职能的设定。可见作者对光禄寺职能情有独钟。既然是“唐朝王府”出书，采买事务自然是唐朝的光禄寺负责，所以笔者认为序言中“唐光禄既购是书”是作者延伸上文的玩笑。

序言作者陈元之及所称“好事者为之订校”也有疑点。首先，一般校订者或出版方请人写序言，目的是提高作品的知名度和销量，所以通常情况下会邀请知名学者或官员写序；而此处陈元之的署名不可考或不知名，很可能序言作者也是匿名，不符合一般出书时请人作序的情况。另外，序言作者没必要否定作者或校订者的水平或辛苦工作，此处序言作者称校订者“华阳洞天主人”为“好事者”，说明两者不是密友就是同一人，所以序言中传达的信息值得重视。

序言的最大疑点，是认定三藏的寓意为“藏神、藏声、藏气”。唐三藏取经的故事，宋朝和元朝就有话本和戏剧，普通人都知道此为佛教的三藏，不会作其他联想。在佛教中，自古有经、律、论三藏一说，分别指佛祖亲言、教规戒律和弟子诠释，后来三藏成为佛经或精通佛经高僧的代称。玄奘和鸠摩罗什都曾被称为三藏，这是众所周知的事实。如果非要探索其寓意，《西游记》第二回菩提祖师秘传心法中有“都来总是精气神，谨固牢藏休漏泄”，这是道教“藏精、藏气、藏神”的说法。另一种说法在古医书《素问·宣明五气篇》有记载：“五脏所藏：心藏神，肺藏魄，肝藏魂，脾藏意，肾藏志。”表达的是人的精神活动与五脏的关系。这些均与序言的说法不一致。较为一致的说法出现在明朝广为流传的一部看相算命书《太清神鉴》中：“大贵之相有三，曰声、曰神、曰气”“何谓五藏？视藏神，言藏声，见藏色，思藏息，听藏气，全此五者，清贵远大之相也。”序言作者为何放着佛教、道教、医学的观点不用，转而从一部看相书中断章取义呢？难道《西游记》是将教人看相作为寓意的书吗？这明显与序言的说理部分所显示的作者水平不符。

我们回到《西游记》文本来看三藏的含义。第八回借如来语讲述取经缘由："有法一藏，谈天；有论一藏，说地；有经一藏，度鬼。"第九十八回佛祖见到唐僧后重复了这个说法。法、论、经的说法是佛教常识，但是"谈天、说地、度鬼"这个说法却是《西游记》的独创。更奇的是，第九十八回佛祖还补充说"凡天下四大部洲之天文、地理、人物、鸟兽、花木、器用、人事，无般不载"，这明显与佛经的定位不符。

2010年出版的张建业主编的《李贽全集注》26卷本以及其后出版的《李贽全集续编》六卷本，是迄今对李贽作品最全的汇总（本文李贽作品引文多源于此），在内容广度上，似乎比佛经更符合上述定位。

李贽在《焚书》序言中曾经给他的三大系列著述各自定位：《藏书》载"上下数千年是非"，"当藏于山中以待后世"；《焚书》主要包含书信和论文，"所言颇切近世学者膏肓，既中其痼疾，则必欲杀之，言当焚而弃之，不可留"；《说书》"发圣言之精蕴，阐日用之平常，可使读者一过目便知入圣无难，出世之非假也"。对比可见，这三个定位与所谓的"藏神、藏声、藏气"较为一致，同时也能解释原著文中的"谈天、说地、度鬼"一说。由于《藏书》是对历史人物的观点，李贽认为是其精神所藏，而人性齐天，故是"谈天"；《焚书》是书信和论文，自然是其声音所藏，是道理的运用，故为"说地"；《说书》是经典评注，是自己气力所藏，批判道学家用，故可"度鬼"。所以，序言对"三藏"的解释貌似荒诞，却正确反映了原著的意思，都是李贽在暗示《西游记》是自己的著述。

惠能在《坛经》中主张人人"本心是佛"，王阳明也宣称"我的灵明便是天地鬼神的主宰"。既然成佛或悟道的心性如百川入大海，则逻辑上众生佛性与佛祖心性也无差别。李贽在《焚书》中曾说"我与佛说总无二矣"，他把自己同女弟子的书信集册称为《观音问》，一反佛家称女弟子为"女菩萨"的说法，而称其为"观音"。当然，这也符合《坛经》中"慈悲，则为观音"的说法。但如果问者是观音，则答者即为佛了。以上说明，李贽借佛祖之言描述自己的著作是可信的。所以笔者的结论是：这个"藏神、藏声、藏气"的说法非儒、非佛、非道、非医、非相（面），而是作者伪装成江湖术士、打着相面的幌子在直抒胸臆，把自己的学术思想和世界观藏在《西游记》中的意思。

这个序言故意混用佛（"三藏""恐怖颠倒幻想"）、道（大丹、太初、气、神）、医（肝、肾）词汇，混淆表相，营造脱离所有流派的形象，又借王府以唬人，借太史公和庄子以讲理，意在分别应对不同方面的挑战，可谓匠心独运，唯一的目的是保护著作，避免激怒各种势力，影响书的流传。

综上，笔者认为，在李贽是《西游记》作者的假设下，可以对初版《西游记》序言中的疑问作出较好的解释。鉴于《西游记》中多处将心之洞府称为“洞天”（如斜月三星洞、黑熊精洞府、五庄观、陷空山等都用到了这个词），且多处用“主人”一词形容本心或真心（如两界山、金皘山、狮驼国），笔者认为“华阳洞天主人”并不是一个随意虚构的人物，而是作者自谓。由于原著借用了宋、元、明以来的大量民间故事和戏文，如太宗地府还魂、唐僧出身、刘全进孤、各种妖魔的名称等，均不是作者原创，所以作者自称“校”者，除了谦虚和突出传承外，也可以营造古本已载的印象，避免影射当世的猜测，或避免当世之人猜出作者。但由于作者已赋予人物全新的寓意，对整体结构进行了全新设计，行文也均为自创，笔者认为，在世德堂本基础上称其为“校著”者并无不妥，甚至称其为“著者”更为妥当。

李贽生平和思想在书中的对应

在李贽现存的书信和诗文中发现了一些有价值的线索。1582 年，李贽在归隐湖北后不久的一封信中（《续焚书》卷一《复焦漪园》）表明，他正构思《卓吾居士传》。原因是“平生无知我者”，倍感寂寞，故写自传以自我慰藉，但这个题目往后不再提起，也不见这篇传记。同一封信中夸赞另一部作品“借他人题目，发自己心事”，表明他借唐僧取经写自己悟道经历的想法已初具雏形。在 1585 年的一首诗中（《续焚书》卷五《哭承庵》），他自比惠能（“我似卢行者，带发僧腰石”），可以解释悟空学道过程中大量借用惠能的学道经历。1588 年悼念亡妻的诗中（《续焚书》卷五《忆黄宜人二首》）他讲到：“我有一篇书，颇言成佛事。时时读一篇，成佛只如此。”其妻黄氏文化水平不高，自然不太可能读他的文言作品，故很可能是指白话的《西游记》。1590 年在《焚书》序言中他讲到：“《焚书》之后又有别录，名为《老苦》，虽则《焚书》，而另为卷目。”这个书名此后他本人和朋友都不再提到，后世也无人见到，很有可能是《西游记》的代称（“老苦”一词在佛学里可以理解为“成长的烦恼”）。这些迹象可以基本将《西游记》的创作时间限定在 1582 年构思至 1592 年发表的十年间。

李贽的生平经历是《西游记》创作的源泉。“天幸生我心眼，开卷便见人，便见其人终始之概”（《焚书》卷六《读书乐并引》）是火眼金睛的来源；“山中寂寞无侣，时时取史册披阅，得与其人会觌，亦自快乐”（《续焚书》卷一《与焦弱侯》）是筋斗云的来源；“故读史时，真如与百千万人作对敌”（出处同上）是大闹天宫的来源。十年创作中的经历也被李贽揉进书中。例如，李贽在游玩黄鹤楼时遭到地痞的围攻，遂令从人众僧改服戴帽遮住光头，这段经历成为灭法国一节创作的素材。

李贽的思想在原著中有多处体现。在《焚书》开篇《答周西岩》中讲"天下无一人不生知，无一物不生知，亦无一刻不生知者，但自不知耳"，这是六祖惠能"自性本自具足"的延伸，也是《西游记》第一回表达的"菩提只向心觅"的理论基础。又如他认为"有佛即有魔，如形之有影，声之有响，必然不相离者"(《焚书》卷二《与梅衡湘答书二首附》)，只不过有真心和假心，常心和变心的区别。这是把唐僧师徒的魔心抽离出来展现的理论根据，同时也是他反对树立绝对权威、崇拜偶像的原因。比丘国白鹿变的妖道，影射白鹿洞书院讲学的朱熹(妖道的"清华洞府"取自朱熹诗句"待迎凉月看清华")，以讽刺理学"吃人"；玉华州的众狮师祖九灵元圣，住处为九曲盘桓洞，即曲阜，影射孔子，以讽刺助长私欲的道学家，都是这种佛魔共存思想的体现。当然，这也是在当时崇孔、朱的政治氛围下作者不能署真名的原因。

关于《西游记》的写作细节，将在孤往山人著《卓吾居士传奇》中披露。

尾　声

李贽的《杂说》同样发表于1592年，因其重要，故全文抄录如下：

杂　说

《拜月》《西厢》，化工也；《琵琶》，画工也。夫所谓画工者，以其能夺天地之化工，而其孰知天地之无工乎？今夫天之所生，地之所长，百卉具在，人见而爱之矣，至觅其工，了不可得，岂其智固不能得之欤！要知造化无工，虽有神圣，亦不能识知化工之所在，而其谁能得之？由此观之，画工虽巧，已落二义矣。文章之事，寸心千古，可悲也夫！

且吾闻之：追风逐电之足，决不在于牝牡骊黄之间；声应气求之夫，决不在于寻行数墨之士；风行水上之文，决不在于一字一句之奇。若夫结构之密，偶对之切；依于理道，合乎法度；首尾相应，虚实相生：种种禅病皆所以语文，而皆不可以语于天下之至文也。杂剧院本，游戏之上乘也，《西厢》《拜月》，何工之有！盖工莫工于《琵琶》矣。此高生者，固已殚其力之所能工，而极吾才于既竭。惟作者穷巧极工，不遗余力，是故语尽而意亦尽，词竭而味索然亦随以竭。吾尝揽《琵琶》而弹之矣：一弹而叹，再弹而怨，三弹而向之怨叹无复存者。此其故何耶？岂其似真非真，所以入人之心者不深耶！盖虽工巧之极，其气力限量只可达于皮肤骨血之间，则其感人仅仅如是，何足怪哉！《西厢》《拜月》，乃不如是。意者宇宙之内，本自有如此可喜之人，如化工之于物，其工巧自不可思议尔。

且夫世之真能文者，比其初，皆非有意于为文也。其胸中有如许无状可怪之事，其喉间有如许欲吐而不敢吐之物，其口头又时时有许多欲语而莫可所以告语之处，蓄极积久，势不能遏。一旦见景生情，触目兴叹，夺他人之酒杯，浇自己之垒块；诉心中之不平，感数奇于千载。既已喷玉唾珠，昭回云汉，为章于天矣，遂亦自负，发狂大叫，流涕恸哭，不能自止。宁使见者闻者切齿咬牙，欲杀欲割，而终不忍藏于名山，投之水火。

余览斯记，想见其为人，当其时必有大不得意于君臣朋友之间者，故借夫妇离合因缘以发其端。于是焉喜佳人之难得，羡张生之奇遇，比云雨之翻覆，叹今人之如土。其尤可笑者：小小风流一事耳，至比之张旭、张颠、羲之、献之而又过之。尧夫云："唐虞揖让三杯酒，汤武征诛一局棋。"夫征诛揖让何等也，而以一杯一局觑之，至眇小矣。

呜呼！今古豪杰，大抵皆然。小中见大，大中见小，举一毛端建宝王刹，坐微尘里转大法轮。此自至理，非干戏论。倘尔不信，中庭月下，木落秋空，寂寞书斋，独自无赖，试取琴心，一弹再鼓，其无尽藏不可思议，工巧固可思也。呜呼！若彼作者，吾安能见之欤！

这篇议论文强调文章的自然雕琢和情感的自然流露，提出了非常重要的文艺思想，其意义不必赘述。我们在此只讨论这篇文章的一大疑点。

愤而著书一说，最早出自司马迁的《报任安书》："盖文王拘而演《周易》；仲尼厄而作《春秋》；屈原放逐，乃赋《离骚》；左丘失明，厥有《国语》；孙子膑脚，《兵法》修列；不韦迁蜀，世传《吕览》；韩非囚秦，《说难》《孤愤》；《诗》三百篇，大底圣贤发愤之所为作也。此人皆意有所郁结，不得通其道，故述往事、思来者。"

李贽明显非常认同这个观点，在他写的《忠义水浒传序》中承袭和呼应了司马迁的观点，"不愤而作，譬如不寒而颤，不病而呻吟也，虽作何观乎？《水浒传》者，发愤之所作也。"他认为《水浒传》作者著书的初衷是发泄对宋朝无力抵抗金、元入侵的不满。所以，《水浒传》是支撑发愤著书的好例证。为何上文的《杂说》放着这个例证不用而非要用描写爱情大团圆的《拜月亭》和《西厢记》呢？

李贽在另一篇论文中对《拜月亭》的评论是"此记关目极好，说得好，曲亦好，真元人手笔也。首似散漫，终致奇绝，以配《西厢》，不妨相追逐也。自当与天地相终始，有此世界，即离不得此传奇。肯以为然否？纵不以为然，吾当自然其然。详试读之，当使人有兄兄妹妹，义夫节妇之思焉。"这个评语比较平和，也比较恰当。但"兄兄妹妹，义夫节妇之思"不可能引起《杂说》中所谓"发狂大叫，流涕恸哭，不能自止"这样强烈的感情，《西厢记》同理。对于65岁的佛学大师李贽，不太可能对描写青年男女爱情且又是圆满结局的故事产生如此强烈和悲怆的共鸣。《西厢记》作者王实甫和《拜月亭》的作者关汉卿都是专业剧作家，以戏剧创作为生，两剧一问世即取得巨大成功，也不太可能让读者“切齿咬牙，欲杀欲割”，更不可能有“藏于名山，投之水火”的想法。更可疑的是，“拜月”两字只与“西厢”连用，文中根本就没有单独评论《拜月亭》，不符合议论文举例的习惯。笔者怀疑，“拜月西厢”组成一个谜语，谜底是“西天拜佛”，即《西游记》。

类似的双关手法在《西游记》中有多处应用。如乌鸡国一节，唐僧在宝林寺夜间读经，经名为《梁皇水忏》，而实际上《梁皇忏》和《水忏》是两部经，作者故意简化后连在一起说，是取其谐音“凉皇水颤”，暗示后文有个死于水中的皇帝冤魂来找唐僧而已。类似地，灵台方寸山、斜月三星洞、五庄观的“混元道果”、车迟国“夹脊双关”等都是谜语式的连词双关。

以月比心多出在禅宗公案里，《西游记》也在多处应用这个比喻，如宝林寺师徒月下讲月实为谈心。唐僧在五行山解救悟空后有“佛即心兮心即佛”的偈语，以及“一佛国在一沙中”，与《杂说》表达的“以小见大”意思相同。笔者推测，李贽在《西游记》出版的同年写成这篇《杂说》，除了阐发文艺理论的深刻心得外，更重要的，是表达对自己多年心血的珍视和赞叹，阐明愤而著书的初衷，以及不能署名的愤慨。这样才能解释文中所表达的痛彻心扉的强烈情感。如果这个推测成立，可以把《杂说》当作《西游记》真正的注脚，可堪为跋。

在以上假设下，我们才能理解《杂说》结尾所谓“中庭月下，木落秋空，寂寞书斋，独自无赖，试取琴心，一弹再鼓，其无尽藏不可思议”之言。虽然这里是暗引《西厢记》中的《听琴》，但绝不是老和尚在感慨张君瑞和崔莺莺的喜剧爱情。真正的夫妇离散出现在《西游记》宝象国一难，黄袍怪把象征自己真心的内丹送给悟空变的百花羞时讲道：“却要仔细，休使大指儿弹着，若使大指儿弹着啊，就看出我本相来了。”这句话在原著中令人费解，因为用“大指儿”“弹”一颗拿在手中的宝珠非常别扭，悟空“弹”了以后黄袍怪也没有显出本相，反倒是悟空显出了本相。联系这里的弹琴，可以想见《西游记》中的“弹”，不是弹珠游戏，而是弹“琴心”；强调大拇指，不是小指发出的清越的高音，而是大指的动人心魄的重音。在《杂说》中也是以琴喻心，弹的也不是琴弦，而是拨动心弦，即见可以无穷取用之本心（“其无尽藏不可思议”）。

世德堂版《西游记》原本把百回本分为20卷，每卷五回，分别用邵雍《清夜吟》中的20个字编目。这首禅诗想必也正是作者当时的心境：

月到天心处，风来水面时。一般清意味，料得少人知。

孤往山人　于2021年12月